名望与光荣

SŁAWA I CHWAŁA

[波兰] 雅·伊瓦什凯维奇

易丽君 裴远颖 译 袁汉镕

四川文艺出版社

图书在版编目（CIP）数据

名望与光荣/（波）雅·伊瓦什凯维奇著；易丽君，裴远颖译.
—成都：四川文艺出版社，2021.1
ISBN 978-7-5411-4844-6

Ⅰ.①名… Ⅱ.①雅… ②易… ③裴… Ⅲ.①长篇小说—
波兰—现代 Ⅳ.①I513.45

中国版本图书馆CIP数据核字（2020）第228144号

著作权合同登记号 图进字21—2020—134号

MINGWANG YU GUANGRONG

名望与光荣

（波）雅·伊瓦什凯维奇 著 易丽君 裴远颖 译 袁汉镕 校

出品人 张庆宁
策划 周轶
支持 副本制作文学机构
责任编辑 苟婉莹
特约校对 茅银辉 谢诗蕾
封面设计 叶茂
内封木刻 陈逸飞 左牵羊
内文设计 史小燕
责任校对 蓝海
责任印制 桑蓉

出版发行 四川文艺出版社（成都市槐树街2号）
网址 www.scwys.com
电话 028-86259287（发行部） 028-86259303（编辑部）
传真 028-86259306

邮购地址 成都市槐树街2号四川文艺出版社邮购部 610031
排版 四川胜翔数码印务设计有限公司
印刷 成都东江印务有限公司
成品尺寸 149 mm×210 mm 开本 32开
印张 47.25 字数 1190千
版次 2021年1月第一版 印次 2021年1月第一次印刷
书号 ISBN 978-7-5411-4844-6
定价 239.00元

目　　次

第一部

第二部

第三部

主要人物表

亨利·罗伊斯基——波兰庄园主。

爱韦琳娜·罗伊斯卡太太（爱韦琳卡、爱乌尼亚）——亨利之妻，女庄园主。

约齐奥·罗伊斯基——爱韦琳娜的长子。

瓦莱雷·罗伊斯基（瓦莱雷克）——爱韦琳娜的次子。

米哈琳娜·森奇科夫斯卡（米哈霞）——爱韦琳娜的妹妹。

亚历山德拉·戈翁贝克太太（奥拉）——米哈琳娜之女。

弗兰齐舍克·戈翁贝克（弗兰尼奥）——奥拉的丈夫。

安东尼·戈翁贝克（安特克、安托希）——奥拉的长子。

安德热依·戈翁贝克（英德雷克、英德鲁希）——奥拉的次子。

海伦娜·戈翁贝克（海伦卡）——奥拉的女儿。

卡齐米日·斯彼哈瓦（卡齐奥、卡齐克、卡齐）——约齐奥的家庭教师，后为外交官。

帕乌琳娜·希莱尔太太——工厂主的妻子。

埃德加尔·希莱尔——作曲家，帕乌琳娜之子。

伊丽莎白·希莱尔（爱尔日别塔、爱尔茹尼亚）——女歌唱家，帕乌琳娜之女，埃德加尔之妹。

阿尔图尔·马尔斯基——埃德加尔的学生，朋友。

雅努什·梅申斯基——波兰伯爵。

佐菲亚·阿格涅什卡·兹戈热尔斯卡（佐霞）——破产庄园主的女儿，雅努什的妻子。

玛莉亚·比林斯卡——雅努什的胞姐，公爵夫人，斯彼哈瓦的情妇。

阿罗·比林斯基（阿莱克）——玛莉亚之子。

罗莎·卡塞蒂——玛莉亚的大姑子。

安娜·比林斯卡——公爵夫人，玛莉亚的婆婆。

斯坦尼斯瓦夫·维耶维乌尔斯基——梅申斯基家的老仆。

雅内克·维耶维乌尔斯基（杨、雅希、雅希奥）——斯坦尼斯瓦夫之子，工人，共产党员。

杨卡·维耶维乌尔斯卡（雅霞）——雅内克的妻子。

雅德维加（雅佳、热尔梅娜）——雅内克的外甥女，养女。

泰克拉·别夏多夫斯卡（别夏多希）——梅申斯基家的女管家。

瓦茨瓦夫·舒什凯维奇——安娜公爵夫人家的总管。

波特洛斯（舒什凯维奇太太）——安娜公爵夫人的伴读，后嫁舒什凯维奇。

亚当·普热比亚-温茨基（阿达希）——舒什凯维奇的外甥。

沃洛佳·塔尔洛——波裔俄国青年，后参加十月革命。

阿丽亚德娜·塔尔洛·尼古拉耶夫娜——沃洛佳的姐姐，雅努什的情人，画家，后浪迹西方。

塞韦伦·兹沃蒂——犹太工厂主。

布罗内克·兹沃蒂——画家，兹沃蒂的儿子。

斯坦尼斯瓦夫·胡贝——波兰工厂主。

胡贝尔特·胡贝（胡布胡贝）——斯坦尼斯瓦夫·胡贝的儿子。

海鲁宾·科韦什科——律师。

哈尼亚·沃尔斯卡（汉娜、汉卡、埃文思太太、戴维斯太太）——希莱尔家看门人的女儿，后为美国贵妇。

尤莉亚·革丹斯卡——波兰贵妇。

维克多·革丹斯基——波兰贵族，革丹斯卡之子。

哈莉娜·韦切尔——波兰女演员。

玛雷霞·塔塔尔斯卡——波兰女演员。

涅沃林·瓦莱里安（瓦利亚）——俄国军官，后流亡法国当歌手。

雷涅维奇·菲力克斯——波兰生物学教授。

雅德维加·雷涅维卓娃——雷涅维奇的妻子。

马雷·舒阿尔——法国物理学教授。

第一部

邪恶有时也可能赢得名望，
但是光荣永远在正义一边。

加埃塔诺[1]

你们以为喧嚷就等于历史的雷响
而名望的鼓声就像森林里的号角一样？
你们以为窗外的天空已经发白
就不再有人轻声地把道讲？
——脚在地板上扬起的尘土里，
就不再留有人的余香？

诺尔维德[2]《名望》

---

① 加埃塔诺（1480—1547），意大利神学家。

② 诺尔维德（1821—1883），波兰著名诗人。

第一章 《幽情》[①]

一

一九一四年七月初，爱韦琳娜·罗伊斯卡太太在敖德萨希莱尔家的大客厅里。窗扉是掩着的，宽敞的房间显得有些暗，一切都淹没在阴影里；不过，窗缝里仍然透射进来一些炫目的光。爱韦琳娜·罗伊斯卡太太一面说话，一面望着坐在对面沙发椅上的斯彼哈瓦。她看得见他高大瘦削的身影和叉开的脚上粗笨的靴子，但在朦胧中看不清这个年轻人脸上的表情。她讲得很多，很有条理，并极力注视着对方线条分明的、瘦削的脸；而他好像有意把脸朝着地，使她看不到那对被沉重的眼睑盖着的眼睛。

“您完全清楚，”她说着，稍稍停顿了一下，从而使她的话更为动听，“约齐奥在这儿才待了几天，我不能带他走。我不能把您讲的那些理由统统给希莱尔太太摆出来，虽然她是我最好的朋友。那些理由是

① 原文是德文，为奥地利作曲家沃尔夫（1860—1903）的一首歌曲名。

否站得住脚还要考虑考虑，但我现在也清楚，您是言过其实了。至于约齐奥的身体，海水浴对他很有好处。他长大了，变得更结实了。去年生病以后，他需要很好地恢复体力。至于影响……我觉得，约齐奥的素质很好，能够抵御一切坏的东西。再说，我认为不让约齐奥去接触各式各样的生活现象也是不可能的……”

斯彼哈瓦微微抬起头来，用惊异的眼光看了爱韦琳娜太太一眼。她莞尔一笑。

“不，不，卡齐米日[①]先生，我仅是想，”她又停了停，“艺术对这些人的生活起什么作用。也许，约齐奥对这一生活领域过分轻视或不关心。埃德加尔是一个非凡的人才，了不起的艺术家……爱尔日别塔今天也要来……”

“伊丽莎白·希莱尔，”[②] 斯彼哈瓦带着挖苦的意味说。

“您会发现，她是多么迷人。我相信，你们两人会在同她的接触中得到教益。喏，还有她的歌声……”

斯彼哈瓦喃喃地说了点什么，但罗伊斯卡太太没有注意，她接着说：

“今年我很少有机会同您谈谈约齐奥的性格，谈谈他最近有什么变化。您对他有什么看法？您同他相处已有三年了……”

斯彼哈瓦还没有决定讲些什么，她却满怀热情和母爱地继续说：

“从十四岁到十七岁，这是一个人的一生中何等重要的年龄！对不对？这是一个人的成熟期。有时候，我觉得约齐奥成了一个陌生人，他已经完全是一个大人了。他总是那样稳重、温和、自信。您不认为这是约齐奥最大的优点吗？”

---

① 卡齐米日是斯彼哈瓦的名字。

② 斯彼哈瓦讲这个名字的时候是用德语发音。

斯彼哈瓦清了清嗓子，他用自己都有些意外的、有些沙哑但很悦耳的男低音说：

“约齐奥是个很可爱的孩子。”

“是吗?”罗伊斯卡赶忙接了过去，“是吗? 因此，我想，让他在敖德萨住一段时间在精神上不会有什么害处。无论如何，这种世界主义的熏陶不会影响他的性情。”

罗伊斯卡站起身来，表示谈话结束了。她把手伸给斯彼哈瓦，微笑着补充说：

“您过分担心了，卡齐米日先生，您的结论也下得太早了。母亲的眼睛是最亮的。请您相信我!”

卡齐米日吻了吻罗伊斯卡太太香气扑鼻的手，笨拙地弯了弯腰。

“我明天要走了，”罗伊斯卡太太边走边说，“您的心情不好，我派奥拉来安慰您。”

这句话是她无意中说出来的。她看都没有看卡齐米日一眼就走开了，何况屋里很暗，她也不会看见他脸上的红晕。斯彼哈瓦又低下了头，仿佛对自己也要掩盖这红晕。然后，他带着某种不满和烦躁的心情用力推开了另一扇门——刚才罗伊斯卡太太出去的对面的那扇门。

“他们都是一路货，”斯彼哈瓦自言自语地说，“同他们讲话简直是对牛弹琴。”

他走到装有玻璃的阳台上。玻璃窗是开着的。阳台前面是一个不大的园子，园子里长着很多满是灰粉的洋槐，然后是悬崖，悬崖后面是大海。卡齐米日眯着眼睛，因为从树上、沙滩上、园子里，特别是深紫色的海面上有很多光反射过来。长长的绿色的光在海面上闪耀着。

他带着余愠迈步走进花园。他对这次谈话不满意，也对自己挑起这次谈话不满意。不管怎样，他想尽快去莫林策，完全是为了约齐奥，而罗伊斯卡太太显然以为他是因为别的原因。你看，她临了不是说，

“我给你派奥拉来”吗？他决不是为了奥拉，而是考虑到埃德加尔·希莱尔以及整个敖德萨的气氛对约齐奥可能产生的影响。斯彼哈瓦跟这孩子在一起已经是第三个年头了，他很喜欢这个学生：约齐奥的每个想法，每一句话都反映了他的思想，他对此已经习以为常了。约齐奥同他看一样的书，讲同样的故事，对生活现象具有同样的反应。而现在，在敖德萨，约齐奥的话里突然掺杂着别人的词句，并不时加进一些德国的、法国的插入语，这是从来没有过的。他可以整个钟头整个钟头地跟埃德加尔谈音乐，谈欧洲旅行，而对斯彼哈瓦的不耐烦或佯装的不耐烦毫不在意。他感到强烈的妒意，他只能自己骗自己说他是为约齐奥好，而不是因为他的学生正在脱离他的影响。由于约齐奥同埃德加尔的接触，他自己的影响正在消失。

他无精打采地拖着一双“加里西亚”[①] 的大皮靴沿着土台阶一直走到海边。这时，海滩已空无一人。希莱尔家别墅旁边有一所小房子，是作为更衣室用的。斯彼哈瓦正想脱下衣服跳进水里，然而他看到埃德加尔在离房子不远的小海滩上，那里相当高的海岸遮蔽了阳光。

“噢，卡齐米日先生，”埃德加尔喊道，“您到这儿坐一会儿吧！天够热的。”

斯彼哈瓦一言不发，不大乐意地坐在滚热的沙子上，然后衣服也没有脱就在沙滩上躺下了。

“约齐奥叫我跟您说一声，他到敖德萨取相片去了，回来吃晚饭。”

“他是一个人去的吗?”

“好像是和沃洛佳一起去的。”

“沃洛佳?”斯彼哈瓦微微皱了皱眉头。埃德加尔看到他那副样子不禁笑了起来。

---

① 波兰东南部地区名，1772—1918 年间被奥地利占领。

“您不喜欢沃洛佳，您认为约齐奥不该同他交往。您在罗伊斯基家中感觉怎样?”

在阳光中，斯彼哈瓦不自在地挪了挪身子，用草帽盖着眼睛。埃德加尔的问题使他感到意外。

“我觉得，您是从另一个天地里来的。别人对我们这些长住在乌克兰的人不容易习惯，这里还有点十七世纪的气味。恕我冒昧向您提一个问题：您父亲做什么工作?”

“他在铁路上工作。”卡齐米日懒洋洋地说。

“就是嘛，那完全是另一个世界。”

卡齐米日觉得该说话了。

“当然，在他们中间我有时感到有点不太自然。他们有些事情我根本不能同意。”

“恐怕这不是指约齐奥吧！他说的话都是经过您同意的。”

斯彼哈瓦被这句话很不舒服地刺了一下。

“噢，现在可不是这样，他一切都跟您……”

“您以为这不好吗?”

“不。但我希望约齐奥既不要跟着我，也不要跟着您，他应该有点独立思考的能力。”

埃德加尔翻了个身，以便把自己已经很热的背对着太阳。

“您不用担心，这个时候会来的。他还是个孩子嘛……您觉得他聪明吗?”

“当然是这样，”斯彼哈瓦说话的劲头来了，“他没有怎么学波兰语，只是在我假期时才教他一点……我觉得他有很大的进步……对，他是一个很聪明的孩子。”

“是呀，”埃德加尔说，“我正要说这个。既然他像您所说的那样聪明……而且我也这样认为……那您就不用担心他同沃洛佳来往了。约齐奥能对付这种影响，也能对付其他一切影响。”埃德加尔意味深长地加上一句。斯彼哈瓦感到恼怒。埃德加尔竟然把他看得这么透。

“不管怎样，他现在还是处在您的魅力之下。有时，他模仿您讲话的方式，甚至包括您的加里西亚口音，我和他妈妈听了都觉得好笑。”

斯彼哈瓦没有回答。尽管太阳已经明显地偏西了，天气仍然很热，空气都是滚烫的。埃德加尔懒洋洋地点上一支烟。斯彼哈瓦眯着眼睛看着作曲家清癯的、略似肖邦的侧影，和他那奇形怪状的东方式帽子上的斑点。

埃德加尔用肘把身子稍稍支起来一点，凝视着平滑的、绿色的海浪。他似乎是自言自语地说：

“让一个人服从您，看到他是如何地依赖您，想必是一件愉快的事。这是权力的最初滋味。您认为美好的东西，他也认为美好……他用您的思想思考，用您的感情感受……但是，当您一旦失去这种权力的时候就会感到难受。”

斯彼哈瓦感到闷热，他提不起劲来。他吃力地站起来，脱掉长裤和衬衫，同时没有好气地问埃德加尔：

“您这是说我和约齐奥吧？”

埃德加尔思路被打断，他愣了一下之后说：

“说您？说约齐奥？不。我说的是一般情况。”

“人与人的关系不像您想象的那样。”斯彼哈瓦又在沙滩上坐下。“您是艺术家……您对生活缺乏‘具体的’概念……”

“真的吗？这就是您对艺术家的看法？”埃德加尔带点嘲讽的意味问，“您在这里可能会对艺术家增加一些了解。如果我妹妹来了……她是一个大艺术家，同时又是一个普通的女人……”

“我不知道艺术家的影响对约齐奥是否有益。在未来的生活中，他和艺术不会发生什么关系。”

“是这样吗?”埃德加尔带着某种忧伤问道,“约齐奥?一个普普通通的孩子,他很可爱,还算聪明,但也很平凡……他将经营他的莫林策,追求女性,如此而已。当然也可能不是如此。人的命运如何是难以预料的,它受很多因素的制约。一个人的经历同一个国家的历史相似……”

斯彼哈瓦耸了耸肩。

“预测未来是可以的,甚至是必要的。”

“我想的是另外一码事,”埃德加尔继续讲自己的想法,“我想的是一些人对于另一些人所具有的权力。他们用什么方法获得这样的权力?用什么方法使别人接受自己的个性?这个我不明白。”

斯彼哈瓦也不明白。他甚至不明白埃德加尔讲的是什么。他感到,在这些表面上看来无关紧要的话里,包含着另外的意思,包含着某种东西,它正是作曲家所关切的。这可能是一场争夺约齐奥的斗争。

“我从来没有花任何力气使约齐奥模仿我,”他说,“请您相信,这完全是自然而然发生的。”

听到斯彼哈瓦这样讲,埃德加尔淡然一笑,抖了抖烟灰。

“在我这里是没有任何东西会自然而然地发生的。要把这一切从自己心中掏出来是多么不容易呀!我没有任何立足点。真是叫人筋疲力尽哪!”

斯彼哈瓦诧异地看着埃德加尔。“‘这一切’是指的什么?”他思索着。

埃德加尔好像猜到了斯彼哈瓦在想什么。他的脸上露出一种令人怒气顿消的笑容,就像他惯常那样。

“我的艺术……”他有点不好意思地说,但没有说下去。

“他指的是这个!”斯彼哈瓦想。他带着讥讽意味望着作曲家羞涩的脸。

“艺术在人类历史中不起多大的作用。”他说。

“战争和征服更重要，是吗?”埃德加尔问道，不好意思的表情从他那文雅的面庞上消失了。“看来您想成为一个威严的统治者，卡齐米日先生。”他停顿了一下又加上这么一句。

斯彼哈瓦嘲弄地大笑起来：

“是啊，我，一个从加里西亚来的补习教师——这种人在乌克兰的庄园里一般都不介绍给客人，一个铁路员工的儿子，确切地说[①]，一个铁路工人的儿子……”

“这就不确实了，斯彼哈瓦先生，”希莱尔生气地说，“他们肯定介绍您的。只是由于您的反感才使您产生这种看法……”

“在罗伊斯基家里可能是这样，不过，在他们的邻居梅申斯基家里就不一定是这样了。他们是伯爵……”

“可怜的伯爵，”埃德加尔笑了，“诚然，他们的鼻子都翘得很高，不过您没有受过雅努什的气吧?”

“我还不怎么认识他。”斯彼哈瓦嗫嚅地说。

“您想获得统治别人的权力，那就不要根据您狭隘的经验下结论……您最好读读这个，”他把沙地上的一本红皮小书推给对方，“这是我们这个世纪经验的总结。但这本书里谈到艺术的地方很多。”

斯彼哈瓦拿起了书。

“《浮士德》!”他有点失望地说。

埃德加尔微微一笑。

“歌德的《浮士德》。”他像是在引用别人的话。

他从斯彼哈瓦手里把书拿过来，浏览着。他纤细的手指轻柔地翻着书页。他停了一下，笑了笑，念道：

---

① 原文是拉丁文。

浮士德：

你周流六虚的不息的神哟，

我和你，觉得是这么相近！

地祇：

你相近的是你能了解的精灵。

不是我！（消逝）①

斯彼哈瓦习惯地低下头，闭上了眼睛。他讥嘲地撇了撇嘴。

“您认为我属于地祇那个时代吗？”

“不，我仅仅是想，我们完全不能相互理解。”埃德加尔有些悲哀地说。

“对，我正是说我们属于不同的时代。”

“对，您已是属于‘地球的’时代，土地的时代。”

“至少我在地球上过得很自在，……而且不怎么向往艺术……”卡齐米日狠狠地说。

“您这个结论是不是下得早了点呢？”埃德加尔嘲笑地说。

斯彼哈瓦默不作声。“‘结论下得早了点’？又一个罗伊斯基，”他想，“他算什么作曲家？他只不过是一个有钱的空头艺术家。”但是，他没有把这些轻侮和蔑视埃德加尔的思想说出来。埃德加尔只能猜到斯彼哈瓦对他不怀善意，他迟疑了一下，笑了笑。不管怎样，他对这个笨手笨脚的年轻人颇有好感。他想把许多事情向他解释清楚，然而他知道，现在要做到这一点是不可能的。

“我妹妹今天晚上到，”他补充一句，“您是否愿意同我一起去接她？”

---

① 原文是德文，译文引自郭沫若译《浮士德》，新文艺出版社，1952年版。

斯彼哈瓦想，这未免太过分了。

“谢谢，”他冷淡地说，“我宁愿在家等候爱尔日别塔小姐。”

埃德加尔叹了一口气，又点燃了一支烟。他感到今天不能同这个心绪不佳的教师再说下去了。

二

由于爱尔日别塔即将到来所引起的忙乱，谁也没有注意到约齐奥没有从城里回来吃晚饭。晚饭是临时准备的，比较随便。一切都因著名女歌唱家即将来临而变得具有暂时性质。一辆套着几匹马的马车停在屋子前面等候埃德加尔，他要到车站去接妹妹。希莱尔太太满脸通红，心情兴奋，烟一支接着一支地抽个不停。斯彼哈瓦对这种气氛很看不惯，同这种气氛很不合拍，眼睛一直盯着空盘子。天暗下来了，海逐渐变成灰色，从餐厅窗口可以看到海上的闪光。灯亮了。只有罗伊斯卡太太一个人在说话，同时，她老是不断地望着门。

“你真幸福，帕乌琳卡[①]，有这样两个不平凡的孩子——两个名人!”

帕乌琳娜太太慢慢地抬起头，眼望着灯。她眯着眼，默不作声。一群苍蝇和灯蛾围着灯飞舞。

“埃德加尔还没有得到他应该得到的那种名望，”罗伊斯卡太太说，“您瞧爱尔茹尼亚[②]! 不久前我看了她寄来的那些剪报。多大的名声啊! 她最近在维也纳歌剧院的演出真成功。而我的……”

帕乌琳娜太太心神不定地看了看手表，然后看了看她的儿子。他

① 帕乌琳娜的爱称。

② 爱尔日别塔的爱称。

坐在桌子的末端。

“是不是该动身了，埃德加尔?”

埃德加尔一言不发地站了起来，吻了吻母亲的手。这是告别、温存、同意出发的表示。他那有些苍白的脸上露出了一丝笑容：他自己也着急，心神不定。现在动身当然太早，离火车到达的时间还有两个小时呢!

罗伊斯卡太太同自己的朋友闲谈着，以掩饰内心的不安，但并不成功。她看了看斯彼哈瓦。斯彼哈瓦站起来说：

“我到电车站去，也许能碰上约齐奥。”

罗伊斯卡太太用眼神向他表示感谢，然后继续谈自己的想法：

“我的孩子都很平庸，没有突出的才能。不过我很爱他们，简直爱得发狂，可我有时很羡慕你的孩子，帕乌琳卡，他们是非凡的人，而我可怜的海伦娜……”

“是呀，”希莱尔太太一本正经地说，“有不平凡的孩子也很不轻松啊!”

斯彼哈瓦走出别墅，沿着一条洋槐丛中的小路向电车站走去。希莱尔家的别墅离所谓的“中喷泉”不远。从敖德萨开到这儿的电车很少。天很热，傍晚照样很闷。斯彼哈瓦高兴地想：再过几天他将和奥拉一起步入这温暖而宁静的暮色中。她还是个孩子，但这么漂亮，这么善良。他想。他茫然地等了两辆电车，约齐奥没有来。他只好返回别墅。

餐厅里所有的窗户都开着，海浪的低语不时从窗外传进来。桌子摆着装满水果的银盘：李子和西瓜。一副摆好的餐具在等着爱尔日别塔。两位母亲还在桌边等候，但没有交谈。茶炊在墙角吱吱响着，穿白褂子的仆人在房间里来回走动。一切都沉默着，期待着。

斯彼哈瓦坐在大沙发上，抽着烟。他大概打了一阵瞌睡，不知不觉地三个钟头过去了。已经十一点了。

屋子前面响起了嘚嘚嘚嘚的马蹄声。仆人赫雷霍尔科跑到前厅，太太们也随后跟了出来，但卡齐米日留在餐厅里。屋前人来人往，喧闹异常，箱子一个个地搬进来，然后他听见一个陌生女人的笑声，接着大家都走进了餐厅。

爱尔日别塔·希莱尔小姐个子不高，但身材匀称。她用那双有点外凸的蓝眼睛望着这个陌生的年轻人。她用低沉、悦耳、有点嘶哑的声音不停地讲述着旅途情况：火车如何晚点，她如何遇到一个奥地利列车员等等。她咬了一口李子，弄得满嘴都是甜果汁。她擦了擦手和脸，满口称赞水果好吃。她笑吟吟，显得非常高兴。接着，她在摆好的餐具面前坐下，用手摆弄着餐叉，一份接着一份地吃着送上来的菜肴、水果、面包和巧克力。她小心翼翼地把一束暗金色的玫瑰交给妈妈。

“这么远带来，还很好。这些玫瑰还要开花呢！”

“这是什么品种？”罗伊斯卡太太很感兴趣地问。

“大概是什么新品种。”帕乌琳娜太太眯着眼睛，使劲闻了闻花香，一本正经地说。

爱尔日别塔头上戴着一顶棕色的小圆帽。帽子把她的淡色头发差不多全盖上了。帽子下挂着的长长的棕色面纱在脖子后面披着。一条白色的纱巾，像是面纱的延长，绕在脖子上，把她的脸部和上身截然分开，并衬托出她清秀的小脸庞。在阴影里，这个大歌唱家的头像是一个发光的白色球体在闪耀。

斯彼哈瓦惊异地看了她一下。她陌生的脸庞，异样的口音，在发“r”以及波兰语中某些辅音组时的困难，给了他突出的印象。爱尔日别塔讲话时常插入法语，像保持十八世纪习惯的边远地区的贵妇人那样。他对她这种异国情调感到吃惊、厌恶。

埃德加尔则安详而愉快地看着她。他抚摸着她的手，显然，他为她感到高兴和自豪。

“维也纳情况怎样？说说吧……”

爱尔日别塔没有讲自己成功的细节，也没有讲她演出的普契尼[①]的新歌剧，而是滔滔不绝地对埃德加尔讲维也纳歌唱家和音乐家的故事、他们的独特之处以及他们讲过些什么话。对于不知道这些歌唱家和音乐家的人来说，她这番话不那么有意思，然而爱尔日别塔讲得那么动人，使她讲的一切都很有吸引力。过了一会儿，斯彼哈瓦发觉自己也在不声不响地、钦慕地看着她。他感觉到自己的目光大概也像埃德加尔那样激动。

爱尔日别塔吃完晚饭后，大家一道步入客厅，虽然歌唱家旅途劳顿，但谁也没有想去休息。

爱尔日别塔向埃德加尔讲述技巧方面的问题，如耶里查[②]如何唱歌，唱了些什么歌，以及她在主演施特劳斯[③]的《沙乐美》时穿了什么服装等等。这番关于音乐的谈话像是在倾吐内心的秘密，埃德加尔极感兴趣地听着她讲。他坐在钢琴旁边，身子略向后仰，两眼盯着站在自己面前的妹妹，双手不时地按出几个和音。

帕乌琳娜太太终于克服了胆怯的心情，蹑手蹑脚地走上前去，把手搭在儿子肩上，眼望着女儿。

爱尔日别塔愉快而自信地笑着，她高兴地看着母亲的眼睛，问：

“唱一支歌吗？”

母亲高兴地微微一笑。

---

① 普契尼（1858—1924），意大利歌剧作曲家。

② 耶里查（1887—1982），奥地利女高音歌唱家。

③ 施特劳斯（1864—1949），德国作曲家。

"只要唱一支。"

爱尔日别塔表情严肃起来，脸上的笑容突然收敛了。她在想什么，好像是在思索她会唱的那些歌。她有点茫然无措地环顾四周和钢琴，从一堆乐谱中抽出一个粉红色的小本子，打开放在埃德加尔面前。

"《幽情》。"她像打暗号一样对母亲说。

爱尔日别塔低下头，看着自己的皮鞋尖，然后突然把头一扬，面纱被甩到后面，露出了美丽的雪白的颈项。她的脸闪闪发光，然后光芒消失了，她又低下头，向埃德加尔示意。短短的前奏开始了。

在唱比较平稳的第一乐段时，她没有放开嗓子，她的嘴上浮现出羞涩而愉快的微笑。第一个降 E 调她唱得非常漂亮，像是大提琴的高音。埃德加尔眼睛离开了乐谱，赞赏而惊奇地望着妹妹。

罗伊斯卡太太和希莱尔太太激动地听着。斯彼哈瓦感觉到这歌声里面还是包含了不少内容。他低下了头。敞开的窗外是炎热的夏夜，它仿佛也在听这一曲《幽情》。

在唱第一乐段的时候，约齐奥和他的同伴悄悄地走进来了，除罗伊斯卡太太外，谁也没有看见他们。他们在靠边的椅子上坐下了。当歌唱到一半，大约是这一段歌词：

> ……我常是半醒半醉，
> 巨大的欢乐在我心头激荡……①

斯彼哈瓦的目光离开了地毯，看到两个小伙子坐在门的两边。约齐奥咬着嘴唇；沃洛佳乌黑的大眼睛望着前面，脸颊上挂着泪珠。

当埃德加尔细长的手指轻轻弹出的降 E 大调轻柔的和音停下来的

① 《幽情》中的一段，原文是德文。

时候，爱尔日别塔圆润的歌声也戛然而止。整个大厅一片寂静，谁也没敢吱声。窗外，从敖德萨开回来的电车铃声在叮当地响着。最后还是歌唱家自己打破沉默，突然大声地对埃德加尔谈起弹钢琴使用踏板的问题。这时大家身上的魔力才被解除了。母亲吻了吻爱尔茹尼亚，但没有提她唱的歌，只是叫她快去睡觉。

“你太累了……”

然而埃德加尔不同意，他还想听妹妹唱歌，同她畅谈音乐。因为这里没有一个人真正了解他。

罗伊斯卡太太快步走到约齐奥跟前，严厉地责骂他，可他并没有犯什么大错：他说是在离此处不远的沃洛佳家里吃的晚饭。

斯彼哈瓦把他带到楼上他们同住的房间。这座别墅是木结构，有年代了，但很宽敞，是典型的六十年前的建筑，顶楼上朝阳那一边的房间被晒得热不可耐，因此，约齐奥一进屋就站到面临大海的凉台上。大海在这里变成了银白色，好像在喁喁私语。斯彼哈瓦站在约齐奥旁边，眺望着海面。

“你到哪里去了？”他厉声问道，“你没有对母亲说真话。”

约齐奥不高兴地看了老师一眼。

“噢，你知道（他对卡齐米日以‘你’相称），我是第一次同沃洛佳上饭馆吃饭，在‘乔治饭店’。你想象不到，那里有多么热闹。”他满不在乎地说。

“你喝了伏特加？”斯彼哈瓦难过地说。

“伏特加？没有！”约齐奥说，“只喝了葡萄酒。”

“啊，我的天哪！”斯彼哈瓦叹了一口气。

“这糟一些还是好一些？”约齐奥平静地问。

“调皮鬼！我说对了，敖德萨的生活对你的影响太可怕了。今天我同你母亲谈了这件事。”

“妈妈怎么说？”

“像平常一样——她什么也没有察觉。爱完全蒙住了她的眼睛。要是我，早把你带回莫林策去了。”

“幸好你不能把我带回去。你说，”他突然兴奋起来，高兴地提起一个新题目，“你说，爱尔日别塔唱得怎样？好极了，对不对？卡齐奥[①]，你说，是不是妙极了？”

他抱住斯彼哈瓦的脖子，两人站在一起看着黑夜，看着低语着的海。敖德萨上空一派红光，而这里却是一片黑暗与寂静。无论如何，斯彼哈瓦不能不承认约齐奥说得对：爱尔日别塔唱得真妙极了，歌曲本身也特别好。

“隐蔽的爱情，”约齐奥悄声说，在炎热的空气中这轻轻的声音显得很清晰，“‘隐蔽的爱情’，《幽情》。”

斯彼哈瓦望着敖德萨城上空的亮光。一种他熟悉的感觉抓住了他。这种感觉经常袭击他。这是一种仿佛是在梦境中想要漂浮和飞腾的愿望，一种想要冒险和过不平凡生活的愿望。在飞腾时，只有爱尔日别塔的歌伴随着他。

“‘隐蔽的爱情’，《幽情》。”他微笑地重复了一句，他挣脱了约齐奥的手，走到晒热了的房间里面，在床上坐下来。约齐奥还留在凉台上，卡齐米日催他睡，可约齐奥好久都没有理睬他。

三

由瓦莱雷克到车站去接母亲，这已是一种惯例了。这次奥拉想同他一起去，但瓦莱雷克急于见到母亲，听她从敖德萨带来的消息以及

---

① 卡齐米日的爱称。

旅途见闻，因此，向奥拉隐瞒了出发时间，独个儿到车站去了。从敖德萨开来的火车很晚才能到。天已经黑了，带着睡意的人们在昏暗的灯光中走动。这种车站的情调——铃声、站长和出纳员的说话声等，对瓦莱雷克来说都是新奇和有趣的。他一早起床便在野地里游荡，这时已经有点困了，他在站台上走来走去，大衣的下摆跟着来回摆动。由于火车还没有到，他走到车站对面的空地上，那里站着几个犹太马车夫，有几匹马在打响鼻，马夫伊尔科坐在驾车的座位上。

尘土中有一股气味，树木一动也不动，光线暗淡。在望不见的远处，马辔铃在叮当作响。

火车终于到了。火车头有两盏灯，在前头照耀着，车头喷着蒸汽徐徐地开进车站。它带有夏夜温暖的气息，它是从夏夜中开来的，也要在夏夜中离去。母亲戴着一顶系绿帽带的新帽子，瓦莱雷克觉得她很年轻，精神很好，比往常更加漂亮。他赶上去抱住妈妈的脖子，帮她提黄色的大纸盒和皮箱。他们快步走向马车，一路上瓦莱雷克告诉母亲所有重要的事情：果园里已经结杏了，他瞒着奥拉来到车站，今天晚饭吃了鸭子等等。

“天哪，鸭子?”罗伊斯卡太太感到惊奇，“这对身体不好!”

瓦莱雷克笑了起来。

“我是故意这么说的，我们吃的是大麦粒[①]，克拉科夫产的大麦粒!”

他们坐进了马车，在夜幕中行进。离车站越远，他们的眼睛对黑暗就越习惯。天气很暖和，罗伊斯卡太太一面听着瓦莱雷克的唠叨，一面不时陷入沉思，“莫非我真的不该把约齐奥留在敖德萨? 也许斯彼哈瓦说得对? 可怜的孩子!”

---

① 波兰语中，“大麦粒”同“鸭子”谐音。

她忧心忡忡地看了看瓦莱雷克，诚然，他和约齐奥不一样，但几年之后也将开始进入那个危险时期。每一件事都那么难办！

肤色黝黑、头发蓬乱的瓦莱雷克安静地坐在马车里，总算是停止唠叨了。夜使他产生幻想，他睡着了。母亲慈爱地望着他那安详而端正的脸庞。

“他不像约齐奥。约齐奥的脸每一部分都是另一个模样。如果海伦娜还在，会是什么样子呢？我真想知道。而这一个，哪里像一个波兰孩子！”

他们到了房子跟前。米哈霞姨妈和仆人们在庭院里迎接他们。米哈霞的脸像往常一样是包着的。

“哎哟，米哈霞，你的牙病又犯了！”

罗伊斯卡摘下新帽子，走进了餐厅。罗伊斯基先生正在看报，冷淡地同妻子握了握手。奥拉满脸通红，吻了吻姨妈。她想马上询问关于敖德萨的情况，但不敢，只是用蓝色的大眼睛望着姨妈，露出一副欲言又止的神情。罗伊斯卡想：“奥拉长得越来越漂亮了。”

她高兴地对奥拉笑了笑。

奥拉是米哈霞姨妈的女儿。米哈霞是罗伊斯卡太太的妹妹，当年她作为一个老处女嫁给了一个来路不明的医生。那医生在奥拉一出世后就出走了。米哈霞不得不投奔到莫林策来，过着寄人篱下的生活。奥拉是一个勇敢、坚强的姑娘，生活经历使她早熟。她惯于逆来顺受，而罗伊斯卡太太比她母亲对她更体贴。

罗伊斯基先生根据英国的农艺学杂志来研究农业，他把英国的一套规矩搬到乌克兰地产上来。第一年养鸡、养鸭，第二年又养马，要不是极为肥沃的黑土和管家特罗茨基尽心操劳，莫林策是很难经得起这些折腾的。今年他又采用了条播法。

奥拉用脚在桌子底下不时踩瓦莱雷克的脚，因为他没有约她一起去车站。然而瓦莱雷克很快又睡着了。很晚的时候，近邻雅努什·梅申斯基来了，他是穿过两家相连的果园和园林走过来的。他把睡着了的瓦莱雷克抱到楼上卧室，替他脱下衣服，把一张便条放在他的床头，然后下楼到罗伊斯卡太太那里，听她讲了半个钟头的有关敖德萨和希莱尔一家的情况。当他刚打算回去的时候，罗伊斯卡太太把他叫住了。

“雅努什，我想最近把奥拉送到敖德萨住几个星期。你能不能送她一趟？路费由我负担……”

雅努什愣住了。这个他可没有料到。他情不自禁地说：

“我爸爸……”

罗伊斯卡太太笑了。

“这由我负责，我去跟你父亲谈。明天一早我就到你家去，步行或坐车去。”

雅努什怀着沉重的心情往家里走。他知道事情不那么简单。穿过莫林策园子里的小槲树林，便是曼库夫卡荒芜的园林。他在暗黑的槲树丛中走着，深深地吸了一口气，空气中散发着蘑菇味。他想到了海，而他从未见过海，他想象不出海是个什么样子。

父亲没有睡，坐在书房里剪自动钢琴的琴谱。他面前放着一大本乐谱。他用一把锋利的剪刀细心地在蜡布条上剪洞。当儿子进来的时候，他那衰老然而漂亮的头连抬也没有抬。雅努什在这灯光暗淡的房间里来回走着。过了好一会儿老伯爵才抬起头，眯着漂亮的眼睛，好像是对着空气说：

“这可是好东西，完全是新的，埃德加尔·希莱尔的《降E小调奏鸣曲》。”

“约齐奥·罗伊斯基现在就住在这个希莱尔家里。”

“在敖德萨？”

“嗯……”

“这是西姆马茨克给我送来的。”

梅申斯基先生低头看着乐谱。

雅努什在床上躺下了，但是他没有睡。在夜半时分他听见自动钢琴又响了。老人在奏他剪好的乐谱。埃德加尔奏鸣曲的慢板听起来完满而丰富，但有些低沉和呆板。乐曲中仿佛有一种隐蔽而紧张的生活在颤动。尽管音乐是通过没有生气的自动钢琴奏出来的，但窗外的空气似乎由于音乐而变得骚动起来。风在吹。他望着暗处隐约可见的、摆动着的树枝，心里思忖着自己十八岁的生命：

“活下去，活下去！以另一种方式，更美好、更完满、更深刻地活下去！”

这幢不大的、空荡荡的屋子睡着了，只有老人和他还没有睡，但是他们相互之间是陌生的、冷淡的，他们各自都是孤独的。此外，只有缜密、艰深而饱满的音乐在响。

瓦莱雷克醒得很早，一眼就看见雅努什留下的便条，上面写着：

“一早就来，我们一同去骑马！”

但是瓦莱雷克不想去骑马，他要去钓鱼。这是一个雾气蒙蒙的早晨，似是出人意料地预告着秋天的来临。瓦莱雷克来到池塘旁边，忽然发现池塘岸边菩提树有几根由于阳光不足而树叶变黄了的枝条。

罗伊斯卡太太一早就到曼库夫卡，向梅申斯基先生说明要雅努什到敖德萨去的原因。老人不仅同意让他的儿子带奥拉去敖德萨并在那里待三天，而且自愿负担路费。这真是破天荒头一遭。

十二点钟吃午饭的时候，父亲把这件事告诉了儿子，并且说：

“你知道我为什么同意吗？为的是让你去敖德萨认识那个名叫爱德华还是埃德加尔·希莱尔的人。你应该把他请到我们这里来。”

雅努什惊奇地看了父亲一眼：

“我们家里从来没有客人来呀！”

“让他来，就这样。”老人说，激动地用餐叉拍打了一下盘子里稠稠的荞麦饭。

快吃完午饭的时候，瓦莱雷克来了，他着急地等雅努什从桌旁站起来。他的脸颊发红，流露出一种不自然的冲动。喝完咖啡（实际上是一种低劣的代用品）之后，他把雅努什拉到另一个房间，满怀妒意地责问道：

“你到敖德萨去，还对我保密，你算什么朋友，什么朋友?”

他突然双手抱住雅努什的脖子，在他耳边轻轻地说：

“带我去吧，带我去！你为什么不告诉我你要走?”

“你为什么没有来骑马呢?”

“我忘了。”瓦莱雷克满不在乎地说。

自动钢琴上响起了肖邦的叙事曲。木头的声音使乐曲有点变调。雅努什撇了撇嘴。

“我不能带你去。我自己好不容易才得到爸爸的许可。”

瓦莱雷克突然离开了雅努什的膝盖，停止了哀求。

“原来你是这种朋友！不能带我去！你还不如一只猪!”

瓦莱雷克脸上现出了扭曲难看的、愤怒的表情。突然，他狠狠地打了雅努什一记耳光。

“猪，混蛋!”他大声喊道，飞快地跑出了房间。

由于激动、难过、气愤和对瓦莱雷克的怨恨，雅努什不禁失声痛哭起来，虽然他已经十八岁了。

四

亲爱的帕乌琳卡：

我让我们的邻居雅努什·梅申斯基陪同，把奥拉送到你那里。

我很顺利地说服了他的父亲——一个脾气古怪的老人，同意让他的儿子离开三天。雅努什刚从日托米尔①中学毕业，准备到基辅去上大学。他沉默寡言，少年老成，同淘气包瓦莱雷克很要好。奥拉因为能出去旅行而高兴极了。这可怜的孩子生活很清苦，应该让她有点欢乐。

爱尔日别塔，这个魔法家！我有件事想要求她，但不好意思直接向她提，因此写信给你。奥拉的嗓子很好，音调低沉，像我过世的母亲的嗓子一样。但我不知道她的乐感怎样。爱尔茹尼亚是否愿意试试她的才能并给以指导？很抱歉，我以这类事情浪费你迷人的女儿的宝贵时间，我只是担心奥拉这可怜的孩子的真正天赋会被埋没。她必须考虑自己的未来：一门专长在生活道路上很有用处，它不仅可以使生活顺利，能更好地利用时间，有时甚至要用它来赚钱糊口。我希望，爱尔茹尼亚假期中能够听一听我的奥拉的嗓子。

我感到我的那位补习教师斯彼哈瓦爱上奥拉了。请你注意这种调情的关系不要超越年轻人逢场作戏的界限——像我们年轻时那样，你记得吗？

我的亨利挺好，只是条播法对小麦没有产生预期的效果使他很不高兴，尽管今年收成不错，超过了以往任何一年，尽管我们诚实的管家特罗茨基对工作也很满意并感到兴奋。老梅申斯基老是摆弄他的自动钢琴，他极喜爱埃德加尔的奏鸣曲，这是最近有人把它作为出色的新作寄给他的。他想结识埃德加尔，很想请他到家里来。我不想劝说埃德加尔到曼库夫卡去，但是他是否能送约齐奥和奥拉到我们这里来呢？他可以了解了解我们这里简朴的

① 城市名，在乌克兰境内。

生活条件，认识认识非常喜欢他的曲子的老伯爵。我恳切地请求你同意，我想利用这个机会酬谢你对我和我的孩子们的热情款待。

亲爱的朋友，紧握你的手，拥抱你！

你的爱韦琳娜·罗伊斯卡

一九一四年七月十二日于莫林策

又及：瓦莱雷克很想去你们那里。让他等一等吧，他以后有的是机会。我这样对他说的时候，他又哭又闹。这个淘气包还说，不应该错过一切可以得到愉快的机会，因为不知道将来会怎么样。

五

奥拉和雅努什到敖德萨的第二天，沃洛佳·塔尔洛请他们去喝茶。茶会实际上是沃洛佳的姐姐阿丽亚德娜（年龄比他略大一点）准备的。他们的父亲是波兰血统，在敖德萨警察局中担任要职，他们的母亲是一个将军的女儿，带来了一笔钱作为陪嫁。这笔钱以及由于波兰血统而企图取得伯爵称号的幻想——这在沙皇时代的俄国人中是引以为荣的——给这个家庭带来了一种不自然的气氛。

这天晚上，阿丽亚德娜穿了一身白色的衣服，在梳得高高的头发上扎了个银白色的蝴蝶结，脖子上戴着人造珍珠项链，像业余剧团演出中的公主。但这种俗气的打扮并没有掩盖她的天生丽质。她身上是格鲁吉亚血液，乌黑的、水灵灵的格鲁吉亚式的眼睛，线条起伏的鼻子，俊俏的嘴巴和一口雪白的牙齿。在暗淡的烛光照耀下，她站在这所高大的、满是尘土的别墅的楼梯上迎接客人的时候，显得格外美丽。

到塔尔洛家里来的只有青年：希莱尔兄妹埃德加尔和爱尔日别塔、约齐奥和他的教师、奥拉、雅努什。从城里还来了一个青年，他叫涅沃林，是一个有名的骑兵团的少尉，仪表堂堂，风度翩翩，长得有点像约齐奥，也有一张轮廓分明的脸庞。他是塔尔洛姐弟招待会的“得意节目”，阿丽亚德娜显然以涅沃林为荣。她故意向他提出问题，以显示他的贵族出身、他在利波维特县拥有的财产、他与俄罗斯名门望族的关系以及他放荡不羁的生活方式。

毫无疑问，阿丽亚德娜爱上了这个军官。她要通过招待会向涅沃林（他的名字是瓦莱里安-瓦利亚）显示塔尔洛一家结交了些多么体面的朋友！拥有全欧声望的爱尔日别塔和确实无疑的伯爵雅努什成了这个聚会的明珠。阿丽亚德娜故意不时地招呼雅努什，为的是叫他一声“伯爵”。而在雅努什看来，这里面有某种神秘的东西，某种温暖、美好的东西——他也笨拙而动人地向她微笑。

聚会开头进行得不怎么好。大家都很年轻，没有经历过大场面，因而都有些拘束。在这种情况下，爱尔日别塔和埃德加尔不得不挑起交谈的全部重担。爱尔日别塔用法语给涅沃林讲她见过的大世面，埃德加尔一面听着彼得堡歌剧院的实况转播，一面同沃洛佳谈话。

沃洛佳比姐姐高得多，和姐姐一样，看人时闪动着一双水灵灵的眼睛。在他略带东方色彩的美中，有某种深藏不露的东西，脸上的微笑在爱说话的对手面前起着抵挡的作用。他倾听着埃德加尔讲话，神情平静，但不时把敏锐的目光投向涅沃林。

涅沃林躬着身子，彬彬有礼地听爱尔茹尼亚讲话，嘴角上挂着一丝一本正经的、不自然的微笑。显然，他实际上是在对阿丽亚德娜和沃洛佳故作姿态。这给谈话和整个聚会带来了一种冷淡的气氛。

“茶”其实是午饭后的点心和晚餐的某种混合物。既有很多普通的食物，也有很多精美的食物，还有大量茶水。后来沃洛佳又从角落里拿出了酒。喝酒后大家放松了许多，谈话也就自然多了。在涅沃林的请求下，阿丽亚德娜答应朗诵几首诗，然而沃洛佳对此明显不满。

傍晚天气又闷热起来，在这摆满家具显得拥挤的房间里热得更加难受。爱尔茹尼亚穿着黑色的连衣裙，奥拉穿着那件“唯一的”连衣裙，她们与打扮得花枝招展的阿丽亚德娜相比显得极为朴素。在五支蜡烛的烛台光下，阿丽亚德娜背对窗帘站着，像一个蜡制的玩偶似的。她用悲吟的声音朗诵着：

啊，红色的帆篷，
在绿色的远方，
黑色的玻璃珠，
在灰暗的披肩上！①

虽然她的打扮俗气，朗诵生硬，语调也不自然，但是雅努什却在其中感到了与自己家里截然不同的东西。他自己的家庭是一个沉闷乏味的窝，那个脾气古怪的老人，肯定会嘲笑玩偶般的阿丽亚德娜，嘲笑这首诗的内容，嘲笑它晦涩难懂、缺乏音乐性。阿丽亚德娜与他那个天地完全不同，雅努什只要一看见她那双水灵灵的大眼睛就觉得透不过气来。而且，雅努什从来没有喝过酒，几杯酒下肚后，便感到全身充满了一种神奇的欢乐：他为全世界、为海、为敖德萨，特别是为他刚刚同埃德加尔结下的友谊感到高兴。埃德加尔坐在爱尔茹尼亚和沃洛佳之间，雅努什不时打断他的谈话，并很直率地对他说：

“呃，埃德加尔，认识像你这样的人，是多么……你是一个不平凡的人……你是一个不平凡的人……”

埃德加尔朝他挥挥手，像赶苍蝇那样。然而可以看得出来，雅努什的这些话还是使他高兴的。他隔着爱尔茹尼亚对涅沃林说：

① 原文是俄文。是著名俄国诗人阿·勃洛克（1880—1921）的诗。

“这是我的新朋友，”他指了指雅努什，“年轻的乡村诗人。不过现在他还没有写诗，以后他会写诗的，一定会写的。”

埃德加尔最后几个字的发音不清，雅努什判断酒对他发生了作用。大家都有几分醉意了。这时，阿丽亚德娜又朗诵了勃洛克的几首诗，在这些喝得醉醺醺的人听来，简直像仙乐一般。

斯彼哈瓦胆怯地望着奥拉。她大方而温顺地坐在一旁，似乎一点儿也不懂得处境的复杂。她像平常一样纯真地微笑着，沉默寡言但心情愉快，惊异赞叹但不失自信。他再一次对这个姑娘钦佩不已：不管什么时候总是举止得体，从不使人讨厌，也从不垂头丧气。

“她多么稳重，有这样一个人做伴侣该有多幸福。”斯彼哈瓦想。

约齐奥有些不满和焦躁，他有点看不起这样的聚会。他抽了很多烟，手捧酒杯在房间里来回走动，听着别人交谈。

过了一会儿，发生了一场意想不到的争论：关于艺术的价值。争论的双方是涅沃林和埃德加尔。斯彼哈瓦仍然望着奥拉。他看到，她倾听着谈话，但不插嘴，对于双方的论据，她觉得各有各的道理。不过，她显然知道，这种争论没有什么意义。埃德加尔心平气和，涅沃林却粗声粗气。

“我们生活的全部价值，”埃德加尔说，“仅仅是因为它在艺术中得到了反映。超生命的、持久的、真正价值的大厦正是在这个基础上建立起来的。”

陷入沉思的阿丽亚德娜突然俯身对着蜡烛低声地念道：

只有在小小的艺术之舟里，
才能够逃脱人世的苦闷。[①]

---

① 原文是俄文，勃洛克的诗。

当她朴实无华地念这句诗时，好像是另一个阿丽亚德娜。大家对她的坦率投以感激的目光。雅努什感到阿丽亚德娜具有复杂的性格和丰富多彩的内心世界。于是他更加着迷地望着她。

涅沃林激烈地表示反对：

“谁觉得人世苦闷，就让他躲到‘艺术之舟’里去吧！不过，只有那些不善于观察、不愿意行动的人，才会觉得苦闷。‘艺术之舟’就是佛学，就是消极无为，就是梦幻……但生命只有一次，白白睡过去太可惜了。行动，行动，深入生活的本质，这才是一个真正的人的光荣使命。人的一切……艺术呢？它不过是肥皂泡，玩物，对于人类整体来说是毫无意义的。艺术只是手持导游手册的英国仕女们所需要的东西，是多愁善感的东方风格强加给世界的多余的、异己的东西……”

斯彼哈瓦明白了这个漂亮军官的这番话的意思，但当他从约齐奥的脸色和眼神中看出他赞同涅沃林的意见时，却感到非常惊奇。

“对，对，”罗伊斯基说，在房间里走来走去，“深入生活的本质，这话讲得很好。”

斯彼哈瓦笑了。

“我觉得，”他慢条斯理地说，“对于这个问题的看法同一个人的气质有关。”

阿丽亚德娜抬起头来，不再念勃洛克的诗了。烛光照着她的眼睛以及颈项上的珍珠。她像在曙光中苏醒过来的花朵那样闪耀着光辉。雅努什一直盯着她。

阿丽亚德娜站起来，穿过房间，走到阳台上。雅努什跟在她后面。深灰色的海仍然在明亮的地平线上沉睡。阿丽亚德娜双手按着太阳穴。

“我头痛。”她低声说。

雅努什站在她近旁，眼望着海，说：

“您站在争论的哪一方？”

“既不站在这一方，也不站在那一方。”阿丽亚德娜低声说，转过脸来，从近处望着雅努什。雅努什觉得自己嘴唇上挂着一丝暧昧的苦笑，极力想驱走它。他想从正面看阿丽亚德娜的眼睛。她仿佛是一尊苍白的象牙佛像，站在他面前。

“我觉得，”她突然像刚才念诗那样尖声尖气地说，“生活的意义和价值在于爱情。”

雅努什迅速地弯下身子，吻了一下她的嘴唇。阿丽亚德娜没有退缩。当他抬起头来，看到她嘴唇上也挂着一丝暧昧的苦笑，仿佛是从自己的嘴唇上移过去似的。他再次低下头来，吻了她的手，低声说：

“很抱歉。”

阿丽亚德娜把手掌放在他的额上，然后伸进他那浓密的浅色头发。雅努什领略了一会儿她的温存，接着又想吻她。这次她把一个手指放在唇边，向别墅里的人群那边摇了摇头。

“您明天来吧，一个人来。”她说。

他们回到客厅的时候，爱尔茹尼亚正准备唱歌，埃德加尔坐在钢琴旁边。约齐奥和涅沃林躲到一边，似乎以此来表示反对爱尔茹尼亚的歌，反对他们所憎恨的艺术。

六

第二天雅努什没有去塔尔洛家的别墅，但寄去了一封信：

阿丽亚德娜！

我爱您！在我最初看见您的那一瞬间我就感到，我们的命运以一种独特的、不可解释的、不平常的方式联结在一起了。阿丽亚德娜，请您不要为我信中的坦率而生气。我只是想使您马上了解我在思考什么，感觉什么，受到什么震动。您内心存在着某种东西，某种不平凡的东西，这一感觉渗入了我每一个念头。我崇拜您，尊敬您，爱您，因此，我今天没有勇气去看您。因为，我们今天可能讲的任何一句话，对我来说都将会是一种亵渎，都可能打破和粉碎我昨夜编造的关于您的神话。您的每一句话，每一个动作，每一个眼神都全证实您是一个人，一个女人——然而，您是我的神，睡梦和幻想中的神，我在孩提时就已知道的神！

我知道，您是会来到的，在我那没有母爱的、贫乏、空虚、悲痛的童年，我就想着您。在我的少年时代，我也一直想着您。

母亲在生我的时候去世了，我没有得到过她的抚爱。我是在这所空荡荡的庄园里，由一个冷冰冰的英国老太太抚养大的。那时我常觉得有一个意想不到的人在空荡荡的客厅里走过，她抚爱地、温柔地看着我，她的手轻轻地抚摩着我。我当时以为是母亲的手，现在我才明白，这不过是对您的存在的预感。昨天，您，穿着白色的连衣裙，扎着银色的蝴蝶结的您，终于出现在我的面前。

今天我不能去看您，而明天我就要走了，我将回到我那在高大的槲树丛中的家，寂寞而凌乱的家。如果我以后能见到您，我将把一切一切都告诉您，但写出来是不值得的。也许您不愿读完那样长的信，会把这个可笑的小伙子写的东西随手扔掉。

不过请您等一等，我放不下手中的笔，哪怕是通过信纸同您多说一会儿也好。对您讲我自己，讲我灰色的、渺小的、乏味的生活——这是多么甜蜜的享受呀！

在家里我有父亲，他是一个对僵死的机械音乐爱得发狂的人。他可以一连几个钟头埋头剪自动钢琴谱，然后由这种乐器奏出来，同时又为效果不及亲手弹奏来得好而生气。肖邦、贝多芬、希莱尔的作品都在这架自动钢琴上奏过。在漆黑的秋夜，当残存的槲树叶在屋旁簌簌作响的时候，根据大师们的乐曲奏出的死板的琴音往往把我惊醒。在春天，当万象更新，和风拂面的时候，这架僵死的乐器却发出难听的鸣叫。

在日托米尔中学的生活简直是受罪。我感到非常地孤独，如果不是您将要来到的那种模糊的预感，那么我恐怕……啊，阿丽亚德娜，这种预感是我迄今唯一的欢乐。父亲把他残留的全部感情都倾注在我姐姐——比林斯卡公爵夫人身上了。她是一个美丽的、善于交际的贵妇人，在华沙和彼得堡是第一个。她很少到我们这里来，几乎根本没有来过。但我知道，每当我走进父亲的房间，他总是为进来的不是她而感到遗憾。他偏爱她一个，宠坏了她。他把我们所有的财产都给了她作嫁妆，只留下了曼库夫卡——一个不到一千俄亩的荒僻的庄园。

我们的园林、槲树林和莫林策的园林相邻，如果您的弟弟到莫林策来看望约齐奥，您能和他一道来吗？罗伊斯基家是我们的近邻，但我不了解约齐奥，他也不了解我。他有一种我难以理解的幻想，他常取笑我。他是倾向于英雄主义的那一类人，而我对英雄主义根本不能理解。请相信我，我总是想着爱情。比起约齐奥来我更喜欢他的弟弟。这是一个单纯、平凡、善良但有点顽皮的孩子。我像爱弟弟一样爱他，而且只爱他一个。对我来说，我的姐姐是陌生的、疏远的，这也许是因为她太高贵了。我希望您认识认识瓦莱雷克，他还是个孩子，才十四岁。

我明天就要离开敖德萨了。我在这里只住了三天，可是在这些值得纪念的日子里，我面前仿佛展现了一个新的世界。埃德加尔和您，我想都没想过世界上有这样的人！埃德加尔是一个奇人，他的知识多么丰富，学问多么渊博，心地多么善良！您和他熟悉吗？我要走了，希望您多同他交谈。每同他谈一次话，都能得到不少东西，都会打开自己的眼界，感到自己的渺小和愚蠢。

我还要说几句。我不想放下纸和笔——为了您。甚至不是为了您，而是为了我自己。我要对自己讲讲您的眼睛，您的微笑，您的声音。您昨天朗诵的勃洛克的诗是多么美啊！据我看，诗的存在就是为了让像您那样的人在朋友聚会的时候朗诵的。在这种时刻——不是在书里——诗就获得了生命，证明了自己的存在，而不再是贫乏的、毫无生气的思维的游戏了。这时，它首先是爱的工具——这正是诗的使命。

我不能去看您。为了能看您，我不知会付出多大的代价，但我不能。这很奇怪，对不对？在您面前下跪，望着您的眼睛……

够了，够了……应该结束这封信了。让外人把这封信平平常常地送到敖德萨一个普通的别墅里。这一切像是一千零一夜里的故事，对不对？您是预言家、公主、仙女——阿丽亚德娜小姐！我是多么幸福地回到曼库夫卡啊，因为我看到您，听见您的声音，感到您在身旁。我不敢企求更大的幸福了，我担心，如果我向您伸出双手，您会像粉末一样飞散，会像烟雾一样消失……

再见了，再见了。我不要求更多的东西，您不必奇怪。您的眼睛是世界上最高的奖赏——我爱您，爱您。请您不要生我的气！我冒昧地请求您：每月给您写一两封信，可以吗？不把信给任何人看，甚至埃德加尔，甚至涅沃林，好吗？好吗？

愿您记住，在这里，在任何地方，我时刻都在听候您的召唤。一句话——我永不变心，我起誓。

雅努什·梅申斯基伯爵

七

第二天下午三点钟，警察局长塔尔洛的马车驶到希莱尔家别墅前。沃洛佳走进别墅，他没有看到约齐奥，约齐奥同埃德加尔进城买胶卷去了。沃洛佳对希莱尔太太说，他父亲想带他们去参加报告会。

“什么报告会？”

“我不知道，”沃洛佳说，“爸爸想让约齐奥去。”

希莱尔太太表示遗憾地大声说，约齐奥进城去了，不能同沃洛佳一起去；其实，她心里暗自感谢命运的安排。和塔尔洛父子一起坐警察局长的马车在城里抛头露面，这太可怕了。尽管塔尔洛只是警察局长的副手……但波兰人一看到警察的制服就感到厌恶。

站在前厅的雅努什听见沃洛佳的声音，以为“他俩”都来了，于是走进客厅。沃洛佳转身看见雅努什进来，便说：

“哦，伯爵，那么您同我一道去吧？”

希莱尔太太对雅努什使了一个眼色，但他没有懂。

“到哪里去？”

“同爸爸去参加报告会。”

雅努什犹豫不决。

“马车就在门口。”

雅努什有些不好意思，但他还是同意了。因为他觉得坐马车兜风是一种难得的享受。虽然没有看见阿丽亚德娜，但同她的父亲、弟弟在一起度过一段时光也是很有意思的，也许他们会谈起她？何况坐的又是她平时进城坐的马车，这对他也是有吸引力的。

希莱尔太太不禁耸了耸肩，但这时小伙子们已经走出去了。她朝外边看了一眼：警察局长灰绿色的帽子在洋槐树之间闪动。

塔尔洛先生歪在马车的后座上。他是一个脸色红润、上了岁数的绅士。他的脸过去大概是很好看的，现在由于虚胖而变了模样。两只眼睛下面挂着皱纹纵横的眼圈，令人想起亨利八世[①]的样子。他向雅努什伸出了手，眼睛滴溜溜地转动，但他对梅申斯基代替罗伊斯基没有什么表示。

橡皮车轮慢慢转动了，车后扬起了一团尘雾。

"格隆瓦尔德战役[②]纪念日刚过。我认识的一个军官要作一个关于这个战役的报告。我想，这是关于我们的战役的……你们大概有兴趣听听……"

雅努什打量了一下警察局长的脸。他的相貌确实富有波兰人的特征。雷依[③]在巴宾的时候，维洛波尔斯基[④]年轻的时候，长得可能就是这个样子。使雅努什感到诧异的，是报告的题目，而不是塔尔洛的话本身。

"格隆瓦尔德战役?"他问。

塔尔洛没有回答，他又回到一种半醒半睡的状态，刚才是小伙子们上车时把他从这种状态中弄醒的。他懒洋洋地坐在马车里侧，半闭双眼，只有饱嗝间或使他的身体颤动一下。

沃洛佳坐在雅努什对面，漠然地望着车外。雅努什极想在他的脸上找出阿丽亚德娜的特征。他发现沃洛佳望着别处时一点儿也不像姐姐，但只要他的眼睛转向雅努什时，雅努什马上就看到他的眼神里有一种令人难忘的、水灵灵的闪光。在昨夜失眠的漫长时刻，雅努什一直在想着这种闪光。

---

① 亨利八世（1491—1547），英国国王。

② 指1416年波兰、立陶宛、罗斯联军在波兰格隆瓦尔德击败条顿骑士团的一次大战役。

③ 雷依（1506—1569），波兰文艺复兴时期诗人。

④ 维洛波尔斯基（1803—1877），波兰政治活动家。

他们到了参谋总部，先进到一个大厅，厅内挂着谢罗夫[①]的尼古拉二世[②]巨幅画像的复制品。大厅旁边是一个小厅，里面聚集着一群军官和官员。过了一会儿，一个穿着长制服的炮兵军官走上讲坛演讲，并不时用教鞭指点着讲坛后的地图。

演讲一开始就使雅努什感到厌倦，演讲的内容也太专门化了。那个军官开头对条顿骑士团、波兰-立陶宛联军的数目到底有多少进行了探讨，然后又对罗斯军队参战问题进行了冗长的论证。很明显，他想强调，是斯拉夫联军在格隆瓦尔德同条顿骑士团作战。然后，他通过幻灯和专门图片指明当时条顿骑士团的位置、波兰军队的位置，指明立陶宛军队是如何退却的，以及侧翼的进攻怎样使维托尔德[③]和雅盖沃[④]取得胜利。

演讲中间雅努什的思想开始开小差。他在想象阿丽亚德娜的模样。他坐在塔尔洛父子稍后的座位上，看得见沃洛佳后脑的轮廓。虽然这一轮廓比阿丽亚德娜脸部的线条要粗犷得多，雅努什仍然因此想起昨天阳台上阿丽亚德娜朝着他的脸。他回想着（已经不知道是第几次了）昨晚的每个时刻：进塔尔洛家的大门，在楼梯口看见阿丽亚德娜以及爱尔茹尼亚唱歌时他们目光相遇的情景。爱尔茹尼亚当时唱的是《纺纱姑娘》。雅努什觉得，在这个时刻，没有比唱舒伯特[⑤]这支歌更合适的事了，它表现的正是无法抗拒又毫无指望的爱情。那天晚上，直到晚会结束，他们再也没有交谈过。

现在，他为自己的信感到难为情，同时又为自己没有应约到阿丽

---

① 谢罗夫（1865—1911），俄国画家。

② 尼古拉二世（1868—1918），俄国最后一个沙皇。

③ 维托尔德（1350—1430），立陶宛大公。

④ 雅盖沃（1348—1434），1386 年加冕为波兰国王。

⑤ 舒伯特（1797—1828），奥地利作曲家。

亚德娜那里去而感到骄傲。他没有“玷污”自己的爱情，因为在爱情实际体验之前，他就把它放弃了。现在他有些害怕同塔尔洛小姐见面，他不愿看到她，因为他隐约地预感到，只要一看到她，他那精心设计的放弃爱情的大厦马上就会坍塌。是否最好自杀？这怎么行！怎么能还没有了解什么是爱情、世界、人、真理就离开人世呢！

他突然发现，大家都站起来了，礼节性地鼓着掌。炮兵军官鞠了一躬，走下讲坛。报告会结束了。

老塔尔洛同一个将军攀谈了几句，然后和他们一起进城去了。两个小伙子坐了他的马车返回中喷泉。

马车驶过敖德萨街道的时候，他们一直没有说话。到了市郊，沃洛佳才说：

“伯爵，您喜欢这个报告吗？”

“坦率地讲，”雅努什慢吞吞地说，“我觉得这个报告太专门化了一点……”

“您对历史不感兴趣吗？”

“我喜欢历史，但战略……”

“我不认为这个报告是专讲战略的，它另有含义……您对这感兴趣吧？”

雅努什想了一下。

“不，”他说，“我不懂。”

“怎么？这个报告的政治性很强，您没有感到吗？”

雅努什有些窘。

“听报告时我在想……别的事情。”他笑着说，“天气太热了……”

沃洛佳脸上露出一丝带有讥讽意味的微笑。

“那您一点儿也没有听出来？”

“没有，没有。”

“您认为会打仗吗？”

“什么？打仗？”雅努什惊讶地问，“要打仗？人对人开枪，相互屠杀？这种事情在欧洲恐怕不会再发生了，人们已经没有打仗的习惯了。”

“您以为和平是永恒的？”

这时马车停下来了。他们前面的那条横街上有一队士兵走过。他们显然是从海边洗澡回来的。白色的上衣和雪白的帽子闪着炫目的光。一个“歌手”紧随在队伍前列的军官后面，用男高音领唱，整个连队以和谐而优美的合唱应和着。

……女士呀，太太呀，
咚咚地敲响战鼓吧，
我们的连队在齐步前进，
　　　　前进，前进……①

雅努什第一次发现敖德萨有很多军队。

“真难以想象。”他说。

“参谋总部的军官在军官俱乐部讲述，而且是详尽地讲述波兰对德国的胜利，您以为这没有什么含义吗？含义很深：这意味着未来的战争是我们共同参加的战争。”

“我……和您？”

“对，我和您。更好的说法是，波兰人和俄国人。”

“波兰人和俄国人一起？不，这不可能。”雅努什突然表示不同意，“而且战争……战争意味着什么？意味着一切的毁灭。”

---

① 原文是俄文。

“对于某些人来说是毁灭，但对于另一些人来说则是开始……”这时马车已经越过了行进中的队伍，沃洛佳沉思地说，“对我们来说可能是开始。”

“‘我们’指谁?”雅努什问。

但是沃洛佳没有回答雅努什的问题，他突然转过脸来问道：

“您觉得我姐姐怎么样?”

雅努什结结巴巴地说不出话来。

“她很可爱。”停了一会儿之后他终于迸出了一句话。

“您这样想吗?”沃洛佳追问道，“我觉得她的脾气有些古怪。不过也许以后会变……”

“会变的，肯定会变的。”雅努什盲目地加以肯定，并以登徒子的口吻补充说，“一切女性都是善变的……”

沃洛佳微微一笑。雅努什觉得，这微笑既表现了他的老练稳重，又包含着某种优越感。他觉得有些不好意思，于是把目光移开了。

“您知道……”沃洛佳突然以倾吐心事的口吻对他说，“如果她不会孤孤单单一个人，我就可以放心了……”

“什么？孤孤单单一个人?”雅努什诧异地问。他感到心头一凉，像平时他听到远处火车汽笛鸣叫时的感觉那样。

沃洛佳把手放在雅努什的手上。

“有许多事您不明白，伯爵，”他的声音里既有嘲弄，也有好感，“您甚至不明白，为了某一目的，我们可能共同斗争。不过，您大概懂得，由于即将到来的事件，我不能继续留在家里……留在这样的家里……这样，阿丽亚德娜就会是孤孤单单一个人了……”

对于这个俄国人所讲的一切，雅努什似懂非懂。

“她不跟您一道去吗?”

沃洛佳大笑起来。

“谁？她？阿丽亚德娜？您真有意思，她能成为一个革命者吗？”他压低嗓门对着雅努什的耳朵说，以免车夫（他戴着一顶拖着孔雀毛的帽子）听见。

“哦，原来是这样……”雅努什喃喃地说，声音几乎听不见。

他们到了希莱尔家的别墅。沃洛佳再次邀请雅努什到他家去，但雅努什信守自己的誓言，而且，他也有点害怕沃洛佳继续说下去，因为沃洛佳的话使他感到一种莫名的恐惧。他转身对着沃洛佳，看到他炽热的黑眼睛，以及眼睛里表露的请求。对于他的请求，他也感到不安。

“什么时候？”他问。

他自己也不知道问的是什么，是战争的日期，还是沃洛佳出走的日期，抑或是重逢的日期。

沃洛佳在马车里直了直腰，仿佛要在自己与梅申斯基之间建立一道无形的墙似的。

“最近几天。”他冷淡地大声回答说。

雅努什同他告了别。他远远望见涅沃林正穿过街道朝塔尔洛家走去。于是他加快了步伐，径自走进了希莱尔家的门廊，始终没有朝那边再看一眼。

八

雅努什准备搭的那班火车将在傍晚前开出。爱尔茹尼亚要到城里去办事，并要带奥拉和约齐奥去。埃德加尔要去送雅努什，但时间还早。于是大家决定一道坐车到德雷巴索夫斯卡雅街“弗兰齐舍克先生”那里去。这是一家小小的糖果点心铺，是华沙总店的分号，不久前才开张的，但生意非常兴隆。他们要了冰激凌。

弗兰齐舍克·戈翁贝克先生是一个眉目清秀、身材矮胖的年轻人，长着一头褐发，一双富有感情的眼睛，一张线条柔和的丰满的面孔。他在柜台后面的收款处旁边站着，当他看见一群衣着讲究的人进店时，高兴得不停地搓着手。奥拉安详、端庄的脸庞大概引起了他的注意，他目不转睛地望着她。

埃德加尔几乎所有的敖德萨人都认识——他家很久以来就住在这里，只有父亲一人在糖厂（他是糖厂经理）。他走到弗兰齐舍克先生身边，问他店里的生意可好——生意还不错。埃德加尔还吩咐给雅努什准备一些路上吃的东西。

当大家已经走出店门的时候，店里的伙计给奥拉递上一盒巧克力。惊奇的奥拉朝四下一看，只见弗兰齐舍克先生羞怯地站在收款处旁边，脸红红的，一连向她鞠了好几个躬，活像一个面带微笑、两眼半闭的佛爷。奥拉灵机一动，把盒子交给了爱尔茹尼亚，说这是送给她的：

“名人的光临是弗兰齐舍克先生莫大的荣幸……”

爱尔茹尼亚含笑注视着奥拉。她收起了巧克力之后说：

“你这么年轻就讨人喜欢了……”

“哎呀，难道这是我的过错吗？”奥拉叹了一口气，弗兰齐舍克先生的好意似乎给她带来了极大的烦恼。

姑娘们在斯彼哈瓦和约齐奥（他看来爱上了爱尔茹尼亚）陪同下回家。埃德加尔陪雅努什上火车站。

时间还早，他们在拥挤的站台上来回踱步，在一群群等车的士兵、农民、商人中间穿行往返。这里有卖葵花子的，有提篮卖西瓜、黄瓜、苹果的。正是在这乱哄哄的人群中，他们之间原有的拘束顿然消失了。在这肮脏的、蒸汽和烟雾弥漫的站台上，他们进行了一场内容很特别的谈话。

埃德加尔又提起昨天在阿丽亚德娜家里谈到的关于艺术的作用问

题，尽管雅努什此刻不仅对作曲家抽象的概念不感兴趣，而且对他的论证感到厌烦。

“对，是这样，”火车发出了第一声鸣叫之后，雅努什突然不耐烦地说，“然而本能起什么作用呢？本能在你那冷冰冰的世界里占有什么位置呢？”

埃德加尔无意撞了一下提苹果篮的老妇人。

“本能，或者说灵感……怎么说呢……它在更深的地方，在‘我’最里面的那一层。我们应当能够取得一致。我觉得，艺术中最重要的，是艺术家的意识、他对技巧的掌握以及他对自身目标的了解。当我们要创造的东西从我们自身发掘出来的时候，还是无组织的、混乱的，这时艺术本能最重要的作用就是选择，这就是说，对我们自己拥有的东西必须加以选择。我们不应当把豌豆、白菜之类的东西统统装在盘子里端出来，而应当对自己的豌豆采取某种态度。我们应当把它做成菜，这就是形式！”

雅努什又不耐烦起来。

“你老是谈艺术！生活呢？我们应当如何生活？一句话，爱情在这一切中占有什么位置？”

埃德加尔停下脚步，注视着雅努什。在逐渐暗下去的夏空衬托下，埃德加尔俊秀的脸庞显得分外清晰，明亮的眼睛在阴影中闪闪发亮，这使得他有些像德拉克洛瓦[①]画的肖邦。这一形象深深映入了雅努什的眼底和心田，成为这个新朋友给他的最根本的印象。

“爱情！”埃德加尔叹了一口气，“它高于艺术。它是万物的唯一本质，其他一切都只是这一本能的表现。”

雅努什抓住埃德加尔的手，猛然把他拉住了。长长的、发亮的列

---

① 德拉克洛瓦（1798—1863），法国画家。

车在他们身边驶过。

“埃德加尔，你说什么来着？其他一切都只是这一本能的表现？”

这时，阿丽亚德娜、沃洛佳和涅沃林已经来到他们跟前。因为阿丽亚德娜同弟弟手挽手，雅努什才认出了她。前天，他看见她的时候，她穿着白色的衣服，扎着银色的蝴蝶结。以后，他又把她想象为一个超凡出世的人。现在站在他面前的，却是一个个儿不高的女郎，比她弟弟和那个漂亮军官矮得多。她的装束很朴素，穿着灰色的外套，戴着黑色的大帽子。由于这顶大帽子，她显得更加矮小。

阿丽亚德娜和沃洛佳在热烈地谈论着什么，常常相互打断对方的话。雅努什觉得，这个心爱的姑娘讲的那些极一般的字句，包含着另外一些话——假如他们单独在一起时要说的那些话。在她说话的语调里，在她的目光中，雅努什发现了很多东西。她说，他们刚才到城里去玩，在某处吃晚饭，他们坐的电车被一匹死马挡住了去路等——在他听来，仿佛是说收到了他的信，非常感谢他，将给他回信，希望再见到他……

沃洛佳说，他们商量好了一个计划：带雅努什和埃德加尔去吃饭，玩个通宵，雅努什等下一趟早班车再走。

这一前景确实很吸引人。雅努什想象着这个晚会的情景。这种消遣方式的本身，就使他高兴得难以自制。但他马上想到，他不能这样做。火车票已买好，给曼库夫卡的电报也已发出，而且他没有钱，真是身无分文。他想象得到，如果没有按时回去，父亲会给他什么脸色。不行，绝对不行。

由于不能参加这次游玩，他伤心透了。他没有好气地对沃洛佳表示感谢：

“很遗憾，我没有这种福分，我得走。”

埃德加尔热情地劝他在敖德萨多留几个钟头。然而雅努什心里充满了绝望的情绪，对埃德加尔也没有好气：

“没有我你们照样会玩得很痛快的。”

大家都表示不同意。然而这正是他最伤心之处：他很清楚，他们并不需要他；他不会生活，而且呆板、笨拙。没有他，他们四个照样能玩得很高兴。

他上了火车，在拥挤的三等车厢里，在一个士兵和一个犹太人之间坐下了。赫尔松草原[1]和波多莱[2]槲树林在窗外掠过。他没有睡觉，而是在想今晚饭店里的情景，想着阿丽亚德娜在同漂亮的军官瓦莱里安愉快地交谈，想着瘦瘦的、满怀激情的沃洛佳即将弃家出走，想着温文尔雅的埃德加尔正在照着菜单订菜。他后悔得几乎要哭出声来，一宿都没有睡着。拂晓时他在波多莱的一个小车站下了车。一辆破旧的老式马车和马在等着他。

像常有的情况那样，其实他完全没有伤心的必要。由于雅努什这个羞怯而呆板的小伙子的离去，使他们四个，首先是阿丽亚德娜失去了兴致。

“我不想去玩了。”她以任性的口吻说。

涅沃林自己到娱乐场所去了。埃德加尔用马车把他们姐弟俩一直送到中喷泉。一路上几乎谁也没有说话。他们在塔尔洛家门口道了别。

埃德加尔朝家里走去。阿丽亚德娜缓慢地爬着陡峭的楼梯。留在下面的沃洛佳看到姐姐疲乏的动作，说：

“我不想把你孤孤单单地交给这个年轻的伯爵，他眼睛里闪着危险的火光。”

阿丽亚德娜转过头来，懒洋洋地摘下帽子，收住了轻轻的呵

---

① 在乌克兰南部第聂伯河口。

② 乌克兰利沃夫到黑海海滨这一大片丘陵地带。

欠，说：

“危险？对我危险？”

她轻蔑地大笑起来。

九

这天虽然很热，但爱尔茹尼亚和奥拉整个早上都在唱歌。奥拉有一副天生的好嗓子，悦耳、甜润，乐感也很强。爱尔茹尼亚给她上了几次课以后就开始教她唱难度较大的歌——甚至包括《幽情》在内。这时困难出现了。奥拉的歌声显得干涩、僵硬，完全没有表现力。爱尔茹尼亚给她指出着重点，做滑音示范，都没有效果。甚至比较容易的第一段，奥拉也唱得不好。她唱出的字句像精疲力竭的小鸟，从空中掉下来就失去了生命。

允许我，世界，允许我存在！[①]

特别是“允许我”[②] 这几个字（这里有明显的四度音跳跃）奥拉虽然唱得很准，但毫无韵味。尽管爱尔茹尼亚自己把这个四度音唱得美妙、柔和、清晰，奥拉跟着她唱出来的却不像样子。

整个炎热的上午她们像鸽子叫那样反复唱着这个四度音。声音响彻整个屋子。“允许我，允许我存在！”[③] 爱尔茹尼亚唱一句，奥拉跟一句。

---

① 歌词，原文是德文。

② 歌词，原文是德文。

③ 歌词，原文是德文。

斯彼哈瓦心神不定、满腹犹疑，在屋里踱来踱去。

“允许我存在”[①] 这句歌词，对他来说，像是在为某种尚未产生的生命的存在而呼喊。他希望从这种喊声中以及通过这种喊声能产生某种东西。日常生活的穷极无聊已经使他难以忍受了。

奥拉到敖德萨以后一切都变了：斯彼哈瓦已经没有工夫为约齐奥担心，也不再限制约齐奥到沃洛佳家里去以及同埃德加尔谈话了。再说约齐奥现在也很少外出，常常一连几个钟头坐在客厅或旁边的房间里用手指摆弄钩针编织的台布或者看侦探小说。特别是爱尔茹尼亚“工作”的时候，拉他上海滩他也不去。爱尔茹尼亚练嗓子并不总是令人感兴趣的，好在她常常抛开复杂的发音练习曲，整个早晨都对着乐谱唱歌，唱舒曼[②]、舒伯特和勃拉姆斯[③]的歌，并请埃德加尔为她伴奏。斯彼哈瓦还经常在花园的角落里，在篱笆脚下，在黄洋槐的满是灰粉的枝叶后头，看到约齐奥。这并不是幽雅的地方，但极为隐蔽。只要爱尔茹尼亚一开始唱，约齐奥马上就离开他的隐蔽所，神情激动，两眼发亮，缓步朝别墅走去。

为了听爱尔茹尼亚唱歌，这一回约齐奥选中了他和卡齐米日共住的那间房子。他一进门就仰坐在阳台口的藤椅上。他像斯彼哈瓦一样，心情烦乱而焦躁。

当楼下响起了“允许我”“允许我”的歌声时，斯彼哈瓦想起他最近完全没有关心他的学生。上课仅限于在一起读波兰文学名著，布置约齐奥做作业。但约齐奥总是想方设法躲掉。现在，当他在屋子里来回踱步的时候，他才意识到，在这敖德萨的海滩上，他们两个都发生

---

① 歌词，原文是德文。

② 舒曼（1810—1856），德国作曲家。

③ 勃拉姆斯（1833—1897），德国作曲家。

了意料不到的事情。

“作业做完了吗?”他不满地问。

“没有。”约齐奥满不在乎地回答说。他正在全神贯注地听爱尔茹尼亚唱歌——她正在教奥拉唱一个较复杂的乐句。

“为什么?”斯彼哈瓦追问道。

“没有时间。”

“你整天都干什么了?”

约齐奥胆怯地看了老师一眼，尴尬地笑了笑。

“我听她教歌，你呢?”

卡齐米日皱了皱眉，继续在房间里踱来踱去，并加快了步伐。最后，他的怒气平息了。他站在约齐奥身旁，望着阳台外面灰蓝色的海，瘦削的脸上露出了开朗的微笑。

“这会有什么结果呢? 你想想，约齐奥!”他说。

约齐奥低下头，脸红了。

“我觉得，在这种时候谁也不会去考虑会有什么结果。什么结果也不会有，这个我知道。”他叹了一口气说。

“就是嘛!”斯彼哈瓦微笑着走开了。

“一个病人体会不了另一个病人的痛苦。”约齐奥说，“‘允许我，世界，允许我存在’，”他念着楼下正在唱的歌词，“‘不要扰乱我的心灵……’”

“人永远是孤独的。”斯彼哈瓦突然叹了一口气，在床上坐下。

约齐奥“像年轻的魔王”那样辛酸地笑了。

“你是怎样想的? 你以为可以把自己的心思向世上其他人倾吐? 每个人都只关心他自己的命运。”

斯彼哈瓦惊讶地望着自己的学生。

“你这个想法是从哪里来的?”他问。

"凭空想出来的。"约齐奥含糊地说。

他还想继续说下去，刚要开口，沃洛佳冲进来了，神情专注而严肃。

"您得马上离开这里，"他对斯彼哈瓦说，"明天要宣布战争动员了，所有的火车都停开。"

斯彼哈瓦没有听懂。

约齐奥从椅子上跳起来：

"那我们也得走。"

"从沃洛契斯卡走已经来不及了，您应当取道罗马尼亚。"沃洛佳对斯彼哈瓦说。

斯彼哈瓦坐在床上听着，脸色苍白，一言不发。他什么也不明白，只觉得耳朵里轰隆作响。一桩大事件就要发生了。

楼下两个姑娘还在练唱。同沃洛佳带来的消息一比，她们练习四度音的跳跃几乎是一种嘲弄。斯彼哈瓦异常坚决地从床上站起来，匆匆穿上简朴的外套，问沃洛佳：

"火车几点开？"

"到莱尼的火车五点左右开。"

"哦，那还有的是时间。"

他下了楼，敲了敲客厅的门。姑娘们惊异地望着他。

"很抱歉，我有要事。奥拉小姐，您是否能同我讲几句话？"

奥拉迟疑地望着爱尔茹尼亚。

"你去吧，孩子，"歌唱家说，"今天的练习已经结束了。"

斯彼哈瓦选中了洋槐树后的那张椅子，在那里同奥拉谈话。那是约齐奥·罗伊斯基经常坐在这里等待机会的地方。天气很热，斯彼哈瓦激动得直淌汗。他的心里像压着一块石头，他已感到大事件的洪流冲击声抓住了他，激荡着他。蓝眼睛的、身材苗条的奥拉安详地坐在椅子上，尽力不使内心的惊异流露出来。斯彼哈瓦坐着，把手指扳得咯咯作响。沉默了很久之后，他才对奥拉说（但眼睛望着别处）：

“奥拉小姐，明天就要宣布战争动员了。我作为奥国臣民[①]必须马上离开这里，所以现在我要向您告别了。”

奥拉深深地吸了一口气。这个急促的动作，表现了她的惊讶、感触和震动。她目不转睛地望着斯彼哈瓦。他脸色苍白，低着头，避开她的目光。他像一个乡下人那样，把脸扭向一边，不去看她蓝色的眼睛。

爱尔茹尼亚不知道斯彼哈瓦为什么打断她们上课。她继续在客厅里练嗓子。在燥热的空气中，她按照发音练习曲不停地唱出纯正的音程。斯彼哈瓦抬头一看，奥拉完全像个孩子那样咧着嘴，看起来不像十六岁，而像是十二岁。他激动地抓住她的手说：

“现在战争把我们分开了，您等我吗？”

“我等您。”

虽然心情激动，但奥拉这句话仍然说得清楚、有力，充满着自信。斯彼哈瓦紧握她的手。他发现，这个激动的姑娘正等待着他的亲吻。然而这更加使他不允许自己这样做。

“等我们重逢的时候我再吻您。”

“好的。”

奥拉像个孩子，一个听话的小学生那样低声说出这个字，但斯彼哈瓦却像是听到誓言那样为之一震。奥拉笑了，突然以一个阅世甚深的妇女的口吻问：

“您不会抛弃我吗？”

“不会，永远不会。”

---

① 斯彼哈瓦是波兰加里西亚人，在波兰被瓜分时，加里西亚属奥地利占领区。

“好，”她说，用的已经是另一种语调了，“您收拾行李前我们先到客厅去，我要为您唱一支歌。”

他们打断了爱尔茹尼亚的练习。奥拉请她为自己伴奏《幽情》。爱尔茹尼亚不抱多大希望，但很乐意地坐到了钢琴旁边。第一乐句小奥拉唱得不稳而费力，然而后面那个四度音“允许我”却唱得非常成功，声音饱满，像大提琴那样深沉。坐在钢琴前的爱尔茹尼亚感到身后似乎有什么东西在产生、成长，不禁打了个寒战。她一回头，只见奥拉苍白而安详，她昂着头，眼眶里饱含晶莹的泪水。斯彼哈瓦坐在一角，细瘦的双腿叉开着，双手紧抱着黄瘦的额角。

十

卡齐米日上火车的时候，确切地说，当他拼命挤上火车的时候，他才明白了：一个人在他所经历的事情中并不总是孤独的。敖德萨车站不久前还是那么宁静，充满了诗情画意（斯彼哈瓦想起了雅努什离开敖德萨的情景以及他那双脉脉含情的眼睛），现在却面目全非了。一群穿白色夏装的士兵站在车站前的广场上，旁边是女人们在哭泣着。在宽阔的站台上，一眼望去全是妇女。她们的哭声把出口处的玻璃顶棚都震得嗡嗡作响。女人、孩子、狗、鸟笼、花盆、篮筐组成了一片一望无际的海洋。火车的两侧被人们挤得水泄不通。在另一列火车上坐着个别征召来的男子——工匠、专家、技术人员和炮手。这列车停在旁边的一条轨道上，车上特别挤。

卡齐米日提着自己那只不算沉的箱子挤向第三个站台——开往莱尼（在罗马尼亚的边界上）的火车就停在那里。车上挤满了拿夹竹桃花篮和花瓶的妇女。天气很热，孩子们在哭闹。有几个比萨拉比亚的犹太女人把双手紧抱在胸前，这不知是因为不安、恐惧，还是因为脖子上用结实的线绳挂着装满宝石、黄金的小口袋。她们已经知道，现在应该存黄金。可是卡齐米日刚才同希莱尔太太结账的时候，宁愿要二十五个纸卢布而没有要五个五卢布的帝国金币。他认为黄金太重了，而且容易压坏口袋。

虽然火车拥挤不堪，所有的通道、走廊似乎都已堵塞，但卡齐米日仍然挤进了蒲尔门式的二等车厢，并在车门口找到一个放箱子的地方。他自己在箱子上坐下了，还腾出了一块地方给一个胖老太婆坐。由于炎热和拥挤，她的脸红得发紫。她用手绢不停地扇着风，下意识地一声高一声低地叨叨着，“天呀，天呀，天呀……”她只是一个人上车，她的两个孙女留在城里不走，孙女们现正在站台上的人群里，想挤过来同祖母谈话。“奶奶，奶奶！”她们喊着，挥动着手。她们近旁是一群表情严肃、阴沉、惊惶的农民。他们一动也不动地站在车厢跟前，不满地望着车厢里的旅客。他们在等候下一趟开往顿河上的罗斯托夫或叶卡特琳诺斯拉夫的火车。

突然，人群像大风吹过成熟的麦田那样波动起来。在靠车站大楼那边响起了喊声和武器碰撞声。一队背着背包、握着步枪的士兵朝火车冲来。一个中士挤上了斯彼哈瓦这节车厢，并向他大声喊叫，但声音极不清楚，谁也听不懂他在说什么。过了一会儿之后卡齐米日才明白，他原来是要他们离开车厢，可是车厢里谁也没有动。士兵的喊声越来越大，他额上都渗出了汗珠。他叫喊的时候，露出了满嘴参差不齐的、有病的黄牙。

这时窗口出现了另一个军士。

“算了，弗罗希卡，”他说，“他们已经搞到了另一个车厢。”

果然，一种像蜜蜂刚出巢时的嗡嗡声开始从火车前端传过来。斯彼哈瓦从箱子上站起来，把头探出窗外。刚才叫喊的那个士兵下车到站台上。斯彼哈瓦看见，在相隔九个车厢的地方，士兵们正在把提篮背筐的乘客赶下车来。妇女们的喊声更响了，盖过了其他一切声音。乘客们被赶走之后，士兵们便从车门和车窗拥进了车厢。被赶下去的人呼喊着、咒骂着，并企图挤上其他车厢。他们苦苦哀求站在踏板上的人放他们进去，可是那些人根本没有办法，因为他们实在挤不进去了。

“你们算什么军人？”一个妇女喊道，她手里牵着两个号啕大哭的孩子，“你们算什么军人，赶妇女下车……”

一个士兵听到妇女的责骂大笑起来。他歪戴着军帽，额上露出一绺红发。他对这个妇女摆摆手，说：

“现在要打仗。战争时期军人有优先权，娘儿们靠边站吧！”

那女人的一只手松开了孩子，用拳头对着士兵说：

“仗还没有打起来呢！”

“明天就会打起来的，”士兵笑着，又向那女人摆了摆手，“我们将为你们作战！”因为那女人已经走开了，他朝着她大声喊，“你不要生我们的气！”

可是那女人没有听见士兵的话。她在人群中消失了。

晚点一个钟头之后，火车终于缓缓地开动了。当汽笛长鸣，车厢随着车头向前移动的时候，站台上的喧嚷声更大了，这声音像是急风吹过老松林的响声。声音就在车厢的两边，这是悲伤、惊惶、绝望的声音的混合物——因为站台上的人本身就是悲伤、惊惶、绝望的。所有的站台都挤得水泄不通，火车喘着气，慢慢地向前行驶，过了一阵子才驶到一片较为开阔的地方。这时火车加快了速度。

大概是由于火车开动后的前冲力，车厢内拥挤的人群稍稍松动了一点。像通常那样，每个人总算有了一块地方。哭声慢慢停止了，敖德萨人有名的乐天性格又占了上风。斯彼哈瓦逐渐能够在混混沌沌的人堆里分辨出单个的人。女人中有年龄大一点的，也有年龄小一点的；

有吵吵嚷嚷的，也有比较文静的。有几个年轻小伙子，有几个吉卜赛人……还可以听到此起彼伏的笑声。火车开过了第一个车站，窗外展现出平坦的赫尔松草原，它在烈日的烤晒下看上去像是棕色的。车厢的末端传来了年轻人低低的哼歌声和手风琴声。虽然在人堆里转动身子都很困难，但人们还是打开了用黑绳子捆牢的篮子、白底红条台布打的包裹，拿出了酸黄瓜、熟鸡蛋甚至还有西瓜。红瓤黑籽的西瓜似乎给这燥热的空气带来了一丝凉意。一个满头是汗、头上耷拉着一绺头发的胖胖的喀查普[①]，把一块红红的西瓜递给了卡齐米日和他的邻座。

“一个瓜我吃不了，”他说，“剩下的只好从窗口扔掉。你们吃吧，吃吧。”

斯彼哈瓦感激地看了老人一眼。那老人用掉光了牙齿的嘴刚吃完一片西瓜，现在正拿着另一块，并咬了一口又甜又凉的瓜瓤。邻座老妇人也吃开了，细心地把瓜籽吐在手掌上。

“噢，这位老人家把我救了，”她对斯彼哈瓦说，“我都快渴死了。”

她把瓜皮扔出窗外，接着又用手帕扇风。

卡齐米日的箱子很结实。那老妇人坐在上面很舒服，但对卡齐米日来说却不是如此，因为他有两条长腿作梗。吃完西瓜以后他觉得发困，于是把头靠在窗边的板壁上，闭上了眼睛。风时而轻柔时而急骤地吹着他的脸。风是从列车另一头吹过来的，没有灰尘。草原上散发着一股洋艾和蓟草的气味。太阳慢慢西沉了。

卡齐米日想回顾一下这一天的情况，理一理发生的一切事情，然而他做不到这一点。在火车的轰隆声中，只有一些模糊的图景闪入他的脑际。有莫林策的，有敖德萨的。爱尔日别塔的歌声、发音练习曲

---

① 乌克兰人对俄罗斯人的蔑称。

的音阶；约齐奥、埃德加尔、沃洛佳的声音在耳际萦回，可是他怎么也想不起奥拉的模样，她的形象在他的记忆里也已经模糊了。只有她的蓝眼睛以及微微昂着头看人的样子还牢牢地留在记忆里。

他睡着了，这时上述的回忆和印象便更加紧密地交织成为一块厚厚的地毯，其中还穿插着现实的线索；刚刚吃完的那块红瓤西瓜同勃拉姆斯歌曲中的四度音混在一起。这些梦境混乱的交织，引起他的恐惧。当他醒来的时候，太阳已经快下山了。旁边的老妇人靠着他的肩膀睡着了，还轻轻地打着呼噜。车厢里更松了一些，有的乘客坐在地板上，有的躺在上面的行李架上。现在卡齐米日可以看见整个车厢，甚至可以看到车门口坐着一个鬈发、黑皮肤的小伙子，他的腿上放着一架手风琴。斯彼哈瓦想起了自己的梦境，他觉得奇怪，在这种时刻，他梦见的竟然尽是个人内心深处的回忆和印象，而身外发生的大事件却丝毫没有进入梦中。梦里尽是音响、水果、女人。然而整个世界都要坍塌了。

他努力想弄清楚究竟发生了什么事，但是办不到。他的想象力太贫乏了，想不出“战争”到底是什么样子。这个字眼多少年来都被搁在弃置不用的故纸堆里了。这个字眼完全没有什么意义，不意味着任何东西。它像一个绿色的大海浪那样在地平线上掀起，然后从很高很高的地方掉下来破灭了。海浪打在他身上，把他卷入大海。斯彼哈瓦浑身一震：原来他又在做梦。

坐在车厢另一端的那个小伙子在拉手风琴，声音很轻，但一直没有中断。人们倦了，像傍晚时分的蜂群那样逐渐静下来，只有嗡嗡的低语声还隐约可闻。大家都昏昏欲睡。车厢里没有灯，斯彼哈瓦靠着傍晚的微光看到一个个蜷缩着的疲惫的身体。火车运行得还算正常，离敖德萨越远，人越少，车站的混乱程度也越来越轻。路旁的房子有的在沉睡，有的还闪着黄色的灯光，大概那个令人难以理解的消息还没有传到这里吧。铁路附近村落的居民还享受着安宁，正在度过最后一个寂静的夜。斯彼哈瓦望着那一格格的窗户，颇有感触。它们现在好像风暴尚未来临的港湾，人的生命暂时还停靠在这里。

“这是和平的最后时刻，”他想，“以后，这些生命将一道被埋进共同灾难的坟墓。这将是怎样一幅景象呢?”他反复地问自己。

深夜时分火车到达麦林卡站，旁边的轨道上还停着另一列火车，在微弱的灯光下，斯彼哈瓦突然看到那列火车的侧面写着“敖德萨—华沙”。这就是说，他们已经赶上了几个钟头前就已开出的那列华沙火车。那列车上也没有灯，车内同样挤满了正常生活被打乱了的、睡眼惺忪、疲惫不堪的人们。火车旁边，有一些人，主要是男人，像蚂蚁围着一条死虫那样急急忙忙地跑来跑去，他们是到车站打热水、买水果的，同时对车厢里的妻子呼喊着什么。很多人讲的是波兰语。

斯彼哈瓦这个车厢里松多了。卡齐米日能够站起来走到窗口旁边伸伸腿。他的邻座醒来了，用手帕不停地擦着脸上的汗，叹气。斯彼哈瓦看见对面的窗口里，有一个女人带着一个十岁左右的男孩。那男孩不顾别的乘客又困又累，不停地大声发问，他讲的是纯粹华沙口音。

“为什么我们停在这里？那列火车开到哪里去？为什么不鸣汽笛？哪一列火车的铃响了?”那孩子有一头淡黄色的头发，活像小鸟的头那样不停地转动。

斯彼哈瓦正想说什么，那列华沙火车已经开动了。小孩的半个身子探出窗外，斯彼哈瓦不禁吃了一惊。那列火车起动后就开得飞快。斯彼哈瓦只听见开过去的车里有人在喊：

“维耶维乌尔斯卡太太，维耶维乌尔斯卡太太！小孩快掉下去了，快扶住他!”

然后是维耶维乌尔斯卡太太平静的声音：

“没有事。”

那列火车开走了。现在卡齐米日可以看到站台和车站。站台上贴着一张很大的红色征兵告示。人们昂着头，站在告示下读着。车站前面有一队全副武装的士兵。

两个铁路工人晃动着信号灯迅速地从列车旁边走过，同时热烈地谈论着：

“仗打起来了，打就打吧！”卡齐米日只听见这一句。他退回原处，在箱子上坐下了。这时整个车厢都睡着了，发出了鼾声。

第二章　断　树

一

一九一七年秋，卡齐奥·斯彼哈瓦得了支气管炎，长期未能康复。他在基辅住了一阵，但是那里不能再待下去了，于是不得不搬到某个小市镇去。他原想在莫林策一带挑个地方，后来听说莫林策没有遭到破坏，而且罗伊斯基家还有人住在那里，便决定直接到他们家里去休养。这已经是第二年的一月份了。他步行到莫林策，从厨房的后门走进府邸。在厨房里他遇到两个在这儿顶替仆役的奥地利战俘。卡齐奥从他们嘴里打听到，只有老罗伊斯基和约齐奥在家，这消息使他很高兴，便三脚两步走进了餐厅。

罗伊斯基父子二人正在吃午后点心。这个大房间里很暗，桌上点着两支蜡烛，又从屋外射进了一缕殷红的落日余晖。他们没有认出斯彼哈瓦。约齐奥从桌旁站起来。斯彼哈瓦吃了一惊：他长大了，成熟了，成了个大人。他穿的是军服，一件土黄色的衬衫紧紧地箍在身上。鼻子底下长出了柔软的暗褐色的小胡子，显得要比实际年龄大些。

斯彼哈瓦走到亮处，伸出了手。约齐奥终于认出了他，感到很难为情，一言不发地握住斯彼哈瓦的手，轻轻地摇了摇。

“真没想到你会来，”他突然说，什么也没有问，只是指了指椅子：

“坐吧！”

他们在暗淡的烛光下，带着无言的微笑相互对视了片刻，愉快地发现了这些年来彼此在外貌上发生的变化。

“你的脸色很不好！出了什么事？”约齐奥问。

卡齐奥注意到，他说话的语气里有一种深沉、果断而自信的调子，而这正是约齐奥从前所缺乏的。此刻他毫不怀疑，坐在自己面前的完全是个新人。他看见约齐奥衬衫领口上系着个黑黄相间的领结，显然他上过前线了。

“你讲讲吧，”他终于开了口，“你的情况我一点儿都不了解。”

约齐奥尴尬地看了看父亲。然而父亲同客人握过手之后，便低头看他那份过期杂志《骑手和养马人》去了，仿佛这是他眼下一件十分重要的工作。

“真的，”约齐奥说，“我自己也不知从何说起，一言难尽……”

斯彼哈瓦微微一笑，他觉得自己又占了约齐奥的上风。他说：

“就从今天说起吧，这可能最简便了。基辅我再也待不下去，而眼下我还不知道该到哪里去。我打算在莫林策至少住他几天。”

“你高兴住多久就住多久。”约齐奥说，他并没有向父亲征求意见，“问题是，我们自己也不清楚，我们能在这儿待多久。全县只剩下两个庄园了：莫林策和曼库夫卡。妈妈、奥拉和米哈霞姨妈都住在斯克维拉，她们明天要来取银器。”

这些人名和地名把卡齐米日一下子带回到了他三年多以前猝然离去的那个环境。曼库夫卡和米哈霞姨妈！什么也没有改变，只是他重新接触到的这些名称和实物蒙上了一层时代的灰尘，失去了昔日的光泽和离得遥远了而已。就连罗伊斯基先生本人似乎也只不过是一种幻觉！斯彼哈瓦一时浮想联翩。奇怪的是，他觉得周围的一切事物中，只有约齐奥是唯一具体而确实的存在。他的声音、他的军人风度、他那修剪过的小胡子、他那张虽不很匀称但却非常标致的面孔，以及他对战斗经历的回忆——这一切，对于斯彼哈瓦来说，不啻在沙漠中发现了绿洲。在约齐奥身上，他获得了自己所需要的那种自信。

一吃完午后点心，约齐奥就把斯彼哈瓦带到以前瓦莱雷克住的那个房间，并让他在床上躺下。炉子点着了，送来了陈年蜜酒，两个朋友平静地聊着天，仿佛窗外的世界可以由他们来支配。

卡齐米日问起瓦莱雷克的近况。

“他在军队里，在敖德萨。我们好久没有得到他的信息了。”

“这里怎么样？乡下情况如何？”

“目前一切正常。只是园子里的树木被砍掉了。”

“槲树？”

“槲树也砍。所有的树都砍。”

约齐奥的眼睛里，闪过了一道暗淡的光。这不是恐惧，而是某种不祥之兆，预示力量的消失和困乏的来临。卡齐米日为自身考虑感到不安，因为他想尽可能把约齐奥作为自己的依靠。于是他改变话题，讲起了他为什么从国内到乌克兰，打算在这里干什么。约齐奥对这些都置若罔闻，倒是对朋友的私事很感兴趣。然而斯彼哈瓦却是一个劲儿地谈些泛泛的问题。

“你们干吗蹲在这里？”他突然问，“不知道这里很危险吗？他们随时都可能来袭击莫林策。”

约齐奥耸了耸肩。

“反正还不是一样？”

斯彼哈瓦生气了。

“你怎么能说这种话？对你来说，生活才刚刚开始呀！难道你不想奋斗，不向往新的生活？”

“又来了，还是那一套可笑的议论。不，我们不要以这种方式谈话，”他似乎驱散了方才的消极情绪和脸上厌倦的神色，“的确，我们早该离开这里了。我们把妇女都送到斯克维拉去了，但是爸爸一时还下不了决心离开莫林策。我们在这里很危险……不过村子里有的人对我们很好，他们会给我们通风报信的。”

“你有把握吗？”

“甚至很有把握。因此我才同意妇女们明天来拿一些东西。”

“哦，你的情况怎么样？”他很有礼貌地问。其实斯彼哈瓦关于自己已经讲了很多。这更说明约齐奥完全是心不在焉。

斯彼哈瓦十分惊讶地望着他，“这小伙子真的变了，”他想，“他内心深处充满了对这个世界的厌倦。是不是由于爱尔日别塔·希莱尔的缘故？”他暗自思忖着。

“至于我自己，有什么好老挂在嘴上说的呢？你了解我家的情形，我对你讲过不止一次。”

“不错，你跟我讲过。”约齐奥说。又陷入了沉思。

斯彼哈瓦没有掩饰自己的惊诧情绪。他逼视着愁眉不展、陷入沉思的约齐奥。他那俊秀的脸上原有的光辉似乎从里面熄灭了，他的嘴角唇边挂着一丝心灰意懒的微笑。

“你怎么啦？”斯彼哈瓦不安地问，把手放在他的肩上。

“我心里闷得慌。”约齐奥说，仿佛要用这些话把压在心头的石块搬开。他像一只受伤的野兽，凄然地望着自己昔日的老师。

斯彼哈瓦什么也没有问，只是叹了口气，微笑着说：

“哟，这可不大好。”

二

第二天，男人们正在吃简单的午餐的时候，妇女们来了。罗伊斯卡太太比以前消瘦、严肃，头发几乎全白了。米哈霞姨妈穿一件粗毛线织的斗篷，奥拉跟在她身后。罗伊斯卡太太一见到卡齐米日便呆呆地站住了，然而他眼里只有奥拉。

奥拉可能长高了一点，但不很明显。她瘦了，那对蔚蓝色的大眼睛配上清癯的面孔，显得越发地大了。斯彼哈瓦注意到，她一看见他脸就唰地一下涨得通红。她向他伸出了冰凉的手。

罗伊斯卡太太和米哈霞姨妈向卡齐米日问了句什么，这时他才不得不把注意力从奥拉身上调开，来回答问话。米哈霞姨妈一心想打听当前的政局，问个没完，而且问得非常细。罗伊斯卡太太像对待亲人一样慈祥地望着斯彼哈瓦，看得出来，她对他意外的来临感到高兴，在吃午饭的时候——她们一到家就坐下吃饭——他也以同样的热情对待她。饭后，奥拉站起身来。

“我想出去走走，”她说，“看看这儿的一切成了个什么样子……”

老罗伊斯基摆了摆手。

“有什么好看的?”约齐奥说。

“我陪您去。”斯彼哈瓦从座椅上站起来。

“您最好别让人瞧见。”罗伊斯卡太太提醒道。

“在农庄和园子里什么人也没有，只有奥地利战俘。”约齐奥说。

奥拉和斯彼哈瓦默默无言地一同走到庄园前面。天气不算很冷，积雪也不多。他们穿过园子向农舍走去。院子里空荡荡的。铁匠房和马厩的门都敞开着，麦秸散乱在雪地里。结了冰的水井旁边站着一个身穿蓝灰色军服的士兵。一条羸弱的狗晃来晃去，最后只好勉强在雪地上躺下了。马和牛都看不见，只有猪在空栏里哼哼唧唧地叫着。

奥拉和卡齐米日在院子里转了一圈，然后走进了园林。在这里，在通向曼库夫卡庄园的路上，到处是一片劫后景象。所有的小树都被砍伐殆尽，而且砍断的部位不是紧靠根部，而是在离地面一米左右的位置。新近被砍得参差不齐的树干裸露着黄色的木髓，宛如搬走了雕像的台座。高耸、修长的大树被砍掉了树枝，光秃秃的树干像被剥掉了衣衫，凄苦地伫立着。砍下来的树冠和断梗残枝绝望地躺在雪地里，像是画在纸上的那样清晰。许多参天大树也被伐倒了，大槲树的树干倒在雪地里，像战场上的盾牌那样闪着光。

奥拉悲戚地望着这破败荒凉的景象。她和卡齐米日几乎什么话都没有说。他们走过惨遭破坏的那个地段时，奥拉抬头望了自己的同伴一眼。卡齐米日看到，她那双眼睛仍然像在敖德萨海滨时那样蔚蓝，那样忠诚。一种温暖的、幸福的感情充溢着他的全身，他把那些断树残枝，以至于整个世界都抛到一边去了。

“您看这里破坏得多么严重。”奥拉说。

“这仅仅是开始，”他答道，“更坏的还在后头呢!”

“从这灭亡之中会不会产生新的生命?”

“通常会的。新的生命常常寓于死亡之中。”

“我们的新生。”奥拉低声说。

卡齐米日不敢去看她。他握着她的手，紧紧地握着。他们站在雪地上，眼睛向前看。那里是莫林策密密的槲树林，林旁一条小路拐向梅申斯基家的庄园。这默默无言的握手比语言表达的内容要丰富得多。斯彼哈瓦再一次发现，奥拉很自信，很了解他的思想，他不必向她讲那些分离的岁月，因为她就在他身旁，像往常一样安详，充满了信念和希望，并且深深地、深深地为他所爱。这时，雅努什从林间夹道走了出来。他一点儿也没有变，还是满脸稚气。他没有戴帽子，那头曾被阿丽亚德娜愉快地用手掌抚弄过的淡黄色头发乱成一团，像是箍在额前的一个光环。他朝他们走了过来。

“令尊好吗?”奥拉问。

“还是老样子，还是老样子。”雅努什回答说，眼睛望着别处，他看到卡齐米日时骤然两眼发亮，笑容可掬。

“斯彼哈瓦先生!”他喊道，“我的天，什么奇迹把您带到这儿来了?”

“如今是奇迹层出不穷的时代，”斯彼哈瓦说，一面愉快地瞅着雅努什可爱的面孔，“不过，请您别这样大声喊我的名字。我现在改名换姓了。”

“而我，您瞧，我躲过了兵役，他们没有来征召我。父亲病得很重，全身瘫痪，没有法子带他走，因此，尽管有中央苏维埃[①]动听的废话，我们仍然困守在这里……”

“他还老是喊玛莉霞[②]的名字吗?”奥拉问。

“老是喊。我看迟早得派人到比林斯基家去一趟。”

“哎，就是太远了。”

“骑马两天就够了。应该派人去通知她父亲的病况。等恢复邮政大概没有指望了。”

“邮政似乎没有中断吧?”

“我已经发出了两封信，”雅努什说，“都没有下文。”

他们转身向屋子走去，雅努什不得不把父亲的病况向罗伊斯卡太太从头至尾再讲一遍。

---

① 乌克兰中央苏维埃的简称。是乌克兰民族主义分子于 1917 年 3 月组织的临时政府，1918 年 4 月解散。

② 玛莉亚·比林斯卡的爱称。

“他老是叫我姐姐的名字。”

“玛莉霞?”罗伊斯卡太太赶忙说，“他从未提起过我吗?”

“提起您?”雅努什这一惊实在不小，“为什么?”

“呃，要知道，病人想什么是很难说的。”

“可是，我知道，”雅努什执拗地说，“父亲一贯喜欢比林斯卡……”

罗伊斯卡太太叹了口气。

“雅努什管自己的姐姐叫‘比林斯卡’，好像她是个陌路之人。”约齐奥说。

雅努什告辞回家。他穿过一片幽暗得像森林一般的园林走回家去。此刻，孤独、寂静是这座园林的唯一主宰，房子那边也听不见任何一点声音，只是从远处，从园林后面，从大森林的那边传来了斧头砍树的咚咚声。这种单调而有节奏的响声把沉思默想的雅努什一直送到门廊。他独个儿站在门廊上，望着花坛，望着通红的夕照——短短的一天快要结束了。他站在门廊上的四根古典圆柱的后面，像观看舞台演出那样望着园林和发黄的断树。

“这是历史啊!”他自言自语地说。

他正要去开门时，看到了几个影子像森林里的狼一样在树丛深处奔跑着。接着便看到三匹马匆匆向屋子这边驰来，直到门廊前才停下。骑手们跳下马；一个穿皮靴的高个子年轻人踏着碎石路面摇摇晃晃地走了过来，雅努什蓦然间以为自己在做梦：年轻人径直走到门廊，手扶圆柱，喘着粗气。雅努什认出这个人就是姐姐。

“玛莉霞，”他嘴里说，身子没有动，“是你吗?”

那女子艰难地喘着气。她身后站着两个哥萨克仆人。其中一个抱着熟睡的孩子。

“米哈洛夫被烧毁了……”比林斯卡一面说，一面上了一级台阶。

“克萨维里呢？克萨维里怎么样?”雅努什问起他姐夫。

“他被杀了……伊万诺夫斯基和他的孩子们也被杀了……”

“你一个人来的？是从哪儿来的？”

“我是半夜里走的。谢蒙和列夫科陪着我，但他们马上就要回去。”她转身对一个哥萨克说，“把孩子给我。”

玛莉霞把孩子交给弟弟。

雅努什还没有见过自己的外甥。他茫然地望着孩子熟睡的小脸蛋。孩子呼吸急促，可能是在发烧。

“马呢？”他问。

“马他们骑回去，”玛莉霞说，“马不是我们的，我们的马有的被枪杀了……有的被烧死了……”

“你们到厨房休息去吧。”雅努什对两个小伙子说。

“不，不，”列夫科说，“我们得赶回去……我们到村子里去过夜……”

玛莉霞望着哥萨克，想要说什么，但他们不吭声。他们彼此无言地看了一会儿。然后玛莉霞从台阶上弯下身来，吻了吻谢蒙和列夫科的额角。

“上帝保佑你们！”她说。

“上帝保佑您！”他们同声回答，跨上喷着白沫的坐骑，急驰而去。雅努什还没来得及弄清是怎么回事，这一切就已经过去了。

“我们站在门口干吗，”玛莉霞说，“进屋去吧。”

“哦，走吧，”雅努什说，“我担心抱不住他。”

“我马上就来抱。”

“你知道，爸爸病了，他一直在等你。”雅努什告诉她说，“几个星期以来，他不停地讲你。不过现在他什么也不说了。”

比林斯卡急步走进前厅。这幢古旧、奇特的两层楼房子散发着一股腐朽的气味。前厅左右两边是几间没有生火的空房间。比林斯卡穿过这些房间向父亲的卧室走去。凡是能够搬走的东西——贵重的画、银器、瓷器、梅申斯基的钢琴都搬到斯克维拉去了，书房里只剩下一架毫无生气的自动钢琴和一卷破破烂烂的乐谱。看到这死气沉沉的乐器，比林斯卡对父亲病中的模样就有了思想准备。她停下来看了一眼这无人问津的自动钢琴，仿佛直到现在才明白过来已经和正在发生什么事情。雅努什把小孩已经交给了别夏多夫斯卡小姐，此刻他站在姐姐身边，两人一同望着自动钢琴。

“他病得很重吗？”公爵夫人问。

“瘫痪了。”

“啊！没有治好的希望了吗？”

“我什么也不知道，医生是两星期前来的。”

“头脑还清楚吗？”

“不知道。什么话也不说。不能说。”

“谁照料他？”

“泰克拉。”

“这里还有谁？”

“只有泰克拉和斯坦尼斯瓦夫，还有奥地利战俘。”

这时门开了，斯坦尼斯瓦夫穿一身藏青色的缝着金色纽扣的仆人制服走进来。他站在离门槛不远的地方，低着头——他的头发已经白了，但梳得十分整齐——问道：

“公爵夫人想喝茶吗？”

“我想吃点东西，昨晚到现在我还没有吃过饭。”

“有什么吃的东西吗，斯坦尼斯瓦夫？”雅努什问。

“没什么东西了，但总可找到一点儿。”

斯坦尼斯瓦夫像演戏一般迈着平稳的步子，安详地出去了。

“我有点怕去看他，”玛莉亚说，“他能认出我吗？”

“当然。他一直在想着你。”

“你怎么知道?”比林斯卡已经走到了门槛旁边，又转过头来问弟弟，“你怎么知道?”

雅努什脸上露出了一丝难以觉察的笑意。

“我知道。他一生都想着你，何况是现在!”

玛莉亚耸了耸肩，跨过门槛，走进了病人的房间。

梅申斯基躺在床上。头完全陷在枕头里，只能看到侧面，脸部轮廓紧缩了，使原来宽大的脸盘显得小了，紫红色的面容使他看起来像个可笑的木偶。眼睛半睁半闭，同时艰难地喘着气。

比林斯卡抢上几步走到床前，突然伸出双手握住有气无力地躺在床上的父亲的手。她感到那手是冰凉的。老梅申斯基觉得有人抓住了自己的手，缓缓地动了动手指，这是没有瘫痪的那只手。然后微微睁开眼睛，玛莉亚突然感到父亲清醒的目光落在自己的身上。他聚精会神地看着她，宽阔的眉宇间出现了努力思索的皱纹，他的左半边脸上露出高兴的神色，似乎在微笑。

他好多天没有说话了，这时他的嘴唇忽然吃力地扭动着，含混不清地吐出了一个字：

“玛莉霞。”

比林斯卡跪在床前，大声地哭着。

“爸爸，克萨维里……克萨维里……”她反复地说。

但是老梅申斯基没有听见，或者是没有听。他的脸平静下来，嘴角在下垂。雅努什站在姐姐身后，探究地望着父亲。比林斯卡猛然站起身来。

“小家伙呢?小家伙呢?我要给爸爸看看。”

“泰克拉小姐抱走了。”

“叫她抱过来。”

“叫谁去?”雅努什笑了笑，“卡尔买面粉去了……”

他亲自去了，在备餐间里找到了别夏多夫斯卡。她正在把裹在小家伙身上的头巾、尿布、小枕头——他就是裹在这些东西里面上路的——统统解下来。他觉得去掉这些东西后孩子瘦小多了——他第一次怜爱地看了他一眼。

孩子醒来了，大声地哭起来。雅努什请别夏多夫斯卡把孩子抱到病人卧室他妈妈那里去，他自己却留在门厅里。他已经没有精力去参加家长的祝福仪式了。他走出门廊，看看是不是又有什么人来。

天很快黑下来了。西边还有一线天空呈现出绛红色，但正中的天空已经是铅灰色的了。周围一片寂静，砍树的声音一直不停，很远，很远，但清晰可辨。

又传来一阵马蹄声，雅努什向前迈出一步。刚才陪比林斯卡来过的一个哥萨克在黑暗中出现了，他在门廊前猛然勒住了马，雅努什问：

“有什么事?”

哥萨克在马鞍上躬了躬身子，掏出一件东西给雅努什看。

“这是夫人忘了的。”他说。

雅努什接过东西。原来是个小口袋，相当沉，里面大概是首饰。

雅努什谢了他。哥萨克站了一会儿，然后说：

“不要待在这里。鬼晓得，鬼晓得会出什么事，这里不能久留。你们还是搬到市镇上去吧。现在谣言很多……村子里……”

雅努什没有听懂。

“什么？什么?”他问。

“各种说法都有。最好离开这里。”哥萨克说，他见雅努什没有懂，迟疑了片刻，“情况可能很糟，少爷，逃走吧，走了就完事了。”

他勒转马头，抽了一鞭子，接着便隐没在黑暗中了。雅努什朝家里走去。

别夏多夫斯卡告诉他，玛莉霞已经在餐厅里。他于是到餐厅去了。撤走了挂画和烛台之后，这间屋子显得比平常更大。桌上点着一支蜡烛，暗淡的烛光映照着玛莉霞苍白、紧张，然而依旧美丽动人的脸。雅努什把小口袋往她面前一摆。

“谢蒙来过一趟，”他说，“这是他送来的！”

“亲爱的上帝！”玛莉霞低声说，“我多糊涂！”

“你们的家奴训练得真好。”雅努什淡淡一笑。

“你胡说什么？”公爵夫人感到奇怪，“这是因为他有责任感……”

“谢蒙说，我们应当逃走。”

“我也是这样想，”比林斯卡沉吟道。她端起茶杯呷了一口，“可爸爸怎么办？把他放在大车上吗？”

这时厨房那边传来了有力的脚步声。别夏多夫斯卡打开门，卡齐奥·斯彼哈瓦走了进来。

三

雅努什虽然已经见过斯彼哈瓦，可是现在才注意到他在这几年里变得多么厉害。不在于外表的改变，而在于他的举止变得富有活力和自信了。他把客人介绍给姐姐，她向他伸出了手，但没有从桌边站起来。

“这是斯彼哈瓦先生，”雅努什说，“这是胞姊，比林斯卡公爵夫人。”

谁也没有去注意这个滑稽的正式介绍程式，因为他们各自都在想着自己的心事。苍白的烛光把他们的面孔照映得像纸一般地惨白。斯彼哈瓦饶有兴味地望着玛莉霞。

“呃，斯彼哈瓦先生，有什么事？”站在暗处的别夏多夫斯卡问，她对客人的来访感到不安。

“我是来……”斯彼哈瓦结结巴巴地说，“我是来告诉你们……有人给我们打过招呼……应当离开这里。莫林策那边是天亮以前走……”

“是的吧！”雅努什喊道，“谢蒙说对了。”

“一刻也不可多留了。”

比林斯卡无可奈何地把双手一摊。

“爸爸病得快死了。”

“真的这么严重?”

雅努什感到惊奇。

“是不是病情又恶化了?”

“是的。现在卡尔在照料他。我们把阿罗抱给他看的时候，他喘得非常厉害。看来他的病加重了。”

泰克拉从暗处走了出来。

“他恐怕等不到明天早上……”

斯彼哈瓦盯着蜡烛的光焰，思索着。

“有马吗?”

“一匹也没有。”别夏多夫斯卡长叹一声说。

“我回莫林策去，”他说，“那里也许有大车。让伯爵躺在麦秸上，把他带走。”

“卡尔很可靠。”雅努什说。

“对，最重要的是人。”斯彼哈瓦说，又站了一会儿，没有挪动身子。

“我回莫林策去，”他加上一句，“马上就回来。”

“我同你一起去。”雅努什说。

他们出了门。天已完全黑了，水坑上结了一层薄冰。这条路雅努什非常熟，他们走得很快，几乎一句话都没有说。

“令姊是什么时候来的?”斯彼哈瓦问。

“一个钟头之前。”

“怎么来的?”

“骑马来的。还有两个哥萨克，但是他们把马骑走了。”

“同哥萨克一起来的?”

“他们是公爵的仆人。哥萨克走了，其中一个还警告我们，不要在家里多待。”

“噢。”

“她的丈夫在米哈洛夫被杀害了。”

“什么？公爵被杀?”

“嗯。我还不清楚是怎么杀的。她没来得及告诉我。”

“他们杀了……”

“她是带着小家伙一起来。才半岁。”

“难啦。可如今还得继续往前走……”

他们又沉默了。

两人就这样走到了罗伊斯基家的门口。

不久前还是封堵着的大门，现在开了一扇。他们走进了漆黑的门洞。他们看到房子深处有的地方有烛光晃动。餐厅的桌上摆着一个烛台，上面插着一根蜡烛。罗伊斯基先生坐在桌旁，昏暗的烛光照着他半边眼睛，斯彼哈瓦觉得罗伊斯基先生在一筹莫展地望着米哈霞姨妈。米哈霞姨妈坐在桌子的另一边，双手交叉着摆在腹部，好像刚吃完一顿丰美的午餐。

雅努什问：

“爱韦琳娜太太在哪里?”

没有人回答。斯彼哈瓦向客厅走去。钢琴上点着一根小蜡烛头，奥拉站在蜡烛旁边，正在把小桌布、银烟灰碟等装进一个小手提箱。

奥地利人阿道尔夫正在把从框架上取下来的堆在墙角的画从客厅搬出去。

“奥拉小姐，”斯彼哈瓦说，“您这是做什么？”

“我们要走了，马上要走了。”奥拉轻轻地说，眼睛没有看他，“我们这就乘马车到斯克维拉去。您也去准备准备吧。”

“步行去是不是好些？”

“我们从小路穿过去。”

“老比林斯基被杀死了。”斯彼哈瓦说，他没有见过比林斯基，根本不知道他是个什么样子。

“哪儿来的消息？”

“公爵夫人来了……骑马来的……”

“他们也走吗？”

“他们不能走。梅申斯基病得很重。”

“您去准备吧，我们要走了。”

“我必须留下，奥拉小姐。”

奥拉这时才瞥了卡齐米日一眼。在烛光下，他的脸色十分苍白。

“您留下？”她问，“留在这里？”

“他们不能单独留下。雅努什、比林斯卡，还有孩子，比林斯卡把孩子带来了。他们不能没有个人照顾。”

奥拉把箱子扔在钢琴盖上，直愣愣地站在斯彼哈瓦面前。他认不得她了，她那双塌陷的眼睛完全淹没在阴影里，此时此刻，他简直看不出她同原来那个姑娘有什么相似之处，他觉得她完全是一个陌生人。他自己也说不清为什么会发生这种情况。

“您为什么老瞧着我，奥拉小姐？”他问。

然而她已转过身去，打开箱盖，心不在焉地反复倒腾箱内那些谁也用不着的东西。这时他觉得这姑娘很可怜。

“奥拉小姐，”他说，“您还是瞧着我吧。这会好一点。”

她莞尔一笑，但没有看他。

“您到这里来就是为了同我分手的吗？”

“奥拉小姐，您爱我吗？”斯彼哈瓦急步走到她身旁，抓住了她的手，“您爱我吗？”

奥拉笑了，眼睛仍然望着箱里的东西。如果这时光线充足，就可以看见她面有喜色。钢琴上蜡烛头的光照着她的嘴。她的嘴唇微微上扬，露出了洁白的牙齿。这时，阿道尔夫拿着的几幅画噼噼啪啪地掉到了地上。把餐厅里的米哈霞姨妈吓了一大跳。

“哎呀，”她喊道，“出了什么事？”

过了片刻，她站在门槛边。奥拉和卡齐米日一直站在原地不动。米哈霞姨妈不满地瞟了他们一眼，似乎一看到这种场面她就牙疼。

“奥拉，我的小箱子收拾好了吗？”她问。

“好了，妈妈。”

“那就给我吧。”老太太说，但谁也没有挪动地方。阿道尔夫重新收拾画卷。

“你把所有的画都从画框上取下来了吗？”米哈霞姨妈问。

罗伊斯卡太太进来了。她同往常一样，面带笑容，举止安详，穿着整齐。

“马已经在厨房的后门口等着呢。”她镇定自若地说。恰恰是这种过分的镇静把她焦急的心情暴露出来了。她讲话特别审慎，一句短短的话里停顿了两次：“您，卡齐米日先生，同我们一起走吗？”她朝斯彼哈瓦问道。

“很遗憾，我必须留在这里，”斯彼哈瓦回答说，“梅申斯基一家走不了，梅申斯基先生病很重。”

这时，奥拉砰的一声关上了箱子，迈着坚决的步伐，咚咚地穿过客厅，把箱子交给了妈妈。

“悉听尊便，”爱韦琳娜太太对卡齐米日说，同时伸手向他告别，“不过这很危险。”

“无论如何总得有人同他们在一起呀，”斯彼哈瓦说。他在罗伊斯卡太太面前一直有一种既胆怯又钦佩的感觉，这种感觉使他回想起过去他还很幼稚，又缺乏自信的时光。他默默地向她鞠了一躬。

厨房的过道里，烛光闪烁，人影纷纷向门外走去。斯彼哈瓦走到外面，在黑暗中他听到马銮铃的叮当声和阿道尔夫催促大家出发的声音。他感到雅努什的手按住了他的肩头。

“您留下吗?”雅努什低声问他，声音里含有掩饰不住的喜悦。

“我为你们担心。”他说。

“那您呢?”

这时奥拉已经上了大车。

“卡齐米日先生！卡齐米日先生!”她喊道。

他站在装满了豌豆秸的大车旁边，感到奥拉整个身子都冲着他。是罗伊斯卡太太镇静的声音在问：

“都齐了吗?”

“都齐了。”罗伊斯基先生的声音回答，在这漆黑的夜里谁也看不见他。

“阿道尔夫看得见吗?”罗伊斯卡太太问。

“看得见，看得见，太太，”阿道尔夫的声音回答说，“我跟猫一样，在黑夜里也看得见。”

在黑暗中卡齐米日向前弯下身子，感到自己的嘴唇触到了奥拉的嘴唇。这时，马猛地一拉，车子开动，刚刚接触的嘴唇分开了。大车在园林的沙砾地上辚辚地响着。卡齐米日向前迈了一步，但什么也看不见。

"奥拉小姐！奥拉小姐！"他的喊声像是低语。

雅努什把手放在他的肩头。

"他们走了，"他说，"我们回去吧！"

他们回头看了看房子，习惯了黑暗的眼睛已经能够分辨房子的轮廓了。房子屹立着，在夜的黑暗中岿然不动，显得很大，很高，像教堂一样。大门敞开着，门洞里一支被遗忘了的蜡烛头烧完了。

雅努什急着要回家。

"走吧，"他一再说，"我们走吧。"

在伸手不见五指的夜里，园林那边仍然传来了斧头砍树的声音：夜里仍然在砍树。

四

他们在门洞里遇到别夏多夫斯卡。她手里举着一个能插三支蜡烛的烛台，照着来人的脸，似乎要从他们脸上看出他们奔波的结果。

"呃，怎么样？他们已经走了吗？"她问。

"已经走了。"雅努什回答。斯彼哈瓦默默地脱了大衣和帽子，挂在鹿角上。

"老爷失去知觉了。"别夏多夫斯卡神情严肃地说。

雅努什转身看她，这时比林斯卡来了。

"他失去知觉了。"她又说了一遍。

楼上的房间里传来了孩子的哭闹声。别夏多夫斯卡把烛台往桌上一放，上楼去了。留下三个人站在前厅里，一筹莫展。

"我们得再等一等，"斯彼哈瓦对玛莉亚说，"我和雅努什到餐厅去守着。您去休息吧，您太累了。"

斯彼哈瓦和雅努什坐在餐厅里。卡齐米日从裤子后面的口袋里掏出手枪，放在面前的桌子上。暗淡的烛光照着他们两人的脸。微弱的光映到墙上，又从黑色的肖像画和大挂钟的玻璃上折射了过来。这架钟嘀嘀嗒嗒走得挺响，但不报时。这间空荡荡的大屋子里听不见其他的声响，这嘀嘀嗒嗒的声音仿佛就是这所房子的脉搏。

雅努什在一刹那间想到过，这是在家里的最后一夜了，但他马上驱走了这个念头，驱走了死的念头。不过另有一些想法川流不息地经过他疲乏的大脑，杂乱无章，相互间没有什么关联。他望着斯彼哈瓦紧绷绷的脸，望着他闪闪发亮的黑眼睛。

卡齐米日盯着烛光，略微带点睥睨的神态。雅努什羡慕斯彼哈瓦的沉着、果断、自信，羡慕他面前的那支手枪。雅努什对武器一窍不通，不会打枪。瓦莱雷克学会打猎后曾经说过，“二十世纪的人，必须会打枪……”可是雅努什显然不是二十世纪合法的儿子。夜很黑，但窗户显得很高。烛光不是映射在窗玻璃上，而是映射在无边无际的蓝色空间。雅努什心里想：“斯彼哈瓦为什么留下？他为什么不跟奥拉一起走？”

坐车走……雅努什忆起了从前在森林里漫游的情景：坐在舒适的四轮马车上，坐垫的皮革气味冲进鼻孔，深蓝色的车篷和马车夫宽阔的红腰带历历在目。车轮压在富有弹性的路上发出轻微的辚辚声，由车簧支着的车身微微摇晃着，幽暗的雷乌哈森林在神秘地摆动……阿丽亚德娜坐在他身边，她和在敖德萨的那个晚上一模一样，穿着洁白的连衣裙，扎着天蓝色的飘带，身上散发出廉价的巴楚莉香水的气味……

他把头伏在桌上，睡着了。

他醒来时，发现自己睡了很长时间。蜡烛都快点完了，烛焰很高，但不亮，在烛油中晃晃悠悠地跳动着。不知哪扇门开了，风吹进屋来。楼上房间里小孩在哭叫，不知是醒了还是在做梦。雅努什迷迷糊糊地向周围扫了一眼，发现斯彼哈瓦不见了。这间黑暗的大房子里只有他一个人。窗外光线的颜色没有改变，但房间里的一些物件：椅子、两个雕花的酒柜开始从黑影中显露出来，它们的轮廓已经隐约可见了。雅努什明白，天已经亮了。

过了一会儿，他听见下楼的脚步声，斯彼哈瓦不很灵便地迈着大步子走进了房间。

“您不睡了?”他问雅努什。

雅努什没有回答，只是动了动身子。

斯彼哈瓦没有停步，他绕着桌子踱来踱去，像是在轮船上走路那样，步子跨得很大。他双手插在口袋里，轻轻地吹着口哨，使雅努什心烦意乱。房间里本来就不暖和，现在越来越冷了。梅申斯基觉得从脚脖子一直冷到了脊梁骨。

“您理解当前发生的这些事情吗?”他突然问卡齐米日。

卡齐米日站住了，眼望着窗外，背对雅努什，吹了几声口哨之后才回答说：

“您瞧，”他迟疑了一下，“我觉得这没有什么……也许您觉得不可理解，令姊觉得不可理解。我不认为这意味着灭亡。”

雅努什耸了耸肩。

“但是……”他仅仅说出了这两个字。

“我认为这意味着新生。”斯彼哈瓦吐了一口气，又吹起口哨，“德国人坚持不了多久。”

“但是，我指的不是这个……”雅努什不太客气地说。

“噢，您是指这里的事情?”斯彼哈瓦朝他转过脸来，“这里的事情我不知道，与我无干。”

“您真是，”雅努什不耐烦地说，也站了起来，“与您无干？我们四周是一片汪洋大海，我们可能出不去了。”

“出不去？为什么？”斯彼哈瓦问。雅努什觉得他问得幼稚，有点愚蠢，“看来，您对大问题有兴趣。”

“当然啦，我希望能理解革命。”雅努什说。

“革命要等事后[①]才能理解。”斯彼哈瓦忽然严肃地说，“没有树木就没有森林。现在几点了？”他用另一种口气补了一句。

雅努什这时才发现钟摆已经不再嘀嗒作响，钟停了。他看了看自己的怀表。

“六点整。”他郑重其事地说。

这时厨房的门被人猛力推开了，接着传来了一阵急促的脚步声。卡尔摸着黑，磕磕碰碰地闯进了餐厅。

“他们来了！”他站在房中央，说道。

“你怎么知道？”斯彼哈瓦操着军人的腔调问。

“马特维从村里派了个孩子来报信。应该躲一躲。”

“躲有什么用？”斯彼哈瓦哼了一声。

“斯坦尼斯瓦夫呢？”雅努什问。

“跑了。”卡尔得意地说，“他不见了。”

“你到厨房去等着吧。”斯彼哈瓦说。

战俘没有听他的话，倒退到通向走廊的门边，站在暗处。他身边闪出一个人影。比林斯卡进来了。

“出了什么事？”她问。

“他们来了。”雅努什说。

差不多一个钟头过去了，房间里逐渐亮起来。这时聚集在餐厅里的人听到一阵巨大的声响，洪流般的人群涌了过来。他们从窗口望去，只见围墙外面是一片移动着的棍棒和刺刀尖（“是不是连枷？他妈的！”

---

① 原文是拉丁文。

斯彼哈瓦问）。有几个骑马的，显得比围墙高，都戴着高高的皮帽，穿着没有肩章的军大衣。

比林斯卡一动不动地站在离门口最近的地方，轻声地说：

“我是女人，我去见他们。”

雅努什哆嗦了一下，下意识地说：

“那当然……”

然而他马上明白过来，慢慢从桌边站起身。

“不，眼下我是户主。”

人群的喧嚷声越来越近，他们已经到了屋前。比林斯卡和雅努什同时向门口走去。前厅的窗户虽然对着院落，但窗上却是毛玻璃。雅努什忙打开了没有上锁的正门。首先投入他眼帘的，是一片广阔的天空——它发出冷森森的绿光，照亮了园林里的树木和大门。然后，他才看到站在屋前草坪上和院落里密密麻麻的人群。人们挤在一起，在冬日朦胧的晨光中根本分不清每个人的脸和身体。他们在门廊前面围成一个空心的半圆，中间站着几个骑马、戴皮帽、穿军大衣的人。

比林斯卡和雅努什在门槛前站住了。强烈的户外光线，初冬的寒冷空气以及密麻麻的人群使他们头晕目眩。一时间，大家都没有说话。人们静静地站着，雅努什注意到，那几个戴皮帽子的人正在留神地打量他们俩。

比林斯卡突然向前迈出一步，站在台阶上，庄严地把手举向空中，喊道：

“你们杀死了我的丈夫！”

带头的几个人相互看了一眼，不满的低语声像波涛一样席卷了人群。

雅努什明白，这头一炮就没有打好，他想重新开始。他站在比林斯卡身旁，把目光投向后排的人，喊道：

“你们要干什么？你们来干什么？”

他自己都听不出这是他自己的声音：由于失眠而嘶哑，由于恐惧而颤抖；像鸡啼一样，把嗓门吊得老高的时候戛然而止。人群中谁也没有答话。一个领头的向门廊方向迈出一步，另一个把手伸向后面的口袋。

突然，肩上披着羊皮袄的斯彼哈瓦出现在比林斯卡和雅努什中间，他的目光向人群一扫，然后对那个向前迈出了一步的人说：

“让这两位到镇上去吧。”

那戴皮帽的人轻蔑地瞥了这三个人一眼，问道：

“老伯爵在哪儿?”①

“老伯爵快死了。”斯彼哈瓦说。

人群中又是一阵骚动。

戴皮帽子的正要开口，但那个把手伸进口袋的人制止了他，现在他手里握着一把七发手枪。

“骗人!”② 他喊道。

雅努什听见背后的屋子里一阵脚步响。旁门那边乱了一阵，人群向两边闪开。楼上一块窗玻璃打碎了，雅努什看到卡尔和另一个战俘抬着一张“仆人用的”白色铁床从厨房门走出来，床上有一个用被褥和毛皮裹着的东西。斯彼哈瓦指着床说：

“你们看，这不是骗人。”③

卡尔和汉斯后面跟着几个士兵，士兵们顺着人群让出来的一条通道，把卡尔他们俩向草坪那边赶去。人们发现，除了门廊的那道正门外，还有旁门，便像潮水一样涌了进去，但没有大声吵闹和喧嚷。他

---

① 原文是乌克兰文。

② 原文是乌克兰文。

③ 原文是乌克兰文。

们进了屋子之后，才传出了吆喝声、玻璃碎裂声和掀倒家具的碰撞声。一分钟后，房前的空地上已经阒无一人。奥地利战俘把老伯爵躺的那张床抬到草坪中央。

“站到这边来。”那个拿手枪的人说。雅努什和姐姐、斯彼哈瓦从台阶上慢慢走下来。比林斯卡扑到病人床前，跪在上了冻的枯草地上。他们旁边站着一个带枪的士兵。雅努什兀立在床头，茫然地抚摸着床上的铁靠背。被褥把病人的鼻子都盖住了，被褥边上露出几绺头发。被子下面传出沉重的喘息声。伯爵大口大口地吸了好几口气，接着更加厉害地喘起来。领头的几个人整了整帽子和佩刀，神态庄重地踏着台阶步入门廊。

别夏多夫斯卡不知从哪里跑了出来，抱了一抱大衣和皮袄，统统裹在比林斯卡身上。比林斯卡把头埋在父亲的被子上，不停地摇着，跪在地上号啕大哭。

雅努什觉得有人拍了一下他的肩膀。他朝四下睃了一眼，一个年轻人向他伸出了手，说：

“您好！真想不到会在这里见面，我给您带来了一封信。”

雅努什愣住了，甚至忘了伸出自己的手。那年轻人解开军衣，从贴身内衣口袋里掏出一个装满各种纸条的皮夹。他花了很长时间找信。

他找到了信递给雅努什时，雅努什才认出了他。这是沃洛佳。

“沃洛佳！您瞧！家父快死了，姐姐单身带着一个小孩……”

“孩子已经在我这里。”沃洛佳点了点头说。

“他们杀死了她的丈夫。”

“知道，知道。”沃洛佳说，“呃，把信拿去！”

雅努什一把抓住塔尔洛交给他的一张纸头。

“我不知道能否碰到你，”沃洛佳接着说，“但是阿丽亚德娜还是写了几个字交给我。她说，‘也许你能遇见他哩’。”

“这是阿丽亚德娜给我的信?”雅努什问，他感到自己的脸色发白。

“不是她还有谁?你真有意思，谁会托我给你捎信?”

“真的吗?”雅努什又问了一遍，他的脑子直到这时才转过来，但他没有马上看信，却抓住了沃洛佳的手。他开始对塔尔洛称“你”了，就像他对他那样。

“你给我们派一辆大车到斯克维拉去吧，家父快死了。还有孩子……”

“吸血鬼的狗崽子们!”沃洛佳半开玩笑地说，接着又补充一句，“我这就去给你们找几匹马……再给你们派一个带枪的士兵，这是最要紧的。但是我也得谨慎……”

他把一个正穿过庭院的青年叫过来，询问他能不能在不被发觉的情况下弄到几匹马。

“在敖德萨再见!”沃洛佳对雅努什说。

“在敖德萨?”雅努什感到奇怪。

“对，在敖德萨。我想你们会到我们家来的吧?”

他们径自穿过庭院，在乱哄哄的人群中谁也没有注意他们。他们后面跟着一个穿着破旧军大衣的老兵，他抱着包在襁褓中的阿罗。孩子睡着了。

沃洛佳在大门口站住了。

“你不要误会，”他说，“这不是我们……这是乌克兰民族主义分子。你们在这里积怨太深了。”

“你在这里做什么呢?”

“什么情况都得掌握……”沃洛佳微微一笑，“不过我会给你们派些可靠的人。应当避免过多的牺牲……”

雅努什发觉，站在床旁的比林斯卡、别夏多夫斯卡、斯彼哈瓦和两个奥地利人都在朝一个方向张望。他也顺着他们的目光望去：在晴朗冬日灰蒙蒙的晨光里，房顶发黑的木板上有几处冒着淡黄色和淡红色的火焰。房子烧起来了。

他不知所措，跑到床前，像是要叫醒老梅申斯基。他看到父亲僵死的、黄中带红的脸，张着的嘴巴，紧闭着的眼睛。这张面孔呈现出刚死的人特有的那种冷漠，下巴上面盖满了一层灰白的短须。

五

他们把死者的遗体装上大车之后便出发了，首先经过的是一个村庄。两个士兵——一个是方才抱阿罗的，一个是驾车的——负责护送他们。马不知是从哪里弄来的。

大车朝着斯克维拉方向驶去。在莫林策对面的小山岗上有一座古典式的小教堂，教堂后面是一片小槲树林跟园林相连。这是梅申斯基家族的陵墓。因为区教堂距曼库夫卡有五十多俄里，梅申斯基家族的成员便都葬在这里，长眠在这座白色的圆顶教堂之内。这样，他们即便在死后也是与世隔绝，不与当地居民以及天主教兄弟为伍。

雅努什突然对比林斯卡说：

“把他埋在这里，你看怎样？”

“怎么？这里？小教堂里？”

“埋在小教堂内没有泥瓦工不行。停，停！”他向驾车的士兵喊道。

那个穿破军大衣的老兵不同意停车。于是他们向他解释了要求停车的原因。

“哦，行。”他说，“为什么不行呢？干吗老拉着个死尸走！不过，到哪儿去搞铁锹呢？”

“我们在小教堂旁边等着，让车马回去拉铁锹来。”

“好，就这么办。”护送人说。

老梅申斯基的尸体从大车上搬了下来，放在小教堂的白墙边。老兵留了下来，那个年轻士兵掉转马头朝园林后面正在燃烧的房子驰去。风从那边刮过来，送来了一股焦味。

老梅申斯基整个身子裹在一条毛毯里，脸上盖着别夏多夫斯卡绿底黑格的旧头巾。大家坐在小教堂的台阶上。卡尔和汉斯选定了下葬的地点，并用干树枝作了标志。斯彼哈瓦掏出最后几支烟招待那个老兵。幸好阿罗还在泰克拉小姐怀里熟睡，至少是没有他的哭声干扰这宁谧的气氛。从曼库夫卡那边传来一阵阵喊叫声，还夹杂着一两声枪响。

“他就安息在妈妈身边，这更好。”比林斯卡突如其来地说了一句。雅努什不以为然地瞟了她一眼，斯彼哈瓦却抓住这个机会向公爵夫人频频点头。

老兵对小教堂颇有兴趣。

“那是什么?”[①] 他问。

他们告诉了他。

“对呀,”他说，“这真是老爷们的怪癖，为什么不能同庄稼汉葬在一起呢?”

“对于死者来说这可不是随随便便的事。”比林斯卡脱口而出。

“对了,”老兵喃喃地说，“活着的时候住在府宅里，死后也想睡在府宅里。”

“他不会睡在府宅里了。”斯彼哈瓦指着裹在毛毯里的尸体说。

“难道你们不认为，有的人就是应该活得跟别人不一样，死得也跟别人不一样……”玛莉亚说。

士兵瞅了她一眼。

---

① 原文是乌克兰文。

"你们既然是另一种人，那么你们走你们的吧。"

比林斯卡耸了耸肩。

"我们倒是想走自己的，"她说，"只是你们不放我们走。"

"你们作威作福的日子已经完了。"那个一直很和善的老兵突然换了一种严厉的口吻说。

"够了，"[①] 比林斯卡突然对弟弟说，似乎忘了是她自己在同士兵谈话，"不要同他扯下去了。"[②]

雅努什耸耸肩膀。他们再也没有开口了。一个钟头后，大车拉来了两把铁锹，同来的还有另外一个人。他带来了一张由政委签署的通行证，是给雅努什和他的家属的。

"沃洛佳忘了，"那个新来的人说，"他太忙了。政委给了他这个……"

"莫林策还没有烧掉吗?"别夏多夫斯卡问。

"泰克拉小姐!"比林斯卡责备地呻吟着说。

"没有，还没有。恐怕不会再烧了……我们要用这类府邸做学校。"

泰克拉小姐还想再问，但比林斯卡不让她开口。

卡尔和汉斯赶快动手挖坑。老兵也帮他们挖。

雅努什这才想起阿丽亚德娜的信还在口袋里。低斜的冬日照着这圆形的小教堂。他从教堂向阳的这一边走到另一边，强劲的西风把他手里的那张方格信纸吹得簌簌响。纸上草草地写了几行铅笔字：

我想，到处奔波的沃洛佳会遇上您。因此我写了几个字让他带给您。亲爱的雅努什先生，我们大家在敖德萨等您，您来吧。

---

① 原文是法文。

② 原文是法文。

您可以住在埃德加尔那里——德雷巴索夫斯卡雅街十号。愿您尽可能争取到救德萨来。再见吧——最明智的一步就是真的再见面。

阿丽亚德娜

快正午了。阳光和煦，但风却带来寒意。雅努什身子靠着埋葬祖先的小教堂的墙壁，两个手指夹着那张浅蓝色的纸条。这里看不见曼库夫卡上空的浓烟，然而焦味依然扑鼻而来。雅努什手里攥着纸条，思绪起伏，连他自己也弄不清楚在想些什么。教堂那边有人在喊他。他去了。

战俘挖了一个不深的墓穴。驾车的那个士兵还在穴底测试、加宽。汉斯和卡尔跑去抬尸体。梅申斯基先生的遗体早已僵硬了，沉得很，抬不动。老兵想帮忙，但没有力气。比林斯卡靠着斯彼哈瓦的肩，站在墓穴旁边掩面而泣。阿罗也醒来了，在泰克拉小姐的怀抱里哭喊着，那哭声像猫的尖叫。

雅努什不得不帮着把父亲抬入墓穴。他走到正在抬尸体的两个奥地利人那里，把双手放在老人的后脑勺下，裹在毛毯里面的老人的头骨很硬，枕骨架很大、很结实。

童年和青年时代所感受到的一切：惊恐和畏惧，尊敬和冷冰冰的敌意，一一都重新涌上了心头。他就这样把父亲往墓穴里抬。

“父亲大人！”他想道，“我以前是多么怕他啊……我是不是恨过他呢？对，真的恨过他。现在我可自由了。父亲、曼库夫卡、家，这些都见鬼去吧！”

他想伸开手臂，但那重物——父亲的大理石般的头压住了他的双手。

站在穴底的士兵和他们一起艰难地安放尸体，但尸体很不好放。他们把尸体弯了弯，于是它沉重地掉到墓穴的一边。这时盖在梅申斯基头上的别夏多夫斯卡小姐的头巾也掉下来了，雅努什再一次看见父亲宽阔的蜡黄色的面孔：张着嘴，头发散乱，还沾上了一些穴中的黄沙。他姐姐探身朝墓穴里张望，他不由自主地离开了墓穴，双手掩着脸。手上留下了一股气味——不知是死尸的气味，还是焦味，抑或是泰克拉小姐头巾上的气味（这头巾在潮湿的储藏室里放得太久了）。

奥地利人迅速往尸体上铲黄土，一会儿工夫，墙下隆起了一个棕色的坟堆。大家坐上车走了。

在离斯克维拉不远的地方，他们看到一辆大型救护车陷在泥里，几个穿外国制服的军官在车子周围忙得团团转。他们向过路人求援，当他们得知这些人会讲法语时高兴得不得了。大家协力把车子拉出来了。

这辆比利时救护车要开到敖德萨去，因为盟国的军舰停泊在那里。比利时人对公爵夫人说，他们可以把她和孩子带到敖德萨，比林斯卡毫不犹豫地请他们把弟弟和斯彼哈瓦也带去。比利时人同意了。他们倒像是士兵的护送人似的把士兵和大车打发回去了，还把奥地利人介绍到斯克维拉罗伊斯基家去。

斯彼哈瓦从笔记本上撕下一张纸，写上奥拉的名字，然后匆匆草就以下几个字：

> 我直接到敖德萨去，我想，我们不久后将在那里见面。
>
> 卡齐米日

六

雅努什经过三天旅程之后，在一个深夜到希莱尔家敲门。出来开门的正是埃德加尔本人。开头他没有认出雅努什，然后显得非常高兴。

他在工作室里的酒精炉上热了茶，招待疲惫不堪的雅努什。埃德加尔有个好习惯，从不提任何问题。雅努什对此十分欣赏，因为他现在根本不能讲述自己最近的经历。

“这所房子像座教堂，”埃德加尔说，“一个人也没有。父亲还在彼得堡，妈妈已经睡下了。”

雅努什发觉埃德加尔有意避而不提爱尔日别塔。他也不向埃德加尔提问题，以作为对他的报答。

希莱尔家的住宅大而且空。电厂不供电，当埃德加尔手持蜡烛，慢慢地穿过没有灯的房间的时候，他颀长的身影在墙壁上晃动。工作室里大钢琴的琴盖打开着，乐谱架上放着乐谱。埃德加尔把蜡烛插在烛台上，然后弄茶去了。雅努什坐在柔软舒适的沙发里，闭上了眼睛，他觉得好像在做梦。

埃德加尔终于发问了。

“你是一个人来的吗?”

“不，还有姐姐。姐夫被打死了，姐姐带着孩子住在穆什卡太太那里。嗯，还有斯彼哈瓦。”

“卡齐奥？他打哪儿来的?”

“我不知道。他曾在莫林策罗伊斯基家里。”

“罗伊斯基一家呢?”

“他们还留在斯克维拉。不过他们也会到这里来的。埃德加尔，感谢你写给我的那几封信。在最近一个时期里，我全靠这些信才得以活下来。”

“我想，还靠点别的什么东西。”

“不，没有别的了。父亲最后身体很坏，但他仍然弹你的奏鸣曲。”

“真的?”

“真的，是用自动钢琴弹的。你知道，那是一个夏夜，天气很热，正酝酿着一阵大雷雨。我睡不着觉，在楼上自己的屋里躺着，吃着李子。父亲在楼下奏你的常步调曲。就这样……”

“那一定不堪入耳。”

“但我当时觉得很好听。”

埃德加尔给他端了一杯茶，茶里没有糖。

“你饿了吗？我这里还有两片面包。”

雅努什啃着干硬的面包，喝着茶。真茶叶现在很难得到，他闻着热气腾腾的暗红色的茶水。

“喂，你有什么看法？”雅努什问。

“什么，对什么？”

“对现在发生的种种事件。”

“叫我怎么说呢？革命有它自己的各个阶段。”

“我们呢？”

“我们必须等待。等到底，或者……”

“嗯，你把一切都美学化了，真叫人受不了。”

“刚才你还称赞过我的信。”

“你的信很好，挽救了我。”

“那些信只不过是肯定了我的美学信条而已。我自己也在其中寻求解救。”

“寻求什么解救？生活的解救？”

“寻求这种生活的解救。”

“呃，我想……”雅努什继续说道，“我父亲已经去世了。”

“这个我还不知道。”

“父亲死了，家也烧了。我自由了，自由了！”

“自由了？这是否只是你的感觉？”

“不，埃德加尔，你饶了我吧，我想生活。”

“这只不过是你的感觉而已。”

“你别打破我的幻想吧！呃，阿丽亚德娜怎样？”

雅努什终于说出了这个名字，他自己一直心急如焚地等着这个时刻。他望着埃德加尔，可对方正在昏暗的烛光下专心致志地倒茶。显然，他不愿谈这件事。

第二天中午，阿丽亚德娜来了。

这是一次奇怪的聚会。整个早晨埃德加尔都在谈音乐，并把自己的新歌曲草稿给雅努什看。屋子里没有生火，很冷。希莱尔太太从自己的房间里走出来，看到雅努什大吃一惊，并要他把自己的经历，特别是关于父亲和克萨维里·比林斯基的死统统详细告诉她。她两手抱住头，不住嘴地说：“太可怕了！太可怕了！”这使雅努什非常烦躁。他根本不能讲述这些经历，因为他对这些经历想得太多了。他更乐于听埃德加尔的歌，而不是他母亲的悲叹和同情。

上午，这所房子的另一个房客也来了。这是雷涅维奇教授，一个很有名气的植物学家。他是来听埃德加尔的新作——用高加索曲调给莱蒙托夫的诗配的歌曲。雷涅维奇教授很欣赏这些歌，他的谈吐显示出他不仅熟悉现代音乐而且对作曲也颇为精通，他甚至还替希莱尔改正了两处音韵方面的错误。雅努什很不喜欢这些歌，他不习惯那多余的异国情调和乏味的东方色彩。

这时突然发生了一件不可思议的事情。盘踞在这个城市的乌克兰民族主义分子前来征用希莱尔家的住房。看门老人，一个姓沃尔斯基的波兰人，干脆关上大门不放他们进屋，并且对他们说，他就是不开门。士兵们摆了摆手走了。希莱尔太太吓得浑身发抖。

“拿破仑，你怎么能这样干呢？”她对老沃尔斯基说。沃尔斯基跟历史上的拿破仑同名。“你怎么能这样干呢？”

看门老人站在房门口微笑着，大家都坐在屋子里。他颠过来倒过去地说：

“我不放他们进来，就那么回事！乡下佬到这屋子里来乱窜什么？”

沃尔斯基的女儿站在他身后，她碰了碰爸爸的胳膊肘说：

“我说过，爸爸，我说过，希莱尔太太会生气的！”

“总有一天他们会开枪打死拿破仑的。”希莱尔太太严肃地说。

“让他们开枪吧，”沃尔斯基说，“我就是不给他们开门！”

希莱尔太太摆了摆手：

“拿破仑，你可以走了。”

沃尔斯基的小女儿走过来吻了吻她的手。小姑娘长得很俏丽。

“你知道吗，雅努什，”看门人父女出去后埃德加尔说，“我在教这个小女孩唱歌，她的嗓子很好。”

“啊，真的吗？”雅努什好奇地望着埃德加尔，漫不经心地说。埃德加尔坐在钢琴旁边，手指抚摸着键盘，悲哀而沉思的目光望着远处。他为什么突如其来地沉思起来？

阿丽亚德娜正好在这时进来了。

埃德加尔在弹自己的歌，雷涅维奇用手支着前额，倾听着。雅努什眼望着街上。从厨房那边，一个小个子女人进来了。她穿件军大衣，卷曲的头发上戴着一顶藏青色的法国式圆帽。她脚步很轻，走到门边坐下了，几乎谁也没有察觉她。雅努什最初还不知道这是谁。他三年多没看见她了，在这三年里他的想象创造了另一个完全不同的形象。在他的记忆中，她永远是穿着洁白的连衫裙，扎着蝴蝶结，朗诵着诗句的那个样子。而此时进来的这位，双颊冻得通红，模样有点粗俗，似乎是从另一个世界来的。

“沃洛佳回来了吗？”雅努什问她。

“还没有。不过，他捎来了信，说过几天就会回来。”

“我很想见他，”雅努什说，“我要感谢他。”

“为什么?”阿丽亚德娜问。

“因为他给我带来了您的信。”

“还因为，他找到了您。”

“他是在一种多么奇怪的情形下找到我的啊!”

“他派来的人对我说过。”

“嗯，是的。”

“你听，阿丽亚德娜，”希莱尔现在开腔了，“这是你喜欢的歌，”说着他便用低嗓唱了起来。同时双手弹出了这首华美的、带有鲜明异国情调的曲子。这支曲子把雅努什也吸引住了，他半闭着眼睛，猛然间仿佛看到了一个迥然不同于现时感觉的爱情之乡：风和日丽的南国，纯洁真挚的爱情。他闭上了眼睛——他不愿看这个身穿军大衣、头戴法国式圆帽的姑娘（在父亲死的当天他曾收到她的信），不愿看这个温文尔雅的教授，不愿看惊慌失措的、正在责备拿破仑·沃尔斯基的希莱尔太太。在这华丽的乐曲中，他仿佛从一个光明灿烂的山谷滑到另一个山谷，从一个女人飞向另一个女人，一切都是那么轻而易举!

“我走了，”阿丽亚德娜说，“我同沃洛佳住在一起。”她把地址告诉了雅努什，“您到我们那儿去玩吧……过几天来……”

等待会面的这三天，是他有生以来最难熬的日子。埃德加尔把自己所有的音乐作品拿给雅努什看，但他觉得，这些作品同当前的环境，同他们的经历多么格格不入；作品无疑很美，但他却感到厌烦甚至恼火。这几天，雅努什根本没有出门，只有比林斯卡来过一趟。

她来的那天正好多弄到一些煤油，晚上，埃德加尔的房间里点了一盏大煤油灯。比林斯卡坐在圆桌旁边，胳膊支在桌面上，煤油灯照着她明朗的脸和略显得过长的轮廓。她一面眯着眼睛望着煤油灯的光焰，一面漫不经心地听着希莱尔太太唠唠叨叨的抱怨。雅努什感到，姐姐有心事，他有些不安，但是他也说不出个所以然来。

比林斯卡决心留下吃晚饭。这时，卡齐奥·斯彼哈瓦来接她了。从姐姐同卡齐米日谈话的语调中，从他们亲昵的态度上，从他们脉脉含情的眼神里，雅努什第一次觉察到他以前从未注意，也不知道的底蕴。当然，这也可能是因为他们在最近一个时期相处日久，而且共过患难，以后又一同住在穆什卡太太家里，拿聚集在那里的贵族开心。他们像吃佳肴一般津津有味地吃着奶酪拌面条。雅努什有些惊讶地望着自己的姐姐：她不像是个刚刚丧偶、刚刚失去一直深深爱着她的父亲的人。

埃德加尔像鬼迷了心窍似的一直讲着音乐。希莱尔太太目不转睛地望着他，生怕放过一个字。雅努什也逐渐被这些抽象的概念吸引住了。他无视周围的一切，专心致志地听着作曲家的话。

埃德加尔讲到《特里吞与伊佐尔德》[①]，这个歌剧的一个片断，即第二幕中，当爱情二重唱戛然而止的时候，守在一旁的勃朗根的歌声和竖琴声突然响了起来。雅努什没有看过《特里吞与伊佐尔德》，但在他的想象里，这歌声一定像一个清醒的人的声音在这对情意缠绵的恋人头上飘过。勃朗根凝视着星星，她看见这对恋人的爱情上面有一道永远不可逾越的鸿沟。于是她发出了警告，尽管明知他们是不会听她的。

雷涅维奇教授也不必要地插了几句。奇怪的是，他的话虽然措辞文雅，无懈可击，但抓不住要领，听起来令人厌烦。

晚饭后，比林斯卡和斯彼哈瓦走了，埃德加尔回过头来弹他为莱蒙托夫的诗谱的曲子。有一次，他放过了几个装饰音——它们令人想

---

① 瓦格纳根据中世纪的传说写的一部歌剧。内容是：特里吞爱上了他的舅母伊佐尔德（康沃尔王后），被发现后，特里吞被放逐，伊佐尔德受酷刑。后相继死去。

起里姆斯基·柯萨科夫[①]的《安查尔》——从钢琴旁转过身来对雅努什说：

“呃，你的姐姐很有才识。”

雅努什觉得奇怪。对他姐姐来说，这恐怕是最不恰当的一个字眼了。他想起了姐姐波旁家族[②]的侧面和天蓝色的、有点外凸的眼睛。

“你是这样想的?”他问埃德加尔。

但他耳边马上响起了一段段乐句，这是《安查尔》曲折的旋律。他眼前又展现出了一幅遥远的东方国度的鲜明画面。他记起了爱尔茹尼亚过去唱的一支歌的歌词，“谁听见过这只鸟儿唱歌，谁就会忘掉一切”。真的，谁听到这只鸟儿唱歌，谁就会忘掉一切。

但是有一件事他难以忘怀。他觉得阿丽亚德娜完全变成了另一个人，当然，他没有期望阿丽亚德娜仍然是穿着洁白的连衫裙，朗诵勃洛克的诗的那个样子。但是，他没有料到，现在的她与车站那个身穿灰衣服，头戴有飘带的黑帽子的阿丽亚德娜也不一样。现在她的个子显得比以前高，她的法国式圆帽和军大衣使人产生了这种印象。不仅如此，她的表情、声音、谈吐都是另一个样子。在曼库夫卡那些个长夜里，父亲在楼下奏着自动钢琴，他自己感到十分孤独的时候，曾反复想象过她的形象，然而那和眼前的阿丽亚德娜相比真是有天渊之别啊!

埃德加尔再一次转过头来说：

“阿丽亚德娜曾说过，你眼睛里有灼灼逼人的火光。让我看看!”

这时雷涅维奇教授开口了：

“噢，雅努什先生的眼睛此刻蒙上了一层梦幻的雾，但没有火光。”

---

① 里姆斯基·柯萨科夫（1844—1908），俄国作曲家。

② 曾在法国建立波旁王朝的家族。因9世纪来艾马男爵封地在波旁堡而得名。

“你刚才想什么来着?”埃德加尔问。

“想你的歌。”雅努什毫不迟疑地回答说。

七

沃洛佳和阿丽亚德娜住的那幢房子是一所大公寓，离车站不远。塔尔洛姐弟俩住在这所公寓的六楼，有两小间住房和一间厨房。雅努什敲门后，一个青年人给他开了门，起初雅努什没有认出他是谁。这是涅沃林，他穿一件没有肩章的军官衬衫。雅努什跟他走进了一个小房间。塔尔洛姐弟俩和瓦莱雷克坐在一张椭圆形的桌旁，喝着伏特加和茶。油乎乎的报纸上还放着香肠、黑面包和猪油。屋子里的人一见到他都欢呼起来。

“来，来，你来得好!”沃洛佳喊道，“瓦莱雷克从乡下带来了香肠、面包，还有敖德萨的伏特加!”

雅努什感到惊讶不迭。

“你怎么到这儿来了?”他问瓦莱雷克。

瓦莱雷克已经是一个蓄有小胡子的青年人了，他个子高高的，长得很英俊。他含糊地应了一声。

“你现在住在哪里?”雅努什又问。

“有时住在这里。”

阿丽亚德娜坐在一个大铜茶炊后面，背朝着窗口。冬日微弱的阳光从那肮脏的小窗口透射进来，雅努什看不清她脸上的表情。他平时话不多，但这时他不仅回答别人的问话，而且自己主动引起话题。阿丽亚德娜穿了一件简朴的藏青色的连衫裙。她站起身到厨房去取什么东西的时候，他看见她穿的是一双系带的樱黄色长筒靴。高高的后跟橐橐地响。他目不转睛地朝她那个方向看，觉得阿丽亚德娜又是另一个样子，和他最近几天所想象的又不相同。

涅沃林像在自己家里那样随便，他们自然少不了谈政治。

沃洛佳走到另一个房间，给雅努什拿来了一只哥本哈根的瓷熊，以前它是摆在雅努什父亲的书桌上的。

“你瞧，”他说，“这是我从曼库夫卡烈火熊熊的房子里替你取出来的。”

“这么说，房子还是烧掉了吗?”

“你还以为没有烧掉？既然烧着了，那就得烧掉……”

“那当然。”雅努什含糊地说了一句。

“你父亲埋在小教堂旁边了?”沃洛佳问。

“不错。你不是知道了吗……”

“哦，是的。”沃洛佳嗫嚅地说，同时请姐姐再给他倒一杯茶。

雅努什有一会儿没有说话，端详着沃洛佳。他发胖了，已经是个面色红润的强壮汉子了，然而他的眼睛仍然像以前一样明亮，眉毛也像以前那样又浓又黑。

“我不明白那时你到曼库夫卡去干什么?”雅努什对沃洛佳说。

“我自己也不大明白。”沃洛佳躲闪地说。

“怎么不明白?”阿丽亚德娜突然热情洋溢地说，“他到那里去干革命!”

“难道革命就是烧房子吗?”雅努什问。

“也包括烧房子。”沃洛佳严肃地说。

“你知道吗？莫林策没有烧掉!”瓦莱雷克从桌子对面朝雅努什喊道。雅努什看出瓦莱雷克酒喝得太多了。

“不要得意，你不会再回那里去了。”沃洛佳说道，看都没有看他一眼。

“谁知道呢？谁知道呢?”瓦莱雷克边笑边说。

沃洛佳没有理他。

“在彼得格勒的转折之后，革命已走上了新的轨道……”

“你这样想吗?”雅努什问，他不大懂政治问题。

“无论如何，”沃洛佳肯定地说，“回头路是没有的，也不可能有。”

“一切都要从头做起。”阿丽亚德娜仍然是那样热情洋溢地说。

雅努什狐疑地望着她。涅沃林的眼睛一直盯在她身上。过了一会儿男人们都站起身来。

“我们该走了。”

“要当心哩，沃洛佳，今天中央苏维埃的巡逻队比以往更多了。”

“我没有注意到!”雅努什插嘴说。

“我的证件没有问题。”

“瓦莱雷克，你今天在这里过夜吗?”阿丽亚德娜问。

“不，今天不。”瓦莱雷克故意提高了嗓门说，他的脸唰地一下红了。

雅努什琢磨着瓦莱雷克的变化。他不久前见过他，夏天他还常去莫林策。瓦莱雷克的面颊比过去红润，鼻下的小胡子也浓密得多了。

“你上哪儿去?”雅努什问，“为什么不去希莱尔家?”

“到那里去干什么?”瓦莱雷克耸了耸肩，“在那里不懂音乐寸步难行。我连鼓都不会敲，也不会像令尊那样奏自动钢琴。”

等到瓦莱雷克走到衣帽间又返回来的时候，雅努什这才发现他穿了一件中央苏维埃的军队的中尉大衣，戴着一顶蓝色帽檐的帽子。

“你从军了吗?”他问。

“有什么办法呢……不得不如此……”瓦莱雷克嗫嚅地说。

涅沃林对雅努什一直没说过一句话。他只跟阿丽亚德娜和沃洛佳交谈。现在他同雅努什礼节性地握了握手，还碰了碰鞋后跟。男人们都走了，只剩下雅努什和阿丽亚德娜。

“到我的房间去吧?”阿丽亚德娜问。

这间房要亮堂一些，摆设也讲究一些。阿丽亚德娜的床上铺着一条平纹细布床单。床边放着一张很深的沙发。塔尔洛小姐坐在沙发上，脸朝窗口，光线直射在她脸上。雅努什坐在窗下的一张小凳上，无拘无束地望着自己的女朋友。

“这些家具还是从我们以前的住宅里搬来的。这是搬到沃洛佳这里来时剩下的唯一的东西了。爸爸被他们杀了，您知道吗？是革命爆发后不久在大街上枪毙的。我们就在这里住下了。”当她发现雅努什一声不吭地盯着她看时，便有些神经质地问了一句：

“您为什么老是这样看着我？”

“在您脸上寻找我熟悉的模样儿——在梦境里不止一次地出现的模样儿。”

阿丽亚德娜笑了起来。

“哎，您瞧，现在我们必须从头开始。沃洛佳信仰革命，唔，我也信仰革命。我们现在背着中央苏维埃在偷偷地为革命工作，——他，我，涅沃林……”

“是不是还有瓦莱雷克？”

“他？我不清楚。他是那边的人。不过他是个好小伙子。您知道，我从来没有像现在这样幸福。因为，这是为了未来，为人民，为全世界的人工作呀！您知道，我们期待着布尔什维克的到来，内战的最后胜利肯定是属于布尔什维克的。中央苏维埃全是胡闹，整个乌克兰共和国也是胡闹。这都是资产阶级的玩意儿。布尔什维克一定会来的。沃洛佳说，十二月份或一月份就会来的。因此，我们在这里为他们做准备工作。沃洛佳的工作地点是港口区。沃洛佳、涅沃林经常参加各种会议，他们在海员和码头工人中间有同志。他们有武器，还在继续搜集武器。大家都准备参加真正的革命……而上一次革命，沃洛佳说，根本一文不值。临时政府、克伦斯基都垮台了，还有那个立宪会议也被打散了，好得很！现在新的生活，公正的生活就要开始了！”阿丽亚德娜讲这些话的时候，声音有些做作，仿佛不是她自己的声音。她的这番话也像是跟在幕后提词人后面说的。最后她说：“您跟我们站在一起，好吗？我想您是一个热情奔放的人，您什么都相信。您同我们一起到港口去吧，我一想到您，就直觉地预感到您会这样做的……”

“您想过我吗？”

“想过。”

“这些年一直在想吗？”

雅努什自己也不知道，他是怎样从那张矮凳上来到了阿丽亚德娜的跟前，跪在她的旁边，双手放在她的膝盖上的。

“这些年一直在想吗？”他重说了一遍，“您不知道，这些年我是怎么过的。没有一天，没有一个时辰我不在想您。您也就逐渐变为非现实的、想象的、虚幻的了……我真难以相信，您现在就在我面前。三年前，您是另一副模样儿，您脸上没有现在这种微笑。您现在的模样儿完全变了，不过我也变成了另一个人，一个新人。我将和你们一起工作，请您告诉我要干些什么……我希望，为了那些苦难的岁月，为了我一直提心吊胆生怕再也见不着您，为了这受到压抑的爱情……堪配受到您的奖赏。”

阿丽亚德娜俯身对着他，现在他清晰地看见她近在咫尺的弥漫着疯狂迷雾的眼睛。她的嘴唇像离了水的鱼那样一张一合。她的身子越俯越低，然而他却纹丝不动，只是凝视着她的眼睛。

“那么您爱我？”

她在说“爱”这个字的时候，她的嘴唇像是在一滴一滴地吸吮着甘霖。雅努什内心激动得打了个冷战，反复地说：

“我爱，我爱，我爱，我爱。”

她的躯体似乎是某种意想不到的、超凡的东西，似乎是由某种见所未见、闻所未闻的神妙的物质组成的。他缓缓地、怯生生地抚摸着，每触摸一次都像是意外地发现了一个未知的境界。虽然他多少个夜晚都在想象阿丽亚德娜的样子，但是却无法想象出这般模样来。这不仅超出了他想象的能力，也超出了他感觉的能力。他不知如何是好，突然觉得周身无力，只好把头埋在他所爱的第一个女人的怀里。阿丽亚德娜不得不逐步采取主动，她捧起他的头，把自己的嘴唇贴到他的嘴唇上。他觉得这一吻是那样地异乎寻常，是那样地出人意料，简直是超出了生命的界限，他整个的身心都飞向了这一吻，宛若飞向深渊。他从未领略过这种滋味，不知占有一个相爱的身体就意味着不能自持；不知爱情的极限也就是生命的极限，超过了这个极限就只会在死亡的深渊中无休止地往下坠落。

八

快到圣诞节的时候罗伊斯基一家才来到敖德萨。罗伊斯卡太太、米哈霞姨妈、奥拉和约齐奥都来了。罗伊斯基先生很久之前就离开了斯克维拉到基辅一带办事去了，但一直没有得到他的信息，不知他到了那里没有。妇女们穿着羊皮袄，包着大头巾，约齐奥穿着破旧的军大衣，大家一起拥入希莱尔家。好在希莱尔家的房子很宽敞，一下子进来这么些人也显不出什么。餐厅后边是一条长过道，过道里放着一些橱柜，妇女们住在过道两边的几间客房里，约齐奥则睡在雅努什的房间里。

“雅努什这会儿不在家，”希莱尔太太有点伤心地对罗伊斯卡太太说，“现在他很少在我们这里待，有时甚至在城里过夜……”

罗伊斯卡太太感到奇怪。

“他在这里做什么？”她问。

“不知道。”

“瓦莱雷克呢?”罗伊斯卡太太问。

“也不知道。他不到这里来。”

但罗伊斯卡一家来到的消息一经传出之后，雅努什当天傍晚便来了，不久瓦莱雷克也来了。大家聚集在工作室里，相互通报最近几个星期的经历。罗伊斯卡太太和瓦莱雷克讲得最多，雅努什沉默寡言，奥拉则一声不吭。卡尔也同罗伊斯基一家一起来了。

汉斯带着假身份证从斯克维拉到基辅去了。阿道尔夫下落不明。卡尔给大家端来了茶，希莱尔太太把三年前的陈果脯也搬出来了。

奥拉两颊绯红，虽然没有说话，但警惕地坐在那里，似乎是在捕捉每一句话。雅努什两眼朝天，似乎是表示不愿参加谴责革命的合唱。他们兴致勃勃地议论着北方成立了道博尔·穆希尼茨基[①]的军队。但由于敖德萨到北方的交通已被封锁，现在的传闻很不准确，而且往往走了样。

“如果我们这儿建立了这种军队，我马上就去参加。”约齐奥说，“你呢，雅努什?”

雅努什什么也没有说。罗伊斯卡太太微笑着代他回答：

“雅努什对从军似乎没有兴趣。”

埃德加尔表示支持雅努什。

“我们知识分子不想打仗。”

约齐奥生气了。

“那么，你认为雅努什属于你那一类人?从而免除了他理应承担的义务?”

---

① 道博尔·穆希尼茨基(1867—1937)，波兰将军，1917年在俄国建立波兰第一军，反对十月革命。

埃德加尔惊诧地看了他一眼。

谁也没有提到斯彼哈瓦。直到大家早早去休息的时候，约齐奥和雅努什才谈起他。雅努什有些不太愿意谈卡齐米日，约齐奥不明白是什么缘故。

“你知道，”约齐奥说，“他对奥拉的态度简直不是人。他本应马上回到斯克维拉去，但他只托人带去了一张不像话的便条……”

“什么便条?”

“我也不知道，她不肯说。”

“可是，他偷越封锁线到这里来不是没有目的的呀！他到这里来不是为了奥拉美丽的眼睛。”

“兴许这也是目的之一。”

“是的，但更重要的是其他的事情。他在这里做军队工作。”

“你说什么? 你是否认为，我也能做这种工作?”约齐奥兴奋起来。天气很冷，但他光着膀子坐在床上。雅努什看看他，暗自十分惊奇，约齐奥有一种健康美。他没有穿衬衣，正好显露出背部壮实肌肉的健美线条。以前他对此熟视无睹，此刻却引起了他的注意，因为他现在才明白肉体意味着什么。他把自己的肉体同约齐奥一比，妒意像针一样扎着他。阿丽亚德娜肯定会要这个希腊式美男子的肉体，而不会要他木柴片似的后背和瘦骨嶙峋的前胸。现在他每想到肉体，就情不自禁地同阿丽亚德娜的肉体比较，完全不能自持了。

有人敲了敲门。埃德加尔拿着一个旧瓶子走进来。

“喂，小伙子们，”他说，“我在储藏室里翻出了一瓶陈蜜酒。咱们仨喝掉它吧。”

约齐奥不顾自己光着身子，一下子跳到房中央。

“拿来，拿来。”他从埃德加尔手上抢过瓶子，“我们喝吧。可是，杯子呢?”

杯子也找到了。约齐奥披上埃德加尔暖和的睡衣。三个人坐在一张小桌旁。

一杯酒下肚之后，约齐奥鼓起勇气向埃德加尔询问爱尔茄尼亚的情况。不久前她曾在彼得格勒演出，现在没有消息。

“我弄不懂，目前是这种情况，怎么还能上剧院。我在斯克维拉已经憋不住了。”

“我相信你的话，”埃德加尔说，“敖德萨的情况也差不多。我举行了两次慈善募捐音乐会。”

“你演奏了什么?”约齐奥问。

“奏鸣曲，确切地说，奏鸣曲中的常步调曲。”

“你知道吗，这就是我父亲用自动钢琴奏的曲子。”雅努什插嘴说。

“就是嘛!”约齐奥说，“现在还搞什么音乐会，演什么戏……现在在打仗呵!”

这时，从远处，从铁道那边，传来一阵火车汽笛的长鸣。雅努什一听到这声音就不能平静。他第一次在阿丽亚德娜房里的那个晚上，机车汽笛正是这样鸣叫的。当他还是少年，第一次到比林斯基家去的时候，机车汽笛也是这样鸣叫的——夜里火车在一个小站停了下来，然后再开动，行驶了一两公里之后，就发出了这种独特的、呻吟似的鸣叫。雅努什喜欢这种声音，它一下子便把他带到遥远的童年，带到一种特殊的时刻——那时他无法形容但能感到自己的整个灵魂，感到它整个儿正在坠向生命的尽头。火车汽笛的长鸣在他内心唤起一种既有新生又有死亡的感觉。

“玛莉亚为什么好久没到这儿来?”埃德加尔问雅努什。

“不知道。”他回答说，“我现在很少看见他们。”

约齐奥注意到“他们”这个字眼。雅努什恍然大悟，埃德加尔拿蜜酒到这儿来，原来是为了谈谈他的姐姐。正是这个脱口而出的“他们”回答了埃德加尔的问题、这个词的意思是：“你甭操心啦，这不会有什么结果，斯彼哈瓦已经在那里了。”他也是直到此刻才意识到，斯彼哈瓦在他姐姐身边扮演的是个什么角色。过去他没有想过这个问题，现在回想起来，在那个预计要受到袭击的晚上，他睡着了，可到他醒来的时候，斯彼哈瓦不在房间里。那时他就已经到玛莉亚那里去了。他为埃德加尔感到难过。

“你知道吗，我很看重她的才识，而且她懂音乐。”

雅努什低下眼睛，什么也没有说。熟知比林斯卡的约齐奥简直不相信自己的耳朵。

“是这样吗？”他吃惊地问埃德加尔。

埃德加尔没明白他的意思。他用诧异的目光默默地望着约齐奥。雅努什倒谈起了姐姐从父亲那里继承下来的音乐才能。

“你知道，我没有什么音乐才能。我只喜爱小提琴，总的说来，我喜欢室内乐。埃德加尔，你写个四重奏吧。”

“我也是这样想。”埃德加尔说，“我已写了几段草稿。”

“把它献给玛莉霞，”约齐奥说，“这会跟肖邦的献词一样好听：‘献给[①]玛莉亚·比林斯卡公爵夫人[②]’。”

埃德加尔淡然一笑。

“晚安，小伙子们，”他说，“我走了。”

“到哪儿去？埃德加尔，到哪儿去？蜜酒还没有喝完呢。”

“你们喝掉吧。”埃德加尔说，他心事重重地慢步走出了房间。

“呃，”约齐奥对雅努什说，“这是什么意思？你们有什么事瞒着我。”

---

① 原文是法文。

② 原文是法文。

雅努什一声不吭地脱了衣服，在床上躺下，把被子和羊皮袄一直拉到鼻子底下。

“冷得要死，”他说，“熄灯吧。”

他听到约齐奥熄了桌上的灯，喝完了杯里的蜜酒，但约齐奥没有上自己的床，而是走到他这边来了。

“睡过去一点儿，”他说，“我睡在你旁边。”

“去你的！”雅努什不高兴地说，“到你自己的床上去嘛。”

“睡在一起好说话。”约齐奥不肯走开，“在军校里就是这样睡的。”

“好习惯！”

“不，”约齐奥一面说，一面钻进了雅努什的被窝，“这不是什么好习惯。告诉我，到底是怎么回事？”

“埃德加尔爱上了我姐姐。”

“玛莉霞？他疯了！斯彼哈瓦呢？”

“我正在想这个问题。斯彼哈瓦大概爱得更厉害。”

“那奥拉呢？”

“鬼知道！这同我有什么相干？”

“雅努什，你也爱上了什么人吧？你整天都往哪儿跑？希莱尔太太告诉我们说……”

“我有时出去……我有我自己的朋友……”

“别这么吞吞吐吐了，”约齐奥轻声说，忽然往雅努什身上一靠，几乎是贴着雅努什的耳朵对他说，“你已经有了女人吗？告诉我，雅努什，给我说这是怎么回事。呃，你想想看，我还没有过女人……”

“我看得出来，”雅努什嘟哝了一句，“你还像个十四岁的中学生。”

“哎，告诉我，雅努什，这是怎么回事。”

雅努什又听见了出站火车汽笛的鸣声，这声音再度把他推向无底深渊。他沉默了一会儿，约齐奥的手臂抱住了他的胸膛，他也没有理会。

“不可言传。”他像是从遥远的地方旅行回来，感情激动地说。

第二天早晨，有人给希莱尔家送来了四个白面包和一个大蛋糕。当时不用说在整个敖德萨，就是整个南俄，这种蛋糕都是很难得的。这份礼物上附有一个信封，上面写着奥拉的名字，里面装了一张名片：“弗兰齐舍克·戈翁贝克”。

希莱尔太太对这份礼物赞不绝口，而卡尔把名片交给奥拉时的神情，就像是交给她一张邀请参加在舍恩布鲁宫①举行的舞会的请柬。

奥拉眼里热泪盈盈，米哈霞姨妈放下捂住脸颊的手绢问：

“戈翁贝克？他是什么人？”

“糖果店的老板，那个胖子。”

当天下午，米哈霞姨妈就认识了他。他拿来了一盒糖果，（他从哪儿搞来的？）羞羞答答，两颊绯红，但话很多。先是希莱尔太太和罗伊斯卡太太接待他，但他非要见见奥拉小姐不可。那典型的维斯瓦河流域的口音，像是奶油做成的一张大而宽的脸盘，以及堆在这张脸上的微笑，使他显得有点滑稽。他的模样其实不错，还有一双天蓝色的、诚实的眼睛。他搓着手，在椅子上来回扭动身子，每句话里都要夹着好几个“尊敬的太太……”

“尊敬的太太，您是否，尊敬的太太，想要一点巧克力。”他居然还有可可和巧克力。

罗伊斯卡太太高雅地微笑着，尽可能回答这个胖子提出的一连串问题。米哈霞和奥拉进来了，弗兰齐舍克先生猛地从椅子上站起来，吻了吻奥拉的手，奥拉却企图把手挣脱出去。戈翁贝克一再恳求太太们吩咐他做点什么，罗伊斯卡太太便乘机问他有没有同基辅联系的可

---

① 舍恩布鲁宫是维也纳著名宫殿。

能性。

“有，当然有。请问您尊敬的先生的地址？”

罗伊斯卡太太把自己的一个朋友的住址告诉了他。

这时，卡齐米日·斯彼哈瓦进来了。奥拉脸上红一阵、白一阵，但还是跟他握了握手，然后趁大家忙着打招呼的时候抽身走了出去。过了一会儿，斯彼哈瓦想找约齐奥，走到餐厅，餐厅后面就是那条过道。奥拉站在餐厅花盆架的后面，脸冲着窗口。斯彼哈瓦对她说了句什么，她回过头来，他发现她刚哭过。

“奥拉小姐，”他说，“您怎么了？”

奥拉从花盆架后伸出一只手，指着通往客厅的门。

“这是因为您的缘故，我得嫁给那个烤面包的！”

卡齐米日惊恐地望着奥拉，他自己也不知道如何是好，只是机械地说：

“您为什么不能嫁给戈翁贝克先生呢？”

奥拉双手捂住脸，又转向窗口。她没有吭声，也没有哭泣。斯彼哈瓦并不同情奥拉，反倒为自己的所作所为而对她恼火。

“约齐奥在哪儿？”他问。

奥拉指了指通向过道的门。

“在那里，雅努什那里。”她生硬地说。

斯彼哈瓦目不斜视地穿过餐厅，开了门。奥拉期待他会站住，转回来，或是站在过道上。可是他的皮鞋沉重的橐橐声一直响到走廊的尽头，她听见他敲小伙子们的房门，进去了，很久没有出来。

母亲进来了。

“去吧，奥拉。”她说，“戈翁贝克先生要同你告别。”

奥拉不情愿地走到客厅。她迷迷糊糊地把双手伸给弗兰齐舍克先生。他问明天是否可以来。

“好，您明天来吧。”她说，一转身看见妈妈满面春风地站在面前。妈妈连牙疼也忘记了。戈翁贝克先生走了。

米哈霞姨妈突然张开瘦削的双臂抱住奥拉。

“我的天，”她说，“奥拉，你全身都在发抖！”

“客厅里太冷了，”奥拉说，“走吧，妈妈，我们回房去。”

奥拉同妈妈坐在自己的房间里，直到天黑都没有出来，连晚饭也没有吃。

九

整个战线都瓦解了。火车站、车厢，以至于公路都挤满了一群群衣衫褴褛的开小差的士兵。然而布尔什维克军队的几个团，在不知疲倦的政治委员领导下，还是不断地向南推进。一九一八年一月，这几个团击溃了乌克兰中央苏维埃的支持者，攻占了基辅、敖德萨。当列宁的革命军队控制了敖德萨时，爱尔日别塔·希莱尔决定从彼得格勒动身回家。作出这个决定并非易事，因为路上要冒很大的风险。火车经常晚点，而且非常拥挤。首先必须使自己和车上的旅客看上去差不多，以免引起别人的注意。爱尔日别塔作为彼得格勒歌剧院的演员，很顺利地领到了通行证。同她一起走的是她多年的学生，现在是秘书兼女仆的海伦卡。她们穿着普通的皮袄，包着羊毛三角头巾，混在一队女兵中上了开往基辅的火车。火车开动之前，巡逻队花了好几个钟头检查证件。任何人没有经过批准都不得离开彼得格勒，因为现在正在搜寻贵族、商人和沙皇的军官。

爱尔茹尼亚坐在一张过去是头等或二等车的软椅上，椅面如今已经破了，毡布和弹簧都露在外面。海伦卡站在她旁边。海伦卡附近的一个暗角里，藏着一个肥头大耳的男人。他身穿黑外套——就是从前小商人或“店伙”们穿的那种腰部带褶的外衣——头戴一顶新得惹人注目的帽子。他略略打量了一下爱尔日别塔，马上就猜到她跟自己一样，也属于彼得堡的“上层社会”，现在不仅要避开这个“上层社会”，而且要离得越远越好。爱尔日别塔从这位旅客等待开车的焦急神情中，一下就猜到他非常想到南方去。快要开车的时候，巡逻队来了。一个士兵上了车，另一个留在站台上，站在玻璃已被打碎的车窗外边。车外的士兵催促车上的士兵说：

“火车就要开了，快结束吧。”

那个士兵完全是例行公事地浏览各人的证件。他请那个戴新帽子的人出示证件。那人用发抖的手交给了他。证件看起来没有任何问题。卫生人民委员会批准助理医生拉宾诺维奇到基辅探亲。

然而士兵觉得“助理医生”拉宾诺维奇有些不顺眼。

“你是什么人？”① 他问，没有把证件还给他。

“证件上写着，我是助理医生拉宾诺维奇。我一直住在基辅。”

“哪一条街？”

“丰杜克莱夫斯卡雅街。”

“你说谎，”士兵突然大吼一声，“丰杜克莱夫斯卡雅街根本没有助理医生拉宾诺维奇！”

那人迟疑不决地补了一句：

“我以前住在铁雷施琴科夫斯卡雅街。”

这句话说糟了。

“跟我来。”士兵说。

拉宾诺维奇语无伦次地竭力进行辩解。

另一个巡逻队员在站台上催促说：

---

① 原文是俄文。

"瓦夏，快点，汽笛已响过了。"

"快，快！跟我来！"车厢里的士兵喊。

那个身份不明的助理医生绝望地环顾四周，想找根救命草。爱尔日别塔动了怜悯之心，不假思索就微笑着对士兵说：

"您为什么要拉宾诺维奇同志走？他同我一起到基辅去，他是我的朋友。"

"你是什么人？"士兵大声问。

"我是玛丽亚歌剧院的演员爱尔日别塔·希莱尔。"爱尔茹尼亚高傲地说。

"歌唱家？"士兵问。

"瓦夏，瓦夏，快点！"窗外的声音催促道，"火车快开了。"

"对，歌唱家。您没有听说过我吗？"

"真见鬼！"他骂道，摆了摆手，挤到车门口，因为火车真的已缓缓开动了。

助理医生拉宾诺维奇弯下身子，让自己隐蔽在窗外掠过的站台的阴影中，他捏了捏爱尔日别塔的肩膀。

路上一直顺利。他们先后在莫斯科和基辅花了几个小时转车，经过一星期旅途劳顿，终于到达了敖德萨。爱尔日别塔累得几乎要趴下了。又是埃德加尔给她们开的门，看到站在门口的妹妹和陪她的海伦卡。拉宾诺维奇记下了歌唱家的地址，并说过几天要来看望她。

爱尔日别塔没脱皮袄，也没摘头巾，走进餐厅就一屁股跌坐在椅子上，由哥哥和吓得目瞪口呆的母亲扶着。她发现一个英俊的年轻人站在桌子对面，好奇地瞅着她。

"约齐奥！"爱尔日别塔说，"我几乎认不出你了。妈妈，能不能洗个澡？"

"好，我们想想办法。只有在灶上烧水……没有别的法子。"

“不要让海伦卡去，她也很累了。”

海伦卡已经脱掉了皮袄，解开了头巾，平静地在房间里张罗起来了。

“爱尔日别塔小姐住在哪里?”她问。

“她自己的房间是空着的。约齐奥，你去帮海伦卡搬东西。”

约齐奥提起了爱尔茹尼亚的箱子。为了不显眼，箱子上还包着麻布袋，捆着绳子。他穿过长长的过道，把箱子搬到老希莱尔夫妇卧室和雅努什住房之间的一个小房间里。爱尔日别塔的房间虽小，但很雅致、舒适。房间的墙壁全蒙上了一层印花布，底子是奶油色的，上面印着棕色和绿色的鸟。书桌上摆着卡鲁索①的大照片。那里还摆着一架练习用的小钢琴。房间里弥漫着一股沁人心脾的幽香，像是特种香水的气味，又像是将要凋萎的洋槐或含苞欲放的丁香的香味。约齐奥把箱子放在地板上，对正在开橱柜的海伦卡说：

“这是什么香味?”

“这是爱尔日别塔小姐的香水。”海伦卡说，“她一直用这种香水，叫作‘巴黎之夜’②。”海伦卡讲法国香水的名称时，发音很纯正，这使约齐奥惊诧不已。床头上方挂着一幅德国学派的画，画的是关于圣伊丽莎白的玫瑰的故事。下面是一幅版画，描绘李斯特③穿着黑长袍指挥圣乐《圣伊丽莎白》演出的情景。

约齐奥回到餐厅时，爱尔日别塔还没有脱掉皮袄和一层又一层的衣服。她正在同希莱尔太太以及包着脸颊的米哈霞姨妈讨论奥拉跟戈翁贝克未来的婚事。

---

① 卡鲁索（1873—1921），意大利著名歌唱家。

② 原文是法文。

③ 李斯特·弗兰兹（1811—1886），匈牙利作曲家、钢琴家、指挥家。

“把一个年轻姑娘嫁给老头子总不是办法。”

“可他还年轻哩!”

“烤面包的总是年纪大的。”

“他是糖果店老板，亲爱的，是糖果店老板。”米哈霞姨妈有些生气地说。

“他们要回华沙，”希莱尔太太眼望着桌上的灯，调解地说，“你想想看，爱尔茹尼亚，米哈霞多有福气啊!”

“这又不是米哈霞姨妈出嫁!”爱尔茹尼亚愤愤地说。

埃德加尔坐在妹妹旁边，拉着她的手。他默默地看着妹妹，根本没有听见周围在说些什么。

约齐奥进来了，爱尔茹尼亚记起了他。

“你知道吗，我几乎没有认出你，没想到，你长这么大了！你已经是个大男子汉了。你妈妈呢?”

“妈妈进城去了，马上就回来。”他们之间的交谈极为平常，但埃德加尔敏感的耳朵听出他们的声音中有一种不寻常的调子。他的目光从爱尔日别塔的脸上移到约齐奥身上。

约齐奥自己也感到，他在“妈妈进城去了，马上就回来”这句话里投入了过多的感情，就是他自己的耳朵也听得出这声音含意万千。就像是绷紧了的大提琴弦的声音。他感到害羞，脸红了。他觉得一股热血冲上了双颊。

埃德加尔把这一切都看在眼里。他从椅子上站起来，问妹妹说:

“你为什么不脱衣服?”

“索性等我回房里再脱吧!”爱尔茹尼亚说着，站起身来，拖着疲惫的双腿向过道走去。

几天之后，助理医生拉宾诺维奇来了。海伦卡把他带到爱尔茹尼亚的卧室里。约齐奥在自己房间里隔着墙壁听见他们纵声谈笑。他不知为什么因此而感到气恼。瓦莱雷克身着便服坐在约齐奥屋里。至于他住在哪里，在干什么，别人是很难打听到的。兄弟俩根本说不到一起。约齐奥向他询问什么都是单刀直入，简单粗鲁，而瓦莱雷克本性就不爱作直截了当的回答。他说起话来含含糊糊，半吞半吐，听他说好像是在做生意，但究竟卖什么，卖给谁，在哪里卖，都很难探问出来。再说约齐奥也没有去听弟弟的闲话（瓦莱雷克讲的是斯彼哈瓦诡秘的行踪），而是专心致志地倾听隔壁的动静。隔壁的谈话时间不长，不久之后他听见脚步声，关门声和三声铃响（这是爱尔茹尼亚在唤海伦卡），然后是有人走向前厅的声音。

“你刚才说斯彼哈瓦什么来着？”他机械地问弟弟。

“他在这里进行某种秘密工作……”瓦莱雷克说，“但我嗅不出来他具体做什么。”

瓦莱雷克站在窗前。约齐奥望着他高大、瘦削但还未成型的身躯。他不喜欢瓦莱雷克眼睛里闪烁不定的光。瓦莱雷克俯下身子，探究地端详着约齐奥，同时，他的左眼似乎有点凹陷，不看任何东西，也没有什么表情。约齐奥讨厌他这种看人的样子。他耸了耸肩膀说：

“那你就不用去嗅了……”

他走进了餐厅。希莱尔太太站在餐厅中央，圆睁的两眼无可奈何地望着爱尔茹尼亚的脸。爱尔茹尼亚很激动，话讲得很快，她像是在向妈妈解释什么事情。

“现在？坐船？通过布了雷的海？”

“只到罗马尼亚。”爱尔茹尼亚说。

“罗马尼亚是德国人占领的。”

“不是整个罗马尼亚。他说，可以到君士坦丁堡。”

母女俩不说话了。约齐奥穿过餐厅走到埃德加尔的房间。埃德加尔正躺在床上看书。

“你瞧，这本书好极了，”他用俄语说了作者的姓名，“是描写西西里的……”

约齐奥默默地坐在床旁的圈椅上。这一次他又没有听埃德加尔讲西西里。方才母女俩的那段对话使他深感不安，虽然他不明白是什么意思。他听着埃德加尔讲话，心不在焉地点着头。这时从埃德加尔房间对面的客厅里传来了歌声。这是爱尔茹尼亚在教看门人的女儿唱歌，她发现她的嗓子很好。

“你真怪，埃德加尔，”约齐奥突然说，“你对任何事情都不关心。”

“什么，任何事情？其实我对一切都很关心。”

雅努什来了。同样是寡言少语，独自坐在房间的一角。他表面平静，却心乱如麻。

“军队瓦解了，德国人跟踪追击，”他说，“要不了多久他们就会到达这里。在克里米亚和顿河一带还有白卫军在作战。红军方面在敖德萨的处境越来越糟了。”

大家沉默了一会儿之后，埃德加尔又讲开了西西里，接下去又讲佛罗伦萨。客厅里歌声停了，爱尔茹尼亚和哈尼亚在改练音阶。约齐奥心痒难熬，好容易等到天黑。

晚饭后，他去敲爱尔茹尼亚的门，大胆地走进她的卧房。爱尔茹尼亚坐在书桌边，抬起头用蓝色的大眼睛看着他，眼里毫无惊异的神色。

“坐吧，约齐奥。”她说。

约齐奥在书桌旁坐下了。他从来还没有隔得这么近看过爱尔茹尼亚的脸。他望着她讲话时翕动的鼻翼，望着她在强调某一字句时轻轻掀动的嘴唇。爱尔茹尼亚发音非常清晰，他越来越近地向她探过身去，仿佛要捕捉她嘴里吐出来的每一个字，虽然，天晓得，他究竟听懂了多少。

过了一会儿，他骤然岔开了她的话，问道：

“今天来的是哪个助理医生？他是什么人？”

爱尔茹尼亚莞尔一笑。

“他不是什么助理医生。我可以告诉你，但你不要对任何人讲。他是个银行家，叫鲁宾斯泰因，你知道吗，就是彼得堡的那个。他想去克里米亚，把钱带给沙皇的母亲。”

“你想跟他一起去？”

爱尔茹尼亚考虑了一下，用探询的目光看了他一眼。

“你怎么知道？”

“我猜着了，”他轻声说，“确切地说，我感觉到了。”

他抓住她的手腕，触到她温暖的皮肤和冰凉的金属表带。

“别去，”他说，“你别去。”

爱尔茹尼亚露出了发自肺腑的微笑。

“你以为会出什么事？”她说，“我为什么不去？他最后一站是伦敦，他在那里有存款，他答应资助我到伦敦去，我还没有在皇家剧院演唱过呢！”

约齐奥没有听她说什么，只是把她的手越握越紧，感到她脉搏的跳动，表带也嵌到了肉里。他毫无意义地反复说：

“别去，别去。”

爱尔茹尼亚生气了，她企图挣脱，但没有成功。

“你怎么啦？”她喊道，“放开！痛！”

她向后一仰，露出了雪白的颈项。

约齐奥没有松开手。他站了起来，俯身对着她，咬紧牙关，用颤抖的声音说：

“你连看都不看我一眼，难道你以为我不痛吗？”

他在她的唇上吻了一下，短促而有劲。爱尔茹尼亚闭上了眼睛。

约齐奥离开她，朝房门走了两步，又折回来，在离她很近的地方站住了。她像刚才他离开时那样坐着，身子后仰，纹丝不动，双目紧闭。

“别锁门。”他贴近她的耳朵说，“我夜里到你这里来。”

十

布尔什维克占领敖德萨以后，塔尔洛家里时而空无一人，时而高朋满座。涅沃林和沃洛佳都很忙碌。涅沃林在一个什么办事处工作，沃洛佳开头在市苏维埃，以后在肃反特别委员会工作。阿丽亚德娜的生活又开始了一个新阶段。她的穿着是半个军人，戴一顶大皮帽，常去参加各种集会和会议，并在会上演讲或朗诵革命诗歌。现在马雅可夫斯基很受欢迎，她对人群大声朗诵马雅可夫斯基一字一顿的诗，像过去用稍稍拖长的声音朗诵勃洛克富于音乐性的诗歌那样。雅努什听过她几次朗诵，觉得更喜欢她朗诵勃洛克的诗。

雅努什现在经常在他们那里。他在塔尔洛家比在希莱尔家的时间多。他只是在希莱尔家过夜，而且去得挺晚。但是，他在车站大街那里难得碰到一次大家聚在一起的时候。最难遇到的是阿丽亚德娜，因此，他们极少单独相处。她总是在戒严时间快到的时候回来，有时兴高采烈，两颊通红，眉飞色舞地描述她刚参加的会；有时面色阴暗，举止沉静，一句话也不说。沃洛佳总是带着他那不离身的公文包，坐在自己房间的桌旁，看着堆积如山的文件，脸上露出忧虑的神色。在另一个房间里，阿丽亚德娜、涅沃林和雅努什偶尔交谈几句。她变得多疑，一举一动都似乎在抱怨雅努什对她变了心。

瓦莱雷克穿一身很不像样的便服，经常在敖德萨大街上露面。沃洛佳虽然革命性很强，但还是给他弄了一份假证件，并在码头上给他找了个挂名工作。斯彼哈瓦足不出户，在城里见不到他。涅沃林常在塔尔洛家坐到很晚——他住在别的地方，但他有夜间通行证。

雅努什心里只有阿丽亚德娜和她的音容笑貌，连最重要的事他也漠不关心。穆什卡公爵夫人——比林斯卡就住在她家里——和她的长子被捕了。玛莉亚请雅努什在沃洛佳面前为公爵夫人说情。这请求使他不胜诧异。

“你管这种事情干什么？”他问。接着他转入另一个话题，“斯彼哈瓦是怎么回事？我好久没见到他了。”

“不知道。”公爵夫人不乐意地说。

雅努什没有通行证，但常在夜晚以至深夜从塔尔洛家回来碰上巡逻队时，他总是摆出一副可怜而无害的神态说，没有通行证。巡逻队一般不问什么也就放他过去了。而且他的运气很好，很少遇到巡逻队。敖德萨的街道灯光昏暗，阒无一人，每当他深夜走过这些街道回去的时候，他的思想感情是难以形容的。一方面，对他来说，阿丽亚德娜是唯一的存在；另一方面，每当他望着黑魆魆的房子，港口刮来的风吹拂着他的脸庞的时候，每当他听到远处传来低沉的枪响的时候，他也感到一种说不清的内疚。他反躬自问：我在这儿干什么？比林斯卡曾劝他参加道博尔·穆希尼茨基的军队，但他不愿去。也就是在谈这件事的时候，斯彼哈瓦从他的藏身之处走出来，露了一会儿面，既没有支持玛莉亚的建议，更没有怂恿雅努什到道博尔那里去。

“他在这里也许会有别的事情可做。”他说。

一天晚上，阿丽亚德娜在一个法国军官的陪同下回到了住所。当时访问俄国的军事代表团多得数不清，他就是其中一个代表团的成员。布列斯特和平时期迫近了，法国人如火燎脚后跟，阿丽亚德娜的新相识看来也在琢磨怎样溜开和溜到哪里去。这法国人叫莫里斯·德拉特尔，谁也不知道阿丽亚德娜是从哪里把他带来的，她是在什么地方遇见他的，她把他带来的意图又是什么。这一切谁也不清楚。他的外表很吸引人，如果不是瘦得出奇的话，他也可算得上是个美男子。他有一双多情的黑色大眼睛，看来很喜欢女人。

他的言谈举止明显地表现出，他仅仅因为是阿丽亚德娜的朋友才到车站大街来的。沃洛佳和涅沃林对他都敬而远之，而阿丽亚德娜却把他当作一种稀奇的观赏动物那样引以为荣。在雅努什的帮助下，她费了很大的劲才弄到一些面粉给他烤了点心。那法国人起初是三天来一次，后来就成了每天必到的常客了。他把阿丽亚德娜家藏的果脯全部吃光。雅努什还向希莱尔太太要了她储存的两罐果脯，交给了阿丽亚德娜。他这样做的唯一原因是为了从她眼里看到一丝感激的表示。

敖德萨变了样子。经过几次战斗，有一段时间它显得荒凉而凌乱，现在电影院、剧院和几家咖啡店都开了门，车站大街的人中，只有沃洛佳清楚，为了做到这一点付出了多大的劳动。咖啡店一开门便生意兴隆，阿丽亚德娜有时也拉雅努什去喝咖啡，但他不能经常陪她去。上咖啡店很花钱，而雅努什往往身上一文不名。比林斯卡几次问他要不要钱用，他不想花她的钱，而且也不清楚她手头是否宽裕。她有孩子，牛奶很难买到，而且很贵。

雅努什发现，阿丽亚德娜现在很少待在家里，而且经常在德雷巴索夫斯卡雅街的小咖啡店同莫里斯相会。雅努什千方百计避开这个地方，因为他不想碰到戈翁贝克。他对奥拉的事情感到非常难过，对戈翁贝克有一种本能的反感。在这个问题上，他内心深处的感情是很复杂的，他对斯彼哈瓦，尤其是对自己的姐姐也很不满，而对可怜的奥拉则寄予无限的同情。戈翁贝克催着尽快结婚，坚持不要等到回国以后，因为那还不知要等到何年何月。

虽然如此，雅努什还是常常把阿丽亚德娜送到戈翁贝克的咖啡店门口，她在大玻璃窗前同他告别，莫里斯的一头黑发和闪闪发亮的眼睛就在这玻璃后面。在这种情况下，雅努什总是站在街上吻吻她的手，虽然她请求他不要这样做。

有一次阿丽亚德娜把他拉进店内，他勉强走了进去，闷闷不乐地坐在桌旁。阿丽亚德娜同那个法国人交谈，他没有听他们讲什么，但阿丽亚德娜的一句话偶尔引起了他的注意：

“那么船到克里米亚要几个钟头？”（她的法语讲得很糟，“克里米亚”一词的发音也不准。）

无意间听到的这句话使他震惊，他不知该怎么办好。这次阿丽亚德娜在咖啡馆里没有坐多久。她要赶去参加一个集会，于是匆匆地同德拉特尔先生告了别。雅努什赶上去送她，但他们刚走出咖啡馆几步，她就向他伸出了手。

“你走吧，让他们老看到我们在一起不好。”她说。

“有人监视你吗？”

“我想不至于；但他们在监视德拉特尔。”

“你要出走吗？”雅努什问，仍然拉着她的手。

“我自己还不知道。”阿丽亚德娜把手抽了出来。

“你为什么要出走？”雅努什问，好像阿丽亚德娜已经回答他肯定要出走似的。

“我一点儿也不知道。”阿丽亚德娜低声说，把头扭到一边，但没有走开。

“那你的工作呢？革命呢？”雅努什问。

她朝雅努什瞟了一眼，随即把目光转向别处。

“我要活着！”她的声音更低。

雅努什大为惊讶。

“活着？这是什么意思？”

阿丽亚德娜笑了。

“活着？怎么跟你解释呢……‘我思故我在’[①]……这句话恐怕不对，应该说，‘我爱故我在’。”

“我一点儿也不明白。”雅努什说，同时凑近阿丽亚德娜的脸，以便看清她的模样。她形容憔悴，皮肤发黄。

“我也不比你懂得多，唔，以后再说吧。”阿丽亚德娜又望着他，雅努什觉得，她的目光中好像含着怜悯。“眼下你别到我们那里去了，亲爱的，”她突然下了个狠心补了一句，“你等我的信吧。”

雅努什三天没出希莱尔的家门，等着阿丽亚德娜的消息。现在当他从早到晚都待在这个家里的时候，才发现这里发生了多么大的变化。希莱尔太太面色阴郁，罗伊斯卡太太和米哈霞姨妈都关在自己的房间里。奥拉好像刚哭过，面色苍白、神情悲戚，在屋里不停地踱来踱去。唯有约齐奥神采飞扬，仿佛这狭小的住宅容不下他似的。罗伊斯卡太太很担心他出事，不让他进城，因此他不得不整天待在餐厅里，爱尔日别塔的房间里也时不时传出他的话声和笑声。爱尔日别塔每天都要练唱几次，但往往是练唱完几段之后就停下来，像是一只提早了报春的小鸟。每天中午前后，看门人的女儿哈尼亚就来了，接着从紧闭的房门里便传出练习唱谱和音阶的两个响亮声音。这声音宛如《梦游女》[②]中由长笛伴奏的咏叹调，而爱尔日别塔的声音则像是长笛。二月份的天气灰暗而温和。海没有上冻，南来的微风夹杂着一股碘的气味。每逢雅努什因打扫房间而开窗的时候，这种气味便扑鼻而来。第三天傍晚，爱尔日别塔打开通向过道的房门，唱起歌来。雅努什坐在自己房里的窗前，两眼望着对面屋顶上逐渐暗下去的天空。约齐奥因为天黑而扔开了手里的书，在床上躺下。当爱尔日别塔以甜润的强中音

---

① 原文是拉丁文，“我思故我在”是法国哲学家笛卡儿（1596—1650）的名言。

② 意大利作曲家贝利尼（1801—1835）谱写的歌剧。

（她这时的声音确有些奇特）唱出了第一个长长的音阶时，约齐奥从床上坐了起来。雅努什的目光从灰暗的天空移向约齐奥，约齐奥用手支着身子，歪着头，像一只猎狗似的倾听歌声，仿佛要从中辨认出什么东西似的。果然，在爱尔日别塔今天演唱的第一个节目——韩德尔[①]的咏叹调里，有一种特殊的韵味，既像是恳求，又像是祈祷，既充满力量，又富于性感。雅努什也静静地听入了神。

“怎么回事?”约齐奥轻轻地说，“她为什么这样唱?”

这时，过道上响起了轻轻的脚步声。门开了，埃德加尔在门口站着。这时爱尔日别塔的歌声更响了，宛如拿掉了弱音器的大提琴。约齐奥看了埃德加尔一眼，但立即把目光移开了，身子一动也没动。雅努什觉得周身发冷。

韩德尔的咏叹调在优美的最弱处结束了，钢琴的两个和音也在美妙的装饰乐节中戛然而止。谁也没有动一动。微微颤抖的、轻轻的伴奏声开始了。爱尔日别塔一个接着一个地唱沃尔夫的歌曲。雅努什仿佛看到了一个温暖而幸福的境界，在二十世纪的世界上不存在的境界。除了在歌曲中任何地方都是不可能存在的境界。幸福的预感同对某种可怕事件的恐惧突然交织在一起，他心里也产生了约齐奥同样的问题：“怎么回事？她为什么这样唱?”他感到恐惧的是，这里出了什么极不寻常的大事，而他对此却一无所知，他的命运是在他身外，在完全没有他参与的情况下被决定了的。他的命运，也许他们三个人的命运都是如此？埃德加尔手扶门框，站在门口，他的脸在昏暗中显得更加苍白。约齐奥低着头坐在床上，一动不动地凝神倾听着。雅努什把头往后一仰，合上了眼帘，眼眶里饱含着泪水。

有人猛敲厨房的门。谁也没有动，爱尔日别塔仍在继续唱歌。雅

---

① 韩德尔（1685—1759），德国作曲家。

努什站起来，向厨房走去，在门口与埃德加尔热情地握了握手。他点着了厨房里的蜡烛，这时爱尔日别塔还在唱：“……你可以在窗前站到天明，但这白白浪费了你的弹奏和歌声……”他打开了门。门口站着一个细高个海员，黝黑的脸膛，但非常好看。他一言不发地把一张纸条交给雅努什，敬了一个“白卫军式”的礼，然后一转身，像是走下舞台那样踏着台阶去了。

雅努什把纸条凑到灯前（这时从纸里掉出一张印有字的硬卡片），纸上写着：

> 请于明晚九时到旧港第十七号海桥来。在那里你会遇到刚才这个海员。附上填了你的名字的夜间通行证，以防万一。
>
> 阿丽亚德娜

第二天一早，雅努什不顾阿丽亚德娜的禁令到车站大街去了，但一个人也没有碰上。他心神不定地回到家里，看到玛莉亚给他的字条。玛莉亚恳求他到她那里去一趟。一段时间以来，玛莉亚一直避着希莱尔家的人。他不高兴地把字条一扔，在狭小的房间里走来走去。约齐奥到埃德加尔那里去了。吃午饭时，雅努什发现坐在桌旁的人也都心神不定。埃德加尔默默地望着盘子，爱尔日别塔回答米哈霞姨妈的问话时答非所问，奥拉不安地瞅瞅妈妈又瞅瞅姨妈，罗伊斯卡太太则显然在费尽心机地想出一些无关紧要的话题，如搜查、天气、邻人被捕等等。

夜慢慢地降临了。雅努什坐在窗前的圈椅上，约齐奥又歪在床上，手里还拿着那本书。雅努什发现海伦卡在反复打量从厨房到爱尔日别塔房间的那段过道。希莱尔太太在女儿的房间里，隔壁的小伙子们听见她们在轻声交谈。二月的夜来得早，朝院子的房间已经黑下来了。

雅努什憋不住，进城去了。约齐奥没有问他为什么这么晚还出去。埃德加尔工作室的灯亮着，他和雷涅维奇在心平气和地讨论教授永恒的话题：冰川时代。

雅努什走到街上，天已经完全黑下来了，但路灯还没有亮。他刚刚出门，远处就传来了一阵机关枪响。行人很少。他顺着里舍列夫斯卡雅街朝前走了几分钟，到了直通港口的大台阶。离约定的时间还早得很。港口在沉睡，从海面吹来刺骨的寒风，间或带有一股烟味。一两艘轮船像驯服了的野兽，无精打采地浮在看不见的水面上，冒着浓烟。向下望去，红色和绿色的灯光此起彼伏地闪烁着。一艘轮船的汽笛发出一声凄厉的长鸣，这声音像昨天爱尔日别塔的歌声一样，预告着别离。他现在完全明白了：阿丽亚德娜要出走。

他跨下一级台阶，就在这“石凳”上坐下了，他这样身不动、心不想地一直坐到约定的时间。台阶上来往的人很少。行人的脚步在花岗石台阶上激起了回音。雅努什终于站起身来向港口走去。他好不容易找到了第十七号海桥，一路上遇到三起巡逻队，他出示了阿丽亚德娜给他的通行证。他沿着海桥朝桥尾的小房子走去，这时他忽然闻到海的气味，听到海浪轻轻拍打岩石的声音。他感到有股异常强烈的欲望涌上心头，那是远走高飞或自我毁灭的欲望。他想起了童年，那时他早上醒来的时候，也往往怀有这种欲望。

那个高个子海员从黑暗中出现了，向他行了一个礼。

“请，请到这边来，他们在等着您。”

他走了几步，看见一艘大摩托艇的黑艇身。艇上没有灯光，似乎有几个人影在上面晃动。一个矮小的黑影突然在他身旁站住了，他认出这是阿丽亚德娜。

“同我们一道走吧，”她还没有同他打招呼就突如其来地说，同时伸手抓住了他的肩膀，“同我们一道走吧！”

在黑暗中，雅努什暗自笑了。

“我为什么不走呢?”他想。但他嘴里却说：

“不，阿丽亚德娜，我不能走。”

阿丽亚德娜用另一只手抓住他另一边肩膀，想看清他的眼睛。

“你为什么不能走?”她问。

雅努什没有回答，只是把她的手从肩上拿下来吻了吻。

“你同谁一起走?”

“一切都是德拉特尔安排的，还有一个人……一切都办妥了，他们不会拦阻我们的。”

“那太遗憾了。”雅努什开玩笑地说。

“噢，你知道……”阿丽亚德娜说，“还有瓦利亚……”

“涅沃林?”雅努什大吃一惊，低声问道。

“我们还在等……”阿丽亚德娜悄声说，但马上又打住了。

雅努什听到身后有人快步向他走来。他回头一看，原来是爱尔日别塔，像她从彼得堡回来时那样，穿着皮袄，包着头巾。鲁宾斯泰因和海伦卡由那个高个子海员领着直接上了摩托艇。爱尔日别塔抬头望着雅努什，她的眼睛在黑地里显得深陷、发黑。

“我知道您会到这儿来的，”爱尔日别塔说，“您是个好人。请您告诉约齐奥……”

“约齐奥知道吗?”

“不，我没有告诉他。只有埃德加尔和妈妈知道。但请您告诉他，我会记住的。”

雅努什感到不耐烦：

“您会记住什么?”

“啊……记住一切。”爱尔日别塔回答。

阿丽亚德娜又走过来了。

“我们要走了。”她说。

发动机嘟嘟地响了起来，并向外排气。在寂静中这声音显得非常响，似乎整个港口以至全敖德萨都要被它吵醒似的。

“鲁宾斯泰因大概花了不少钱。”雅努什对阿丽亚德娜说。

站在他面前的两个女人向他伸出了手。他觉得一切都像在梦中。他弯下身子吻了吻爱尔日别塔的手，她吻了吻他的头，对他说了句什么话，他没有听清，只听到三个字：“约齐奥。”

“好，好。”他说。

阿丽亚德娜用双手搂住他的脖子，什么也没有说。他全身都感觉到她瘦小柔弱的身躯。

“阿丽亚德娜。”他说。

“我知道，”他听见自己耳边有个声音说，“我知道，只有你一个人是爱我的。但我不能……”

海员走过来，敬了个礼。马达像机枪那样啪啪地响了起来。两个女人走开了，海员扶着她们先后上了船。海员也跳上船，收起了跳板。摩托艇猛然钻入黑暗里，很快就消失了。只有刺耳的马达声还在轰鸣，这声音也迅速减弱了，只留下一丝余音。

“多勇敢啊。”雅努什想。

他如醉如痴地伫立了良久，然后沿着海桥和码头往回走。他一面走，一面留神避开巡逻队。幸好没有遇上。

他艰难地爬上倒数第二级台阶时，一个人影挡住了他的去路。

“她走了?”人影问。

他认出了这是沃洛佳。

“她走了。”雅努什说，这时他才意识到发生了什么事。

“你了解她吗?”他问沃洛佳。

“他妈的，谁能了解女人的心!”沃洛佳粗鲁地骂道，“你能想象吗，她背叛了我……”

雅努什摇摇头。

“背叛了你?”

“对，背叛了我！背叛了我信仰的一切!”沃洛佳说。

“你有信仰吗?”雅努什问。

“我有信仰!”沃洛佳突然大声喊道。这声音激荡在花岗石台阶上，顺着阶梯径自奔向大海。海面上越走越远的摩托艇的声音完全消失了。

十一

布列斯特和约缔结后，德国人以席卷一切之势拥入了乌克兰。三月中旬，他们占领了基辅和敖德萨。进入敖德萨的既有德军也有奥军，而进入基辅的则全是由陆军元帅艾施豪恩统领的德军。

德军进城的时候，敖德萨正是春光明媚的时节。南俄的这种三月美景是独一无二的。人们都拥上了街头。德军服装整洁，钢盔上绑着枞树枝，在人群前面列队而过。德国人虽然被战争搞得焦头烂额，但他们还是调了一些没有受过损失的部队来占领乌克兰的城市。敖德萨的居民好几个月以来对衣衫褴褛、身上歪七扭八地挂着手榴弹和子弹带的士兵已习以为常，因而对这支德国部队不禁叹为观止。队伍步伐整齐地前进，他们钉了鞋钉的皮靴把石板路面敲得橐橐响，队伍后面是两辆缓缓行驶的汽车。坐在第一辆车里的是同盟国军司令，坐在第二辆车里的是彼得留拉[①]长官。彼得留拉身旁堆满了鲜花，他站在车上，面带笑容，向两边的人群频频致意。人们呼喊着，一把把红花绿叶越过人头，在空中画了一个弧形，向汽车飞去，有的落在车里，有

---

① 彼得留拉（1879—1926），乌克兰民族主义首领。

的没有投中。司机抬起胳膊像赶苍蝇一样挡开这些花束，同时紧紧地抓着方向盘。

雅努什混在人群中，不胜惊异地望着开进来的军队。无疑，他们带来了某种性质的解放：秩序、法纪、西方的空气。但当他看到这些士兵，看到这一张张即使不算营养很好，但总算洗得很干净的面孔的时候，他又按捺不住满腔的仇恨。

人们不久之前还热烈欢迎过粉碎了中央苏维埃军队的布尔什维克，现在又同样为德国兵灰色的军装和彼得留拉的侍从们的花花绿绿的帽子而欢呼。

雅努什对这拥挤的人群感到厌恶，匆匆地从中退了出来。在德雷巴索夫斯卡雅街口遇到了沃洛佳。从外表看，沃洛佳是一个衣着讲究、满腮大胡子的肥胖商人，雅努什好容易才认出了他。沃洛佳快步走到他面前，把自己的新地址给了他。

“来吧，”他说，“每天六点左右我都在家。”

“这条街在哪里?”雅努什问，他对敖德萨不太熟悉。

“离码头不远，在下面……”沃洛佳补充了一句，接着就在人群中消逝了。

希莱尔家里出了一件大新闻。卡尔已经回到自己的军队，现在为他过去得到的工作和照顾前来道谢。原来他不是普通的士兵，那是他被俘时假装的。他来时穿着军官制服，自称是沙菲尔上尉，坐在餐厅桌旁同罗伊斯卡太太谈话，稍带维也纳口音。他说，他终于接到了家里的消息，他们住在维纳尔-内欧施塔特，全家平安，他对罗伊斯基夫妇对他的盛情和善意表示衷心的感谢。他还热烈邀请他们以后到奥地利去看他。这一突然的变化使罗伊斯卡太太不知所措，她不知道该说什么才好。看得出来，她是在回想对卡尔是否有过不太客气或要求太高的地方。军官装作没有注意这些，转而对雅努什说：

“我很感激您，因为，确切地说，我是在您那里才开始了仆人的生涯……令尊的去世使我很难过。”

“我记得，”雅努什说，想起了那圆形的小教堂和墓上的黄土，“我永远不会忘记您。”

沙菲尔上尉碰了碰脚后跟，走了。罗伊斯卡太太把双手一摊：

“谁能料到会有这种事呢?”

他们跑去把这件事告诉埃德加尔和教授。

埃德加尔在房间里心事重重地踱着方步，爱尔茹尼亚出走以后，他没有得到那艘神秘的摩托艇上乘客的任何消息。如果他们到了克里米亚或君士坦丁堡，那就不能指望在短期内收到他们的信了。战争还在继续，没有任何迹象表明它将结束。

罗伊斯卡太太走了之后，雅努什告诉埃德加尔他遇见了沃洛佳。埃德加尔活跃起来。

“去吧，到他那里去，今天马上去。他可能有什么消息。”

然而他当天晚上没有去。黄昏时分，戈翁贝克先生来了，脸色发白，神情慌乱。他对雅努什说想同他单独谈谈，雅努什对此颇为诧异。他把戈翁贝克带到爱尔日别塔的房间，因为其他房间里都有人。戈翁贝克先生没有坐下，他对雅努什说，他认为他是这所房子里唯一的男子汉，当然啰，还有约齐奥，但正是约齐奥……

“出了什么事?”雅努什不安地问。

原来是戈翁贝克先生从他在基辅的一个朋友那里得到一个消息：一月份，即布尔什维克攻占基辅后不久，罗伊斯基先生在玛丽亚公园被枪决了。

“为什么？什么原因?”雅努什问。

“我也不清楚。他是同他的房东一起被捕的，房东是个白卫军官。有一批人在玛丽亚公园被枪决了。”

“我的天，这怎么告诉他们呢?”雅努什吃惊地说。

他们决定去找埃德加尔商量。雷涅维奇教授也在埃德加尔那里。谁也不愿意把这悲痛的消息告诉罗伊斯卡太太和她的两个儿子。瓦莱雷克一时间一直住在希莱尔的书房里。最后还是埃德加尔承担了这项任务。

“你们看，”他说，“到底谁是真正的男子汉?这种事总是由我来做。”

他从容不迫地到罗伊斯卡太太那里去了。

当天晚上上床睡觉的时候，瓦莱雷克告诉约齐奥和雅努什，说参加俄军的波兰人正在建立一支波兰部队，这支部队的司令部设在郊外帕夫沃夫军营里。他还说，明天他就去报名。

雅努什感到奇怪的是，约齐奥对这支波兰队伍并不信任。几天之后，敖德萨听到了关于在文尼察建立了波兰第三军团的消息。这个消息打动了约齐奥。这时瓦莱雷克已经到他的军营去了，一直没有回家。

爱尔茹尼亚走了以后，约齐奥的情绪一直非常消沉。奥地利人来了他也没有上街看看。他在老希莱尔书房里找到一堆侦探小说，于是整天埋头看这些书。父亲去世的消息曾使他痛不欲生，现在他一心想去文尼察。他劝雅努什跟他一起去，雅努什拿不定主意。他不太明白，这么几连骑兵，加上一点炮兵能算什么波兰军队。传到敖德萨的消息是很不准确的。当地的波兰军队他不愿参加，因为他不愿同瓦莱雷克在一起。一个时期以来，他讨厌瓦莱雷克，至于讨厌他的原因，可以追溯到四年前瓦莱雷克打他耳光的那件事。当然，那只不过是区区儿戏——两个朋友之间的激烈争吵而已。然而，正是打那时起，他对瓦莱雷克的态度发生了根本性的变化。他很喜欢约齐奥，他自己也不十分清楚他对约齐奥的感情有多深。这几个月的经常接触，使他对这个高高的英俊的青年有一种完全是肉体上的亲近感。他有点为约齐奥担心，同时也怕失去跟他的联系，因此倾向于参加第三军，以便能长久地和约齐奥在一起。况且他现在无所事事，阿丽亚德娜出走以后，他老是盘算怎样才能到西方去，参加波兰军队可能是最好的一条途径。

十天以后，他才去沃洛佳那里。在一个院落里，在侧屋底层的一个小房间里，找到了沃洛佳。房子是木结构的，很破旧。院子里很脏，有几株弱小的洋槐。鹅舍里有两只鹅在呱呱叫，这是从农村弄来的宝贝。沃洛佳在小房间里来回走着，酷似一头关在兽笼里的雄狮。由于缺乏运动，他胖多了，大胡子在苍白而虚胖的脸上映出赭红色的光。他全身看起来像有点肿。雅努什在靠窗的地方坐下听他讲话。

俄国革命的形势看起来是绝望的。在东线，在顿河流域，在北高加索，科尔尼洛夫①和邓尼金②节节胜利，德国人占领了整个南俄，切断了莫斯科同它的粮仓乌克兰的联系。莫斯科和彼得格勒发生了饥荒。红军在同白军作战，可是在军队里一片混乱，有时甚至完全陷入无政府状态。虽然如此，沃洛佳仍然相信一切都会好转。既然美国已经参战，德国必然会被击败。德国人企图夺取赫尔松和顿涅茨克③煤矿，抢走叶卡捷琳娜草原上的粮食，这完全办不到。而且德国的统治仅限于铁路沿线，在没有铁路的地方（在我们南方铁路之少是众所周知的）由农民帮伙统治着，他们既不承认德国人，也不承认莫斯科和邓尼金。德国人现在代替了过去工厂主和地产主的位置……

沃洛佳在雅努什面前站住了，探询地望了他一眼。

“你想回曼库夫卡吗?”他问。

雅努什摆了摆手。

---

① 拉夫尔·格奥尔基耶维奇·科尔尼洛夫（1870—1918），苏联国内战争时期叛军的首领之一。沙皇俄国将军。

② 邓尼金（1872—1947），苏联国内战争时期叛军的首领之一。沙皇俄国将军。

③ 顿涅茨克是乌克兰著名的煤产地。

"回去干吗？我永远不回去了。一切都结束了。"

沃洛佳又开始来回走着，不时碰到灰色的墙壁和破旧的家具。

"你是这样想吗，伯爵先生？你是这样想吗？"

"不用嘲弄我了，"雅努什平静地说，"房子烧掉了，父亲去世了，过去已经结束了。历史的车轮是不会倒转的。"

"噢，那好，"沃洛佳说，"下一步怎么办？愿意跟我们走吗？"

雅努什没有回答。

"你相信革命吗？"沃洛佳在雅努什面前站住了。雅努什仍然沉默不语。

"我相信革命是不可逆转的。"他慢条斯理地说，"革命已经改变了的东西是无法变回来的。"

"你曾想变回来吗？"

"没有，"雅努什说，"但我认为你们的革命是你们自己的事情。它现在与我无关。"

沃洛佳坐下来，一时没有说话，雅努什的话似乎堵住了他的嘴。

"你总是说，"过了一会儿以后，他继续说，"你要追求真理。如果你看不见俄国革命是二十世纪最伟大的事件，那你还寻求什么鬼真理？任何事物都离不开俄国革命的轨道。"

"波兰……"雅努什说。

"正是波兰，"沃洛佳大声嚷道，雅努什不禁朝窗外瞥了一眼：沃洛佳的声音是否会传到院子里，"正是波兰离不开俄国革命的轨道！"

雅努什等他发作过了之后才心平气和地说：

"我想，波兰现在有自己的任务。如果德国人垮台了……"

"这只是几个月的时间问题。"沃洛佳插嘴说。

"这还要看。如果德国人垮了台，我们面临的极为困难的任务就是把三个占领区[①]融为一体。难道这不是我们的任务吗？到那时我们再去考虑革命。”

“这完全是布尔乔亚的观念。”

“你刚刚还称我为‘伯爵先生’，我能有什么观念呢？你该懂得，我不可能有别的观念。真理总归是真理，但我不是个革命者。”

“谁不同我们一起，谁就是反对我们。”

“我以为，如果我们是站在街垒的对面，你讲的自然是对的。但事实并非如此。”

“街垒是没有第三方面的。”

“但是我根本不上街垒。我们有其他的事情要做。我们的任务不同，仅此而已。”

“我猜着了，”沃洛佳说，“你要参加波兰军队，是吗？”

“对，有这个想法。”雅努什毫不犹豫地说，尽管直到目前他还在同这种想法全力搏斗，他来的时候根本没有作出决定。

“很可惜，”沃洛佳说，“你会是个好同志，尽管有点软弱。你们波兰人对事物的看法总是混乱的，这是你们的浪漫主义给你们留下的精神枷锁。”

“我想，我会涤除这浪漫主义。我承认，有时它对我有很大的支配作用。正是……”

他总算找到了个机会提出他的问题，这是他跑这趟路的唯一目的。

“关于你姐姐有什么消息吗？”

雅努什思路的突然改变显然使沃洛佳一时难以适应，他沉默了片刻。这短短的一瞬对雅努什来说好像过了一个世纪。沃洛佳心不在焉地茫然一顾，终于说：

---

① 经过1772年、1793年和1795年三次瓜分，波兰领土被分为俄、普、奥三个占领区。

"哦，对了。我得到一个消息……他们都在君士坦丁堡。他们在海上遇到了一艘土耳其轮船，这艘船把他们载到了那里。"

"你收到了信吗?"

沃洛佳瞟了雅努什一眼。这一次不是茫然一顾了。相反，他狠狠地扫了他一眼，有点像对敌人那样。

"没有，"他慢悠悠地说，"我只得到一个口信。"

现在雅努什可以站起来走了。但他不忍这样冷淡地同沃洛佳分别。他自己也不知道这是为什么。是不是因为他是阿丽亚德娜的弟弟?是不是因为他们在敖德萨共同生活过一段时间?是不是他不愿留下一个坏印象?他们恐怕要很久之后才能见面了。

"你知道，"他说，"你知道，沃洛佳，我永远不会忘记敖德萨的这些日子。倘若我是俄国人，我会同你在一起的。但是……"

这句话说得有些不自然。沃洛佳却理解了。他拥抱了站在门口的雅努什，一句话也没有说。但雅努什也理解了，他们是友好地分手的。

"首先，我希望你懂得，问题不在于……俄国人……还是波兰人……这是另一码事……"

"将来我也许会懂。"雅努什顺从地说。

沃洛佳伸出了手。

"不知我们今后会怎样，但我相信，我们还会见面的。"他走出门时说。

在院子里，鹅舍里的白鹅向他呱呱地叫。远处有只小狗在汪汪地吠着。雅努什心里只有一个最重要的念头："她在君士坦丁堡!"直到晚上这个消息还在他脑际萦回。

十二

大致与此同时，即三月底，奥拉同戈翁贝克先生举行了婚礼。德国人刚一进城，斯彼哈瓦便无影无踪了。穆什卡公爵夫人从监狱被释放出来，但她的儿子前些时候被枪决了。比林斯卡在穆什卡公爵夫人的帮助下同奥地利占领军的将军们建立了密切的联系。此外，她在奥军将领中还有自己的和丈夫的亲戚，即巴登尼克和埃斯特尔哈希家族。她打算靠他们帮忙到维也纳去，再从那里转到克拉科夫[①]或华沙。她在两个京城都有自己的房子和出租公寓。然而，在为此而奋斗的过程中，对她帮助最大的不是那些大人物，而是总参谋部的一个微不足道的官员卡尔·沙菲尔上尉。玛莉亚准备在四月初离开敖德萨。埃德加尔也想到维也纳去，但遇到了困难。

比林斯卡安慰他，说不久之后可望在华沙再见，但埃德加尔只是悲哀地笑了笑。有一句话他不愿说出口：到那里会有卡齐米日陪着她。

不管怎样，埃德加尔三月底过得很安闲。太阳照耀着，甚至可以说烤晒着敖德萨一带的草原。他有几次同玛莉亚到海滨中喷泉去。虽然海滨漫步没有带来什么特别的愉快，但埃德加尔的情绪有了好转，他不那么孤独了。没有得到爱尔日别塔的信息，只知道她在君士坦丁堡。

他送玛莉亚上车站。她和阿罗、别夏多夫斯卡小姐准备坐一节德国的软卧车厢离开敖德萨。几个奥地利士兵向她致敬，把鞋后跟碰得咔嗒响。而她，神情高傲而冷漠，修长的脸庞上罩着有黑点子的面纱。她接受这一切仿佛都是理所当然的。

---

① 克拉科夫是波兰的古都，故这里提到两个京城。

埃德加尔低头吻她的手，她也是这么一副神态。她走进了车厢，火车开动的时候，她隔着窗玻璃向他挥动着一束紫罗兰。这是奥拉结婚以后的事。

奥拉的婚礼当然是非常简单的。证婚人是埃德加尔和雷涅维奇教授。在教堂举行婚礼时除他俩外还有她的妈妈、姨妈和两个表弟参加。瓦莱雷克穿一身崭新的漂亮军服，戴着同盟国带有银鹰的灰绿色钢盔。希莱尔太太和别夏多夫斯卡小姐在家准备简单的早餐，不过弗兰齐舍克先生派店伙送来了一个精美的大蛋糕。德国人来了之后，供应状况稍有改善。德国人在敖德萨的仓库里储存了大量物资，准备运往“自己的祖国”[①]。从这些仓库里总可以搞到一点东西。

这一天奥拉好像是在睡梦中度过的。她看到妈妈和新郎在幸福地对她微笑，她也想对他们报以微笑。她尽量不去想卡齐米日，这一点她很容易地做到了。她把他、把这几年的等待、把那次出乎意料的欢乐的重逢都从自己的生活中一笔勾销了。她现在只记得他到莫林策之后的那次散步。时不时她眼前还浮现出那被踩得满是污泥的草坪，那潮湿的、像一面面白色盾牌一样在草坪中闪闪发亮的断槲树干。

“世上的一切，”她不时想，“都像是那些断树。我的生活也是这样：一棵断树。”

吃早饭时她得知约齐奥和雅努什两个小伙子明天要到文尼察去。瓦莱雷克极力嘲笑他们，同时夸耀自己的部队。他喝了一点儿酒，给大家讲起了卡利克斯特中尉和戈尔巴尔中士的故事，这两个人是他那部队中大家既害怕又崇拜的人物。这位中士参军前是华沙一个颇为知名的青年演员。约齐奥反唇相讥，回敬瓦莱雷克说，他那支队伍完全是由堕落分子组成的，那些人既不准备打仗，也不准备回国。

---

① 原文是德文。

“我们无论如何不跟德国人打仗。”瓦莱雷克说，“而布尔什维克离得很远。”

“他们可能会来。”雅努什说。

“上帝保佑！”泰克拉小姐喊道。她吃得满脸通红，一早起来她就忙着做这顿饭了。

早饭后，新婚夫妇到新郎家去了。米哈霞姨妈要过几天才搬去。弗兰齐舍克先生的住宅有三个房间。戈翁贝克先生尽管十分吃力地改称奥拉为“你”，但他每句话都还免不了要加上“尊敬的太太”的称呼。对于奥拉来说，把一个年岁比自己大的胖男人称为“你”，嗓子里怎么也难挤出这个简单的字眼来。

他们在餐厅的桌旁坐下，不知说些什么好。

“你想不想喝茶？”弗兰齐舍克问，“尊敬的太太，我马上就给你泡去。”

“好的，我很想喝。”奥拉说，为的是把他打发开。

弗兰齐舍克先生不慌不忙地到厨房去了。

展现在奥拉面前的是未来无数空虚绝望的日子。这里没有姨妈、妈妈，没有她过惯了的和亲人团聚的生活。弗兰齐舍克完全像个陌路之人。

片刻之后，他给她端来了茶。茶很浓，泡得很到家。这种时候茶在敖德萨是很难搞到的。她感激地看了他一眼，他吻了一下她的手，这个简单而亲切的动作使她第一次感到他并不滑稽可笑。他紧靠着她坐下，整个身子都朝着她。这时她从近处看到他端正而肥胖的脸，蔚蓝色的眼睛，白色的睫毛，微红的眼皮。他开口说话了，像是在安慰她：

“我知道，你有难处，因为我不是一个讨人爱的人。我理解你，嗯，真的理解你。我很感激你愿意做我的妻子……”

奥拉一面听着这番笨嘴笨舌的话，一面高兴地注意到，戈翁贝克先生一个“尊敬的太太”也没说，她很满意。

“你瞧，”戈翁贝克先生两眼朝地，接着说，“我想告诉你，如果你愿意，往后就像现在这样吧……我是个笨人，要习惯我需要时间，你要多久就多久……什么时候都行……现在就这样吧。”

他询问地看了她一眼。奥拉的脸红了，闭上了眼睛，心怦怦直跳。

“不，你是个诚实的人。”她低声说。

“不，不，”戈翁贝克急忙否认，“我不是一个诚实的人，我不好。噢，你不了解我，不过我很爱你。”他悄声说。

窗外传来了枪声，这已经是司空见惯的事了。奥拉没有把枪声当作一回事，但她由此又想到卡齐米日。她回忆起他那高大的、消瘦的、“高贵的”（她以前这样认为）体型和那对黑色的大眼睛，不由得悲从中来。她忽然想起妈妈不在这里，自己从小就没有离开过妈妈，忍不住失声痛哭起来。戈翁贝克先生抱住她。他那宽阔的胸膛宛如一面盾牌，如今这就是她的依靠，就是她那风流云散的梦里的一个坚硬的枕头。她哭了很久。

与此同时，爱韦琳娜·罗伊斯卡和米哈琳娜·森奇科夫斯卡[①]两姐妹并排坐在希莱尔家的沙发上。她们平静地低声哭着，她们的哭，可以说几乎是应景性的。爱韦琳娜太太望着窗外，泪珠儿不断地滴下来，搽了粉的脸颊上留下一道道泪痕。米哈霞姨妈用布包扎着下巴颏，愁容满面地用手支着头，身体像是一架坏了弹簧的马车，无声地轻轻颤动着。

“不管怎样，你一生总算是幸福的，”米哈琳娜终于开了口，“你同丈夫一起生活了差不多二十五年……是的，他被杀害了，这是事实，

---

① 即米哈霞。

但是他在这种时候被杀，可以说是适逢其时……否则你现在拿他怎么办呢？”

“我的米哈霞，”罗伊斯卡说，“你怎么能说这种话呢……”

“不错，我是不该说这种话，”米哈霞姨妈还在颤动身子，“但你内心承认我讲得对。是不是？你将回到波兰去，那里我们还有普斯泰翁基那块地产，你一定能把它经营得很好。而他只会给你添麻烦……他又会搞他的试验……条播法等等……”

“你真没有心肝，米哈霞，”爱韦琳娜太太说，“我受了这么大的打击，你还说这种话！”

“对，我没有心肝。我怎么能有呢？自从森奇科夫斯基抛弃了我之后，我一直是靠别人施舍过日子，我的心也就硬了。”

“你很清楚，这根本不是什么施舍。你在我们这里有一笔钱，普斯泰翁基的佃户也交了一些租……你不该这样讲。”

“不该，当然不该。你对奥拉也很好。”

“海伦卡死后，我就把她看作自己的女儿。”

“不错，不错，”米哈霞姨妈抽泣声更响了一些，“但我仍然觉得是靠施舍过日子。”

“这不是我的过错。”

“你说到哪里去了！爱韦琳娜，当然是我自己的过错。我没有自己的家。”

“你现在可有了……在奥拉那里。”

“那是戈翁贝克先生的家。不错，他是个老实人，但是……”

“呃，米哈霞，我觉得，你的脾气有些怪。”

“是的，爱韦琳娜，我的脾气是有点怪。一生没有过爱情的女人都是如此。”

“你爱过医生。”

“森奇科夫斯基？我爱过他，但过了两年他就把我甩了，因此我才投奔到你这里。何况那两年中我也没有领略过多少爱。他那时还把情妇带到家里来。”

“这你对我已经说过了。”

“我对你说过不止一次。但你并没有把这放在心上。你瞧，我现在希望奥拉有自己的家。戈翁贝克不会抛弃她，而且也决不会把情妇带到家里来。他是个好人。至于斯彼哈瓦，你知道，我本来就不怎么相信他。”

“你说得对。”

“小伙子们明天要走了。”

“是的，还有这种事凑热闹。瓦莱雷克留在敖德萨，但约齐奥……”

“这算什么波兰军队！同德国人……”

“现在同德国人在一起，以后也可能跟德国人打仗。不能把话说死。”

“我的爱韦琳娜，这我可不欣赏。森奇科夫斯基常说，德国是个强国。”

“唉，算了，别提你那个森奇科夫斯基了。”

爱韦琳娜太太说到以前妹夫的姓的时候有点儿口吃，随后她在房间内大步走来走去。

“你以为，我对一切都满意吗？”她对妹妹说。米哈霞用手帕擦干了眼泪，她不哭了，在沙发上斜靠着身子，那姿势就像受难的基督。

罗伊斯卡太太穿过过道，推门就进了小伙子们的房间。约齐奥正在收拾自己的箱子。他站在箱子旁边，带着一种奇特的表情望着拿在手里的照片。他一见母亲进来，连忙把照片藏到箱子里的床单底下。罗伊斯卡太太皱了皱眉。

"那是爱尔茹尼亚的照片吗?"她问,"哪儿来的?"

约齐奥扫了母亲一眼,立即移开了视线。

"埃德加尔给我的。这件事妈妈知道了?"

"家里所有的人都知道。你的行为像个小孩子!"

罗伊斯卡太太在雅努什那张靠窗的圈椅上坐了下来。

"妈妈。"约齐奥说,同时向母亲走近了一步。

"唔,只能如此。孩子已经长大了。这可算是你的初次经历吧。"

"妈妈是否认为她会嫁给鲁宾斯泰因?"

"你恐怕比我要清楚。她没有对你应承什么吗?"

"她?没有。我不知道她走。她瞒着我。只有雅努什见到她。"

"雅努什?"

"对。另一个人也是坐那条船走的……"

罗伊斯卡太太脸色阴沉下来,好一会儿没有说话。

"你们的情况我一点儿都不知道。"她低声说。

约齐奥走到她身边,亲了亲她,然后在她脚旁边坐下。这时天已经黑了。

"妈妈,你瞧,"他高兴地说,"我就像在莫林策的小客厅那样,坐在妈妈的脚旁边。"

"我们的小客厅已经不存在了。"爱韦琳娜太太叹了口气。

约齐奥惊讶地望着母亲。他从未听见过妈妈叹气。但他想起了父亲的死,于是把脸转了过去。

"你可记得,你给我念显克微支[①]的书吗?那是我得了猩红热之后,你把我抱到小客厅里,并给我读《洪流》,你还记得吗?"

"我当然记得。约齐奥,那可是好时候啊!"

---

① 显克微支(1846—1916),波兰著名现实主义作家,《洪流》是他的名作之一。

“贝尔特小姐照顾瓦莱雷克，你整天都守着我。”

“当然，我记得。但那种时候已经一去不复返了……”

“还会回来的。”约齐奥很自信地说。

“不，我的孩子，别幻想了，不会回来的。”

“怎么？妈妈不相信我们会回莫林策去吗？”

“对，亲爱的，我们不会回去了。肯定不会回去了。我们的生活和历史中的这一章已经结束了。”

“不，不，”约齐奥抓住妈妈的膝盖喊道，“不，这不可能！你瞧，你给我读显克微支的书的时候，当时我觉得不可能回到以前那个时代……但现在，你想想，在文尼察①、斯特热萨夫卡、雅尔莫林策……都有波兰骑兵，就像在库达克②那样。”

“可惜雅努什不在这儿，”罗伊斯卡太太说，把手放在儿子头上，“他会把这些事给你讲清楚。革命是不可逆转的，他前不久这样对我说过。我们有自己的任务要完成，不过我们要认清自己的任务到底是什么。因此，我们应该回华沙去。”

约齐奥耸了耸肩。

“华沙！华沙！现在大家都在讲华沙！但我要留在这里！”

“这块地方已经没有我们的发言权了。”罗伊斯卡太太悲伤地说。

约齐奥没有吭声。

“难道能够把我们这一页历史涂掉吗？我也可以说，历史是不可逆转的。”

“但是，我们不能不顾事实。我为你去文尼察担心。我觉得，舞刀弄剑的没有什么意思。”

---

① 在乌克兰境内。

② 1635年波兰人在第聂伯河右岸建立的要塞。

“雷涅维奇教授说，这是我国骑士的最优良的传统。”

“雷涅维奇教授自己都不懂他说的是什么。他劝你去参加第三军，而自己却在办去华沙的通行证。十七世纪已经一去不复返了，现在是二十世纪。”

“二十世纪！光辉灿烂的世纪！”

“一开头就血染大地。”罗伊斯卡太太又叹了一口气。

这次约齐奥没有再去注意母亲叹气。

“妈妈是个和平主义者。”他不耐烦地低声说。

“不，我的孩子，我仅仅是一个女人。”

“你需要的东西都准备好了吗?”过了一会儿她问道。

约齐奥好一阵子没有吭声。罗伊斯卡太太觉得奇怪，俯下身子去看他。她看到他的天蓝色的大眼睛在初降的暮色中闪闪发光，她的手指触摸到他那卷曲的、又硬又密的、充满青春活力的头发，和他圆圆的头颅。约齐奥突然俯身向前跪在地上，把头埋在妈妈的膝盖上。他哭了。

“今天敖德萨流的眼泪太多了。”爱韦琳娜太太打趣地说，可是她自己也感到哽咽难言。

“现在不能哭。”她想，控制住了自己。

她整个手掌都感到她钟爱的儿子的圆圆的头颅和干燥而蓬乱的头发。她用嘴唇亲了亲他的头，闻到一股奇异的、她所喜爱的气味——不过其中掺有爱尔日别塔的香水气味。

十三

约齐奥和雅努什到达文尼察时，一个穿旧军服的男子在门口接待了他们。门上贴着一张字条：“波兰第三军团报名处。”那个男子把他们领到城市的另一端，南布格河[1]对岸的军营里。他们向炮兵军官基耶利谢克中尉报了到。约齐奥为了能和雅努什在一起而隐瞒了自己的军阶。基耶利谢克中尉把他们分在第二炮队，并给他们安排了住处。宿舍里已住有二十个左右在俄国各条战线上转战了四年的老兵。其中有些预备役兵，已经有长长的胡子了。这些士兵对两个富家子弟态度冷淡，怀有戒心。而雅努什和约齐奥也不知如何和新伙伴交朋友。向他们敬烟没有起到作用。约齐奥同沙俄军队的士兵打过交道，但那是另一码事。首先，他在那里是属于拥有特权的军官阶层，士兵与军官之间从来就隔着一层；其次，那里主要是俄国人，而他是波兰人；再其次，约齐奥在革命爆发时由于肘部受了轻伤住进了胡曼[2]医院。而现在的新伙伴却转战过南北，战争的旋涡和混乱使他们产生了回国回家的强烈愿望。他们仅仅是为了达到这个目的才汇集到新建的第三军来的。他们对所有的军官都不信任，因为他们觉得军官们可能别有所图。不管怎样说，士兵们总是认为这样的部队即使不是德国人扶植的，那至少也不是德国人所担心的。他们怕自己被利用来同布尔什维克或农民帮伙作战。这时农民帮伙如雨后春笋一样在铁路沿线各处建立起来。而农民显然也怀疑这支虽然是外国的、然而同乌克兰土地有着某种利害关系的新部队。基耶利谢克中尉对这两个自愿参军的年轻人讲过，农民对士兵军帽上的波兰鹰[3]很注意。这支军队在涅米罗夫[4]建立了骑兵，在文尼察和格涅瓦[5]建立了骑炮兵和步兵。

一个叫戈利奇的中士对这两个年轻人特别“关照”。他是个身材不

---

① 在乌克兰境内。

② 乌克兰地名。

③ 波兰国徽的图案是鹰。

④ 乌克兰地名。

⑤ 乌克兰地名。

高、肌肉发达的男子，年纪比约齐奥稍大一点。他的头发是浅褐色的，在洁白的前额上梳成波浪形的发式。嘴里是两排雪白的大牙齿，明亮的眼睛里露出一种残酷的神情。雅努什和约齐奥一进屋，他的眼睛便盯住了他们。从此以后，他就专门派他俩打扫房间，擦窗子，而且经常派他们站岗，从而引起了士兵们普遍的不平。布雷克，一个留着大胡子的散多梅希①老农民，为年轻人说了几句话，戈利奇便大发雷霆，并把在场的士兵大骂了一通，说他们是“布尔什维克”，是革命党，于是大家马上都静了下来。

这件事倒也给他们带来了一个好处，梅申斯基和罗伊斯基加入了士兵的集体，成了这些有经验的老兵的伙伴。兵营里没有灯，灰蒙蒙的黄昏到来的时候，他们便在铁炉里生上火，大家围着炉子度过整个晚上。从炉盖缝里透出来的红光照着士兵们皱纹密布的脸，照着他们的胡子，照着他们赤裸的上身，他们为抓虱子而脱下了衬衫。戈利奇中士维斯瓦②河畔的小同乡，一个身材矮小、语言粗俗的年轻的华沙理发师常说点什么给大家逗乐。但是，炉火旁边不仅没有使人感到和谐一致，而且缺乏相互间的善意。离家四载而且音讯不通，使人们变得暴躁易怒，战争把人们的好脾气一扫而光了。即使有人在内心深处仍然保留着某种美好的感情，在这种情况下也羞于表露出来。他们以玩世不恭和讽刺挖苦的态度谈论战争中的事件，揶揄军官和士官，对什么都看不惯。理发师古斯泰克对每个人都取笑，他还模仿“理想主义者”基耶利谢克中尉的官架子，以及他向士兵们讲话时的那种思想性很强的抽象语言。当古斯泰克操着中尉的腔调说“我们亲爱的祖国”“我们民族的旗帜”“波兰军队的荣誉”等字眼时，士兵们迸发出一阵

---

① 波兰地名。

② 维斯瓦河是波兰最长的河流，长1068公里。

阵哄堂大笑。在他们看来，这些字眼都是愚蠢而幼稚可笑的。

雅努什从来没有接触过这种粗犷的生活。在这以前，他即使接触到谋杀、抢劫或恐怖行为，也似乎是置身其外。现在他处在这个非常粗野的恶劣环境中，竟毫无怨言地听命于戈利奇，甚至在自己的屈辱中得到某种愉快。他打扫厕所，收拾房间，洗擦窗户，几乎每天晚上都站岗。约齐奥不管怎样还是为自己争得了较为自主的地位。雅努什佩服约齐奥迅速同古斯泰克交上了朋友（古斯泰克以逗乐取笑创造屋里的气氛，实际上一切都听他安排），佩服约齐奥赢得了老布雷克的信任。在这方面，雅努什同大伙儿好像还是生疏得很。像在曼库夫卡和希莱尔家里那样，他在这里也同样感到格格不入。

军训基本上没有进行。基耶利谢克中尉不敢贸然带士兵们去操练，因为士兵中不少人甚至可以教他。于是他给自己的部下介绍大炮的机件，讲解运到兵营的四门轻野战炮的发射方法和技术。演习几次之后，小伙子们学会了把大炮运到阵地。连年纪较大、脾气固执的士兵也很乐意听基耶利谢克讲解纯技术的问题。基耶利谢克也常到士兵宿舍里来聊天，正是在这种时候他讲了那些以后受到古斯泰克取笑的话。士兵们漠然地听着他讲，也没有提什么问题打断他。只有一次，一个尖嘴猴腮的普乌图斯[①]农民在他讲完后，问了一句：

“请中尉先生说说，什么时候我们可以回家。”

大伙儿都认为这句话问得不值一哂，因为谁都知道，基耶利谢克是不会回答的。果然，中尉严肃地说：

“亲爱的伙伴们，我以为，在我们回到最亲爱的祖国之前，我们还有许多事情要做。”

士兵们不满地窃窃私语起来，作为对中尉的回答。

---

① 波兰地名。

对于雅努什来说，最艰苦的活儿莫过于夜里在马厩里值班了。战马在马厩里闹腾得很欢，绑得不牢靠的绳子松开了，马在马厩里来回走动，有的钻到别的马厩里去，还大声嘶鸣。同雅努什一起值班的士兵往往自个儿钻到干草里睡大觉去了，照料马厩的全部任务就落在雅努什身上。在这种时候，他便觉得马是不听话的愚蠢怪物、是不可控制的邪恶力量。

他们到文尼察大约十天之后的一个夜晚，和雅努什一同值班的是一个他还没有注意到的士兵。这是个年轻小伙子：圆圆的脑袋，头发剪得很整齐，一双灰色的大眼睛，动作极为灵活。他没有躺下睡觉，整晚都帮雅努什干活儿。他挽马笼头的技术比雅努什好，因此马安静得多了，他们也有更多的时间聊天。他们坐在马厩中间灯柱下的小凳子上闲谈。如果有哪一匹拉大炮的战马不老实，踢地面或甩链条碰撞马槽，只要雅努什的伙伴一抬头，用压低的声音朝它吆喝一声，“吁……站住，站住，老兄!”马便安静下来了。

雅努什在谈话中了解到，这个年轻士兵叫弗瓦德克·索班斯基，是从日托米尔附近的一个小村子来的。那里的小贵族除了姓氏和世世代代笃信天主教以外，同当地农民没有什么区别。弗瓦德克没来得及参加俄军，也没有打过仗，由于偶然的原因到了文尼察，自愿报名参加了波兰第三军团。他虽说没有什么经验，却像一个天生的军人。他对军事问题比雅努什熟悉，也有一些政治方面的知识，还会唱很多军歌。这天夜里，他用没有受过训练但非常悦耳的嗓音给雅努什低声唱了几支军歌。有一首歌雅努什在这里第一次听到，此后几乎伴随了他一辈子。

打仗真是其乐无涯，
当骑兵翻身落马前……

虽然，他觉得这首歌的思想不大好理解，但它的魅力把他吸引住了。马厩里很暖和，充溢着马粪和马尿的气味，弗瓦德克的身上也散发出一种士兵特有的汗味。尽管这些气味很浓，但雅努什并不觉得难以忍受。弗瓦德克一直嚷嚷牙痛，但仍然不住嘴地讲话。他显然对雅努什也有好感，想把他在军队里一直憋在心里的话统统对雅努什倒出来。他的年龄跟雅努什相仿。

他对雅努什讲起他的家乡斯莫乌夫卡，讲起自己的姐妹阿涅尔恰和约阿霞，他讲述这些事情的时候带着一种讨人喜欢的稚气。他述说父亲怎样一早就把他喊起来干活儿，他怎样走到那个从三面环抱着斯莫乌夫卡的森林，以及黎明时分森林里的小鸟怎样歌唱。雅努什半醒半睡——他困极了，但他仍然在听弗瓦德克的讲话和他的声音。弗瓦德克的口音听起来很可笑，夹杂着一些地方腔和古音——在一些偏僻的村子里，有一些古音同过去的风俗习惯一起保留下来了。

“你知道吗?”弗瓦德克碰了碰雅努什的腰，“那里现在正是松鸡的发情期。啊，那真好玩。”

清晨不知不觉地来到了，先是远处的雄鸡报晓，火车汽笛鸣叫，接着起床号响了。弗瓦德克走出马厩，手按着脸颊。这天早上基耶利谢克给新兵来了一次训练，但弗瓦德克请了假。雅努什傍晚回来的时候，看见弗瓦德克坐在屋角的小床上，脸颊全肿了。他用手扶着脸对雅努什说：

“得想个办法，我受不了啦。”

“喊古斯泰克来，也许他懂一点。”

理发师来了，他叫弗瓦德克坐在炉旁。他借揭开炉盖后冲出来的火光看了看弗瓦德克的口腔。原来坏牙下面已化了脓，发红的牙龈说明牙周膜已经发炎了。古斯泰克摇摇头，把肮脏的手指从弗瓦德克的嘴里抽了出来。

“没有办法，”他说，“只有把这颗牙拔掉。”

雅努什听了一惊。在化脓和发炎时拔牙？他听人说，只有在消炎之后才能拔牙。

“你有什么办法，”古斯泰克说，“那样他得受一个星期的罪，现在拔掉，一转眼就过去了……”

雅努什表示异议：

“是不是要去找牙医？”

“您倒聪明，”古斯泰克笑道，“上哪儿去找牙医呀？要多少钱？怎么样？拔掉吗？”他对索班斯基说。

索班斯基犹豫不决。

“你会拔吗？”

“尽力而为吧。只要有一副好虎头钳就行。谁有点儿酒精吗？”

酒精找到了。理发师在兵营铁匠房里弄到一副不大的虎头钳，然后就开始了。弗瓦德克请雅努什紧紧抱住他的头。

“您一定要使劲抱住。”理发师说。

雅努什按住了弗瓦德克刚理过发的头，他本想调过眼睛不看，但又一想，这是胆怯的表现，便咬着牙看这次手术。古斯泰克在虎头钳上浇了些酒精，还用酒精涂了涂病人红肿的牙龈。士兵们都围在炉旁观看这次手术。一个士兵手执牛油蜡烛，照着弗瓦齐奥[①]的口腔。理发师挽起袖子，拿起虎头钳。雅努什拼命抱住弗瓦德克的圆脑袋。他的下巴顶着弗瓦德克的头，弗瓦德克短而硬的头发刺痛了他的皮肤，一股头屑的气味钻进了他的鼻孔。理发师不很利索地用虎头钳夹住了病牙，钳子在牙床上两次打滑，然后是咔嚓一声响。古斯泰克使劲地摇动老虎钳，把索班斯基的头朝他那边拉，雅努什则使出全身力气抱住

---

① 弗瓦德克的昵称。

弗瓦德克的头不放。

“哎，出来了，”古斯泰克说，虎头钳和牙齿一起拿了出来。脓和血从弗瓦德克嘴里喷出。雅努什没有松开弗瓦德克的头，他的手掌感到那头上刹那间冒出了一层汗珠。弗瓦德克在梅申斯基的手上渐渐蔫了。雅努什两眼直冒金花，好像不是病人而是他自己要晕过去了。

“喂，松开手！松开手！”年轻士兵张开疼痛的、鲜血淋漓的嘴大声喊道。雅努什松了手，后退了几步。弗瓦德克从小凳子上猛地站了起来，但脚下却不稳。

“我眼睛发花。”他说。

索班斯基朝房外走，士兵们笑着给他让出一条路。雅努什随即跟了出来。索班斯基朝厕所走去，雅努什也跟了进去，心想他大概要呕吐。但他只吐出了嘴里的脓和血。雅努什在他身旁站住了。

“呃，怎么样？”他问。

弗瓦德克没有回答。过了一会儿之后他才转身朝着雅努什，抱住他的脖子，把头埋进他的怀里。雅努什发现弗瓦德克像个孩子似的在哭，这使他十分惊讶。由于抽泣，弗瓦德克的整个身子都在颤动。雅努什抱着他，感到他很瘦弱，骨架也很小。一股强烈的怜悯之情涌上了他的心头。

“别哭，别哭，”他一面抚摸着弗瓦德克的一头硬发，一面连声说，“你是个战士，要上前线了，还哭……”

弗瓦齐奥抬起头，在这阴暗的、臭气熏天的厕所里，雅努什看到了他的一对真诚的大眼睛。

“你不会告诉别人吧？任何人都不告诉吧？”他含着泪问。

雅努什笑了。

“我当然不告诉别人，我就说你吐了。”

“不然他们会笑话我的。”弗瓦德克说。

雅努什回到房间，和约齐奥并排躺在自己的板床上。夜来了。约齐奥一直躺在床上，雅努什知道，他在思念爱尔日别塔。

“看看你是不是有虱子，”约齐奥忽然悻悻地说，“你刚才抱了那家伙的头。”

“不会的，他很干净。”雅努什有些诧异。

“你怎么会想到去扮演看护妇的角色?”

“我想帮帮他。”

“你帮得好！真是野蛮极了！他会受感染的。”约齐奥耸了耸肩。

“不会的，”雅努什说，同时想起了弗瓦齐奥瘦弱的身躯。

“肯定会，这个乡下佬!”约齐奥恼怒地说。

雅努什没有答话，翻身把背朝着约齐奥。一会儿之后，晚间喝的咖啡端上来了，士兵们一个个喝完都睡觉了。雅努什没有再同约齐奥谈话。第二天，他把自己的东西搬到了弗瓦齐奥旁边的空床上。弗瓦齐奥现在感觉良好，牙一点儿也不痛。然而，雅努什并没有睡在这张床上，因为黄昏之前就集合，整个部队要从文尼察迁到格涅瓦去。

这是一个美丽的、春天的傍晚，约齐奥同雅努什坐在炮弹车上，准备出发。弗瓦齐奥走过来，有礼貌地问：

“先生们，可以同你们坐在一起吗?”

雅努什马上同意了。炮弹车起动的时候，又有一个士兵上来了，也是个年轻人，他们一路上兴致很高。马车夫驾着马，他们背朝前方坐着。一出文尼察就可以看到头顶上爽朗透明的天空和点点繁星。天慢慢地黑了，炮弹车走一阵，停一阵，弗瓦齐奥用他悦耳的细嗓子一首接着一首地唱军歌，然后唱自己家乡的爱情小调、婚礼歌以及男女傧相和媒人的歌曲。其中有一首的内容是新娘同家人告别，缠绵悱恻，感人至深，充满了离愁别恨。

再见啦，低低的门槛，
多少次我从你身上跨过，
如今我要离开这里，
有谁将在这里厮磨？
再见吧！再见！

雅努什听着这支歌，想起了爱尔日别塔出走前的那个夜晚，她唱的沃尔夫的意大利歌曲显然也是为了告别的。他吃惊地想到，从那个晚上到现在已经走过了多么长的一段生活之路。那时的生活多么不同，多么遥远啊！他跟着弗瓦齐奥唱了一段哀伤的曲调，然后凑近约齐奥的耳边问：

"你记得不？"

约齐奥仰头望着星星，一句话也没有说。炮弹车在凹凸不平的路上行进，不时因驶入软路面而摇晃，马车夫吆喝着。从大炮那边不时传来喊声："站住，他妈的，你往哪儿赶？"接着是整个行列的声音，"停下！停下！"而弗瓦齐奥正唱着媒人的歌曲。雅努什知道，约齐奥是记得的。

十四

在格涅瓦情况就完全不同了。士兵们住进了糖厂、官员们的住宅和农民的茅舍。在文尼察还保留着的一点点纪律性现在都被抛到九霄云外去了。天气异常暖和，阳光灿烂，就像夏天一样，虽然树上还是光秃秃的。兵营的生活成了安闲的乡居。小伙子们住在城镇边的一所白色小农舍里：雅努什、约齐奥、弗瓦齐奥以及坐在炮弹车上的第四个人：斯塔希·奇日。他是基辅人，然而他的祖先是从“波兰王国”[①]来的。农舍后面是草地，再过去一点是银白色的南布格河。他们就在河里洗脸，尽管水不深，斯塔希还到那里洗澡、游泳。

伙食不大好，雅努什和约齐奥跑到会计住所的军官餐厅用餐。在格涅瓦集结的军队比较多，因此军官不少。雅努什和约齐奥吃了一顿不错的午餐。他们对别人的睥睨置之不理，也没有谁对他们提出非难。他们走出去的时候，在门厅里见一个身穿骑炮兵上尉军服的高个子军人向他们走来。这是斯彼哈瓦。

他没有作任何解释，直截了当地说：

“听着，小伙子们，你们做什么都可以，只是不要到军官餐厅里来。你们是普通士兵。”

约齐奥只耸了耸肩膀，雅努什想解释一下。

“你们在大门口等我，”卡齐米日说，“我马上来找你们。我要送你们到宿舍，看看你们住得怎样。”

小伙子们走到太阳底下，站在门口等着。约齐奥用靴尖踢着沙土，地上扬起了一小团尘雾。

“他在这儿干什么？”雅努什问。

“鬼知道，”约齐奥不高兴地说，“还有他那三颗星是从哪里来的？”

“我对你说过多次……”

一会儿，斯彼哈瓦来了。他们一起朝农舍走去。斯彼哈瓦知道他们在文尼察，一直等他们来，但没有时间去找他们。

“你知道吗？”他对雅努什说，“你姐姐已到华沙去了。”

“已经去了？”雅努什淡然地问。

---

① 1815年维也纳会议决定在原华沙公国的基础上建立波兰王国，包括布格河以西的部分波兰领土。波兰王国归沙皇管辖。

"对，她是同阿罗和泰克拉小姐一道去的。希莱尔太太病得很重，埃德加尔留在敖德萨，本来他们也要到维也纳去。"

"瓦莱雷克呢?"雅努什问。

"瓦莱雷克在那一边……在敖德萨……"斯彼哈瓦阴郁地说。

他们快走到农舍的时候，一个满身尘土的士兵纵马从他们身旁飞驰而过。高高的额角上沾了一片污泥，脸上堆着一层黑乎乎的尘土，汗珠从脸上直淌下来。马喷着口沫。在他后边相隔几步还有一个骑马的士兵。雅努什认出前面的那个骑手是自己年轻的邻居康拉德·基茨基，便高兴地对他招了招手，但康拉德没有对他微笑，只是像赶苍蝇一样挥了挥手，朝着设在糖厂厂长住所的司令部奔驰而去。

斯彼哈瓦站住了，望着远去的骑兵。

"啊，出了什么事!"他一条眉毛向上一扬。

约齐奥单刀直入地对他说：

"呃，卡齐奥，我们到这里已经两个星期了。我们什么都不懂，你给我们解释解释吧。"

斯彼哈瓦站在小路上。

"看来时间来不及了，以后再说吧。"他说。

他立即转身，朝着那个骑手奔驰的方向走去。没过多久，弗瓦齐奥冲进屋喊道：

"集合了！集合了!"

原来是农民武装在涅米罗夫附近抓了一个刚建立的团队的几个骑兵。农民在骑兵的肉体上刻肩章和镶条，用带刺的铁丝把他们绑在树上，把他们折磨得好苦。涅米罗夫的骑兵很少，于是他们向格涅瓦靠拢，以便同这个正在建立的军团的其余部分会合。格涅瓦的部队本身也不安全，但必须马上去接应他们。统领全军的上校下令集合，出发。

他们还没有集合好队伍，也还没有备好大炮和套好马，一个美妙的春日黄昏就已经降临了。天气仍像六月里那样暖和，阳光洒落在波多莱平原上，光秃秃的土地在一望无际的碧空下静静地躺着。

雅努什、约齐奥、弗瓦齐奥和斯塔希·奇日四个小伙子再次登上炮弹车。他们像散步一样向前行驶。由大炮、炮弹车、步兵、马车组成的一字长蛇阵沿着南布格河的苏蒂斯基[①]和蒂夫鲁夫[②]之间的道路，朝着佩恰里[③]的方向蜿蜒前进。路很宽，两旁是槲树，每隔一俄里都有三棵如喷泉一样向上猛长的杨树作标志——整个波托茨基[④]辖地都是这样。这一次四个人都唱着军歌，约齐奥摆动双腿，用脚跟敲着炮弹车。基耶利谢克教过他们使用大炮，现在他们总算会装炮弹上膛了。他把他们四个分在一组。

太阳已经在南布格河对岸落山了。但云雀还在歌唱。

“瞧！”约齐奥说，“这条路多美呀！”

真的，老槲树的茂密的枝杈上还残留着去年的干树叶，看起来很漂亮。小伙子们没有停车，就在车上吃了鱼罐头和面包，嘴角上留下了罐头的番茄汁的咸渍。春风吹着他们的嘴唇，他们脸上发热，残留的罐头汁使嘴角发烧。

“到处都可以见到我们文化的影响。”约齐奥说，“这条路……”

雅努什忧郁地笑了笑。

“你忘了我们是到哪里去。”

“怎么？”约齐奥问，“我不懂。”

“这文化显然是蹩脚的，既然它产生了这样的结果。”

“那你又要什么结果呢？”约齐奥不肯罢休。

---

① 乌克兰地名。

② 乌克兰地名。

③ 乌克兰地名。

④ 约瑟夫·波托茨基（1680—1752），波兰大贵族，当过基辅总督。

“我不知道，我自己也不懂。”

“斯彼哈瓦会给我们说清的。”

“斯彼哈瓦？他自己什么也不知道。他不是这里的人。要懂得这些，必须在这里生活很久。”

“他们想把我们从这里赶走。”约齐奥阴郁地说。

“已经赶走了。”雅努什耸耸肩，“难道你没有看见，目前这是一次总崩溃？我们作战的目的仅仅是为了回华沙而已。经过三个世纪的经营，我们又狼狈地回到原来的地方。我们在这里有些事情搞得不好。”

“你是布尔什维克，”约齐奥说，“你同沃洛佳和阿丽亚德娜他们在一起混得太久了。”

雅努什一听到这样一个名字便不说话了。太阳已经快下山了，人们可以直视它，西边的天上现出两朵红霞。“到华沙去，”雅努什想，“也就是到阿丽亚德娜那儿去。到西方去，”他望着太阳，沉吟道，“到太阳下落的地方去……”

“我的天，”他叹了口气，“你该想想嘛，约齐奥，不要把什么东西都叫作布尔什维主义。你只看见鼻子下面的一点点东西。你至少应当学学你母亲。”

“妈妈从来就是个社会主义者。”约齐奥嘟哝了一句。

“是呀，”雅努什说，“怪不得她让农民星期天在莫林策园林里散步。”

“那有什么用?!”约齐奥愤愤地说，“那园林还不是像其他的一样给毁了。”

“这显然是个不怎么好的办法。”雅努什笑了起来，并转身看着身旁的斯塔希。

奇日在专心致志地吹口哨，使劲噘着两片嘴唇。

“您是从基辅来的吗？”雅努什问。

“对，”奇日不吹口哨了，“但我是罗兹[①]人。我爸爸只不过是在基辅的华沙保险公司工作。”

雅努什很喜欢奇日。奇日的年龄比其他两个小伙子都小。

“我哥哥是这里的中尉，”奇日主动说，“他同其余的驻军留在格涅瓦。我们想到华沙去。”

听到“华沙”这个词约齐奥又皱起了眉头，但什么话也没有说。傍晚他们到达蒂夫鲁夫，在镇上驻扎下来。雅努什和约齐奥住在一个有钱的犹太人家里，那家给他们腾出了“客厅”，里面有一张硬邦邦的狭长沙发。他们把皮袄铺在地板上睡，但睡不着。第二天早上五点就得起床。老犹太人端来了茶，同他们聊了几句天，但尽力不涉及具体问题。他既没有告诉他们任何消息，也没有向他们提任何问题。他一个劲儿地称他们“少爷”。“少爷”饿了吗？“少爷”是从敖德萨来的吗？……他充其量就问这一类问题。

雅努什和约齐奥躺在皮袄上，思考着。约齐奥先开腔了：

“听我说，我们目前遇到的事情，我还是不懂。”

“我以为，”雅努什说，“最好不要思索这件事。这是徒劳之举。”

“你是否认为我们卷进了一场没有意义的风波。”

“可能是这样。”

“不，这不可能没有意义。”约齐奥说，“你瞧，我知道，我是个傻瓜……”

雅努什不以为然地哼了一声。

“不过敖德萨是再也待不下去了。总得做点事情。我想，如果我是俄国人，我可能跟沃洛佳一起……”

“你这个布尔什维克。”雅努什笑了起来。

---

① 罗兹是波兰中部的一座省城。

“别抬杠了。是的，我们必须为波兰做点什么事情。”

“因此，明天我们要向乌克兰农民开枪。”

“是呀，是有点儿不对头。”

“这不是我们能弄懂的。”雅努什叹了口气，“我们对此无能为力。”

“难道一个人只能随波逐流?”约齐奥问。

“如果他没有足够的力量反抗的话……”

清晨五点起床号响了，小伙子们已经忘掉了他们的疑虑。这是一个美丽的春之晨。蒂夫鲁夫教堂乳白色的尖塔高耸在小镇上空。南布格河平静如镜。一个神父站在自己宅邸半掩的门旁，疑惑地望着在市场上转来转去的军人。基耶利谢克中尉带了两门大炮和炮弹车离开蒂夫鲁夫朝格涅瓦相反的方向驶去。炮车折到一条坎坷不平的“波兰”路上，仍走得很轻快。春天灿烂的阳光下，露水在田间闪耀，云雀在忽上忽下地飞翔。弗瓦齐奥不住嘴地唱着：

打仗真是其乐无涯……

他们到了一片平整整的田野，田里铺着一层绿油油的庄稼，基耶利谢克中尉下令架上大炮。前面两公里左右，在长着小树林的平缓的小山丘后面，可以看到一个村庄，村庄前端是几幢白色的农舍。清晨十分寂静，村内的一切都在睡梦之中，至少从远处看来是如此。

中尉把瞄准器对准了村头左面的一幢白色农舍。雅努什的手颤抖着抱起了炮弹，装上了膛。炮身晃动了一下，猛然后坐。炮声震得雅努什什么也听不见，只觉得耳朵里像在擂鼓，轰得人无法忍受。炮弹呼啸而去，雅努什看到，白色的农舍震动了一下，屋顶四散而飞，高高的烟火柱立即腾空而起。另一门大炮也开火了。过了一会儿，当雅努什抱起第二颗炮弹时，看到人们像蚂蚁一样沿着山坡逃走。在远处，在田野的紧边上，有一些小黑点在移动着。基耶利谢克中尉命令说：

“榴霰弹，对准逃走的人!”炮手对好了炮，雅努什递上榴霰弹。炮弹射出去了，在山丘和小黑点的上方腾起了一团团黑色烟雾，烟雾里还有红色的闪光。

雅努什发现站在大炮旁边的士兵忽然都露出不安的神色。格罗姆柯中士走到中尉身边说了些什么。中尉拿起望远镜向田野（大炮就架在这里）附近的小树林瞭望。雅努什发现在离大炮有一段距离的田野上，有几处冒起了一小团一小团的尘雾，宛如从干燥的土地上飞起一群群昆虫。这些尘雾持续的时间很短，转眼间便在明光耀眼的、寂静的晨光中消失得无影无踪。约齐奥碰了碰雅努什，指着一团尘雾对他说：

“他们在向我们射击。”

雅努什朝基耶利谢克中尉看了看。他摘下望远镜，脸色苍白，不慌不忙地命令把大炮撤走。小伙子们朝炮弹车跑去。这时，斯塔希·奇日轻轻地喊了一声，用手捂住耳朵。他松开手的时候，满手是鲜血。

“我挂彩了!”他嚷道。

救护车停在大路上，从田野穿过去要近一些。基耶利谢克中尉发现奇日受了伤，流了很多血，便喊道：

“列兵罗伊斯基把伤员送到救护车上去!”

约齐奥扶着斯塔希向救护车走去。与此同时，大炮转了一个大弯回到了大路上。雅努什一直在目送约齐奥穿过田野向救护车走去。他把视线从约齐奥身上移开，发现炮弹车是开着的，弗瓦齐奥一个人在费劲地推那炮弹车上的炮弹槽，但怎么也推不进去。驭手很着急。一个清脆的声音从他们头顶上掠过，像断了的琴弦。

“这是子弹。”雅努什想。

他急忙去帮弗瓦齐奥推，但最后一个炮弹槽还是推不进去。雅努什绝望地看着弗瓦齐奥，只见他把帽子往脑后一推，像小孩碰上难画的图画那样伸了伸舌头，汗流满面地拼命去推炮弹槽。

雅努什拉住了他说：

“不要用牛劲了，蛮干解决不了问题。”

子弹的呼啸声越来越密，绿色麦地里的尘雾距炮弹车也越来越近了。

大炮走远了，只剩下他们俩。

雅努什从容不迫地把不听话的炮弹槽拉了出来，然后细心而缓慢地把它推进炮弹车。弗瓦齐奥站在他身边喘气。驭手则不停地吆喝。炮弹槽终于推进去了，雅努什检查了一下是否装好，然后关上了车门。驭手立即起动，雅努什和弗瓦齐奥好容易才赶上去，跑着跳上了座位。

他们很快就到了蒂夫鲁夫。但还没来得及歇下就接到命令渡河到对面那个高地上去。乌克兰人的队伍从四面包围了蒂夫鲁夫。他们在那高地上一直待到中午，基耶利谢克下令从山上向小镇附近漫无目的地开炮。

昨天西边天空上是花朵般的彩霞，今天变成一堆堆孕育着风暴的乌云了。在乌云的衬托下，榴霰弹闪着红光。空中弥漫着射击扬起的烟雾。

整车炮弹用光之后，他们接到命令向山后转移。约齐奥和斯塔希还没有回来。雅努什和弗瓦齐奥在炮弹车上待了几乎一整天，他们饿了。弗瓦德克大衣口袋里还有个罐头和一块面包，便同雅努什分享了。一队骑兵从停在大路上的炮弹车旁经过，他们显然是从涅米罗夫来的。打头的三个人中有漂亮的康拉德·基茨基，他那用骑兵帽皮带勒着的下颌不停地打战。他把没有笑容的苍白面孔对着雅努什，手里举着的红白旗[1]也放低了些。

雅努什想驱散他的绝望情绪，对他喊道：

“别害怕，康拉德，一切都会好起来的。”基茨基的脸上浮现出笑意，露出了一口整齐洁白的牙齿。在高地上空乌云的衬托下，他显得像天使一样美。骑兵经过高地，慢慢从炮弹车旁通过，然后迅速朝远方驰去。

“又一个少爷。”骑兵过去之后，弗瓦齐奥说，他指的是基茨基。

雅努什淡淡一笑。

“他像我一样，也是一个少爷。”他说。

“噢，你根本不是少爷，你是个好小伙子。”索班斯基不以为然地说。

“你知道什么!”雅努什含糊地说，对这称赞感到很满意。

“我知道，我知道，”弗瓦齐奥说，“只消看你一眼就知道了。”

十五

约齐奥和斯塔希在傍晚时分回来了。斯塔希头上平平地绑了一层纱布，原来他只是受了一点儿轻伤。他们在蒂夫鲁夫待了一整天，一方面是等医生，另一方面是为了在市场中央的酒店喝上几杯。

“怎么样，你喜欢打仗吗，雅努什?”约齐奥问，同时抚摸着雅努什的大腿。雅努什转身问斯塔希疼不疼。

这时他们奉命撤退。退回格涅瓦时，天气已经变了。春雨淅淅沥沥地下起来了。潮湿的大地在雨中变得松软了，在一俄里三棵的杨树上，带雨的嫩芽散发出神奇的芬芳。后面的枪声在雨声中渐渐沉寂下

① 波兰国旗为红白二色。

去，整个世界都似乎溶化在这雨声淅淅的蓝色黄昏里。尽管在下雨，他们身后冒着一派红光，当他们一步一步地朝格涅瓦走时，火光也越来越高了。

弗瓦齐奥在座位上转过身来，火光照亮了他的脸。

“蒂夫鲁夫着火了。”他说出了大家都知道的事实。雅努什眼前又浮现出那幢白色农舍，浮现出农舍突然坍塌、屋顶四处飞散、浓烟冲天而起的情景。

“那些人逃得真快。”斯塔希说，好像知道雅努什在想什么。显然，他也在想同一件事。

清晨，他们才到达格涅瓦。这次驻扎的地点跟上次不同，士兵们都被赶到一间大厂房里，让他们睡在地上。戈利奇中士又派罗伊斯基和梅申斯基去站岗，但这次他们抗命不遵，全连都支持他们。最后派了两个留在格涅瓦没有参加“出征”的士兵站岗。

起床号吹响的时候已经是黎明了，这是一个潮湿的春天黎明。低低的云雾几乎触到南布格河畔的灌木林。空气冷峭而芬芳，沙地上新出现了一些水坑，但很快便消失了。全体士兵在工厂的大院子里集合。枪叉架在地上。大家喝了咖啡，等待着。军官们在厂长的住宅里开会。

大家等了一阵子之后，斯彼哈瓦到院子里来了，他得到一个消息，火车站上现在停着一节装弹药的车厢，应当去摸摸情况，有可能的话，就把那里的东西运回来。为此他招募了几个自愿参加这一行动的士兵。虽然这一带正在打仗，但通过格涅瓦的列车仍照样运行。在去车站的路上，雅努什又听到了火车汽笛的长鸣。

雅努什、约齐奥、斯塔希和弗瓦齐奥都自愿报名参加取弹药的行动。要到站台必须穿过两道栅栏间的一条过道。斯塔希毫不迟疑地在拉车的马屁股上抽了一鞭。过道中间有个大水坑，斯塔希想纵马跳了过去。当他们已经上了过道，蓦地响起了一阵机枪声。发射地点很近，似乎就在栅栏后面。斯塔希和其他人都没有注意到在这样狭窄的地方马车是怎样掉过头来的，总之，马拉着车子朝相反的方向奔驰而去。接着又响起了第二阵机枪声，但射手的技术看来极不高明，没有一个人受伤。到车站的通道被农民控制住了。他们回来向斯彼哈瓦作了报告。

斯彼哈瓦摆了摆手。

“没有关系，没有关系，已经给文尼察打电话了，奥地利步兵会来增援我们。”他说，“过一会儿就到。”

约齐奥不胜惊讶地问：

“你们向奥地利人求援?”

斯彼哈瓦把双手一摊。

这以后直到中午，他们在一个燕麦袋上坐着。斯塔希换绷带去了，罗伊斯基不知忙什么去了。备好的大炮停放在那里，士兵们松散地站成两排，枪也叉架着。太阳逐渐从云层里钻出来，工厂后面的树林里百鸟齐鸣。在工厂院内高高的杨树上筑巢的白嘴鸦也在喧叫。

雅努什和弗瓦齐奥在有一搭没一搭地闲聊着。阳光和煦，他们解开了大衣和上衣的纽扣。弗瓦齐奥安详地用口哨吹着他心爱的曲调。

“伙伴们不同情他。”雅努什机械地反复说。

他想引起弗瓦齐奥的话头，但不知从何谈起。对于这个年轻的士兵，他自己也说不清为什么老抱有一种内疚的感觉，这影响他表达自己的思想。

“弗瓦齐奥，”他终于开口问道，“斯莫乌夫卡现在怎样?”

弗瓦齐奥停住了吹口哨，陷入沉思，他把帽子放在燕麦袋上，雅努什现在可以看到他刚理过发的小小的脑袋了。弗瓦齐奥眼望远方，没有答话。

“你的牙不疼了吗?”雅努什又问。

“不疼了，我已经忘了。”弗瓦齐奥说，似乎在继续思索，并开始讲起斯莫乌夫卡来了。“复活节快到了，那里一定在准备过节。在田野里……在树林里……”

这时基耶利谢克中尉跑了过来，他把盔帽上的皮带套到下巴上，从车上抓了一支枪。两排士兵立即站直了身子。

“拿起武器！”中尉命令说，“每辆车上留一个人！其余的跟我来！冲啊！”

戈利奇中士发现了约齐奥。

“罗伊斯基，你留在车上！”他喊道。

“弗瓦齐奥！”雅努什喊，“你过来，我想问你一句话。”

弗瓦齐奥不耐烦地摆了一下那只没有拿枪的手。

“以后再说吧，以后再说吧！”他对雅努什喊着，跑了。

所有的士兵都跟着中尉向树林跑去，到树林旁边排成散兵线。雅努什的枪托夹在两个麻袋中间，怎么也拔不出来。约齐奥跑到他身边。

“雅努什，我求求你，你留在车上吧，我替你去。树林里有匪帮，要清除他们。让我去吧。”

雅努什犹豫不决。

“怎么样？”

几步之外传来了冲锋的士兵们的喊声：“乌拉！”雅努什耸了耸肩。

“那么你去吧！”他说。

约齐奥向树林冲去。从树林那边传来了枪声，起初是零零星星，但随着散兵线的深入却越来越密了。战斗的声响逐渐向南布格河方向转移，机关枪响了一阵，很快就停止了。雅努什在车旁走来走去，吆喝着那匹竖起耳朵、惊慌不安的马。后来树林里的声音沉寂了。太阳愈来愈暖和，雅努什由于晚上没有睡好而不停地打哈欠。云雀在杨树上婉转歌唱。

三刻钟后士兵们回来了，脸色绯红，汗流浃背，上衣敞开，枪随随便便搭在肩上。他们三五成群地大声笑谈着搜索树林的经过。树林里果真有所谓的“匪帮”，他们甚至还有机枪。但是只要一放枪，这些家伙就惊慌失措，逃之夭夭。机枪也被缴获了。

约齐奥也回来了。他显然同戈利奇中士在战斗中结下了友谊。他们跑得满脸通红，帽子推到了脑后，边走边大声说笑。约齐奥走到雅努什身边，喝醉了酒似的没头没脑地讲开了。

“听我说，我看见有个什么东西在槲树中间跑过，我瞄准它，放了一枪……”

雅努什勉强听完了打匪徒的故事。

“你没有看见弗瓦齐奥吗?”他问。

“我看见他在左边跑，就是有机枪的那边。”

“但他还没有回来。”

“马上就会回来的。”约齐奥安慰他说。

“没有任何伤亡。”戈利奇说，一面摘掉帽子，对着一个小镜子整理他那一向梳得很整齐的淡黄色的头发。

几乎所有的士兵都同中尉一起回来了。院子里一片喧哗。雅努什感到不安。

“你在哪里见到他，指给我看看。”

“算了吧，我累了。”约齐奥说，躺倒在燕麦堆上。

“不，不，你一定得去!”雅努什抓住他的手，把他拉下车来，“他可能受了伤。”

“弗瓦齐奥与你有何相干?”约齐奥不耐烦地说。但他还是被说服了，他们一起向树林走去。

“当心点，小伙子们，”戈利奇在他们后面喊道，“那里可能还有人。”

他俩握着枪，警惕地走进了树林。树林里静悄悄的，被枪声惊跑了的鸟儿又飞回来了，似乎是以新的生命力在嘁嘁喳喳地啁啾不已。弗瓦齐奥不在约齐奥先前在散兵线里见到他的地方，而是仰面朝天躺在十几步以外，头向后仰。他的额部有一个不大的红点，头下是一摊鲜血。灰色的眼睛木然地望着已经豁亮了的天空。

他们匆匆把弗瓦齐奥·索班斯基埋在工厂围墙下面。掩埋完毕，一队奥地利步兵开进了工厂的院落。他们满身满脸都是尘土和泥水(看来到处都在下雨)，显得疲惫不堪；他们对以欢呼声迎接他们的波兰军队表现出明显的轻蔑。奥地利士兵以立正的姿势站了很久，然后是“稍息”，但没有解散。这时波兰军队列好了队。像平时一样，步兵站在前面，然后是炮兵，最后是兵车和辎重。接着他们向文尼察进发。戈利奇看到约齐奥舒服地躺在装燕麦的大车上，盖上了毯子，于是命令雅努什代替生病的驭手。寒气袭人，芳香阵阵的春夜迅速把他们吞没了。雅努什精疲力竭，勉强在马背上支撑着，前边的驭手回头瞥了他一眼，嚷了句什么，但雅努什没有听懂。他打了一会儿盹儿，滑到马脖子上，感到面颊被马鬃扎得刺痒，他吓了一跳，生怕掉下马落到车轮底下。

在一次打盹儿的时候，他看到了弗瓦齐奥。他从树林里走出来，举着枪说：“我把一切都告诉你，马上告诉你!”并准备朝他开枪，雅努什大叫一声，惊醒了。夜越来越冷了。

他们在黑暗中走过了文尼察，没有停歇。清晨到达南布格河岸。路沿着河岸蜿蜒向前伸展，越走越窄。经过昨天的一场春雨，草地变成一片葱绿。经过南布格河畔的一个田庄时，雅努什看到樱桃树上油光水滑的嫩芽。刹那间他浑身都感到了春意。

中午时分，队伍在一个村子里停下来了。他们要一直待到晚上，并在这里过夜。约齐奥、雅努什和斯塔希·奇日在一家整洁的农舍里占用了一个房间。戈利奇中士这次也来了，他大概嗅到了列兵罗伊斯基身上的钱味，现在对他很好，几乎寸步不离。他们准备吃一顿丰盛的饭，吩咐农妇煮马铃薯，戈利奇中士弄到了很多肉罐头，又搞来了一瓶伏特加酒。看来宴会一定会很热闹。他们邀请来了男主人——一个年纪不大的农民和他的妻子——一个相当标致的年轻农妇。两杯酒一下肚，他们便成了朋友。小个子，长着络腮胡子和一对熠熠闪光的小眼睛的男主人，大口大口地吃着戈利奇在锅里炒过的罐头肉。一杯杯盛在厚玻璃大茶杯里的伏特加喝光了。雅努什只抿了一口这带杂醇油味道的烈性酒。他注意到男主人称他们为“老爷”，把他们的军队叫作“老爷的部队”。他不由想到“对于他们来说，波兰人一直是老爷”这句话。饭桌上大家都避而不谈政治性的话，只是戈利奇中士由于伏特加的作用越来越向女主人靠近。她叫莫特丽奥娜。当酒瓶里还有酒的时候，男主人装作没有看见。

房间里很热。这是由于房子很矮，小窗总是关着，而且炉火很旺，再加上六个人的体温的缘故。戈利奇解下手枪，放在窗台上一盆倒挂金钟的旁边。他解开了上衣和衬衫，露出了健壮的胸脯。他右手搂着莫特丽奥娜的腰，左手频频举杯。半小时之后，他喝得已经差不多了，农民也喝得烂醉。约齐奥的嘴在淡黄色的小胡子下面咧着眯眯笑，而斯塔希扎着绷带的头在桌面上一次又一次地点着：他睡着了。天黑下来了，莫特丽奥娜从炉后一捆松枝中挑出一根粗的，插在一个特制的铁架子上，点燃着了。松枝的火焰不住地跳动，火光在墙上和人们的脸上闪烁。窗外一片蔚蓝，充满了春天的气息。

戈利奇的左手举起杯中的残酒，右手从莫特丽奥娜的腰部一直伸到她的腋下，嘴里叫喊道：

“现在为我们的军队，老爷的军队干杯，乌拉!”

男主人突然像猫一样跳了起来，抓住窗台上的手枪，扔掉枪套，对准了中士。大家都猛地站起身来。

约齐奥脚下不稳，也许是喝多了酒，也许是因为疲倦。

农民嗄声喊道：

“举起手来!”[①]

但谁也没有举手。

“要我为你们老爷的军队干杯？我，瓦西里·切博塔里克？你们休想！该死的波兰人，你们完蛋了。放开我老婆，不然我要放枪了。”他对戈利奇喊着，尽管戈利奇已经松开了莫特丽奥娜的腰。

接着是一阵沉寂。雅努什觉得应该出来解围了。

他突然大笑起来。农民瞥了他一眼，颤抖的手握住的手枪对准了他。雅努什向那醉汉走近一步。

“别开这种傻玩笑了，”他说，镇定地夺下了农民手里的枪，“这种玩笑，主人，已经不是闹着玩的了！拿着你的手枪!”他把枪交给了戈利奇，“您，主人，请坐下。我杯子里还有一点儿伏特加。我们不为波兰军队的健康干杯，而是为波兰人的健康干杯。老朋友！波兰人并不都是老爷。你也清楚，有的波兰人是农民，有的是工人——为波兰人干杯!”

农民在凳子上坐下了，他也大笑起来，笑得很厉害，几乎笑出了眼泪。

“真的，”他反复说，“真的，这是开玩笑……我是在开玩笑……”

他喝干了雅努什剩下的伏特加。大家重新在桌旁坐下。雅努什指着斯塔希对主人说：

“这个是，波兰农民，那个是，”他指了指戈利奇，“波兰华沙的工人。”他接着补充一句，“发电厂的工人。”

农民继续在笑，双手捧着肚子，哈哈大笑。莫特丽奥娜虽然也喝

---

① 原文是俄文。

多了一点，还是把丈夫扶到屋角的床上睡下了，头下放了一个高枕头。戈利奇在桌子下面捏了捏雅努什的手。

“谢谢你。”他说。

雅努什笑道：

“下次该轮到你了！”

雅努什和斯塔希在炉台上躺下了，这里很热，但很干净。戈利奇和约齐奥睡在长凳上。松枝已经熄灭，黑暗中可以听到莫特丽奥娜在她丈夫身边睡下了。雅努什虽然很累，但睡不着，屋里太闷热。斯塔希在睡梦中呻吟着，他那被打穿的耳朵疼得厉害。房间里黑魆魆的，墙壁上的小窗口像是两个蓝色的小方块。雅努什想着瘦弱的弗瓦齐奥昨天还是活蹦乱跳的，今天就被一抔黄土掩埋了。然后又想到在斯莫乌夫卡等着他的姐妹——阿涅尔恰和约齐亚[①]。

“她们得久久地盼望他的音信。”他嘟哝道。

斯塔希突然从炉台上坐起来，大声地喊：

“妈妈！”

躺在长凳上的戈利奇笑了，原来他也没有睡着。

“孩子，”雅努什低声说，“我们大家都是孩子。”

第二天一早，他们又继续沿着南布格河进发。中午以后，部队到达了乌拉多夫卡糖厂。天气又非常晴朗，满眼都是欣欣向荣的景象。在乌拉多夫卡，甜樱桃树的花已经盛开。紧跟在第三军团骑炮兵后面的一支匈牙利部队，在傍晚前也到了。士兵们集合后，枪支叉架在地上，然后命令解散。士兵们都没有带枪，枪放在哨兵那里看管着。

这天晚上，雅努什和斯塔希在军官们住宿的房子前面站岗。夜里很暖和，凌晨，一弯残月还挂在屋顶之间的樱桃树梢。房后，夜莺彻

---

① 即约阿霞。

夜在开着白花的高高的稠李树上歌唱。小伙子们起先在房前走来走去，后来在门槛上坐下。四点钟的时候，灰暗的晨曦透出了微光，樱桃树似乎本身也在发亮。房门悄悄地开了，一个穿皮靴和衬衫的高个子男子走到门廊，两个哨兵猛地站了起来，但他却说：

“坐吧，坐吧，我也陪你们坐一会儿，我想跟你们聊聊。”

这是斯彼哈瓦。

“您不冷吗?”雅努什问。

“不，不冷。谢谢。我睡不着，我知道你在这里……”

他们沉默了一会儿。夜莺在表演难度最大的花腔。早晨快来临了。

“唔，怎么样？奥地利人缴了我们的械!”斯彼哈瓦好像是对着空气说。士兵们没有回答。

“啊，”雅努什想，“这是缴械。”

“你们该自寻出路了，”斯彼哈瓦说，“这里没有你们的事。你们打了几次仗，这已经够了。”

“这算什么打仗?”斯塔希说。

“怎么不算？你还受了伤！虽说是这种人放的枪……”

他们又沉默了。斯彼哈瓦动了动身子，好像要站起来。

“雅努什，”他说，“你们明天到办公室来，我给你们离队证明和车票。不过，你们到哪里去呢?”

“就是呀，”雅努什说，“到哪里去?”

“敖德萨不必去了。”斯彼哈瓦说，“玛莉亚走了，希莱尔一家也快走了……”

“我到基辅去，”斯塔希插嘴说，“到基辅的车照常开。”

“嗯，那么你们也去基辅?”斯彼哈瓦犹豫地说，“那里离华沙总是近些。”

雅努什想起约齐奥多么不喜欢华沙，不禁微微一笑。

“罗伊斯卡太太也到基辅去了。”斯彼哈瓦说。

斯塔希把一只手放在雅努什手上。

“同我一起去基辅吧。你们可以住在我家里，妈妈一定很高兴。”

“好，只好这样了。”雅努什下了决心，“我们到基辅去。真是离家容易回家难啊。”

十六

斯彼哈瓦走进了沉睡的屋子。他在门厅内站住了，伸了个懒腰。春天凌晨的寒气向他袭来，他不禁打了个寒战。衬衫沾上了露水，胳膊感到潮乎乎的。他就这样站了一会儿。糖厂经理住所的门厅，像整个沉睡的房子那样普普通通。窗子开着，窗外透进一股寒意和夜的气息。墙上挂着几枝鹿角。桌子下面、衣架上、镜子里都有蓝色的影子闪动着。卡齐米日的脸在镜子里像对着湖面那样模糊地映现出来。远处传来了一声枪响。

卡齐米日思索着：一个时期以来，他和雅努什之间有一种说不出的冷淡。从什么时候开始的？斯彼哈瓦很清楚。不知怎的，玛莉亚的弟弟怎么也激不起他一丁点儿好感。再说他也长得不像姐姐。他不像她那么高，那么苗条，也没有她那样一个清秀的玉雕石刻似的鼻子。只是有时候，譬如现在，在门廊里，他那双眼睛在镜片后面闪闪发光，那眼神才有点儿像比林斯卡。卡齐米日知道，雅努什因为他同奥拉的那一段往事而对他生气，不愿他成为自己的姐夫。虽然他深信，这不是由于阶级偏见作祟，但他仍然不满地对着两个士兵还在那里低声谈话的门廊，咕哝了一句：

“这个少爷，他妈的!”

他难以想象，玛莉亚已经不在敖德萨了。到维也纳去了……卡齐米日熟悉维也纳，一九一四年从俄国回来后在那里上过大学，但时间很短，只有几个月，后来就应征入伍了。他参加了军团[①]。他想象着她在维也纳街道上行走的情景，不禁也回味起自己在敖德萨的感受。在那危险的曼库夫卡，在那座注定要毁灭的府邸的门廊里，他觉得她美貌惊人，不同凡响。而今，在维也纳，她也许就变得一般和平常了。维也纳有的是这类人物。很可能是如此。但她毕竟是玛莉亚，他的玛莉亚，那个楚楚动人的贵妇，当时，她是那样纯朴地把脸伏在他的肩头，对他说：

“但愿您能保护我。”

他责怪自己同她分开。但又一想，她大概是安全的。从维也纳到华沙，她在华沙有房产。有埃斯特尔哈希家族，也许不会有问题。斯彼哈瓦欣喜地反复叨念着这个响亮的姓氏。这个姓氏他过去只是在报纸上读到过，现在由于玛莉亚的缘故而能够结识这个声音所代表的活生生的人了。老埃斯特尔哈希据说很可笑，玛莉亚讲过一个关于他的什么笑话，也许是关于奇耶杜希茨基的？

他向前迈出一步，走到窗前，稠李树上的夜莺在婉转歌唱，声音从旁边的稠李树折回来，听起来宛如二重唱。倘若能同她一起听这歌声该有多好啊！倘若她在伸手可及的近处，倘若他能触摸到她腕上戴的紫晶手镯，该有多好啊！玛莉亚的话很少。她对他讲话时，称他为“您”[②]。在敖德萨时，卡齐米日偷偷学习法语，因为他的法语不怎么好，有时听不懂她的话。这种时候他的脸总是涨得通红，低头望着自己的一双大脚，匆匆地轻声问道：“你说什么？”她就用波兰语给他重说一遍。这大概是他同她相处时所感到的最大屈辱了。

---

① 指毕苏茨基在第一次世界大战期间建立的军事组织。

② 原文是法文。

他未能同她一道去维也纳，因为在南乌克兰还有任务，其中包括第三军的有关事务。“嗯，这件事已经了结了，”他想，“我必须回华沙汇报。也许她已经到了那里？也许他们会叫我去维也纳？从维也纳到马格德堡①还是比较容易的。”

他上楼走进了和另外两个同事合住的房间。这是经理的卧室。在灰蒙蒙的蓝色晨光中，只看见屋子中央挂着一盏破旧的红吊灯，床上方悬着一块有只大狗图案的黑挂毯。军需机关的罗宾逊中尉像个死人似的睡在床上。基耶利谢克睡在墙角的沙发上。斯彼哈瓦蹑手蹑脚地走进房间的时候，他从被子里坐了起来，问道：

“你出去了吗？出了什么事？”

“没有，”斯彼哈瓦平静地说，“同哨兵有点儿事。你没睡吗？”

“我睡不着，我真羡慕罗宾逊。夜莺就在他耳边叫唤。”

经理卧室中唯一的窗户正好对着那棵高大的开白花的稠李树。房间里充溢着馥郁的花香。夜莺停了一会儿，接着又唱了起来，像一个性子倔强的歌唱家在练习花腔。斯彼哈瓦想起了爱尔茹尼亚。他坐在自己的床上，但没有躺下。

基耶利谢克也没有躺下。

“听我说，卡齐奥，”他说，“以后怎么办？我们上当了！你是否认为第三军团已经彻底完了？”

“我想，第三军团的行动应该说已经完结了。不过他们大概不至于叫我们去坐牢。现在我们该溜之大吉了。”

“当初建立这支部队有什么意义？”基耶利谢克问，身子一歪倒到枕头上。

“现在看来意义不大。又是一支‘老爷的军队’……真见鬼，怎么

---

① 地名，现在德国境内。1918 年毕苏茨基被囚禁在这里。

也找不到一条正确的道路，我们不会接受教训。”

“我们不能同德国人搞在一起。”基耶利谢克坚决地说。

“听我说，安托希[①]，”斯彼哈瓦接着说，“从报纸上看，德国人在西线的情况不妙。第二次攻势又在凡尔登失败了。”

“你是否认为他们终归要完蛋？我们是不是为时已晚？”

“大概不至于。形势甚至不算坏。沙皇被推翻了，最高苏维埃承认波兰独立……”

“在一个不信上帝的国家里。”[②]

“这没有关系。另外美国也提出了同样的主张。”

“德国宣布：恢复波兰王国……总而言之，大家都想要波兰。”基耶利谢克笑着说，“这可不是什么好事。”

“为什么？”

“因为，凡是大家都想要的东西，以后可能都不想要。”

“没有旁的办法，我们只有回华沙去。”

基耶利谢克淡淡一笑。

“回不回华沙倒没什么，主要是回波兰。我们得把乌克兰的帐篷收起来了。”

“对，可惜不是心甘情愿地去收。我还没有问过你，你是哪里人？”

“你知道，有一个城市叫图雷克[③]吧。”

“图雷克？”斯彼哈瓦感到奇怪，“图雷克在哪里？”

“哼，你这个可怜的加里西亚人，”基耶利谢克在沙发上转动了一下身子，“你不知道？图雷克是一个很漂亮的城市……卡利什[④]就在图

---

① 基耶利谢克的爱称。
② 原文是拉丁文。
③ 波兰中部城市名。
④ 波兰中部城市名。

雷克旁边!”

“啊，原来在那里。你在那里时干什么?”

“我干什么？我什么都没有干，我一直在那里上学。一九一五年德国人占领图雷克时我离开了。我的双亲还住在那里。我父亲是个匠人，鞋匠。”

“哎,”斯彼哈瓦说，“他手艺好吗？能不能给我做一双军官穿的皮靴?”

“你来吧，他一定会给你做。”基耶利谢克笑起来，重新在沙发上坐了起来，“我们那里的姑娘很漂亮。大家都说，卢布林[1]和图雷克出美女。”

罗宾逊在床上翻了个身，睁开了一只眼皮发肿的眼睛。

“你们疯了吗？深更半夜聊闲天……”

“天已经大亮了，起床吧，卡米尔[2],”基耶利谢克笑着说，“骑兵上尉纳吉马上要来向你要罐头了。”

“见你们的鬼去吧!”罗宾逊骂道，又翻了个身。

卡齐米日站起来，走到窗前。白花满枝的嫩绿稠李树后面，伸展着一片蓝绿色的草地，上方是金灿灿的、纯净的春日晴空。斯彼哈瓦伸了个懒腰，打了个呵欠。

“我真舍不得这个地方。”

“我对这块地方觉得有点儿陌生。”基耶利谢克叹息说，“这块地方太大了。我们图雷克那儿的土地也很美。”

“你说太大了吗?”斯彼哈瓦对中尉说，同时坐到他的沙发上，“你知道，我们是小人物，我们已经完全习惯了小事情，小问题。图雷克

---

① 波兰中部城市名。

② 罗宾逊的名字。

那里的土地也是好的。但是还有比土地的等级更重要的东西——要耕好地，首先得有土地所有权。不是吗？我的父亲是铁路工人，但我们家原来在农村。祖父自己有两莫尔格[①]土地，又租了别人两莫尔格土地。我帮祖父耕地时，他告诉我，耕自己的土地时要轻松些……唉，现在我们租人家的地种的时候已经结束了，可悲地结束了。我们该回到自己的土地上去了……"

"你耕过地吗？"基耶利谢克沉吟片刻后问道。

"耕过，怎么啦？"

"可我连锥子都不会使。父亲送我上学。我却成了一个小军官。"

"这也是个职业嘛。"

"这恐怕是个很卑贱的职业，不是吗？"

"姑娘喜欢穿军服的……"

"对，但是……"

"你想想看，我们流的血给这里带来了什么？我们的鲜血一流在这广阔的平原上就干涸了。我们流的血很多——但很浅。什么结果也没有，一切都完了。"

安托尼[②]没有完全听懂斯彼哈瓦说的话，不过还是很虔诚地望着他。

他对斯彼哈瓦上尉很敬重，首先是因为他知道，斯彼哈瓦是一个了解很多机密的人。

"呃，卡齐奥，咱们睡吧。"他最后说。

"还睡呀？你瞧……"

他指了指窗户，光辉灿烂的太阳正从地平线上升起，阳光在稠李

---

① 波兰土地面积单位，一莫尔格等于0.55987公顷。

② 即安托希·基耶利谢克。

树雪白的花朵上闪耀。

“马上就要起床了。”

“是呀，”基耶利谢克伸了伸他强壮的身躯，“又是一个不眠之夜。”

“你觉得问心有愧吗？”

“不，还不致如此！我真想知道，这一切究竟是为了什么？”

“这像是列兵罗伊斯基提的问题。”

“他没有什么。他的朋友倒是个危险人物，他想得太多了。”

“雅努什？你认为思考是件危险的事吗？”

“不错，肯定是这样。”

“你根本不思考吗？”

“正因为我现在在思考……才感到这很危险。该起床了，要去办理通行证。”

“谁能走就让他走吧，最好让大家到基辅那边去。”斯彼哈瓦说。

“到基辅那边去？为什么？”

“谁知还会发生什么事。喂，咱们走吧……”

斯彼哈瓦猛地从沙发上站起来，碰了碰鞋后跟，推了推罗宾逊撅起的臀部。他刚把手塞进上衣的袖子里，起床号就响了。这是波兰第三军团士兵们听见的最后一次起床号。

十七

罗伊斯卡太太给约齐奥的信。

亲爱的约齐奥！

你同雅努什走后已经好几个星期了，除了在文尼察写的那张便条外，我再没收到你们的片纸只字。在目前这种时候（这是什么时候啊!）我为你们担心恐怕是有道理的吧。敖德萨没有什么变化。玛莉亚——那个美妇人同穆什卡公爵夫人到维也纳去了，这你们一定已经知道了。有人说，斯彼哈瓦就在你们那一带，是吗？他们——一个平民和一个贵族——莫非已经分手了？我至少感到高兴的是，这桩公案反而给奥拉带来了幸福。你想象不到，戈翁贝克夫妇那里有多好啊！米哈霞已经搬过去了，她在那里很好。她这个可怜人，我那亲爱的妹妹，她总算等到了幸福！戈翁贝克先生已得到华沙的消息——他在华沙的糖果店还开着，生意好像不错，是他的合伙人瓦夫莱夫斯基在主持。“名字即标志”①，只有这一件事不称心，奥拉这个老实孩子现在得姓这么一个不怎么好听的姓。但是我估计如今波兰有很多人姓这种姓。星期五我曾到戈翁贝克家喝茶，奥拉愁眉不展，这恐怕是一时的情绪，或者是因为跟她诚实的丈夫拌嘴了吧。我不相信，这是一对不相称的夫妻。据说现在基辅已成立了监护委员会的分支机构，帮助侨民返回波兰，因此他们准备回华沙去。敖德萨大概不久后也要成立这种机构，我想，今年夏天我也可以到华沙去，打听一下普斯泰翁基的情况。那个佃户是老实人，恐怕不会欺负我和可怜的米哈霞。

天气好极了，我想你们在新鲜空气里操练一定很愉快。今天我到海滨去过，到布若佐夫斯基家的宅邸那边去了。那房子远看非常漂亮，使我想起我还没有出嫁时到布若佐夫斯基家去的情景。我的爸爸，约齐奥，你的外公，虽说只是在敖德萨和哈尔科夫两地开制革厂的老板，但他是个很有教养、人缘很好的人，到处都欢迎他。布若佐夫斯基一家也不那么高傲。我是在别处认识你父亲的，我记得我们在布若佐夫斯基家的舞会上（那是一次多么美

① 原文是拉丁文。

妙的盛会啊）一起跳玛祖尔卡舞，然后又坐在一起吃晚饭。他这个笨手笨脚的家伙把一杯罗马潘趣酒洒到我新做的蓝裙子上，那时我根本没有想到我以后会成为他的妻子。可怜的海伦卡长得非常像她外公。

你想想看，约齐奥，是谁打断了我写这封信：老奥帕纳斯和他的女儿（他女儿那么多，我已记不清是哪一个了，可能是长得漂亮的那个，叫雅韦娜）刚到过我这里，给我带来了几件莫林策留下的东西。你爷爷罗伊斯基穿着宫廷侍从制服的小雕像，我的小海伦娜的画像，我爸爸卡利诺夫斯基（我刚给你描述过他）的画像……这也是一种奇怪的安排，就在我一个人孤孤单单、连个说话的人也没有的时刻，就在我给你写信谈起我的父亲，谈起他这个可怜人的时刻，这一对农民父女来了，给我送来了他的遗像。你可以想象我是多么高兴、多么幸福。我可怜的爸爸啊![1] 他是否想过，我会在完全不同的状况下又住在敖德萨？他不喜欢这座城市，他总是怀念故乡谢德尔策。他说，谢德尔策是欧洲最美的城市。真美![2] 奥帕纳斯说，房子被洗劫一空，但没有被毁掉，只是园林被砍掉了一些。多可惜呀，我简直不能想象……

你相信你会回到那里去，不过，你回去时就得重整园林了。我是个老怀疑派，看法与你不同。车轮是不会倒转的。不过，也许有可能？奥帕纳斯的女儿——一个多漂亮的姑娘啊——给我带来了几件小化妆用品，其中有一个银盒，这是我还是个小姑娘的时候，我爸爸给我从伦敦带来的。你想想看，我们所有的银器和好看的东西只剩下这个小盒子了——珍贵的纪念品！我高兴得有

① 原文是法文。
② 原文是英文。

如重新得到了那整所房子。也许你说得对，我们不可能丧失这里的一切。你想想看，我们在这里播下了多少文化：宫廷、府邸、绘画、瓷器（你记得我们那个柯莱特花瓶吗？不过你那时没有注意这些事情），难道这一切都是白费吗？斯彼哈瓦说，我们是在沙滩上播种，在别人的土地上种树……我有时想（别生气，我的孩子），他说得对，但另一方面，我对这一切又感到惋惜。奥帕纳斯是个老实人，他流了点眼泪，吻了我的手。他把东西交给我时，对我说："这是您在莫林策留下的最后一点东西，我们用不着，但可以使您在上了岁数的时候，回忆您曾是这里的女主人。"我在他的小眼睛里看到一种得意的神情。如果我是个心地不良的女人，我可能会想，他是故意带这些小东西到这里来品尝我受辱的滋味的。唉，有什么办法，由于我的好心，我使他高兴了一场。我哭了一会儿（我这个无用的人），我是由于看到海伦卡的画像而哭的。但他一定以为我是为莫林策而哭，说不定他还想知道我是否想借德国人的力量重返莫林策，就像基茨基家干的那样。但我决不会借德国人的势力回去。我对奥帕纳斯讲得很明确。我想，他来这里不是没有目的的，也不是瞒着其他农民来的，他为的是想摸摸这里有什么苗头。可怜的雅韦娜（还是卡韦娜?）吻着我的手，悲伤而羞涩。假如我告诉他们明天我要回去，那他们的表情可能又是另一种样子了。他们已经把土地和家畜都分了，各种各的地，他们的头头也是选出来的。但我想，这一切都长不了……我见过你的朋友埃德加尔，他告诉我一些奇怪的事情。爱尔茹尼亚杳无音信，他也没有得到他妹妹的消息。只有哈尼亚·沃尔斯卡有时使我想起爱尔茹尼亚在这里的日子，她经常到爱尔茹尼亚的钢琴旁练习。我们很喜欢沃尔斯基一家，尽可能帮助他们。但遗憾的是，哈尼亚没有去搞严肃的音乐，几乎全部时间都在唱吉卜赛人的情歌和流行歌曲。多可惜呀！

希莱尔先生从瓦普尼亚尔卡给妻子写了一封信，说他想去华沙，并继续从事制糖工作。但希莱尔太太病了，埃德加尔无精打采，整天在房里转悠，教授心绪不佳，不断诟骂北方的俄罗斯，我有时都为此感到害怕。他还在预言要出现新的冰川期。他打算带着自己的高论回克拉科夫去。

你瞧，我告诉了你一大堆消息，此地发生的一切我都对你讲了。愿上帝保佑你，我最亲爱的孩子。吻吻雅努什，望你们善自珍重。有人给你们洗衣服吗？你穿的内裤暖和吗？我知道，你不注意这些，你这个漫不经心的家伙！

妈妈把你拥抱在怀里，热烈地吻你。瓦莱雷克几乎不回家，他一心扑在他的工作上了。

你的妈妈
爱韦琳娜·卡利诺夫斯卡·罗伊斯卡①
1918年4月于敖德萨

这封信没有到达收信人的手里。

十八

假如罗伊斯卡太太看见她的小儿子住的地方和他一心扑在上面的工作的话，她肯定是不会夸耀的。波兰敖德萨步兵团驻扎在城市东北部一个破落不堪的炮兵营地里，占用了这个营地的一部分。其实，这个军营完全在郊外，在一大片平整的草原上。瓦莱雷克乘坐拥挤不堪的电车到终点站下车后，还要走半个小时泥泞的小路。这条小路在低

① 爱韦琳娜娘家姓卡利诺夫斯卡，夫家姓罗伊斯卡。

矮的木房子（其中有些已经一半陷入了泥淖）之间穿过。沿路房子越来越稀少，最后一栋也没有了——在光秃秃的小山上显现出用乳白色的砖砌成的大兵营。它是战前刚建起来的，当时俄国因为威廉[①]“不负责任的”好战言论而紧张备战。早前这个兵营以亚历山大·米哈伊沃维奇大公的名字命名。现在兵营正面和大门上的大公名字和雄鹰，以至于玻璃窗和一部分窗框都被破坏了。军队离开这里后，兵营被当地居民洗劫一空，只剩下一排排没有玻璃的窗孔，到处是污泥和垃圾。三月底，波兰军队便驻扎在其中最后的一幢房舍里，房子的窗外就是滨海省整洁、平坦的田野和辽阔、无垠的大草原。这里已经建立了两个步兵连，现在又建立了一个骑兵连。

这个行动的发起人是杜尚中尉。他是个像槲树那样壮实的男子，一副宽大而英俊的面孔，头发剪得很短。他声音洪亮，在院子里讲话整个兵营都听得见，喊“立正！”的口令能把窗户上残存的玻璃都震落了下来。杜尚中尉很喜欢瓦莱雷克，罗伊斯基成了他的主要助手，从早到晚跟他一起奔忙。卡利克斯特·杜尚经常由瓦莱雷克陪着，在一个小房间里，坐在桌面用图钉钉着报纸的简陋小桌边办公。常有一些私贩子钻进里面久久不出来。

兵营里面的情形也是一塌糊涂，参加这支部队的都是些品质最恶劣的人，不知是因为敖德萨是一个道德低下的城市呢，还是因为这里专门聚集了一群克米齐茨[②]式的军官。如果说参加文尼察第三军团的一般都是诚实的人，都是些由于四年的战争而感到疲惫和消沉的想回华沙的小手工业者、农民和知识分子的话，那么聚集在敖德萨团队的却是一群亡命之徒和冒险家。他们不会因为同德国人打仗或内战而意志

① 指德皇威廉二世。

② 波兰作家显克微支的名著《洪流》中的主人公，性格鲁莽，爱吵架。

消沉。这支人马同其他那些在敖德萨建立、后来途经罗马尼亚有秩序地转移到波兰的军队真有天渊之别。谁也不清楚，这帮梳着哥萨克发式或剃光头的虎背熊腰的彪形大汉是从哪里来的。“小伙子们”好酒贪杯，宿娼嫖妓，偷窃成性，动辄以刺刀相见，有的还在靴筒里藏着备用的匕首。杜尚虽然力图实行铁的纪律，也驾驭不了他们。眼下他们尚未碰过德国人，但同彼得留拉长官的士兵以及谢切夫分子[①]（他们戴的羊皮帽子像丑角尖顶帽似的耷拉着）却经常发生战斗。在兵营医院肮脏的草褥子上经常躺着一些头破血流、缺胳膊少腿的士兵和下级军官。杜尚中尉通常是挥舞双手，破口大骂，然后吩咐备好双轮小马车，叫上瓦莱雷克以及杜尚不顾级别与之称兄道弟的戈尔巴尔中士，一同驶往敖德萨消遣。同样是豪饮不羁，同样是宿娼嫖妓——不过是在高级旅馆里。

有一次，他同瓦莱雷克一起进城。瓦莱雷克有事找母亲。他现在经常缺钱花，总想挖走罗伊斯卡太太手中最后的一点积蓄，虽然她很不乐意给他。瓦莱雷克上楼去了，卡利克斯特站在门口等他。哈尼亚·沃尔斯卡替父亲扫过了院子，走出大门，想看看在春天美丽的暮色中在街上散步的人们。哈尼亚身穿爱尔茹尼亚出走时送给她的白衬衫，披了一件夹大衣。卡利克斯特一眼就注意到她长得很美。瓦莱雷克从楼上下来后，同哈尼亚用波语交谈了几句，卡利克斯特凑上来插嘴说：

“走吧，走吧，罗伊斯基，别同姑娘们浪费时间了，要不你请小姐上车。”

“哈尼亚，我们坐车去玩玩吧！”瓦莱雷克大声说。

但沃尔斯卡只是闪动了一下眼睛，放声大笑着急步走向大门，并

---

① 当时乌克兰一个民族主义组织的成员。

朝杜尚轻蔑地刮了一下鼻子。瓦莱雷克上车后，杜尚还站在原地没动，两眼盯着大门，似乎是在等哈尼亚再走出来。

“这个女人是谁?”他问瓦莱雷克。

“她叫哈尼亚，看门人的女儿。她是爱尔日别塔·希莱尔的学生，会唱歌。”

“唱得好吗?”

“不知道，我不在行。据说唱得不错。”

此后杜尚进城时，带瓦莱雷克比带戈尔巴尔的次数增多了。他老是问瓦莱雷克是不是有事找母亲，甚至还劝他到家里去看看。有一段时间，罗伊斯卡太太对瓦莱雷克有事没事经常回来看她感到莫名其妙，有一次她对希莱尔太太说：

“你知道，约阿霞[①]，我觉得，我可能冤枉了瓦莱雷克。”

但过了一阵子，瓦莱雷克又不到德雷巴索夫斯卡雅街的住所来了。简而言之，就是卡利克斯特·杜尚没有带他进城。同样，杜尚也没有带戈尔巴尔。瓦莱雷克回来必须坐电车，如果在晚上还得步行。

骑兵连的建立（杜尚本人是骑兵出身）进展缓慢，因为马匹很缺。一九一七年秋天出现了一个能赚大钱的行业，但要敢于冒险。马贩子们从基辅和敖德萨拥向正在崩溃的前线。那里可以从后勤仓库里得到一切，首先是可以用极便宜的价钱买到军马。有时还可以碰上完全没有主的弃马。唯一难办的是如何把这笔到手的财产弄回去。因为路上要遇到败兵，遇到真正的或自称的什么委员会，森林苏维埃等，它们虽然没有有组织的武装力量，但对于临时捞点马匹和各种辎重也是感兴趣的。如今这些弄来的马匹都由商人和马贩子收养着，要出重金才能买到，而且有时根本买不到。杜尚到处跑遍了。在找马的过程中，

---

① 帕乌琳娜·希莱尔太太的爱称。

戈尔巴尔中士对他的帮助很大。此人已忘了自己在参军前是个演员，完全习惯了军队的生活，成了一个彻头彻尾的军人。不同的是，他善于激起那些粗野的伙伴们对于戏剧的兴趣，有时还在旁边一幢基本上无人居住的房子大厅里演出，团队“俱乐部”就设在这里。骑兵连队需要很多马，杜尚说眼下就需要八十匹。他在夜总会里常常会遇上一些私贩子，从他们嘴里能打听到一些买马的线索。奥地利占领时期，这类夜总会比比皆是，在那儿不仅可以喝到伏特加甚至香槟，而且可以打听到在什么地方可以买到什么东西。在那儿进行着形形色色的、多半是空头的交易：可以买到一车厢糖，一车皮自行车或小麦。当时最大的夜总会要算“卢克斯”咖啡馆了，它通宵开业，有歌唱、舞蹈、魔术表演。杜尚、瓦莱雷克和戈尔巴尔逐渐成了这个地方的常客。但他们大都是各去各的，尤其是杜尚，一个时期以来避开了自己的两个伙伴。瓦莱雷克不知通过什么奇妙的办法搞到了两个领章。

一天晚上十点左右，戈尔巴尔和瓦莱雷克气喘吁吁地跑进“卢克斯”。他们是从兵营里徒步走来的，疲惫不堪。瓦莱雷克抱怨卡利克斯特自己一个人乘车进城，而戈尔巴尔只是眯着一对黑色的小眼睛，脸上露出一丝佛爷式的微笑。咖啡馆里人还不多，有的枝形灯没有开，墙角边的包房里也是暗的。他们占了一张不大的桌子，叫了两杯黑咖啡，戈尔巴尔和瓦莱雷克最近都缺钱花。这时小舞台上的演出刚刚结束，所有的枝形灯都亮了。离他们不远的包房里坐着一群人，桌上摆满了酒瓶。这些人他们都认得，但凑在一起却有点令人奇怪。瓦莱雷克笑着指给戈尔巴尔看。中间坐着粗壮的卡利克斯特，他喝得双目圆睁，满面通红，刚刮过的面颊上冒着汗珠。他的右边坐的是哈尼亚·沃尔斯卡，她穿一件蓝色的衬衫，头戴一顶饰有翎毛的帽子（瓦莱雷克认出是罗伊斯卡太太的），兴高采烈，有说有笑，好像完全变了一个样子。左边坐着一个年纪不大、脸色苍白的犹太人，他是斯克维拉的马贩子，瓦莱雷克在莫林策就见过他。卡利克斯特也看见了瓦莱雷克和戈尔巴尔，他向他们招了招手，然后站起身来，对哈尼亚说声对不起，便迈着僵直的步子向这边走来。看来他醉得很厉害，但在极力控制自己。

“坐到我们那边去吧，”卡利克斯特说，“但你们不要提任何问题，明白吗？不要问，以后再告诉你们。”

戈尔巴尔和瓦莱雷克移到包房去了，招待在他们面前摆上酒杯，斟了香槟酒。瓦莱雷克对卡利克斯特说：

“我想吃点东西。”

卡利克斯特指着斯克维拉的犹太人说：

“利波维耶茨基先生今天做东。”

“请，请。”利波维耶茨基微微一笑，并向招待点了点头。

“我手边没钱了。”① 瓦莱雷克笑着说。马贩子叫招待把菜单拿来。瓦莱雷克对哈尼亚说：

“你今天真漂亮。”

哈尼亚不安地向他瞟了一眼。她不知道这是挖苦还是真心的赞扬。她指着饰有黑鸵鸟翎毛的小圆帽问：

“你认得吗？”

瓦莱雷克耸耸肩。他对这不感兴趣。

“你今天真好看极了，这就够了。”

卡利克斯特瞟了他们一眼，回头对利波维耶茨基说：

“怎么样，利波维耶茨基先生？”他说话带立陶宛口音，“说定了吧，你给我们八十匹坐骑，团队给你两百万克朗②或乌克兰币。你要

---

① 原文是俄文。

② 俄国 1917 年克伦斯基临时政府所发行的二十卢布及四十卢布的纸币。

哪个?”

利波维耶茨基望了新来的客人一眼。

“没有关系，他们是帮我管理团队财务的，整个交易他们迟早得知道。”

幸好卡利克斯特事先告诉了他们不要提任何问题。瓦莱雷克和戈尔巴尔只互相看了一眼。此时招待已经把订好的菜端上来了。戈尔巴尔和瓦莱雷克都清楚，团队财务处准备了五十万克朗买马，此外没有更多的基金了。卡利克斯特大概要耍什么手腕。

瓦莱雷克吃惊地看着自己的朋友。粗壮的杜尚像一座大山似的、面无表情地坐在那里，俨然是一个马戏团的大力士。圆鼓鼓的蓝色大眼睛没有流露出任何意图，只是中尉的制服领口似乎太紧了，卡着他肥大的脖子，使他呼吸困难，眼珠更加外凸。

“那么就这样了。在这几天，随便您哪一天，大卫·阿布拉莫维奇[①]，把马送到兵营，当天下午您就可以得到现款。”

“定金呢?”利波维耶茨基说，一面朝哈尼亚扫了一眼，似乎不好意思在妇女面前谈生意。

“你要定金，鬼才要你的马！我告诉你，马一入厩，现金就到手。我向你保证。够了吗?”

戈尔巴尔又看了看瓦莱雷克，他正在吃鱼，差一点儿被鱼刺卡住了喉咙。杜尚是日穆齐[②]地区农民的儿子，他多次向朋友们谈起过这一点，谈起日穆齐的蜜蜂和湖泊。又有一半灯光熄灭了，舞台上开始了抛灯和耍盘子的杂技表演。卡利克斯特举起一杯香槟酒：

“怎么样，一言为定?”他问。

---

① 大卫·阿布拉莫维奇即利波维耶茨基，后者是姓氏。

② 日穆齐位于涅曼河下游，现属立陶宛。

"一言为定。"利波维耶茨基显然有些踌躇。

"为您的健康!"杜尚喊了一声，一饮而尽。人们都转过头来看他。然后他坐下了，沉默不语，两眼发直，连眼皮也不眨一下地僵坐着，这说明他已经醉得很厉害了。

过了一阵子之后，他们站起来了。利波维耶茨基在衣帽间再次告了别，门房招呼了一声替杜尚看双轮小马车的小伙子，马车缓缓地驶了过来。这是一个潮湿的春夜。杜尚不容分说地把哈尼亚推到马车上。

"你把哈尼亚送回去，然后回兵营，我同瓦莱雷克步行回去。"他对戈尔巴尔说。

瓦莱雷克诧异地望着朋友。他不想步行这么多路，但卡利克斯特点了点头。

"对，对，这样好一点。"

哈尼亚从戈尔巴尔背后伸过头来对瓦莱雷克小声说:

"来吧，明天来，明天是我第一次演出。"

"演出?你演出?在哪里?"

"在这里，在'卢克斯'，这是我第一次登台，我非常紧张。"

"你演什么?"

"我唱歌……就这个!"

"我当然会来!"

"来吧，来吧。哈尼亚希望大厅里朋友越多越好。"卡利克斯特以父亲和保护人的口吻说。在马车的灯光下，瓦莱雷克看见戈尔巴尔鞑靼式的小眼睛似乎在说:

"你们看，事情进展得多么快啊……"

马车走了。

瓦莱雷克和中尉也上路了。开头他们只是大踏步地走，没有说话。他们注意避开春雨在坎坷不平的路上留下的水坑。瓦莱雷克身材较细，但身高同杜尚中尉差不多。中尉又醉又累，边走边睡。他们走到偏僻的街道，差不多到了郊区的时候，才稍稍放慢了脚步。最后的一盏路灯正照着一幢低矮的两层楼房，墙是粉红色的，窗口和阳台都钉上了铁栏杆。卡利克斯特在这幢房子旁边站住了。

“你瞧，”他突然转身对瓦莱雷克说，一手摸着他制服上的纽扣，“要碰碰运气，像抽彩票那样。”

“我不明白。”瓦莱雷克轻声说，心情有点紧张。

“嘘……”卡利克斯特不满地说，“不要问，在这里也不要问。”

“我不说了。”罗伊斯基说。

“问题在于那犹太人是把出租马车留下等他呢，还是让车先回去。”

“什么出租马车?”

卡利克斯特走到前面被黑暗笼罩着的路上。他走得很快，把瓦莱雷克落下了几步。杜尚说话时，他的声音像是从带有草原气息的黑夜深处传到罗伊斯基的耳朵里。

“那个犹太人后天到兵营来取钱。那天戈尔巴尔在俱乐部演出。因此，第一幢房子里只有你我两个人。如果犹太人让出租马车先回城去，那就好了，我们就好收拾他了。”

瓦莱雷克几大步追上了杜尚，伸手去抓他的手。杜尚没有停下，继续朝前走。瓦莱雷克抓住了他的大衣。

“我问你，”他喊道，“你在想什么？你要干什么?”

“我？我什么也不干。”杜尚轻轻地咕哝了一句，“是你!”

“怎么是我?”瓦莱雷克松开了卡利克斯特的衣袖。卡利克斯特跳过一个个的水坑，在浓重的黑暗里疾走。看来他有一双猫眼。

“你，你，”卡利克斯特沉默了片刻之后带点怒气地说，“我不相信戈尔巴尔，他是个演员，会胆怯的。”

“喂，你完全醉了吗？你脑子清醒吗?”

“清醒，清醒……走快点，我告诉你。”

瓦莱雷克觉得仿佛是兵营自动飘到了他们面前，他们居然这么快就走到了。他们经过岗哨，飞快地走上了台阶。卡利克斯特扭亮了电灯，两个人面对面地坐在两张小凳子上，双手支着桌面，你看我，我看你。

“你想想，”杜尚说，“军队有了马，而我们口袋里也有了五十万。”

“钱归你吗?”

“我同你分。”

“别人会知道的。”

“他孤身一人住在这儿的旅馆里。往水里一扔……万事大吉。”

“你为什么要我?”瓦莱雷克问，觉得脊背发凉。

“那还有谁?我得跟他谈话，要从他背后干。你干得了吗?”

“我干得了。”瓦莱雷克说，浑身发抖，牙齿捉对儿厮打。

“别对戈尔巴尔说。”

“如果我不同意呢?”

“这是命令!”卡利克斯特以带醉意的声音喊道。

“命令?”瓦莱雷克把头伏到桌上大笑起来，“命令?你还可加上一句：为了大众的利益!哈哈哈!哈哈哈!”

卡利克斯特挪开身子，注视着瓦莱雷克在桌面上滚来滚去的脑袋。

“呃，罗伊斯基，”他说，“别发神经了，懂吗?”

“我懂!”瓦莱雷克喊道，猛地从桌旁站起来，抓住卡利克斯特的肩膀使劲地摇。

“喂，听我说，我和你将要获得整个世界!”

“噢，世界并不等于一个犹太人。”卡利克斯特一把推开了瓦莱雷克，后者踉跄地退到墙边。

但瓦莱雷克又回来抱住了卡利克斯特的脖子，吻了吻他的嘴唇。

十九

一九一八年的夏天真是美极了。五月份天气便炎热异常，在城里很难待得下去。波兰王国侨民都在等待准备遣送他们回国的列车，可是火车一列也没有开出。希莱尔太太盘算过，是否到海滨别墅住上哪怕是几个星期，因为城里天气闷热，尘土飞扬，令人难以忍受。罗伊斯卡太太和米哈霞姨妈也许会一起去，纵然戈翁贝克先生平时在城里有事，但他和奥拉可以去度周末。这样，等待的时间可以过得快些。希莱尔先生在基辅弄到了德国列车的专用票——当时这是很不容易的——已经到华沙去了。从他寄来的信里，看不出那里的情况怎样。最近几个月埃德加尔情绪非常消沉。爱尔茹尼亚杳如黄鹤，比林斯卡从维也纳的来信也是含糊其辞。这种悬而不决的状态是很难忍受的。希莱尔太太劝埃德加尔到中喷泉去看看别墅的情况，看能否在那里住几个星期。虽说拿破仑·沃尔斯基早已住在那里了，可是他自从哈尼亚在咖啡馆演出之后一直神情恍惚。他自己也说不清应当为此担忧还是高兴——有时这样说，有时又那样说。但不管怎样说，反正他对外部世界已完全失去了反应能力。因此，他关于别墅状况的报告是含混不清的。

埃德加尔请瓦莱雷克从他的中尉那里借一匹马和双轮小马车，送他到别墅去。他们转过一个街角，大海突然展现在面前，埃德加尔感到奇怪，海就在身边，为什么自己还会如此消沉。别墅的情况很好。瓦莱雷克同沃尔斯基老头解下了牝马（现在杜尚中尉用的是另外一匹马），然后把马车推到车房里。埃德加尔进屋看看房间，家具都套好了套子摆在客厅的墙边。埃德加尔打开钢琴，弹了几个音符。这是《幽情》的第一个乐句。他想起了唱这支歌时的爱尔茹尼亚，对音乐的渴望于是油然而生。他看到窗外的大海，平静的淡绿色海面微波荡漾。他按下降E调的高音键，他的手指下发出了令人凄然欲泣的音响。他从来不曾像现在这样突出地感到，一切事物都是稍纵即逝，如果想要做点什么事，那就得赶快，赶快……一旦海浪涌来，一切都会被卷走，葬之深渊。

他抓住窗帘，抚摸着这满是尘土的织物，想起了爱尔日别塔在敖德萨歌剧院的第一次演出，以及他一面在后台倾听《霍夫曼的故事》[1]中的船夫曲（这是一切初识门径的艺术爱好者最喜爱的曲调），一面抚摸着丝绒帷幔时的情景。前不久，他读了纳乌科夫斯卡[2]的《蛇与玫瑰》。这本书给他的印象很深。他记得，对这首船夫曲的描写使他多么激动。纳乌科夫斯卡的诗，对于爱尔茹尼亚的思念，眼前的大海——意外地使他摆脱了长期的消极情绪，如果不是不好意思，他会马上坐到钢琴前作曲的。

有人进来了。是瓦莱雷克。埃德加尔没有回头，只觉得眼睛离不开海面。

“我打扰了舅舅吗？”瓦莱雷克不知何故称埃德加尔为“舅舅”。

“不，不，怎么会打扰呢？我在看海，它今天真美。”

“我们是不是出去走走，舅舅？沃尔斯基马上就动手做早饭，不过要做好得一个钟头。”

“好，我们上海滩吧，我很高兴去散散步。”

他们走下台阶，到了海滩。海滩上阒无一人。埃德加尔非常喜欢在海滩上溜达，一步一步地走，听着海浪拍击崖岸的涛声，看着浪退时在沙地上留下的一片透明的泡沫。

---

① 《霍夫曼的故事》是法国作曲家奥芬巴赫（1819—1880）作的歌剧。

② 佐菲亚·纳乌科夫斯卡（1885—1954），波兰著名作家。

同海久别重逢，使他心情激荡。他走得很慢，不时停下来。瓦莱雷克像是将军身后的副官，与他相隔两步。他们走过了希莱尔家的海滩，沿着高高的、视野开阔的海岸向前走，海岸上还有潮水冲上来的沙子。海面平静，呈现葡萄绿色；浊浪悄悄腾起，然后像是驯服的野兽那样在海岸上躺下了。太阳照在海浪上，发出繁星似的点点闪光。

埃德加尔沉默了好几个月之后，很想说说话，但是聊不起来，瓦莱雷克总是用一个音节的句子回答他。埃德加尔觉得，瓦莱雷克不愿以清晰的词句表露出他桀骜不驯的灵魂。于是，他只好一个人讲。他想，谈谈旅行的情况也许能吸引瓦莱雷克，便讲起了他到过的其他的海。像往常那样，他又谈开了西西里。这个题目似乎引起了瓦莱雷克的兴趣，他不时提出问题：

“那里怎么样，舅舅？你是什么时候去的？”

埃德加尔停下了脚步，向他畅谈大海，给他讲巴勒莫[①]旁边的海，讲佩勒格林诺山另一端的蒙德洛海滩……

“什么是佩勒格林诺山？”

埃德加尔给他讲那像张桌子似的佩勒格林诺山脚下的巴勒莫全景，接着又讲起“宠儿”别墅园林中繁花满枝的柑橘树，讲春日傍晚海面上飘来的阵阵幽香。这里的黑海只有碘和水藻的气味，而且海岸上只有没精打采的洋槐。

他还谈到了宇宙、人物、歌曲。埃德加尔越讲越兴奋，有时停下脚步，有时却加快步伐。有一次当他正在快步前进时，脚下绊到一件什么东西——它伏在沙滩上，上面盖着船帆。一个持枪的警察站在旁边。

---

① 意大利的海港城市。

“走，走。”[①] 他对马上站住了的埃德加尔说。

“这是什么？”[②] 埃德加尔惊奇地问。

警察在这里站了好几个钟头，闷得发慌，因此很乐意向他解释：这是海水冲上来的一具尸体。——他是一个匪帮的成员，不久前这匪帮抢了奥尔洛夫斯克-卡姆斯基银行。为了安全起见，他们在海面的船上分赃，由于分赃不均打死了一个伙伴，把他扔进了大海。“他的衣袋里原来装满了石子，因为衣袋胀破了，尸体就漂上来了。”警察说。

“如果衣袋破了，那怎么知道里面原来是石子呢？”埃德加尔笑了起来，并转身看了看瓦莱雷克。但瓦莱雷克没有笑，他站在那里，脸色惨白，两眼盯着船帆下的死尸。可以看得出来，那是一个身材高大的男子。

埃德加尔打算绕过尸体朝前走。他还准备讲佩斯托[③]，但瓦莱雷克抓住了他的手。

“我们回去吧，舅舅，”他的声音都变了，“沃尔斯基一定已经做好早饭了。”

埃德加尔回转身来。瓦莱雷克神情不安使他惊讶不迭。

“我的天，”他说，“你们年轻人多么不善于控制自己啊！如今各种各样的谋杀案多得很呢。像斯蒂文生[④]《宝岛》里的故事一样。在船上分赃，争夺，把衣袋里装满石子的死尸抛入大海。只是我不曾料到我会以这种方式会见这场戏的主人公……大概他们事先得把石子准备好吧。”

“在这种情况下命运本身会带来解决办法。”瓦莱雷克突然说，“船

---

① 原文是俄文。

② 原文是俄文。

③ 南意大利的一座古城，原为希腊殖民地，建于公元前6—前7世纪。

④ 斯蒂文生（1850—1894），英国小说家。

上的石子肯定是偶然放的。”

埃德加尔惊异地瞥了他一眼。瓦莱雷克，细高的个子，苍白的脸，迈着庄重而富有弹性的步伐跟在他后面，他一头黑发被风吹得乱蓬蓬；他那张苍白的面孔上略带点亚美尼亚型的线条似乎由于注意力的集中而绷紧了，像是在思索什么问题的答案；他的眼睛睁得很大，牙齿白得雪亮。在碧绿的大海的衬托下，埃德加尔觉得他非常漂亮。他微微一笑，转过身去。瓦莱雷克此时正在经历一个严峻的时刻。埃德加尔刚才一笑是因为他认定，青年们总有自己的什么隐衷的，对他们应该宽容。瓦莱雷克脸上聚精会神的紧张表情，使埃德加尔觉得他是那么幼稚，那么富于孩子气。

瓦莱雷克突然开口讲话了。他吐词相当流利。

“对于生死问题舅舅怎么能这么镇静？舅舅怎么能置身于我们周围发生的那些事件之外？舅舅站在被杀的匪徒的尸体面前怎么能讲繁花满枝的柑橘树？这是舅舅的力量还是舅舅的弱点？”

埃德加尔惊诧地站住了。他朝罗伊斯基望了好一会儿。提了这一连串的问题，瓦莱雷克脸颊上泛起了红晕，显然他自己也感到惊讶，他张着嘴，站在埃德加尔身边，望着他。

“你瞧，瓦莱雷克，我不回答你提出的全部问题，我也回答不了。嗯，因为我对西西里有兴趣，对死去的匪徒没有兴趣……”

“如果那不是匪徒呢？”

“如果我不认识他……我就没有兴趣。当然，还有另一面。我对人有兴趣，对人有同情心，这是真的。但是，如果我对一切都想关心，那现在会怎样呢？那我的艺术怎么办呢？艺术对于我是最重要的。”

瓦莱雷克没有答话。他们走进别墅，坐在桌边。埃德加尔发觉瓦莱雷克在嘲弄地看着他。埃德加尔本人也因为对瓦莱雷克讲过那番话而受到良心的责备。他担心，他的回答会对这个年轻人产生不良影响。

他这个人对什么事情都那么认真。

“你知道，哪里在砍树，哪里就有木屑飞。”他说。

瓦莱雷克这时正在喝茶，茶杯遮住了他半个脸。但他的一双眼睛在茶杯后面闪着邪恶的光。在这以后他们就话不投机了。

几个钟头之后他们回到了家。瓦莱雷克在驾车的时候，一直在设法擦掉亮铮铮的马车前部的一个小污点。他用手帕擦，用指甲刮，但没有能够把污点去掉。瓦莱雷克的举动使埃德加尔心烦，但到了家门口时，他还是很有感情地向瓦莱雷克告别。

“非常感谢你陪我走了一趟，”他说，“出去走走很愉快，是吗?”

“非常愉快。”瓦莱雷克说着策马而去。

二十

雅努什与约齐奥到基辅以后住在斯塔希·奇日的妈妈那里。奇日太太在小弗拉吉米尔街有一所很大的住宅，靠收房租过活。现在房客不多，尽管奇日太太有六个儿子，但小伙子们仍住得很宽敞。六个儿子中有一个不在家，他漂泊到北方，加入了道博尔军团，其余几个都在基辅。他们都有工作，早出晚归，并带回一些食物。最有意思的是，他们几个和斯塔希长得一模一样。有两个的身材高一点，另外两个身材矮一点，但彼此相像得令人发笑。奇日太太年纪不大，脸色红润，鼻子有点翘，但长得很好看。她管理这个大家庭的方法简单而得体。这种时刻做六个儿子的母亲可不是一件容易的事，但海伦娜太太很有办法，下命令时虽然语气平和，但小伙子们无不听从，而且他们都很能干。雅努什觉得好玩的是，斯塔希过去是一个能独立作战的勇敢士兵，但在家里却又成了一个“孩子”，每次吃完午饭都帮着妈妈把用过的杯盘刀叉送到厨房去。

从第三军团的驻地到基辅的路上很顺利，没有发生任何事情。他们先坐窄轨铁路火车到卡利诺夫卡，在那儿等了一些时候，因为要转从敖德萨到基辅的宽轨铁路火车。他们还到城里去走了走，约齐奥说，这是去找亲戚，因为罗伊斯卡太太的娘家是在卡利诺夫卡。但什么人也没有找到。他们在路上结识了一个年轻画家，他叫亨利·安托涅夫斯基，他从敖德萨到基辅去。这个年轻人戴黑礼帽，披黑斗篷，头发很长，人很直爽、活跃，毫不做作。他是基辅波兰剧院布景师的助手，他还请小伙子们以后到剧院去看他。无须再次邀请，约齐奥和雅努什一到基辅就成了剧院的常客。他们并不经常看戏，而是到后台找亨利，陪着看排演，从远处观察雅拉奇或奥斯泰尔瓦等大演员（他们此时正好在基辅）。约齐奥还认识了一个年轻女演员哈莉娜·韦切尔，向她献殷勤。他们常到杜姆斯基广场的糖果店喝咖啡，吃点心。雅努什到那里去仅仅是为了寻求刺激。他喜欢在演出时到后台去看工人搬道具，甚至还有几个工人朋友。有一个木匠兼电工助手，发明了用一柄特制的、可以收之入鞘的剑调节舞台照明的办法。他姓马韦克，是华沙人，在后台时喜欢给雅努什讲自己年轻时的故事，讲他曾参加过格热包夫斯基广场的游行示威等等。约齐奥一出剧院就同哈莉娜走了，雅努什往往是独自在美丽的春夜里步行回去。他从来没有感到像现在这样孤独。他在回家的路上经常想到像这个木匠这样单纯而善良的人，想自己也这么单纯就好了。他想起弗瓦齐奥·索班斯基，情不自禁哼起了第三军团时的那首歌“打仗真是其乐无涯”。

但雅努什最喜欢在后台同亨利聊天。奇怪的是，当安托涅夫斯基忙着搬布景和调节灯光的时候，他俩还能热烈地谈论艺术。在表现扎波尔斯卡[①]的杜尔斯卡太太的房间和《那一个》中的小酒店的布制布景里，亨利彻底否定现代艺术，骂得唾沫横飞。他还有自己一套特殊的理论，认为雕塑对绘画产生了有害的影响。他认为拜占庭的绘画和腊万纳[②]的镶嵌艺术才是纯粹的艺术，而雕塑则使绘画走向堕落。对安托涅夫斯基的论点，雅努什有时同意，有时不同意。不管是什么情况，他对亨利在艺术问题上表现得如此冲动感到惊讶。埃德加尔谈到自己的音乐时总是很平静，甚至有点冷淡，而这位新结识的画家却把自己全部冲动的感情都发泄到假想的对手身上。

有一次，亨利把雅努什带到剧院阁楼上他的小房间里去看他的画。雅努什对那些画很失望，因为画的全是一条条五光十色的彩带，有的像火焰，有的像领带形状的布条。雅努什管这些“画”叫领带，并且一直这样叫了下去。安托涅夫斯基对这个绰号并不介意，而且自己也开始使用这个名称，把它看作是抽象画的“技术术语”[③]。雅努什在进行了这类谈话之后，回到奇日太太家里的感觉又是多么不同啊。这里，任何与家庭日常生活无关的事都被看作是愚蠢的，毫无意义的。斯塔希·奇日完全不理解雅努什为什么对绘画和戏剧有兴趣。他把时间都花在别的事情上去了，雅努什猜想他又在做离家的准备。雅努什提到有可能回华沙去时，安托涅夫斯基的表情是模棱两可的。

“等一等吧，”有一次他说，“我们在这里大概还有几场戏要唱。”

雅努什开始不安地等候“戏”的开锣。

他没有等多久。一天晚上，他在看《那一个》演出。他走到观众席，想要再欣赏一下扮演卡皮坦的雅拉奇的精彩表演。在第二幕中间，

---

① 扎波尔斯卡（1860—1921），波兰著名剧作家。杜尔斯卡太太是她的剧作《杜尔斯卡太太的道德》中的主人公。

② 意大利北部古城名。

③ 原文是拉丁文。

亨利走进观众不多的剧场，坐到雅努什旁边。

“你不知道约齐奥在哪里吗？”他问。

“我想他在后台。”雅努什低声说。

“你看完这幕以后出来吧，我在剧院门口等你。”

“有什么重要事情吗？”

“非常重要。过两个钟头我就要走。”

“去哪里？”雅努什随口问道。

亨利把一个指头放在嘴边，悄悄走出剧场。

韦切尔小姐扮演一个不幸的年轻姑娘。虽然在吐字方面还有某些缺陷，但演得质朴动人。雅努什想到约齐奥正在后台时，不禁会心地一笑，爱尔日别塔已被置诸脑后了。雅努什联想起阿丽亚德娜，她是否也被置诸脑后了？很可惜，没有。在最初的那一刹那，他觉得这是个沉重的负担，但片刻之后，他又感到这是一种莫大的幸福。雅努什还没来得及集中思想看看舞台上的表演，幕布就已经落下来了。他三脚两步走到后台。约齐奥背靠一件木制的道具站着，正在跟哈莉娜说话。他喊了一声约齐奥，两人抓起帽子下楼去了。街上，路灯光和春天暮色中的余光交织在一起。约齐奥还没来得及问雅努什有什么事，他们就看到了安托涅夫斯基。他拉着他们俩沿着梅林戈末卡大街向前走了一段之后才说：

“你们知道吗，哈莱尔[①]率领喀尔巴阡第二旅开到这边来了，准备同俄军会合。他们现在离这儿已经不远，就在基辅西南面。他们号召波兰士兵和军官参加他们的队伍。你们去吗？”

约齐奥当即答道：

“我们去。”

---

① 哈莱尔（1873—1940），波兰将军，曾任波兰军团第二旅旅长，毕苏茨基的政敌。

“但要快。三个钟头之后在开往沃迪查大森林去的那路电车的终点站集合。除我们三个之外，还有两个……”

“斯塔希·奇日可以同我们一起去吗?”

“你们得马上到弗拉吉米日斯卡雅街去，穿着不要惹人注目。德国人或马泽平分子①可能抓住我们。此外，你们还要做好走远路的准备……以及打仗的准备。”

“我们可以带斯塔希·奇日去吗?”约齐奥又问。

“好吧，你们带他去吧，但责任要你们负。”

雅努什没有吱声，在回住所的路上他一直沉默不语。他不明白，他们要干什么。哈莱尔想的是什么？要干什么？同德国人打仗？还是……这一切意味着什么？还有一个老问题：这件事会使他离阿丽亚德娜更近还是更远呢？不，他一刻也没有忘怀这个姑娘，没有忘怀她瘦小的身躯。

听到小伙子们要走的消息后，在所有的人中，奇日太太表现得最为镇定。他们回来时她已经躺下了。她赶快披上一件家常罩衫，为他们准备上路的东西。她毫不犹豫地同意斯塔希走，但要他把必要的东西都带着。

“不过东西也不可带得太多，”她说，“要不以后就成了累赘，到时候还得扔。”

她在面包上涂上猪油，然后用绒布包好。

这时，斯塔希跑到他们上面五楼去找一位姑娘。过了一会儿，他把那个姑娘以及她的母亲和奶奶都带来了。老奶奶怀里抱着一个画在一块小洋铁片上的圣母像。奇日太太甚至高兴地大笑起来。

“老奶奶把您的全套宝贝都带来了?”她问。

---

① 乌克兰民族主义分子的团体之一。

“哎，应该这样，”颤颤巍巍的老太太有点不好意思，“他们是要去打仗啊！”

“您说得对，”拿着菜刀的奇日太太突然停了手，“可我好像是送他们去旅行。”

斯塔希的一个弟弟也想去，他们没有同意，因为没有得到亨利的许可。他们走出房门的时候，雅努什发现奇日太太惴惴不安的目光正落在斯塔希的脸上。他想起没有人给自己送行，不过这只是一刹那间的念头。

夜，寂静而深沉。飘浮的乌云不时掩住明月。他们踏在人行道上的脚步声听起来很响。到沃迪查大森林的电车已经不开了，他们不得不一直沿着电车轨道向前走。出城的时候，他们走到暗处，并一个一个地通过有巡逻队的地点。不过没有人找他们的麻烦。

他们迟到了一会儿。安托涅夫斯基身穿全套军装在电车站上等候。只是他长长的头发和头上的贝雷帽还像个平民。他们得步行四公里到一个村庄，亨利的几个熟人就住在那里，然后从那个村庄坐大车出发，渡过第聂伯河后再一直向北进发。哈莱尔的部队在三月份就在古夏季纳附近通过了兹布鲁奇，也在朝第聂伯河的方向进发。目前德国人任他们自由通过，完全没有阻挡。这个旅正常而不受干扰地通过村庄和城镇，参谋部的军官们忙于接待从四面八方拥来的波兰士兵和军官。

四个年轻人在深夜时分才到达森林边上的那个小村庄，十分困乏。村庄的南面和西南面都是一马平川。他们穿过村庄，在离村庄约一公里处找到了一个大农舍，雪白的墙壁在夜里也闪闪发亮。浮云把月亮全遮住了，但空中弥漫着铅色的曙光，在所有的物体上洒下了一片磷光似的色彩。天气很凉，他们背包上结了一颗颗露珠。他们走近农舍的时候，雄鸡已经啼过两遍。黑夜就要过去了。

亨利对这个地方非常熟悉，好像是在这里生长的。一条狗吠了几声，但画家使它安静了下来。他走进了一座小园子，敲了敲窗扉。门很快就开了，门口站着一个穿白衬衫、拿双管猎枪的魁梧男子。

“是我，”亨利说，“我还带来了三个人……这次我自己去。”

“好，”主人说，“你们进屋吧，天黑前睡觉，现在白天不能走。”

“为什么？”

“不用问了。”看林人阴沉地说，一边用手搔脑袋，“噢，进屋吧，外面凉。天已经亮了。”

四个人一走进看林人的屋子就感到火炉的热气，闻到面包酸甜的香味。这里大概刚烤完面包。屋里有一盏暗淡的小煤油灯。

“你们三个上床吧，”亨利说，“你们可以一直睡到中午，我还得跟看林人谈谈。”他拿着灯走进了另一个房间。

伙伴们摸着黑解下了背包，脱掉衣服。雅努什坐在床上，靠从窗口透进来的微光，他看见斯塔希跪在床前做祷告。

“这是一笔多么大的财富啊！”雅努什想，“他有母亲和上帝。”他在约齐奥身旁躺下，给斯塔希腾出一小块地方。但他没有睡着。那两个睡意蒙眬地谈了几句话，很快就均匀而大声地打开呼噜了。雅努什睁着眼睛望着四周的一片黑暗。忽然，他看到快要熄灭的火炉那边的门开了，阿丽亚德娜走了进来。她神情悲怆地走到他跟前，把手放在他的额上。他大喊一声——这时他发现自己是睡着了，刚打了个盹儿。窗外已经亮了，现在真的再也睡不着了。

傍晚时分他们才上路。看林老头儿原来是个健谈的人。他赶着一辆由一匹马拉的小运货马车，载着四个小伙子沿着只有他自己才认识的道路朝前走；他唠叨个不停，不时用鞭抽打那匹懒洋洋的小灰马。这是森林里的一个美丽的五月的傍晚。蓝色的微光照在下垂的槲树枝上，向上反射，或是远远地折射到松树林那边汇集起来。远处平坦的原野不时隐约地出现。他们一直沿着森林边缘走，路上没有村庄，直到深夜他们才出了森林，走到一块空地上，沿着一条非常宽阔、满是辙印的公路边缘前进。夜间的凉意大概对小灰马起了刺激作用，它跑得轻快多了。看林人还在讲打猎、战争、枪支，但间歇的时间越来越长。雅努什背靠看林人的座位侧躺在车里，斯塔希·奇日和约齐奥躺在他旁边。亨利蜷缩在车后，两腿挂在车外，不时抬头仰望天上的星星，仿佛在问什么，茫茫的黑暗中显露出他模糊的侧影。虽然大家都睡足了，但这种气氛仍然使人昏昏欲睡。他们偶尔也交谈几句，但接着又是沉默。车子走在坑坑洼洼的路面上，颠簸着，摇晃着，看林人不断挥动鞭子。雅努什也顺着亨利的目光眺望星空。他很久没有这样仰望天上的星星了。浩瀚的太空全部展现在草原上方，在路上行进的马车，仿佛正在驶向星际空间。雅努什直接感受到宇宙的无边无涯，不禁有些头晕目眩。

约齐奥也仰望着星空。

“你瞧，”他忽然对亨利说，“这是任何一个画家也画不出来的。”

“也是任何诗人都描绘不出来的。”雅努什加上一句。

亨利的身子向后一仰，他现在已是毫不掩饰地眺望星空了。

“绘画并不在于重现自然，”他突然说，“我希望你们懂得这一点。”

“是的，这我懂。”雅努什似乎不高兴地咕哝了一句，“不过……法国印象派还是力求表现外部世界。”

“这不过是你的感觉罢了，”亨利说，“其实每个画家只是画他自己。每个作家也只是写他自己。”

“我不同意这个看法，”雅努什连忙反驳，“每个艺术家都在寻求真理。”

“算了吧!”安托涅夫斯基哼了一声。

从某个时刻起，一股股带着寒意的气流挤走了温暖而芳馨的空气。草的气味越来越浓烈了，仿佛从远方涌来了一股水的凉意。地平线上——不仅是东方——逐渐在变换颜色，小伙子们的脸也变成灰蒙蒙的了。

“寻求什么样的真理呢?”亨利又捡起了话题。

“真理只有一个，就像星星，就像爱情。”雅努什说，自己对这话也感到意外，他满怀憾意地想，这句话里包含的感情太强烈了。他本不愿这样说的。

他们默默无声地走了一段路。此刻他们正沿着大路往下走，走到一个蓝色的、还很幽暗的谷地，草的气味就是从这里发出来的。车子旁边嗖地飞起一只云雀，欢叫着，朝着灰蒙蒙的、晨星寥落的天空冲去。小伙子们把大衣裹得更紧了。

“你瞧，”亨利慢条斯理地说，一面把掉到额上和眼睛上的头发掠了上去，“我相信艺术。”

“不错，”雅努什说，他觉得亨利的话有点幼稚，“可我相信生活。我们的生活总得给人一点什么东西……”

“什么东西?”约齐奥突然开了口。

“道义上的某种教训。”

“对于谁?”亨利不乐地说。

“对于大家，对于我们，对于其他人。你瞧，你相信艺术，想从事绘画……而且是画自己！然而现在却同我们去打仗……这大概不是徒劳无益的吧?”

“但愿如此。”约齐奥含糊地说。

“从这里可以获得画家的灵感。”安托涅夫斯基叹了口气说。

“不错，可你不仅是自己去，而且还组织我们去。这难道也是为了得到画家的灵感吗?”

“应该这样做……”

“可为什么应该这样做? 问题正在于此。不过你回答不了这个问题。”

大车驶进了一个洋溢着草原气息的谷地，这里弥漫着一股凉意和黎明前的雾霭，接着又缓缓上升，沿着这条宽阔的大道，曲折地向谷地另一端驶去。天亮得很快，小山丘已经全部照亮了。他们爬上山顶的时候，看林人忽然勒住马，停下车。他提起鞭子指着前面说：

“呃，他们来了！”

小伙子们立即向前望去。他们刚爬上来的这座小山的另一面要陡峭得多。从他们站脚的地方可以看到洒满夏日晨光的宽阔、平坦而辽远的平原。这个平原眼下还同灰暗的地平线以及晨星寥落的天空连成一体。山下不远处，在横向的路上，有一支部队在前进。从山头上看，这行列宛如一队大蚂蚁。士兵、战马、车辆排得密密麻麻，但看去很清晰。刺刀不时在士兵头上闪亮。士兵行列的间隙处，有时还可以见到大炮。这支队伍从黑夜里走出来，接着又进入到阴暗的深处。

二十一

车子驶到山下，小伙子们同正在前进的队伍会合了。从近处看，士兵们的模样儿要好一些。这是一个明亮的清晨，什么东西都沾满了露水。谁也没有注意他们。大约走了一公里左右，才过来一位骑马的军官。

“往哪儿走？往哪儿走？”他老远就喊，“你们往哪儿走？”

“中尉先生，他们是来参军的。”看林人说。

“你们怎么不早一点儿来？”中尉喊道，走近了几步，“现在我们把你们怎么办？”

“我们到最近的一个驻地去。”亨利喊。

中尉耸了耸肩。

“真是魔鬼派你们来的！我们已经慢得像乌龟爬了。”

同中尉谈过话之后，把大车和士兵们隔开的那道无形幕布似乎拉开了。士兵们马上把车上的人团团围住。队伍确实走得很慢，有时还从前面传来喊声，干脆叫队伍停下来。士兵们利用这个机会不停地问他们：“你们打哪里来?”“离基辅有多远?”“看到了德国人吗?”“你们会什么?”等等。

看林人答话最多。亨利也从车上跳下来，摘掉贝雷帽，把头发一捋，用手擦了擦脸，似乎要把夜间的幻想抹去。他的眼睛——刚刚研究过星空的眼睛——变得锐利起来。他望着问话者的脸，也向他们提问题。无论对于新来者还是对于那些士兵，情况都不很明朗。这样能弄出什么名堂来吗？将军会把他们带到哪里去？士兵们重复着传单以及哈莱尔和日米耶尔斯基①演说中的词句——当然都是讲打德国人的。但仗已经打了很久了，人们已开始考虑它何时能够结束，何时能够回家。然而，现在不是朝家走，而是朝截然相反的方向走。当然，应该打德国人，但以后怎么办?

约齐奥把头伸到大车的挡梯外面，同在车旁走着的几个士兵随便聊天。一个是高个子、表情虔诚的大胡子兵，另一个是小个子，动作敏捷，长着一张像月亮一样的圆脸，他叫卢德维希，笑起来像个孩子；第三个面目清秀，体格强壮，长着个罗马人的鼻子，善意地望着这几个“志愿兵”。他们一开口就谈本行。士兵们告诉约齐奥，他们在路上走了几天，他们怎样在拉兰查②突破奥地利军队的包围，他们的辎重怎样，伙食怎样，队伍里有多少门大炮，哈莱尔和司令部现在在哪里，

---

① 日米耶尔斯基，波兰元帅。第一次世界大战期间曾在波兰军团服务。1927 年被排挤。第二次世界大战期间曾任人民军司令。

② 乌克兰的一座小城镇，1918 年波兰军团曾在这里同奥地利军队作战。

等等。约齐奥则告诉他们俄国军队的训练情况——然后他们又议论起奥军和俄军装备上的区别和优劣来，评价这两支军队炮兵的实力。说到机关枪问题时，他们已经一直不停嘴地说到了中午。卢德维希，特别是那个眉清目秀的弗兰内克——他是塔尔诺布热格[①]来的农民——都成了约齐奥的好朋友。

队伍走到离卡涅夫[②]几俄里的一个村子里停下了。很清楚，哈莱尔准备渡过第聂伯河，而德国人是否让他们渡河，这是整个行动成败的关键。司令部设在东正教教堂附近的一所小房子里，新兵接待处设在学校里。小伙子们到那里去时遇到了十几个年轻人，有的等着报名，有的已经分配到了具体单位；他们之中有的人握着奥式步枪，枪上插着匕首形状的扁平刺刀。期塔希·奇日还碰到了他在基辅波兰体育协会足球队的伙伴。

校园里摆了两张木头长椅，报名的人坐在那里等着。有各式各样的年轻人：有从波兰内地来的，有边疆来的。他们不无讥讽地谈论着哈莱尔的“奥地利式的”士兵。看林人同坐他车的小伙子们告了别，上路回家去了。司令部和办公室的下级军官们在发放枪支、分配单位和登记工作方面做得很不利索，给人一种混乱的印象，因此等候的时间拖得很长。午休的时间尽管那么长，但午饭却连个影子也看不见。正午已经过去好一段时间了，大概已经到了下午两点，看林人的小灰马和大车又折回学校。亨利跑上前去，看林人从座位上俯下身子，神秘地低声说：

“我们被包围了。我回不去了。”

“怎么，被包围了？”

---

① 波兰的一座县城。

② 乌克兰的一座城市，1918 年 5 月波兰军团曾在这里同德军作战。

“德国人跟上来了，现在他们谁也不放过去。”

与此同时，一个气喘吁吁的中士跑进学校。从办公室里马上奔出几个军士，把“已登记的”志愿人员带走了。那些尚未登记的，站在学校门口不知如何是好。雅努什走进过道，朝办公室里望了一眼，里面一个人也没有。

教堂的神父住宅离学校只有几步远。现在那里就像被捅了的蜂窝那样热闹。通信员、副官、军官跑进跑出，使得这蓝色房子的矮门显得拥挤不堪。

斯塔希·奇日、他在球队的伙伴——一个外号叫“皮善萨”的大个子后卫、瘦弱的赫罗尼姆·多布任斯基以及雅努什和亨利站在学校前面不知所措。约齐奥跑到司令部那边看热闹去了。

看林老头儿把马赶到学校后面的小车房去了，回来后对亨利说：

“没有办法，我只好在夜晚试试看。路我比他们熟悉……”

这时，司令部门口暂时没有人，一个高个子军官快步走了出来，他没有戴帽了，淡黄色的头发，圆圆的头。他看到了约齐奥。

“你是谁?”他问。

“志愿兵罗伊斯基。”他回答的声音太大了点，“过去是俄国军队的中尉。”

“中尉先生，”高个子司令部参谋对他说，“您到村子的那一头去一趟，上尉克尼亚杰维奇在倒数第二个房子里。告诉他马上到这里来。”

“是。”约齐奥行了个礼，来了个向后转，然后急步向前奔去。司令部参谋回屋子去了。

亨利面带微笑望着雅努什。

这时远处传来了零乱的枪响，接着是一阵有规律的炮声，然后又都沉寂了。士兵们纷纷从各农舍里跑了出来，在村子里的主要通道上站成两排。谁也没有记起在学校门口还有几个小伙子。“皮善萨”和奇日东奔西窜，他们在学校的一个偏僻角落里找到了惊慌失措的教堂侍奉和他的妻子，从他们那里弄到一个烤得很好的大黑面包和几块酸黄瓜。小伙子们坐在校园的树下，嚼着这些食物。透过学校那残缺不全的、长着些小灌木的围墙，可以清楚地看到司令部的门。一个人也没有到那里去，约齐奥也没有露面。

一辆汽车嘟嘟地响着，开到了司令部门口。汽车踏板上站着一个哈莱尔的军官，他是站在那里指路的。从车上下来了四个德国军官，头上戴着银光闪闪的新军帽。他们同那个指路的军官匆匆走进了司令部。校园里的小伙子们匍匐在地上，向围墙那边爬去，目光一直不离神父住宅的矮门。看林人也在这里，激动得喘着粗气。

不到二十分钟，德国人从屋子里出来了，他们一言不发地上车走了，这次没有引路的。司令部的参谋跟着出了门，手里拿着佩刀和军帽，在两排灰色的长队伍前跑着。

“立正！立正！”随着他们的跑动，队伍里响起了口令声。

队伍一动也不动，刺刀排得像一把梳子。

这时，神父住宅的门口走出一个矮个子军人，黄脸、黑胡子。门很低，但门槛很高，那个佩戴上校肩章的军人跨过门槛时有些吃力。他的腿有点儿瘸，拄着一根一端弯曲的普通手杖。先是他一个人出来，后面跟着那个把约齐奥派走的高个子上尉，还有几个副官。

“这就是哈莱尔。”看林人悄声说。

小个子上校步履维艰地从灰色的队伍面前走过。小伙子们只看见他那略带红色的手杖。他停了下来，开始讲话。

天空一片蔚蓝，云雀在空中欢唱，教堂侍奉的女儿畏畏缩缩地走出来打水。虽然已过了正午，这年特别多的五月金龟子仍在树叶丛中吱吱地叫着，到处乱飞。远方不时传来枪声。哈莱尔沿着村子向前走，一直走到队伍的尽头。与此同时，军官们把近处的士兵带走了。最后牵来了给上校和他的随从准备的马。还有一部分队伍驻扎在较远处，他们骑马到那里去了。这时太阳已经偏西。

雅努什又等了一会儿，然后去找约齐奥。他沿着村子的主要通道向前走去，路两旁是用树枝编的篱笆，图案编得很好看。白色的农舍里一个人影也没有，不过偶尔可以看到个别农民或农妇在喂马。大车停在院子里，没有套马，车上装着包袱、面包、燕麦袋。哪里也不见约齐奥。

一直走到村后，他才发现有几个军官站在十字架下，正在用望远镜瞭望。约齐奥也在他们中间。他看到雅努什走过来，便对他招了招手。雅努什朝他走去。

“来！来！”约齐奥对他喊道，“这是一个很好的观察点。德国人离这里不远。”

雅努什望了望他们刚才进村的路，但路上什么也没有。太阳照着那条宽阔的大路，单调的田野一直伸展到远方隆起的地平线。由于天气炎热，空气显得雾腾腾的。低矮的、还没有抽穗的黑麦在风中像波浪一样摆动，在一片寂静中发出沙沙的声响。

骤然从远处传来的低沉炮声打破了寂静。还可以听到炮弹的呼啸声，接着又是一声沉闷的巨响。约齐奥放下望远镜说：

“开始了。”

军官们退走了，约齐奥和雅努什坐在十字架下。雅努什双手抱膝，两眼望着草原。暮色降临了。

炮声有条不紊地响着，形成一种音乐节奏。约齐奥非常激动。这时机关枪也响了。

“你知道吗？我觉得，”他说，“我好像是第一次打仗。”

“已经交火了吗？”雅努什问。

“这不是交火是什么？”约齐奥耸了耸肩，过了一会儿他又说道，

“这大概是因为……该怎么说呢？因为这是我们的第一个战役。我们自己的战役……”

“怎么是自己的战役？”

“波兰的战役！我们自己承担的战役。”

“这还不都是一码事吗？”

“不过这一切总有自己的目的呀！”

“为了打德国人？对不对？”

“当然是这样，你终于……”

“我们大概要被打垮吧？”

“这一次肯定会被打垮。但这不是最后一次。”

“也不是第一次。难道说战争就是最重要、最符合人性的东西吗？”

“比起亨利的艺术来，它大概是这样。”

“噢，可能是如此。亨利自己也参加战斗，就更说明问题了。哦，他来了。”

亨利从村子里跑了过来，径直跑到十字架下，他对扛机关枪的四个士兵喊道：

“这里！这里！……”

他下令把机枪架在十字架周围的四棵灌木之间。约齐奥怒气冲冲地说：

“这里一点儿也不隐蔽！喂，你疯了吗？人家一眼就看得出这里是机枪巢。你根本不懂。”

“机枪一定要架在这里！”亨利喊道，脸都涨红了，“你明白吗？”

“他们会把我们搞掉的！”约齐奥喊。

“你可以离开这里，没有人命令你待在这儿。”

“根本就没有人命令我干任何事。”

“那你还在这里乱窜干吗？”

雅努什发现他们都在高声吼叫，这时他才听到一阵连续不断的炮声。他朝草原上一望，突然看见远处有一些小小的人形列成散兵线跑着、伏下。有的人从地上一跃而起向前奔跑。雅努什已经能够辨出子弹的嗞嗞声了，有几颗子弹正从他头上飞过。一个满面通红的军官跑过来，蓝色的军帽下露出蓬乱的黑发。

“开枪！开枪！”他喊道。

“天呀，简直乱成了一团！”约齐奥对雅努什说。

这时十字架下的机枪响了，雅努什好奇地朝那边看了看，与此同时，约齐奥突然两腿一弯跪了下来，像舞台上的演员那样头朝下，慢慢地栽倒了。雅努什一个箭步冲到他跟前。约齐奥竭力想站起来。

“帮帮我，”他说，“我腰部中弹了。”

亨利也来了，两个人扶起了约齐奥。约齐奥脸色苍白，双唇紧闭。但看不见流血。

“走吧，走吧。”雅努什说。

他们扶着约齐奥向村子走去。约齐奥起初还能走，甚至说：

“我一点儿也不觉得疼。”

可一会儿就迈不动步子了。他们几乎是架着他走。这样走到了第一家农舍。院子里放着一大堆刚割下来的碧绿的苜蓿。他们把约齐奥扶到那里，其实是抬到那里，因为他的腿已经不能动弹了。他忽然轻轻地呻吟了一声。

雅努什抬头一看，他看到，确切地说是觉察到死神之手在朋友的脸上缓缓地移动。先是嘴僵硬了，接着是鼻子削尖了，眼睛还朝前望了一会儿，表现出惊恐的样子，以后就变得跟玻璃一样，不动了。额角逐渐变黄，最后也失去了生机，唯有额上的一绺淡黄色的头发在春风中飘动。约齐奥像根木桩那样倒在碧绿的苜蓿堆上。

第三章　华　沙

一

这年夏天天气虽然特别好，可是很少有人离开华沙外出；而已经离开华沙的人一般时间又都较长。所以阳光普照的街道空荡荡的，行人和车辆都很少。雅努什住在比林斯卡家楼上的一个小房间里，过得很不错。跟姐姐见面的机会很多，但跟也是住在布拉茨卡街的老比林斯卡公爵夫人见面的机会则较少。使这里有些家庭气氛的，一个是泰克拉·别夏多夫斯卡，她管理全部家务；一个是老斯坦尼斯瓦夫，他从曼库夫卡经过基辅和布列斯特逃到华沙之后，就在比林斯卡家住下了，这样他又回到了战争时期抛别了的老家。布拉茨卡街的这座府邸前面盖了一幢很大的多层公寓，这很实用，它不仅是巧妙地挡住了这座贵族私邸，而且可以获得不少房租收入——虽说当时已经实行了“租房人保护法”。然而更重要的意义却在于，它为濒于破产的老公爵夫人，为她受过乌克兰悲剧折磨的儿媳，为她逐渐长大的漂亮孙儿阿罗提供了一个藏身之所。戈翁贝克夫妇在恰茨基街有一所宽敞的住宅，罗伊斯卡太太从普斯泰翁基到首都来的时候一般都住在他们家里。这一年夏天她在戈翁贝克家住了很久，还没定什么时候回去。瓦莱雷克也住在戈翁贝克家里，起初他曾想报考大学法律系，可如今却在军队里服役。

雅努什在这段时间里结识了一个青年法学家海鲁宾·科韦什科。他同父母一起住在新城玛丽亚教堂旁边的一所小房子里。海鲁宾是戈翁贝克家的老熟人，雅努什就是在奥拉那里遇到他的。海鲁宾的父亲是教堂的管风琴师，因此得到一个公务住所，就在安娜·玛佐维耶茨卡公爵夫人办的养老院的二楼上。这是老式的一排大而低矮的、门对门的直通房间，里面摆着几件老式的家具。海鲁宾的房间在这一排房间的尽头，得穿过整个住宅才能到他那里。他房间里摆满了书籍，褪了色的糊墙纸上用大头针别着各种奇形怪状的剪报。房子的外墙爬满了野葡萄藤，它的枝蔓垂挂在小小的窗户上，因此，光线好像是透过一层绿色的网照射进来的。雅努什在这房间里一待就是好几个钟头，听海鲁宾的独白。

这位年轻的法学家在一定程度上也是个诗人，因为他也写一些讽刺诗。他的名字和他的外表绝不相符。[①] 他又高又瘦，不修边幅，歪鼻子，凹嘴巴，相貌奇丑，但他的才智和幽默却具有不可抗拒的魅力，也正是这一点把雅努什吸引住了。雅努什有时也敢以自己幼稚的看法来顶撞海鲁宾机智的高论。

“奇怪得很，”有一次他对海鲁宾说，“华沙使我感到忐忑不安。”

这是这个美丽的夏天中七月初的一个阳光灿烂的中午。

海鲁宾思索了片刻，然后用他锐利的目光扫了这个新朋友一眼。

“老实说，我不明白您的意思，”他说，“您指的是什么？”

---

① 根据《圣经》，海鲁宾是司知识的天使，很美。

雅努什微微一笑。他现在养成了用微笑来给自己打掩护的习惯。他觉得这是对付别人刨根问底的好办法。

“您看，”他避开了科韦什科的目光，“我虽然是一个纯粹的波兰人，但对于华沙却缺乏精神准备。我不很理解这个城市，说实在的，也不太喜欢这个城市。一方面，它在各个方面的规模比起所习惯的规模来都显得太小；另一方面，这里的人很机敏，使我感到自己很蠢很笨。譬如说您，就使我感到胆怯。”

海鲁宾露出一种胜利的微笑。

“您瞧，你们都是这样……你们是从东部来的，这就是原因之所在！”

雅努什把脸转向窗口。过了一会儿，他在这个大房间里来回走动起来。

“我觉得，”他略带点忧伤地说，“您这句话恰好证明您对整个问题不甚了了。对不起，”他看到海鲁宾不耐烦地扭动了一下身子，补充说，“我不想使您生气！但您确实不明白。我刚才说到的规模，指的是我们波兰问题的范围。我感到，华沙对这个问题的看法不正确，甚至像您这样的聪明人都持有这种完全错误的看法。您甚至不清楚我们此刻谈论的是什么问题。而我也无法把它说得再具体了……”

海鲁宾耸了耸肩膀。

“您大概不想得罪我吧。”他说。

雅努什仍在房间里走来走去。他从科韦什科最后一句话里听出他有些气恼。

“海鲁宾先生，”他停下脚步，“您别把我的话放在心上，您别太认真了。简单地说，我在这里感到陌生。”

“您到华沙已经一年半了，还不习惯吗？”

“还不习惯。这您也看到了。”

“您在干什么?”

“什么也没干,”雅努什又在房间里走动起来,“我什么也没干。我想了解一下人,了解一下政治……我报考法律系,四项科目都通过了,但您知道……现在的大学……”

“您想做什么?”

“我不敢对您说,因为您又会说这是东方影响。”

海鲁宾大笑起来。

“真的,”他说,“我不理解您……可能正因为如此,我对您发生兴趣……”

“不胜感谢,”雅努什淡淡一笑,“我说出来时,您可别从椅子上摔下来。我要寻求真正的人。”

海鲁宾说:

“这倒是新鲜玩意儿。你可得花时间去找了。”

过了片刻,他又加上一句:

“您为了什么而这样做呢?”

“我想,这能使我的生活有所附丽。真正的人……您能想象他是什么模样吗?”

海鲁宾又微微一笑。

“恕我冒昧,”他说,“您多大了?”

雅努什既不笑也不气恼地回答说:

“二十四岁。我是在一个富有的地主家庭里长大的。”

“噢,这会得到报应的。”科韦什科嘲弄地说。

“我知道。但我经历过不少事情:父亲的惨死,革命,敖德萨的斗争,波兰军队,卡涅夫的战役……我在基辅见过只穿一条衬裤的哈莱尔,他必须换装,结果套上了我的朋友斯塔希·奇日的一条裤子……这恐怕算得上是经历吧?一句话,生活不是没有给我苦受。”

“给了您女人吗？”海鲁宾忽然问。

雅努什红了脸，话到嘴边没有说出来。

但是他下决心要坦率地谈下去。

“真的，”他微笑着说，“我接触的女人太少。”

“您瞧，这才是最重要的哩。”

雅努什从这句话音里听出的不是虚假——因为这话是以开玩笑的口气说出来的——而是想避免作出正经的回答。这种情况在同海鲁宾谈话时发生过多次。只要一接触到雅努什认为是真正重要的问题时——虽然他表达得很幼稚——海鲁宾总是以开玩笑的口吻、渊博的学识和老生常谈的话来搪塞，问题的全部严肃性也随之烟消云散，剩下就只有微笑了。这就是他所谓的华沙的东西。说实在的，他到这里来抱有一个明确的目的，他认为海鲁宾是个很聪明的人，能够回答他一个时期以来冥思苦索的问题。关于女人的玩笑使这个问题转入了另一条轨道。阿丽亚德娜的形象又清晰地浮现在他的眼前，就像是他在卡涅夫林中小屋里梦见的那样。他早知道，阿丽亚德娜在巴黎，但当时连正常的邮政联络都不通，更不用梦想到巴黎去了。只有参加凡尔赛和会的政府官员或外交官等少数几个幸运儿能到斯帕[①]和巴黎去。半年前，雅努什曾通过姐夫的表妹带去过一封信，因为不知道具体地址，只好写给“白俄委员会”，但至今没有收到回信，因此他想，那封信没有转到阿丽亚德娜手里。

谈话中断了一阵子。海鲁宾面带笑容地望着雅努什。

“您是在回忆吗？”他问，点燃了一支烟。

一个衣着寒酸的小伙子戴着一双白色的线手套用托盘端来了咖啡和点心。这时在华沙还很难买到咖啡。但海鲁宾爱讲排场，小仆人的

---

① 比利时休养胜地。

白手套也是出于这个原因。雅努什笑吟吟地想起比林斯基家，甚至罗伊斯基家的大宴会[①]，心里想：

“孩子，假如你见到那种场面，你的眼珠子恐怕都要掉出来了。”

当然，“孩子”指的是科韦什科，而不是小仆人。雅努什发现，原来自己瞧不起这位新朋友。既然如此，他对这个或那个问题的评议又有何意义呢？

海鲁宾倒咖啡的时候，向站在门口的仆人瞪了一眼。雅努什从他的目光中看到一股怒气，不禁暗自吃惊。但他不愿责怪任何人。

“你滚吧。”科韦什科相当不客气地把小伙子赶走了。

屋子里响起了簧风琴轻悄的声音，海鲁宾的父亲在弹一支什么风琴曲。儿子听到这声音似乎有些不悦。雅努什想起了父亲的自动钢琴。啊，那时他是多么恨那声音呀！真不该恨。

他伸手拿起一块点心，说出了一段连他自己也没有料到的话：

“您瞧，您可能又会把这叫作东方影响。但我是带着一个问题来找您的。我不大想去参军，您认为这会怎么样？”

雅努什看了看主人，马上就感到不该提这个问题。至少海鲁宾的表情似乎是说明他在想：“我一辈子也忘不了你这个问题。”只见他双唇紧闭，使得他的嘴更为下凹，鼻子拉得更长，锐利的目光望着前面。雅努什明白：这已经不是少年时代的友谊了。在这里不能倾诉自己所思考的一切，确切地说，不能倾诉自己最为关注的一切。他不是约齐奥·罗伊斯基，甚至不是弗瓦齐奥·索班斯基，甚至也不是埃德加尔（“为什么这么久没见到埃德加尔？”他想）。这不是交谈，而是耍手腕。题目、问题、事情都要严加挑选。这是成年人之间的谈话，西方人的谈话。他觉得，对华沙而言他是太单线条了。在沉默的片刻间，在海

---

① 原文是法文。

鲁宾给他倒了第二杯咖啡，再次递给他点心和烟的这一段时间内，雅努什已经完全弄清楚了科韦什科原来也不想去参军，但这个决定只对他本人适用。他认为——无疑是正确的——自己是个例外，要他去当个志愿兵太委屈了，他的幽默、学识、才智太可惜了。但他又认为这个决断非同一般。雅努什领悟到，对于海鲁宾来说，他不过是芸芸众生中的一分子，一个微不足道的人，他的命运跟他海鲁宾毫不相干。

“我怎么对您讲呢？”海鲁宾过分起劲地搅动杯子里的糖，“谁也不能代替别人作决定。但我觉得，像您这种情况，人们真的会对您有看法的。现在大家都去参军……”

“大家都去？”雅努什说，一转念又感到自己失言了。

海鲁宾又不耐烦地扭动了一下身子。

“当然，不包括贝伦特[①]和米里阿姆[②]……您能想象穿上军服的米里阿姆吗？”

于是他便津津有味地描绘自己想象中的、那个尽力把头发梳向后脑以盖住秃顶的米里阿姆在军队里生活的情景，他边说边笑，一笑瘪嘴里便露出了过早出现的龋齿。雅努什感到有些不自在，想换个话题，眼盯着垂挂下来的野葡萄藤，搜索枯肠，一无所获。他听着簧风琴轻悄的和音，又一次失言了。

“令尊弹得很好听。这是什么曲子？”

海鲁宾皱了皱眉。

“他是搞这一行的……这大概是他即兴之作。”他说这话的口吻是表示：老科韦什科可不是一般的风琴师。雅努什乘机说：

“他是真正的艺术家。”

---

① 贝伦特（1873—1941），波兰作家，新浪漫主义流派的代表。

② 米里阿姆，波兰诗人和批评家泽农·普谢斯梅斯基（1861—1944）的笔名。

他觉得自己该走了，但又不想动。

他知道，海鲁宾对他待在这里感到厌烦，再说海鲁宾又没有那么好的修养，不把这种情绪表露出来。但是，因为他不管怎么说仍是喜欢这个年轻法学家的，喜欢到这个安静的地方来，而且深知从此以后不会经常到这里来了。他想多坐一会儿，簧风琴的声音也真的使他听来悦耳。

“我该走了，”他说，“但我不想走。”

他笑自己的坦率，但这次坦率使科韦什科高兴。

“你坐着嘛，”他说，“是不是再来杯咖啡?”

“不，我真的该走了。”雅努什站起身来，向海鲁宾伸出手，“谢谢。”

科韦什科送他穿过了几个房间。在第四个房间的风琴旁坐着一位满头白发的矮小老人。弹琴的时候，他的身子随着旋律扭动着，引起了雅努什的注意。虽然老人从风琴旁站了起来，科韦什科并没有把雅努什向他作介绍。

在门厅里科韦什科顺口向客人问了一句：

“唔，您决定了吗?”

雅努什耸了耸肩。

“以后再说吧!”他说着，走到教堂的院子里。

从维斯瓦河那边吹来一阵新鲜的和风。天快要黑了。雅努什感到，不管怎样，他的决心还是下定了。

二

不知为什么比林斯卡恰好是在这个时候想要解决一下财产问题。她同雅努什来商谈此事，但雅努什很快就发现姐姐心里早有个谱了。

他觉得有点奇怪，不过他对这类事情向来是漠不关心的。

布拉茨卡街府邸的生活规律很严谨。老公爵夫人督促遵守这些规律，她说有秩序的生活有助于保持青春常在。她这话恐怕是有道理的，她自己精神矍铄。她高而庄严的身躯，灵活的黑眼睛，轻捷的动作，都表明她虽年逾古稀，仍旧健康如素。她是个上流社会的贵妇人，财产和社会关系闻名遐迩，在上世纪末的恋爱故事也远近皆知。她在俄国也颇负盛名，曾当过玛丽亚·特奥多罗夫娜皇后的宫中女官。跟大多数波兰豪门显贵一样，她的血管中也流着卡捷琳娜二世的血液，在宫廷中被视为罗曼诺夫家族的旁系。她在西方的关系同样是极为广泛的，她的兄弟娶了西班牙公主阿尔芳西娜，她的长女嫁给了波旁-帕尔姆公爵，她还在法国南部给这对新婚夫妇买了一座城堡。过去的王族被法兰西共和国驱逐以后，他们在西西里定居。老比林斯卡经常到巴勒莫去看望他们。

但是，黄金时代已一去不复返了。老公爵夫人的财富如今已所剩无几。华沙有一幢房子，一所府邸，几块地皮，在英格兰银行有点存款，还有一大批很值钱的俄国证券，不过公爵夫人的全权代理人舒什凯维奇早就把这些证券看作是完全无用的东西。

她的次子同梅申斯卡结婚，在她看来是有损身份，甚至不仅是有损身份，而且比这还要坏得多。

“这是为了爱情的婚姻。”[①] 每当有人对她提起玛莉亚时，她总是以这种捉摸不定的嘲笑口吻说话。诚然，她很喜爱这个孙子，专门给他请了个英国保姆，她还一再关照，要每天早上给他洗澡，要用凉水涮他的身子。阿罗每次都要大哭大闹一场，整座府邸都听得见他的声音。克利普斯小姐每天早上六点把他叫醒，给他喂一杯浓茶，八点再给他

---

① 原文是法文。

灌一碗粥，这也要引起他哭喊。老公爵夫人九点起床，到跟她的卧室在同一层楼的孙子的房间去看他，然后拿一本厚厚的法文书，坐在自己的小客厅里。她拿的主要是阿歇特或帕约特出版社出版的回忆录和历史著作。玛莉亚一般在床上躺到十二点。一点钟吃早饭。老公爵夫人要求家里的人都到桌旁就餐，如果没有客人，克利普斯小姐和泰克拉小姐也都上桌。身材矮小、白发苍苍、彬彬有礼的舒什凯维奇每星期来这里吃两次早饭。饭后老公爵夫人便同自己的管家关在书房里算账。有时来吃饭的还有公爵夫人的女伴[①]波特洛斯（公爵夫人叫她“海伦娜”），一个矮小的、头发灰白的希腊老小姐，总是穿着同一套衣服。

这种早饭使雅努什感到很难受，但姐姐非要他上桌不可。这些日子华沙的供应状况很差，老公爵夫人和玛莉亚的资财有限——但这两个理由都不足以说明，装在带有贵族纹章的瓷器餐具中的食物为何如此菲薄。这里还有第三个原因：老公爵夫人在小处极端吝啬。早餐就是一盘蔬菜汤，一块肉或鱼（刚好桌上每人一块），几个斑斑点点的三级苹果（“这水果他们是在哪里买的?”雅努什有一次问他邻座的波特洛斯小姐）和一小片国产奶酪。唯有端上餐桌的酒才使人想起自己是置身在什么人家里。酒窖保存完好，斯坦尼斯瓦夫每次从酒柜里拿出两瓶酒，当他在桌旁开瓶的时候，一股高级法国布尔冈红酒的香味便充溢整个房间。只有当老仆凑近他的耳边客气地问他“白的还是红的?”的那一瞬间，才是雅努什吃饭时感到愉快的时候。即使有客人来，菜单也没有任何变化。老公爵夫人显然认为，请谁到她家吃饭就是给谁很大的面子，自然就不用考虑再去设法满足他的胃口了。

老公爵夫人对雅努什倒颇有好感，在饭桌上常跟他聊几句，看起来她喜欢他甚于自己的儿媳。她大概认为他学识比自己丰富——实际

---

① 原文是法文。

上也是如此——每当涉及什么书籍或者是政治事件，她总要找他聊聊。其实，老太太也可算得是聪明睿智，博览群书，她最痛恨德国成为一个强国。她很关心外交和各种外国代表团的活动，此时由于举行公民投票和西方援助波兰等原因，有各种代表团来到波兰，他们也不得不在她的餐桌上吃斑斑点点的水果和白不呲咧的奶酪片。

有一天，餐厅旁边的客厅正敞门候客，进来一个身材矮小，拄着手杖、身穿将军服的人。雅努什认出他是哈莱尔。当把他介绍给这个老军人的时候，雅努什说，他曾经有幸见过将军。

将军问他在什么地方见过时，雅努什说，他参加过卡涅夫的战役，他的一个朋友在那里牺牲了。他本想再讲讲基辅和奇日的家，但及时收住了嘴。他看得出，提到卡涅夫就足以使哈莱尔不悦，更何况是他穿了别人的破裤子逃跑的场面呢？还是老公爵夫人出来打了圆场，她用她那洪亮的嗓门说道：

“将军，你打德国打得好。遗憾的是时间太短了，但我毫不怀疑，以后还会有机会。”

哈莱尔惶惑地笑了笑。

玛莉亚插嘴说：

“啊，我宁愿选择德国人……”接着便是一声长叹。

老公爵夫人耸了耸肩。

“谁知道呢……”①

这时门开了，哈莱尔礼貌周到地向公爵夫人伸出了手。

就在这天将军走后不久，雅努什被叫到楼下姐姐那里去了。他看到老公爵夫人、玛莉亚和舒什凯维奇先生都聚集在姐姐的小客厅里，不禁吃了一惊。

---

① 原文是法文。

“你或许以为是召开军事会议吧？”老公爵夫人问。

玛莉亚开了腔。她坐在一张很深的沙发上，她那又高又瘦的身躯陷进了沙发里。她好像很艰难地抬起了她那美丽的、有点像鸟形的头。她身体一直瘦弱，从维也纳回来后，就不曾离开过华沙，但这个城市使她难受。她像是很艰难地吐着字句。

“你知道，”她说，“姑母提醒我……”她把婆婆称为姑母。

“根本不是我，”老比林斯卡说，“我想，你自己也会想得到的。”

“姑母提醒我注意你未定的财产状况。我想解决一下这个问题。”

舒什凯维奇以他惯有的礼貌插嘴说：

“伯爵先生，很对不起，我想问一下：您现在在做什么事？”

雅努什在椅子上向后一仰。

“我？”他问，“什么也没有做。失去曼库夫卡以后我们大概什么也没有了吧？对不对？”他对姐姐说，“银行的证券现在恐怕指望不上了。”

“我从我们在克拉科夫的房子收入中付给他一小笔款项。”玛莉亚向舒什凯维奇解释说，“而信贷行的期票到底怎样总有一天会见分晓……”

“对我这已足够了，”雅努什说，“到华沙后我接受了姐夫的一部分衣服，很合身。”他指了指身上穿的英国哔叽做的浅色服装。

“好，好，”老公爵夫人用低沉的声音插进来说，“但这总不是长远之计。玛莉亚在这里就像在家里一样，甚至可以去掉‘像’字，就是在家里……而你……”

雅努什疑心这事牵涉到安娜公爵夫人的个人利益。难道说波特洛斯说中了，她连这一小块奶酪也“嫌多了”① 吗？

---

① 原文是法文。

“在克拉科夫有一幢共有的房子?”舒什凯维奇有礼貌地问，“证券呢?”

“对，”玛莉亚急忙回答说，“证券是死东西。此外在莫科托夫[①]还有两块地皮，在巴黎里昂银行存有几张法国矿山的股票……”

“什么股票?”老公爵夫人感兴趣地问。

“姑母，我记不清了。我记在一个本子上了。爸爸把它存在巴黎，开的是我的户头，实际上是我们共有的。但数目不大。哦，还有基辅市信贷银行的期票……数目相当大，但目前没有任何价值。”

“很可惜。”舒什凯维奇双手一摊。

“还有父亲与纽约保险公司签的保险契约，但是在彼得堡……”

“这以后再看，”舒什凯维奇活跃起来，“这不是没有希望的。”

舒什凯维奇是属于别人有钱他也高兴的那种人。而且他还指望——就像他搓着双手说的那样——用它们进行“周转”。

“一句话，”雅努什总结说，“根据我的理解，我们是什么也没有了。”

玛莉亚朝他转过脸来。她那平素冷冰冰的面孔上现出了某种激动的神情。她脸红了。

“你还记得我到曼库夫卡时哥萨克谢蒙在门廊还给我的那个小包裹吗?”

“在那灾难的时刻?”

“对。那包裹里是妈妈的首饰。我认为这是自己的东西……我把那些东西卖掉了。”

“把它卖掉了？现在这个时候?”雅努什把目光从玛莉亚身上转到舒什凯维奇身上。舒什凯维奇垂下眼睛，无可奈何地摊开双手，像孩

---

① 华沙的一个区。

子一样微笑着。

“为了换取这些纸币吗?”雅努什说，不管怎么说，姐姐这种不切实际的做法使他沮丧。

“因此，我不得不赶紧把钱变成某种实物。我已经为索哈切夫[1]附近的一个小农庄付了定金，”玛莉亚说，显露出她从小就习惯于处理财务，虽然她表面上对此不感兴趣，“我想让这个农庄成为你的产业。明天我们就去签约，要你自己去签字……”

“我根本不想要……是一个小农庄吗?”

“四十公顷地，一所房子，一个果园……”舒什凯维奇说，显然他对这桩交易了解得很清楚。

“这是我的主意，”安娜公爵夫人插嘴说，“土地不要超过五十公顷。一旦实行土地改革……”

舒什凯维奇坐在椅子上不安地扭动了一下，红着脸，摊开手说:

“但是，公爵夫人，谁说要土地改革?”

“怎么?”老公爵夫人大声说，同时从椅子上站了起来，然后在房间里来回走动，“土地改革法已经通过了。您不知道?我的表弟投了赞成票……”

“从作出决议到实行还远着呢。”舒什凯维奇说，同时闭上了眼睛。

老公爵夫人用手指着儿媳说:

“她那儿，土地改革已经实行了。而且是怎样实行的!”

“上帝保佑，”舒什凯维奇叹道，“公爵夫人，不要讲这种话。这里是波兰!”

“不管波兰不波兰，”老公爵夫人把手在空中一挥，“给雅努什买四十公顷地反正没错儿。”

---

① 华沙附近的一个城市。

“呃，怎么样?”玛莉亚问雅努什。

“什么怎么样?”雅努什有些生气地说，“你们自己已经决定了。定金都已付过了……”

“这样将来你就有自己的家了。”玛莉亚温顺地说。

“而且是一个不坏的家。”舒什凯维奇在一旁帮腔。

“这个农庄……叫作什么?”

“科莫鲁夫。”管家回答说。

“买这个农庄，”雅努什继续问道，“要花掉卖首饰的全部款子吗?”

“啊，没有!”姐姐说，她的脸更红了，“我把这笔款子分成了两半……”

“这样才对。”雅努什放心了。

“首饰里包括那些绿宝石。”

“怎么，你把绿宝石卖了?”

“我要它有什么用? 我永远不会戴它，你可以得到一些好处。我也……”玛莉亚有些悲伤地说，重新把身子埋进了沙发里。

老公爵夫人仍然以矫健的步伐不停地在屋子里走来走去，她穿着玛丽女王式的浅色长连衣裙，显得十分高大。她一边走，一边用讥嘲而善意的目光打量儿媳。

这时，斯坦尼斯瓦夫走了进来。

“公爵夫人，外交部的斯彼哈瓦先生来了。”

玛莉亚漫不经心地回答说：

“把他请到大客厅吧。”

然后她懒洋洋地从沙发上站了起来，把长长的丝巾披在肩上。唯有她的嘴角露出一丝笑意。她对婆婆说：

“姑母，对不起……”

“这有什么，亲爱的，”[①] 老公爵夫人耸了耸肩，“而且我们似乎已经谈完了，”她对舒什凯维奇说，“是不是？”

矮老头迅速地站起来，搓着双手。

“当然。明天十二点在公证处办手续。”他对雅努什说。

大家都走了。

第二天，雅努什不得不[②]去了那个公证处，而且是作为买主去的！他做梦也想不到会发生这种事，但他疑心这场交易是玛莉亚进行另一个计谋的借口，他不愿反对她。实际上，他感到姐姐很可怜。

华沙公证处一直是国内经济情况、至少是货币情况的寒暑表。当人们对货币失去信心时，交易就越来越多，这幢奇形怪状的建筑物的走廊上也就更热闹。在这个时候，广大公众对国家现状还不了解，甚至还不懂得货币贬值这个名词，但是物价不断上涨，城市费用和火车票价提高使人们对波兰马克[③]失去信心。因此，雅努什要到公证人办公室去，必须从三楼走廊上稠密的人群中挤过去才行。聚集在这儿的有犹太人、农民，以及只有在这不寻常的地方才能遇到的奇奇怪怪的人。在公证人那里，参与这宗交易的人都还没有到。一个衣着整洁的瘦高个子办事员对他说，“伯爵先生”的契据已经准备好了，只需稍等片刻。雅努什回到走廊站在窗前。一家子农民坐在靠窗的一张长凳上（华沙公证处也经办县里的业务），他们显然是为争讼财产而来的。神色恐慌的害眼病的妈妈，两个魁梧健壮的小伙子（其中一个瞎了一只眼），还有两个姑娘，一个是城里人打扮，一个是农村姑娘打扮，戴着头巾。全家都畏葸而腼腆地坐在凳子边儿上，唯有那个独眼小伙子好

---

① 原文是法文。

② 原文是法文。

③ 当时波兰流通的货币。

像满不在乎，大声谈笑。一个穿布夹大衣的——这种衣服在城市很久以来就没人穿了——高个子老头儿走到他们跟前，问他们到这里来干什么。那老农妇向他解释，但声音很轻，他不得不把身子凑过去。这时雅努什才发现这个穿布大衣的人后面还站着个小个子的年轻姑娘，她穿一身粉红色的夏季衣裙，戴一顶宽檐布帽，又短又粗的眉毛黑得像用炭画过似的。她一脸不悦的神色，大概是对她父亲——这多半是她父亲——缠住素不相识的人盘根问底感到不快。把她那对深陷的灰色大眼睛从坐在凳子上的人们那里转向另一边，目光在雅努什的脸上停留了片刻。雅努什觉得有点遗憾的是，她站在窗前，正对着阳光，这样她那对灰色的眼睛就因为夏日的强光而微微眯缝着，转而去看农民身后那堵墙上引人注目的招贴画了。

这时雅努什看到比林斯卡顾长的身躯从犹太人堆中挤过来，舒什凯维奇紧跟在她身后。比林斯卡朝雅努什晃了晃白手套，老远就向他喊道：

“我们来了……”①

雅努什一阵心烦，觉得姐姐在这种场合讲法语至少也是不合适的。他朝公证人的办公室走了几步。大家都走到了门口。大出雅努什意料的是，舒什凯维奇把那个穿灰布夹大衣的先生和那个灰眼睛的姑娘介绍给他。原来他们正是科莫鲁夫迄今的主人：兹戈热尔斯基先生和他的女儿佐菲亚。

他们一进去，办公室里就热闹了起来。比林斯卡站在这个高房间中央，用惊异的目光环顾四周，办事员马上给她搬来了一把藤椅。兹戈热尔斯卡小姐站在那里，茫然地望着在向她解释什么的舒什凯维奇先生。雅努什侧耳去听，原来是代理人在对她做工作，说明卖了科莫

---

① 原文是法文。

鲁夫是很合算的。

“我知道，”佐菲亚对着敞开的窗子说，“但我觉得很可惜。”

她最后一句话说得很重，雅努什对她不由产生了一种怜悯的感情。他不想买这个农庄了。

但是公证人拿着契据走了进来，他个子不高，头发花白，雪白的手上戴着一枚刻有印章的戒指，穿一套棕色的西装，比那个办事员还要整洁。雅努什注意到他的领带上有一颗漂亮的珍珠，嵌在用金线绣成的鸡爪形框子里。他低头去吻公爵夫人的手，那一头花白的长发一直拖到了衣领。公证人同兹戈热尔斯基父女匆匆握了握手，而对舒什凯维奇先生就像对老朋友一样亲热。他跟众人打过招呼之后，便在办公桌后坐了下来。这时雅努什给兹戈热尔斯卡小姐端了一把椅子。她说了声谢谢，留神地看了他一眼。

公证人提了提裤子，用那只戴着印章戒指的手按住放在面前的契据，锐利的目光朝“双方”——即办公桌右边的兹戈热尔斯基和左边的比林斯卡一扫，庄重地问道：

“可以开始吗?”

雅努什不明白他指的是什么，他看到佐菲亚小姐也不明白。但公证人继续无视他们的存在，开始朗读契据：

“本契据立于首都华沙，时间是（他用铅笔填上日期）。在我，公证人亚历山大·奥尔晓夫斯基面前，跟我相识的波兰公民……”

读到这里，奥尔晓夫斯基吃惊地看到契据上写的姓名，莫名其妙地向舒什凯维奇瞟了一眼。

“对的，对的，”舒什凯维奇赶忙说，“佐菲亚·阿格涅什卡·兹戈热尔斯卡是卖方，雅努什·泰奥多尔·斯坦尼斯瓦夫·梅申斯基是买方……”

“哦，对了，”公证人微微一笑，这才注意到雅努什，并向他做了一个鼓励的手势……“那么，”他说，并继续念道，“佐菲亚·阿格涅什卡·兹戈热尔斯卡小姐，合法居住地点……”他转向佐菲亚问，“在哪里？”

佐菲亚不懂。

“您住在哪里？”舒什凯维奇问。

佐菲亚阖上了眼帘。

“我不知道。”她说。

“我们暂时住在科莫鲁夫。”父亲连忙插嘴说。

“科莫鲁夫卖掉以后，我们不知道住到哪里去。”佐菲亚绝望地说。

雅努什惊异地望着她。

“但是……”他开口说。

舒什凯维奇打断了他的话。

“法官先生，您就写上科莫鲁夫。”

“好极了，”公证人以平静的声调说，“合法居住地址科莫鲁夫，属索哈切夫县，朱库夫村，以及雅努什·泰奥多尔·斯坦尼斯瓦夫·梅申斯基，合法居住地址……”

“华沙布拉茨卡街二十号。”舒什凯维奇告诉他说。

公证人写地址的时候，遗憾地瞥了公爵夫人一眼，似乎是怪她没有积极参与这场交易。玛莉亚无可奈何地微笑着，把小伞柄向前伸了伸。

只有舒什凯维奇，作为一个会办事的人，询问了抵押法第三条、债务、税收等事项。都没有问题。以后就是付款，佐菲亚小姐“收到此款项之后同时给雅努什·梅申斯基出具收据”，此时舒什凯维奇从口袋里掏出一捆钞票，同兹戈热尔斯基先生一起，在旁边的一张小桌上点清了数。公证人奥尔晓夫斯基装作没有看见，转身问玛莉亚道：

“公爵夫人到华沙多久了？”

在这个空当里，雅努什看了看佐霞[1]。

她戴着宽檐布帽，阴郁、坚毅而淡漠地坐着，眼睛望着窗外，那里，在卡普钦斯卡街上方的蓝天上有几只燕子在飞翔。雅努什突然对她怀有极大的好感，极想同她一起到华沙街头或科莫鲁夫森林去散散步。他只顾盯着佐霞，竟没有注意到公证人已念完了契据，然后递给兹戈热尔斯卡小姐一支钢笔，给她指出在画了十字的地方签字：佐菲亚·阿格涅什卡·兹戈热尔斯卡。

公证人转向雅努什：

“伯爵先生，签在这旁边，把名字写全。”

雅努什没有经验，把泰奥多尔签错了，悄悄笑了起来。

“没关系，没关系。”公证人说。

雅努什签完字，又望着佐霞。她站着，仍然是满面愁容，只是两颊泛起了红晕，一直红到了额角和颈根。大家都已起身告别。

“唔，您现在已经是科莫鲁夫的主人了。”佐菲亚说着，向雅努什伸出了手。佐菲亚·兹戈热尔斯卡小姐的低沉而激动的声音打动了雅努什，他真想马上签署一份契据把科莫鲁夫送给她。他使劲地握了握向他伸过来的手，又一次看见了那对灰色的、深陷的、充满了忧郁的眼睛。

“我们走吧，爸爸。”她对父亲说。

舒什凯维奇和雅努什留下来付手续费。兹戈热尔斯基和女儿已走到了门口，舒什凯维奇还奔到他们面前。

“后天我同雅努什伯爵去科莫鲁夫，”他大声说，“新主人要登基了。”他又转身对比林斯卡说道。

雅努什想，对他们未免太苛刻了。但是粉红色的裙子已在门外消失，一刻也没有停留。

---

① 即佐菲亚。

三

戈翁贝克一家在恰茨基街的住宅高大、阴暗，凌乱地摆了些弗兰齐舍克先生买来的家具。奥拉的整理工作首先是处理那些无用的破烂。一部分收起来了，一部分送给了她丈夫住在布拉格区①的姐姐，和蔼可亲的科谢可娃太太。这样一来住宅里就宽敞多了。客厅里的槲木边的长沙发搬出去了，搬来了一架在玛佐维耶茨卡街上廉价出售的布吕特奈尔产的大钢琴。米哈霞姨妈在门厅右边有一间小书房，她就在那里接待自己的客人：罗伊斯卡太太，跟她很要好的科谢可娃太太以及在他们楼上住了一大套房子的希曼诺夫斯卡太太（她娘家跟著名钢琴家沃窝夫斯卡是同姓）。弗兰齐舍克先生一大早就到自己的面包房和糖果点心店去了（就在附近圣十字街街口）；一岁半的小安托希同照料他的受过正式训练的保姆罗玛娜小姐住在长走廊末端的一个房间里。奥拉感到很孤单，每天不过是在一些空荡荡的房间里转悠，读读书，给孩子缝缝新衣服，有时也摸摸琴键，看看沃尔夫或迪帕尔克②的歌曲谱。最近她学会了迪帕尔克的出色歌曲《旅之诱惑》③，但是除了附近住宅里擦窗玻璃的仆人以外，谁也没有听见她唱过。弗兰齐舍克先生离不开他的面包房，奥拉也不愿意一个人到休养地去休养。准备让罗玛娜小姐带安托希到海滨去。米哈霞太太劝女儿也去，但奥拉只是摆摆手。她正怀着第二胎，反应较大，心情抑郁，既不想动，也不想做什么事。她以平稳的步子在房间里走来走去，同时哼着迪帕尔克的歌：

---

① 华沙区名，在维斯瓦河东岸。

② 迪帕尔克（1848—1933），法国作曲家。

③ 原文是法文。

啊，我的孩子，啊，我的姐妹，
请你想想，
远游的欢乐，
爱情的欢乐，
在遥远的地方
同你相似的地方
去爱，去死……①

她在大客厅中央站住了。大客厅墙上挂着几幅粗劣的画，这是弗兰齐舍克不准摘掉的。她反复大声地唱着“在遥远的地方，同你相似的地方，去爱，去死……”她知道，最糟糕的是，既不能爱，也不能和不应死，世界上不会有一个地方会同卡齐米日相似。哪有什么地方能和卡齐米日相似呢？他是索卡尔或热舒夫人，对于不熟悉加里西亚地理的奥拉来说，这两个城市是一回事，她分辨不清。恐怕这些城市和波德莱尔②“遥远的地方”毫无相似之处。这些城市里既没有高桅杆的轮船，也听不到要把“你的微小的愿望”③一句轻轻唱出的高亢的降A调，自然也听不到歌曲结尾处平和的C大调了。这些东西只是诗歌里才有，而在索卡尔或热舒夫则只有一个普通的火车站，信号旗、信号灯、小岗亭以及一直通往不远的地平线的纵横交错的轨道。车站旁边有几株矮栗树或是别的什么树。车站楼上有三套一间带厨房的住宅，卡齐米日就在其中的一套中长大。父亲四点钟起床上工，母亲六点钟叫醒儿子：“卡齐克，起来，该念书去了！”卡齐克就起来去念书。爷

---

① 歌词，原文为法文。

② 夏尔·波德莱尔（1821—1867），法国现代派诗人、散文家、文艺评论家。上文中，迪帕尔克的歌即根据波德莱尔的诗谱的曲。

③ 原文是法文。

爷有时从乡下来，带来用白布包着的一个黑面包，两块奶酪和几口袋土豆。卡齐克完全是个普普通通的小伙子，没有任何神奇之处。

埃德加尔这段时间住在旅馆里，他知道奥拉家里有一架钢琴之后，便请求允许他来弹琴和作曲。对于过着单调生活的奥拉来说，这是极大的欢乐。她坐在自己宽敞卧室里的灰绒长沙发上，一边为要出生的孩子（她觉得这回该是个女孩）缝制蓝色的小肚兜，一边听着埃德加尔弹琴。有时他即兴地弹很久，有时只弹几个节拍或和音，然后是长久的沉默。奥拉不敢问埃德加尔，他是在作曲还是记下那些和音，因为奥拉不知道那些凌乱的曲谱意味着什么，她只是奇怪怎么能从这一堆混乱的胚胎里长出一个和谐的整体来。

雅努什成为科莫鲁夫主人的那一天，在街上遇到了埃德加尔。埃德加尔正要到奥拉那里去，雅努什便同他一起去了。他们在一扇钉有“弗兰齐舍克·戈翁贝克”名牌的黑漆大门前按了按电铃。奥拉对他们的到来十分高兴，同时又羞于自己的懒散，她惴惴不安地想，他们对自己这副模样儿会讲些什么呢？她一贯很敬佩埃德加尔，也有点儿怕他，她奇怪像埃德加尔这样的人，居然愿意跟她这样傻头傻脑的人谈话。奥拉以为，对卡齐米日的爱情使自己变傻了，而同戈翁贝克结婚则使自己失去了魅力，她老是这样想，特别是有人来的时候。这使她常畏畏缩缩，说起话来语无伦次。雅努什是他从小就认识的，但是到华沙后她也觉得他成了另一个人，一个难以理解的、蒙上了一层神秘之雾的人。

当他们三个走进客厅，在笨重的安乐椅上坐下的时候，各自都突然感到自身的孤独。埃德加尔对华沙不习惯；雅努什茫然若失，不知做什么好；奥拉则仍然生活在另一个世界里。开头，他们各自谈了谈现在在华沙做什么，然后就无话可说。太阳西斜了，戈翁贝克家阴暗的住宅显得更加昏暗了。

罗伊斯卡太太曾经对雅努什说过，如果在一群人中气氛沉闷，最好的办法就是讲话，这样就能打开僵局，气氛往往会变得轻松起来。雅努什记起了这番话。

“你们知道，”他忽然说道，“我们在华沙都不习惯。我住在我姐姐那里感到很别扭，老太太的贵族派头使我透不过气来。我觉得你们两个感觉也不是太好，特别是在此刻。”

埃德加尔从椅子上站了起来，在房间里走了一圈。走到钢琴前面站住了，打开了迪帕尔克的歌谱。

“对我而言，最重要的是我的音乐，”他说，“可现在音乐从哪里来？”

“唉，事情这么多，”奥拉掩饰地说，随手拿起了针线，“我什么也不想。”

“但是我想。”埃德加尔慢吞吞地说，“我在考虑，我必须离开波兰，但现在这样做会被人看成是胆小鬼，因此又不得不留下。过几天我要到沃维奇[①]的阿卡狄亚[②]去。也许在那里我能写出曲子。”

“你想逃避吗？”雅努什突然问。

埃德加尔耸耸肩。

“当然，这是逃避，如果你愿意这样说的话。不过，我是逃避我自己。”

奥拉无缘无故地笑了笑，又没头没脑地问了一句：

“有爱尔茹尼亚的消息吗？”

“有，”埃德加尔淡淡地说，“一个月后她要去美国。”

“她是应邀去的吗？”

---

① 波兰中部城市，在罗兹省。

② 波兰大贵族拉齐维乌的领地，以其风景如画的大公园而闻名全欧。

"不知道，她没有说，不过大概是这样，因为她信里写的是：'我要到美国去演唱……'"

"她多幸运啊！"奥拉叹了口气。

"你羡慕她吗？"埃德加尔问，"羡慕她什么？"

"首先是演唱，其次是……"

雅努什打断了她的话。

"你知道，谁应该羡慕什么，这永远是个未知数。人们一般不了解自己到底拥有什么。到我失去了约齐奥的时候，我才懂得了他对我来说是一个多么好的朋友。"

"可不是吗！罗伊斯卡太太怎么样？"埃德加尔问。

"在华沙，"奥拉说，"就住在我们家里，但现在出去参加什么妇女的会议或集会去了。如今这种会真多……"

"很久没有看见她了，她身体怎样？"希莱尔说。

"挺好。她把约齐奥的死完全藏在心底。她从来不谈这件事，不谈莫林策。她倾心于社会工作，忙得很。"

"瓦莱雷克呢？"

奥拉又拿起了针线。

"怎么说呢？瓦莱雷克不大关心母亲。他长得很英俊，在骑兵十七团，受过伤，现在又走了……"

门铃响了，弗兰齐舍克·戈翁贝克冲了进来。他近来大大地发胖了，红通通的脸盘上盖满了晶莹的汗珠。他站在屋子中央，喘了几口气，跟谁也没有打招呼就大声喊道：

"你们想得到吗，他们把我糖果点心店的窗玻璃砸了！"

"耶稣，马利亚！谁砸的？"奥拉问。

"噢，对不起，我的孩子，"戈翁贝克先生忽然醒悟过来，"不要怕，没事。"

“我根本不怕，我想知道是怎么回事。”

“娘儿们用棍子、石头砸的。天晓得是什么人唆使她们干的。她们跑到街上来赶人上前线，一见到糖果店的人多，她们就拿着棍棒打上门来了，我赶忙把门锁上，她们就从窗口威胁顾客，狂呼乱叫，‘出来，上前线！上前线！’客人们从园子里逃跑了，她们就砸玻璃窗，噼里啪啦地一连砸碎了四块，你们想想看，这是多大的损失……”

奥拉站起来。

“坐下吧，弗兰齐舍克，”她平静地说，“不用着急。我叫人给你端咖啡来。”

她按铃叫仆人来，但来的却是罗玛娜小姐。

“厨房里一个人也没有。”她说。

“请你准备四杯咖啡，”奥拉吩咐道，她在单人沙发的扶手上坐下，两手抱住了弗兰齐舍克。

“别冒火，弗兰尼奥[1]，”她说，“再装上玻璃，问题就解决了。”

“现在华沙玻璃难买。”

“总可以找到的，”奥拉心平气和地说，“你瞧，我刚才同埃德加尔、雅努什谈的完全是另一件事。”

“你们现在有什么题目可谈呢？”弗兰齐舍克先生问，似乎带点恐惧。

“谈生活，孤独，艺术……”

“你们疯了。”糖果店老板喊道，他站起身来，在客厅里来回走着，双手反抄在背后，这样他的肚子显得更大了。

“你听着，我在想，有一种通过淘汰来思索其他一切事物的方法——淘汰法。”奥拉说。

---

① 弗兰齐舍克的昵称。

弗兰齐舍克不懂。

“你们真有雅兴！令人羡慕！”

雅努什自言自语地重复了一遍：

“通过淘汰。”

他同埃德加尔出来的时候，街上几乎完全黑了。华沙上方是一片夏夜透明的晴空。埃德加尔在街上慢慢地走着，一面说着话。他的话从来没有这么多，雅努什觉得有点奇怪，显然，埃德加尔的心里一定积累了很多话题，现在要一吐为快。

“通过淘汰来进行思考，这是一个出色的发明。谁能料到，这个可怜的奥拉会想得出来。我几乎每天都到他们家去作曲，但作不出来，搜索枯肠，一无所获。作曲需要一种气氛，而那里没有这种气氛。奥拉是沉静的，这不用说，钢琴不错，环境也清静，只是墙上那些粗劣的画不行，特别是那幅画在蓝色绸子上的黄合欢花，我只要看它一眼，曲子就写不下去了。正像一首诗里所说的那样：

> 我们生活在一个舒适的星球上，
> 生活在谜一般的世界
> 这里有许多东西我们不需要，
> 但我们所渴望的东西却又没有……①

“你瞧，有这么一个奥拉该多么好啊……”埃德加尔说。

雅努什凑近埃德加尔，以便听清他说什么，因为街上的嘈杂声和汽车的轰鸣声混成了一片，而埃德加尔的声音又很轻，有点像自言自语。

---

① 俄国诗人伊戈尔·谢韦林（1887—1941）所作，原文是俄文。

“我觉得，我作曲也有点像是通过淘汰。这就是说，作曲从我生活中淘汰了其他事情，我对付不了的事情，我简直没法对付的事情……在俄国，在革命时期，我已看到了这一点。我对付不了人们谈论的那些问题，沃洛佳向我提出的问题。你知道，在离开敖德萨之前，我经常同沃洛佳见面。但他没有得到关于阿丽亚德娜的任何消息。”他赶紧补充了一句，好像是看到了雅努什心灵深处的疑问，“一点消息都没有。回过头来谈音乐吧，我恐怕是通过淘汰法选择了它，其他任何事情我都不会做也不能做。昨天我一整天都在分析勃拉姆斯根据帕格尼尼[①]的主旋律所作的变奏曲。你知道，我很久都没有感到这么快活过。只要有勃拉姆斯这些变奏曲，天塌下来也不要紧。”

“如果没有人需要它们呢？如果它们自己也垮台了呢？”雅努什问。

埃德加尔没有回答。

这时，在戈翁贝克家的客厅里，小安特克由罗玛娜小姐领着满屋跑。他刚学会走路，两只小腿逗人地向上提，两只小手高举着，整个身子摇摇晃晃。他胖乎乎的，脸蛋儿红红的，很像父亲。奥拉和罗玛娜小姐高兴极了。小家伙在地毯上跑来跑去，一会儿扑到罗玛娜小姐怀里，一会儿扑到妈妈怀里，高兴地哈哈大笑，后来摔倒了，大哭起来。

“总是要这样才会罢休。”弗兰齐舍克说，脸上仍然堆着笑容。

米哈霞姨妈不安地走进来。

“怎么了？怎么了？”

孩子没有哭多久。奥拉把他紧紧抱在怀里，小家伙在她手里挣扎着，用红红的、胖得滚圆的小手指着父亲，认真地喊：

“爸——爸，爸——爸。”这是他刚学会的一句话。

---

① 帕格尼尼（1782—1840），意大利小提琴家、作曲家。

奥拉把他抱得更紧，“劈头盖脸”地吻着他。

“幸好，你至少爱他。”弗兰齐舍克先生说。

四

像已经说好的那样，舒什凯维奇和雅努什在第三天出发去看新买下的农庄。老公爵夫人把自己奇形怪状的、四轮马车式的小汽车借给了他们。它不仅形状稀奇，而且引擎像摇铃一样响。不到一小时汽车把他们载到了目的地。他们沿着通向索哈切夫的公路行驶，在到这座城市之前向右转，上了一条两边都是老栗树的窄路，又行驶了几公里之后便到了这个农庄。路上的景色像肖邦的前奏曲那样哀伤而沉闷。一条穿过栗树林的小路直通农庄，汽车一直驶进了大门才停下。雅努什下了车，向四周张望。

院子很大，三面都是整齐的房子，比起这小小田庄的需要来，这些房子都太大了。院子右边和大门旁边是马厩和牛栏，左边是一个大谷仓连着一个小谷仓。在院子后面的深处，是一幢高房子，咖啡色，窗框和门框是白色的。房子门前是一个小小的、木结构的门廊，门廊上挂着个野猪头。房子后面是果园。

他们正在东张西望的时候，兹戈热尔斯基先生从门廊走出来，他身穿一件布外套，手里拿着一根短柄长鞭。他同来人热情地握了手，雪白的牙齿在花白的胡子下闪耀。

“先生们是想先看看房子还是先到家里去？”他问。

舒什凯维奇望着雅努什。

“到家里去吧，”雅努什说，他觉得自己的脸红了。

他们穿过院子。院子不很整洁，到处都是麦秸。一个人背着一袋子东西从谷仓走过来。兹戈热尔斯基有些不安。

“你背的是什么，伊格纳莰?”他在门廊里喊道。

“老爷，梅姆卡今天没有去草场。”

“哦，好，好。”兹戈热尔斯基含糊地应了一声，请客人进屋。

他们走进狭长而破旧的门洞。这里墙上只有几个衣架，挂着几个鹿角。上楼的楼梯也在这里。

“上面还有两个房间。”兹戈热尔斯基说。

“一共有多少房间?”舒什凯维奇问。

“楼下三间房，一间厨房。楼上两间，一共五间。”

“对于一个单身汉来说是够用了。”代理人笑着说。

“就是伯爵先生结婚也够用了。”主人说。

雅努什皱了皱眉。

“我就住在这里吗?”他想，“一个人?”

他忽然想到，自己是掉到农庄这个陷阱里了。

他们走进左边的一个房间。佐霞小姐在桌旁张罗。她向雅努什伸出手，但没有看他，又立即走到食品橱前，拿出了玻璃杯和酒杯。先生们又走进了下一间房，这里窗户很大，可以看到园子，以及园子后面的田野和相距不远的森林。所有这一切规模都不大。

“园子很小。”舒什凯维奇有点失望地说。

佐霞在餐厅里听到这话，反驳说:

“但是很美。”

雅努什在一张椭圆形的，铺了绒布的桌旁坐了下来，不知道该说什么。幸好有舒什凯维奇帮忙。他同兹戈热尔斯基谈到今年看来不错的收成，谈家畜，谈收入。谈谁在农庄干活儿，有多少工人，他们怎么样等等。雅努什想到自己将不得不去关心这些人的生活和劳动条件，不禁大吃一惊，佐霞小姐要带他去看看园子，他连忙同意了。他们穿过走廊和里面的一间没使用的小房间，这里有另一个门廊，直通园子里的小径。雅努什仔细地观察途中看到的一切，他知道，只有今天才能真正看到这些东西。以后，科莫鲁夫、房子和周围的一切都会变得普普通通，失去吸引力和新鲜感。而且他也不能想象，以后自己会住在这里。房子和里面的摆设都很简陋，甚至是粗笨的。他不仅不会布置住宅，甚至不知从何做起。

佐霞领着他走在苹果树中间的一条宽阔的小路上。小路两旁是普通的夏季花草：草夹竹桃、金盏花，还有白色和粉红色的晚金钟花，宛如摆在架上的小酒壶一般。苹果树都老了，结了不少苹果，但还没有熟。园子中间有一个肮脏的小池，有一半盖上了一层绿色的浮萍。小池后面有一片茂密的榛树林，一株高大的槲树耸立在中间。这一切占地都很小。白色的鸭子在小池内戏水。佐霞站在小池塘边，面对雅努什。

“这就是我们的田庄。”她说，“不大，管理得也不好。”她悲戚地加上了一句。

“这地方很可爱。”雅努什顺口说。

“您对这里的一切都是陌生的，而我生长在这里。”佐霞又说。

“不很久吧。”雅努什笑道。

她把脸转了过去，继续往前走。

“妈妈在的时候，这里是另外一个样子。”过了一会儿，她说。

“令堂过世很久了吗？”

“两年。”

他们在一条水沟旁边站住了。沟那边是黑麦地，地里有一条小路通向森林。

“您愿意到森林去走走吗？”佐霞问。

“好。听候您的吩咐……”

她沿着一条小路在前面走。沉甸甸的麦穗扫着她的胸脯，晃动着，然后又打在雅努什身上。碧空无云，四周寂静无声，可惜一道散步的两个年轻人之间是一片沉默。他们不知说什么好。佐霞显然游兴不高，又有点羞羞答答。到森林的路走了一半的时候，她转过身来问雅努什：

“伯爵先生第一次到这一带来吗?”

雅努什哼了一声。

“请您不要称我伯爵，好吗?”

“舒什凯维奇先生总是称您伯爵。”

“我很不高兴他这样称呼，”梅申斯基说，“而且这算什么伯爵!”

“是教皇授予的吗?”佐霞好奇地问。

“当然。不过取得这个头衔的方式很可笑。我的祖父在利奥十三世寿辰的时候，给他送去了两车皮波兰糖厂产的白糖，教皇因此授予他和他的长子以伯爵的封号。我的父亲是次子，因而没有得到这个可怜称号的权利，但人们还是习惯地这样叫他……”

“这一切真可笑，”佐霞笑了起来，脸上的愁云像是消散了，“这些称号！多么愚蠢!”

“我也是这样想。”雅努什对她尖刻的措辞表示同意。

他们走进了森林。这里没有那么热。森林的外沿是高大的松树和云杉树——看来像是按园林的方式栽的——但在几十米的深处就是一丛丛茂密的榛树、小白桦树和花楸树。偶尔有一些参天的老槲树和椴树。森林真是美极了。

他们并排走着。佐霞在森林的小路上好像突然显得小了许多，这时雅努什才看出她是多么瘦小，同时又是多么安详而自信。谈话仍不投机。

“这森林大吗?”雅努什问。

“噢，大极了。它向前延伸好几公里，然后同卡姆皮诺斯卡大森林连成一片。从这里穿过森林西可到索哈切夫，东可到华沙。直到维斯瓦河畔都是森林。如果谁想躲起来，这里是太好了……”

“躲起来？为什么？”

“我也不知道。譬如说，土匪，义勇军……”

“您的想法很浪漫。”雅努什说。

“因为我想，我们是生活在浪漫的时代。”

雅努什长叹一声。

“书上的浪漫时代很有意思。”

“对。”佐霞表示同意。

他们走进了森林的深处。前面的小路上横着一条深沟。沟的两旁栽着些松树，它们像是黑色的冠冕，环绕着这条沟和沟后的一块碧绿的林间空地。他们向前走了几步，就坐在松树下。

“今天的天气太好了。”雅努什说，为的是说点什么。佐霞背对着他，手指在他们坐的青苔地上抠着，嘴角上叼着一根青草。雅努什能看到她那洒满了树影和斑驳的阳光的侧面。上边突然刮过一阵风，树枝摇曳，几片橙黄色的椴树叶不知从哪里飘落下来，落到碧绿的松树丛上。雅努什想佐霞大概快要哭了，觉得她挺可怜。他抓住了佐霞的手，问道：

“您怎么了？”

她转过脸来，双眸凝视着他的眼睛。他从近处看到她苍白的脸，一对放大了的瞳孔，黑得像炭画过似的浓眉，低低的、雪白的、长得很漂亮的额头。她逼视着他的眼睛，仿佛是心怀嫉恨，嘴角在不安地抽搐。雅努什朝她弯下身子，抱住她的双肩打算吻她。她从容地挪开身子，仍然狠狠地盯着他的眼睛，一字一句地说：

“伯爵先生是不是以为把我同农庄一起买下来了？”

雅努什垂下了手，身子移开了，眼睛望着森林。他感到佐霞还在凝视着他。

"您真坏。"停了一会儿，他说。

佐霞令人难以捉摸地笑了起来。

"对，"她说，"可能是如此……"

他们动身往回走。

"我们这么久没有回去，舒什凯维奇一定很着急。"他们穿过麦地走向园子的树丛时，他说。

"他恐怕已经习惯了您的怪脾气吧？"佐霞问。

"我的脾气怪吗？"雅努什似乎在问自己。

舒什凯维奇真的在苹果树丛中的那条小路上迎他们。

"您怎么啦？"他喊道，"你们到哪里去了？整个田庄兹戈热尔斯基先生都带我看过了。一切都挺好。"

"那太好了。"雅努什咕哝了一句，"我们马上回华沙去吧。"

五

一天，斯彼哈瓦像平常一样到布拉茨卡府邸门前按铃。斯坦尼斯瓦夫出来给他开门时，他要他去通报玛莉亚公爵夫人。斯坦尼斯瓦夫请他在二楼比林斯卡卧室旁边的小客厅里稍候。过了片刻，门开了，但进来的不是玛莉亚而是老公爵夫人安娜。

斯彼哈瓦以前只偶尔见过她一面。现在她穿一身浅色的长连衫裙，头上的白发梳得很讲究，还拄着一根手杖，在他眼里显得非常高大，像是古罗马的供奉。她很客气地对他说：

"玛莉亚马上就来，请您稍等一会儿。如果您不讨厌一个老妇人作伴的话，我们就一起等她吧。"

卡齐米日在外交部待了一年半，变得有修养多了。他的脚上已没有那双笨重的皮靴，很灵便地向老公爵夫人鞠了一躬以回答她的那番话。

“您请坐。政治上有什么新闻吗？”

斯彼哈瓦做了个含糊的手势。

“公爵夫人一定知道，格拉布斯基[①]从斯帕带来了什么。”

老太太耸了耸肩。

“你们把一切都估计错了，”她说，“德国是我们的头号敌人。”

她掏出玳瑁烟盒，拿出一支烟，斯彼哈瓦赶忙递过火去点燃了。

“德国人被打败了。”他小心翼翼地说。

“打败了？德国人？您不了解他们。我可把他们摸透了。威路希[②]逃跑了吗？这不值一提！威廉是个没出息的人，他小时候我就熟悉。‘征用法’[③] 通过以后，我就不再接待他了。您知道，我叫仆人告诉他，公爵夫人不见他。可他非但没有把我押送出境，第二天反而给我送来了一束玫瑰花……没出息的家伙！那里还有其他力量在活动，它们没有战败……”

她喘了口气，又接着说道：

“我们本来应该了解他们。他们是我们的紧邻啊！但我们对于德国人一点儿概念也没有。我对他们略知一二，我的血管中还流着德意志的血……可是其他人……”

斯彼哈瓦没有争辩。他知道同这个穿裙子的龙骑兵是没法争辩的。

“唔，您在华沙过得怎么样？”老太太发现他不愿谈政治，便转了话题，“现在住房很困难。”

“是的，”斯彼哈瓦说，“但我总算在斯莫尔娜街弄到了两间房子。”

---

① 格拉布斯基（1873—1938），波兰政治家、经济学家。1923 至 1925 年曾任波兰总理兼财政部部长。

② 威廉的昵称，此处指德皇威廉二世。

③ 指 1908 年普鲁士议会通过关于征用波兰地主土地的法令。

公爵夫人留神地打量着他，斯彼哈瓦被她看得脸红了。

“两间?”她问，吸了一口烟，“您大概现在不打算结婚吧?”

斯彼哈瓦微笑着，他觉得自己的脸更红了。

“结婚？就我的年龄而言，为时尚早。”

“贵庚多少?”公爵夫人问，用金链挂着的鼻眼镜瞧着他。

“快二十八了……”斯彼哈瓦含糊地说。

“对，”公爵夫人说，“是还太早。您现在别结婚。”

“为什么？公爵夫人?”

“您知道，”公爵夫人没有看斯彼哈瓦，却望着钢琴上摆的一大束石竹，“现在找个好妻室很不容易。而且您得考虑自己的前途……如果您被任命为公使……”

斯彼哈瓦也望着那束石竹。这是他早上派人送来的，附有他的名片。他不知道，公爵夫人是否已经猜到了。

“哦，是的，”他表示同意，“考虑到外交工作的前途，我必须找一门好亲事。”

公爵夫人又吸了一口烟。

“您瞧，什么叫作‘好’，这很难讲，有时看起来好，但只是表面上好。有时美满姻缘也会成为大包袱。”

“哦，我没有想过美满的姻缘。”斯彼哈瓦后退了。

“您瞧，”公爵夫人说着，叹了口气，似乎准备进行一番长篇演说，“您的美满姻缘可能不那么顺当自然。它可能影响您的前程，打乱您的步伐。我这样说，是出于对您的好感。玛莉亚对我谈起过许多关于您的事，她说过，在她最困难的时刻，您对他多么好，给了她多大的支持，”公爵夫人慈祥地看着这个年轻人，卡齐米日也感到她的亲切是真诚的，“您应当找一个有教养的、健康的年轻姑娘。恕我直言——一个本阶层的姑娘。”

卡齐米日坐不住了。

“您在想，因为我是一个贵妇人，一个拒绝威廉进门的贵妇人，所以才这么讲。不，其实不然。不管我的出身如何，您是在同一个懂得生活，敢于正视现实的女人说话。虽然我已经七十多岁了，但我懂得……我懂得世界在向哪一个方向发展。我也懂得，我们在世界上的地盘是越来越小了……我们到处被赶……我们也是从那里被赶出来的，”她指了指挂在墙上的米哈洛夫的房子的照片说，“当然，您可能觉得我们的封号，布拉茨卡的这所房子还很神气……但是我们清楚，这已是最后的一点残余了。生活在前进，卡齐米日先生……”

卡齐米日低头坐着，他感到自己全身都涨红了，两耳发烧……

“那么，您不相信爱情吗?”他问。

“我? 不相信爱情?”公爵夫人大笑起来，“不，我没有这样说。相反，现在当我已经是站在最后一级台阶上，考虑是否迈出这一步的时候——您明白吗?[①] ——我觉得世界上唯一有点价值的东西就是爱情。真的，我不否认爱情，只是……”

“爱情能够填平一切深渊。”

公爵夫人站起来，习惯地在屋子里走了一圈，她在插石竹的花瓶旁边站住了，从中拔出一支紫红花，捏在手上小心地玩弄着。卡齐米日觉得她好像变得年轻了。

“我以为，新时代的特点正在于，”卡齐米日见公爵夫人不答话，便接着说，“爱情敢于去碰碰以前闻所未闻的东西——不相称的婚姻。”

“那当然，当然。”公爵夫人闻了闻那支紫红色的石竹，然后拿着石竹走到卡齐米日面前，又在她刚才坐的那张沙发上坐下了。

“恐怕只有现在才敢于去碰碰它。”

---

① 原文是英文。

"您瞧，"公爵夫人似乎很费劲地说，两眼一直盯着石竹，"我觉得，您已经犯了一个错误。我指的，不是您进入外交部。"

"这是我上司的命令。"斯彼哈瓦说。

"我知道，我知道，"[①] 公爵夫人说，"他们看中了您。我指的是：您改变了生活方式，您似乎跟自己的亲属脱离了关系。"

"但是，公爵夫人，"斯彼哈瓦不由怒火中烧，"公爵夫人大概知道，我没有中断同家里的联系。正是不久以前，我还给我父亲……"

"我知道。当然，我知道，"公爵夫人显然不愿继续谈下去，"您给父亲在热舒夫附近买了一个田庄，我还知道，谁……借给您的钱。"

斯彼哈瓦喘了口粗气，又低下了头。心在狂跳。

"您瞧，"老太太平淡而冷酷地说，"我正是把这叫作改变生活方式。未来是属于你们的，这毫无疑问，但你们应该保持自己的本色。把自己打扮成不是自己的样子，这是很危险的。到处都是这种人。"

"我跟大家不一样。"斯彼哈瓦低声说，他完全被这番话打垮了。

"但愿如此，"公爵夫人很客气地说，"即使只为我的孙子着想，对于他您一定会有很大的影响。而我希望我的孙子仅仅是个普通的人，在这个世界上不要起任何作用。如果我对您说，我非常爱我的孙子，您大概会觉得我这个老利己主义者很可笑。"

"我也很爱他。"卡齐米日以几乎听不见的声音喃喃地说。

公爵夫人假装没有听见他的表白。

"您瞧，"她用那支石竹轻轻地敲着他的手，"我认为您的生活方式不合适。很遗憾，如果您……在婚姻问题上迈出这错误的一步，我简直就会把这看成是卖身求荣。"

斯彼哈瓦茫然地望着公爵夫人。

---

① 原文是英文。

“卖身求荣?”

“对，卖身求荣。您会为此而后悔的。哦，好像玛莉亚来了……”

“那该怎么办呢，公爵夫人?”卡齐米日直截了当地问。

“现状不应改变，这对您，对她，还有我的阿罗都有好处。”

“这很难办。”斯彼哈瓦说。

“是这样。”公爵夫人表示同意，“我理解。您抛弃了自己的未婚妻，犯了一个错误。”

斯彼哈瓦又看了公爵夫人安娜一眼。

“这是老罗伊斯卡告诉我的，”她笑了笑说，“她讲了许多您的情况。她对您很欣赏。”

玛莉亚进来了。窈窕的身材，穿一套深色的衣裙，帽子上挂着面纱，插一小束紫罗兰。老公爵夫人站起来。

“午安。”[①] 她对儿媳说，“我尽了一切可能给斯彼哈瓦先生解闷。我想，我们的朋友[②]没有感到厌烦。”她把石竹插进花瓶，“这花多美啊，”她一面说，一面还望着玛莉亚和斯彼哈瓦，他们俩站在屋子中央一言不发，“暂时告别，回头你们到我那里去喝茶吧……”她扶着象牙手杖走出了房间。

卡齐米日深深地吐了一口气。

玛莉亚急步走到他身旁，两手搭在他的肩膀上。

“卡齐，”她说，“你怎么啦?你脸上的表情为什么这样尴尬?”

但卡齐米日什么话也没有说。他拿下她搭在他肩膀上的戴着灰色手套的手，默默无言地吻了一下。

---

① 原文是英文。

② 原文是英文。

六

在布拉茨卡街的府邸里，一层是高级套间，二层是两位公爵夫人以及阿罗的卧室，三层中间是一条长长的走廊，走廊旁边是一排小房间。这条走廊一直通到厨房以及厨房外的台阶。雅努什就住在角上的一个小房间内。亨利·安托涅夫斯基现在住在华沙乌雅兹多夫斯卡大街医院里。他经常是傍晚时分来找雅努什。他的手受了伤，但伤口已经愈合，不久后就要重返前线。他一般都是从厨房进来，因为，据他所说，他不喜欢那些给他开大门的“奴才”。厨房里倒是有他的朋友，泰克拉小姐也诚挚地欢迎他：“在家，雅努什在家。您去找他吧，他很孤单。”说这话时她往往要发出一声长叹。亨利朝厨房里的人友好地招招手，然后穿过走廊到雅努什的卧室。他们谈到很晚。到大约十点的时候，亨利才站起来。“上帝！我的通行证十点前才有效……”他喊道，立即告别，但这并不意味着谈话结束了。雅努什经常伴送他穿过三十字广场和乡村路，一直把他送到医院。

这天晚上，亨利看见雅努什一面抽着烟，一面整理自己的书桌。这个不大的房间里炎热非常。七月的晚上是很热的。

“听我说，”亨利说，“今天我出院了，还获准了一个星期的休假……”

“休假？现在？据我所知一切假期都取消了。”

“呃，但我很幸运，”亨利说，“而且我总是走运。不，不，”雅努什责备地瞥了他一眼，他急忙分辩说，“假期是完全正当的，只不过，是经我请求才给我的！”

雅努什从桌旁转向他。夏日太阳的余晖把窗玻璃映得通红。

“那么你打算怎样度过这个假期呢？”

“我们去扎科潘内①，你看怎样？”

雅努什举起了双手。

“你这家伙！你都在想些什么？我正好明天就要去报名参军。”

“过一星期再去报名好了。”

“会不会太晚了？”

“过一个星期？不，肯定不晚。”

他在雅努什对面坐下，恳求地望着他。

“同意吗，雅努什？你不去我也不去！”

“你想去扎科潘内？”

“很想去！我好久没有去过了。扎科潘内现在人少。我们最多四天就够了。”

“听我说，”雅努什同意了，“我们叫埃德加尔一同去！”

“不，不，我无论如何不同意。我想去爬山。”

“我可从来没有爬过山。”

“那更好。我教你。我们一定要去。火车十一点开。”

“今天就去？”

“当然。今天我连住处都没有。”

“就在我这儿睡吧。”

“不，不，不要浪费时间。你收拾东西吧，我们出发。”

“我钱都没有。口袋里只有五百马克。”

“这大概够了。再说，我这里还有一点，怎么样，雅努什？”

“好吧，你很能鼓动。”

“我曾鼓动你去卡涅夫。你后悔吗？”

“我因约齐奥而感到后悔。”

---

① 波兰南部山区，旅游，休养胜地。

“不错，这真是……”亨利脸色一沉，但不久又变过来了。

“我去告诉姐姐一声，马上就回来。”雅努什说着走了出去。走廊和楼梯上已经黑了，他摸黑走到二层，没有敲门就推开了姐姐小客厅的门。屋子里只有一盏落地台灯亮着。玛莉亚坐在灯下的一张陷得很深的沙发里，她面前跪着一个男人，头靠在她的膝盖上。漆黑的头发长而散乱，起初雅努什没有认出他是斯彼哈瓦。他们没有发现他，他犹豫了片刻，一直愣愣地站在那里。

比林斯卡的双手插进卡齐米日的黑发里，平静地说：

“卡齐，不要哭，我亲爱的。[①] 一切都会好起来的。”

“这种情况不能再继续下去了。”卡齐米日含着泪说。

雅努什蹑手蹑脚地走了出去，没有关上门。他上楼后敲了敲泰克拉小姐的房门。她坐在桌旁一盏小台灯下补桌布。她抬起戴着眼镜的眼睛看了看他。这小小的白房间里总是那样静谧，雅努什喜欢晚上到这里坐坐。

“你想要什么，我的孩子？”泰克拉小姐眼睛离开手中的活计问，钩针却还在不停地闪耀。雅努什甚至忘了他来这里的目的。只想在这儿稍坐片刻。床边墙的上方挂着一幅小壁毯，是用形形色色的碎布头拼凑而成的，镶上了一道黑天鹅绒的边。他从孩提时代起就记得这幅壁毯。壁毯上方挂着一幅版画，刻的是祝福的耶稣。版画上头插着一根羽状的棕榈枝。

“不，不要什么，别夏多希，只是我有点发愁。”

“你为什么发愁？在谈恋爱吗？”

“哦，那是许久以前的事了，别夏多希。玛莉霞和卡齐将来会怎样？”

---

① 原文是法文。

泰克拉小姐沉默了一会儿，钩针在手里动得更快了。然后她说：

“会怎么样？什么事也不会有。你不用发愁，一切都会自然而然地过去的。”

“你这样想吗？”

“这类事情往往是有来，也有去。”

“不总是这样。”雅努什叹了口气。

“你以后看吧，你以为会怎样？”

“不怎样。只是他们在热恋哩。”

“老公爵夫人也不只热恋过一次，但什么结果也没有。”

“你记得吗？”

“不，我不记得了。那是很久很久以前的事。玛莉霞也会如此。”

“你知道吗，我觉得她不会嫁给他。”

泰克拉小姐停下了手中的活计。

“她？玛莉霞？”她悻悻然地问道，“比林斯卡公爵夫人下嫁斯彼哈瓦？你脑子清醒吗，我的雅努什……”

“就是嘛，她不会嫁给他。”

“她会找到一个合适的人，为什么不？她年轻，漂亮……”

“你知道，我可怜卡齐。”

“我不可怜他。一个乡下佬！猪顶好不要钻到别人的菜园里去。”

雅努什大笑起来，抓住了别夏多夫斯卡的手。

“难道猪能钻到自家的菜园里去吗？呵，别夏多希，这个比喻不恰当。”

别夏多夫斯卡也笑了起来。

“亨利呢？”她问，“刚才我在厨房里见到他来着。”

“哦，我正要说到他，”雅努什有点发窘，“他就坐在我的房间里，他要我跟他一起去扎科潘内。”

“好极了。你去吧，这对你的身体有好处，在这里闷得慌。”

“他要马上就走。一个钟头之后……”

“那又怎么啦？有谁留你？”

“是的，没有人留我。但我没有钱。”

“我给你。”泰克拉小姐站起来，把活计放在一边，走到屋角的柜子跟前，“你要多少？”她边问边打开柜内的钱箱，“两千够了吗？”

“你疯了吗？这是一笔财产啊，我怎么还你？”

“你会还的，你会还的！不是早还，就是晚还。年老时我总能找到你。”

“你太好了。”

雅努什拥抱着泰克拉，吻了吻她干瘪的两颊。他连忙回到自己的房间，亨利还像刚才那种姿势坐在那里。

“我们走吧，”他说，“走吧，泰克卢妮亚[①]给了我钱。世界属于我们……”

“一个星期之内。”亨利说，“唔，快收拾行装吧。”

车站上很挤。不久前建成的候车室里挤满了旅客。人群中大都是上层社会的人物，衣着整洁，行李很讲究。亨利指着那些箱子对雅努什说：

“你看，上等人都开溜了。”

开往扎科潘内的车已经挤得水泄不通，人们从打破的车窗往里钻。因为天气好，有的人坐到车厢的联结处和车顶上。

“多少年来人类就是这样周游各地。”他们愁眉苦脸地走过一个又一个拥挤的车厢的时候，亨利以哲学家的口吻说道。

“可还得这样旅行多少年呢？”雅努什问。

---

① 泰克拉的爱称。

但是他们碰上了好运气。在靠后的一节车厢边上，他们发现了一个高高的制动室，可以从一个小梯子爬上去。他们朝里面一看，制动室是空着的，但门紧闭着。他们顺着机车绕了一圈，从另一面向里看，这边的门是开着的。制动室很窄，勉强能容下他们两人。但靠壁处有一张固定的长凳，亨利马上在长凳上躺下了，雅努什坐在他旁边。从车站射进制动室的灯光是微弱的，但照亮了他们的脸。在夏夜的深蓝色的暗影里，他们的脸上好像涂了一层磷光。从旁边机车里冒出的一团团白色的水汽和黑色的浓烟有时把窗口都遮住了。谁也没有到制动室来打扰他们。他们上车半个钟头之后，汽笛发出一阵长鸣，火车终于艰难地开动了。

雅努什试图把自己听到火车汽笛长鸣时的感觉告诉亨利，但他发现对一个不理解这种感觉的人很难解释清楚。亨利听得不耐烦，雅努什只好摆手作罢。他们于是又谈起了别的事。在蓝色的夜幕中，树木、车站、路灯照耀下的白墙从窗外掠过。忽然，一大片星空展现在他们面前。然后是平坦的、一望无际的原野。

“你知道，”雅努什说，“我，说实在的，完全不了解波兰。我从来没有到过扎科潘内，甚至没有到过克拉科夫。”

“那有什么，”亨利打着呵欠，“波兰……一个小国，一个小民族……没啥新奇之处……一切都很平常。”

“是这样，”雅努什迟疑了一下说，“但对于我，它是新奇的。我以前只是从书本上知道它。现在我觉得一切都很新奇。华沙我是知道的。你说得对，同俄国比，这里的一切都小而窄。我觉得这里很拥挤。”

“你会习惯的，”亨利说，“我在基辅待了几年之后，对这里的感觉也同以前不一样了。”

“你到底是哪儿的人？”雅努什问，“我到现在还不知道，真可笑。”

“没有什么好吹的。我是罗兹人，说得准确一点，是罗兹郊区的人。你根本不知道，罗兹郊区怎么一眨眼就成了地地道道的农村。那里有一条小河，叫作莫什切尼查，还有几个池塘。我父亲在那里有一所磨坊。大概现在还在。我从一九一五年以来，就不知道家里的任何消息……”

“为什么？”

“我去上美术学院的时候，父亲就不要我了。一九一四年我同帕夫利茨基教授一起去修复基辅附近的一所东正教教堂。你瞧……我就在那里留下了……一晃就过了多少年……”

“你在华沙只一个人吧。”

“嗯，有几个同学。我们过去在一起绘画……”

火车发出单调的轰鸣，以不太快的速度朝斯凯尔涅维策的方向前进。雅努什望着窗口，窗外是一条明光耀眼的火蛇。

“这地方不算漂亮，”亨利说，“克拉科夫附近好看一点，但很穷。”

“对，这才是最糟糕的，”雅努什喃喃地说，“真是穷得可怕。”

“有什么办法？你改变不了世界。”

“也许能呢？倘若有强烈的愿望，也许一切都能改变……”

“愿望倒是有，但怎样去实现它？”

“这个我也不知道。我不知道我是否能实现。我喜欢读诗……”

亨利笑了起来。

“我想你喜欢写诗吧。”

“诗也不能改变世界。”雅努什答非所问地说。

“瞧你这个大改革家！”

“你不是也想把画画好吗？”

“画画是另一码事。”

“那自然。但我觉得，一切都是建立在某种误会、某种虚假的基础上。”

“怎么，一切？”

“对，一切。整个波兰。”

“嗳，嗳！”亨利制止他说，“话别这样说。”

“是这样，就是这样。你看，这里是一个巨大的世界，它广阔、高峻、深邃。在这世界上有一小块地方。巨浪从四面八方冲击着它，它怎么能保持、存在和延续下去呢？除非是人与人之间存在着某种真理……”

亨利翻身坐在长凳上，凝视着雅努什，但见他那张面孔苍白、瘦削，面部雕刻般的线条因痛苦而抽搐，厚密的头发散乱地披在额头上。雅努什此刻并不显得漂亮——因为他从来就不漂亮——却是画像的好模特儿。

“听我说，”亨利说，“我想把你此刻的模样儿画下来。”

“啊，那你就画吧。”

他们沉默了片刻，雅努什又说道：

“我想肯定存在一种我们还不知道的真理。”

“这都是空话，胡说。不存在什么客观真理。不要让它们把我们的头脑搅乱了。一句话，我们应该按照生活本来的样子去对待生活。总而言之，我生在莫什切尼查河边的磨坊里，这就决定了我的一切，这样的出身永远改变不了，即使我成了伦勃朗①也改变不了。”

“伦勃朗也是生在磨坊里的。”

“是吗？我还不知道呢。”亨利带着意想不到的兴趣问。

雅努什大笑起来。

“看来你还是怀有成为伦勃朗的希望。”

“也许……”

---

① 伦勃朗（1606—1669），荷兰画家，父亲是磨坊主。

“但你不会成为伦勃朗，你不能像他那样忍受苦难。”

“你能吗?”

“你瞧，”雅努什慢悠悠地说，“苦难只是真理中的一个。但我不能忍受苦难。诚然，我是很痛苦……十二分的痛苦……譬如说，现在为我们的波兰而痛苦。出路在哪里?以前在俄国也是如此。你完全不了解，我是怎样经历俄国革命的。差不多是……一场劫难，嗯，还有背叛……”

“她对你变了心吗?”亨利好心肠地问。

“阿丽亚德娜?没有，她没有背叛我，她背叛了事业，她对之比我更相信的事业。至少我觉得是这样。啊，不，她显然是没有相信。既然她没有相信，也许根本就不值得相信!”

“为了一个蠢婆娘……”

“请你别这样说。”

“你爱过她还是怎的?”

“我现在还爱她，这正是痛苦之所在。因为我知道，她不值得爱。”

亨利耸了耸肩。

“值得爱！你，雅努什，你真的还很天真。”

“我知道。有些人就是一辈子天真。正是这一点使他们痛苦。孩子也有痛苦，你听见过孩子经常大哭或伤心地抽泣吗?我有一个外甥，现在三岁。如果谁夺走他的玩具，他就哭得很伤心……这时他真的感到很不幸。”

亨利拍了一下雅努什的肩膀。

“呃，怎么啦，老弟，有人把你的玩具夺走了?”

雅努什没有回答。他把脸藏在阴影里，在黑暗的制动室里，他的脸已经不闪闪发光了。

“空话对于我们，对于波兰一点用处也没有。”亨利说。

“这正是最糟糕的。一个人什么都不了解，什么真正的知识也没有，什么前景也看不到——只是雾茫茫的一片。”

“你是个悲观主义者，”亨利低声说，“躺下吧，铺好毯子。”

“不，我不是悲观主义者。难道说一个有信仰的人会是悲观主义者？”

“你信仰什么，我的雅努什？”

“我信仰人，信仰人类，信仰真理……我信仰一切。只是我什么都不知道。”

“算了，睡吧。”

亨利在长凳上让出一点地方，雅努什勉强躺下了，把包裹当枕头。

“生活并非一首浪漫的诗。”亨利总结说。

“但生活很吸引人。”雅努什说，不知为什么他想起了他不久前买下的那座农庄。

七

他们到达扎科潘内的时候，天在下雨。尽管如此，他们还是上哈拉去了。雾很浓，不仅给山峦披上了厚厚的面纱，而且在山下，两步之外什么也看不见。在这乳白色的浓雾中，只是偶尔能看到松树的树干和一丛丛酷似伏兵的小枞树。有时还可听到系在母牛和绵羊脖子上的铃响。这种低沉的铃声时远时近，到处都可听见。雅努什和亨利整天都坐在布斯特雷茨基招待所前面。山下雾中隐隐约约有一堆石头，那是运来准备建塔特拉山协会招待所的。再远一点就是一片浓雾了。雅努什根本不相信那里有山。

在招待所里和他们在一起的只有一个从维尔诺[1]来的患肺病的诗人以及两个十五六岁的小伙子。一个黄头发，叫鲁齐奥，另一个是黑头发，叫彼得鲁希。他们两个整天不是吃黑浆果和酸牛奶，就是掷骰子赌博。由于无聊，雅努什和亨利在傍晚也开始和他们一起玩。亨利常赢，雅努什常输，而两个小伙子则经常无缘无故地嘻嘻笑。吃晚饭时诗人也坐到了他们的桌旁，给他们讲种种真实的和他自己杜撰的山中奇遇。讲得最多的自然是神秘的故图尔尼亚峰，在它陡峭的山坡上不知死了多少年轻人。故图尔尼亚峰完全被白雾遮盖，无法想象它是什么模样儿。两个小伙子听得目瞪口呆。诗人呷着搀有罗姆酒的茶，越讲越生动。雾越来越浓，天也越来越黑，布斯特雷茨基招待所茅舍笼罩在一种只有在深山老林才能体验到的静寂里。雅努什在睡觉之前走出屋子，靠着用罗汉松的枝干搭成的篱笆站了片刻。深山的寂静立即对他起作用了。山下，在堆石头的那个地方，传来了潺潺的流水声，它是那样的富于音乐性，又好像不是山溪的流水声。刹那间，雅努什感到心境平静，万念俱消。华沙的种种事件，对巴黎的向往，都倏然离他而去，沉入了深渊——人类的全部动乱都成了不可理解的了。“这里是如此静谧，人们为什么会痛苦呢?”他想着，同时感到，这种静谧不是死的沉静。

第二天的天气还是老样儿，虽然气压逐步上升了。这一群旅行者还是决定通过扎夫拉特去游览海眼。天气说不定会好起来，而且老坐在招待所里也不是个办法。他们卷起毛毯，背起背包。能见度提高了，但雾变成了蒙蒙细雨，在衣服上、行李上结成了大颗大颗的水珠。他们喝了一杯热牛奶。维尔诺诗人坐在房前的一张长凳上，靠着一张用没有刨过的木板拼成的桌子吹口琴。他吹得不好，有点走调，吹的几

① 维尔诺又名维尔纽斯，立陶宛首府。

个复音听起来像鸟的悲鸣。当雅努什、亨利在鲁齐奥和彼得鲁希的陪伴下沿着小路往山下走的时候，轻微的琴声像是那个肺痨病人微弱呼吸的回响一直跟随在他们身后。

现在他们踏上了一条通向黑池的宽阔、舒适、铺得很好的山路。路的两旁全是挂满水珠的枞树和黑浆果树丛。雅努什不时摘下一枚水汪汪的紫黑浆果，把手指都染黑了。浆果有山水的味道，枞树的气味像松香一样有些苦涩。

他们站在黑池边上，浓雾就挂在离水面只有几米高的空中。依然不见山峦，钢灰色的水面伸展得很远、很远，水里的石头历历可见，宛如深水里光闪闪的青灰色的珍珠。路到这里变得窄了，顺着湖岸延伸。路面微微向上伸展，湖的深处在他们的右边。湖中有一枞树小岛，像是一座坟墓，又像一只抛在水面上的小孩的摇篮。

他们渐渐步入雾中，沿着一个碎石的斜坡往上走，碎石不时撒落在他们脚上。两个年轻人开头吵吵嚷嚷，现在静下来了，还喘着粗气。彼得鲁希朝雅努什转过脸来，问了句什么，雅努什见他满面通红。已经有爬山的扶手了，光滑的悬崖把自己的峰顶隐没在雾中，而它下端闪闪发亮的路面好像没有个尽头。到了应是死湖的高度。他们第一次看到了雪，但死湖却看不见。再往高处走时，山路上也是积雪，靠近山峰的扶手和铁链上面结了一层冰，手扶在上面冻得像烫了一样地疼痛。最后一段路使雅努什感到很累，他想快一点到达隘口。小伙子们掉在后面，吃力地向上攀登。他们中有一个连人带石向下滑了好几米，简直给吓坏了。右边，在老扎夫拉特山崖的一大片雪地上，雾中隐隐约约现出了一尊圣母玛利亚的雕像，那是从前有一位叫小木匠的神父树立的。

在隘口的另一边，雾也是一样浓，但是很不平静。从山下刮来一阵旋风，盘旋到隘口的高处又折回向下。从那边刮过来的寒风使他们在隘口没有站多久。雅努什默不作声地望着迅速移动着的雾，亨利喊着掉在后头的小伙子们，他们还在用冻僵了的双手攀着最后几节链条。

彼得鲁希先到隘口，他的脸色都变了。

“我过去不知道山里是这样可怕。”他说。

亨利大笑起来。

“一点儿也不可怕，”他回答说，“叫人非常愉快。”

“也令人愉快，”小伙子喘着气，还平静不下来，“但是很可怕。”

鲁齐奥也到了。他们一起下山向五池谷走去。近处的悬崖峭壁好像是顶到了天。它们那黑沉沉、水淋淋的身躯隐没在云雾中，似乎是伸进了乳白色的苍穹，看不见它们的末端在哪里。

他们走了一个钟头之后，到达五池谷的中心，乳白色的浓雾逐渐变得淡了，悬崖峭壁、嶙峋怪石渐渐显露，远方的景色也依稀可辨——突然，整个雾团迅速升腾，越来越疏淡，变成一条条、一缕缕缥缈的轻纱。一瞬间，山谷周围莽莽苍苍的景色都显露了出来，在阳光的照耀下，真是美不胜收。在山下，灰蒙蒙的池水忽然出人意料地发出了蓝宝石似的闪光。旅行者们正在惊叹之时，又发现自己头顶上出现了一片色彩鲜明的、蔚蓝的晴空，宛如一匹绸缎覆盖着黑色的群峰。

他们向希维斯杜夫卡坡[①]攀登的时候，左边是五光十色的罗兹托卡谷，沃洛申斜坡上还飘浮着长条形的小片云彩，它们正迅速地向斜上方飞去，然后在愈来愈明朗的空中消失。

“气压计没有骗人。”亨利说。

雅努什没有说话。他兴奋得说不出话来。罗兹托卡谷的景色使他震撼。他没有停下脚步，由于羞于流露内心的激动，他故意不朝那边

---

① 希维斯杜夫卡坡是通向高山湖泊海眼的必经之途。

眺望。山下，小松树看起来就像儿童玩具，暗灰色的山岩，傲然挺立，有的地方闪耀着黄灿灿的火星。下面传来了淙淙的溪流声，水流得越来越急，声音也越来越响。

他们越是接近希维斯杜夫卡坡，草木也越是长得茂盛。黑浆果丛越来越密，山坡上的青草也越来越多、越来越茁壮了。还可以看到许多高大的雪松和不算太高的花楸树。在一丛丛悬钩子中间不时有一堆堆蓝宝石似的龙胆花在闪耀。

走到一个地方，他们的右边展现出了海眼的景色。一条绿带把坦荡的、暗灰色的湖面分割成两半，三座明古晓维耶茨基峰像三把和谐的长弓从三面俯视着这个湖面，使这个湖显得很低，很悠远，与世隔绝。他们站了一会儿，要仔细看看山下这个像铅盘一样在晴空下闪闪发光的瑰宝。

亨利指着明古晓维耶茨基峰说：

“明天我们上那里去。”

雅努什觉得办不到。能走到那黑魆魆的、锯齿状的山脊上去吗？一个人总能找到路爬上那些高不可攀的山峰的。他生平第一次懂得了爬山心理学，甚至懂得了爬山是证明自己意志力的需要。他庆幸自己听从了亨利的劝告，感到不虚此行，他还把这个想法告诉了亨利。

“你瞧，”亨利说，“一个人总要尽力抓住一切可能的机会。这里听不见炮声。”

他们动身往山下走，完全隐没在悬钩子、龙胆、拔地麻和越橘丛中。雨又下起来了，每当小路拐弯，海眼显露出来的时候，就被在阳光中闪耀的斜斜的银色雨丝所隔断。后来他们走进了高大的罗汉松林，海眼再也看不到了。雨愈下愈密，太阳的耀眼闪光也消逝了。

第二天，他们早晨六点起床，准备到赫沃佩克区的明古晓维耶茨基隘口去，天空明净得一丝云彩都没有，预示着这将是晴朗而炎热的一天。

鲁齐奥和彼得鲁希睡在床上，他们蓬乱的头发一浅一深，赤裸裸的胳膊垂在床边，活像战场上的尸体。但雅努什马上抛开了自己无意之中产生的这种联想。招待所空荡荡的，根本没有客人，这家弥漫着香荚兰的芬芳的旅店里除了他们，还有一个克拉科夫的名演员。她的浅色高跟鞋摆在她住的房间的门口。他们穿过走廊的时候，亨利默默地把这双鞋指给雅努什看。雅努什只是耸了耸肩。

在装有大玻璃窗的阳台上，他们每人喝了一杯热牛奶。一个长着淡黄色头发、胖胖的、睡眼惺忪的女招待给他们送早餐来时，指着阳光还没有照射到的、像熟鲑鱼鳞一样暗淡的蓝色山崖说：

“今天天气真好。”

他们兴冲冲地出了门。一股山区的凉气迎面扑来，直到他们沿着湖滨走得身上发热时，凉意才消散。湖面上微波荡漾，水光粼粼。十五分钟后，他们才卷起了袖子，解开了衬衣的领扣。钉了鞋钉的皮鞋碰着石头发出铿锵的响声，在小路潮湿的地方留下清晰的印痕。他们沿着一条异常难走的小路向黑池进发。石级比一般的要高得多，踏着这样的石级向上爬，小腿和脚踝的肌肉都感到酸疼。他们去黑池的途中，停步看了一会儿，一条喧闹的白色瀑布从山上直泻下来，落到与他们这条路平行的山谷。泡沫四溅的湍流冲击着沿途的巨石，发出轰隆的声响，打破了深山的寂静。在远处，在直插蓝天的明古晓维耶茨基群峰下，在镶了一道灰边的三角形白雪地里，有一只旱獭在尖叫，回声随着它反复不停的叫声在空中激荡，然后便迅速消失在他们身后的什么地方了。有一只鸟——似乎是鹞鹰“嗖”的一声腾空而起，直飞到扎巴拉尔卡峰巅之上，然后似乎是挂在那蓝宝石色的天空中，一动也不动。他们继续踏着石级艰难地向上攀登。

雅努什和亨利走路都不喜欢讲话，因此他们一直是默默无言地前进。雅努什气喘吁吁，口干舌燥，嗓子眼里像是堵着什么东西，但他仍然步伐平稳地向前走，虽然脚上穿的是钉了铁钉的沉重的皮鞋。

到了山上，在黑池的冰碛层上，他们在一张长椅上坐下了。他们的背后竖着一个低矮的、砍削得很粗糙的黑十字架。冰碛层长满了矮松。黑池仍然在黑暗中沉睡，这里比下面的海眼那里要暗得多，海眼依稀可辨，像是孔雀羽毛上的一个蓝宝石色的斑点。黑池周围锯齿状的群峰环抱着这个小盆地：蛙峰、雷希峰，其后是角锥形的维索茨卡山……这里的阴影是刚刚过去的黑夜的残迹，夜还没来得及把它的黑衫从山上全部收走。

纯净的空气涤去了他们的疲劳。他们走进了十字架右边的矮松林里，急速地向上爬，想尽快登上山崖。从而也就开始了他们这次旅游中最愉快的时刻。他们跳过那些扁平的、有的地方长着黄色苔藓的灰色大石板，绕过崖缝里长出碧绿的野草的山崖的突出部。唯一的一片洁白的云彩，出现在明古晓维耶茨基峰的上方，几乎伸手可及，然后向北匆匆飘浮而去，只见它不停地翻转，像是用脚在走动。雅努什望着这朵洁白无瑕的云彩，不禁念出了密庆斯基[①]的诗：

白云，饱含着山的奶汁，
在我的上空，飞进了蓝色的海洋……

亨利看了看白云，又看了看雅努什，照旧沉默地坚持向前走。鞋钉碰在山崖上，有时迸发出小小的火花。

路面一个劲儿地上升。左边是平静的、小小的黑池，像一面儿童用的镜子。湖面上光点闪烁，这是太阳光线折射在暗黑色的水面上照

① 密庆斯基（1873—1919），波兰诗人、剧作家。

出的鳞波。他们终于走到了爬山扶手处，亨利说，这是他最喜爱的地方。两座山崖之间是一个越到下面越大的裂隙，深约数十米，直达黑池的水面。在这里只需抓住右边山崖上的扶手，轻轻一跳，就可以跳到另一块山崖上。满是沙石的陡峭的斜坡，像是一条节日长裙的曳地长后襟。雅努什跨过这个深渊，有点头晕目眩。亨利走在前面，跨过后吹起了口哨，这似乎是一支欢乐的旅行曲调。雅努什听出他是在吹门德尔松①的婚礼进行曲。

现在他们周围尽是石头。他们穿过一片松脆的崖石之后，面前突然出现了一块不大的台地。左边，突出部的下面是黑池；右边，是一条笔直向上的、长长的小路。它穿过松软的、满是小碎石的斜坡，一直通向隘口。隘口上方伫立着一块崖石，俨如一个倾听风声的人像。

不知从哪里又传来了旱獭的叫声。右边，在小路旁边的千米深渊里是海眼。现在湖面上有一只船，像是水上的浮标。他们过夜的那家招待所，从这里望去显得非常之小，在灿烂的晨曦的照耀下，屋顶在闪闪发光，所有的玻璃窗像眼睛一眨一眨地闪动。

他们沿着陡峭的小路向上攀登，雅努什竭力不去看右边的深渊。碎石在他脚下滑动，轻轻地蹦了起来，越滚越快，最终坠下了深渊。只剩下最后的一段路了，再穿过几块崖石就到了隘口。

他们站住了，望着隘口的另一边。在撒旦峰和维索茨卡山黑魆魆的支脉之间，有一个深邃的谷地，谷地里就是明光耀眼的兴奇湖，远远望去，它显得很浅。湖并不是最美的，最美的是下面那个阳光灿烂的黄色大平原，它像大海一般波涛起伏，一直伸展到遥远的天边。那里已经是斯洛伐克了。

当他们站在这阴暗、凉爽、空气清新的隘口，背朝海眼周围暗黑

---

① 门德尔松（1809—1847），德国作曲家。

的树林，望着这明灿灿的平原的时候，雅努什觉得好像看到了一片福地。那块明晃晃的平原似乎到处都流着晶莹的玉液琼浆，光明、幸福而遥远。平原上偶尔有些黑点和小方块，飘动着白色的雾霭，宛如被风吹动的麻雀肚皮上的绒毛。

他们坐在山脊上，背着风，脸朝着南面的太阳。他们的视线一直没有离开过那边。

“你想想看，”雅努什说，“我们可以从这里下去，坐上火车，几个钟头就离这里很远很远了。”

“这有什么意思呢?”亨利咕哝了一句。但从他的话里，可以感到他想的完全是另一码事，他同样也想下去，让火车把他们带到从来没有到过的地方。

“你瞧，”雅努什接着又说，“那儿是南方，那儿有酒，有美丽的城市，那儿有我们的祖国：布拉格、维也纳、罗马……巴黎……为什么我们不到南方去呢?”

“别做梦了，”亨利说，竭力使自己的声音显得有理智，“别说这种自欺欺人的话吧。那儿不是我们的祖国，那儿的阳光和美酒不是为了我们而存在的。我们的祖国在背后，在北方。”

“为什么我们不能下去呢?”雅努什伸出手来画了一个大弧形。

“因为我们是波兰人。你瞧，这就是我们的命运。”亨利凄凉地笑着说，“我们马上就要回去。枪在等你，大炮在等着我。你却觉得你的祖国是在欧洲，罗马……狗屁！什么罗马！就不是！完全是一派胡言乱语!”

“啊，巴黎！巴黎!”雅努什说。

“你画一个巴黎吧……”

雅努什仰面躺在地上，他首先看到的是一片纯净、透明、幽邃的蓝天。两旁是峥嵘兀立的灰色山崖，一只白粉蝶竟飞到这里来了。它在风中扑闪着翅膀，在悬崖之巅，天幕之下翩翩飞舞。雅努什阖上了眼睛，他看到了一个遥远的、陌生的城市，一个矮小妇人的身影在宽阔的马路上，踏着灰色的柏油路面行走。

八

埃德加尔住在公园尽头的一所小房子里。除他以外，这里还住着一对年轻夫妇，男的是个园丁。每天早晚两餐由园丁给他做，午餐每天都是从涅波鲁夫送来。宽敞而低矮的房间里铺着旧地毯，摆了一架钢琴和一张很宽的床。除了一张大桌子和几张椅子之外，没有别的家具。倘若不是他在这段时间里丧失了创作灵感，倘若不是他每逢作不出曲子时都感到有一种可怕的、令人痛楚的内心空虚在折磨着自己的话，他在这里是会生活得很好的。他带来了很多书，但他拿起哪一本也看不下去。在离开华沙之前，外交部（通过斯彼哈瓦）给他转来了一封爱尔茹尼亚的信，内容暧昧。她接到的聘约不少。这年秋天，她要到纽约演唱《阿依达》《蝴蝶夫人》《后宫的劫持》，此外，还要在纽约、芝加哥和波士顿举行几次演唱会。这已很不错了。一个英国作曲家——埃德加尔对这个人的姓氏很陌生，一看就忘了——为她写了一支有乐队伴奏的歌，她就准备以这支曲子在交响音乐会上演出。她在信里说，这是一支非常优美动听的歌曲。

“优美、动听，”埃德加尔默默地把这两个词儿重复了一遍，“我可以想象这是一支什么样的曲子。”

但是，最使他感到不安的是爱尔茹尼亚只字不谈她个人的私事。她没有说她住得怎样，经常同谁在一起。她只提了一句她将同帕威尔·柯汉斯基夫妇一起从南安普敦去纽约。这太简略了。关于鲁宾斯泰因，她根本没有提起。这个银行家怎样了？他是被她派到什么地方去了还是留在了君士坦丁堡？沙皇皇太后玛丽亚·特奥多罗夫娜已经到哥本哈根老家去了。鲁宾斯泰因是否陪爱尔茹尼亚到美国？埃德加尔觉得，她既然只字不提鲁宾斯泰因，其中必有什么隐衷。是不是这个银行家在爱尔茹尼亚的生活中起着什么更重要的作用呢？

这些日子天气非常好，埃德加尔写不出曲子就整天在公园里散步。在这个季节里，阿卡狄亚公园真是景色如画，美不胜收。树木好像是到了成熟的时刻，枝繁叶茂，婀娜多姿；精力充沛的古树傲然挺立在天穹之下，庄重华美，享受着生活的欢乐；狄安娜女神庙前的池塘里，生长着茂密的芦苇，池水一半被碧绿的浮萍掩盖着，另一半则是幽深得发黑。埃德加尔喜欢坐在池塘边的台阶上，正是这种时刻他经常想到妹妹。他甚至听到了妹妹的歌声，歌曲的最初几个音符唱得虽然从容不迫，但还没有达到甜润的程度。然而那歌声愈来愈激越，愈来愈深沉、缠绵。她从维也纳回到敖德萨的那一天唱的是什么歌来着？哦，那是勃拉姆斯的《幽情》，正是那不同凡响的四度音，那向上的跳跃，听起来是那样的柔和。后来奥拉在炎热的夏天一直在练习这首深刻而富有智慧的歌。“这位勃拉姆斯定是个极端聪明的人！”他想。从奥拉转而想到她的情敌，玛莉亚。埃德加尔不清楚，自己对这个女人究竟怀有一种什么感情。对于他的音乐她是非常热心的，有一次，她甚至请了一个相识的小提琴手在她家里整个晚上都拉希莱尔的作品。她听过埃德加尔亲自给她弹奏的钢琴奏鸣曲。他曾给她看过自己写的一首钢琴协奏曲的草稿。他还写了几首练习曲准备题献给她。然而在这一切之中，埃德加尔总觉得有点空虚和做作。不久前，他约玛莉亚到瓦津基公园吃茶点。她戴一顶黑色的小圆帽，帽上插着一束紫罗兰，一块短短的面纱稍稍挡住了她那对蓝眼睛的明亮的光辉。她穿一套黑色的衣服，更显出她亭亭玉立的身材。她同他面对面坐在一张白漆小桌的旁边，摘下手套，露出修长、洁白的手指，一个手指上还戴着一枚镶有钻石和大红宝石的戒指。她凝视着他，眼神里似乎要向他问什么。他漠然地一支接着一支地抽烟。他们谈论音乐，同时竭力回避能使他们回忆起敖德萨的一切。在敖德萨时，面对严酷的现实，他们显得过于随便了些，尽管当时他们也并没有谈过什么实质性的话。到华沙后，比林斯卡住进了老公爵夫人的家，住进了这座府第，她重新获得了自信。自然，他们不曾谈起过卡齐米日，尽管埃德加尔一直在想着他。玛莉亚一个劲儿地称赞埃德加尔的音乐，但她所讲的，完全不在点子上，她把他的艺术看成是文学作品，而且是低级文学作品。这使埃德加尔十分恼火，但是他没有勇气反驳她。他觉得她是如此美，但不知怎的又是如此不可企及。他宁愿预先提醒自己，这件事不会有什么结果，并以这种留有余地的态度来对待它。这样做更适合他目前的心绪，而且也更有利于他的创作。可是，他怎么向她说明他自己也不明白的事情呢？怎样才能使她理解这种从四面八方包围着他、久久萦绕不去的声音，这种抽象的、除了音乐成分之外不包括别的成分的声音呢？在创作冲动的那一刹那，充满内心的那种声音即使对敏感的人也难讲清楚，何况是对这个一切都只看表面、浮光掠影的女人呢？

他就这样坐在阿卡狄亚公园池塘边上，心里想着玛莉亚是那样地遥远而不可企及。这意思不是说他们之间不可能产生爱情的联系，而是指他不能深入地了解她，不能以自己的感受去打动她。玛莉亚永远是他上次在华沙看到的那个样子——坐在一架钢琴的旁边，钢琴上摆着一个插了一大束石竹的花瓶，或者是再早一点在瓦津基公园看到的样子—— 一条短短的面纱遮住了她那永远不显得“过分含情脉脉”的眼睛。

一个人形单影只地待在阿卡狄亚公园使他沮丧，这不是一种能够激起创作欲望的幽居独处。然而他不知怎样做才好。双亲在弗沃茨瓦维克糖厂日夜操劳，爱尔日别塔消失在模糊的、雾一样的远方。他经常想念她——但他觉得这个“经常”还是不太经常。他在公园周围信步而行，对这座美丽别致的大公园以及它的矫揉造作的建筑物有点厌烦，他宁愿到田野去走走。他最喜欢公园边上的那条不显眼的洋槐林荫道，他在一张简陋的长椅上坐了下来，旁边就是田野。时值八月上旬，地里有些地方还残留着一些麦秸堆，但大部分都已收拾得干干净净，并耕过了一遍。在这里，夏日的风光已变成秋天的景色了。埃德加尔有时在这张椅子上一坐就是几个钟头，看着农夫耕地。

“这才是真正的劳动，”他自言自语地说道，“而我呢？就像水面上的那只蜻蜓。”

公园另一端的后面，有一片碧绿的牧场，牧场上有一个深深的小池塘，总有些蓝色的、轻盈敏捷的蜻蜓在水面上飞舞。埃德加尔每看到这些小东西，总不免要发出一声浩叹。

“我，”他思忖道，“对我主观上来说是如此重要的东西是否具有什么客观的价值，对这一点我也没有把握。因为在这世界上我真正关心的只是我的音乐，而别人对我的音乐，并不真正关心，这就是我感到孤独的原因。”

沃维奇教堂的管风琴师雅日纳老人听说有个“音乐家”住在阿卡狄亚，一天下午他便去登门拜访。园丁有个三岁的小女孩，叫达努霞。她经常来找埃德加尔。这是一个文静、老实的孩子，常坐在墙角玩埃德加尔用旧报纸剪成的娃娃，或是从发黄的园艺杂志上剪下来的花果，一玩就是几个钟头。埃德加尔还记得，从前他们住在工厂，而后住在敖德萨的时候，母亲常常收到一些很漂亮的德国或俄国的园艺杂志，上面画有形形色色的花卉，画上的花比实际上的花还要好看得多。他把花涂上彩色，剪下来，贴在硬板纸上，做成小屏风，送给爱尔茹尼亚的洋娃娃。有一次他还用这种花给父亲做了个灯罩，但父亲吩咐把它扔到阁楼上去了。他为此感到很伤心。现在他在园丁的屋子里找到了一大堆这类的杂志。他既没有颜料，也没有彩色铅笔，因此没法给剪下来的花上色，只有从封面或封底上剪下来的才是彩色的。达努霞高兴极了，她把这些花排成一个小圆圈，说这就是她的小花园。但花园里要有人住，因此埃德加尔又用旧报纸给她剪了许多简单的小娃娃，有的是单个的，有的像连体双胞胎，有的几个或十几个手拉着手。小孩玩起这些来非常快乐。她总是要求妈妈让她到埃德加尔房间去玩，作为对她安静听话的奖赏。

在夏日的烤晒下走得精疲力竭，大汗淋漓的雅日纳老人，敲了敲“音乐家”的房门。一个尖细的童音庄重地回答说：“请进。”音乐家穿一身漂亮的浅色衣服坐在桌旁，用报纸剪着小人，他身旁站着一个小女孩，两手亲昵地扶着他的膝盖。小姑娘穿一件粉红色的连衣裙，小鼻子向前翘着，一条细细的小辫朝后翘着。

“我可以同音乐家先生说几句话吗?”管风琴师问。

埃德加尔只是微微一笑。

“我是沃维奇教堂的管风琴师，”那人说，擦了擦胡子上的汗珠，“我是来同您认识认识。”

埃德加尔伸出了手。

“对不起，我不能站起来，”他说，“达努霞要我坐着，我就不能站起来，除非她改变主意。要不她会大叫大嚷的……是不是，达努霞?”

达努霞不安地朝生人瞥了一眼，然后她以完全信任的目光看着埃德加尔，平静地说：

“您剪吧……”

埃德加尔请老人坐在桌子对面，仔细地剪完了那个娃娃。

“您在沃维奇当管风琴师很久了吗?”

“噢，整整一个朝代了。”管风琴师叹了口气说，“我的父亲就在这里弹管风琴，我小时候就学会了弹琴，现在我又要有接班人了。”

“您的儿子?”埃德加尔问，同时把剪好的娃娃交给了达努霞。

小家伙接过娃娃，仔细地看起来，似乎这按一个模子剪出来的娃娃和别的有什么不同。她很有礼貌地说了一声“谢谢”（这是埃德加尔教的），便往屋角的方向跑去，头上的小辫一颠一颠的，好玩极了。她坐在地上，把新娃娃同以前的娃娃作比较。

管风琴师笑了。

“不，先生，是我的孙子!”他说，“我的孙子有天分，我想请您考考他。您是有学问的人，在城里受过教育，您看得出来，也许值得把他送到音乐学院去……”

埃德加尔很同情这个老人，但另一方面他又觉得厌烦；听蹩脚的音乐简直是活受罪。但他还是勉强地说：

“那很好……”

“什么时候，音乐家先生?”老头子显然有些窘，“我提议星期四到我家吃午饭。这里的琴他不熟悉，可能会感到害怕。请您不要拒绝。我请神父借给我马车。我们派马车来接您……音乐家先生!”

“好，”埃德加尔笑了起来，“只有一个条件，不要喊我音乐家先生，好吗?”

“那我怎么称呼呢?”老人的脸红了。

“就叫我埃德加尔先生吧。”

“我怎么敢呢?”

“那就叫我希莱尔先生吧。”

“喏，怎么样，希莱尔先生?”管风琴师问。

“好极了，星期四派车来吧……几点?”

“十二点。”

就这样，埃德加尔于星期四中午坐着神父非常舒适的马车走过了阿卡狄亚和沃维奇之间的原野。细心的雅日纳先生还给他带来了一件挡灰的风衣，这很起作用，因为那天烈日炎炎，车轮下扬起一片白色的尘土，停在空中久久不散。天空是灰蓝色的，仿佛是由于炎热而褪了色。空气里洋溢着羽扇豆的气味：在刚割过庄稼的田地和已耕过的田地旁边，有一片开遍黄花的地段。马车一直驶到沃维奇老市场附近的一所低矮的、带有木柱的木房子前面。雅日纳走出来，向埃德加尔鞠躬相迎，然后把他带到一间宽敞、低矮、开着对面窗的房间里。房间里有一股蘑菇和潮湿的气味。墙上挂着圣像和一个大黑十字架。摆好餐具的饭桌放在窗子旁边，房中央则放着一架旧的、棕黄色的大钢琴。琴盖是打开着的，露出了一排龇牙咧嘴的红白色琴槌。在键盘上方，埃德加尔看到精致地镶了一圈常春藤叶的招牌："克拉尔和萨依德尔"。

管风琴师的妻子也出来了。她是个瘦小的老太婆，系一条黑底白点的围裙，看起来不很和蔼。他们请埃德加尔坐在桌旁一张樱木软椅里。管风琴师往酒杯里斟酒。

"最爱喝酒的是，"他说，"药房老板和管风琴师。"

埃德加尔尝了尝山楂酒，觉得很好喝。

"您的孙子呢?"埃德加尔问。

"他马上，马上就来。"

桌上摆好了五个人的餐具。管风琴师的妻子悄悄地走出去，一会儿进来了一位大个子、黑头发的姑娘。她的头发从前额往上梳，在头顶上盘成一个大圆发髻。

"这是我最小的女儿，"琴师说。

那姑娘大大方方地直视埃德加尔，向他伸出了手，用低沉的嗓音说：

"海伦娜·雅日尼亚卡。欢迎您。"

过了一会儿，琴师太太带来了一个十四岁模样的少年。他羞答答地靠着奶奶。他很瘦弱，个子相当高。埃德加尔一眼就看出他的一侧肩胛骨向外突出，形成明显的驼背。前额高而窄，上面盖着浅色的头发，天蓝色的大眼睛水汪汪的。

“上去跟这位先生握握手吧，雷肖。”琴师说。

“这个野孩子。”海伦娜轻蔑地对埃德加尔说。

雷肖向埃德加尔伸出了长长的瘦骨嶙峋的大手。埃德加尔觉得他的手凉冰冰的。

“喏，请吧，”琴师说，同时自己坐到了埃德加尔的右边，“吃完饭开音乐会。”

“这算个什么音乐会!”海伦娜耸了耸肩，同时在埃德加尔的对面坐下了。雷肖坐在她旁边，摆弄着手上的餐叉，时不时用他那对蒙眬的眼睛朝作曲家偷偷地瞥一眼。雅日尼娜太太端着热气腾腾的汤钵走了进来，把它放在旁边的一张小桌子上。

“虾汤。”雷肖突然大声说。

“你喜欢喝虾汤吗?”埃德加尔微笑着问。

“雷肖，上汤吧。”奶奶说。

雷肖起身在每人面前摆好一盘汤。现在可以很清楚地看到他右肩胛骨上的驼峰和他那像长臂猿一样的手。海伦娜小姐给每人斟了一杯伏特加酒，不等别人就把自己的一杯喝光了。老雅日纳瞪了她一眼，一边把面包和黄油递给了埃德加尔。

汤的味道十分鲜美。埃德加尔一面喝着汤，一面同管风琴师谈话，眼睛却一直盯着对面的海伦娜和雷肖。这个脸颊红润、头发乌黑油亮、丰满、娇媚、仪态万方的姑娘和这个瘦长脸蛋的羸弱少年该是多么强烈的对比啊。雷肖很快就喝完了自己的汤，眼睛盯着空盘子，奶奶没有给他上第二盘汤，却一个劲儿地往埃德加尔的盘子里添汤，说是没有什么旁的东西待客，然而后面的菜却接着来了。汤喝完后端上了一只用土豆填馅、配有奶油凉拌菜的鸭子。然后是浇了甜樱桃酱的饼干，又松软又香甜。埃德加尔在主人殷勤的劝说下，每样东西都吃了很多。

“您平常一定是另一种饮食吧。”海伦娜望着埃德加尔说，她的语气里既含有惊讶又带点令人不快的嘲弄。

“我很久没吃过这么丰美的午餐了。”希莱尔回答。

“你开我这个老琴师的玩笑吧。”雅日纳说，但看得出来，客人的话使他很高兴。

“波兰菜永远是最好吃的。”埃德加尔说。

“您到过很多地方吧?”海伦娜问，她那低沉的嗓音好像是邀请他去旅行。

埃德加尔留心地看了她一眼。

“对，”他说，“但对我来说还太少了。我非常喜欢旅行。”

琴师太太收拾干净桌子，然后在每人面前摆上一杯黑咖啡。

“喏，雷肖，现在开始吧，”雅日纳先生说，“弹个钢琴曲子给希莱尔先生听听。”

雷肖满脸通红，小声恳求道：

“我想弹管风琴。”

“等会儿吧，等会儿再弹管风琴。现在先弹钢琴。”

雷肖走到钢琴跟前，毅然翻开乐谱架上的乐谱。用力地弹起了杜赛克[①]的一支小奏鸣曲——意大利塔兰台拉舞曲。他弹错了，停下来，再重新开始。他的弹奏还很幼稚，弹强音时过分用力，断奏也太显著。埃德加尔觉得不是滋味。雷肖弹完了小奏鸣曲，像只挨了打的狗一样望着埃德加尔。

“这架钢琴也实在够呛，”在一阵难耐的沉默之后，琴师说，“太旧

---

① 杜赛克（1760—1812），捷克作曲家、钢琴演奏家。

了，音也不准。”

“是呀，这样的琴弹出来的东西很难讲。”埃德加尔说。

“我认为，”海伦娜小姐以甜润而坚定的声音说，“雷肖没有什么了不起的音乐天分。”

“你知道什么！”妈妈哼了一声。

“难道说，缝衣服的人就肯定不懂音乐吗？”海伦娜小姐摆出一副拌嘴的架势，“我从小就听你们弹琴了。您认为怎么样？”她转身问埃德加尔。

“很难说，”希莱尔有些不好意思，“以后我再跟您父亲说。”

雷肖又弹了一首采尔尼[①]的练习曲。指法娴熟，仅此而已。埃德加尔一面抽着烟，喝着咖啡，一面听着雅日纳先生滔滔不绝地向他讲沃维奇的神父们的逸事，同时，尽力避开小驼背的目光。就这样坐了一会儿，大家都起身到教堂去。琴师带着埃德加尔在教堂转了一圈，给他看了主教的墓，圣坛和圣像，这些一切并不十分有意思。最后他们在长椅上坐下，雷肖到放管风琴的大敞廊去了。教堂里笼罩着一片夏日的寂静，埃德加尔陷入了沉思。起初，他甚至没有注意到管风琴低沉的声音。雷肖从容而自然地即兴弹奏着，人们不一定注意到这段音乐。它简直就是夏日的回声，宛如高耸的窗户外面大枫叶的沙沙声，宛如在教堂钟楼上筑巢的燕子的呢喃，宛如夏风吹在刻有花纹的钟上发出的微响。管风琴的声音越来越圆润、开阔，这时埃德加尔才注意到雷肖弹得很好。

“他是在即兴弹奏吗？”他把头凑近雅日纳问。

“对，他弹得不错吧？”老人脸上露出了欣喜的微笑。

海伦娜懒洋洋地坐在他们前两排的椅子上。埃德加尔没有看到她

① 采尔尼（1791—1857），奥地利钢琴教育家，作品以钢琴练习曲为主。

的脸，从她的背影看，他觉得她似乎是气鼓鼓的，满面怒容。

管风琴以全部音域奏出了几个长长的和音，然后静下来了。只有人声[1]、短笛[2]和几个音量不大的乐管还在响。这时，琴声中倏然加进了优雅、温婉的歌声，有人以异常甜润、令人惊叹、音量不大的男高音在大敞廊上唱道：

景慕主吧，我的灵魂……[3]

歌声十分清新、和谐、自然，埃德加尔起初都不相信这是驼背雷肖唱的。是爷爷欣悦的微笑告诉了他唱歌的确实是雷肖。

他真是惊讶万分。转身问老人道：

“他已经变嗓子了吗?”

“是的，已经两年了。”

“他现在还不该唱。”

“可他很喜欢唱。”

雷肖唱了两段晚祷圣歌，然后停下来了。管风琴也奏出简单的华彩，逐步下降到较低的音域，最后静了下来，结束了。雷肖停了手。

“美极了。”埃德加尔说。

他们在教堂的门廊里迎着了雷肖。雷肖顺着教堂的楼梯仿佛是从高山之巅走了下来。苍白的脸上浮现出砖红色的红晕，额上冒着汗珠。他站在通往上敞廊的门边，双手反剪在背后，一双光彩熠熠的眼睛盯着埃德加尔。埃德加尔默默无言地吻了吻他的额角。

---

① 原文是拉丁文。

② 原文是意大利文。

③ 这是天主教圣歌中的一句，原文是拉丁文。

教堂外面天色明朗，微风习习。旧市场的广场上行人熙来攘往。埃德加尔把音乐学院几位教授的地址给了雅日纳老人，他们可能会关照这个小音乐家。马车已停在琴师的家门口了，埃德加尔马上告别，坐车走了。八月的田野十分空旷，太阳已经偏西。路旁的大树微微地晃动着，起风了，虽然不大，但足以摇动树叶。埃德加尔的耳畔又响起了雷肖唱的圣歌。教堂的一幕使他充满了无声的欢乐。他打算一到家就作曲。他还想道：

“我们的人生伴侣是多么奇异、多么忠诚、多么不可企及，又是多么美啊，这就是音乐!”

几天之后他在公园里遇到了海伦娜小姐。她是给阿卡狄亚公园一个工作人员的妻子送连衫裙来试穿的。从此以后她经常到这里来，人们常见他们俩在公园的林荫道上散步，有时坐在洋槐树荫下的长椅上凝视着初耕的田野。

九

在八九月之交淫雨连绵的日子里，雅努什和他的连队正朝着沃姆扎，然后朝着东普鲁士边界的方向急行军。雨下了五天五夜一直没有停，他们仍然以每天四十公里的速度迅速行进。人们困乏了，辎重隔在后边，连一口热饭也吃不上。因为炊事班还落在后面，而且柴火也缺。雨水顺着领口往里灌，变成冰凉的细流在身上淌过。大衣、军服、皮靴和裹腿由于泡了水而像石头一样沉重。士兵们疲惫不堪，步履踉跄，火气极大，恨不得用牙齿把同伴们撕碎，但他们缺少气力，只要一停下来宿营，他们便像死人一样倒在麦秸、土地甚至泥沼里呼呼大睡。这种痛苦似乎是没有尽头，虽然有时也听到枪声，但看起来完全是徒劳无益之举，令人不可思议。雅努什那个排里有几个合得来的人：

威尔海姆，一个令人喜爱的西里西亚人；埃齐奥，华沙啤酒商的儿子，是个喜欢轻歌剧并且懂行的人；约齐奥，华沙歌剧院的演员；还有兹贝舍克，一个刚从中学毕业的学生，医生的儿子。这一伙人富于幽默感，会办事，他们从不曾挨饿，会用极为优雅的方式从农村妇女那里骗来食物，或者极为灵巧地从他们经过的果园旁摘下苹果。但现在连他们也垂头丧气，才智横溢的埃齐奥，朝气蓬勃的兹贝舍克，顽强而善良的威尔海姆都在冷雨凄风中凉下来了。约齐奥破口大骂，也不试嗓子了，而以前他即使在弹雨中的战壕里也不停止试嗓子的。

在山里待了一个星期使雅努什差不多能适应这样的急行军，在华沙要塞的几天操练倒没有学到多少军事知识。雅努什在第三军团时受到的一套战斗训练在这里已经足够了。他们连队的小阿辽沙在第一次打仗的时候放了一枪，然后他按着扳机，奇怪为什么子弹不出来，原来他不知道需要把子弹推上膛。尽管如此，他们还在继续前进，听到起床号也还是勉强爬起来了。整个上午的情绪也不算坏，但到了中午肚子饿了，并排前进的四个朋友才感到懊丧不迭。

埃德克[1]望着天空，一再说天要放晴了，但从低垂的白云中掉下来的雨丝反驳了他的预言。

最后一天，也就是第五天的下午四点钟，他们到达了库尔普森林边上的一个大村庄，指挥部命令在这里宿营，士兵们都喜出望外。因为他们不用一直走到黄昏，黑灯瞎火地去敲不相识的农民的门，看主人不悦的脸色，而是在大白天就停下来，可以准备舒适的床铺，同房主人认识认识，吃上一顿像样点的饭。愉快减轻了疲劳。他们这一伙士兵分到了森林紧边上的一所漂亮的农舍。农舍的主人是个上了年纪的农民，还有点学问，绘有红鸟的彩色泥盘旁边的书架上摆着几本书。

---

① 即埃齐奥，埃齐奥是爱称。

但是士兵们走进屋子的时候，农民把书从架子上取了下来扔进一只箱子里，还盖上了一件皮袄。埃齐奥和兹贝舍克对女主人诉苦说五天没有吃东西了，求来了鸡蛋、牛奶，并得到允许杀一只鸡。格热希，另一个到这里来住宿的士兵，其实早已问也不问就把鸡给杀了，跑到农舍后面三下五除二地拔了毛。雅努什和埃齐奥跑到粮仓前的麦秸堆那里准备抱一些麦秸铺床，但一直很谨慎的农民却叫喊着跑了出来，不许他们抱麦秸。士兵们不让步，他却叫他们先进屋里去吃晚饭，他自己会给他们送去干草和麦秸。士兵们勉强听从了男主人的话，只有雅努什独自留在门旁。农民果然打开了仓库的大门，抱出一堆干草和麦秸，用绳子捆好后，动手往屋子里搬。雅努什坐在仓库的门槛上，轻轻地吹着口哨。农民怀疑地望着他，但雅努什困得打起瞌睡来，什么也没有做。看到雅努什一动也不动，农民这才放了心。伙伴们在屋前门廊里喊雅努什先去吃炒鸡蛋，兹贝舍克说，母鸡要等到“第二道晚餐”时才能炖熟。雅努什觉得炒鸡蛋非常好吃，吃完后就想在干草上躺下。大家都非常疲乏，谁也没有精力嬉笑取闹。士兵们都躺下了。因为没有什么紧急情况，这天晚上可以脱衣服睡觉。当雅努什翻身对着门洞的时候，看见男主人站在门槛上，古怪地望着他，那目光又像是在考察他，又像是有什么事要求他。

雅努什感到不安，拖着两条疲乏的腿艰难地挪到门旁。农民二话没说，使劲地抓住他的胳膊（雅努什身上只穿了一件衬衣），把他拉到了门廊里。

“老总，您不会告诉别人吧?”他几乎是贴着雅努什的耳朵问。

外面已经黑了，同埃德克的预言相反，连绵不断的雨丝使九月初的暮色更浓了。水点从没有修排水管的门廊屋檐上啪嗒啪嗒地往下掉。在这一片嘈杂声中，雅努什几乎听不清主人的耳语。

“少爷,”农民突然令人惊异地改口说，“这里有个人，他想见见您。”

“一个人，什么人?”雅努什大声问。

“嘘!”农民把一个手指放在嘴唇上，同时把雅努什推到了院子里。雨打在他的衬衫和敞着的胸脯上。“您别吭声，否则要……送命的。那个人说：他认识您，说您是个伯爵，他想见见您。”

“哪里？什么？怎么?”惊呆了的雅努什放低了嗓门儿问。

这一带有神秘意味的耳语似乎使他们达成了谅解，农民现在比较相信雅努什了，他为这耳语感到欣慰。

“您过来呀，您过来呀。”他把雅努什往仓库的方向拉，迅速把门开了一道缝，把雅努什推了进去，自己也跟了进来，随手关上了门。仓库里很黑。雅努什感到主人无言地抓住他的手往里拽。

“我完了。”雅努什想。

农民把他拽到屋角，那里摆着一台簸谷的风车。雅努什感觉到（也许是听到了人的呼吸声）有人靠在风车上。农民问：

“你在哪里?”

没有人回答。雅努什感到有另一只柔软而冰凉的手抓住了他的胳膊。有人把他的手拉到跟前，在黑暗中放在自己的胸口。雅努什触到了皮袄，皮袄下有件金属的东西。

“谁?”他问。

一个平静的声音回答说：

“是我，沃洛佳。”

雅努什沉默了片刻，心都跳到喉咙口了。农民突然说：

“你们在这里吧，我到仓库前看着。”

他悄悄走到门口，大门轻轻吱了一声。雅努什依然听见自己的心在怦怦地跳。最终他还是开口了：

“你怎么到这儿来了?”

黑暗中的声音缓慢地、带点嘲讽的语气说：

"我等着你们开走。"

雅努什这时清醒了过来，他在黑暗中摸到了风车后的那个人，用手抚摸了一下他的脸。他感觉到对方的脸很久没有刮了。他像盲人一样靠触觉认出了对方的面目。

"沃洛佳，"他低声说，"沃洛佳，这不可能。他们会杀死你的。"

"别担心，不会杀死我的，这里是自己人。"黑暗中传出了平静的、压低了的声音，"只要你不出卖我。"

"别瞎说了，"雅努什笑了起来，"但你太冒险了。你不害怕吗？"

"我非留下不可。我的小腿受了点伤，伤口愈合以前动不了。这个农民把我藏得很严实。你们明天就走，是吗？"

雅努什没有回答。这时他想起来了，他是在同敌人谈话。

沃洛佳明白了，他换了一种语气说：

"我先是藏在那个麦秸垛里。我看见你坐在谷仓的门槛上，很累。我觉得你很可怜。"

"不错，我们真的累极了。五天来我们一直是从早走到晚。"

然后他又想起自己讲的可能不太合适，便突然打住了。

"你的同伴会发现你不在屋里，他们会来找你的，你该回去了。"

"是呀，"雅努什接着说，"不过他们很累，倒下就睡着，他们不会找我的。"

"我喊你来非常冒险，"沃洛佳说，"但我想知道……你有没有阿丽亚德娜的消息？"

雅努什打了个哆嗦。

"我收到过她一封信。"他很艰难地说。

"很久以前吗？"

"很久了，一年前。"

“信从哪里寄来的？”

“从巴黎寄来的。她说她在那里生活得还可以。”

“你不记得她的地址吗？”

“不记得。”

“啊，糟糕！如果你给她写信……你肯定会给她写信……”

“我现在正在打仗。我也不知道。”

“战争快结束了。”

“是呀，我希望如此。”

“那么……如果你给她写信，你就告诉她你看见过我……”

“说我看见过你，这不合乎实际。”

沃洛佳笑了。

“那么，你就说同我谈过话。”

沃洛佳这短短的笑声马上把他带回到了以往的那些年代，他眼前又浮现出了车站大街的那个小房间。

“沃洛佳。”他叫了一声，同时对当前的处境仍然感到奇怪。

“你告诉她，一切都很好。我现在住在莫斯科。对她说，希望她回来。”

“好。”

“对她说，希望她回来。”沃洛佳又强调了一遍，“留在那里没有什么意义。她在巴黎干什么？”

“好像是绘图……她给时装店设计连衣裙。”

沃洛佳哼了一声。

“设计连衣裙，哼！真是乱弹琴！”

雅努什不作声。

“喏，你该走了。”沃洛佳又迟疑地说。雅努什感到，沃洛佳还想跟他聊聊，再说，他也不着急，他肯定同伙们等不到母鸡炖熟就都睡熟了。

“你可以想象，当我看见你坐在谷仓门槛上的那一刹那是什么感觉。我一点点，一点点地把麦秸拨开，偷偷张望……是你坐在门槛上！你还吹口哨，吹的是《欧根·奥涅金》中的华尔兹。好像是故意的一样。我差一点儿没有喊起来……”

“心跳得很厉害吧。”雅努什在黑暗中微微一笑。

“那还消说。你可以想象。”

“肯定是。”

“啊，相逢，”沃洛佳说，似乎对自己的话有些诧异，“我们很幸运有机会相逢。还记得在你家的那一幕吗？”

“一辈子都不会忘记。”雅努什悄声说。

“你想报仇吗？”

“不，但是我不会忘记。”

“既然我们在这里相逢，以后也可能相逢。在共同的道路上相逢，对吗？”

“可能吧。”

“你记得在你去参加波兰军队之前我们最后的一次谈话吗？那是什么军队？”

“那个军队？不过是个插曲。”

“这个呢？”

“你知道，我们最好不谈这件事。”

“你还写诗吗？”沃洛佳忽然大声问。

“诗？你怎么知道我写诗，我从来没有告诉过你。”

“阿丽亚德娜告诉过我。”

“喏，你知道，她我也没有告诉过。诗，我真的还在写。”

“你真是罗曼蒂克！”

“我们以前就曾说过了。只能如此。”

“亨利伯爵①。”

“你读过《非神曲》?”

“以前读过。你知道，一种很小的廉价版本，你记得吗?”

“我记得……在敖德萨，在街上……是这样……”

“亨利伯爵。你还盯着那个曼库夫卡。你们是要回曼库夫卡吗?”

“别讨嫌了，我对你说过，不是。”

“你可能不……但其他人……”

“别说了，沃洛佳。”

“好，好。我基本上理解你。虽然我们……虽然你……是干涉军!”

雅努什嘘了一声。然后说：

“再见。”

他感觉到沃洛佳把手放在自己的胸口上。

“怎么？你穿的是衬衫，冷吧，你要冻坏的。”

“谢谢你的关心。”雅努什冷冷地说。

“你应当感到惭愧。”沃洛佳轻声地说。

雅努什抓住了他的手。

“不，沃洛佳。我真的很高兴。你知道，我很爱你，你是……阿丽亚德娜的弟弟啊。”

“你还没有忘掉她吗?”

“没有。我忘不了她。”

“罗曼蒂克!”

“你不喜欢吗?”

① 波兰浪漫主义诗人齐格蒙特·克拉辛斯基（1812—1859）所著《非神曲》中的主人公。

"不，也喜欢。为什么不?"

沃洛佳突然把雅努什往自己身边拉，拉到磨盘后面的那个角落里。

"你听我说，听我说，"他悄声说道，"你记住，我是你的朋友。我希望你能理解我的理想。如果我们不再见面……你要记住。你要想想，我是在为什么而战斗。"

雅努什领悟到藏在黑暗中的朋友的启示，也看到把他们最终分开的理由和原因。

"我是干涉军，不错。"他轻声说。

沃洛佳在黑暗中急忙说：

"雅努什，你要明白，要明白我们为什么而战斗。你曾经差不多明白了……我们也想要波兰，一个更好的，而不是伯爵们的波兰……你们在那里都成了伯爵，你一定有些财产吧……曼库夫卡也在向你微笑，你愿回去吗？愿回去吗?"

雅努什避开了这段急速的耳语。

"我大概不会回去了。"他说。

"不要把自己装扮得比实际上更好。你为什么参加这支军队?"

"我不愿意参加……"

沃洛佳轻声地笑起来。

"你不愿参加，但参加了……"

"有些事情比人本身更有力量……"

"当然，如果那些事情是正义的话。你为何站在非正义的一边呢?"

"我觉得正义是在我们这边……"

"你考虑考虑，雅努什，考虑考虑，你不要随波逐流。你记得车站大街吗？阿丽亚德娜……"

"记得……阿丽亚德娜……她逃跑了……逃跑了……"

沃洛佳骂了句粗话。

“这给你，”他在黑暗里说，“拿着。”

雅努什感觉到沃洛佳递给他一个本子，还是一本书。他收下了。

“把它藏在胸口，”洛沃佳说，“别让任何人看见。读读它吧……”

雅努什笑了起来。

“你甚至在这里也进行宣传。”他说。

“我不是宣传，”沃洛佳严肃地轻声说，“我爱……我爱你……爱世界……我希望……”

他沉默了片刻。

“你也许会到巴黎去，”过了一会儿他说，似乎是卸掉了一个沉重的包袱，“替我吻吻阿丽亚德娜。”

站在谷仓前面的农民不耐烦了。他在门口踱来踱去，脚步声清晰可闻。最后他轻轻地敲了敲门。

“现在该走了。”雅努什说，离开了沃洛佳。他在黑暗中向前迈出了一步，沃洛佳立即变得虚无缥缈了，好像他根本就不在这里似的。雅努什蹑手蹑脚地走出大门，农民马上责备他说：

“你们干吗谈了这么久？您想找死吗？我可不准备替您掉脑壳……”

雅努什一句话也没有说。他在雨丝中迅速跑过仓库到门廊间的一段空地，冻得浑身打战。房间的泥土地上用干草铺了地铺，大家果然在草铺上睡着了。只有兹贝舍克在雅努什进来时抬起头发蓬松的头，问道：

“雅努什，出了什么事？你在哪儿待了这么久？”

雅努什耸耸肩，在兹贝舍克身边躺下。

“他妈的，闹肚子了。”他骂道。

他故意使用了这个粗俗的字眼（这还是生平第一次），好像是要通过这一骂把在谷仓里说的一切摔到一边，以便和打呼噜的同伴们打成一片。但是，骂也不起作用，他很久没有睡着，这次黑暗中的相逢对他的震动太大了。

过了片刻才感到他手里还紧握着沃洛佳给他的书。他从背包里拿出手电筒，在小册子上扫了一下，在这一闪而过的电光里，他只看清了两个字：

“列宁”。

十

华沙波兰剧院里，正在演出罗斯特沃罗夫斯基[①]的剧《怜悯》。奥拉和弗兰齐舍克坐在剧场前排座位上。弗兰齐舍克觉得坐在这儿闷得慌。开头，当女乞丐出现在帷幕前面的时候，他还觉得蛮好玩，但是，随着剧中象征主义的情节逐步展开，他越来越频繁地在座椅上扭来扭去，打哈欠，不时还斜眼看看妻子。奥拉很不高兴，他们很少上剧院，这次好不容易才把弗兰齐舍克劝动，现在她感到他一定在埋怨她浪费时间。她自己也不很懂这个剧，但演员们的演技，由理查德·博莱斯瓦夫斯基和布罗尼舒夫娜扮演的主角，给了她很深的印象。

“别那么扭来扭去的。”她轻声对弗兰齐舍克说。

“这个戏太没意思了。”他嘟哝了一句。邻座的观众听见这句话，朝说话的人不满地瞥了一眼。奥拉的脸涨得通红，深深地叹了口气。弗兰齐舍克先生耸了耸肩，奥拉痛苦地皱着眉继续看戏。

第一幕结束了，顶棚上的大枝形吊灯一下亮了，把黄灰两色的漂亮剧场照得通明，奥拉脸上也有了悦色。

“走吧，我们出去转转。”她对丈夫说。

---

① 罗斯特沃罗夫斯基（1877—1938），波兰戏剧家、诗人。

她虽然已有九个月的身孕，仍很灵便地站了起来，从两排座位之间穿了过去。他们来到走廊，然后上楼到休息厅。奥拉想到小卖部喝杯苏打水。当时既没有糕点，也没有巧克力，在圆形的支架上只有一种叫作“巴勒莫”的糖果——糖渍水果。奥拉吃了几块。

“家里有那么多糖果，你从来不吃。”弗兰齐舍克嘟哝着，神情厌倦地付了钱，四下巡视。有几次他向熟人弯弯腰，这都是在糖果店认识的，是戈翁贝克先生的老主顾。奥拉慢悠悠地喝着苏打水，小气泡碰到她的鼻翼上和舌尖上破碎了，奥拉很喜欢这些气泡。

“你心情不好，”她对丈夫说，“你不愿放愉快点吗?”

可怜的弗兰齐舍克先生又耸了耸肩。他们往回走，在下楼梯的时候，看到埃德加尔站在装饰柱形栏杆的大理石花瓶旁边。埃德加尔独自一人，微笑着，似乎在同自己谈话。奥拉看见他很高兴，好像是看见早已死去的世界里的人似的。这很奇怪——在埃德加尔到沃维奇去之前，差不多每天都到她那里弹琴，而现在她好像是多年不见一般。她微笑着向他伸出了手。

“您在想什么?”她问，“您怎么与世隔绝了呢?”

埃德加尔脸上掠过一丝笑意，然后又严肃起来。

“我在对自己说话。”他说，“我想起了什么，一个乐思。”

弗兰齐舍克先生默默无言地同埃德加尔握了握手，然后说：

“我到下面去抽支烟。”

奥拉忽然特别温情地对他微微一笑。

“好，亲爱的，我们到座位上见。”随之便同埃德加尔讨论起罗斯特沃罗夫斯基的这个剧来。埃德加尔不喜欢这个戏，但奥拉不明白他不喜欢的原因。埃德加尔为戈尔巴尔没有演这个戏而感到遗憾，他还在军队里服役。

“您可知道，我为什么笑吗?”希莱尔在谈话中间忽然问，“我今天收到了爱尔日别塔的信，从美国寄来的……”

“真的吗?”奥拉高兴地说。

“信带来了好消息，”埃德加尔继续说，“她在美国很受欢迎，他们延长了合同……此外……此外，她很怀念……”

“她想回到我们这儿来吗?”

“不……她想要我到美国去。”

“您在犹豫吗?”

“可不是吗? 我不知怎么办好。单枪匹马到美国去，很难下这个决心。”

“您害怕吗?”

“您知道，我总是难于挪动地方，也难于作出决断……但我很想见到她，听她在大都会歌剧院演唱。她演的《后宫的劫持》最受欢迎。”

“可以想象，”奥拉叹了口气，“她唱得太好了。”

埃德加尔拉着她的手说：

“您也还能够……您也登台演唱吧。”

奥拉一阵惊诧，马上平静了下来，挪开了身子。

“我? 哪里的话。你看看我的状况。这已是第二个孩子了。您知道……丈夫，孩子……”她又勉强地笑了笑。

“您知道吗? 爱尔日别塔老是对我说：‘那个小姑娘以后要继承我的位子，你不知道，她有多聪明啊!’”

“真的?”奥拉吃惊地问，“我可从来没有想过。我只是把唱歌当作一种娱乐……有时……”

说到这里她坦率地看了埃德加尔一眼。

“有时我想……幻想最好是别去提了。”

奥拉吃惊地发现，埃德加尔脸红了。她背朝楼梯，因此不知道谁上来了。她从埃德加尔的窘态中猜到，是一个熟人，一个不该出现的人来了。她的耳朵发烧，回头瞟了一眼。

玛莉亚·比林斯卡和斯彼哈瓦正踏着楼梯上来。奥拉马上转身朝着希莱尔，空洞然而起劲地谈着这次演出。

那两位走过去时弯了弯腰，奥拉漫不经心地答了礼。比林斯卡披着一条极为华丽的白狐皮，穿一件长长的黑连衫裙。他们穿过休息厅走到一个包厢跟前，身着白围裙的小收票员有礼貌地对他们鞠了一躬，给他们开了门。目光一直追随比林斯卡的奥拉话说了半句便住了口，卡齐米日随手关上了包厢的门，她只看见包厢门上的漂亮的花体字号码。

埃德加尔提议说：

“我们下去吧，奥拉太太？马上就要开演了。”

“请您扶我一下，”奥拉说，“我觉得有点儿不大舒服。”

埃德加尔扶她慢慢走下楼梯。奥拉似乎直到此刻才感觉到自己身怀六甲，行动不便，迈着沉重的步子懒洋洋地朝前走。在楼梯口她转身对埃德加尔说：

“玛莉霞很美，是吗？”

“她的狐皮也很美。”埃德加尔不假思索地说。

奥拉看了他一眼。

“您看重这种东西吗？”她不安地问。

“不，我是说这狐皮和她的脸很相称。”

“不管怎么说，她是一个很像样的贵妇人。”

“对！”埃德加尔表示深信地说。

第二幕时，弗兰齐舍克先生打了个小盹儿，奥拉这次没有生气，只觉得他怪可怜的。因此，在第二次幕间休息的时候，她提议回家，他连忙表示同意。她从位子上走出去时，向卡齐米日和玛莉霞的包厢扫了一眼，只看见一团雪白的狐皮和斯彼哈瓦弯着腰的侧影，他仿佛是在对她说什么。他的大鼻子和富于性感的下巴在暗色门帘的衬托下，显得特别轮廓分明，像是从纸上剪下来的一样。瞬间的一瞥便把这幅画面尽收眼底，她很快就跟着丈夫走了。他们走出剧院时，她把手插到弗兰齐舍克先生的腋下。

“到我们的恰茨基街不远，”她说，“我们走回去吧。”

这是一个明朗而冷丝丝的初秋之夜。利耶夫斯基街上家家窗口都亮着灯光，有人“砰”的一声关上了玻璃门。圣十字教堂黑魆魆地高耸着，庄严肃穆。他们走过了此刻已阒无一人的克拉科夫近郊街。奥拉比弗兰齐舍克先生矮得多，她抬头望着他那张肥胖的大脸的漂亮侧影，凸出的蓝眼睛和他那颗姿势很怪的脑袋——它略向后仰，好像鸟儿在巢里睡觉时的那种样子。弗兰齐舍克先生步子迈得不大，就像在家里穿毡鞋踱步那样在柏油路上走得沙沙响。这一点以及弗兰齐舍克先生的整个姿势都使奥拉感到有点腻烦，与此同时她仍然觉得自己的丈夫可怜。

她仰起头对他说：

“我是不是对你很不好？”

戈翁贝克没有改变自己的步伐，也没有看她一眼，只是淡淡地回答说：

“对我不好？哪里的话，奥拉，你很好。”

他们无言地走过了特劳古特街，拐到了恰茨基街上。奥拉艰难地爬上了二楼，按了铃，米哈霞姨妈给他们开了门，她头上裹着卷发纸和包发帽。

“你们知道吗，”她说，“科兹沃夫斯基从普斯泰翁基来找爱韦琳娜，现在可以回到那里去了。”

“破坏得厉害吗？”戈翁贝克边问边脱外衣。

“不厉害，牲畜减少了一半，家具都被人搬走了，但此外一切都好。爱韦琳娜想明天就走。”

“真可惜，”奥拉说，“我们跟爱娃[①]姨妈在一起多好呀！她睡了吗?”

“没有，没有睡。”罗伊斯卡太太的声音回答，她走到门厅来了。

“好极了，”奥拉喊道，“我们在一起喝茶吧。”

餐厅里一下子变得热闹起来。奥拉心绪很好，但最高兴的还是罗伊斯卡太太。奥拉告诉她，他们在剧院里碰到了斯彼哈瓦。罗伊斯卡太太叹了口气。

“我的上帝，这小伙子打的是什么算盘。他干吗要跟玛莉霞搞在一起呢?”

“是呀，”米哈霞姨妈点点头说，“他的父母该在为他多么着急呀!”

戈翁贝克先生不喜欢谈这个题目，这时他笑了起来，说：

“妈妈，你怎么知道呢? 说不定斯彼哈瓦的父母为此感到很荣幸哩。”

奥拉的脸又红了。

“我没有瓦莱雷克的消息，”罗伊斯卡太太说，“他行踪不定，在前线。”

“喏，这眼看就要结束了。”戈翁贝克松了口气说。

弗兰齐舍克先生同奥拉回到自己的房间后，他这才又提起奥拉刚才在街上向他谈到的那个问题。

“你为什么认为你对我不好?”他问奥拉，同时在床沿上坐了下来。奥拉站在镜子前梳头。

“我不知道，有时我觉得你对我不满。”

“不满? 哪里的话！是你对我不满吧，我这么蠢，在剧院睡觉，我

---

① 爱韦琳娜·罗伊斯卡的爱称。

什么也不懂，我不会同人交谈，像你妈妈说的那样。我是个农民的儿子。我知道，你有点瞧不起我。”

“正是因为这个原因，我觉得，我不好。”

“你瞧，一切都是我的错，我不该在知道你不爱我的情况下同你结婚。还有我的出身。以前妈妈每天从巴尔托杰耶送牛奶到华沙来卖，当她把我交给糖果店老板时，以为这就是高攀了……而你……”

“我？”

“你是贵族小姐。”

奥拉大笑起来：

“穿破靴子的贵族小姐……”

“我不该在知道你不爱我的情况下同你结婚。”

“这话对。”奥拉叹了口气。

“此刻你不好，这对，”弗兰齐舍克先生平静而善良地说，“但总的来说，你不是这样。你记得我们婚后的那次谈话吗？”

“可不是，那时我也不好。我不该仅仅是因为斯彼哈瓦抛弃了我，找了玛莉霞而嫁你。我骗了你，而你没有骗我。”

“我说过多少遍了，我爱你。还有……”

奥拉转身对着镜子。

“喏，你还爱我吗？”她问。

“当然。”戈翁贝克耸耸肩。

奥拉走到他身边，抱住他的头。

“你是一个非常好的人。”她说。

“但是一个蠢人。”弗兰齐舍克叹了口气。

“非常好……”

奥拉在他身边坐下，双手抱住他的后背，把脸埋在他宽阔的胸膛上。戈翁贝克发现她在哭。

“奥拉，我的孩子，”他说，“你别哭了，我一点儿办法也没有。”

“对，”奥拉呜咽着说，“我对你很不好。”

三个钟头以后，弗兰齐舍克先生去敲岳母的门。

“妈妈，”他说，“请妈妈把女仆叫醒，让她马上去找鲁绍夫斯卡太太来。奥拉已开始第一次阵痛。我去打电话找扎博罗夫斯基先生，要他马上就来。这次太早了一些。”

米哈霞姨妈赶忙起床。她跑到厨房叫醒了女仆，让她到希里斯卡街去请助产婆来，“请阿格尼霞坐马车来吧，”她说，“因为要快。”她来到卧室时，奥拉正坐在床上，一绺绺被汗水沾湿的头发在头上翘着，粉红色的被子一直盖到下巴底下，好像在发抖。弗兰齐舍克先生不在房里，他给大夫打电话去了。

“亲爱的上帝，”森奇科夫斯卡说，“还不到时候嘛，这是否只是你的感觉?”

“妈妈，肯定不是。我已有两次疼得很厉害。何况也可能我把日子算错了。”

“医生说要到十一月才生吧。”

“医生总是弄错。”

弗兰齐舍克进来了。

“大夫说，到第四次痛时给他打电话。”

“‘第四次痛’是什么意思?”奥拉问。

“呃，你真是不学无术，”米哈霞姨妈说，“不是什么第四次痛，而是剧痛。你在电话里听错了。”

“也可能是剧痛，”弗兰齐舍克叹口气说，“我不懂这些。”

“听我说，弗兰齐舍克，”米哈霞姨妈说，“要把房间准备一下，先把床搬开。奥拉最好在你床上生。”

他们动手搬家具，奥拉仍然在发神经性冷战，被子一直盖到下巴，两眼不高兴地注视着母亲和丈夫做准备工作。他们把弗兰齐舍克的床推到房中央，家具和小桌椅挪到墙边，米哈霞太太把这些东西都用床单盖好。他们先在床上铺上漆布，然后米哈霞姨妈在上面再铺上干净的亚麻布床单，并换了被套，放上了一个扁平的低枕头。

“头下要枕得低一些。”

他们把奥拉挪到产床上。阵痛没有再出现。

弗兰齐舍克和米哈霞太太坐在沙发上悄声谈着话。奥拉一句话都没有说，只是偶尔呻吟一两声。米哈霞太太佯作没有听见，但弗兰齐舍克先生坐不住了，他猛地站起来，走到妻子身边。

“没事，”她说，“没事，马上就会过去的。”

三刻钟以后助产婆鲁绍夫斯卡来了。她烫着卷发，穿着干净的白大褂，举止大方，并以平静而淳厚的嗓音一下子控制了奥拉、弗兰齐舍克先生和房间里的一切。

“您在这里无用武之地，这是我们娘儿们的事。”她对弗兰齐舍克说，“您到哪个客厅或书房里睡觉去吧。这里只要妇女。有开水吗?”她问米哈琳娜太太。

“我马上就烧。”母亲回答说。

“喏，就是呀，你们把这事忘了。”产婆得意地说。

弗兰齐舍克先生慌乱而恭顺地抱起了枕头和毯子走出了房间。

“如果需要医生，我会告诉您的。”鲁绍夫斯卡说，“那时您再打电话。为什么要请医生来呢?”她耸耸肩，“这仅仅是因为你们要他来的。”

“医生来总好一点。”米哈琳娜太太说，她已从厨房回来了。

戈翁贝克先生已经走到了门口，奥拉喊住了他：

“弗兰尼奥!”

他吃惊地转过身来。妻子打手势叫他过去，他便走到她身边。

奥拉从被子里伸出裸露的胳膊，抱住了他的脖子。

“别生我的气，弗兰尼奥。”她对着他的耳朵轻轻地说。

弗兰齐舍克吻了吻她的额头。

“我亲爱的。”他说。

“你以为怎样，是不是一个女儿？”

“我想又是个儿子。”

“你希望是儿子吗？”

“我希望是儿子。”

“我想要个女儿。”

这时阵痛又来了，她抓住床头的铁栏杆，把头扭到了另一边。

“你去吧，去吧。”她费劲地说。

弗兰齐舍克蹑手蹑脚地走出了房间，在书房的矮沙发上躺下了。起先他睡不着，侧耳细听卧室里的动静，不知不觉睡着了。突然鲁绍夫斯卡使劲摇他的肩膀，喊他起来。

“您去给医生打个电话，快！”

“出了什么事？遇到了麻烦吗？”

“没有，没有。不过得找医生来。”

弗兰齐舍克忙到门厅，用睡意朦胧的声音对着话筒报了电话号码。这时从卧室里传出了妻子的大声喊叫。他等了好久，医生才被叫醒接电话。医生答应马上就来。弗兰齐舍克回到书房，在房间里不停地踱来踱去，因为没有点灯，时常踢着家具。医生来得很快，一刻钟后门铃就响了。戈翁贝克给他开了门。医生从容地脱了大衣，挂到衣架上。

“怎么啦？有什么大事？”他快活地问。

弗兰齐舍克把他带到餐厅，那里有一扇门通向卧室。门里边一点声音也没有。医生想洗洗手，主人把他带到盥洗室。他们听到有人在厨房里大声谈话。弗兰齐舍克走过去一看，只见罗玛娜小姐、楼上希曼诺夫斯卡太太的厨娘和女仆在那里吵吵嚷嚷，又说又笑。她们一见他就不吭声了。

“安托希睡了吗?”戈翁贝克问罗玛娜小姐。

“他睡了，像一个小天使似的。”保姆故作温情地说。

希曼诺夫斯卡太太的女仆走到他跟前。

“我家太太请求一生下什么来就告诉她……”

“不是什么，而是小孩。”戈翁贝克严肃地说，关上了厨房的门。

医生洗完手就赶快到卧室去了。弗兰齐舍克还是不能进去。他留在餐厅，站在门旁静听。奥拉的呻吟声停止了，只听见某器械和器皿的碰撞声。他像狗一样，把头一会儿歪到右边，一会儿歪到左边，但从声音里他听不出什么名堂。

他绕着餐桌来回地走。虽然奥拉已从这里搬走了许多家具，但对他来说，地方仍然太小，不是碰到碗柜上就是碰到椅子上。

他突然站住了。门后传来一阵阵越来越响的呻吟，接着变成了呼喊，简直就不像奥拉的声音。喊声过后，只听见屋内一阵骚动。戈翁贝克觉得两腿不听使唤，不由自主地倒在门边的椅子上了。这时，门后传来了一个陌生的小声音，轻轻的，半像尖叫，半像啼哭，完全不知道是什么意思。弗兰齐舍克把一个指头塞进嘴里，使劲地咬着。

奥拉卧室的门忽然开了，医生站在门口，用他刚才同弗兰齐舍克见面时的那个腔调对他说：

“嗯，怎么样?您添了个儿子。”

戈翁贝克猛地站起来，想进去看妻子，但医生拦住了他。

“不，不，现在还不行。过一会儿我放您进去。”

戈翁贝克退了回来，不知所措。他突然跑到门厅，抓起电话，报了姐姐的电话号码。等了不多一会儿。

"听我说，"他对着话筒喊道，"听我说，阿利霞[1]，我们有了第二个儿子了。"

"啊，上帝，"科谢可娃太太一时不知如何回答，"你不是想要个女儿吗……"

"女儿算什么，是儿子，第二个儿子。你做他的教母吧，请求你，我们给他取名叫安德热依吧。"

"安德热依？为什么？"

"我也不知道为什么。就叫安德热依吧！告诉你……我这次比上次激动得多。我不知怎么对你说好。奥拉今天非常可爱，我们上剧院去了……刚刚回来……"

"好一个'刚刚回来'，已经五点了。"科谢可娃带点责备的口吻说。

"五点？啊，可不是，你听……我把你吵醒了，可你知道，我是多么幸福……"

他挂上了话筒。罗伊斯卡太太、米哈霞姨妈、罗玛娜小姐、希曼诺夫斯卡太太的女仆都站在餐厅里。

助产婆打开了房门，对他点点头。他进去了。奥拉躺在床上，脸色苍白，含着微笑，被子一直盖到下巴。她没有说话，他吻了吻她的额角。

在屋角的椅子上放着一个用被单和毛毯裹着的东西，包裹里发出微弱的声音，像是在打呼噜，又像在吸气。弗兰齐舍克走了过去，看见一张通红的小脸蛋，皱眉皱眼的，一副不高兴的样子，像猫一样呜呜地叫着。他朝小脸蛋俯下了身子。

"怎么，小儿子，"他满怀温情地说，"你不喜欢这个世界吗？你对

---

[1] 科谢可娃太太的名字的爱称。

一切都不满意，是吗?”

一颗泪珠从戈翁贝克的眼睛里掉下来，落在灰色的毯子上，变成小小的暗黑色的斑点。

十一

骤看起来，布拉茨卡街府邸的日子不过是一日三餐，过得平稳而安静。老少二位公爵夫人都不招惹麻烦，静悄悄地活着，波特洛斯小姐也很随和。但是除了这股平静的水流外，同时还另有一股湍急的、更引人注目的水流。这就是仆人们的生活：泰克拉小姐、厨娘、侍女多尔恰、看门人米哈乌和男仆斯坦尼斯瓦夫的生活。高大、宽敞、空荡荡的高级套间里的生活平静无波，而在那些窄小的房间、阁楼、穿堂里的生活却是充满了风浪。斯坦尼斯瓦夫住在楼梯下的一间斗室里。这个小房间前面通大门厅，后面有一扇小窗对着院子。房间里放着一张床，床上铺了一条旧毯子；一张小桌子，桌上有一面小镜子，斯坦尼斯瓦夫每天对着它刮脸。还有一张椅子，此外别无他物。再多的东西既放不下，斯坦尼斯瓦夫也不需要。这个地方唯一的缺点是进出不大方便。斯坦尼斯瓦夫的儿子雅内克不得不先上楼，然后通过厨房再从主楼梯下来溜进父亲的斗室里，这样才不至于让人碰见。诚然，主楼梯上差不多总没有人，很难碰上谁，但是这条路总不免有些风险。豪华的桃花心木楼梯上，铺了红地毯，用闪闪发亮的铜棍卡着。雅内克的父亲经常用抹布和去污粉擦洗楼梯，有时吐口唾沫来湿润去污粉。晚上，楼梯上点着一盏昏暗的灯，在微弱的灯光下，门帘和从柱形栏杆上垂挂下来的大壁毯都显得有点奇形怪状。壁毯上织的是罗得①和他的女儿们，以及他的变成了盐柱的妻子，远景是燃烧着的所多玛的火光，近景是一棵槲树以及树下一头困在灌木丛中的绵羊。雅内克对这幅挂毯总是赞叹不已，每逢他知道楼梯上肯定没有人的时候，总要在罗得像前站一会儿。斯坦尼斯瓦夫从客人的谈话中了解到这幅挂毯的价值，知道这是法国出产的。他于是也这样对儿子卖弄说："这是在巴黎附近的什么地方出产的，价钱贵得吓人，何苦要挂这玩意儿呢？不过是为了沾更多的灰罢了。"雅内克对父亲对于这块美丽壁毯采取的这种态度感到气愤。比林斯基家华丽的府第不仅使他羡慕而且使他神往。雅内克跟父亲不大合拍：战时，父亲在乌克兰，也正是小伙子长大成人的时候。老斯坦尼斯瓦夫回来的时候，儿子已经有了自己的世界，自己的信念。雅内克跟母亲和弟妹们住在弗罗纳街，他时常在晚上到父亲这里来，这与其说是出于对父亲的感情，还不如说是为了替母亲到父亲这里来要几个钱，进一步说，则是为了走过这个令人神往的楼梯到父亲的斗室去。雅内克这时已年满十八岁，一年前就已在工厂里当锅炉工，他把父亲的教训当作耳边风，却喜欢待在厨房里，跟泰克拉小姐，跟多尔恰，跟厨娘—— 一个聪明而有经验的妇女聊天。

在比林斯卡和斯彼哈瓦去看《怜悯》这出戏的那个晚上，雅内克在厨房里碰上了一场真正的宴饮。妇女们围着炉子一面炸甜点心，一面闲聊。这里还有一个枪骑兵，他曾是这年春天牺牲的斯坦尼斯瓦夫·拉齐维乌②公爵的副官。枪骑兵个子不高，但很英俊。雅内克猜想，枪骑兵是假装爱上了多尔恰，而多尔恰就在他身边跳来跳去，其

① 《圣经》故事：耶和华因所多玛城的居民罪孽深重，派了两个天使去毁灭该城。天使在所多玛受到该城居民罗得的厚待，便救了他和他的妻子。但他的妻子违反天使的吩咐，在离城时看了该城一眼，结果变成了一根盐柱。

② 拉齐维乌（1734—1790），立陶宛贵族，曾任维尔诺总督。

他妇女对他也投以青睐。只要他一到厨房，大家就都活跃起来。雅内克不喜欢这种气氛，实际上他是在嫉妒这个枪骑兵的仪表以及他同妇女们打交道的本领。

“爸爸在吗？”他问厨娘。厨娘正握着一把长木叉从一个盛满猪油的大锅里捞出吱吱作响的薄麻花，并摆放在一个盘子里。泰克拉小姐在往上面撒糖。

“他待在楼梯下面呢。”厨娘说，不屑一顾地瞥了雅内克一眼。她的这种不满是对父亲而不是对儿子的。

“您别到他那儿去，雅内克先生，”多尔恰喊道，“您就待在这儿！卢德维克先生带来了伏特加酒。”

“我不喝伏特加。”雅内克阴郁地说，但还是在厨房的桌子旁边坐了下来。

“啊，对了，我知道，”枪骑兵笑道，“在你们意志区[①]伏特加多得从阴沟里往外冒。”

雅内克耸耸肩。

“我在那里既没有看见伏特加，也没有看见阴沟。”他说。

泰克拉小姐在他面前摆了一盘刚炸好的薄麻花。

“怎么啦，你们这里举行宴会还是怎么的？”雅内克没有道谢就问。

“卢德维克先生一来，我们这里就有宴会。”多尔恰说。卢德维克把伏特加酒倒进刚洗好的水晶玻璃酒杯里。

厨娘喝了口酒，用手擦了擦嘴，吃了一片面包。薄麻花她没有吃，她对自己做的食物有一种特殊的憎恶。

“没有人在家吗？”雅内克问。

“那个年轻的看戏去了，”多尔恰喊叫道，“年老的到修女院吃晚饭

---

① 华沙市区名。

去了。”

“猫走鼠闹。”卢德维克说。

雅内克还是喝了一杯伏特加，吃了几个薄麻花，然后站起身来。

“我去找爸爸。”他说。

他沿着楼梯下去，知道屋里没有人，因此放慢了脚步。他又在壁毯前停下了，罗得和他两个女儿的形象又一次吸引住了他。他今天可以仔仔细细看看了。一个女儿穿的是灰色衣服，另一个穿的是粉红色的衣服。后来他去敲父亲的门。

老斯坦尼斯瓦夫端坐在小椅子上，手里高高地捧着一本厚书，在灯下读着。唯一的一盏灯挂在天花板下。他的眼睛从钢架眼镜后面望了儿子一眼，然后又继续看自己的书。他看的是大仲马的《基度山伯爵》。

雅内克走到父亲身旁，吻了吻他的脸颊。然后在床沿上坐下，床被他压得吱吱响。

斯坦尼斯瓦夫不乐意地阖上了书。

“呃，有什么事？”他说，“妈妈好吗？”

“身体还好，就是有些累。”

“孩子们上学了吗？”

“上学了。”

“吃了饭吗？”

“吃了。”

沉默了片刻。

“我想同爸爸谈一件事。”雅内克停了一会儿说，似乎有什么话难以出口。

“说吧，什么事？”

“他们想让我到西里西亚去。”

“到西里西亚去？到索斯诺维耶茨去吗？”

“还要远。”

“他们想？谁想？”

“党里的人，他们派棒小伙子到那里去。”

“为什么？”

“爸爸一点儿都不知道？那里要举行公民投票[①]。”

“公民投票，公民投票。我知道，老公爵夫人对我说过。就像在马祖尔[②]举行的那样。不是吗？那里搞了两次……两次都没有搞出什么名堂……他妈的！”

“他们正想要使第三次能有一个好结果……据说德国人在那里打我们的人……以及诸如此类的鬼把戏……”

“他们告诉了你什么时候去吗？”

“没有。”

老人摘下眼镜放在小桌上，然后整个身子转向儿子。他的眼睛里冒着怒火。

“为这种事你何必来找我？你好像还肯听爸爸的话！我不在这里的这些年你完全离开我了。——可现在你却假惺惺地来征求我的意见。我什么主意也不给你出。一切都是你自己选择的：职业、党，等等，等等……你如果要结婚，也别来问我。大家都知道，是你妈妈把你教育成这个样子的。”

雅内克的脸阴沉了下来。

“妈妈为了养活我们像牛马一样干活，而你却在伯爵府里找口清闲

---

① 指1921年3月20日举行的决定西里西亚地区命运的投票，由于德国政府采取了阴谋手段，结果，整个下西里西亚和上西里西亚大部分落入德国手中。

② 决定马祖尔地区命运的公民投票，是在波兰与苏维埃俄国作战时进行的。结果，马祖尔地区落入德国手中。

饭吃，多消停！爸爸想要我也成为别人的奴仆，但我有我的主意。我是不会去给伯爵们端夜壶的。”

老人怒火中烧，但极力忍住了没有发作。

“我不用端夜壶，如果你听了我的话，你早就有了一个头等的差事。你看起来比一些伯爵还神气呢。这样一条汉子……”

“就是呀，”雅内克咕哝道，“对公爵夫人正合适。”

斯坦尼斯瓦夫满脸通红，捏紧了拳头。

“住嘴！”他低声说。

雅内克没有吭声，手上玩着帽子，两眼盯着墙。老人从桌上拿起一块麂皮，仔细地擦着眼镜。这样过了一会儿。

“噢，那么，爸爸，”雅内克语气温和地说，“我去吗？”

“我也不知道该不该去。你以为我真的懂得这些事吗？”

“爸爸见过那么多世面，连这个都不懂。”雅内克带着一丝轻蔑说。

“你以为，我懂得多少？到处的尘土都是一样的，巴勒莫的也好，罗马的也好，米哈沃夫的也好，就是这里——布拉茨卡街的也都是一模一样的。我见过的世面就是尘土、府第，给爵爷们开门、斟酒。到处都是一样。而你却说这是清闲饭……”

“喏，那也不至于繁重吧。”雅内克的语气里带有明显的嘲弄意味。

“清闲？累得你腰都直不起来。”斯坦尼斯瓦夫说着，戴上了眼镜，他照照灯光看眼镜是不是擦干净了。

又沉默了片刻。

“好，那我走了，”雅内克终于说，“我很可能报名去西里西亚。”

“随你。”父亲摆了摆手。

这时门铃响了。

“大概是老的回来了，”斯坦尼斯瓦夫说，“看戏的还没有这么早。”

他忙站起来，背后什么响了一下，他整了整藏青色燕尾服的后襟，然后去开大门。小房间的门没有关，雅内克正在犹豫，是留在屋里呢，还是趁父亲打开大门之前溜出去。他正决定溜走的时候，斯坦尼斯瓦夫已经在门厅替安娜公爵夫人脱大衣。公爵夫人发现了雅内克。

“哦，这是你的儿子，斯坦尼斯瓦夫，”她说，“来，让我看看，小伙子。”

雅内克走到公爵夫人身旁，吻了她的手。公爵夫人抚摸着他的头发。

“挺漂亮的一个小伙子，”她对斯坦尼斯瓦夫说，“他在做什么工作？”

“在利尔波普的工厂做工。”男仆不乐意地说。

“噢，真是，这么一个漂亮小伙子，太可惜了。”公爵夫人微微一笑，踏上了楼梯。

雅内克红着脸站着，眼望着地板。公爵夫人上楼时，他的目光也随了过去。他想起了罗得那个变成了盐柱的妻子。

斯坦尼斯瓦夫走到楼梯跟前。

“公爵夫人，”他说，“他们想派他到西里西亚去。你看行吗？”

公爵夫人站住了，执着手杖，然后看了看雅内克，似乎有点惊奇。

“到西里西亚去？”她问，“哼，有意思。”

“去反对德国人。”

“对，很好，”公爵夫人说，神情似乎有点尴尬，“让他去吧。德国人是强者，是坏蛋（公爵夫人同所谓‘平民’[①] 谈话时爱用这种字眼），把他们整得越厉害越好。”

雅内克鼓起勇气问：

“对谁越好？”

---

① 原文是英文。

公爵夫人望着他眯眯笑。看来她对小伙子英俊的外貌十分欣赏。

“越好，”她慢吞吞地说，“对我们，对波兰人越好。”

然后她又补了一句：

“但要注意，别让人给打死，那太可惜了，你父亲也要难过的。”

她转向斯坦尼斯瓦夫，问道：

“顺便问一句，[①] 斯坦尼斯瓦夫，你在我这里这么些年了，我还不知道你姓什么。”

“维耶维乌尔斯基。”他说，“公爵夫人。”

“啊，对了。那你太可惜了，维耶维乌尔斯基，”她用手向雅内克点了一下，“你的父亲会很难过的。”

然后她很快地走上二楼，消失在门帘后面。

雅内克愤怒地把帽子在楼梯扶手上猛敲了一下，没有同父亲告别就到楼上去了。他经过一片欢腾的厨房时，对大家喊道：“再见!”然后跑下厨房的楼梯，到了黑暗的街道上。

十二

枪骑兵二四六团（当时的团队编号用的都是大得出奇的数字）的两个骑兵连在天黑前进行了一次大胆的袭击，占领了乌茨克[②]，第二天早晨才在这个已成为废墟的城市迎接师司令部。有的房子余火未熄，市场上，一幢犹太人的大房子还在熊熊燃烧，大概是不久前才着火的。司令部驻扎在主要街道，其实是唯一的一条街上的旅馆里。罗伊斯基中尉（他住在教堂旁边教会的房子里）从传令兵那里接到命令，要他

---

① 原文是法文。

② 城市名，在乌克兰境内。

马上到司令部去。他完全弄不清为什么要他去。他从容地走着，佩刀在身后摆动，皮靴橐橐作响。路上他遇到了戈尔巴尔，因为戈尔巴尔也分配到同一团队里，所以在最近几个星期里经常见面。瓦莱雷克对他微笑，并友好地朝他摆了摆手，但戈尔巴尔只是对他勉强笑了笑，而且马上带着不高兴的表情把头扭向另一边。罗伊斯基一点儿也不明白这是怎么回事。

到了旅馆，马上让他进了餐厅，米尔斯基中校就在这里办公。房间里除了中校以外没有别人。窗外，有几个通信兵正在安装电话线。在用作中校办公桌的一张大桌子上已经摆上了几部电话。罗伊斯基报了到。米尔斯基中校是个身材修长、长着浅黄色头发的男子，他的近视的眼睛离开了正在阅读的文件，锐利的目光朝罗伊斯基审视了片刻，然后又继续读起文件来，瓦莱雷克直愣愣地站在桌前，不知如何是好。中校终于拿开了文件，用手理了理，看着站在面前的年轻人。瓦莱雷克长得很漂亮，颀长的身材，黝黑的皮肤，浓密的黑发搭在晒得乌黑锃亮的额头上，鼻子是阿尔明尼亚型的，嘴巴柔软而富于肉感。中校怀着某种好奇心望着他。

“罗伊斯基，”他终于开了口，“我在哪里见过这个姓氏来着?”

“我哥哥是在卡涅夫牺牲的。”瓦莱雷克说。他知道，米尔斯基中校当时在哈莱尔的司令部里。

“哦，他是令兄。我在他牺牲之前不久还见过他。他是基辅去的志愿兵吧?”

“是的，中校先生。”瓦莱雷克恭顺地回答说，他很佩服中校的记忆力。

“喏，如果令兄知道这件事会怎么说?”

瓦莱雷克没有回答，中校会问他什么，他心中完全没有数。

“怎么，您不回答，中尉先生?”米尔斯基的声音提高了一点。

“我不知道是什么事，中校先生。”

“什么事？审判的事，中尉先生，我必须把您交给临时法庭审判。您知道，这意味着什么。”

瓦莱雷克一动也没有动。

“为什么，中校先生？”他问。

“为什么？您同您的连队或连队的一部分人在占领这座城市之后胡作非为。看来，克米齐荻仍然是您心目中理想的波兰士兵。但是时代变了……”

中校冷冷地、安详地直视着瓦莱雷克。年轻的中尉也同样安详地承受了这种目光，只是额上冒出了汗珠，沿着太阳穴往下流。这沉默的片刻对于瓦莱雷克似乎有一百年那么长。中校突然用拳头猛敲了一下桌子，空荡荡的大厅里犹如响起了一声霹雳。他吼叫道：

“您好大胆！”

中校控制住了自己，目光离开了罗伊斯基。他竭力使自己平静下来，用手指敲着桌面。

“中校先生，”瓦莱雷克熬过了漫长的沉默，结结巴巴地开了口，“杀了几个犹太人……”

“你怎么不知羞？”中校已经平静了下来，“您玷辱了波兰的军服。而且是在这种时刻。现在我们正是要让这里的老百姓看看我们是什么人。”

“他们必须害怕我们才行。”瓦莱雷克心情平稳些了。

“呃，您是个傻瓜，就是这么回事。您懂什么？您怎么能够……是您的部下烧了市场上的房子吧？”

“是。”

“为什么？”

“报告中校先生，那些犹太人都是布尔什维克。”

“您怎么知道?”

“所有的犹太人都是布尔什维克。”

中校无言地注视着瓦莱雷克，然后耸了耸肩。

“你们开了个好头……”他用意含糊地说。

瓦莱雷克感到自己已占了上风。

“我们结尾时会干得更好。”他补充道。

“喏，喏，喏!”米尔斯基打了个手势制止他往下讲，“您不要以为，可以同我开玩笑。这是第一次吗?”

瓦莱雷克迟疑了一下。

“不是第一次。”他突然说。

“至少还算坦白。您一贯这样吗?”

“中校先生，难道您不清楚我们军队的状况吗?”

“清楚，清楚，”他沉吟道，“是您不了解情况。”

“我不懂高深的政治，”瓦莱雷克现在已经很轻松，“犹太人就是犹太人，都拉去宰了，就那么回事。”

“中尉先生，”米尔斯基中校退让地说，“如果您不能懂得更多的话，至少要懂得，目前我们不能毁灭他们。”

“我懂，”罗伊斯基已是微笑着说，“为了国外。”

“不是为了国外，”中校叹了口气，“老实说，是为了国界。这犹太人，是一股大势力。您不知道吗?”

“我不多盘算，中校先生，只要我一看见犹太人，我的手就痒痒。他们总是同我们的敌人站在一边。”

“他们做得对，”中校又提高了嗓门，“他们做得对，如果您对他们乱砍乱杀，他们当然同不乱砍乱杀的人站在一起，这个您不懂吗?”

“我不懂，中校先生。”瓦莱雷克耍赖地说。

米尔斯基摆了摆手。

"看在令兄的面子上，这件事就到此为止，"他说，"如果您再这样胡来的话，就叫您受审判，吃枪子。这个您该懂吧！去吧！"

瓦莱雷克转身朝门口走去。快走到门槛的时候，中校喊住了他：

"罗伊斯基中尉！"

"有！"

"罗伊斯基中尉，"米尔斯基重复了一遍，"有便时请转告令堂，就说，我知道令兄埋在哪里，说不定以后她想要他的遗骸。"

"是！"瓦莱雷克说，他戴上了军帽，行了个礼，走到街上。这时他才想起自己刚才同戈尔巴尔照面，以及对方迟疑的目光。他猜想，一定是戈尔巴尔告诉中校的。

"他妈的，"他骂道，"我一定要跟他算账。"

一整天他都在寻找戈尔巴尔。傍晚在市场旁边的一幢房子里找到了他。但是由于在寻找他的过程中喝了几杯酒，酒使他的怒火和复仇的愿望烟消云散了。戈尔巴尔坐在当地医生住宅的一个房间里，正在把一枚有鹰图案的银纽扣缝到军服上。瓦莱雷克喝得晕晕乎乎的，他一把抱住了戈尔巴尔的肩膀。

"你这个狗东西，"他像母亲一样有些讷讷地说，"我该用子弹敲碎你的脑壳，宰了你。就是宰了你，也不过像捻死一只臭虫……"

"小心点，我手上有针呢。"演员不乐地用手推开了他。

"可是我不会杀死你的，贱骨头，因为我爱你，戈尔巴尔，像爱琴斯托霍瓦[①]的圣母那样爱你。"

这时，他把鲜红的嘴唇贴到戈尔巴尔的脸颊上，使劲地亲了一下，那声音整个屋子都听得见。

戈尔巴尔有点怕瓦莱雷克。昨天晚上他闯了一场大祸，即使考虑

---

① 波兰地名，在卡托维茨省，是波兰的朝圣地。

到这是前线，也显得太过分了。戈尔巴尔想，瓦莱雷克威胁说要杀他，是会做得出来的。

“感谢上帝，伏特加酒改变了他的脾气。”他思忖道。

“喏，我不会杀你的，不会杀你的。”瓦莱雷克反复说道，“你是个狗崽子，你像狗一样，像狗一样在司令部里吠了我一通……我知道，你认识米尔斯基。你们是朋友，这就是说，一对王八蛋，司令部的中校和一个小演员，他妈的……”

“喂，”戈尔巴尔扯断了线，“不管你有没有喝醉，你说话要当心点儿。我也可以叫人归天。我的手也不是长着装门面的！”

他把一个晒得黝黑，长满了汗毛的大拳头伸到瓦莱雷克的鼻子底下。

这使瓦莱雷克一下子心软了。

“喏，别生气，别生气。我知道，你是波兰最大的艺术家。只是，你不到舞台上去表演，却在各个战线上胡混些什么。你还撒谎，撒弥天大谎。你在中校面前诬告我，他妈的狗东西。司令部的那个……他知道这是前线吗？”

戈尔巴尔转动着他那对像猎犬一样的小眼睛，注视着罗伊斯基说：

“哼，你不仅在前线这样。”

说完后他站起来，抖了抖军服，披在身上。瓦莱雷克似乎没有听见演员的话。他又一把抱住了演员，把他拉到门外。

“斯泰凡①，”他说，“我们去喝杯酒讲和吧。我完全原谅你。我不原谅你就不是罗伊斯基，你懂吗？”

“你滚吧，狗东西！”戈尔巴尔把他推到一边，“你醉得像猪一样。你母亲倒是个规矩的妇女。”

---

① 戈尔巴尔的名字。

“你知道我妈妈什么?”瓦莱雷克稍稍控制了一下自己，他眨眨眼睛，咂了咂嘴唇，直了直身子，“你别管我妈妈，我也不碰你妈妈。”

“那就够你瞧的，”戈尔巴尔说着，穿上了军大衣，“你要是敢碰我的妈妈！她是塔尔诺夫附近的一个诚实的教师，关于她你一无所知。”

瓦莱雷克终究明白过来了。看得出来，他是用了极大的力量来控制头脑里晕晕乎乎的一团雾。他顿了顿脚——这就是说，他想试试能否把两脚并在一起。但他还是带着醉汉的温情说道：

“喏，走吧，戈尔巴尔，去喝一杯。”

戈尔巴尔对着墙上挂的小镜子戴好了帽子。

“你不是看到我要出去吗?”他说。

“那么，我们去吧。”

他们踏上楼梯。瓦莱雷克打了个趔趄，一把抓住了戈尔巴尔的胳膊。在外面，在市场上弥漫着一股焦味和另一种难闻的气味。烧毁了的房子在黑暗中发亮，有时还吐着火舌。

“这气味真他妈的难闻。”戈尔巴尔说。

市场上异常热闹。士兵和军官转来转去，凑在一起聊天。在门口他们遇到了一个相识的骑兵上尉。他把手举得高高地跟他们打招呼。

“喂，你们知道了吗？知道吗？停战了！明天全团在市场集合！八点!”

“乌拉!”瓦莱雷克突然大叫起来。

“轻点，你这个软蛋。”戈尔巴尔不顾他的军阶，拉了拉他的衣袖。

那个相识的骑兵上尉招了招手，又跑去把这个消息告诉别人。戈尔巴尔和瓦莱雷克继续沿着被秋雾沾湿了的人行道朝前走。

“有什么可高兴的呢，白痴，”戈尔巴尔喃喃地说，“现在要复员了，你将成为一个老百姓。你将干什么呢?”

他们走进了一家小酒店，这里的人比较少。他们在柜台后面的一个暗角落里找到了一张小桌子。戈尔巴尔尽力使别人看不到这个喝醉了的军官。新鲜空气对瓦莱雷克起了好作用，他看来清醒多了。何况酒店里坐着不少军官和士兵，也使他不得不放规矩些。他们坐下了。

“呃，你复员后干什么呢?”戈尔巴尔又问。

瓦莱雷克清醒地朝他瞟了一眼。

“我要去通过中学毕业考试，要去上大学。学法律。我要过正常的生活。你以为我会一辈子杀犹太人吗！我才二十岁。未来在向我招手，对不对?”

戈尔巴尔要了伏特加、啤酒，还有香肠和黑面包。他们各自喝了一杯酒。

“你最好别喝了，”戈尔巴尔说，“你喝得够多的了。”

“今天恐怕大家都要喝得烂醉，”瓦莱雷克反驳道，“停战了!”

“你说得对。但最好别喝了，否则你又要杀我。”

“杀你？你是我最好的朋友，”瓦莱雷克又用刚才那种腔调说话，“除了你，我还有谁呢?”

“够了，够了，”戈尔巴尔停止了吃东西，“你又来这一套娘娘腔！真叫人难以忍受。我怎么是——你的朋友？我们在敖德萨就已经相识了。”他话外有音地说。

“对，在敖德萨。”瓦莱雷克抢着说，“青年时代的回忆……”

“别那么多愁善感吧！你有什么美好的回忆!”

瓦莱雷克有一会儿没有说话，想把饱嗝压下去。

“我有，我有……”他重复说，“你还记得哈尼亚·沃尔斯卡吗?记得吗?”

“当然记得，我能不记得这样的女人吗!”

“你知道她现在怎样?”

“不，不知道。”

“有一次我碰到了卡利克斯特。呃，我告诉你……她在君士坦丁堡认识了一个美国人，一个医生还是什么的。上次停战之后她马上就嫁给了他。她现在住在美国。不久前她给卡利克斯特写了封信。她的丈夫很老，但是很有钱……”

“喏，喏，喏，”戈尔巴尔习惯地重复着，“好家伙！你看见卡利克斯特了！”

“见过一面，”瓦莱雷克脸色一沉，“他现在在北方战线。我是在华沙见到他的。”

“你们回忆了你们干的那事吗？”

戈尔巴尔半开玩笑地说出了这句话，马上就后悔了。瓦莱雷克的脸突然像死人一样灰白，身子软瘫下来，双手无力地放在桌上。他又咬紧了嘴唇，这次不是由于打嗝的缘故了。过了一会儿他才看了看戈尔巴尔，他那对黑色的大眼睛显出冷冰冰的、凝滞的目光，好像是来自另一个世界。

“听我说，斯泰凡，”瓦莱雷克说，“你别拿这个开玩笑了。我明白，你是知道的，但你不会把我怎么样。我还知道，你也不能怎么样。对你又有什么好处呢？”

戈尔巴尔含糊地回答了句什么。

“你知道，斯泰凡，”瓦莱雷克接着说道，现在他完全清醒了，“我至死也忘不了这件事，我那时是十八岁。这才过去两年，但我觉得不知过了多久。你可知道，一个十八岁的人杀人意味着什么？”

戈尔巴尔感到一阵透心凉。他默不作声地喝了第三杯伏特加。从罗伊斯基推开自己的酒杯的动作，他才看出他喝得有多醉。可他说话很清醒，只是他这段独白显得太长了些。

“你懂吗，戈尔巴尔？我暗算了别人，是在他跟卡利克斯特谈话的时候从后面给了他一枪的。你明白吗？然后把他运到海边。你明白吗？

是用卡利克斯特的马车运的，就是带哈尼亚兜风的那辆漂亮的马车。你记得吗？就是用的那一辆马车，你记得吗？”

“当然，我记得。”戈尔巴尔耸了耸肩，对自己引起的这番多余的倾吐感到厌烦。

“你瞧，”瓦莱雷克说，他的嘴唇有些不听使唤，“我现在喝醉了，完全醉了，你知道，因此我才对你说。以后我再也不对你说了，明白吗？我不说，即使你想……即使你问我，我也要否认。我会说，这不是真的；我不说，我不说。”他固执地重复道，“我告诉你，我怎么也不说。今天是最后一次，最后一次。战争就要结束，和平即将到来，但我明白，这件事我是忘不了的。”

瓦莱雷克突然用双手捂住脸。戈尔巴尔发现，他的手很大很美，完全是贵族式的，手指修长，皮肤细嫩。他很难想象这双手会沾上血污。但他清楚地记得，他发现过洗去的血迹，过道里放着湿抹布。他知道，不会是别人，只有瓦莱雷克才会去擦那些血迹。他洞察一切，并且懊恼自己不该表露知道真相。他也明白罗伊斯基心里有数，但最好是不去点破，保守这秘密——也许将来会有用处呢。他狠狠地瞥了瓦莱雷克一眼，幸好对方没有发现他那对半睁半眯的小圆眼睛在看自己。瓦莱雷克一直把脸埋在手掌里。

“听我说，狗崽子，”戈尔巴尔说，“别再发神经病了，人家在看我们。把爪子从你那副嘴脸上拿下来吧。”

瓦莱雷克放下了手，望着戈尔巴尔。他仍然醉眼蒙眬，但和刚才不一样，眼珠骨碌碌乱转。

“假如我不是一个演员，我就会对你说：别演戏了。昨天你打死犹太人了吧？是不是？”

瓦莱雷克轻蔑地撇了撇嘴。

“这已经不是第一次，”他说，“自那次以后就不算什么了。”

“你还想再干那种事吗?”戈尔巴尔问。

瓦莱雷克抓住了他的胳膊。

“斯泰凡,”他轻声说道,“那种事真可怕,明白吗,真可怕。那次是为了钱,但我一个大子儿也没有见到。卡利克斯特把所有的都卷走了。那时真是胆战心惊,但有时我还有点留恋那种状态—— 一阵透心凉的冷战,把五脏六腑都翻了个个儿,全身冷冰冰的……”

瓦莱雷克浑身猛一哆嗦。

戈尔巴尔觉得很不是滋味。

“放冷静点,”他尖刻地说, “放冷静点,你像一个歇斯底里的女人。”

瓦莱雷克淡淡一笑。

“我才二十岁。”他痛苦地说。

“你会长成一条好汉的。”戈尔巴尔轻蔑地说。

“我已经是了。”

“别演戏了,我跟你再说一遍。你复员后去上大学,你会忘记这些的。”

“不,斯泰凡,这种事情是忘不了的。”

这时屋子中央一个骑兵上尉站了起来,像在战场上那样对士兵们大声说道:

“先生们!今天停战了!我们将回家去,当老百姓,或者留在军队里服务。但我们有一个共同的目标:重建新的、自由的祖国。波兰万岁!”

大家都站了起来,干了杯。瓦莱雷克把酒杯放回桌子的时候手在发抖。周围的人都在喊:“波兰万岁!波兰军队万岁!”

瓦莱雷克对戈尔巴尔说:

“我们走吧,我已经够了。”

他们迅速地挤出人群，走到街上。天已经完全黑了，雾落在大衣和人行道上变成一滴滴的小水珠。接着下起了霏霏秋雨。瓦莱雷克挽着戈尔巴尔的胳膊，迅速向市场走去。在空荡荡的街道上，他们脚步的回音清晰可闻。士兵们都回驻地去了。

他们走到医生住宅门前站住了。瓦莱雷克伸手向戈尔巴尔告别。

“你瞧，斯泰凡，”他说，“我有点儿害怕复员。我已经不习惯那种生活了。”

“你甚至过去也没有习惯过。”

“可不是。但现在得去当老百姓了。那个骑兵上尉是怎么说的？要去建设新波兰？对不对？嗯，我们将要建设……”

他摇摇晃晃地朝教堂那边走了。走了几步之后，步子逐渐稳了；马刺发出铿锵的响声，佩刀碰在路面上发出有节奏的声响，直到他在浓重的秋雾中消失，戈尔巴尔已经看不到他的时候，那声音还清晰可闻。戈尔巴尔站着纹丝不动，一直目送着他远去。

“你能建设个什么波兰，这个混蛋！”他终于从牙缝里迸出这句话，转身回自己的住所去了。

第四章　漂　流

注意细节的读者请注意：作者知道，实用美术展览是在一九二五年举行的，《利吕利》是一九二六年演出的，而帕德雷夫斯基[①]的音乐会则是在一九三二年举行的。为了结构上的需要，这里把这几件事都放在一个时间里了。

一

自雅努什从军队回来到他去巴黎旅行的这几年是他一生中最平淡的岁月。他离开了法律系之后，去投考高等商业学校，录取后在那里求学并最终取得硕士学位。但是学校、同学、教授对他都没有什么帮助。他仍然住在布拉茨卡街那座府第的楼上。那幢房子如今已没什么人住了。老公爵夫人到了巴勒莫，住在女儿那里，斯彼哈瓦本是多年来的常客，甚至偷偷地在这里过夜，但自从被任命为驻法国大使馆参

① 帕德雷夫斯基（1860—1941），波兰钢琴家、作曲家、政治活动家。1919年曾出任波兰总理兼外交部部长。

赞之后，只是逢到难得有的假期才到这里来。诚然，这座府第里也有了新的生命。阿罗已经满八岁了，是一个被妈妈惯坏了的瘦弱孩子。但是他很聪慧，雅努什很喜欢同他谈话，教他看书，有时还带他去看戏，看电影。雅努什跟姐姐之间总是客客气气，缺乏诚挚的手足之情。通过舒什凯维奇的帮助，雅努什把自己的农庄租给了别人。自从他作为新买主去看过一次之后，就再也没有去过。至于佐霞·兹戈热尔斯卡和她的父亲后来怎么样了，他既不了解，对此也完全没有兴趣。时光不知不觉地悄悄流逝了，他已年近三十，得了风湿病，生活中没有发生什么大的变化。只是现在每年必须到布斯科温泉[①]去疗养，他已习惯了每年在矿泉浴和泥浴中度过夏天。那时出国还很困难，直到一九二四年格拉布斯基进行了货币改革，从而使波兰货币进入国际市场之后，才有了出国的可能。比林斯卡准备去巴黎，但是护照和金钱方面的重重困难，使雅努什对出国望而却步。

在这段时间里他养成了记日记的习惯，以后他在每天的日记当中也写一些诗，诗的草稿以及对于晚间在他脑际萦回的各种事件的速写。他同自己的少年时代出奇地相似，他的诗跟在曼库夫卡写的诗也差不多，粗糙、幼稚，甚至不像诗的样子——而且他始终一贯地爱着阿丽亚德娜。

他收到过她两三封信。她沿着自己的阶梯升得很快。起初是为低级的时装店画连衫裙的图案，后来，她信上说，巴黎娱乐场约她画室内布景和设计舞台服装，从而她名利双收（“一种巴黎式的名气”，她说），钱也就有了。她住在莫扎特街附近的奥特伊。雅努什疑心她是跟涅沃林住在一起，但她来信一直没有说清。

若是凭自己的惰性，雅努什是下不了决心出国的，后来还是比林斯

---

① 布斯科温泉在波兰基埃尔策省。

卡要去巴黎，催他也走。对于她，对于所有的伯爵夫人和公爵夫人来说，弄到护照，甚至是公务护照以至于外交护照，那都是轻而易举的事。

一九二六年二月，雅努什动身了；六个月前他已得到了硕士学位，但还没有具体的工作。比林斯卡一星期前就走了，因此他是一个人走的。他给亨利·安托涅夫斯基拍了个电报。亨利同几个克拉科夫画家到巴黎已有一段时间了。雅努什在巴黎北站一下车就跟亨利拥抱在一起了。给他拿行李的搬运工问他旅途可好，雅努什回答说，旅途非常愉快。搬运工显得很高兴。

他们到了圣米歇尔大道的"苏伊士"旅馆，亨利和其他几个画家就住在那里。房间已经预订好了。他盥洗完毕之后，亨利就领他到大学生食堂吃早饭；这顿饭差劲透了，不过是一道冷盘：一块鱼，一块肉以及一丁点儿绿色的水芹，算是"凉拌菜"，这水芹吃在嘴里就像是在乡间散步时嚼的三叶草的那种滋味。还有一块用印有黑字的纸包着的白奶酪和一个苹果，这使他腻味地回想起了安娜公爵夫人的苹果。亨利已经成了一个老练的巴黎人，他对侍者讲"照老规矩"[①] 就像在本国那样轻松。他们喝完了一瓶白葡萄酒。

饭后雅努什想小睡片刻，他在火车上有两个晚上没睡觉了。睡前他问亨利知不知道阿丽亚德娜的电话号码。他果然知道。阿丽亚德娜对波兰的画家们有点儿兴趣。电话是奥特伊四六一四八。雅努什上楼到了自己的房间，踌躇了片刻，不知是先睡觉还是先打电话好。他望着像只小动物似的蹲在床边的电话机，出了一会儿神，终于拿起了话筒。这一来折磨人的事就开始了。他先接通了旅馆总机，要求接奥特伊四六一四八。女电话员说，给你接奥特伊，他等了很久才接通了奥特伊的总机，他报了号码，女电话员问了两遍是什么号码，最后总算

① 原文是法文。

听懂了，并教训他说，讲话要清楚些。当她终于给他接通了那个号码时，他已烦躁得几乎都想撂下话筒了。电话里只听到刺耳的嗡嗡声，很久没有人接。最后终于听到像是从遥远的太空中传来的一个嘶哑的声音：哈啰！

雅努什的心像是出了故障的发动机那样狂蹦乱跳，他问：

“我能请阿丽亚德娜·塔尔洛小姐谈话吗？”[①]

“我就是。”声音似乎近了一些，但很生疏。

“我是雅努什……雅努什·梅申斯基……”他迟疑地把自己的名字重复了一遍。

“对不起，我听不清，谁？”那声音又像是从远方传来。

“雅努什……雅努什·梅申斯基……”

“对不起，我听不懂……对不起，您的名字？”

“雅努什，雅努什·梅申斯基，从华沙来的。”

“哦……”声音有点故作惊讶，“是您吗？我很高兴听见您的声音。”阿丽亚德娜继续用英语说。雅努什怀疑她是否听出是他。

“我是从华沙来的，”他着重地说，“我想见到您，亲爱的朋友。”

对方在迟疑。雅努什感到，阿丽亚德娜现在才听出跟她讲话的到底是谁。她犹豫了片刻之后，继续用英语讲，看来是她不愿承认刚才自己弄错了人，面子上不好看。

“是你，雅努什？”她的声音在颤抖，“我的上帝！当然，我们可以见面。您的电话来得太好了。您是什么时候到巴黎的？”说了几句之后她又换成了法语。

“我刚到，”雅努什有点伤心地说，“什么时候才能见到您呢？”

“等等，等等……”声音有些犹豫，一点儿也不像阿丽亚德娜的。

---

① 自此以下这段对话原文都是法文，有的地方夹杂着英文。

“让我看看我的记事本。从明天算起一星期后我吃早饭时有空……您来吧！”她说。

雅努什不耐烦了。

“什么？从明天算起一星期之后？早一点您没有空吗？”

“很遗憾。我很忙。如果您愿意来，后天傍晚六点左右，我这里有一个酒会。您愿意来吗？不过人很多。”

雅努什对“酒会”“晚会”这些词都没有概念，这对于他都是新鲜事儿。他感到很不耐烦。

“我不愿意在有很多人的场合下见到您……我有很多话要对您说！”

“悉听尊便，悉听尊便，”声音冷淡而遥远，“从明天算起一个星期之后。”她改用俄语说道。

“我的上帝！”雅努什想，她已把俄语忘了，“从明天起一星期后的几点？”

“十二点左右。”

“只有您一个人吗？”

“基本上只有一个人。那时候我们再约另外的时间，好吗？”

“好，我来。再见，亲爱的。”

“再见。”

雅努什撂下话筒，“不值得跑这一趟。”他想。

于是就开始了奇怪的、相互矛盾的一周：一方面，美丽的巴黎使他眼花缭乱，不仅同亨利散步时看到的卢浮宫和科尔纳瓦莱博物馆，还有那些豪华的街道、迷人的远景、蓝灰色的塞纳河、树木和人群都使他叹为观止；另一方面则是竭力克制自己，力图忘掉难耐的期待。他耐心地等待了八年，而这最后八天他觉得忍受不了啦。

他觉得，丰富多彩和光耀夺目的巴黎并非他所要看的，在这世界首都的感受也是多余的，似乎是附带的，因为他来巴黎的目的仅仅是会见阿丽亚德娜。他问亨利，她现在是个什么模样儿，但亨利说不清楚，何况他以前并不认识阿丽亚德娜。他无从知道，自从她在敖德萨港那个漆黑的冬夜登上那艘捕鱼艇以来，发生了什么样的变化。

安托涅夫斯基尽力逗雅努什高兴。他带雅努什看了巴黎的虽不算风景如画但却是最富有大都会特征的那一部分：中央市场、植物园、里昂车站和圣马丁水道，这些都是不见经传甚至没有引起过画家们注意的地方。他们在便宜的饭馆里就餐。雅努什老是想，倘若不是这期待的痛苦，这几乎是撕心裂肺的思念和不安的折磨，那该有多么好啊。对于阿丽亚德娜的怀念使他不能正常地观察世界。当他跟亨利一起站在蒙马特山上著名的大教堂跟前的时候，他暗自想道，倘若不是阿丽亚德娜，不是那顿等待着他的可怕的“早餐”，那该有多好啊。

经过了漫长的八个昼夜之后，那顿早餐终于来了。亨利也受到了邀请，她在前一天晚上给亨利打了个电话，因此他们俩便一同前往。那地方很远，是在奥特伊桥那边一幢宏伟的“现代派”公寓里。当时法国的现代派同维也纳的颓废派颇为相似。他们从这座庞然大物的许多大门中的一个走进去，乘坐像鹦鹉笼那样小的电梯上了五楼。一个典型的俄国女仆给他们开了门，请他们进去。屋子里已经站着几个人在热烈地交谈。一个矮小瘦削的女人盘腿坐在一张绗过的白色大沙发床上，见他们进来便动作笨拙地站起身。她的发式像是一个青年男子，从左边分缝，发蜡闪亮。她身穿一件宽大的家常大花连衣裙，手里拿着一个长方形的玛瑙烟盒。她对雅努什还是用英语讲话。

“我很高兴。”她说着，向他伸出了手，对安托涅夫斯基却像是对同行那样打了个招呼。

雅努什像看一种没有见过的昆虫那样望着阿丽亚德娜。她显然也感到了他的目光，因而显得更加做作，她不自然地笑着给客人们作介绍。来客是清一色的男性。在这些人中，雅努什只认得一个身材高大、红头发的波兰画家，他不仅是一个画家，而且很幸运的是科希腾斯坦公爵夫人的儿子，因此，在一切聚会上都颇受欢迎。除他以外，还有一个俄国作曲家戈鲁霍夫，一个长着鞑靼人的脸、身材高大、面善心慈的人；一个年轻的美国作家格林·威；还有一个罗兹的大贵族维克多·革丹斯基，他有一副亚述人的漂亮的侧影，举止做作；最后是巴黎年轻的乐队指挥德索，他讲话喋喋不休，像马戏团丑角那样善于表演。雅努什在给他指定的椅子上坐下，阿丽亚德娜也重新坐在那张大沙发床上，这张沙发在这个狭小的房间里显得更大了。梅申斯基眼望窗外，可以远远望见塞纳河，以至于埃菲尔铁塔的梯子和特罗卡德罗的暗黑色的双塔。大家不停嘴地谈着话，但他听来听去不知所云，感到很伤心。人们还在等让·西梭——这顿早餐的主角，以及一个叫比比的青年画家。谈话的中心是关于一次在爱丽舍田园大街剧院举行的不是由德索而是由别人指挥的音乐会。可以看得出来，大家都言不由衷。

正在同红头发画家喁喁而谈的阿丽亚德娜终于发现雅努什一句话也不说，两眼望着窗外，便转向他说道：

“哎，伯爵先生，您对什么都不感兴趣，您刚到巴黎……您在这里感觉怎样?”

雅努什心想，在社交场合，最不该做的莫过于大声讲出众所周知的事了，于是他断定，阿丽亚德娜并没有真正“跻身于”上流社会。

“在哪里的感觉？在巴黎还是在您这里?”

阿丽亚德娜大笑起来。这样回答问题简直是一种藐视。刚才她为了谨慎起见在提问的时候是故意含糊其辞的。这时正好西梭来了，他还很年轻，一头浓密柔软的黑发，脸色黝黑，两颊浮上淡淡的红晕，嘴唇由于施了一层薄薄的唇膏而显得鲜红。他有一双美丽而饱含忧伤的大眼睛，似乎在否定他自己所说的一切。西梭挨着阿丽亚德娜坐在白沙发床上，现在谁也别想插上嘴了。诗人光讲他自己，说得很多，很广，很逗人。雅努什听他喋喋不休地讲，眼睛却望着坐在对面安乐椅上的令人愉快的美国人格林。他的法兰绒裤子一直拖到满是尘土的鞋面，拖到耷拉下来成了一个花圆圈的袜子上。他面带微笑，同时也显出迟疑、羞怯，有时甚至是惊叹的神情。他脸部的轮廓有些像约齐奥·罗伊斯基；鼻子下面也有一撮金色的小胡子，只是脸稍长一点。他是一个讨人喜欢的人。大家围坐在桌旁的时候，雅努什望着这些人的面孔，觉得他们都是些讨人喜欢的人，有价值的人，是一群杰出的创作家，每个人肯定都能对他讲许多有趣的事情，但是社交习俗迫使他们不得不讲那些不可思议的“套话”。他们废话连篇，想方设法逗笑，直到闲扯些街谈巷议，像下山的雪橇那样飞速地从一个题目转到另一个题目。戈鲁霍夫说，世界上最有天才的作曲家要算马斯内①；比比，那个最后来的留着大胡子（雅努什觉得他的大胡子极难看）的画家说，莫奈②的画不能看，因为太庸俗了，而马蒂斯③不会运用颜色；西梭则认为世界上最好看的场景要算市场上模拟人像都被打翻的小靶场了；红头发的画家只是冷笑，偶尔也插上一两句话。亨利·安托涅夫斯基不吭声，而那个美国作家却天真地打破砂锅问到底，他一再问“为什么？”④ 要求他们论证自己的想法，其实，这些想法只不过是他们刚才灵机一动编造出来的而已。

阿丽亚德娜坐在桌子的末端，她像一只小山雀那样，把梳得油光可鉴的小脑袋一会儿转向这个，一会儿又转向那个讲话的人。她的餐具旁边摆着一台高高的、奇形怪状的、漆成红黄两色的电话机。电话

---

① 马斯内（1842—1912），法国作曲家。

② 莫奈（1840—1926），法国印象派画家。

③ 马蒂斯（1869—1954），法国画家，版画家。

④ 原文是法文。

铃声不时地响起来，阿丽亚德娜有时客气有时不很客气地同对方通话。饭菜的质量很差，也不丰盛，但装饭菜的盘子却是精致的中国瓷器。他们老是谈论这一年将在残疾人广场举行的实用美术展览。但雅努什对这些事毫不了解，因此他觉得非常无聊。德索和大胡子比比谈到有一个女歌唱家自己出钱组织了一次歌剧会演，尽情地嘲笑这次演出的节目和为这个女歌唱家写歌剧和舞剧的作者，虽说其中包括像斯特拉温斯基[①]、拉威尔[②]和希曼诺夫斯基[③]这样知名的人物。这些谈话中的讥笑嘲弄和飞短流长使雅努什气恼。高个子红头发画家（公爵夫人的儿子）也没有说话，不时朝他投以注视的目光。阿丽亚德娜总是插上一两句挖苦话，在这顿饭快结束时，她不仅接电话，而且自己也往各处打电话。

雅努什从谈话中了解到，巴黎娱乐场正在准备演出《圣·安东尼的诱惑》，布景和服装由阿丽亚德娜设计。他奇怪：这个剧里需要什么服装呢？圣·安东尼只需穿普通教士的长袍——当然，还有光着身子的女人。但阿丽亚德娜和她的客人却就这个剧的服装谈个没完没了。

他们又回到那个放着绗过的白色大沙发床的房间喝咖啡。雅努什同维克多·革丹斯基交谈开了，他觉得革丹斯基虽也矫揉造作，但比起别人来要讨人喜欢得多。

“您在这里感到生疏吧？”维克多问，“您对巴黎还没有习惯？”

“巴黎就是这个样子吗？”雅努什以问作答，“我觉得，巴黎还有另一种样子。”

“还有许多种样子，”革丹斯基望着窗外，沉吟着，“但不知哪一种

---

① 斯特拉温斯基（1882—1971），俄国作曲家。

② 拉威尔（1875—1936），法国作曲家。

③ 希曼诺夫斯基（1882—1937），波兰作曲家。

是最真实的巴黎。”

“恐怕不是这种。”雅努什望着阿丽亚德娜悻悻地说，这时她正带着那台不离身的电话机走进房来，并在那张沙发床上盘腿坐下了。她像鸟一样歪着脑袋听西梭慷慨激昂的讲话——他那只拿香烟的手朝前伸着——或者歪到另一边，听德索的唠叨，他的笑声越来越大，并且满不在乎地驳斥诗人的论点。

“我喜欢各种样子的巴黎。”革丹斯基说。

“您不认为总有一天需要进行选择?”雅努什过分认真地望着革丹斯基说。

然后他同革丹斯基约好一星期后见面，没有同任何人告别就悄悄溜出了房间。

二

阿丽亚德娜显然感到有些不安，第二天她马上往雅努什的旅馆里打了个电话。疲乏而沮丧的雅努什在通话时对她没有好气。他感到，这刺痛了她。她说，她将到革丹斯基那里去跟他见面。雅努什挂上电话，好像是放下了什么杀人的武器。他刚才还觉得自己已经恢复了平静，觉得一切都不过是一场误会而已，可这时他感到，有什么事使他昔日的女友不安。他们毕竟经历了八年的别离和甚至是足足十二年的风云变幻呀！他现在还能期望她些什么呢?

比林斯卡住在旺多姆广场的利茨旅馆里，他尽量避免同她见面，但这天他答应了到她那里吃早饭，因此必须去。他在圣米歇尔街车站上了地下列车，这里地下铁道从塞纳河下穿过，他想到河水就在头顶上流，总有一种奇特的感觉。他在下一站沙特莱下了车，换乘另一路开往迈洛码头的列车。这时车上不很拥挤，但他坐的那个车厢人却不少。列车尖叫两声后隆隆地开动，自动开关的车门同时“砰”的一声关上了。他听到身后有人在用波兰语交谈。

“我们一直坐到终点站。”一个男人的声音说。

“一直到赛马场?”一个女人的声音问。

雅努什微微一笑，斜眼向周围扫了一下。他身后站着一个晒得黝黑的愉快的年轻人，年轻人身旁是个壮实的姑娘，她穿的是浅灰色的服装，戴一顶红色的宽檐帽，都不怎么合身。年轻人留神地注视着雅努什，使他只好把脸背了过去。一个个车站迅速地过去了。雅努什正准备在协和广场下车，便发觉有人碰了一下他的肩膀。

“对不起，”站在旁边的那个青年问，“您是梅申斯基先生吗?”

“是，”雅努什说，“您是哪一位?”

“您不记得我吗？我是雅内克，比林斯卡老公爵夫人家的斯坦尼斯瓦夫的儿子。”

雅努什模糊地记起了常常经过厨房到住在楼梯下的老仆那里去的那个男孩。

“您怎么在这儿?”他问。

“我？我住在这儿……这是我的妻子。”

雅努什向她伸出了手。

“这是梅申斯基伯爵，”雅内克对妻子说，“少公爵夫人的胞弟。她知道，”他转身对雅努什说道，“我什么都对她说。”

列车放慢了速度，可以看到站台上“协和广场站”的字样。

“您住在哪里?”雅努什问，他忽然对这个对妻子“什么都说”的小伙子产生了好感。

“在圣保罗区。到我们那里去坐坐吧，请您记下地址。”

雅内克说了街名和门牌号码。“我记住了，”雅努什说，“我一定去。”他加上一句。

“您知道，老公爵夫人病得很重，是家父写信告诉我的。”年轻人补充了一句。雅努什没有时间再问，列车已经开动了，他从车门跳了出去，受到了售票员的责备。他急忙走出车站，沿着里沃利街向旺多姆广场走去。

姐姐那里有些乱哄哄的。她也得到了婆母生病的消息。她想到巴勒莫去。斯彼哈瓦在她房间的地毯上大步踱着，劝她不要走。雅努什觉出在他到来之前，他俩是吵架了。斯彼哈瓦解释说，根本不了解病人的情况就作这次又累又费钱的旅行是毫无意义的。最后雅努什说服了姐姐先给跟公爵夫人在一起的波特洛斯小姐拍个电报，把情况搞清楚。

他们在利茨旅馆楼下匆匆吃完早饭之后，比林斯卡告诉雅努什，要带他到大使馆去吃午后便餐。雅努什嘴一撇不大乐意，但他知道大使馆非去不可，与其一个人去不如同姐姐一起去。他们一同出门的时候，斯彼哈瓦对比林斯卡说：

“你知道，关于那件事我们以后再谈。你不去巴勒莫了吧？”

在雅努什面前，他们不拘束，互以名字相称，然而在社交场合，他们仍然以“先生”“夫人”相称，但经常搞错。这就引起了许多趣谈。雅努什奇怪斯彼哈瓦竟能忍受这种暧昧不明的处境。

东京路大使馆的便餐是令人厌烦的。大使夫人坐在一张椭圆形的大桌子旁边，得先走过去跟她握手问好，然后找个空位子在素不相识的人中间坐下，说些言不及义的套话，东拉西扯直到碰上双方都感兴趣的话题。雅努什本性不适应这一类社交应酬。女主人让比林斯卡坐在离自己不远的地方，在杜多维尔公爵夫人（她是拉齐维乌家的女儿）和另一个穿戴更加珠光宝气的贵妇人之间。雅努什被安排坐在两个少女旁边；其中一个很爱说话。这位小姐一上来就问他在哪一个球场打网球，是否到布朗森林的湖泊里划船。雅努什心不在焉地回答，同时用目光扫了一下桌子周围的人。一个穿着灰外套和白色硬背心，胸前扣着一个大绿宝石的、模样滑稽的老头，在对一个戴着插有翎毛的黑色大宽檐帽的贵妇人解释什么。这位夫人美艳绝伦，雅努什觉得她有些面熟。她的面孔不像别人的那样木然无神，而是闪耀着热情和智慧。

“您在看那位先生吗？”他的邻座问他，“他很滑稽，是不是？他是博尼·德·卡斯泰拉纳，一个有名的挥金如土的浪荡子，不仅把自己的钱财耗尽，而且把他美国妻子——顾德家的小姐的数百万财产也都挥霍殆尽。现在他写了一本书，书名是《当乞丐的艺术》①。”

“我不是看他，”雅努什回答说，“我是在看坐在他旁边的女士。她是谁？”

“那是埃文思太太，美国人。在酒吧间演唱，艺名是汉娜·沃尔斯卡。”

“沃尔斯卡？”雅努什问，“她是波兰人吗？”

“似乎是……波兰人或是俄国人……”

雅努什愕然地瞧着那位戴黑帽子的太太，“哦，不错，她就是哈尼亚·沃尔斯卡，”他想道，“这九年中她变化多大啊！”他盯着她看个不已，仿佛要从她脸上看出她在过去这段时间里的经历。“她怎么了！我的上帝！”他怜惜地想道，似乎他眼前看到的不是一个丰姿绰约、俏丽动人的成年女子，而是那个一直偷偷跑到希莱尔家里向爱尔茹尼亚学唱歌的小哈尼亚。他没听邻座的问话，因而有几次回答得驴唇不对马嘴。她也就转而同坐在左边的一个衣着华丽的贵妇人攀谈去了。

玛莉亚·比林斯卡坐在两个珠光宝气的贵妇中间显然很不耐烦。她朝雅努什频频使眼色催促他跟别人交谈，而她自己则以单音节回答邻座的问话。最后她站了起来。

---

① 原文是法文。

“您去听帕德雷夫斯基的音乐会吗？”大使夫人问她。

比林斯卡的神情像是第一次听到帕德雷夫斯基这个名字。

“那自然……”[1]

戴黑帽子的贵妇也站起身来。

“再见，埃文思太太。”[2] 女主人冷淡地说。

“再见，夫人，”汉娜·沃尔斯卡用波兰语对大使夫人说。这声“再见”意味深长，含有厌烦、轻蔑、优越感的成分，但也带有一丝怜悯。雅努什这时已经站到了她身后，埃文思太太后退一步，正好撞在他身上，她回首环顾，忽然淳朴地微微一笑。

“雅努什先生，您在这里！您来得真巧！希莱尔一家现在景况如何？”

雅努什默默无言亲昵地吻了吻这位美国百万富豪和酒吧间歌唱家的手。大使夫人面带愠色地看着他。

“我不知道令弟认识埃文思太太，”她同比林斯卡告别时说，“音乐会上见。”

雅努什把埃文思太太介绍给姐姐。

“我送你们回去，”汉娜太太说，“您住在哪儿？”

“我回利茨旅馆。”比林斯卡说。

“我送一程，我住在吕贝克路。您呢？”她问雅努什。

“有什么好地方呢，”雅努什微微一笑，“在圣米歇尔大街那边。”

“好，我们走吧。”

他们在大使馆的台阶上碰到了斯彼哈瓦，比林斯卡停留了片刻。

“我们把您姐姐送回去，”埃文思太太利用这个时间对雅努什说，

---

① 原文是法文。

② 原文是英文。

"然后我们找个地方吃午饭。我有很多话要对您说。"

"好极了。"雅努什忙说，他忽然觉得自己变成了另一个人。

他们走出大使馆的时候，天正在黑下来。夕阳西下，光芒四射，映得满天奇霞异彩，把楼房的高层照得通红。雅努什上车的时候，仿佛看见阿丽亚德娜正往大使馆的门廊里走，玻璃廊檐的金黄色的影子在她身上洒下了一道温暖的光。他来不及细看那是否真的是她。

哈尼亚用自己的罗尔斯-罗伊斯牌小汽车把他带到一家豪华的餐厅，当他们并肩坐在一起的时候，那局面真叫他开心。他无论如何也想象不出自己是坐在敖德萨家里看门人的女儿身边。在昔日的哈尼亚和如今的埃文思太太之间竟连蛛丝马迹的联系也找不到。他干脆就是跟一个陌生的美艳妇人坐在饭店的一张餐桌旁，而且就是这个妇人在向他倾诉自己的心曲，讲述自己一生的故事。

故事也许能代替那点蛛丝马迹的联系。但是言词取代不了事实本身。虽说哈尼亚对他讲得很多，但那种敖德萨回忆却是越来越淡薄了。他当时真的没有注意那个贫寒的姑娘。只是在后来，在居留敖德萨的最后一段时间里，他从文尼察到基辅路过敖德萨并在那里小住数日的时候，他才发现，哈尼亚的穿着比以前好了，还听罗伊斯卡太太说起过，她在一个什么咖啡馆里唱歌。关于瓦莱雷克爱上了她的事也略有所闻。但是，在思想上把那个粗鲁的小伙子和这个丰采照人的美国百万富豪联系在一起，只能令人哑然失笑。

"您在看我的绿宝石吗?"埃文思太太问。

"对，这些宝石真美。"

哈尼亚的耳朵上戴的是极为华丽的扁圆形的绿宝石。

"我从来没有见过雕琢成这样的绿宝石。"他说，同时想起了姐姐的那些珠宝首饰，她把它们变卖了，买了科莫鲁夫……也许还买了别的什么?

“我有世界上最丰富的绿宝石收藏。”埃文思太太似乎是无意地说，“我的癖好最近引起了这种宝石价格上涨。我太不谨慎了，”她微笑着说，“我都是亲自去买，而没有托别人代办。”

“您丈夫是干什么的？”雅努什问。

“我最新的一个丈夫，”哈尼亚笑了笑说，“埃文思，是个工厂主。您知道，埃文思收割机、脱粒机，您听说过吗？我们在匹兹堡的工厂生产……”

“您嫁过好几个丈夫吗？”

“埃文思是第三个。您知道吗？我跟卡利克斯特·杜尚从敖德萨到君士坦丁堡，在那里跟美国大使馆的医生史密斯大夫结了婚，史密斯大夫是一个品德高尚的老人，两年后他就去世了，给我留下一大笔遗产。这只是开始……”她对雅努什媚人地莞尔一笑，仿佛在说，命运的力量超过了她的力量，“我又在美国舞台上演出，很受欢迎……我们喝一杯好吗？”

雅努什感觉到香槟的作用，他也笑了，他自己觉得，笑得很不得体。

“当然。”他说。

“两年之后……”

“这是八年中第二个两年……”

“不过还得刨去在君士坦丁堡的时间。”

“后来呢？”

“两年后，我同我们剧院的经理科克伦结了婚。我们到欧洲去蜜月旅行，在轮船上我认识了埃文思……”

“于是又一次，对吗？”

“埃文思直接到瑞士去了，他妻子在那里……他是去办离婚手续的。”

"您呢?"

"我有什么办法？我成为埃文思夫人已经三年了。"

"您在巴黎做什么事呢?"

"我在这里买了一个剧院……我想演唱。"

"我的天哪！您记得爱尔茹尼亚吗？……"

"哦，您知道，她的嗓子坏了……自从她嫁给那个可怕的鲁宾斯泰因以后，嗓子就坏了……不久前我在大都会歌剧院听过她演唱。"

雅努什聚精会神地听着，顺便朝自己的邻座瞧了一眼，她温顺地紧闭双唇。

"这里面有文章。"他想。

"既然她在'大都会'演出……"

"这都是靠鲁宾斯泰因的钱。您知道，有钱能使鬼推磨。"

她说这最后一句话时，声音里有一种不安或缺乏自信的调子。雅努什觉察到了。

"您是这样看吗?"他问。

哈尼亚没有回答。她呷了一点杯中的酒。雅努什觉得，她这样做是为了掩饰嘴角唇边流露出来的辛酸。这个举动引起了雅努什的兴趣。她猝然抬起头，询问地望着他。

"到我那里去吧。"她说，"我唱给您听听。"

他们没有吃完饭，就付了钱走了。乘车到吕贝克路，沃尔斯卡从一个闪闪发亮的鱼鳞状的钱袋里掏出一把小银钥匙打开了这所阴暗的房屋的沉重的大门。房子里漆黑一片，所有的房间都是空荡荡的，阒无一人。哈尼亚开了门厅里的电灯，他们把大衣放在椅子上，然后登上了弯弯曲曲的大理石楼梯，顺手扭开了沿路的灯。黑暗消失了，但空虚依旧。在二楼，他们走过了几个客厅，客厅里挂着电灯和蒙着凡尔纱的油画，摆着笨重的家具。在最后一个房间里，白色的壁灯照着地板上淡绿色的地毯。细木家具上蒙着印有白花的绿粗呢，乌亮的钢琴上摆了一个毛玻璃的圆花瓶，里面插着一大束紫色的郁金香。

听到他们的脚步声，出来了一个瘦小、黑头发的中年妇女。她长着一个鹰钩鼻，乌鸦毛般的头发凌乱不整。她手里抱着一只毛蓬蓬的雪白的狗，埃文思太太给雅努什介绍说：

“这是我的女秘书，西贝尔斯泰因小姐。”她说。

那只狗叫了几声，声音嘶哑。

埃文思太太在房间里转了一圈，点亮了墙壁上的水晶灯。

“您在这里等我一会儿。这儿有雪利酒。”她神态不安地说，“我去换换衣服，马上就来。请把《托斯卡》准备好。”她用英语对女秘书说，然后在绿色的门帘后消失了。

西贝尔斯泰因小姐把狗放下，它没精打采地站了一会儿，跟在女主人身后到走廊上去了，房间里能听到狗的脚爪踩在镶木地板上的声音。

女秘书在书架上找出一本厚厚的乐谱，打开了琴盖，把乐谱放在架上。

“她完全疯了，”① 女秘书信赖地对雅努什说，“她当个酒吧间歌唱家很吃香，可她想演歌剧。这是她完全不能胜任的，无论她花多少钱也不能在真正的舞台上演出。因此她买下了一个剧院……但这完全无济于事，您以后看吧！”

雅努什困难地喝了一口甜酒，对西贝尔斯泰因小姐的话他没有表态，他不能跟她去议论自己所不熟悉的人和事。

埃文思太太很快就回来了。她穿了一件袖子很长的、宽大的白薄绸长衣，系着一根腰带——似乎是由一长串圆形的大绿宝石编成的。

---

① 原文是英文。

脖子上也挂着同样的绿宝石项链。她用手一掠，散开了梳得很整齐的卷发，同时也改变了额上的发式。雅努什觉得她美极了。她关掉了几盏灯，像麦克白夫人[①]那样从墙边走过。雅努什坐在一张很深的沙发里。

"我给您唱第二幕。"她说。

哈尼亚倚在钢琴旁边，西贝尔斯泰因小姐弹了几个和音，琴音很低，但很悦耳。哈尼亚唱起了托斯卡祈祷的那一段。

雅努什一下就觉察出她的嗓音细小。虽然房间不大，但她的声音听起来一点儿也不洪亮。有时微弱的琴声却盖住了她的歌声。无须很强的音乐感也会很快发现，她唱得完全不合拍，可怜的西贝尔斯泰因小姐不得不经常去追赶歌手，因为她突然少唱了几拍，有时又不得不等她赶上来。伴奏人不时抬起她那对黑色的大眼睛，含意万千地看看雅努什。这太叫人心寒了。

雅努什坐在大沙发里，感到自己身后是冷冰冰、空荡荡的大住宅，眼前站着一个身穿节日长衣的美貌妇人，从紧张的喉咙里挤出细小的声音。埃文思太太的颈项上鼓起了青筋，嘴唇戏剧性地翕动着，眼睛眯缝着，散在额上的美发随着她唱出的每一个音符急剧地抖动。雅努什的心由于怜悯而紧缩了。

埃文思太太举起两手，准备唱一个长音，然而，她的意图没有成功，声音半途而止。她闭上双眼站在那里。西贝尔斯泰因小姐无可奈何地垂下了鹰爪般的小手，带着毫不掩饰的嘲弄的神情望着雅努什。她一定是憎恨自己的雇主。

哈尼亚定了定神，向雅努什转过身来。雅努什从沙发上站起来，含混不清地讲了几句恭维话。

---

① 出自莎士比亚的悲剧《麦克白》。

“再唱一曲《萨巴女王》。”沃尔斯卡说。

雅努什不得不又听了三四段：毫无疑问，埃文思太太没法在任何严肃的歌剧里扮演角色。她吩咐西贝尔斯泰因小姐去给他们准备点小吃，却利用这个机会问雅努什能否安排她在里沃夫[①]的歌剧院演出。雅努什只好说他在里沃夫一个熟人也没有。

“还有一件事，”埃文思太太说，这时他们已坐到了摆着食品的小桌旁，“您知道，我跟在波兰的全家失去了联系。我知道，父亲从敖德萨回到了华沙，但不知他现在怎么样。您回国后能不能帮我找到父亲，并把我的地址告诉他？”

“当然可以，”雅努什说，“但不知怎样去寻找他。”

“总会有个管理看门人的什么部门吧。”埃文思太太有点踌躇地说。

雅努什微微一笑。

“自从他们上次罢工以后，就称为‘住房管理员’，他们还有自己的工会。您认为，令尊还没有改变职业吗？”

哈尼亚目不转睛地望着他。

“我想，大概没有……”她低声说。

雅努什回到“苏伊士”旅馆时已经很晚了，他心里暗自好笑。至少有一样东西是用再多的钱也买不到的：好嗓子。

三

雅努什好容易才在圣保罗区找到了雅内克·维耶维乌尔斯基的住宅。雅内克把他住的那条街叫科斯特尔，而实际上它的名称是卡斯特。雅努什是凭卡斯特街和圣安东尼街交叉处的一所犹太教堂才认出来的。

---

① 乌克兰城市名。第二次世界大战前属波兰。

离圣保罗教堂其实还相当远，不过这一带都具有相同的特点。雅努什不禁想起了罗兹的某些街道：挂着犹太招牌的小食品店，画着老槲树或挂着∞字形的小甜面包的小饭店，跟在格鲁耶茨和格罗齐斯克①市场上见到的十分相像。在街上听到的不是犹太语就是波兰语，后来还是一个戴假发和缀有金线小球的包发帽的犹太老太婆给他指明了卡斯特街。维耶维乌尔斯基的住宅很古怪，进门前要先上两级木台阶，门铃发出嗡嗡的响声，而屋子里很暗，并且有一股啤酒和鲱鱼的气味。这里从前肯定也是一爿小店。雅努什觉得，他仿佛是在波兰。

雅内克站在第一个房间里，一看到雅努什马上跳起来喊道：

"杨卡，杨卡，快来。我说了，伯爵会到我们这里来的。"

雅努什向他伸出了手，雅内克用双手热烈地握住了。

"我来有一个条件，您不要再叫我伯爵。我不是什么伯爵……"

"哎，先生！你们每个人不是公爵就是伯爵，"雅内克摇了摇手，"您不让叫，我就不叫，请，请。"

他把雅努什带进里面的小房间，房间里有一张铺了网状台布的方桌，上面放着用紫红色和绿色羽毛扎成的花束。他用长围裙掸了掸椅子，说：

"您请坐，我妻子马上就来。我太高兴了，等一会儿我告诉您一件事。"

他跑出去了。雅努什环顾了一下这个房间，墙上画着黄蓝两色图案，家具很少，墙边摆着个音箱，箱上放着个金丝雀笼，墙上挂着约瑟夫②公爵以及科希秋什科③在集市广场宣誓的石印画，旁边还挂着一

① 格鲁耶茨和格罗齐斯克都是波兰小镇。

② 波尼亚托夫斯基·约瑟夫（1763—1813），拿破仑军队的元帅，曾参加科希秋什科起义。

③ 科希秋什科（1746—1817），1794 年抗俄起义的领导人，波兰民族英雄。

幅刻得很好的版画，是穿着登基礼服的斯坦尼斯瓦夫·莱什琴斯基[①]的肖像。雅内克又跑了回来，用盘子端着一瓶酒、面包和奶酪。杨卡从另一个门走进来，身穿一件粉红色的绸衬衫，满面通红。他们坐到桌旁，用酒和奶酪招待雅努什。

“这面包就像波兰面包一样，”维耶维乌尔斯基说，“是犹太教堂附近的一个犹太女人烤的。”

雅努什一下子感到就像在自己家里一样。他坐在桌旁，满怀好感地望着雅内克；在这里他才意识到，他在巴黎一直是多么格格不入。他发现自己一次也没有想华沙，想家，其实在他思想深处的一切活动都是朝着那个方向的。家！他没有家，他不能把布拉茨卡街别人的住宅当成自己的家，也不能把从来没有待过的农庄叫作自己的家。他对维耶维乌尔斯基问道：

“您最近有您父亲的消息吗？”

维耶维乌尔斯基说没有。最后的一封就是提到公爵夫人生病的信。

“公爵夫人现在身体怎么样？”雅内克问。

“谢谢，很好。我姐姐得到了消息，波特洛斯小姐发来了一个电报。公爵夫人感觉好多了，这几天就要回华沙。公爵夫人既然打算长途跋涉，从西西里到华沙，可见她的身体不错了。”

“西西里很远吗？”维耶维乌尔斯卡问。

“相当远，距离罗马还有一天一夜的火车。”

“哎呀，她干吗要到那里去呢？年纪这样大了。”

“她的女儿嫁到那里去了，”雅内克蛮有把握地解释说，“嫁给了一个可能当法国国王的人，如果法国人没有赶走国王的话。”

雅努什没有去纠正维耶维乌尔斯基的错误，是嫁给王位继承人，

---

① 斯坦尼斯瓦夫·莱什琴斯基（1677—1766），波兰国王。

还是嫁给他的兄弟，或者是侄儿，反正都是一样。他们对这种事情不会有什么兴趣。然而兴趣还是有的。维耶维乌尔斯卡埋怨说，法国人没有国王，他们应该有一个的，如果有的话，情况也许会好一点，物价也不会涨得这么厉害。

“您是从哪儿到这里来的，雅内克先生?”酒过两巡之后梅申斯基问。

“从哪里？从矿上！起义[①]之后，我们留在西里西亚，那里的日子很不好过。他们答应给我们参加起义的人一座金山，但我们得到的却是破裤子和干不完的工作。以后我到了法国的诺尔，在矿山干了两年，在那儿娶了老婆，日子还过得去。只是在法国人手下工作也不好，受剥削罢了。我们的人走到哪里都不顺利，”他寓意深长地补了一句，“我攒了点儿钱，来到巴黎，我妻子的姑母在这里开了一爿小店，我们就住在她这里。但后来姑母去世了，我把店面取消了。工人要店有什么用?”

“您如今在哪里工作?”

“他在作坊里，”杨卡替丈夫回答说，接着她站了起来，走到外间，因为有人从街上进来了。杨卡讲波兰语的时候，带着很重的玛祖尔口音，而且使用的都是农民的词汇，现在传来了她一口流利的法语。

“怎么，你们没有孩子吗?”雅努什问。

维耶维乌尔斯基脸色阴沉下来。

“有过一个，”他说，“一个女孩。但出生一周后就死在医院里了。我们矿上有医院，可那算什么医院！他们让小家伙受了凉，身上长满

---

① 西里西亚当时被德国占领，波兰人民举行三次反对德国占领的起义：1919 年 10 月和 1920 年 8 月两次起义都未能成功，1921 年 5 月第三次起义以圣安娜山的英勇战斗而载入史册。

了脓泡，脓泡一破，脓流得到处都是。她受了三天的罪，像猫一样尖叫。以后就死了。此后就没有……”

“您不想念波兰吗？”雅努什问，喝干了第三杯酒。

“我干吗想它呢？”雅内克痛心地说，“祖国不想我，不要我，我也不要祖国。”

“跟法国人还可以过吗？”

“当然。跟每个人都可以过。只是这里的人很浅薄，伯爵先生，手总是插在口袋里，像在那里养了一条蛇似的；饭菜也糟透了。每天，请原谅我这样说，他们端起饭碗时，神态都是庄重极了，像是过圣诞节似的。可饭碗里装的却是屎巴结……”

雅努什微微一笑。

“喏，杨卡是个好主妇，等会儿您就会看到！她总有办法弄点波兰菜。可这里……真没有什么吃头。凉拌菜和奶酪，奶酪和凉拌菜。”

杨卡端着一盘猪排进来了。肉是白色的，很好吃，雅努什吃得津津有味。两杯酒一下肚，维耶维乌尔斯基的话越来越多了。雅努什记忆中的雅内克是个胆小的年轻小伙子，同俊秀的枪骑兵卢德维克竞相追求阿罗的保姆，结果卢德维克胜利了。而今他已是个名副其实的男子汉了。

“华沙的情况怎么样？”雅内克问，“您姐姐呢？还没有结婚吗？”

雅努什很尴尬。其实，仆人们对什么都很清楚。

“没有，没有结婚。”他谨慎地说。

维耶维乌尔斯基明白，不该再问下去了。

“斯彼哈瓦先生呢？”他还是问了一句。

“他一直在外交部工作。”雅努什说。不知为什么他不想告诉维耶维乌尔斯基斯彼哈瓦现在就在巴黎。

但是维耶维乌尔斯基知道。

"我碰到过他，碰到过。"他说。

两人沉默了片刻。

"啊，这个外交部……"雅内克忽然恶狠狠地说，"这个外——交——部！他们是匪徒，哼，是匪徒！您知道，他们对我们干了什么事吗？"

"对谁？对您？"

"不！不是对我，而是对起义者。您知道，他们给我们搞了个什么停火协定吗？"

"什么停火协定？我一点儿也不知道。"

"您知道什么！这同您一点儿也不相干，"这位过去的矿工拍了一下桌子，"您明白吗？起义一开始，我们就往前冲，嗨，不顾一切地冲。还是在去索斯诺维耶茨参加决定边界的公民投票之前，他们就把我招了去，教我学会开枪，教我去打德国人。公民投票一结束，他们就命令我们作好准备。但是过了一个多月……"

"外交部怎么样？"雅努什着急地问。

维耶维乌尔斯基越说越激动，脸红脖子粗，脸上大汗淋漓，眼睛闪闪发光。他们每人都已喝了四杯酒，酒力促进了对往事的回忆。穿粉红绸衬衫，戴蓝色串珠项链的杨卡一动不动地坐在那里，活像个木偶，她呆呆地望着丈夫，像是在凝视一张圣像。

"别激动，雅希奥[①]。"她时不时提醒丈夫说。

但雅希奥照样很激动。

"时间拖得很长，因为他们在吵架。米耶尔任斯基[②]主张这样，柯

---

① 雅内克的爱称。

② 米耶尔任斯基·马切依（1869—1944），波兰大波兰地区和西里西亚地区政治活动家，第三次西里西亚起义的领导人之一。

尔凡蒂[1]主张那样，谁都想趁机捞一把，但都是以我们西里西亚人的血为代价……”

“您并不是西里西亚人呀，雅内克先生。”客人笑着说。

“不是西里西亚人？亲爱的！自然，我不是，但我是波兰人。西里西亚人的血，也就是我们的血。您知道西里西亚出了什么事？德国人屠杀我们，像宰鹅一样宰我们，而我们则束手待毙，枪也收起来了。英国人偏袒德国鬼子，到处搜寻我们的枪支弹药。对英国人要比对德国人更警惕……”

“您说什么？”雅努什吃惊地问。

维耶维乌尔斯基抬起身，站在桌旁，用手在桌子上画着什么，像是画的西里西亚地图。

“我们，先生，在五月二日就干开了。他们要阻止我们是不可能了，一个星期后我们就能把整个西里西亚抓在自己手里，德国人就会一溜烟地逃跑！法国人讨好我们，暗地里向我们提议签订停火协定，把柯尔凡蒂线以东的西里西亚土地都划给我们，而他们将把德国鬼子稳住。您以为怎样？柯尔凡蒂就这个所谓的停战协定向外交部发了一个秘密文件，而他们却向报界宣布了。在世界上闹起一场轩然大波。劳埃德·乔治[2]一个人就闹得满城风雨，据说我们坚持这个停火协定，而德国人却冲我们来了！向我们发动了进攻……您瞧，外交部那些饭桶给我们捅了多大的娄子！一提到他们，我就恨得咬牙切齿。假如不是他们，整个西里西亚都是我们的了。”

“这一切您是怎么知道的，维耶维乌尔斯基先生？”雅努什问。

---

① 柯尔凡蒂·沃（1878—1939），波兰西里西亚地区政治活动家，西里西亚第二次和第三次起义的领导者。西里西亚波德分界线称柯尔凡蒂线。

② 劳埃德·乔治（1863—1945），1916 至 1922 年间任英国首相。这里指在西里西亚问题上，英国偏袒德国。

“我怎么不知道？我当时不是在那里吗？什么我没有亲眼看见？难道我没有在雷布尼克[①]开枪射击他妈的那些面团捏的意大利人吗？那些家伙一溜烟地跑掉了，他们暗地里是同德国人勾结在一起的……”

维耶维乌尔斯基突然一顿，沉思着，望着雅努什。

“喏，伯爵先生，”他说，“您是有学问的人，请您告诉我，为什么会这样？我们危难的时候为什么没有人帮助我们？英国、法国、意大利那时都是德国的对头，然而我们一起义，就孤立无援，完全是孤单单的……”

他又停了下来，又望着雅努什。然后一屁股在桌旁坐下，同时用拳头使劲擂了一下桌子，以至桌上花瓶里插的一束红绿羽毛都跳出来了。他大声呼喊道：

“为什么波兰总是孤单的呢？为什么从来没有人帮助它呢？因为在这里统治的那些布尔乔亚，把我们波兰当个屁，对不起，我说了粗话……”

雅努什转过身来。

“是这样，”他说，“谁也不关心我们波兰。”

“不仅不关心，而且谁都想在一杯水中淹死我们这个该死的祖国。”

“嘘，雅希奥，别太激动了。”维耶维乌尔斯卡太太生气地插嘴说。

“哦，您说说，圣安娜山下是怎么回事？”她丈夫问，比刚才平静得多了。

在怒气和酒力的影响下，他突然站了起来，面红耳赤，一手抓起花瓶，又重重地放回原处，说：

“那，那里是一座山，这里是个山谷，很深的山谷，是一条山沟，先生，我们从这条山沟出发，天气晴朗，天空、太阳……西里西亚人

---

① 雷布尼克是西里西亚地区的一个小城。

唱起了他们那里的山歌：‘海尔姆山啊，皮亚斯特[①]大地永恒的哨兵……’而德国人却在狂跑，我们占领了整个山头和修道院以及修建在山头的小祈祷所。我们高呼：‘打德国人！打德国人……’后来呢？命令我们撤退。我们为之战斗过的那个山头，以后再也没有收回了……圣安娜山，圣安娜山！”

雅努什头晕目眩，醉意蒙眬，他为自己没能跟雅希奥一起到圣安娜山而感到惋惜，并说出了这个想法。

“您到那儿能干什么呢？像您这样的人都是捡现成的……”雅希奥直率地说，“打仗是我们工人的事情。”

他的妻子对他这种直言不讳吃了一惊。

“你说什么呀！在先生面前这样说话吗？”

“嘿，他是自家人，”维耶维乌尔斯基感情深厚地说，同时拍了一下雅努什的肩膀，“对他什么都可以说。”

雅努什虽然有点醉，仍感到有些不好意思，一时不知怎样回答才好。维耶维乌尔斯基又倒了一杯酒。这时一个小姑娘果敢地走了进来，她大约八岁左右，梳着两条浅黄色的发辫。

“我来了。”她昂着头说道。

“这是我姐姐的孩子，”维耶维乌尔斯基说，“过来向这位先生问好。”

小姑娘伸出了手，行了个漂亮的屈膝礼。

“你叫什么名字？”雅努什问。

“热尔梅娜。”小姑娘答道。

“嗨，你说什么？”维耶维乌尔斯基喊道，“你叫雅佳，还乱说什么。她自己想了个‘热尔梅娜’的名字。她上的还是波兰学校呢……”

---

① 皮亚斯特是波兰王朝的名字，这里意指波兰大地。

"上波兰学校?"

"对，上波兰学校。有一位太太，是个画师，在这里办了一所私人学校。她照顾我们的孩子，出钱给他们……她叫什么名字？雅霞[①]，你记得吗?"

"她姓塔尔洛，"热尔梅娜代她姨妈回答，"我知道，因为她时常到我们学校来。"

"哦，"雅希奥说，"塔尔洛，对，阿丽亚德娜·塔尔洛……"

雅努什乍听到这个名字无动于衷，过了一会儿才想起来。

"塔尔洛？阿丽亚德娜？画师?"

"是呀。"维耶维乌尔斯基说，把雅佳抱在膝上。

"吃点什么吗？我们把她当作自己的孩子，雅霞的姐姐去世了……"

雅努什像钉子钉住了一样坐在椅子上不动。

"阿丽亚德娜·塔尔洛？她照顾波兰小孩？这是怎么回事?"

"她是个画师，是画连衣裙的图案的，"维耶维乌尔斯卡说，"看样子她挣钱很多。"

雅努什清醒过来了，起身告辞。但维耶维乌尔斯基夫妇留住了他，又是劝他吃，又是劝他喝，他几乎要胀死了，一回到旅馆就像死人一样倒在床上。

四

泰克拉·别夏多夫斯卡给雅努什·梅申斯基的信：

---

① 杨卡的爱称。

亲爱的雅努什：

你走了其实没有多久，但是我们这里的人都感到缺少了你，说真的，大家都盼你回来。只有在你离开之后，我才明白，你住在我们这里的最近几年里，我对你有多么深厚的感情。这些年来，你大大地变了。在曼库夫卡时，你还是个小少爷，而现在你已经是一个真正的人了。你对谁笑笑，谁就打心眼里感到高兴。你是我们的，我们都爱你，大家都这样说，甚至斯坦尼斯瓦夫也这样说，他还讲，你跟从前大不一样了。我很高兴，大家都喜欢你，只是，你到现在还没有成家，我觉得不满足。你会是一个好丈夫，好父亲。多可惜呀！这里没有什么新鲜事，老公爵夫人好像病得很厉害，但波特洛斯来信说，她们不久就要回来。她既然生病，还回来干什么？倒不如死在国外还好些。家里一个人也没有，空荡荡的，没有什么事，但这样也好，我可以把家里整理得像个样子。我叫来了木工和装潢工，因为餐厅里的家具都散架了。我还叫人在少公爵夫人的房间和你的房间，亲爱的雅努什先生，挂上窗帘。在你的房间，我叫他们不要挂蝶式的，而是挂普通的，因为蝶式的对一个单身汉的房间是不适合的。罗伊斯卡太太不久前到过这里，那是一个中午，但一个人也没有遇到，她很遗憾。奥拉太太顺利地生下一个女孩，米哈霞太太非常满意，因为终于有了个女孩。可罗伊斯卡太太说，安德热依长得最好看。他是一个可爱、漂亮而且聪明的孩子，他们说他自己学会了看书，明年就要上学了。瓦莱雷克·罗伊斯基据说要同一个伯爵小姐结婚，她人品如何，我不知道，但我想，他是不会使她得到什么幸福的。他不待在普斯泰翁基，经常在谢德尔策，在酒店里胡混，但有人告诉斯坦尼斯瓦夫说，他可能要当部长，这当然是一派胡言，不过，似乎他经常是在围着一个什么部长转悠。希莱尔先生听说也要结婚，这个消息不大可靠，只是由于他经常去沃维奇而引起的。现在他到国外去了，说不定会在什么地方碰上你。有人告诉斯坦尼斯瓦夫说，什么地方要上演他的歌剧。我还是老样子，只是老了些。如果没有阿罗这可爱的孩子，我都不知道该不该活下去了，但我觉得，我必须为他活着，因为他虽然是一个公爵的孩子，但无人照料，你姐姐很少想到他，老公爵夫人不善于教育孩子，而且老在国外。阿罗可能是这个家族的最后一个了，人们都斜眼看他，仿佛他妨碍了谁似的。我知道，你爱阿罗，但又有什么用？你也不是一个会教育孩子的人。但是，这个孩子如果在家里能得到什么温暖的话，那只有你能给他，因为你，真的就像贝尔沙德的基尔赫奈尔牧师所说的那样，是这个家庭的荣耀。我抚养过你，用玛祖尔卡甜饼喂过你，如今我老了，我为此感到自豪。今年我只给阿罗做了几次这种饼。诺萨热夫斯卡姑母送来的奶酪，他非常爱吃，因为这奶酪确实做得很好。斯坦尼斯瓦夫的儿子在巴黎，你能否找到他？好久没有得到他的消息了。你打听一下吧，也许有人知道。我们大家都在等你。阿罗老是问，你是否来了信，我只好告诉他，没有。这孩子非常想念你，他很孤单。你是他最亲近的人，他经常说，“雅努什舅舅我爱，奶奶我只是喜欢”。至于妈妈，他根本不提。回来吧，雅努什，马上回来吧，没有你，我们在华沙感到寂寞，房子也好像是失去了屋顶。吻你并祝福你。

你的老泰克拉·别夏多夫斯卡

一九二六年四月二十四日写于华沙

这封信是邮差在雅努什去维耶维乌尔斯基家的第二天，当他还躺在床上的时候交给他的。敲门声坚定有力，他听得出来这是巴黎的邮差。邮差递给他一个小信封，地址写得歪歪扭扭，上面还有用有色铅笔勾画的记号，这是因为泰克拉小姐没有写明巴黎邮区号，故而经过了一番周折。他拉开了褪色的窗帘，一口气读完了信。信里没有什么特别的内容，雅努什懒洋洋地把它放在一边。昨天埃德加尔给雅努什打了一个电话，约定今天在卢浮宫见面。因此，这封信带来的只是过时的消息和这位老小姐倾吐的感伤。时间已经不早了，雅努什下了床，洗了脸，迅速穿好衣服，沿着塞纳河畔的林荫道向卢浮宫走去。五颜六色的拖船拉着装煤的驳船在河上航行，穿过桥下的时候打斜了船上的烟囱。小贩摊上出售破旧的书刊和套色版画。当时老地图很时兴，货摊遮阳伞上红红绿绿地挂满了这类地图。雅努什发现一张很小的《西里西亚全图》[①]，在奥波莱[②]附近仔细地标出了圣安娜山，他想到雅内克，花了四个法郎买下了这张小地图。他看了看表，时间尚早，于是放慢了脚步。他停了下来，心不在焉地望着河水。太阳照射在鱼鳞波上，闪闪烁烁。从塞纳河上吹来阵阵微风和潮气。

他无意间想起了泰克拉小姐信中的话：大家都说你跟从前大不一样了。这就是说，他自认为平生最空虚的这五年，也还具有某种意义，并非毫无痕迹地流逝了，因为在人们的眼中，他已经不是从前那种样子，而是另一种样子，成了为人所爱的“家庭的荣耀”。这意味着什么呢？难道真的有了什么变化？他想看一看自己在五年或八年前，即他刚从敖德萨回来时的样子，但没有成功，他看到了自己的遭遇，自己接触过的人，进行过的谈话以及经历过的事件——虽然为数不多。然而他看到的总是现在这样的或过去那样的自己，一个没有变化的雅努什·梅申斯基，一个在这宏大而不可理解的世界里茫然失措的人。但

---

① 原文是拉丁文。

② 波兰地名，在西里西亚。

自己毕竟是变了。怎样才能觉察自己的变化呢？大概是觉察不了。

塞纳河上乌黑的煤船像报晓的雄鸡那样发出刺耳的长鸣，雅努什打了个寒战。他回想起敖德萨火车头的汽笛声。既然是有没有变化都不清楚，当然就不可能掌握这些变化，那就只有考虑考虑自己感情上的变化了。这种变化主要表现在对人的态度上。从前他怕见人，总是躲着人，也不认识什么人。那令人难忘的第一次敖德萨之行，同埃德加尔接触，同阿丽亚德娜相识，对他说来意味着什么呢？这个令人百思不得其解的阿丽亚德娜！当时他不懂得怎样才能同人们相处，甚至不懂怎样才能理解别人，怎样才能容忍像斯彼哈瓦和泰克拉小姐这样生活道路迥然不同的人在自己的生活中存在。但是他现在明白了，他爱这些人，至少是关心这些人。然而斯彼哈瓦这个人他怎么也爱不起来。“爱”这个词对斯彼哈瓦不适用。他从来没有听见玛莉亚说过她爱斯彼哈瓦，不论是对卡齐米日本人还是跟别人谈起卡齐米日的时候，都没有说过。对于其他人，“爱”这个词都适用，只是他觉得自己过去是消极被动地去爱，现在他想积极主动地去爱。

昨天同雅内克·维耶维乌尔斯基的谈话触动了过去没有触动过的心弦。他觉得自己对雅内克所关心的一切都怀有感情。他试图说服自己，对这样的事需要的不是感情，而是理解和洞察力，但是，这个道理没有说服他自己，没有改变他性格中主要的特征——感情用事，因此他往往茫然失措，而生活在这个世界上首要的就是理智的引导。圣安娜山！他摸了摸口袋中的地图，他为什么对这个过去一无所知的地方突然产生了这么大的好感？为什么会为自己没有参加西里西亚的起义而感到惋惜？这是不是感情用事？当然理智也许能向他指出这些为他所疏忽的问题，然而到那时世界在他眼里就会变成另一种样子了。应该把这一切都告诉埃德加尔……

煤船低斜下船头从桥下穿过，船后灰蒙蒙的水面上激起了一层浪花。雅努什沉思着站了很久，以致过了约会的时间，他看了看表，发现已经很晚了，他摆了摆手，没关系，埃德加尔会等他的。

“从这一点看，这封信是重要的。”他向卢浮宫青灰色的宫墙走去的时候出声地自言自语说。

五

他们约好在胜利女神像下见面。雅努什走上台阶的时候一眼就看到站在像下的埃德加尔瘦长而有点佝偻的身影。音乐家的目光没有离开奔跑姿势的女神像上扬起的衣裙的褶纹，但跟雅努什握手问好之后，马上就讲起了他给泰克拉小姐打过电话以及华沙的一些琐事。他最近到戈翁贝克家喝茶，招待他的是从糖果店剔除出来的点心，又干又酸。戈翁贝克的小女儿已经受洗，埃德加尔是她的教父，给她取名叫海伦娜。两个朋友仍然站在雕像下交谈，当时，胜利女神像放置的位置与现在不同，放得平一些，也低一些。即使如此，每逢雅努什踯躅于像下的时候，都给他以强烈的印象。雅努什到这里已经来过多次了。

“我们这样傻站着，”梅申斯基终于说道，“好像我们没有什么地方可去似的。”

埃德加尔孩子气地笑了笑。

“你知道，”他说，“我什么地方都不想去。我只想看看这个胜利女神，对其他什么都没有兴趣。”

雅努什也向他报之以微笑。

“你对绘画感到厌烦吗?”

“怎么对你说呢？是这样！有点……厌烦这个词也许不太恰当。但是，你瞧，我对艺术有点够了……”

这时亨利向他们走了过来，他时常整个上午都在卢浮宫度过。

“对艺术够了?”雅努什诧异地问，“你不是说过，只有艺术才能使人类得救吗?”

埃德加尔无可奈何地抬起眼睛看了看他。

“此刻我有这种感觉，你知道，这个胜利女神只是因为它具有的古典魅力吸引着我……而我们大家注定是要遭亚历山大主义之灾[①]的……”

亨利虽然和埃德加尔素不相识，这时却火冒三丈地反问道：

“那么，您认为我们的艺术是没落的?”

“不，不能在这里站下去了，”雅努什说，“我们到阿波隆回廊去吧，那里没有画，但有沙发。”

他们就坐在钻石柜附近，这引起了穿着像个丧礼经办人的看守的不安。他留神地观察这几个大声谈笑的外国人。《西里西亚全图》从雅努什的衣袋里掉了出来，亨利拾了起来。

“这是什么?”他问。

“这是一张西里西亚的小地图，”梅申斯基有点不好意思地说，“啊，你看!”他用手指指着说，“这里是圣安娜山。”

埃德加尔也凑过来看地图。

“圣安娜山是什么?”他问。

“是西里西亚的一个地方。”雅努什说。

他突然觉得，对朋友无论如何也讲不出自己此刻对这张小地图所怀的感情。他昨天去拜访雅内克·维耶维乌尔斯基的事也讲不出来，因为埃德加尔是不会明白的。

“你瞧，”他对亨利说，“他是注定要遭亚历山大主义之灾的。”

埃德加尔大笑起来。

“你别缠住我不放了，雅努什，”他说，“我以为，一切没落的时代

① 在埃及亚历山大地区发展的古希腊后期的文化，意指衰落的古希腊文化。

都是彼此相同的。冲不出模仿和陈腐的形式……我创造不出新的形式，只能在那些旧形式中兜圈子：要不就是奏鸣曲，要不就是交响诗……仅此而已。这一切都是过去的东西。冲不破这层文化的硬壳……这是令人绝望的。”

亨利岔开了他的话。

“你可知道，”他对雅努什说，“我同谁约好在这里见面？海鲁宾·科韦什科到巴黎来了。”

“你说什么？”雅努什心不在焉地问。

“哎，你对此有何高见？”埃德加尔突然严肃地问。

“这都是老调子了。”雅努什说。

“你知道，维克多·革丹斯基给我们一笔钱在塞纳河上办船上画展。几天之内就可以准备就绪。”亨利又插嘴说，他似乎是故意不让雅努什去听埃德加尔的那些使他气恼的见解。这一点可以明显地感觉出来。

“那里还有什么？”希莱尔问。

“一家普通的餐馆，像所有船上的一样。”亨利说，“这是如今的时髦哩。画将在好几只船上展出。”

“画展什么时候开幕？”

“五月五日。”

“哦，我们那时还可见面。”埃德加尔说。

他们沉默了片刻。然后亨利站了起来，他同科韦什科约好在另一个大厅见面，准备把他带到这里来。

雅努什和埃德加尔留下了。

“你知道，我不喜欢你讲这种话。恐怕不是艺术使你这样悲观吧？如果你真是这样想的话，那你怎么能生活和创作呢？”

“我觉得，我的艺术家的本能比我的思想更有力量……”埃德加尔慢条斯理地说。

“你知道，我觉得，”雅努什说，仿佛从肩上卸掉了一块沉重的石头，“这样是不行的。”

“那应该怎样呢？”埃德加尔问。

“什么怎样？很平常，得要有点儿热情，我想……得有一点儿对人的热情……”

他忽然想起了，雅内克昨天是怎样对他讲述圣安娜山战役，“西里西亚人”是怎样唱他们的山歌的；想起整个西里西亚起义乱成一团的情况，想起外交部对他们那个停火协议搞了什么鬼——他想到自己正是站在两个世界的交界处，不禁哑然失笑。雅内克经历的那一切，对埃德加尔无论如何也讲不清；同样，如果他把这个大作曲家想的和讲的说给雅内克听，雅内克也是无法理解的。雅内克真的一点儿也理解不了，他一定会骂人，而雅霞那时就会说：“别激动！”雅努什轻轻地笑出了声。

“你为什么笑？”埃德加尔问。

“你瞧，我不觉得我‘注定要遭亚历山大主义之灾’。我身上有一种足以能够自救的东西……”

“譬如说？”希莱尔带着嘲讽的口吻问。

“对人的信念。”

埃德加尔忍耐不住了。

“对人的信念？”他问，“这是何意？”

“喏，我对你讲不清楚。”雅努什说。

他对自己很生气，怎能这样幼稚地同埃德加尔谈话呢？但埃德加尔总是使他胆怯，在埃德加尔面前，他总是不能完整地表达自己的思想，话也很简短。

“这表现在什么地方呢？”埃德加尔追问一句。

“唉，问题就在于此，”雅努什嗫嚅地说，“在我这里还没有表现。”

“你又怎么能叫我看到和理解呢?”埃德加尔责备地说，“既然你自己都没有表现出来。”

“它一定会表现出来!”雅努什喊道。

“别说胡话了!”埃德加尔笑道，“我已知道怎样看你。我很了解你。”

“我自己都不了解自己。”

“有可能。你自己不了解自己。但我了解你。”

这时亨利和海鲁宾来了。他们彼此打了个招呼。雅努什尽力表现得热情。

“你明天去革丹斯基那儿吗?”他问亨利。

“不去。你呢?”

“我要到那里去会阿丽亚德娜。”

“哦!”

“哪一个革丹斯基?”海鲁宾问，他显然洞察一切，“是那个天主教徒?”

雅努什根本不知道维克多·革丹斯基是不是天主教徒。

“就是他。”亨利代他回答。

“阿丽亚德娜?塔尔洛小姐?”科韦什科又问，“是不是要进修道院的那一位?”

这一回雅努什由衷地笑了起来。

“不，肯定不是那个。”他说。

他们一同走出卢浮宫，一同在圣路易岛上的一家小饭馆吃了早饭。

六

维克多·革丹斯基在马拉街的住宅是雅努什生平见过的布置得最漂亮的住宅之一。可是显得不自然，矫揉造作，在意大利文艺复兴时期的大书桌上摆着大蜡烛。丹麦式的农民柜子两端是绿色的，上面画着韦丘乌科夫斯基[①]的威风凛凛的骠骑兵站在郁金香盛开的原野上。餐厅里摆的是一张狭长的槲木桌子，高高的、有点儿像哥特式的椅子，窗户上挂着黑窗帘，老是点着灯。在约好的那一天，雅努什在七点钟准时来吃饭，阿丽亚德娜迟到了。因此，雅努什有机会跟自己的新相识聊聊天。他们谈话的内容自然是阿丽亚德娜。

雅努什十分惊异地得知，阿丽亚德娜取得了波兰国籍（她的姓氏给了她很大的方便），甚至还在巴黎波侨中做一些“慈善”事业。雅努什想起来了，也许“热尔梅娜”上的那所初级小学真的就是由“他的”阿丽亚德娜主管的。革丹斯基一九一四年以后就不曾去过华沙，他问雅努什现在波兰的封号到底怎么样了。

“封号都取消了。”雅努什毫不迟疑地回答。

“恐怕正是因为这个缘故，封号反而用得滥了？”革丹斯基问，“譬如说，您用封号吗？”

“从来不用。”雅努什又毫不迟疑地回答。

“譬如说，您家里的仆人是怎样称呼您的？”

雅努什涨红了脸。

“唔，说实在的，”他说，“这没有任何意义。”

革丹斯基用一根长琥珀烟嘴抽着卷烟，假装没有看见雅努什的

---

① 莱昂·韦丘乌科夫斯基（1852—1936），波兰画家，版画家，肖像画家。

窘态。

“您瞧，”他说，“我多次劝阿丽亚德娜使用伯爵小姐的封号，这样在巴黎日子就好过得多了。作为塔尔洛小姐她也确实有这个权利。”

“有没有权利还值得怀疑，”雅努什笑着说，他已恢复了常态，“但没有谁不准她这样做。”

“波兰大使大概也不会反对！”主人开玩笑地说。

阿丽亚德娜来了，她穿一套黑色便装，宽檐帽上插着花，又显得非常年轻。脸上也看不出疲倦的痕迹。她显得很活跃，同雅努什热烈地握手。

阿丽亚德娜同维克多谈了一会儿，谈的是几个雅努什不认识的人。他对巴黎的这种习气已经习以为常，要是在他从前的那个圈子里，这种习气会被认为是极不礼貌的行为，既然是在这里，就得适应这里的环境，耐着性子去听别人议论那些自己甚至连姓名都不知道的人的长处和缺点，并且像井里的小狗那样感到烦闷。此刻他老是听到夏克和莱伊萨这样的名字，但不知是何许人物。阿丽亚德娜在详细描述她昨天去看望这些人的情景。

“您瞧，”她说，“夏克对我的计划一点儿意见都没有。相反，他说，他将尽力帮助我，他可以把我介绍给他的一个熟人……还有……”

这时一个高个子红脸膛的仆人走进来报告饭菜已经摆好了。他们步入餐厅。

维克多和阿丽亚德娜坐到桌旁，好像这才看到雅努什，记起了他的存在。维克多说，他的厨娘是华沙来的，这样他就可以在家里吃波兰菜。于是他们谈了一阵波兰菜，这是一个恰当的话题，谈了相当长的一段时间。阿丽亚德娜在桌旁坐下的时候摘下了帽子，捋了捋头发，雅努什不无感伤地发现她的额角上方有几根银丝。她在短外套里面的衬衣上别了一小束假花，跟帽子上的一模一样。她脱下手套时，他看见她那双十指如葱的雪白的手和大拇指下手套压挤过的痕迹。他不由想到，从前她的手没有这么好看。她笑着回忆在敖德萨家里吃的饭菜。而雅努什却回想起了阿丽亚德娜戴着假珍珠项链朗诵勃洛克诗的那个晚上。

“瓦利亚·涅沃林怎么样了?”他出人意料地问。

维克多惊恐地朝他瞟了一眼，阿丽亚德娜放下汤匙，平静地说：

“他在巴黎，在一家酒馆里做事。”

从同席人的表情看，雅努什明白，对于敖德萨的这位熟人他不会听到更多的情况了。阿丽亚德娜转过脸去跟维克多说话，他们有他们自己的世界。

“夏克答应给我，”阿丽亚德娜说，“一本圣托马斯自己作过注释的书。”她提到夏克这个名字时，音发得特别重。

但维克多没有接这个话茬。他提醒雅努什注意韦丘乌科夫斯基的骠骑兵。

“您知道，”他说，“韦丘乌科夫斯基的作品很少有这种题材。”

阿丽亚德娜漫不经心地扫了一眼那一大幅彩粉画，雅努什发现她的目光中有一种厌倦的神情。他偶然想起，自己至今即使在信中也还没有把同沃洛佳见面的事告诉阿丽亚德娜。但此时此刻他又不能对她讲。他很难把面前这个剪短头发、巴黎装束、打扮得很标致的瘦小妇女同住在敖德萨车站大街五层楼上的那个阿丽亚德娜联系起来。他也无法清晰地回忆起自己第一次从曼库夫卡到那个地方的当天晚上的情景。

“埃德加尔问你好。”他对阿丽亚德娜说，她疑惑地扬起眉毛，他又补充了一句：

“埃德加尔·希莱尔。”

他随之想到，一定是阿丽亚德娜在巴黎的熟人太多，以致分不清谁姓甚名谁了。他心里又感到一阵烦躁。他越来越感到自己是个来自穷乡僻壤的外省人。阿丽亚德娜终于想起来了。

“他如今在写什么?”她问。

“他写了一个独幕歌剧，是属于施特劳斯的《厄勒克特拉》那种性质的，讲的是关于大卫王的故事。”

“关于大卫王的故事？什么奇特的题材!”

“嗯，您知道，”雅努什对维克多说，“这同画茶壶和苹果一样，如果不是出自名家高手，就没有什么大意思。”

“所以我总是画人物肖像，”维克多急忙说，“即便画得不怎么好，但仍能留下人物性格的特征。”

雅努什根本不知道革丹斯基画画，现在他才理解革丹斯基为什么对波兰的艺术家有兴趣，才弄清了客厅里挂在极为精致的象牙十字架旁边的那幅画得很蹩脚的半裸体少年的来历。

“话是这么说，但阿齐奥（即母亲出身名门望族的那个画家）还画苹果和水壶，也很不错嘛。”阿丽亚德娜说，声音里带有挑战的意味。

雅努什没有听清她的话。他们俩的谈话内容对他来说很陌生，使他感到厌烦。但是听着她的声音，多少还能悟出一点昔日的阿丽亚德娜的味道。

海鸥在喊：你们是谁的？

我们回答：谁的都不是![①]

雅努什突然念了出来。阿丽亚德娜用愠怒的目光瞥了他一眼，但在这眼神的深处却隐藏着某种不安。三个人好一阵子都没有说话。

---

① 苏联女诗人安娜·阿赫玛托娃（1888—1966）的诗。原文是俄文。

“然而我觉得，亨利是这些年轻画家中最有才能的。”维克多说，他完全是为了填补谈话的空隙，沉默不能再延长下去了。

“因为他最能模仿印象派吗？”阿丽亚德娜问，“印象派一离开法国的环境就不能存在，就像鱼离开了水一样。把印象主义移植到波兰没有任何意义。”

这番话显然使维克多很气恼。他对年轻画家们的友谊，要求他不仅同意他们的理论，而且还要保护他们的理论。他开始认真地为他们辩解。这时，仆人端来了甜食。

“你瞧，”维克多对阿丽亚德娜说，“我的厨娘把这道甜食叫作‘波兰水果什锦’[①]，但我在波兰时从来没有吃过。”

“这是什么？”阿丽亚德娜疑惑不解地问。端到她鼻子跟前的盘子里堆放着微微冒着热气的东西。她不愿首先去拿。

“拿吧，拿吧，快，不然要倒下了。”维克多说。

仆人脸上的肌肉纹丝不动，然而却流露出一点轻蔑的表情。他注视着阿丽亚德娜怎样把叉子和汤匙插进那一堆东西侧面的奶油里。像是受伤的小鹿在流血那样，从那堆东西的侧面流出了冰水、奶油和一块块五颜六色的水果。

“真稀奇呀！”阿丽亚德娜说，连忙盛了一满盘这种什锦甜食。这时，又有一个银罐子端到她手边，这是仆人另一只手上拿着的。

“这是什么？”阿丽亚德娜问。

“这是杏汁，”革丹斯基解释说，“据说这是必要的佐料。请……尝尝！”

维克多最后一个去盛，他只舀了一勺这种波兰甜食，在盘子里拨来拨去。他不爱吃甜东西。

---

① 原文是法文。

“再说莱伊萨和夏克吧，”革丹斯基说，“我觉得他们搞错了，他们不像我这样了解你……您知道吗，”他对雅努什说，“阿丽亚德娜想进修道院。”

“我已有所闻，”雅努什说，“但不相信。”

他的声音里有一股冷冰冰的味道，阿丽亚德娜留神地望了他一眼。雅努什觉得，她到这时才发现，这就是九年前的雅努什。

“我认为，”维克多继续说，“遵守基督教规的生活同从事艺术工作还是可以结合起来的，我不理解，为什么一下子就要进修道院去。同耶稣在一起的生活并不排斥世俗的工作，连马利丹①也常这样说。”

这时雅努什才明白过来，他们亲昵地称呼的名字夏克和莱伊萨就是指马利丹夫妇，他们可能是故意强调自己跟这样杰出的天主教活动家之间的亲密关系，然而他对此并不重视。

“譬如说，我，”维克多不住嘴地说，“每年夏天总要到鲁尔德②去两三个月。那里病人很多，把病人抬到山洞里人力不够，我就去帮助照顾他们。我想，我在鲁尔德的工作是很辛苦的，完全可以抵偿我的世俗生活，也足以赎我的全部罪恶……”

“赎回全部罪恶？”阿丽亚德娜突然问，脸上带着难以捉摸的微笑。

“你真坏。”革丹斯基尖声喊道，然后大笑起来。

这时仆人再次端上了已经冷却了的甜食，阿丽亚德娜又舀了一盘，雅努什也是如此。

“你完全没有明白我的意思，”她对维克多说，一面吃甜食，津津有味地舐着嘴唇，“世俗生活同遵守基督教规的生活是不相容的，或是选择前者，或是选择后者。很久以来我就考虑这个问题了……”

---

① 马利丹（1882—1973），法国神学家，唯心主义哲学家，新托马斯主义的主要代表。

② 法国南部的小城，在比利牛斯山下。

“在敖德萨就考虑过吗?”雅努什问。

“你想想看，甚至在敖德萨我就考虑过。虽然那时我想的是东正教的修道院，它可能比天主教的更富于诗意……”

“暮鼓晨钟，诵经声悲悲切切……”[①] 雅努什念开了戈罗杰茨基[②]的修道院诗。

“你怎么什么都记得?”阿丽亚德娜有点不满地说。

“你甚至都不知道，我怎么什么都记得。”雅努什忽然严肃地说，但马上又添了一句，“那么你认为，修道院是富有诗意的吗?”

“贝尔蒙神父，”维克多说，“认为，诗和宗教是一体的。你知不知道……”

“贝尔蒙神父错了，”雅努什打断了他的话，“修道院里并没有诗意，至少不像你们想象的那样有诗意。我的叔父曾是，应该说，现在仍然是巴西利教派[③]的修士。”

“巴西利教派是另一回事。”维克多说。

“你知道什么!”阿丽亚德娜喊道。

他们从桌旁站了起来。仆人打开了通往客厅的门。出乎他们意料的是，维克多的母亲老革丹斯卡夫人坐在象牙十字架下的杏黄色长沙发上，正在用一个精致灵巧的银器煮咖啡。

革丹斯卡夫人曾经是有名的美人，如今已是一个矮小、瘦削的老太太，眼睛里带着惊恐的神情，头发是染过的，举止酷似十四岁的少女。尽管如此，雅努什还是喜欢她，他对老太太，对自己朋友的母亲总是怀有好感。

---

① 原文是俄文。

② 戈罗杰茨基·谢尔益伊（1884—1967)，苏联诗人。

③ 希腊正教的一派，创始人是巴西利（约 330—379)。

革丹斯卡太太跟客人打过招呼之后对儿子说：

“亲爱的，那个桑德罗来过，”她指了指挂在十字架旁边的那个裸体少年的画像说，“他想见你，我告诉他你有客人。他过一会儿来，他是个很可爱的孩子。”她对阿丽亚德娜说，“虽然年龄相差很大，但他跟维克多就像两兄弟一样。维克多，对不对？”老太太的眼睛瞪得很大，像是一只吞食苍蝇的鸟。“桑德罗在画室里给他当帮手。”

维克多无言地望着窗户。

“您常住在巴黎吗？”雅努什问。

革丹斯卡夫人突然从沙发上站起来喊道：

“啊，开了，开了！咖啡开了！”

“要把它转过来！”维克多喊。

雅努什无言地抓住银器的耳朵，把它转了过来，灭了银器下面的火。

“我历来缺乏决断，”革丹斯卡夫人说，叹了口气，“它一开我就害怕，必须有人来帮我。”

雅努什微微一笑。

“因此，您不能给自己煮咖啡。”

“对，一煮就要出娄子。”

她斟好了咖啡，大家坐在一张矮矮的小桌旁喝着。阿丽亚德娜脸色阴沉，两眼茫然地望着前方，一句话也没有说。

“您问我是不是早就住在巴黎？”革丹斯卡夫人想起了雅努什的问题，“不是，我住在罗兹，每年到维克多这里来住五六个月。在罗兹我还有个儿子，几个孙儿孙女，有一个家。我的大儿子开工厂……我们在华沙还有一幢房子……”

“你们住在华沙吗？”

“有时住这里，有时住那里，对孩子们的健康来说，住在华沙好些。维克多我是在华沙带大的，他经常生病。”

雅努什不大相信地望了望维克多肌肉发达而匀称的身材，望了望他那挺直而有力的后颈和他那亚述式的头。在略带红色的彩绘玻璃窗上映出了他头部雕塑般的侧影。

“罗兹儿童的流行病不断，”革丹斯卡夫人说，无可奈何地摊开一双小手，手上戴的钻石闪烁着光芒，“小孩在那里像苍蝇一样地死去……我不能让维克多生活在那个城市里……”

“这样你就把我同罗兹分开了，”维克多说，“我已经不能住在那里了。您知道吗？”他对雅努什说，“在罗兹，每三个月画上就要积一指厚的黑灰，而且擦都擦不掉。”

“那人们的肺怎么受得了！”雅努什说，突然咳嗽起来。

尤莉亚·革丹斯卡太太蓦然从沙发上站起身来。

“您咳嗽，伯爵先生？我这就给您一种治咳嗽的特效药。两剂就可止咳。这是兰德斯贝格大夫的配方……他是个很棒的医生！伯爵先生，您认识他吗？他才是个高明的医生哩！”

革丹斯卡太太迅速拉开了文艺复兴式书桌的一个小抽屉，拿出装满各种药物的盒子，她一件一件地查看。

“您的心脏不大好吧？”她对雅努什说，“我这里有兰道大夫开的好药。他也是个好医生！不过他是专治另一种病的……”

“哎呀，妈妈，”维克多的声音听起来有点儿不耐烦，“雅努什身体好得很……”

“对，我不过是咳了一声。”雅努什解释说。

但是没有用，他必须马上服下一包止咳药。革丹斯卡太太按铃叫来了仆人，她管他叫“我的瓦伦迪”，吩咐他端一杯水来。最后她把一小盒药粉塞进雅努什的口袋里。

“您会感谢我的，”她说，“以后您看吧。但您一定要吃啊……”

阿丽亚德娜一句话也没有说。她站起来，看了看表说，她有要紧事得跟兰温见面，他们要研究秋季时装。

维克多也站了起来。

“你知道吗，”他说，“你缺少爱的美德。”

阿丽亚德娜用一种惊奇、诧异的目光望着他。

“你呢?”她问。

“我从不感到烦闷。”维克多答道。

“因为你自我欣赏。”阿丽亚德娜说，然后转身对雅努什说：

“我后天给你打电话。我还想同你谈谈。”

雅努什黯然一笑。

“随你便吧，”他轻声说，“有必要吗?”

维克多有点惊讶地看着他们，他好像现在才发现这两个人之间有一种什么关系。但他马上克制住了自己，吻了吻阿丽亚德娜的手。

“再见，夫人。”[1] 阿丽亚德娜对尤莉亚太太说。

“再见，伯爵小姐。”[2] 革丹斯卡老太太说，过分亲切地握着她的手。

维克多把阿丽亚德娜送到前厅，然后回到十字架下。

“您听说过吗，伯爵先生?”革丹斯卡太太对雅努什说，“这个疯女人想上修道院。”

“妈妈，”维克多说，“你说什么?”

“嗯，所有的把戏我都理解，”革丹斯卡太太说，“可是要上修道院，嗨!”

“真的，”雅努什说，“您是否知道她为什么会有这种想法?”

---

① 原文是法文。

② 原文是法文。

维克多打了个呵欠。

“您别以为她的日子过得轻松，一切都那么不自然[①]……”

“您不认为去修道院也是‘不自然’吗?”

“哦，她简直是个疯子!”革丹斯卡耸耸肩，“我可不愿意我的维克多跟她结婚，虽说她似乎是个伯爵小姐。”

“她这种伯爵小姐，”雅努什说，“跟我这伯爵差不多。她的父亲过去是敖德萨的警察局局长!”

“这更糟，”[②] 革丹斯卡咕哝了一句，“她想在这里摆布一切[③]……”

“影响一切。”[④] 维克多纠正她。

“那个涅沃林离开了她，”革丹斯卡太太挖苦道，“她就要上修道院了。她别的不会，只有去修道院……伯爵小姐。”

“啊，是呀，”雅努什说，突然领悟到自己忽略了阿丽亚德娜的最紧要的问题，“涅沃林怎么样了?”

“他结了婚，”维克多说，“跟一个很年轻的俄国姑娘，如今在圣昂诺尔郊区的一个俄国茶馆的合唱团里演唱。”

“噢，是这样。”雅努什说。这句话的意思是：“上帝呀，我多么愚蠢!”

雅努什起身向革丹斯基母子告别。尤莉亚太太还要请他陪她去参加一个募捐音乐会，他托词没有时间而谢绝了。

“这太可惜了，”她说，“不过我们在帕德雷夫斯基的音乐会上会见面的，对不对?”

“对，我要去的。我姐姐从大使馆搞到了票。”

---

① 原文是法文。

② 原文是法文。

③ 原文是法文。

④ 原文是法文。

“我们两个月前就订好票了，”革丹斯卡太太说，“是维克多的朋友，那个桑德罗订的，他能干得很。”

雅努什走到外面，到处都洒满了温暖的、美好的阳光。

“上帝！”他自言自语地说，“我多么蠢，对于她我一点儿也不了解。在这漫长的岁月里，她有自己的经历，而我仿佛一点儿也没有变！我想都不该去想她！”

但是整整这一天和第二天他都在想她，直到接到她的电话。

七

帕德雷夫斯基的音乐会在哈尼亚·沃尔斯卡买下的那个剧院的大厅里举行。这场音乐会的收入将用于慈善事业，因此大使夫人竭力争取这个剧场能够免费，然而她没有成功。这个美国百万富翁——实际上是她的财产管理人，完全照一般的标准收费：租金很高。虽然票价很昂贵，但整个大厅座无虚席。共和国总统和夫人、比利时王后伊丽莎白都要出席。音乐会定于下午三时开始。这是个晴朗的四月天，皇后林荫道的栗树，开着一串串烛台形状的光彩夺目的花朵，直挺挺地伫立着，剧院楼梯上同样笔挺地站着身穿闪闪发光的胸甲、头戴插有马鬃的头盔的威风凛凛的国民近卫军。总统准时到了，大使和大使夫人在楼下前厅迎接他，然后领他上楼。大使陪着总统夫人，总统按照旧式礼节挽着用蓬松的黑翎毛装饰衣服的大使夫人的手。大使夫人转身对后面总统的卫士说：

“请告诉王后陛下稍等片刻，我们马上就下来。”[①]

她说话的声音很大，周围的人都听得一清二楚。

---

① 原文是法文。

斯彼哈瓦看见大使夫妇陪总统夫妇进了特等包厢，顿时为王后感到不安。他当大使馆参赞的经验告诉他，这里可能出娄子。像任何一个真正的外交官那样，他最怕出这种娄子。他三脚两步奔向了正面楼梯，楼梯陡得像希腊神庙的阶梯一样。

卡齐米日的不安完全是有道理的。一个身材矮小、柔弱纤细然而仪态威严的女子踏着正面楼梯的高梯级走了上来。在下边门厅熙熙攘攘的人群的衬托下，她显得有些孤单。宽敞的楼梯上一个人也没有，除王后以外，别人一概都不准上来。站在楼梯两边的近卫军认出了王后，自动想起了应该怎样做（卫队长跑去照顾自己的上司去了），不等有人下命令就参差不齐地举起佩剑，立正，碰撞马刺和皮靴后跟向王后致敬。斯彼哈瓦走上前去，深深鞠了一躬。王后向他伸出了手。斯彼哈瓦讲了几句道歉的话，说大使夫妇陪总统到包厢去了。但是，这话恐怕不讲更好。王后对他那套辞令置若罔闻，仪态万方地登楼而去，她回头对卡齐米日说道：

“您可知道，帕德雷夫斯基的每一场音乐会对我来说都是一次难忘的经历。我像自己要上台那样心情紧张。将要领略的音乐美感使我十分激动。特别是他演奏肖邦作品的时候。”

“是的，陛下，他是个伟大的艺术家。”斯彼哈瓦说，他跟在王后身后上楼梯，与之相隔一步。

“倘若爸爸看到这个场面该多好啊。”他脑子里闪过这样一个念头。

波兰驻布鲁塞尔公使等候在楼梯上面。斯彼哈瓦把照顾王后的任务托付给了他。公使瞟了斯彼哈瓦一眼，好像对王后照顾不周要归咎斯彼哈瓦，至少是没有看到正是他斯彼哈瓦在一定程度上挽救了局面。

斯彼哈瓦匆匆回到自己的座位，音乐会马上就要开始了。他在软椅上刚一坐下，便看到埃德加尔·希莱尔就坐在自己前面几排。埃德加尔虽没有跟任何人交谈，但他的头微向左偏，坐的姿势文雅而优美，这使斯彼哈瓦不由想起了敖德萨以及他们在海滩上的那次谈话。从那时以后，他内心深处对作曲家就怀有一种反感。此刻他发现自己也是怀着不自觉的厌恶在看着希莱尔的背影。

那年代已经过去很久了，其间又经历了多少纷繁的事务，然而斯彼哈瓦仍然感到自己那时表现得很蠢，在同埃德加尔谈话时就像一个从乡下来的年轻人，完全不会处理跟罗伊斯卡太太谈话之后所爆发的冲突。丢人现眼，就那么回事。他总感到这根刺一直刺在心头。约齐奥已经去世了，他自己也不再是一个从乡下来的年轻人，刚才他还在一个友好国家的王后面前挽救了大使馆的面子。但是，由于自己的笨拙而对希莱尔产生的恨意依然存在。曾几何时，他指责埃德加尔是世界主义者，而现在他几乎成了个民族的作曲家……

剧院里从上到下响起了一阵掌声，像是来了一阵骤雨。观众都站起来了，帕德雷夫斯基登上了由于照明不足而显得昏暗的舞台。他看上去个子不高，但很壮实，穿一件老式的常礼服，显得身材更矮小了。剪裁得有点滑稽的衬衫领口上，扎着一个很大的白领结，把喉结露在外面。稀疏的灰白头发中偶尔有一两绺又红又硬的头发，有点刺眼。他昔日那张雄狮般的面孔如今变成了一张温驯的狗脸。厚重的眼睑斜斜地垂挂在眼睛上，使他的脸部带有东方人的特点。

帕德雷夫斯基坐下了，大家也都坐下。他先弹了几个和声使听众安静下来。他向大厅内扫了一眼，显然，他看到了坐在包厢里的总统、总统夫人、比利时王后，以及大使夫人的黑翎毛。斯彼哈瓦也朝包厢那边看了一眼，他发现波兰驻布鲁塞尔公使站在这些尊贵客人后面，东张西望。

“真要命！”他想，“他们忘了给他安排座位了！”

在官方包厢的一边，坐着哈尼亚·沃尔斯卡和她的女秘书兼伴奏，她旁边是一个穿浅色服装的美国人，一个年轻小伙子，像是个作家或诗人。沃尔斯卡戴一顶白色的大宽檐帽，虽然是下午，胸前还佩戴着很多绿宝石。在对面同沃尔斯卡对称的地方，坐着比林斯卡和多莉·拉齐维沃娃及其兄弟。斯彼哈瓦一眼就注意到黝黑的多莉跟白皙、安详、有着非波兰美的玛莉亚是多么不同。在帕德雷夫斯基正式弹奏前的一瞬间，卡齐米日心中感到一阵巨大的爱同时又是莫大的屈辱的刺痛。

“你那位夫人。”老斯彼哈瓦在给儿子的信中总是这样称她。

帕德雷夫斯基首先弹了升C调夜曲。埃德加尔竭力想对大师的音乐采取最尊重的态度，他竭力对这位年长的同行怀着敬意，但他无法克制自己的想法：这个伟大钢琴家的演奏方法他实在难以接受。他无意中发现，演奏者的右手在一霎间放到了左边的琴键上，表现方式也是根据对肖邦音乐的旧浪漫主义的理解，钢琴家没有发掘出肖邦音乐中蕴藏着的力量和朝气，而且在某些细节上擅自作了改变。

埃德加尔对于肖邦音乐的态度很特别。他在童年时代听了很多肖邦的曲子，最后都听得腻烦了。他完全是吸取别的源泉来丰富自己的创作。如果说他也继承了波兰音乐传统的话，那他更多的是接受了莫纽什科[①]新鲜而轻快的曲调。但是，只要一听见伟大的弗里德里克[②]的几个乐段，他不是作为一个行家而是作为一个普通的听众，马上便产生由衷的钦佩，便贪婪地谛听起来。可能正是由于这个原因，帕德雷夫斯基的演奏使他生气。他愿意听到肖邦音乐的原貌。

当帕德雷夫斯基演奏练习曲时，希莱尔不得不惊叹老钢琴家娴熟的技巧。然后是降B小调奏鸣曲。希莱尔觉得，帕德雷夫斯基把这部伟大的交响诗平凡化了，对它作了完全出乎自己意料的解释。此外，

---

① 莫纽什科·斯坦尼斯瓦夫（1819—1872），波兰作曲家。

② 肖邦的名字。

钢琴家在结束慢板后还加上了肖邦作品中没有的调子，这也使他气恼。

然而音乐使希莱尔浮想联翩，逐渐地，他离开了音乐厅，离开了演奏的作品而沉浸在联想之中。当然，这也是一种听音乐的方式，因为如果没有音乐，埃德加尔就不会产生那么多的浮想，至少它们的格调色彩会大不相同。

此刻他正在思索自己为什么这样孤独。为什么自己的音乐这么不被看重？难道他的音乐真的没有价值？驼背雷肖、老梅申斯基先生非常看重他的作品。雷肖对他的音乐简直是顶礼膜拜。他在去世前的几个星期，听了阿尔图尔·马尔斯基弹奏埃德加尔的奏鸣曲时，哭了。但是，他哭的原因是因为他有病，感到将不久于人世，这时即使是听了最糟的音乐，他也会哭的。海伦娜以她那带有挖苦意味的低沉的嗓音说："他想死，因为他以为死后可以成为天使，不会再有驼背了！……"但是，"他"是不愿死的，所以哭了。

"音乐真是个神奇的东西，"他想，"雷肖在沃维奇教堂即兴弹奏时我很受感动，而现在世界上最伟大的钢琴家在国王和总统面前演奏我却觉得厌烦。"

"那老琴师哭得多么伤心，"埃德加尔继续想道，"像通常一样，我不得不待在他身边给他送终。他是不是有先天性结核病？"但是，他马上驱走了这个想法：他非常不喜欢去考虑各种病，尤其是结核病。

革丹斯卡老太太坐在离他不远的地方。很明显，她是在朝他这边看。虽说他跟她在华沙只不过是萍水相逢，她却意味深长地对他眨眨眼睛，又朝台上努努嘴巴。埃德加尔甚至觉得她轻轻咂了一下嘴，至少她的嘴唇是做了个吃甜食——无花果或枣子的那种动作。从这一刹那起，他就再也没有认真听音乐会了。

雅努什也不能集中精神听音乐。两个打扮得花枝招展的漂亮女士同他坐在一起，使他感到有点儿手足无措。他觉得，到这里来的人都不是为了听音乐，恐怕只有比利时女王是例外，她从乐曲一开始便沉醉在音乐之中，大使夫人时不时找她搭讪，她却像赶苍蝇一样把她的话驱赶开去。大家到这里来，各自抱有不同的、跟音乐几乎毫不相干的目的。雅努什自己也只是为了能远远地看见阿丽亚德娜。他在这群表情拘谨的观众中久久没有发现她。大约一刻钟之后，他才看见她同让·西梭以及另一个漂亮的年轻人坐在不远的一个包厢里。他尽力不去看她，然而他的眼睛还是不时往她那边瞟。她表面上专心致志地坐在那里，但雅努什看得出来，她是在想旁的事情。这是从她的眼睛里看出来的，她的眼睛一动不动地望着空间，眼里浮现出一种一贯使他感到痛心的神不守舍的雾。

斯彼哈瓦心里翻腾的完全是另一种感情。作为大使馆的官员，由于遇到种种麻烦事而精神恍惚，现在他又在担心别出什么意料不到的纰漏，他的一双眼睛一会儿看看官方的包厢，一会儿看看玛莉亚，她不愿在公开场合同他一起露面。当帕德雷夫斯基弹出了第一批和声，他觉得，他灵魂中的一切痛苦都被抛却了，一切渣滓都沉到了最底层。他忽然觉得自己和肖邦的音乐，连同玛莉亚一起在纯净透明的空气中飘浮。随着音乐旋律的升起，随着整个大厅鸦雀无声沉浸在音乐之中，他觉察出自己一生中充满种种不如意的事情。他想了一阵子玛莉亚，仿佛她已经把自己抛弃，仿佛他们的爱情已经成了回忆。他们的爱情确实已经成了回忆，剩下的只不过是那种生活的习惯和困窘的局面而已。可他一次也没有想起过奥拉。

帕德雷夫斯基演奏完节目时，斯彼哈瓦惋惜地想起，他不能等听众要求再来一次，必须先出去。音乐会结束之后要在大使馆举行招待会，他得处处留神，让一切有条不紊。大家都知道，帕德雷夫斯基在听众要求再来一次时总是拖延很久，然后才坐下来，一口气再弹七八段，等于进行第二次演出。听众屏息了片刻之后，爆发出一阵喊叫声和掌声，这时，斯彼哈瓦已悄悄离开了自己的座位。他走到大厅的门口时，遇到了埃德加尔，他也是想早一点溜走。他们俩都把时间计算错了。帕德雷夫斯基又坐到钢琴旁边。他们不得不站在门口。

斯彼哈瓦惊奇地发现，此刻自己对埃德加尔没有半点不满情绪。他自己身上一切都变了（这莫非是音乐的影响?），在这位昔日的老相识面前也不再感到自卑。此时此刻想起敖德萨海滨的谈话甚至感到高兴。大厅里响起了降B小调谐谑曲。

“您要走吗?”斯彼哈瓦和善地问。

埃德加尔只是会意地点点头。

这时门开了，有人要进来，检票员连忙低声阻止他，斯彼哈瓦和埃德加尔趁这个机会溜到前厅。

“您不喜欢帕德雷夫斯基吗?”斯彼哈瓦问，声音里含有关心的意味。

“钢琴曲我都不喜欢，”希莱尔不正面作答，小心翼翼地走下楼梯，“我耳朵里听着钢琴，却不由想到了扬琴。”他无可奈何地微微一笑，仿佛是请求原谅自己的粗俗。

对作曲家的一股怜悯之情涌上了斯彼哈瓦的心头，他满怀同情地跟埃德加尔握手告别。

“过一会儿我们还要见面的。”他亲切地对作曲家说。

在剧院前斯彼哈瓦的汽车旁边站着个年轻人，他在跟司机谈话。两人谈得很投机。那个年轻人对卡齐米日鞠了一躬。

“参赞先生，”司机说，“这是雅内克·维耶维乌尔斯基，他找您。”

“什么事?”斯彼哈瓦不耐烦地对那个年轻人说，他撇开了对音乐会的感想和对青年时代的回忆。他没有情绪解决任何“问题”。

“先生，”维耶维乌尔斯基走近斯彼哈瓦说，“安娜公爵夫人去世了，父亲来了电报，要我告诉您。”

“是吗?”斯彼哈瓦吃了一惊，在汽车门口站住了。

“是的，她死在意大利……他们没有通知少公爵夫人，是故意的，还是怎么?”

斯彼哈瓦更为惊异。

“你父亲写了什么?”

“没写什么，只是一个电报，在这里，”维耶维乌尔斯基掏出一张揉皱了的纸，“‘公爵夫人在巴勒莫逝世，即告斯彼哈瓦先生，父。’就这些。”

斯彼哈瓦正忙着别的事，一下子没有估量到这件事的分量。

“走吧，马上要下雨了。”他说。

司机表示怀疑。

“为什么?”

“您怎能不知道，就要下雨了！您看看天上吧。您从来没有到过乡下吗？马上要下雨了，错不了。”

斯彼哈瓦转身对维耶维乌尔斯基说：

“好，好，谢谢您通知我，请向您父亲转达我的谢意。”他漫不经心地向雅内克伸出手去，同时对司机说，“我们去大使馆，雅内克说的这件事，千万别对比林斯卡夫人讲。”

八

但是在大使馆的招待会上大家都知道了公爵夫人的死讯。《费加罗报》下午版报道了这一消息，因为安娜公爵夫人同波旁王族有亲戚关系，法国社交界对这一消息普遍感兴趣。大使夫人亲自将此事告诉了比林斯卡，同时请求她别离开招待会，帮助她陪女王。

玛莉亚是在空荡荡的大客厅里得知这个消息的。大使夫人跑到门边，因为身穿浅色服装的女王陛下的身影在那儿闪了一下，然后她把这位尊贵的客人领到屋角的一张大沙发上，她认为这地方应是主宾的位置，就像在波兹南农村她家的做法那样。接着，她又不大有把握地赶忙把一个刚到巴黎的大个子波兰作家介绍给女王。比林斯卡站在大厅中央，用目光寻找斯彼哈瓦。他站在通门厅的另一道门旁，正在同一个白发碧眼、表情严肃的老人谈话。此人是保罗·瓦莱里①。比林斯卡想马上找卡齐米日谈谈，但是他扬起眉毛向她示意，眼下他不能抛开这个大诗人。他们之间的谈话似乎一下子结束不了。特别是在场的人很少，斯彼哈瓦没法把客人转给别人。比林斯卡缓缓转过身来，同埃文思太太正好打了个照面。

哈尼亚向她伸出手，问她弟弟在哪里。

“我不清楚他到哪里去了，”她答道，“从音乐会出来的时候跟他走散了。”

“您喜欢帕德雷夫斯基吗?”

“哦，自然很喜欢。”比林斯卡漠然地说，她望着哈尼亚的绿宝石，心里想道，“我以前的比这漂亮多了。”

埃德加尔走了过来。玛莉亚利用这个机会甩开了埃文思太太。埃德加尔望着比林斯卡的眼睛。

“我们得谈谈帕德雷夫斯基吗?”他慢吞吞地问。

“我对这烦透了，”比林斯卡叹了口气，“您知道，此刻我根本不想谈音乐。我得到了一个非常重要的消息……”

“好消息还是坏消息?”希莱尔问。

“是一个坏消息，但是可能引出好的结果。”

“对于您是好消息，对于我不一定是好消息。”

---

① 保罗·瓦莱里（1871—1945），法国诗人。

玛莉亚笑了，她很少笑。

“很遗憾，”她说，“可我从来没有好消息告诉您。”

“我常常想起敖德萨。”埃德加尔像是自言自语地说。

“我也一样，”比林斯卡又叹了一口气，“虽然已经过去这么久了……”

斯彼哈瓦终于走过来了。虽然他俩是站在空荡荡的客厅中央，玛莉亚仍然把自己的手放在卡齐米日的手掌上。

“你知道，妈妈去世了，”她用很尖细的低声说，“他们没有通知我，这是什么意思?”

听到这个消息埃德加尔后退了几步，斯彼哈瓦倒很镇静。

“你回到旅馆就会收到电报的。”他说，但说话的语气却显示出他没有把握。斯坦尼斯瓦夫给儿子发的电报不是偶然的。可他根本没有告诉玛莉亚，他是从别的来源而不是从这份吃香的报纸的讣告栏里得知这条消息的。

大使夫人急急忙忙跑过来，拉住了比林斯卡。

“我的玛莉霞，看在上帝分上，到女王那里去吧。谁也不愿同她交谈五分钟以上。”

比林斯卡走到屋角的大沙发那里，一个脸色苍白、满面含笑的小个子女人坐在沙发上。斯彼哈瓦跟在玛莉亚后边走了过去。女王向玛莉亚询问她婆母逝世的事，斯彼哈瓦无言地望着女王。玛莉亚的回答好像有些勉强，女王惊奇地看了看她。玛莉亚觉察到自己的行为很不得体，不由得惊慌失措。伊丽莎白女王苍白、瘦削的面孔使斯彼哈瓦想起了自己的母亲，不过他母亲有一对乌黑的大眼睛。这一天里，他已经是第二次想起自己的家庭，母亲、有怪癖的父亲、许久未曾见面的妹妹，以及用比林斯卡的绿宝石给父母购置的“田庄”。当他回到现实里来时，女王正在谈论音乐会。斯彼哈瓦被自己的精神状态吓了一跳，要知道，这是有可能引起令人不快的误会的。

帕德雷夫斯基这时才走进客厅。女王从沙发上站起来，走上前去迎接他。他们在门边站住不走了。帕德雷夫斯基吻了她的手，女王十分热情地对他说了几句话。斯彼哈瓦趁这个乱劲儿从侧门把玛莉亚带到一个空无一人的小客厅里。比林斯卡马上扔掉了那副漠然的假面，斯彼哈瓦发现她确实很兴奋。

“你想想，妈妈去世了，”她说，“我自由了，我终于自由了！”①

斯彼哈瓦不愿去想这句话的含义，他迟疑地微笑着，拉着玛莉亚的手以示安慰。

“应该通知泰克拉和阿罗，”她又说，“阿罗很喜欢祖母。”

“华沙已经知道了。”斯彼哈瓦低声劝慰说。

“你怎么知道？”比林斯卡问。

“我知道。”斯彼哈瓦简短地回答。

玛莉亚突然把一双雪白的手按在卡齐米日的肩头上。她个子很高，身材几乎同斯彼哈瓦一般，她用明亮的、甚至有些冷峻的目光望着他，说道：

“我嫁给你，我嫁给你！”②

这句充满了激情的话永远留在了卡齐米日的耳中。从听到雅内克·维耶维乌尔斯基说老太婆死了的那一刻起，他一直在等着这句话。是不是因为这个缘故斯坦尼斯瓦夫才给自己的儿子发了电报？这里一定有他的目的。

他们回到了客厅。现在客人多起来了。女王让帕德雷夫斯基也坐在她那角落里，热情地跟他交谈。钢琴家的身影全被大使夫人的黑翎

---

① 原文是法文。

② 原文是法文。

毛遮住了。聚集在客厅中央的一群人忽然向两边分开，山民乐队和山民舞蹈演员来了，他们是到巴黎来参加装饰美术展览会的。男山民的白裤子和女山民的五彩缤纷的头巾在金碧辉煌的客厅的衬托下，给人一种奇特的印象。山民们踏着闪光的镶木地板就像踏在克鲁普夫基的山地一样，神态自若，充满了自信，同时对周围的人有些蔑视。走在最前面的领队女山民，穿着金光闪闪的老式裙子，多褶而硬挺，像是钟式裙。一个穿便服的小伙子跟随在她身边。山民们不加考虑就站到了客厅中央，奏起了《勇士的乐曲》。一个波兰贵族模样的人，脸色红润，穿白色护腿套，朝乐队喊了声什么，接着便跟领队的女山民聊了起来。此时，埃文思太太也从另一边走上前来找她攀谈。山民周围的人越聚越多，谈话声盖过了山民小提琴微弱的声音。

在小客厅里，保罗·瓦莱里拉住了雅努什，求他帮个忙。这位老诗人腋下夹着他女儿的一本皮面签名册，想请帕德雷夫斯基在上面签名。雅努什答应帮忙，去找了帕德雷夫斯基，但这位大师拒绝了，因为他在音乐会后从不马上提笔。

雅努什满脸不高兴地离开了钢琴家，也挤到了山民们中间。那个同山民一起进来，并跟山民混在一起的年轻人追上了他。这是一个二十来岁的小伙子，长得挺英俊，人也热情，只是有点过分自信，他像个老朋友那样扑向雅努什。

"我永远不能原谅你们这件事，"他同雅努什握手后马上说，"怎么能把我们就那样抛开呢?"

雅努什完全是丈二和尚摸不着头脑。

"对不起，"他说，"我是在哪里有幸结识您?"

"噢，您忘了吗？在海眼。我和我的朋友彼得鲁希在一起。你们把我们抛在客栈里，以后就再也没有见面了……"

"哦，您是鲁齐奥，"雅努什想起来了，"真有意思……"

"您知道，从那时起我就没有离开过扎科潘内。我在那里定居下来了……我们在那里读完了中学。彼得鲁希去年中学刚刚毕业，就在扎科潘内故图尔尼亚峰摔死了。这次我是同山民一起来的。他们演奏得不错吧?"他加问了一句。

"很好，很好，"雅努什完全是应付地说，"我们等一会儿再见吧。您在巴黎还要待很久吗?"他问道，不等对方回答他就转身到小客厅去了。

"我的上帝，"他自嘲地想道，"我已学会巴黎这一套了……这小伙子是想告诉我点什么的……"

他在小客厅里见到了埃德加尔。埃德加尔独自待在一边，没有参加别人热烈的交谈，他坐在客厅与餐厅之间的通道上抽烟，对周围的一切视而不见。雅努什告诉他保罗·瓦莱里刚才的那件事，"这个老小丑!"他最后说。

"你错了，"埃德加尔说，"艺术家应该知道自重。"

"你一定不会这样做的，"雅努什说着把自己的椅子挪近埃德加尔的沙发，"你喜欢山民的音乐吗?"

"此刻我什么也不喜欢。我回忆起我听过的一次真正的音乐，你知道是在哪里吗? 在沃维奇。那是当地的管风琴师的驼背孙子在教堂里的即兴演奏，和他唱的晚祷圣歌。那才是真正的音乐，后来我就再也没有听过音乐了……当然，我也接触过好'东西'，好演奏家，但只有那一次才听到真正的音乐。巴赫①肯定是有这样的水平……"

"那小家伙后来怎样了?"

"那个小驼背吗? 他会怎么样? 死了。驼背雷肖死了，像约齐奥以及海伦娜·罗伊斯卡那样，死了，海伦娜跟我同年……"

---

① 巴赫（1685—1750），德国作曲家。

“也像弗瓦齐奥·索班斯基一样。”雅努什不知何故想起了那个小士兵。

一群盛装的妇女，和胡子刮得很干净的男人从他们身边走过。仆人打开了通向餐厅的门，从那里传来了餐具的撞击声和开酒瓶的声音。哈尼亚·埃文思从他们旁边经过，衣裙窸窣，环珮叮当，她刚把鲁齐奥从山民那里拉出来，正领他到摆着小吃的地方去。

“这种宴会真是没意思透了。”雅努什说。

“不，为什么?”埃德加尔和颜悦色地问，“我很喜欢这类闹剧。我正是在这种时候最能痛切地感到一个搞创作的人的孤独。我想，一个临产的妇女大概也是这样形单影只，孤立无援，一切都得靠自己。”

“一个垂死的人也是这样。”雅努什补充说。

“在我的创作过程中谁也不能分担我的痛苦，”埃德加尔继续说自己的，“因此我感到可怕的孤单。此刻我正在想一件事……我觉得，如果我能回到以前的年代，回到敖德萨……回到爱尔茹尼亚身边，我可能会感到轻松一些。你知道，我常常想起约齐奥……这个环境太可怖了。你不认为，巴黎是个可怕的城市吗?”

雅努什含意暧昧地微微一笑，抓住埃德加尔的一只手。大使夫人从他们身旁走过，说：

“你们为什么不去吃点东西?”

埃德加尔凝视着她，仿佛她是从另一个世界来的。

“我们就去，”他说，“谢谢。”接着他又对雅努什说，“我知道，你一点儿也帮不了我的忙。在人群中我是孤身一个，就像弗里德里希二世①的母亲那样当众分娩。你根本不能想象，我的感觉多么糟糕。钢琴

① 弗里德里希二世（1712—1786），又称腓特烈大帝。普鲁士国王（1740—1786），在位时曾伙同俄国和奥地利瓜分波兰。

真是可怕的东西。雷肖的钢琴也弹不好。他弹了杜赛克的一首简单的奏鸣曲，我听后都不知说什么好。钢琴就像原始的扬琴一样，使人心烦。而音乐并不是基于使人‘心烦’的，你记得吗，这是密茨凯维奇[①]对肖邦说的。”

“你从来不写钢琴曲吗?”雅努什问，“奏鸣曲呢?”

“当然，我写。但是现在有一首歌使我冲动，我非常想把它写下来。这是一首表现人在创作中孤立无援的歌。只是我没有歌词……”

又有一大群人从他们身旁经过，艰难地挤过这狭窄的通道。埃德加尔和雅努什都没有觉察到自己挡住了别人的去路。埃德加尔身子歪向一边，一支接着一支地抽烟。他是在透过拥挤的人群凝思默想着自己的歌曲。过了一会儿，他对雅努什说：

“你知道，我已写完了一首四重奏。是D小调。”

雅努什听到这个消息一言不发。

远处，似乎有个“沙龙”乐队在演奏。鲁齐奥又来到雅努什身旁。

“听了山民音乐之后，”他喊道，“怎么能再听这种美国的脏东西!您不知道，我那些扎科潘内人在哪里吗?”

没人理睬的山民孤零零地站在客厅中央。谁对他们都没有兴趣了。他们现在的样子就像一群受惊的小鸟。雅努什和斯彼哈瓦找到他们时，他们正处在被人遗忘，怅然若失的窘境里。斯彼哈瓦由侧门把他们带到摆小吃的餐室，并吩咐给他们倒酒。

一个年轻英俊的山民对斯彼哈瓦说：

“您还记着我们，愿上帝保佑您。”

斯彼哈瓦突然一转身面对着他，似乎想问他些什么，或是想跟他作一番兄弟式的长谈，但这时比林斯卡把手放在了他的肩上。

---

① 亚当·密茨凯维奇（1798—1855），波兰诗人，革命家。

“听我说，”她说，“我必须到巴勒莫去一趟。”

“去干什么?”他问，一边还在看着那些离去的山民。

“我一定得去。我担心遗嘱会有什么问题，我得为阿罗着想。”

“我同你一起去。这种事你不懂。”

“卡齐，上帝呀！你以什么身份去呢?”

斯彼哈瓦不耐烦地瞥了她一眼。

“随便什么身份都行。即使是作为你的未婚夫也可以。反正我不会让你一个人走。当然，这个时候对我不合适。华沙传来了种种怪消息。谁知斯克任斯基[1]能不能保得住，但是我不能放你一个人走……”

“你想想，我的大姑子卡塞蒂伯爵夫人会怎么看呢?”玛莉亚突然用法语说。

“她注意的是怎样同波特洛斯一起攫取你婆婆留下的遗产。你不要神经过敏，亲爱的。”

“你的态度，”比林斯卡低声说，“似乎你已经是我的丈夫了。”

斯彼哈瓦只是目不转睛地望着玛莉亚。

“我们走吧，”他终于开口说，“我去打听一下该怎么走。”

“走吧，卡齐，”比林斯卡温顺地说，“你送我回旅馆吧。”

他们匆匆走下楼梯。斯彼哈瓦拿了礼帽，走到大使馆门口。外面天已经黑了，东京路上浓密的栗树挡住了光线，因此显得更暗。在灰暗的林荫路之间流过的塞纳河泛着傍晚的银光。虽没有下雨，但天上乌云密布。

一个两三岁的小女孩在人行道上奔跑。突然，她在比林斯卡跟前摔了一跤。她放声大哭，躺在地上起不来。斯彼哈瓦弯下身子扶起了

[1] 斯克任斯基（1882—1931），波兰外交家、政治家，1922—1923 年，1924—1926 年任波兰外交部部长，1925—1926 年任波兰总理兼外交部部长。

她，替她拍拍身上的尘土。他一个劲儿地哄她，但孩子不知是摔伤了还是吓坏了，仍然不停地哭着。斯彼哈瓦摸摸她娇小的身体，知道这个骨瘦如柴的孩子体质是多么弱，她的肌肉由于哭泣而抽搐着。卡齐米日一时不知怎么办才好。他把小女孩抱了起来，搂在怀里，心上感觉到小孩的心脏像小鸟在笼里挣扎那样跳动。忽然，他喉咙里一阵发紧，心头笼罩着难以名状的怜悯之情。他竭力温柔地对小女孩说：

“别哭了，哦，哦，别哭了！”①

这时，他抬头一望，只见比林斯卡木然地站在几步远的地方，满脸不高兴的神色。她的两眼望着塞纳河，过了一会儿，他发现她那对明亮的眼睛投向了自己，此刻那目光显得比平时更冷峭，更陌生。

九

帕德雷夫斯基音乐会后的第二天，阿丽亚德娜如约给雅努什打了电话。雅努什在当天和第二天都不能跟她见面，因为他姐姐要到巴勒莫去，由此而引起的一场忙乱搅得人晕头转向。斯彼哈瓦陪玛莉亚一同前往。他们乘飞机到那不勒斯，然后从那里坐船去巴勒莫。他们走后雅努什才同塔尔洛小姐约会。一天下午，他们在亚历山大三世大桥旁边的装饰美术展览会上见面了。那天天气极好，只是人太多，连坐的地方都没有。大桥两头，就像老桥两翼那样，小商店鳞次栉比，人们摩肩接踵。天气闷热，小贩们单调地叫卖：“请买真正的‘爱斯基摩人’冰糕！”② 空气很闷，但阿丽亚德娜兴致极高，说话很主动。他们表面上完全是漫无目的地在这个集市上来回转悠。阿丽亚德娜像着了

---

① 原文是法文。
② 原文是法文。

迷似的绕着一幢房子转，这幢房子的楼下摆着穿连衫裙的模特儿，楼上写着卖俄国茶的英国茶馆的字样。他们谈论的无非是展览会上哪个馆最漂亮，哪里的冰淇淋最好吃，哪里的民间工艺品最鲜艳。雅努什对阿丽亚德娜谈起山民，因为她从来没有到过波兰，并对她讲起了山民在大使馆的表现。他们信步走进了此刻阒无一人的瑞典馆。这里展出的是一些古铜色的、烟灰色的玻璃和水晶制品，看上去就像睡美人那样漂亮。最后阿丽亚德娜决心走进时装商店，并把雅努什拉上了楼。茶馆没有什么特别之处，人很少，后来雅努什才知道，这是因为这里收费高得惊人。他们向女招待要了一杯中国茶。阿丽亚德娜看了看表，已经四点多了，雅努什有点奇怪，她怎么刚刚见面就急着看时间。阿丽亚德娜猜到了他的心思。

“我看表，”她说，“因为五点钟将有合唱表演。”

“哦。”雅努什应了一声，然后是一阵沉默。

这时雅努什想起，他至今还没有把自己跟沃洛佳见面的事告诉阿丽亚德娜。这个地点不很适当，气氛也不合适，但他知道，尽管这是他俩第一次单独相处，但他们见面的机会不多了。因此，他还是提起了那件事。

他一提到沃洛佳的名字，阿丽亚德娜就浑身一震。然后一直凝视着前方，仿佛在那里看到了弟弟的面庞。雅努什同塔尔洛见面已过去六年了，许多细节在脑中已经淡漠，但为了使阿丽亚德娜有更深的印象，把他自己此刻所想到的都当作沃洛佳的话讲了。而且他自己几乎相信这真是阿丽亚德娜的弟弟在漆黑的谷仓里对他讲的。有一点他是清楚的，当时他没有看见沃洛佳的模样儿。他们抽烟的时候，他只看见了他的眼睛，那对非常像阿丽亚德娜的、明亮的、黑色的大眼睛。此刻他注视着自己昔日的女友，只见她阴郁地坐着，全神贯注地听他讲话，眼睛却瞟着饭店的一角。这时一个俄国合唱队登上了小舞台。

他们人不多，总共才六七个，还有两位妇女。雅努什发现，阿丽亚德娜在冷冷地注视着一个年轻女子，她身材小巧、浅色头发、鼻子有点翘，面色娇艳而美丽，但很平庸。受阿丽亚德娜的影响，雅努什对这群人也感兴趣，他发现在那些穿肥大的裤子、宽大的衬衫，腰间束根绳子的男人中，有一个人很像瓦莱里安·涅沃林。

那就是他，但变多了。如果说，时间虽然剥夺了阿丽亚德娜的俊美，却把她变成了一个令人感兴趣的妇女；虽然磨灭了她的鲜艳和山区羚羊般的粗犷的美，却给她增添了一种外表的轩昂和内心的光彩的话，那么它对涅沃林则完全是无情的。可以假定，时间要把昔日那个仪表堂堂的前俄国军官损害成这个样子，肯定是靠大量的酒精作为摧残的工具。涅沃林现在像是一个澡堂子的老年侍者，精神颓唐，萎靡不振。他那肥胖得像一团发面的身躯上穿着一件单薄的衬衫。脸上两道深刻的皱纹在鼻翼下面划过。当涅沃林张嘴要唱歌的那一刻，雅努什厌恶地移开了目光。他跟整个合唱队都在高声叫喊，反复唱着一个调子。这是支婚礼歌曲，有点像斯特拉温斯基的《婚礼》，但很庸俗。再说在这个小小的茶馆里演唱也完全不是地方。

阿丽亚德娜从梅申斯基面前扭过脸去，愤怒地紧闭着嘴唇。

“人们把我们当猴耍了。”她说。

“你是波兰人啊。”雅努什带着讥讽的微笑回答说。

他再一次讲起同沃洛佳谈话的情况。他说，沃洛佳向她问好，还讲过她随时可以回到他那里去。现在他可以肯定，沃洛佳是这么说的。他平静地、聚精会神地讲着，眼睛没有看阿丽亚德娜，但声音很大，为的是使她在吵闹的合唱声中能够听清。

阿丽亚德娜突然用手在桌上一拍。

“别讲了，”她的嗓门没有提高，“别讲了，不要给我讲这些了。难道你不明白，过去的事是不能挽回的吗?”

这时合唱停了。那个小巧玲珑的金发女郎在独唱一支什么歌。一支农村新娘子唱的歌，歌声忧郁，充满了哀伤和不安。那女郎的嗓子很好，音不高，但圆润而富有感情，极为柔和动听。阿丽亚德娜听着听着，皱起了眉头。

"你懂吗?"她忽然悄声说，"生活中最糟糕的是，过去是不能挽回的。"

雅努什其实到巴黎的第一天就懂得了这一点。

"这是季娜，瓦莱里安的妻子。"阿丽亚德娜补了一句，"我们走吧，马上走。"

他们付完茶钱之前，季娜已经唱完了。合唱又叫喊起来，声音很大，但不整齐。他们走出茶馆时，天色已经暗下来了，两边玫瑰色的晚霞和第一批点亮的电灯的绿光交映在一起。他俩默默无言地在拥挤的人群中沿着塞纳河慢慢地走着，这里还是展览会的范围。然后他们走出大门，到了协和广场。他们穿过广场后到河岸林荫树下漫步，一个人也没有碰到。令人惊奇的是，河岸一带如此空旷，似乎巴黎全部活着的人都到展览会去了。这是一个凉爽的傍晚，蓝色的暮霭弥漫在桥上，各种东西的轮廓都变得模糊不清了。他们转过身子，看见埃菲尔铁塔上用电灯组成的"雪铁龙"的广告。他俩在一张长椅上坐了下来。

雅努什沉默了片刻，似乎是为了积聚力量，而后他抓住阿丽亚德娜的手，在这一触之中他终于回想起了过去的时光。他昔日的情人手上的皮肤还同过去一样，天鹅绒般地柔软和冰凉。他接触时仿佛还感觉到了皮肤的颜色——象牙色。雅努什记得姐姐有过一条连衣裙，前面部分都是用象牙色的天鹅绒做的。这是对童年，同时也是对昔日的爱情的回忆。

"听我说，"雅努什说，"一个人不能逃避自己本身。逃避生活并不意味着逃避得了自己。你不要去修道院，别发傻了……”

阿丽亚德娜转过身来，把脸埋在雅努什的肩上，伤心地抽泣了几声。雅努什抚摸着她的头，但她马上就平静下来了。远处协和广场上的小汽车宛如五月金龟子在繁花满枝的栗树上蠕动。

“你瞧，”阿丽亚德娜说，“一切都得解决，一笔勾销……得同自己和自己的本性斗争……一个人既然有这条命，总得把它安排一下……最好是往塞纳河里一跳，一了百了。”

她说着往塞纳河那边一指。

“那可是最傻了。死会来的，它自己会来。”雅努什说，“你不认为这是歇斯底里发作吗?”

“好，”阿丽亚德娜说，“就算是歇斯底里吧。这就是我的心病，我不知道该怎么办，一筹莫展。”

“但是进修道院就能解决问题吗?”

“上帝……”阿丽亚德娜低声说。

“你那个上帝，”雅努什谨慎地说，“我觉得也大可怀疑，他怎么突然闯进了你的生活呢?”

“他的来临总是出乎意料的。”

“可能是如此。但你有足够的力量从今以后永远听命于上帝，献身于上帝的事业吗? 要知道，你仅仅是因为固执才选择了上帝，可上帝并非固执反抗，而是爱。”

“我是这样想。”

“你懂什么是爱吗?”

“不，我不懂。这正是最可怕的。”

“我也不懂。我也不知什么是爱。但是我想爱……爱人……这很难。譬如说，爱斯彼哈瓦就很难……我总是给自己举这种具体例子。斯彼哈瓦我不能爱。”他无可奈何地笑了笑，“但是只要有一个例外，整个理论便化为乌有。不，我不是基督徒，因而我不信你们的基督教——‘波兰水果什锦’。”他想到了革丹斯基家里的甜食。

“你完全不了解我。”阿丽亚德娜说，同时把身子从他旁边稍稍挪开了一点儿。

“对，有可能。但我自己也不了解自己。我明白，生活即行动，我却不属于能做出一番事业的那种人。我是注定要灭亡的，可你瞧，我并没有逃到修道院去。”

“这还很难说。很难说什么是修道院，说不定你的华沙就是个修道院。”

“不，还不是。”雅努什腼腆地说。

“你瞧，你自己也没有把握。你还劝我回去参加俄国革命吗?”

“是的，我劝你回去。”

“你也会回去的吗?”

“你知道，我该怎么跟你说呢? 如果我不是我这样一个人，如果我不知道有多少事需要去做……”

“小雅努什，你太不聪明了，”阿丽亚德娜笑了起来，“你可是什么也不做呀。”

“正是这样。我想，也许将来我会有所作为，还能有点用处。尽管波兰人就像篱笆上的一条狗，脚下站立不稳，但又不知道会掉到哪一边去。”

“你知道，过两星期我就要离开这里了。”阿丽亚德娜突然说。

“谁知道呢，也许我走得更快。我姐姐到巴勒莫去了。”

“人们在一别几年之后往往还会重逢，但重逢永远不会有什么好结果。最好是不再相逢。”

“唉，阿丽亚德娜，可我……”

雅努什没有讲完。塞纳河上一条小汽船发出了一声刺耳的长鸣，因为有一只小木船靠近了它的船头。

“唔，再见吧，我们还会再见的。”阿丽亚德娜站起身来，“星期天革丹斯基要在他的船上举行个招待会。再见!”

她向雅努什伸出了手，他还没来得及说什么，她已飘然而去。他呆呆地站了一会儿，然后看了看表，沿着河岸慢慢向圣保罗区走去。

十

时间已经很晚，维耶维乌尔斯基家的大门已经关了，但窗户上还透着亮光。他们大概还没有睡吧。雅努什蹑手蹑脚地走上前去，敲了敲楼下的一扇玻璃窗。身穿一件单衬衫的雅希奥打开窗子，探出头来，见到雅努什他吃了一惊。

“哦，是您呀，”他说，“请进，请进，亲爱的。我马上给您开门。”

紧闭着的商店大门上有一扇小门，雅希奥打开了小门，把雅努什让到里面。维耶维乌尔斯基的妻子已经躺下了，他自己在看书。他带着羞涩的微笑望着客人，雅努什在桌旁坐下的时候，瞥见了书的封面：《塔杜施先生》。

雅努什自己也不知道，为什么他要到维耶维乌尔斯基这里来。最近这几天里他压根儿没有想起过雅内克，在阿丽亚德娜匆匆而去，把他抛在塞纳河畔栗树下的长椅上时，也没有想到他。是本能把他引到了这条小街僻巷，就像受伤的野兽逃回洞穴里。他想要看看住所、人和家庭，寻找生活的伴侣。他感到很孤独，像听到火车头汽笛长鸣时一样感到孤独，不同的是，那时只是短短的、稍纵即逝的感觉，而此时此刻却是孤独地从梦中醒来的感觉，就像在童年时那样，一种没有止境的孤独感，仿佛一阵剧痛那样突然地袭来；他机械地说着话，做着某种动作，而心灵深处则是无边无际的孤独。整个世界上没有一个人在想着他。有一点他十分清楚，他不能把这种感觉告诉维耶维乌尔斯基。雅努什望着敞胸露怀地坐在对面的雅内克，见他也在好奇地望着自己。雅努什感到必须说点什么才好。“热尔梅娜”坐在边上的一张小桌旁，在一盏小台灯下做数学作业。雅努什进来时她坐着纹丝不动，没有任何反应。雅努什看了看她，注意到她的嘴唇微微翕动，正在全神贯注地认真默算，她是想在他面前表现出自己是多么用功。他望着她那张被灯光照亮的、聚精会神的小脸蛋儿，心想这小姑娘是多么安详。

“伯爵先生是在为公爵夫人的去世而悲痛吗?”维耶维乌尔斯基问，他是这样解释雅努什的神态的。

梅申斯基微微一笑。

“哦，不，”他坦率地说，“这不关我的事。我不熟悉公爵夫人。”

“我告诉您，”雅希奥接着说，“这里有名堂，他们想抢您外甥小阿罗的财产。我父亲不止一次这样说过。”

“哦，不，”雅努什换了一种口气说，“谁能做出这种事呢？那里没有什么人，而公爵夫人剩下的东西也有限得很……”

“不管是多还是少，光宝石一项就值钱得很。家父老是说，只要公爵夫人两眼一闭，波特洛斯就要偷了……”

雅努什想起斯坦尼斯瓦夫和波特洛斯小姐是冤家对头，而且斯坦尼斯瓦夫同所有的人都不大合得来。

“您说什么，雅希奥!”他喊了起来，“您说到哪里去了!”

屋子里沉静了片刻，雅努什终于说话了：

“很对不起，我不打招呼就来了。晚上来也不是时候，但我心里确实很难过。您是理解的，雅希奥，我这么孤单。”

他用探询的目光无可奈何地望着这位青年工人。

“您该结婚，就这么回事!”维耶维乌尔斯基笑着说，“娶个婆娘是活受罪，但没有婆娘更受罪。是不是?”

“谁知道！女人不要我……您看，我本想跟塔尔洛小姐结婚，就是在你们这里办初级小学的那位……可她要进修道院，因为她的未婚夫把她抛弃了。你瞧，事情就是这样阴错阳差。”

维耶维乌尔斯基惊诧得睁大了眼睛。而雅努什却暗自好笑：他的问题说穿了就是这么简单。所有那些拐弯抹角、半吞半吐的话，那些电话往来，那些会面、交谈、哭泣，一切一切，都可以简单地归结为这样一句话。事情就是这样，其余的不过是胡思乱想罢了。

“您怎么能对付那样一个女人?”雅希奥说，“您从她那儿不会得到任何愉快。别人说，她有过好几个未婚夫了。她是一匹秃毛瘦马，什么用处也没有……”

雅努什还想笑笑，但越来越笑不出来了。维耶维乌尔斯基看在眼里，但装得懵然不觉，仍好心地劝慰道：

“亲爱的，我们给您找一个合意的姑娘……您会请我参加婚礼吗?”

维耶维乌尔斯基猛然一惊，他太唐突了，对“老公爵夫人”的亲戚怎能这样不拘形迹！他得表示出充分的尊敬。

“喏，这只是开开玩笑而已。”他补充说，“伯爵的婚礼怎会请普通老百姓呢?”

“我的婚礼不会是伯爵的婚礼。”

“即便是这样吧，您的婚礼是一种样子，我的婚礼又是另一种样子。我们彼此走不到一起去。”

这时，“热尔梅娜”看了雅努什一眼，眼光中表现出了那么多的女性柔情，他不禁为之一愣。投向他的目光是孩子气的，强烈而耐人寻味。他没有回避这目光。雅佳把眼珠往上一转，把手上的黄铅笔放到嘴边。雅努什为这目光所震撼，半天没有说出一句话来。

“如果我要请您呢?”他问，“如果我要请您参加我的婚礼呢？如果我要请您当我的傧相，做我的朋友呢?”

雅希奥脸上的表情突然严肃起来。

“说这些有什么用?”过了好一会儿他才说，“我们各有各的天地。不管伯爵先生邀请多少农民、多少仆役参加您的婚礼，您也不会到我们的天地里来，同样，您也不能把我们拉到您的天地里去。”

雅努什沉思了一会儿。

“您是这样想吗?人跟人不是兄弟吗?”

“人跟人是仇敌，您知道吗?”雅希奥这次几乎是严酷地说，“如果是穷人，呃，还……是另一码事，如果是富人，那就根本不是什么兄弟。伯爵先生是我什么兄弟?伯爵就是伯爵，仅此而已！富人是衣冠禽兽，即使他有同情心，也是老爷式的，那种同情有时令人作呕。我不是说您，您是位好老爷，在华沙大家都尊敬您，没得说的。但您是贵族老爷，我是个做工的。我们之间不一致，也不可能一致。”

他把两肘支在桌上，身子向前倾，差不多是怀着敌意说：

“不错，我邀请了您，您光临了，您在我这里吃了，喝了。但别忙，您还不曾在自己家里用酒和面包招待过我，您也不会这样做。您说要请我参加婚礼，这有可能，但您不会在星期天请我到家里喝茶。因为您同我无话可说。您是有学问的人，而我是个大老粗。就是这样!”

他从桌旁站了起来，身材高大，体格匀称。光线没有照到他上半身，他的脸看不清楚，而雅努什也没有去看。他的身子往前倾，眼睛盯着红蓝格子的台布。

“我们之间没有别的，只有鸿沟，像圣安娜山下那种万丈深渊。可能比我们跟德国人之间的深渊还要深……”

雅努什抬起头来。

“您说什么，杨[①]！”他低声说。

雅希奥住了嘴，手还举着。

“是呀，我说得太多了，说了些傻话。我们也许会走到一起……有时候。”

雅努什耸了耸肩膀。

“在其他问题上，我也愿同你们在一起。”

雅希奥在桌旁坐下，脸上又重新露出了亲切的表情。

“这是不可能的，伯爵先生。何必去说它呢。也许将来，我们的孩子长大成人，他们会填平这道鸿沟，收复圣安娜山。呃，还有整个……然而现在，您愿意什么时候来就来吧。我见到波兰人，谈谈波兰的事情总是高兴的。我离开波兰已经很久了……我不知道什么时候能回去……”

“您一定得回去，雅内克。”雅努什十分温和地说。

他竭力说得平静些，既不要抬高嗓门也不要说得太清晰，生怕自己会哭。他从来也没有觉得自己这么可怜，他实在太不幸了。维耶维乌尔斯基显然是发现了梅申斯基脸上的表情，更加凝神地望着他。小雅佳突然大声哭了，一头倒在面前摊开的书上。

“哎哟，哎哟，”她哭着，“我不会做作业。”

维耶维乌尔斯基走到她跟前，想法安慰她。这时隔壁房里传出醒来了的雅霞的声音：

“怎么回事？小家伙为什么哭？”

“没事，没事。”维耶维乌尔斯基朝妻子那边说，手不停地抚摸小女孩的头。

雅佳果然很快就平静下来了，她把头从书上抬起来，瞟了雅努什

---

① 雅内克的大名。

一眼，仿佛是想看看她给了他什么印象。维耶维乌尔斯基给她念了遍题目（他念法文有些困难），小女孩专注地听着。他一念完，她便说：

“我明白了，我马上就做。”接着迅速在练习本上写起来。维耶维乌尔斯基回到桌旁，手里拿着一张小传单。

“您瞧，这是给我送来的，”他指着传单说，“在农业礼堂有个演出。票可以买到，但很远……您愿同我一起去吗？好不好？演出是在一个星期之后。请您后天早上到我这儿来，我们一道去取票。”

雅努什向传单扫了一眼，上面一行大字写的是：《利吕利》，话剧，罗曼·罗兰[①]著。接下去是小字写的说明。

“这是工人的演出，他们自己演的，亲爱的。”维耶维乌尔斯基说，“真想去看看。”

雅努什说后天他一定来。

“这要坐车到利拉，在利拉码头的那边。路很远，但我们还是去，好吗？”雅希奥温和地补充道，似乎是为了宽慰梅申斯基。

雅努什站起来，告了别，雅内克领着他穿过低矮的门，走到已经断了人迹的街上。在拐角上的犹太教堂那里，他遇到一个喝得醉醺醺的男人，东倒西歪地在路中间走着，一边还在大声地唱“打仗真是其乐无涯……”雅努什回想起在波多莱同索班斯基坐在炮车上第一次唱这首歌的情景，心中泛起一种不可名状的滋味。

十一

比林斯卡和斯彼哈瓦乘飞机到达那不勒斯，然后坐上了那不勒斯-巴勒莫的轮船，当晚，船在风急浪高的海面上起航了。斯彼哈瓦几乎

---

① 罗曼·罗兰（1866—1944），法国作家，音乐家，社会活动家。

整夜未睡，汹涌澎湃的海浪，又热又闷的空气，使他不能合眼。他打开舷窗，海水在舷窗下面拍打着，发出低沉的轰鸣声。在北面的地平线上，金字塔形的斯特朗博拉火山隐约可见。火山内部烈火熊熊，把一座“金字塔”从下边燃烧得通红，就像舞台上演员的脸被脚灯照亮那样。清晨天气凉爽一点，可他们已经快到巴勒莫了。港湾风平浪静，但是灰蒙蒙的。初升的太阳照耀下的城市，如半圆形剧场层层递高，然后呈扇形散开。海港的右边，彼利格里诺山、山顶扁平得像个桌面的圣劳莎琳山沐浴在一片蔚蓝色的晨曦里。

斯彼哈瓦用小汽车把玛莉亚送到自由大街卡塞蒂伯爵的府第。她像消失在帷幕后面一样隐没在沙灰色的高墙里。一个黑黝黝的、睡眼惺忪的少年，帮公爵夫人拿行李，同时好奇地瞟着那位待在汽车里不下来、安闲地靠在后座背上打瞌睡的先生。尽管西西里的旅游旺季在四月份已经结束，但斯彼哈瓦在任何一家接待外宾的大旅馆里都找不到一个房间。他不得不住在招待“内宾”的阴暗的大客店里，这是一所在翁贝尔托大街附近的高层楼房。看来，同轮船一起到达的还有一列火车，在旅店登记处前面排长队的都是些批发商，一般商人和商品推销员，意大利的三等旅馆就是这些人的麇集之所。门房迅速记下旅客的姓名，交给他们房间的钥匙，有的旅客他一眼就认出来了，并同他们友好地打招呼。轮到斯彼哈瓦的时候，他对写在一张大纸上的外交护照看了半天，然后不声不响地交还给斯彼哈瓦，还带着轻蔑的神情瞥了斯彼哈瓦一眼，似乎在说：“还是个外交官呢，住这种旅馆!”

卡齐米日到了五楼的一个小房间，窗户朝着昏暗的院子。按照此地的习惯，百叶窗是关着的。他脱了衣服，在一张又窄又硬的床上躺下。这回他很快就睡着了，睡得很熟。

一阵敲门声把他惊醒，旅馆的招待进来交给他一封信，信封是硬布纹纸的，上面还烫印了波旁王朝的百合花徽。玛莉亚写道：

请你马上到我这里来一趟，有要事相商！上午找您找遍了巴勒莫旅馆。我大姑子的汽车在旅馆门口等候。[①]

玛莉亚

可是等他穿好衣服，刮完脸又过了许多时间。他看了看表，三点了，错过了吃饭的时间，他感到饥肠辘辘。

小汽车把他载到一座沙灰色的大宅邸前面，这里是周围遍种棕榈树的自由大街。府邸前面的花园里开满了五彩缤纷的鲜花，然而府邸所有的绿色百叶窗都关闭着，给人一种死气沉沉的印象。斯彼哈瓦按了门铃，一个穿着考究，衣服纽扣上也带有波旁王朝百合花徽的仆人给他开了门。一走进门厅，便有一股霉闷的气味向他袭来，这在意大利的宅邸里，即便是人丁兴旺之家也大都如此。因为窗户都关着，阳光照不进来，大理石地板，大理石楼梯，都显得冷森森的。楼道两边挂着已经发黑的巨幅图画，由于年代久远，都分不清画上的人物是裸体还是穿有衣服。

仆人领他穿过一长排的直通房间和许多客厅，这些房间里家具很少，也没有铺什么地毯，最后他们来到了一个小客厅里，这个在屋角的小房间是安娜公爵夫人的专用客厅，里面陈设着令人惬意的家具。地上铺着白熊皮，墙上挂着比林斯基家族中的儿童画像。斯彼哈瓦怀着某种愉快的心情看到墙角的小写字台上放着阿罗的一张大照片，镶着桃花心木的相框上饰有金色的公爵冠冕。仆人请他稍候。

一张彩色大理石桌子中央摆了一只大花瓶，花瓶里插有鲜红的玫瑰。一缕阳光从一扇半开半掩的百叶窗射进来，正好照在花上。花香浓郁，整个房间都弥漫着深色玫瑰特有的馨香。

---

① 原文是法文。

玛莉亚过了好一会儿才出来。她穿一件洁白的细麻布晚服，情绪很激动，神经质地握了握卡齐米日的手。他们在两张小软椅上坐下来，尽量离玫瑰花远些，因为花香太浓烈了。

比林斯卡匆匆对斯彼哈瓦讲了安娜公爵夫人去世的前后经过，说得漫无条理。

“这里是有点什么名堂……听我说，卡齐。有点什么令人难以捉摸的东西，或者是他们故意不告诉我，或者是他们自己也不知道……”

“此刻谁在巴勒莫？”斯彼哈瓦问，“什么人在这里？”

“有卡塞蒂伯爵夫人，她的两个儿子，还有波特洛斯小姐。伯爵到比利时去了。”

“公爵夫人的遗体呢？”

“公爵夫人的遗体已经涂过防腐香料，停在卡普勤僧侣的地下墓地里。在国内安葬的一切准备工作都做好了。”

“为什么他们不把死讯通知你呢？”

“就是呀，为什么？完全不可理解。特别是婆婆临终前非常想见到我，这是罗莎的大儿子斯坦尼斯瓦夫告诉我的。”

“她病了很久吗？”

“很久。她的身体是逐渐坏下去的……但谁也没有对我提过她身体不好。相反，波特洛斯小姐告诉我的完全是另一码事。”

“这里面是有什么名堂。你跟罗莎谈过吗？”

“还没有详谈。我睡了一觉。”

“我还没有吃饭，恐怕只好进一趟城了。”

“我叫博莱斯瓦夫去弄点吃的。他是罗莎的老仆。”玛莉亚说着便按了铃。

他们走进餐厅。这是个宽敞而阴暗的房间，灰色大理石地面。因为屋子里太黑，玛莉亚开了电灯。老态龙钟的博莱斯瓦夫懒洋洋、哼哼唧唧地送来了面包，奶酪、酒、高级水果，后来还端来了茶。玛莉亚和卡齐米日不着边际地闲聊着。老仆站在房中央听他们谈话，脸上露出了由衷的微笑。

“波兰话多么好听。”他解释说。

当老仆消失在备餐间的红木门后时，玛莉亚叹了口气告诉他说：

“最重要的是婆婆的全部首饰都不见了，波特洛斯小姐说这些首饰是找不到了。罗莎说，婆婆没有把它们带在身边，可我记得她是带来了。”

“全部首饰吗？”卡齐米日问，“东西多不多？”

“你糊涂了，亲爱的，”[1] 比林斯卡愤愤地说，“这是婆婆最大的一笔财产，也是她剩下的唯一值钱的东西。”

“除此之外没有旁的东西了吗？”参赞问，一边笨拙地剥着橘子。

“还有什么？没有多少了。在华沙有一幢房子，莫科托夫有一块地皮，在拉瓦[2]还是姆希却努夫[3]有一处地产。据说在伦敦还有些资产，但大部分财产在乌克兰。”

“有遗嘱吗？”

“不清楚。”

“这很重要啊。至于阿罗……”

这时那个给斯彼哈瓦开门的大个子仆人来了，他报告说，有一位上了年纪的先生想见比林斯卡公爵夫人，说着递给玛莉亚一张名片。她看了看，没有说话，递给了斯彼哈瓦，同时意味深长地看了他一眼。他一看：瓦茨瓦夫·舒什凯维奇。

---

① 原文是法文。

② 波兰地名。

③ 波兰中部的一个小县城，在华沙。

“就像是从天上掉下来的。”玛莉亚说。

顷刻之间，这个身材矮小，脸庞丰满红润的人物便出现在卡塞蒂伯爵夫人府第的餐厅里，他脸上的神情仿佛是刚刚从路尔丝[①]或者是塞玛德尼[②]回到家里似的。他吻了吻比林斯卡的手，理了理胡子，同斯彼哈瓦冷淡地握过手后，便在桌旁坐了下来。

“您好，夫人，”他对比林斯卡说，“我以为，我到这儿来还会有些用处。”

他踌躇满志地坐在桌旁。

“公爵夫人是什么时候到的？”他问比林斯卡，“公爵夫人需要什么吗？”

“她现在需要的是帮她出主意。”斯彼哈瓦说。

“能跟伯爵夫人见面吗？”舒什凯维奇问。

“等一等，”玛莉亚转身对博莱斯瓦夫说，“劳您去请罗莎夫人来。”

一个全身丧服的女人走了进来。她身材修长，长着一副长方形的面孔、肉头鼻子，一对有点外凸的蓝色的大眼睛询问地望着在座的人。她一时搞不清楚坐在这里的两个男子是何许人物。

“罗莎，”比林斯卡说，“这是舒什凯维奇先生，妈妈的全权代表，刚从华沙来的。”

“真的吗？”卡塞蒂伯爵夫人问，“您大概把妈妈的遗嘱带来了吧？”

罗莎说话时，音节和重音都咬得不准，因此，她虽然讲的是波兰语，但听起来却像是讲外语。

“我没有带安娜公爵夫人的遗嘱来，但我知道遗嘱在什么地方。公爵夫人在离开华沙之前把它交给赫特林格尔公证人保存。我知道遗嘱

① 当时华沙的一家有名的高级糖果店。

② 当时华沙有名的咖啡馆。

的内容。”舒什凯维奇补充说，他那对小眼睛意味深长地而又有点悲哀地望着玛莉亚。但比林斯卡没有露出不安的神色。

“噢，有一种失物找到了。”她说。

“还有什么别的东西没有找到吗?”舒什凯维奇的声音里带有一点关切的意思，同时用手理着白胡子。

这时，波特洛斯小姐进来了。只有她一个人穿丧服不单纯是一种形式。她满面愁容，因为朋友的去世而不能自已。丧服更突出了她的悲痛。

“很遗憾，”打过招呼之后玛莉亚对舒什凯维奇说，“妈妈的首饰找不到了。您是不是认为妈妈把首饰留在华沙了?”

“我见她来后打开箱子拿出来过，”波特洛斯小姐说，“她把所有的首饰都带在身边了。”她补充了一句。

罗莎局促不安。

“如果她带来了，那就应该在这里，”她强调说，“这里是不会丢的。”

舒什凯维奇留心地环顾了一下桌旁坐着的人，然后闭上眼睛，仿佛在思索什么，最后他从容地低声说：

“这没有任何意义。”

“为什么?”玛莉亚和罗莎同时发问，卡齐米日也盯着代理人。

“公爵夫人把首饰留在华沙保险柜里，她带来的，像往常一样，只是复制品。”

坐在安乐椅上的罗莎往后一缩，像平生第一次见到舒什凯维奇似的瞧着他。

“您能肯定吗?”她问。

“那当然，伯爵夫人。”舒什凯维奇彬彬有礼地回答。

“两串宝石项链，还有珍珠、耳环?那两只蓝宝石手镯?全都是复制品？”罗莎连珠炮般地发问，“是怎么复制的？”

“公爵夫人的这些首饰都是假的，真的她一直放在华沙保险柜里。复制品是巴黎的卡蒂埃做的——还是布舍龙？那是一九一二年。您说对不对，小姐？”他突然睁开小眼睛盯着波特洛斯小姐。

“是，是这样，”[1] 老小姐阴沉地回答说，“是卡蒂埃做的。”

“就是嘛，因此这损失不算什么，不值一提，更不用去麻烦警察。”

午饭后斯彼哈瓦回到旅店。巴勒莫的傍晚浓香四溢。人群都离开了街道。街道一片蔚蓝，空荡荡的。

舒什凯维奇先生却在卡塞蒂夫人的府上住下了。他正要躺下睡觉，有人敲他的门。波特洛斯小姐进来了，手上捧着一个缎子包的盒子。她在圈椅上坐下，一声不吭地把那大盒子交给了舒什凯维奇。

“都在这里吗？”老人平静地问。

“都在这里。是罗莎拿走的。请您不要告诉比林斯卡，您就说是在伯爵的保险柜里找到的。”

“您瞧，我早就知道会找到的。”

他用挂在首饰盒上的钥匙打开了盒子，揭开了各式各样细软的山羊皮和天鹅绒的套子，把首饰一件一件摆在桌上，在灯下发出耀眼的光。

“好极了，”他一面看，一面说，“两串宝石项链，一副冠状头饰，两副珍珠项链，粉红珍珠，两只蓝宝石手镯，十二克拉的宝石耳环，六只戒指，”他像念清单似的数点着，“一枚钻石胸针。全在这里了。还有一枚红宝石胸针呢？”

“罗莎留下了……作个纪念。那原不是没有任何价值的东西吗？”波特洛斯凝视着老人问。

---

① 原文是法文。

舒什凯维奇先生没有避开她的目光，好像是沉思了片刻。

“当然，”他说，“这没有任何价值。罗莎夫人可以留下那件复制品作个纪念。”他迅速地收起首饰，套上套子，放进了首饰盒。

“您一件也不给我留下吗?”波特洛斯小姐平静地问。

舒什凯维奇惊奇地望着她。

“留下？这都是小玩意儿，不值钱。”

“我是想要一件公爵夫人的东西作个纪念。”

“比林斯卡夫人一定会给您的。她留下的衣物有好几柜子呢。”

波特洛斯小姐沉重地发出一声长叹，站起身来。

“我在老夫人身边累了半辈子……”她喊道，又突然止住了。

“您一直在盘算怎样才能拿到她的首饰吗?”

“一直？不，但是……”老姑娘说话的口气平静得多了。

“就是嘛。您交给了我，这很好。”

“您到这里来干什么呢？其实您不说我也知道为什么。您总是在关心别人的财产。”

“您大概也是如此。”

“您总是希望，别人有……”

“而您总是希望您自己有。”

舒什凯维奇打开了一个首饰套，里面是两枚镶了钻石的白金耳环。钻石在灯光下闪烁着。

“这是多年以前的工艺。”他望着首饰说。

“您想想……一辈子……”

“是的。然而我意想不到地跑来了。”舒什凯维奇笑道。“不好受，是不是?”他推心置腹地问道。

“您知道……您是了解那老太婆的。”

舒什凯维奇把那小首饰套拿在手上掂了掂，好像是要掂掂钻石的分量。然后匆忙把耳环递给了老小姐。

“您拿着吧，”他说，“既然您是那么看重它。”①

“我马上给玛莉亚公爵夫人送去。”他加上这么一句，拿起首饰盒出去了。波特洛斯小姐捧着紫红色的小首饰套出神。

玛莉亚对舒什凯维奇闯进房来吃了一惊。她已经躺下了。他把首饰盒交给了她。

“首饰都找到了，”他没作任何解释说，“只少了两件小东西，不值什么钱。请您好好保管它。因为这一次安娜公爵夫人随身带的是真的，而把复制品留在华沙的保险柜里了。她原打算在巴黎卖掉。”

玛莉亚愕然无语。

“是这样，没错。”舒什凯维奇说。

他们又谈了一阵子首饰的事。然后老头子起身告别。但走到门口又回过头来。

“至于遗嘱，”他淡然地说，“公爵夫人，您是阿罗和他的财产的法定保护人，如果您嫁人，那就由卡塞蒂伯爵夫人照管。”

十二

雅努什同埃德加尔约好在苏弗洛街口先贤祠旁边的小咖啡店里见面。音乐家许久没有来，雅努什抽着烟，望着街心花园周围操各种语言的形形色色的人群。这是美国人大批到巴黎旅行的最初年代，从百万富翁到穷大学生各种人物都有。此刻在一群群黑头发的法国青年中时不时可以看到一些高个子黄头发的人，他们穿着浅色宽腿裤子，花花绿绿的绒线衫，耷拉着袜子，走路慢悠悠的，东张西望。雅努什在

---

① 原文是法文。

他们之中发现了他在阿丽亚德娜那里认识的格林·威，从那次以后他有几次听到过此人的名字，哈尼亚·沃尔斯卡讲起过一些他的奇事。

雅努什因为埃德加尔迟到而感到高兴。他喜欢这样坐在人行道上的小桌旁，看着川流不息的人群从他面前经过。对面是卢森堡花园的栅栏，栅栏后面可以看见栗树生机勃勃的嫩叶和第一批含苞欲放的蓓蕾以及白杨和法国梧桐的娇嫩幼芽——轻盈、柔弱，宛如大画家勾画出来的。

绿色的汽车都汇集到梅迪西斯十字街口，并向四面八方散去。巴黎街道上逐渐绝迹的有轨电车还从这里开向奥尔良码头，车上挤满了形形色色的乘客。

街头咖啡馆的小桌旁也是川流不息的人群，这主要是住在拉丁区的年轻人，他们穿着较差，有的打扮得奇形怪状。高得像旗杆、黑得像煤炭的黑人，动作迟缓的印度人，表情严肃的安南人，头发剪得很短、梳成分头、不戴帽子的红发女郎——这些奇怪的异邦人都向塞纳河畔的小公园走去。长着深色或浅色头发的男孩子，像在森林里玩耍那样大叫大嚷。孩子中间偶尔可以看到一个画家，戴大宽檐帽，一条奇形怪状的蓝色带子系在下巴上；或看到一个拄拐杖、浓妆艳抹、戴插花宽檐帽的女人，像沿着嫩藤向上爬似的向花园的方向蹒跚而去——不知她是个年迈的女画家呢，还是个人老珠黄的窑姐儿。

每逢这种时刻，雅努什总是怀念波兰，想念那静寂的田野和华沙安谧的清晨，盘算着游子归期。他对这个世界感到格格不入，也许他对整个世界都感到陌生。他渴望跟这群人，跟人们建立起某种联系，渴望能够扎下根，然而他不知怎样去做。他从来没有像现在这样尖锐地感到自己脱离现实和一无用处。从他身旁消逝的，不仅是圣米歇尔街心花园色彩纷呈的人群，而且是整个生活。

埃德加尔意外地来了。他站着凝视了一会儿沉思的雅努什。终于他捅了一下朋友的肩膀使他醒了过来。雅努什莞尔一笑。

“我该回波兰去了，”他说，用这句话代替了打招呼，“我在这儿无所事事。”

埃德加尔在他身旁坐下，两人沉默了一阵。

“你知道我为什么要跟你见面吗？”希莱尔问，“今晚在哈尼亚·埃文思那里演奏我的四重奏。你来吧……”

“在哈尼亚那儿？他们能演奏好吗？”雅努什问。

“当然。有几个评论家和音乐家来听。看来还得宣扬宣扬。但我不会这一套……我喜欢恋爱，但不喜欢养儿育女。[①] 我不会这一套……”

“我觉得，”雅努什说，“真正有价值的东西迟早是会被人注意的，只是得有点儿耐心。”

“我得自己挣钱，”埃德加尔带着哀伤的微笑低声说，“不能总是指望爱尔茹尼亚的钱，而我父母……”

雅努什笑了起来。

“多巧呀，你我都是靠姐妹的钱过日子。”

“以后她们将靠我们的作品为生。以后，这就是说，我们死后。告诉我，你现在还写诗吗？”

雅努什涨红了脸。

“过去写过，在爱着阿丽亚德娜的时候。”

“如今你已不爱了吗？”

“如今我已不写诗了。”

“你认为进修道院是怎么回事？”埃德加尔过了好一阵子才问，同时省略了阿丽亚德娜的名字。

“愚蠢，歇斯底里和虚荣心的混合物。”雅努什悻悻地说。

---

① 原文是法文。

“我对这一切感到莫名其妙。”埃德加尔坦率地承认。

“你没有接触过这种人。这确实是令人深思的。怎能这样生活呢？”

他忽然不着边际地念道：

> 海鸥在喊：你们是谁的？
>
> 我们回答：谁的都不是！[①]

有一会儿，他们默默地望着过路的人群。一个卖花的小姑娘，拎着一满篮打了蔫儿的蓝色长春花，挤进了一群举止粗鲁的大学生当中。雅努什想起了莫林策的园林，那里的草地上开遍了长春花。那个小圆顶教堂旁边的墓地上也满是长春花和常青藤。

“你早先读过普鲁斯[②]的《玩偶》吧？”他问埃德加尔。

“很久以前读过，还是我母亲叫我读的。我已经淡忘了。”

“你记得沃库尔斯基[③]在巴黎的那一节吗？”

“我只记得盖斯特[④]和‘飞行机器’的事。”埃德加尔带着嘲讽意味说。

“就是呀，”雅努什兴奋起来，“我想说的正是盖斯特。这本实证主义小说中盖斯特这个象征性人物——而且是在巴黎，一直使我感到可笑。因此我忽然想到：这座城市的精神[⑤]——我很想知道——是什么样子？现在恐怕不会有人去探究飞行机器的问题了吧？”

“我想，今天我们会在哈尼亚那里见到一位‘盖斯特’，马雷·舒

---

① 原文是俄文。

② 普鲁斯（1845—1912），波兰作家，《玩偶》是他的代表作。

③ 《玩偶》中的主人公。

④ 《玩偶》中发明飞行器的人，盖斯特在法文里的意思是“精神”。

⑤ 原文是法文。

阿尔教授……”

“是分裂原子的那个人吗?”

“不，原子早就被分裂了。他是给原子拍照……”

“这方面你懂一点吗?”

“不多。以前我一直以为，”埃德加尔说，“原子是想象的产物，一种辅助性的假设。既然它可以分裂而且可以照相，那就是说，它真的存在……”

“真是难以想象……不，我想的是另一码事。我想知道，这个城市的精神究竟是什么样子！要知道，我们现在看到的只是一种虚假的外表，一种非本质的东西。”

“我觉得，这个城市的精神，”埃德加尔慢条斯理地说，“对于欧洲有决定性意义。假如没有巴黎，世界就不会是现在这个样子。巴黎是极为重要的……”

“然而，欧洲是那么重要吗?我对此颇为怀疑……”雅努什在发表这个偏离正统的见解时太激动了一点，“我担心欧洲有点儿问题。”

“它肯定是重要的。也可能是最重要的，我可以向你担保……”

雅努什有点不好意思。

“你把我当成一个不学无术之徒或是一个无政府主义者了……我想表达的只不过是……我怀疑欧洲文化的持久性……”

“它可能不持久，但是，如果它崩溃了，我们的一切也都要崩溃，包括我们的四重奏，我们的诗，我们的绘画……”

“连同修道院也……”

“这还不算最糟糕的情况。我刚才跟你提到诗，我是想问问，你能不能给我写一首歌词?”

“我?问这干什么?你是想给那首描写孤独的歌填词?”

“是这一类的东西。这种内容直接讲出来有点儿太难为情了。反正是这样一个意思：搞创作的人像产妇一样孤立无援……”

“你能设想歌词中有‘产妇’，这种字眼吗？特别是在你的歌里？”

“为什么要特别是在我的歌里呢？任何一首歌里都不要这种字眼……但我正是要把这个意思以某种方式说出来……你替我写一首这样的歌词吧……我请求你……”

“你在大使馆已经对我说过了……我恐怕写不出来。”

“这不需要多少字。只要有点儿隐喻就行……你知道怎么写，一些若断若续的句子……”

“这太难了。”雅努什似乎有些发愁地说。他痴痴地望着作曲家。

埃德加尔歪着脑袋，注视着人行道上来往的人群，仿佛是在倾听他们的声音。但是声音很单调，不过是一种没有音乐感的杂音。一条怀孕的老母狗向他们的桌子走过来，眼中含着乞怜的神情望着他们。那对眼睛像是瓷制的，跟制成了标本的狗眼睛一模一样。它望着，没有什么动作，但很富有表情。

“我没有什么东西给你。”雅努什对母狗说。

“它兴许也和人一样，”埃德加尔微笑着说，“抚摸抚摸它就满足了。”

但母狗没有因为抚摸而感到满足。它悲戚地站在桌旁，他们起身走开的时候，它仍然站在那里不动，那对像瓷制的眼睛鼓了出来，一直追随着他们，还微微地摇着脱了毛的黄尾巴。

哈尼亚·埃文思那里晚上来的人不多，但都是“知名”人士。雅努什在这种场合像往常一样感到不自在和孤单，埃德加尔则谈笑风生，跟女主人眉来眼去，这使雅努什感到惊异。他穿着燕尾服显得很精神。雅努什衬衣胸口的别针不时地往下掉，他不得不经常提一提，从而在纽扣眼的周围出现了一点污渍。这使他的心情更加局促不安。

就在客人都已到齐，四重奏就要开始的时候（首先演奏海顿[①]的四重奏），进来了一位身穿线条特别圆的燕尾服、系着一条白色大领带的客人。雅努什惊奇地发现他就是涅沃林。涅沃林一时没有注意到他，因此没有跟他打招呼。音乐家们调好了乐器，立即开始了演奏。

在演奏海顿的乐曲时，雅努什感到有点无聊，于是环视在座的人。大家坐在大客厅里，不是埃文思太太给雅努什唱《托斯卡》咏叹调的那个客厅。这里充其量有二十来个人，其中有几个相貌超群的女子。像往常一样头上系着棕色的高髻缠发带的安娜·德·诺阿依，老彭莱维，身穿蓝色天鹅绒连衫裙的维也纳犹太老妇帕夫洛娃-克莱曼梭，还有其他几位女士。大家的脸上都显露出以礼貌克制着的无聊。音乐丝毫引不起他们的兴趣。他发现在一个黑暗的角落里，坐着一个矮个子，一个长着一头粗硬头发的干瘦男人，似乎只有他在欣赏海顿音乐。小提琴欢快的节奏和反复出现的主题，在他清癯的面颊和戴着眼镜的乌黑大眼睛里都引起了反应。埃德加尔刚才告诉过他，这就是鼎鼎大名的科学家马雷·舒阿尔，物理学家，诺贝尔奖候选人。就是埃德加尔说的给分裂的原子拍照的那个人。海顿欢乐的乐曲显然使他感到愉快。

希莱尔的四重奏一开始，雅努什就觉得不同凡响。大家听着，表情一下变得严肃而紧张。“倘若他们是鸟的话，”雅努什心想，“一定会像鸱鸮那样竖起羽毛。”于是出现了一种敌意的气氛，并马上影响到演奏者。他们对成功没有把握，演奏得很不起劲。

雅努什对这部不属于任何范畴的四不像的作品也感到奇怪。它所表现的境界是雅努什此刻不可企及的，而乐师们缺乏信心的演奏，更使它听起来有些刺耳。雅努什不好意思地闭上眼睛，然后又睁开望了望埃德加尔。埃德加尔抽着香烟，安详地、纹丝不动地坐在头排，修

---

① 海顿（1732—1809），奥地利作曲家。

剪过的胡子下面的嘴角上挂着一丝微笑。四重奏的第一部分极为复杂，多种音乐构成了交响乐，而不像四重奏。埃德加尔的作品给了雅努什一种意想不到的印象，以致第二、第三部分他都没有听进去……却兴味盎然地注视着舒阿尔的反应。希莱尔的四重奏使科学家心醉神迷，他用手捂住眼睛，专注地听着，当演奏到有玛祖尔卡节奏的那一段时，他不禁用脚轻轻地打起了拍子。

演奏结束，响起了稀稀落落的掌声。雅努什朝埃德加尔走了过去。直到走到朋友跟前的那一霎间，他才领悟到，对这部作品不习惯是由于它的不平凡。这个四重奏是一部崭新的出人意料的杰作。

“埃德加尔，”他把手搭在朋友的肩上说，“你何苦要同意在这里演奏呢？这不是太糟了吗？我们又何苦要到这里来呢？这儿只有我们两个是人啊？”

“还有舒阿尔。”埃德加尔微笑着说。

“其他的只不过是橱窗里的人体模型罢了。”

这时埃文思太太向他们走了过来，对希莱尔讲了一大堆没头没脑的恭维话。雅努什于是转身向涅沃林走去。涅沃林诧异地望着他，似乎有些惊慌失措，他抱歉似的向雅努什伸出手，但一句话也没有说。

“瓦利亚，”雅努什低声说，“我很高兴见到你。我在展览会茶馆里见过你，还听了你唱歌。”

“你看见我的妻子吗？”涅沃林问，他的声音有些喑哑。

“我看见了，也听见了，”雅努什说，“她的嗓音像天使一样……”

埃文思太太请大家吃便饭。人很少，因此只要把椅子一挪，就都坐到了“按波兰方式”[①] 摆好的桌旁。

这样，雅努什就跟涅沃林坐到了一起，但他们话不投机。喝了几

---

① 原文是法文。

杯香槟酒之后，涅沃林才克服了自己先前的局促不安，很随便地用叉子一次又一次地往自己的盘子里弄菜。他饿了。

雅努什感到心里一阵刺痛，机械地给涅沃林斟了一杯酒。涅沃林同他碰杯之后，话匣子忽然打开了。他的话令人难以忍受。自怨自艾，玩世不恭，使雅努什听了觉得喉咙里好像堵了什么东西。他听着，没有打断对方的话，只是不时地把酒杯端到唇边，呷上一口酒。

“你见到了阿丽亚德娜，”涅沃林说，“我知道，我在茶馆里看见了你们，你和她在一起，我知道……她一定说了我很多坏话，对不对？她恨我。一个人欺负过谁，过后就会恨谁，历来如此。你不这样想吗？她欺负过我……你以为是我抛弃了她吗？他妈的……是她赶我走的，你懂吗，她把我赶了……我是有点不三不四，但也没有什么特别的……”

雅努什的脑海里又出现了四重奏的第一乐章，不由往桌子对面一望，只见希莱尔正同埃文思太太谈话。他突然觉得，这个女人明亮的眼睛完全可以挽救他，使他不再去想那双黑色的、吉卜赛人的眼睛。他想停止跟涅沃林的谈话，但没有成功。喝醉了的瓦莱里安讲个没完。

“你以为我能这样活下去吗？对，有了妻子，那算什么妻子，她唱，唱，”他不停地说，“唱得很好，只要再教教她，就可以去演歌剧。但是用什么教她呢？我没有钱，但要……那怎么办？我有了妻室，不错，妻室。可她，那个该死的东西，像影子一样跟着我，我们合唱队到哪里演出，她就跟到哪里……我们到哪里，她也到哪里，不论是晚上，还是下午……总是用她那双大眼睛直勾勾地盯着我，好像要把我吃掉。不知道她是爱我还是恨我，也可能是瞧不起我……”

瓦莱里安突然把酒杯“啪”的一声放在桌上，埃文思太太转过脸来看了看酒杯是不是碎了，接着又跟埃德加尔交谈起来。雅努什感到又累又恼，便对涅沃林说：

“我不能听你说下去了，音乐给我的刺激太强烈了。”

涅沃林粗鲁地骂了起来：

“他妈的！音乐给你刺激，生活难道不给你刺激？你以为我不知道？你的事我一清二楚！”

雅努什已起身向埃文思太太那边走去，然而又停住脚，回过头来对涅沃林说：

“你知道，我见到了沃洛佳，他要我向你问好。”

涅沃林张开嘴，端着酒杯的手一动也不动。眼睛里闪烁着不知是恐惧还是仇恨的光。然后他又把酒杯“啪”的一声放下。这次薄薄的玻璃酒杯没有经受住震动，碎了，香槟酒顺着绣花桌布流淌。雅努什趁这一阵混乱离开了涅沃林，走到希莱尔身边。埃文思太太在忙着擦桌布上的香槟酒。“只有从这个举动上才看得出她是哈尼亚・沃尔斯卡。”雅努什想。

“我们走吧，”他对埃德加尔说，“你何苦要让他们在这里演奏你的四重奏呢？”

“等一等，”埃德加尔微笑着说，“我答应过哈尼亚，陪她到一个地方去。”

雅努什凝视着作曲家。

“哦，是这样，”过了一会儿他说，“那我自个儿走了。我对雅内克说过一早就到他那里去。十二点之前我得躺下。”

他没有向任何人告辞就转身走到前厅，找到自己的帽子，“呼”的一声关上了门，然后走下了楼梯。

到了街上他才感到头晕目眩，这是由于酒的威力和气愤。

十三

第二天一早他就到雅内克家里去了。雅内克早已在等候他，于是他们马上动身，到了地下铁道。地铁里很闷，弥漫在空气中的松节油冲鼻的气味使人呼吸都感到困难，乘车的人又多。梅申斯基和雅内克上了一节不算十分拥挤的车厢。这节车厢里坐的人很有特色。在一个角落里有个身材高大的青年在读一份体育杂志；在另一个角落里有位神父在用小刀裁开一本叫《抗俄》① 的书。雅努什还看到有个小男孩待在角落里捧着一册小学课本，在背一首什么诗。他厌倦地重复着诗里的词句，不时朝书上瞄一眼，然后又背诵起来。雅努什侧耳倾听，原来那男孩是在幼稚而机械地背诵拉辛②的诗：

> 我避开他，但他老是不离我身旁：
> 在漆黑的深夜，可怕的时光。
> 我妈妈伊莎贝尔来了，
> 她像在去世时那样，穿着节日的盛装……③

雅努什轻声笑了。雅内克不知他笑的原因，也对他报之一笑。梅申斯基觉得自己对这个工人的好感骤然增强了。

“您为什么笑?”他问。

“亲爱的,”维耶维乌尔斯基说，“我看到您就打心眼儿里高

---

① 原文是法文。

② 拉辛（1639—1699），法国诗人，17 世纪悲剧创作中的古典主义代表人物。

③ 拉辛作品《阿塔莉亚》中的一段，原文是法文。

兴……”

“真的吗?”雅努什感激维耶维乌尔斯基直截了当的回答。

拥挤的人群把他们分开了，车厢里水泄不通，可他们的情绪都很好。这样他们一直坐到利拉码头，跟大家一起下了车。维耶维乌尔斯基看了看写在纸片上的地址。

“在教堂那边，”他说，“路一定很远。”

这里是工人区，但与左拉①小说中描写的大不相同。雅努什在凡尔赛码头和克利尼亚库尔见过那种工人区，灰蒙蒙的，污秽不堪，到处是脸色苍白的人群在攒动。可这里的情况不同，房子不大，彼此之间间隔一定的距离，空地上还有一些花草，这在那些工人区里是根本看不到的。他们根据维耶维乌尔斯基的地址，找到了在一所不大的白房子底层的一套住宅。一个身穿深色连衣裙和白罩衫的二十岁左右的姑娘接待了他们。姑娘长得很迷人。

“我是特意留在家里卖那场演出的票的。这是个好戏……”

“来买的人恐怕不多吧，”雅努什问，“为了一张戏票来一趟可是够远的了。”

“噢，票差不多已经卖完了。都是自己人买的。您知道，大家都感兴趣：罗曼·罗兰!”

她提到这个名字时的调子就像神父宣扬圣徒的名字时一样。

“您瞧，我是个外国人，”他说，“我想知道，罗曼·罗兰在你们这里是不是很受欢迎?”

“受欢迎?”姑娘佯作惊讶地说，“我们热爱罗曼·罗兰，至少法国工人是这样。”

“为什么?”梅申斯基追问道，他对自己的纠缠不休也感到吃惊。

---

① 左拉（1840—1902），法国作家。

“哦，因为他反对资本家……反对战争。战争是世界上最坏的东西！”姑娘坚定地喊道。

“如果工人进行反对资本家的战争呢？”雅努什又问了一句，同时偷偷地瞥了维耶维乌尔斯基一眼。

“战争是世界上最坏的东西。”

雅努什付了钱，心里暗自诧异票价这么贵。工人怎么花得起钱买这么贵的戏票呢？第二天看演出的时候，他的惊奇更是达到了极点。雅内克坐在他旁边不停地问这问那，使他感到很难为情。其实也不足为怪，因为罗曼·罗兰戏剧中艰涩的象征手法连雅努什理解起来也很困难，何况演出时又加上了一层“创新”的色彩。一部分演员只像是在银幕上投下的一些影子；一部分是以木偶来代替的；一部分则是“真的”在观众面前演出。观众自然是不懂的，但反应各不相同。在这个现代化的华丽的剧场里，楼下前几排和包厢里坐满了有钱出高价买票的人，这是一批赶时髦的巴黎人，像上大歌剧院那样炫耀闪光的钻石和华贵的毛皮的贵妇。在各层楼座和楼下后排才是那些从郊区来的人，和出售戏票的安德蕾小姐相类似的人。雅努什认为自己买的票太贵了，因为他和维耶维乌尔斯基坐在剧场的正中央，正如他开玩笑说的那样，跟自己的“亲戚们”坐到了一起。雅霞·维耶维乌尔斯卡挺喜欢这个戏，因为她觉得很逗：木偶会说人话，在点缀着用银纸镶成的断残圆柱的大银幕上会出现侃侃而谈的人影。但维耶维乌尔斯基本人却非常生气。

“亲爱的，”在演出过程中他对雅努什愤懑地说，声音相当大，“亲爱的，他们演的是什么呀，这像什么样子？”

雅努什朝其他工人和他们的女人偷偷瞟了一眼，只见他们都在专注地看着舞台，但他们眼中流露出的却是惊异和失望。他们是为自己热爱的作家罗曼·罗兰乘兴而来的。他们以为，在那高高的上层，毕竟有一个人在用手中的笔为他们而战斗，他们相信罗曼·罗兰在战斗。可是现在他们看到的却是一片空虚。《利吕利》原来不过是一个幻想罢了。他们除了自己起来战斗，别无他法。然而他们自己又不会写。雅内克·维耶维乌尔斯基一次又一次地抓住雅努什的膝盖，无可奈何地反复说：

“呃，什么？呃，什么？这是什么意思？他们为什么这么演？不怪吗？您看得懂吗？”

雅努什明白了，一切都是误会，这个剧本，它的演出，还有那位著名的共产党导演的所作所为，统统都是个误会。那导演大概是指望能打动那些赶时髦的绅士、贵妇们。剧场像墓地般地寂静。雅努什勉强看懂了那些表现得极其幼稚而又晦涩的象征手法，紧咬住嘴唇，为作家，为演员，也为对这类东西不得不信以为真的工人而感到深深的遗憾。

演出拖得很长，剧场里闷热难当。幕间休息的时候几乎谁也没有动。雅努什发现，维耶维乌尔斯卡在演出快要结束的时候打了一会儿瞌睡。可雅内克却平静不下来，到演出结束他一直是怒气冲天，咒骂演出，咒骂法国人，破口大骂这场演出的组织者。

“亲爱的，您给我们买票的钱本可以请女朋友吃一顿晚餐，而且能吃上一顿丰盛的晚餐。”

雅努什笑了起来。

“雅内克，我在巴黎没有女朋友。”

维耶维乌尔斯基也笑了。

“在这地方这种货不难得到。”

观众对他们发出了嘘声。

打扮得花枝招展的贵妇人们在闭幕前就纷纷离座了。坐在剧场后面的工人们觉得这是对自己的冒犯。他们于是对那些坐在前排的俗物尽情挖苦讽刺。包厢里的椅子也噼噼啪啪响个不停。戏好不容易收场了，雅努什同他的朋友们走到前厅。这是个十分燥热的五月之夜。维耶维乌尔斯卡稚气地望着丈夫和雅努什的脸，想猜出他们对演出的想法。维耶维乌尔斯基的脸上豁亮了一下，马上又阴沉了下来。

楼梯上站着一个女人在众目睽睽之下哭了，她的丈夫尴尬地扶着她。

"多么令人失望，多么令人失望呀。"[①] 她用断断续续的声音含着泪反复说。

三个波兰人默默无言地在街上走了一阵子。已经是后半夜了。他们朝地下铁道走去。

十四

次日是雅努什在巴黎的最后一天。这一天正好是举行船上游艺会的日子。雅努什因为等姐姐的消息而晚到了一会儿。游艺会原定十点钟开始，但雅努什十点半到达的时候，来的人还寥寥无几。革丹斯基喝了点酒，兴致勃勃，风度翩翩。他坐在一张长沙发上，在两个画家的中间，举着双手在大声讲什么。船上每个小舱间都有不同的照明，都按照华沙美术学院的风格用彩纸和麦秆装饰了起来。对这种装饰雅努什觉得恶心。

"波兰人总能搞到麦秆。巴黎哪儿有麦秆呢？可他们搞到了。"

他跟革丹斯基握了握手，因为革丹斯基自认为是主人。革丹斯基用法语对雅努什说：

"呃，令姊好像成了一大宗遗产的继承人？"

---

① 原文是法文。

“我的外甥是安娜公爵夫人的继承人。”雅努什因为维克多的问题出乎意料，回答得不大得体。维克多并不以此为满足。

“总共有多少？譬如说，值多少美元？”

雅努什束手无策地微笑着。那个贵族出身的画家用手捂住了革丹斯基的嘴。

“你永远是个银行家，”他说，“别再提傻问题了……”

雅努什溜进了下一个舱间。这一排船舱被称为通向地狱之路，每一间里都画有不同的“诱惑”。他正好碰上了裸体的诱惑。墙上画的是搂抱在一起的亚马孙族女战士和巨人们光彩照人的肉体。在卖小吃的柜台后面，雅努什还看到两个浑身一丝不挂的年轻人。一个在革丹斯基家的肖像画上见过，另一个也恍惚有点面熟。他们各自递给雅努什一大杯香槟酒，他把两杯都喝了。接着便跟两个小伙子聊开了天。其中一个是很有前途的青年作家贝尔纳·莱瓦尔，大家都管他叫贝贝·莱瓦尔。他已有几分醉意，同雅努什谈话的调子极为随便。格林·威也来到了柜台旁边，他穿一件后襟很长的时髦新燕尾服，风度潇洒。见到这个美国人，雅努什露出一种无法形容的喜悦，他把这种兴奋的心情告诉了对方。在跟他讲话的时候，雅努什才发觉香槟酒已经涌到头上来了，应该吃点什么东西。于是他们一道走到下一个船舱。这一间表现的是饕餮的诱惑。在一些又宽又长的柜台上摆着堆积如山的黄油、面包、香肠、火腿（似乎是革丹斯卡太太专门从罗兹运来的）、水果、螯虾、牡蛎，一篮篮绿色的扁桃、红色的樱桃成堆地放在地上。这里的人比较多。一个大胡子画家手里拿着一只龙虾，一面掰着它的腿，一面贪婪地吮吸着。公爵夫人的红头发儿子坐在一张小桌旁同戈鲁霍夫谈哲学。但是阿丽亚德娜不在这里。雅努什和格林·威吃了一点儿沙拉，几只龙虾，挤了一杯柠檬汁喝了，然后走到下一个舱间——豪饮的诱惑。他们在这里喝了两杯冰凉的白葡萄酒和两杯香槟混合酒。格林不愿经过其他的诱惑到“地狱”去，因而把雅努什领到了甲板上。擦得很干净的地板被半明半暗的普通纸灯笼照得明光锃亮。音乐悠扬，但谁也没有跳舞，因为大家还没有到甲板上来。

他俩站在灯笼下面，望着酣睡着的塞纳河从他们脚下静静地淌过。河岸上悄然无声，行人绝迹，只从展览会那边有灯光和喧闹声透过来。亚历山大三世大桥旁边闪闪发光的大喷泉欢快地喷射着。空中不时掠过一团团五彩缤纷的焰火。

美国作家兴致很高，喋喋不休地谈着。雅努什觉得他的声音和塞纳河的低语声融成了一体。他俩面对面地坐着，一根接着一根地抽烟。雅努什望着挂在格林·威头顶上的长方形大灯笼。一群大雁在朦胧的、淡绿色的天际飞过。

“这是一个多么神奇的国度啊，”美国作家说，“每个人在这里都觉得像在自己家里一样。对不对？对不对？”格林·威要求对他的每一个论点都表示赞同，虽然，假如美国人这时说天空是绿色的，雅努什也是会赞同的。“为什么？他们是怎么使得这个城市如此壮丽的呢？呃，譬如说这个晚会吧，您能想象得出比这更不平凡的东西吗？对不对？唉，法国真是个奇迹般的国家。”过了一会儿他又加上了一句。

“它是奇迹般的，”雅努什表示赞同，“那么纽约呢？”

“纽约就是纽约，它完全是另一回事。”格林·威说，似乎忽然清醒了过来。他睁大了眼睛，滑稽地眨了眨。

雅努什下意识地望着塞纳河，河水幽暗，出奇地平静。沿岸树丛里闪烁着低矮的煤气路灯。哈尼亚·埃文思向他们走了过来。她穿一件简朴的浅色连衫裙，肩上披一条银鼠皮披肩。雅努什弄不清她是怎样把格林·威打发走了，于是只留下他们两个人。他们站在水边，望着暗绿色的河流。

“怎么样？”埃文思太太用波兰语问，“您不觉得愁闷吗？”

“愁闷?”雅努什说着朝哈尼亚转过身来。披着白披肩的她，显得更加窈窕。他没有来得及看她的眼睛，他是多想看一眼啊：她那两只眼睛清澈、明亮，左眼里闪耀着几点金色的光芒，宛如琥珀的碎屑那样。她一把搂住了他，他只能吻她，什么也看不见。她的身上散发出一股橘花的香味。

“像巴勒莫的大街一样。”哈尼亚用她那低沉的嗓音说，“巴勒莫”这个词的音发得很低很低。雅努什没有到过巴勒莫，只晓得姐姐到那里继承遗产去了。雅努什对什么都不了解，只觉得事情的变化不合自己的心愿，然而他自己也不知道，他的心愿是什么。他对哈尼亚讲了《利吕利》的演出，说那简直是糟糕透了，哈尼亚笑了起来。

“他们给工人选了个好剧本，而且，从根本上讲，那个罗曼·罗兰就……”

“但你一点儿也不了解罗曼·罗兰，”雅努什说，“你并没有读过他的书，你没有时间读。”

“我自然没有读过，但我知道。”

“你是怎么搞的？怎么什么都知道?”雅努什忽然问，这次他看到了她的眼睛，眼里的金色的光芒还在原处。

哈尼亚惊异地看着他，把一个手指放在唇边。

“你太不像话了。”她说。

“什么？不是大家都知道你的出身吗?”

“谁也不知道。我是波兰来的，这就够了。波兰，对于他们来说，就是吉卜赛人的国度，就是狗熊、鱼子、雪，还有天知道什么东西的国度。从波兰来的，这已经够糟了，别人也就无须再问什么了。波兰公主和波兰看门人的女儿都是一样的货色，都在起码的水准之下。”

“你可得当心呀!”

“现在不要紧了。有了几百万财产之后，我已经成了了不起的人了。再说我也不打算回美国去……”

这时阿丽亚德娜来了。她愤愤地板着脸，十分坦率，毫不做作。

“你们想想看，”她用俄语说，“维克多这个人把涅沃林也请来了。叫我怎么办？我恐怕只有回去了。对不对，埃文思夫人？真不像话！”

“确实不像话，阿丽亚德娜·尼古拉耶夫娜，”埃文思太太说，脸上没有一丝笑容，“您大概真的该溜走了。”

阿丽亚德娜突然笑了起来。

“你们见过地狱了吗？”她问，“这是我的设计。没有看见？走吧，我领你们去看看。”

他们走下楼梯，穿过一个小走廊，到了一个阿丽亚德娜称之为地狱的小房间，这里是诱惑和罪恶走廊的终点。跟他们在一起的还有赤身露体的贝贝·莱瓦尔。雅努什注意到，他那涂了白铅粉的身子看起来真像大理石的一样。这间“地狱”惨淡而凄凉，屋里的光线散乱而微弱，灰色的墙上有的地方画着老鼠和大蜘蛛。此外屋子里便一无所有。

雅努什的头晕得越来越厉害了。香槟酒、葡萄酒、鸡尾酒今天使他很快就迷糊了。“地狱”里的惨淡气氛使他更加昏昏然，东西莫辨，老鼠和蜘蛛好像是在攒动。他靠在贝贝·莱瓦尔的肩头上，触到贝贝冷冰冰的大理石似的二头肌。这小伙子回头惊诧地瞥了他一眼。

阿丽亚德娜忽然把雅努什往里面拉，拉到放在船头上的一只简单的黑柜子旁边。

“这是地狱的秘密。”阿丽亚德娜的声音里含有一种恐惧，这使雅努什的酒醒了一半。

“这是地狱的秘密。”她喊道，猛地一下打开了柜子的门，柜内暗淡的灯光照着头戴荆冠的耶稣大理石像，面带甜蜜的微笑，像霍尔曼·亨特[1]画的那样。雅努什一时间感到心脏都停止了跳动，他看见哈尼亚·埃文思用手捂着脸，赤身露体的贝贝也后退了一步。

“上帝呀，上帝！”阿丽亚德娜喊道，“连地狱里都有上帝。这就是地狱的秘密呀！”她突然哐啷一声把柜门关上了，“别对任何人讲，”她出人意料地用十分平静的声音说，“这只给你们看，不给其他任何人看。”

“您总是那么滑稽，阿丽亚德娜·尼古拉耶夫娜。”埃文思太太慢悠悠地说。小莱瓦尔转身走了。地狱里有两个龙头，一个扭开流啤酒，另一个流波兰伏特加酒。阿丽亚德娜笑着指给他们看了。雅努什想起了雅希奥·维耶维乌尔斯基，喝了一大杯伏特加酒为他祝福。后来他们便回到了甲板上。

这时甲板上已聚集了不少人，在灯笼下翩翩起舞。雅努什找格林·威，但没有找到，他只得回到肉体的诱惑那里去看看威在不在，那里革丹斯基的一个朋友在给客人们斟酒。贝贝也不见了。雅努什回到甲板上，在船上转了一圈，无意之间闯到了船尾摆着的许多躺椅当中。天色很暗，谁也没有注意到他在这里吐了一阵。他在躺椅上睡了一会儿。

他醒来时看了看表，已经快一点了。从船舱里传出醉汉们一阵阵喧哗，时不时夹杂着绝望的吼叫，雅努什听出这里面有维克多的声音。甲板上，音乐声很轻，他回头一看，只有几对舞伴像蝴蝶一样在闪光的灰色甲板上轻盈地舞着。他想听清船舱里传出来的声音，突然发现躺椅上不止他一个人。在哈尼亚·埃文思太太家里演奏埃德加尔的四重奏时认识的那个学者就坐在他旁边。“他叫什么来着？真糟糕！”雅努什思索道。

---

① 霍尔曼·亨特（1817—1910），英国画家，以画宗教画闻名。

马雷·舒阿尔发现雅努什没有睡着，忽然探过头来，亲切地问：

“您喜欢音乐吗?”

雅努什觉得自己清醒过来了，略略镇定了一下说：

“是的，很喜欢，我在希莱尔的四重奏演奏会上见过您。”

“是呀，”舒阿尔说，“因此我才觉得您是喜欢音乐的……”

“家父对音乐简直是崇拜。”雅努什忽然说道，而且出乎自己意料地接着讲了下去，“家父经常弹自动钢琴，自己剪自动钢琴的琴谱。他已不在世了，死了，当时家破人亡，我们没有时间照常情安葬他……我们没有把他安葬在家族小教堂里的坟冢内——您知道吗? 那种圆形的、帝国式的教堂，而是埋在教堂附近黄色的、黄色的沙土里……天呀！我醉了!”他没头没脑地又加上了一句。

“对，”马雷·舒阿尔吐了口气说，“我一开始就觉得您喜欢音乐。您一定喜欢音乐……酒嘛，我也完全醉了……”

“您分裂原子吗?”

“更糟，”舒阿尔叹了口气说，“是给分裂开的原子拍照!”

“这些东西我一窍不通。”雅努什说，好像是为了避免舒阿尔深讲。

“可以使您自慰的是，我也不懂。”

谈话中止了片刻。

“我也喜欢音乐。不是*喜欢*①，是*热爱*②。”舒阿尔说，“我爱令表兄的行板。希莱尔是您的表兄吧? 好像埃文思太太是这样说的。”

“不，他不是我的表兄。他只是我的同乡。”

“反正是一样。他的四重奏中的那章行板简直像是仙乐。”

“原子音乐。”雅努什说。

---

① 原文是英文。

② 原文是英文。

"您可知道，我们已经进入了原子时代?"

"人类的处境会因此而好些吗?"

"或者好些，或者差些……也可能不会有变化……再说，反正都一样。那竖笛音，还有那旋律，那是什么调子来着?"

"那是我们的民间曲调……"

雅努什哼起来：

他突然出现在心上人身边
优美的一躬鞠得不浅……
…………
啊，亲爱的人儿，
你比从前更妩媚、娇艳，
在小路上亭亭玉立在我面前……

"就是这个，就是这个，"马雷·舒阿尔说，"这仿佛一个人在炎热的正午心灵突然振奋起来，又仿佛一个人就要死去，同时他心胸中的世界却在不停地扩展。而这一切又都发生在恍惚朦胧之中。这太妙了……"

雅努什没有听这个喝醉了的法国人在讲什么。他的思绪迅速沉浸在对这支歌的回忆里，他反复唱道：

马我家有，
房子我家也有，
妈妈也不反对我的挑选，
啊，亲爱的人儿，
你比从前更妩媚、娇艳，

在小路上亭亭玉立在我面前……

这时一大群人从船舱里拥出来，冲到了甲板的中央。阿丽亚德娜在前面跑，维克多在后面使劲叫喊什么。他们是在追赶贝贝·莱瓦尔。莱瓦尔逃开了，坐在把甲板和暗绿色的塞纳河隔开的栏杆上。大家都在高声叫喊。雅努什搞不清楚是怎么回事。他猛地站起来，忽然发现涅沃林就站在旁边。涅沃林抓住了他的手。

“坐下，”他说，“这里要出事。”①

“不行，不行！”阿丽亚德娜喊，“这种丑事，这种下流事②竟然发生在你这里，发生在维克多·革丹斯基的家里！我不允许，我不允许！”

雅努什想走开，但感到涅沃林像铁一般地坚硬的手抓住了自己。

“她完全醉了！”③

维克多也在尖叫：

“连地狱里都有耶稣，这是你自己想出来的！”

“贝贝，贝贝！”众人都在喊。

小莱瓦尔站起来，双脚站在栏杆上，身子向两边晃来晃去。

阿丽亚德娜向人群那边喊：

“你瞧，都是你干的好事！这太可恶了，怎么能这样！你把我灌醉了，而你自己，而你自己……”

“阿丽亚德娜，阿丽亚德娜，相信我！”维克多喊道，忽然跪了下来。他抓住了阿丽亚德娜的手，但那两只手像两只鸽子向上一翀，脱

---

① 原文是俄文。

② 原文是法文。

③ 原文是法文。

开了他。

涅沃林拉着雅努什向出口处走，可雅努什还在往那边看。赤身露体的、醉醺醺的贝贝在灰暗的河水和黑暗的天空衬托下看起来活像一尊雕像。附近粉红色的灯笼在他那涂了铅粉的雪白躯体上撒下一层粉红的光。小贝贝站在一块小横木上左摇右晃，人们都冲他喊叫，指手画脚，但谁也没有去救他。

突然埃文思太太从人群中出来，健步向站在栏杆上的小伙子走去，想把他拉到甲板上来。贝贝使劲推开了她，喊道：

“这一群猪猡!”

接着他便跌入了水中。随着“啪”的一声溅水声，岸上警哨声也响了。涅沃林和雅努什急忙跨过跳板，下了台阶，到了大街上。他们俩站在树下直喘气。警察冲到了船上，警哨声越来越密了。

“呃，”涅沃林说，“现在我们睡觉去吧，不要担心他们。维克多和埃文思太太都有的是钱，不会有什么事的。再见吧，梅申斯基![①]”他最后用俄语很热情地加上了一句。

雅努什目不斜视地径自走了。

十五

五月十一日傍晚，雅努什一回到华沙就到布拉茨卡街去了。姐姐还没有回来，在归国途中她滞留在维也纳，等侯安娜公爵夫人的灵柩，灵柩是通过慢运回国的。泰克拉小姐见到雅努什很高兴，阿罗却很胆怯，回答雅努什的每一个问题时，脸都涨得绯红。雅努什觉得华沙灰暗、阴郁，虽说街上已有了第一批出租汽车，仍然缺乏生气。尽管如

---

① 原文是俄文。

此，他回国后的心情是愉快的。老天爷像往常一样，一天开始的时候总是送来寒冷，早晨往往是凉飕飕的，到正午时便云开雾散，天气晴朗。雅努什到华沙后的第二天一早就到瓦津基公园去了，然后又到“财主”咖啡馆去喝茶。这里有一种难以捉摸但无可怀疑的气氛引起了他的注意：一个军人也没有，只有维尼亚瓦①在园子里匆匆喝了两杯黑咖啡，碰了碰马刺，同时向坐在咖啡馆空荡荡的前厅里的几位女士行了个含意万千的军礼，便出去了。正午时分，远处响起了第一阵枪声。坐在桌旁的人们像狗听到打猎的喧声时那样竖起了耳朵。雅努什走到街上，看见玛佐夫舍街的一些商店正在拉百叶窗，关店门。一个年轻小伙子正在推上古董店的铁护窗，嘴里哼着《马赛曲》。这一切都使雅努什吃惊。但他想得多的是自己回国的事，脑子里装的还是巴黎的观感，因此对看到的一切得不出一个明确的结论。在布拉茨卡街离家不远的地方，他遇上了海鲁宾·科韦什科。

“您像只蝴蝶，”他对雅努什说，“一会儿飞到巴黎，一会儿飞到华沙。您怎么又回到这里来了？”

“没有什么特别的。我回来了。我也可以向您提同样的问题。”

“巴黎太使人烦闷了。”海鲁宾作了个厌恶的表情说，“你可知道我们这里发生了什么事吗？”

“我一点儿也不知道。”

“毕苏茨基②正在向华沙扑来。从苏莱尤夫卡……”

---

① 维尼亚瓦（1881—1942），波兰将军，毕苏茨基的亲信。

② 毕苏茨基（1867—1935），波兰元帅，波兰社会党右翼活动家。1918 年 11 月担任波兰国家元首，波兰军队总指挥；1923 年退出政治生活，1926 年发动五月政变，在波兰推行军事独裁制度。

“您开玩笑吧？”雅努什说，“维托斯[①]不是已经当总理了吗？”

“内阁更迭就跟演木偶戏一样，我们要的是铁腕政府。”

“可毕苏茨基是社会党啊。”

“对。波兰社会党就要掌权了，如果忠于沃依切霍夫斯基[②]的军队不能取胜的话。看来它是不能取胜的，政变定会成功。什么沃依切霍夫斯基、维托斯、斯克任斯基我们都够了。波兰人就是喜欢变化。”

雅努什继续朝前走，他听到从维斯瓦河那边传来的枪声更加清晰了。突然，各由四匹马拉的两门大炮从布拉茨卡街轰隆通过，大炮后面跟着一大批闲人，士兵们又是挥手又是举枪，都不能把他们赶走。

“我们打仗去，打仗去……”一群男孩子从一个大门洞里出来，四人一排在人行道上列队前进。机枪声现在更近了。这时，人行道上的人越聚越多，在枪声紧密的时候人群中出现了骚动，但没有人逃跑，相反，人群越来越稠密，形成了一支游行或示威的队伍。

雅努什望着在街上推进的大炮，回想起自己的炮兵生活，回想起小个子索班斯基在颠簸的炮弹车上唱的那支歌：打仗真是其乐无涯……

“我那时真疯了，”他想，“打仗！”

他一走进布拉茨卡街府邸，便看到房间里横七竖八地摆满了打开的箱子。玛莉亚从楼梯上下来，脸色苍白，一把抓住了弟弟的手。

“出了什么事？”她喊道，“卡齐一下火车就不知到哪里去了，把自己的行李都留在我这里……你们这里出了什么事？”

---

① 维托斯（1874—1945），波兰农民运动右派活动家，1920 年担任波兰政府总理，1926 年毕苏茨基五月政变时被推翻。

② 沃依切霍夫斯基（1869—1953），波兰社会党缔造者之一，后同波兰农民运动右派结合。1922 至 1926 年任波兰第二任总统，1926 年五月政变后被赶下台。

“你应当说，我们这里出了什么事？”雅努什说，“没有什么，政变[①]……”

“什么政变[②]？”玛莉亚绝望地问。

“哼，我也不知道。毕苏茨基……”

“这意味着是社会主义者执政？”

雅努什看见玛莉亚身后站着沙弗兰佐娃姑妈，这个女人是懂政治的。

沙弗兰佐娃低声说：

“毕苏茨基早就不是社会主义者了。”

“哦，这说明什么问题呢？”玛莉亚惊奇地问。

“我得走了。”沙弗兰佐娃毅然说，走下了楼梯。

泰克拉小姐挽留她。

“公爵夫人别走，现在正在打枪呢。”

“我怕打枪？这些华沙人打起仗来有多好看呀！您见过这些人吗？大炮都撵不走他们的。”

这时远处传来了一声炮响，是一门小口径炮，大概是从维斯瓦河那边传来的。然后是一声低沉的爆炸声。

“内战，这太可怕了！”玛莉亚喊。

“晚饭我给你们吃什么呢？”别夏多夫斯卡小姐发起愁来。

“我们午饭还没有吃呢，泰克拉小姐，可您已经在愁晚饭了！”雅努什不耐烦地说，说罢上楼回到自己的房间去了。

整个下午他都是在郁郁不乐中度过的。他听见楼下门厅里不断有人进进出出。比林斯卡家里来人络绎不绝。他晚上到客厅去的时候，

---

① 原文是法文。

② 原文是法文。

只见到一个身材魁梧、仪表堂堂的龙骑兵军官。玛莉亚的言辞和神态显示出她在整个下午听了许多意外的消息，她对此次事变的态度发生了根本的变化。枪声仍然在同样的距离之外响着。雅努什走进客厅的时候，斯坦尼斯瓦夫在门旁对他说：

"奥尔霍维奇好像是被杀了。"

"谁？那个编辑吗？"雅努什问。

"我不清楚，但看门人说，奥尔霍维奇被杀了。"

那个漂亮军官正在热切地对玛莉亚讲解什么。

"请您相信，明天毕苏茨基就要进黑牢了。我们宣过誓，我们将履行自己的誓言。他们吃不掉我们，六年前我们击退过他们，这次也要击退他们。"

"安德热依先生，"玛莉亚平静地说，"您把形势完全估计错了。您不明白，我们真正的敌人是在沃依切霍夫斯基那边。"

安德热依中尉站起来。他的头几乎顶到了天花板。

"我们是军人。我们既然宣了誓，就要履行誓言！毕苏茨基还要回到中央监狱里去。他会旧地重游的。"

玛莉亚向军官伸出了手。他深深地弯下了腰，吻了吻她的手，然后又挺直了身躯——高大、威武、服饰华丽、仪容俊美。他走出客厅，全然不理会走进来的雅努什。走到门口又转过身来说：

"我这就到贝尔维德尔宫去。"

"小心点，安德热依先生。"玛莉亚在他身后喊道。

一夜平静地过去了，枪声仍在远处。看门人说，铁路上发生了罢工，公爵夫人幸好到了，否则可能"卡"在路上，这时从机场那边也传来了战斗的声音。电没有停，自来水也没有断。但市内交通已经断绝。虽然战斗仍在进行，但是闲汉、工人和小职员们仍然在街上游荡。有产阶层则守着自己的家。

泰克拉小姐一早就叫醒了雅努什。

“下楼去吧，”她说，“毕苏茨基的军队开进花园来了。看来他们想穿过我们这里打到布拉茨卡街去。最好别待在楼上。”

“在楼下少吃子弹吗?”雅努什问。

“我也不知道。玛莉亚夫人请您下去。”

雅努什到了下面门厅里，看到姐姐和波特洛斯小姐。她们谈得很热烈，但一见到他便住了口。看到这个希腊女人，雅努什心里很奇怪，但没有表露出来。不久泰克拉小姐也牵着阿罗来了。阿罗的两只耳朵烧得通红，神色不安地瞧着舅舅。

“他们马上就走，”泰克拉小姐阴郁地说，“他们说不用害怕。有一个到厨房里去了，很年轻，大概只有十六岁。他说毕苏茨基一定会胜利。”

比林斯卡没有回答。

片刻之后果然传来了喊声。士兵们高呼“万岁”从府邸后面、房屋的高墙之间的花园里冲出来。同时响起了零落的枪声。突然，枪声大作，府邸前面的院子里可以听到急促的马蹄声。站在门厅里的人面面相觑。一排子弹划过空间，有几颗打进了房子，把墙上和天花板上的泥灰都打落了。阿罗拉着雅努什的手大哭起来。

泰克拉小姐一直在朝外看，这时突然回过头来喊道：

“卧倒，快卧倒！他们要朝窗口射击了!”说着把身子贴在墙上。

雅努什拉着阿罗躲到桌子底下，他紧紧地抱着外甥，掌心下感到了阿罗心脏的跳动。他们紧贴在地板上。他们头顶上响过了一阵枪声，然后是零星的枪响。窗上的玻璃震碎了，墙上的泥灰也啪嗒啪嗒地往下掉。过了一会儿，一切都沉寂了，钉了铁钉的皮靴声经过大门朝布拉茨卡街方向远去。雅努什站起来的时候，看见波特洛斯小姐坐在沙发上，满身都是白灰，口中念念有词地说：

“为什么朝我们开枪？为什么？[①] 我们犯着他们什么啦？”

阿罗轻轻地啜泣着。雅努什把他放在长沙发上，机械地抚摸着他瘦削的手。院子里传来了隐约的哭声。斯坦尼斯瓦夫走了进来。

“您去看看吧，”他对泰克拉说，“那个看门女人的孩子被枪弹打中了，还不知道怎么样呢。”

泰克拉小姐匆匆走了出去，斯坦尼斯瓦夫跟在后面。在一片静寂中，枪声沿着布拉茨卡街向着三十字广场的方向远去。玛莉亚坐在桌旁，双手撑着太阳穴。她突然抬起眼睛看着门口，同时那双眼睛一下子变得明亮了，斯彼哈瓦就站在门边。

“噢，”他愉快地说，“华沙的这一部分已经是我们的了。军队正朝军校的方向挺进。沃依切霍夫斯基分子还在那里顽抗。他们忠于自己的誓言！”他讥讽地加上了一句。

玛莉亚迅速站了起来，走到斯彼哈瓦身边。

“我一直在为你担心，”她说，“你一下车就投入了斗争的旋涡。”

这时，别夏多夫斯卡跑进府邸，说看门女人的儿子尤雷克被打死了。子弹打中了他的前胸，他倒下就没气了。波特洛斯小姐很激动，又想问她那句“为什么”[②]，但是斯彼哈瓦耸耸肩说：

“我们对此有什么办法？哪里砍树，哪里就有木屑飞溅。”

舒什凯维奇先生也来了。他已经知道波特洛斯小姐来了，但他同其他人一样，没有问她是坐什么交通工具来的。他摸摸小胡子，吻了吻她的手，说：

“我很高兴。房间已经准备好了。”

雅努什很疲乏，上楼去了。他吩咐把午饭送到他的房间去。到了

---

① 原文是法文。

② 原文是法文。

晚上，泰克拉小姐才带了针线活到他那里去。雅努什躺在床上似睡非睡。枪声已经止息了，泰克拉小姐告诉他，街上已经有了行人。

“巴黎醒来了。”① 雅努什说。

窗外灰蒙蒙的，墙边的两棵老杨树被风吹得弯下了腰，从天上的云彩可以看出，天气很冷。

斯坦尼斯瓦夫也上楼来了。他恭顺地站在门口，向雅努什打听儿子的情况。

“他给我来过信，”老人说，“伯爵先生去过他那里几次。您不觉得浪费了您的宝贵时间吗？在巴黎？”

雅努什笑了起来。

“他是一个讨人喜欢的人，”他说，“您那个雅内克。他妻子也很讨人喜欢，又文静又漂亮……说话也挺风趣。他想回波兰来。”

这时，远处又传来了几声枪响。斯坦尼斯瓦夫指着窗口说：

“回来干什么？回到这样的波兰来？”

泰克拉小姐正做着活计，全身猝然一震。

“斯坦尼斯瓦夫，您不难为情吗？”她说。

“谁知道呢？”雅努什说，“假如好人都回来，波兰也可能变得好些呢。”

“可能。”斯坦尼斯瓦夫勉强赞同说，“可是那个看门女人的尤雷克已经不能复活了。为什么要打死他？”

泰克拉小姐把雅努什的一只红袜子放在膝盖上，望着面前昏黄的电灯上的灯罩，叹了一口气。

“是呀，”她低声说，“为什么要打死尤雷克？难道为了这个……为了这个……必须流血牺牲吗？”

---

① 原文是法文。

雅努什摆了摆手。

“你们想看到世界上每件事的意义，唉，其实没有太多意义……”

“伯爵先生，”斯坦尼斯瓦夫说，“我们再活上几年吧，兴许能看到这意义。当然，不是在毕苏茨基先生打败沃依切霍夫斯基先生这件事里看到什么意义。”

泰克拉小姐又拿起了针线活，迅速地穿针引线，房间里静默了片刻。枪声又响起来了，但这一次是从很遥远的地方，从维斯瓦河那边传来的。泰克拉小姐头也不抬地说：

“意义是有的，但意义与上帝同在。谁信仰上帝，谁就觉得一切事情都是有意义的。这个尤雷克……”

泰克拉小姐最后一句话欲言又止，雅努什也没有问她想说尤雷克些什么。斯坦尼斯瓦夫疑惑地摇摇头，走到桌子旁边，灯在他脸上投下了一丝亮光。雅努什诧异地发现，他脸上的表情很激动。

“您不要去议论死者吧。”他说。

“大家都清楚，他像斯坦尼斯瓦夫一样是个不信上帝的人。”泰克拉小姐嘟哝道。但她马上改变了话题，“你们知道吗？波特洛斯小姐要结婚了。”

第二天天气一下变好了，阳光明媚，碧空万里。战斗完全停止了，人们大胆地拥上街头。人行道上像蚂蚁窝那样挤得水泄不通。马路中央偶尔有小汽车和擦得很干净的轻便马车驶过。到处是一片喜气洋洋的景象。

雅努什在正午时分上了街。商店里人很多，大家都在购买这几天巷战时家里短缺的东西。花店里也尽是人，摆满了绚丽多彩的五月的鲜花。街头叫卖的是一大束一大束的丁香花。

雅努什想起今天是五月十五——圣佐菲亚日[①]。他看到一辆马车上坐着他偶然认识的佐菲亚·J太太，她身旁堆满了一包包采购的东西，手上拿着一束郁金香。佐菲亚太太的丈夫是毕苏茨基的亲信。这个年轻俊俏的妇人满面春风，兴高采烈。十字街头张贴着巨幅标语和什杰潘·奥尔霍维奇的讣告。

雅努什发现，布拉茨卡街府邸的看门人也给自己可怜的尤雷克印了讣告。

雅努什望着三十字广场上的玻璃橱窗，橱窗里摆的是华沙最上乘的、装饰得非常漂亮的花篮和花束。雅努什不安地想道：

“我没有一个应该送花的佐菲亚！没有，似乎没有……甚至肯定没有。”

① 每年5月15日是名叫佐菲亚的妇女的命名日。

第五章　农庄和果园

一

一九三〇年是波兰经济危机最严重的年头，爱韦琳娜·罗伊斯卡太太在经济危机到来之前已把普斯泰翁基农庄经营得井井有条。自俄国回来后的十二年里，她把自己几乎全部精力都用在自己这份地产上。她刚来的时候，农庄由于多年出租而破败不堪，谷仓、畜栏空空如也，畜力不足，农具残缺不全。而今天她不仅使米哈霞能得到小小的一份地租，而且还清了信贷商行的债务，修建了一个有铁皮屋顶的谷仓，给套车的马和耕地的马的马厩翻盖了一个新屋顶，也翻修和扩建了猪圈，因为农庄的发展就靠养猪。猪和果实累累的果园（这果园是以前建立的，现在只需要加以补种），是她收入的主要来源。早年间，普斯泰翁基还是扎莫伊斯基家族①的财产的时候，这里养了一批赛马，所以屋后有个跑马场，爱韦琳娜太太也用它种上了优良品种的樱桃树，现

① 扎莫伊斯基家族是波兰有名的大贵族。

在已能收获大量樱桃，华沙开来的大卡车把一大筐一大筐包装整齐的熟樱桃运走。

罗伊斯卡太太虽然年事已高，但适应生活的能力并未消失，工作热忱也毫未减退，只是没有过去那样兴高采烈。米哈霞姨妈不大喜欢姐姐身上发生的这种变化。“这个爱韦琳娜变得多么平庸，多讲究实际呀[①]。”她对自己的朋友们说。可惜的是，米哈霞姨妈如今的朋友，譬如说科谢可娃太太根本不懂“多讲究实际”这句法语。而对于丢了乌克兰感到痛心疾首的不是丧失了丈夫、儿子和家庭的罗伊斯卡太太，反而是在华沙找到了一个安乐窝的米哈霞姨妈。罗伊斯卡太太的活动仿佛是悬空的，没有任何目的。她偿清了农庄的债务，跟管理当局和办事人员进行长时间的认真谈判，跟来买水果的贩子们一连几个钟头地讨价还价，这一切显然都不是为了瓦莱雷克。谢德尔策的那个老莫泰尔总是挤眉弄眼地说，“这是太太？这不是太太，而是个犹太娘们儿，跟我斤斤计较……”这句话里既有轻蔑又有惊叹，不知是哪种成分多一些。罗伊斯卡太太对于自己应该做什么是毫不犹疑的。跟犹太人讨价还价，给果园工人菲薄的工钱，都不妨碍她心安理得地睡觉。她认为把农庄管好就是完成某种使命。她毫无顾忌地像传统的管家那样监督工人劳动，而且也不觉得有什么不妥。

今天，六月里的一个晴朗的日子，我们看到她正在监督工人们包装水果，准备外运。

包装房就在以前的跑马场中央，十二个女园丁、女见习工和女工正在把熟透、乌亮的樱桃平平整整地装筐。年轻漂亮的司机们一面看着她们干活儿，一面拿姑娘们开玩笑。工作十分紧张，因为樱桃必须在晚上运到华沙，以便明天一早投放市场。罗伊斯卡太太戴一顶白色

---

① 原文是法文。

的宽檐帽，手上戴着露出手指的半截手套，站在一旁督促她们加紧干。她坚持亲自照料地里和果园里的一切活儿，声称她对这一切都是很懂行的。她的这种自信是把农庄管理得很出色的重要秘密之一。瓦莱雷克每次骑马回来后就到果园里去（他最近一个时期经常这样做），在树丛中漫无目的地溜达，舞动马鞭打在皮靴筒上啪啪作响。他有时鞭打树枝，使红樱桃像下雨一般地纷纷坠落，他弯下腰去拾起一两颗，连皮带核地吃了。爱韦琳娜太太正在看包装桌上堆积如山的果实，侧目看见他的这种行为，心里很感不安。

瓦莱雷克已经不再是个年轻小伙子了。他的东方型的美已经消失，脸部的轮廓和身上的线条也已变圆。即使如此，他仍然十分英俊。每当他在六月晴朗的傍晚，穿着白布衫在珊瑚般的树丛中散步的时候，那些包装女工的眼睛总是情不自禁地跟着他滴溜转。

罗伊斯卡太太叹了一口气。瓦莱雷克跟妻子分居两年了。据她所知，他们甚至已经离了婚（天呀，他花的钱是哪儿搞到的?）。因为大家都说，她以前的儿媳妇（娘家姓克拉辛斯卡，普斯泰翁基的邻居）就要嫁给一个军人。儿子的婚姻很不幸，但罗伊斯卡对他们夫妇间的龃龉也摸不清底细。年轻夫妇住在华沙，婚后不久突然分开了。有一天别人告诉她，新娘子回娘家去了，几个星期之后瓦莱雷克回到普斯泰翁基，告诉她说，他跟妻子决裂了。她知道的就只有这些。

罗伊斯卡太太有个模糊的感觉：瓦莱雷克旧情刚断，新欢又已开始。很明显，他爱在女园丁中转悠，但罗伊斯卡太太不能确定女园丁中哪一个姑娘是他的目标。他一走进包装房或暖房，所有的姑娘都像少女一样羞得面红耳赤。

“一群笨鹅。”罗伊斯卡太太自言自语地说。

她跟这个儿子之间的关系不理想，一想起约齐奥便长吁短叹。她把长子的遗骸从卡涅夫运到普斯泰翁基，安放在园林里。普斯泰翁基的前主人到过意大利，看来他是仿照那里西比尔[①]神庙的形式，在园林一角，庄园后面的假山上用砖石砌了一座圆柱小亭。罗伊斯卡太太把儿子的灵柩安葬在这个亭子里。这个亭子因而获得了一个象征性的意义，它比庄园的房子要高得多，也华丽得多，有一种居高临下的气势。

普斯泰翁基的房子大约是十八世纪末在旧屋基上重建起来的临时性宅邸。这座木结构的建筑物小巧玲珑，十分典雅。周围的园林跟森林相通。在古槲、白杨这些参天大树和假山上的那座庙宇的衬托之下，这所房子显得特别小。但是重建它的那个时代留下的痕迹赋予它一种清新的魅力；它是如此使人倾倒，以致普斯泰翁基的前主人在周围村子里修建的华丽府邸跟它相比都黯然失色。罗伊斯卡太太在这里很孤单。虽说夏天米哈霞姨妈带她的外孙们来，但一到冬天她就只有形影相吊了。

她在想这些事情的时候，发现自己的目光情不自禁地转向一个年轻姑娘，前不久才到普斯泰翁基来干活的女园丁。克莉玛深深地低着头把乌黑的大樱桃平平整整地装进一个高筐里，绒毛般细软的头发耷拉下来，盖住了她红扑扑的脸颊。克莉玛是个“乡绅”的女儿，父亲在谢德尔策附近有一个六莫尔格[②]土地的田庄。她不久前在普沃茨克园艺学校毕业，毕业后，由一个同学推荐直接到了普斯泰翁基。她身材不高，体态也不匀称，但年轻的脸蛋红润而俊俏，使她仍然具有一定的魅力。然而罗伊斯卡太太还是自问为什么瓦莱雷克老是盯着她。

“难道是她吗?”她想。

她想起了克莉玛的父亲带她来普斯泰翁基的情景。他是个瘦高个子的老农，长着浓密的花白胡子。

---

① 西比尔是罗马神话中的女先知。

② 莫尔格，面积单位，约等于5600平方米。

“我总是对她讲，”老农对罗伊斯卡太太说，“要记住自己的身份。但这丫头不往心里去……”

这“丫头”一点儿也不胆怯，她直视罗伊斯卡太太的眼睛，说：

“父亲讲的，我一点儿也不懂。我只知道，我得工作，我也愿意工作。果园是我顶喜欢的东西了。”

“这孩子挺守规矩，”老人不理睬女儿的果断态度，“她不是个轻浮的姑娘。倘若她出什么事，那过错要归咎于太太……”

罗伊斯卡太太大笑起来。

“西塔尔斯基先生，”她说，“如果我这里的工人的过错都要归咎于我，那我头发都要愁白了。”

“是的，太太，”老西塔尔斯基拍着胸脯说，“这是我们的责任。我不会忘记，我女儿出身好，我不会随随便便把她嫁出去的。”

“我现在不想出嫁，”克莉玛喊了起来，比她父亲的声音还要大，“没有男人我活得更好！”

罗伊斯卡太太想，这姑娘讲到不要男人时声音太大了些，但对老西塔尔斯基先生的唠叨一句话也没有回答。

她一次又一次地端详低头装樱桃的姑娘。姑娘眼睛近视，因此头埋得很低，但动作灵巧，那些乌黑的大樱桃川流不息地从她手上经过，果汁把她半个巴掌都染成了青色。

当瓦莱雷克的身影出现在远处的树丛间的时候，克莉玛的动作加快了，她倒动水果的手动得更欢，虽然她的近视眼看不清那个年轻人在朝哪个方向去。看来是因为她心脏跳动加速，使她的动作也加快了。

这时，一个女仆从屋子里出来说，少奶奶来了。

爱韦琳娜太太猛然从座椅上站起来，神经质地拉了拉手上黑色的半截手套。起初她还没有闹明白指的是谁，过了一会儿，她才想到是克莉斯蒂娜来了。

她匆匆穿过树丛向屋子走去。在一棵樱桃树下她遇到了瓦莱雷克，她觉得自己的眼神一定很特别，因为瓦莱雷克诧异地望着她。

“你待在园子里吧，”她说着从他身边走过，“克莉斯蒂娜来了。”

“没有什么可糟心的。”瓦莱雷克说，同时他那两片丰满的嘴唇把果核吐了出来，他的嘴唇由于沾上了红樱桃汁而显得更红了。

房子前面停着一辆高弹簧座、大轮的马车，这辆考究的车子由两匹白马拉着。马车前座上坐着一个身穿简朴的藏青色仆役制服的马车夫，车内坐着克莉斯蒂娜·罗伊斯卡。这是一个身段丰满的美丽的妇人，披一件灰色的绸斗篷，一根灰色的绸带从帽子下边系在下巴上。她坐在马车里，脸上的表情不知是惆怅还是生气，像是在出神。罗伊斯卡太太三脚两步走到了她身边。

“克莉斯蒂娜!”她喊道，“你为什么不下车？你怎么啦?”

“我不知道姨妈是不是欢迎我。”

她们之间有一种八竿子打不着的亲戚关系，所以克莉斯蒂娜·克拉辛斯卡称罗伊斯卡太太为“姨妈”。现在正好不用改变称呼。

“哎！你怎么能这样说呢！我的孩子，”罗伊斯卡太太说，“快下车吧!”她加上一句。

她们走进了低矮但宽敞的客厅，里面摆的是上世纪中叶的红木家具。据说肖邦在这里的一张安乐椅上坐过，但家具看起来比那个时代要晚得多。

罗伊斯卡太太拉着克莉斯蒂娜的手，让她在长沙发上坐下，询问她双亲的身体可好。

“亲爱的姨妈，”克莉斯蒂娜说，“我想开门见山地说一句，关于离婚……”

“离婚?”罗伊斯卡太太表示惊讶，“我一点儿也不知道，瓦莱雷克什么也没有对我说。”

“我料想也是如此，”克莉斯蒂娜说，“他什么也不会说……”

“你们已经离了吗?”罗伊斯卡太太问。

“局部的离婚办了。”克莉斯蒂娜勉强地低声说。

“‘局部的’是什么意思?离婚还有局部的吗?”

“瓦莱雷克改信了东正教，因此按东正教的方式离了婚。”克莉斯蒂娜坦率地说。罗伊斯卡太太觉得，这个年轻女人的眼睛里闪现出了一点欢快的火花，因为她把一个关于儿子的意料不到的消息告诉了母亲。

“瓦莱雷克改信了东正教?”

“我想结婚，但我不能按天主教的方式举行婚礼。”克莉斯蒂娜继续说道，言谈之间似乎有些心烦，“姨妈一定要帮我把婚离掉，解除婚约。也许玛莉亚·比林斯卡能够帮个忙!”她看到罗伊斯卡太太注视着桌上铺的挑花台布的花纹，一言不发，于是又加上了一句。

“她在梵蒂冈好像有熟人。”

爱韦琳娜太太像是惊醒过来了。她急躁地拉开台布，提起了另一个话题。

“你们到底为什么要离婚?”

克莉斯蒂娜有点惶恐地望着婆婆，好像是骤然看见了一只蜘蛛似的。她想说什么，但是张开的嘴巴一下子竟说不出话来。然后她才下了决心，咬了咬嘴唇说：

“姨妈，您一定了解他吧?”

“母亲都不了解自己的孩子，特别是儿子。”爱韦琳娜连忙回答说。

“眼下在这个谢德尔策……这已经够了!”克拉辛斯卡叹了口气。

“在谢德尔策怎么啦?我一点儿也不知道。”罗伊斯卡有点绝望地喊道。

但是克莉斯蒂娜没有回答这个问题。

“姨妈您知道，他是什么样的人。您一定知道，他有一种怪癖，不，这不是排犹主义，对排犹主义还可以忍受……而他有点儿，请原谅，姨妈，有点儿不正常。他老是说，军队的生活毁掉了他……但不是每个军人都……您知道，他……”

罗伊斯卡做了个手势打断了她的话，克莉斯蒂娜没有讲完，她低下了头。打褶的灰色绸带没有从帽子上取下来，挡住了她秀丽的面庞。她脸上露出一种厌恶的神情。

“在谢德尔策怎么啦?”

“不，这个，没有什么……有一个排犹组织，一个什么‘协会’……哎，我说过，这还可以忍受……但是他的习性!”

“别说了，克莉斯蒂娜。”罗伊斯卡太太艰难地说。

“是姨妈问起的……”克莉斯蒂娜把脸更缩进了打褶的绸带里，低声地说。

“今天我就给华沙的玛莉亚·比林斯卡挂个电话。”罗伊斯卡太太说，结束了这场谈话。

这时门洞里传来了响亮的脚步声，克莉玛“呀”的一声推开门，出现在门槛旁。披下来的黑发稍稍盖住了她的眼睛，她用左手背掠开了头发，右手拎着一大筐樱桃。

“有什么事，孩子?”爱韦琳娜太太问。

“这是午点吃的樱桃，”克莉玛抑制着胆怯，大声地说，“瓦莱雷克先生吩咐拿来的。”

“放到食橱里去吧，”罗伊斯卡太太转而严厉地说，“把它交给仆人。再说，我不能在客厅里收下你的樱桃呀!”

“噢，对不起。”克莉玛退了出去，步履声仍然很重，她“砰”的一声关上了门，向房子里边走去。

克莉斯蒂娜不明白这些话后面隐藏的意义，她用询问的目光望着罗伊斯卡太太。但罗伊斯卡一句话也没有讲，只是喃喃地自言自语道：

“她已经叫他瓦莱雷克了。”

然后她转向克莉斯蒂娜，说她肯定会同比林斯卡谈离婚的问题，这件事大概很快可以得到解决。

二

世上难逢像爱韦琳娜和“米哈霞姨妈”这样千差万别的两姐妹，而两姐妹的命运如此不同更是罕见。米哈霞姨妈从小就得不到父亲的宠爱，甚至父亲的遗嘱对她都有点歧视。长大后她嫁给了一个浪荡医生，婚后不久便被丈夫遗弃，身无分文，还拖着一个幼女。她只好下决心投奔到富足的莫林策，过寄人篱下的生活。这样几乎过了一辈子，但到老年，两姐妹的地位竟齐平了，对于普斯泰翁基田庄两人都各有一半权利。“米哈霞姨妈”的生活前景改善了，跟罗伊斯卡太太枯燥乏味的生活不同，她已幸福地当上了外祖母。每年夏天，当她带着“自己的”外孙儿女以及箱笼杂物、瓶瓶罐罐到“自己的”普斯泰翁基的时候，正是她最为得意的时刻。她在疲乏的罗伊斯卡太太面前对孩子们大施抚爱—— 一贯沉静、柔顺的她在这些事情上却表现得很不会体贴人。罗伊斯卡太太失去了自己的两个孩子：早前失去了长女海伦娜，她是得猩红热死的；后来又失去了约齐奥。而她膝下唯一的儿子瓦莱雷克又是个不成器的家伙。

“挺标致的一个小伙子，”米哈霞姨妈常常说，“但一点儿用都没有。”

“恐怕正是因为太标致了。”戈翁贝克先生回答说，不安地望着坐在餐桌对面自己的两个男孩。他们俩已经预示了将来也会出落得“太标致”。长子叫安特克，长得甚至有点儿像瓦莱雷克；次子叫安德热依，今年十岁，像他表舅那样黝黑的皮肤，东方型的脸庞，但一点儿也不像罗伊斯基。他具有一种娴静、安详的美，一双天蓝色的眼睛更为这种美增添了光彩。埃德加尔在奥拉那里经常看到他，把他比作一潭幽暗深邃的水。弗兰齐舍克先生和米哈霞姨妈都不懂得这个比喻。安德热依有一张俊秀的瓜子脸，他坐在桌旁的时候，头微微向左歪，用他那对极为温柔、明亮、水汪汪的大眼睛张望着。他小时候很爱哭。他很喜欢自己的小妹妹海伦娜——为了纪念罗伊斯卡太太的女儿而给她取了这个名字。“他跟幽暗深邃的水有什么共同之处呢？”弗兰齐舍克先生望着像坐在教堂的读经台旁那样温顺地坐在桌旁的儿子，心里想道。

米哈霞姨妈在疲乏的罗伊斯卡太太眼前检阅自己的外孙儿女。海伦卡长得最难看，但她才四岁，还会变得漂亮起来的。罗伊斯卡太太则给妹妹拿来了账单，告诉她普斯泰翁基已经偿清了债务，并想把庄园的收入夸耀一番，但米哈霞姨妈对此不感兴趣，只要一说到账目，她的神经痛就要发作。

“告诉我，我的爱韦琳卡，”她说，“你是怎样经营的呢？目前时世这样艰难，连弗兰齐舍克都在抱怨。他不得不辞退一部分工人。”

“你知道，这大概仅仅是因为我认真。”罗伊斯卡笑道，又带点口吃地说，“我喜欢一切都井井有条，我喜欢果园，这就是原因！总算是没有白费劲。”

罗伊斯卡太太不仅喜欢一切都井井有条，也喜欢督促别人加紧工作。她坐在白色的遮阳伞下，戴着黑色的半截手套，靠着一张小折叠桌，一边读《红与黑》，一边督促女工们给草莓锄草。她知道，这里谁也代替不了她，女工们不听女园丁们的指挥，即使像克莉玛那样又推又骂也无济于事。女工们仅仅对她怀有敬畏之心。罗伊斯卡太太认为，人们分为农工和地主是天经地义的事。她知道，她甚至无须吆喝一声，往那里一坐就能督促别人干活儿。

“你呀，爱韦琳卡，”米哈霞姨妈说，“你还完全是生活在十九世纪呢！”

米哈霞姨妈自认为是“进步女性”，就是说，她在自己房间的墙上挂了毕苏茨基的像，以及关于劳动竞赛的标语。弗兰齐舍克先生为此对岳母颇多责怪，但当他每两个星期来看一次孩子的时候，对米哈霞姨妈总是满怀感激。男孩们在暑假当然总是要消瘦一些，但海伦娜气色很好。

弗兰齐舍克先生的到来对于安德热依以及他本人都像是过节一样。安托希，自然还有海伦娜对戈翁贝克先生带来的点心和蛋糕最感兴趣。罗伊斯卡太太和弗兰齐舍克先生自己在打开点心盒的时候都有点儿不好意思，但孩子们都挤上前来，问这蛋糕是不是苏珊娜做的。苏珊娜是戈翁贝克先生面包房里最能干的女工之一。对于安德热依来说，弗兰齐舍克先生到来的本身比糖果要重要得多。当弗兰齐舍克先生来后坐在门廊里一面擦着满是汗水的脸，一面对聚精会神的米哈霞姨妈和心不在焉的罗伊斯卡太太讲着华沙的各种新闻的时候，安托希在屋前奔跑，海伦娜在拨弄沙土，而安德热依则紧挨着父亲坐着，挽着他的手臂，目不转睛地望着戈翁贝克先生的小嘴巴——他在发复杂的辅音时口型显得极其精巧。如果戈翁贝克先生坐晚班火车来，谈话就在晚饭后进行，这时安德热依往往是靠着父亲的肩膀睡着了。父亲轻声唤醒他，扶着他沿着陡峭的楼梯登上孩子们睡觉的木阁楼。安德热依有时还装成十分困倦的样子，好让父亲替他脱下衣服，把他放到对他说来已经是又窄又短的小孩床上。这是罗伊斯基家甚至是卡利诺夫斯基家的床。

“妈妈明早叫他洗个脚吧。”戈翁贝克温和地对陪着他送安德热依睡觉的米哈霞姨妈说。这时安德热依那颗小脑袋已装满对父亲的依恋和对白天跟哥哥一起玩耍的回忆进入了沉沉的梦乡。有时，像在画片上那样，在昏沉沉的睡梦里，他还看到了红种人、梅花鹿、糕点，还有亲爱的父亲的红润的、像明月一样的圆脸。

如果弗兰齐舍克先生坐早一班的火车来，那安德热依还有时间听完华沙的消息，但他多半不懂，因为讲的是危机和失业。然后是大家一起吃晚饭。但安德热依觉得父亲吃饭时很拘束，因此他也不很愉快。

对于弗兰齐舍克先生来说，每到普斯泰翁基一次就是受一次折磨。如果他是开汽车去，往往就顺路去看看母亲，他在离玛佐夫舍的奥斯特鲁夫不远的地方给母亲买了一块地和一所农舍。他虽然不以自己的出身为耻，但还是决定彻底离开故土巴尔托杰耶，让母亲远远地搬到另一个地方去。尽管戈翁贝克老太太现在住的地方同她离开的那个地方一样，是一块遍布森林的低洼地带，是一个远离文明世界的偏僻角落，但每次见面，母亲都要对他唠叨抱怨一阵子。这位老太婆抱怨得最多的是，“这里没有皮利查河。”其实巴尔托杰耶离河足有十公里，可能还要远一些，而且戈翁贝克老太太从来也没有到那边去过，但她却认为她的新居的最大缺陷是没有皮利查河。弗兰齐舍克宽和地微笑着听她抱怨，同时等着妈妈的外甥女，年轻漂亮的阿涅尔恰给他端来盼望已久的奶油拌奶渣，这是他每次到普斯泰翁基的路上都要吃一份的。阿涅尔恰跟老太太一起过日子并不轻松，但她把这个不大的农庄管理得井井有条，房子也像别人家过“三一节”那样打扫得干干净净。弗兰齐舍克先生吃着摆在红桌布上的奶酪和黑面包，一边听着更使他心情焦躁的唠叨话。妈妈责备他很少把妻子和孩子带来。关于这一点他有什么好说的呢？奥拉每到戈翁贝克老太太家的时候，在婆婆面前都拘束得几乎要哭出来了。阿涅尔恰显然不喜欢奥拉，虽然乡下礼节周到，她依然使奥拉觉察到她的不满。安特克和安德热依尽管急着要到他们的地上天堂——普斯泰翁基去，却也高兴到祖母家去走一遭。

只是海伦娜的任性使她的祖母和双亲都很尴尬。她吵嚷椅子太硬，面包太黑，奶油太酸了。泪水涌上了奥拉的眼眶，戈翁贝克老太太说：

“你们把海伦娜惯成个伯爵小姐了，当然这也不奇怪。”

这是老人对过路客人讲的唯一的一句责备性的话。除此之外，她对儿子和儿媳表示了应有的尊重，她坐在屋子的角落里，催促阿涅尔恰干活，用孩子们非常爱喝的淡淡的甜茶招待他们。一句话，她是完全按照古老的农民礼节做的。她喜欢奥拉，奥拉的爱幻想的性格，对孩子们的温柔以及在魁梧、肥胖的弗兰齐舍克身上激起的爱都使她叹服。

从这个森林旁低洼草场上的农舍一下子到普斯泰翁基的“府邸”去，对于戈翁贝克来说是很不容易的，虽然那“府邸”也不过是一所大的木房子而已。尽管岳母对他很亲切，罗伊斯卡太太对他也彬彬有礼，弗兰齐舍克先生还是觉得他在这里至多是一个勉强能被容忍的人。在敖德萨他求婚的时候，对奥拉和米哈霞太太来说可算是高攀，但眼下在国内，局势已经稳定了下来，这桩亲事对卡利诺夫斯卡姐妹来说就成为有失面子的了。面包房！如果仅是一个悄悄地给戈翁贝克赚大钱的小面包房还将就，但那是坐落在华沙主要街道上的最有名的面包房和糖果糕点店啊！在店里柜台后面，人们经常可以看到弗兰齐舍克先生圆圆的笑脸。弗兰齐舍克先生由于他的肥胖、谦和、笑容可掬和美味的糕点而成为华沙最知名的人物之一。以他的形象为蓝本的木偶几乎在每个木偶剧团里演出。这在华沙甚至是件叫人高兴的事，但在乡村，在庄园里，在漂亮的园林和名目繁多的鲜花丛中，这对他便成了一种累赘。“跟他能谈些什么呢？”罗伊斯卡太太请他入座吃饭的时候总是这样想。有时罗伊斯卡太太家来了外客，在他们谈起越冬油菜、谢德尔策的赛马和帕尔切夫的骑术比赛的时候，他的沉默跟他的插话一样使人难堪，因为他的插话不仅说明他对那些事物一窍不通，而且内心深处还藐视它们。

午后便餐比较好受一些。照普斯泰翁基的老规矩，下午把餐桌摆在树下，如果下雨就摆在门廊里。餐桌又窄又长，因为来吃便餐的还有“果园姑娘”即女园丁。其他几顿饭他们都是在田庄大院子里的一间厢房里吃的。弗兰齐舍克觉得园丁里面有几个姑娘很像自己面包房的女工，于是他的胆子也大了起来，像在自己家里一样无拘无束。安德热依却不喜欢午后便餐，因为每次吃饭都来得晚的瓦莱雷克也来吃便餐。安德热依打心眼里讨厌瓦莱雷克，特别是父亲也在座的时候。小罗伊斯基总是明目张胆地拿胖面包师开心，而弗兰齐舍克既不会辩解也不反唇相讥，只是红着脸笑笑，岔开话题。

克莉斯蒂娜是星期五到爱韦琳娜太太这儿来的。弗兰齐舍克先生星期六来了，来得很早（是坐店里的小载重汽车来的，汽车的门上用金字写着“法国制造”的字样）。吃便餐的时候，所有的人：老姐妹俩，孩子们，弗兰齐舍克先生，瓦莱雷克，从华沙来的年轻见习工和六个女园丁都在树下围桌而坐。瓦莱雷克一开始就拿弗兰齐舍克先生的汽车开玩笑。

“多好的一辆小轿车呀，亲爱的弗兰齐舍克先生，是您买的吗？是什么新牌子？”

“哪里是什么新牌子？这是普通的法国汽车。”

“‘法国牌’吧，是不是？”瓦莱雷克笑道。

安德热依非常喜欢店里的这辆车，瓦莱雷克的讥笑刺痛了他的心，何况他又见到父亲涨红了脸不知如何回答。他想作出反应，但谁也没有注意他。他还看见克莉玛小姐也面红耳赤，两道浓黑的眉毛紧皱在一起。克莉玛小姐时常给安德热依讲农作物栽培方面的知识，因此他很喜欢她。

“这是戈翁贝克家族的族车，”瓦莱雷克嘲弄地说，“车上的族徽是个挂糖衣的大面包。”

弗兰齐舍克先生勉强笑了笑。罗伊斯卡太太转过身来想对儿子说什么，但安德热依已经开了腔。

“瓦莱雷克表舅，”他大声喊道，“瓦莱雷克表舅，我用牛奶为表舅的健康干杯！”

“好极了，”瓦莱雷克说，“可惜不是用酒！”

“表舅知道用牛奶是为什么人的健康干杯吗？为傻瓜的健康！”

最后一句话安德热依是用神经质的高嗓门喊出来的。

“哎，安德热耶克①！”外婆和父亲异口同声地呵斥道。

瓦莱雷克的脸涨得通红。他终于忍不住了，猛地从椅子上站起来。罗伊斯卡太太骇然望着他。

“可恶的小混蛋！”瓦莱雷克喊道，转身到灌木丛中找他的皮鞭，便餐前他把皮鞭顺手扔在那里。

“瓦莱雷克，不要动！”爱韦琳娜太太喊道。

满面通红的瓦莱雷克已经举起了鞭子。弗兰齐舍克先生也从椅子上站了起来。这时克莉玛突然从座位上站起来，迅速跑到瓦莱雷克身旁，从他手上夺下了皮鞭。

“您坐下吧。”她安详地说，拿着鞭子回到自己的座位上。

瓦莱雷克一动不动地站了一会儿，然后骂了句粗话，回到自己的座位上坐下了。好一阵谁也没有吭声。安德热依突然大哭起来，向屋子里跑去。

戈翁贝克先生平静地注视着瓦莱雷克。

“我为我儿子的失礼向您道歉。”他说。

瓦莱雷克嘴里咕哝了几个字。

---

① 安德热依的爱称。

罗伊斯卡太太的心思已经不在这件事上了。她怀着恐惧的心情望着克莉玛。

“唉，既然她已经能从他手上夺走鞭子……”她自言自语地说，“这就是说，这事已经走得相当远了。”

但她很快也就产生了一种得过且过的想法。

“哎，也许这样更好。”

晚上她果然为瓦莱雷克跟克莉斯蒂娜离婚的事给玛莉亚·比林斯卡打了电话。

三

星期天来的客人很多。安德热耶克同他父亲一样避开人多的地方。安特克跟他们相反，一直在门廊前面转来转去，跟大人一起打网球和槌球，表演自己的射箭技巧。安德热依很羡慕哥哥，但自己又克服不了天生的胆怯，尽管他槌球打得比哥哥好，射箭技巧也比他高。就在客人都聚集在门廊前的时候，安德热依同父亲一起到远处散步去了。

他们先在园中漫步，后来到森林里去了。天气晴朗而不炎热，太阳已经偏西。安德热依喜欢同父亲一起散步，在一个暑假里这样的机会有一两次，最多三次。他们沿着老槲树林里人们踏出的羊肠小路向前走。黄鹂的啁啾声时远时近。

“爸爸，你生我的气吗?”安德热依忽然问。

“为什么?”弗兰齐舍克先生说，他已经忘了昨天下午便餐上的那件事。

“我太傻了，跟瓦莱雷克表舅顶嘴。”

“呃，你真的是傻，但我不生你的气。”

“你不应该这样快就忘掉我做的错事。”安德热依异常严肃地说。

"这不是什么错事，"弗兰齐舍克先生说，"这是傻事。你干吗要惹瓦莱雷克表舅呢？"

"不是我惹他，而是他惹你。他讥笑我们的汽车……"

"这有什么关系，让他讥笑好了。"

父子俩默默无语地走了一段路，安德热依没有松开父亲的手，反而握得更紧了。

"爸爸！"他终于又开了口。

"什么事？"

"我很不好。"

"为什么？"

"我很厌恶瓦莱雷克表舅。"

"厌恶他？这只是你一时的感觉吧。"

"我厌恶他！啊，我知道！他在谢德尔策市场上溜达，就是用那条皮鞭抽打犹太人。他还想用鞭子抽我，但克莉玛小姐没让他抽。克莉玛小姐做得很高尚……"

他重重地说出"高尚"这个词，戈翁贝克笑了。

"关于皮鞭的事你是怎么知道的？"过了一会儿父亲问道，"这大概不是真的吧？"

"真的！大家都知道这是真的。我也闹不清楚瓦莱雷克表舅在那里搞什么名堂……有那么个协会，专门殴打犹太人的……"

"你弄错了，安德热耶克，不要再提那些你不了解或者不明白的事情。"

"罗索维耶茨基先生说的。他就是在姨婆这里见习的那个人。我也不全懂。"

"你是因此而恨你表舅的吗？"弗兰齐舍克先生问，同时在小路上站住了。

“不，”安德热依说，他的眼睛忽然睁得异常大，“恨他还不能说，但我不喜欢他。我厌恶……这比恨还差一点吧？”

弗兰齐舍克感觉到了儿子的手在他手掌里颤抖。他清楚，这次谈话对儿子非常重要，即使单从谈话内容的“成熟”这一点看也是如此。但他苦于自己讲不清道理，他跟安德热依一样难受。

他们又在静默中走了一段路。安德热依似乎有点踌躇。

“爸爸，”他说，“他们不应取笑你。”

“取笑我？你怎么会有这样的想法？谁也没有取笑我。”

“你没有发现，但他们确实是取笑你。为什么？”

弗兰齐舍克先生的汗冒得越来越多了。

“呃，安德热耶克，你尽提一些没有意义的问题。不要再说了。瞧，多好看的一只蝴蝶飞走了……”

“一只大彩蝶。”安德热依慢慢悠悠地低声说。

戈翁贝克先生又看了他一眼。他看见安德热依的眼睛眯着，目光一直追随飞去的蝴蝶，接着，他突然把手从父亲的手里挣出来，高兴地喊了一声，追蝴蝶去了。他又成了一个普通的顽皮孩子了。

这一次，客人们在罗伊斯基家没有待多久，很快便纷纷告辞了。瓦莱雷克特别令人生厌，他放开大嗓门，唾沫横飞地讲个没完，大骂毕苏茨基和上校们的政府，傲慢无理地讲到他在谢德尔策建立的协会。罗伊斯卡太太郁郁不欢。客人们都走了，她和儿子单独留在空荡荡的客厅里。被客人们踩脏了的客厅里还残留着他们抽烟的烟雾。这时，她又体验到多年来她跟小儿子在一起时总是伴随着她的那种感情——他的思想和心灵无可挽回地离她愈来愈远了。她总觉得，瓦莱雷克像水一样从她指缝里漏下去了。最后她自己也弄不明白怎么开了口。

“你知道，”她说，“从你的长相上看，你也不该宣传排犹口号。”

“我的长相？为什么？”他问道，继续在客厅里踱步，显然心里想着别的事情。

“看看你外公，我父亲的相片吧，”她指了指挂在客厅墙壁显著地位上的老罗伊斯基像下方的一张照片，这是敖德萨的那个奥帕纳斯过去给她送来的（我可怜的父亲……[①]），“你跟他像极了。你的脸是犹太型的。”

瓦莱雷克大笑起来。

“妈妈真想得出来。我奶奶娘家姓雅克斯玛尼茨卡，因此我们有阿尔明尼亚或鞑靼人的血统。我的脸是东方型的……格鲁吉亚型的。”

“当然，也可以这样设想，在不知内情的地方，人们肯定也是这样想的……”

瓦莱雷克走到母亲对面，在客厅的另一头，猛地站住了。

“不知道，不知道什么内情？”

“我正想提醒你一句，你那种讲法在这里，在谢德尔策听起来挺可笑。在乌克兰，没有人知道，你可以信口开河，但这里的人是知道的。这里有人记得我的父亲……”

“那有什么了不起？”瓦莱雷克说，但他有些惴惴不安，朝母亲逼近了两步。

“他们知道我父亲的血统。”罗伊斯卡太太平静地说，直视着瓦莱雷克的眼睛。她觉得自己还有力量。

“我们的外祖父姓卡利诺夫斯基。这是个辉煌的姓氏，黑特曼[②]的姓氏。”

“这是不错，但也有姓卡利诺夫斯基的犹太人。”

“妈妈别开玩笑了吧。”瓦莱雷克说，又走动了起来。

---

① 原文是法文。

② 在 16 及 17 世纪时，波兰军队的统帅称为黑特曼，这里是泛指贵族的姓氏。

“我不是开玩笑，”罗伊斯卡太太异常镇静地说，“我父亲是犹太人，这一点大家都知道，所以我请你不要当着本地人的面胡说一通，否则别人会指你的脊梁骨的……”

瓦莱雷克走到客厅的一角站住了，他手扶着肖邦坐过的那张安乐椅的靠背。光线已经照不到那个地方，爱韦琳娜太太看不清他的脸。只听到从那角落里传来一种压抑的声音：

“妈妈在说些什么？请妈妈别说了。”

“谢德尔策的人都记得，大家都记忆犹新，我的父亲是本地教堂唱诗班领唱的儿子，是个制革工人……是从波多莱的卡利诺夫卡来的……他跟一个叫索科沃夫斯基的医生的女儿从谢德尔策私奔到敖德萨。这是很久以前的事了。但人们不会忘记。我父亲以后在敖德萨和哈尔科夫附近开设了制革厂。我们姐妹两个都像母亲，虽然长相不一样，但都没有犹太人的特征。这种特征在你们这一代身上出现了……约齐奥完全没有，他像祖父罗伊斯基，但是你和海伦娜有……再看看奥拉的孩子。安特克具有明显的犹太人的特征……”

瓦莱雷克在安乐椅上坐了下来，用双手捂住脸。

“妈妈别说了，”他反复地说，“妈妈别说了。”

“你知道，亲爱的，你也许明白吧，这对我没有任何意义。但是我要求你注意分寸……”

“可我过去一点儿也不知道。”

“原谅我，这是我的疏忽。我早该告诉你的，我以为你会从仆役、同学那里听到的，像你听到许多旁的事那样，其实那些事你倒是知道得太多太早了。怪我没有抓紧，现在你再这样下去是不行的……”

“大家都知道吗？”瓦莱雷克嗄声问。

“大概都知道。波兰人对这类事情是不会忘记的……我爸爸是个德高望重的人。他做生意当然要赚钱，但从来是童叟无欺……”

“爱韦琳娜·罗伊斯卡太太……”瓦莱雷克说。

“娘家姓卡利诺夫斯基。”母亲微笑着说，“但不是当统帅的卡利诺夫斯基。”

“你们是什么时候买下普斯泰翁基的？”

“我父亲那时想给我在故乡附近买一块地产。在乌克兰，犹太人是不准买土地的。”

瓦莱雷克猛地从椅子上站起来。

“别吭声了！”他简单而生硬地说。

罗伊斯卡太太愕然地瞥了他一眼。

瓦莱雷克朝母亲走了过来，这时她才发现他脸色大变。他满面通红，像昨天寻皮鞭要打安德热依时那样。太阳穴和秀美的脖梗上的青筋都鼓起来了，像是要爆裂。他一步步地慢慢向她逼近，双手颤抖着，抽搐地举到领口两边，向她伸过来。她站起身。

“瓦莱雷克，”她说，“你怎么啦？”

他突然走到她身旁，一举手把她推回到安乐椅上。他那张变了形的脸俯向她，圆睁的双眼死盯着她，一字一句有板有眼地说：

“假如妈妈对任何人讲起这件事，假如妈妈再对我提起它，我就要杀人，你懂吗，妈妈，像宰狗一样……”

罗伊斯卡太太镇定地从椅子上站起来。

“你发疯了！”她说，“其实大家都已知道了。”

但瓦莱雷克没有听她的话。双手摸到了领口，用力一扯，撕破了衬衣。

“我要杀人，我要亲手杀人。”他转着圈地说。

罗伊斯卡太太退到椅子后面，突然大声喊道：

“滚开，你这个不肖的东西！……滚！”

瓦莱雷克站住了，像中了枪弹一样唰地转过身子，急步走了出去，他身后的门"砰"的一声关上了。还可以听到他从窗下沙砾地上走过的脚步声，然后那声音在园林里的林荫路上消失了。

四

森林后边的佩特雷博雷教堂是普斯泰翁基的教区教堂，离庄园约三公里远。上教堂的时候大家不是骑马就是坐轻便马车或大车，而戈翁贝克家的两个男孩则是穿过森林跑过去的。他们每天都去，而且是一大早就去。当地的教士罗马瓦神父教他们当做弥撒时的助手。做早弥撒的时候总是期待他们来。因此他们每天一早就跑去上教堂，有时是分头去，如果有什么事（譬如说，在池塘里捕虾或跟牧童们一起在院子里赶鸽）使哪一个在家里耽搁了的话。安德热依非常喜爱清晨的这场跑步。园林、森林都很宁静，像是在向他微笑。草上闪光的露水打湿了他骨瘦如柴的光脚穿着的便鞋。他这双瘦得出奇的脚后来在教堂里从短小的助祭法衣下滑稽地露了出来。这件法衣的下摆还镶了教堂看门人的妻子用钩针钩的花边。只有安特克笑话他，安德热依对自己的脚是肥是瘦倒满不在乎。教堂里的一个钟头完全是在孩提的虔诚中度过的。简陋的小教堂里的神秘的寂静使他心醉神迷。有时还来几个别的男孩：教堂看门人的外甥奥莱克，当地女裁缝的弟弟阿卢尼奥，以及大个子斯泰凡——他对祈祷仪式、弥撒、领圣餐等宗教仪式都很懂行。斯泰凡脸上有个疤，戈翁贝克家的两个孩子，尤其是安特克对他的行为十分钦慕。安特克和这些孩子们在教堂周围嬉戏耍闹，甚至在法衣圣器室里也不守规矩。安德热依虽然崇拜哥哥，赞同他的所作所为，但对他在法衣圣器室的行为也觉得不妥。从此他对哥哥的盲目尊敬开始消失，尽管对哥哥的骨肉之爱还很深，对他的崇拜却减退了不少。安特克特别喜欢同斯泰凡一起淘气。斯泰凡同他经常在教堂周围追逐，一把抓住他，拧他的皮肉，卡他的脖子，安特克则半开玩笑半认真地大叫大嚷，破口大骂。有一次，他也把斯泰凡整得死去活来。他们有时在圣坛前还继续打闹。安特克摇奉献铃的时候，斯泰凡便想方设法使他出错；在神父正要从圣坛上转过身来之前，斯泰凡给安特克做个鬼脸，这样神父抬起双手的时候就只看见安特克笑歪了的脸以及大个子助手一本正经的神情。安德热依总学不会摇铃，别人也不要他摇。他只是递递祈祷书。当大家都在寂静地做弥撒、蹩脚的管风琴师也停止了弹奏的时候，他常常去倾听窗外燕子的呢喃，以致忘了自己该做的事。直到斯泰凡使劲地去拽他脑后的头发，他才想起是该把祈祷书从"新约"翻到"使徒传"的时候了。

在这个时期安德热依开始知道些家里的事情了。这大概是由于他特别敏感。而安特克对不涉及自己的事就根本不去思索，甚至视而不见，尽管这些事明明存在，甚至发展到了很激烈、一触即发的程度。安德热依洞察到：妈妈不喜欢这个家，对爱韦琳娜姨妈也不十分信任，在妈妈同几乎是把她抚养成人的她的姨妈的关系中有一条深刻的裂痕。妈妈有时也去看望她姨妈，但整个夏天至多也不过是一次，而且从来不跟爸爸一起去。就连爸爸的姐姐——科谢可娃姑妈到罗伊斯卡太太家去的次数也比妈妈多。安德热依很爱自己的教母，科谢可娃姑妈，每逢她来他都很高兴。科谢可娃姑妈给"小鬼"（她是这样叫安德热依的）的礼物总是很奇特的，尽是他意想不到的东西，因而更使他喜爱。譬如说，她会从一个大提包里掏出椰子肉，或者一盒极为复杂的益智玩具，或是一副两岁小孩玩的积木（安德热伊心里非常喜欢这些积木），有时她会从衣袋里掏出一个娃娃，黑人或中国人。安德热依不好意思玩娃娃，安特克也拼命戏弄他，并吓唬他说要去告诉斯泰凡，于是娃娃马上就转归海伦娜所有。但是安德热依很长时间仍然把它看作是自己的，每天早上都要问妹妹：

“你把我的中国人放在哪儿了?”

科谢可娃姑妈虽说在布拉格区只有一所小住宅，但她开了一爿家具店，她是个朴实的女人，在普斯泰翁基一点儿也不拘束，在整个农庄里随便走来走去。她去看了下人住的房子，然后对罗伊斯卡太太说：

“您怎么能让那些人住在如此肮脏的地方?”

罗伊斯卡太太耸耸肩。

“我有什么办法？下人的屋子是每月都粉刷的……”

孩子们都管罗伊斯卡太太叫姨婆。姨婆是从来不到下房去的，她只是把管家科兹沃夫斯基或见习工罗索维耶茨基叫来，说：

“科谢可娃太太说，下人的房子非常脏……”

对此科兹沃夫斯基先生和罗索维耶茨基先生总是回答：

“科谢可娃太太真爱管闲事!”

妈妈在普斯泰翁基总是显得局促。她穿得比在华沙讲究，还戴首饰。孩子们非常不喜欢她这个样子，都说“妈妈打扮起来了”，他们觉得妈妈这样不如在家里好看，也不如在家里可亲。安德热依根本弄不明白，妈妈为什么在普斯泰翁基是另一种样子，心想妈妈在这里一定感到不快。有时他还想，妈妈也许压根儿就不愉快。在他独自到佩特雷博雷去的路上，或在园林里无目的地闲逛的时候，心里老是琢磨这个问题。他在园林里漫步的时候，往往要拔一些野悬钩子枝条，或是采集一些鲜花，偷偷送到那个圆形庙里约齐奥的墓碑上。他越是不喜欢瓦莱雷克表舅，越是对人们谈到约齐奥表舅的一切都深感兴趣。约齐奥表舅是跟妈妈一起长大的，比妈妈大一点儿，妈妈谈起他的时候，总带着微笑，罗伊斯卡太太很少提起他，但一提起他，她的眼睛里也射出光辉。在客厅的一个五斗橱上，放着一张用天蓝色绒布镶边的照片，这就是身穿军服的约齐奥表舅。他那张圆圆的、不太匀称的宽脸上有一对明亮的大眼睛。在旁边没有人的时候，安德热依总要仔细端详这张照片。有一次，画家亨利·安托涅夫斯基先生来给罗伊斯卡太太画像。吃晚饭的时候，女主人不在座，他讲了卡涅夫战役和约齐奥的牺牲情景。安德热依听得目瞪口呆，米哈霞姨妈说：

“感谢上帝，可怕的日子已经过去了！”在座的人都宽慰地吐了一口气，说卡涅夫战役不会再重演了，年轻人能够上学，工作，恋爱，而不用再拿枪打人了。

于是安德热依只要一采集了野花，就编成一个漂亮的花环，安放在西比尔圆形庙中央红大理石的墓碑上，那墓碑上面写着：约瑟夫·罗伊斯基（1898—1918）。他到庙里去总是尽量不让人看见，因而他拿着花去谒表舅的墓也就具有一种神秘感。他小心翼翼地打开那道通向庙宇的精巧的小门（要打开这扇门必须先按门中央的一朵铁葵花），匆匆把花放在墓碑上，转身就走了出去。在这里来不及祈祷，他一般便在佩特雷博雷教堂为表舅的灵魂祈祷，同时也为妈妈、爸爸、姥姥祈祷。教堂里的寂静，窗外的燕语，教堂周围槲树和椴树的沙沙声，都促使他思念那些开创了他安德热依·戈翁贝克的生活世界的死去的和活着的人们。

五

雅努什的财务仍由舒什凯维奇先生管理，而舒什凯维奇又逐渐把某些买卖和次要的事务交给自己的外甥亚当·温茨基（或者像他的名片上印的：亚当·普热比亚-温茨基）去处理。普热比亚-温茨基是高等农业学校的学生，二十几岁，放荡不羁。他是格罗德诺①人，瓦茨瓦夫·舒什凯维奇先生也是那里的人，在年轻时代他跟艾丽查·奥若什

① 立陶宛城市名，第二次世界大战前属波兰。

科娃[1]家里还有过交往；亚当的母亲不久前搬到比亚威斯托克，开了一家裁缝店。亚当的姐夫戈尔德曼是一个富有的建筑师，因此他得以结识华沙的一些富翁，逐步代替舅父管理有钱有势的人的证券和财产。

雅努什的全部财产除了科莫鲁夫之外，还有一些有价证券，即城乡信贷商行的期票共约四十万兹罗提以及基辅商行的期票。虽然从里加和约[2]以后一直在进行谈判，但国家银行既不接受基辅的期票，也没有把票面金额退回。华沙期票有六分或六分五的年利。每个季度舒什凯维奇都带雅努什到商业银行的地下保险库去一次。同熟人在这里相遇就像在妓院邂逅一样感到难为情。他们把自己关在一个小房间里，拿出装满蓝色和粉红色证券的铁盒子，用大剪刀剪息票。纸很硬，他们还把好几张证券叠在一起剪，所以剪起来很费劲。每次剪完息票之后，舒什凯维奇总是抱怨双手累得酸疼。此外，舒什凯维奇先生还要浏览中彩证券的长串通告。如果雅努什的哪一张证券中了彩，他可就乐坏了，马上用中彩的那笔奖金买新的证券，有时也买利尔波普、雅布乌科夫斯基兄弟的或诺尔布林的股票，但这种情况很少。他们把息票交给出纳处，几个钟头之后雅努什的衣袋里就揣着一笔不小的数目走出银行。这笔钱足够他用到下次再来光顾这银行地下室的时候，因为他花费很少，何况从科莫鲁夫也能得到收入。

但是在一九三〇年前后，息票的收入就开始靠不住了。使舒什凯维奇先生大为发愁的是，息票先是要提前数天，之后又要提前几个月交验，最后是利率降低。这自然是以议会通过的法令为依据，但舒什凯维奇先生怎么也接受不了。

过去雅努什和舒什凯维奇先生从银行取了钱出来，总要到路尔丝

① 艾丽查·奥若什科娃（1841—1910），波兰19世纪著名现实主义作家。

② 指苏维埃俄国和波兰于1921年3月18日在里加签订的和约。

咖啡馆去喝一杯咖啡，并在那里同舒什凯维奇太太——从前的波特洛斯小姐会面。她每次都喝一杯巧克力茶，吃两块点心：一块是上面嵌有核桃仁的蛋糕；一块是上面撒了焦糖，里面包着黄色奶油的圆蛋糕。钱自然是由雅努什付。

利率降低以后，舒什凯维奇太太很客气地不来吃巧克力了，尽管雅努什对她丈夫提过好几次。

舒什凯维奇先生干了一辈子的证券买卖，以及替别人和自己把钱存入银行的活计，现在证券持有人的收入被单方面地大大降低，他思想上怎么也接受不了。

“这像什么话，亲爱的伯爵，”他对雅努什说，“一个什么财政部长一下子砍掉了人家多年来稳定的收入。证券上白纸黑字地写着按‘八分’，或‘七分半’付息，怎么能只付三分或四分呢？这简直是抢劫，是革命！”

雅努什微微一笑。

“抢劫大概不至于，但革命倒是真的！”

舒什凯维奇先生捋捋自己的白胡子，一会儿抱怨这，一会儿咒骂那，但压根儿没触及危机产生的原因，尽管危机对雅努什的收入，还有对他自己的收入都带来了很大的影响。雅努什竭力把谈话引到个人问题上去，因为他知道，对这个老人什么也说不清楚，何况他自己也是一知半解。

“瓦茨瓦夫先生，新婚愉快吧？”他说，开玩笑地摸了摸这位交易所老行家浆硬的袖口。

“谢天谢地，我很满意。您根本想不到波特洛斯小姐是个多节俭的人。现在我们两个人花的钱比过去我一个人的开销还要少。我以前那个老伴伊格纳佐娃显然骗了我不少钱！”

波特洛斯与舒什凯维奇这对新婚夫妇果真是在节约上下功夫。虽然战争把他们一九一四年以前的积蓄都搞光了，但他们从未停止过新的努力。波特洛斯小姐在比林斯卡家和其他大贵族家当家庭女教师时积了一笔可观的钱，她用这笔钱在比亚瓦·柴凯夫城[①]买了一幢房子；她还有过奥尔洛夫斯克-卡姆斯基银行和莫佐奇糖厂的股票，但革命把这一切都毁之殆尽。她从寄予厚望的安娜公爵夫人的遗产中只得到一副“钻石小耳环”，还郑重其事地把它寄存在华沙储蓄银行的保险库里。舒什凯维奇先生当年想的也很有道理：战争刚开始时，他把所有的证券、股票和值钱的东西都变成黄金，然后把这些黄金、卢布和美元带出华沙，因为他对首都不放心，一九一四年秋天华沙受到威胁，第二年即落入德国人手中。他把这些东西带到了莫斯科，存入里昂信贷银行的分行——他的盘算应该说是正确的，却不料革命政府连外国银行的资本也没收了。舒什凯维奇回到华沙之后，马上就着手重新攒钱。没有钱他是活不下去的。他像一只蜜蜂，当它的一部分蜜被取走之后，马上又开始采集新蜜。现在，当他为自己、为梅申斯基、为比林斯卡又收集了一批证券的时候，危机使他猝不及防，惶恐万分。国家采取的措施把他的私人收入削减了差不多一半！太不像话了。

舒什凯维奇太太以更富于哲理的态度对待命运的反复无常，许多豪门大户，如比林斯基们，勃兰尼茨基们，拉齐维乌们不也都土崩瓦解了吗？她在比亚瓦·柴凯夫的房子不会比整个亚历山大城[②]还要大吧！当然在家里日子得节俭些，于是便取消了午饭后的黑咖啡，瓦茨瓦夫先生每天早上只能喝一杯放糖的茶，第二杯茶就不能再放糖了。

他们住在弗斯普尔纳街，两间带厨房的一套房子，厨房是朝庭院的。厨房里挂着一个金丝雀笼，舒什凯维奇太太嫌它太贵，一天她到

---

① 在乌克兰。

② 指亚历山大市，在埃及，16 世纪土耳其占领下一度衰落。

三十字广场的鸟店里把金丝雀卖掉了。但她对于自己的那只哈巴狗卡罗却下不了这个决心。这只狗是大约二十年前老比林斯基先生送给她的。卡罗又肥又笨，能吃能喝，身上臭气难闻，晚上鼾声大作，但昔日的波特洛斯小姐舍不得扔掉它。

“你瞧，”[①] 她对丈夫说，“我还是一个老罗曼蒂克！”[②]

舒什凯维奇先生从这句话里猜到，他妻子跟老比林斯基之间有过某种浪漫的关系。但是，要追究那种遥远的、对谁都没有意义的事，现在既不是时候，也没有那个兴致。夫妻二人整日价平静而有节奏地奔忙于窗明几净的家庭和交易所以及银行地下室之间。

只有偶尔来访的亚当·普热比亚-温茨基才给弗斯普尔纳街上的这套住宅带来一些生气。他来得很少，但一来就坐很久，毕恭毕敬地听着舒什凯维奇先生的高谈阔论。舅父向他吐露了老公爵夫人安娜·比林斯卡的财产状况或米科瓦依·波托茨基[③]的巴黎的继承人得了什么股票（如苏伊士运河的股票）等等。这个年轻人听到股票、交易和投标这些词儿，眼睛都发亮了。罗特席尔德[④]和捷列什琴科家族[⑤]巨大财富的开创人的业绩使他敬佩得五体投地。他很晚才告辞出来，出门之前，舅父往往瞒着舅母塞给他几个兹罗提，然后他长久地踯躅在华沙灯火辉煌的街道上，脑子里想入非非。从舅父那里继承来的节俭的美德，同想模仿波托茨基家族的古齐奥[⑥]或雅罗斯瓦夫[⑦]的欲望在他心里搏斗

---

① 原文是法文。

② 原文是法文。

③ 波托茨基家族是波兰著名的豪门贵族。米科瓦依·波托茨基曾任波兰军队统帅，镇压过17世纪下半叶在乌克兰发生的农民起义。

④ 罗特席尔德（1748—1812），著名的犹太银行家。

⑤ 捷列什琴科是俄国著名大富翁。

⑥ 古齐奥即古斯塔夫·波托茨基，米科瓦依的后裔。

⑦ 雅罗斯瓦夫·波托茨基，米科瓦依的后裔。

着。有时他还下小酒馆跟高等农业学校的同学聚会。他逐渐学会了从舅父那里讨几个酒钱，同时也学会了跟那些地主家庭出身的、衣冠楚楚的民族主义学生会会员们厮混。那些人根本不把他那个姓氏“普热比亚”放在眼里。

舒什凯维奇先生发现，四年前梅申斯基从巴黎回来之后，在科莫鲁夫待的时间越来越长了，经常整月整月地不在华沙和布拉茨卡街的府邸露面。舒什凯维奇想把雅努什对农村幽居生活的依恋变为有所作为的开端。首先，科莫鲁夫不再租给别人种了。一九三〇年秋天，舒什凯维奇同雅努什商量好了后，决定出售一部分贬值的证券，用这笔钱买一辆载重汽车，在科莫鲁夫建一座玻璃暖房和一个温床，扩大果园，种植甜樱桃和普通樱桃，以增加农庄的收入。雅努什决定在科莫鲁夫长住，用剩下的钱整修一下房子。玛莉亚·比林斯卡在同兄弟分手的时候动了感情，把自己的一辆旧轿车送给了他。

亚当·温茨基对科莫鲁夫的事务越来越关心，虽然他住在华沙，但经常到农庄来看看。科莫鲁夫离华沙约四十五公里，到首都只要一个钟头。一九三一年早春时候，雅努什终于在科莫鲁夫定居。眼下他觉得这里的生活即便不能说是幸福的，至少也可以说是安稳的了。

六

春天与孤寂对雅努什起了镇静作用，甚至可以说麻醉作用。他睡得很早，在漫长的白昼还没有结束时就睡下了，清晨醒来时精神爽快。他读完昨天的报纸后，就走到庭院。在谷仓后面的南边现在是一大片樱桃林，一棵棵幼树用绳子捆在木杆儿上，构成一个像英国方格毛毯那样的方格图案。果园前面是白色铁桁架支起的新暖房，它一侧朝南，温床就在入口处。这里是新来的大胡子园丁菲比赫先生的王国。

菲比赫先生从一月份起就在这里工作，因此，在暖房旁边的苗圃很平整，暖房后面不远，有两个土堆：一堆是肥土，另一堆是肥料，像火山一样冒着烟。

三月份的一个清晨，高高的白云在天空迅疾地飘浮，白云之间的天空看起来也像北方的海洋一样白茫茫的。雅努什心情舒畅地走进了果园。两个穿着工作服的工人在给幼树喷水。暖房前面，米耶特克·科齐克在砍干树枝，用它来为暖房生火。当雅努什走进玻璃房的时候，一股泥土和植物的热气异常强烈地迎面扑来。墙跟前的一排绿油油的西红柿秧已经长得很高了。菲比赫先生坐在温床旁边，把肉眼几乎看不见的秋海棠幼苗从一个木箱移植到另一个木箱里去。菲比赫先生打算把鲜花和早茬蔬菜作为科莫鲁夫园艺业的基础。在温床的台子下面的细沙里，可以看到大丽花的大根茎，已长出了淡绿色的嫩芽。米耶特克的妹妹，俊俏的海尔恰正在台子下忙着，把大丽花的嫩芽剪下来，栽在花盆里，再把花盆端进暖房。暖房里大桌子上已经摆满了供观赏用的朱蕉、秋海棠和菟葵。

菲比赫先生一见雅努什就停下了工作，手里拿着一根头上削尖的木棒，笑着对他说道：

“您看吧，秋天我们该有多美的鲜花！”

他放下木棒，给雅努什看放在一张小纸头上的美人蕉的种子。这是一些油黑发亮的小圆点，长着像尾巴一样的毛茸茸橘黄色的嫩芽。

“这是我们养的花中最奇特的花，”园丁说，“它长得像鸟头。”

雅努什无言地望着那些奇怪的种子。

“您知道，这种花行市很好。”

“噢。”梅申斯基不大相信地含糊地应了一声。科齐克的妹妹从台子下望了他一眼。她还在那里给大丽花修芽。

这时米耶特克走进来说，有位太太要见雅努什。雅努什大为诧异，科莫鲁夫差不多是一个与世隔绝的地方，会有什么人来拜访呢？他吩咐请那位太太进来，自己走进暖房，那里现在没有人。

一个瘦小的女人走了过来，雅努什开头竟认不出她是谁来。来人向他伸出手，悲戚地、很不好意思地微笑着。

“您不认识我了吗？这也不奇怪，我们十年没有见面了，甚至不止十年。我是兹戈热尔斯卡。”

雅努什觉得很尴尬。

“啊！是您！”他说，“我当然记得。您父亲怎样？”

“家父已经去世了。”佐霞·兹戈热尔斯卡说，从她的语调听起来仿佛父亲的死是几个钟头之前刚刚发生的事。后来她又补上了一句，“是六年前去世的。”

两人沉默了片刻。

“这暖房好漂亮呀，”佐霞向周围扫了一眼，突然开口说，“盖了许久吗？”

“刚盖不久，为秋天用的。”雅努什回答说，然后不再吭声，等着客人说话。

但佐霞靠在摆满观赏植物的桌子上，默默无言地用手抚弄着银灰色的秋海棠的光怪陆离的叶子。这种局面使雅努什气恼，在他买下科莫鲁夫的那个时候，佐霞就使他气恼。

“请问，您找我有什么事？”他相当冷淡地问。

佐霞凄楚地瞥了他一眼，她的目光就像今天的天空一样明澈晶亮。

“各种令人烦恼的事。”

“啊，”雅努什说，“什么令人烦恼的事？”

“您恐怕猜得着吧？您把我们坑苦了。”

“我？”梅申斯基猛地把手放在胸口上，他感到自己心脏跳动加快了。

“可不是！您用马克从我们手里买走了科莫鲁夫。几个月后，这些马克就一钱不值了。您一定很清楚吧？”

“科莫鲁夫可不是我买的。”雅努什脱口而出。

“您说什么呀，伯爵先生，”佐霞严峻地说，她的眼里闪耀着冷峻的光，“科莫鲁夫不是您买的？谁签的公证书？”

雅努什明白自己说了傻话。

“那当然。不，我不是说……”

“您用马克买了我们的科莫鲁夫，几个月后，我父亲用那笔钱只买了两个金戒指，仅此而已。”

她悻悻地看着他，表情严峻。雅努什满面羞惭。

“佐霞小姐，”他说，“您还没有出嫁？”

“没有。”她回答。

“佐霞小姐，”他接着说，“这既没有我的过错，也没有什么阴谋……”

佐霞使劲地晃了晃脑袋。

“这里热得很，”她说，“还有一股气味。”

西红柿的嫩秧确实在散发出一种辛辣刺鼻的酸味，弥漫在潮湿而闷热的空气里。

“是的，”停了一会儿她又补了一句，“这里是没有您的过错，但我也不愿饿死。我没有工作……”

“您会做什么工作？”

“我会做什么工作？我会管理科莫鲁夫……不过现在我可能不会管理暖房和汽车……这原是我唯一会做的。我来是为了请求您接受我当您农庄的管家。”

她迟疑地看着他，脸红了。她的手机械地掰掉了放在观赏植物台上的文竹的嫩芽。他平静地把花盆推到一边。

“别把它弄坏了。”

他的这个动作把她征服了。两手下垂着，此刻她望着他，已经不像是要求补偿，而是一个有求于人的人了。

“请您想想，我到您这里来时的处境……这里的一切同十年前一模一样，只是多出了一个暖房……先生，希望您能理解……我单身一人，没有职业，而且也找不到职业，每到一个地方，人家都说，现在是危机时期，三言两语就把我打发走了……我注意着报纸上的招聘广告。家父什么也没有教会我，而您又像是不花一个大子儿就把科莫鲁夫从我们手里夺走了……”

雅努什哼了一声。

“就是这样，您得承认事实。”

雅努什怒火中烧。

“好，我承认，”他说，“我是故意欺负您，我拐走了您的科莫鲁夫，我把您弄穷了。您想怎么办?”

“我想得到补偿。”

“我无法在科莫鲁夫给您一个职位。”雅努什继续冷冰冰地说，“但是，如果我知道哪里要用人，我会通知您的。您的地址呢?”

“我住在克拉科夫。”

“您是特意到这里来的?”

“是的，用我最后的几个钱。”佐霞垂下眼皮轻声说。

“太妙了，”雅努什挖苦地说，“最后的几个钱为这发了疯的念头耗掉了！哪一条街?”

“住在萨尔瓦托尔区。冈蒂纳街二号。”

她眼里噙着热泪，雅努什的怜悯之心油然而生。

“您回克拉科夫去吧。车票多少钱一张?”

“十四个兹罗提七十五个格罗什。”

佐霞说到这个数字时，声音在打战。

“这是一百兹罗提，”雅努什交给她一张钞票，“您先回克拉科夫，有消息我就通知您。”

佐霞收下了钱，突然背过脸去，靠着秋海棠哭了起来。

“您别激动。”雅努什无动于衷地说，但他握住了这个年轻妇女的手。他觉得对她讲些没好气的话是一种愉快。“没有什么可哭的。”

“我知道没有什么可哭的。”佐霞忍住了眼泪说，但她的脸仍然背着雅努什，“我已经被弄得精疲力竭了。”

“我将竭力为您想办法。”雅努什说，声调柔和多了。

“那我走了。”佐霞低声说，心烦意乱地从旧手提包里掏出一块手帕擦眼泪。

“您是步行到这里来的吗?”雅努什问。

“是的。从索哈切夫走来的。”

“我叫人送您去。”

“不用了。”

雅努什不高兴地后退一步。

“我去吩咐人备马。”

“谢谢。我还是走着去好。”

她向他伸出手，他吻了吻。

“再见。”

“我送您走。”

“不，不用了。暖房里真热。西红柿什么时候可以收?”

“菲比赫先生说五月初。”

“噢，那时可以卖好价钱。”

“到时候再看吧。这还是头一年，试种的一年……尽管菲比赫先生种蔬菜水果很有经验。”

佐霞穿过暖房走到外面，这时她似乎才想起自己来这里是干什么的，她彬彬有礼地向雅努什点了点那戴着黑帽子的头，迅速地走过院落，上了通向索哈切夫的大路。雅努什想打开车库，但钥匙在家里。他回屋去了一趟，并叫来了司机费利克斯。汽车开动时已经过去一段时间了。在离科莫鲁夫约一公里处才追上了佐霞。路上很湿，佐霞的鞋袜都沾满了污泥。他几乎是把她硬拉上汽车的，但在路上她活跃起来了。他们谈论着天气。

汽车穿过这个小镇，一直开到火车站。到华沙的火车快来了。雅努什再次跟佐霞告了别，又向她要了地址，并记在笔记本上。他回到家里的时候，非但没有因为跟这个古怪的姑娘周旋浪费了时间而抱怨，反而情绪高涨。到暖房里帮菲比赫先生干活的时候，轻轻吹起了口哨。

“园艺能使人精神愉快，”菲比赫先生的话像是个警句，“不过您别忘了给那些嫩苗的花盆底上垫些好土。”

七

时间一年一年地过去了，玛莉亚·比林斯卡同卡齐米日·斯彼哈瓦之间的关系丝毫没有变化。同以前一样，斯彼哈瓦（他已调回部里工作）假装是住在斯莫尔纳街；同以前一样，他对这种局面感到不方便、不体面、不好。同以前一样，还得在仆人面前，也就是在自己面前装成另一种样子。对正式的妻子可以变心，但是对像比林斯卡这样的假妻子怎么能变心呢？要知道，把他们联系在一起的唯一的东西就是“爱情”呀。然而，多年以来把他们连在一起的不过是一种习惯而已。

阿罗才十三岁，要等他成年最起码还得八年！只有到阿罗满了二十一岁，他们才能考虑结婚。他们两个对此都很清楚，只是从来没有说破罢了。这种局面对卡齐米日来说，是个沉重的包袱。此外还有物质上的麻烦。在巴黎的时候，他得到的驻外机构的工资和补贴足够他使用。但在国内他只有一份微薄的薪金，而这复杂的生活方式却使他颇费花销。他从巴黎回到华沙的时候已经属于高级官员之列，这时高级官员们的生活方式已发生了很大的变化。虽是危机的年代，国家经济情况也很困难，他的同事们却都在拼命弄钱，挥金如土。他们纷纷购买别墅和破产地主的田庄还不算，更主要的是花天酒地，吃喝玩乐，打牌赌博，一掷千金。斯彼哈瓦从来就习惯于过节俭的生活，自己花钱不多。他父亲已经从火车站搬进了位于霍罗登卡附近的小农庄，经常来信要钱。对这些信自然可以置之不理。他在巴黎时甚至还攒了几个钱，像当时流行的那样，他也把这些钱买了名厂的股票，不过这些股票的价值一天不如一天了。他没有动用这些股票，尽管他已开始负债了。温茨基替他从犹太人那里借钱，这些钱也可能是舒什凯维奇自己的，他把钱借给外甥放高利贷。卡齐米日学会了打牌，输掉了不少钱。他从不玩巴卡拉和扑克，只同高级人士安安静静地玩桥牌，这使他花费特别多：每输一点得付五美元。有时他一次输得太多，当场付不出钱来，到第二天才给人送去，这使他非常难堪。但是，他从来没有想干脆不去打牌。这样，打牌就逐渐成了他每日的需要。玛莉亚不知道他这个癖好，或者说，这个习惯，因为斯彼哈瓦没有什么癖好，或者说，他极力表现出没有什么癖好。他每天晚上到福克萨尔街俱乐部[①]，经常打通宵。他赢了的时候，便欣赏自己对于输家的某种优越感，喜欢观察他们着急和越来越焦躁的神情。他自己输了的时候，从来不发急，而是越来越麻木，越来越冷漠。雅努什从他们共同的熟人

---

① 指当时波兰外交部的俱乐部。

和阿达希[①]·温茨基那里知道卡齐米日赌牌。他有一次还试着跟卡齐米日谈谈。但对方只是冷淡地开个玩笑把话题岔开了。这也是他们之间的关系更加冷淡的一个原因。斯彼哈瓦告诉雅努什他经常在“阿德利亚”遇到阿达希。

“他哪里来这么多钱挥霍?”卡齐米日问。

雅努什以为这是对他提到打牌一事的报复，只是一笑置之。布拉茨卡街那边的关系越来越难处了，如果不是为了阿罗和别夏多夫斯卡小姐，他根本就不想到那里去。他知道，阿罗是玛莉亚和卡齐米日结婚的主要障碍，他想对阿罗的教育加以关照。然而玛莉亚并没有把自己的怨尤加在儿子身上，她是一个无可指摘的母亲。斯彼哈瓦一如既往对小家伙极为冷淡，而且越来越冷淡。阿罗的全部财产由母亲和老舒什凯维奇精心保管，他成年之后将成为一个极富有的人。

到一九三一年，斯彼哈瓦的财产状况已经捉襟见肘了。春天他接到家里关于他小妹妹的令人不安的消息。写信的是他的大妹妹，家里唯一的一个给他写信的人，信里闪烁其词，于是他决定利用复活节的假期回家看看。十年前给父母买下了那个田庄以后，他就没有回过这个家了。这个田庄离老斯彼哈瓦当过扳道员的火车站太近，大家都没有忘掉他是个工人，因此没有人对他脱帽致敬，喊他“老爷”。这使老人非常烦恼。

老斯彼哈瓦已经年近古稀。他看到卡齐米日的小汽车驶到门前非常高兴，蹒跚地（像是有些瘸）穿过一个大房间出来迎接儿子。这个大房间是一家人的起居室，狗在这里跑来跑去，地板上摆着玩具和炊具——孩子们把筛子和捣土豆的钵子都搬来当了玩具。厨房就在这屋的隔壁，厨房的门从来不关，厨娘、妇女们以及这家里众多的婴儿的

---

① 亚当的昵称。

喧闹声都从敞开的门传进大房间。除了熬猪油的烟雾和味道外，房间里还充溢着刚洗过的床单的气味。这些床单就挂在厨房里的绳子上。

老斯彼哈瓦比儿子矮得多，小个子，圆圆的脑袋上盖满了苍苍白发。他一把抓住儿子的肩膀，几乎是踮起脚尖去亲他那刮得光光的脸颊，一边说道：

“呃，卡齐克，让我瞧瞧，你变成了什么样子。你已经是个华沙人了！没说的!”

他退后一步，仔细端详起自己的“华沙人”来。

卡齐米日看见父亲满头白发心里不由一动，同时又记起了父亲过去抽在他身上的鞭子和腰带。

“妈妈呢?”他问，“她身体好吗?”

“好，好。她到地窖里去了。你知道，复活节快到了，儿子又要回家，我们那些娘儿们都不知道该烤什么，炖什么好。我想这整个屋子装点心都装不下。”

卡齐米日没有脱下大衣就在房中央坐下了，两眼注视着父亲。而父亲却像只麻雀似的从房间这头跳到那一头。卡齐米日面带微笑，没有开口。

“呃，华沙情况怎么样?”父亲问，“那个毕苏茨基，他想干什么?他能对付得了你们那些捣乱分子吗?什么?还会有什么事?会打仗吗?”

“乡下总以为过两天就要打仗，”斯彼哈瓦微笑着说，“其实打仗不那么容易。”

“你在部里工作什么都知道，是不是?小兄弟，嗯?”

母亲走了进来，头发也全白了。她身材矮小，满脸皱纹，全身缩得像一只干瘪的蚕，只有那双黑色的大眼睛还在闪光：她的父亲是罗马尼亚人，有些人干脆说他是吉卜赛人。其实并非如此，因为我们这儿把所有的罗马尼亚人和匈牙利人都叫吉卜赛人。

母亲畏畏缩缩地走到儿子身边。他俯身去吻她的手时，她亲了亲他的头。她那畏葸的样子刺痛了卡齐米日的心。“妈妈怕我。”他想。母亲散乱的白发上裹着一条黑丝头巾。

“哎，让我也来欢迎儿子，”她说，“儿子有好久没有跨进这低门槛了。”

她的声音像天鹅绒般地柔软（“莫非外祖父果真是吉卜赛人?”卡齐米日想)，但蕴藏着执着和坚强的力量。

“不，妈妈完全不是畏葸。”卡齐米日惊奇地望着母亲，她那神态如同拉文那[①]壁画中的人物。他发现，父亲在房中央站住了，迟疑不安地望着妻子。

卡齐米日想打破这种不自然的气氛。

“妈妈，”他说，“妈妈这样对待我？对我这样客客气气?”

“那怎么办？你怎么对待我们，我们就怎样对待你。”母亲说，声调没有变化。她望着卡齐米日，眼睛里仍然闪烁着嘲弄的火花。老斯彼哈瓦出来打圆场：

“你在说些什么呀，弗拉尼亚，别说了！别说了！妹妹们呢？松卡，萨比娜，你们不来欢迎哥哥?”

“我们在这儿，”一个年轻的声音在厨房里说，“我们身上脏，还穿着围裙，不好出来。”

卡齐米日大步流星地走进厨房。两个妹妹都站在灶台跟前：一个是高大、健壮的松卡，她很美，那副面庞像是大理石雕塑的；一个是年纪更小的萨比娜，她更为婀娜、活泼，但缺少松卡的那种古典美。她们的年龄比卡齐米日小得多。在他和妹妹之间本来还有三个兄弟，

---

① 意大利文化古城。

但都夭折了，其中一个长到了十二岁，是卡齐米日童年的伙伴。弟弟的死，是他少年时期记得最清楚的事情之一。他同妹妹们亲热地打过招呼，松卡脸上的表情平静而冷漠。萨比娜则显得很高兴。

“卡齐米日，你饿了吧?”她问。

“可不，我想吃点什么，真想吃点什么。有什么可吃的吗?”

“够你吃一顿正餐!”松卡的嗓音比母亲的还要低，像大提琴的声音那样柔和，“不过都是素的，因为今天是濯足节。”

“有鱼吗?”卡齐奥问，向锅里望了一眼。

“没有。这里没有鱼。”萨比娜说，“有奶酪馅薄饼，奶油，白菜饺子，红菜汤。坐到桌旁吃吧。”

他们走进了那个大房间。

“你们收拾一下这个屋子吧，”老斯彼哈瓦说，“满地都是玩具。斯塔希和尤雷克扔在这儿，就没有人管了……”

“孩子们呢?”卡齐米日问，但谁也没有回答。家人彼此犹疑地交换了个眼色，接着便谈起饭食来。

“卡齐米日先生一定对我们的饭食不习惯了。”母亲说，显然是想刺刺儿子。

“妈妈干吗这么说呢?”卡齐奥连忙说。

但是，家里看来没有人高兴回答卡齐奥的问话。卡齐米日从妹妹手里接过了盘子，盘里放着浇了黄油和奶油的薄饼。他拿起了以前熟悉的黑柄刀叉，一声不吭地吃起来。松卡到厨房去了，父亲朝儿子俯过身来，眼睛示意地看了看女儿，机密地说：

“现在什么也别问，等会儿我都告诉你。我们正希望你能回来。”

“萨比娜好像要出嫁?”卡齐米日还是忍不住问了。这句话显然问得不是时候，萨比娜满脸通红，母亲瞟了她一眼，慢声慢气地说：

“出嫁不出嫁，还不一定。”

“一切都要在节日期间定下来，”老头子连忙加上一句，“这个节一定要过得很棒！同我们的华沙来的卡齐米日先生在一起……”

他大笑起来，突然俯下身来在儿子的肘上亲了一下。

这个节日对于卡齐米日来说的确很特别。节前还要去看望祖父母。祖父母住在另一所小房子里，里面有面包房、下房和厨房。有一条狭长阴暗的过道把这所小房子和正屋连接起来。过道的末端通向门厅，门是敞着的，从那里飘来一股发面的酸味。右边就是祖父母的小房间。窗户上拉上了窗帘，祖父坐在一张旧安乐椅上抽烟斗，祖母在屋子里走来走去地收拾。祖父已是老态龙钟，不过他一眼就认出了卡齐米日，然后他转着圈地说着同一句话：

“嗬，嗬，卡齐克，你记得我们在索沃夫尤夫卡森林旁边一起耕地吗？你记得我们在一起耕地吗？”

卡齐米日回答说：

“记得，爷爷。”

老人又问：

“你记得我们在索沃夫尤夫卡一起耕地吗？”

祖母不耐烦了。

“住嘴吧，老头子，你自个儿都不知道问的是什么。让我来瞧瞧我的卡齐奥。”

她在桌旁坐下，用手支着下巴，温情地望着孙子。她这样默不作声地坐了好一会儿才问道：

“你做祷告吗？”

“做的，奶奶。”斯彼哈瓦说，他顺嘴撒了个谎。

“每天都做吗？”老太太再一次严肃地问。

“每天，奶奶。”

“呶，要记住啊！”老太太用指头点了点他。

他看了看墙上，看到床上方和附近的墙上挂了各式各样的圣像：拉蒂克的圣母像、博霍罗德的圣母像、瓦格夫尼基的圣徒家族像、一幅极为精致的圣徒米哈依版画以及集市上出售的那种复印油画。很久以前，还在索沃夫尤夫卡的时候，他就熟悉这些总是挂在祖父母房里墙上的画了。房间里还有一个带布谷鸟的座钟。

“布谷鸟还鸣叫吗？”他问。

祖母没有听清。

“什么？”她问，“什么？”

“那只布谷鸟还鸣叫吗？”他重问一遍。

“不叫了，”祖母伤心地摇摇头，“不叫了，什么地方坏了。”

回家的第三天，即复活节前的星期六，他收到玛莉亚·比林斯卡的一封信。两页信纸上稀稀落落地写着几行贵族体的字：

“……我很羡慕您在亲人之间度过的日子，我觉得他们都是朴实而明理的人……”①

直到节日的第二天，卡齐米日已经喝惯了各种各样的带酒精的果汁饮料，饱餐了带辣根的奶猪肉，品尝了四十多种节日点心，吃足了带有扁桃和蔷薇花瓣果子酱的煎奶渣饼，这才开始触及招他回家的那些家务事。那天母亲带着两个妹妹上教堂去了。父亲很机敏地，由远及近地向他提一些问题。父子二人坐在一张大桌子旁边，桌上铺着青、红两色条纹的台布。父亲一早起来就喝开了樱桃酒，并给儿子斟了一杯又一杯。卡齐米日的海量是有名的，可以不停地喝，在军队里这样喝过多次，五月政变之后也再一次证实过他的酒量惊人。因此，他现在比父亲要清醒得多。他完全明白，父亲想要说的是什么。事情说来也很简单：年老的双亲需要钱。田庄本来就经营得不怎么好，而现在

① 原文是法文。

农产品价格又猛跌，他们欠下了财政局一大笔钱，不得已时要拍卖奶牛。其次是要给松卡办理离婚手续，给她一笔钱，使她能独立生活。她的丈夫是邻近农庄的一个酿酒人，对她十分凶狠，把她的孩子也夺走了。

“他怎么能把孩子夺走呢?”卡齐米日问。

“唉，就是夺走了嘛，他说，过错在松卡这方面。他大概是听说了什么，不过他自己也弄不清楚……”

“松卡怎么啦?”

“她有个朋友，是萨诺克附近的一个佃户，你懂吗？夏天她在他那里住过。因此她男人很生气，把孩子带走了。我也弄不清，也许不是那么回事?”

“松卡在他那里住过吗?”

“对，住过，那一位也是结了婚的。哼，有什么办法？那人的老婆叫唤要打死松卡。我什么也不知道……喝吧，卡齐克，这樱桃酒在地窖里放了八年，专门等你的。”

“现在怎么办?”

“谁知道？松卡整天哭哭啼啼的，说孩子被夺走了，到萨诺克的那个人那里去又不行……你母亲，你知道，像所有的母亲那样，只会顺着她。祖母抱怨她不知羞耻，亵渎神明，还说她给你丢了面子，说她给在华沙的你添麻烦。”

“松卡在萨诺克行为放荡，会给我在华沙添什么麻烦?”

“你认为她行为放荡吗?”

“既然她上他那里去，并在那里住下。”

“但是，我告诉你，他是结了婚的。他是和老婆在一起，有老婆看着他哩。”

“我完全搞糊涂了。”卡齐米日耸了耸肩。

“我也不大明白。”老头子摇了摇他那圆圆的、头发剪得很短的头。

“萨比娜呢?”

“她的对象不怎么样，是小镇上的土地测量员。你母亲说，不把女儿嫁给他，但我觉得已经太迟了。”

“怎么‘太迟了’?”卡齐米日的身子向后一仰，又喝了一大瓷杯樱桃酒。

“嗯，就是必须把女儿嫁给他。但这个土地测量员要嫁妆，因为他要钱修缮他在镇上的房子。他说，如果没有嫁妆他就不娶她。又是一件丑事。奶奶说……”

“这关奶奶什么事?”

“奶奶什么都知道。我们家里算她最有头脑。这你也知道。妈妈有了什么念头，你就是用大炮也轰不掉。”

“嗯，我知道。怎么办呢?”

“要花钱。如果没有钱，那就他妈的把整个巴拉努夫卡田庄卖了!然后他妈的搬到小镇上去住。我们不会经营这个田庄……你有钱吗?”老头子直截了当地问。

“我?我哪里来的钱?”卡齐米日说，“我的薪资微薄，在巴黎存了一点儿钱，但微不足道。解决不了这些问题……”

“你瞧，即便逼得人跳河，没有钱——也没有命。”

“我从哪里去给您弄钱啊?”斯彼哈瓦说着从桌旁站了起来，“我为你们做了我能做的一切。”

他站住了，透过窗户望着窗外三月的风光。在黑乎乎的路上远远驶来一辆轻便马车——妇女们从教堂回来了。马儿艰难地从泥泞中拔出蹄子一步一步地走着。

老头子朝他走过来，在他面前站住了。他比儿子低一个头，用手抚摸着儿子上衣的领口。

“卡齐克，”他说，“那位夫人呢？”

“什么夫人？”

“孩子，虾在哪里过冬，大家都知道。那位夫人，你的那位。你过去说过，是她把巴拉努夫卡给了我们。要她救救……”

卡齐米日哼了一声：

“爸爸在想些什么呀？”

“我什么也不想。”老头儿说，没有离开卡齐米日一步，“既然开了头，就得继续下去。你从她那里拿了一次，就得拿第二次……”

卡齐米日背过父亲，走到屋角，在一张长沙发上坐下了。老人在屋里踱着方步。

“你讲讲怎么办？”他说，“我们就这样完蛋吗？你那位小姐还是伯爵夫人躺在金元上就安逸吗？她一个大子儿都不肯给我们？我们从他妈的哪儿去弄钱呢？你过去想要我们做个像样的人，现在你难道忍心叫我们去讨饭吗？你愿意这样吗？我可以回到车站上去，当仓库管理员或扳道员，那里需要懂行的人，我虽然老了，但还会干。只是这块地产太可惜了，这么些功夫都白白糟蹋了。孩子！你想想……”

这时妇女们已经到家了。她们穿着大衣，戴着头巾，高高兴兴地直接从门厅走进大房间里。两个妹妹都是俊俏的姑娘。卡齐米日心里拿她们跟比林斯卡相比。

“玛莉亚永远不能到这里来。”他几乎大声说了出来。

母亲好像是听到了他隐蔽的想法。她一面解下缀有长流苏的粗毛头巾，一面望着儿子，她那对黑色的大眼睛已经不带嘲弄的意味，而是闪烁着温柔的光。她朝着坐在桌旁的儿子走过去，俯下身子匆匆地亲了亲他的头发。他红着脸，对着母亲。母亲微笑了，她那干瘦、严肃的长脸上难得展露出笑容，但只要一笑，就显得很美。

“怎么啦，妈妈？”卡齐米日问。

“没什么，孩子，”她答道，“你走得离我们太远了。我们已经赶不上你了，我的小鹰！”

八

卡齐米日·斯彼哈瓦给比林斯卡公爵夫人的信：

亲爱的公爵夫人！

非常感激你最近给我的信，接到它我高兴极了；我想，你们节日一定过得很好，很平安吧，阿罗不会感到寂寞，沙弗兰佐娃姑母那里的复活节菜肴也一定无愧于这个家庭的传统。正如你所说的，我离家多年之后同家人团聚感到很愉快。我的祖母是很虔诚的，每天都催我去上教堂，祖父则整天价回忆我们以前在地里共同劳动的情况。父亲常讲各种故事逸闻，只要几杯陈樱桃酒下肚，他就唱开了各种古老的歌曲。可惜埃德加尔不在这里，这是一些莫纽什科以前的小乡绅的歌曲，听起来很有意思。只是妹妹们给我惹了些麻烦。大妹妹的丈夫把她遗弃了，父母为此很烦恼，尤其是她丈夫把孩子都带走了，这样双亲就没有他们所喜爱的孙儿们在膝下承欢了。小妹妹看中了小镇上的一个工程技术人员，但这小伙子很穷，他们修理不起自己的住宅，因而婚期不得不拖延下去，母亲为此很发愁。我很想略尽绵薄帮他们一把。倘若你肯费心叫阿达希·温茨基到你那里去一趟，并告诉他，把我存在他那里的股票卖了，把钱给我寄来，那就太好了。我有一点儿法国股票以及一些钦斯托霍瓦公司的股票，数量不多，但这是我在巴黎的最后一点积蓄了。因此，我不愿去找舒什凯维奇先生，他在要求别人节俭方面是很严厉的。这事我宁可让阿达希去办，他知道股票在哪里，跟他自己的东西一样清楚。我很信任这小伙子，我很奇怪你为什么对他处处提防。我很抱歉，为这些事来麻烦你，但这只需你打个电话就行了，甚至躺在床上就能办妥，阿达希的电话——电话簿上有他姐姐戈尔德曼诺娃的电话号码。他住在波登街他姐姐的家里。

华沙的天气怎样？这里春天姗姗来迟，你难以想象，到处是一片可怕的泥泞，到最近的车站都几乎不可能。这倒有点像米哈沃夫和波多莱的路。我的妹妹们都很美，而且充满活力。昨天小妹妹的未婚夫来了，是个很可爱且看来很聪明的小伙子，他们因为没钱而得不到幸福，使人看着他们就感到难过。你对索科尔尼茨基①的任命有何看法？在他经历了芬兰的冒险之后这件事对我来说是大出意料，但他有强大的后盾，虽说他不是共济会②成员。说不定是的呢？我已经给弄糊涂了……我想，不管怎么说，扎莱斯基③还是有力量的。你接到从巴黎或巴勒莫来的信吗？我很想早一点知道你夏天的打算，你是否准备去维希？我要据此确定我度假的时间。

我们全家：父母、祖父母、妹妹们都要我代他们向你致敬，热情地问候您，公爵夫人。他们都很清楚您给他们的好处。拥抱阿罗，并向泰克拉小姐以及舒什凯维奇先生致意。

你的

卡齐米日·斯彼哈瓦

三月三十一日于巴拉努夫卡

---

① 索科尔尼茨基（1880—1967），波兰政治家、历史学家，波兰社会党党员。此处指1931年谣传他可能出任波兰外交部部长的事。

② 共济会成立于18世纪，口号是博爱和慈善。至19、20世纪转向保守。

③ 扎莱斯基（1883年出生），波兰政治家，1926—1932年任波兰外交部部长。1939—1941年任波兰流亡政府外交部部长。

亚当·温茨基给斯彼哈瓦的电报：

公爵夫人吩咐从她本人在里沃夫军团街十五号土地银行的存款中拨一万兹罗提给您。昨日已去电通知。悉后盼复。

亚当·普热比亚-温茨基

九

对于奥拉来说，丈夫不在华沙的那些日子是真正的节日。复活节时海伦卡得了风疹，实属小病。米哈霞姨妈高高兴兴地带着外孙们到普斯泰翁基去了，奥拉决定同生病的女儿留在华沙。弗兰齐舍克先生当然也要去看看儿子，乡下过节没有戈翁贝克先生怎么能行！在这种情况下，谁也没有以嘲弄的目光瞧着那辆带有“法国造”字样的汽车，恰恰相反，大家倒是兴奋地期待着魔术般的汽车开门，好奇地数着从车内搬出的一包包东西。酥蛋糕、圆锥形的大甜面包、松脆可口的玛祖尔卡饼、挂糖衣的小羊、印有“上帝保佑”字样的薄饼以及用糖或巧克力裹的蛋，这些美味不仅小孩喜欢，普斯泰翁基的大人们也喜欢。罗伊斯卡太太实在是打心眼儿里感谢弗兰齐舍克先生，当她在饭桌边坐下的时候，第一次没有为“我跟他谈什么呢?”这个老问题烦恼。她谈着美味的蛋糕和玛祖尔卡饼，谈到苏珊娜的非凡的本领，说在她面前，华沙所有的糕点师都相形见绌。

天气很坏，离复活节又还有几天，弗兰齐舍克先生觉得不必着急走。他想在家里多陪陪妻子，而且在这一年中最繁忙的几天里他也应该在店里照料一下。在复活节前的一周，他姐姐科谢可娃太太也来帮忙，在这关键性的时刻没有她诚心诚意的帮助是无法撑持的，而店老板在场也是至关重要的。因此，复活节前的星期五，弗兰齐舍克先生还在华沙。

这是个阳光灿烂的、真正的春天的下午。戈翁贝克先生虽然非常疲倦，五点钟还要开汽车到普斯泰翁基去，但他还是要陪妻子到教堂参加这一年一度的仪式。他们沿着闪耀着蓝光的克拉科夫近郊大街走去。当奥拉撑开春季用的色彩鲜艳的小阳伞时，看到玛莉亚·比林斯卡和她的姑妈沙弗兰佐娃。她们显然也是到教堂去，大概从博莱斯瓦夫·普鲁斯时代起，人们就有到教堂的墓穴参加圣餐礼的习惯。阿罗也陪着妈妈去了，他已满十四岁，比安托希大，奥拉温情地看了他一眼。阿罗使她想起了老梅申斯基先生，他多么像他的外公啊。奥拉小时候很喜欢老梅申斯基先生，跟其他小孩不一样，她一点儿也不怕他。她经常穿过园林到曼库夫卡去，坐在窗台上听他弹自动钢琴，那时候她觉得音乐是多么美妙啊！现在她看见阿罗，对他微微一笑。他那长长的、眉清目秀的面庞，使她想起了曼库夫卡的夏天，那幢房子的气息，甚至老梅申斯基的某句话。雅努什那么惧怕父亲，而她在他面前却很大胆。比林斯卡只是在嘴角上露出一丝微笑，高傲而冷淡地对她点了点头。此时，戈翁贝克先生的脑子里想着卡齐米日，比奥拉想得还要具体，他涨红着脸，在奥拉印有罂粟花的色彩鲜艳的小阳伞下，在蓝光闪耀的人行道上走着，他的步子却越来越慢了。

“你太胖了，”奥拉不留情面地说，“连路都走不动。你应当设法减点肥。”

弗兰齐舍克先生加快了步伐，同时侧向阳伞那边说：

“别老说我胖了，不说大家也知道我是个大胖子。”

五点左右戈翁贝克先生开着汽车向玛佐夫舍的奥斯特鲁夫方向，然后向普斯泰翁基驶去。海伦卡热度不高，奥拉轻松地坐在客厅里的一张椅子上，手里拿一本书。这是海鲁宾·科韦什科的诗集，但她并没有读。这本书虽说刚出版不久，她差不多已能倒背如流。作为律师、记者的海鲁宾是个空虚的人，但他的诗却意外地简明而富于人情味。奥拉觉得很奇怪。在埃德加尔到美国去之前，她曾建议作曲家把这些诗谱成歌曲。海鲁宾的有一首诗情绪强烈，有如一幅银黑色调的水彩画，奥拉希望能私下里唱唱，像唱那曲难忘的《幽情》，像唱迪帕尔克那样地唱它。但埃德加尔说，这些诗感情强烈，本身已构成一个整体，因此不需要音乐来配。“音乐对于好诗是多余的。”他说。显然他也认为这是好诗。当她坐在空荡荡的客厅里，尽情享受独处的欢乐，手里摆弄着早已熟记的诗集的时候，罗玛娜小姐走进来说，科韦什科先生来了。奥拉不满地皱了皱鼻子。

“复活节前的星期五登门拜访?”

但她不得不接见他。她痛心地感到这个人是那样生疏。他像往常一样匆匆而来，一来就说个不停，但他看到戈翁贝克太太手里拿着自己的诗集时，就住口了。

“您在看我的诗吗?”过了一会儿他问，“值得一读吗?”

“非常值得，”奥拉说，“我很喜欢，我甚至不用读它，因为我已经背下来了。”

海鲁宾吻了吻她的手。

“真不敢当。”他说。

奥拉忽然动了恻隐之心。这个人的模样儿也真可怜，他的诗跟他的外表形成了如此强烈的对照。他的诗充满热情，写的都是某种深沉的爱。“这种爱，”奥拉想，“大概完全是虚构的，因为华沙谁也不知道他爱上了什么人，如果他确实爱上了谁，那大家势必会知道。很难想象有哪个女人会对这种热烈的爱情作出积极的反应，谁会爱上这样一个奇丑无比，甚至令人厌恶的男人呢?”

奥拉琢磨着这句诗：“爱情只能寓于生活之中，但生活中没有爱……”

“难道您真的认为没有爱情?”她问诗人，于是他暂时停止了讲述华沙的街谈巷议。

这个问题完全出乎他的意料，而且他也不像奥拉那样熟记自己的诗。这些诗是他从前写的，他认为不错，就拿去付印了……他脑子里想的是另外的事。

“您为什么问呢?”他问。

“我在背您的诗：‘爱情只能寓于生活之中，但生活中没有爱……’果真是没有爱情吗?”

海鲁宾的脑子很快就转过来了。

“您瞧，”他说，“我认为，遗憾的，事实正是如此。人们想象世上最重要的东西就是爱情，把爱理想化，夸大某件事或某个人……实际上什么也感觉不出来。什么伟大的爱情呀，悲剧呀，感受呀……一切一切都是完全虚幻的东西，实际存在的只是那些普普通通的事：夫妇、面包、孩子、金钱，如此等等，别无其他。为什么我们要去想象存在爱情呢?”

“因为我们有时感觉到它。”奥拉说，这时她眼前又浮现出玛莉亚的形象，就像今天在克拉科夫近郊大街，在春天的阳光里所看到的那副模样儿，嘴边露出的那一丝笑意，没有任何表情的眼睛，以及清瘦的、正在蹿个儿的、使她想起老梅申斯基的阿罗——所有这一切都只不过是感觉到自己已经失去了卡齐米日罢了。

“谁?何处?何时感觉到它?”海鲁宾扑哧一笑，“我一辈子还没有遇到过真正的爱情!”

奥拉走到钢琴旁边，琴盖是开着的，她信手弹出了勃拉姆斯一首歌曲开头一段的几个音，但马上想起外婆的老规矩，复活节前的星期五不能弹琴。于是她转向科韦什科。

“这是您没有遇到，海鲁宾先生，”她说，“但是别的人可能遇到。”

这时有人敲门，科谢可娃太太走了进来，她满脸通红，神色不安，匆匆跟奥拉和海鲁宾打了个招呼。

“你知道，亲爱的，”她说，“我现在焦头烂额，真不知如何是好！弗兰尼奥以为一切正常，到普斯泰翁基去了。可他刚走，一个挂糖衣的女工的孩子就病了，人家订的货不能如期交……取货人就要来了，五点钟有大批订货到期，但货还没有。苏珊娜打电话来说，她不舒服，胳膊上长了个疮，疼得厉害……她说，货要到七点才能备好，有一部分要推到明天早上，因为现在只有四个挂糖衣的女工，那是很费事的活……”

奥拉也着起急来。

“哎呀，”她说，“这可怎么办？弗兰尼奥一定要发愁的。”

“这有什么了不起！”海鲁宾笑道，“让顾客们七点或明晨来取货好了……”

“苏珊娜讲，”科谢可娃接着说，“她尽管胳膊上长了疮，还得干一个通宵。生病归生病，总得让大家过节吃上玛祖尔卡饼。”

“不是大家。”科韦什科插嘴说。

“差不多是大家。”科谢可娃对他也不客气。

“您知道，”奥拉说，她机械地关上了琴盖，“这可不是闹着玩的。我们商号很有信誉，而信誉正是靠按时交货树起来的……”

“哎，不是单单靠这个。”

“大都靠这个。当然还靠货的质量，这是最要紧的。现在出这种娄子，商号的信誉就会受到损害。弗兰尼奥知道了要发愁的。”

“过了节他才会知道。”

“我们是不是去帮帮苏珊娜。”科谢可娃出了个主意。

奥拉迟疑地望着海鲁宾，手里一直摆弄着他那本诗集。

“我们一起去吧，”科韦什科说，“我还没有见过怎样做点心呢。”

“我们叫一辆出租汽车……”

街上是一片节日景象。华沙逐渐笼罩在一种灰蓝色的春雾中，傍晚和夜间将是暖和的。所有的商店都灯火通明，挤满了顾客。桥上行人熙来攘往，灯光很亮；桥下暗绿色的河水缓缓地流着。维斯瓦河在远处颜色也淡一些，像每年春天那样，河水很满，沙滩都淹没了……

面包房在格罗霍夫街的一所不大的房子里，离华盛顿圆形广场很远。他们走进第一个房间的时候，苏珊娜惊慌失措地从屋里迎出来。

“经理太太亲自来？这真的不必要。”她忙扣上破旧的白罩衫上的扣子，理了理蓬乱的头发。

“亲爱的苏珊娜太太，”奥拉说，“我们能帮什么忙吗？”

“亲爱的太太，你们能帮上什么忙！”苏珊娜双手叉腰，不大客气地回答说。

站在长长的、不大干净的木桌旁的姑娘们和挂糖衣的女工们都吃吃地笑了起来。

“这里需要的是行家。”

科谢可娃生气了。

“苏珊娜太太，您还没有出世的时候，我作为一个小姑娘就在这里给三层大馅饼撒葡萄干和陈皮了。您可别在我跟前炫耀！”

奥拉可拿不出这样的论据来反驳苏珊娜，她只是犹疑地望着科韦什科。科韦什科高兴地笑着。

“您的手怎样了？”为了改变话题，奥拉问苏珊娜。

“您看！”苏珊娜说着就把胳膊露了出来，一个红肿的大疮就长在手腕上一点的地方，中间肿出一块白色的脓头。

“这个疮长得跟点心一样！”她加上一句。

“您不把它包起来吗？”奥拉胆怯地问。

“穿了头以后再包，”苏珊娜一本正经地说。

海鲁宾神经质地笑着。

挂糖衣的女工站在两张狭长的大桌子旁边干活。几个小姑娘用大盘子从隔壁热气腾腾的房间里搬送刚刚烤好的薄面饼，还有几个送来了大陶瓷罐，罐里装的是和好的糖汁，同时还带来了瓷擀杖或是瓷杵等东西。有的糖汁是热的，呈绿色或粉红色，另一些糖汁是凉的，是用植物油和的。站在桌头的姑娘用长刀先把薄面饼敏捷地切开，下一排的姑娘忙涂上果酱或放上凉糖汁，再下一排的姑娘按照严格的规程把料一层层撒好：最下一层是松脆的烤薄面饼，上面是果酱，再上一层是松糕、咖啡粉和一层核桃仁或面包屑，都要暗色的。做好的分层糕再交给名副其实的挂糖衣的女工。她们必须极为迅速地在玛祖尔卡饼上浇一层白的、粉红的或绿色的糖汁，要涂得敏捷、准确，使其外表光洁平滑。她们还不时地把手中的长刀在水里涮一下，像弹琴一样精确地在玛祖尔卡饼上迅速抹着。然后是装饰女工，她们有的以飞快而单一的动作把干果撒在点心上，有的则用长剪刀剪下用糖煎过的绿茴香，把它嵌在糖渍樱桃、杏和陈皮中间。

“没有想到这么复杂。”海鲁宾看了一会儿说。

长桌末端是从事最后一道工序的女工，她们拿着水枪似的洋铁器具在玛祖尔卡饼上刻出螺旋式的花纹或在中间刻上蚌壳式的图案。

“您对付得了吗？”科谢可娃认真地问苏珊娜。

“您瞧，总是有办法的。我刚才已把五点钟的订货全部送到总店里去了。现在该给弗斯普尔纳和若利布日的分店送去。我已找到一个从巴黎来的女工代替两个生病的挂糖衣女工。她在巴黎的波兰糖果店工作过，一个人顶得了两个人。”

“是哪一个？”奥拉问，但她自己立即认出来了。她站在右边桌子的中间，她的伙伴从一个不干净的瓦罐里倒出粉红色的热糖汁，她则以迅速而准确的动作把糖汁抹在点心上。这姑娘顶多有十五岁，瘦高个儿，长得很丑。她的头部侧影像一只猛禽，黏在一起的头发从头巾下露出来披在瘦削脸庞的两侧。头巾下天鹅绒般的大眼睛向四周张望，最后她的目光毫不畏缩地落到了走过来的奥拉身上。

“在我们巴黎工作可不像你们这儿。”她有些傲气地说，同时把抹好的玛祖尔卡饼送给嵌茴香幼芽的女工。

奥拉笑了笑说：

“那好，你可以教我们的女工干活。”

海鲁宾向桌子走了过来，他注意地望着这个姑娘。

“你叫什么名字？”他问这个小姑娘。

“热尔梅娜。”她大声回答，同时又涂好了一个玛祖尔卡饼。

在桌旁工作的姑娘们都不约而同地笑了起来。

“这姑娘又傻又犟。”苏珊娜斩钉截铁地说，“她根本不叫热尔梅娜，而是叫雅佳……”

雅佳，就是雅佳，
这是多好听的名字……

桌子顶头有一个悦耳的声音哼起歌来。“热尔梅娜”只是皱了皱眉头。

“你从法国回来多久了？”奥拉问。

“哦，差不多两个月了。”雅佳用低哑的声音回答说，显然她是故意用粗人的声音①讲话，“姨父不知怎么搞的，想起要回到这里来……”

“她没有父母，”苏珊娜说，“姨父抚养她。他是布拉格区一个工厂的工长。”

---

① 原文是法文。

“你在巴黎过得好些吗？”海鲁宾向“热尔梅娜”迈进一步，又问。

她阴郁地瞟了他一眼，没有吭声。然后又耸了耸肩。她忙着涂抹玛祖尔卡饼，同时不断地吐舌头。

“当然，这还用问。”她停了好一会儿才说。

“你姨父叫什么名字？”海鲁宾又问。

“您知道……”她突然说，黑色大眼睛生气而轻蔑地望着他，目光逼人，“您知道。您为什么要问呢？我在巴黎见过您……我给大使馆送过点心……”

“这傻丫头，”海鲁宾对奥拉说，“我怎么会知道她姨父叫什么呢？我在巴黎不可能注意到她呀。”

“还有，我姨公是一个仆人，”“热尔梅娜”的声音更低了，“比林斯卡公爵夫人家的仆人，知道吧？他叫维耶维乌尔斯基。”

“哦，我似乎听说过，”科韦什科有点着恼地说，“你姨父是雅努什先生的朋友吧？对不对？”

小姑娘耸耸肩。

这时她的伙伴听得出了神，把糖汁直接浇在玛祖尔卡饼上。

“注意点！你浇到哪里去了，他妈的！”雅佳喊叫起来，用剪刀背打了一下自己的伙伴，“你干的什么？朋友就是朋友嘛！”她朝海鲁宾那边加上一句。

科韦什科挽起奥拉的胳膊。

“呃，我们还是走吧，”他说，“我们在这里碍事，还使苏珊娜太太不高兴。这个玛祖尔卡饼是做不好的。”

他一转身，目不旁顾地转身把奥拉带了出去。苏珊娜太太和科谢可娃太太跟在他们后面。

“这是一个很能干的姑娘，”她对着老板的姐姐的耳朵说，“非常能干。只是嘴太厉害。幸好她在你们面前还没有太放肆。”

十

雅内克·维耶维乌尔斯基真的在几个月前从巴黎回来了，在塔尔古维克街“雷管”猎枪弹药厂工作。他在维尔诺大街他父亲的一个亲戚那里找到了住房。他们三个：他、雅霞和“热尔梅娜”住在一间屋里，厨房同这所住宅的其他房客共用，而房客又很不少。“热尔梅娜”一点儿也不客气地指责姨父母轻率决定举家回国，每晚都要闹一场，但雅霞是支持丈夫的，她做到这一点可以说是轻而易举，因为她很高兴回波兰。当然，她宁愿住在农村，在故乡和前辈们在一起，但跟雅内克一起住在华沙也行。只是这个雅佳真闹得叫人头疼。

这姑娘又灵巧又能干，什么活儿一学就会，但什么工作也一做就扔。她从来没有在一个地方久待过，在巴黎是这样，在华沙也是这样。

雅内克的生活条件不算太差，尽管他挣钱很少。他的工作不错，和同事相处得也很好。“雷管”是华沙带点家长制的工厂，虽说刚开办不久，厂房还是新的。但它是个分号，总号是胡贝和兹沃蒂合开的老商行“骑手和猎人”。这个商行开在新世界大街扎莫伊斯基宫一层的大屋子里。在华沙商界有这么一个说法：“为什么这个商号叫作‘骑手和猎人’呢？因为胡贝打猎，而兹沃蒂则骑在他身上。”

工厂设在塔尔古维克区，在崭新的车间里制造雷管、信管以及猎枪子弹。除两个大车间以外，现在又在建一个高达六十米的生产散弹用的高塔，散弹是以从高处往下倒铅水的方法制造的。雅内克起初是被雇来修塔的，这项工作既困难又特别：在混凝土上砌砖。老胡贝像每个猎人那样，对聪明灵巧的人独具慧眼，很快就把他调到生产车间，开头是裁纸版，以后是当镟工，切削做雷管的金属。

老胡贝喜欢维耶维乌尔斯基，并且信任他。但是兹沃蒂—— 一个上了年纪的胖犹太人，有着一副黝黑的脸庞和一对上下歪斜的眼睛——在一切方面，包括选用人的方面都反对胡贝。

“他看中了维耶维乌尔斯基什么?”兹沃蒂耸耸肩，对管理整个雷管车间的工长博布科维奇说，“他是从哪里把他挖出来的?”

兹沃蒂比胡贝更高明。虽然胡贝不时能在工人中发现有本事的人，在打猎时能发现聪明的农民，并让他去当森林管理员的助手。但兹沃蒂知道厂里每个人的姓名，尽管他对别人的评价总是苛刻的，并且一有机会就克扣人家的工资，然而他大致上能看出每个人的真正价值，以及谁适合做什么工作。他对人没有先入之见，但是对于被老胡贝看中的人则是例外。

斯坦尼斯瓦夫·胡贝这时大约五十来岁，个子不高，仪表堂堂，从外貌到举止，以致喜欢女人方面都酷似斯坦尼斯瓦夫国王[①]。胡贝出身的那个华沙古老的市民家庭，十八世纪经营钟表业，其家族是在俄国、奥地利和普鲁士三国瓜分波兰之前从奥地利或瑞士的小城镇格拉兹或圣加仑搬来的。据说是从奥地利搬来的，但当时在华沙市民中，认为瑞士来的要光彩些，因此许多纯粹的德国家庭也说他们的先人是从瑞士搬来的。老胡贝是这个家族的最后一个成员，他家在博尔曼大工厂的股票早已丧失殆尽，因而胡贝也完全以波兰贵族的“面貌”[②] 出现。他在卡利什[③]地区有一块很大的地产。他引以为荣的是，威森霍夫[④]在小说《黑貂与姑娘》中描写过他。就像华沙谚语所说的那样，他喜欢“在别人家里打猎”。他的妻子抛弃了他，同战后胡佛基金会派到波兰的一个美国人跑了，只留下了一个儿子，与安德热依·戈翁贝克

① 斯坦尼斯瓦夫·波尼亚托夫斯基（1732—1798），波兰最后的一个国王。

② 原文是拉丁文。

③ 卡利什在波兰西部。

④ 威森霍夫（1860—1932），波兰小说家。

同龄，他们也是同学。小胡贝用的当然是猎人守护神圣胡贝尔特的名字，但这个名字同他的姓连在一起就不免古怪。在学校里都管小胡贝尔特叫“胡布胡贝”。这个绰号他永远也甩不掉了。

“骑手和猎人”是一爿在华沙已不多见的老店，店面很神气，但又脏又暗。墙上挂着大鹿角和梅花鹿角、已经发黑的银色的野猪牙、大雷鸟和黑琴鸟的标本，玻璃柜台上放着一只雪兔，玻璃柜里只有一只北极枭，毛多而雪白，极像一只安卡拉猫。安德热依有时到这里找胡贝。如果说安特克很喜欢这个铺子的话，那么安德热依则有点怕它，他更喜欢的是斯坦尼斯瓦夫先生开汽车带他到布拉格那边的工厂去。那里有光线充足的明亮的大车间，工作台上有很多工人忙着干活，——他还分不出来谁是什么工；在小一些的车间里，疏疏地放着几个圆柱形的神秘的玻璃罩；里面是制造子弹的精密机器。安德热依只有跟胡贝先生一起才能进去，在工厂里他就像在教堂里那样：脱下帽子，默不作声看着玻璃罩里慢慢转动着的机器，看着机器不时向旁边的筐里吐出制成的子弹。这些神秘的机器是刚从汉堡运来的，由两个健壮而沉默寡言的德国人照料着。斯坦尼斯瓦夫先生虽然是用第三人称对他们讲话，并且用一根满是瘢节的棍子指挥他们干活，但心里还是有些怕他们。这两个德国人完全不懂波兰话，胡贝先生的棍子他们也不放在眼里。胡贝先生对机器的运转一窍不通，而且厂里没有一个人懂，这两个德国熟练工人是谁也管不了的。

厂房建在一个大院子里，这个大院子是玩耍的好地方。胡贝尔特经常在这里跑，叫人放博布科维奇工长养的鸽子；他一见鸽子在鸽笼上方飞来飞去就哈哈大笑。安特克跟着他玩，跟着他笑，但安德热依一到那在布拉格的沼泽地上拔地而起的高塔旁便站住了。胡贝先生对这高塔很恼火：

“这个兹沃蒂怎么想到在这里建一个高塔，把建塔的水泥和砖头都用于打地基了。塔尔古维克这块地完全是一个泥潭!”

“他要把我们的整个生意都毁了!”胡贝先生同孩子们上汽车时说。

在路上他对司机说:

“星期六我们到纳达申湖上去打野鸭，彼得，你别对旁人说，不然又有人要凑进来了……”

彼得是个身材短小的矮子，眼睛明亮，胡子是亚麻色的，他笑道:

“董事长先生忍不住，到时候还是要带人去的。”

“也可能带谁去,”胡贝打趣地说,“一个人打猎没有意思。”

“一个人最好了,”彼得简洁地说,“董事长先生是否记得我们那次打了一百二十只?”

彼得讲话总是用“我们”，好像他也参加了打猎似的。

“爸爸什么时候带我去呢?”胡布胡贝问。

“等你学会了打枪再说。”

胡贝尔特没有学会打枪，结果没有去打猎。每见到父亲打猎带回来的可爱的飞禽走兽，他总觉得于心不忍，而彼得还把这些东西挂在他家正对院子的阳台上。

孩子们还看到了更糟心的场面。胡贝先生到工厂去总是避开跟兹沃蒂见面。他们在办公室里一般说合作得不错，尽管兹沃蒂说，他是在工作，而斯坦尼斯瓦夫先生则只是给熟人打电话，约打猎的时间。但是一到了工厂，他们两人便冰炭不相容。老胡贝虽然不关心工人，但还想像一个家长那样对待他们。在庄园的时候，雇工们还吻他的手;老胡贝尽管不要求工人也这样对待他，但他在车间走过的时候总是有意把手伸在人家容易够到的地方，似乎希望有人来吻一吻。当工人并不像对神父那样对待他时，他就觉得大失所望;过节的时候，胡贝想在厂里安放圣诞树或搞一次复活节会餐，但兹沃蒂不同意。雅内克·维耶维乌尔斯基常说，兹沃蒂是要把职工的血汗榨干，工钱虽说不得不给，但总要一分一厘地克扣他们。

有一次，胡贝先生带孩子们到工厂去的时候遇到了兹沃蒂先生。兹沃蒂站在院子中央，斥责雅内克·维耶维乌尔斯基：

“维耶维乌尔斯基，你别往小车间里跑了，反正你是不懂。老施密特抱怨你老是在那里转悠，观察他的手怎样动……你没有必要去看德国人的手……”

雅希奥在院子的一角劈木柴。胡贝一步蹿到自己的合股人身边。

“兹沃蒂先生，”他说，“也许有这个必要呢！”

“就是嘛！”兹沃蒂的脸涨得跟甜菜一样红。他站在院子中央，车间的门前，怒气冲冲地挥动双手，“就是嘛！伯爵先生什么事情都委托维耶维乌尔斯基去办！”

胡贝面色煞白。孩子们不安地望着他。

“您搞错了，”他一字一顿地说，“我不是伯爵，跟维耶维乌尔斯基也没有什么关系。您疯了，德国人迟早是要滚蛋的，以后机器怎么办？”

“德国人不能滚，”兹沃蒂叫得更凶了，“否则这些乡下佬会把我的机器弄坏，把整个生产搞糟的。只要……机器被混蛋们毁了，我们就得赔钱。我们整个合股公司已经在比利时人的口袋里了……你可知道，他们能够把我们整个工厂一下子从鼻子底下拿走。”

“工厂不是我的，全部厂房是根据您自己的主意建的。对于我来说，有个商店就够了。”

“对。但是您没有想想，如果商店被鬼搞走了，工厂被比利时人搞走了，您自个儿将给大家付钱……”

“我明白。”胡贝也提高了嗓门，“我知道，您搞了什么名堂，兹沃蒂先生，你没有什么可吓唬我的。”

“您怂恿他们，而要我来负责。”

“您不用负责，兹沃蒂先生，除非是蹲监狱。”

站在一旁的维耶维乌尔斯基、博布科维奇、彼得和其他几个人都扑哧地笑了。斯坦尼斯瓦夫先生直到现在才注意到孩子们惊奇地睁大眼睛时而望着他，时而望着兹沃蒂先生。

“呃，孩子们，呆看什么？你们走吧！”他说，“维耶维乌尔斯基，你带他们上工地去吧！”

雅希奥缓缓地丢开了斧子，一言不发地朝着高塔走去。孩子们跟在他身后。他们很喜欢他。他们还没有走到高塔建筑工地，胡贝先生已经赶到他们身边了。

“没有什么，没有什么，维耶维乌尔斯基，”他说，“不要把这件事放在心上。怎么样，维耶维乌尔斯基，你已经弄懂一点了吗？”

“有什么弄不懂的，没有学不会的手艺，我已经会了……”

“那个兹沃蒂还说什么波兰工人要弄坏机器……”

“兹沃蒂先生是个傻瓜。是傻瓜又不是傻瓜。他是用这个吓唬您。还用比利时人吓唬您，其实比利时资本并不像他认为的那样雄厚……”

胡贝诧异地望着维耶维乌尔斯基，但后来又觉得他了解比利时资本是理所当然的事，便说：

“不是这个问题。你不懂，维耶维乌尔斯基，我们是合股公司，我以整个财产对公司的债务作保……”

“他不吗？”

“他也是这样。但是他没有任何财产！”

“可以去找一找嘛。”维耶维乌尔斯基说。

但胡贝这时已经没有听他的了。

“瞧，维耶维乌尔斯基，那个人是怎样搬砖的，他只搬了他应搬的一半。”胡贝用满是瘢节的棍子指着脚手架上的一个搬砖的小伙子，“维耶维乌尔斯基，他想干什么……”

“他不是在搬砖吗？他想什么，我可不知道。”

“维耶维乌尔斯基，你催催他吧。”

“我难道是您家的管家吗?”

胡贝无奈地望了雅希奥一眼，然后背转身子。孩子们在石灰堆旁边玩耍。

“孩子们！彼得!”他转而对司机说，“他们要掉到石灰堆里去的。”

“董事长何苦把他们带来呀？到该回去的时候了……”

斯坦尼斯瓦夫先生一边招呼孩子们，一边缓缓朝出口走去。他走到大门口的时候，无意之中听到彼得跟维耶维乌尔斯基的一段对话。

“我觉得那个犹太人还好一点，”维耶维乌尔斯基说，“他剥你的皮，但你至少知道他是为了什么。而这一位真叫人难办……如果他用棍子在我鼻尖下晃一下，我就要揍他一顿……”

“呵……”彼得说，“他就是这么难以捉摸的……”

胡贝根本没有想到这是在议论他。他没跟兹沃蒂和工长告辞，就带着维耶维乌尔斯基走了。他认为，叫工人到他家里修理什么东西，那是给这个工人面子。他把这看成是一种奖赏。

“维耶维乌尔斯基，你知道，”他说，“我家盥洗室里的水池又漏水了。你跟我到家里替我修修吧。”

雅希奥一言不发地戴上帽子。他们一起走了。

“我们顺路到店里去一趟。”胡贝先生说。

胡贝尔特笑了，他非常喜欢到店里去。

“你有小孩吗，维耶维乌尔斯基?”车子走到桥中间的时候，胡贝先生问。

“董事长先生已经问过了，”彼得咕噜了一句，“他没有小孩。”

“难道我非要记住谁有几个小孩不可吗?”胡贝先生生气地说。孩子们偷偷地笑了。

“那干吗要问呢?”彼得不满地嘟哝道，雅希奥不作声。

车子开到了“骑手和猎人”商店前面。孩子们吵吵嚷嚷地下了车。胡贝下车后，对一个正从他身旁经过的女人鞠了一躬，那女人身材颀长，披一件棕色的毛皮披肩，相貌标致。她那鲜红的大嘴巴十分动人地嫣然一笑。

胡贝尔特抓住父亲的手，他们一起走进昏暗的商店，店里只看得见雪兔和北极枭的轮廓。

“爸爸，”胡贝尔特突然问，“那位小姐是谁？你对谁鞠躬来着？”

“噢，是她。”胡贝说，同时忙着回答店里老店员们的问候，一边还用满是瘢节的棍子指着货架，用标准的华沙口音问，“那些打猎用的号角都已卖完了吗？”然后他转身对儿子补充了一句，“她是个演员，叫玛雷霞·塔塔尔斯卡……”

“哦。”胡布胡贝说，朝窗外撒满春天阳光的人行道看了一眼，仿佛还想看一眼那个从此处经过的女演员的身影。

十一

埃德加尔·希莱尔给奥拉·戈翁贝克太太的信：

亲爱的奥拉太太：

给您写信是极为愉快的事，甚至使我感到欢乐。但我必须坦率地说，推动我提笔的，还有一种愿望，给一个在华沙的人写信的愿望。请您想想看，我忽然觉得，我竟没有一个可写信的人，在华沙我连一个可写信的人都没有。双亲永远是待在那个糖厂里，爱尔茹尼亚现在和我在一起，雷肖不在世了，阿尔图尔·马尔斯基在罗兹——您知道，我最亲近的人就只这些，实在是屈指可数。我最伤心的是，最近一个时期以来，我同雅努什之间不再能相互理解，在他身上似乎产生了某种陌生的东西。我觉得，他身为宫中侍从官梅申斯基的儿子，这一点对他不是没有影响的，在他身上一个衰败贵族之家的酸气仍在继续增长，尽管雅努什对生活抱着乐观的态度，但是这酸气对他的生活无疑是在起着毒化作用。我以为，雅努什的生活就是不间断的内心的搏斗，我感到痛心的是，他在这场搏斗中拒绝朋友们的帮助。至于我，奥拉太太，您是很清楚的，虽然我是个文弱书生，一个默默无闻的人，我不能去使枪弄棒，但是，对于形形色色的精神上的较量，例如：同过去的阴魂，同自己的幻觉、激情和陋习作斗争，我还能略尽绵薄。有一样东西我不能与之斗争，因为我克服不了它，那就是我自己的渺小。一个人觉得自己是这样渺小，这样没有意思，那是最糟糕不过的了。从根本上说，我很同情雅努什，他恐怕已有三十四五岁了，但还是一个很不成熟的青年，一个没毕业的学生①，一个在生活中找不到自己的位置，不了解自己的境况的人。他说，他在期待某些事件，可以解决他将怎样生活的问题。我觉得这只是一种遁词，因为任何事件也解决不了这样的问题。对不对，奥拉太太？不管怎样，您总是那样温柔，那样理解生活。您将来怎样对自己的孩子们谈自己的生活呢？对此我很有兴趣，您不能告诉我吗？

唉，有什么办法！既然我在美国，就得谈谈美国，尽管确实没有什么好写的。您知道，我是热爱欧洲的。我在这里不很自在，这也可能是因为我不善于突出自己，不善于奋力挤向前排。而且我也没有什么凭借，您知道，美国人对我的商品并不怎么……爱尔日别塔则是另一种情况了。我佩服她，确切地说，我佩服她的丈夫鲁宾斯泰因。他真会办事。爱尔茄尼亚的嗓子已经不像十五

① 原文是法文。

年前了，它已失去了一些昔日的光彩，没有那种渐强的本事，没有那种圆满甜润的感觉，尤其是在唱高音的时候，有时还像谷蛾一样吃掉几个音。当然，她现在还唱得很好，但她受到的欢迎，简直令人难以招架。倘若您在“普拉查”旅馆（我没有住在那里，因为太贵了）的套间里看到她，您一定会笑破肚皮的。完全像轻歌剧里演的那样：在一个角落里，画家在为她画像，在另一个角落里，秘书在数钱，在中间的沙发上，坐着两个手捧玫瑰花的大学生——她的崇拜者。门外还站着一个白俄，高加索的公爵，他是由于行为不检点而被赶出门外的。她现在只唱受听众欢迎的歌曲，不像在敖德萨那样，您记得吗？那时她唱的是：《幽情》[①]《纺车上的甘泪卿》[②]《月夜》[③]。每当我想起敖德萨的时候，总像是听到了《月夜》伴奏中的二度音。她说，听众是最好的鉴定人。她大概是对的。自然是这样，而且也正是因为这个原因，她现在不唱我写的歌了。我在这里已经写了四首歌，是给您喜欢的诗人海鲁宾·科韦什科的诗谱曲。我以前觉得，他的诗味好像太浓了一些，但是我选用了合适的音调，少用伴奏的乐器，再配上一些奇异的低音，似乎还很不错呢。

我老是担心我的作品会像德彪西[④]的某些作品那样，给安上类似巴黎香水商标那样的标题。在这里作的几首歌，却不得不采用原诗的标题，因此四首歌都有些像巴黎理发店的广告。第一首歌叫《山鲁佐德》[⑤]（我准备让这一组歌叫这个名称）；第二首叫《丁

---

① 原文是德文。

② 原文是德文。

③ 原文是德文。

④ 德彪西（1862—1918），法国作曲家。

⑤ 山鲁佐德，《一千零一夜》中宰相之女，讲故事者。

香花开》，我记得乌必干公司有一种香水也叫这个名字。以下两首的标题要好一点：《期待》和《深夜闻笛》，虽然也有点俗气。我很希望您能听到《期待》的伴奏，切分音用拨弹调，这是模仿吉他的声音，但跟拉威尔的不一样。在《深夜闻笛》中也有这样一处，我真想让您听听。这首歌，跟它的标题正好相反，歌中根本没有长笛！呵，如果是爱尔茹尼亚唱这首歌，她的歌声就会代替长笛的。她说，这对她来说太难了。她说得也对。

复活节快到了，我知道你们那里会是什么样子。这里跟平时一样，不像过节的样子；来往的行人可能少些，人们都到乡下去了。鲁宾斯泰因夫妇要到海滨去，我可能不去了。我收到了阿尔图尔·马尔斯基的一封亲切的信，他还记得我。他在罗兹很寂寞，听音乐的机会很少。而这里则太多了，分给波兰二十个大大小小的城镇也绰绰有余。我真想叫马尔斯基听听拉赫玛尼诺夫[①]演奏自己作品的音乐会，我昨天正好听过。真是妙极了，可它又是多么的空虚呀！只有您明白，我说这话不是出于自傲，所以我也只对您一个人说：多么空虚！每个人都希望自己写出的东西能超过别人，他们写作是为了……自己。干吗要为自己而写作呢？我不写，这些音符照样在我自己心里。

亲爱的奥拉太太，请您给我写封回信，寄到这寂寞的第四十二号街吧，我热切地期待着。吻您的手。

忠诚的

埃德加尔·希莱尔

一九三一年四月于纽约

又及：玛莉亚·比林斯卡近况如何？

---

① 拉赫玛尼诺夫（1873—1943），俄国作曲家、钢琴演奏家。

奥拉·戈翁贝克太太给埃德加尔·希莱尔的信：

亲爱的埃德加尔先生：

我刚刚收到您从美国寄来的信，非常高兴。我独自跟海伦娜留在家里，她得了风疹，还有罗玛娜小姐帮着照料她。弗兰尼奥带男孩子们（他还带了工厂主斯坦尼斯瓦夫先生的儿子小胡贝）跟妈妈一起到普斯泰翁基罗伊斯卡姨妈家里去了。我能以海伦卡的病为借口不去，甚至暗自得意呢。幽居独处对我很合适，我可以有一些空闲的时候来考虑种种问题。这时正好您的信来了。它来得很适时，因为我正好有时间可以马上给您回信。我想，您写信是为了得到回信，对不对？您在信中谈到很多问题，我不能一一答复，您知道，我是个怎样的人，一点儿哲学头脑也没有。我只想说一点，您不应该那样谈您自己的作品，仿佛它们只是某种玩物或无足轻重的东西似的。我知道，您其实是另有看法的，但是，即便是开玩笑，也不应该这样藐视自己的作品呀！您知道，我们大家都爱您的歌曲，我们在这里都迫不及待地等着它们问世。如果爱尔茹尼亚太太讲，这些歌对她来说太难了，可能是真的是如此，也可能只是她的一种感觉。唱您写的歌，对她来说是最愉快的事情了，通过她，最广泛的听众都会理解它们的。但这需要时间，亲爱的埃德加尔先生，这不是一下子就能办到的。

你问及我的孩子们，海伦娜虽然还小，但很要费心照料和教育。我在他们身上花了不少时间，如果您自己也有孩子，您就会知道，这种劳动完全是徒劳无益的。有时我不禁想，我是在给自己养育敌人。最使人悲哀的是，孩子们是如此陌生——可他们是自己身上掉下来的肉呀！我丈夫不理会这些问题，孩子们看来更爱他，因为他们在他那里既看不到我的这种忧虑，也遇不到我向他们提出的种种要求。因此，孩子们都喜欢和他在一起，尤其是安德热依和海伦娜。安特克是一个温和、稳重、勇敢的孩子，已经是个小大人了，他有自己的天地，自己的同学，自己的书籍。他经常在他那小作坊里做一些漂亮的飞机模型，整天同他的司令部的那些副官们（看门人的儿子，对面鞋匠的儿子等）在院子里放模型玩。海伦卡尚幼，安德热依给我添的麻烦最多，但我想他也想得最多。他很安静，寡言少语，经常沉思默想，表情阴郁，很少讲话。但您知道，他是个多么漂亮的孩子！他老是一个人坐在角落里，一言不发。虽然我们夫妇俩都不笃信宗教，但安德热依却很虔诚，这可能是受了罗玛娜小姐的影响，她是圣方济会的会员。这个儿子对我丈夫的感情很深，但从不对他吐露心事。我不止一次地向弗兰齐舍克问起是怎么回事，他却笑我说："这么小小年纪会有什么心事?"但我记得我的童年，记得我十岁时的寂寞，我知道那是什么味道。同时，我觉得，我无能为力，我不能强行闯入这个灵魂，他就在这里，在你身边发展成长，好像一棵丁香在房间里生长那样，而我毫无办法，只能眼睁睁地看着，把我这个小家伙的微微一笑，当作最好的礼物来接受。母亲的悲哀往往不是由于不幸，而是由于幸福。您一定能理解我，因为您信里提到我的小孩的问题。您给海鲁宾的诗谱了曲，我很高兴。他正好昨天来我这里，碰上我正在读他的诗。我们在一起谈论您，埃德加尔先生，他对您是非常忠诚的。他是个可怜人，在他的遭遇、他的微笑和他那紧挨着养老院的糟透了的住宅里，都蕴藏着某种神秘的东西。他的诗都很好，但总像是没有斟满的酒杯。我是非常讨厌人家不斟满酒杯的。我在手头的那本诗集里找到了《山鲁佐德》。您正好挑中了它，我很高兴。其他的诗我没有找到，很可能是在那本不在手头的旧诗集里。

绿荫如盖的小巷里的瞎奴，

奏出的长笛是这般清悠……

我现在就可以想象，这在您的歌里该有多么好听。雅努什不在华沙，他在科莫鲁夫定居了，很少到我们这里来。他在那里栽培了一些稀有植物！他好像准备出国。您谈到他的那些话我觉得不全对。不是每个人都能成为诗人，自然，雅努什在我们这个讲求实际的世界上是手足无措的，然而，您在他身上难道没有感到那种最可贵的东西吗？难道没有感到他隐藏在淡漠的外表、茫然失神的眼睛、近视眼镜以及笨拙的动作后面的那种非凡的内心的激情？我很看重雅努什的一个特点：渴求真理，希望认识真理。他以后也许能够找到真理，有志者事竟成嘛！过去大家都很怕他的父亲，但我跟他相处得很好。我以为，老梅申斯基也是个追求真理的人，但是荒废掉了。可惜的是，没有一个人爱过他。现在也没有一个人爱雅努什。这正是您在他身上看到的那些短处和缺点产生的原因。至于他的姐姐，我昨天正好在圣餐礼上遇到她。《华沙信使报》说，她是去或是准备去募捐的，像过去那美好的时代那样。关于她的情况我一点儿也不知道。昨天我跟丈夫在路上遇到她的时候，弗兰尼奥的脸涨得通红，有点像个店伙计那样向她鞠躬，有什么办法呢？她总是使弗兰尼奥这可怜人折服。

……信写到这里中断了一会儿，因为有人喊我上楼。您知道，楼上住的是希曼诺夫斯卡太太（娘家姓沃沃夫斯卡），就像那个女钢琴家①的姓一样，你一定记得，不过她的名字叫卢德维卡。这位

① 指希曼诺夫斯卡·玛丽亚（1790—1831），波兰女钢琴家；亚当·密茨凯维奇的岳母。

老太太已经九十二岁了，昨夜从床上掉下来后就起不来，在冰凉的地板上躺了一夜，今天发烧了，大概要得肺炎。您知道，这么大年纪得肺炎意味着什么。她完全是孤身一人，两个女儿都不在华沙，而且从来没有照顾过她。您瞧，这就是孩子！现在我懂得了什么叫作老年人的孤独。这太可怕了，太可怕了。漫长的黑夜，漫长的白天，都在无所事事、寂寞无聊中度过，在生命的路程上等待着尽头的到来。不，这简直是太残酷了！这是最可怕的，因为年轻人即使孤独，即使这孤独是令人发腻的、令人六神无主的孤独，但总是没有失去希望。

再说玛莉霞，她看起来总是很美，总是很高傲，她相当冷淡地扫了我一眼，大概这次也没有看见我，就像她以前从来没有看见我那样。我以前怎样？我以前是个傻姑娘，我现在可能仍然很傻，但我已经是成年人了，多少懂得一点儿生活。埃德加尔先生，一个女人做了母亲之后能懂得不少东西，从而使她发生根本变化。现在，当我们遇到玛莉亚·比林斯卡时，我的丈夫比我要紧张得多，因此躬鞠得太低了。我上面作了另一种解释，那是一种刻薄的说法，是不应该的。可我总是不必要地挖苦我丈夫。

嗯，埃德加尔先生，该结束这次谈话了。这次谈话对于我肯定比对于您更为愉快。再见。我想，在巴黎音乐节之后，大约在六月份你就能回到华沙。钢琴在等着您。衷心地问候您。

您诚挚的

亚历山德拉·戈翁贝科娃

一九三一年复活节前星期六，晨，于华沙

又及：《山鲁佐德》果真那么难吗？

十二

老胡贝在街上向之行鞠躬礼的那位“小姐”名叫玛雷霞·塔塔尔斯卡，是华沙名噪一时的“猫与祝福”剧院的演员。剧院院长哈莉娜·韦切尔过去是基辅剧院的演员，她把一所普普通通的小剧院改造成一个在艺术上有所创新的组织。但这并不是说，韦切尔小姐的创新精神对玛雷霞·塔塔尔斯卡以及她的朋友巴霞·布德娜这类人物的心灵和思想有何裨益。

玛雷霞当天晚上还同老胡贝见了面，为的是从他那里索要几个钱。

“哎，斯塔谢克[①]，别太抠门了，给一点儿吧——我们要在耶稣受难日上酒馆去喝一次酒。你也知道，现在演员协会正在开代表大会，同事们要来。”

“我们那时候妇女不上酒馆喝酒。”

“别啰唆了，给一点儿吧。”

“那时候她们即使去喝酒，自己也不付钱。”

“现在也不付。但是万一要付钱，拿不出钱来面子上可不好看。”

“你知道，如果兹沃蒂知道你花了我多少钱，他又要拿比利时人吓唬我了。”

“什么比利时人？”

“你知道，到那时我就得拿起讨饭袋子！”

“哦，钱够你一辈子花的。”

胡贝带着责备的神色瞅了这个不好办的情妇一眼，终于打开了钱包。韦切尔小姐想在剧院里实行另一套规矩，并取得了部分的成功。

---

① 斯坦尼斯瓦夫的爱称。

但剧院总是剧院，对于胡贝来说，只是个寻欢作乐的地方。他认为世界上只有能使他愉快的东西才有价值。韦切尔小姐多年来，还是在基辅约齐奥·罗伊斯基在追求她的那时候，就爱上了剧院里的一个老美工人员马利克，一个习性古怪的好人，整年都穿着凉鞋，从来不刮胡子。他那彩色的宽围巾在下颏下围成一个奇形怪状的结，他望着哈莉娜的时候，眼睛里既有钦慕，也有反感。

“喜剧演员！”他总是这样半是爱怜半是轻蔑地喊她。

到西蒙饭店去喝酒的有：韦切尔小姐，马利克，如今已是维斯瓦河畔剧院最重要的男演员的戈尔巴尔，玛雷霞和巴霞以及她们的两个在戏校的同学（如今是波兹南剧院的青年演员，他们为了取得“锻炼机会”还常到外省演戏）。韦切尔小姐的面纱一直垂到鼻子底下，喝酒时用左手撩开面纱。布满了提花圆孔的面纱，掩住了她那张憔悴的脸，透过圆孔只能看到一双甜蜜的栗色大眼睛。马利克同她碰了碰杯，吃着鲱鱼，同时大口啃着涂了厚厚一层黄油和撒上了碎葱头的面包，嚼得吧嗒吧嗒响。

米耶泰克和兹贝舍克这两个小伙子轻声地跟昔日的女同学谈着他们在波兹南扮演的角色、所得到的薪金和居住条件。他们说，那里他妈的什么都贵，而且没有“大鱼”，也就是没有艺术的庇护人。为尊重老演员起见，他们把谈话的声音压得很低。能跟韦切尔小姐、戈尔巴尔和马利克同桌用餐，本身就是多么大的荣誉啊！马利克不久前为《塞维勒的理发师》设计的布景使大家赞不绝口。

“嗯，小伙子们，”哈莉娜用浑厚低沉的嗓音对他们说，“咱们喝一杯吧？”

他们一起举杯共饮。

“你知道，不管怎样，”这位鼎鼎大名的女演员忽然说，似乎在继续她跟马利克之间的没完没了的谈话，“不管怎样，我还是喜欢演易卜生[①]的戏。我想常演娜拉、雷贝卡、赫达·加布莱尔，演《社会支柱》[②]……”

“《社会支柱》?”戈尔巴尔问，“这个剧里没有什么角色可演呀。”

马利克瞅了他一眼，叉着一块鲱鱼的餐叉在空中停住不动了。

“但是有艺术!”他大声吼道，整个大厅都听见了他的吼声。

马利克只要三杯酒下肚就爱耍酒疯，就会由一个性情温和不苟言笑的人变成个吵吵嚷嚷的莽汉。

这时，瓦莱雷克不知从什么地方钻了出来。巴霞一见到他脸就红了，韦切尔小姐从面纱的网眼中狠狠地瞪了她一眼，鼻前的面纱也因为女院长愤怒的喘气而抖动了。但是瓦莱雷克对这些都视而不见，挨个儿同大家握过手，向两个不相识的青年演员作了自我介绍，在桌旁坐下，然后斥责侍者，因为他没有上前迎他。两个小伙子不高兴地打量着他，玛雷霞和巴霞则盯着盘子。只有戈尔巴尔镇定自若，挥了挥手，胳膊肘支着桌面，望着这个不速之客，同时映着那双锐利的黑眼睛。

“你来了，瓦莱雷克!”他终于从牙缝里挤出一句话，“老兄，好久不见了，你胖得像头猪。”

瓦莱雷克微微一笑，露出了长长的、洁白的牙齿，但他的脸立刻恢复了平静。

“瞧你用的什么词儿，”他半开玩笑半认真地说，“在座的有这么多女士呢。”

---

① 易卜生（1828—1906），挪威剧作家；娜拉、雷贝卡、赫达·加布莱尔都是易卜生戏剧中的人物。

② 《社会支柱》是易卜生的剧作。

然而戈尔巴尔显然是很有几分醉意了，他目不转睛地望着瓦莱雷克，说：

“你到这里来有何贵干呀？我们每次相逢从来就没有好事。”

两个年轻的女演员不安地望着戈尔巴尔，她们的眼睛忽闪忽闪地活像四只蝴蝶。侍者端来了菜肴，并在桌上又放了一公升伏特加酒。马利克询问地看了韦切尔小姐一眼。

哈莉娜的一只手捂住瓶颈。

“是不是太多了点?”她用自己低沉的嗓音问戈尔巴尔。

“关我什么事?”他答道，“让他们喝吧，尽情地喝吧。我已经够了。”

瓦莱雷克看到客人们阴郁的表情很高兴。

“朋友们，”他说，“你们见到我像是见到了瘟病一样，甚至小姐们见到我也不高兴了。”

只有巴霞摇头否认。

“怎么，您要请客?”马利克认真地说。

瓦莱雷克大笑起来。

“那当然。”他说。

戈尔巴尔厌恶地望着他那胖得轮廓都模糊了的脸庞。这张脸曾经是很英俊的。

“怎么？你又进行了什么新的摧残?”

韦切尔小姐又用左手掀起面纱，右手端起一大杯伏特加酒灌进了喉咙，同时她圆睁一双凤眼惊骇地望着戈尔巴尔。

“不，这次不是摧残，而是欢乐。”瓦莱雷克带着嘲弄的口吻说，“我要结婚了。”

巴霞又红了脸，询问地望着瓦莱雷克。坐在她旁边的罗伊斯基把她的手按在桌上。

“别惊奇，巴霞，我要结婚，但不是跟你。”

知道瓦莱雷克跟巴霞的关系的人都紧闭着嘴，张开了惊骇的眼睛。

玛雷霞·塔塔尔斯卡轻轻地喊了一声：

“瓦莱雷!”

“嗯，我们喝酒吧。”瓦莱雷克补充了一句，又举起了杯子。只有不知内情的米耶泰克和兹贝舍克跟他碰了杯，他们以为终于找到一条盼望已久的大鱼了。

“呃，你们别忙着喝，”戈尔巴尔说，“他叫你们喝酒，可他不出钱。”

“我请客，当然是我请客。”瓦莱雷高声喊道，又向侍者点了点头。

巴霞低下了头，泪珠顺着她的两颊滚滚地流。大家都没有注意到，连她自己都没有注意到。

“你为什么不待在乡下的家里?”戈尔巴尔问。

“哼，家里！来了一窝孩子！我受不了。”

“什么孩子?”玛雷霞问。

“鬼知道。我表姐的儿子。我也分不清他们谁是谁。我宁愿不蹲在家里。”

“整个节日你都在这里过吗?”

“不，星期天我要去谢德尔策，到我的……未婚妻那里去。”

戈尔巴尔把手放在桌上。

“听我说，醉鬼，”他说，“别乱弹琴。什么未婚妻?”

“未婚妻就是未婚妻嘛，我要结婚了。”

“你不是已经结过婚吗?”

“结过，老兄，结过。但时间很短。现在我像鸟一样自由。”

“令堂同意你离婚?”

瓦莱雷克的脸唰地一下白了，愤怒地望着戈尔巴尔。

“你是圣宗教审判所吗？干吗这样质问我？你想干什么？”他突然又愤愤地加上一句。

韦切尔小姐举起双手去掠开面纱：

“你们搞什么鬼，先生们，你们想干什么？你们不让我们吃饭了？”

她那严厉的语气镇住了瓦莱雷克。他转身对两个年轻人问：

“你们是从波兹南来的？”

这时，马利克吻了吻韦切尔小姐的手。

“你总是讲你该讲的话，亲爱的。”他说。

巴霞此刻也略略平静了些，眼泪汪汪地朝塔塔尔斯卡嫣然一笑。坐在她另一边的玛雷霞伸出一只胳膊搂住了她，这个动作被瓦莱雷克注意到了。

“你想安慰安慰她，是吗？”他说，从他的话音里听得出来，他喝得太多了，对自己说的话可以不负责任，“你不用安慰她，会有人替我和你去安慰她的……你瞧，这个年轻人，”说着用手一指兹贝舍克，“这个金发小伙子一直在贪馋地盯着她哩，”兹贝舍克耸了耸肩膀。“不是他，就是别的人也会来安慰她的，而我则要待在我的克莉玛身边过幸福的日子。我未来的妻子叫克莱门蒂娜，不叫约阿霞，不叫玛雷霞，不叫尤莉霞，不叫巴霞，而是叫克莱门蒂娜。克莱门蒂娜！您明白吗，大人？就像札格沃巴[①]先生说的一样。”

“怎么又出了个札格沃巴？”戈尔巴尔生气地问。

“我的妻子是一个普通女子。我的第一个妻子是伯爵小姐，第二个妻子是‘农家姑娘’。”

“先生，别谈您的这个妻子那个妻子了，”韦切尔小姐埋怨说，“这

---

① 波兰作家显克微支长篇历史小说三部曲（《火与剑》《洪流》和《伏沃迪约夫斯基先生》）中的人物。

与我们毫不相干。”

“跟戈尔巴尔相干，”瓦莱雷克说，他已经完全醉了，“跟戈尔巴尔相干。因为戈尔巴尔是我的朋友。”

“哼，像狗吃草那样相干!”戈尔巴尔喊道。

“别同他搅了，他已经醉了，”马利克悻悻地说，接着转身对哈莉娜说，“哎，请他们放我们回去吧……”

这时胡贝先生走到桌旁，对韦切尔小姐鞠了一躬，身子探过桌面凑向塔塔尔斯卡说：

“我的汽车就在门口，我们到维兰努夫[1]去吃饭。”

两个年轻女演员立刻站了起来。

“好，我们去维兰努夫。”

“把这些年轻人也带走吧，”胡贝先生说，“车里有位子。”

这一伙人迅速同韦切尔小姐和马利克告了别，匆匆离开了桌旁。瓦莱雷克一时没有醒悟过来，便同年长的留在桌旁了。

“巴霞!”他大吼了一声。

“轻点!”戈尔巴尔冷峭地说，“你坐在这里就要老实点，不然就滚蛋!”

瓦莱雷克有一瞬间被这种声调吓住了。哈莉娜撩起黑色的面纱瞥了他一眼。

“他怕你，戈尔巴尔。”她说。

“他敢不怕我。”戈尔巴尔从牙缝里挤出了一句。

喝得烂醉的瓦莱雷克成了一摊泥。他坐到戈尔巴尔身边，双手抱住他的脖子，低声地对他耳语说：

“你知道，我已经彻底完蛋了，我什么也没有了，我完了。我已经

---

① 维兰努夫，华沙附近的名胜，曾是波兰国王的行宫和皇家花园。

不存在了，妻子抛弃了我……我要跟一个普通农家姑娘结婚，跟一个女工结婚……她在我妈的果园里工作，他妈的，怀上了孩子了……她父亲挥着拳头对我说：‘你娶她吧，大人，她出身于“贵族”。’他妈的，什么贵族……她要给我生个……我妈也……唉，我怎么办？告诉我，戈尔巴尔。”

戈尔巴尔一把推开了他。

“见鬼去吧，”他说，“我能告诉你什么？”

瓦莱雷克大声打了个嗝。

“到厕所去吧，也许能吐出来。”

瓦莱雷克果然沉重地站了起来。向饭店里边走去。蓝色的烟雾遮掩了灯光。戈尔巴尔目送他走去。

“挺漂亮的一个小伙子，”他说，“变化真大啊。”

韦切尔小姐这次把面纱完全撩了上去，搭在帽子上面，瞪着一对栗色大眼睛望着远去的瓦莱雷克。

“漂亮？我可不这样认为。”她把嘴一撇。

“哎，你不懂，”马利克摆了摆手，“他原是个漂亮的小伙子，只是酒喝多了。酗酒使他的脸浮肿了。”

“你在哪里认识他的？”哈莉娜问。

“还是在军队里的时候。”戈尔巴尔不高兴地回答说。

“你干吗要同他混在一起？”韦切尔小姐话里带刺地问。

戈尔巴尔耸了耸肩。

“第一，我没有同他混在一起，是他自己找到我……到我们这里来的。第二……还有什么好说的？我喜欢他！”

韦切尔小姐惊讶地望着戈尔巴尔。她不知道，他的话是当真还是挖苦。画家又摆了摆手：

“这个混蛋，醉鬼，把我们这顿酒完全搅乱了！”

十三

雅努什居住在科莫鲁夫的原因很难解释。最初他自己把这看成是暂时的流亡，然而，尽管岁月在无声无息地流逝，他的心境却一如既往。不错，他不仅对舒什凯维奇、阿达希和园丁，而且对自己都佯装对农庄和果园很感兴趣。他常去参观园艺展览，常常夸耀菲比赫先生培养的西红柿新品种。

打从他自巴黎归来和经历了五月政变之后，他感到内心是一片不可克制的空虚。他的记忆里有两个阿丽亚德娜：敖德萨的那一个，和巴黎的那一个。对两个阿丽亚德娜的回忆都像对精彩演出或非凡的音乐会的回忆那样虚无缥缈，似有实无。他收到过她一两封短信，是从巴黎还是从罗马寄来的？连这一点他都记不清楚了。爱情，或者说是爱情的幻觉完全消失了。但只能说差不多完全消失了，因为心灵的深处仍然存在着过去的反响。如果说他白天没有思念阿丽亚德娜，那么在夜里，她却常常出现在梦中。在梦里她总是一个模样儿：站在高高的楼梯上——或是敖德萨塔尔洛家的楼梯，或是爱丽舍田园大街剧院的楼梯，抑或是曼库夫卡的楼梯——阿丽亚德娜总是一个模样儿，同样穿着那件闪闪发光的连衫裙，脖子上戴着一串假珍珠项链，总是那样恳求地望着他，默默无言地向他伸出双手，但他却怎么也上不去那楼梯。

白天，他想的是哈尼亚·沃尔斯卡——埃文思太太。不是想她的“美国”特点，不是想她的打扮、首饰，也不是想她可悲的嗓子，而是想他们俩在一起的时候她所表现出来的热情和真诚。他们两个都感到极端的孤独，因而彼此流露出极端的真诚。哈尼亚是具体的，在回忆中也不会像雾一样缥缈。相反，她成了一个真实的感受，使他很想看到她。他尽量不去想佐霞·兹戈热尔斯卡，每当他偶尔记起她的名字，或是回忆起她那瘦削的、因哭泣而痉挛的面孔时，他就感到一阵心如刀剜的疼痛，并在内心深处以一种不太好的办法——厌烦或玩世不恭，来把这种回忆驱走。

跟姐姐和阿罗之间的关系是他关切和思索的题目。不论是白天或是夜晚（因为他有失眠症）只要一得空就想起这件事来。倘若不是斯彼哈瓦，这种关系也许要好处得多。雅努什总是惊骇地看着自己这位“非法”的姐夫的冒险行为，在他面前越来越觉得恐慌。不知何故卡齐米日高高的身材和他那越来越瘦得可怕的体格使他忐忑不安。阿达希常把自己听到的华沙的街谈巷议统统向他报告，虽然雅努什对这些事兴味索然。别人对斯彼哈瓦的议论他也一字不漏地向雅努什转述一遍。当时，有一个高级将领神秘地失踪了，全城为之哗然，阿达希在向雅努什报告这个消息时，把这个很可能是被人谋杀而失踪的将军的名字同斯彼哈瓦的名字连在一起，雅努什像赶苍蝇一样想把这些话驱走。在这个事件里，他还听到了瓦莱雷克的名字……雅努什根本不想知道这些事情，他有三个月没有到华沙去了。但是坏消息却源源不断地传到他的耳中。他睡得比平时更少了，只要他一睡着，便梦见阿丽亚德娜站在高高的楼梯上，他就像听到远处火车头的汽笛声那样突然惊醒过来。

泰克拉小姐那边来的消息使他摆脱了这种沮丧状态。在布拉茨卡街那座府第里，十四岁的阿罗同卡齐米日·斯彼哈瓦第一次发生了冲突。对于这个逐渐长大的男孩来说，家庭环境变得愈来愈难以忍受。阿罗听人说（很可能是听亚当·普热比亚-温茨基说），母亲把为数可观的一笔钱给了斯彼哈瓦，这笔钱是从他的财产里出的，因为母亲本人一无所有。阿罗把这件事藏在心里，既没有对斯彼哈瓦说，也没有对母亲说。母亲如果知道阿罗已经在关注自己的财产问题，准会大吃一惊，因为在她的心目中，儿子永远是个“小阿罗”。阿罗终于找到了一个发泄不满的机会：有一次，斯彼哈瓦在吃午饭时对他提了点意见，阿罗作出了一个惊人的反应。他对斯彼哈瓦说：“这不是叔叔的家，不必在这里指手画脚！这种议论叔叔可以在自己家里……在巴拉努夫卡发去。”比林斯卡和斯彼哈瓦都没有想到阿罗竟洞悉内情，因此都像突然听到餐厅的板凳说话那样感到意外。经这一闹，他们便决定把阿罗送到英国去。别夏多夫斯卡小姐不同意，因而把雅努什叫来，希望他能运用自己的影响打消这个可悲的决定。

雅努什来到华沙，但是他的劝说一点儿效果也没有。卡齐米日对他态度很冷，姐姐也不愿跟他说话。雅努什向埃德加尔征求意见，出乎他的意料，埃德加尔赞成阿罗去英国的计划。

“你知道吗，朋友，”希莱尔对雅努什说，“我觉得，对于这个一天天大起来的孩子来讲，离开家……一个这样的家，未尝不是一件好事。”他停了一下补充说。

事情就这么决定了。阿罗在一切都已准备停当之后，到科莫鲁夫跟舅父告别。阿罗在跟雅努什谈话时完全像个大人了。虽说他既没有丰富的学识，更没有任何艺术爱好和兴趣，但在他的一举一动中，在他坐在桌旁的那种姿势里，在他同梅申斯基谈话的声调中，有一种雅努什所不理解的特殊的尊严和特殊的风度。雅努什差不多有一年没有到布拉茨卡街去，在这一年的时间里，这孩子长大了，成熟了，变了。雅努什问自己，是不是痛苦使阿罗过于早熟？他责备自己竟然对世上最亲的人的命运这样漠不关心。他终究得出了结论，阿罗已经能够处理自己的问题，他是在等自己成年之后再进行报复。他也知道，为什么要到英国去。玛莉亚的冷静传给儿子了。

阿罗走了，雅努什又是单身一人待在科莫鲁夫。他每天起得很晚，但睡得很少，老是在令人烦恼的事务中昏昏沉沉地度过白天。直到晚上，他才一个人读读书或考虑考虑问题，不过他的思考不严密也不充分。现在他已经不写诗了，但是每晚他都感到心神不定，似乎想翻开那个厚本子，在空白的纸上一气呵成地写下新的字句，写诗！

春天里，他意外地收到一封信。哈尼亚·沃尔斯卡来信说，四月中旬她将要到海德尔堡，想在那里同他见面。同时她还寄来了有效期为两个月的华沙—柏林—海德尔堡的往返火车票。雅努什起初很反感，但转而又想，这大概是美国的习惯，不必为此大动肝火。斯彼哈瓦休假回来之后，他马上办好了护照，于四月底动身到海德尔堡去了。哈尼亚在信里含糊地提了一句马雷·舒阿尔的讲学，但雅努什不明白她指的是什么。雅努什想到就要见到哈尼亚，心情不觉为之一爽。她现在已不叫埃文思太太，两年前她嫁给了戴维斯先生。不过她这次去海德尔堡是独自一人。尽管雅努什已经习惯于幽居独处，也有足够的时间思索问题，但这次春日的旅行仍使他浮想联翩。他乘早班火车经克热什到达柏林，一路上包房里只有他一个人。单调的波兰风光虽然披上了春日的盛装，但收入眼底的仍然只是平淡无奇的景色，于是他思索开了至今没有很好想过的一切问题。一个加法算式里如果数字只是一长串零，计算起来是不困难的。他身上就有许多那种圆圈的数字，使他周身透得像筛子一样。

十分平静地通过了边界。到傍晚时分已离柏林不远了，但那些思绪仍在他脑际萦回。多少年来他一事无成，对于这一点，他一直没认真考虑过；现在他扎扎实实地抓起科莫鲁夫来了，在菲比赫先生的指导下，他甚至在暖房和果园里干一些体力活。打从在巴黎的那个时候起，他就在混日子，混过一天又一天，像是从一个房间到另一个房间那样。这种休眠的生活方式也是逃避现实的一种办法。

经过柏林的时候，他甚至不曾注意到这个城市的丑陋。他在西里西亚车站下车，乘出租汽车到安哈尔特火车站，然后坐上向南边去的列车。他有卧铺，倒下就睡，睡得很熟。清晨便到了海德尔堡。

这座奇异的城市以一种神奇的力量一下子就抓住了他。其实，他看到的只不过是内卡河谷中一小片房屋周围的小山丘。在他看来街名本身就富于浪漫的意味。哈尼亚住在位于城市的高处的施洛斯旅馆。

从她房间的窗口向外望去，向路德维希港和曼海姆方向延伸的整个内卡河谷迷人的景色尽收眼底，在落日余晖的衬托之下，宛如一幅结构完美的图画。哈尼亚接见他的时候，正坐在面对这一美景的沙发上。这里就像在飞机上一样，可以看到红色城堡的断壁颓垣、下方的桥梁、苍翠的群山、从密林中穿过的湍急的河流。

“你知道吗，”她说，“我不知道为什么，但是在这里，在这窗前，我就想，只有你一个人会欣赏这里的景色，这富有浪漫色彩的起伏山峦。只有你一人能为这里的风光增添一点东西，所以我马上给你写了一封信。我知道，你会来的。”

他坐在她身边，从窗口朝西南方向望去。从河谷传来了这个德国最温暖的城市的南方气息，雅努什想起了科莫鲁夫暖房里的空气。

哈尼亚说：

“这里谁也不看重风景，对马雷来说，自然界里就只有原子，对于马雷的朋友，在这里土生土长的那个小个子大学生来说，一切都像读过多少遍的一本书那样司空见惯。你瞧，我还在不断地读书，我觉得，浪漫主义作家对爱情理解得最深。海德尔堡最适于恋爱……”

雅努什有些诧异地望着哈尼亚。他觉得，现在她同在巴黎时迥然不同，更不用说在敖德萨的时候了。这个奇迹般的城市的气氛对她发生了作用。她像德国教授谈论哲学那样谈论爱情，但是她的哲理性的谈话同她的生活方式、同美国的箱笼、同陪她到处旅行的西班牙侍女是太不协调了。

但是，他仍然对这种魅力俯首帖耳，对她的话俯首帖耳。在巴黎时，他感到最舒心的是，他们什么也没有说，没有把自己的感情叫作爱情；他很容易地接受了哈尼亚的温存，但并不眷恋她，也没有用任何字眼来形容自己的感情。在这里，她的话很多，而且谈的都是爱情。雅努什很轻易地依顺了她的高谈阔论，就像在巴黎依顺了她的沉默寡言一样。哈尼亚常拉他到海德尔堡周围栗树林中无穷无尽的小路上散步，沿着沟壑、峡谷，在灰色的树干之间穿行，朝着莫尔肯库尔和观望塔的方向走去，一直登上高峰，途中时不时露出一片迷人景色：碧绿的水，蜿蜒曲折的河，古堡的红墙，内卡河彼岸教授们住的小洋楼。在一次散步的时候，他问她：

“你的戴维斯怎么样？”

她没有回答。显然，她的美国丈夫不适合这座浪漫城市的情调。

马雷·舒阿尔果然在这里讲学。他偶尔来看看他们，跟他们一起散步。哈尼亚和雅努什有时也乘小火车下去，到内卡河对岸找舒阿尔，他住在一幢建造在高峻河岸上的富丽堂皇的教授别墅里。他们带着舒阿尔一起到一条叫作“哲人之路”的小径上漫步，在这条小路的周围风景如画，有古堡的残垣断壁，有栗树林和山毛榉林，在黄昏时分它们都罩上了一层雾霭。同他们一起散步的经常还有那个小个子学生，舒阿尔的朋友，霍斯特·施内福赫特，他讲一口令人发笑的德国式法语。这座城市是德国哲学的天地，对最普通的现象都要进行玄奥的探讨，并形而上学地加以解释，但不知何故要把马雷·舒阿尔请来讲学，他的课具有法国式的极端精密性，涉及物理学的最新成就，量子理论、光的二重性理论以及原子构造理论。这里还有一批老教授按照黑格尔的方式讲哲学，研究宗教学，或者共同探讨各种文化和文明之间的对立，舒阿尔常常嘲笑他们，他们却不得不来倾听他严密的推断，研究他在海德尔堡大学大礼堂的黑板上用粉笔给他们写下的公式。霍斯特说，舒阿尔的到来是海德尔堡科学界的一件大事。哈尼亚一言不发地听舒阿尔谈话，只是偶尔提一两个问题，这些问题说明，她在这方面决不是一窍不通的。雅努什后来听舒阿尔说，哈尼亚用她一个丈夫的钱在财政上支持他，使他得以对原子构造进行研究，两年前他在阿斯尼埃尔创办的一个研究室就是在她的资助下建立起来的。她对原子的分裂、对舒阿尔继续进行的卢瑟福[①]和玻尔[②]的研究工作特别感兴趣。

沿着“哲人之路”散步使人心旷神怡。周围的森林和山峰，比起这座小城的低矮的房屋和烟囱来，要丰富多彩、鲜艳明亮、壮丽宏伟得多。只是仿佛与河平行的古堡的红色废墟，以及以雕像作装饰的巴洛克式的桥梁与森林的色彩不同，构成了一块块别致的点缀。山下，升起了一层春日黄昏的薄雾。舒阿尔讲着物质的本质。

“最令人惊异和恐惧的是，宇宙是一片无边无际的空虚。假如原子能扩大为一个直径十米的圆球，那么原子核和电子的半径则只有十分之一毫米。假如这是一个氢原子，那么它们就像两个十分之一毫米的小尘粒在相距五米处转动。其余部分空无一物，世界真是惊人地空虚……”

哈尼亚像望着天神一样望着舒阿尔。她虔诚地面对着他，倾听着他的科学论证。虽然这些论证是抽象的，她却总把它们应用到自己的命运上来。当她听到学者讲到世界是惊人的空虚时，便连连点头，随之叹了一口气，并跟着说了一句：

“是呀！世界是惊人的空虚！”

说这话时，她的目光搜寻着雅努什。

舒阿尔还谈到了科学的现状，谈到德国教授们对他的论证的反应，

---

① 卢瑟福（1871—1937），英国物理学家，生于新西兰。

② 玻尔（1885—1962），丹麦物理学家。

谈到知识发展的前景和方向。他引用比埃尔·居里[1]的一句话说，现在已经掌握的物质的秘密一旦落入坏人之手，世界便要遭殃了。但是，在不久的将来，就要开始一个新的时代，那时，世界将由学者们来统治——那便是地球上的黄金时代。哈尼亚在尽情欣赏内卡河的风光，欣赏阳光闪耀的奥登贝格森林和山丘。施内福赫特则不时停下脚步，眺望春日斜阳照耀下的城市，山丘上翠绿的草木、鲜花盛开的果树，嘴里吟哦着他所热爱的诗人的诗句：

亲爱的，但愿你重新记起十月，
记起我们的漫游，记起我们幸福的
迷醉，
当我们穿过闪光的朱红色树丛的
时候。[2]

对此哈尼亚发表评论说，现在不是“十月”而是“四月”，树丛里没有朱砂红，而是一片碧绿。

有一次，雅努什、马雷和哈尼亚三人上山到莫尔肯库尔参加大学生合唱音乐会。音乐会是在一家饭店的大厅里举行的，许多海德尔堡大学的学生坐在长桌旁喝啤酒，或用当地葡萄园酿的柔和而醇美的葡萄酒。合唱队在一个简易舞台上演唱。

最主要的节目是勃拉姆斯的圆舞曲，包括两个男声合唱和两部钢琴曲。这部作品雅努什早在曼库夫卡和敖德萨时就已经熟悉，埃德加尔当时喜欢弹它。一九一四年时，勃拉姆斯是希莱尔最喜爱的作曲家

---

① 比埃尔·居里（1859—1906），法国物理学家。
② 这是德国诗人乔治·斯特凡（1868—1933）的诗，原文是德文。

之一。大学生合唱队把这个圆舞曲表演得很出色，年轻的指挥也很成功。三个异邦人坐在一个角落里，沉醉于沁人心脾的音乐之中，这音乐里充满了朦胧的诗意、暧昧的感情、怀念、喜悦、爱恋、动荡不定的激情。第一个圆舞曲一开始就把他们迷住了，那在大调和小调之间飘忽不定的音调，那跳跃式下降的六度音（同时男高音中由于超凡的欢乐而喑哑下来后低音也马上跟着来了一个下降六度音），然后一切会合成一个细腻动听的和谐整体，并且融化在由两个金发大学生弹奏的两架钢琴的轻柔的琴音之中。雅努什想起了一幅德国浪漫主义的名画：两个朋友穿过森林朝着一轮东升的皓月走去，月亮出奇地大，透过森林的树枝映照着他们。在这海德尔堡，他理解了并感受到了这幅画的含义，这幅画渗入了他的心灵，使他终于理解了它的魅力。生活中只有少数艺术品拥有这样的力量，使我们永远不能忘怀。

“我们那位少年侍卫在什么地方？”在华尔兹快结束的时候，马雷·舒阿尔问，“他为什么没有跟我们在一起？”

“他坐在那边，舞台前面，和同学们在一起。”

“真的，”哈尼亚喊道，“他脸上的表情多奇怪啊！”

舞台前面一张式样别致的桌子旁坐着几个“普鲁西娅”[①] 学生会的成员，他们都戴着五颜六色的帽子。具有诗人气质的施内福赫特就在他们中间。他和同学们相互碰着绿色的酒杯，喝莱茵葡萄酒，假装没有看见每天在“哲人之路”散步的同伴。当他终于遇到戴维斯太太的目光时，只是微微朝她点了点头，生怕别的学生发现。

“他怎么啦？可怜的霍斯特！”她说。

当他们从莫尔肯库尔出来，在温暖的暮色中踏着幽暗的小径回旅馆的时候（雅努什现在对这里的每一棵树都很熟悉），梅申斯基突然发

---

① 普鲁西娅是作为普鲁士象征的一个妇女形象。

现有人把手伸到他的臂膀下，同时耳边响起了霍斯特的声音：

“请多多包涵！因为如果同学们看见我跟外国人，特别是波兰人讲话，那就不好了。今天是我们的晚会，几乎是弥撒……我没有别的办法。明天伊克斯吕尔男爵夫人请我们……还要演奏勃拉姆斯的曲子。”

于是第二天晚上他们到男爵夫人家里吃晚饭。这位夫人在斯彼拉山下和莱茵河畔有许多高级的老葡萄园。这天早上他们还去了那一带，到了斯彼拉教堂的大墙和高塔之下。教堂的地下室里埋着德国的历代皇帝，霍斯特领着他们参观，而且十分激动地向他们解释这些墓上的碑文。哈尼亚不大明白，霍斯特在讲到亨利四世的墓没有受到应有的尊重，并说有人从他的棺木中取出大衣的碎片拿到教堂陈列室展览时，为什么会那么激昂慷慨。晚上又是勃拉姆斯的音乐。吃晚饭的时候，男爵夫人在每道菜之后，都要上一瓶莱茵葡萄酒，一次比一次的陈，一次比一次的醇美。吃甜食的时候，又斟上了一种酒，使整个房间都弥漫了酒香，这是一种槲木酒桶和菩提花的混合香味，浓郁得令人沉醉。雅努什喝完最后一杯酒，把酒杯从自己的盘子旁边挪开的时候，舒阿尔生气地说：

“喝吧，以后您恐怕难得喝上这样好的酒了……”

晚饭后，一个出色的钢琴家，在艾丽查维特格勒[①]当过诺伊豪斯[②]家的学生的舍尔廷教授，跟他的朋友宗教史学者乌德一起演奏了勃拉姆斯的两首小提琴奏鸣曲。男爵夫人的大客厅有一道门通向凉台和花园，花园与残破的古堡的院落相连，从客厅里可以看到一片山毛榉树林，常春藤和古堡的废墟，此刻这一派景色已经融化在春日黄昏的薄雾中了。客厅里突然响起了乐曲声，这是一首无拘无束、变幻不定，

① 俄国地名。

② 诺伊豪斯（1888—1964），俄罗斯钢琴家、教育家。

也许比昨天的圆舞曲更简易的乐曲，同时又是一首极富有才智、极为雍容大度的乐曲。听众们坐在光线暗淡的客厅里的沙发上倾听着。

霍斯特和雅努什一起走出了屋子。天已经黑了。雅努什住在山下“金鸡”旅馆，哈尼亚坐着她那辆还不曾用过的漂亮小轿车回到山上的旅馆。马雷和教授们还留在那里。

霍斯特挽起雅努什的手。

“马雷留下了，”他说，“教授们会从他那里挤出所有的秘密的。”

雅努什笑了。

“马雷其实没有任何秘密，你们那些教授虽然不研究原子，倒是很神秘的。”

霍斯特没有吭声。过后他又吟诵起了乔治的诗。海德尔堡的街道上刚下过一场春雨。他们沿着长长的大学路向火车站走去。街上行人寥落。小城市里人们都睡得很早。

雅努什问：

“你喜欢法国人吗？”

霍斯特又不吭声。过了一阵子之后，才听到他压抑着嗓门说：

“我恨。”

“你们既然恨，那要这些音乐、诗歌干什么？要这座美丽的城市干什么？”

“我们恨！这不错，但在我们的仇恨里包含着博爱。”

“是吗？你能肯定是这样吗？”

“如果将来我们面对面地相遇呢？”

“这是什么意思？”

“成为仇敌。”

“哎，亲爱的，生活是善于作弄人的。那怎么办？我会开枪的。那时你大概也不会朗诵诗吧？”

“不，我会朗诵诗，也会开枪。”

雅努什吃吃地笑着。

“你太不像话了，施内福赫特……”

“你太善良了。”霍斯特喃喃地说。

次日夜里，哈尼亚和雅努什坐在窗前，就是那扇朝南的、正对着内卡河谷、路德维希港和曼海姆的窗子。奥登贝格的那一边，乌云四合，不时有一道闪电划破长空。一场春天的暴风雨快要来了。他们两人合坐在一张大沙发上，彼此依偎着。她对他情意绵绵，他对她温情脉脉。哈尼亚把他搂在怀里，他感到自己的手掌下面是她那迷人的、富有弹性的身躯。哈尼亚喋喋不休地讲着爱情，他默不作声地抚弄着她的头发。然后他站了起来。

“你知道，”他说，“我更喜欢你在巴黎时一句话也不说。诚然，那里没有这样的景色，没有栗树林，没有少年侍卫霍斯特，没有马雷·舒阿尔，也没有舒松神经的勃拉姆斯的音乐。但你要明白，我宁可要我的暖房的那种气氛，因为我可以从那里出来，那里有新鲜的空气、肥料的气味，有谷物，有见了燕子飞过就吠叫的狗弗雷莱克，有菲比赫先生（他总是说，‘园艺能使人心胸开朗’）。你瞧，我要回到那里去了，到柏林的车是十二点十二分开。”

哈尼亚不安地动了动。

“你不留下吗？”

“我留下干什么？你有你的埃文思，或戴维斯，或马雷……”

“哦，不，不是那么回事。”

“谁知道呢？可我不能留在这里……我脑子里想的完全是另一回事。你到过克拉科夫吗？”

“克拉科夫？没有，从来没有去过。”

“你瞧！我要从这儿直接到克拉科夫去。我想把海德尔堡和……克拉科夫这两个城市比较一下。”

“为什么？”

“不知道。像你这么容易受怪念头支配的人，不应该提这样的问题。我有这么个怪念头。我高兴这么做。相信我，我这样做是对的。”

“你没有想过，我们可以结婚？”

“当第五任？哦，不……这有必要吗？”

“我有一大笔财产！”

雅努什淡然一笑。

“不管怎样，你还是想当波兰的伯爵夫人。这算什么？也算是值得称赞的爱国心。但是我不行。”

“你想想，你拒绝了什么？”

“你知道，这算不了什么。你很可爱——这就是一切！可你想登台演唱……我呢？”

“你怎样？”

“我？没有什么。我想爱。”

他吻着她的嘴唇，她想，他说的这“爱”指的是她，但雅努什站了起来，点亮了灯，收拾自己的零星物品。

“我真的要走了，”他说，“火车真的十二点十二分开，还有半个钟头。”

十四

雅努什经常到克拉科夫来，他在这里有亲戚，也很喜欢这个城市。如果是夏天来，他只带一个小箱子，就不叫马车，直接从火车站穿过街心花园走到格兰德旅馆。他跟格兰德旅馆的老板沾点亲戚，门房总是很高兴地接待他。他最喜欢走经过街心花园的这段路，一走到利比奇街，便闻到一股盛开的玫瑰花的芳香，穿过浓荫蔽日的栗树，弗洛里安城门，或者走皮亚尔教堂后面的林荫小径，一直走到斯瓦夫科夫斯卡的十字街头。在克拉科夫呼吸的第一口空气总是使人心境特别愉快。街心花园的鲜花同对当年往事的回忆有着千丝万缕的联系。在幼小的孩提时代，他同父亲到过这里，住在“玫瑰旅馆”，看过《科希秋什科在拉茨瓦维策》[①] 一剧的演出。他还陪同父亲到过布拉茨卡街和绵羊街几次；父亲还看望了当时在克拉科夫的几位音乐家。走过街心花园这条路，有点像回到曼库夫卡。

现在回到现实中来了，回到重要、具体而可以理解的日常事务中来了。刚从巴黎回来时有这种感觉，现在从海德尔堡回来，这种感觉更加强烈。他觉得在海德尔堡的一段生活像是幻觉，像是一张没有支点的蜘蛛网，一阵风便能把它吹得无影无踪。克拉科夫沉闷的空气，谷地的水雾，简直像蒸笼里一样的气温，可以把这座遍布五光十色的教堂的城市化为神奇的仙境或梦幻，然而他在这里却感到脚踏实地，接触到了真正实在的东西。他像往常一样，在这种时刻总有许多感触。

格兰德旅馆的门房，和蔼的塔德乌什先生亲热地接待了他，像以前一样，把楼上那间他常住的房间的钥匙交给了他。这是一个改建过的或后来添建的房间，低矮而狭长，紧靠楼梯，窗子对着阴暗的小院落。屋内挂着一幅版画，画的是一个弄潮的姑娘。当他脱下衣服，在屋子里踱来踱去的时候，才深沉地想到，他没有把自己的命运同国家紧密地联系在一起。他忽然觉得自己成了埃文思或戴维斯太太（管她叫什么!）那样的人，或者像自称为世界主义的畜生维克多·革丹斯基那样的人。但是这种沉思没有持续多久，他很快就找到了为自己辩护

① 科希秋什科是波兰1794年起义的领导人，拉茨瓦维策是波兰地名，1794年科希秋什科在此击败俄军。

的理由——而且非常容易。

他安然地睡着了，好像是作出了一个决断。睡梦中，他看到了辽阔而明澈的湖水，霍斯特·施内福赫特在指挥乐队，还有那记不全的诗句。

他醒得很晚，醒来后一下想不起自己到这里来干什么。等他刮完脸，穿戴整齐，在下面的咖啡馆吃了早饭，茫然地望着斯瓦夫科夫斯卡大街上的行人的时候，时间已经很晚了。但他仍然决定步行到萨尔瓦托尔去。路很远，又很单调，但早晨的时光是迷人的，温暖而芬芳。

他经过一个男校的大楼时，看见一班学生在校园里打排球，还有几个在一旁推铅球：一个样子像田径运动员的、穿运动衫的小伙子铅球推得很远，但姿势很滑稽，一只脚不停地颤抖。雅努什正看着他们运动的时候，有三个少年夹着书从校门出来。

"哦，"他心里想，"这是班里的学习尖子，不参加体育运动。"

他跟上了这三个学生，不由自主地竖起了耳朵听他们谈话。他离他们很近，他们的模样儿看得很清楚。走在中间的是一个个子高、身材匀称的少年，雅努什只看见他一对赤红的小耳朵，他显然对正在进行的争论很重视。从这少年的衣着上看，他出身于外省的贵族之家。他的两个同学穿着克拉科夫式的漂亮时装，短裤和花衬衫。右边的那一个动作灵活，很明显是个知识丰富的人，他说：

"如果是这样，那么你说说看，为什么他们从来没有听说过基督教呀！中国人那里、马来人那里、黑人那里也会发生奇迹？"

雅努什暗自好笑。中国人那里发生什么奇迹他怎么会知道？他说这话，完全是出于年轻人的轻信，相信书本、报刊和旅行者的叙述。

左边是一个黑头发的漂亮少年，有着意大利型的美，从外表看他更像一个画家而不像一个哲学家，他说：

"一切都证明，存在着某种共同的基础，怎么说呢，一种发生奇迹的共同基础。”

“对，不过你们认为什么是奇迹呢?”中间的那个无力地辩驳说。他显然深信自己的论点，但找不到有力的语言来为之辩护。

那个黑头发的漂亮少年笑了起来。

“嗯，假如我上电影院，刚好在那里遇到佐霞，我就认为这是奇迹。”

“佐霞?”雅努什想。

“你瞎说，埃雷克，”右边那个有学问的说，“我根本不认为这是奇迹。”

“当然是。”

“然而你们怎么看……”中间的那个说，“你们怎么看呢?如果不承认灵魂不死，人怎么活呢?”

“人死了一切都完了。”埃雷克说。

“就算是这样吧，但人总是不断地追求尽善尽美，追求更美好的东西，对不对?可是在世界上很难追求到美好的东西。”

“在那个世界上什么也没有。”

“那么人为什么要追求尽善尽美呢?”

雅努什忍不住插嘴了。

“怎么能够阻碍人的发展呢?”他喊道，“照这么说，死亡就是尽善尽美不能超越的界限了?”

小伙子们停住了脚，但并不感到诧异。他们过于激动，以致没有注意到这个陌生人举动的不当。那个“智者”说:

“因为你们是以个人的范畴考虑问题。个人完全不是我们关切的目标。我们关切的是集体的幸福，社会的完美。”

“好，”雅努什说，“但是，如果没有道德的基础，那怎么去建立伦理呢?”

于是大家吵了起来，但各人吵的内容不同。他们站在人行道上，比手画脚。过路行人都看着他们。雅努什第一个清醒过来。

“我们像疯子似的，”他想，“我跟这些不相识的男孩子在这里干什么呀？我为什么要替自己一直不相信的灵魂不死辩护？简直是疯了！”

他连忙让大家安静下来，并跟他们告了别。少年们脸颊发烧，站在人行道上，仍在继续比手画脚。

“在电影院里巧遇佐霞，这就是奇迹！”他自言自语地说。

他面带微笑，心里却在嘲弄自己的信念和希望，这样一直走到诺贝教派的修道院。时间恰好是正午，教堂钟楼响了十二下，然后是一下破钟声音。他知道有这么个传说：当初那个铸钟人由于钟裂了，绝望地跳了河，现在人们敲这口破钟，就是为了纪念“在维斯瓦河淹死的人”。他倾听了一会儿这发哑的钟声。修道院是一所朴素的、典型的波兰建筑，他向院子里望了一眼。那里长满了青草，角落里还有一棵魁伟的大栗子树。它才刚刚开花。

“在海德尔堡，栗树花都已经凋谢了。”他想。

再过去一点儿就是维斯瓦河。它像一条闪光的白色带子，在暗哑的破钟声中无忧无虑地流淌。

从冈蒂纳街二号佐霞·兹戈热尔斯卡的姑母的住宅里望去，维斯瓦河显得更美，它就在窗下流过，像维斯皮安斯基①描写的那样，高贵而纯洁。

他没有遇上佐霞。佐霞的姑母，身材修长，衣着讲究，落落大方，看来昔日是个美人。她脖子上围着一条天鹅绒围巾，讲话时不会发颤音“r”。她说，刚刚两个星期前，佐霞在戈文比亚街瓦格纳教授那里找到了一个职位，照管孩子，“两个非常可爱的小家伙”。

---

① 维斯皮安斯基（1869—1907），波兰著名的剧作家、诗人。

玛尔塔姑妈让雅努什坐在一张浅色的桌旁，桌上铺着绣有民间图案的桌布；同时长篇大论地对他谈起佐霞来。雅努什乐得让她讲，因为他对佐霞一点儿也不了解。

“父亲死后，她非常孤单，”这位年长的太太意味深长地说，“非常孤单，我真可怜这姑娘。她身无分文，可我也并不宽裕。”

雅努什不禁望了望粉白的墙壁，墙上挂着几张塔特拉山的风景照片，照片之间还挂着干枯的梅花草。

“她已经开始老了。”

“佐霞小姐？老？这真可笑……”

“真的，先生，她已经快三十了。快三十了！这还是委婉的说法，其实她在二月份已经满三十了……您明白……”

雅努什什么也不明白。

他甚至没有明白这位太太对她说了什么。反正了解不到佐霞的真实情况！他站起来告辞。

“啊，对不起，”玛尔塔太太说，“我还没有问您贵姓呢！有什么话要我转告佐霞吗？”

“我到瓦格纳教授家里去找佐霞小姐，”雅努什平静地说，“我尽可能找到她。甚至非找到她不可。”

“您是要给她介绍工作吗？”

“正是。”

“哦，先生，是个好工作吗？那可怜的孩子等了这么久才在瓦格纳夫妇那里找到了这个工作。她在那里干得很好。虽然她从来没有带过孩子，暂时要吃点苦，但瓦格纳夫妇是正派人。是不是现在不要去动她，您认为怎样？”

“我跟您想的一样，”雅努什在门厅里说，“我将听从佐霞小姐的明断……”

他乘有轨电车到了戈文比亚大街。

他上楼时心情一点儿也不紧张。戈文比亚街的房子是克拉科夫的老式房子，住宅的入口很特别。上楼之后是一条又长又宽的明廊，在明廊的尽头的一扇门上钉着一个牌子，写着："约瑟夫·瓦格纳教授"。雅努什按了一下有点儿生锈的弹簧门铃。一个女仆给他开了门。在光线暗淡、用棕色门帘隔着的长长的门廊里，雅努什首先看到的，是佐霞浅颜色的连衣裙。她正蹲在地上，给坐在满是灰尘的沙发里的一个瘦弱、丑陋的孩子脱掉脚上的长袜。住宅看起来很旧，很凌乱，塞满了家具和石膏半身像。佐霞连忙站起来，站在雅努什面前，显得十分局促。

"您找我吗？"她问，抬起明亮的眼睛望着雅努什。

"不找您找谁？"雅努什有点儿不耐烦地说，只要一看见佐霞诚实的目光，他心里就烦躁。

"我刚同孩子们散步回来，"她说，"马上就吃午饭，只等教授回来……"

从满是灰尘的住宅深处，仿佛是从密布的蛛网后边，传出一个刺耳的声音：

"佐菲亚小姐，有人找您吗？"

"是的，太太，"佐霞说，显然不知如何是好，"这是教授夫人……"她加上一句。

"您能跟我一起出去吗？"雅努什问。

"我不知道。马上就要开饭了。"她迟疑地低声说。

"我们到城里吃饭吧。"

佐霞对屋子里面说：

"非常对不起，我不吃午饭了，我要出去一下。"

门帘后面走出一个穿紫红色长睡衣的高个子妇女。她向梅申斯基弯了弯腰，同时从头到脚把他打量了一遍。

“对不起，太太，”雅努什说，“我有非常重要的消息告诉佐菲亚小姐。”

“您愿意在客厅里跟她谈吗?”教授夫人以一个庄重的手势指着门帘后的门。

“不，不，”雅努什连忙说，“我们出去一会儿。”

“我马上就回来，”佐霞说，“在您吃完午饭之前……”

“悉听尊便。”教授夫人说，牵着那个丑孩子进屋去了，没注意到在谈话的时候孩子一直光着脚坐在沙发上。

佐霞帽子也没戴，三脚两步到了明廊，然后到楼道上。雅努什好不容易才赶上了她。他们在楼道上站住了，不约而同地笑了起来。他们笑着下了楼，一边还取笑教授夫人。到了街上佐霞才发现自己没戴帽子。

“我没有戴帽子，您跟我走在一起觉得难为情吧。”

“可不，很难为情。”雅努什说，同时挽住了她的胳膊。

“我们到哪里去?”佐霞问。

“到古市场去，好吗?”

“好。”

古市场里的人很多、很挤，又暗又冷。摊贩们大声叫卖，有的甚至拉人买东西。红红绿绿的头巾和白色的、褐色的柳条篮子相间地摆在一起。一个货摊上挂着克拉科夫的民间服装。佐霞端详一件漂亮的红天鹅绒蓝花旧式外套，外套前襟和袖口上还缀有红珊瑚和金线的穿珠绣花。

“天啊，这多美!”佐霞说。

“我们买下吧!”雅努什喊道。

“这东西一定很贵。”

“什么东西贵？什么东西贵?”女商贩拼命推销，“这么漂亮的外套要多大价钱也不算贵。这比什么式样都好看，这是布罗诺维策的雷德洛娃太太亲手做的……”

雅努什笑了。

“古市场的所有服装都是雷德洛娃太太亲手做的。这件多少钱?”

“三十二兹罗提，”女商贩说，然后又讨好地补上一句，“这是给你们的特价。”

雅努什付了钱，拿起包好的短外套。然后看了看钱包。

“您知道吗?”他说，“我把身边的最后几个钱都花掉了。剩下的只够吃一顿午饭，还有十八个兹罗提。”

“那可怎么好呢?”

“今天下午我给老舒什凯维奇发个电报。”

“是买下科莫鲁夫的那个吗?”

“对。他会把钱电汇给我，我还可以向格兰德旅馆借点儿钱。”

他们站在古市场门后的过道上，从这里可以看到暗红色的玛丽亚教堂。教堂整个儿沐浴在阳光中，塔的金顶闪耀着金灿灿的光芒。上面的小窗口打开了，报时警号响了起来。

“您知道，”他说着又挽起了佐霞的胳膊，“这太美了，就像在一个木偶剧院里一样。”

“您说什么?”佐霞说，“这真是美极了。”

“您愿意在哪里结婚?”雅努什还是漫不经心地问，“在这里还是在科莫鲁夫?”

佐霞审视着他，但他的目光转向了正在塔上吹警号的号手。似乎对自己说的话并不在意。

“科莫鲁夫的本区教堂在布罗霍夫，”她小声说，“肖邦的父母就是在那里结的婚。”

在说“肖邦的父母”这几个字时，她的喉咙好像有什么东西哽住了，吞了一口唾沫后才很费劲地说了出来。

这时，雅努什突然俯下身去，几乎贴到了比自己矮得多的佐霞的脸上，他说话的声音很轻，似有所指，又似有口无心。

“那我们就在布罗霍夫结婚，好吗？”

佐霞没有回答。雅努什觉得，她似乎想哭，便换了一种愉快的口吻说：

“瓦格纳教授夫人就不用去理会了。现在我们用这最后的十八个兹罗提吃午饭去。”

他们在阳光下穿过古市场的广场，从摆在密茨凯维奇铜像前的许多花篮中间穿了过去，朝着弗洛里安城门的方向走了。

十五

从布罗霍夫教堂出来后，他们坐上了雅努什的姐姐馈赠的那辆破旧轿车。在教堂里几乎只有他们两人，结婚证明人是司机和教堂的看门人。比林斯卡和舒什凯维奇夫妇在家里等候新人的到来。前波特洛斯小姐负责安排午饭的菜单和餐具。玛莉亚·比林斯卡带来了自己的银器和画幅，还借来了一个厨师。卡齐奥·斯彼哈瓦正陪同部长参加日内瓦国联会议，不能前来参加雅努什的婚礼。汽车里除了新郎新娘以外还有阿达希·温茨基。他表现得过分谦卑，而且他还装腔作势地讲了一大堆老生常谈的贺词，这使雅努什感到很恼火，现在他坐在司机旁边反复地说：“费利克斯先生，开慢点，开慢点！”费利克斯自己也知道要开慢点，不能在这满是石头的林间道路上把汽车和新郎新娘断送了。汽车没有走公路回去，而是在卡姆皮诺斯卡大森林中穿行，因为走公路太远，而雅努什和佐霞两个都希望尽快回到科莫鲁夫。这是六月里的一天，天气非常好，晴空万里。树上长满了毛茸茸的叶子，在牧场和林间空地上，草已经长得很高了，正等着看林人去收割。森林里有一股浓郁的松香和草木的气味，芳香的气流从敞开的车窗冲到这辆旧车的乘客身上。佐霞穿一件白底蓝条的漂亮衬衫，相当宽大的灰色裙子，戴着洁白的帽子和面纱。她和雅努什胸前都别着菲比赫先生为他们准备的一束迷迭香。车快到科莫鲁夫时，雅努什叫费利克斯停下。

“呃，”他对佐霞说，“我们走那条穿过森林和田野的小路吧，就是十年前我第一次到科莫鲁夫时，我们走过的那条路，你记得吗?”

“这还用问!”

小汽车载着那个令人难以忍受的阿达希开走了，他们两个留在树林里。两人走了几十步便到了森林的边缘。

“这就是我曾经想吻你的地方。”雅努什说。

“哦，不，那还在森林里边呢!”

“你记得吗?”

“我记得，当然记得。”

“那时你为什么不让我吻你呢?”

“那时我恨你。”

“为什么?”

“当时我觉得你是个傻头傻脑的贵族，想用几个子儿把农庄和姑娘都买了去。”

“农庄我买下了。”

“也确实没花几个钱。”

“难道真的那么便宜吗?”

“你不是付了钱吗?”

“你瞧，如果不是这块地，我的生活就会是另外一个样子。我想，我也许就不会结婚了。”

“当然啦。假如你没有买下科莫鲁夫，你就不会认识我，不会认识我父亲……也就不会和我结婚了。不过我觉得你还是会结婚的，男人到了一定的年龄是一定要结婚的。”

雅努什想起了海德尔堡和哈尼亚·沃尔斯卡，说来也怪，刹那间他竟为那件事感到懊悔。但他马上瞅了佐霞一眼，她站在他前面一两步远的森林边上，背靠着一棵发红的粗松树干。他看到她那在白帽子的蓝色阴影下瘦小的面部侧影，衬衣上的蓝条纹在万里晴空的明亮光线照耀下看起来成了灰色，浓密的树叶在灰色的裙子上投下斑驳的绿影。佐霞手里拿着一大束白丁香、白玫瑰和白马蹄莲，但是每种花白得都各有不同，有像雪一样白的，有像人体一样白的，也有像床单一样白的，整体就像一幅剪纸画贴在蓝天绿野的背景下。一条大松枝悬在佐霞头上，宛如一个黑色手指在指着吓唬她。雅努什默默无言地朝这幅图画看了良久，然后自言自语地低声说：

“我的妻。”

佐霞朝他调过头来，白帽子在背光的眼睛上投下了一道阴影。嵌在幽暗的眼睑里的眼珠仿佛由于注视而变大了。脸上的轮廓模糊了，嘴角唇边露出了十分愉快的微笑。

“你为什么现在不吻我呢？”

“我不敢。”雅努什说。

“难道你竟这么胆小？那时呢？”

“那时你对我来说是一个普普通通的姑娘，一个我不必去重视的姑娘。而且我也不知道，我当时为什么想吻你。一般来说，我不是那种一同妇女单独相处就马上采取攻势的男人。那一次的举动是命运之使然。”

佐霞高兴地笑了起来。

“我觉得并非如此。假如我没有记住那件事，没有在十年后来找你，使你想起了我，你一定把我完全忘了。”

“不，不，你一直在我心里，虽然被许多事情，许多人和许多面孔掩盖住了。那时你为什么来找我呢？”

“为什么？求你帮我找职业，我那时很穷。”

“我在你脑子里留下了个什么印象？”

“我记得你是个傲慢的少爷。但在暖房里，我看到你是个好人。”

“我变了吗？”

“不，你和从前一样，只是在同样的形体中好像有了某种闪光的东西。”

“现在你不担心自己会恨我吗？”

“不，我爱你。”她朴朴实实地说。

在森林与农庄之间，像那时一样长着黑麦，今年的黑麦长得很高，很茂盛。时值六月初旬，黑麦已经抽穗了，有的已经扬花。在他们走的那条小路两旁，长着矢车菊和飞燕草。但是数量不多，因为种子是经过精选的。佐霞抱着那束白花走在前面，雅努什跟在她后边，他觉得花束像是个小孩，他妻子抱着小孩踏着田野小径走在他前面。这情景使他既高兴又不安。

麦穗长得很高，抽着佐霞的脸，她因而举步很谨慎，用空着的那只手推开麦穗，以免它打着自己的脸。但她一松手，麦穗又回到原位，正好打在走在她后边的雅努什的肩上。他的头比麦穗高，他看到有一股捉摸不定的气流把麦穗吹向一边，或者使它掀起层层波浪。

佐霞一直走到路的尽头，走到果园的石界墙那里，等着丈夫。他看见她双手抱着花束，白帽子下的脸在微笑着，全身沐浴在阳光中，显得那样的幸福和可爱。他觉得她很单纯，而且觉得整个未来的生活都会是单纯而平凡的：科莫鲁夫、妻子、孩子，可能还有诗、鲜花、果树。一瞬间，有个念头从他脑际掠过：“生活一般是不会这么单纯的，一个人将来怎样并不取决于他自己。”但他没有时间进一步琢磨这个想法，他已走到佐霞身边。窈窕、柔弱、孩子气的她，站在石界墙的通道口上，举起了双手，说：

“现在你可以吻我了！”

第十一章　车　队

一

不知不觉夏去秋来。茂密的枫树叶在寒风的袭击面前，显得更加荫翳密集，然而这里那里已经露出了片片黄叶，甚至有整条整条的树枝都染上了一层琥珀色。像飞蛾翅膀一样透明的浅绿色的椴树叶纷纷飘落，盖满了普斯泰翁基园林的林荫夹道和小径。这些树木，白天看起来热热闹闹，挺拔雄伟，然而，一旦薄暮降临，阵阵飕飕的秋风从树梢上掠过，人们便清晰地感觉到，这是颤抖的秋声。

白天，园林里空空如也，花坛之间，枝繁叶茂的树荫之下，很少见到人影。可是，一到黄昏，林荫道上便出现了影影绰绰的人群。有的成双成对而来，有的三五结伴而至，也有单身的来者。他们都是从华沙和西部逃来的难民，地主府邸的庭院、厢房和大门外的农舍都成了他们的栖身之所。白天，他们各自为生计奔波：寻找柴火，煮一点果腹的薄羹，为此常常要深入农村，甚至到附近的小城镇。然而，随着夜幕降临，他们都聚集在园林里，彼此聊聊天。一些人不过是唉声

叹气；另一些人在思考这场意想不到的灾难的原因，寻找祸首，探究自觉的和不自觉的罪人；还有一些人则专事传播谣言，那些谣言被渲染夸大，荒诞得令人难以置信；也有一些人谈论什么人在“公路上”的什么地方死了，提供有关各种知名人士死亡的离奇的细节，可过后却证明那些人都健在，安然无恙。关于政府和参谋本部逃往罗马尼亚的消息就属于这类最不可信的谣言。对此任何人都不肯相信。

因此，每到傍晚园林便活跃起来，充满了一种山溪在夜间哗哗流水的喧声，无家可归的人们的脚步声和谈话声同迎击秋风的茂密的树冠发出的惶惶不安的簌簌声汇成了一种奇特的合唱。

普斯泰翁基的地主府邸两侧有两座圆顶小塔楼，木板圆顶上长满了青苔。右侧的塔楼里是米哈霞姨妈住过并在那儿咽气的房间；左侧塔楼上面，就在圆屋顶下，是安德热依的房间，如今塞满了华沙来的客人。在下面底层有个小礼拜堂，小礼拜堂的门是单独朝园林开的。往日只是在某些特别庆典，如举行洗礼或婚礼时才打开这个小教堂的门。如今，自从战争爆发以来，小礼拜堂整天开着。进去的既有难民，也有家里的人，午后便在一些比较刚毅和比较虔诚的老妇人的率领之下举行祈祷。每天傍晚——下午六点钟天就黑了，这小礼拜堂里就挤满了依稀可辨的人群，在幽暗的烛光下他们似乎失去了固定的形态。

也就是在这儿产生并迅速普及开了一种战时的连祷，一长串同各种悲剧环境相适应的向上帝的哀求。连祷声中人们轻易便否定了多年来所取得的一切成就，而且似乎那些年高的女祭司每喊一句：“开恩吧，上帝，请赐还我们祖国和自由!”都能使她们体验到某种慰藉。这句话使她们想起了自己的青春时代和被奴役的境地。但年轻人却无法忍受那种祈祷。安德热依到普斯泰翁基的第一天偶然地闯进了小礼拜堂，他一听到这番话便受不住了。他看不惯这些虔诚的老太婆，在祈祷进行得方兴未艾的时候，愤然离开了这神圣的地方。

然而，庄园幽暗的小礼拜堂里的聚会却搅乱了他的心。仪式早早就开始了——他已不再进入小教堂，却踯躅于它附近，在参天古树的树荫下流连忘返。他自童年时代便很熟悉的那些古老的槲树和椴树，如今已变得面目全非。那些椤树使他回忆起最近的一次夏日旅行。时间相距不过几个星期，可他却觉得隔了好几年。他深切地体验到了自己的寂寞。他常回避海伦卡，因为她会使自己想起那些幸福的夏日，还有父亲的失踪，不知为什么他把父亲的失踪归咎于妹妹。

他再也没有到房子的门廊里去坐过，害怕这会使他回忆起自己某种模糊的幻想，他深知，此时此地他是再也不能唤起对它们的遐想了。他躲在大树的浓荫之下，眼望着小教堂光影绰约的门。他的思想深处无论如何也不肯承认，人们剩下的就只有这么点儿东西了。他脑子里思绪万端，百感交集，却表达不出来。这些模糊的想法使他远远脱离现实。对发生的一切他感到茫然，自然也不知道自己该采取一种什么样的态度。他只知道，他不能无动于衷地去听那种消极的、如泣如诉的祷词，只知道自己想的完全是另一码事。然而，他自己所想的到底又是什么?

这个问题罗梅克却轻易地解决了，虽说解决的方式也是孩子气的。他打定主意“上路”，他觉得天底下再也没有比这更简单明白的事了。

在一个风和日暖的秋天的黄昏——在普斯泰翁基的园林以至全国，这些日子通常都是很暖和的——安德热依在小礼拜堂敞开着的门对面碰上了罗梅克，便问他道：“你想到哪里去呢?”

“暂时还不知道到哪里去。”罗梅克回答，“但是在普斯泰翁基我找不到问题的答案。”

“本来普斯泰翁基对任何问题也解答不了。”安德热依说，因为罗梅克沉默不语，他以为对方不懂他的意思，接着又说道，“我曾经在这个门廊里坐了一整夜，当时我以为，我已经对自己提出的所有问题都

找到了答案哩。这还是前不久的事，没隔多少时间。可我现在觉得，在这段时间里，整个生活都翻了个个儿。我那时是多么幼稚啊!”

他不说了，心知罗梅克仍然不能理解自己的意思。

罗梅克干咳了一声。

“你瞧，我觉得，我们不能这么待着。”

“我也有同感。”安德热依说。

可是，他没有讲真话。就在他对罗梅克邀他“出门”的建议表示附和的时候，心里对周围的一切却充满了一种无限留恋、难分难舍之情。他明白，必须去开创另一种事业。然而，这些参天古树，这幢带有两个小塔楼的歪歪斜斜的房子，窗前枫树的柔声絮语，甚至园林树荫下的窃窃交谈，从烛光闪烁的小礼拜堂里传来的如泣如诉的祈祷都是多么令人眷恋。安德热依一直把这个软绵绵的、温馨的环境看成是自己的小天地。待在这儿，苟延下去，把头埋进波兰乡村的沙堆里，岂不更合乎自己的心意?

他自然也想到了卡霞。那温情脉脉，似乎是无意识的爱，也同这幢房子，同这座园林，同到教堂的来回的漫步联系在一起。他想起了教堂的圣器室。枯叶散发出阵阵芳香，在这一片黑暗之中是如此的寂静，他简直不能想象，就在这附近的某个地方竟有人正举枪向人们射击。

“这是最后的寂静。”他这句话与其说是对罗梅克，还不如说是对自己讲的。“最后的寂静。”他又重复了一遍。

罗梅克又干咳了一声，似乎是提醒安德热依说自己在这儿。其实，他是为了打断对方的议论，他有点害怕安德热依的议论。

“你对这一切的感受太深了。”在黑暗中他鼓起勇气说道。

他很想提提那个“最重要的”问题，同时，他又觉得，安德热依对它毫无兴趣。

沉默了好长一段时间之后，安德热依才开口说道：

“你瞧，我简直变成了个娘儿们。变得这么软绵绵的，萎靡不振。再加上我父亲那桩倒霉事……”

罗梅克思索了一下说：

“怎么会发生这样的事呢?”

安德热依回答：

“你也听见了她们是怎么说的……”

“嗯，不错，”罗梅犹豫了一下，“不过，难以叫人相信。令尊大人怎么会一去不返呢?”

“他能到什么地方去?”

“你双亲间的关系怎么样?”罗梅克实事求是地问了一句。

安德热依又沉默不语。罗梅克竟然管起了这样的事情来，这使他感到老大不高兴。但从另一方面说，他也真想谈谈这个问题。好在天黑得很，彼此看不见对方的面孔，谈起话来也随便得多。

“我怎么知道?”他说，“表面上一切都好得不能再好了，可实际上是怎么回事，谁能知道。他们俩历来就不般配。妈妈的娘家人过去就看不起我父亲。”他接着又更正了一下，“一直看不起……你知道，瓦莱雷克表舅对我父亲的态度多么令人气愤。记得我还是个孩子的时候，我就觉察出了这一点。瓦莱雷克是公开表现出来的，但是，在我印象里，普斯泰翁基所有的人都瞧不起我父亲。只有外婆一个人是爱他的，他也非常敬重外婆……不过，我想父亲是爱我母亲的。只是妈妈……在敖德萨的时候好像发生过一件什么事，我也闹不明白。似乎妈妈本人也不知道她怎么会同意嫁给我爸爸的。妈妈那时候爱着另一个人……”

安德热依当然清楚妈妈爱的是谁，但是，这个细节他无论如何说不出口。这太羞人了。再说斯彼哈瓦前不久还在这个庄园呢，而罗梅

克自己也能得出安德热依此刻不愿说的那个结论。这个名字真难叫他说出口。他觉得，这个名字会搅乱这一片寂静，足以破坏他如此珍惜的这一点起码的平静。一旦说出“斯彼哈瓦”这几个字，他立刻就得行动起来。可他还想在这湿润、馨香的林荫下静静地坐一会儿。

“可你跟父亲处得很好，是吗?”罗梅克问。

安德热依耸了耸肩膀。他觉得用“好”这个字来形容同父亲的关系，未免过于简单化了。尤其是在最近一段时间，这种关系并不“好”，甚至很坏。安德热依爱父亲，却热切期望父亲是另一种人。弗兰齐舍克先生在糕点店里的那副模样儿使他无法忍受：他那打躬作揖，阿谀逢迎，笑容可掬地吻顾客的手的媚态，简直使人感到恶心，使他这当儿子的深感羞愧。可现在，他想把这一切都抹掉，极力想改变父亲的形象。

“提这样的问题!”他终于嘟哝了一句，“他毕竟是我的父亲呀!”

罗梅克动弹了一下。

“父亲也有各式各样的。”他用一种哲学家的口吻说。

安德热依想起科兹沃夫斯基先生憎恶罗梅克的小提琴。

“什么各式各样?”他故作粗鲁地提出这个问题，其实心里很明白他指的是什么。

“嗯，是这样，有时我觉得，”罗梅克说，“我妨碍了我的父亲，我真成了他的绊脚石。要不是为了我，母亲死后他也能再娶了。这可好……父亲一会儿爱上这个，一会儿爱上那个，又羞于在我面前承认……羞于让我看到……便同姑娘们在外面幽会。”

安德热依喜欢直截了当地解决问题，尤其是在事不关己的情况下更是如此。

“而你难道就不能对你父亲说：不错，不错，我什么都知道，一切全清楚，父亲也别难为情……”

罗梅克勃然大怒起来。

“你跟父亲是这样讲话的吗?”

安德热依在黑暗中笑了笑。

“现在，大概能同他这么讲话了。我们每个人都是人嘛。”

他说出这句平淡无奇的话之后，突然尖锐地感到，人和人是多么地不同。他又一次与其说是对罗梅克还不如说是对自己说道：

“上帝创造的每一个人都是独一无二的……”

他尽量以一种陌生的、放肆的口吻高谈阔论，显得十分做作。他感觉到了这种装腔作势，但不愿意就此打住。他认为，同罗梅克谈话就得这样。

“我对我的父亲就会这么讲。如果我知道了他有个什么姑娘，我就会对他说：你何必难为情，为什么要害羞呢，我和你都是男子汉……”

“你有个姑娘吗?”罗梅克好奇地问。

“没有。”安德热依以一种最冷淡的口吻回答。

那个想法又回来了。他换了一种语调，以致他自己都感到诧异。

“卡霞近来怎样?”他以一种过于冷淡的口吻问道。

“跟阿卢尼奥一起住在谢德尔策。”

“嫁给他了吗?”

“怎么说哩?……有人说，他们是夫妇。阿卢尼奥在别处有老婆……可现在跟卡霞住在一起。”

“他们相爱吗?”

罗梅克吃吃地笑了起来。

“瞧你，问这种事情！我怎能知道他们是否相爱?既然他们在不可靠的情况下同居，显然是相爱的。他们似乎过得不错，我想，他们是相爱的……你怎么啦?”

“啊，没什么。”

“你想起卡霞来了吗？”

“她对我外婆很好。”

罗梅克哈哈大笑起来。

“对外婆？”他问。

安德热依生气了。

“瞧你，傻头傻脑的，”他说，“这是好笑的事吗？”

“哪里话！”罗梅克严肃起来，思索了一会儿又说道，“对我来说，跟姑娘们的这类事总是可笑的。这种事本身就很可笑。你见过是怎么回事吗？”

安德热依含糊地嘟哝了一句。后悔自己开了这个话头。

“我可见过。我经常看到，甚至在小时候我就喜欢跟踪侦察那些跟女孩子在一起的小伙子。春天，随便什么地方都能发现这么一对，在干草堆里，在仓屋，在草丛中……只要你愿意去找。你简直不可想象，那看起来多么可笑。”他忽而转用一种非常严肃的口吻说，“甚至不能说是可笑。只是跟禽兽一般。完全不是人……”

安德热依浑身一抖。

“你说得不对，”他说，“这是非常有人性的。你瞧，我是真心实意想念卡霞。”

安德热依的语气又一次发生了变化。他的声调里饱含着真诚。

“那你去年为什么不到这里来？”

“我不想打扰她。阿卢尼奥是阿卢尼奥。”

“也许她不想要阿卢尼奥，只想要你呢？”

安德热依沉默了一会儿。天色很黑，小礼拜堂里的烛光已经熄了。庄重、肃穆的老妇们走了出来，黑暗中显出了她们参差错落的身影：几个往地主府邸的方向走，几个朝着院子和村子的方向走。从老妇们缓慢而庄重的步态里，可以感觉出她们由于自己履行完了责任而心满

意足。安德热依盯着远去的妇女们看了好一会儿，然后低声说：

“……请还给我们，上帝……”

他又提起了刚才被岔断了的话题。

“即使她宁可要我而不要阿卢尼奥，我又怎能解决我生活中的一切问题呢?”

“你不会娶她吗?”

“我连想都没有想过。”

又是谎话，声音里是一种佯装的冷漠。想是想过，但那想法已是属于那个完结了的“寂静”世界的。他此刻也许觉得，脑子里从来没有产生过那种想法。既然要结束，就让它结束了吧。

“你听我说，罗梅克，”他说，“我们必须到华沙去。”

“啊，好极了，”罗梅克高兴起来，“我也是这么想的。”

安德热依觉得，从普斯泰翁基到华沙的距离不是以公里计算，而是以整个生活的变化来计算的。此刻华沙正在厮杀，射击，房子在燃烧，炮声隆隆。

“可是，怎么到那儿去呢?”罗梅克思索着说。

“很简单，骑马呀。”安德热依回答。

此刻他感到力量大增。决定是这么简单。

“到了那儿，我们再去打听该做些什么。”罗梅克又补充了一句。

此刻，院子那边露出了一个高大的身影。

一个身材颀长的男子迈着军人的步伐从枫树附近走了过去，安德热依和罗梅克就坐在这棵树下。黑暗中他没有发现他们两人。

安德热依握紧了罗梅克的一只手，似乎是不让他抬身。两人沉默了片刻。

人影朝房子的方向走去。到了外廊上他的轮廓显得清晰多了。

“斯彼哈瓦回来了。”安德热依说。

“他到哪儿去了?”罗梅克问。

“鬼才知道。一个星期前他到布格河那边去了。我感兴趣的是，他为什么回来了。别人都没有回来。”

“我们必须回去。”罗梅克说。他想直截了当地说，他俩必须到华沙去。

安德热依纹丝不动地坐了一会儿。想到回华沙的计划他又有些踌躇，他思考着，这个决定是不是作得太仓促了。

但是他最后一摆手，说道：

“没什么，用不着思前想后。没有别的出路。”

“为什么你想另找一条出路?”

安德热依从枫树下站起身来，拍了拍裤子上的泥土。

“你知道，我一直还在想着我父亲。”

罗梅克鼻子里哼了一声。

“还在想，自从女士们在公路上把他丢了，至今不是只隔了几天的时间吗?为什么你说‘还在想’呢?如果说你是一直在想念着父亲，那又有什么奇怪的呢?”

“唉，你倒是不感到奇怪。可我自己却感到奇怪。发生了这么多可怕的事情，而我却一直想着我的父亲……我是个自私鬼。你不这样认为吗?”

“你是头驴，不是自私鬼。”罗梅克真挚地说。

“我不知道，立刻就到华沙去，这样做是不是妥当。”

“她们会告诉你父亲，说你回到那边去了。”

“这不那么简单。首先，倘若父亲会回来，我就想马上见到他。我这个人并不迷信，可你想象不到，我是多么为他担心。”

他又考虑了一下，跟罗梅克谈得是否过于坦率了。但马上又领悟过来，他在这儿所感受到的和说出来的一切，都是由于这种担心造

成的。

“他会落到哪儿去呢？”他终于绝望地问了一句。

罗梅克不得不担当起一个有理智的朋友的角色。安德热依逼得他只好如此。

“即便说他失踪了，”他说，“可他的小汽车呢？又不是一根针！”

“你没有见过公路上的那种情况，”安德热依说，“在那儿，就是一辆最大的小汽车也会像根针一样变得无影无踪。”

“你要明白，你是一点儿忙也帮不了的。”

安德热依心乱如麻，长叹了一声，

“恰恰是，我们一开头就没有做过别的事。我们只是一个劲儿地使自己相信，说是一点儿办法都没有。真能叫人发疯。”

他想起自己昨天夜里做的一个梦。梦见在华沙，他坐在自己的房中，母亲匆匆走进房来，老态龙钟，苍苍白发。他大叫一声惊醒过来，浑身大汗淋漓。

“要是米哈霞外婆活着，”他一面朝屋子的方向走，一面说道，“我就会告诉她，昨天夜里，我做了个怎样的梦。”

罗梅克无忧无虑地笑了起来。

“你这个人真有点儿古怪。”

他们在小礼拜堂门前站住了脚。蜡烛灭了，门也关了。他们又继续往前走去。但是安德热依留住了罗梅克。

“你等一下，”他说，“我就来。”

他又回到小礼拜堂门前，紧挨着门跪了下来，把头靠在冰凉的旧门把手上。他没有祈祷，但想起了童年时代到普斯泰翁基来做客，想起了那早已被他忘怀了的信赖之情，那时，他就是带着这种信赖把自己的手放在父亲的大手心里，他也想起了自己那时说的两个字：

“爸爸。”

这两个字有一股魔术般的力量，顷刻之间，在短短的一瞬里它创造出了那时的气氛，恢复了当时并不复杂的珍贵的感情。与此同时，它又像一把铁锹，安德热依用它把自己的生活道路劈成了两半：把一大块泥土铲到了旁边，掩埋了昔日的蚂蚁穴。

“冷起来了，”他返回时对罗梅克说，“晚上变得冷起来了。”

“路上得带件短皮大衣。”罗梅克说，“在小镇上还能买得着。”

于是他们走进了屋子。

二

在谢德尔策附近公路上发生的事情，经过是这样的。

戈翁贝克先生没有跑离他的小汽车太远，心脏病发作过后，他的腰和奥拉用颤抖的手笨拙地给他打过针的地方都隐隐作痛。因此，他只好趴在离自己的小汽车不远的一条水沟里，两眼一直盯着那辆小汽车。飞机飞走之后，他还没来得及奔到小汽车跟前，便看到两个男人到了“别克”旁边，使劲地摇着车门。车门锁得很严实，尽管当时惊慌失措，乱成一团，弗兰齐舍克先生也没忘记把钥匙带走。

他走近小卧车的时候，两个男人一下都慌了神。戈翁贝克先生认出两人中有一个是著名的律师，海鲁宾·科韦什科。科韦什科常到他家里去，说得确切一点，是常跟奥拉见面。奥拉还唱过几首用他的词谱写的歌，不过，弗兰齐舍克先生对这件事所知无几。弗兰齐舍克先生同海鲁宾之间的交往，只不过是握过一两次手罢了。现在海鲁宾却把他当成了一个老熟人。

“戈翁贝克先生，”科韦什科急忙说道，“请您，我求求您，请您把车开到那边去一下，离这儿只有几步远，那儿有个受伤的妇女，得把她送到谢德尔策去。她就是韦切尔小姐，那个鼎鼎大名的女演员。”

另一位是个青年演员，他只限于重复科韦什科说的最后几个字。

“那个鼎鼎大名的女演员。”

他被吓得晕头转向。他那双蔚蓝色的大眼睛瞪得溜圆。

弗兰尼奥先生极力保持平静。

“先生，我带着妻子和女儿，我必须在这儿等她们。”

“哎呀，弗兰齐舍克先生，”海鲁宾说，“这是桩急事，韦切尔小姐失血过多。我们就把她送到最近的一个包扎点去，您马上就可以回来。女士们到这儿来之前，您早已返回来了。”

“您早已返回来了。”蓝眼睛的演员重复道。

“请您看看，路上并不挤。”

此刻公路上确实不拥挤。被飞机驱散了的难民尚未来得及回到这条白色的柏油马路上来，而那些小汽车大概都已四散开走，还是怎么了？（青年演员心里说“还是怎么了？”是在回答自己的某种想法。）远处，在公路伸展到某个小山丘下的地方，可以看到几部翻倒了的车辆和一匹被炮弹炸死的马仰面朝天翘着的四条腿。小汽车还在冒烟。那地方一定炸得很厉害。

戈翁贝克先生甚至没来得及仔细想想，科韦什科简直就是逼着他坐到了驾驶盘前面。弗兰齐舍克坐进小汽车的时候，还回头望了望，用目光寻找妻子和女儿。他没有发现奥拉。她仍旧躺在土豆地里，还是跑到更远的什么地方去了？他迅速朝四周一扫，仍没有见到她。然而他看到了海伦卡。她离得近得多，她看到父亲跟几个陌生人坐进了车子，大吃一惊，停住了脚步。

戈翁贝克先生只来得及朝她招招手，他这只短小而肥胖的手掌的动作，可以理解为“你们等着”，同样也可以理解为“再见”。而实际上它竟意味着“永别”。不过，这一层意思当时谁也不明白。

他们走了，戈翁贝克先生自己也没有觉察到是什么时候把车子开

动起来的，就这么走了一公里半的路。就在公路边上，韦切尔小姐躺在柳丛之中。她面色惨白，被吓得昏头昏脑。她那对大眼睛睁得似乎比在舞台上还要大一百倍。她身边也有个青年演员，同跟着科韦什科的那一位长得如同两滴水一样。这青年演员托着女艺术家的一只手，使劲地束紧缠在她手掌上的白手帕。

“上车，上车，”科韦什科催促说，“我们到谢德尔策去！”

“什么？到谢德尔策去？”戈翁贝克企图抗议。

“嗯，到谢德尔策。最近的一处救护站一定是在谢德尔策。”

“伤员在哪里？”戈翁贝克看着走进小汽车的人们，更为不安地问了一句。

韦切尔小姐没有回答，只默默无言地指了指缠着的手掌。

“等一等，等一等，”戈翁贝克说，“您只不过是手上受了伤？”

“只不过！”

两个青年演员对戈翁贝克先生似乎十分愤懑。

“先生，”其中的一个说，“请您快走呀，韦切尔小姐流血过多。”

“炸弹片伤了她的手掌。”

“亲爱的弗兰尼奥先生，”科韦什科用恳求的、急促的语调不停地说，“亲爱的弗兰尼奥先生，请您走吧，请您马上就走吧。您不是想马上就回来吗？你想马上回来，不是吗？请你走吧，亲爱的弗兰尼奥先生！”

戈翁贝克心想，倒也是，能早一点把这受伤的女演员甩掉，也就能早一点返回来接奥拉和海伦卡。他发动了小汽车。

汽车开得很快，迅速绕过了死马和翻倒了的小汽车，从步行的人群中挤了过去，开上了小山丘。他们眼前顿时展现出谢德尔策郊区的景色。整个郊区笼罩在一片大火之中，高大的黑色烟柱凌空升起，直插九月清晨蔚蓝、纯净的天空。

公路边上，一个铁路仓库在燃烧，滚滚浓烟说明，仓库里装的不是煤油就是汽油。铁路口挤满了马车、小汽车、载重汽车和骑马的士兵。路口挤得水泄不通，陷进人堆就动弹不得。戈翁贝克心想，总得想个法子冲过去，一下闯进了马车和小汽车最密集的地方。马匹受了惊，仰立起来，车体眼看就要翻倒了。戈翁贝克像做梦一样把住方向盘，昨天他一夜没有睡觉。他茫茫然，不知自己出了什么事。

当车子陷入这车马人流的旋涡之中进退不得的时候，他忽然想起了安德热依。他怎么样了？他在何方？本以为能在奶奶那儿追上他，但是他不在奶奶那儿。他一定是到普斯泰翁基去了。

就在此刻他想了起来：过了铁路口，往左一拐就到了普斯泰翁基。不管怎么样，把他们弄到普斯泰翁基再说。

他想从这一团糟的困境里退出来。但因他不是个熟练的司机，所以才闹出了一场乱子。不知是他撞上了一辆两匹马拉的大车，还是那辆大车撞上了他。只见汽车玻璃前面出现了一张怒气冲冲的军士的面孔。他就是乘那辆马车的人。显然他是在从华沙到谢德尔策的路上爬上这辆大车的。

“你们快点滚出来!”军士生硬地说，“快点出来，明白吗?”

戈翁贝克先生一下不知如何是好。这个军士为什么命令他出来?

“马上出来!”暴跳如雷的军士又说了一遍，显然他完全不明白当时的处境：这儿挤得密不透风，连车门也无法打开，又怎么能下车呢?再说，戈翁贝克先生即便是下了车，对于军士乘的那辆马车也无济于事。他充其量是要坐小汽车走，但是，又看不出他打了这个主意。他完全失去了理智。

两个小演员吓得不敢吭声。科韦什科想出面调停。他说话时常喜欢给对方戴高帽子，提高对方的级别，以示逢迎。

“尉官先生，”虽然他非常清楚对方肩章上是什么条纹和星，还是

这么称呼他，“尉官先生，为什么要让司机下车？他下车对您有什么帮助?”

“马上下车，”口冒白沫的军士喊叫道，“你们看看，你们都干了些什么！把我的马都弄瘸了。”

而他那匹马，倒似乎是要显示一下腿脚灵便，突然跳到一边，挣断了缰绳。军士一把抓住马嘴，那马拼命挣扎，一会儿奔向这边，一会儿奔向那边，踩断了车辕和车上的挡梯。那马竖立起来，抬起前腿，踩在小汽车的车顶上。

韦切尔小姐发了疯似的大叫，就连军士也被这叫喊声吓了一跳。这叫喊声跟她在剧场装出来的那种叫声毫无相似之处，这是世上最自然的声音，完全不会使人联想起厄勒克特拉或巴尔娜蒂娜①的叫喊。

军士抓住了马颈上的鬃毛，把马拉到了地上。那匹烈马还几次掀起后腿，踢着马车的前部，后来才算平静了下来。

“军士!”韦切尔小姐叫道，她多少能识别一点军阶，“军士，您是打的什么算盘？我受了伤，到医院去，您放我走吧!”

军士突然换了一副面孔。他发现一个大声喊叫的妇女，隔着玻璃看了她一眼，立刻肃然起敬。

“你们到谢德尔策去吧，”他说，“到医院去吧，不能让一个妇女这么待着。”

“说得倒挺轻松!”科韦什科终于放了心，“可是，我们怎么动得了呢……”

这时，军士忽然站在汽车踏脚板上，对周围的人群叫喊起来。

“让开，先生们，让开！这儿有个受伤的妇女……”

不知是什么奇迹，那辆大车从坐在小汽车里的人们的眼前消失了，

---

① 尤·斯洛瓦茨基的诗剧《巴尔娜蒂娜》中的主人公。

周围的人也在军士的吼叫下退到了一旁。

“倒车，先生，倒退!”军士朝戈翁贝克喊道，“喂，往边上退，往边上! 停!”

军士就这么指挥着汗流浃背，吓得像只耗子似的弗兰齐舍克先生慢慢把小汽车从拥挤的地方退了出来，退到可以开到一条岔道上去的地方。

“好了，现在我要开到普斯泰翁基去了。”弗兰齐舍克先生想道，“奥拉和海伦卡总能找到那儿去。只要能到普斯泰翁基就好了。”

可就在此时，一个青年演员俯在韦切尔小姐身上叫道：

“哈莉娜小姐! 耶稣马利亚，您怎么啦，小姐?”

“又在往外冒血。”韦切尔小姐用一种完全不是演戏的声调说道。

“哎呀，真糟糕!”海鲁宾叫道，一方面是由于韦切尔小姐大叫大嚷，另一方面也是由于戈翁贝克把小汽车停在岔道上就坚决不动的缘故。

“好，先生们现在就下决心吧，”他说，“先生们是在这儿下车，还是跟我一起朝北去。”

所有的人都哑口无言。

一个演员试图抗议。

“你听到了吗，先生? 韦切尔大出血。”

“这跟我毫不相干。”弗兰齐舍克以一种突如其来的，连他自己也感到意外的强硬口气说，“我往北去。我的孩子们在那儿。”

小汽车里的乘客们默默不语。韦切尔的脸色唰地一下变得苍白，她真的要毫不掺假地晕倒了。青年演员们面面相觑，连海鲁宾也不会说话了。

只有一直站在踏脚板上的军士把头从窗口伸进小汽车里，不安地看了看面色苍白的妇人，他突然摆出了军士的全部威风朝可怜的弗兰

齐舍克先生吼叫道：

“怎么啦，先生，您疯了不成？您都在想些什么？往北……往北！……他们正是从那个方向来的，那些该死的希特勒！……到哪儿去?! 到哪儿去?! 到哪儿去?!”他又朝一辆往北方赶的大车吼叫道。但是那辆大车还是嘎吱嘎吱地走了。

“您瞧!”弗兰齐舍克先生迟疑地说。

“我什么也没有看到，我只知道德国鬼子会向那辆大车扫射。您是什么都没见过的。”他又意味深长地添了一句，“而我是见过的。在罗兹近郊，我们都趴在地里，那些德国鬼子从飞机上横扫……先生，别说空话浪费时间了，您赶快往南……”听到这里，科韦什科再也忍不住了，便说道：

“由这儿不能往南。该往布列斯特去。”

“那好，我们就到布列斯特去。”军士说着就打开了车门，“我也在这儿挤一挤。”说罢就在左边，紧挨着韦切尔小姐的两条腿蹲了下来。“绕着谢德尔策快开吧，先生，避开那个火场，直取布列斯特。”

“先生，”弗兰齐舍克声音颤抖地说道，“我把妻子甩在公路上了。”

“怕什么哩，先生，”军士说，声音里带着明显的嘲弄，“期票和老婆总是找得着的。你要是不给我开车，狗崽子，你走着瞧吧!”

右边的车门打开了，一个青年演员跳到了公路上，一转眼便在人群中消失了。

“瞧瞧他，好一个英雄!”军士笑了起来，已经变得温和多了，他用手枪敲了敲戈翁贝克的后脑勺，说道，“哎，咱们走吧，先生，咱们走吧，要不，汽油该不够了。”

“看在上帝的面上，走吧，先生。”韦切尔小姐用一种半死不活的嗓音说道。

戈翁贝克先生在武装军士的命令下，开动了汽车。

三

安德热依和罗梅克走进餐厅的时候，看到罗伊斯卡太太和斯彼哈瓦正坐在桌边。明亮的灯光给周围投上的宁静的气氛，使安德热依大吃一惊。一如往常的和平居室，餐桌上还摆着蓝色的盘子，台布上还留着吃剩下的面包——这一切都属于那个他在枫树下已经告别了的“寂静”的世界。他眯缝着眼睛，毫不表示惊讶地同卡齐米日先生打了个招呼。灯光直接照射着罗伊斯卡太太的面庞，照亮了她满脸衰老的皱纹和那对琥珀色的光彩熠熠的眼睛。她专心致志地听着斯彼哈瓦讲话。斯彼哈瓦一字一顿地说着，似乎难以向罗伊斯卡太太解释他为什么要回来。显而易见，他同时也是在向自己解释。他的样子十分疲惫。

安德热依没有坐到桌边就插进了谈话，而且相当粗鲁。

“这完全可以理解，”他对卡齐米日说道，“您回来，是可以理解的。您一定是打算回到华沙去。我们也是。”

罗伊斯卡太太朝安德热依瞟了一眼。小伙子神经质的举动使她吃惊。

“你要喝酸牛奶吗？”她问，“我们已经吃过晚饭了，牛奶放在桌柜上。你们去拿吧，你，还有罗梅克。”

安德热依果然在桌柜上找到了一瓦罐酸牛奶，他给自己和罗梅克各倒了一杯，他们就坐在桌旁，喝了起来。

“你们听听斯彼哈瓦先生说些什么吧。”爱韦琳娜太太又说了一句。

斯彼哈瓦踌躇地向她瞥了一眼。显然，他的话只是为了对罗伊斯卡太太一个人说的。在小伙子们面前，他不想把自己的故事继续讲下去。

但他却十分留心地去听安德热依说些什么。

“有什么办法，”小戈翁贝克说道，“待在这儿是搞不出什么名堂来的。我和罗梅克决定到华沙去。”

安德热依的表现一直使罗伊斯卡太太感到恼怒。她转身对斯彼哈瓦说道：

“司机回来谈了不少有关您的怪事……”

斯彼哈瓦低下眼睛看台布，手上转动着一只装餐具的托盘。这场谈话显然不太对他的胃口。安德热依默默无言地望着昔日的“教师”。他觉得，那一位在为某件事情感到难为情哩。

“那些怪事，”斯彼哈瓦说道，似乎已经制服了自己的窘态，“很快就结束了。那种事，在文学作品中看起来也许蛮不错。可是，如今应该说，在这样紧张的时刻，文学是无用之物。扶犁耕地，在莱蒙特[①]的作品中倒写得很美。”

安德热依不懂斯彼哈瓦话里的意思，但他感觉到那些话有点不寻常。

卡齐米日毅然抬起眼睛，直盯着安德热依的面部。

“我给他犁地的那个老农对我说：‘先生，如果您不站在中心，您什么事也办不成……’”

“在中心？‘在中心’是什么意思？”安德热依天真地问。

罗梅克把自己的手放在安德热依的手上，仿佛是叫他不要问。

斯彼哈瓦没有回答。罗伊斯卡太太却微微一笑，带着她惯有的轻微的口吃说道：

“那个农民有道理，卡齐米日先生。”

斯彼哈瓦一直默不作声。他不太掌握安德热依的意图。他有时怕

① 莱蒙特（1867—1925），波兰著名小说家。这里指的是他的长篇小说《农民》中的情节。

这个对他的情况了解得过多的小伙子。他也许会使他在罗伊斯卡眼里抑或是在别的什么人的眼里出大丑。

“我也觉得，”罗伊斯卡太太继续说道，“站在一旁是什么也干不出来的。如果想办成一件什么事，必须站在这件事的‘中心’。”

“我们的局势这么复杂，”斯彼哈瓦严肃地说，“此刻甚至很难说，应该做什么，到哪里去。此刻要谈论做什么，那完全是发了疯。寻找生存依据的一切努力都已付诸东流了。我们丧失了一切机会……”

“毕竟没有丧失发议论的机会。”罗伊斯卡太太突然很有把握地说道。

斯彼哈瓦留神地，甚至是惊诧地望着她。

“她跟在那次战争时相比，真是判若两人。”他想道，陷入了沉思。他蓦地想起昔日同罗伊斯卡的那些谈话，竟然动了感情。可是此刻他必须使自己回到现实中来。“怪呀，我在老农家里整个那段时间，竟一次也没有想起过玛莉霞。”他在心里又记下了这个变化。

他转身朝着安德热依，似乎是刚发现他，又似乎是准备向他提出一连串的问题。

“没有任何关于你父亲的消息吗？”

安德热依的脸一直红到了头发根。

“没有。”他嘟哝了一句。

斯彼哈瓦还想问点什么，但是忍住了。

“怎么样？我们是去华沙还是不去？”不耐烦的罗梅克插嘴说。

“您想象不到，奥拉为这件事是多么忧虑。”罗伊斯卡太太以一种过于文质彬彬的口吻说道。

斯彼哈瓦明白，她猜到了自己没有提出的那个问题。他心神不定地问：

“奥拉太太还在这儿吗？我希望，她该哪儿也没有去吧？”

罗伊斯卡太太吃了一惊。

“当然啦，她在这里。她能到哪里去呢？她不知道到哪儿去找丈夫，而现在不管到哪里去，一路上都是很危险的。安德热依也不会放母亲独自离开。”

“我丢了父亲已经够难受的了。”安德热依声音低沉地说。从这句话的语气里听得出他深沉的痛苦。

斯彼哈瓦亲切地看了看他。

“我以为，”他直接对安德热依说道，“待在这儿毫无意义。德国人一两天内就会来光顾罗伊斯卡太太的农庄。在华沙或许还安全一点。尤其是对年轻人。”

“目前来的还是德国部队，相对说，表现得还像那么回事。我到小镇上去过，一切都算马马虎虎过得去。不过，马上就会建立德国的民政机构，肯定不会是理想的乐园。”

“所以我想，我们应该到华沙去。”斯彼哈瓦用一种新的口吻说道。这句话既包括了两个小伙子的意思，又回答了罗梅克急不可待的倡议。

“华沙还在防守。”罗伊斯卡太太用一种十分冷淡的口气说。“我能想象得出，那是个什么样子。”安德热依低声说了一句，便咬紧了嘴唇。

“那情景不可想象。”罗梅克提高了嗓门说道，“那太可怕了。”

“您有经验，卡齐米日先生，”罗伊斯卡太太说着，抓住了斯彼哈瓦的一只手，“您可是打过仗的……”

“这两次战争不可相提并论。”斯彼哈瓦回答说，“二十年来，技术取得了巨大的进展，一切都达到了出人意料的程度。一九一八年，坦克决定了美国人的胜利。今天，坦克却成了一种普通的武器。不过，似乎至今还没人使用过毒气。”

“防毒面具可以扔掉了。”罗梅克略带几分得意地说道，“防毒面具

屁用也没有，不过是徒然增加士兵的负担罢了。”

“谁知是如此呢?”罗伊斯卡太太说。

“有人是理应知道的。”安德热依执拗地回答。

“我想……”斯彼哈瓦慢悠悠地说道，似乎是在逐字斟酌自己的推论，“我想，趁华沙还没有落到德国人手里，最好现在赶到华沙城下。一投降，马上就可以进城去了。”

“从这儿径直去是不行的。”罗梅克说。

“不错，我也认为这不是一条最理想的路线。我们得绕着走。走卡姆皮诺斯卡大森林，走索哈切夫。从那条路可以到雅努什先生那儿去。你没有地图吗?没有公路图，小汽车路线图吗?”

“我们的小汽车里有一张那么好的地图。”安德热依叹息道。

“我这就去拿来。”罗伊斯卡太太说罢就走出了房间。

安德热依站起身来，又给自己倒了一杯酸牛奶，同时也在罗梅克面前放了同样一杯。

“喝吧，你会变得聪明一点。”

斯彼哈瓦好奇地瞟了安德热依一眼。从他的声音里已听得出某种欢快的情绪。“他在幻想着某种行动，某种猎奇。”斯彼哈瓦思忖道。

他没有责备小伙子。新局势创造的种种新机会对他不是也很有魅力吗?正常生活已被打得支离破碎，剩下的便只有冒险猎奇的机会了。一切都可以从头开始——甚至生活本身也不例外。

他们俯身在罗伊斯卡太太拿来的一张地图上，这是一张一个已经不存在的国家的地图，一张波兰地图。他们望着这片靠一个纤细的叶柄同大海相连的枫叶，望着这只胸部弯成一个大弓形的天鹅。

安德热依心猿意马地听着关于出发路线的讨论，在这条路线所必经的各条道路上，此刻都尽是德国坦克的轰鸣。他望着国家的版图，望着像竖琴一样弯曲的维斯瓦河那根蓝线，心里想道：“这就是我的祖

国，她已经不存在了。”

“从这儿进入卡姆皮诺斯卡大森林。”斯彼哈瓦用手指指着说。

“再过维斯瓦河到韦晓格罗德。”罗梅克接茬儿说。

“这种走法得花多少时间？”罗伊斯卡太太问。

“任何估计都毫无意义。谁知在最近的一个拐弯处会碰上什么情况？”

安德热依从地图旁边走开了。他站在窗前，眼望着夜色笼罩的园林。“任何估计都毫无意义。”他脑子里翻腾着这句话。

然而，总得有个估计，总得有个计算，即便是包含成百上千个未知数也好。只是，这个估计应从基础上开始，应一开头就估计到。一切都可能是另一种样子，但必须是某种具体的样子。

“不要抱任何幻想，安德热依。”他心里说道，“走时我们应认为一切都很正常，不论出现什么结果，都应认为是正常的。”

“不论什么样的结果，都应认为是‘正常的’。”他又想道。

也正是他站在窗前的时候，脑子里出现了对死的具体想法，他如今已经能够想象死亡了。他又朝聚集在地图旁边的人们瞥了一眼。从罗梅克的脸上他看到了片刻之前自己感受过的东西：追求猎奇。

“如今能够这么孩子气吗？”他想道，“但是，一线生机不也正在于此吗？归根结底，整个的生活不一定就得是一场惨败。”

此时，餐厅的门打开了，奥拉走了进来。安德热依把视线转向了母亲，好像是在等着她的最后决定。显然，奥拉至今一直坐在没有点灯的房间里，因为她一见到光线便眯起了眼睛，一开头，她不知道餐厅里的那个人是谁。斯彼哈瓦欠了欠身，说道：

“您好，太太。”

安德热依聚精会神地望着母亲的脸，仿佛生平第一次见到她。他从这张面孔的表情里看出了某种处女的特征。这不是灯光的效果，相

反，强烈的光线只不过把满脸的疲惫和不安勾画了出来。安德热依诧异地想到，他从未这么注视过母亲；从母亲跟卡齐米日见面时的那种微笑里，从她向他伸过手去的动作里，他看到了某些早先一直视而不见的东西。母亲在他眼里显得令人难以置信地美貌。

不知是由于罗梅克在枫树下提过的问题，还是由于别的什么缘故，他反躬自问，“母亲过去是幸福的吗?”此刻他关心的不是母亲的命运，而是这个女人的命运。在此之前，他从未考虑过，自己是否爱母亲。母亲在他的生活中占有一席地位，仅此而已。可是现在，当他看到沐浴在宁静的光线之中的她，当他理解到，她就是自己如此难舍难分的宁静的化身时，他才感到，他跟她之间有着一种真正牢不可破的亲密关系。母亲的形象陡然进入了他的意识，如同她陡然走进了这个房间。

奥拉转身对儿子说：

“你到哪儿去了，安德热依？我一直为你提心吊胆。请你发发善心，不要一去就这么久吧。我自己也不明白都在想些什么。”

“可我整个时间一直待在屋子前面。”安德热依回答说。

“你没来吃晚饭呀!”

“这又算得什么晚饭。”罗伊斯卡太太插言道。接着她又对卡齐米日说道，“我总希望一切如常，可是许多事情办不到。”

“您感到有什么困难吗?”斯彼哈瓦出于礼貌地问道。实际上他对什么都漠不关心。

“人们稍一习惯于自己的处境和已经发生的事变，”罗伊斯卡太太叹息道，“马上就要提出种种苛求。而我又是一筹莫展。我怎能满足他们的愿望呢？……”

安德热依站在房子中间。

“妈妈，我们回华沙去。”他说。

他注意到了母亲的目光投到卡齐米日脸上的迅速的一瞥。它转瞬

便消逝了。

“可你们能把马给我送回来吗?”罗伊斯卡太太问。

“我们把马留在雅努什那儿。”斯彼哈瓦说。

“行!”罗梅克满意地附和道。

安德热依一边在房中踱着方步，一边侃侃而谈。

“到了华沙一切就清楚了。首先，我们必须知道，该做些什么；那儿总得有个领导。我们必须知道，人们都在做些什么……”

罗伊斯卡太太理智地岔断了他的话。

“你们不能稍等一等吗？将来总会有个正常的交通联系的。”

“我想，那得等很长时间。德国人才不在乎呢，他们有的是汽车。”

“到华沙去我们得花多少时间?”奥拉出乎意料地自问道。

安德热依停住脚，带着某种得意的心情朝母亲看了一眼。

“这就是说，你也去?”

“瞧你！我能放你独个儿走吗?”奥拉说，“如今我必须知道你要做什么。你走的每一步我都要心里有数。”

“安特克一定也会找到华沙来。”安德热依用一种解释的口吻补充说。

罗梅克插言道：

“您不一定要去。对妇女来说，去华沙不太合适。我们会照顾安德热依，我和斯彼哈瓦先生。”

斯彼哈瓦想了想。

“可我觉得，有个妇女同行对我们会更安全些。这样，我们看起来就更像是回城或回华沙近郊的难民。因为，全是男人，看起来也许像仓促化装的军人。尤其是，男孩子们都这样年轻。”

“作为军人甚至还太年轻了。”罗伊斯卡太太笑笑说，“我也认为，你们带着妇女同行确实要安全一些。我指的是一个妇女。你们把海伦

卡留在我这儿吧。”

奥拉同意了。

“这样最好。海伦卡留在姨妈这儿，等等看事情怎么发展。倘若弗兰尼奥或安特克到了普斯泰翁基，也会碰到海伦卡。”

罗梅克又一次提出自己的问题：

“明天我们就能动身吗？”

“明天恐怕来不及准备。得给你们弄一辆像样的大车，要使它能走远路，得上油，得仔细检查一下……还得给你们准备路上吃的干粮……你们是不是想带个马车夫？”

“有什么必要？”罗梅克说，“马我自己能对付，安德热依也能帮把手。”

“我是骑兵炮连出身的。”斯彼哈瓦笑了笑说，“马总是很听我的话的……路上这一手可能用得着。”

“您将是这支远征队的首领。”爱韦琳娜太太又笑了笑说。这时，海伦卡走进房来了。

她把眼睛一眯，看起来完全不像十五岁，她那模样儿就像一个聪明的成年妇女。

“在开什么会？”她问。

“我们要到华沙去！”安德热依差不多是高兴地叫喊起来，“妈妈，斯彼哈瓦先生，罗梅克和我都去。”

“我呢？”海伦卡问，“你怎么处置我这个人？”

“你留下，海伦卡，”罗伊斯卡太太说，“我完全不知道，如今一切该怎么安排才好。”

海伦卡默想了一会儿。

“真的，”她说，“也许这样安排最合适。”她向母亲投去询问的一瞥，但是奥拉挺直腰板儿坐着，甚至面带微笑，显得十分刚强。

看到母亲平静的模样，海伦卡宽容地，甚至轻蔑地微微一笑。奇怪的是，这笑容改变了海伦卡的面貌。那种损害了她的姿色的尖削的轮廓倏然变得温柔起来，使她颇有些像弗兰齐舍克先生了。这时海伦卡显得很可爱，但不那么美。姑娘已经知道了这一点，她极力使自己不笑。

“这样最好，”她又说了一遍，“我不跟你们争了。”

“好，”罗伊斯卡太太沉思片刻后说道，“我也太寂寞了。不错，科兹沃夫斯基先生还在这儿，”她朝罗梅克看了看，又匆匆补了一句，“尽管如此，你们走后，我还是会感到寂寞的。”

“是呀，”奥拉接口道，“瓦莱雷克怎么啦?”

罗伊斯卡太太没有回答。她站起身来，对安德热依说道：

“你还想喝点酸牛奶吗?”

“不，不，”安德热依急忙回答，“我已经喝够了。”

四

米哈霞外婆咽气的那个房间渐渐腾出来了。住在里面的难民有的在附近的小镇上找到了住处，有的到谢德尔策去了，也有的往东走了，最近从那儿可以去立陶宛和苏联。房间整理得总算差强人意，母亲走后，海伦卡就要搬到那间房里去住。

一大早，海伦卡就上楼来了。奥拉站在一面长圆形、暗绿色的旧式镜子前面。海伦卡走到门口进退两难，但母亲并没有发现她。奥拉凝视着平静如水的绿色镜面，眉心紧皱，那样子就像在极力回忆什么。是昔日的发式？还是早已忘却了的衣裙？

海伦卡咳了一声，奥拉回过头来。

“爱起漂亮来了，妈。”海伦卡说道，动手整理靠在对面墙边的柜

子。“对着镜子卖俏。”她又补了一句。

奥拉给惹恼了。

“你都在说些什么！你恐怕很清楚，我从来都不曾对着镜子‘卖俏’。”

“这倒是真话。可你现在对着镜子看得那么仔细。”

“不错，我照过了。”

“你照出了什么？”

“海伦卡！”奥拉猝然一转身对女儿说道，“难道你脑子里从未想过，母亲也是个人？”

海伦卡从柜子前扭过头来。

“没有，”她回答说，“从来没有。同样，你的脑子里也从未想过，女儿也是个人。”

“海伦卡，”奥拉的口气软了下来，“首先，你不知道我脑子里什么时候在想些什么。你对此不甚关心。”

“这只是由于你是这样多愁善感。”

“我宁可多愁善感，也不要冷酷无情。”奥拉说罢走出了房间。

当时已是晌午时分。奥拉来到前厅；斯彼哈瓦从对面的台阶上走了上来。突然有人大叫一声：

“德国人来了，德国人来了！”

安德热依和罗伊斯卡太太奔到餐厅的窗口。沿着林荫甬道驶来了一辆德国轻便小汽车。还看不出车里坐的是什么人。

“大家都到楼上去待着。”罗伊斯卡太太说罢便往大门口走去。仓皇失措的奥拉和卡齐米日站在前厅。

“你们上楼去吧，哪儿也不要去。”罗伊斯卡说，“德国人。”

安德热依没有离开窗口。小汽车开到了门廊前面，从车里走出两个男人。其中之一是个德国飞行员，动作敏捷，优雅；另一个是个文

职人员，戴一顶准军帽，穿一双长筒皮靴，短皮大衣。此人的一举一动也像个军人。“莫如说，像是当过军人。”安德热依在心里矫正道。过了一会儿他才认出那人是瓦莱雷克。

他不愿扔下姨婆一个人去应付局面，便跟在罗伊斯卡太太身后来到穿堂。这是他从近处看到的第一个穿军服的德国人，而看到瓦莱雷克也没有给他什么愉快的印象。他感觉到，自己的脸色发白，两手冰凉。

瓦莱雷克已同年轻的飞行员来到穿堂，站在母亲对面。罗伊斯卡太太的面色也很苍白，紧闭着嘴。瓦莱雷克好像没有注意这一点。

“我请我的朋友冯·贝姆先生把我捎到这儿来看看妈妈。我很担心妈妈，不过，看起来一切都很好。”

罗伊斯卡太太沉默不语。

瓦莱雷克尽力装出一副兴奋的样子。

“这是我的新朋友，冯·贝姆中尉。目前他驻扎在谢德尔策……”

年轻军官鞠了个躬，罗伊斯卡太太点点头，但没有伸出手。瓦莱雷克又装作没有看到这一点。

“请，”他不等母亲邀请便对德国人说，显然他怕母亲不会请他们进屋，“请进去。”

他脱下短皮大衣，把军官往客厅里引。直到这时他才注意到安德热依。

“啊，你在这里?”他说道，既没有向他伸出手，也没有把他介绍给军官。

他们一直走进客厅，坐在安乐椅上。罗伊斯卡太太看到没有别的解决办法，只好跟了进来。安德热依一直紧攥着冰凉的两手，也走了进来。只有瓦莱雷克一个人在喋喋不休地说着。他用相当蹩脚的德国话对自己的“新朋友”谈着普斯泰翁基的变迁，详尽地描述了一遍一

九二〇年的事变，又把母亲的经营方式赞扬了一通。显然，他是希望德国人对他母亲的庄园有个好评价。年轻的德国军官也是这样理解瓦莱雷克的那番话的，便开口说（这是他进入波兰家庭后第一次开口）：

"很好，这是个模范庄园。我认为，那些不善于经营田庄的人我们不能留用。您明白，我们得养活老百姓。不过，这不是我管得着的部门，"他微笑着补充说，朝罗伊斯卡太太那边点了点头，"要是事情发生了什么变故，我可是一点忙也帮不了。"

"哪能？男爵先生！"瓦莱雷克带着夸张的热烈口吻喊道，"我们哪敢惊动您呢。不过，我相信，如果我母亲会面临什么危险，您一定会及时给我们警告的。"

德国人含糊地嘟哝了一句。从他的表情看得出来，他未必一定会预先提出警告。

但瓦莱雷克仍在没完没了地说着。

"我真为你急死了。"他把德语句子和波语句子混成了一团，"我着急死了，你可以想象，我该有多着急。虽说，幸好这一带没有发生任何战斗。"

"许多村子被烧光了。"罗伊斯卡太太用自己准确流利的德语说道。

飞行员留神地向她瞥了一眼。他是个浅黄发的男子，头发微微有点发红，满脸雀斑，一双色淡而透明的眼睛。他那张清秀的长形面孔却带有一种颓废的表情。罗伊斯卡太太用一口漂亮的德语发表的谈话，显然引起了他的兴趣，但他什么也没有说。

"战斗在东普鲁士的什么地方进行。"瓦莱雷克无休无止地说，老是一会儿说德语，一会儿说波兰语，"多么荒谬，其实整个这场战争都是毫无意义的。难道我们会认为，我们有能力抵抗如此强大的势力？"

听到这里，安德热依开了腔：

"有人认为，这股势力并非那么强大。"

瓦莱雷克轻蔑地朝他瞟了一眼。

“那得看，是谁这么想。”

“我们的指挥官们，或者说是我们的领袖们。”

“咳，是这种人!”

这段话都是用波兰语说的。德国人严肃地看了看安德热依，又望了望瓦莱雷克。似乎在把他们两人作一番对照。其实，这毫不奇怪，他俩外貌上的相像任何人都会感到十分触目。只不过，安德热依双眸清澈、晶莹，有时呈现出蔚蓝色，有时呈现出灰色。瓦莱雷克的眼睛幽暗而阴沉，今天又显得特别不安宁。

安德热依同样也在端详自己漂亮的表舅。当瓦莱雷克不时看看母亲，又看看那个冷漠无情、令人厌恶的德国人时，他眼里的诡秘神色，他瞳孔里射出的那道惶惑的光芒，使安德热依感到厌恶和不安。

罗伊斯卡太太显然也注意到了这种不安。

“你不必为我担心，你知道，我总是能想到办法的。”

“妈妈这儿的人可太多了。”

“有什么法子？这都是些‘逃难的人’，我又不能把他们轰走。”

“妈妈养了很多这样的人吗?”

罗伊斯卡太太没吭声。

“院子里有很多吗?”

“很多。你自己去看看。”

“妈妈在家里也养了很多吗?”

罗伊斯卡太太没有回答。

客厅的窗户朝着园林，从窗口可望见大门和房子前面的花坛。但由于有许多灌木丛和树木遮掩，看得不太清楚。尽管如此，罗伊斯卡太太还是发现有一辆一匹马拉的小马车驶进了大门。她吓了一跳，从座位上站起身来。可是已经晚了。瓦莱雷克顺着她的视线看去，既看

清了马车，也看清了门廊前从车上下来的那个人。

“嗬，嗬，嗬，”他说道，也站了起来。“请原谅，”他转身对德国军官打了个招呼，“来了一位我非常感兴趣的人物。请您见谅。”他又添了一句，三脚两步便到了穿堂。

来者站在衣架旁边，正在解头巾，脱大衣。她是克莉斯蒂娜。

“上帝呀，克莉霞，是什么风把你吹来的?”瓦莱雷克用一种特别殷勤的口吻说道。

克莉斯蒂娜一下呆若木鸡，半举着一只手在衣架旁愣住了。

“你那尊敬的夫君在哪儿?”瓦莱雷克嘲讽地问道。

然后他突然走了过去，猛地一下抱住了克莉斯蒂娜，她还没有来得及叫出声来，便在她嘴上吻了一下。随之又放开了她，纵声大笑起来，似乎开了一个世上最得意的玩笑。

“你怎么敢!”克莉斯蒂娜说。

但她立刻控制住了自己，脱下大衣，平静地问了声：

“姨妈在哪儿?”

“在客厅里招待德国军官哩。”瓦莱雷克回答。

“你胡说。”克莉斯蒂娜说着，走进了客厅。在那儿她果然看到罗伊斯卡太太和安德热依跟一个德国军官在一起。

“姨妈，我来打搅姨妈一小会儿。”她没跟任何人打招呼便开口说道。

罗伊斯卡赶忙站起身来，跟在来者身后走了出去。吓得魂不附体的克莉斯蒂娜一直往餐厅后面跑去。跑到了备餐间，这才一把抓住了罗伊斯卡太太的手，惊慌失措地盯着对方的脸。这种惊慌失措绝不仅仅是由于同前夫的意外相逢引起的。

“姨妈，”她说，“我丈夫从普鲁士的战场上回来了。此刻正待在我那儿，我不知道该怎么办，来找姨妈商量一下。”

“他当过军官?”

“不错，当过大尉。”

“糟糕!”罗伊斯卡太太说，“其实，我什么也不清楚，只是听那些难民讲了那么多离奇古怪的事，要是他们讲的都可信的话……”

“可我在这儿碰上了瓦莱雷克。这是个坏兆头。”

“看你说的，克莉斯蒂娜!”罗伊斯卡说。

“非常对您不起，姨妈，可我真是吓坏了。他会对我提出什么要求来的。”

“首先，他不应知道你丈夫在家。”

“莫非他是跟德国人……”克莉斯蒂娜向来不会把自己的意思说完。

“我什么也不知道。自从战争爆发以来，我是第一次见到他。不过，他是同这个德国人一起来的。”

“怎么?他是跟这个德国军官一起来的?”

“不错。”

“他已经跟德国军官搞到了一起?他是从哪里来的?”

罗伊斯卡太太耸了耸肩膀。

“大概是从谢德尔策来的。他不是住在谢德尔策吗?”

“他已经交上了德……”克莉斯蒂娜浑身一抖。然后，她一边把捏在手上的手套戴好，一边说道，“既然如此，我得赶快溜。”

“你稍等一会儿。”罗伊斯卡太太说，“你走了那么远的路。”

“不，不，我不等了。我被他吓坏了，要是他还……”

于是，她匆匆走进餐厅，来到穿堂。但是瓦莱雷克已经在那里等着她了。

“你为什么这样匆忙?”他郑重其事地问道，“你等一会儿吧。”

“我不能。”她答道。

“你为什么不能？失火了吗？”

“我得马上回去。”

“恐怕不会是你那位尊敬的夫君在等你吧？”

克莉斯蒂娜穿好了大衣，系上了头巾，没有回答。

“你丈夫在部队里，不是吗？”瓦莱雷克追问道。

“可不是吗？”跟在他们身后的罗伊斯卡太太证实了这一点。而后她又悄悄对瓦莱雷克说，“这个军官要干什么？你为什么把他带到这里来？”

“哎呀，什么？妈妈会看到为什么。他对我们会有用处的。再说，这是个很正派的人。”

“你没看到，我说到轰炸时他多么注意。”

“说真的，妈妈，您也糊涂，每一个军人都必须执行自己上司的命令。”

“你把他弄走，马上弄走。”罗伊斯卡太太严厉地说。

瓦莱雷克稍显惊诧地看着母亲。他有好久不曾听到这种语气了。

“妈妈会后悔的。”他低声说。

“不管我后悔不后悔，你们赶快离开这儿。”

罗伊斯卡太太朝前厅一望，克莉斯蒂娜已经不在了，她跑进了自己的小马车。

罗伊斯卡太太抓住瓦莱雷克的衣袖，把他拉到穿堂的一个角落里，用一种急促的、激动的耳语对他数落起来，因为心烦意乱口吃得很厉害。

“你发发善心吧，你没看到，大家多么怕你！你发疯了吗？整个夏天你没到我这儿来照过面，可突然之间又带着个德国人来了。你是在什么地方跟他交上朋友的？你这样到我这儿来，难道你一点儿良心也没有？克莉斯蒂娜一见到你马上就跑，像是给开水浇了一样。安德热

依也浑身打哆嗦……”

瓦莱雷克那张漂亮的面孔由于气愤而变得难看了。

“我会记住这个小狗崽子的。”他说。

爱韦琳娜太太没有去留意儿子的神态。

“你马上给我滚，让我再也别在这儿见到你。这幢房子暂时还是我的，我可以支配它。我为你感到害臊。”

瓦莱雷克面部掠过一丝笑意，他突然抓起母亲的手，吻了一下。

罗伊斯卡太太一下呆住了。

“妈妈把我看成了一个魔鬼。好吧，我就当个魔鬼。可是，难道妈妈连想都没有想过，我会真正为妈妈担心？我真的是想，‘最好跟一个什么德国人到那儿去露下面，因为那儿说不定会发生什么糟糕的事？’我是想保护妈妈。”

罗伊斯卡太太以一种温和得多的语气说道：

“我很感激你。但你清楚，我能自卫。我早已不是一个多愁善感的蠢女人了。”

“妈妈恐怕从来就不是一个多愁善感的蠢女人。”瓦莱雷克反驳说。

“你不了解我，”母亲说，语气完全软了下来，“你不了解我，你从来也没想了解我。但不管怎么说，你把这个德国人从家里弄出去吧。你们走吧，这就走。”

“好的，”瓦莱雷克又低头吻了一下母亲的手，“我们马上就走。不过，要是妈妈有什么需要，要是妈妈遇到什么危险……妈妈周围的这些人向来是难以逆料的。这群疯子什么主意都想得出来。事情很清楚，一切都完了。现在我们完全从属于他们。请妈妈注意。要是一旦……马上到谢德尔策来找我。”

“好，好。”罗伊斯卡太太急于脱身，只好这么说，“再看看吧，看一切怎么安排。”

“一切都已成定局。没有一点好怀疑的。”瓦莱雷克生硬地说，“我真该走了。还有谁住在妈妈这儿?”

“没有外人，真的。除了奥拉和安德热依，没有旁的人。”

此时，似乎专为揭穿爱韦琳娜太太的谎话，海伦卡跑进了穿堂。她全身沐浴在九月清新的空气里，神采奕奕，头发披散在肩头上。她一见到瓦莱雷克便站住了。

“嗯，海伦卡跟她母亲在一起。”罗伊斯卡太太接着说，仿佛是把刚才的那句话说完，但是，她的脸红了。

瓦莱雷克向海伦卡伸过手去。海伦卡犹豫不决地跟他打了个招呼。

“知道，知道，”瓦莱雷克不紧不慢地说。“我看得出来，这是海伦卡，虽说她大变样了。完全成了个大姑娘。”他又转身对母亲说，“一个非常漂亮的姑娘。”

“像她父亲。”罗伊斯卡太太没话找话地说了一句。

“也许有点儿，”瓦莱雷克笑笑说，“不过，要漂亮得多了。”

他毫无顾忌，直勾勾地盯着小姑娘不眨眼。

“我不知道‘小姐’在这里。”过了一会儿他补充说。

“是的，我来了，”海伦卡回答，“我可能要在这儿住一阵子……”

她没往下说，因为她瞥见罗伊斯卡太太脸上有种不让她说下去的表情。

恰好，德国军官出现在客厅门口。安德热依带着一脸迟疑的神色跟在他身后走了出来。军官说起了法语，带很生硬的德国口音。

“战争结束了，”① 他说，“我劝这个年轻人学德语。波兰懂德语的人太少了!”他望着瓦莱雷克又补了一句。“我们该走了吧?”他又用德语问道。

---

① 原文是法文。

“是的，是的，”瓦莱雷克一边回答，一边故意贪馋地盯着海伦卡不放，“我们走吧。”

“我很高兴，”德国军官转身对罗伊斯卡太太说道，“我希望您不至于需要我们的帮助。不过一旦……其实，我也不知道我在谢德尔策要住多久……”

罗伊斯卡太太什么也没有说。她默默无言地向军官伸出手去——这一次她不得不这样做了。瓦莱雷克热情洋溢地同大家告别，这份亲热劲儿，对他这个人来说是很不寻常的。他的表现引起安德热依的不安。他脑子里想起了过去所有的那些假期。但是瓦莱雷克拍拍他的后背，很友好地说：

“嗯，保重吧，安德热依。但愿你脑子里不要想出什么蠢事来。”

安德热依把客人送到门廊（即便是在这种时候他也没有放弃老习惯），心里揣摩道：

“既然他警告我不要想什么蠢事，那肯定在什么地方有人在想‘蠢事’。”

“战争结束了。”[①] 德国飞行员钻进小汽车的时候又重复了一遍，同时，向站在门廊里的安德热依友好地招了招手。

小伙子忍不住用怀疑的语气说道：

“您相信吗，先生？”[②]

瓦莱雷克想说句什么，但小汽车“嗖”的一声开走了，瓦莱雷克张着嘴巴离开了家。

“他们这一次来不是好兆头。”安德热依思忖道，但没有把这想法告诉罗伊斯卡太太。

---

① 原文是法文。

② 原文是法文。

"你们在客厅里都谈了些什么?"安德热依回到房间里的时候爱韦琳娜太太问他道。

"他劝我，要我学德语，就这些!"安德热依回答。但爱韦琳娜太太觉得，安德热依有所隐瞒。

五

九月的清晨，天气晴朗，可已很有些秋意。门廊前面停了一辆大车，车上铺满了干草，盖了许多麻袋。驾车的两匹膘肥体壮的枣红马，看起来实在壮观。正如怀疑主义者安德热依说的，"过于壮观了"。不过回华沙的人还不多，斯彼哈瓦担保说，不会出现强行征用马匹的危险，也不会有搭顺路车的旅伴。

他们什么行李也没有。奥拉和海伦卡的大小箱笼都留在那辆失踪的小汽车上了。安德热依当时是步行，没带任何东西。斯彼哈瓦则是只穿随身的一套衣服钻进罗伊斯卡太太的小汽车的。只有罗梅克一个人还有点衣物。当然，车上还塞了两筐备用的食物，不仅是在路上吃的，同时也要用来对付到华沙后头几天的日子，谁知道那儿现在是个什么情况，食物供应肯定好不了。

"这看起来倒很浪漫，"海伦卡站在门廊里望着这辆大车说道，"不过，要是向姨婆借辆小汽车是不是更方便点?你们可以坐小汽车到华沙去，两个钟头就到了。"

安德热依一边把装了喂马的燕麦的麻袋往座位底下塞，一边答道：

"你说得倒轻松，小汽车，小汽车!有辆小汽车可不是好多了!但是，小汽车得要汽油，姨婆已经没有汽油了。路上，你哪儿也别想弄到汽油……如今到哪儿去搞汽油?即使什么地方保存了一点儿，德国人肯定也拿走了。"

“真的，”海伦卡说道。她脸上没有笑容，“你有时分析问题甚至也很有逻辑。”

“喂，海伦卡，跟我们走吧。”罗梅克说着登上了干草铺的车夫座。

“你瞧，我可没那么大的兴致，”海伦卡说，“这一路肯定是非常无聊的。”

“我担心的倒是，一路上的节目恐怕会过于丰富多彩。”安德热依说。

海伦卡耸了耸肩膀。

“姨婆也劝我走，可妈妈不同意，她无论如何要我留下来。”她仿佛是意味深长地突然说道。

小伙子们没有留神这句话，但海伦卡像“大人”一样长叹一声，使安德热依放下手里的活儿，注意地朝她看了一眼。

“你今天怎么这样多愁善感？”他问道，同时皱起了眉头。

“你瞧，你那模样儿就像到森林里去野餐一样。”海伦卡不乐意地说，“你们真是一群孩子。”

“孩子不孩子，”罗梅克说，“但这一切也许会以‘到森林去’而结束，一定会如此。”

安德热依思索起来。这个散发着浪漫主义和他所不喜欢的什罗姆斯基[①]主义气味的古老的说法，今天却有了新的含义。

他说：

“又是‘到森林去’！怎么一切总是这样周而复始！”

海伦卡没弄明白，她还没抓住这句话的含义。于是又问：“‘到森林去’是什么意思？”过后她又为自己提出了这样的问题而羞惭，虽说

---

① 什罗姆斯基（1864—1925），波兰作家，他的作品涉及波兰民族解放运动中的游击战争。

她仍然没有理解到它的现实意义。

这次出行果真是像一次野餐郊游。

罗伊斯卡太太装出一副愉快的神态，小伙子们在车夫座上急不可待地扭动着身子。奥拉脸上罩着灰色的面纱，显得非常好看。斯彼哈瓦坐在车上面色苍白，双唇紧闭，看来只有他一个人理解到这次不寻常的远征是多么的荒唐。这一切使他的思想倒退到远古的时代，他觉得这好像是一次到史前时代远离文明的密林深处的旅行。

罗梅克在马身上抽了一鞭，两匹马猛然向前一蹿，罗伊斯卡太太和海伦卡甚至没有留意到大车是怎样冲出了大门，奔上了乡村的小道的。当时天气干燥，一路尘土飞扬，不久，大车便被团团尘雾笼罩，站在门廊里的人再也看不见它了。

出了村，便是一片辽阔的耕地，有些地方已稀稀拉拉长出了一些玫瑰色的秋播作物的幼苗。浅蓝色的天空飘着朵朵白云，天气是晴稳了。

他们的大车驶近一个小镇。他们远远看到市政局的楼房上飘扬着一面红旗，不禁大吃一惊。布格河的这一边如今怎么会出现红旗呢？简直不可思议。小镇的市场上停有苏联坦克和小汽车，也有许多德国车辆。市政局里在举行谈判。他们没有停留，继续朝前走了。

过了铁路路基，有一条公路通向红砖建造的糖厂，它那一排哥特式的烟囱遥遥在望，公路后边就是森林。一开始，只是路的左边有树木，再过一段，两边都有了。他们把大车赶上了公路，波兰部队就是沿着这条公路撤退的。道路两旁，排水沟里弃置了大量的军用器材。沿途看到的炮弹箱也越来越多。他们走出森林之后，看到被弃置的炮弹箱就更多。公路两旁的排水沟被成箱成箱的炮弹塞满了。

他们默默无言地走着。当他们看到一个小镇上聚集了许多部队，而且不仅是德国部队的时候，心里感到一种不可名状的难受。直到此

刻奥拉才明白她冒的是多大的风险，心里不由充满了恐惧。她觉得自己竟然会同意这次“出游”（她恐怕就是把这次远行看成了一次郊游的），简直是发了疯，因为这样一来，不仅是把自己而且也把自己的儿子置于危险的境地。她期望斯彼哈瓦能对她讲几句宽慰的抑或是鼓励的话。但是斯彼哈瓦面色阴沉，垂头丧气，没精打采地坐在那里，心里想着什么别的事情，一声也不吭。奥拉甚至一次也没有想过，坐在身边的竟是自己昔日的未婚夫。那些事早已成了过眼云烟，不值得一想，而且她早就不抱任何希望了。一年年的时光过去了，对孩子们和失踪的丈夫的操心占据了她整个的心灵，不容她去回忆过往的时代和她在敖德萨时曾唱过的那支歌。

晨雾渐渐在树林间升起，公路宛如一条荒凉的伐木线展示在他们面前。柏油路面上，到处是斑斑驳驳的炮弹痕迹。几天前，这条公路遭到了轰炸。有的树木被劈成了两半。松树和千金榆的树干之间厚厚地堆了一层新劈断的树枝。他们看到了被高高抛在树枝上的一具野兔的尸体。小兔被炸断了的两个脚掌倒挂在松树枝上，就像圣诞树上的装饰物。

他们没有见到被杀害的人。但在某个地方他们看到了一座小土堆。小土堆上的沙土是从路旁的排水沟里取来的。新土还有点潮乎乎的。棕色的坟堆上放了一顶战士的钢盔，再也没有别的标志。

他们从这个土堆旁走过的时候，彼此没有说一句话，只有罗梅克把缰绳从右手换到左手，脱下了头上的制帽。后来他们见到了越来越多这样的小土堆。

森林结束了。公路两旁是犁过的和未曾犁过的田野。但是，看不到一个在地里干活儿的人。局势尚未平静，一时还难以进行耕耘、播种。可是，普斯泰翁基附近的农民已经下地了，他们即便是在敌机轰炸和战斗打得正酣的时候，也在地里干活儿。

公路上笼罩着田野的寂静，两匹马慢悠悠地踏着碎步，罗梅克也赶得越来越平稳了。车上的人又恢复了原先的心境，他们重又觉得自己在进行一次郊游。

公路上渺无人迹。既不见马车，也不见小汽车的影子。

马匹走得很轻快，虽然走了两个小时，仍看不出有什么倦态。车停下来休息，安德热依和斯彼哈瓦跳下车来，往田野走去，为了活动活动两条腿。不论是在车上，还是此刻，他俩面对面单独相处的时候，彼此都没有说过一句话。

在公路沿线有些地方仍保留着的电线上，蹲着几只燕子。安德热依感到奇怪，怎么这儿还有燕子，它们怎么在战前没有飞走呢？

他们休息过后刚刚赶车上路的时候，安德热依回头一望，说道：

“注意，卡车！”

罗梅克微微一惊，在马身上狠狠抽了一鞭，安德热依制止了他。

“行啦，行啦，离这儿还远着哩，别这样抽马，你会把马打惊的。”

他时不时回首眺望。罗梅克把大车赶到公路右边，希望能给卡车让出一条道。

过了一会儿，一辆大型灰色卡车追上了他们。可以看到车上站着许多持枪的德国士兵。司机头上也戴着闪光的德国军盔。

卡车从他们身边开过去的时候，他们发现，站在卡车里的士兵是在押着坐在车里的许多穿黑衣服、留大胡子的人：他们都是犹太人。

“他们到哪儿去？”奥拉问。这句问话纯粹是形式上的，因为任何人也回答不了。

这一段公路笔直，可以看到它延伸到很远的地方，后来，它又逐渐升高。卡车到了一个地方停了下来，车上的人员一个个跳到公路边上。坐在大车上的人们不明白前面发生了什么事。突然他们听到一阵枪声，两匹马竖起了耳朵，拼命想挣脱缰绳。罗梅克还是制服了它们。

“他们在那儿干什么?”奥拉问。

“不知道。”安德热依说。“您看看,”他转身对斯彼哈瓦说，“德国人并不是要枪毙他们。您瞧，犹太人都顺着公路边走，而且动作相当轻快。”

又过了一会儿，大车碰上了德国人布置的岗哨。一个德国士兵打了个手势要大车停下。罗梅克勒马停车，斯彼哈瓦和安德热依从容地朝德国人走了过去。奥拉心里一阵紧张。

“能通过吗?”斯彼哈瓦没等德国人开口便问道。

德国人考虑了一下。

“你们走吧，”过了片刻他才说，“你们到哪儿去?”他又补了一句。

“到华沙去。”安德热依带着某种得意的神情说，“到华沙去。”①

“那就得赶快，”德国人说，“也许我们在这儿放羊的时间不会太长。”

德国人的样子看起来很温厚，斯彼哈瓦便贸然问了一句：

“他们在那儿干什么?”

德国人笑了起来。

“啊，没事。波兰人在这儿浪费的弹药太多了。现在我们只好来收。犹太人正在收集弹药。”

“可那儿不是在放枪吗?”斯彼哈瓦问。

“别害怕，”德国人又一次使人厌恶地笑了起来，“这是朝天放枪。他们放枪，是叫那些人动作快点。”

大车驶近卡车停放的那个地方时，他们看到一群犹太人正从排水沟里搬运炮弹箱。一个德国军士时不时发出口令，士兵们便把枪举向天空，大车从他们身边驶过的时候，他们就放了一排枪。马匹狂奔起

① 原文为德文。

来。安德热依一回头，看到德国人正朝他们路过的那个小镇的不幸的居民们头顶上放枪。

“暂时还是朝头顶上放枪。”斯彼哈瓦说。

第一次面对面同战时风尚相遇，谈不上有什么恐怖的印象。但是奥拉对此情此景却久久难以忘怀。那些心惊胆战的犹太人斜着眼睛偷偷地瞧着他们，当大车从这些人身边驶过的时候，犹太人甚至还竭力装出笑脸。一个年轻的犹太人朝奥拉丢了个眼色，仿佛是说，“嘿，这一次是小意思了，让他们放枪吧”。这个眼神使奥拉一整天心神不定。他们一行已经过了文格鲁夫，深夜来到路边的一家茅舍，寄宿在一户贫困而又胆小的农民家里，奥拉一动不动地坐在灶前的一张小凳子上，半句话也说不出来。灶里的火烧得正旺。

斯彼哈瓦走到她跟前。

“您累了吗?”他问。

她什么也没有回答。过了好一会儿才问道：

“两个小家伙在哪儿?”

“他们在卸套。他们得饮马，喂料。要不明天马就走不动了。”

“我们今天走的路多吗?”

“不多。”斯彼哈瓦回答，“大概有四十来公里。您怎么啦?”他发现奥拉面色惨白，便又随口问道。

“没什么。我只是一直在想，他们后来会不会把那些犹太人统统枪毙了?”

“大概不至于。”斯彼哈瓦说，“他们还需要这些人来搜集被扔下的炮弹箱。”

“我们的人为什么要把弹药箱扔了?”她的语气里并无好奇的色彩。

“因为他们觉得太重。他们得赶快逃跑。”

“逃跑，到处都在逃跑。”奥拉重复了一句，“我们从华沙来的时

候，我在公路上亲眼见过。”

“请您不要以此为怪。”斯彼哈瓦忽然温存地说。

疲惫不堪的农妇用水壶煮开了水，她大概什么时候在地主庄园做过活儿，了解“老爷们”的规矩。斯彼哈瓦拿出从普斯泰翁基带来的小茶叶盒沏好了茶，又端起一杯棕色的茶水请她喝，这一切都使她非常感动。这家农民把“正房”让给了客人住宿。房间里有两张床。他们决定，罗梅克睡在马厩的干草上，以便夜里看守马。斯彼哈瓦跟安德热依睡一张床，奥拉则在另一张宽大的，虽说是很硬的床上睡。这张床摆在一个角落里，床边的墙上贴了一排画，有新的，也有旧的，还挂了一张这家主人身穿军服的照片。主人不在家，此刻正在什么地方保卫祖国。问到他的情况时，女主人只是叹了口长气，什么也没有回答。

他们一起在“正房”的桌边坐了一会儿，喝着茶，等着两个小伙子。女主人还要给他们煎几个鸡蛋，这女人的小储藏室里还藏了几个鸡蛋。

可是，两个小伙子给马喂了料，饮过水之后，便跑到公路上去了。在九月之夜的阴暗里，屋前的公路像一条银色的带子。一阵阵沉闷的声音从附近的公园里传了过来。罗梅克刚从女主人的儿子，一个十四岁的男孩那里打听到公园里驻扎的是德国人。

“那儿一定有个指挥部。”小男孩说，他已经是满嘴的军事术语了，“开来了那么多部队。又是小汽车，又是大大小小的军官，先生们可以去看看嘛!”

“他们会让我们接近吗?”

“哎，他们甚至连岗哨也没有派，”小男孩说。“我已经到那儿去过三回了。我还喝过德国人的汤哩。他们在篝火上煮汤。那儿有个地主府邸。”他又用解释的口吻补充道。

“走，”罗梅克伸手去拉还有点迟疑的安德热依，“我们到近处瞧瞧去。”

果然没有任何岗哨，进到营地毫不费事，甚至没有一个人注意到他们。再说，那儿已经有了几个农村的小男孩，他们在篝火之间没事人儿似的转来转去。

公园入口处的大门被推倒了。显然是由于太窄，小汽车或是坦克开不进去。从大门口一直向上，通往府邸的是一条古老的千金榆林荫道。沿着林荫道，停着许多龟缩在树木深处的小汽车和卡车。树木之间时不时闪烁着燃烧的篝火。士兵们横七竖八地躺在篝火旁边，有的手拿饭盒在篝火之间转悠。

安德热依和罗梅克沿着林荫道一直来到了那座地主府邸。虽有篝火和从屋子里射出的强烈电灯光，林荫道上仍是相当幽暗。府邸的古典式门廊上装了几盏探照灯，是靠蓄电池供电的。

小伙子们沿着林荫道走去又走回，谁也没有注意到他们的存在。

在他们对面，有两个年轻的德国军官也在这条千金榆林荫道上散步，时不时还跟他们擦肩而过。在若明若暗的光线下，那两个人看起来就像两个标致而有文化的小伙子，使人想起在大学校园里散步的大学生。他们有时手牵手，像两个年轻的中学生；有时，互相搂着，彼此热烈地交谈着什么，时不时发出一阵大笑，竟完全没有看到从他们身边走过的波兰人。

安德热依每次从他们旁边走过，总是咬紧牙关。

“你瞧，”他终于忍不住对罗梅克说，“他们多么幸运。你想想看，胜利的远征，把我们打得落花流水，而他们却为自己的胜利而得意扬扬，庆幸自己年纪轻轻就征服了别人。”

罗梅克对安德热依的话并不十分理解。

“要是有只小手枪，”他说，“我们就能把他们不声不响地收拾掉。”

“那又怎样呢？”安德热依问。

“当然，不怎样！我知道，斯彼哈瓦就有一只手枪。但是，我不会去向他要的，我不会在这儿朝这些坏蛋开枪的。”

“你瞧，最可怕的是，这些人看起来甚至不像坏蛋。他们跟我们很相像，他们跟我们一样。”

“这是你的幻觉，”罗梅克说，“你没有看见他们是怎样朝那些犹太人开枪的？站在公路上的那一位，看起来也跟我们一样。可是……”

“恰恰是这个‘可是’。我真想找这么一个来聊聊。那个德国人跟瓦莱雷克一起到普斯泰翁基去的时候，我真给弄蒙了，简直不知对他说什么好。”

“我觉得，罗伊斯卡太太用自己的沉默向他表明的已是够多的了。”罗梅克说。

他俩又沿着林荫道向前走。

黑压压的夜，散发着秋天和蘑菇的香味，但却非常、非常之暖和。篝火把一道道红色的光亮投射到散步的年轻军官们身上。他们终于发现了这两个波兰人。安德热依和罗梅克走到离他们不远的一段距离，他们蓦地转过身来，跟小伙子们脸对脸。

“你们在这儿做什么？”[①] 其中的一个用一种生硬的喉音问道，那声音里已经没有一丝儿愉快的笑意了，“你们是波兰人吗？”[②]

“难道这儿不准来吗？”罗梅克用一种天真无邪的口吻反问。

“滚！”另一个德国人指着大门叫喊道。

小伙子们镇静自如地转身走了。

走到大门边，罗梅克又回头望了望。德国军官站在原地，望着他

① 原文是德文。

② 原文是德文。

们。罗梅克喊了声“再见!”朝他们招了招手。

一个军官做了个手势，好像要抽手枪，但小伙子们已到了大门外边，消失在漆黑的夜色中了。他俩纵声大笑起来。回答他们的也是那两个军官的笑声，两个德国军官还太年轻，没有经验。

“跟那个德国人说的相反，战争并没有结束。”他俩走进借宿的茅舍的时候，安德热依说道，“战争刚刚开始。那两个年轻人会尝到它的滋味的。”

“苍天在上!”罗梅克说。

他俩走进了茅舍。在“正房”里遇上母亲和卡齐米日正在喝茶。墙上点着一盏小煤油灯。卡齐米日正在对她讲些什么，奥拉面带微笑，听得津津有味。

斯彼哈瓦满脸不悦地问：

“你们到哪里去了？我们一直在等着你们！你们想吃煎鸡蛋吗？”

“当然啦，”罗梅克回答，“每人都吃得下三十个!”

“原谅吧，妈妈，”安德热依在母亲手上吻了一下，“我们在外边待的时间长了点。我们到德国鬼子的营地去拜访过啦，请妈妈想想看！当然，这次拜访占了我们点时间。您着急了吗？”

“你恐怕也该明白，”奥拉说，“我一直提心吊胆。”

这时，她的心痛苦地紧缩了一下。实际上她并没有注意到儿子不在身边。

六

载着奥拉和斯彼哈瓦的大车刚刚消失在园林的大门外面，那辆德国小汽车又从相反的方向开了过来，直驶到了门廊前面。这一次是瓦莱雷克独自来的。

罗伊斯卡太太见到他时表现得很冷漠。

“妈妈给我点什么吃的吧，”瓦莱雷克说，“我饿得要死。”罗伊斯卡把儿子领进餐厅。很快给他送来了吃食，都是给上路的人准备的食品剩下的。

他们在桌边坐下的时候，罗伊斯卡太太说：

“我求过你，别再到这儿来了。”

瓦莱雷克多情地望着母亲。

“我记得妈妈的话，”他说，“若不是我有要事来找妈妈，我也就不会来了。”

“什么事？”罗伊斯卡问。

“啊，等一等，等一等……怎么，戈翁贝克一家都走了？为什么看不见他们？”

“是找戈翁贝克家有事吗？”爱韦琳娜太太说。

“不，不。我只是想问问亲戚的情况。我觉得，我好像见到过海伦卡在门廊里。”

“是的，海伦卡在普斯泰翁基。”

“奥拉呢？跟斯彼哈瓦先生一起飞了？”

“住嘴!”罗伊斯卡说，“瓦莱雷克，你怎么总是这样叫人讨厌？你到底是为什么事来的？”

“‘总是这样’!”瓦莱雷克叹了口气，“妈妈还记得吗？妈妈那时是怎样不愿带我到敖德萨去的？至今我也忘不了，我当时哭得多伤心。”

罗伊斯卡眼睛里漾出了一股温情。

“妈妈还记得吗？我那时并不是‘这样的’。我那时跟现在完全不同。妈妈那时是把我看作儿子的。”

“现在我没有把你看作儿子？”

“我怎么知道？恐怕妈妈对我的态度完全变了。”

“恐怕是你自己变了。”

“对妈妈的态度倒是没有变。我们何必去谈它呢……既然已经到了这般地步。”

“原是有可能成为另一种样子的。”罗伊斯卡痛心地说。

“有可能。可实际上不然。最大的处世秘诀在于服从事实。请妈妈再给我切一点熏肉灌肠。”

“吃吧，你就像两天没有吃过东西了。”

“我很饿。九月的清晨使人胃口大开。要是能去打打猎……”

“你可别把德国人引到这儿来打猎!”

“不，不……我不会到这儿来的。我正是想跟妈妈告别的……”

“告别？跟我？为什么?”

“我在离这儿很远的地方找到了个职务。在普瓦韦。他们委派我去管理几个田庄。”

“在普瓦韦?”

“在普瓦韦郊区。”

“给德国人办事?”

“妈妈是怎么想的？他们能让那些田庄弃置无人照管吗？他们总得找个负责任的人……”

“而且得是个他们信任的人。”罗伊斯卡太太讽刺地补充说，“啊，这……这……妈妈找到了一个适当的词儿。得是个信得过的人。值得信赖的人。其实，从波兰立场看这样做也是有利的，可以在许多地区使农村经济免于崩溃……”

“你对农业恐怕不太内行吧。”

“怎么不内行？这是我的专业。”

“啊，是这样，我不知道。”

她正想把瓦莱雷克面前的盘子收走，可他双手一把抓住不放。

“等一等。”他说。

“我想给你换个盘子。吃水果吧。李子好极了。”她把水果篮往儿子面前一推。

“妈妈总是以自己的果园自豪。”

“不错，果园是很不错的。”罗伊斯卡太太淡淡一笑，同时态度突然变得温柔起来。她把自己的手按在儿子的手上，“嗯，你说说，你为什么要从谢德尔策逃跑?”

瓦莱雷把手缩了回去。

“逃跑?我为什么要逃跑?我对妈妈说过，他们给了我一个很好的职务。那是在普瓦韦……我的上帝，离这儿又不太远。”

“你是担心，这一带认识你的人太多了?”罗伊斯卡不由低声问了一句。

瓦莱雷不吭声，默默地望着母亲。他沉默了好一会儿，才伸手去抓李子。

“果真不错。”他说，“像蜜一样甜。请妈妈给我一点儿，让我带给我那小家伙。”

“那当然，我马上叫人给你去拿。”

“我希望，妈妈能照看照看她们。因为我既不带老婆也不带女儿到普瓦韦去。”

“为什么?”

“怎么说呢?她们在谢德尔策也许安定些。”

“是安定些……还是安全些?”爱韦琳娜太太又问。

瓦莱雷克把一枚李子塞进嘴里。

“最好是，妈妈能把久妮亚接到身边来。她在这儿不会碍事吧……”

“当然，我能把她接来。这是我唯一的孙女儿。”

“正是哩。一旦需要，我妻子会把她给妈妈送来。妈妈会照顾她

的吧？”

“多么奇怪的问话。”

“因为生活本身就变得非常奇怪。不知这德国政权何时能稳定下来！”

“你以为，它会稳定下来？”

“嗯，还能怎么样？德国人胜利了！妈妈似乎忘记了这一点。既然他们建立了像他们的党那样强大的组织基础，他们就会胜利。”

“我们不谈这个问题。”

“不谈就不谈吧。妈妈会认识到这个问题的。”

“也许。”罗伊斯卡太太摇铃叫来女仆，吩咐她给瓦莱雷先生装一筐李子。

“妈妈在撵我走了。”瓦莱雷克笑了起来，“妈妈没有这种李子的什么制成品吗？”

“今年的还没有。不过你要烧酒，我可以给你。”罗伊斯卡太太无可奈何地说。

“啊，不，要是妈妈有难处，就不要。再说，我开着这辆小汽车，最好是不喝酒。”

“这是你的小汽车？”

“农业局的，就跟我的一样。”

罗伊斯卡太太耸耸肩膀。

“啊，对了，”瓦莱雷克似乎想起了什么，“请妈妈给我一张您父亲的照片。”

“我父亲的照片？你要它干什么？”

“妈妈有什么舍不得的？您有两张。一张在壁炉上，一张在相册里。给我吧……”

罗伊斯卡太太聚精会神地凝视着儿子。

“什么？是听到了什么说法吗？”

“倒也没有。我只不过想保存一张相片。相片上外公的模样儿那么好看。”

罗伊斯卡走进自己的卧室，拿了一张镶在绿色丝绒镜框里的照片出来。一个高身量、消瘦、蓄着连鬓胡子的绅士，从照片上看起来真是风度翩翩。罗伊斯卡太太把照片交给儿子之前，凝视了他许久。

“拿去吧。”她把镜框递过去给瓦莱雷克。

“外公原是个很漂亮的人，”瓦莱雷克说，“这连鬓胡简直美极了。跟亚历山大二世一模一样。他很像亚历山大二世，不是吗？”

“不知道，我没有想过这一点。”

爱韦琳娜太太没有在桌边坐下来。她的一举一动都表明，她是希望尽快摆脱儿子的这种纠缠。

“外公是黄头发吗？”瓦莱雷克问。

“当然，浅黄色的头发。”罗伊斯卡太太证实说。

“地地道道的北欧日耳曼型。”

罗伊斯卡太太讥讽地笑了笑。

“海伦卡像他。”

瓦莱雷克哆嗦了一下。

“海伦卡？为什么海伦卡像他？啊，可也是，是他的曾外孙女。血统上的相似一般不会延续得这么久远。”

“海伦卡也是北欧日耳曼型的。”罗伊斯卡太太说。

瓦莱雷克叹了口气。

“可惜，久妮亚就不是，她的头发、肤色那么黑。”

他往门口走去。

“这么说，我见不到海伦卡啰？”他又向母亲问道。

“她也许就在房子前面。她会在门廊跟你道别。”

瓦莱雷克无可奈何地向走廊走去。但是海伦卡却不在这里。

“遗憾，”他跟母亲告别时说，“她是个很好看的姑娘。她的美貌使我想起了华沙的一个演员。”

七

第二天傍晚，大车上的人们过了文格鲁夫便从主要公路干线上转到一条通向“奶奶”住的村子的平整的小路上。安德热依简直是强迫母亲下决心转进这条路上的，因为他希望在那儿能得到一点关于父亲的消息。他简直想象不出父亲的小汽车是怎么开走的，也想象不出父亲为什么没有回到母亲和妹妹身边。奥拉目睹了事件的经过，她本能地感到弗兰齐舍克此行是一去不返了。

斯彼哈瓦也不太乐于去拜访戈翁贝克的母亲。奥拉是羞于见到婆婆，她深知，自己简直无法向婆婆说清楚，弗兰齐舍克是怎样在公路上丢失的。戈翁贝克老太太的住家在一条偏僻的小路上，她又从不出门，压根儿就想象不到公路上是怎么个样子。奥拉怕的是跟她见面时的谈话。

然而，一切都平平静静地过去了。老太太感冒后一直没有复原，因此还躺在床上。她全副精神都放在自己的疾病上了，当她听到弗兰内克在公路什么地方“丢了”的消息时，表现出的是宽宏大度的体谅。她具有那种农民的禀赋，习惯于容忍最困难的环境，从来就不打算同至高无上、威力无穷的命运抗争。凡是命中注定的，便只有逆来顺受。弗兰内克走了？显然是命该如此。可安特克却缺乏奶奶这种体谅精神。

跟安特克相逢完全是出乎意料的事。母亲和安德热依都不知道他在奶奶这儿。当他们在院子里看到他魁梧的身躯时，确实感到喜出望外。安特克热诚地拥抱了母亲，但看到坐在大车上的斯彼哈瓦便不由

大吃一惊。他一眼便知这辆大车是从普斯泰翁基来的（安特克跟安德热依一样熟悉普斯泰翁基的马匹和驾具）。他冷冷淡淡地向斯彼哈瓦伸过手去。阿涅尔恰立刻动手准备晚饭去了。奥拉不得不把自己的不幸遭遇，把华沙和普斯泰翁基所发生的一切从头至尾对戈翁贝克老太太讲一遍，还要耐着性子去聆听婆婆没完没了的唠叨怨艾。

斯彼哈瓦留在茅舍的小门廊里，而安特克却立即便把安德热依拉到仓屋，那儿有人在脱粒（是邻居借用戈翁贝克老太太的脱粒机打粮食），他一直把兄弟拉到仓屋后边的一堆干草垛后，便开门见山地问道：

“你听我说，这是什么意思？那位骑士是从哪儿来的？他为什么跟你们坐在一辆大车上？”

安德热依想来个大事化小，小事化无。

“那又怎样？”他说，“他待在普斯泰翁基，想到华沙去，我们就把他给捎上了。”

“老实说，”安特克疑惑地说，“我可不喜欢你们这样做。他又在往妈妈身边凑吗？”

“你说什么？你疯了吗？”安德热依心神不宁地说。

“可不是吗！你们把父亲给丢了，”安特克把安德热依也牵了进去，“如今你们又要把母亲交给她昔日的情人……”

安德热依讨厌这类谈话。

“胡说八道，”他说，“别瞎扯了。不过是从前的未婚夫罢了……”

“而那个比林斯卡老太婆呢？”

“坐他的小汽车走了。一定是到罗马尼亚去了。”

“而他却留下了？为什么？”

“我哪里晓得！他也曾想走，但又折回来了。”

安特克非常之不满。

“整个这件事我都不喜欢。”他执拗地反复说。

“你跟我们一起到华沙去吗？”安德热依接茬儿说，“在一起该有多好……”

“我可完全没有这样的打算。”安特克说，“如今在华沙我有什么可做的？你以为，德国人会允许大学开课？”

“走着瞧吧，”安德热依若有所思地说，“听天由命吧。”

“眼下还是部队，总算能凑合，”安特克思索道，“可以后，警察一来……”

“我觉得，在城市里，人不打眼。”安德热依说。

“我乐意待在这里。我在奶奶这儿过得很好。如今这儿没有一个男人。总得有个人帮把手。阿涅尔恰一个人毫无办法。”

“嗯，那个阿涅尔恰怎么样？”他问这句话时毫无别的用意，可话一出口才发现哥哥的脸倏地红了。只见他正嚼着一根干草以掩饰自己的窘态。安德热依向来是个非常敏感的人，从不向安特克打听这类事儿，尤其是安特克不想讲的时候，他更不愿强求。关于卡霞的事，他也从未对安特克提起过，虽然他很清楚，在华沙和普斯泰翁基大家都在议论卡霞。如今他把哥哥窘住了，心里实在很不好受。他一点儿也不想听哥哥吐露真情。他特别不喜欢这类关于女性的谈话。跟罗梅克谈谈尚可，可跟安东尼他是无论如何也说不出口的。

他看到，安特克只是含糊地嘟哝了一句，什么也没有回答，便又说了一句：

“因为我觉得她是个很可爱的姑娘。”

安特克不得不应付一下。

“而且勤恳。”他深信不疑地补了一句。

这句话使安德热依觉得好笑，不过他没有表露出来。但是，他不能不表现出自己的高明。

“唉，你这个幼稚的家伙。”他对哥哥说。

安特克只管把这句话当作耳边风，又回过头来谈斯彼哈瓦。可安德热依又不愿再探讨这个问题。他从奶奶方面继承了一点农民的禀赋。

“听天由命吧。”他想了想，没让安东尼絮叨下去。

“告诉你件事！你瞧，我穿的什么裤子？”安特克说，“你瞧呀！”

安德热依瞥了一眼，态度漠然。

“裤子就是裤子嘛，”他说。可当即又领悟过来：

“真的，你不是穿军服的吗？你怎么换了装？”

“咳，军服埋到地里了。”安特克说，“阿涅尔恰给我从储藏室找出了这条裤子。这是弗瓦德克·戈翁贝克的，知道吗？”

“弗瓦德克·戈翁贝克？”安德热依沉吟了一下，“他是谁？”

“你不知道？不记得了？父亲的弟弟呀，他在苏联。”

“他活着？”安德热依耸了耸肩，“他们那儿恐怕早就把他结果了……”

“没有。”安特克很有把握地答道，“奶奶得到过他那边的消息，他们还在巴尔托杰依寻找过奶奶哩。当然是口信，但他确实活着。他还托人代他向大家问好，并转告大家，说是很快就能见面了。”

“谁知道呢？也许是真的？”安德热依说。

“你认为他们马上就会来？”

“不管是不是马上来，但他们一定会来。”

“啊，我们走吧，大概可以吃晚饭了。”

他们回到茅舍的时候，正在准备开晚饭。奶奶起床了，穿一身黑色的衣裙，头上还搭了一条“敖德萨”的头巾，那是米哈霞姨妈从前送给她的礼品。头巾是花边的，长方形，就是过去在俄国南方很盛行的那种所谓“围巾”。奶奶穿着这身很少从柜子里拿出来的服装，显得仪表端庄。她是想庆祝一下儿媳和孙子们的来临。

但是，晚饭既不愉快也不隆重。简而言之是充满了悲伤，倒有点儿像送殡宴。要问给什么人或什么事举办这个宴席却说不明白。总之，奶奶并没有把她儿子（这已是第二个儿子）的“失踪”放在心上，甚至在她们经过走廊到“正房”用餐的时候，她还对奥拉说：

“你别着急，奥拉，会找到他的。”

“亲爱的妈妈，”奥拉说，“可这对我来说太可怕了。”

“还从未出现过找不到他的事呢。”奶奶劝道，小伙子们听到这种武断的说法，实在忍俊不禁。

在一个洁净但非常低矮的房间里，大家围桌而坐，阿涅尔恰忙着上饭。安特克觉得应该过去帮把手。安德热依带着诧异的神情望着他。安东尼过去在家里从来是不愿参加任何家务劳动的。

饭桌久久笼罩在一片寂静之中。晚餐的饭菜一点儿也不复杂：土豆、酸牛奶、西红柿冷盘和煎鸡蛋……

老奶奶执意要大家喝点烧酒。奥拉婉言谢绝，借口今天走了二十多公里的路，过于疲乏，还说他们在文格鲁夫附近遇上了一件险事。德国人在搜查的时候，从他们的大车上发现了斯彼哈瓦的手枪。幸好是德国人问他是否带有武器时，他当即承认说有，因此他们才没有送他一颗枪子儿。拿走手枪的那个德国人把手枪拿在手里掂了掂，对奥拉说：“太太可明白，我可以不经审判就把他就地枪决？私藏武器是要就地正法的。”

“显然，他是把斯彼哈瓦先生看成你的丈夫了。”老奶奶说。

“可不是!”因为别人都沉默不语，罗梅克便插嘴说道。

“那德国人就果真能把他枪毙了?”老奶奶问道，她既有点儿怀疑，又有点儿不安。

“当然啦，他做得出来，”斯彼哈瓦说，“战争就是战争嘛。”

几杯烧酒一下肚，年轻人中阿涅尔恰、安特克和安德热依顿时兴

奋了起来；而罗梅克，由于累得上眼皮粘着了下眼皮，酒力很快冲到头上，已经有点昏昏然了。他们聊起了过去几周里经历过的种种趣事和无趣的事。华沙方面早已不通消息，听到的只有形形色色的谣传和斯塔任斯基①的嘶哑的声音。

没有亲身经历过战争的人，很难想象得出战时的情景。诸如：围困和保卫华沙（华沙——一座不设防的城市），在公路上就能把斯彼哈瓦就地枪毙，在一条搭在排水沟上的小桥上有人炸毁了一辆德国人的小汽车，有人把三个年轻的士兵送上了西天，有人杀害了一个赶马车的犹太人……凡此种种都似乎令人难以置信。要知道不久之前这儿还是一派丰收的景象，庄稼在地里迎风摇曳，做饲料的玉米长得高大葱绿、欣欣向荣，野兔遍地奔跑。

看来，安特克是想在阿涅尔恰面前卖弄一下，他已不止一次对她讲过自己同两个战士被人甩在森林里的那个故事。因为他已经反复讲过许多次，便开始添枝加叶渲染起来。但是，妈妈却听得津津有味，不停地打量他，一直为儿子显得不同于往常而惴惴不安。她简直不敢想象这就是她的儿子，那个小安特克，科谢可娃太太心爱的侄儿。他一向是那么桀骜不驯，含而不露，而且发育上似乎比安德热依差。可如今在她眼里却变得这样成熟，烟抽得这样多，谈起自己的战时逸事来又是这样滔滔不绝。“他如今成了一名战士了，”奥拉思度道，“这些战士是个什么等级呢？人类为什么非有他们不可？他们的使命又是什么？莫非战争就是世界的难逃之劫吗？”她给自己提了这样一连串的问题。她感到，这是烧酒在她身上起了作用，她才会给自己提出这些富于哲理性的问题。科韦什科常说，她喝了酒就爱讨论哲学，一想到科韦什科，她骤然记起，她从远处看到这个人怎样走近弗兰尼奥的小汽

① 斯塔任斯基（1893—1943），1939 年华沙的城防司令、市长，后遭德寇杀害。

车，又怎样跟他攀谈。

安特克勉勉强强，甚至可以说是不客气地回答了斯彼哈瓦提的几个问题。奥拉忐忑不安，他是不是喝多了奶奶款待他们的烧酒。那烧酒很烈，是泡了黑茶藨子果，又放了好几年的。奥拉深信小伙子们喜欢这种酒，而且喝得太多了。

罗梅克坐了不久便起身去照看马，后来又到仓屋后的一个小屋子里倒头便睡，那个小屋子就是阿涅尔恰开头藏安东尼的地方。奶奶的身子到底是不硬朗，吃过晚饭便又上床睡去了。奥拉得睡在奶奶屋里的长沙发上。阿涅尔恰给小伙子们和斯彼哈瓦在"正房"里准备了铺盖。

奥拉还跟两个儿子一起待了一会儿。

"妈妈，你瞧，安特克不愿跟我们一同到华沙去。"安德热依说，"他认为，在这儿要安全一些。"

"安特克，你不想上学了吗?"奥拉问。

"妈妈以为德国人会让我们上学吗?"

安德热依嘲讽地一笑。

"安特克，你要知道，"他说，"妈妈的看法跟那个德国人的一样，'战争已经结束了'①，妈妈以为我们一回到家里，就能过起正常的日子来。"

安特克耸了耸肩膀。

"可那儿已经什么也没有了，既没有房子，也无事可做，也没有任何东西，甚至华沙本身也已经不存在了。"

"你知道吗?"直到此刻安特克才把一条最重要的消息告诉安德热依，"昨天举行了投降签字。公报已经广播过。华沙陷落了。"

"斯塔任斯基呢?"

---

① 原文是德文。

“斯塔任斯基继续当他的市长。”

“嗯，你瞧，”奥拉说，“一切都恢复到正常轨道。”

“哎呀，妈妈，您怎么会这样想?!”安德热依烦躁起来，“妈妈以为这一切都是真的？妈妈以为我们一旦当了希特勒的奴仆，一切就都会走上正轨吗?”

“正是这个原因，我才不跟你们一起走。”安特克郑重地说，“妈妈说的那种话我听都不要听！一切都会回到正常轨道！我倒想问问，怎么能回到正常轨道？是在发生了这一切之后吗？我们又怎么能够同这一切妥协?”

安德热依补了一句：

“我们肯定不会妥协。”

奥拉长叹一声。

“我也明白，”她说，“但是，人生总得有点什么指望才好。关于这些问题我们到华沙再谈吧，离得这么远是难以判断的。你当真不跟我们一起走?”

“我已经对妈妈说过了。再说，要是你们看出了一点眉目，安德热依会给我写信的。说不定在华沙真能有点作为哩。”

“你以为，会有什么工作?”奥拉问，声音里含有明显的不安。

“恐怕不会马上安定下来的。我觉得，森林里还有大量打散了的队伍……”

“这种部队怎能对付德国的正规军呢?”

“我们又不是孤军奋战。你没听说，我们有许多盟友?”

这句话是安德热依说的，而安特克不过笑了笑。

“盟友给过我们多大的支援!”

“总算是个支持吧。”

“哼，让那一切都见鬼去吧。最好是像奥尔东①那样把导火线装在多面堡下面，把一切炸个粉碎。只此一招，别无他法。”

奥拉站了起来。

“跟你们没法谈，”她说，“我到奶奶屋里睡觉去。你们都是这种悲观主义者，听你们谈话人简直都要吓死。最好还是睡一小会儿。”

“明天得早起呢。”安德热依说。

“你们都去睡吧，我的两个悲观主义者。”奥拉说道，同时亲了亲安特克，祝他晚安。

“只有悲观主义才能救我们。”安德热依笑道。

安特克沉思了一会儿。

“你知道，你可能有道理。你甚至确实有道理。我们必须做最坏的准备。”

“我呢？”奥拉走到房中央问道。

小伙子们走到她身旁，一边一个抱住了她。

“妈妈，我们只有你一个了。”安德热依说。

“只是，你可别给我们做出什么蠢事才好。”安特克说。

奥拉审慎地看了他一眼。

“你这话指的是什么？”她问。

安德热依却代他说道：

“安特克，再也没有比父母做蠢事更有意思的了，不是吗？”

安特克却没有对他的意见表示苟同。

他们早早就散了，因为第二天他们确实得早起。虽然华沙已经陷

① 奥尔东（约1800—1887），波兰军官，参加过1831年十一月起义，曾被认为是炸毁华沙意志区前面多面堡的英雄，起义失败后流亡国外，并参加了1848至1849年匈牙利革命。

落，但他们没有改变原来的计划，并且决定从西部“进入”城里。因此，他们前面还有一段漫长的路。

八

在韦晓格罗德渡过维斯瓦河真有说不出的艰难。桥炸得只剩下骨头架子，活像个百孔千疮的手风琴。只有那些最大胆的年轻人才敢踏着被炸坏了的桁架边缘，从河这边冲到对岸去。但是，精明强干的韦晓格罗德居民在这儿摆渡，送人马过河。难处就在于韦晓格罗德对面有一个河心岛，这虽给架桥带来了方便，可是摆渡却是障碍重重。说得确切点，这儿需要两条渡船。

已有许多辆大车等在渡船上。这一天正好是集市日，而人的习惯势力又是那么厉害，尽管是战时，仍然有许多人——男女老幼都去赶集。再说，战胜者们也认为战争已经结束了。德国警备司令部已发布过好几道命令，其中有的在当时的环境下看起来简直是荒唐透顶。安德热依在市场一幢房子的墙上见过这样一张布告：严禁用使家禽感到痛苦的方式捆扎家禽。

安德热依笑着让罗梅克注意这张布告。

“我担心的是，他们对人就不会这么大发慈悲了。”罗梅克说，顿时变得严肃起来。

老实说，小伙子们还没有充分意识到他们的大车正是走在被敌人占领的城市的郊区。这儿，既感觉不到惶恐，也感觉不到什么特别的紧张。妇女们在卖鸡蛋，药房老板站在自己药铺的门边，呆呆地望着过往行人，虽说他的店铺里跟平常集市日一样挤得水泄不通，他的助手几乎无法对付那些团团围住的顾客。只有从成群结队向渡船方向涌来的这些大车上，才感觉得到某神特殊的紧张。人们纷纷渡河往索哈

切夫方向去，以为那儿安全些，殊不知正是在那个方向，前不久还听到隆隆的炮声。

药店老板对罗梅克说道：

“亲爱的先生，一星期前那儿发生了怎样的事！我以为是天塌地陷了……火光冲天啦……”

那火光从普斯泰翁基就能看到，罗梅克想，近处会是个什么样子呢？

罗梅克再一次显出他是个多么能干的赶车人：他赶着马左弯右拐，一会儿就闯进了挤得密密匝匝的大车中间，竟排上了上渡船的第三位。一句话，他是迅速到达了渡口，往下怎么样，就不是他力所能及的了。可以说在这种情况下，马要起相当的作用，因为仓促钉成的渡船停靠在比岛子稍高一点儿的地方，马就得从渡船上跳下去，后面还要拉着大车。有的马不敢跳，得在它们脚下摆一块钉好的宽木板。可是普斯泰翁基的马匹很听罗梅克的话，轻快地跳到了小岛上。罗梅克高兴极了。

“瞧呀，好聪明的牲口！”他要安德热依分享自己的喜悦。但是，大城市里生长的安德热依对马漠不关心，他只是在鼻子里哼了一下作为对罗梅克的回答。

他们一登上对岸，周围的景物全变了样，气氛也迥然不同。

一开始道路还好，虽然没有铺沥青。长期稳定的晴天填平了坑洼，平整了路面。但走了几公里之后，便开始了沙路，马拉着大车一步步慢腾腾地走着。车轮深深陷进路上灰色的沙土里，轮辋下面时不时发出咯吱的响声。两匹牝马像跳舞一样谨慎地迈着步子。

“你瞧。”罗梅克用马鞭指了指马的脚下。

安德热依笑了起来。他简直不愿相信自己的眼睛：在马匹艰难跋涉的灰色尘土里，躺着许多宽刺刀，在车轮的重压下，这些刺刀宛如

一架坏钢琴的琴键随着尘土一起一落。他们在这种夹杂着刺刀的尘土里走了几百米的距离。小伙子们不明白这儿为什么扔下那么多的刺刀。安德热依回头看了看母亲，又看了看斯彼哈瓦。后者挺直腰板儿坐在那里，面色苍白。

“真像是埃德加尔的丧礼。”安德热依思忖道。

过了排水沟，路边即刻出现了坟墓。都是些仓促堆起，马虎整理了一下的小沙丘。每一个坟丘上都有用铁丝捆着两根棍子做成的十字架。有时铁丝还是带刺的。这种用带刺的铁丝捆着两根棍子做成的十字架，像是一种特殊的纪念碑。有的坟墓上摆有野花，已经凋萎、枯黄了的野花。

再稍往前走，他们面前便展现出一片没有犁过的禾茬儿地。整片地里布满了工兵用铁锹堆成的小土丘。每个小土丘后边都能见到一个浅浅的，但相当长的壕坑。

斯彼哈瓦吩咐勒住马，来到地里的土丘中间。安德热依跟在他身后。斯彼哈瓦俯身在那些壕沟上面，有一次甚至把手伸进了一个土坑里，似乎是想证实一下，坑里除了人体的压痕外没有别的东西。

“这是什么？”安德热依问。

“这是战场。士兵们曾趴在这个地方……在枪林弹雨之下。”

安德热依也把手伸进一个土坑里。土是凉浸浸的，因为这一天天色阴沉，太阳只是偶尔露出来一下。安德热依感到失望。既然斯彼哈瓦说有人曾趴在这里，他觉得，土应该是温热的，这热气里应保存着人的感情——恐惧、惊骇、战栗和胜利的希望。但这些土坑都是凉浸浸的。人早已离开了。是怎样离开的？是个什么样子？是站起来飞奔而去？还是站起来举起双手当了俘虏？

当俘虏？也许根本就没有一个人站起来，只是由他们的战友或是他们的战胜者把他们搬了出来，安放在附近那块浸透了他们的血汗的

土地上！

安德热依又一次俯身从一个小丘上抓起一把土装进衣袋，留作纪念。但是，他还没回到大车上去，土块已散成尘粉。他把衣袋翻了过来，那一撮尘土便随风飘散了。

罗梅克傻呆呆地望着他，不明白他这样做的用意何在。安德热依对他也一声不吭。

大车刚要动身，一个妇女走到他们身旁。谁也没有注意到她是从什么地方来的。她的出现完全出人意料，她突然一下抓住了大车的车帮。

“先生们到哪里去?”她问。

罗梅克生起气来。

“亲爱的太太,”他说,“到要去的地方去。有什么可说的。”

奥拉呵斥道：

“罗梅克，亲爱的，怎么能这样说话！您要什么?”她转身对那妇人说。

妇人审慎地看了看奥拉。她那双惊慌失措的小黑眼睛不时机械地向后张望。一绺邋遢、蓬乱的头发垂下来盖住了眼睛，她漫不经心地用手把它往上一撩，刚抿上去又垂了下来。

那妇人使劲抓住车帮，似乎是要推着它走，又像是要把那大车推翻在地。

“太太,”她说,“太太呀，我们整个村子都化成灰烬了。孩子们都在地窖里……都躲在土豆窖里。所有的孩子。可是我的孩子们没有啦。哪儿也找不见他们。这儿打得吓人呀！我们的整个村子都在大火里烧光了……”

“沿途看到许多烧毁了的村庄。”奥拉平静地说，她想以自己的平静去影响那个仿佛失去了理智的妇女。

但那妇女对她平静的话语根本就不予搭理。

“这个地方打死了多少人啊!”她突然大声叫喊起来，“多少人啊!太太，怎么能这样？我们整个的村子都烧光了！所有的粮仓都烧光了。我们往后吃什么呀？我的太太……我的孩子们都没有了……”

罗梅克一直是怒气冲冲。

“亲爱的太太，”他说，“不光是太太一个人遭了灾难。战争毕竟是战争。请您放开车子，我们要赶路……”

那妇人骤然往后一跳，离开了大车。只见她头发往后一甩，凝神地看着罗梅克和安德热依。

“这么年轻，”她说，“所有的年轻人都牺牲了。”

罗梅克把缰绳一抻，两匹马勉强挪动了步子，走得很慢，好像变得迟钝了。它们竖起了耳朵，似乎是感觉出了前不久在这儿发生的事。

奥拉回头望去，见那妇女还在愣怔怔地盯着他们。

“愿上帝保佑您!”奥拉很不自然地喊了一声。

那妇人又跟在他们车后奔跑，她跑得很吃力，磕磕绊绊地，显得十分笨拙。她仿佛还想说点什么。她几乎追上了大车，但又突然站住不动了。奥拉勉强能听见她说话。她一个劲儿地重复一句话：

“这么年轻!”而后她又哽咽着说，“所有的年轻人都得牺牲。”

奥拉感到头晕目眩，身子向前一歪，眼看就要失去知觉。斯彼哈瓦抱住了她，使她没有倒下。

“一切自有上帝安排，奥拉太太。”他说。

奥拉毅然挺直身子镇定了下来。她紧握着斯彼哈瓦的手，说了声：

“对不起。”

疲惫不堪的马匹一步一步地朝前走。罗梅克探身对一直茫然望着前方的安德热依说：

“你见到那些土坑口了吗?”

“嗯。”

“你见到那些坑口是朝着哪个方向的吗？是朝着华沙……”

“那又怎么样？”安德热依心不在焉地说。

“那就是说，德国人是从华沙进攻的。部队是从东面被包围的。”

他们快到了布祖拉。这一带地势稍低，土壤比较潮湿。地平线上出现了森林。

他们来到一个凄凉的小村庄。村子后边是坟场。

“你瞧。”罗梅克又说道，他是所有的人中观察力最敏锐的。

安德热依过于沮丧，他沉浸在自己的思绪里，目不斜视。

德国士兵在坟场转悠。他们在整理战利品——从战场上夺到的和从仓库里掠到的战利品。有的把军用背包一排排摆得整整齐齐，另一些人正在整理一堆堆头盔。那些头盔在黄昏时再次露出来的惨淡的秋阳下闪闪发光。再远一点，靠着坟场的墙边，一个挨着一个地摆了几百具马鞍。那些马鞍又新又漂亮。

“哪来这么多的马鞍？”安德热依叹息一声。

“显然，这儿驻扎过骑兵。”

他们过了坟场，进入森林。森林里已是一片昏暗。白天就要结束了。为了不致留在卡姆皮诺斯卡大森林过夜，得赶紧走。道路时而通过一块夕阳照射的林间空地。他们从其中一块空地上远远望见河背后的一座高耸的教堂。三个圆形的钟楼直插云端，在落日的照耀下通红闪亮。一个钟楼上看得见弹痕，崭新的弹痕。

“你们看，这是布罗霍夫，”奥拉说。

安德热依从前边的座位上转身向她问道：

“布罗霍夫？是什么？”

“是个教堂。肖邦的父母是在这儿举行婚礼的。肖邦幼时也是在这儿受洗的……”

罗梅克勒住马。

“这样的地方值得去看看。”他说。

斯彼哈瓦耸了耸肩膀。

“这同我们沿途所见的那些事物相比又值得什么？”

安德热依不服气地朝他转过脸去。

“您不该说这样的话，先生，”他似乎是无所谓地开口说道。过后他又激动起来，“说真的，在这个世界上永远也说不清哪种事物是更有价值的。一种事物常常遮掩了另一种事物，像在群山之中，从远处看，永远也弄不清哪座山峰更高……您不该使我们扫兴。”

奥拉向安德热依伸出一只手去。

“英德鲁希，”她说，“我认不得你了。你变得这样粗暴。你是怎么搞的？”

罗梅克笑了起来。

“什么怎么搞的？难道您不知道现在是战争时期？安德热依见到了战争。”

“战争，我们大家都见到了。”斯彼哈瓦说。

“如今不能这么讲。”大家都默不作声时安德热依又接着说，“如今不能这么讲，即使是实情也罢。”

说完他又扭过身子，面朝前方。罗梅克挥动鞭子，两匹牝马拖着沉重的大车，在林间的沙路上一步一步挣扎着往前走。

这样一来他们只好在瓦齐方向一个看林人的家里过夜。这儿四野阒然，也见不到难民。看林人的小屋又空又干净。看林人不知从什么地方，大概是从德国士兵那里弄到一份冯·布拉斯科维茨将军[1]关于“库特诺”战役的号召书。斯彼哈瓦不明白为什么把这次战役称之为

① 布拉斯科维茨（1883—1948），1939 年起任德国东方集团军总司令，1948 年自杀。

“库特诺”。这份号召书，像当时所有这一类东西一样，热情洋溢地赞扬德国的“功绩”。这种玩意儿读起来就使人难受。

但是罗梅克在这份号召书里也找到了自己需要的东西。

“你瞧，他谈到波兰军队和波兰士兵时是多么尊敬。这不是一场小小不然的战役。”

看林人相当阴郁，但是他给客人们安排的房间却刷洗得干干净净，散发着一股浓烈的松香味。斯彼哈瓦说，人在这儿的感觉跟在郊游时一模一样。但他刚朝奥拉一瞟，当即后悔说出了这句欠思量的话。面色惨白的奥拉站在房中央，似乎一直无法摆脱在战场上跟那疯女人相逢的印象。

“您怎么啦?”斯彼哈瓦打断了自己那句快活话，忽然又变了口气，“您怎么啦?”

奥拉惊愕地望着他。

“请您别这么称呼，”她说，“请您别这么对我讲话。”

她一扭身脸朝着窗外。

斯彼哈瓦不假思索地从她背后走上去，一把搂住了她。奥拉并未反抗。她从窗口转过身子，把脸贴在卡齐米日的胸前。

“她是怎么说的?”她说，“‘这样年轻，可都得牺牲’?”

“你不要去重复这些话啦。”卡齐米日回答。

奥拉再也按捺不住，便放声大哭起来。这是她自开战以来第一次哭。

看林人把自家的“正房”让给了客人。但因为小伙子们要到放大车的所谓仓屋里去守着马匹，斯彼哈瓦又要睡到顶间的干草上去，他拿着几床毯子走了，奥拉独自留在房间里。她收拾了一下就打算躺下睡觉。她很疲乏，而且被近几天来耳闻目睹所得的印象弄得晕头转向。她还没来得及对这些印象进行一次理智的思考，从而整理出个头绪来，

那一幕幕情景便全都堆在她的脑子里，如同一团乱麻。她不明白，自己出了什么事。

夜已深沉，窗外一片漆黑，房间里只点了一根蜡烛，这时，突然响起了叩门的声音，奥拉不由吃了一惊。她刚迟疑地说出一个“请”字，看林人便带着相当诡秘的神情出现在房中。奥拉吓了一跳。

可是看林人却走到她近旁，问道：

“非常对不住，请问太太有‘公鸡’吗?”奥拉乍一听不明白是怎么回事，以为看林人神经不正常。

“您要什么?”她问。

“我说的是头痛粉。您有‘公鸡’吗?”

奥拉记起海伦卡曾把一个装了各种药品的旅行小药箱塞进了她的化妆用品箱里。她不想拿，但海伦卡非让她带着不可。她便打开了化妆用品箱和小药箱。药箱里放了一堆“公鸡”牌头痛粉。

看到这药品，看林人的眼睛里放出了异彩。

“一星期来我已经没有‘公鸡’了，”他说，“您能不能送我几袋……十几袋?”他随即改口说道。

“您都拿去吧，”奥拉说着，把头疼粉全倒在桌上，“我不需要这种药粉。”

“您头不疼?”看林人疑惑地问。

“不，从来不疼。即便是头疼，我也从来不用‘公鸡’。”

“可是我没有‘公鸡’就不能活。”

“当真? 您是那样经常头疼?”

看林人腼腆起来。

“不，说句实在话，不疼。但是我如果不服用‘公鸡’就睡不着觉。”

他并未问声奥拉便从桌上的一堆药粉里抓起一包。从长颈玻璃瓶

里倒了杯水，用熟练的动作把面上印了个公鸡脑袋的纸包打开，把整包药全倒进了嘴里。奥拉根据这敏捷、熟练的动作，断定他是个嗜药者，说得正确点，是个嗜麻醉品者。

“您不应习惯性地服用‘公鸡’，”她说，看林人的坦率态度使她感到很窘，“这对身体有害。”

看林人不知是没听见她说的话，还是佯装没有听见，只见他蓦地转身对着她。

“愿上帝保佑您!”他带着一种令人生厌的热情说。

“这不是做好事，”奥拉严肃地回答说，“上帝对这种行为是不会祝福的。”

“您说什么?”既惊讶又似有点儿恐惧的看林人问道，“当真的?”

此时，看林人的妻子没有敲门便走了进来。

“你一定又是在为那些药面跟太太纠缠。”她对丈夫说，“别打搅太太，太太累了，想睡觉了。”

“你瞧。”看林人把桌上的一堆药粉指给妻子看。

“天啦!”看林人的妻子长叹一声说，“太太从哪儿弄来的这么多药面?这对他来说比香烟更糟。他已经染上了这种习惯，真没办法!”

“您明天需要用马吗?”看林人突然问道，态度非常客气，比先前客气多了，“我可以给您马匹。”

“不，不能，”他的妻子说，“你不能到索哈切夫去。”

奥拉感到局促不安。

“不，”她说，“我不需要您的马到索哈切夫。我希望，我们的马能顺利把我们送到目的地。再说，我有个表兄在索哈切夫附近，我们到他那儿去。一旦需要换马，他会给我们的。”

看林人笨拙地鞠了一躬。

“您需要什么，请说一声。”他一再唠叨，简直像个疯子。

妻子抓住了他的一只手。

“走吧，”她说，“如今没有药面了。如今是在打仗。”

但是看林人把桌上的一堆袋装头痛粉全部塞进了自己的衣袋。

“你不羞哇！”他的妻子说。

“羞什么？”看林人解释道，“这位太太对我真是好极了，把所有的药全给了我。”

奥拉为了尽早摆脱这种窘境，随手拿起留在桌上的一包药粉，全都倒在手心送进嘴里吞了。床边放了一只玻璃杯，她又把杯里的水喝了下去。

那两个人终于走了。

奥拉松了一口气。

“人的癖好真是形形色色。”她想道。

她躺在床上的时候，一开始睡不着。她是和衣而卧，因此辗转反侧，总是不得安宁。此外，她也是累过了头，一下哪里睡得着。脑子里如同开了锅的水，各种想法一起翻腾。

不知何故，她反复想到这天上午他们路过的一座森林。她既没有去想在文格鲁夫遇到的危险，也没去想渡河时的情景，更没去想那个抓住他们的车帮不放的妇女，只是一个劲儿地想着那座森林。一座普普通通的松树林子，很不漂亮。怪的是，几乎所有的树木全都被拦腰斩断。奥拉不明白是被什么劈的。是炮弹？是爆炸的气浪？还是在森林里使用过什么别的武器？她没有问过斯彼哈瓦。当时她甚至并没有太注意到那座森林。可是此刻，那拦腰斩断的树木，那落得遍地皆是的松枝，那惨然的画面却涌上了她的心头。树干的断面像人体一样地洁白，树皮是灰色的，有的地方是血红色的。她一直想着这座森林。就这么想着想着，进入了梦乡。她睡得昏昏沉沉，显然，药面起了作用。

她徘徊在这座森林中，说得确切点，不是徘徊，只是在寻找某个人，或是某一样东西，寻找什么？她自己也不清楚。海伦卡走到她身旁问：

“妈，您在找谁？”

她那时的感情是多么奇特，她在寻找某一个人，但同时却又不愿找到他。

“看在上帝的面上，”她对海伦卡说，“你要是瞧见了他，你就装作没有瞧见吧！”

“谁呀？”海伦卡问。

奥拉不想回答。其实她自己也不清楚。

她向四周一望，周围的森林突然成了一排排小小的，像火柴棍一样纤细的，被折断了的黑色树枝，她们母女二人在这个矮树林里也缩成了两个小人。有一个巨人站在这树林之上。甚至不是一个人，只是人的下半部，一个大肚子和两条长腿，穿一条沙土色的裤子。在这略带黄色的背景下，黑色的树枝清晰可见。忽然不知怎么的，小树林里出现了一团团铁丝，有一些是普通铁丝，其余的都是带刺的铁丝。铁丝绊住了她的脚，使她不得不坐了下来。她坐在地上，四周一片漆黑。那个可怕的巨人不知到什么地方去，并没有发现她们母女，她们也只看到他那裹着沙土色裤子的两条腿在移动。海伦卡坐在她身边，对她说道：

“你瞧，我要有孩子了。”

海伦卡真的有了一个孩子，她把那孩子抱在膝上，孩子哭叫着，小嘴张得很大，皱着额头，脸都哭白了。奥拉俯在孩子上边，用手掌捂住他的小嘴。她感觉到他嘴唇一张一合的痉挛动作，她猛地把手从孩子的小嘴上抽了回来，捂住了自己的脸。也就在这一刹那，她眼前渐渐浮现出那个抓住了她的车帮，说是所有的孩子都在土豆窖里的妇

女的脸庞。她的脸很宽，一双眼睛直勾勾地盯住奥拉。眼睛越来越大，睁得越来越开。奥拉想要逃走，猛地站起身来，但是挣不脱铁丝的羁绊。她大叫一声，可是并没有醒。

过了一会儿，她对那位母亲说：

“是您搞错了，您的所有的孩子怎么可能全都死了呢？上帝总要给您留一个作为膝下的安慰的，请您相信我吧！他们在土豆窖里丢失了，也许他们都变成了土豆哩。您知道，孩子总是孩子，您知道，他们常常为了恶作剧而变成土豆。请您仔细去找一找……”

那妇人离开了他们的大车，弯着腰，遍地寻找自己的孩子，就跟拾麦穗一样。但她每弯下一次腰，从麦茬地里拾起一样东西，在她手上就会看到一把宽宽的、闪闪发光的刺刀。

“请您放下，请您放下……”

那妇人把刺刀放在地上，把它们摆成一条长长的小路，一直通到一座低矮的白色小教堂的大门口。一个弯腰驼背，却拖着白色披纱的老太婆和一个手上托着礼帽的老先生沿着小路走了过来。

海伦卡对奥拉说：

“这是肖邦的父母刚举行完婚礼回来。”

可是，那个妇人又来跟奥拉纠缠不休。她一定要打听出自己的孩子在什么地方。她把奥拉逼得越来越紧，直到突然出现了斯彼哈瓦。他牵着奥拉的手，领她离开了那个死乞白赖地缠住她不放的娘儿们。奥拉在自己的上方看到了他那张清秀的面孔——比他本人还要英俊得多的面孔，罗马恺撒大帝的面孔。他向她俯下身来，越来越低，越来越低，突然他的嘴角唇边浮现出一丝冷笑，露出了他那跟刺刀一样闪闪发光的牙齿。他的脸几乎贴到她的脸上，而且带着这股冷笑对她说：

“为什么奥拉小姐不能嫁给戈翁贝克先生？”

奥拉惊醒过来，浑身冷汗淋漓。

九

第二天，他们离开森林，踏上帕普罗特尼亚附近的索哈切夫公路。他们没有得到任何消息。看林人没有收音机（即使有大概也不响），因此他们无从知道外界的情况。但是，在公路上行走的一群群不成行列的士兵，少量的老百姓，时不时有一辆大车从公路边上朝索哈切夫方向驶去，这种景象却说明了不少问题。

公路上行走的士兵看起来并非疲惫不堪的样子，但是，不论是步行的还是骑马的老百姓都显得神色惊慌，面容憔悴。显然保卫华沙对他们来说很不轻松。

“你瞧，”罗梅克对同他并排坐在前边的安德热依说，“所有的士兵都扎着皮带。这意味着是光荣投降……”

安德热依耸了耸肩膀。

“好大的区别!”他说。

“当然啦，就是有区别！德国人想要保持某种光荣战争的幌子……”

“这一点我们已经领教过了。”斯彼哈瓦插嘴说。

“离科莫鲁夫还有多远?”奥拉问。她希望赶快离开这个杂乱的人群。因为他们是朝着相反的方向走的，人们都怀有敌意瞅着他们。

“只有几公里了。”罗梅克回答，“最近的一个路标上写的是：至别涅维策九公里；到了别涅维策附近就该拐弯。”

这时，一辆大卡车从对面风驰电掣地开了过来。所有的人都在它前面四散跑开，就像它溅起了泥泞。

坐在卡车里的德国士兵大喊大叫着驱逐人群。驾驶室里司机身边坐着一个肥胖的士兵（卡车开到跟前的时候，奥拉瞧见他长得十分英俊），他手里拿着一根又长又大的马鞭，显然那是从某个赶大车的人手

里夺来的。马鞭挥得很远，卡车一路驶去，那条长而锋利的白鞭子就一路抽打着碰上的每一个人。

“罗梅克，罗梅克，往右拐!”奥拉喊道。

但是为时已晚，大车无法拐到右边，右边是一条深沟。卡车飞驰而来，德国士兵的鞭子伸向安德热依。刹那间，锋利的鞭尖朝安德热依劈头盖脑打来，当安德热依把脸转向母亲的时候，他的面颊已经如同被剃刀割破了一样，鲜血溅到了衣服上。

罗梅克勒住了马，大车周围站满了波兰士兵。其中有个士兵大概是医士，他的背包里带有绷带和碘酒。他把这些东西给了奥拉。她迅速给安德热依的伤口上了碘酒，用绷带缠了起来。血也很快就止住了。

奥拉惊骇地望着儿子，一句话也说不出来。罗梅克破口大骂，但安德热依却静悄悄地坐着，脸色苍白。

“这个头开得可好!”斯彼哈瓦说。

安德热依两手按住脸上的绷带，咬紧了双唇。

“走吧，走吧，罗梅克，”斯彼哈瓦说，“得尽快离开这条该死的公路。”

但是，公路却漫长得没有尽头。秋日的清晨是美好的，奥拉却似乎觉得他们永远也到不了那个拐弯的地方。

栗树林荫道终于出现了。一直到他们来到科莫鲁夫的房子前面，彼此没说一句话，只有罗梅克在低声咒骂这个鬼世道。

雅德维加出来招呼他们。像他们这样的难民和这一类的拜访，她早已司空见惯，因此，她既没有露出半点惊诧，也没有问一句什么。奥拉当即告诉她说，他们是从普斯泰翁基到华沙去的，雅佳也许是不谙波兰地理，对他们由波德拉谢到华沙却假道索哈切夫这一层丝毫没有表示惊讶。如今这类事到处都有。

雅努什病了，他得了感冒还是别的什么病。他没有躺在自己房

里——显然他的卧室已变成了难民们的避难所——而是躺在楼上的一个小房间里。奥拉独自一人到他那儿去了。

在这之前，给他们送来了食物，滚热的牛奶，鸡蛋；茶和糖早已用完了。小伙子们饿狼似的把食物一扫而光。雅德维加也没有问安德热依脸上为什么缠着绷带，只是说：

“你怎么这样苍白？吃吧，吃吧。你可知道，”她又补充说，“他们在这儿的林荫道上把姨父打死了。”

安德热依不大清楚雅德维加的姨父是谁，因此什么也没说。奥拉上楼到雅努什那儿去的时候，两个小伙子来到了花园。在一棵参天槲树附近他们见到一座新坟。坟上插着个原木十字架。

“这儿埋的是什么人？真见鬼!”罗梅克问。

“鬼晓得!”安德热依悻悻地回答。面颊发烫，他觉得是肿了。

一个年轻、黝黑的小伙子在坟墓周围转来转去。安德热依和从未到这里来过的罗梅克都不认识他。罗梅克向他问道：

“这儿埋的是什么人?”

黑小伙子（他真是黑得像个茨冈人，面部的皮肤略呈紫色）留神地望了望问话者，满腹狐疑地从牙缝里挤出一句：

“你们是从哪儿来的?”

罗梅克不耐烦了。

“你没看见？我们是从府邸里出来的。”

“这也算得上府邸!”黑小伙子轻蔑地说。

“当然这不是一座宫殿。可要我怎么称它才好呢?”

“干脆点说，从屋子里。”小伙子回答，一边动手用铁锹往坟上培土。

“是德国人把他打死的?”罗梅克没给他窘住，继续追问道。

安德热依插了进来。

“雅佳对我说过，”他说，“她的姨父在这儿被打死了。这一定是他的坟。可雅德维加的姨父是谁，我一点也不知道。”

“杨·维耶维乌尔斯基。”黑小伙子用严肃的低音回答，一边仍在不停地修整坟墓。

安德热依对雅希·维耶维乌尔斯基略知一二。

“是怎么发生的？”他问。

黑小伙子停下了工作，友好地朝安德热依看了看。

“我们是一起从监狱里逃出来的。”他说着，从口袋里掏出香烟。罗梅克给他递过火去。

“你们是从监狱里逃出来的？从哪儿？”安德热依迷惑不解地问。

“啊，从弗龙基。”

“那怎样呢？后来呢？”罗梅克问。

“没什么。维耶维乌尔斯基同志在路上把逃跑的士兵们组织了起来。我们想打到华沙去。华沙那时还在抵抗。”

“唉，这我们知道。”

“不错，可你们是从索哈切夫来的吧？”

“你从哪儿知道的？”罗梅克恼怒地问。

“我头上长着眼睛。”黑小伙子说。

“哎，后来怎么样？怎么样呀？”

“唉，我们失败了。杨同志被打死了。而我也就留在这儿了。在森林里待过一阵子。这儿有座莽莽的大森林。”他像是顺便提起，“可晚上冻得要死，我就回来了。雅佳小姐是雅内克的养女，是他的外甥女。”

安德热依记了起来。

“不错，从前雅努什或妈妈曾对我讲过。他们是在巴黎把她养大的。”

“噢，在巴黎。”黑小伙子说。

“您贵姓?”罗梅克问。

黑小伙子凝视着罗梅克。心中又产生了疑惑。

“我叫利莱克，”他慢条斯理地说，“别的你们恐怕无须知道吧。”

安德热依竭力想消除他的疑心。

“当然，没有必要。”他说着把手伸给黑小伙子，“我叫安德热依·戈翁贝克。”

利莱克很有兴味地瞧着安德热依。

“您父亲是不是有过一个糖果点心店，雅佳小姐在那儿干过活儿的?”

“不仅是有过，现在还有。”安德热依纠正他的说法。

“谁知道呢?”利莱克讷讷地说，“整个华沙好像全毁了。德国人是从布拉格方向攻进去的。外面议论纷纷的那些事，简直叫人无法相信。”

“应该去亲眼看看。”安德热依说。

“是的。”利莱克承认他有道理，但并不热心。

“我跟你们说，”安德热依开口说，“我们把妈妈和斯彼哈瓦留在这儿，他这个人太打眼，我们三个人到华沙去探听探听消息。”

“我们去，可怎么去呀?”利莱克说，“火车不通。”

“我们骑马去!”罗梅克叫喊道。

对他来说，这仍然是一次猎奇。

“好，”利莱克同意了，“我们去吧。我在华沙有熟人。”

“而我有家。”安德热依说，“不过，我们最好是先骑马去意志区。把马留在意志区的什么地方，而后再步行到华沙市中心去。”

“好，”利莱克又说道，“我在意志区有个窝，如果还在的话，我们可以把马留在那儿。”接着他又说道，“我们找菲比赫先生去，请他给

我们准备路上用的马料。”

罗梅克给伙伴们的热情稍微浇了点冷水。

“我们又不会马上就走。”

安德热依头脑是清醒的。

“不是马上动身。但是得尽快走。越快越好，趁德国人尚未把华沙完全抓在手心里。”

“听说，希特勒要到华沙来。”利莱克说。

“正因为如此，才更应当加紧准备。”

安德热依朝住房的方向走去。

“我这就去告诉妈妈，看她是什么态度。”

奥拉此刻正坐在雅努什房里。

雅努什并无甚大病，他干脆是被发生的这场惨祸压倒了（其实这场惨祸原是在他意料之中的），他没有力量爬起来去做任何一项工作。

奥拉恼怒地对他说：

“哎呀，雅努什，就这么躺着想来想去，可真太没意思了。你什么也想不出来的，这只会触动你过去那些可怕的旧伤疤。”

“这一切是多么令人毛骨悚然！”雅努什说。

他无法理解奥拉是怎样跟丈夫失去联系的。而他对此又是束手无策。

“不是还有孩子们吗？……”

“可是男孩子当时都没有跟我们在一起。他们那时都在部队上。路上我见到了安特克，在奶奶家里。安德热依跟我一道来了……”

“说真的，这个弗兰尼奥是怎么回事？他能出什么事呢？而你还能这么镇静，我的奥拉？”

“我是表面上镇静。我有什么办法？你也明白，眼下对这件事是一筹莫展。一切都停了摆，邮政、报刊全部瘫痪。唉，一句话，战争。

你明白吗?”

她为自己的愤懑感到不好意思。

“瞧，你什么也没经历过。你待在这儿无忧无虑，无牵无挂，你不知道，公路上是个什么样子，种种可怕的事情……别人难道没有对你说过吗?”

雅努什笑了起来。

“无忧无虑！好一个无忧无虑！你知道是什么人被打穿了胸膛死在我楼下的房间里的吗？雅内克·维耶维乌尔斯基。”

“雅内克?”奥拉问，“可他不是蹲监狱了吗?”

“他蹲过！可如今谁还蹲监狱呢？他在索哈切夫公路上同德国人战斗过。不幸中弹。别人把他送到这儿来的。你想想看，多么凑巧，正好送到他的养女住的地方。”

“真是凑巧，”奥拉相当冷淡地回答道（每逢谈起雅德维加，她都是用的这种口吻），“对了，你那个热尔梅娜正是他的养女。”

“也是他妻子的近亲。”

“不错，不错，这我都知道。”

看得出来，奥拉对雅德维加出现在雅努什家里比对雅内克·维耶维乌尔斯基的死感到更加不安。

“奇怪，”她说，“人是多么容易习惯于死亡。”

雅努什吃惊地望着她。

“习惯于死亡？你胡说些什么，奥拉？这才是真正可怕的呢。死亡从四面八方把你团团围住，成了像黄油面包一样的家常便饭。可你要明白，我们这些活着的人，我们必须记住那些死去了的人。比如说我吧，我现在必须记住雅内克曾经对我说过的一切……我跟他有过多少次长谈，他对我说的那些事，都是我应该永志不忘的。而且不只是他……”

“我亲爱的，”奥拉说，“倘若该记住的一切我们都要记住的话，我

们脑子里就没有什么地方能搁得下自己的思想了。”

“你如今有什么自己的思想吗?”雅努什从床上欠身问道，“这就怪了。因为我如今是全然没有自己的思想了。我被这一切弄得晕头转向，简直不能思考任何问题。尤其是不能去想我们过去任何的事情。难道我们过去不是常常想，战争什么时候也打不起来吗?可最重要的是，我们战前的那些想法统统都变得一文不值。那些想法，没有任何实际意义。如今得一切从头思考。”

奥拉争辩说：

“我就不这样看。我们必须有自己的思想，尤其是要有日常的思想。我们不能沉溺在这过度的悲怆中过日子。战争本身造成了这么多的苦难，而我们还要用那种无穷无尽的非非之想来折磨自己。我们必须像平常过日子那样考虑问题。想想中饭吃什么，想想应该怎样安排才能使得每个人都有吃有穿，想想怎样去处理我们那些最微不足道的操心事……”

雅努什愈听愈感到愕然。

“也许是这样。”他说。

他此刻不愿同奥拉争论。再说，他也看到奥拉身上发生了什么不寻常的事，某种同战争和溃败的可怕环境毫不相干的事。她有自己难以排解的私事，她渴望能够尽快把它处理好。她不愿再背上不幸的包袱。他从她的言谈话语里清楚地感觉出了这一点。

“喏，你的两个男孩子情况如何?”他问道，为的是变个话题。

“安德热依的精神状态很好，”奥拉说，“虽然今天在公路上他脸上挨了一鞭子。”

“脸上挨了一鞭子?”雅努什诧异地问，“是什么人打的?”

奥拉微微一笑。

“雅努什，”她说，“我们是在打仗呀。”

“不错，但是我想，德国人是不会用鞭子作战的。”

“恰恰是，他们也用鞭子，一个坐在卡车里的德国士兵用马鞭抽了安德热依。那是一条赶四匹马的鞭子。鞭梢雪白。现在大概已经被鲜血染红了。”

雅努什更加惊愕。

“你说起这些来竟是这样的平静？”

“可怜的安德热依，”奥拉说，“他不得不平静地忍受这一切。上帝保佑，光只这一点也就算好了。从此以后，他对我们的战胜者就不会有什么好态度了。我们在普斯泰翁基就见过这些战胜者。他们已相当客气地管理起农业来了。”

“你跟德国人谈过话？”雅努什悻悻地问。

“我有什么办法？我得帮罗伊斯卡姨妈的忙。”

“我将来会避开这类谈话。”

“我也不会急于去同他们打交道，这一点你尽可放心。”

“你现在有何打算？”雅努什问。

“你瞧，我竟不知道。我得寻找弗兰尼奥，但我又不知道从何处下手。对于华沙的情况我们一无所知。”

“华沙已经陷落了？”

“你还不知道？昨天签字投降了。我一到这儿菲比赫先生就对我讲过。”

“真的？可他们为了不叫我担忧，这样的事都瞒着我。这种傻里傻气的体谅真是要命！”

“所以说，我必须先在华沙把局势弄清楚。如果你不反对，我想在你这儿休息两天。”

这时，雅德维加客气地敲了敲门，走进房来。

“先生，”她说，“小伙子们打算今天下午就动身到华沙去。”

“什么小伙子们？我呢？”奥拉问。

“他们说，太太您暂时留在这儿，再等等，他们先去探听一下情况。因为眼下是什么也不清楚，甚至都不知道您的住所是不是保存了下来。恰茨基街遭到过轰炸。说不定已经无须回到那里去了。”

奥拉反驳说：

“他们自己又怎么能去呢？”

“他们可以去，太太，可以去。”“热尔梅娜”安慰她说，“他们跟同姨父一起到这儿来的一个叫利莱克的小伙子串通好了。他们打算一同骑马到华沙去。就让他们去看看吧……”

雅努什焦急起来。

“利莱克先生，”他说，“我不知道，他对小伙子们来说是不是合适的伙伴。”

雅德维加愤愤不平地说：

“您在扯些什么！他是个金不换的小伙子。他像爱自己的父亲一样爱姨父，他一定能把小伙子们带得很不错的。不要去干涉他们的事吧。”

奥拉心里无论如何也不赞同她的说法。

“而您，”雅德维加对雅努什说道，“也该鼓足勇气起床了。家里来了客人，您躺在床上算是怎么回事。”

这一次雅努什没有反驳。

“哎，你们出去一下吧，我的女士们，”他说，“我这就起来穿衣服。”

两个妇人朝门口走去。

“请您从这儿搬走，”雅德维加走到门边说道，“请您搬回自己的卧室，我在这儿安置客人要方便些。我想把斯彼哈瓦先生安置在这里。”

雅努什支着胳膊肘从床上欠起身来问：

“谁？”

“斯彼哈瓦先生。他是跟戈翁贝克太太一起来的。”

雅努什一下呆若木鸡。

“奥拉，”他吃惊地问，“你是跟斯彼哈瓦一道到这儿来的？”

但奥拉没有听见他的问话，匆匆下楼去了。她要同小伙子们商量一下到华沙去的事。

她劝他们把动身的日期推迟到明天。

十

一段时间以来，雅努什给自己定了个规矩，每到黄昏——黄昏降临得越来越早了——他都要到花园去，神情恍惚地站在一棵槲树下（从那儿可以望见新坟的黄土）。随着岁月的流逝，雅努什越来越变得迂腐了。他喜欢日子按照一个固定的程序过下去。他要求准时开出午饭和晚饭，这使雅德维加陷入了毫无办法的苦境。他出门散步也同样恪守时间。政局的变化丝毫也未改变他的生活日程，雅内克的惨死只不过为他“晚饭前”的散步增添了某种特殊的意义。雅内克的坟墓每每在他心灵深处激起一阵阵感情的波澜，似乎是总结他坎坷不平的一生中所经历的一切。他在自己周围见过那么多的死亡，并没有把他磨炼得更坚强一些。但是，任何人看到站在维耶维乌尔斯基墓前的他，都无法想象出他胸中正翻腾着狂涛巨浪。梅申斯基平静地站在那儿，颀长、呆板，脑袋微微歪向左肩，像他平常听音乐或是思考问题时的那副模样。在深秋黄昏的寂静里，这位神态庄重、郁郁寡欢、穿了一件带风帽的长大衣的绅士，似乎同周围的大自然融成了一体。槲树上的叶子已经枯萎，但尚未掉落，正好是跟梅申斯基的大衣一样的深咖啡色。

这座新坟同样也吸引了安德热依，尽管他从利莱克嘴里了解到的

情况并不多。见到雅努什朝着那个方向去了，他便跟在他身后，过了片刻他也在雅努什背后几步远的地方站住了。

“舅舅，”他在暮色苍茫中开口问道（安德热依总是把雅努什称作舅舅，虽然他们之间没有半点儿血缘关系），“舅舅，这是什么人的坟墓?”

雅努什哆嗦了一下，抬起头来，像是从梦中惊醒。

“他们在公路上把雅内克·维耶维乌尔斯基打死了，你知道了吧?”他说。

“我知道。雅德维加对我说起过。他就是躺在这儿的?”

“啊，不错。”

“舅舅常到这儿来?”

“不错。我天天来。”

“为什么?”

“古怪的问题。”

“嗯，这是为什么? 舅舅不是不做祷告的吗?”

“要是想为他祈祷，那我是可以在卧室里做的。”

“舅舅是不是感到在这儿……离他近一些?”

“也许是这样吧。我在这儿感到离他近一点儿。这是我的一个伟大的朋友。我跟许多人打过交道，在世界上到处漂泊过。可他是我真正的朋友。他叫我‘亲爱的……’”

“他是共产党员吗?”

“我不知道。可他是个名副其实的人。”

“然而他也是个共产党。”

“他对我没有仇恨。”

“因为舅舅也是个名副其实的人。”

两人沉默了片刻。从房子那边传来了某种平静的秋日的声音，有

人在唤狗。在这温暖、幽暗、宁谧的暮色里，谁也联想不到周围竟在打仗流血。

“你懂得什么，安德热依……”雅努什凄然说道。

安德热依在槲树下的一张小凳上坐了下来。

“我一向认为，舅舅是个名副其实的人，是个真正的人。舅舅见多识广……”

“也许我见之甚多，”雅努什实事求是地承认，“但识之甚少。”

“哎，这得看……”

“当然，”雅努什说着，在安德热依身边坐了下来，“当然，这得看是什么事。但你要晓得，我最大的过错在于：行之太少。”

“还来得及。”安德热依骤然非常严肃地说道，“现在正是时候。”

“就什么而言？”

“就做出一番事业而言。”

“你可别诱惑我，安德热依。我正好觉得一切都完了。”

“舅舅不相信胜利？”

“胜利？对于胜利你是怎么设想的？嗯？他们会把德国人打败，英国或者法国。也许是布尔什维克。但这已经丝毫不能改变基本事实。”

“对这一点舅舅是怎么理解的？”

“不能改变的一个事实是，这样一场战争毕竟是爆发了。它就像原罪一样，已经玷污了人类。这是骇人听闻的野蛮占了上风，这是再也无法从人类历史上抹掉的了。”

“可能还会更糟。”

“可能。但这就足以在地球的躯体上永远留下一个污点：人的最恶劣的本能的胜利。”

“嗜杀的本能也许不是人身上最坏的东西。”

“不错。最坏的是对一切事物的无动于衷。对时光流逝的无动于衷

把我毁了。我没有生命。我跟躺在地里的这个人是一模一样的。”

“不一样。他曾相信，能够从人类的脸上抹掉这一切罪恶。”

“天真的信仰。你也知道，像他这一类人物都落到了怎样的下场。他们虽然都笃信不移，但却纷纷死去，而且都死得很惨。尽管相信有人要杀人，却又偏要去送死，这是很可怕的。”

“舅舅怎么说出这种话？您不该这么讲！”

“为什么不该？善于面对残酷的现实，不是坏事，而是必须。”

“您不该对我讲这些。不该削弱我的力量。须知舅舅这么讲是在削弱我的力量，在挖我的墙脚。而我需要的正是力量……”

“去干什么？”

“要知道，我必须去。必须去。为自己……也为舅舅。如果舅舅允许的话。”

“这话怎么理解？”

“很简单。最好是这样：请舅舅把您没有完成的一切统统交给我。我将为舅舅去完成。”

“哎呀，安德热依，”雅努什抓住小伙子的一只手，“我不知道什么是我所没有完成的。我怎能把自己不知道的东西托付给你呢？”

“舅舅只要对我说一句，‘安德热依，去吧’，我就去。舅舅，您瞧，我也不愿做这样的事。我并不愿去进行这种抉择。我不愿抛弃那些在我看来是好的、美的和有价值的东西。可现在，我和罗梅克已经下定了决心，现在我只得去挑选那种我所厌恶的东西，那种跟我的天性相违的东西。”

“那也是跟人的天性相违的。”

“不，舅舅。人是个很复杂的东西。这一点谁也不会比舅舅了解得更清楚。这跟人的天性也许并不矛盾。人会为一己私利，为自己的巢穴而张牙舞爪地去搏斗。”

“我宁愿你说，‘为人类而斗争’。”

安德热依笑了起来。

“舅舅总是这一套。人类，这是个很不明确的概念。人类是通过各个民族形成的。至少看起来是如此。”

“那好吧，安德热依。你让自己挑上这副重担，又会闹出个什么结果来呢？”

“请舅舅不要为我担心。我自有办法。当然还有您。您也不用去多想你所没有完成的事业。我把一切都担当起来。”

“亲爱的安德热耶克，我有点为你感到可惜。我想问题常常比你要广得多，深得多。而你，不管愿意与否，你都不得不把自己局限在某一点上。即使你能打死一个德国人，那又怎样？它在这席卷我们时代的各种事件的狂涛恶浪面前又有什么意义？”

“舅舅，您有没有想过，这可能具有某种象征意义？杀死一个德国人也许能解放出巨大的潜力……”

“哪儿的？”

“我的呀！我身上的潜力！把那种被日常的劳碌奔波掩盖住了的东西解放出来。有某种东西，尽管被掩盖住了，然而它是存在的。就像是马雷·舒阿尔教授对舅舅讲过的原子分裂那样。被掩盖着的力量有可能突然迸发出来。”

“人不是原子。”

“可是，每个人身上都蕴藏着一股他所没有意识到的力量。也许我也有这股力量？不，不，”他犹豫了一下，“我缺少这样一股力量。但我要在自身激发出这股力量。我要把自身阻碍我达到这个目的的一切进行彻底的改造。我必须首先创造出我自己——而后再分……”

“分裂什么？”

“不错，我无须来迷惑自己。别人会把我分裂的。”

雅努什又一次握了握安德热依的手。

“有一点是你不应抱什么幻想的。那就是，你将从事的不是什么伟大的事业。那将是一些渺小的、零星的、平凡的事。没有什么豪情壮举，崇高伟大。有的只是恐怖、屈辱、牙齿打战。你休要期待什么，今天不会给你带来任何的报偿。”

“难道就毫无胜利的希望吗?”安德热依遽然怀着失望之情问道。

“毫无。胜利者历来是看不到胜利的，胜利常常是在他们牺牲之后到来。”

“这太可怕了，舅舅。”安德热依浑身战栗了一下。

“不，甚至谈不上可怕。这是很平常的。你我都只不过是芸芸众生里的一员，只不过是许多号码中的一个号码，许多数字中的一个数字。不是我们来汇总这些数字。数字会自己累加起来的。”

“那会得出个什么结果呢?”

“哎，要是我们知道就好了！雅内克同样也不知道。说不定他们贡献的总数是最大的哩。”

“横竖一样。”安德热依又生硬地说道，“对我来说，横竖一样。我要始终不渝地朝着既定的目标前进。”

“亲爱的，”雅努什想起了维耶维乌尔斯基，淡淡一笑，“只是别来豪言壮语，别激昂慷慨。一切都得平平常常地对待。”

安德热依默默不语。

“让一切都保持平常的本色吧，不要讲得那么慷慨激昂。因为生活毕竟不是舞台上的表演。生活得有它自己平常的日程。唱高调并不是一条通向伟大崇高的道路。”

“可我一点儿也不想要伟大崇高。什么是伟大崇高呢?”

“别，别，”雅努什激烈地反驳道，“我们还是不要用这样的字眼吧。你可知道，我想对你说什么？有什么请求吗?”

“什么?”

“从今以后我们永远不要使用那种说出来意义不大，可想起来又很有意义的字眼。”

“舅舅不至于把我看成一个浪漫主义者吧?”

“这完全是另一码事，不论我是否把你看成了浪漫主义者，我不想去谈这件事。”

“好吧，舅舅。”安德热依温顺地回答。

“不管怎么样，我们还是去吃晚饭的好。”

他们站起身，回屋子里去了。

第十二章　平　原

……空旷、开阔、荒凉的平原……

亚当·密茨凯维奇

一

一九四二年秋末似乎一切都安定下来了。至少戈翁贝克一家的生活是如此。安特克没有回来，但安德热依和海伦卡差不多是在正常学习了。泰克拉小姐（她有各种各样的关系）为安德热依弄了一张工作证，又在装订厂给他安排了个有名无实的工作。安德热依夏天已满了二十二岁。他长得端庄、挺秀、高大，但已不像在埃德加尔出殡时那样青春年少。尽管如此，他仍常常吸引着奥拉惊诧的目光，每逢她对这个小儿子凝眸流盼，心中便感到有种隐约的恐惧。

“奇特的小伙子，”泰克拉小姐给他下了一个这样的断语。“面容俊俏，却是铁石心肠。”舒什凯维奇太太也曾这样说他。

斯大林格勒战役开始了。就在这时，家里决定把安特克叫回来。

如果说安德热依在最近一个时期常常考虑“真正的”生活究竟在

何处的话，那么在他去普瓦韦的轮船上就有更多的时间和机会来思考这个问题。他们决定让安德热依乘船去找安特克，是因为这种交通工具比较安全。到卢布林的铁路沿线经常有许多搜捕，因此不得不另选他途。他们买了“姆·法扬斯”号的船票。这条船黄昏时开出了华沙码头。

这是个温暖的秋日的黄昏。安德热依暂时躲在统舱里，他找了个角落把背包放在那里。轮船冲破黄昏时汹涌的激流开出华沙以后，他走到甲板上，在船边的一张长凳上坐了下来。暮色越来越浓。河水是深褐色的，船后翻滚着白色的泡沫。两边是漫长、低矮的堤岸，长满了红褐色的爆竹柳。远方出现一片黑压压的树林，有的地方夹杂着高大的白杨。但是，房子却看不见，它们都隐藏在远离河岸的地方，从轮船上甚至连屋顶也看不见。

哪种生活才是真正的生活？这个问题当然与这荒无人烟、似乎自古以来就是这样冷漠无情地沉睡的河岸毫不相干，但却同码头上和轮船里发生的一切紧密相连。其实码头上、轮船里的那种壅塞、喧闹也坠入了黑暗、寂静的夜色之中，从他这个普通乘客的眼前隐去了。

一切都沉寂下来了，四处阒然。乘客、船员和小卖部的女老板——酷似博古舍夫斯卡[①]笔下的那个女老板——都藏到船上的各个角落里去了。周围变得鸦雀无声，这使安德热依不由感到寂寞起来。

他好久以来不曾有过这种感觉。自从溃败后他回到华沙以来，一直都在东奔西跑，他觉得自己就像松鼠蹬轮子似的在瞎忙。似这种日子他一直过了三年，或者说，将近三个年头了。惊回首，转瞬就是三年！一切都过得那么迅速，那么仓促，整个时间就像是在玩一种“捉迷藏”或是“猫抓耗子”的集体游戏似的，不过做这游戏所要交出的

① 博古舍夫斯卡（1886—1978），波兰小说家。

抵押物却是人的生命。然而，那种伴有手枪射击声的游戏能迫使你更强烈地感觉到自己还存在于天地之间。

可是现在，随着轮船逆流而上渐渐远去，随着秋天暮霭冥冥、扑朔迷离的黄昏的降临，那些往事都渐渐逝去了。如同树叶从树上飘落下来——一片一片、悠悠荡荡地飘落下来一样。

他感到冷丝丝的，可又不愿回船舱去。他脑子里浮想联翩，乐于一个劲儿地想下去，想个饱。同时使他感到无比欣慰的是，不料竟能如此奇特而又如此清晰地发现自我。直到此刻他才霍然憬悟，在这三年的时间里，他发生了多么大的变化，他变得多么成熟了。

当他置身河上，回首反顾，追溯到自己在普斯泰翁基的那段时光，不禁柔情地笑了笑，还多少有点儿顾影自怜。他那时候是个多么幼稚的小儿呀！那时，他还以为自己有能耐驾驭自己的生活。可事实证明，那是一种最危险的自我陶醉。

在这三年的时间里发生的一切（他总是从他父亲在公路上失踪时算起，虽然“一切”实则开始得早得多），给了他当头一棒，把他打得晕头转向。他似乎觉得，在索哈切夫附近公路上被马鞭抽破的面颊，每天都像第一天那样火烧火燎地疼痛；他就像个旋转的陀螺，那鞭子抽打着他，逼着他团团转，无休止地团团转。此时此刻，当他回想到在普斯泰翁基时的自己时，想起当时幼稚的信念，他真想发笑，那时他还以为将来能够建立起“自己的”生活哩！

河两岸长满了茂密的柳丛，一年的这个时节，浓密的柳叶已变成深黄，在暮色苍茫之中呈现出一片深褐色。树木和灌木丛看起来像一道长长的铜墙铁壁遮住了岸边的土地。岸边草场上升起的袅袅轻雾，在灌木丛后越来越稠，给整个地区蒙上了薄薄一层蓝色的雾帐。

这一片在蓝色暮霭笼罩下的金黄色土地，沉浸在秋的寂静里，船上轮机的嗒嗒声更加强了这岑寂的气氛，倒完全像是个无人之境。这

地方并非被居民所抛弃，也不是荒无人迹，但它却是沉浸在深沉的梦里，以至看不到一点儿生活的迹象。既看不到屋顶上的烟囱，也看不到茂密的林带之间的袅袅炊烟，只看到蓝色的雾帐后面一片黑压压的树。

正是这梦一般的寂静在轻轻地摇晃着安德热依，但并没有使他昏昏欲睡。这寂静安抚着他，向他揭示了昔日的一切恐惧、努力和不安都是多余的，与此同时也唤醒了他的思考和反省，渐渐地，他从更遥远、更宽阔的远景上看到了自己近来所经历的一切。“到哪儿去寻找真正的生活？”这个一直使他苦思冥想的问题如今似乎被抛于脑后，被搁置了下来。他领悟到，梦并不是生活。然而这难道真正是梦？

他明白，这是错觉。他望着柳丛，但是，他的目光射不透那铜浇铁铸的屏障。那屏障后边发生了什么？隐藏着什么？他无从知道。

迄今他在华沙所做的一切，此刻在他看来都无足轻重，只不过是一场“赌注”极微的打赌罢了。他们会来抓，还是不会来抓——这难道有丝毫的意义吗？还有那地下大学，在私人住宅里进行的课程，以及教授们所讲授的“哲学”，它与华沙的街道，华沙的市场抑或是华沙的郊区所教给他的具体学问完全风马牛不相及，也同样没有任何意义。他常常觉得，用于上课的时间是白白浪费了的时间，与此同时，又是塞满了某种代用品，如被某种毡子以及诸如此类的东西盖住了的时间。凡此种种，在不容置辩的生活事实面前，都是毫无价值的。

这无情的事实就是德国军队的推进。基辅已经陷落，德军已渡过了第聂伯河。这虽还不是他们最后的胜利，但也堪称大奏凯歌。安德热依左思右想，为什么他对这一切都如此无动于衷？须知问题已不在于只是要消灭一个国家，而是要消灭整个民族。这就是德国人的目标。现在就只等最后一场决战的结果了。

有谁知道呢，说不定在低矮的河岸两边的寂静里已经蕴藏着一种

听天由命的想法，等待最后的清算和最终的灭亡的想法；剩下的日子也许只有几周或是最后的几天？

暮霭沉沉，天色越来越暗了。但安德热依感到欣慰的是，月亮就要升起来了。

从这浓雾和凄凉的寂静里出现了一个矮小瘦削的人，挨着安德热依在长凳上坐了下来。他年纪还不大，但形容枯槁，精疲力竭。安德热依叹了口气，并不打算跟对方交谈。但那小个子沉默片刻之后，突然开口问道：

“您是去登布林？”

“不。去普瓦韦。”

“啊，去普瓦韦。”

那人显然是在等安德热依神秘地问一句，“您呢？”可是安德热依默不作声，便又说道：

“我走得远点儿，要一直过了卡齐米耶日，到皮奥特拉文去。”

安德热依明白，这场谈话是避不开了。

“皮奥特拉文远吗？”

“还得四个钟头才能把我们拖到卡齐米耶日。这条破船……”

“是在扎维霍斯特附近？”

“哎，还有一段路。这只是个大略的估计。这条河道什么时候也没有测定过距离。”

陌生人的声音平静而又悦耳。安德热依想再听听他说话。

“您是第一次到那个方向去的？”他问。

“哎，不，”那小人儿回答，“我是每两个星期去一次，有时，每星期……”

“您很熟悉这条路？”

“熟悉，非常熟悉。”

“那儿怎么样？”

“能怎么样？跟各处一样。没有一个地方例外。前不久在普瓦韦的桥上吊死了一个牧师。”

安德热依觉得跟一个陌生人谈这个题目不太恰当。

“您一定感到厌烦，”他说，“老是这么坐船来去。”

“哎，先生，说什么厌烦。今天天气还算不坏，月亮就要升起来了。要是遇上昏天黑夜，遇上下雨，那轮船就得抛锚，停一整晚直到第二天清晨。因为这儿不断出现一些新的浅滩，谁也没有去标出河道。没有人关心这种事……”

“您这么来来去去合算吗？”

“我有什么办法呢？先生？”那小人儿伤心地把两手一摊，“我的职业是吹长笛。我是华沙歌剧院的长笛手。如今我能到哪儿去演出？到人家庭院去转悠……还不如贩卖猪肉。”

“您贩卖猪肉？”安德热依插嘴问。

“我有四个孩子，得养活呀，我老婆做点小买卖，烤点糕点，凑合着过日子。到目前为止，”说到这里，他敲了敲他们坐的长凳，“还没有没收过我的什么东西。”

“是您藏得严实。”安德热依说。

“您甚至都不知道，这些内河水手藏东西的秘诀。有一次在登布林搜查得多严！显然是有人告密，德国人每一寸地方都搜遍了。可您相信吗？他们什么也没有搜到。”

“他们要找什么呢？”

“先生！当时我带着一整只猪。还不小哩。一百四十公斤。”

“这真是，大胆。”

“这不是大胆，先生，是迫不得已。”小个子长笛手说。

但是轮船没有等到月亮出来就停靠在岸边了。此刻才真正是万籁

俱寂。靠着船舱里的一点微弱的灯光（船头的灯在停船时灭了），可以看到长长的枯萎的菖蒲和芦苇秆在不安地悄悄晃动着。四周是那样的寂静，甚至长笛手也不吭声了。他默不作声，垂着头，倾听着从那低洼的、无边无际的平原传来的响动。

忽然，他从怀里掏出一支小小的长笛——实际上是短笛，把它贴在唇边，吹出了像鸟鸣一样的声音。安德热依哆嗦了一下。

那个小人儿把笛子从嘴边移开了一会儿，笑着对安德热依说（他的声音里听得出是在笑）：

"斯克里亚赛的第二交响乐里就有这种小鸟，总是由我吹的。凡是有这种小鸟的地方，不论是在《田园曲》还是别的什么曲子里，总不是由第一长笛手演奏，而是由我。谁也没有我吹得这么好……"

静了片刻。长笛手又把笛子举到嘴边，又演奏了起来。不过，这一次吹的不是小鸟，而是一只大家熟悉的，永远是那么牵动柔肠的歌曲。安德热依低声唱了起来：

> 月已西沉，狗已安静。
> 是谁在林子后面发出响声，
> 一定是菲隆，我那亲爱的人
> 在约定的白槭树下把我等……

母亲常给埃德加尔唱这支歌，而安德热依总是蹲在门外听。他不敢进房里去，再说，奥拉也不喜欢儿子们听她唱歌。那还是他们住在恰茨基街时候的事。现在母亲再也不唱歌了。

安德热依感到心脏一阵紧缩。母亲不是还健在吗？正是母亲派他去找安特克的。母亲希望安特克回去，希望把他们所有的人都拢到一处，住在布拉茨卡街……

一想到布拉茨卡街，他又哆嗦了一下。住在那幢难看的、不舒适的贵族府邸里，安德热依感到很不自在。他深知，那幢住宅又漂亮，又舒适，可他觉得那儿又丑陋，又不方便。他不会去劝说安特克回家的……

长笛手闭上了眼睛，安德热依看到他的身子怎样在随着歌曲的节拍晃动。一个水手朝他们走了过来。他俯身站在两个坐着的人面前，带来了一股汗和煤烟的臭气。他说：

“请不要吹。不要引起别人对停泊的轮船的注意。已经到了戒严时间……”他又对安德热依说道，“您的东西我已经给您送到二号客舱去了。那是个两人住的客舱。在那儿您会舒服一些。”

安德热依留神地朝水手望了一眼。他正俯身站在自己的面前。在夜色朦胧中，安德热依只看得见对方一双很大的眼睛的银色的白眼球。他一时不知说什么好，只吐出了一个词：

“谢谢。”

他感到很吃惊。尤其使他吃惊的是，水手临走时说：

“您可以进舱去了。那儿已经有了一位先生。那儿就住你们两位。”

说完，他便行了个军礼，走了。长笛手默默不语。安德热依在黑暗里感觉得出对方投在自己身上的审慎的目光。他耸了耸肩，在长笛手的膝盖上拍了一下：

“真的，我感到莫名其妙！”

长笛手搂着他的肩头，悄声说：

“您进舱去吧。一定是有什么重要的事。”

可是，到了船舱里却什么重要的事也没有。小桌子上点着一支蜡烛，罩了个圆玻璃灯罩。那位“先生”已经在一张长凳上躺下了。但他脸朝暗处，安德热依无法看清他的轮廓。安德热依沉着而庄重地说了声晚安，并在自己的长凳上坐了下来。长凳上已放了他的背包和几

条深颜色的毯子。他掏出香烟。

“烟味不妨碍您吗?”他问。

那一位嘟哝了一句什么。然后又说：

“我也抽烟。”

安德热依想把香烟盒递给他，考虑了一下觉得不妥。因为那样看起来似乎是他想看清陌生人的面孔，而对方显然是有意使自己避开光线的。

“您是姓戈翁贝克吗?”陌生人用沉浊的声音问道。

安德热依笑了。

“身份证上是这么写的。”

“您真正姓什么?”

“我真正姓戈翁贝克。”安德热依沉着地回答，“您是从哪儿知道我的姓的?”

“您拿出身份证买船票时我看到的。”

“啊哈，您站在我旁边。”

“我站在您旁边。”

安德热依竭力回忆在售票处排队时前后左右的人。但他想不起这个人来。

“您是弗兰齐舍克·戈翁贝克的儿子吗?”过了一会儿，陌生人又问道。

安德热依对这个问题没有感到吃惊，也丝毫没有感到不安。

“是弗兰齐舍克的儿子。”他回答。

陌生人深深地吸了一口气，好久不说话。安德热依打算安置一下躺下睡觉，他把背包推到一边。

“您父亲出了什么事?”

安德热依平静地反驳道：

“如今不是那种随便碰到什么人都能谈家庭私事的时候，先生。”说完他就躺下睡觉了。

陌生人不吭声。

“不错，”他终于又开口说，“您是对的。您没有必要开诚布公。”

安德热依想了想说：

“其实我也可以告诉您。父亲不在国内。”

“啊！”那一位明白了，“他在部队里待过。”

“不管是不是在部队里待过，反正他不在国内。”安德热依说道。他要睡觉了，一翻身，背对陌生人，盖上了毯子，把毯子一直拉到了下巴。

“您是最大的？”安德热依正要入睡时，那人又问。

“不。我有个哥哥。我正是要到他那儿去的。”

“到普瓦韦？”

“到卢布林附近。哥哥在那儿做教员。”

“在学校里？”

“不。他是家庭教师。”

停了片刻。

“您对我的家庭已经了如指掌了。”安德热依嘲讽地打破了沉默。

“还不彻底。”陌生人叹息道，“您的奶奶，戈翁贝克老太太活着吗？”

“还活着。住在乡下。”

“住在巴尔托杰依？”陌生人突然问道。

“哪里。住在谢德尔策附近。”

“在谢德尔策附近？”缠住不放的问话人惊诧地问。

“哎呀，”安德热依心里想，“这位老兄知道奶奶在巴尔托杰依住过。这是弗瓦德克·戈翁贝克，不会是别人，只能是他！”

片刻之间船舱里鸦雀无声。

那一位建议灭了蜡烛。他们把蜡烛灭了。

安德热依自然睡不着，虽说刚才他很想睡觉。他打了个哈欠，却瞪着对大眼睛躺在那里。猜想夺去了他的平静。怎么办呢？跟他摊牌吗？不能。这位老兄会矢口抵赖的。可是，既然他从莫斯科到了这里……

他翻了个身。

“您没睡着？”那一位问。

“叔叔！”安德热依心里叫道。但他只嘟哝了一句：“没。”他注意到了对方轻微的但很明显的俄国口音。甚至还不在于他在说“睡着”这个词儿时，那个“ś”的音发得那么尖，而是他发问时的那种语调，在他的声音里隐含着某种非波兰语的发音。现在对他来说这已是再清楚不过了。

“鬼把他招来了！”他又想道。

“在你们华沙对这整个事件都有些什么说法？”

安德热依不喜欢这样提出的问题。他不明白，怎么可以这样含混不清地问“都有些什么说法”！这要看是什么人在什么场合说的什么，还要看是说还是想……

“这要看……”他勉强地应付道。

“叔叔”大概觉出了他的保留态度，稍稍抬高了一点儿声音，同时，他的外国口音显得更清楚了。

“其实并没有什么危险，”安德热依在心里自我安慰道，“近来有许多维尔诺人和利沃夫人在这儿转悠，谁也没有去注意他们。不过，在口音方面他倒是应该下点功夫。”

“当然，这得看，”陌生人相当痛快地说：“是哪个圈子里的人，是哪个阶级，哪个年龄的人。不过，各种不同的意见总得以某种方式汇

总起来，彼此衔接起来，形成一种气氛。”

“您没有到过华沙？”安德热依带有几分讥讽地问。

陌生人结巴了。

“到过……”他说，但听得出来，他说的是假话。

“那您何必还要问？”安德热依恼怒地说，“凡是到过华沙的人，立刻就能很好地感觉到那儿的气氛的。”

“是的，不错，立刻感觉到。”隐藏在黑暗里的声音迟疑地说道。

沉默了片刻。

“什么样的气氛？”那个声音问。

安德热依在长凳上翻了个身。

“您躺着不舒服？”那一位问。

“不，很舒服。只是背包挤了一下。”过了一会儿他又说道，“我要学弗洛利安·沙雷[①]对您说一句：伤口疼不如坏邻居的打搅钻心。”

“您指的是那些邻居？”

安德热依又沉默了一会儿。

“两边的邻居。”他突然果断地说。

他觉得对方支着胳膊肘微微抬起了身子。借着舷窗射进来的一点微弱的光线——月亮照在维斯瓦河水面上的反光，安德热依终于看到了陌生人的面孔。他心知陌生人会回答他什么，不由戒备了起来。

安德热依预先就知道对方要说的每一个字，这并不是因为他曾经听见过，也不是因为他在心里斟酌过，准备过听那些话。他害怕也不愿听见那些话，即使他曾经不止一次地暗自说过那些话也罢。尤其是那些话要从他的叔叔，他父亲的兄弟嘴里说出来，他就更不乐意去

---

① 波兰传说中的中世纪骑士。有一次他受伤后国王去看他，问他伤势如何，他答：“伤倒不疼，只是邻居令人心烦。”这里是借用典故影射波兰东、西部的邻国。

听了。

安德热依不愿去想自己的父亲，他竭力使自己不要去想；他对父亲的怀念是很深的，但他又把这种感情看成了某种不理智的东西，不想使它成为自己精神上的负担。他何苦要去怀念父亲呢？父亲不过是个普通的布尔乔亚，小市民罢了。难道要他相信血缘关系吗？他希望血缘关系不要影响到他对就要听到的那番话的态度。

他正想说“你最好是不要讲!”但他忍住了，听他说些什么。

陌生人说：

“你考虑考虑吧，两面受敌是没法过日子的，得在两者之中作出抉择，其实大家都清楚应挑哪一个，谁是我们真正的敌人。”

安德热依忍不住发了火。那人刚听到他说出的第一个字就用长长的一声“嘘!”岔断了他的话，不过这一声“嘘”只起了一会儿的作用。

“您什么都知道，什么都明白，”安德热依激烈地争辩道，“您知道，将来一切会怎样安排，战后国界线会怎样划分。对您来说，一切问题都已解决。我羡慕您，虽然，或许我并不羡慕您。您的知识都是别人灌输的。您解答一切问题都超不出别人给您规定的框框。您没有任何结论是通过您自己的思考得出来的。您没有时间去进行充分的思考，得出自己的结论。他们在那里给您脑子里塞满了现成的观点。我清楚，您是从哪里来的。我不会对任何人去讲，但是您的任何一句话，您说出的任何一个字我都不会相信……您说的一切都是假的。”

他对自己竟然会这样火冒三丈也颇感诧异。在意识到自己的冲动是何等的荒谬之后，他便猝然住口，头向后一仰倒在床头的背包上。陌生人的面孔也从那一线光亮中消失，藏到黑暗中去了。从那儿再也没有传出声音。

安德热依大声喘着粗气。他是再也无法入睡了。他一直等着那人开口，心里想，“他为什么不说话呀？”

陌生人过了好久之后还是开口了。

“我理解，”他说，“我理解你的心境（他说出个‘你’字，使安德热依周身发麻），不过，如果你以为，我没有时间去充分思考这一切，那你就大错而特错了。我有充分的时间。”

“我明白。”安德热依嘟哝了一句。

“我感到庆幸的是，你过去既没有那许多时间，也没有这种思想。可是，一旦你在‘那边’获得了这种思想和这种信仰，请相信我，够你一辈子用的了。甚至以后你也不会产生任何怀疑……”

“不会产生任何怀疑？甚至以后？”

陌生人不语。

安德热依又满怀信心地说道：

“我不喜欢所有那些信徒对非信徒的轻视态度，不喜欢他们对有所怀疑的人发出的那种冷笑……”

“黑地里你又看不见我是在笑。”

“哎，我深信，那种冷笑是有的。即使此刻它没有挂在您的嘴角唇边，也是隐藏在您心里。您讥笑我，因为您有信仰，而且您知道，我很痛苦。”

“我也同样痛苦过。”

“可有人指导您，那些人也是什么都知道，但他们从来不曾想过，怀疑也能使人痛苦。”

“听您这样说，似乎我是个牧师。”

“啊，不。但容易作出这样的比喻。”

然后他又支在胳膊肘上欠起身来，继续说道：

“您是不是考虑过，九月对我来说意味着什么？您是否明白——哪怕明白一会儿也好——波兰的灭亡对我来说意味着什么？我知道，您会说，资产阶级的波兰。对这一切你们是怎么写的呢？我读过你们在

利沃夫出版的那些报刊，写的什么？不是地主、资产阶级的波兰吗？别的波兰我不知道，别的波兰我没见过，这是我的波兰，最重要的、独一无二的波兰。重要的不是他们喋喋不休地给我们灌输的毕苏茨基和军团的波兰，不是我们曾经死记熟背的有关那一小撮军团战士如何乘着火车稳步推进、走遍整个加里西亚的故事，而是我用自己整个的生命感受到的波兰。可你们却想把她从我心中夺走。即使你们不是想夺走我祖国的土地（因为土地谁也夺不走），也是想夺走我对祖国的感情。我与我的祖国息息相关。可你们却把这称之为民族主义。”

“不，我们把这称之为爱国主义。”

“不论你们怎样称呼，横竖都一样。任何称呼在这儿都是不恰当的。任何一种简略说法都只能作践这种感情。你们却要给它称呼，你们却分门别类地加以对待……可我不希望这个！”

陌生人又一次提醒道：

“你说话的声音一直太大，多么不谨慎。”

“啊，对不起，”安德热依平静下来，“我不再嚷嚷了。”

“那就让它自发地发展下去吗？”陌生人忽然低声问道，显然，他一点儿也不想中断这场谈话。

“我还能怎样？”安德热依问。

“不错，你能指望的只能是一股自发的力量。”陌生人从黑暗的角落里叹息道。

安德热依突然又激动起来。

“不，这儿涉及的不是自发不自发的问题。我认为，就是说，在战前我曾经认为，自己天生是必有作为的。简而言之，我想活着。我不是个数学符号，我就是我。这才是最重要的。最重要的是活着……而以后……我想，我的任务就是认识世界。”

“认识？可怎样去认识？”

“认识就是认识。我在这儿说的我，不仅是作为个人的我，而是整个我这一代。我们的任务就是认识世界。”

“用什么方法？”

“用科学的方法。”

“很有趣，你把什么方法看成是科学的方法呢？”

安德热依回避了这个问题。

“可如今世界崩溃了。整个世界都在崩溃。不仅无法去认识它，而且甚至无法重建它。”

“并非整个世界都崩溃了。”陌生人非常严肃地说，同时又在长凳上动了动。

“我的世界崩溃了。”安德热依执拗地重复道。

“你可以挑选另一个世界。”

“我无法挑选。此时此刻我怎能去为自己挑选另一个世界呢？我的世界不再存在了，我很清楚，虽然……”

“虽然什么？”

“虽然，我不会停止在自己和别人面前佯装，说这个世界是能够重建的。”

“在什么人面前佯装？”

“在所有的人面前。在我所接触到的所有的人面前。”

“你在进行斗争吗？”

“当然。‘斗争’这个词儿听起来很动人。其实，不过是一系列的会晤、交谈，有时也搞点行动而已。其效果，说句实话，是微乎其微的。从这一切里所能得到的肯定不是我的那些人所期望的东西。”说到“我的那些人”时，他在黑暗中打了个强调的手势，“有些东西是重建不起来的。”

“也许不值得重建呢？”

“我没有考虑过这一层。我下决心不去考虑它。何苦呢！只要能做到始终不渝就行。”

陌生人抬高了嗓门，他的声音变得更为有力。

“你胡扯！自相矛盾。对于你不相信的事业你怎能始终不渝呢？这会把你引上一条错误的道路。这种南辕北辙的状况一定会使你失去现实感。”

“世界并非完全是现实的。真的，有时我觉得，我是在梦中。”

“这是你的惨败论的结果。如果你无所信仰，就不能侈谈什么忠诚。”

“可是，你有信仰吗？”安德热依尖锐地问道，不知不觉也称起“你”来了。

这场谈话完全是在黑暗中进行的，所以他觉得，是自己在跟自己交谈。

“要是我没有信仰，我就不会到这儿来。”陌生人郑重地说。

“你瞧，我们在同一条路上相逢了，虽然你有信仰，而我没有。”安德热依说着，悄悄笑了起来。

两人沉默了片刻。

“你说，你曾经想要认识世界。难道你从来没有想过，世界是可以改变的吗？”

“当然。人们在改变世界。”

“不错，这是些自发的变化。难道你不想自觉地去改造世界吗？难道你不希望世界由于你的活动而变得更好、更美吗？难道你不想去狠狠打击那些阻挠世界变化的势力吗？难道你不想在斗争中贡献出自己的全部力量，用自己的信念的全部力量去进行斗争吗？”

安德热依点着了香烟。

“你瞧，”他说（借着火柴的光线，他看见了对方那张全神贯注的

脸和凝视着他的那双大大的蓝眼睛。怪事呀，那双眼睛跟父亲的多么相像，虽然神态上迥然不同。这个相像深深打动着安德热依的心，它把现实变成了一场梦，仿佛他是在梦中同一个早已不在人世的人交谈），“你瞧，我不能确信世界是否在变化。当然，我明白，科学是什么都能办得到的。我的朋友雅努什·梅申斯基对我说过。科学影响着世界，改变着它的外貌。当然，今天的城市、农业、工业看起来跟一百年前大不相同。当然，如今莫斯科的情况跟沙皇时代大不相同。这一点我清楚极了。不过……”

“还有什么‘不过’？”

“很简单。这一切都是表面的东西，是偶然的因素。实际上还是老一套，是特里斯坦与伊索尔德[①]的永恒的二重唱……”

“你想到了爱情？”

“上帝，你怎么说得出口？在这种时候能够认真地想什么爱情吗？”

“那你指的是什么？”

“我把它称之为永恒的二重唱，也许是因为我联想到了瓦格纳和‘永恒’[②]。我称之为永恒的二重唱的是两个面对面站在一起永远不变的因素，到了世界的尽头，它们仍将彼此对峙着：一个是人，有限的人，能力上总要受到限制的人；一个是大自然，无限的大自然，浩瀚无涯、不可捉摸的大自然。”

“浪漫主义的哲学……”

安德热依扑哧一声笑了起来。

“哪儿的话！浪漫主义哲学在大自然中看到的是某种思想，某种理

---

① 指瓦格纳所作歌剧《特里斯坦与伊索尔德》的主人公，该剧歌颂死亡和黑暗，反映了作者后期信奉叔本华的悲观主义。

② 原文是德文。

想，某种不明确的、不和谐的东西。而我们在大自然中看到的至少是力量。”

“力量？力量是什么意思？”

“力量就是破坏。”

“是创造的能力。”

“地球上生命的尽头。”

“原来是这样！”

“你自己很清楚。你知道，在俄国是怎么一回事，你知道，世界上到处是怎么一回事：人成了他自己解放出来的力量的奴隶。我对你们的革命没有好感，它并没有解放人。”

陌生人愤愤地说：

“真怪，你们这儿对俄国革命一无所知，却有胆量去评论它。”

安德热依对这句话置若罔闻。他说：

“巴黎有这么一位教授叫马雷·舒阿尔，你听说过吗？”

“没有。”

“从来没听说过？”

“从来没有。”

“这才是怪事哩，你们‘那边’对世界上发生的事竟是这样孤陋寡闻。真是不能容忍！”

“你知道什么！”

“又是你那牧师——伪君子的一套虚伪的说教。难道这就叫作人的解放？”

“你那法国学者说了什么？”

“资产阶级的科学对你没有意义，因此，也许不值一提。”

安德热依甚至没有注意到，自什么时候起他在辩论中就跟那位老人站到了平等的地位上。船舱里一片漆黑，那个人就好像是融化在黑

暗之中一般。安德热依一直是在跟自己交谈。也许是跟一个天使交谈？他要坚持己见，要同那人舌战到天明。

“梅申斯基对我说起过他。马雷·舒阿尔断言，原子分裂解放出那么大的力量，以致不仅人无法控制它，而且甚至还会毁灭人。”

陌生人又支着胳膊肘欠起身来，在舷窗微弱的光线里露出了他的面孔。安德热依看到他嘴角掠过一丝鄙薄的冷笑。

“正是要使这个力量能落在那些会用它来为人类造福的人手里。”

安德热依又爆发出一阵短促的大笑。

“你坚信这一点吗？你坚信如此巨大的力量一旦掌握在一个最好的人手里就不会成为一种危及世界的最大的诱惑吗？”

“问题在于，要使这个力量掌握在集体手里。”

“集体，集体！政治里没有集体。难道斯大林是个集体？”

“革命造就了斯大林。”

“也造就了拿破仑。”

那张脸消失了。

“实在的，跟你谈话真困难。你头脑里塞满了无法解释的偏见。”

“我有一种印象，你思考问题也离不开偏见。难道你从未想过，我们大家思考问题都离不开偏见？我们的共同目标，你的和我的，正该是：消灭思想上的偏见。只不过，我所说的偏见和你所说的显然不是一码事。我把横在人和大自然之间的一切障碍都称之为偏见。我把妨碍认识的一切东西都称之为偏见。”

“妨碍对真理的认识吗？”

“妨碍整个的认识。妨碍对一系列有可能导致人的真正解放的真理的认识。你听我说，我知道，你是什么人，教导你不合我的身份。但是，我可以把你那个恩格斯的某些令人吃惊的话告诉你，那些话会把你们的全部努力一笔勾销，会把你们竭力想在地球上‘拯救’人，如

同基督教想在天堂里‘拯救’人一样的全部努力一笔勾销。人是拯救不了的。不知在什么地方，什么时候，人在错误的道路上迈出了第一步，在什么地方没有理解到政治并不等于科学，在什么地方把自己的权力之线弄乱了……一切也就落空了。我以为，没有救药。”

陌生人长叹一声。

“‘我的’恩格斯到底说了些什么呢?”他问道。

安德热依沉默了一会儿。

“你瞧，我有点难为情，”他忽然用完全不同的声音说道。这个声音在他听来似乎是从自己的身外传来似的，仿佛并不是出于自己之口。“我有点羞于向你援引你应该知道的东西。你不要以为，我读过恩格斯的著作。我没那么好学。要是日子过得正常，我或许也读过他的著作，可如今我脑子里考虑的已不是读哲学著作了……”

“可惜。”只听角落里传出一个声音。

“是的，可惜。总之，可惜的是生活。每一分钟它都有可能像肥皂泡一样破灭。不过，我也不去想它。火鸡想呀，想呀，还是不免一死……”

“哎，恩格斯到底说过什么?”

“有人曾经对我转述过。我有个同学，犹太人，对马克思主义很有修养。他也一定会像火鸡一样死掉，他们会把他给宰了……”

“他转述过什么?”

“他曾经对我转述过。他是违着自己的本意对我讲的。因为恩格斯的这些话也曾使他摔了跤。他是个‘有信仰’的人。可奇怪的是，一个有信仰的人所知道的真理竟会彻底动摇他的信仰，尽管如此，他仍然相信它。你瞧，信仰和推理没有任何的共同之点哩。”

“你大概懂得辩证法吧。”

“不懂。我一窍不通。”

“恩格斯到底说了些什么？”

“你等一等。似乎是说：如果人要驾驭自然力，那么自然力也一定会以自己的暴虐对人进行报复，且不以任何的社会组织形式为转移……你明白吗？自然力的暴虐随着对它的驾驭程度而增长。你看到了人类面临的这一前景了吗？”

“啊，我看见了，看得很清楚。这与引证的恩格斯的话毫不相干。你的人和大自然的二重唱显然发端于特里斯坦或瓦格纳。我担心，你是个法西斯分子。”

安德热依沉默了一会儿说道：

“我们要是这样来谈话，压根儿就不用谈。你们总是那一套论点：谁不跟你们在一起，他就是法西斯分子。不仅是那种不跟你们一样思想的人，而且也有那种不跟你们一起行动的人。而行动有时又是完全不值得人去采取的。”

“正是这样。问题正在于此。抄手坐着，什么事也不干。”

“得了吧！你可知道，不论是我还是我的朋友们都不会抄手坐着，什么事也不干的。至于说是否值得，还得走着瞧。说得确切点，我们看不到，因为我们之中没有几个人看得到。将来自有分说。”

“怎么样？还是两面作战？”

“我不知道。我不去想它。别人怎么下命令，我就怎么做，这不就结了。”

“你考虑得那么多，可是不想想，给你下命令的是谁？”

“此刻对我来说反正都一样。我不怎么相信会取得胜利。无论如何也不相信上面那些发号施令的人所想象的胜利。他们在那里是相信点什么的。”

“相信什么？”

“相信元帅[①]会从银钟的钟楼下面起死回生。是红衣主教萨皮耶哈[②]把他葬在那里的。但是我知道……”

“你知道什么?”

“有一点可以肯定，元帅不会起死回生，银钟不会再响，白马将军[③]也不会再回来了。”

“你们中间抱这种态度的人不多。”

“是不多。但这样也许更好。”

“为什么更好?”

“人们何须知道自己是在为一种没有希望的事业而战斗呢?你们一定会到波兰来的……”

“你是这样想的?”

“我可以肯定。”

“那又怎样?”

“我只怕看不到这一天了。”

“可是别人会看到……”

骤然间，安德热依为自己的生活感到惋惜。此刻，他的生活是如此艰难，但又是如此有形有实，像一个女人的躯体那样看得见，摸得着。难道明天，后天真的没有任何事业在等待着他去完成吗?诚然，生活是艰难困苦的，可它又像一部引人入胜的小说中的曲折情节那样吸引着他。他的心、一颗年轻人的心啊，一下子紧缩了。无论如何得

---

① 指毕苏茨基。

② 萨皮耶哈（1867—1951），克拉科夫省大主教，毕苏茨基死后他力主将其葬在克拉科夫瓦维尔皇宫教堂银钟楼下面。

③ 指弗瓦迪斯瓦夫·安德尔斯（1892—1970）。波兰将领，第二次世界大战期间，曾任在苏联的波军司令，后转入中东作战。他喜欢骑白马，第二次世界大战期间，一些波兰人希望他骑着白马打回波兰。

爱护这生活，得把它从今天的一切埋伏、陷阱之间平安地引出来！

“你怎么不说话啦？睡着了吗?”陌生人问道，声音里含有一种意想不到的亲切。

安德热依满怀对他的感激之情说道：

“该睡觉了，神聊是一点用处也没有的。”

“可是把一肚子话统统倒出来还是很不错的。”陌生人仍然亲切地说道，“对一个年轻人来说，更是如此。”

“是的，不错。”安德热依顺从地嘟哝了一句，“晚安。”

“晚安。”

二

第二天，天色已经相当晚了，气喘吁吁的轮船在普瓦韦靠了岸。安德热依的旅伴早早就起来不知到哪里去了。说实在的，安德热依没有记住他的面孔，黑暗之中他无法看清对方那张脸。他脑子里只留下了那个有点儿喑哑、沉闷，说出每一个字时似乎都很费劲的声音。到该下船的时候，安德热依跳下自己的铺位，抿平了头发，走到甲板上。几个冻得发抖的水手正以一种原始的方法把缆绳系在岸边的缆柱上。舱里的那位旅伴站在船舷旁边，跟安德热依交换了个眼色，似乎颇带点羞怯。夜里的那番私房话在光天化日之下显得有些像小孩子间的闲扯。安德热依觉得有点难为情。同时，他又考虑到自己是否说得“太多”了。

他俩默默地握了握手。安德热依竭力不去细看那位陌生人的面孔。

码头上站了两个德国宪兵。他们立刻动手检查从船上下来的为数相当多的娘儿们的篮、筐和麻袋。没有人注意到安德热依，他朝前走了几步，一个年轻姑娘突然扑到他的身上。

“你来了，太好了!”姑娘大声叫嚷着，把自己的脸贴近小伙子的脸，对着他的耳朵低声说，“这没有什么，请您不要惊讶，我对他们说，是在这儿等兄弟的。我想，您的证件大概都合乎要求吧。”

安德热依报之以拥抱和微笑，竭力创造出一种亲人见面的幸福情景。

“马在小镇上，离这儿不远。”那姑娘说道，挎着安德热依的胳膊。然后她又悄声说，“您带这个背包干什么？这太打眼了。”

他们朝前走了几步。周围的人少了一点的时候，安德热依问：

“您受到监视了吗?”

那姑娘意味深长地望了他一眼。她那双眼睛又大又黑，光彩熠熠。她没有回答他的问话。

“您得叫我名字。我叫克莉斯蒂娜。”

“我叫安德热依。”

“这我知道。”她笑了起来，“安特克希望我能来接您。普瓦韦今天有点不平静。”

他们走了相当长的一段时间。

她领着他穿街过巷，走过潮湿的马路和林荫道。林荫道上满是枯黄的枫叶，绿色的叶脉宛如人手掌上的纹路。安德热依感到有点尴尬，一路上他和克莉斯蒂娜都没有说话。他们总算出了小镇。在宽敞的广场边缘的一棵红褐色栗树下，有一辆马车，拉车的是两匹高头大马。马夫朝他们点点头，什么也没说。他那年轻、果敢的外表使安德热依暗自吃惊。

他们跳上马车，走了。

走出很远之后，安德热依才开口问道：

“远吗?”

“十几公里吧。”

“是在卡齐米耶日的方向?”

“啊，不。在完全相反的方向。”

一路上小马夫只回头瞥过安德热依一眼，用的是那种凝神审视的目光。安德热依不很欣赏这样的目光。

一个钟头之后，也许更久一点，他们绕过一个很大的村庄，来到了一座公园的边门前面。衣衫褴褛的看园人给他们开了园门，车子走上了一条小径。

公园异常秀丽。安德热依没来得及环顾一下周围的景色，小马车就驶到了一幢又长又大的房子前面。房子显得很旧，也许是由于秋天的光线和灰色的高屋顶的缘故。两匹马在屋后的侧门前停了下来。

安特克站在门廊里。安德热依几乎认不出自己的哥哥。他们兄弟差不多两年没见面了，这两年的时光对他外表的影响自然是不小。

安德热依并没有仔细去观察哥哥面部的变化，但一眼便瞧见他那下垂的嘴角给他那张端正英俊然而冷若冰霜的面孔平添了一种瞧不起人的神态。安德热依倏然感到哥哥是那么疏远，感到哥哥在他面前完全关住了自己的心扉。他就像站在两扇紧锁的门前。

安德热依早先从未意识到他和兄长之间除了骨肉之情没有别的联系。他常对母亲说，他爱安东尼。不错，他是爱安东尼，可他爱的是两年前的安东尼，是他在车站上送别的那个安东尼。

“你可知道，谁在这儿?”安特克开门见山地说，“玛雷霞。”

安德热依朝兄长投去惊诧的一瞥。

“那么，克莉斯蒂娜呢?”他问。

安特克领着他穿过走廊，顺着楼梯上楼去了。他的房间在楼上。他给安德热依倒了一盆水，好奇地瞧着他洗手。

“你那双爪子永远像是女孩子的。”他说。

安德热依扑哧一笑。把两只手从水里抽出来，像医生在动手术之

前要把手晾干那样高高举着。

“一点儿也不像女孩子的手。你让我瞧瞧，哪个娘儿们有这么一双大爪子？”

“当然没有。不过你这双爪子似乎过于清秀了。”

“干脆就是皮包骨，跟骷髅的手一样。”安德热依说着，又把手插进了水盆里。

“你今天来得赶巧了，”安特克说，“我们正要娱乐娱乐。庆祝女主人的命名日。”

“命名日？她叫什么名字。”

“管它是命名日还是生日。鬼晓得。她大概是叫菲洛梅娜。因为今天日历上写的是菲洛梅娜。”

“怎么个娱乐法？”

“邻居们都要来。你会结识几位有趣的人物。”

安特克意味深长地说了这番话。安德热依又留神地看了哥哥一眼。他那下垂的嘴角凝结着一个讽刺的讪笑。

“什么人物？”

“形形色色的人物。你自己会看到的。”

“这对我来说，不是时候。”安德热依说，“我想跟你认真谈谈。”

“明天我们再谈吧。”

“明天我想走了。”

“明天没有轮船。”

“我打算坐火车走。”

“你想跟我谈什么？”

“妈妈叫我跟你深入地谈谈，她希望你回华沙去。”

“瞧你说的！”安特克喘着粗气说，“我在华沙能干什么？我在这儿就跟耗子蹲在扫帚下面一样自在，谁也不知道。可在华沙呢？”

“在华沙兴许能给你找到点什么事做的。”

“你以为，这儿无事可做？你瞧着吧。你饿了吧？”

“我承认，我真想随便吃点什么，就像科兹沃夫斯基先生说的。”

“罗梅克情况怎样？”

“他在华沙。”

“工作吗？”

“跟我在一起，在华沙。”

“我能想象得出你们的那种工作。”

“嗯，作坊里的活儿是不多。但必须去上工，这个小作坊总得搞出点儿什么来。罗梅克整天待在那里。”

“哎，到饭厅去吧。看看他们拿出点什么吃的。”

兄弟俩一同下楼，走进一个很大的饭厅，这个饭厅占了楼底层的一半。克莉斯蒂娜和玛雷霞·塔塔尔斯卡坐在一张大桌子旁边。安德热依心里七上八下惴惴不安。安特克却信口开河，胡说八道，看来，他跟这两位小姐关系相当密切。说句实话，安德热依弄不明白，这些人在这儿干什么，是从哪儿来的。他也不知道，笼罩在这儿的那种无忧无虑、无牵无挂的情绪说明了什么。

一个穿漆皮鞋的高个子青年走了进来，自我介绍说：

“我叫斯克热图斯基。”

“你那斯克热图斯基就跟我这扎格沃巴一样。”① 安德热依心里想，一面留神地打量了一下新结识的这个人。可是对方却跟小姐们开起玩笑来了。送来了极好的马林果甜酒。这才仅仅是个开头。使安德热依尤其感到惊诧的是，送酒和下酒菜来的人竟是阿涅尔恰。她甚至没有朝他瞟一眼，安德热依也摆出一副若无其事的样子。可他也是真的不

---

① 斯克热图斯基、扎格沃巴都是显克微支的历史小说《火与剑》中的人物。

再大惊小怪了。他腹内空空，轮船上没吃过一点儿东西。酒力一下就冲到了头上。他心里有数，竭力不开口，要不就得说出什么蠢话来。

等他回头一望，饭厅里已聚满了许多的人。每逢进来一个新人，安德热依便站起身来，安特克便庄重地介绍说："我兄弟。"安德热依或是鞠个躬，或是跟人握握手，就重又坐到自己的位子上。

时间已经很晚了，阿涅尔恰对坐在桌边的人连看也不看一眼，就动手摆午饭。安德热依朝周围一望，心里默点起桌边的人数来。但刚数到十二就错了，只好又从头数起。他觉得自己是在心里默数，可是过了一会儿玛雷霞却转过身来朝他说：

"你数什么，安德热依先生?"

安德热依没有注意到她是什么时候坐到自己身边来的，不过倒很感激她提出这个问题来。虽说没有多大的意思，可他却觉得这个问题提得特别亲切，特别客气。

"我喝多了。"他说道，注视着年轻的女演员。他觉得自己是温情脉脉地注视着她，可对方却把这看成了他的不知所措，发傻气。

圣餐一样的农村午宴开始之后，他才数清楚了在座的诸人。醉意已随风飘散，他能够集中注意力听听周围的谈话了。实际上，桌边只坐了十三个人。除了安特克和斯克热图斯基还有四个年轻人，加上两个姑娘一共是八个；这家的主人，一位大胡子的老先生，看样子像个管家；此外还有安特克的学生，十二岁的雅采克。安德热依是第十三位，像是个加座，跟玛雷霞一起，坐在桌子角边。

给桌上上菜的除阿涅尔恰外，还有个年轻人，二十来岁。安德热依发现，他和安特克之间仿佛达成了某种特殊的谅解。那小伙子体态挺拔，英姿勃勃，眼神特别敏锐，当个副官是再相称不过的了。过了好半天，安德热依才认出来，这就是把他接到普瓦韦来的那个马夫。

正如安德热依从一开头就注意到的那样，这不是一顿普通的农村

便饭，而是极力办得“豪华”，倒像在神父家里过赦罪节。开始上了许多冷盘，随之又送来了酒。不过安德热依已经提防到了，他喝得很少，或者干脆不喝。玛雷霞也不给他斟酒，有一次，他正要把一只又厚又重的大酒杯举到唇边，她按住了他的手。

“别喝!”她说。

“为什么?”

“你瞧着吧。”

后来上了一道用小砂锅装的炖猪内脏。味道鲜美，虽然缺少点辣椒。满屋飘着马约兰的香气。

午宴开头，谈话并不热烈。安德热依看了看周围的人们。使他感到局促不安的只是安东尼那时不时停留在他身上的那种全神贯注的视线。这视线是那么严肃，那么锐利，它使安德热依深信，哥哥的确变得多了。

不难猜到，坐在桌边的年轻人中，有三个是受斯克热图斯基领导的。另外一个，穿着最不讲究的、一身皱巴巴的、污渍斑斑的普通军服，却也不像个下级。此人是个驼背，右肩很明显地从帆布上衣里翘了起来，而脑袋却陷进了两个肩膀之间。他那张面孔使安德热依不由想到:“我要是个德国人，如果在街上遇到他，我会毫不客气地给他一颗枪子儿。”那驼背吃得很少，一句话也不说，只是埋头喝酒。

这家的主人，塔尔戈夫斯基先生出面应酬，勉强维持饭桌上难以进行下去的交谈。但是，看得出来，他是竭力使桌上的谈话显得无关紧要。一开头，他同管家扎奥尔斯基先生谈些家务事，谈交售土豆，收获甜菜。整个这场谈话都是塔尔戈夫斯基先生发表长篇独白，而扎奥尔斯基先生的脸红一阵白一阵，回答的总是那两个一成不变的字:“是，是。”只是偶尔变换一下回答的方式，“地主先生说的是。”

塔尔戈夫斯基太太默默不语，两眼盯住盘子，有时似乎是在勉强

忍住眼泪。不过，她也在竭力用周到的礼节来掩饰自己的焦虑不安，一个劲儿地劝身边的年轻人多吃点。她这样做，纯粹是出于客套，因为年轻人是不用劝也能一顶三、一顶四地狼吞虎咽的。甚至砂锅炖内脏也得给他们送双份。厨房里今天显然准备了充足的食物。

不管怎么说，这一群人看起来都不像参加庆祝命名日的客人。桌边坐的这些年轻小伙子也不能冠以“邻居”的称号，要不就完全是另一种含义的邻居。简而言之，他们很像是“从森林里来的”邻居。他们丝毫不感到拘束，在塔尔戈夫斯基家里就像在自己家里一样。克莉斯蒂娜也把他们看成了朋友。

这些“自家人”中只有一个看起来比较庄重，可安德热依觉得他面目可憎。他说起话来声音很好听，可说出来的全是些没油没盐的话，真叫安德热依听起来气得肝疼。这个家伙对克莉斯蒂娜似乎享有什么特别权利，对她讲话时表现得那么亲昵，以致塔尔戈夫斯基太太不得不抬起她那双又大又黑的眼睛朝他不安地望了好几次。

看得出来，所有在场的人嘴里说的跟心里想的全不是一码事。气氛真是紧张极了。尤其是这顿安排得不太周详的午宴拖个没完没了。

炖内脏之后，又上了一道清汤和猪脑馅饼，然后又上了一道鱼，接着又是一道烤肉。午宴的侈靡简直到了不成体统的地步。安德热依吃了一会儿便放下刀叉，什么也吃不下了。

他无须去回忆昨天在轮船上的谈话。他脑子里装的、耳边响的都是他的旅伴和他自己的那些话，似乎桌上方的空气里到处都充塞着那些话。他们谈到的那些问题和事件，对于餐桌上的这些人来说，自然是陌生的，甚至完全是不可捉摸的。即使他此刻打算开口，对这群人提出警告或发出号召，他们恐怕也只能报之以沉默或惊诧。窗外的秋景开始裹上了一层薄雾。这层雾霭使他变得麻木了。他知道，要同这种麻木作斗争是徒劳的。

有个时候他觉得，整个这个饭厅，整个这座庄园（他到底是喝多了）像是一条船，一条浮荡在灰色的雾霭之上，不知漂向何方的轮船。肯定不是漂向齐泰拉[①]岛，尽管容光焕发的美人儿玛雷霞就在身边，而且挨着他越来越近了。

在这个国家里总能找到举行这种大吃大喝的宴会的机会。贵族哗变时想必是这样聚集在卢博米尔斯基[②]周围宴饮作乐，在格罗德诺想必也是这样狂饮豪宴，华沙起义时在查尔托里斯基[③]家里也举行过盛大的午宴。“这儿离普瓦韦不远。”他心里想到。

毫无疑问，围桌而坐的是代表两个不同组织的人员，他们是来商讨非常重大的问题的。安德热依也很清楚，安特克在这个集会上起的是联络员的作用。斯克热图斯基对他表现出了一种矜持的亲切态度。他们并不避讳外人和仆役而公开商讨安东尼下次“进入森林”的计划。原来安东尼是在给“森林的”小伙子们讲授……波兰文学。从此桌边的谈话再也不那样拘束了。

“你给他们都讲些什么?”安德热依吃惊地问。

“反正能给他们讲点什么。我自己也在学习。他们的反应很有独到之处，提出的问题都是带根本性的。”

“比方说呢?”塔尔戈夫斯基太太问道，同时抬起她那双水汪汪的眼睛望着安东尼。大家自如地谈起“森林的小伙子们”时，她显然大大松了一口气。

“比方说，他们问：从根本上讲，文学到底有什么用处?”

“不错，这个问题对这些小伙子的思想方法来说是有代表性的。”

---

① 爱琴海上的岛屿，有供奉阿弗洛狄忒的神庙。

② 卢博米尔斯基（1616—1676），波兰大贵族，1666 年举行反宫廷的哗变。

③ 查尔托里斯基（1770—1861），波兰贵族，政治家，曾任俄国的外交部部长。1830 年 11 月华沙起义时任波兰民族政府主席，在普瓦韦建有宫殿式府第。

塔尔戈夫斯基先生憎恶地说。

斯克热图斯基狠狠地盯了他一眼，但没有吭声。他的眼神冷峻，凶狠。

“不，不，再也吃不下了。”见到又送来一大盘青菜，玛雷霞叫了起来，“谁还吃得下?”

“我!”安东尼笑着答道。

“我可吃不下了。”玛雷霞说着放下了餐巾。

“还有一道甜食。”克莉斯蒂娜说。

“还有咖啡。”塔尔戈夫斯基太太补充道。

说到这道咖啡，一时定不下来是到客厅去喝，还是就在桌边喝。最后还是决定留在桌边。安德热依朝窗外一望。天已经几乎完全黑了。饭厅里点着了煤油灯和蜡烛。送蜡烛进来的是那个魁梧的小伙子。他在烛光的照耀下显得更加庄重。

“噢，先生们。”塔尔戈夫斯基先生过了一会儿说道，说着便想站起来。

可就在此刻，那个弗瓦德克匆匆走了进来。他一脸惊慌的神色，大家看着吓了一跳。弗瓦德克结结巴巴说不出话来。

“德国人吗?”小伙子中的一个问。

“不是，”弗瓦德克回答，“罗伊斯基先生来了。”

“我不是说过了吗……”塔尔戈夫斯基太太刚开口又打住了。因为瓦莱雷克·罗伊斯基先生紧跟着弗瓦德克走了进来。塔尔戈夫斯基先生站起身来跟他打招呼，别的人都坐着不动。安德热依觉得嗓子眼里发紧。

“先生们还没散席?”瓦莱雷克装着吃惊的样子问，“我是从普瓦韦来的。马留在院子里了。我何必像个主教似的把车一直赶到门廊前面呢?再说，我也没带马车夫，我想，总有个人给我照料一下马匹

吧……”

“那当然，”塔尔戈夫斯基先生过分客气地说，“您请坐。”

“不打搅大家，我就不一一打招呼了。”

瓦莱雷克挨着塔尔戈夫斯基太太坐了下来，一面用眼睛打量在座的人。眼里既没有惊诧也没有不安的神色，只有那种看到一切都没逃脱他的神机妙算的满足。他一下瞥见了安德热依。

“啊，你好！”他说，“你早来了？来找哥哥的吧？”

安德热依闭口不答。瓦莱雷克其实也不期望听到他的什么回答。

“您大概还没吃过饭吧？”塔尔戈夫斯基太太问。对方点点头，她便连忙叫人给这位不速之客开饭。在别人忙着摆餐具、酒具，把各道菜重新上一遍的这段时间里，瓦莱雷一直在喋喋不休地说着。既说了前线的消息，又说了本地的种种谣传。在那些无关紧要的消息里，顺嘴插进了一些关于在邻县实行大逮捕，在普瓦韦执行枪决的消息，他还提到了那些被送到卢布林的人。同时也提到了马伊达内克集中营。

安德热依目不转睛地盯着这位表舅。瓦莱雷克的面容变得很厉害。当他低头望着盘子，或者望着端在手里的酒杯时，可以明显地看到他两颊凹陷，又似乎有点儿浮肿，剃得光光的腮帮上的青痕使他的脸上添了一层病态的神色。可是，当他抬起眼睛朝在座的人们投去一瞥（他留神地瞥了安德热依好几眼）的时候，那对光彩熠熠的大眼睛却像是燃起了一团火焰，整个面部都变得年轻起来。他又恢复到那个漂亮的瓦莱雷了。

“妈妈好吗？”他转身对安德热依问道。

安特克心想，这一次安德热依要是再不吭声就糟了，于是便代他答道：

“谢谢，很好。安德热依带来了好消息。”

“好消息？啊，这在我们这个艰难时世真是太难得了。”瓦莱雷克

说，一边用叉子在盘子里戳着什么，“如今我们听到的多半儿都是坏消息。”

他说这句话时，语调平常。这只不过是经常都能听到的那种老生常谈罢了。可是在座的人听了都不禁哆嗦了一下。这句话里吹出了一股恫吓的阴风。一股冷森森的寒气把欢宴豪饮的人们彻底冻僵了。安德热依不由怒火中烧。他本来就憎恨这个人，那句很平常的话里隐藏着的威胁更激起了他心中的狂涛巨澜，不觉把捏在手里的叉子折成了两截。这时，他也感觉到了安东尼投向自己的敏锐而镇定的目光。

“如今周围都在发生一些怎样的事!”瓦莱雷说，“那些波兰人真像是一群不懂事的孩子。德国人对他们的这些举动必然要作出反应。好在我会说德语。只要一跟他们用德语交谈，他们的态度马上就会大变。德国人都是很有教养的。”

“嗯，我可不敢恭维。”这家的主人十分谦和地说。

“至少跟我在普瓦韦打过交道的那些人是这样。”

瓦莱雷克的目光朝在座的人们脸上一扫，似乎是在等待别人跳出来反对他，不料无意间碰上了驼背的目光。

“啊。”他悄悄说了一声，又垂下眼睛来看着盘子。他又变成了一个老态龙钟、精疲力竭的人了。

“他能有多大年纪?”安德热依思忖道，“其实他还不能算是个老家伙，不过四十挂零，比妈妈还年轻。他却选择了这样一种生活。”

“我们到客厅去吧。”女主人用一种温文尔雅的语调邀请道，“我们到客厅去喝咖啡。小伙子们，”她转身对安东尼说，“你们是再来杯咖啡?还是喝茶?”

出乎安德热依的意料，斯克热图斯基回答说:

“我很高兴，太太，给我再来杯茶吧。”

安德热依感到瓦莱雷克的目光落到了自己身上。他狠狠地盯了对

方一眼。

“你们的头发多么黑呀，”罗伊斯基说，“你们哪儿来的这么黑的头发？你们的双亲都是浅黄色头发的。”

“这是随表舅。”安特克回答，声音里含有讥讽。

“啊，我头发都已花白了。”瓦莱雷说，同时伸手摸了一下头发。

果真，他的头发上已经撒上了一层银霜。

安德热依同时注意到，瓦莱雷的手指长而纤细。他的手还跟从前一样秀气，好看。

“我没想到会在这儿碰上你们。”大家从桌边站起来的时候，瓦莱雷说。他朝两个小伙子走了过去，似乎想对他们说点什么。可是又迟疑了一下。

“哎，说真的，”他对安德热依说，“你母亲的情况到底如何？你这么官样文章地笼统说一句‘一切都好’。可我母亲说过，你们那儿发生了什么伤脑筋的事。”

“我们在恰茨基街的房子不能住了，”安德热依说，“现在我们是住在布拉茨卡街比林斯基家的宅子里。”

“我知道，知道。”瓦莱雷心不在焉地接口道，又神经质地揉了揉眼睛，“比林斯基一家没有消息吗？阿罗似乎是在部队上？”

“我一点儿也没听说过。”安德热依回答，他对瓦莱雷克的话又保持了高度的警惕。过一会儿他又不怀好意地补充说道，“我们两个都是黑头发，可我的眼睛是蔚蓝色的，而表舅的眼睛却黑得像煤炭！不是吗？”

瓦莱雷淡淡一笑。

“可我这双眼睛看到的东西是桃色的。”

“这真叫人羡慕。”塔尔戈夫斯基太太说。

到客厅去得通过一个前厅，说得确切点，是要通过一个古波兰式

的过道。斯克热图斯基抓住茶这个题目说一些老生常谈的闲话给塔尔戈夫斯基太太消遣，罗伊斯基和塔尔戈夫斯基先生紧跟在他们后边。罗伊斯基埋怨说，如今没法打猎了。就在这个时候，克莉斯蒂娜扯了一下安德热依的衣袖。

“过来。”她说。

他们溜进了紧挨着走廊的一个小房间。那儿很暗，安德热依模模糊糊辨认出了克莉斯蒂娜的面孔。驼背和安东尼都在他们身边。

“这太可怕，”克莉斯蒂娜说，“他什么都嗅出来了。”

“他到这儿来干什么?”安德热依问。

“干什么？当特务!”克莉斯蒂娜这句话说得太响，她马上用手捂住了嘴巴。

“他什么都探出来了。”安东尼闷闷不乐地说。

“哼，怕什么!”驼背沉吟片刻后说道，“他给自己下了判决。他是不能活着从这儿出去的。”

“他没带马车夫。”安特克提醒说。

“他就更得完蛋了。”

大家沉默了片刻。

“哎，怎么收拾他呀?”安特克问。

“恐怕只有让我来。”安德热依出乎自己意料地说道。

“为什么?”克莉斯蒂娜忐忑不安地问。

“谁也不知道我到这儿来了。瓦莱雷会死在去普瓦韦的路上。而庄园所有的人都没动过窝。”

片刻的寂静。

“你有武器吗?”安特克突然问道。

“我哪有!”安德热依耸了耸肩膀。

“你会得到武器。”驼背说，他说这句话时似乎已担起了领导责任。

"我怎么动手呢?"安德热依又问了一句。

"你到楼上安特克的房间去。"驼背说,"在那儿你马上就会得到指示和武器。你们都到客厅去吧,别让他发现了问题。"

"他不会去普瓦韦,"克莉斯蒂娜说,"他会去戈翁布,直接去见盖世太保。"

驼背瞥了克莉斯蒂娜一眼,不满地说道:

"我们走着瞧吧,谁也无法预见。"

安特克转身对弟弟说:

"你上去吧,等着我。我马上就来。你打得中吗?"

"打得中。"安德热依说着,默默无言地上楼到安特克的房间去了。这天早上,他还在这间房里洗过手呢。他没有点灯,一头倒在安东尼的床上;他真是累坏了。

"我得休息一会儿,"他自言自语地说,"这样的精神状态什么事也办不好。"

他点着了一支香烟,借着火柴的光亮他吃惊地发现,自己的手在发抖。

"安德热依,"他自言自语地说,"镇定。这没什么了不起。"

他合上了眼睛,竭力想睡个小觉。但酒和咖啡都使他无法入睡。"这可是闹着玩儿吗?"他又思忖道,"突然无缘无故就给自己怀恨已久的表舅一颗枪子儿。"当他抱着把安特克领回家去这样一个和平宗旨离开华沙的时候,怎能,预见到这一着呢?他想好好思考一下,但是不成,脑子里总是一片空白。这二十四个钟头是不会白白过去的。

他睁开了眼睛。窗口透进一线光亮,天色还不算晚。他惊诧地凝视着阴暗的房间。他不是在做梦吧?玛雷霞就站在不远的地方。

"你躲在这儿干什么?"沉默了好一会儿之后,她开口问道。

安德热依懒洋洋地集中自己的思想。

“我太累，”他说，“那一伙人真叫我受够了。”

“你不愿见瓦莱雷？”

“瓦莱雷跟我有什么关系！任何事都跟我毫不相干。”

“你为什么这样累？”女演员穷追不放，“你参加过行动吗？”

“瞧你！你怎么想得出来！”安德热依深深吸了几口烟，“莫非你是疑心我会这样发疯吗？”

他本能地否认着一切。他不喜欢这女人在黑暗中来看望自己。但是，他明白，很久以前，还是在火车站上送安特克的那个时候他就明白，这女人长得非常标致，并且总有一天会为他所占有。

“你跟女人在一起过吗？”玛雷霞问，又朝床边走了几步。

“我还从来不曾有过女人。”安德热依慢悠悠地说，把香烟在烟灰缸里灭了。

玛雷霞笑了起来。

“啊哈！”她说，“安特克可把你说成了另一种样子。”

“他晓得什么！打从战争一开始我就没见过他。”

“他说的是战前。”

“你们谈过这样的私房话吗？为什么？你把安东尼迷上了？”

“唉，他另有所爱。”

“爱上了谁？”

“哎，自然是爱上了克莉斯蒂娜。”

“爱上了克莉斯蒂娜？”安德热依吃了一惊，“我不知道。”

“你压根儿什么也不知道。”

“我多少知道点什么。过来，”他牵着她的一只手，把她拉到床上，“来呀，我们没有时间。”

玛雷霞躺在他身边问：

“为什么没有时间？不是有一整晚上吗？”

安德热依吓了一跳。

“她怎么知道?”他脑子里闪了一下。

“不错,”他扬声说,“我们有整整一个晚上。你打算什么时候回华沙?”

“不久。我得回咖啡馆去。你知道,我在克雷迪托瓦街开了个咖啡馆,生意不错。”

“我不上咖啡馆。”安德热依说。

“你都在干些什么?”

“我干什么?我学习。当然是学习。”

两人接了吻。

“哎,现在你快走吧,”安德热依说着,轻轻地推她下床,“快走吧,安特克马上就来了。”

“真的?他到这儿来干什么?”

“你打听的事太多了。这没有好下场。”

“但愿这不吉利的话别应在你身上。”

玛雷霞不乐意地从床上爬了起来。朝门口走去,又突然一回身说:

“你们不会对瓦莱雷做什么坏事吧?”

安德热依沉默了良久。

“‘你们’,这意味着谁?”

他的声音低沉得太不自然。他伸手抽出了第二支香烟。

“我怎么知道?你们大家。”玛雷霞叹息道。

“你大概清楚,‘大家’是怎么聚集到这儿来的,都不是一样的人。驼背是一码事,斯克热图斯基是另一码事,而那个对克莉斯蒂娜百般恭维的甜蜜的傻瓜又是另一码事。”

“是的。”女演员迟疑了一下说,“每个人都各不相同,但每个人都有一支冲锋枪。”

“你真蠢！”安德热依愤愤地说，“我能搞到一支冲锋枪！”

“如果你很想去搞，就一定搞得着。”玛雷霞意味深长地说。

“那我就不得不杀死一个德国人。”

“或者瓦莱雷。”

“他有？”

“他应该有。”

“这跟我毫不相干。”

“遗憾。”

“你爱上了瓦莱雷？”

“不，没爱上他。”玛雷霞又走到了门边，她的声音从黑暗里传来，“但是，我希望成为他的情妇。”

安德热依嘘了一声。

“那就恭喜你了。”过了一会儿他说道。

“谢谢。”

“他是个很英俊的男子。”他又添了一句。

“你跟他很像。”玛雷霞似乎是挑衅地说。

“我只是略高一点儿。体形不一样。我们兄弟都像他，只不过我们的眼睛是蔚蓝色的。他毕竟是我们的表舅。”

“你的眼睛是蓝的？我没注意到。”

“显然你没有认真瞧过我。”安德热依高兴的是转换了话题，“而你却爬到我的床上来了。”

“你别这么粗野，”玛雷霞说，“你下楼去吗？”

“去干什么？”

“哪怕是，我们再聊聊也好呀。”

“我们到华沙再聊吧。”

“你要走？”

“过几个钟头我就走。办完了事，就走。”

“你有什么事?”

“家母要求安特克回家去，我得跟他谈谈，所以我才赶你走。再见。”

“可是，你还下楼来吗?”

“马上就下来。我跟安东尼谈过话后就下楼来。”

“那就再见。”

“再见。向你那位情人问好。”

“你这个畜生!”玛雷霞说这句话时，身子已经到了门外，只听见她匆匆跑下楼去了。

“该死的!”安德热依咒骂了一句。这次意想不到的来访把他搞得心烦意乱，“嘘……”他又大声嘘了一口气，“毫无意义的纠葛！可她是个多么标致的娘儿们!”

后来他打了个盹儿。安东尼进来把他惊醒了。

“给你，”安特克把冲锋枪递给他，“你会用吗?”

“你是从天上掉下来的吗？仗已经打了三个年头了。”

“那好，你就去吧，你跟弗瓦德克一道骑马去。弗瓦德克本人同意参加这一行动。”

“什么‘弗瓦德克本人’?”

“弗瓦德克是驼背的上级。”

“你开玩笑!”

“现在不是开玩笑的时候。你恐怕也明白。”

“是的。可这是个什么组织?”

“人民近卫军。”

“我一点概念都没有。你呢?”

“我是国家军。斯克热图斯基对此一无所知。”

“我也料到了。可是，会达成协议吗？”

“瓦莱雷走后，我们再谈。”

“弗瓦德克有枪吗？”

“有。不过得你来射击。”

“在什么地方？”

“他会告诉你。离这儿八公里远是到戈翁布的拐弯处。有一尊塑像和几棵树。你们到那儿去等他。”

“夜很黑吗？”

“不太黑。不过还会更黑一点儿的。他发现不了你们。那几棵树下暗得很。”

“瓦莱雷有枪。”

“谁告诉你的？”

“玛雷霞。”

“啊！”

“这就复杂化了。大大复杂化了。她会知道是什么人干的。”

“真该死！”

“可是已经没有别的办法了。”

安德热依从床上一跃而起，稳稳地站在地上，又是一个朝气勃勃的小伙子。

“很遗憾，我得带上自己的背包。我不能把它留在这里。”

“那你就带上吧，不碍事。”

“只是给我增加了点负担。”

安德热依背上背包。

“你终归还是不想回华沙去？”他问哥哥，“妈妈非常希望……”

“可我不想回去。你告诉妈妈……”

“我对她什么也不会说的。”

“随你的便。”

“不过，不过！你得告诉我，阿涅尔恰是从哪儿到这里来的？我装作不认识她。可我吃了一惊。”

“这很好！塔尔戈夫斯基太太不知道她是我们的亲戚。弗瓦德克也一无所知。”

“可她是从哪儿来的？”

“她赖上了，一定要跟我到这儿来。她当上了女用人。让她去吧……”

“而你又迷上那个……克莉斯蒂娜？”

“这也是玛雷霞告诉你的？”

“也是。”

“那有什么，也可以这么说。”

“她是个很好的姑娘。怎么样？我们走吗？”

“走吧。”

他们按原路走到侧面的门廊。屋内点着明亮的灯，外面显得非常黑暗。但过了一会儿眼睛也就习惯了。

“到这儿来。”安特克说。

大门旁边有两匹马。弗瓦德克牵着两匹马的笼头。嚼环发出了轻微的响声。

“别搞出大的响动才好。”安东尼说。

“马车的轮子包了铁皮，走起来会嘎吱嘎吱响。”弗瓦德克说。

安德热依第一次听见他的声音。这声音深沉、浑厚，一口漂亮的波兰语，清晰，悦耳。简直就像一个演员的嗓音。他并不害怕，然而这声音给他增添了勇气。

“从马背上开枪吗？”他又问道。

“最好是从马背上。”弗瓦德克说，“马习惯了枪声，不会惊的。而

且可以开了枪就跑。”

“往哪儿跑?”

“往普瓦韦的方向。就是说，往车站的方向跑，不是往城里。以后我来取马，而您就到火车站去，乘火车回华沙。火车如今班次不正常，但是您总能等着爬上一辆车的。”

“只是您得经过房子附近。”

“两公里路，小意思了。谁也不会注意到我们。”

安特克突然抱住了安德热依，在他的面颊上亲了一下。他拥抱得特别紧。

“啾，安德热耶克!”安东尼低声说。

他们骑上马，走了。安德热依坐在马鞍上觉得有点儿不舒服，他穿的是一条普通长裤，背着枪。但是马走得很平稳。他放心了。

他们一来到野外，迎面扑来一股秋日的田野的芳香。这股馨香飘在平原之上，同马汗以及马鞍和笼头皮革的气味融成了一体。这是土豆丰收后的平原气息。这儿还飘散着翻耕的土地的清香和燃烧马铃薯茎叶的袅袅轻烟。甚至还有刚装进没干透的黑麦和小麦的粮仓的那股奇特的香味。这些互相混杂的气味说明，田野还没有上冻，地里的农活方兴未艾；尽管战争以及战争带来的种种灾祸似乎束缚住了生活的脉搏。他们再往前走了一两公里之后，道路开始向下延伸进一片洼地，它曾经是一条小河的河床。这儿弥漫在空气中的除了田野里的各种气息之外，还有正在晾晒的干草的香气，显然人们已经割完再生草了。

一片热腾的劳动景象的平原，在秋日的黄昏里宁息了下来，渐渐沉入了梦乡。安德热依面临的是一派万籁无声的夜景。这平原秋夜，蕴藏着一种迷人的静谧，甚至是一种宁馨的爱情，它似乎是在邀请他把头枕在干草上，枕在马铃薯的茎叶上，枕在甜菜的藤蔓上；邀请他像偎依着情人的躯体那样依偎在这片土地上。

天气暖和，这是在世界上只有这片平原才有的温暖。弗瓦德克深沉、浑厚、好听的嗓音，更使这儿平添了一股暖意。不论是夜的神秘感，还是肩负的使命的戏剧性都不能挫折弗瓦德克的锐气，他响亮而清晰地说道：

“再过一会儿我们就到了塑像的地方。我们得在那里等候。”

一切都进行得十分顺当。他们自然是等了好久，他们听到马车的嘎吱声之前，时间似乎长得没有尽头。弗瓦德克附在安德热依耳边悄声说：

“你等一等，让他过去。”

安德热依悻悻地答道：

“我可不愿朝他背后放冷枪。”

但是，他们却不得不朝他背后开枪。这一夜有点微茫的回光，也许是月亮从云层后面射出的光亮。田野灰蒙蒙的，不仅可以听见，而且看得见逐渐驶近的小马车。可是，瓦莱雷克在有塑像和树的地方拐了弯，向右拐了。安德热依看到了他迅速远去的背影。他策马向前，走了几米，射出一排子弹，枪声相当轻。他觉得射中了坐在车上身穿浅色大衣的人的后背。因为天气暖和，他穿得很单薄。

安德热依的马原地踏步，没有前进，而驾着那辆小车的两匹马却疾驰了起来。安德热依感觉到弗瓦德克骑着骏马飞奔着从他前面冲了过去。远去的小马车的辚辚声清晰可闻。过了一会儿又戛然而止。安德热依用尽全身的力气企图策马前行，可是那马咬紧嚼环，站着不动。

“好马，乖马。”安德热依拍着马的脖子说。

他看到远处有一点光亮。这是弗瓦德克的手电筒发出的光。他一策马，追了上去。弗瓦德克正在照地上的什么东西。

安德热依跳下马，牵着马笼头朝弗瓦德克走了过去。弗瓦德克用手电照亮了躺在公路上的瓦莱雷克的脸。他已经断气了。

“他从小马车上摔下来了，他妈的。”弗瓦德克说，“他往戈翁布拐了，想去找盖世太保通风报信！”

安德热依感到奇怪的是，弗瓦德克直到此刻才肯定这个事实。他紧盯着瓦莱雷那张没有生命的面孔，就像他平常多次看过他的有生命的面孔时一样：满怀仇恨。罗伊斯基大而黑的眼睛是睁着的，像是嵌上了两片玻璃，毫无表情。

“得把他推进沟里去。”弗瓦德克说。

“别动!”安德热依叫嚷道，“让他躺在这儿。”

“这更容易暴露。”

“反正一样，因为别人会抓到马，立刻就会到这儿来。最好是不动他。”

“说的也是。那我们往回走吧。”

两人骑上马，朝庄园的方向走去。他们默默无言，慢腾腾地向前走去。弗瓦德克突然一回头。

“快跑！朝野地里跑!”他对安德热依喊道，同时纵马跳过了排水沟。安德热依跟在他的后边。他们顺着土豆地飞奔而去。戈翁布那面的公路上出现了亮光。三辆小汽车开足了马力朝塔尔戈夫斯基家的方向疾驰而来。

两个小伙子在土豆地后边的小树林里停下了，两匹马站在一起，马镫挨着马镫。

“他们是到我们那儿去的。”弗瓦德克说。

“你胡说什么?”安德热依到此刻才明白，“他们是到庄园去的?”

“到庄园。”

“那我一定要到那儿去。”

“去干什么?”

“我哥哥在那儿。”

“你疯了吗？你能帮什么忙？”

“我一定要去。”

安德热依一策马，顺着公路在田野里狂奔起来，弗瓦德克紧跟在后，到了离房子不远的地方才赶上他。他抓住安德热依的马笼头，勒住了马。安德热依还想挣扎，但是从马背摔到了地上。弗瓦德克也跳下马来，抓住了安德热依的腰带。安德热依挣扎着。

“你哪儿也不能去，把枪给我！”弗瓦德克低声从牙缝里挤出了这句话。他把安德热依紧紧抱住，压得他透不过气来，只好勉强说了声：

“你放开！”

此时，从庄园的方向传来几声不很响的枪声。有人射了一排子弹，只听见一片叫喊声，附近什么地方狗吠起来了。

弗瓦德克松开了安德热依，两人站在一起侧耳细听。又是一排枪声，要响得多。

“你快跑！”弗瓦德克说，同时从发愣的安德热依手上夺过武器，“你到那里完全无济于事。你沿着这条公路跑吧，绕过城市，直接到车站。你有钱买票吗？”

安德热依紧抿着嘴。

“我有。”他说。

“你快跑，快！我朝相反的方向跑！”

“马呢？”

“我们把马放了。它们自己会回去。我现在不需要马了。”

“嗯？”

“快跑！再见。”

两人握手告别。安德热依朝车站的方向走去。普瓦韦火车站离城市只有几公里远。他还不太明白出了什么事，就不顾一切地往前走了。

三

开往华沙的火车要早晨六点才进站，但是，车站上所有的地方都挤满了人。有的坐在长凳上，有的坐在麻袋上，有的坐在用绳子和皮带捆的箱子上。这些箱子里装的东西是毋庸怀疑的。车站厕所里也挤满了人，这个房间如今变成了雅致的候车室。被人们坐着的那些小箱子还留有一点过去的“好日子”的痕迹。厕所里有几个人在寻找暗处，安德热依一眼便看出他们是犹太人。他走过镜子前面时照了照，不由吓了一跳。

“我也得寻个黑暗角落才好。”他想道。

他的样子很可怕。面颊凹陷了下去，两眼火辣辣地闪光。

“我一定在发烧。”他自言自语道。

没有刮过的面颊上，有一道深蓝色的阴影一直伸到了两眼下面。他的裤子齐膝盖的地方都沾满了沙和泥土。他从背包里掏出刷子——恰好安德热依不论走到哪里都带着这套用具——刷起自己的裤子来。挤在离他不远的地板上的人们提出了抗议。

“您不能在外面刷吗?”一位老先生对他呵斥道。

安德热依心里承认他有理。但在经历了夜晚的袭击之后，他下意识地往房中间挤。只有在头顶上有片瓦的地方他才觉得安全。而且，他又有种奇怪的感觉，似乎肩膀上根本就没顶着颗脑袋，只觉得一片空虚。这并不是说，他没有觉得头重脚轻，太阳穴扑通扑通地跳。

“我真不适合干这种拦路打劫的事。”

他完全没有去想塔尔戈夫斯基庄园发生了什么事，也不曾“丢开”对安特克的惦念，可是，他脑子里根本就没有出现过这种惦念。反复回到他脑海里的只是弗瓦德克用手电光照着的瓦莱雷克圆睁的两眼。

“我必须睡一会儿。”他自言自语道。

他在候车室里找到了一个不知是由于什么奇迹竟没人占用的角落。他放下背包，坐在地板上，头枕着这个小包，睡着了。这甚至不是睡眠，只不过是突然坠入了一个深邃、漆黑、无知无觉的黑暗深渊。

凌晨三点左右他醒了。车站大厅里的灯点得少了，光线也弱了许多，整个候车室沉浸在半明半暗、迷离恍惚的气氛里。人们你挤我压地躺在地板上，喘着粗气。候车室里闷热难当，沉睡的人群上方凝聚着烟缭雾绕的混浊空气。安德热依一直感到自己的脑袋又重又空。这种感觉太折磨人了，他时不时把脑袋摇晃一下，就像时不时要把那折磨人的梦魇驱走似的。但是他怎么也抖不掉那种昏沉和疼痛。他躺在硬地板上，又是这种不舒服的姿势，全身的骨头都疼了。他揉了揉眼睛。

他感到惊愕，一遍又一遍地揉眼睛，很想证实一下自己并未睡着，眼前出现的也并非幻象：昨天夜里轮船上的那个旅伴竟出现在自己的身边，他坐着的那个麻袋碰着了自己的胳膊肘。那人头上只戴了一顶黑色圆形软帽。安德热依在轮船上没有注意到这顶帽子。“叔叔”两眼圆睁审视着安德热依，使他感到非常不快。安德热依当然明白，“叔叔”什么都知道了。在这种半醒半睡的状态下，一切都显得自然得很。

“你没睡着?”弗瓦德克·戈翁贝克说。直到如今安德热依才霍然想起，他跟戈尔巴尔像是从一个模子里出来的。

“你没睡着?”坐在麻袋上的人又说了一遍。他高踞于安德热依之上，这也许正是最令人不快的地方。他居高临下地对安德热依说：“嗯，你对这一切有何感想?”

安德热依决心不跟这个讨厌鬼交谈。却又不由自主地回答了他后一句问话。

“什么?”

“你对这有何感想?”

他俩又低声交谈了起来。为了不惊动周围睡着了的人，为了不让别人听见，他们把声音压得很低，几乎成了耳语。

“您问的是什么?”安德热依愤懑地说，“我有何感想？我不明白您指的是什么，先生!”

“你叫我‘叔叔’。”

“又是‘叔叔’。我不知道，您是谁。”

“我是什么人，反正都一样。你叫我‘叔叔’。”

“好吧，叫‘叔叔’就叫叔叔。”

“我把你惊醒了吧，”那一位说，把头上那顶圆形软帽拉到了额上，“你一定是在做什么愉快的梦。”

“我什么梦也没做。”

“我以为你做了。”

“可惜没做!”

“我以为，你也许梦见了克米齐茨[1]，或者别的某个小贵族。你搞的伏击跟显克微支小说里写的可说是不爽毫厘。只是在札格沃巴先生那时候还没有冲锋枪。他们射的是……他们是用什么射的来着，安德热耶克？在过去那个时候?”

安德热依觉得这问题提得好怪。

“是用短枪和马枪。”

“不错，是用短枪和马枪射击，射的时候很不方便。得仔细瞄准。此外，还得熟悉武器，是往高处打，还是往低处打。总之，难得很。”

“那时有很好的射手。”

“那当然。他们可是制造流血事件的能手。正如显克微支描写的那

---

① 显克微支的历史小说《洪流》中的人物。

样：他杀死了十名战士。他杀死了——而且什么事也没有。”

“在那个时候。”安德热依与其说是在说，还不如说是在想。

“正是哩，在那个时候。而今天有冲锋枪。多么理想的发明。嗒嗒嗒，射出一排子弹，甚至不用瞄准，那汉子就倒下了。”

“我是瞄准了的。”安德热依说。

“你的目标太清楚了。瓦莱雷穿的是浅色大衣，而今夜又不是那么黑。”

“美好的夜。”安德热依沉思地说道。

“美好而且暖和。这儿的十月总是这样美好。美好的月份。真可谓星光灿烂。”

“你从田野里走过，弄得满身泥土，像个魔鬼。”

“是的，我当时很仓促。我甚至没有时间去判断天气是好还是坏。直到此刻我才看到，这夜是多么美好。”

“还有那寂静。波兰平原上的寂静。这是个很美好的国家。你做得对，安德热依！”

“可叔叔是从哪儿？……”

“弗瓦德克告诉我的。我们这儿大家都是一起的。嗯，我亲自看到了。可惜啊！”

“他们都被杀光了吗？”

“都杀光了。所有的人都被杀死了。”

“安特克呢？”

“也一样。很遗憾，安特克也被他们杀死了。这对你母亲来说，真是太可怕了。”

安德热依动了一下。

“一切都是这么可怕。”

“这只是你的看法，”叔叔伸出一只手来，“这只是你的看法。在这

一切里面存在着某种意义。”

“杀人也能有什么意义吗？”

“你不是亲手杀过人了吗？”

“那是个很坏的人。”

“也许你觉得他很坏，而他只不过是跟别人一样的人。”

“他卑鄙下流。”

“我们每个人都有自己的卑鄙之处。不错，他也杀过人。那是很久以前的事了，可是，他杀过人。”

“那么，在塔尔戈夫斯基家里是怎么回事呢？”

“啊，那没什么。一切都是按照波兰习惯，按照贵族习惯行事。会把他们所有的人埋进一个坟墓。他们两派就这样和解了，就这样达成了协议。”

“要他们达成协议，也用不着把他们统统杀死呀！我们有一个共同的敌人。”

“也许是吧。他们一些人认为，我们有一个敌人，另一些人认为，我们有两个敌人。看法不同。可他们打起仗来都很出色，就跟克米齐茨那时候一样。不是吗？”

“他们该怎么办呢？”

安德热依忽然想到了安特克。

“啊，上帝！他们把安特克打死了！”

“你伤心吗？”

“不。我甚至不能想象。这么些年来，他总是跟我形影不离，我的哥哥！不，我不相信。叔叔是从哪儿知道的？”

“弗瓦德克告诉我的。他什么都看到了。”

“把他们埋了吗？”

“哪儿话！有这么快吗？要知道，那是在夜里。他们得等到早上。

他们还得有时间挖坑。这是一个很大的坑。”

“克莉斯蒂娜也死了?”

“克莉斯蒂娜也一样。”

“玛雷霞呢?”

“玛雷霞我说不准。听说有人从那儿逃走了。也许他们说的是你呢?”

“我没逃走。”

“你没有。你是去进行一次骑士式的义举。像小说里写的那样,猎捕红种人。朝一个赤手空拳的人背后开枪……”

“他带着冲锋枪。”

“你从哪儿知道的?”

“他们是这样说的。”

“你杀死了一个你平生不共戴天的仇人。”

“他侮辱过我父亲。我有权仇恨他。”

“真的吗?你是为此而杀他的吗?”

“我不是为此而杀他的。可他讥笑过我的父亲。”

“你爱过你父亲吗?”

“我现在还爱他。”

“可是你父亲已经没有了。”

“他在某个地方,会回来的。”

“重新来烤糕点。”

“烤糕点!总得有人烤糕点!可他是我的父亲。”

“而且,你是为了父亲而杀了瓦莱雷。你仇报得太残酷了。”

“别的任何一个人都不能干这件事。”

“那当然。这是命运的安排。你就是为此而出现在那个庄园里的。别的任何一个人都不能干这件事。”

“而且任何人杀他都不会带个人动机。”

“他是一个人。”

“一个可怕的人。”

“你记得他的眼睛吗？他的眼睛非常美，跟安东尼的眼睛一模一样。安东尼的眼睛此刻一定也是那种样子。睁得圆圆的，却什么也看不见，俨如一只死兔的眼睛。”

“所有死人的眼睛都是一样的。”

“所有被打死的人的……”

“也包括一般死亡的人。”

“死在家里的人有人给合上眼皮。你记得米哈霞外婆吗？”

安德热依猛然蹿了一下。

“你是从哪儿知道米哈霞外婆的？”他突然大叫起来。

“安静点！让人睡觉！谁这么大叫大嚷的？”周围睡觉的人的喊声传进了安德热依的耳里。

他压低了自己的嗓门。

“你是希望，我会为自己做过的事感到后悔，希望我会说一句‘勿杀生’，但我不会说‘勿杀生’的。从小学时代起，就教会了我杀生，人们说，这是人的职责，是男人的能耐，有人教我使用武器，要我去猎捕野兔、山鹑。这是男人的能耐，而我是个男人，真正的男子汉：我会杀生。我自己的行动证明了这一点。”

安德热依急促但很轻悄地说出了这一番话，眼睛并没有朝那个戴黑色软帽的人看一看。可他感到奇怪的是，那人对他的话怎么毫无反应。他略微抬起了足有千斤重的脑袋，朝那个地方瞍了一眼。

那儿什么人也没有。

四

安德热依被候车室的一片骚动和嘈杂声惊醒。大厅里仍然很暗。大概是预报火车就要来了，因此才有这样的波动。躺在地上的旅客一个个爬了起来，有的伸懒腰，有的打哈欠，然后纷纷向月台走去。月台上，天色已经很亮了，而且寒气袭人。又是一个晴朗的秋日，或许已经出现了霜冻。

六点左右，卢布林的火车进了站。车厢里已装得满满当当，新上车的旅客必须经过一场奋战才能挣得一席位置。他们不仅得跟车上的旅客搏斗，还得跟拼命挤上车的人搏斗。安德热依由于自己的个子高人一头，在抢位子的战斗中便占了上风。只是那些娘儿们最难对付。她们的麻袋、篮筐，此外，还有她们本人的块头（她们很巧妙地把整片猪油围在身上），把所有的门口和窗口都堵塞住了。一般地说，旅客们只有从被砸破的窗口才能爬进车厢。

乍一看简直是乱哄哄一筹莫展，但是问题慢慢也都能得到解决。安德热依可算轻而易举地挤上了车。他把背包放在走廊的地板上，自己站在背包旁边。周围是挤得密不透风的人墙。他们只好这样一直站到华沙。

火车停了许久才开。有些乘客开始跟左右的邻人攀谈几句，但多数沉默不语，无甚兴致结交生人。再则，谁也弄不清跟自己交谈者的底细。娘儿们心惊胆战地望着自己堆在行李架上的包裹，男人们（乘客中男人是绝对少数）抽着烟，利用借火柴的机会对旁边的人投以戒备的目光。

火车没有行驶多久，刚走出几公里远车速就减慢了。

“怎么回事?”一个妇女问。

“太太不用害怕，这是戈翁布到了。”坐在那妇人身边的一个健壮男子安慰她说。

晴天霹雳从天而降：

“上帝，宪兵！”

火车越走越慢，终于停了。沿着月台站了一溜儿宪兵。他们既没有说一句话，也没有动一动，像木桩一样竖在那里。事情已经很清楚了。吓掉了魂的娘儿们把包裹从车厢窗口扔到轨道上。车厢里叫喊声四起，乱成一团。

有几个宪兵走进车厢，命令所有的乘客空手下车。麻袋、篮筐、箱子都得留在原处。

安德热依背起自己的背包，跟在别人后头。一个宪兵对他吼叫道：

“背包！背包放下！”

“这是我个人的日用品。”安德热依用德语说道。

宪兵态度缓和下来。

“嗯，拿过来瞧瞧。”

安德热依打开背包，宪兵搜查了一遍。果然只是些私人日用品。宪兵把一面小圆镜拿走了，拿走镜子的时候甚至还对安德热依笑了笑。

“刮脸，刮脸。”他用波兰语说道。

安德热依耸耸肩膀。

宪兵得不到谅解，又摆起威风来。

“有通行证吗？”①

安德热依拿出了自己的证件。所有的证件都完全合格。

“滚一边去！”他吼叫着，差点儿把安德热依推了个倒栽葱。所有的乘客都两手空空顺着火车站在车厢和德国人之间。娘儿们眼巴巴地

① 原文都是德文。

望着宪兵把她们的货物从车厢里搬了出来。每隔几十步就放了一大堆麻袋。麻袋实在是不少。

谁也没有哭闹。偶尔也有人咒骂一句，那时便有一个德国宪兵大吼一声：

“安静！”①

安德热依望了望众人，只见他们虽然怒不可遏，但表现得都很平静。大家站成单排，但挤得相当紧，因为乘车的人很多。

突然，在离自己十几步远的地方，他瞧见了一张熟悉的面孔。玛雷霞站在一群娘儿们中间，她那毫无遮盖的浅黄色头发在别人鲜艳的和褪了色的头巾的衬托之下，显得十分突出。她面色苍白，冻得发抖，嘴唇发青。

安德热依想挤到她身边去，但站在他身后的一个宪兵又吼叫起来：

“安静！”②

他只好等着搜查结束。搜查进行了将近一个钟头，直到此刻才听人喊道：

“大家上车！”③

有些人已放弃了这次旅行，因为对他们来说，已经不值得去挤这趟车了。一个妇女从物品堆里把自己的麻袋拖到了站台上，而且心平气和地向一个怒气冲天的宪兵解释说，“那里面什么也没有”。使安德热依感到惊奇的是，她竟然胜利地拖出了自己的麻袋，弄到车厢里去了。

到上车的时候，安德热依才挤到了玛雷霞身边。

---

① 原文是德文。

② 原文是德文。

③ 原文是德文。

"我背包里还有一件备用毛衣，一会儿就给你。"

车厢里比原先松动得多了。玛雷霞偎依在安德热依身上。她浑身哆嗦，牙齿敲得叮叮响。

安德热依轻轻把她推开，也不顾邻座的非议，取下背包，掏出毛衣，帮玛雷霞穿在身上。

"你会暖和一点。"他说。

火车慢慢开动了。

他们彼此没有说一句话。有什么好说的呢？安德热依觉得，任何的话都是多余的。但玛雷霞似乎并不想保持沉默。

"你当时到哪里去了？"

安德热依耸耸肩膀。

"我不得不走，我是要回华沙的。"

"你跟安东尼谈妥了？"

"即使是谈妥了，也……"安德热依说。

"什么？"玛雷霞，"你是想……？"

"你什么也不知道吗？"

"不知道。我跟阿涅尔恰一道跑了。我们当时躲在小储藏室里。我只来得及抓起自己的小手提包，从花园里……"

"阿涅尔恰在哪里？"

"她留下了。往村子跑去了。"

"后来呢？"

玛雷霞闭上了眼睛。

"那儿便开枪了。"她悄声说。

"哼！他还是来得及去报信了！"安德热依说道，尽管他觉出了这句话是不诚实的。

玛雷霞凝神地看着他。

“你指的是……”她问话的声音轻得几乎听不见。

“你的那位。”安德热依说。

“你很像他。”

“住嘴!”安德热依严峻地说，同时在她手腕上狠狠捏了一下，“住嘴!”

“你这么神经质。”玛雷霞平静地说，把手从他的紧握中抽了出来。

安德热依看到她逐渐平静了下来，恢复了自信。他甚至没有注意到她什么时候抚平了自己的头发，把毛衣拉得紧贴着身子，又从小手提包里拿出一条毛料围巾围在脖子上。她成了一个正常的乘客，她那模样儿甚至又变得漂亮起来了。有几个旅客好奇地端详着她。

列车行驶得很慢，站站都停。就这么过了晌午。虽然各站都陆续上来一些人，但并不拥挤，安德热依和玛雷霞四周竟然有了空位子。他俩现在可以自如地交谈了。不过，他们并没有谈起昨天的事件。玛雷霞极力避免提起自己的女友克莉斯蒂娜的名字。

“你那咖啡馆的生意怎么样?”

“唉，就那么回事。我至少生活有个着落。还有几位剧院的女同事在我那儿端咖啡，生意总算做得下去。我有个很好的住处：咖啡馆楼上有个小房间。这是过日子少不了的。那小房间的位置很怪，几乎谁也不知道。”

“有趣。”安德热依应和着说。

“你会到那个小房间来看我，是吗?”

“我?”安德热依吃了一惊，“为什么?”

“你很可爱呀!”玛雷霞装出一副“卖俏”的神态说。

安德热依怀着强烈的好奇心看着她。他开始疑心是玛雷霞把德国人引到庄园去的。瓦莱雷事实上办不到这一点，他们及时把他除掉了。她从那场血洗里保全了下来。当然，她有可能不知道那场血洗，但无

论如何是应该猜想得到的。她的良心应该愧对那些死去的人。然而，随着列车越走越远，他们离开那个可怕的地方也越来越远，玛雷霞由一个惊慌失措、凄惶委顿的小人物又变成了一个美丽、优雅、迷人的女性，她期望在安德热依身上试一下自己的魅力。

为了使谈话继续进行下去，为了不暴露自己的烦躁和惶惑，也为了不致引起这个美貌妇人的疑心，安德热依不得不以自己的全部毅力控制住自己的感情，抑制住自己的激动，这样一来，他变得出奇地生硬了。

“我理应把她干掉，如同干掉那个家伙一样。”他思忖道，“只是，我没有武器。她肯定是个罪犯。”

与此同时，他又感受到了她的全部魅力。似乎是，他们离华沙越近，玛雷霞的情绪也越好，她越发感到自己是如鱼得水。安德热依却心烦意乱，对她长篇大论的独白只能勉强回答一句“是”或者“不”。有个时候，他觉察到玛雷霞急于笼络他，心里暗自说道：“别痴心妄想吧，姑娘！这是永远也办不到的。”玛雷霞给他讲了自己战前的剧院生活，讲了跟老胡贝的罗曼史。她不再感到拘束了。她说话的声音那么大，使周围的人都听得很清楚。其实也没有人去听她的谈话，那些为了去卖货或买货的老娘儿们显然弄不明白这个秀丽的女艺人说的是些什么，即使是能够揣测出她的职业，对她这样一个人物也只能投以厌恶的一瞥。安德热依顺着那种鄙夷的目光看去，发现在过于宽大的毛衣和短裙的下面，露出了一双秀气得出奇的腿。长袜，皮鞋——一切都是高质量的。

“胡布胡贝的情况怎样?”玛雷霞突然问道。

安德热依竖起了耳朵。“小心。”他暗自说道，于是便满不在乎地回了一句：“不清楚。我好久没见到他了。”

“他躲起来了?”她又问了一句。

“他为什么要躲起来？德国人占领了‘雷管’公司，但并未发生任何冲突。他一定是在学习，要不就是在随便消磨日子。”

“你们一道到我的咖啡馆来吧，”她又说了一遍，“我真想见见他。他是个非常热闹的小伙子。”

“如今不是热闹的时候。”

“哎呀，”玛雷霞把自己的胸部往他身上蹭了一下，“你也别太古板了。我那咖啡馆里有时非常热闹。而且总是十分愉快的。爱尔日别特卡·希莱尔小姐有时也来。我什么时候一定要请她演唱一次。开个小小的音乐会，你意下如何？”

“她不会在那种破地方演唱的。”

“咳，压根儿就不是什么破地方。”玛雷霞意味深长地说。

“我没存心得罪你。”安德热依笑了笑。

玛雷霞满怀感激地朝他瞟了一眼。

“你这笑容是那么……简直没法形容……”她突然来了这么一句。

安德热依闷闷不乐地思忖着，事情发展得太快了，同时，微微皱起了眉头。玛雷霞看出了他的不快。

“别这么愁眉不展吧，”她说，“随便的一句恭维话，过眼云烟。”

“你又在想些什么？”安德热依拉着她的一只手说道，“我一点儿也没有愁眉不展。”

就在这一刹那间，他眼前浮现出了夜里公路上的情景：被手电筒的微光照亮了的死者的面孔，那对没有生命的眼睛里的呆滞的眼神。整个画面是那样清晰地展现在他的脑际，就像此时此刻他真的看到了一样。他不由自主地把姑娘的手捏得更紧了。那一位却按照自己的想法来理解他的这个举动，便把另一只手也紧紧按在他的手上。

他们已经到了皮拉瓦附近。

车厢里的人又多了起来。

安德热依蓦地感到有一道目光射到自己的身上。他一抬头，透过挤得像罐头里的沙丁鱼似的人群，看到了一双正在凝视着自己的大黑眼睛。他乍一下没弄明白那是什么人的眼睛，但过了一会儿就清楚了，他是利莱克。

安德热依对他微微一笑。

但利莱克却没有朝他微笑，只是以一种不易觉察的动作把大拇指放在唇边。

后来他又朝玛雷霞瞟了一眼，向安德热依示意。接着就转过身去，背对着他们，眺望窗外华沙郊区单调的景色，仿佛是在欣赏什么特别有趣的东西。

"见鬼!"安德热依思索着，"他们已经知道她点儿什么了。他们——这意味着谁?"

这并非他们离开科莫鲁夫后的第一次相逢。安德热依有时遇到他独自一人，有时遇见他跟罗曼在一起，有几次他们在扎比亚街的"卢拉"咖啡馆里会过面。安德热依猜测利莱克正专心致力于某些重要政治工作，但对于这件工作的内容他无论如何也打听不出来。

一般地说，这些会晤都是令人不快的，都是应利莱克之约而进行的，看起来，似乎那个小黑人有什么事要告诉安德热依。但是，每次谈话都毫无结果。利莱克总是说些车轱辘转的陈年往事。不是说雅内克的死，就是回顾在雅努什家里的见面。然后又谈一些一般性的问题，向安德热依报告一些前线的确实的消息，虽然这些消息安德热依早就知道了。可是对国内的局势他却只字不提。一般说来，年轻的地下工作者相互之间并不怎么保守秘密，尽管他们使用了种种化名、暗语以及诸如此类的地下工作的伪装，他们往往即使不在一起工作，彼此也能了解得十分清楚。可是利莱克跟安德热依谈上个把两个钟头也不曾泄露过什么，他不谈任何具体问题，而是绕着弯子，活像一条机灵的

猎犬在搜寻野兔的足迹。安德热依本人倒乐意在他面前显示一下自己参加地下活动的事，然而利莱克对此似乎丝毫不感兴趣。最近他又提出一次约会，安德热依却没有赴约。这样一来便和利莱克失去了联系。现在又碰上了他，而且是在这样奇怪的场合，实在令人费解。他又仔细地看了看玛雷霞的面色，一点也看不出它有什么疲乏的迹象。

“可是我的模样儿看起来一定像匹死马。”他想道。

列车抵达华沙。

火车进站后人流一齐从车厢涌到了月台上，你推我挤，灰蒙蒙的一片。月台上宪兵很少，对任何人都没有纠缠，显然他们知道，沿途已经布置了严密的搜查网。

安德热依走出车站月台的时候，觉得利莱克也跟在他身后出来了。他并不曾回头。

“星期四五点到‘卢拉’咖啡馆去。”他听到身后有人说。

“好的，一定去。”他回答说，眼睛一直盯着前方，一手还挽着比自己矮许多的玛雷霞。

他们随着人流来到车站广场。安德热依抓着了一辆三轮车，把玛雷霞塞了上去。他想让她独自走。

“怎么样啊?”他向坐在驾驶座上的年轻三轮车夫问道。

“我能去。”车夫泰然自若地答道。

“你不跟我一起走?”玛雷霞惶惑起来。

安德热依迟疑了一下。

“也许最好是跟她一起走。”他心里想着，用目光四处寻找利莱克，可是他已经不在附近了。

他跟玛雷霞一起坐三轮车走了。

火车晚了点，已经接近黄昏。十月短暂的一天即将结束。大家都忙于在夜幕降临之前赶回家去。人行道上拥挤着默默无言的步行者。

安德热依对被占领的华沙太了解了，他怎能看不出今天在这儿出了什么事呢？是枪决过人，还是发生过搜捕？他不愿去向三轮车夫打听，要是骤然碰上了个特务呢？虽然，一般说小伙子们都是抵抗组织的成员。

不管怎么说，在这些匆匆赶路的人们的脸上看不到一点沮丧和麻木迟钝的痕迹，相反，那一张张阴郁的面孔上却凝集着坚毅不屈、百折不挠的神情。安德热依想到，“战胜者们”看到这一点一定不会感到愉快的。这种冷漠的坚韧不拔的景象一定不会使他们暴跳如雷，以至达到发疯的程度，而那些较有远见的人必然会考虑到日后事态的发展。

他们从波尼亚托夫斯基桥上经过的时候，维斯瓦河水闪烁着银光，从这高耸的桥上看浮云缭绕的落日，显得尤其鲜艳，尤其壮丽。一路上，安德热依极力回避玛雷霞的目光。

“你瞧，多美的夕阳。”那姑娘对他说道。

三轮车夫啐了一口唾沫。

“连太阳也不愿看到这种卑鄙龌龊的东西。”

他们俩对这句话都没有什么反应。他们到达克雷迪托瓦街的时候，三轮车夫在一幢房子前面停了下来，安德热依付了车费，就打算往布拉茨卡街走。但是玛雷霞拉住了他的手，说道：

“到我那儿去吧，你至少可以安安心心地睡一觉。”

五

安德热依自从到托比亚街“卢拉”咖啡馆跟利莱克见过面之后，几星期来日子很不好过。在这之前，他对自己的精神状态多少还能控制，觉也睡得比较安稳。当然，周围发生的一切先前也折磨过他的心灵，就像在折磨着所有的人一样，可现在一切都变得不可忍受了。他

没有深入去考虑是什么原因使他无法把握住自己，无法恢复去普瓦韦之前所享有的那种宁静的生活。纠缠不清的事情太多了。首先是同玛雷霞的关系。他不能说是爱玛雷霞。但是，她那微微有点儿做作的女性美越来越把他拖进了那种与他的天性不相容的生活方式，这就不能不把他内心的平衡破坏殆尽。

他没有片刻的工夫来进行一番理智的思考。白天在他担任教导员的分队工作，黄昏和夜里都是跟玛雷霞混在一起，还有每日每时的担惊受怕，还有他极力想从脑海里抹掉的种种回忆，所有这一切构成了他匆匆忙忙、杂乱无章、令人恶心的龌龊生活。他真想摆脱这一切，躲到普斯泰翁基去。他觉得，只要夜里往那门廊前面一坐，特别是在这初冬季节，光秃秃的树木再也不会随风摇曳，再也不会发出簌簌的响声来扰乱他的思绪，那时，他就会把战争、流血、可怕的混乱状态，统统抛之于脑后，他就会超脱现实中的种种不快，离群索居，又能像从前那样浮想联翩，恢复故我。然而，这已经是办不到了。

十二月的一个清晨他回到家里。天上乌云密布，虽然快到八点了，却跟黎明时一样黑暗。他走进布拉茨卡街的宅子里，踮着脚尖走上楼，又穿过楼上的甬道，像在半夜三更时回家那样，悄悄地溜进了自己的房间。

母亲从沙发上欠身站了起来。这张沙发原是这房间早先的住户波特洛斯小姐的心爱之物。

安德热依略带醉意，而且由于心绪烦乱而有点昏昏然。不过，他迅速恢复了思考能力，像要跳进水池之前那样深深地倒吸了一口凉气。

“妈妈。”他开口说道。

奥拉无言地站了一会儿，注视着儿子。

“你的事我全然不知。”她倏然说道。

“妈妈等我了？”

“我等了你一夜，整整一夜。”奥拉说这话时既像是无可奈何，又像是神不守舍。

“为什么?”

“我想问你一件事。”

“为什么要在夜里问?”安德热依惊讶地问了一句。他坐在床边，准备换鞋。他得马上到“区上”去。

“那得在什么时候问?”奥拉勃然大怒起来，“你从来就不待在家里。”

安德热依明白了一切。“又来了!”他思忖道。但表面上还在装糊涂。

“妈妈要问什么?”

“对于安托希的死你究竟知道些什么?”奥拉靠在沙发的扶手上费劲地问道。

安德热依努起嘴吹了一声口哨。

“妈妈疑心我知道什么内情吗?”

“你肯定知道。因为你到那里去过。你还说过，你见到过他。”

“我可没有杀死他。”安德热依刻毒地说。

“安德热依!”奥拉喊道，“你怎么能……”

“我怎么啦?”安德热依一副挑衅的神态。

“你怎么可以这样想?!”

“那又怎样？你以为弟弟就不会杀死哥哥？在我们这个时代?”

他暗自想道：

“是我，还是我的情妇杀了他，还不是一码事?”

“我一点儿也不明白，怎么能发生这样的事?”

“很简单。我刚动身到普瓦韦去，德国人就来了，包围了庄园，把所有的人都打死了。这件事我给妈妈已经讲过一百遍了。”

“是讲过，可我还是不明白。他们怎么能干得出来？”

“他们干得出来的不止这种事。”

“为什么瓦莱雷克也在这同一天？”

“瓦莱雷克是德国人干掉的。他们再也不需要他了。一定是他出卖了塔尔戈夫斯基夫妇的庄园，出卖了那些斯克热图斯基和扎格沃巴一类的人，那些人当时都待在庄园里。”

奥拉长叹一声。

“你变得……这么粗野……”

“妈妈希望我还用那种娃娃腔说话？”

“你不能再告诉我点什么吗？”

“我无可奉告。只是想说，妈妈这么多愁善感，像个老处女。”

奥拉怒不可遏：

“哎呀，你简直下流！”

说完，她径直朝房门口走去。

安德热依从床上跳了下来。

“妈妈！”他喊了一声，“妈妈！”这时奥拉已经走到门边了。

“你要什么？”她回头问道。

安德热依突然一下搂住了她，紧紧地贴在她身上，把脸扑在她的肩头。

“妈妈还爱我吗？”

奥拉用手抚摸着安德热依的脑袋。

“我倒是更有理由向你提出这个问题。你老是躲着我。”

安德热依离开了她，走到窗口。

“妈妈恐怕心里明白。”他悄声说道。

奥拉发出一声呻吟，像是心痛似的。

“儿女无权评断父母的行为。”

安德热依一转身对着奥拉，意味深长地看了她一眼。

“凡是爱父母的儿女就有权利进行评断。”

奥拉把手放在胸口。

“如果说，今生今世有那么一个人有权评断我的话。”

“我不相信来世。”安德热依说道，接着又神经质地补了一句，“我不会评断妈妈的，请妈妈放心。”

安德热依瞪着一对大眼睛看着母亲，眼里含着他所固有的那种难以形容的表情。

“我非常爱妈妈。”他用一种低沉的嗓音认真地说道。

奥拉像是脖子上挨了一枪，把两手向上一伸，又急忙捂住了脸，飞快地奔出了房间，只听她身后一阵丝绸晨衣的窸窣声。

安德热依无言地站了一会儿，然后往手表上瞟了一眼，就准备出门。

“我十点已经赶不到莫科托夫了。”他自言自语道。

但是他并不着忙。站在镜子前面仔细地戴上手套，又朝镜子里瞧了瞧自己的面庞。最近他瘦了，眼里闪烁着心神不定的光芒。

“父亲会怎么说呢?”他暗自想道，同时离开了镜子。

第十三章　又一次音乐会

一

布罗内克到底是通过什么途径逃出犹太人隔离区的，这一点只有耶和华才清楚。有时晚上他会不知不觉溜到布拉茨卡街那幢宅子里去，但不论是安德热依还是海伦卡都无法从他嘴里探出一点情况。他只是神秘地咧着嘴微微一笑，对任何问题都避而不答。

他常常是留下来过夜，住在安德热依卧室旁边的一个小房间里。不过，安德热依很清楚，他夜里总是溜进海伦卡的房里去了。他以为家里的人都猜到了这么回事。可是他错了。不论是泰克拉小姐还是奥拉在解释布罗内克的夜访时，都想不到这一桩公案上。

布罗内克同样也不谈自己在犹太人隔离区里过的是一种怎样的生活，每当别人追问得紧了，他便声明说："这件事我如今想都不愿想。"大家也都尊重他的缄默，何况最好还是不要去考虑那些令人毛骨悚然的事情为妙，再说，对那一类的事谁也无能为力。

这是一种通常的"理论"。安德热依却不肯苟同。但是，他近来忙

得四脚朝天，可以说，他是被数不清的事件弄得昏聩糊涂，以致对人对事不知不觉之间变得越来越无动于衷了。他不怎么高兴跟布罗内克见面。自从玛雷霞·塔塔尔斯卡死后，他待在家里的时间倒是多一些，几乎从来不在城里过夜。

布罗内克从犹太人隔离区带出来的不是故事，而是画稿和素描。看来他逃出来的那条通道是非常安全的。大家推测，他是直接穿过松迪，并且在公路上有一个熟识的警察，所以才畅通无阻。归根结底，这件事是如此离奇，以致谁也不敢去深究它的奥秘。

既然布罗内克能私下带出那么多的大硬板纸，可见那条通路非常方便。傍晚，他把那些画拿给安德热依和海伦卡欣赏。奥拉太太和斯彼哈瓦不跟年轻人往来，泰克拉小姐关在自己的小房间里唉声叹气思念阿罗。而年轻人就都聚集在安德热依的卧室里，他们彼此互相隐瞒，装作他们所做的事和所说的话都是世上再普通不过的。安德热依不时弄来一些酒，他们喝得相当多。

那个时候，华沙出现了从城乡酒窖搬出来的各种各样的陈年老酒，也有产自法国，由德国人抢来运到波兰的从未见过的稀奇美酒（例如“玛丽·布里扎尔”牌）。在当时如雨后春笋般涌现出来的小店、拍卖行和咖啡馆里，人们总能弄到一些奇特的东西。

有一回，一家小吃店的老板（原是一位知名的电影演员），从柜台底下拿出一瓶莱茵葡萄酒，这酒是那么奇特，不仅安德热依，而且就连雅努什肯定也从未见过。莱茵葡萄酒颜色鲜红，芬芳馥郁，他们在安德热依的卧室里一打开瓶盖，立刻香飘满室，到处弥漫着一股花朵的芳香。

海伦卡把这种酒称为“英雄血”。安德热依对妹妹的玩世不恭非常恼火，但他还是喝了那“英雄血”。

这是一九四三年四月中旬的事。这一天，布罗内克来时衣着比平

常更其褴褛，更加神魂不定，他难于强打精神去谈绘画、艺术等的话题。但他还竭力想要挺住，不把萦绕在他心头的种种痛苦形之于色。在这样的气氛下，年轻人就只好借酒浇愁。

布罗内克的素描丝毫也不能反映他本人的生活经历。他既没有画“犹太人隔离区的圣母”，也没有画陈尸街头和奄奄待毙的凡人，更没有画犹太区里噩梦一般的生活速写。也许他只是没有把这一类的画稿带出墙外。他拿给海伦卡和安德热依看的是清一色的男女裸体画。有照模特儿画的（身体干瘦就说明了这一点），大部分是凭记忆画出来的。那些大大小小的硬板纸上翻来覆去画的都是青年男女健美的躯体，闪耀着青春的姿色和任何力量也破坏不了的魅力。海伦卡看着这些素描一言不发，而安德热依却公开表示惊讶不迭。

“真叫人纳闷，”他说，“为什么健美的躯体使你这样入迷？”

“这是在素描技巧上转向盖伊斯。”布罗内克冷淡地答道。

“这么说，你对素描技巧感兴趣了？”安德热依耸耸肩膀说。

“为什么不？总比对别的什么感兴趣要好些。”

“我钦佩你的意志力。”

“也许这正好是我的弱点呢？”

他们又喝了一杯“英雄血”。

“你可知道，”这是布罗内克第一次谈到了那个与外界隔绝的区域，“你可知道，那儿不论怎样艰难困苦，总还是在生活。当初胡贝尔特跳进维斯瓦河游泳的时候，我说过的一句话你还记得吗？人怎能自绝于生活呢？”

安德热依突然抓住布罗内克的手。

“你听我说，”他注视着朋友的眼睛说道，“你留在这儿。明天再也不要回到那边去了，永远不要回去了。我们来照料你。”

布罗内克咧着嘴笑了。

“你一向都是这么天真，安德热耶克。”他说，“可惜的是，我必须回到那边去。这是已经决定了的。”

过了一会儿，他又说了一句：

“只是不清楚，我还能不能到你们这儿来。”

这时，泰克拉小姐进来说，有人来找安德热依。

“说不定是胡贝尔特？”海伦卡问。

“不，不是胡贝尔特。”

“可惜，我还真愿意见见他。”布罗内克说。

安德热依走了出去。海伦卡问：

“你为什么想回到犹太人隔离区去？”

“我的父母都在那儿呀。”

“你也明白，你在那边对父母一点忙也帮不了。”海伦卡以她惯有的冷酷说道。

“也许是这样。但我觉得，我应该留在那儿。”

“正如现在人们常说的那样，你完全‘不像一个犹太人’。”海伦卡说，“要把你藏起来是不费吹灰之力的。”

“我的鼻子不像犹太人。”

“你的性格也不像犹太人。”

“啊，正是哩，直到这会儿你才说出了一句最重要的话。照你看，犹太人有什么特殊的性格呢？”

“哎，你知道……”海伦卡悻悻地说。

“那好。正是因为你说我的性格不像犹太人，我才必须回到犹太人隔离区去。你明白了吗？”

“不太明白。甚至太不明白。完全莫名其妙。”

“你说这句话时，实际上就承认了我是个犹太人，我必须到犹太人生活的地方去，这不是一清二楚的事吗？”

海伦卡把一只手搭在他的肩上。

“你瞧，”她说，“你从前一向是很明理的，我就是因为你的聪明睿智才爱上了你的。因为我是个疯子，这一点你很清楚。可现在你突然一下变得歇斯底里起来了。”

“让你到我那种环境里去待上几个月，看看你会不会疯得没救了。”

“正因为如此，我们才想把你从那个环境里拖出来。”

“啊，不，抱歉得很。虽说我的性格不像犹太人。”

“神经质。”

“……我在那边觉得自己是个犹太人。世上总该有点儿团结精神。”

“你完全可以成为一个‘富有团结精神的’波兰人。”

“这并不是你所想象的那么简单。你从来无须解决这类问题。”

“我是个面包师的女儿……”

“面包师的女儿，她是个夜猫子……”

“你不要侮辱人吧。”

“可这不是我说的。这是莪菲丽亚[①]说的，面包师的女儿，她是个夜猫子。”

“我不明白它影射的是什么。”

“你不明白为什么说你是夜猫子？”布罗内克说着，吻了她一下。

“我看得出来，你是不想说正经话。”

他们又喝了一杯芳香扑鼻的酒。

布罗内克一下变得严肃起来。

“你知道，我没法说正经话。任何一本正经的谈话在如今这个时候既不可能是好玩儿的，也不可能是正经的。倒可能是悲痛的。我毫不怀疑，这是我最后一次来看望你。因此，我才想求你，别让我们谈什

① 莎士比亚的戏剧《哈姆雷特》中的女主角。

么‘正经’的话儿。我们倒是可以谈谈一个最重要的题目：谈谈绘画。”

“你这个痴货，”海伦卡并无恶意地说，“这儿天崩地裂，可你却说什么世界上最重要的是绘画。说真的，我为你感到吃惊。”

“你瞧，世界就是这么回事，不管它天崩地裂多少遍，到头来都会重建起来。重要的不是房屋、学校、博物馆。最重要的是人。而像我这样的人，在绘画里才能最充分地表现出自己来。要让每个人都能最充分地表现出自己的才能。一旦我消亡了，我的画不会消亡。这就是我的一种乐观主义。”

“相当平庸的乐观主义。”海伦卡鄙夷地做了个怪相。

“当然，这并不是什么新发现。但总是一种慰藉。虽说算不得什么了不起的慰藉，总归是个慰藉。而你偏要把我这点慰藉也夺走。”

“难道说，在你处于最危险的境地的时候，我应该对你讲，‘不错，布罗内克，你是对的，世界上再也没有比绘画更重要的东西了’？”

“你可以不对我讲这句话。你只要承认我有道理就够了。”

“我亲爱的，”海伦卡把嘴一撇，“我怎能承认你有道理？干脆说吧，我是不想你去死。”

“你可以相信，”布罗内克笑着说道，“我可是特别不想死。因此，我才没有自杀。”

“你说什么？”

“我的父母都自杀了。我说我必须回到父母身边，那不是真话。我是必须回到别人那儿去的。”

“你没有自杀？……”

“正如我曾对阿罗和胡贝尔特说过的，那时，安德热依没跟我们在一起。我曾说过：一个人怎能自绝于生活呢？”

“你的生命意味着什么？”

“你瞧，我不愿把它贱卖了。”

“我不懂。”

“我的那些素描你喜欢吗？”

“很喜欢。可是，你为了什么……？”

“你瞧，我不仅把我的素描带到了你们这儿来，而且，我还在那些画着素描的硬纸板里夹些东西带到犹太人隔离区去。带给犹太人。”

“食物吗？”

“不，不是食物。”

“那是什么？”

“没什么！我们再也别谈起这件事了。”

布罗内克抱着她吻了吻。但是，海伦卡却从他的臂膀里挣脱了出来。那双臂膀虽说骨瘦如柴，却仍然非常有劲。

“你在搞什么名堂？你想干什么？”

“不是我想干什么。我什么也不想干。我想活着。”

“可你毕竟……”

“什么？”布罗内克重又搂住了她，“你要说什么？”

“毕竟……”

“你想说，那儿毕竟是活不下去？说那边过的日子不是生活？”

“不，不是这个意思。”

“到处的生活都是生活。都是值得珍惜的。不过，你说得对。”

“我什么也没有说。”

“可你想过。你是对的。那边是没法活下去的。得去死，但不能像我的父母那样死。”

海伦卡又一次从他的拥抱中溜了出来，离开布罗内克一段距离。她用一个指头指着他。

“你们想要斗争？”她喊叫道，“你们？！”

布罗内克追上去，抱住了她，用热吻堵住了她的嘴。而后又说道：

“你在胡想些什么？斗争——这只是你们的特权，不错，是你们的，非犹太人的特权！而且也只有你们，波兰人才会毫无意义、毫无目的地去死……我这个可怜的，微不足道的犹太布尔乔亚，我怎能，我怎敢去觊觎你们贵族、农民和工人的特权？……”

海伦卡的拳头雨点似的落在布罗内克的肩上。

“你放开我!”

“我不放，”布罗内克平静地说道，“不放!”

然后他又毫不动情地补充说：

“一个可怜的、受人蔑视的犹太人要占有你这夜猫子，面包师的女儿。”

二

安德热依走进自己的卧室，乍一看，没有认出在房间里等候他的那个人来。高个子，俨如熏上了一层煤烟的利莱克站在靠床的一个角落里，他一会儿用左脚、一会儿又用右脚站着，从他那副紧张的神态可以看出，他是准备随时逃之夭夭的。利莱克把他那顶鸭舌帽一会儿神经质地用两手揉搓，一会儿又按在胸口，弄得皱巴巴的不像个样子。他的两片嘴唇直哆嗦，开口说话的时候咧了咧嘴，显出一副古怪的神气。

“安德热依，”从他嘴里终于迸出几个含混不清的字来，“跟你说，我彻底完了。我不得不在什么地方找个宿夜的落脚点。你这儿行吗?”

安德热依略感不快，他自己也不明白是什么原因。

“那当然，”他说，“你站着干什么？你那模样儿看起来就像马上要溜之大吉了。”

“因为，要是这儿我不能待……”利莱克含糊地说了一句。

“坐下。”安德热依厉声说道。

“我在城里已经奔跑了一整天。找不到一个落脚的地方。”

“你当时就应该马上到我这儿来。”安德热依并非出于真心实意地说道。过后，他又温和地补了一句，“坐下吧，小伙子。”

利莱克坐在床上。

“你如果允许的话，我想立刻就躺下睡一会儿。”他请求道，“我一整夜没睡觉。”

“你就躺下睡吧，”安德热依耸耸肩膀说，“还来什么客套！”

“我害怕……为你担心。”利莱克说。

他动手脱下皮鞋，接着爬到床上去，蜷伏在那床的一角，紧贴着墙壁，像一头受惊的小兽。

“出了什么事？”安德热依坐在椅子上问道。

“我参加过一次行动。”

“他们在追捕你？”

“没有。是我自己到处跑。”

“你说你彻底完了，是什么意思？”

“有人给我送了个信。是邻居送的。我不能回家去了，我的所有亲人都被一网打尽了。”

“干得真利索！”安德热依说。

“我现在怎么办？”利莱克问道，可并不要求任何回答。

“眼下你睡觉吧。”安德热依答道，“明天我们再想想怎么办。你吃过了吗？”

“没有。大概没有。我渴得很。”

“我去给你端茶来。”

“不要让任何人知道我在这儿。”

“只有泰克拉小姐知道。是她放你进来的吗?”

“是那个老太婆吗?不错。”

“谁也不会知道的。我去给你端茶来。我亲自去。”

“随你吧。”

“我们得睡在一张床上。你往墙边靠靠。”

“你不会觉得不舒服吗?”

“也难说。”

安德热依端着茶回来的时候,利莱克已经睡着了。煮开水耽误了他一点时间。他又不愿回到海伦卡的房间里去。他既没有兴致再去喝那红葡萄酒,也没有兴致去同布罗内克闲聊。虽然天色还早,但整座宅子里已经是静悄悄的了。每个人各自关在自己的卧室里。安德热依放下遮光窗帘,点亮了小桌上的一盏小灯,拿起本什么书来读,但是他什么也读不进去。利莱克喘着粗气。

安德热依拉出了压在他身子下的被子,还想给他脱衣服,但是利莱克在睡梦中一个劲儿地抵挡,他只好作罢。又拿起了那本书。但是,宅子内外死一般的寂静,也使他昏昏欲睡。他的上眼皮开始贴上了下眼皮。于是便脱掉外衣,到浴室里洗了洗,又回到卧室来。在这段时间里,利莱克已脱下衣服,把它扔在椅子上又睡着了,可仍然喘着粗气。安德热依在他身边躺了下来,熄了灯。立刻就进入了梦乡。

睡到半夜安德热依醒了。利莱克握着他的一只手。

“安德热依,你没睡着?”

“没睡着。”安德热依昏昏沉沉地嘟哝了一句。

“你听我说,要是德国人到这儿来了呢?”

“不会来的。”

“要是来了呢?你们大伙儿都得死。”

“那我们就都死吧。反正,每时每刻都在担着风险。”

“真是丧家犬一样的日子。”

“睡吧，利莱克。别去想它了。明天我们再想办法。”

“想什么办法？”

“嗯，想想把你送到什么地方去。你得到森林去。”

“那些狗娘养的德国佬追得人到处乱跑，就像小孩在院子里追猫一样。”

他们再也睡不着了。利莱克又动了动。

“那个雅努什是你的舅舅吗？”他问。

“不是，那算什么舅舅！我只是那么叫他罢了。”

“为什么？”

“我们是旧交。我妈妈小的时候就认识他。”

“可他是怎么认识维耶维乌尔斯基的？”

“我不记得了。他们是在巴黎相遇的。”

“在巴黎？”

“嗯，你又不是不知道，维耶维乌尔斯基曾经侨居国外。那个雅德维加就是他从那儿带来的。”

“是倒是。可是他们交往那么密切，真是完全不可想象。”

“为什么不可想象，他是人，另一个也是人。”

“你自己明白。”利莱克叹息道，“人对人是狼。总是互相残害。”

“我不明白，雅努什怎么会去残害维耶维乌尔斯基？”

“出自人的天性。”

“怎么可能！你最好是睡觉。”

“不，不，我现在睡不着。我得听着动静。”

“你能听出什么动静？他们想来就来！”

两人沉默了片刻。春夜，万籁无声。用黑纸遮盖的玻璃窗外是沉沉酣睡的黑夜。

利莱克又握住了安德热依的手。

“你到过巴黎吗?”

“没有，没到过。”

“那个巴黎该是个啥样子呢?”利莱克冷冷淡淡，蒙眬欲睡地随意问道。

“城市就是个城市呗。”

“哎，不一定。别人都说，那是个很美的城市。”

“别人都这么说。”

“那儿人活得不错吧?”

“哪儿都一样糟。”

“那儿到底是怎么个样子?像大家所说的很美吗?”

“哎，怎么个样子?宏伟、壮丽，明亮的街道，漂亮的房子，公园，古老的哥特式的教堂，巴黎圣母院……”

“什么?”

“巴黎圣母院，这是个教堂的名称。有一条河，塞纳河。许多大桥。许多画家。”

“许多画家?”

“许多画画的人，画风景、河流、桥梁、鲜花、姑娘。”安德热依数着这些他从未见过，而且永远也见不到的美好事物的时候，自己也不免浮想联翩。

“维耶维乌尔斯基在监狱里也是这么说的。他说，那儿的女人很漂亮，丹唇皓齿，顾盼多情。”

“嗬，嗬!”安德热依笑了起来。

“维耶维乌尔斯基说过，那儿工人的日子也不好过。”

“唉，那儿如今压根儿就不好过。要知道，那儿现在也在打仗。女人还在送秋波——不过，是对德国佬。”

“我们这儿对德国人可不屑一顾。”利莱克坚信不疑地说。

“那得看是谁了。”安德热依痛心地纠正他说。

利莱克欠起身子，向安德热依俯了下去。

“你说什么？英德鲁希？”他问道，声音里带有一种突然的柔情，“她是怎么回事？跟德国佬吊膀子吗？”

“你自己说的。你自己不是说过吗？”安德热依烦躁起来，“你不是了解得很清楚吗？”

利莱克半倚半坐地靠在被子上。他沉吟了片刻，然后说道：

“是这样，我知道的。”

“你听我说……”

“我知道，我知道。”黑小伙子急忙说，“她挨了颗枪子儿是罪有应得。她向德国人告过密。”

“那自然啦。”安德热依不乐意地答道。

两人沉寂了片刻。在一种半睡半醒、迷离恍惚的状态中，安德热依眼前浮现出两幅画面：一幅是倒在尘土飞扬的秋夜的公路上的瓦莱雷，以及他那双黯然无光、失神凝滞的黑眼睛，他脑袋周围那堆焦黄的枯叶和从中弹的背部流出的一摊黑血；在这幅画面上又叠映出另一幅画面，那是一家酒吧间被撕破了的窗帘——是玛雷霞中弹倒下时抓着它撕破的。

“你尽说些这样的事。”他猛地对利莱克说道，虽然利莱克一直没说话。

“我什么也没说呀！”利莱克低声争辩说，“我不过是问了问巴黎。”

“问巴黎！”安德热依讥诮地嘀咕了一声。

“我以为，你，这么富有，一定周游过各国。而你呢？你真的哪儿也没去过吗？”

“我到过普斯泰翁基。”

“普斯泰翁基是个啥玩意儿？”

“是个村庄。”安德热依说，同时心想，可真没法给利莱克解释清楚普斯泰翁基是个什么。对任何人，即使是对那些比他敏锐得多的人，也无法解释普斯泰翁基是个什么。就连他本人也根本领悟不到普斯泰翁基意味着什么。房舍、园林、森林和关闭在那里的他的整个的生活。他的天真纯洁的生活——那个消失得无影无踪，一去不复返的时代的生活。他常到那儿去，爸爸、瓦莱雷克、卡霞都在那儿待过。卡霞怎么样了？罗梅克说她现在正在华沙，她的丈夫被枪杀了。可是德国人把罗梅克抓进了奥斯维辛集中营。再也没有人能告诉他有关卡霞的消息了。“普斯泰翁基，”他重复了一句，“我在那儿有个姑娘。”

“她很出色吧？”

“不知道。反正有一个。那时普斯泰翁基还在。现在已经没有了。”

“被德国人占领了吗？”

“不。但是他们已经不存在了。已经什么都没有了。”

“胡说八道。”黑小伙子利莱克粗声粗气地岔断了他的话，“德国人还在哩。”

“啊，真的，德国人还在。”

“不过，他们很快就会没有了。”

“我们这儿，会没有他们。看来是这么回事。但是他们还会存在下去的。”

“会把他们彻底消灭。会把他们杀得一个不剩。只能如此。得斩草除根。”

“像他们对待犹太人那样。”安德热依说。

“甚至还要厉害。得把他们所有的人统统消灭。要是把他们杀得一个不剩，岂不是很好吗？”

安德热依突然训斥他说：

“住嘴！否则我就要把你轰出门去。”

“我没法喜欢他们！”

“你没有必要喜欢他们！”

“哎，你动不动就训人，”利莱克睡意蒙眬地说，“你多半是对的。维耶维乌尔斯基也总是这么说的。我懂得什么……一个没有觉悟的群众。”

“话不能这样说。你正在成长，会学会许多道理的。”

“维耶维乌尔斯基曾经拨亮过我脑子里的一盏灯……”

“你瞧，是这样吧。”

“可我还是这么愚昧无知。看来，别人把我的脑袋瓜子完全打呆了。我挨过不少鞋匠的皮条。”

“你父亲是鞋匠？”

“哪里话，他是个很出色的泥瓦匠。外公是个鞋匠。我妈妈的父亲。”

“那又怎样？他们常常揍你吗？”

“时间不长。因为他们都没了。父亲还活着，不过把他赶到德国做苦工去了。从德累斯顿来过一封信。”

“可你说，今天把你所有的亲人都抓走了？”

“是我的，也不全是我的。我住在姨妈家里。她能巧妙地脱身，我不担心她。但是，她有两个儿子，两个棒小伙子，他们被抓走了。”

“因为什么？”

“一定是他们嗅出了点什么。我们在那儿有个印刷厂。”

“瞧你，但总不会开在你们家里吧？”

“啊，不在。但我们大伙儿都在这个印刷厂工作。”

他们又缄默了。很远的什么地方传来一声爆炸。

“那儿又出了什么事了。”安德热依低声说。

“可我们还在这儿睡大觉。”利莱克不无憾意地说。

“我们正好没有睡大觉。”

“为了别人能睡着，有人就得不睡觉。”

“你这是从哪儿学来的？”安德热依蛮有兴味地问道。

“哎，我脑子里想出来的呗。”

“这是莎士比亚作品里的一句话。他是个大作家。”

“我知道。维耶维乌尔斯基也说过。也许这就是维耶维乌尔斯基对我讲的：‘为了别人能睡着，有人就得不睡觉。’我们就理应不睡觉。”利莱克一边重复着这句话，一边似乎昏昏欲睡了。

他蓦地又精神了起来。

“你听我说，你到过莫斯科吗？”

安德热依耸了耸肩膀。

“哪儿的话，到那边去可不容易。”

“这倒是真的。那座城市一定很美。”

“很大。”安德热依不太有把握地说。

“宏伟、壮丽。那边一定是光明灿烂的。”

“你发疯了！如今是在打仗。”

“他们不害怕战争。克里姆林宫在照耀着全世界。斯大林住在那里。他热爱所有的工人。把他们团结在一起，他们一定会赶走德国鬼子。”

“这是支伟大的力量。”

“要是我们这儿也有个斯大林呢？”

“正是哩，”安德热依长叹一声，“而我们这儿不知道相信什么人好。”

“你要相信我们，共产党人。”利莱克以一股突然爆发的力量说道，“我们的共产党会回到这里来的，大家的日子也都会好起来的，像在俄

国一样。大家一律平等，还要分田分地。”

“只不过，那边枪毙了一些我们的人，波兰共产党人。有个人对我讲起过。他是从那边来的。”

“你说什么？我想见见他。”

“我不知道他在哪里。这种人藏得很严实。”

“可你是在哪里见到他的？”

“在见到他的地方见到的。我还能怎样告诉你呢？”

“他说了些什么？那边不错，对吧？”

“可能是不错。但是那边把你们的人枪毙了一些。”

“他晓得什么！如果真的枪毙了，就是说该枪毙。是敌人。”

“共产党——又是敌人？”

“暗藏的敌人。斯大林明察秋毫。将来要是他们的军队开到我们这儿来，我恐怕要高兴得发疯了。”

“有什么好高兴的？他们不也是人？”

“不错。但是他们不是一般的人。他们会给我们带来真正的自由。”

“是的，大概会吧。自由……”

“自由对于每个人来说，就跟空气一样。”

“不错，只是现在人多得胳膊碰着胳膊，多少有点太挤了。挤不出一块自由的天地来。”

“你说些什么蠢话？……”

利莱克坐在床上，用手按了一下安德热依的胸口。

“你到底是个布尔乔亚，”他并无恶意地说，“你甚至想象不到我们无产者的生活。你也无法理解我们的幸福。”

“很可能。”

“唉，亲爱的，”利莱克操着维耶维乌尔斯基的口气说道，“就连我自己也不怎么能够想象得出来。”

“他们现在在什么地方?”

“已经到了第聂伯河。”

“那还得等很久。”

“很久。”

“但愿能等到那一天。”

“但愿能等到那一天。”利莱克重复了一遍，“不过，即使我们等不到，别人也会等到的。别人会看得见的。哎呀，简直想都不敢想，到那时候我们该是多么幸福。”

利莱克激情满怀，冲动地抱着安德热依的脑袋狂吻起来。

三

爱尔日别塔·希莱尔小姐的不幸在于她的势利心理。埃德加尔死后，她一直惶惶不可终日，还以为这是由于自己如今独个儿活在世上孤苦伶仃的缘故。她能签订的演出合同日益稀少，成就和声誉也每况愈下，她把这一切都看成是由于失去了兄长的扶持，忘记了埃德加尔在世的时候并没有给过她多少帮助。其实，她的声誉日渐衰落是很自然的事，她老了，嗓子坏了，而且胖得不像样子，昔日秀丽的脸蛋儿完全变了样，那股迷人的魅力也随之化为乌有了。

她之所以住到卡塞蒂伯爵夫人家里来，同样也是出于势利心理。当然，在某种程度上是觉得住在这儿安全些，但主要是受到了博杜恩街这幢古旧的（过去人们称它为现代的）公寓楼三层豪华、宽敞的居室的吸引。卡塞蒂伯爵夫人来到华沙是为了跟玛莉亚·比林斯卡最后解决遗产的分配问题，为了办理换房手续的。她要把华沙的两幢由她继承的楼房同罗马的一幢由比林斯卡继承的楼房交换。她在一九三九年八月底到了华沙，住在博杜恩街自己的一个亲戚家里。正好在这儿

碰上了战争。华沙被围困期间，那位亲戚跟着外交使团一起跑了，罗莎不知怎么没来得及走脱，而且最愚蠢不过的是，她如今陷入了连她自己也感到莫名其妙的境地。爱尔日别特卡原有一套现代化的单身住房，被炸毁了，于是便在罗莎占有的一套居室中给自己找了个栖身之所。

她在这儿度着她一生中最艰难窘迫的日子。

卡塞蒂伯爵夫人毫无自知之明。她把自己在世界上的地位看得过高，然而这个世界对她却连最起码的尊重也没有。她对周围发生的事竟傻到一无所知，还常常提出一些刁钻古怪的要求。可是，要满足她那些异想天开的企望又没有钱。房子没有收入，舒什凯维奇像个抱鸡婆一样为阿罗守护着比林斯卡的财产，碰都不让她碰一下。罗莎只好到处投亲访友，找那些姑舅老表，可是那些人既不愿也不能给她一点帮衬。只不过，借此机会她倒是好好练了一下自己的波兰语。如今她不再张口就错了，刚回来时她那些听起来很刺耳的错误使爱尔日别塔十分恼火。

不得不想法搞到一笔比较像样的进款，最好是去弄一笔信贷，因为她们有充分的把握，“战后”她们是还得起这笔钱的。她们脑子里连想都没有想过，即将来临的抑或是正在发生的事变会把鲁宾斯泰因的银行家的好运砸得粉碎，会把她们存放在巴勒莫的圣灵银行里沉睡了多年的资本化为乌有。可是别人对此已不作什么指望，因此每逢两位女士劝说别人与其让自己的钱躺着不生息，不如借给她们周转为好的时候，到处都吃了闭门羹。

爱尔日别特卡的母亲，希莱尔太太对局势的认识倒要清楚得多。不管怎么说，她毕竟曾是一个脚踏实地的企业家的妻子，而且在敖德萨已经失去过一份产业。然而，她也未能向女儿解释清楚为什么如今任何人都不肯借钱给她。同时，一贯钟爱儿女的母亲，而今把自己的

全部感情都集中到了爱尔日别特卡一人身上，她自己也无法理解，为何竟没有一个人肯助她的爱女—— 一位如此知名的女歌唱家一臂之力。

“这样可爱的一个姑娘!”她常这样说道。在她的眼里，爱尔日别塔总是那样美貌、年轻，“姑娘”这个词儿对她是再般配不过的了。

希莱尔太太住在布拉茨卡街，但经常到博杜恩街两位年纪已经不轻，但仍相当标致的美人儿的“避难所”去。她喜欢这幢房子里的异帮情调，它跟大街上发生的一切是那样的格格不入。希莱尔太太从布拉茨卡街到博杜恩街一路所见到的东西往往要比这两个脱离现实生活的妇女脑子里所能装进的东西多得多。

一九四三年初春的某一天，希莱尔太太走进女儿的住宅。那些沐浴在灿烂阳光里的房间看起来真是富丽堂皇，漂亮的窗帘盖住了破旧的遮光布，地毯色彩鲜艳，如同刚刚织出来的一般。讲求实际的希莱尔太太无法理解“这样的房间”竟被闲置一旁，不能招财进宝。

“你听我说，”她对爱尔茹尼亚说道，“你们应该在这儿开一个小小的雅致的饭馆。”

“只对德国人营业。”① 谈话时在场的罗莎突然插嘴说道。

爱尔茹尼亚耸了耸肩膀，同时把两手一摊，意味深长地朝母亲望着。

“哎呀，伯爵夫人，”希莱尔太太说，“这不合适，也是不允许的。”

“需要找个出色的厨娘，开一个收费高、不公开营业的小饭馆。”

“德国人也会到这儿来吗?”

“要是德国人来了也没办法。反正不能把他们轰出去。”

“您为什么这样关心德国人?”希莱尔太太问道。但是她没有听到答复。“我来帮你的忙。”她转身对女儿说。

---

① 原文是德文。

爱尔茹尼亚突然不耐烦起来。

“想得倒不错。不过，开这样的饭馆得有钱。餐具倒有，银器也不缺，可是，得买几口锅，几张小桌子……我到哪儿去弄?”

希莱尔太太思索了一会儿说：

“你没到小胡贝那儿去试过吗？你认识他不？他在战前是很富有的。”

“他似乎已经所剩无几了。”

“不妨试一试。我通过安德热依·戈翁贝克把他找到你这儿来。”

就这样办起了“罗莎”饭馆。它小巧、华贵，不久它的名声就在城里广泛传开了。同时，它还起着另一种作用。胡贝尔特和安德热依·戈翁贝克成了这儿的常客。

“不可去得太勤。”斯彼哈瓦说，钱就是他提供给两个小伙子的。

“这是个很有用的窝。”胡贝尔特对斯彼哈瓦说道。“巴勒莫来的那位疯婆子把一些十分显赫的德国人都招引到那儿去了，让那些在别的酒吧间游荡的小鱼不敢在那儿露面才好呢！很有意思的故事，有意思极了。”他滔滔不绝地说着，一面摇着自己浪漫主义的鬈发。

这故事却别有含义。

爱尔茹尼亚一心以为开饭馆的资金是胡贝尔特私人的。这件事使她大为感动，并且在这个年轻人面前丝毫也不掩饰自己的感情。每逢胡贝尔特到“罗莎”小饭馆来的时候，她总要喋喋不休地说许多感恩戴德的话。

帕乌琳娜·希莱尔太太如今是整个早上都待在小饭馆里。在配菜和菜肴的烹调方面，她的经验对这个小饭馆的经营都是有益的。谁也想不到，每天晚上这位老太太都要向斯彼哈瓦详细报告当天有什么人来光顾过这家饭馆。有时她也能把自己偶尔顺便听见的三言两语转告斯彼哈瓦。斯彼哈瓦为此对她十分感激。

有一天，斯彼哈瓦亲自到那儿去了，他要看看这个饭馆的活动情况。当然这不是一次正式的视察。他不过是挑了个日子跟奥拉一起到“罗莎”饭馆来吃顿午餐（这家小饭馆并不叫这个名字，只是小伙子们觉得卡塞蒂伯爵夫人的不可思议的形象很好玩，便给饭馆取了这个雅号）。

在一个小巧玲珑的房间里摆了几张蒙了台布的小桌子，银器闪闪发光，餐巾窸窣作响。时间还早，小桌子都是空着的。饭馆的气氛颇为特别。接待他们的堂倌亨利原是希莱尔太太从前糖厂里的熟人，值得充分信赖。这是个英俊而健壮的汉子，斯彼哈瓦曾经在什么地方见过他。他很不乐意当堂倌，但命令是不可违抗的。当然，他们彼此都装得好像是第一次见面。

他们正在点菜的时候，爱尔日别特卡突然出现在房间里。她认为对于今天的第一批客人（又是熟人）理应出面接待一番。更何况，他们都是自己昔日的故旧！

在那个时期里，人们往往许久彼此不知下落。自从战争开始以来，爱尔日别特卡既没有遇见过奥拉，也没有遇见过斯彼哈瓦。她从来没有到布拉茨卡街母亲的住处去过一次。也许她是不愿意去？这样今天便是她在新形势下第一次见到他们。

这次相逢把希莱尔小姐弄得有点尴尬，使她一时无所措手足，不知是叙叙旧情好呢，还是装得素昧平生才好。

“我建议尝尝我们的肉馅小饺子。”她打过招呼后对斯彼哈瓦说，“味道鲜美，我们的厨娘是做小饺子的专家。”

“一定是令堂大人教给她的吧，”奥拉说，“希莱尔太太是个很出色的主妇。”

爱尔日别塔在小桌旁坐了下来。

“这是真话。”她回答说，“不过直到现在才看得出（做到这一步竟

也需要战争来促成），我也继承了家母的部分才干。而最重要的是，我对发挥这种才干的兴趣并不亚于唱歌。我喜欢烹调，配菜……”

“一言以蔽之，您是位理想的饭馆老板。”卡齐米日说。

“天生的‘酒店女掌柜’[①]。”

一个意大利词儿使奥拉想起了作为歌唱家的爱尔日别塔。

“您还演唱吗，爱尔日别塔小姐？”她问。

“演唱什么？我已经忘记了我还有副嗓子。”她故作谦虚地说。

“可是您从前的嗓子好极了。”斯彼哈瓦以一种外交部司长的神气严肃地说。

爱尔日别塔微微一笑。

“你跟我讲话为什么用‘您’呢？”她转身对奥拉说，“我们过去不是一直叫名字的吗？”

奥拉没敢提醒一句，说爱尔茹尼亚过去对她总是叫名字，而她对爱尔茹尼亚则总是称“您”的。她们在年龄上有相当一段距离。

“啊，好极了，”她说，“往后我就叫你名字了。对埃德加尔我过去总是叫名字的。”

爱尔日别塔不尴不尬地笑了笑，又建议他们点了一种什么肉，就走出去了。

“我担心，我们把她得罪了。”斯彼哈瓦说。

奥拉做了个颇费猜想的手势。

“你也是……偏要对她说她从前有副好嗓子……”

“我也是一不留神脱口而出。”斯彼哈瓦承认说。

“你不是个好外交家，虽说这是你的本职。”

“我从来就不是个外交家。”斯彼哈瓦说，“我们大家过去都是半瓶

① 这是一部歌剧的名字，歌剧作者不详。

醋的行家。”

“并非神仙才能烧陶罐。”

“不错，可是这一类陶罐特别难烧。”

“可还是烧成了……难道都是自己烧出来的?”

“而且都是自己摔破了的。”斯彼哈瓦笑着说道，“这是句很辛酸的笑话，奥拉。”

“你瞧，”奥拉忽然打开了话匣子，好像早就准备了这场谈话似的，“你瞧，这二十多年来，我们一直以为一切都好，一切都黏合得结结实实的。可到头来才发现我们大错而特错……彻底崩溃了，万事皆空。”

斯彼哈瓦凝视着奥拉。

亨利送来了肉馅小饺子。

“你指的是什么?”堂倌离去后，斯彼哈瓦问道，“你谈的是政治还是你自己的婚姻?”

“我说的是波兰。”奥拉的面颊上泛起了红潮，“我的婚姻可完全是另一回事。那不是黏合在一起的，而是锁在一起的。”

“你说过多次，说那是你这方面的过错。”

奥拉没有回答。

爱尔日别塔又出现在他们面前。

“有很好的蘑菇火鸡。”她说。

“令堂大人是不是在厨房里?”奥拉问，“我找她有事。我想找她要开门的钥匙。安德热依把我的拿走了。”

“她在那儿。您去吧。”

奥拉到厨房去了。斯彼哈瓦独自跟爱尔茹尼亚待在一起。她在桌边坐了下来。

“您可记得在敖德萨的那一天?”

“哪一天?”爱尔日别塔不安地问，“那时候的日子是那么多。”

“不怎么多。”斯彼哈瓦淡淡一笑，“那时，我不得不马上回到加里西亚去。”

“不错，有这么回事。”

“我想到的是，我们在沃洛佳·塔尔洛家里做客的那一天。您可记得?”

“记得，记得很清楚。每一个细节都历历在目。人一生中的某些时刻会给人留下一些灰蒙蒙的痕迹，可是在心灵深处却会保持着对另一些时刻的清晰的记忆，以至每一个细节，某个人的粲然一笑，某个人的片语只言，某种东西在闪闪发光……”

“阿丽亚德娜当时戴了一串珠子。”卡齐米日说道，两眼凝视着前方，似乎那些珠子就在他眼前，在房间的角落里闪耀。

“安特克是怎么回事?我想趁奥拉不在的时候问问您。”爱尔日别塔急促地问道。

“德国人把他打死了。德国人把庄园里所有的人统统打死了。在夜里干的……”

“为什么?”

“这个问题无法回答，对于德国人的举动怎能问个为什么呢?”

“奥拉怎么样?”

“她挺得住。她还有两个孩子。”

“那个安德热依也不怎么安全。”

斯彼哈瓦微微一笑。

“今天，所有的年轻人都不安全。”

“而最不安全的是胡贝尔特。”爱尔日别塔深信不疑地说。

此时一个高个子、文质彬彬的德国飞行员走了进来，他朝爱尔日别塔微微点了点头，便在房间角落里的一张小桌子旁边坐了下来。

爱尔日别塔意味深长地朝斯彼哈瓦看了看。

“此人是维特尔斯巴赫，罗莎丈夫的表弟。”她低声说。

“一个魔鬼。”斯彼哈瓦同样轻声地对她说。

爱尔日别塔低头沉思起来。

“是哪一个枪杀了玛雷霞·塔塔尔斯卡的?”她又突然问道。

斯彼哈瓦两手一摊。

“我怎能知道?”他回答说，那种神情显然是在揶揄爱尔日别塔，“大概是德国人吧。”

“您快别这么说!”女歌唱家愤愤地说。

斯彼哈瓦把一个指头放在唇边。

爱尔日别塔走开了。

奥拉从厨房出来，坐到自己原来的位子上，诧异地瞥了德国军官一眼。

“我们还待在这儿?”她问卡齐米日。

“我们不能突然离开，这样会引起注意。”

“可坐在这儿有什么乐趣?”奥拉说话的声音相当大，那个德国军官迅即瞟了她一眼。

“我们必须待在这儿，”斯彼哈瓦执拗地重复了一遍。

奥拉沉默良久。两人无言地吃起饭来。

“我早就想告诉你，说我是被锁着的，这不是实情。我跟弗兰齐舍克在一起的时候是非常幸福的。”

斯彼哈瓦微微伸直了腰。他放下手里的叉子，盯着奥拉瞧了好一会儿。

“这只不过是说，”他开口道，“你跟我在一起不幸福。”

奥拉古里怪气地笑了笑。

“谁告诉过你，说我现在是幸福的?”而后，她一边用餐巾擦着嘴，一边断然说道，“你认真想想吧，如今还能谈论‘幸福’这一类的问

题吗?”

“为什么不能?”

“因为这是青春时代的概念。享受‘幸福’对你我而言为时已晚。假若要我对你开诚布公，我就会说，我的孩子们对于我来说要比你和你整个的幸福都重要得多。”

“你不必对我声明。我早已明白。”

“哼，这不就是了。在安特克出了这种事情之后，还能谈论什么别的温情脉脉的事吗?”

“这完全是风马牛不相及的两件事。”斯彼哈瓦有气无力地试图自卫说。

“还有，安德热依又是怎么回事?”

“他怎么啦?”

“他杀人了。你明白吗?我的孩子，我的娇生惯养的安德热依……他杀人了。他怎么能干这样的事?”

“有多大把握能说是他干的?”

卡齐米日在她面前的自卫能力越来越弱。

“你快别这么说。”奥拉严峻地皱起了眉头。

“你怎么啦?奥拉!”斯彼哈瓦吓了一跳。

“你很清楚我是怎么回事!在这种情况下你还侈谈什么幸福，简直可笑。太可笑了!”

过了一会儿她又补了一句:

“我甚至想说，这是卑鄙!”

斯彼哈瓦以十分冷峭的目光朝她瞥了一眼。

“你不觉得，你用的词儿太重了?”

奥拉再也忍不住了。

“是你太残酷!”她说，“此时此刻，你能去谈论什么生活……能去

谈论什么正常的生活吗？你要知道，我们在这种时刻挣扎着过的日子并不是生活。你睁开眼睛看看，周围都在发生些什么事……”

“关于这一点，我了解得比你清楚。”

“因此我们才在这儿嚼蘑菇火鸡？”

“你冷静点，奥拉，”卡齐米日平静地说，同时把自己的手心按在她手上，“我们有什么办法？想做比我们正做的事更多，我们办不到。请你相信我，如今一切都要按另一种尺度来衡量。你说，这不是生活，说不定将来有一天我们回忆起它来，会觉得这才是真正的生活呢？因为真正的生活在每时每刻都可能与死亡遭遇的。”

奥拉垂下了眼皮。她几乎要大放悲声。

“你必须答应我一件事，”过了一会儿她说道，“我们永远不再到这儿来。”

斯彼哈瓦缩回了自己的手。

“如果你一定要我答应，我可以答应你。”他说。

接着又补了一句：

“不能随便应承这一类的诺言。我们不能把我们的计划和打算同事业的需要对立起来，说不定有朝一日需要到这儿来呢？”

奥拉长叹了一声。

“不能人为地订出任何计划，真难啦。有时候确实是迫不得已。”

而后她没有看卡齐米日一眼就接着说道：

“有时，甚至需要用一道人工堤坝使河水倒流。只不过，在这种倒流的河里，已经永远不会有洁净的水了。”

斯彼哈瓦默默无言地望着盘子。

刹那间，奥拉似乎觉得，他在哼着一只熟悉的歌子。

“可有时候，人是那么想喝一口洁净的泉水。”奥拉说完了自己的想法。

四

爱韦琳娜·罗伊斯卡致帕乌琳娜·希莱尔的信：

我亲爱的帕乌琳卡！

恐怕已有三十来年我不曾给你，我的最亲密的女友写过片言只字了。我们见面有时勤一点，有时稀一点，但我从未感到需要给你写信，像在莫林策时给你写信那样。人生确有过不曾感到需要写信的时候。

而现在，似乎也不是能借助手中这支秃笔来表达我们的情感的合适的时候。我甚至担心，你会感到出乎意料。像你这样一个一贯严肃庄重的人又怎能不为我在如此危险而复杂的时刻竟能坐下来写信而感到惊诧呢？我孤身一人待在这荒芜的庄园里，虽说我认为我能待在这儿的日子已经屈指可数。但不管怎么说，这片荒凉的土地使我心碎，而每想到无法履行我全部的职业，便使我日夜不得安宁。我身边已经没有一个能向之诉说我的这些思虑的人了，已经没有一个人能在这儿听我谈起你了。我那长年的知己米哈霞已在几年前离我而去，而我的孩子们也没有一个留在人间。米哈霞的女儿突然对我疏远起来，而且变得冷漠无情。当然，我心里明白，这是由于我的过错。曾几何时我们给她挑选了一个她所不爱的丈夫。因此，我只剩下你一个亲人了。然而，随着时光的流逝，你对我的那些往事一定也变得淡漠了。我心里的话只能对你一个人讲，唯有你，我的朋友和同庚的知己也许还能理解我。说不定甚至还有点儿怜惜我呢。因为，不管怎么说，人天生就需

要同情，需要这种最容易得到而且不带一点儿牵强的感情[①]，而恻隐之心又是人皆有之的，是易于毫不勉强地施与他人的。

我昔日所有的一切都已埋入了坟墓，而今留给我的一切都离我十分遥远，而且又都蒙上了一层我所不能理解的感情的面纱。我没料到在我身上能找到这样一股悲愤、倔强的力量，这样一种渴望破坏，简而言之，就是渴望报复的心情。我一直在压抑着自己心中的这种感情，但这种感情会突然增长，超越我所能抑制的限度。眼下随着春天的到来，我依旧在照看地里的活计。德国人强迫我这样做，但是，我暗自诧异，自己竟有力量戴上帽子（那顶老掉了牙的草帽）和手套走出家门，到那有人耕地或锄草的地里去。德国人命令种植一种从东方运来的新作物，好像是打算以此取代古塔胶。外在的一切都是一场噩梦，如果再没有今天必不可少的内在的平衡，那才真正是要疯了哩。

你想想看，又有新的责任落到了我的肩上，而且完全是出乎意料的。瓦莱雷克的遗孀把我儿子留下的孤女送到我这儿来抚养。小姑娘已经十一岁了（多快）！而且性格非常古怪。这便是我所剩下的一切，它是如此之少，可又是如此之多，因为它又把我同生活连在一起了。自从瓦莱雷克死后，生活对我来说便成了一片空白。这一根纤细的线又把我同曾经一度恐怖地（地地道道的恐怖）游离开了的河岸连在一起了。

瓦莱雷克的事你是知道的。这件事对我来说是太沉痛了，不仅是由于死去的是我亲生的儿子，也不仅是由于他死得这样神秘，最沉痛的是要我相信，他死有余辜。母亲永远是个软心肠的法官，对于自己的孩子总有千百条辩护的理由。我也有，我脑子里装满

---

① 原文是法文。

了这些理由，我暗自掂量来掂量去，使我觉得人们对他的指控是错误的，是令人发指的骇人听闻的诬陷！多少个夜晚我都想悲号："不对，不对，不对，我不同意这种指控，我永远不能同意！"

然而，最可怕的是，我最亲爱的帕乌琳卡，我有时会捅到这场悲剧的核心。尤其是在夜静更深的时候，在那些惴惴不安，心痛欲碎的不眠长夜里，每当我不得不最后对自己说一句"只能是这样的下场，不可能是另一种下场"的时候，那绝望真是到了底。不过，这种最糟糕的时刻毕竟是很少出现的。每当出现那种时刻，我总是向约齐奥祈祷，于是，他便用自己纯洁的阴魂扶持我，把我从那绝望的深渊托起来。你能相信吗，我亲爱的朋友，我更经常地感到在自己身边的是这个早在二十年前就已牺牲了的长子，而不是一年半前才离开我的那一个。也许（我有时扪心自问，而今又来问你），也许是我对他爱得不够？海伦卡的死使我离开了他的摇篮，伤心的回忆使我对他关心得少了。如今又是良心的责备：这样一个美好的生命白白地浪费了，难道不是由于我的过错？我怀念着他们两个，而且又想起了小海伦卡，我就像那个凝视着自己死去的孩子们的尼俄柏[①]。可是他们已经不在了，没有了，永远也不会回来了。

我的那个瓦莱雷中了别人的埋伏，背上连中数弹，死得这样不光彩。能这样对待一个人吗？难道说，一个人就有权承担处死另一个人的责任吗？

再者，这儿接二连三地传来流言，说执行对瓦莱雷克判决的人就是我那可怜的米哈霞的外孙，那个长得跟瓦莱雷如此相像的英俊的小伙子。这可能吗？这可能吗？（我常常在夜里问我自己。）

---

① 希腊神话中的底比斯王后，因哀哭自己被杀的儿女而化为石头。

难道说，这个容貌俊美、才能出众、纯真无瑕的青年的一双秀气的手会染上血污？况且又是自己的近亲，表舅，自己昔日“亲爱的”姨婆的最后一个儿子的鲜血！

你会记得他的，你在普斯泰翁基多次见过他，起先是个身穿海魂衫的小男孩；而后是个仪表堂堂的年轻人，站在可怜的米哈霞的灵床前面。当时，他是何等的可爱，他头顶上似乎有一道光环，照亮了他的黑发。那时候，他是何等的温存、颖悟，何等的温文尔雅、彬彬有礼！他那双手总是那么秀气！

难道说，会有什么阴差阳错的巧合迫使他走到了这一步，使他用自己那双秀气的手去扳动冲锋枪乌黑的枪栓？这个甜蜜的安琪儿是怎样学会使用武器的呢？他又怎能藏在暗地里，怎能承担这样可怕的罪责的呢？

我的帕乌琳卡，我无论如何不愿相信这一点！我哭着不肯相信，但又不能不对自己说：无风不起浪。

唉，那个奥拉！你以为我不想她吗？我又可怜她又恼她。你怎么能在那个地方跟他们大家住在一起？

可我明白，你对什么都能将就，这不是你对人对事漠不关心，不是那种可怕的恶习，这是你无边无际的善良，也是你的孩子们教会你的宽宏大量。

你大概会赞成我的看法吧，我亲爱的帕乌琳卡，有些事太不正常，我甚至想说，太不道德，如今怎么年轻人都比老年人死得早！剥夺老年人的希望，同时也就剥夺了他们的信念。甚至也许连爱也被剥夺了。因此，才会产生这种内心的空虚和内心的冷酷。我手上已经连一根纱线也没有了，真是一筹莫展。而我的生活的根基也已消耗殆尽。只不过我的健康状况还算差强人意，甚至在白天，当我埋头干活的时候，我感到自己跟往年没有什么不同。

只是到了傍晚，或者在我夜不成寐的时候，到了凌晨，我才去想“这一切到底是为了什么”这个问题。

我正在竭力战胜我这种状况。青春时代我是个傻里傻气的女人，虽说海伦卡的死对我应该是个警告，而我当时没有理解这个警告。那时候，我这个蠢货是太自以为是了。直到后来很晚我才慢慢学会了探察一下我自己的这颗心，这才明白，原来它是非常空虚的。

我知道，瓦莱雷不是个好人。我知道，他身后留不下任何一点美好的东西。然而，他本人却长得非常俊美。当然，这既不能成为对他的谅解，也不是什么慰藉，特别是对于做母亲的来说，意识到思念的毫无意义，一点也不能缩小这种思念。我在搜集瓦莱雷克的遗物，把它们藏在一个抽屉里——他的遗物很少，都是些一文不值的东西。而我主要是想给他的生命赋予某种价值。然而想强行赋予生命以某种意义毕竟是办不到的。生命——这是某种容易从定义下滑掉的东西，就跟捞鱼时水从网眼里漏掉一样。不论我怎样想方设法，都抓不住这水。我的绝望中最可怕的也许就是：我感到无论我想建造什么，或是想守住什么，我的一切努力都是徒劳。我只有消极地去顺应这个潮流，它会替我解决一切问题，其中也包括生死问题。但是，我毕竟给约齐奥的生和死赋予某种意义，我把他埋在了这个陵墓里，即使有一天我不得不离开这里，但这个陵墓仍会留在我把它建造了起来的这个地方。我看到了另一个生命的意义，海伦卡短促的生命的意义。我在前面已经对你说过，她的生命曾经是对我的警告。可是我已无法向自己解释瓦莱雷克的生命的意义。这是不是因为任何一个哲学家对邪恶都无法进行解释呢？

至于我自己的生命的意义我根本就无法理解。看来是从一开

头就铸成了大错，这是一个赌徒的错误，他在赌博一开始就把赌注压了“红点”[1]，出来的却是“黑点”[2]，整个时间都是这样事与愿违。今天对此已经是毫无办法了。难道说从一开始就无法补救吗？也许，应该对生活多一点信赖，不惧怕生活的赐予，不去拒绝它们？也许不该把一切拒之于门外？千思万虑都是枉费心机，我明白这些思虑都是毫无必要的，但是我抛不开它们。虽然在白天，它们似乎是被抛在一边，可是每到晚上它们就又纷纷回来了。

亲爱的帕乌琳卡，原谅我写了这封杂乱无章而且归根结底是毫无意义的信吧。但是，当我把这一切写出来之后，我觉得轻松多了。请你理解我，爱我吧！

你的爱韦琳娜

于普斯泰翁基　一九四三年四月十五日

老科兹沃夫斯基把这封信带给了希莱尔太太。这正是他打听到罗梅克已被关进了奥斯维辛集中营的那个时候。希莱尔太太问他罗伊斯卡太太可好，他回答说：“不知道，她的脸像是石头刻出来的。”

五

海伦卡在元帅大街和诺沃格罗兹街拐角处的“阿拉伯人”餐厅附近碰上了胡贝尔特。虽说是四月天，但太阳却像六月一样地烤人。

“你到哪里去？”胡贝尔特问海伦卡。

“随便走走，走到哪儿算哪儿。”

---

① 原文是法文。

② 原文是法文。

“跟我一道到波德科瓦去吧，”胡贝尔特提议说，“你去看看我的男孩们。”

“哪些男孩子?”

“那些最年轻的。今天是童子军宣誓会。喂，去吧!”

“好吧。反正我也没有什么事，只不过是逛大街罢了。”

“你怕吗?”

“怕？我是不怕的。不过……”

在元帅大街的拐角处，一列小火车从一幢丑陋的红砖房子前面开了过去，这家房子隔壁是那家著名的餐厅。这个时候，车厢里显得相当宽绰，而一早一晚都总是挤得水泄不通。他们在小火车上自然没有谈什么正经事，只不过偶然扯扯天气，说说地上的阳光和天上的云彩一类的闲话。他俩面对面坐在两个单人座位上。

小火车驶到了城边。华沙最靠近郊区的一批房子全成了瓦砾堆，都是在围城的时候被炸毁的。车进站，上来了两个德国宪兵。他们站在列车门口的踏脚板上，无意去找乘客的麻烦。但是车厢里的气氛立刻变了。所有的人都呆板地坐着，都装出一副丝毫没有注意到宪兵的样子。直到两个宪兵在拉科瓦下了车，车上的人们才松了一口气。

海伦卡和胡贝尔特说话不多，却彼此对望着。他们嘴上谈着天气和树上的嫩叶，眼睛却在留神地审视着对方。海伦卡觉察到，胡贝尔特最近变得多了，他那对眼睛失去了光辉，变得黯淡了，眼球似乎也变得更加凸出。他把自己的一头鬈发藏在无檐帽里，这样一来，那张脸便完全露了出来，变得更加平易近人，可就是没有从前那么俊美。他那相当低的额头上，刻上了一道道皱纹。胡贝尔特从前那两片像樱桃一样鲜红的嘴唇，如今变得狭窄，苍白，完全失去了光泽，执拗地紧抿在一起。凭借着从那绿芽新绽的田野射进车厢的春日的阳光，海伦卡清楚地看到了他面部的所有变化。她陷入了沉思。胡贝尔特似乎

没有怎么把沦陷的悲剧放在心上。也许，他是佯装成无忧无虑，对一切都满不在乎的样子？可是他对秘密活动的态度又是怎样呢？果真是认真对待的吗？海伦卡简直不敢相信。

胡贝尔特也在注视着海伦卡。她总是那么一张有点像耗子脸的面孔。最近几天来面部的线条拉得更长，脸蛋儿显得更加窄小了。她嘴角唇边总是带着那么一副令人不快的孤僻神气，固执地把双唇闭得紧紧的。胡贝尔特借着谈话的间隙试着朝海伦卡粲然一笑，但却没有换得她的一丝笑意。

“见鬼，”他突然说道，“我以为，树叶已经长得很茂密了。可这儿，森林还是无遮无掩的，一眼就看得穿。”

“不错。”海伦卡寻思了一下回答说，“这不怎么安全。”

他们把集会的地点选在如此遥远，四面又比较隐蔽的波德科瓦林中的一个偏僻角落里，因此，虽说有三十来个童子军，却不用担心有什么人会发现他们。他们集合在一块周围栽着茂密的罗汉松的林间空地上。这块空地曾经是特地砍伐出来作为猎人们的娱乐场所的。在这一带打猎的时代早已一去不复返了，罗汉松林荫道四面长满了桦树和槲树。这真是一派奇景！简直太出人意料了。城里的那种压得胡贝尔特和海伦卡连气都透不过来的敌占现实，在这儿甚至完全感觉不到。两排童子军看起来都几乎不像是真人。在这刚刚披上新绿的森林里，墨绿的罗汉松长长的树枝末端已经长出了鲜嫩的松针，散发着阵阵清香，沿着林荫道站成两排的童子军就像儿童玩具，那模样儿酷似两排小小的锡兵。他们完全不像是现实的人。

海伦卡对胡贝尔特说道：

“你们都应该戴上用报纸做的纸帽了。那样看起来就完全像是一场游戏了。”

胡贝尔特挥一挥手，示意她住嘴，过后便开始向全体童子军发表

演说。

海伦卡从未听见过胡贝尔特发表演说。当然，他所说的都是些相当平庸的一般真理。他谈到了“年轻波兰人”的责任，同时，也看得出来，他是好不容易说出这一番简单的老生常谈的。然而，对于这帮小鬼来说，他的话听起来是那么坚定而有劲，那么令人信服。

演说结束后便是宣誓。海伦卡似乎看到，胡贝尔特眼里含着泪花。小鬼们跟着重复那些庄严的誓词，这些庄严的誓词在过去可以说是毫无意义的，而今天，却意味着孩子们的牺牲。

远处站着几个妇人，显然都是孩子们的母亲。她们都穿着色彩鲜艳的春装。在两排的右翼站着一个身材不高的漂亮小男孩。正是他向胡贝尔特报告了出席的人数。

海伦卡注意到了这个男孩子。“解散”的命令一下，集会的参加者便两人一组间隔十分钟先后离开了这片林间空地，胡贝尔特把那个小男孩叫到了跟前。

“怎么样，卡楚希？”

但小男孩回答的是一句问话：

“安德热依中尉呢？”

海伦卡吃了一惊，审慎地朝胡贝尔特看了一眼。

“安德热依怎么没有个化名？”她的眼神表达了这个意思。

“你瞧，”胡贝尔特对海伦卡说，“你瞧，这是卡楚希，安德热依的大弟子。”

接着他又对卡楚希说：

“中尉没来，可他妹妹来了。”

卡楚希很为不满。他涨红了脸，朝海伦卡伸出一只手去，同时两脚用鞋后跟咔嚓一碰。

“什么时候？……”他转问胡贝尔特。

“这件事以后再说。”胡贝尔特答道，一转身离开了他。

他们回身往车站走的时候，海伦卡做了个令人不快的鬼脸。

“至于说到秘密活动，”她对胡贝尔特说道，“这当然是……你们每一分钟都有可能落到敌人手里。”

“当然有可能。不过现在暂时还没有。”

他寻思了一下又说道：

“我只是可惜这些小男孩。他们还是一帮小鬼。”

海伦卡朝胡贝尔特眨了眨眼皮：

“我觉得，你干这种工作有点心肠太软。你在念誓词的时候哭了。”

“没有，我没有哭。不过……我有点儿激动。过去，这不过是闹着玩儿。今天这种宣誓可是要冒很大的风险。我暗自思量过，我们对这些年轻人是不是要求得太高了？”

“我以为，”海伦卡非常冷峭地说，“如今对我们大家的要求都很高。既然我们能够回答这些要求，那就是说，还不算太高。”

“回答？用什么？”

“有些人只是用眼泪。”海伦卡悻悻地说。

胡贝尔特沉默了片刻，然后说道：

“你生气了。但这无济于事。”

在他俩快转到车站的时候，卡楚希追上了他们。

“尤斯塔赫中尉！请您来一下。快！快！请您快去看一看！快点，因为德国人就要回来了。”

卡楚希朝他们来的那个方向奔跑着。小家伙拼命地跑，他有的是气力。胡贝尔特喘着粗气，但也在奔跑。海伦卡落到了后面。

“这儿，这儿。”卡楚希叫喊着，跑到了跟他们刚举行过集会的地方相邻的另一片林间空地上。这儿，罗汉松后边是一排排雄伟的槲树。它们都还没有长出叶子来。

“中尉，您看，”卡楚希用一种戏剧性的手势指着草里躺着的一堆东西，“男孩子们刚刚发现的。就在这儿。”

一排罗汉松后边的槲树下面，在那盘根错节的树根中间躺着五具尸体。头部和胸前都有伤口，显然是被乱枪打死的。一开头，胡贝尔特以为他们是犹太人，但他们不是犹太人，只有边上一个火红色头发的妇女，也许是个犹太人。

“护林员说，”消息灵通的小鬼卡楚希匆匆报告说，“德国人是在今天早上把他们带到这儿来枪毙的。是从格罗齐斯克来的，从马佐夫舍的格罗齐斯克带来的。”他补充道，像是有什么人会对他说的话表示怀疑似的。

那里躺着一个男子，年纪很大，白发皤然。他的两边是两个年轻小伙子。他们三人都被捆着手，都睁着蔚蓝色的大眼睛。看得出来，这是父亲跟他的两个儿子。旁边躺着一个额上中弹的老妇人，穿一身黑色的毛料衣裙。这妇人很胖，两条腿难看地叉开着。再远一点，在这老妇人的身后，在离所有的人几步远的地方，单独躺着那个火红色头发的姑娘。唯独她紧闭着嘴，歪着脑袋。只有那双蓝宝石色的眼睛直愣愣地睁着，充满了对死的恐怖。

“小姐快别站在那儿，”卡楚希拉了拉海伦卡的衣袖，“德国人就要来了。他们是到若乌文去找人来埋掉这些尸体的。”

“你怎么知道?”胡贝尔特压低了嗓门问道。

海伦卡留神地看了他一眼。

“我知道。他们就要来了。得赶快跑。”

“早上他们到过这儿?”

“他们是在早上把这些人枪毙了的，后来我们才到了这里。”卡楚希激动地解释说，“可他们现在马上就要来了。若乌文的人要来把这些尸体埋起来。”

“这个小家伙什么都知道。”海伦卡说。

“小姐快跑!”卡楚希催促道。

“他们是什么人?”胡贝尔特又问道。

“不清楚。是从格罗齐斯克带来的。”

远处传来了大车的辚辚声。

“快跑!”卡楚希叫喊着，藏到了一棵槲树干后面，并从那里催促胡贝尔特和海伦卡快跑。他们也打算走了。

“不能走槲树林，”卡楚希朝他们喊道，“那林子里什么都看得见。走罗汉松下面，只能在罗汉松下边走。”

胡贝尔特和海伦卡走到罗汉松下边。在茂密的松枝的掩护下，他们只花了十分钟就踏上了布尔文公路。他们绕过了林中的波德科瓦车站。这样走比较安全。

“你想想看，”胡贝尔特说，“整个宣誓仪式是在德国人身边进行的。可谁也没有给我们送个信儿!”

“在死尸旁边。”海伦卡添了一句。

她的话音里有什么东西刺了胡贝尔特一下，他朝她望了一眼。海伦卡面色惨白。

“你怎么啦?”他问。

“问得多蠢!”海伦卡突然站住不动了，“唉，胡贝尔特，真正地把你没办法。你那股俗气有时真气得人肝疼。”

“你想要我怎么样?”胡贝尔特也在她身旁站定了。

“嗨，竟能这样的提出问题!我怎么哪?!在经历了这一切之后……”

胡贝尔特耸了耸肩膀。

“你没有见过死人还是怎么的?”

海伦卡站在原地不动。

“是的，我没有见过！从来没有！”

“在这一九四三年？你真没有见过死尸？”

“是啊！你得理解我。我从未见过被打死的人。我从未见过死人。”

“那又怎样？”

“这太可怕了。”

海伦卡说这句话时非常严肃，那缕嘲弄人的冷笑从她脸上消失得无影无踪。

“这太可怕了，”片刻她又重复了一遍，“这太可怕了。”

“可你知道……”

胡贝尔特一时不知说什么好。

“你们也杀人吗？”

“杀得不多，”胡贝尔特淡淡一笑，“不过，我们也杀人。”

“你不要笑！”海伦卡朝他吼叫道。

“你不要那么歇斯底里，”胡贝尔特不耐烦地说道，又拉着她的手，补了一句，“哎，走吧，我们走吧！”

海伦卡把手抽了回来。

“我哪儿也不去！”她叫嚷道。

她往前走了几步，在路边的排水沟里坐了下来。随手扯下一根小草，聚精会神地反复察看着。胡贝尔特留在原地，心神不宁地望着海伦卡。四周鸦雀无声。

胡贝尔特举目张望着洁净、深邃的晴空。百灵鸟欢唱着展翅高飞，在太空里盘旋。海伦卡所坐的那条排水沟里长满了墨绿色的青草。天气好极了。

胡贝尔特觉得这一天他所遇到的两件事——孩子们的队列和草丛中被打死的人们的尸体，此刻都变成了一场梦。他无法相信前后两者都是真实的。他渴望能够尽快回到正常的生活中去。就连头顶上的这

片透明的淡蓝色的天空同样也不正常，甚至有些邪气。他再也不能忍受这种寂静了。

海伦卡仍然照老样儿坐在那里，还在凝视着那根小草。

“起来，我们走吧。”他说。

“我不想动。”她回答说，连眼皮都没有抬一下。

“你不能永远坐在这儿。”

“我累了，脚痛。昨天夜里我们跳了一个通宵的舞。”

“在哪儿。”

“在波维希莱，巴霞·巴德娜那儿。昨晚开了个小型舞会。”

胡贝尔特神色不安地朝海伦卡那边走了几步。

“你跟谁一起去的？”

“就我自己。”

“布罗内克没有来？”

“啊，他老早就不来了。”

“老早？”

“老早。他还说过，再也不来了。”

“会把他们都运走吗？”

“肯定会的。不过，他不会被运走。其实我也不知道。我能知道个啥呢？”

海伦卡抬起头来，茫然地望着胡贝尔特。

“我什么都不知道。”她伤心地说。

胡贝尔特三脚两步走了过去，挨着她坐在路边的排水沟里。他俩默默无言地坐了片刻。

“最糟糕不过的是，我们束手无策。”胡贝尔特说。

“快别这么说，你别说了，明白吗？”海伦卡又恼怒又伤心地说，像一个想吓唬大人的孩子，“这种说法本身就是妥协。”

“什么妥协?”

“向周围发生的一切妥协：向杀害孩子、折磨无辜（也包括折磨有罪的人），以及搞犹太人隔离区等罪行妥协。不能说‘束手无策’这样的话。我决不能这样想。我不同意，明白吗？我不同意。”

“你同意还是不同意，又能有多大的意义?”胡贝尔特字斟句酌地说，“一切都不是以我们的意志为转移的。”

“不对！一旦我们发出怒吼，一旦我们有了坚定的信仰，就不会再发生这样的事。”

“怒吼作为一种武器是值得怀疑的。”

“那就不要怒吼，可还要有信仰，反抗。我不愿意，我不愿……”

“你不愿什么?”

“我不愿意那些人躺在森林里。我不愿意。”

“你不愿意，可他们照样躺在那里。”

“我不愿意。”

“他们被打死了。”

“我不愿意我们也这样躺在那里。你明白吗？我不愿意死。”

“倘若是，倘若是需要我们去死呢?”

“任何时候也不需要去死。”

胡贝尔特笑了起来。

“你这种说法真古怪。”

海伦卡转过身来，朝他看了好一会儿，似乎还有许多的话要对他说。但是她踌躇了。她的嘴唇嗦嗦发抖。

“海伦卡!”胡贝尔特以一种劝告的口吻叫了她一声。

姑娘一把搂住了胡贝尔特，把脸贴在他的肩上，大哭起来。

胡贝尔特耐着性子坐了一会儿，然后拍了拍海伦卡的后背：

“你听我说，别哭了，你要把我的新上衣弄湿了。我还不晓得你这

个人这么爱哭。我原以为你从来不哭鼻子哩。”

海伦卡抬起头来。

“我从来不哭。只是这一次。我不愿死……”

说着，她又放声大哭起来。

“你瞧，多美的天气。”胡贝尔特认真地说，“不要让美好的春光虚度吧！”他又半开玩笑地补了一句，像在援引什么人的诗句，“走吧，我们步行到布尔文努夫去。”

他站起身，又把海伦卡抱了起来。她毫不反抗地听任他摆布。他从来没有见过这样的海伦卡。

六

虽说雷涅维奇教授的专长是生物学，但他附带也从事科学分类学的研究。在这一领域里他差不多是从哲学的高度来进行他的研究的（逻辑学对他也颇有帮助），而且，说实在的，他在这方面发表的论文所获得的成就比那轰动一时的冰川理论还要重要得多。在他狂热地宣扬那个冰川理论的时候，有时还难免受到别人的奚落。

作为这样一个“各门科学的哲学家”——如果可以采用这种说法的话——和一位组织家，他在华沙青年当中起过重大的作用。首先，他成了地下秘密大学的最积极的组织者之一。他自己并不清楚他这个“地下”权威在教师和学生们的心目中具有何等的意义。但它毕竟成了他昔日在大学所遭受的种种挫折和战前在青年学生中缺少威望的一种报偿。

一九四二年中，他的儿子耶日在大街上被捕。先在波维亚克关了一段时间，后来，耶日的未婚妻打听到他被送到奥斯维辛集中营去了。几个月后传来消息，说他“死于心力衰竭”。在这个时期已不再给亲属

寄骨灰盒了。那是奥斯维辛集中营开张时耍的一种把戏。

教授没有中止他在地下大学的讲课工作，相反，他对大学生们更加热情关怀了。有些大课和练习课就在波尔纳街他的住宅里进行。他的学生们觉得，教授只有跟年轻人在一起，讲授他那相当复杂、深奥的理论和参加课堂讨论时才能得到一点慰藉，才能暂时把失子之痛抛在一边。教授夫人则相反，每次跟年轻人的会晤都引起她悲痛的回忆。她给大学生们开门的时候——他们每次至多是七个人——总要朝每一个人投以绝望的一瞥。仿佛她每放进一个年轻人都给自己带来一次失望，因为进来的不是她的耶日。有时在上课的时候，从隔壁的房间里传来了她惨痛的哭声，声音不高，但非常悲切，哭的时间很长。这时教授和大学生们就只好佯装没有听见。可是每逢这种时刻，房间里那种紧张的沉寂便变得更加瘆人。

安德热依和胡贝尔特都是雷涅维奇教授的学生，但是由于他俩差一个年级，所以他们上课时从未见过面，虽然彼此都知道对方是到波尔纳街去上课。为了取得合法的身份，安德热依在冷街的装订厂找了个工作，这样他便不得不每天到那里去上班，花几个钟头去切裁印刷品。他只是在午后才有时间学习，那时，他和他的同学们就都聚集到雷涅维奇夫妇的家里。

那个时候，学生和教授之间的关系没有留下一点战前那种官腔官调的痕迹。昔日难于接近的“学者”成了青年们的朋友和亲近的人。讲课的场合本身就促成了他们之间的亲密友谊，除此之外，“时代因素的压力”也起了促进的作用，不论是老师还是学生都清晰地感受到了这股力量的存在。

到后来，安德热依和胡贝尔特到教授家里去，可以说不是为了听课，而干脆就是为了看望老师。因为他们知道，他们的拜访会给教授带来一点欢乐，会给他那极度忧郁的心境带来一点慰藉，他们知道，

每逢他们去了，教授就不再感到那么寂寞。但是，这类探望的机会并不多：小伙子们的时间越来越少了，他们既要干活谋生（权且这么说吧），又要听课，做功课，还要参加分队的活动，在分队里，他们先是当学生，而后便成了教导员了。

恰好在春天的一个日子里，他们决定在诸事纷繁之中抽空到波尔纳街去一下。这一次他们正好碰上教授比平常更加神经质，更加激动不安。雅德维加太太给他们开门时，只说了一句：

“你们来了，很好。”

说完就躲进了自己的房里，再也没露面。可是，小伙子们立刻就猜到，一定发生了什么不寻常的事。

过了一会儿，教授就给他们作了解释：

“你们知道吗，他们把戈尔巴尔从奥斯维辛集中营里放出来了。他回来了，到过我这儿。”

“放出来了？”胡贝尔特怀疑地问了一句。

“是的。你们想象不到吧。可是，他只剩下一口气了，他得了肺痨。他出来后立刻就到奥特沃茨克找他的旧友去了。”

“他是通过什么途径获释的呢？”

“似乎有什么人帮忙活动过。反正，他们是把他放了。”

雷涅维奇教授审视着两个年轻人，轮番看看胡贝尔特又看看安德热依。而后又在自己窄小的、塞满了书籍的书房里来回踱步。他一边走，一边朝自己的客人们望着，似乎想对他们说点什么。

小伙子们谈到功课，但老教授却没有听他们的话。他突然停止了那种神经质的踱步，平静地说道：

“耶日死的时候，戈尔巴尔在场。他俩站在一排，他就在耶日身边。德国人把耶日枪杀了。”

两个小伙子的心脏收缩了一下，他们感到一阵透心凉。

“是他对您说的吗?”胡贝尔特终于问道。

“他什么都说了,说得详详细细。”雷涅维奇说着,在书桌旁边坐了下来,“不过,我不打算对你们重复他说的话。”

小伙子们觉得心里一阵轻松。他们真不想去听那些详情细节。其实,关于奥斯维辛集中营的种种传说,早就在城里四处传开了。所有的传说都提到了同样的处境,同样的杀人方式。但是,从奥斯维辛集中营出来的人毕竟是很少的。

安德热依希望能改变话题。再者,他又是受母亲之托到这儿来的。

“教授先生,”他开口道,“家母要我告诉您,爱尔日别塔小姐明天要在‘罗莎’饭馆演唱。家母说,您在敖德萨的时候非常喜欢听她唱歌,要是您能去听听也可以散散心,您会感到愉快的。教授是不是知道,那个饭馆在哪儿?就在博杜恩街那幢房子的三层楼上。”

教授缄默着,纹丝不动地坐在书桌旁边。胡贝尔特过后曾对安德热依说过:

“你没看到,他变得多么呆滞了?”

过了好一阵子,雷涅维奇才开了口。可在小伙子们听起来,他的嗓子跟从前完全不同,似乎是从一只深桶里发出来的。

“代我谢谢你的妈妈。我也许会去,好久以来我没有听过任何音乐了。”

他犹豫了一下,过了一会儿,又用一种普通的,日常的,几乎是讲课的声音补充说:

“可我不太清楚,我能不能接受。”

当小伙子们正要向他告辞的时候,他突然从座位上站了起来,做了个挽留的手势。

“杀人也总得讲点道德吧。”他的嗓音又显得那么低沉,像是从哪个深处发出来的。

安德热依和胡贝尔特面面相觑，不知如何是好。教授继续说道：

“你们坐下吧。”

他俩重又坐了下来。

“你们要记住，一旦你们需要杀人，就如现在所说的，要‘铲除’某个人的时候，就干脆点结果他。何苦要折磨人……”

两个小伙子默默无言地看着自己的双手。房间里的寂静变得无法忍受。他们担心，雷涅维奇太太会在隔壁的房间里听见他们的谈话。

“戈尔巴尔说，”教授继续说，“那个盖世太保朝着耶日瞄准了好长的时间。也许有一分钟，也许有两分钟，也许更长……然后才开枪，打在他的腹部。是故意击中他的腹部的。耶日在那长达两三分钟的时间里。一直面对着朝他瞄准的手枪。他一定很痛苦。一定会很痛苦的，是吧？”教授转身朝着小伙子们问道，似乎是向他们问一件最寻常的事情。

但小伙子们都不吭声。

“眼睁睁望着别人朝你开枪，一定是非常难受的。不应给人增加多余的痛苦。应该在他不知不觉的时候给他一枪，从背后……不是吗？”

安德热依的身子不由一震。

“我觉得，这样做不怎么高尚，”他说道，“从背后开枪，似乎有点儿干得不够体面。”

教授争辩说：

“可这是中世纪的偏见！让一个人在临死前的片刻免受一次多余的恐怖，这有什么不高尚的？当然啦，他们在奥斯维辛集中营是想尽量残酷地折磨人，因此他们在处决人时才要加上这两分钟。可这两分钟必然是非常难挨的……”

胡贝尔特开口问道：

“耶日不是当下就死去的吗？”

“不，不是。似乎他还活了几个钟头。他们不准一下打死他。他就那样躺在烂泥里，真正是躺在烂泥里……至少，戈尔巴尔是这样说的。他站在耶日身边，直到最后。因为点名的时间拖了几个钟头……”

教授陡然顿住了，像在考试时一样，留神地看着安德热依，又看看胡贝尔特。似乎是在期待他们做出什么毫不迟疑的具体的答复。

“你们要记住了，你们要记住了，”他终于从嗓子眼里挤出这样两句话，“你们要记住了，要从背后开枪。”

胡贝尔特总算有点儿勇气。

“哎呀，教授！您这样讲，好像我们从早到晚都在处决人似的。”

“嗯，可不！”安德热依也附和了一句。

雷涅维奇有些惶惑。

“那当然，那当然。”他说着摘下了眼镜，仔细地擦了起来，“我不过是说说而已。”

他伸直了腰板儿，戴上眼镜，比较清醒地朝客人们望了望。

“说的都是些蠢话。”他慢悠悠地说道，“毫无必要。请你们原谅吧。人有时候就爱说一些多余的话。”

小伙子们站了起来。

“代我谢谢你母亲，”雷涅维奇转身对安德热依说，“说不定我真的要到那个饭馆去。去听听爱尔日别塔小姐唱歌……”

“她将要演唱新发现的埃德加尔的两支歌曲。”安德热依补充说。

但教授对这句话又不知是没弄明白，还是没有听见。

“啊！啊！”他只心不在焉地这么“啊”了两声，便神思恍惚地朝小伙子们伸手告别了。

教授夫人在穿堂里对他们说的还是那句原话：

“你们来了，很好。”

小伙子们来到街上，吸了一口新鲜的空气。天气异常晴朗。他们

迈着坚定的步伐朝回家的方向走去。过了老半天，安德热依才问道：

“你呢？你是怎样命令你的童子军们开枪的？”

胡贝尔特记起了自己在波德科瓦的演说，回答道：

“我压根儿就没有命令他们开枪。”

“那他们又怎样去斗争呢？”

胡贝尔特没有回答。

“你瞧，有些事是互相矛盾的哩。”安德热依又说。

他俩又默默地走了一段路。

“那么什么是互相吻合的呢？”胡贝尔特终于问道。

安德热依笑了起来。

“雅努什一定会直截了当地说：勿杀生！而我是郑重地接受过雅努什的生活义务的。”

“这也是矛盾重重的。”

“废话。”安德热依用了个时髦词儿。

“你是怎么开枪的呢？”胡贝尔特骤然在人行道上站定了问道。

安德热依也站住了，对着朋友的眼睛凝视了片刻。

“有时从背后，有时从前面。”他嗫嚅着说。

胡贝尔特抓住了他的胳臂。

“我永远也不会原谅你的，”他突然发作地说，“我永远也不会原谅。如果说需要除掉她，那就应当由我来动手。你明白吗？我！”

“为什么？”安德热依的目光是冷峭而坚毅的，“为什么是你？”

“我爱过她！”

“正因为如此，所以由你来执行判决就不大合适了。要是那样的话就是一种罪过。你打死她可能会是出于个人的恩怨。”

“你呢？”

“我没爱过她。”

“是吗？要知道她也背叛了你。”

“她背叛了所有的人。她委身于我们大家，因为这使她感到快活。她是个坏透了的婊子。”

“快别这么说。”

“高尚的胡布胡贝！神圣的胡贝尔特骑士！”

“快别这么说。”

“其实你什么也不知道。你不知道是不是我干的。”

“我不知道。可我知道。”

“唉，你只不过是猜测！”

“伤口在前面。”

“哎，你放心吧。我又能怎样干呢？我是径直走到咖啡馆里，一大早，当时那儿一个人也没有。她站在我对面……”

“她害怕了吗？”

“她没料到。也许她料到了吧？”

“你瞄准的时间长吧，一分钟？两分钟？还是三分钟？”

“我根本就没瞄准。教授说的是些蠢话。”

“并不那么蠢哩。”

“可我觉得蠢。”

“你不带一点儿个人动机吗？”

“不带。也许有点儿吧？”

“什么？”

“怜悯。至多是怜悯。”

“唉，你这个人真可怕。”胡贝尔特说道，两人继续朝前走了。

“还有一件事，”胡贝尔特接着说，“你给我这个权利，让我装作是我干的吧。这样做近乎情理。我就说，是我干的。”

“可你要晓得，需要掌握这个情况的人会知道是谁干的。那不是我

个人能决定的。”

“不错，不错。不过，最好是让别人认为是我干的。对你来说，甚至更方便点。”

“把责任推给别人？我不会因此而感到轻松些的。”

“你感到沉痛吗？”

安德热依又停下了脚步。他并没有去看胡贝尔特。他的眼睛望着前面的什么地方。

“你是怎么想的？你以为就跟吃黄油面包一样吗？”

胡贝尔特使劲摇了一下他的胳膊肘。

“安德热依，傻子，”他说道，“要知道，我们都是战士！”

安德热依仿佛从梦中惊醒。他冷静地望着胡贝尔特，微微一笑，略带嘲讽，但却极为伤心地说：

“勿杀生！”

他们分手了，各自朝着自己的方向走去。

七

当利莱克脚下的土地燃烧得过于猛烈的时候（其实，它时时刻刻都在冒烟），他就到安德热依家里来躲一躲。有时，白天在安德热依的房间里待几个钟头，有时，也在这儿宿夜。厨房如今是泰克拉小姐一个人的“公馆”，每逢他钻进过道，她总是装作没有看见。

有几次，斯彼哈瓦想找小戈翁贝克，就径直跑到他的卧室里去，并在那儿遇上了利莱克。他们见面的次数一多，便逐渐习以为常了。斯彼哈瓦几次向安德热依打听利莱克的情况，深信他是完全可以信赖的。

有一回，他在中午的时候去找安德热依，却碰到利莱克独自在房

间里。小伙子从一本什么书上抬起眼睛，朝斯彼哈瓦投去一道恍惚的目光。

“出了什么事?”卡齐米日问。

“不幸，”利莱克含糊地嘟哝了一句，“阿齐亚把巴霞劫走了。”他读的那本书是《弗沃迪约夫斯基先生》[①]。

“几点钟了?”利莱克问。

“十二点。”

“上帝呀!”小伙子喊了起来，“可我应该是十一点的时候到莫科托夫的呀。”

“哦……这可不妙。”斯彼哈瓦说道，他一直是笑容满面的，“这一迟到可能会产生许多麻烦。”

“这一次倒没什么。”利莱克有点儿腼腆地说。

卡齐米日思索了一下。

“你现在到莫科托夫去吗?”他问。

“嗯。”

“安德热依在哪儿?”

“不知道。他说过，他不会很快就回来的。”

“你在这儿宿过夜吗?”

“宿过。”

“嗯，很好，”斯彼哈瓦不再考虑了，“我给你一个地址。你去，说一声：明天在这个时间，跟往常一样。”

利莱克留神地瞥了斯彼哈瓦一眼。

“我不知道，”他慢腾腾地说，“我不知道这是什么事。”

斯彼哈瓦耸了耸肩膀。

① 显克微支的长篇历史小说，阿齐亚和巴霞都是书中的人物。

“这跟你有什么相干?”

利莱克讷讷起来，尽管如此，还是吐出了一句话：

“因为我是不能随便为任何一件事情效劳的。”

斯彼哈瓦皱起了眉头。

“首先，战士不应当什么都想知道。”

利莱克执拗地望着斯彼哈瓦。

“有各种不同的战士和各种不同的……部队。”他说。

斯彼哈瓦着实生起气来。

“愚蠢的议论。如今只有一个部队：跟德国人斗争的部队。哎，莫科托夫你倒是去还是不去?”

“对我来说，已经太晚了。”

“可对我来说，不晚。你去不去?”

“可您没有考虑考虑，”利莱克谨慎地说，“我可能泄露这个地址?”

“我考虑过了。这样做对你一点好处也没有。”斯彼哈瓦嘟哝道，“其实，我知道，我可以像相信安德热依那样相信你。”

利莱克淡淡一笑。这一笑，他的脸立刻变了个模样儿。

“您可以信赖我。”

从此，斯彼哈瓦把利莱克一会儿派到这里，一会儿派到那里。诚然，派他任务的次数并不算多。因为他考虑到，利莱克毕竟是个没有着落的人，而且又没有保险的证件。那张说明他是在某一个为德国人服务的印刷厂里工作的证明伪造得很幼稚，完全没有说服力。小伙子时时刻刻都有可能落入敌人手里。

利莱克就职业上讲曾经是个排字工人。安德热依知道这一点，并且告诉过斯彼哈瓦。这件事使卡齐米日考虑到：利莱克一定参加了某个秘密印刷所的工作。自然，他没有向利莱克问起过。其实不问也不难猜出，那是一家波兰工人党的秘密印刷所。

斯彼哈瓦忙于自己的事务，对于新成立的组织的工作了解得不多，也不予重视。他连想都不曾想过这有何重大意义。可是，时间一长，利莱克越来越不听调遣。后来干脆就不肯帮他传递消息，虽说他的那些话，跟他开头所说的那些话一样，听起来都很天真。

渐渐地（虽说他们很少见面）他们之间出现了矛盾，这个矛盾在那个难忘的时代的一个春日里爆发了出来。

利莱克非常有分寸地对他说，他不打算给资产阶级的组织帮忙。斯彼哈瓦怒不可遏，把利莱克唤作可恶的苏联走狗。两人在安德热依的卧室里分了手。斯彼哈瓦回到自己房里，心中颇为惴惴不安，虽然他相信利莱克的诚实。在他脑子里甚至起过用什么办法除掉利莱克的念头，不过，他暂时放弃了这个想法。危险从四面八方窥伺着他，可能会从完全意料不到的地方落到他的头上。可是给利莱克招致嫌疑，又会有损于布拉茨卡街上的这幢房子以及自己住宅的声誉。

他暗自想道：

“宁愿什么人在大街上把他打死，也不要让他落到盖世太保手中。”

后来，他望着奥拉的蓝眼睛，又为自己的这种想法感到羞愧。

“她对于我的事一无所知，她对这些问题一无所知。她对自己的孩子们是怎么想的呢?”

他突然没头没脑地大声说道：

“总是从最坏的方面去看人，是个非常愚蠢的习惯……”

奥拉吃惊地朝他瞥了一眼。

“是生活本身教会你这么看的。”

他不能不承认奥拉有道理。

争吵后的第二天，靠近中午的时候，他沿着蜜街朝长街的方向走。心中懊恼地想：

“如今我不得不为了一点小事亲自到处奔波了。”

在最近一段时间里，从安德热依那方面也得不到多大的帮助。

在长街的拐角处，他发现了一群人。人们都匆匆朝他这边走来。

有个人一边跑，一边顺口对他说道：

“您不要到那边去了，那儿出事了。”

他加快了步伐。在街角上他看到了一群无所畏惧的爱看热闹的华沙人；四辆排成一行的警车和一大队纳粹特务分子。

斯彼哈瓦一转身钻进了他前不久才弄清楚的一幢房子的大门，直奔上四层。楼梯的窗口朝着长街。他藏在窗户边墙的后面，朝德国人包围的那幢房子的方向眺望。他看到，警车旁边站立着的那些被捕的人都举着双手。宪兵们从房子里往外搬运成捆的纸张、铅字盘和印刷机。他们正一一往小汽车上装。

“印刷厂。”斯彼哈瓦想道。

就在这一刹那间，他看到邻近那幢房子的屋顶上有个人影。那幢房子比他藏身的这一幢要高一点。那人躲在烟囱后面，然而动作相当笨拙。看得出来，他不能完全控制自己，就像是喝醉了酒一般。

“他必定是受了伤。”卡齐米日心想。

他认出了躲着的那个人，那是利莱克。

然而，下面的人也发现了利莱克。斯彼哈瓦藏身的这幢房子的楼梯上响起了杂沓的脚步声。

“这下可糟了！”卡齐米日想道，但他并没有离开窗口。

德国人在下面的一层楼上停住了。他们有点儿担心屋顶上的那个人有武器。斯彼哈瓦从楼上看到了楼下站着的德国宪兵，但那些人被利莱克所吸引，都没有发现他就站在他们上边。德国宪兵乒乓乓地打开了窗子。有一个宪兵从窗口向利莱克射击。

子弹没有射中逃跑者。可是利莱克已发现有人从窗口朝他开枪。他没有武器。他朝那个方向转过身去，又招了招手，仿佛是说：“你们

别开枪!”

“白痴!”斯彼哈瓦从牙缝里挤出了这两个字。

这时，利莱克没等下面再开枪又躲到了烟囱后面。但是，过了一会儿，他显然是对自己的藏身处不放心，决定转移到隔壁那幢房子的屋顶上去。他突然从烟囱后面闪了出来，像个踩钢丝的人那样向前走了几步，想离开那个危险的地方。他的动作非常不稳。现在看得清楚，他脚上受了伤。

第二声枪响了。

利莱克连摇晃一下都没有，只是笨拙地加快了步伐。一步，两步，突然，他猛地一下从倾斜的屋顶上滚了下来，半躺在排水管上。

现在他是完全暴露在人们的面前了。他动了一下，想要摆脱困境，但没有成功。

德国人在下面大笑。

第三声枪响了。

这时，利莱克在排水管上翻滚着，像在床上打滚那样，然而却滚到了空中。接着他四肢撇开，披头散发地跌落到人行道上，沉重得像个床垫。宪兵们迅速跑下楼去。斯彼哈瓦得救了。

“嗯，如今他再也不会泄露什么了。”斯彼哈瓦心里一阵轻松，虽然也为那个小伙子感到惋惜，“得把这一切通知安德热依。”

八

德国人决定将利莱克的遗体发还“家人”。利莱克一家只剩下一个姨妈，她就像死者生前正确地预见的那样，在他出事之后便迅速地摆脱了敌人设下的圈套，可是她的两个儿子没来得及跑掉，她从此也就再也见不着他们了。利莱克的遗体存在奥奇卡街的解剖室内。有人通

知安德热依，说星期四上午十点从医院出殡，说姨妈决定把小伙子埋在布鲁德诺坟地。当然出殡的费用是由地下组织提供的。

向家人发还遗体是个很不寻常的举动，毫无疑问，秘密警察是想看看有什么人前来送葬，甚至可能在路上或坟场上对送殡的人们进行逮捕。因此，朋友们和同志们决定，谁也不要跟在利莱克的棺材后面。可是又怎能如此孤寂地把这个大家都喜爱的可怜小伙子送到坟场，送进那冰凉的地下呢？因此大家做出了如下的决定。

从奥奇卡街到布鲁德诺坟场有一大段路程，一匹瘦马拉着简陋的柩车在路上起码要走两个钟头。凡是想跟利莱克告别的人，都可以沿着这条路线单个地站在各条街道的一些拐角上。这样一来，便有一个庞大而又完全不引人注目的送殡队伍在伴送这辆简陋的柩车，这位小战士也就会在神不知鬼不觉的情况下得到他应得的荣誉。这样一来，从一个十字路口到另一个十字路口，就处处都会有活着的人们在对他表示敬意和哀悼，人们对他的思念和回忆就会伴他前行。

雅德维加恰好在“夺取印刷厂战役”的这一天来到了华沙，她把这一切都通知了雅努什，雅努什也进城来了。他不听别人的警告，决定独自一人进入陈放棺木的小教堂，而且在出殡的时候，他要伴在姨母的身旁。

雅努什走进小教堂时，棺材还是敞着的。棺材里的利莱克在雅努什的眼中显得异常瘦小，摊在用刨花填充的洁白枕头上的乌黑头发，像给他的脑袋镶上了一个框子，使他那张椭圆形的小脸蛋儿显得更小了。利莱克面部的线条尖削，双眉高耸，带着突然中弹身亡的人惯有的那种永不消释的惊愕的表情。他的眼皮没有合上，长长的睫毛下露出一对淡蓝色的白眼球。那颜色是如此的鲜明，以致人们会以为利莱克生前就有一双蔚蓝色的眼睛，其实他是个黑眼睛的小伙子。

姨母用心地照料遗体入殓，在盖上棺盖之前，她反复多次把一绺

黑头发抚抿平整。雅努什注视着这个仪式，心里不由为之一动，虽说环境是这样的不同，但一切看起来都“跟平常一样”。“死亡永远是千篇一律的。”他暗自想道。但是，当棺材抬了出去，独马拉着柩车一路小跑，姨母跟在车后累得气喘吁吁还跟不上的时候，雅努什改变了原来的想法。他走到哈乌宾斯基街拐角的地方，便站到人行道上，目送黑色的柩车拐向耶路撒冷林荫大道。柩车不久便被来往的三轮车、德国人的载重汽车和过往的军队挡住看不见了。此时此刻，他觉得利莱克的死是这样不同凡响——似不足信，更难以理解。

他想起了雅内克·维耶维乌尔斯基的死——他心里暗自称它为“明白的死”。不能拿利莱克的死和维耶维乌尔斯基的死相提并论，因为导致他们死亡的生活道路是截然不同的。虽说在雅努什的心目中，利莱克似乎是雅内克留下的某种纪念，然而他们两人之间却有天渊之别。雅努什甚至从来就不曾想过，利莱克是个怎样的人。他普普通通，不过是波兰景物中的一个因素，像一块石头，或一棵小树。

雅努什历来不肯承认他一向厌恶积极的生活态度。他明白，利莱克正是属于那种从不考虑，也不能考虑到这一层的人。雅努什在这一点上对他也缺乏体谅。雅努什认为，也许只是下意识地感觉到：一头扎进社会活动之中，除了那左右你的生活潮流之外，对旁的事视而不见，是一种反常现象。

不管怎么说，他对这种性质的生和死也不能不发出一声赞叹。此刻，当他站在哈乌宾斯基街拐角的地方，当他更深入地考虑着这件事的时候，刹那之间，一股羡慕之情不禁油然而生。他甚至发出了一声浩叹：但愿我也能走到这一步啊！

他有点害怕自己的这种感情。他有这股毅力吗？他一想到要迈出这一步，便预见到数不清的麻烦。他害怕他自己，这也许就是他极力避免到华沙来的原因。眼看着遭受德国大兵铁蹄践踏的这个生气勃勃

的城市——依然是这样生气勃勃的城市的景象，他心中产生了一种十分炽烈的感情。“对于我来说，是过于炽烈了。”他暗自想道。于是，他一转身朝火车站走去，想打听到索哈切夫的最近一班车什么时候来。

雅德维加站在中央车站庞大建筑物对过的埃米利亚·普拉泰尔街的拐角上。时不时有一群群旅客从车站里蜂拥而出。这些人，面色乌黑，衣衫褴褛，被沉重的麻袋和用麻绳捆绑的旧箱子压弯了腰。妇女们动作迟缓，显然，她们裙子下面藏有大片的猪肉和猪油。车站前面的人行道上站着一堆堆宪兵，他们胡乱从人群里一会儿抓出这个，一会儿抓出那个，并用一种平静而坚决的手势夺走他们的箱子或麻袋。有些人表示反抗，有些人（特别是妇女）苦苦哀求，但全都无济于事。被夺走的麻袋再也不会回到主人的手中。但大部分人都平静地忍痛割舍自己的物品；这一类的损失原是预先就估计到了的。

突然，在出站的旅客当中发生一阵骚动。有的人开始逃跑，有的却拼命往前挤，要看看到底出了什么事。两个纳粹特务分子押着一个扛着一口大箱子的面色惨白的小男孩，那箱子对他来说是太重了，里面装的一定是武器。那两个又高又大的德国人，就身材来讲就已经压倒了这个瘦小的、甚至有点残疾的小男孩。雅德维加一下想起了沃维奇那个风琴师的去世了的孙子——这个小家伙跟他十分相像。不知从什么地方立刻开来了一辆汽车，纳粹特务把小男孩推进车里，开走了。车站前面又逐渐恢复了常态。

这个场面使雅德维加看得如此出神，以致差一点儿错过了柩车。拉柩车的马一溜小跑，在车子穿过从车站涌出的人群中时，马放慢了步子，姨妈赶上了柩车。车上用四根黑色的小柱子撑起了一个小棺罩，棺罩下面就是那简陋的黄色棺材。雅德维加发现，利莱克的一绺头发从棺材盖下面露出，像一缕丝在风中飘动。

雅德维加认出了姨妈。她早年住在意志区的时候就认识她。这位

姨母跟雅内克·维耶维乌尔斯基甚至还有点亲戚关系。雅德维加看到她才弄明白利莱克的来历和他跟雅内克走到了一起的原因。雅德维加一方面对任何政治问题都持怀疑态度，另一方面对亲戚关系和社会关系却非常重视。因此，她才这么可怜这个黑人儿利莱克。看着从她身旁经过的柩车，她的眼睛蒙上了一层泪水，她想起了自己非常挚爱的“可怜的姨父”。

“他们这些人所渴望的是什么呢?”她暗自思忖道，“他们渴望日子一天天好起来吗？可日子却过得越来越差，多么可怕！真是坏到不能再坏了。可怕！大街上几乎每天都在枪杀无辜。从这些鲜血里会诞生出什么呢？新的生命和新的死亡。”

雅德维加不理解周围发生的事。而雅努什（他同样也不理解，但他不理解的原因却截然不同）又不能对她解释清楚。

“他什么也没给我说清楚，甚至连这个利莱克是怎么牺牲的，他维护的是什么我都一无所知。难道说，他和姨父维护的是同一种东西?恐怕是的。他维护的是自己的尊严。他不愿变得卑贱。他不肯屈膝投降。他们都是这样的人，我们的人!”

雅德维加的胸中充满了一种自豪感。

“可惜，雅努什不是这样的人。”她眼望着从街上匆匆驶过的柩车，心里想道。

斯彼哈瓦站在元帅大街的拐角上，在“波侨”旅馆这一边，靠近马尔佐尼大厦里的布尔夏克花房。他从人行道边上后退几步，退到花房的窗子旁边，他从这儿有很开阔的视野，一旦有什么人在监视这个简朴的出殡仪式，他会及时发现的。但他没有发现什么可疑的地方。德国人一定是放弃了原先的打算。他心里感到这是个好兆头，因为敌人已经丧失了他们特有的那种有条不紊的精神。他们那里一定是有人下令发还利莱克的遗体，并派人监视出殡，而后却把这件事忘到九霄

云外去了。一定是出了什么比这件事重要一百倍的事情，使他们不得不对这件事撒手不管了。也许他们并没有撒手不管，只不过是事情没有按照当局的意志进行罢了。近来，斯彼哈瓦发现许许多多类似的情况，有些事情非常重要，有些事不太重要，但却都有头无尾。他从中得出的结论是：德国人的纪律明显地松弛了，组织力量不足。

斯彼哈瓦对利莱克了解甚微，虽说曾利用他去办过一些小事，但远不是赞同他的观点。印刷厂、波兰工人党领导的地下编辑部一整套的工作都是在他背后进行的。但由于他是这场斗争和这个可笑的男孩惨死的目击者，他感到自己有责任对他表示这最后的敬意，如同对每一个战士表示敬意一样。

近来，斯彼哈瓦对自己很不满意。他的整个沦陷生活如同一场梦，他感觉不到现实，他是以一种古怪的方式在秘密接头、会议和个人的私生活之间滑来滑去的，而他的私生活又似乎是吊在真空里一样。从普斯泰翁基回来的那刻起，他就感到自己的一切活动都是暂时凑合。尤其糟糕的是，他把自己的信仰和信念也看成是暂时的，看成是一件随时都可以脱下来挂在衣架上的外衣。同时，他有个模糊而又日益变得明晰的印象，似乎不是他本人，而是一个老太婆——历史会把这件外衣挂到衣架上去。

这是个可怕的老太婆。任何哈姆雷特式的解决办法在这里都无济于事，都会跟他斯彼哈瓦的一切活动一样在同一个真空里打转转。

他眼睁睁地望着柩车驶了过来，又从他身旁过去，继续朝前走了。他看到了那匹小瘦马，那具棺材和一个矮小而驼背的赶车人。

“可不要感伤，千万别感伤。”他自言自语地说，“每天要牺牲成千上万个这样的小伙子。这一个没有任何特殊的意义。小小的黑色柩车可算是个壮丽的车队，这个不起眼的出殡仪式可算得是个隆重的出殡仪式。别的那些人都被踩进了泥土里，被烧成了灰烬，被抛尸路旁或

被扔进了森林深处。这一个却像国王一样大模大样地出殡，还要埋在真正的‘战前的’墓地里。”

他望着几乎是跟在黑色柩车后面奔跑的姨母的瘦小的身影，甚至还露出了一丝微笑。

“千万别向这个苦难的哲理——这场悲剧的象征低头，”他思忖道，“不能从正在发生的这一切里建立起对事物的看法。事物本身同我们所赋予它的苦难的含义之间没有任何共同之处。马只不过是一匹普通的马，棺材不过是用松木板钉起来的，姨妈是个精明狡黠的女人，她甚至能逃出纳粹特务的魔掌。没有必要把这一切都变成某种象征，否则你就走不了多远了。”

斯彼哈瓦目送柩车走过元帅大街，继续朝布拉茨卡大街移动，他陡然感到一种对于日常生活的无边的思念。他真想平平凡凡地活着，不要什么激昂慷慨，不要什么对受难的赞美，不要诸如英雄行为、壮烈牺牲这一类与任何现实都不相适应的概念。因为，黑人儿利莱克像猫一样在屋顶上跳来跳去，就在他从烟囱后面露出身子时又像猫一样地给打死了，这既不是什么英雄行为，也不是壮烈牺牲。

海伦卡站在新世界大街的拐角上。她不认识利莱克，但她从安德热依那里打听到了所有的情况，她认为街道的每个拐角上都站着目送者的这个葬礼，真是别出心裁的好主意，并且坚决要求去向死者表示最后的敬意。说句老实话，海伦卡在更大的程度上是把这次送殡当成了逛大街。所有送殡的“客人”中唯独她一个人发现这早春的天气是多么美好，淡蓝色的天空飘荡着丝丝缕缕的浮云。在新世界大街拐角的这个地方，能感觉到从维斯瓦河上吹来的阵阵微风，它是那样的温暖、和畅、轻柔，充满了戏谑的情调，这种情调在当前的环境里简直成了某种亵渎神圣的东西。

海伦卡抬起头来，仰望着浮云和在高空里飞翔的鸟群。燕子忘记

了战争的炮火，又飞了回来，在白云下翩翩起舞，姿态万千。此情此景，使海伦卡赞赏不绝。从她身旁走过的人们看到她举目望天，都不安地注视着她的眼神，以为有什么飞机在天上盘旋。什么飞机呢？不知道，反正是不会有什么好结果。有些人直到此刻才抬起头来，看到了春日的晴空，而另一些人，没有发现任何异常现象，又转过眼睛去看海伦卡，他们眼睛盯着她，同时耸了耸肩膀：她在那儿看到了什么呢？

到后来，海伦卡才霍然意识到自己招来了别人的注意，不管怎么说，她总是不愿招惹是非。因此，她只好朝耶路撒冷林荫大道望去。不久便看见了驶近来的柩车。

她知道，就在几天前利莱克还在安德热依房里宿过夜，她知道，他是雅努什朋友的同志，是一个年轻人。因为她从来不曾见过他，所以把他想象成了一个很标致的小伙子。倘若可怜的利莱克在天之灵能够得知安德热依的妹妹在心中所塑造的他的形象，势必会粲然一笑。黑人儿利莱克矮小、瘦弱，只有一对乌黑的大眼睛才是他那张清癯的脸蛋儿上的唯一的点缀。他寡言少语，说话口齿不清，越是着急，便越是结结巴巴、语不成句。可海伦卡却在想，“可惜了一个英俊的小伙子”。

她蓦然想起了布罗内克。布罗内克真正是一表人才，他的面庞是阿拉伯型的，他那修长的脖子（海伦卡戏称之为“马脖子”）上的皮肤镀上了一层金灿灿的光泽。对这脖子上的香味她记忆犹新，那是一种“裁缝铺的气味”同龙涎香的芳香的混合。再也见不到他了吗？海伦卡放眼朝波尼亚托夫斯基大桥的尽头望去，又看到了维斯瓦河上一片湛蓝的晴空和蒙上了一层青玉色薄霭的辽阔的远方。她忘掉了利莱克，却骤然记起了拉布卡的教堂，它正是这种蓝里透紫的颜色。曾几何时，她跟布罗内克一道参观拉布卡的这座教堂，还有群山，贡谢尼佐瓦和

克日日内的旅游宿营地。她把目光从大桥后边的那个遥遥远方（它同时也是对已经变得十分渺茫的往事的回忆）调开，正好看到了缓缓而行的柩车。她觉得这辆黑色的板车似乎是个多余的、没用的、不可思量的东西。

她记起了布罗内克的背包，他带的登山绳索、睡袋，他的全副装备，从皮鞋直到圆形软帽。于是她想到，此刻他们应该携带的正是这种装备而不是手枪、长筒靴和用手工制作出来的手榴弹。

她又怀着一种不知是羞惭还是困惑的感情望着那辆正在有轨电车轨道上颠簸的柩车。“这一切都是为了什么？”她自问道。

可她马上又为自己的想法感到惭愧。

“他，这个可怜人，有什么过错。”她思度道，“他这么年轻，对生活一无所知，也许，他甚至还不曾接触过女人。他就这么从屋顶上摔了下来，真是可怜。他摔下来的时候还活着吗？他还有感觉吗？他非常惋惜自己的生命吗？”

“安德热依说过，他很天真，他相信许多事。他真幸福！”海伦卡长叹一声。

胡贝尔特·胡贝站在横跨于春汛泛滥的宽阔水面上的波尼亚托夫斯基大桥旁边。他丝毫不在意自己魁梧的身材和头上蓬乱的鬈发会招惹每个行人的注目（他这个人真有点古怪，他的腰板始终是直挺挺的，甚至可以说是笔直的，这就给人一种印象，似乎他随时随地都准备像猫一样向前一蹿），至于说，到目前为止德国宪兵几乎没有找过他的麻烦，这倒确是靠了他那胡贝尔特式的运气。

安德热依常说：“我要是德国人，单凭你那副可疑的嘴脸，就会一声不吭地把你抓走。”

沿途布置人给利莱克送殡这件事使胡贝尔特感到很开心，他把这称之为“一场喜剧”，认为这又是给德国鬼子开了个“大玩笑”。他没

有去想死者，他对利莱克了解甚微。利莱克只不过是在胡贝尔特和斯彼哈瓦之间当过几次联络员罢了。整个这场送殡仪式是沦陷时期的又一次冒险猎奇，而胡贝尔特就是最热衷于这一类的，甚至是更危险的沦陷时期的惊险事件的。

跟往常一样，他对一切都赋予一种逞强和猎奇的色彩。他总是不顾后果地想要亲自参与一切冒险活动。由于安德热依处置了玛雷霞·塔塔尔斯卡，使他一直对安德热依有点耿耿于怀，甚至还责备过他。安德热依对此置若罔闻。最近以来，安德热依对他问到的所有问题，哪怕是再重要不过的，都是采取避而不答的态度。

胡布胡贝把身子探出大桥的栏杆。下方翻滚着灰色的洪流。虽然天气很美，天空一片湛蓝，维斯瓦河的水却是混浊的。奔腾的河水撞在桥墩上，溅起了洁白、美丽的浪花。无数的树枝，甚至是粗大的枝干随波逐流。

“或许就这么往下一跳?”胡贝尔特思忖道。无缘无故，一跳了之。胡贝尔特感到，迫不得已去做任何一件事，对他来说都是有损尊严的。出于自愿，即使是做这样的蠢事，他也在所不辞。可毕竟需要经过一番深思熟虑，从千百种可能的壮举中挑选出一种来。

他抬手抿了抿头上的鬈发。这个手势使他清醒了过来。

“不要别出心裁，我的胡贝尔特，”他自言自语地说，“不管你怎样想入非非，总逃不出命运的安排。如今不是杰出人物的时代。”

他笑了笑。

“而首先，我不是什么杰出人物。”他结束了自己的遐想。

这时正好桥上响起了那匹瘦马的嘚嘚的蹄声，黑色的柩车到了。

“我是‘我们的小伙子’中的一员，”他又补了一句，“跟他一样。”

夜里下过一场雨，天空还挂几片低垂的云彩，宛如撕碎的白絮。桥上湿漉漉的，凹凸不平，到处是一九三九年轰炸华沙时留下的弹坑。

驾柩车的小马绊了一下，赶车人抻了抻缰绳。那马稳住了身子，又一溜小跑了几步。姨母赶了上来，也在原先那个坑上绊了一下，摔倒了。胡贝尔特一步蹿上去，把她扶了起来。

他看到一张朝他转过来的平庸的面孔和一双充满恐怖的灰眼睛。

“您干什么来着?”那老人说，“没有必要!”

胡贝尔特扶着利莱克姨母的胳膊站了一会儿，接着便松开手，走开了。大桥上空荡荡的，谁也没有看到这个场面。胡贝尔特忍不住了，他置命令于不顾，沿着大桥走了过去，两眼一直盯着柩车。

“胡贝尔特，你要记住，你是这些人中的一员，跟大家送别的这一个一模一样。你不要自命为鬼才晓得的什么角色。”

他倏地想到，父亲常用“鬼才晓得”这个词儿，而今这个词儿已经变得不时兴了。他又向前走了几步，从老远便看到了站在大桥另一端的安德热依。他那高大、挺拔的身影很容易辨认出来。胡贝尔特止住了脚步。

安德热依在这个地方伫立了许久。他已经有些不耐烦了，但一看到慢慢驶近的柩车，便朝前跨了几步，走得相当急。他匆匆走过了整条土埂，直走到华盛顿街街口附近才停住脚。从那里他可以望见柩车缓缓驶来，又朝着布鲁德诺的方向驶去。他未加思索，只是想在利莱克近旁待的时间尽量长一点。他只想尽量积极地参加这一次的送殡。

自从斯彼哈瓦把利莱克的不寻常的死告诉了他的那一刻起，他就一直不停地想着这个小伙子。说实在的，他想到利莱克的事还要更早一些，是从利莱克在他的卧室里过夜的那个时候就已开始了。也许就是从那一刻起，安德热依思想上本来就有的一切疑虑变得更加强烈了。这样的信仰，这样深信自己行动的正确性，是一件好事吗?他不停地思索，他怀疑了，像平常那样，陷入了疑虑之中。他感觉到，有那么一种力量在控制着他，把他当作一棵小草任意摆布。他脑海里浮现出

了帕斯卡[①]的一句名言：人是一棵有思想的芦草。

黑人儿利莱克牺牲生命的价值何在呢？对他自己来说是大得很，然而对于社会来说，却是微乎其微的。这些微不足道的价值会汇总起来吗？一定会的。但即使会汇总在一起，他也觉察不出来。

一段时间以来，他心中一直怅然若失。他在极力抗争，反复开导自己，说自己所参加的一切活动都是有目的和有计划的，说一切都必有某种意义。他又怎能不这样做呢？

可是，他常常（就像此刻这样）对自己说："这毫无意义，这只不过是一场噩梦罢了。"

柩车沿着马路边，靠近人行道缓缓移动，安德热依看到了简陋的棺材上的挽联："尤利乌什·塞加，二十三岁。"他想起了利莱克躺在他身边时发出的深沉的喘息声，记得他身上仿佛有一团火。可现在，他却冷得像一块冰。"最糟糕的事莫过于站在死人旁边，感受不到生命的暖流。"他心里想道。

柩车走了一个弧形，沿着斯卡雷谢夫斯基公园驶去，姨母跟在车后，已经拉下十几步的距离了。安德热依淡淡一笑，因为他感到泪水已经模糊了他的眼睛。

安德热依久久站在那里。柩车在坎坷不平的路面上颠簸着渐渐远去，镶有黑洋铁皮花纹的棺材端部逐渐变得模糊不清，姨母加快了步伐，但离那凄凉的灵柩越来越远，斯卡雷谢夫斯基公园里幼嫩的桦树和千金榆媚人地轻轻抖动着浅绿色的叶子。

"利莱克不在了。"安德热依说。

他把手一挥，转身朝城里的方向走去。

---

① 帕斯卡（1623—1662），法国数学家、物理学家和哲学家。

九

希莱尔太太总算把爱尔日别塔说服了。决定开一次音乐会的目的只有帕乌琳娜太太自己清楚。音乐会订于四月十九日在博杜恩街的小饭馆里举行。只是，筹备者没有安排好日子，音乐会正赶上复活节前的一周，这使得罗莎大为愤慨，要求爱尔日别塔的节目单里只能安排“宗教”歌曲，这一下可把爱尔日别塔气坏了。

“我到哪儿去给你找这些宗教歌曲?”她悻悻地问，“再说，如今一切都搅得乱七八糟，谁也不会去注意是复活节前的礼拜日还是苦难的礼拜四。我要唱肖邦和莫纽什科的歌曲。会很好的。”

“这倒是真的。”[①] 罗莎说，“这些歌曲都是真正的[②]苦行。”(说到这里她做了副苦相)。

希莱尔太太另有主张。

“你不想唱一点埃德加尔的歌曲吗?”她问。

“埃德加尔没留下什么合适的歌曲。我好久没有唱过他的歌曲了。我不知道能不能唱好。”

“唱好了又有谁听?”罗莎问，“这不会是昔日的那种音乐会了。”[③]

“这倒是真的。”爱尔日别塔叹了口气。

“不，这会是一个真正的音乐会。”希莱尔太太抑扬顿挫地说。

关于举行音乐会的消息只是口传，但是引起了广泛的兴趣。许多人都打听到了日期，于是在一个美丽的春日的黄昏，饭馆的两个小厅

---

① 原文是法文。
② 原文是法文。
③ 原文是法文。

里挤满了听众。

罗莎的那位不知是情人还是“表弟”的德国飞行员也来了，搞得大煞风景。当然，他不会泄露音乐会的秘密，但是，不管从哪方面说，总还是小心谨慎为好。

奥拉带着海伦卡坐在进门右首紧里的一张小桌子旁边。母女俩半躲在暗处。奥拉挑了这张小桌子，就是为了尽量少引人注目，她担心自己会过分激动。

为爱尔日别塔伴奏的是一个出身“高贵门第”的年轻音乐家（三个月后，他跟别的人质一起在普瓦韦大街的有轨电车停车场附近被杀害了，嘴上还贴了张硬纸封条）。他身材颀长，畏畏葸葸，同时又很殷勤周到。他得时刻做好准备，以便跟上爱尔日别塔的节奏，应付各种意外。爱尔日别塔一旦碰上优美的调子，就要来个出人意料的停顿，一旦嗓子上不去，她就加快速度。一句话，她如今唱得既不流畅又矫揉造作。

希莱尔太太待在“幕后”，坐在餐厅和厨房之间的过道里，对爱尔日别塔的种种表现看得一清二楚。昔日她失去了丈夫和儿子，如今她又失去了多少年来一直给她带来欢乐的歌声。她暗自责备自己，几年前没有充分利用机会听女儿唱歌，同样，对于埃德加尔的创作，她也是估计过低。她带着隐隐的哀伤回忆起在音乐厅听过音乐会回家的那天晚上，她和丈夫一起四手弹奏的贝多芬的四重奏，那时，她仿佛想以此来消除儿子的音乐和女儿的歌声给她留下的强烈印象，因为那音乐，那歌声把她的心灵搅得过于不安了。

爱尔日别塔选了肖邦的几首歌曲，但都不成功，女歌唱家缺少的是跟这种歌曲相适应的质朴的感情，她竭力想去“解释”它，可是弄

巧成拙，跟维特维茨基[1]以牧歌的格调填词的朴素歌曲就更加格格不入了。直到她唱到“从山上……”时，才有一股激情在歌唱家和听众的心中荡漾。被禁止的肖邦和叙述那些早已被遗忘了的往事的充满了痛苦的诗句，跟当时的环境是再合拍不过的了。

奥拉全神贯注地听她唱歌，眼睛却一直盯在海伦卡身上。海伦卡侧面对着母亲，一脸颓丧和惴惴不安的神情。奥拉不能不注意到，爱尔日别塔的音质变得多么厉害，尤其是她演唱的风格跟过去迥然不同。爱尔日别塔是多么缺乏昔日的那种自然的魅力啊，她是多么小心翼翼地唱出每一个高音调，她唱到所有的渐强音时又显得何等地艰难。

与此同时，许久以来没有听过歌声的奥拉似乎又重新发现了音乐的神奇的力量。她惊诧地觉察到，在她生活的这个世界旁边，在鲜血染红了战争贩子和她的孩子们的双手的可怕的世界旁边，在这个充满了苦难的世界旁边，存在着另一个世界，一个没有触动过的、神圣不可侵犯的世界。这个世界近在咫尺，这个世界是顺从她的，是向她敞开的。她从来没有像此时此刻这样感到音乐纯洁得如同水晶般清澈透明。音乐成了她逃避自己如此苦难的生活的避难所。奥拉暗自诧异的是，为什么一直生活在恐怖中的她，手边放着这副良药和毒品，却从来没有伸手去拿过。当肖邦的最后一支歌唱到尾声的时候，她感到自己已经是热泪盈眶了。

爱尔日别塔唱完后，响起了稀稀拉拉的掌声（大家都在抑制着自己的热情），海伦卡气愤地朝母亲转过脸来。

“你怎么啦？这简直可怕……”她生硬地说道。

奥拉淡淡一笑。

“海伦卡，”她说，“这你又不明白了。”

---

① 维特维茨基（1802—1847），波兰诗人。

海伦卡一声不吭，背过了脸去。

经过了短暂的休息之后，爱尔日别塔又回到餐厅，并开始演唱莫纽什科的歌曲。《野蔷薇》唱得不太精彩。然后就是《杏》。

奥拉怀着一颗紧缩的心听着这支歌，期待着主歌结尾的奇妙的转调。当唱到这个转调的时候，她感到自己身边有点轻微的响动。她回头瞟了一眼。是安德热依悄悄溜了进来，小心谨慎地搬了一张椅子放在母亲的椅子旁边，跟她靠得很近，整个身子紧挨着奥拉的身子。

奥拉伸出左手，碰到了儿子的手掌。安德热依果断地抓住了母亲的手腕，紧紧地握着。后来他再也没松开母亲的手，他们就这样手拉着手像一对情人似的听完了这次演唱。

自从那个清晨，或者更确切点说，是那个深夜在安德热依的房间里进行的那次谈话之后，奥拉跟儿子没有说过一句知心话。这一次听音乐也不是交谈。但是，奥拉理解，对于安德热依来说，这也是松口气的时刻，说不定他在此刻也找到了另一种生活，发现了一条凌驾于可怕的谷地之上的五彩长虹。

与此同时，奥拉感到，对于她，对于安德热依来说，这是复活早已遗忘了的往事的一刻，他们同时发现了安德热依的童年。她蓦然看到自己正走在安宁、寂静的恰茨基街上，牵着小安德热耶克的手。她感到那只柔弱、忠实的小手对她是何等的信赖，那个小男孩对她是何等的顺从，一任她摆布，任凭她把他牵到海角天涯。她明白，而今再也找不到那种信赖，那种水乳交融的情感了。安德热依能指责她的地方是那么多，同样，儿子的一举一动也都会引起她可怕的猜疑。

但此刻他们毕竟坐得这样近，手拉着手，这是母子之间从未有过的，儿子一长大成人，对于母亲来说就意味着永远失去了他。

奥拉的脑海里浮现出一个奇怪的，甚至可以说是可怕的想法，觉得此刻安特克跟她更贴心，更亲近，因为他已经死了，这对她来说比

活着更惹她疼爱。她想起了约齐奥和罗伊斯卡姨妈，想起了跟他们有关的一切。

“她把自己的儿子埋在陵墓，而我，甚至不知道我的儿子躺在何方。”她想道，“可这反正没有什么差别，陵墓也会变成灰烬。一切都……”

她感到心里涌出一阵哀伤和恐怖，担心安德热依也会这样变得“更加贴心和亲近”。她责备自己怎么会产生这样的想法，这不就等于默认了安托希的死，而且赞美了他的死吗？不，不，不能这样想。不能想象安德热依也会变得“这样”。她把儿子的手捏得更紧了，仿佛是在求他不要离去，求他留在这儿，求他永远挨着自己。不过她已经不再对儿子提出任何一个问题了。

她偶然瞥见了海伦卡困惑莫解的眼神，安德热依走近桌旁的时候她没有注意到。奥拉从女儿的眼中看到的是恐惧和烦躁。海伦卡朝他们探过身来，吃惊地发现他们俩手牵着手，便低声问了一句：

“有什么新闻？”

安德热依耸了耸肩膀说：

“你想想看！德国人在华沙。”

“傻瓜！”海伦卡说了一句，又恢复到原来那种淡漠的神态。

爱尔茹尼亚唱完了莫纽什科的一组歌曲。

接着便是大休息。有人送来了咖啡和小块上等咖啡蛋糕或罂粟籽蛋糕。

奥拉和安德热依互相挪开了一点，他们喝着咖啡，彼此没有看过一眼。桌旁是一片沉默。

希莱尔太太朝他们走了过来。往他们的桌边一坐，攀谈起来。奥拉费劲地听着她讲话，而海伦卡甚至都没有装出听她讲话的样子。姑娘完全沉浸在自己的思绪之中。她的面部表情是僵化的，嘴角上出现

了两道深深的皱纹。

“你瞧，奥卢尼亚，多么出人意料！爱尔茹尼亚在自己的纸堆里发现了埃德加尔的两首无人知道的歌曲。说实在的，是两首歌曲的草稿。”

“我的上帝！”奥拉说，“都是些什么歌曲？”

同时她暗自想道，“这要是在几年前！”

“是根据科哈诺夫斯基[①]的词，根据《大卫赞美诗》谱的。其中一首是《在巴比伦河上》，第二首我不记得是从哪首赞美诗来的，不过只有两行。非常动人。”希莱尔太太用激动的声调补充说。

安德热依注视着母亲。找到了埃德加尔不为人知的歌曲的消息似乎使她十分兴奋。

过了一会儿，爱尔日别塔手拿一个小红本子走了进来。因为她近来记忆力不好，把歌曲都抄在小本子上了。希莱尔太太就留在桌边。

“好好听听吧，我亲爱的。”她说，虽然她完全没有必要这么说。即使她不说，奥拉也会全神贯注地去听，而海伦卡反正想的是别的事情。

爱尔日别塔走完了自己的全部过场：她先是两眼盯着自己的鞋尖，然后自信地把头一扬，跟伴奏交换了个眼色，朝他点了点头。

餐厅里响起了奇特的序曲，只有四句，由高而低徐徐下降，像肖邦最后的一首叙事歌里那样。爱尔茹尼亚起初唱得很轻，似乎有点胆怯。

可突然，她似乎感到兄长就在身边，便纵声高唱起来，仿佛埃德加尔还在给她伴奏。歌曲朴实无华，寓意深远。

“太好了。”奥拉说。

---

① 科哈诺夫斯基（1530—1584），波兰诗人。

希莱尔老太太点了点头。安德热依对这种煞有介事的举动有点厌烦。他诧异地看了看母亲。

奥拉的面部表情果然发生了变化。埃德加尔活着的时候，她把他看成是自己的一个朋友，然而，当他用这不为人知的、从坟墓里来的音乐向她讲话的时候，她觉得，世间再也没有比他更亲近的人了。她想，她或许能对他——也仅仅是对他一个人倾诉衷肠。她要把卡齐米日的事、安特克的死和对于安德热依的担忧统统告诉他。听着爱尔茹尼亚以昔日固有的娴熟技巧轻轻地唱出的那种高亢的乐调，她感到有一股哀伤的浪潮在向她和她的孩子们涌来，她感到自己马上就会失声痛哭。在赞美诗热情澎湃的音响里，激荡着的也是如泣如诉的苦难和哀伤。

奥拉的心中诞生了一个崭新的、从未见过的埃德加尔。不是出现在恰茨基大街客厅里的那个人，不是那个可爱的，有点儿消沉，非常忧郁的人。他完全是另一个人了，一个崭新的、光华四射的人。诚然，他是忧郁的，但他不像遥远的东方某个偏僻角落的感伤的长笛手，他的忧郁比起音乐所能说明的一切都要深沉得多，充分得多。这不像法国风景画中素有的“凄凉的薄雾”，这是无所不包的对生存的哀叹。他在对他们当前生活的这个时代，这个可怕的时代说：时代呀，你会一去不返的，你们大家都会一去不返的，就像我已经一去不返一样，你们大家都会成为过眼云烟，恰似巴比伦河水上柳树的倒影。

奥拉听得心往神驰，竟没有注意到何时开始了第二支歌。对她来说，一切都融成了一体，汇成了一种使人眼花缭乱、令人浩然兴叹的遐想。

“我的埃德加尔。”爱尔日别塔刚一唱完，希莱尔太太就说了这么一句。

听众席上谁也没有鼓掌。爱尔日别塔走了出去。希莱尔太太站了

起来，跟在女儿身后走了。

节目单上还有两首意大利歌剧中的咏叹调。奥拉考虑是不是该回家了。但她尚未想好，歌唱家又走了出来，开始演唱音乐会最后部分的节目。

第一首咏叹调刚唱到一半的时候，奥拉发现，片刻之前希莱尔太太刚坐过的那张椅子上坐着另一个人。起初她没有认出是谁，直到那人朝海伦卡探过身子，头上的鬈发撒落下来的时候，她才看出此人是胡布胡贝。她听到了他对自己的女友说的话：

“你们都坐在这儿干什么？你们还不知道吗？已经开始了。”

奥拉的心猛地抽搐了一下。

她的两个孩子几乎同时开了口。

安德热依：“什么已经开始了？”

海伦卡：“我已经知道了。”

“什么，什么？”奥拉不安地问。

胡布胡贝郑重地宣布：

“你们都坐在这里，可在犹太人隔离区，犹太人从一清早就开始了战斗。”

“你说什么？”安德热依问。

海伦卡把手一挥。

“说真的，安德热依，我要是处在你的地位，我会感到害羞的。”

他们不知不觉大声交谈起来，有人发出了嘘声，爱尔日别塔唱到停顿的地方也不安地朝他们这儿瞥了一眼。然后，她又朝德国飞行员看了一眼，只见他静静地坐在那里，入迷地盯着她看。她安下心来，并再一次向高音冲击。她的伴奏者正在使劲地在仿效威尔地乐队的演奏，虽然仿效得并不太成功。

“喔，现在怎么办？”安德热依问，“我们呢？”

“我们是另一回事。”

海伦卡又插了句嘴：

“当然啦，我们是另一回事。他们想找死，就让他们去送死好了。”

“德国人会把他们斩尽杀绝的。”胡贝尔特说。

“海伦卡，你是从哪里知道的?”安德热依粗暴地低声说，“是布罗内克告诉你的吗?”

“布罗内克在自己的画卷里夹带过武器。”

“耶稣马利亚!”奥拉胆战心惊地说，虽然她平时并不是个胆小的人。

这时，爱尔日别塔唱完了第二首咏叹调，响起了一片嘈杂的赞美声和掌声；听众纷纷向门口走去，因为戒严时间快到了。

小伙子们当即利用这个机会，提高了嗓门互相争吵了起来。

安德热依证明说：“没有任何命令。”海伦卡轻蔑地看了看他，又对母亲说道：

“别打搅他们（虽说奥拉没有参与他们的谈话)，我们到爱尔日别塔那里去吧。”

母女俩走进一个作为“艺术家休息室”的小房间。从近处瞧，爱尔日别塔的样子很难看，她的面庞有点浮肿，在她那松弛的、下面衬了一层厚脂肪的皮肤上不均匀地扑了一层粉——沦陷时期的香粉质量是不怎么好的。雷涅维奇教授站在她面前，满脸通红，像个小学生，而且喋喋不休地转着圈儿说：

“好极了，好极了，您唱得好极了!”

希莱尔太太站在女儿身后，脸上堆着善意的微笑。

“真的，教授，”她说，“她使我们想起了敖德萨。”

爱尔茹尼亚也想起了敖德萨。但她却似乎想起了一个海市蜃楼，一个空中楼阁。

“我们的敖德萨已经没有了。”教授说。

“唉，埃德加尔也没有了！”爱尔茹尼亚神情恍惚地低声说。

这时，小伙子们都到了街上。街上暖和，明亮，春意盎然。

“多么好的天气。”胡布胡贝说。

“你瞧，这个海伦卡，”安德热依说，“简直没法叫人相信，她怎么受得了。要知道，布罗内克在那边。”

“快走，快走！”胡贝尔特催促道。

他们匆匆跑过马佐维耶茨基大街，“希特勒广场”和剧院广场，来到了克拉辛斯基广场。他们看到广场上的旋转木马和秋千。但是在这个愉快的游艺园后面，是一堵死寂的墙。

墙后边，烟尘弥漫。有些房子着了火，正在燃烧。响起了零零落落的枪声。

十

犹太人隔离区起义的第二天，战斗在穆拉诺夫斯基广场、米瓦街和萨皮耶日尼斯基街进行。布罗内克在米瓦街一家刷子工厂的三层楼上。

黄昏时分，德国人停止了攻击，到处笼罩着一片不祥的沉寂。谁也没有从地堡里走出来，地下的沉默使整个地区显得更加寂静。看得出来，年迈的和被吓破了胆的人都躲到某些隐蔽的角落去了，他们在期待和惊恐之中熬着日子。

午后在米瓦街的一场战斗特别残酷。布罗内克在里面奋战了一整天，直到傍晚才平静下来的那幢房子的屋顶上，一面被子弹射得百孔千疮的红旗仍在不屈地迎风招展。起义者横七竖八地躺在一个宽敞的大厅里。布罗内克昨天还不认识他们中间的任何人，今天就不仅能分

清他们的名字，而且连他们的性格也了解得差不多了。根据他们射击的方式、他们在战斗中的表现、他们爱说话的程度或者干脆单凭他们骂娘和下命令的语气，就可以很清楚地看出他们的个性。那个五金工人门德尔是个体格魁梧、健壮的黑发男子，他开口不离“婊子”二字，这简直成了他的口头禅，成了他每句话的顿号，特别是他每放一枪之后，必要骂上这么一句。再看那个织布工人马涅克（不论是谁叫他莫涅克他都要纠正过来），他身材矮小，有点神经质，出奇地好动，即使在战斗中也保持了动作上的精确和敏捷，使人想起他职业上的素性。布罗内克很清楚，马涅克心里怕得要死，他是用一种无谓的忙活来压抑内心的恐惧的。他在一个地方站不稳一分钟，总是端着自己的来复枪（起义者中的稀世之宝）从一个窗口跳到另一个窗口胡乱射击。一旦需要出击，他总是第一个冲在最前面。

“他得付出多大的代价啊！”布罗内克思忖道。

再远一点的地方，躺着一对孪生兄弟，裁缝店的两个学徒。没人知道他们姓甚名谁，都叫他们“双胞胎”。他们两人共用一支手枪，这个打一会儿，那个打一会儿，他们总是形影不离，你搂我抱的。布罗内克见到过，在跳舞会上，他们兄弟两人在一起跳得津津有味，无须别的姑娘作舞伴。而现在他们又是紧紧地偎依在一起。在沉沉的暮色里可以看到，他们俩并未睡着。相反，他们的眼睛瞪得很大，似乎是在惊诧地望着什么。

在黄昏的寂静里，所有的人的面部都出现了这种惊诧的表情。高大、白皙、赤身露体的田径运动员，“红色运动员协会”的纳乌姆·弗雷德的脸上也是这样的神情。他站在大厅的角落里，宛如一尊塑像，只是深深地喘着粗气。

“纳乌姆，你怎么啦？”一个躺着的人问。

“没什么，我对我自己都不相信。”纳乌姆说。

布罗内克走到窗前。

孪生兄弟中有一个动弹了一下。

“布罗内克，别到窗口去!”他喊道，“你知道，什么事情都可能发生!”

“他们已离开了。”纳乌姆说。

“什么事情都可能发生的。”孪生兄弟中的一个又昏昏沉沉地重复了一遍。

布罗内克退到窗户的边墙后面，但仍在向街上眺望。街上空荡荡的，鸦雀无声。在这死一般的沉寂里，只有从维斯瓦河上吹来的，从容不迫地轻轻扫过街道的阵阵温和的晚风带来些声响。在对面那幢也许只是表面上看起来空空如也的楼房的四层楼上，破碎的玻璃窗上挂着白色的窗帘。那些窗帘时不时迎风摇曳，仿佛是在向街上张望。从那幢房子里发出了一种焦煳味，虽说那幢房子既没有着火，也没有焚烧。也许那股焦味是从别的房子里来的，是从整条街上来的，可是人们却感到它是从那些死气沉沉的窗户里散发出来的。布罗内克觉得那些窗户睁着大大的，充满疑问和惊诧的黑眼睛盯着他，跟白皙的纳乌姆和搂抱着躺在一起的孪生兄弟眼里映出来的疑问和惊诧一模一样。

他往窗下一蹲，坐到了地板上，因为这儿至少可以感受到那股吹拂着浓烟和窗帘，但也送来一点远方河上的清新空气的微风。

整个大厅里空气浑浊，气味刺鼻。这是久未洗过、在连续几小时紧张而充满了恐惧和欢乐的战斗中弄得大汗淋漓的身体散发出来的一股酸臭味。布罗内克虽已习惯了这种气味，可此刻依然无法忍受。

“嗨，布罗内克，你估计到了吗?”他身边有一个声音轻轻地问。

布罗内克这才发现，自己是坐在靠近扎切克躺卧的地方。这位个儿不高，但很健壮的装卸工曾经给他当过模特儿，也是他在犹太人隔离区画过的唯一的一个活的模特儿。

布罗内克没有回答，只是伸出手去，有力地按了一下扎切克的肩膀。

“你打死过德国人吗?”扎切克问。

“不知道，”布罗内克回答，“我胡乱放枪，对打仗还没有习惯哩。”

扎切克叹了口气。

“人对这种事情是难以习惯的。”他说话的声音很低，但很自信。

“唉，你瞧!”布罗内克说，“可德国人呢?他们都在机械地杀人，就像是一部机器。”

扎切克动了一下，又轻轻地哼了一声。

“这是德国人生就的本性，”他说，“他们生来就是这样的人。这些该死的家伙!”

“真该死!”布罗内克说，“你为什么哼哼?”

“我受了点伤，疼哩。”

“可他们不是说过，没有伤员吗?”

“我有什么好吹牛的呢，”扎切克说，“我脚掌上挨了一枪，显然是颗反跳回来的子弹打中的。”

“疼得厉害吗?”

“哎，有点儿。”

这时，他们的指挥官努希姆从楼梯那边走进大厅来了。他是个高身材、清瘦的汉子，昨天以来他显得更清瘦了。他穿了一双德国高筒皮靴，刚到门口他就喊道：

“布罗内克!”

布罗内克不高兴地站了起来，一点儿也没有军人的气派。他朝指挥官走了过去。努希姆抓住他的一只手说：

“跟我走!”

他把布罗内克拉到楼梯口，问道：

“你知道那幢房子在哪儿吗?”

“哪一幢房子?”布罗内克甚至连表示疑难的力气都没有。

“那幢有一个通往城里的通道的房子。”

“有这样一幢房子?”

“有。”

“有又怎么样?我不知道。”

“你得到那儿去一趟。”

“远吗?”

“几步路。你擦着墙根走。再说,已经没有德国人了。犹太警察也躲了起来,谁也不会找你的麻烦。”

“要是有人找麻烦呢?”

“嗨!”努希姆不耐烦起来。布罗内克留神地注视着他那张苍白的大脸,只见那张面孔在黑暗里闪闪发光,宛如有一层磷光,“要是有人找麻烦,你就说出口令。口令你知道吧?”

“你以为我什么都知道?”

“可你知道,有人在叫你哩。”

“有人在叫?我?”

“他们是这样对我说的。你得到那幢房子里去。穆拉诺夫斯基大街六号。有人叫你,他们给你送武器来了。”

“武器?”

“送给你和你的同志们的。”

“捣的什么鬼!”布罗内克耸了耸肩膀。

“去吧!”努希姆说着,轻轻推了他一下,“只有几步远。穆拉诺夫斯基大街六号。就在墙边上。不过,你谁也不能带去。”

“要是带呢?”

“你对任何人也不能说,明白吗?这是军事秘密。”

“也是事业的秘密！”布罗内克长叹一声。

“经过总司令部时要格外小心。就是插了一面红旗的那幢房子。”

“可为什么是红旗？”布罗内克问。

“去吧，你这个布尔乔亚！”

来到大街上，空气更加令人陶醉。布罗内克沿着房子的墙根走得很慢，像是散步，像是散步？跟谁？散步……

从米瓦街到穆拉诺夫斯基街只有几步路。布罗内克晃晃悠悠地走着，像个从轮船上来到陆地的海员。他心里一直重复着口令：

“‘杨——华沙’，‘杨——华沙’，跟儿童故事里讲的一模一样，这种事现实生活中果然有！”

他想起了普日博罗夫斯基[①]的小说《拉申战役》，那还是他小时候老厨娘读给他听的。兹沃蒂太太对她还发过火哩。

“厨娘在往这小鬼的脑袋里塞什么？”

“这是一本很美的书。”厨娘说道，接着又意味深长地补了一句，“是这么好的一本波兰书。”

布罗内克正好在此时此刻，在米瓦街到穆拉诺夫斯基大街的入口处想起了这件事。

“谁知这是不是波兰文学的影响呢？这整个的起义……这死亡……因为只有在波兰才会从书本中引出这样具体的结果的，这个结果就是死亡。”

他为自己的想法感到好笑。

“在《拉申战役》里同样也有这样一条地下通道。”

在穆拉诺夫斯基街有一个高个子犹太起义者在等着他。此人把他带进一个地下室，又通过一条狭窄的过道（他只能从那里勉强挤过

---

① 普日博罗夫斯基（1845—1913），波兰作家、历史学家。

去），然后，来到了一个没有地板的宽敞的地下室。

这儿点着电灯。有两个男人坐在两口袋土豆上。看得出来，这两口袋土豆也是以不寻常的方式弄到这里来的，因为人们根本不能接近犹太人隔离区的围墙，而这幢“自由的”房子就在这堵墙边上。布罗内克走进这间地下室的时候，坐在口袋上的两个人中的一个站了起来，向他伸出了手。

“是我。”安德热依说。

另一位立刻就到别的什么地方去了。送布罗内克来的那个起义者也不见了。他们独自留了下来。

布罗内克无言地望着安德热依。他不知道该说什么好。他无法集中自己的思想。他沉默着。

“是我。”安德热依又说了一遍。“我给你的人送武器来了。”他指了指放在口袋旁边的小箱子。

“这太少了。”布罗内克勉强挤出了一句话来。

“这是我们私人的武器，”安德热依说，“是我和胡贝尔特的。我们原是把它藏起来给自己用的。”

“你们还能得到别的武器。”

“也许能，”安德热依说，“可这是胡贝尔特的武器。还是‘雷管’时期的。”

布罗内克淡淡一笑。

“我爸爸一定会觉得很开心。”

“可不是，”安德热依不知为什么不好意思起来，“事情就是这样阴错阳差。”

“哎，好吧，”布罗内克说，“可你是怎么到这儿来的呢？”

“说来话长。以后‘自由了’我再慢慢告诉你。”

“好一个自由！”布罗内克对安德热依的话未加考虑就脱口而出，

“这也算是自由！”

“别发空议论了，”安德热依突然浑身一抖，“你把武器送到你们的人那儿去，再回来。我在这儿等你。”

“你等？等什么？直等到我们开始射击？一时半会儿不会开始的。”

安德热依走近布罗内克。像自白似的对他说：

“海伦卡派我来找你。叫我把你带去。”

布罗内克后退一步，盯着安德热依的眼睛看了好一会儿。

“海伦卡？是个什么人？”他说。

安德热依一下愣住了。

“别装腔作势了。现在不是时候。”他面红耳赤，又走近了兹沃蒂，想去抓他的手。

“别碰我，”布罗内克说，“我满身臭气。”

事实上，安德热依也已经闻到了布罗内克身上的一股气味，一股汗臭、粪便、潮湿以及法国人称之为穷人气的气味。从所有这些臭味之中还散发出一种虽不十分强烈，但非常明显的死尸和焦土的沉浊的恶臭。

“你这个傻瓜，”安德热依怒气冲冲地说道，“处在奴役之中，我们大家都浑身发臭。你快把武器送去，再回来。宵禁时间已经到了。我们得偷偷溜到布拉茨卡街去。我有开大门的钥匙。市中心巡逻不多。这个地方兴许能混得过去。我的任务是把你带到布拉茨卡街去。在奥特沃茨克的什么地方给你找好了一个避难处，是胡贝尔特安排的。喔，去吧！”

布罗内克突然一屁股坐在装土豆的袋子上。

“你瞧，我累得很，”他用一种非常自然的语调说道，“我不习惯于射击：手疼得要命，肩膀也擦破了。我想，我射击时一定是笨手笨脚的。”

安德热依在另一个装土豆的袋子上坐了下来。

“告诉我，”布罗内克向安德热依问道，“你们都好吧？妈妈好吗？海伦卡好吗？”

“你瞧，”安德热依自己也不知从何说起，“关于这儿发生的事，我一点儿也不知道。胡贝尔特直到晚上音乐会快结束的时候才来……而我从一清早就在搞军训。”

“什么音乐会？”布罗内克好奇地问。

“嘿，爱尔日别塔演唱了几支歌曲。在她自己的饭馆里。是妈妈要我陪她去的。”

“妈妈好吗？”

“不错。她从不提起安特克。”

“是的，这意味着，她一直在想着他。”

“也许是吧。妈妈爱安特克超过爱我。”

“这恐怕是你自己的感觉。爱尔日别塔小姐都唱了些什么歌曲？”

“是肖邦、莫纽什科和埃德加尔的。她唱得很好。”

“她唱了埃德加尔的什么歌曲？”

“你知道，他们如今找到了他两首从未被发现过的歌曲。那是根据科哈诺夫斯基的诗谱的曲子，选自赞美诗《在巴比伦河上》。”

布罗内克笑了起来。

“《在巴比伦河上》！总是不离犹太人！”

安德热依动了一下。

“你别走，再待一会儿，”布罗内克态度自然而直率地说，“我们聊得这么有趣。”

安德热依笑了笑。

“唉，你知道……”他含糊地说。

“还有什么？你还在参加你那个军训？一定是很愉快的吧。今天的

天气大概很美，是吗？我出来的时候，觉得似乎周围都充满了春意，虽说我们那儿连一片树叶也看不到。”

安德热依把手伸进衣袋。

“你瞧，”他手心上托着一片小小的绿叶，“这是我在克拉辛斯基公园摘的。多漂亮，不是吗？”

“给我吧。”布罗内克说。

安德热依把那片绿叶给了他。布罗内克望了好一会儿，然后就装到衣袋里去了。

“你也许是在跟谁玩数绿叶的游戏吧？”布罗内克半开玩笑半认真地问。

安德热依一下拉长了面孔。

“你疯了吗？我还能跟谁玩数绿叶的游戏？”

“不错，”布罗内克突然醒悟过来，“海伦卡对我说过。”

“我可没有这兴致。”

“是的。可你还是摘下了这片绿叶。这很好，很好。你摘下了这片绿叶。”

“这一点意义也没有。”

“当然啦，是没有什么意义，但也有意义。”

布罗内克站起身来。

“再见，”他说，“你瞧，这次见面给我增添了新的血液。我本来已是疲惫不堪了。而且，我得向你承认，我有点儿发蒙。开头的这几天一切进行得过于顺利了。这不是个好兆头。”

安德热依默默不语。

“即便是个好兆头，又怎么样呢？”布罗内克接着说，“这片绿叶是个好兆头。只是可惜了这只箱子，”他边说，边拎起箱子，“它会被糟蹋掉的，多好的箱子。”

“这是我父亲的一只旧箱子。”安德热依说。

“父亲有消息吗?”

“他在巴西，我们是通过非常迂回曲折的途径打听到的。”

“好远啦，”布罗内克笑了笑说，“我们的人都风流云散了。”

他沉吟了一下又说道：

“须知我也是隔得很远的。”

然后他向安德热依伸手告别，小心地提起了那只沉重的小箱子朝狭窄的过道走去。走到了门洞口，又转过脸来对安德热依说：

“里面有子弹吗?”

“有，但不多。”安德热依机械地回答，站着一动不动。

“再见。”布罗内克几乎是愉快地说。当他已经走得看不见了的时候，又补充了一句，“代我问候海伦卡!”

第十四章　离群索居

一

直到一九四三年的秋天，雅努什一直隐居在科莫鲁夫，在这儿过着平静的日子。当然，这种平静是相对而言的。雅努什个人虽未受到骚扰，但总不免要接触到一些这样那样的事件。在索哈切夫开了一家对德国和各集中营输送劳动力的公司，凡是大一些的庄园都已被征收，变成了德国的“不动产”①，而在附近的一些森林里到底发生了什么事，只有上帝才清楚。为了使年轻人摆脱“劳动局”的魔掌，雅努什也曾驾着小马车到索哈切夫去调解过这一类的纠纷。但他发现，无论是他本人还是他的庄园在德国机关里都没有什么名气。因此，他也就不再去招惹德国人，而心甘情愿继续隐姓埋名地过日子。如今他只是派伊格纳茨或雅德维加到县里去，更经常被他派去的是菲比赫先生，后者由于自己的姓氏甚至会被看作是个德国血统的波兰人。菲比赫先生还

① 原文是德文。

为雅努什解决了在这个时期扩建庄园所必需的一切配给物资。

在战争和沦陷的年代里，气候一直很好，而且连年丰收。就在沦陷后的第一年，雅努什一旦证实了像科莫鲁夫这样的小庄园不会收归德国人管理之后，便靠了不知从哪儿刮来的几个钱（泰克拉小姐帮了他一把）着手建了一个大温室。他吩咐下人把他跟佐霞在那儿进行过第一次谈话的富有纪念意义的小暖房拆掉了。凡是能勾起他对亡妻怀念的东西，他都不喜欢。

对温室的投资十分合算，这一点不久便显现出来了，尽管在获得焦炭定额配给方面遇到过不少困难，但大面积栽培西红柿却提供了很好的收入，而整个秋天科莫鲁夫的人们都在精心地照料鲜花。虽说科莫鲁夫离小镇和铁路都很远，可菲比赫先生通过“走后门”租到了卡车，所以供应一直组织得很好。

雅德维加靠自己一双强有力的手把家务活儿操持得井井有条；她甚至常常携带宰好了的母鸡、鹅、鸭到华沙去，这个能干的姑娘竟能设法躲过宪兵的纠缠。科莫鲁夫所有的居民中，雅德维加是最常到华沙去的一个；如今她到华沙去得比战前还勤。她总要顺路到布拉茨卡街去看看，给戈翁贝克太太和泰克拉小姐带点吃的去。

快到秋天的时候，有一天傍晚，雅德维加从华沙回到科莫鲁夫，这一次她不是独自一人回来。雅努什站在“第一个”房间的窗口，在朦胧的暮色里，他看到从那辆专程到索哈切夫去接女管家的小马车里还走出来一个小巧玲珑的身影。他与其说是认了出来，还不如说是猜到了来者是海伦卡。

姑娘若无其事地走进房来，她跟雅努什见面的那种样子就像是一个钟头之前刚离开科莫鲁夫似的，她对于自己到这儿来的动机，一个字也没泄露过。

雅德维加跟在她身后走了进来，同时说道：

“先生，海伦卡小姐在我们这儿住几天，行吗？”

雅努什也满不在意地朝海伦卡看了看，过了一会儿才答道：

“很好。雅佳，这样你也就有个伴儿了。”

雅佳似乎并不高兴这个女伴的到来。由于她一向尊重、甚至有点害怕的泰克拉小姐的恳求，她才同意把海伦卡带到科莫鲁夫来。但她毕竟不喜欢性情忧郁而又美丽的海伦卡。她总是偏爱安德热依。

不过，现在她还是和颜悦色地进来摆好了餐具，开出了过时的午餐。

雅努什跟平常一样，很少跟来客交谈。只是随便问了几句家里人的情况。他差一点要问到安托希，一时竟忘记了他已不在人世。海伦卡一边吃着配了抱子甘蓝的肉排，一边用一种不在意的声调问道：

“舅舅，德国人不会来光顾您这儿吧？”

海伦卡以前从未叫过雅努什“舅舅”。现在她也学起安德热依来了，看得出来，她需要这种并不存在的亲戚关系。

雅努什摇摇头：“德国人从没有来光顾过。”

他已习惯于不提任何问题。他过去就不是个好奇的人，更何况是现在。海伦卡占用了楼上的一个小房间，来来去去雅努什全不在意，只在吃午饭时才会跟她碰到一起。

开头她坐在桌边使雅努什感到忐忑不安。他无法习惯她的姿色。尤其是，她长得很像约齐奥·罗伊斯基，这更妨碍了他平静地跟她谈话。海伦卡嘴里说出的每一个字，每一个笑意都唤醒了他早已忘却了的旧梦。不过，几天之后，他也就习以为常了。

望着海伦卡一双无比清澈明亮的凤眼，他想起的不是过往的时代，而是自己在塔特拉山上曾经说过的一句话，“你再也不会跟他们在一起了”。自然啦，他当时没法跟他们在一起。但是，自从他发现海伦卡并不像昔日那样，是个愉快的，喜欢挤眉弄眼的调皮的小姑娘，而是有

可能成为他在忧伤、绝望和不幸的生活中的一个小妹妹的时候，他感到对她有一种不可抗拒的好感。她如今没有几年前那么美，但似乎要亲近一些。他们之间在年龄上的差距似乎由于不幸而缩短了许多。过了一段时间，他觉察到自己身上发生了某种变化。

虽说，雅努什自开战以来，不，还要更早些，自打他从西班牙和罗马回来的那个时候起，就一直沉浸在一种特殊的消沉之中，这种精神状态可以概括为三个字："不值得"。但在不久之前，他觉察到，自从海伦卡来后，科莫鲁夫发生了很大的变化。最重要的是，情绪发生了变化。既然是情绪发生了变化，那么一切也就随之而变了。再也感觉不到雅努什散布在自己周围、并且影响到身边所有人的那种萎靡不振的郁闷了。这个家庭发生了某种变化。雅努什不明白原因何在，是由于海伦卡的美丽，还是由于她青春的活力？但不管怎样，确实存在着另一种生活情趣，这就是戈翁贝克小姐给他家里带来的新气息。

雅努什也觉察到自己身上发生了某种变化。仿佛有什么新的东西苏醒了。莫非是一缕希望之光？莫非所有这一切，连同这场战争以及整个人类的命运都并非那么糟糕？

每逢他们三人坐在午饭桌旁，雅努什只需朝"小鬼"额上一绺金色的鬈发看上一眼，只需朝这头金发反射出的光辉、朝她眼中闪现出的秋日的反光投去一瞥，便能感觉出那个变化来。有时，他似乎觉得没有战争，没有在这年秋天猖獗一时的触目惊心的法西斯暴行，只有那在年轻姑娘的发辫上反射出一道道霞光的秋阳。雅努什几乎没有跟海伦卡交谈过什么。他整天忙于温室的工作和扩建温室一翼的事务，平常只和雅德维加交换三言两语：这件或那件东西送去了吗？什么人到索哈切夫去？是否需要去华沙？

但是，这种表面的冷淡却骗不了雅德维加。有一次，房间里只有他俩的时候，她开口问道：

"你在饭桌上怎么是那么一副丧魂落魄的样子?"

雅努什只是耸了耸肩膀。

"我使你感到厌倦了,是吗?"① 雅德维加阴沉地说了这么一句便走了出去,"砰"的一声带上了房门。

"对我来说,就差这一点了。"雅努什思忖道。

可是到了傍晚,在吃晚饭的时候,他突然提起旧事来:

"我曾经在塔特拉山上,在贡谢尼茨山地牧场见到过你们……"

海伦卡留神地朝他瞥了一眼。

"舅舅是什么时候见到我们的?"她问。

"就在开战之前。你跟安德热依和另一个黑黝黝的小伙子在一起……"

"那是布罗内克。"

"你们上了十字峰吗?"

"上去了。安德热依想给我们来个出乎意料,引我们上十字峰,却不告诉我们十字峰上的景色如何……"

"景色美极了。"

"全山景物尽收眼底。"

"对你们来说,一定是大大地出乎意料……"

"是的。"海伦卡似乎是思索了一下说道,"不过,正是在这条路上我体验到了一种更大的……"

"什么?"雅努什问。

海伦卡突然眉飞色舞起来。雅努什从来没有见过她这种样儿,一时有点摸不着头脑,可是过后他便恍然大悟了。那次旅游在年轻姑娘的可怕的沦陷生活中留下了一个美好的回忆;跟自己的兄长和他的朋

① 原文是法文。

友（那位朋友在当时肯定已经成了她的心上人）一道漫步山中，此情此景如今已成了她乐于回顾的唯一的一件往事了。

“那次旅游真是愉快得不得了。”她满面春风地说，似乎突然把她这个掌握许多情况的女地下工作者的一本正经统统抛到九霄云外去了。

“有趣，不知她身边是否带有氰化钾？”雅努什不由自主地思忖道。

“那次旅游真是愉快得不得了。”海伦卡重复了一遍，眼睛没有去看雅努什，却盯着窗口，好像从那儿可以看到自己昔日走过的路线。“因为我们是徒步旅行的……布罗内克后来还常说，‘我们从克拉科夫徒步走到了扎科潘内’，但他说得不精确，因为我们是乘公共汽车到梅希莱尼策……然后才沿着公路徒步走的。”

“你们走了很久吗？”雅努什问。

“三天，”海伦卡回答，朝雅努什看了一眼，叹了口气，又补了一句，“那是我一生中最幸福的日子。”

“那次出乎意料的情景又是怎样的呢？”

“我们不是走公路直接到克利库晓瓦去的，而是走岔道转到了拉布卡。我从未到过拉布卡，不知道那儿是个什么样子。舅舅什么时候到过拉布卡吗？”她忽然好奇地问了一句。

雅努什仔细端详着她。海伦卡完全变了，看上去就像是换了一个姑娘。她那迷人的面庞失去了原来那种木然的拘谨，出自内心的欢乐使她神采飞扬。她微微鼓起姣美的小嘴，眼睛周围现出了纤细的皱纹，面颊上又呈现出那个特有的酒窝，这正是她昔日最迷人的一点。

“没有，我没去过。”他回答说，“你在那儿发现了什么？”

“哎呀，那才是出人意料哩，我们竟走到了一座古老教堂的跟前！我累极了，像个木头一样一头倒在教堂边上的一棵树下。我看见了那儿有许多古老的大树，却没有注意它们竟是那么的大……”

“你当然得累坏了。跋山涉水走那么远的路，真不是闹着玩的……”

雅努什说话时极力模仿海伦卡说话的语气，而她此刻却全然忘记了自己平日惯用的词汇，说起话来咬文嚼字。这又使雅努什暗自吃惊。

“那些参天古树也可谓平常，”她接着说道，“可是一看到教堂，啊！真是太美了。我抓住布罗内克的一只手，喊道：‘看呀，看呀……’”

“那是座木结构的教堂？”

“落叶松木的。当你看到它在粗壮的参天椴树和椤树丛中若隐若现，便会觉得你是到了仙境。它真不像是用木料，而像是用什么别的材料建造的，看起来整个建筑物就像是用一幅幅绸缎连成的。你会笑我的吧，舅舅……”海伦卡猛地踌躇起来，“你会瞧不起我的。因为我确实没有见过世面。尽管如此，我依然觉得那个教堂真是美得惊人。到处都该是美的，要不是……”

“那当然，”被海伦卡的奇妙变化弄得陶醉了的雅努什随口附和了一句，“那当然。那些建筑物是很美的。”

“不是建筑艺术意义上的美，”海伦卡接着说道，“至少布罗内克是这么说的，他说这是物质的美。布罗内克发疯似的爱用‘物质的美’这个词儿。对任何东西他都这么说，对拉布卡的教堂，对克利库谢克附近的椤树……物质使他赞叹不已。他还说过，只有康士坦丁·盖伊斯才擅长表达这种‘物质的美’。他总是没完没了地提起那位盖伊斯。”

“你可曾见过盖伊斯的画吗？”

“舅舅，我什么也没见过。”海伦卡回答说，她面上的神采明显地暗淡下来了。

“安德热依是跟你们在一起的吗？”雅努什不无嫉意地问了一句。

“在一起。”

“他这年暑假没有到普斯泰翁基去？”

“啊，没去。”海伦卡已是带着刻薄的口吻说了，“他那个心上人正好出了嫁，而且她丈夫又被关了起来……安德热依害怕诱惑。”

她玩世不恭地笑了笑，雅努什倒给她窘住了。

“热尔梅娜”吃吃地笑了起来，幸灾乐祸地朝雅努什看了一眼，似乎是想对他说：“瞧吧，如今的年轻人就是这个样儿的。”可是她并没有吭声。

雅努什两眼直盯着盘子，只觉得心里一阵发紧。过了好一会儿，他才迸出这样一句话来：

“你是个坏丫头，海伦卡。”

“谁也没有叫我做个好丫头。尤其是周围发生的这一切，未必能使人变得善良起来。”海伦卡相当尖刻地说。刻毒的冷笑仍滞留在她的嘴角。“安德热依就是个好小伙子。他是那么可笑地爱上了一个普通的姑娘，一个世界上再普通不过的姑娘。”

“你也真是个万事通，海伦卡。”雅德维加的自尊心受到了触犯，插嘴说道。“四年前的事你也记得！为什么不能爱上个‘普通’姑娘呢?”过了一会儿她又补了这么一句。

海伦卡什么也没回答，起身回到自己的房间去了，这一天她再也没有下楼来。

他们的日子就这样在不欢而散的交谈和冷冰冰的沉默中一天天地过去。过了几个星期之后，雅努什才明白，他是渴望这种沉默能永生永世延续下去的。餐桌旁不谐调的谈话，一向空荡荡的阁楼上的窣窣声（它至少是一种生活的迹象，说明有人住在那里），这一切对他来说都成了不可缺少的东西。他扪心自问，始终不肯承认这样一个事实，那就是：在这一年的秋天，虽说从华沙和从索哈切夫不断传来越来越坏的消息，然而他的心灵里却装满了一种他早已体验不到的和谐和充实。他自欺欺人地把这一切归因于前线的佳音。不过，这并不妨碍他去留心观察海伦卡的一举一动。

他逐渐证实了海伦卡到科莫鲁夫来并非因为她得逃出华沙。他猜

测到海伦卡是要利用这个地方执行什么任务。她常常朝索哈切夫方向作长距离散步，可是，她也朝相反的方向，朝森林里走得很远。有一次还看见她跟一个年轻人一起在林荫道上遛弯儿。这件事使他很生气。他认为自己发脾气是由于小鬼的行为太不谨慎的缘故。

“他们把这叫作秘密工作!”有一次他对雅德维加说。

女管家把雅努什仔细端详了好半天，然后耸了耸肩膀走开了。她的缄默又使雅努什老大不高兴。

“他们爱叫什么就让他们叫什么去吧。”在他又一次向她唠叨这句话的时候，雅德维加回敬了这么一句。

在布罗霍夫和卡姆皮诺斯附近的森林里驻扎有游击队的营盘，这在科莫鲁夫对任何人来说都不是秘密。这支部队离华沙最近，但是却出奇地活跃。雅努什曾以为海伦卡就是这支部队跟华沙联络的联络员。可后来，他又确信并非如此。

十月末出现了暖和晴朗的日子。森林看起来俨如铜铸的雕塑。清晨，拨开破晓前的薄雾，露出一片洁净的、湛蓝的晴空。

雅努什心灵里的充实感增强了。他觉得自己有力量去战胜一切的“临时感”。他宛如站在高山顶上来观望各种事态的进程。同时，他也清楚，这种客观感持续不了多久。他下决心写点东西，如今他是每天清晨便坐在小桌旁边，写呀，写呀……

这天早上，他又坐了将近两个钟头，有些累了，就决定到温室去干干活儿。他把纸张放在桌上，高高兴兴地到外面去了。

他来到温室后不久，伊格纳茨便来报信说，有两个妇女非要见他不可。

雅努什有点不耐烦地问：

“什么妇女？她们是什么人?”

“哦，先生，是森林里来的妇女，是从布罗霍夫那边来的。”

“她们想要干什么？”

“先生，她们是从卢齐纳来的。”

“从卢齐纳来的？这是什么意思？”

“啊，那是个村子，”伊格纳茨说，“在森林的深处。先生，这您自己也知道……”

伊格纳茨意味深长地眨了眨眼睛。雅努什知道伊格纳茨常躲在仓屋里听广播，看小报，因此，他猜到了伊格纳茨说的是什么。

“卢齐纳，”他脑子里盘算着，“这是密林深处的一个村庄。是完全由游击队控制的。”

“好吧，把那两个妇女叫来。”他无可奈何地说。

进来了两个身材高大，晒得黝黑，说话的嗓门很大的妇女。这两个女人真是胆大包天，但是讨人喜欢。雅努什一看到她们便露出了笑容。她们之中个子高一点，年纪也大一点的那一位只等伊格纳茨一走出温室，便开门见山地说：

“先生，我们到这儿来，有个小小的请求。”

“不是我们的请求。”年轻的那位补充说道。

“是谁的？”

“哎，是森林里的那些人的。”年长的那位坦然地说。

“你指的是什么？”雅努什冷冰冰地问。

“先生，因为他们那里此刻有两个英国人，可是跟他们讲不通……”

“这就是说，我得到‘森林里的那些人’那儿去，是吧？我得去给他们当翻译，是吧？”

“他们要求您马上就去，因为他们很急。他们得立刻把这两个英国人打发走，或者……可是跟他们怎么也讲不通！”

“可是离这儿不是很远吗？是远得很吧？”

“嘿，对您这两条腿来说，算得什么，不过十二三公里罢了……只

是，他们要求您必须步行去。因为不论是马车，是马还是其他的什么都会耽误事的……确实是不远，十二公里……”

“得绕道走，不能穿过村子。会有十三公里……两个钟头能走到。”

“可我怎么能摸得到那里呢?”雅努什问道，他是越来越不乐意了。

“有我们领您去。我们就是为此而来的。”

“这就是说，我现在就得收拾动身了?”

“哦，不错，亲爱的先生，趁现在暖和，有太阳。我们在前边走……”

“但愿别出什么麻烦……”

“您跟在我们后边。我们会回头看看，您是不是跟得上我们。”

两个妇女都笑了起来。雅努什感到受了侮辱。

“你们放心吧，”他说，“我这两条腿还有劲。”

“可我们一直是沿着田埂，一跳一蹦，像兔子一样跑过来的。”

“我们到这儿来，只不过花了个把钟头。”

“照这么说，我也走田埂好了，”雅努什笑了笑说道，“不过，得带点吃的，因为至少得花我一整天的时间。”

“不用带，先生，那儿会给您吃的。再说，在卢齐纳村我们那儿您也会有吃的。不值得给自己增加负担。”

雅努什已经许久没有到野外去了。此刻，跟在两个快活的妇女身后，走起来倒还步履矫健；而那两个娘儿们走起路来却跟茨冈女人一样轻快。她们走得那么急，使他开头觉得有点儿喘不过气来。两个娘儿们不断回头看他，还彼此用胳膊肘轻轻撞一下对方，就像是一场偷情的把戏。他觉得这么沿着田埂“跟兔子一样跳跳蹦蹦”追赶着两个妇女真是好玩!

在这深秋的晴和的日子里，他倏然感受到了某种新鲜的、他久已忘怀了的爱或友谊的温暖，某种亲切的、美好的东西。

他没有说明到哪里去，但是海伦卡和雅德维加在花园里碰到了他，他面部的那种执拗的表情使她们有点不安。雅努什从她们身边走过，什么也没有说，径直朝花园石头围墙的出口走去。他走到田野，回头一望，看见她们两人还站在院墙的缺口朝他那个方向眺望。他挥了挥手，叫她们放心。

当时，给他领路的那两个妇女并没有直接朝森林的方向走，而是绕着科莫鲁夫转了个大弧形，越过了公路，到了公路那边才又回头朝着地平线上黄蓝色的林带走去。

“我可以从椴树林荫道回来。”雅努什一边在田埂上奔跑，一边琢磨着，“她们这样要多走好长一段路。”

两个妇女穿过田野走了。她们是沿着田埂走的，但是远远望去，似乎她们是径直走。过了不久，她们的身影便在槲树林边消失了，然而，她们的墨绿色的头巾还在树干之间晃动。

雅努什迈开大步朝前赶路。他觉得令人神爽的空气促进了他的血液循环，呼吸也似乎和年轻时一样舒畅，而且，他已完全不去考虑等待着他的是什么命运了。虽说起初他对这次同游击队的见面并无好感，预料跟那些英国伞兵或迷路的飞行员的谈话也不会轻松。可是一走进森林，置身于槲树林间的羊肠小道上，他便全然忘记了自己这次出门的目的。

雅努什自己并不知道，而且也未必能够说得清楚为什么这次远游使他联想起了自己的少年时代。说不定他是知道的吧？从曼库夫卡到莫林策的那条路，与眼下的这一条真是何其相似尔！只不过没有这么多的沙罢了。从曼库夫卡到莫林策同样要走一条古老的槲树林中蜿蜒曲折的小道。如此古老的槲树林不论是在乌克兰还是在此地都是罕见的。雅努什瞻望着参天古树，对叶丛的古铜色的光泽赞叹不已。树上的叶簇打了卷，枯了，然而并没有飘落。森林里万籁俱寂，没有一丝

能叫槲树叶子在空中飞舞的风儿。棕褐色的森林上方，是一片深蓝色的万里无云的晴空，异常高朗，跟意大利的天空一样。

雅努什的脑海中渐渐浮现出自己童年时代每天往返于两个庄园之间的漫步。他住在曼库夫卡时，那条路他走了多少次呀！有时候甚至一天要走几次！老梅申斯基常常为了芝麻大点事儿派他到罗伊斯基家里去，给罗伊斯基先生带张条子，或是借点糖，或是交换报纸，因为凡是罗伊斯基家订的报纸，梅申斯基一概不订。

他在森林里大概还没有走一刻钟的工夫，便全然忘记了自己置身何处，忘记了是怎样奇特而可怕的巧合使他来到了这里，忘记了他并不是往返于曼库夫卡和莫林策之间。

时代感不知怎么地自然消失了，俨如有一只手从他背上卸下了严酷、凄楚的生活的重负，他又变成了青春年少的雅努什，变成了一个与其说是热恋着阿丽亚德娜，还不如说是热爱整个世界的翩翩少年。他雅努什正踏着林间小道从一个庄园走到另一个庄园去。

他轻轻地吹起了肖邦《第二协奏曲》的主调，甚至合着节拍摆起手来，他年轻时代散步时就有这种边走边摆手的习惯。这是他在日托米尔中学郊游时学会的。当时，所有的男孩子都学着俄国大兵的样子这么摆动着双手。雅努什微笑了。

他在这座森林里真是心旷神怡，真正是愉快极了。好久以来他没有感到这么幸福过。当然，这种幸福感是由于有人从他背上卸下了生活重负的缘故。像脱下一件大衣一样给他卸了下来。如今既摆脱了那些最亲近的人的死亡所带来的忧伤，摆脱了所有的绝望、冷酷、彷徨，摆脱了西班牙之行的痛苦。如今只有崇高的信仰和无比的欢乐，就像是从莫林策动身到敖德萨时那样。他反复对自己说：

“一切都会好起来的，你瞧着吧，雅努什，一切都会好起来的。”

他只有在极其安然恬静的时刻才叫着自己的名字：雅努什。

而今他又加了一句：

“亲爱的，会好起来的。”

雅努什又一次微笑了，因为这句话使他想起了雅希·维耶维乌尔斯基，想起了他的善良和他眼里的光辉，那对眼睛后来是由他亲手给阖上眼皮的。不，他并没有给阖上眼皮，因为那些事都不曾发生过。那些事还没有发生。

有过的只是青春的苦恼，那是嘴里嚼着第一片白桦嫩叶的那种苦丝丝的味儿。

说来也怪：整个生活都不存在了。他摆脱了那种把自己压得透不过气来的重负。他走起路来是这样的轻快，健步如飞，一点儿也不感到劳累。他没有去想自己目前是不得不跟在素昧平生的妇女后面走，他只是本能地踏着她们的足迹前进。虽说他感觉不到过去生活的重负，可那种生活却不以他为转移地存在着，在白桦和槲树的树干之间舒展开来，像一大幅白布。他现在能够一览无余地看到它——那无边无际的、漫长的、在他看来完全是徒劳无益的一生，他把这一生看成了一个整体。使他感到惊诧的是，他这一生虽然谈不上有什么创造性的劳动，可它却是那样艰难困苦。他的生活是空虚的，却像铁一般地沉重。也许正是由于它太空虚，所以才这般沉重。

他站住了一会儿，并且狠狠地说了一句：

“我的上帝，看吧，竟然到了这般地步！”

他一生虽然竭力避免麻烦，可麻烦事却接踵而至。从一开头就……什么是他生活的开头呢？自然是他第一次见到阿丽亚德娜的那一瞬间。那时，她身着洁白的衣裙，站在敖德萨塔尔洛家那座奇形怪状的住宅的最高一级楼梯上……他的生活从一开始就不顺心，一切都存在问题，所有的问题都得不到解决，而那些没有解决的问题又像一堆乱铁一样坠入了深渊。他一生留下了多少错综复杂、难解难分的问

题呀！实际上，他并不明白自己为什么要娶佐霞，更不明白为什么会失去了她；又为什么在失去了她之后一切进展得并不像他所需要的那样。那些愚蠢的旅行，眼前总离不了小玛尔文卡的笑靥！不仅是愚蠢，简直是犯罪！在西班牙度过的那些可怕的日子！还有阿丽亚德娜的死……

这时，雅努什浑身一抖，因为展示在他面前的那种陌生的、不关痛痒的无聊的生活猛然间又回过头来变成了他自己的生活，紧紧地卡住了他的咽喉。倒在小汽车下面的阿丽亚德娜（那辆小汽车还不知羞耻地撕破并撩起了她的衣裙），躺在血泊之中，睁着一对刹那间就已失去了生命的、像死兔子一般凝滞的眼睛的阿丽亚德娜，决不能变成什么陌生的、遥远的东西。她是这样深深地进入了他的生活，跟他是完全没法分开的了。他不能摆脱阿丽亚德娜，由于她，他没法重新回到自己天真无邪的青春时代，他没法重新体验漫步于曼库夫卡和莫林策之间的那种轻松愉快的心境。不论他走到什么地方，即使是走在这青春时代的槲树林间也罢，怀中总要揣着所有的这些亡灵。

唯有雅内克·维耶维乌尔斯基一个人例外，他仿佛是站在旁边，不像扎进手心的刺那样进入他的生活。他就这么一路走着，一路想着，似乎唯有想到雅内克时还多少有点儿欢乐。雅努什感到欣慰的是，雅内克毕竟没有进入他的生活之中，而是游离于他的生活之外，在某个地方有这么一个人，一头浅色的头发，一对蔚蓝色的眼睛，总爱用那个亲切的字眼。

“亲爱的。”雅努什又重复了一遍。

骤然间，赤褐色的槲树林像中了《一千零一夜》中的魔咒一样，变成了春天葱绿的树林。雅努什在林中走了许久，他不耐烦了，“见鬼，我怎么看不到这个曼库夫卡？”直到树木变得稀疏，直到他走到了森林边上，他才看到森林中间有一片宽阔的盆地，看到卢齐纳的茅舍

升起的袅袅炊烟，看到环绕着他的是深秋的景色。

两个妇女站立在十字路口的圣母塑像下面，远远地朝他招了招手，要他绕过村子。现在只有一个妇女沿着田埂朝村庄后面的森林走去了，而另一个则迈着富有弹性的茨冈式的步伐朝着一栋房子走去，那房子的烟囱里高高升起了一缕轻烟。

年轻的那一位妇女绕过篱笆，转到村庄后边，又朝森林里去了。这一带的树林没那么古老，但树木长得更密。

雅努什一踏进枝柯交错的穹隆下面，就觉得有一种神秘感。他明白，自己正在一步步接近游击队的营盘。但是他在矮树丛中还走了三刻来钟。他不再回忆什么，也不再寻思什么，只想到不要失去那妇女的踪影，只看到她的头巾又在树木之间晃动。在这儿，松树林和槲树林混杂在一起，时不时还会出现一些古老的高大椴树，比这儿整个的林子要老得多的椴树。

“这个蠢婆娘，总是要在我前面走，”雅努什心想，“在这儿我们是可以一起走的呀。”

他突然有兴（尤其是他觉得自己年轻、生气勃勃）跟这个女人手拉着手穿过这葱绿的森林，跟她开几句傻玩笑，无忧无虑地开怀笑笑。一句话，他想当个年轻人。他甚至希望有那么一轮银月高悬在他们的上空，像茨冈人的浪漫歌曲中描写的那样，何况今天恰好是满月……

在这告别的瞬间

你把披巾的两角结在胸前，

像披巾的两角紧结在一起

你我在那些日子里彼此相依……①

---

① 原文是俄文。

对于失去了的青春和失去了的爱情，他感到无限惋惜。虽说他“自我安慰”地想到，他既没有真正的青春，也没有过真正的爱情……他跟任何人都不曾像披巾的两角紧结在胸前那样彼此相依过。跟雅德维加吗？他没爱过雅德维加。海伦卡又来得为时太晚。是的，现在他看得一清二楚，或者这只是他的一种感觉：他从未领略过真正的爱情的滋味。也许应该说，他从未领略过幸福的爱情的滋味。这两者之间是有区别的。他所经历的一切不是以失败告终，便是吊在真空里。记得当年刚举行过婚礼之后，佐霞在他的嘴上亲了一下，那时他感受到了一种特殊的不安。平生唯有过那么一次，此后再也没有尝到过。也许根本就没有什么幸福？而他跟阿丽亚德娜所有过的那些，已经被忘却之尘所淹没，被时间所淘汰，被今天灰色的日常生活化为乌有了，他已经忘得一干二净了。

这是很久以前的事，
我不记得何时有过……
也许从来就不曾有过？[①]

也许从来就不曾有过？

“不曾有过？谢天谢地，不曾有过。”他大声地说了出来。不曾有过阿丽亚德娜，不曾有过爱情，不曾有过死亡。不曾有过阿丽亚德娜的死，不曾有过白色的“林肯”牌轿车，不曾有过那一摊血。哪一种情况更好呢？是根本不曾有过爱情和死亡好呢？还是先有过伟大、真挚的爱，而后又有死亡好呢？

这时，他看到了自己那位年轻的向导正在跟一个游击队员交谈。

---

① 原文是俄文。

那位游击队员似乎是要求她出示正式通行证，而那妇女却想“只说一声”就解决问题。

“他们吩咐我把人带来，我给带来了，”她炒爆豆般地说道，“这位是科莫鲁夫来的地主老爷，他跟你们那些英国人谈得通。哎，看在上帝的面上，放我们过去吧！别在这儿磨洋工了！你们搞这些烦琐手续干什么？”

雅努什朝年轻的游击队员走了过去。他是个身量不高的淡黄头发男子，漂亮人儿，有一种极其平庸的美，蓝色大眼睛，稻草色的连鬓胡子。雅努什觉得他有点凶狠，对他不由产生了一种难以抑制的反感。

“请前边走，”他终于非常生硬地对雅努什说，“沿着这条小道，一直走。”

他像押着一个被判处死刑的犯人一样跟着雅努什往前走。

他们就这样走到了篱笆前面。篱笆后面是个不大的看林人小屋，小屋漆成棕色，顶上盖有木板。有一些其貌不扬的人物在院子里跑来跑去。

水井上的辘轳在咯吱咯吱地响着。

“跟显克微支小说里写的一模一样。”雅努什思忖道。

一个年纪较大的游击队员朝他们走了过来。他们把雅努什带到了一个又像柴棚又像贮藏室的古怪的小建筑物内。屋子里的墙上挂有马的笼头和轭。蓄连鬓胡子的人走过的时候，碰着了铃铛，铃铛发出一阵清脆的声音，令人想起冬天驾着雪橇游玩的情景。墙边还靠着一些步枪。

“喂，”那个年纪大点的游击队员站在小屋门槛里边朝在院子里跑来跑去的人喊道，“把那些少爷带到军械厂来。”

他们让雅努什坐在一张桌旁的凳子上。这桌子其实是个车床，这儿一定是既修理轭具也修理步枪。桌面上胡乱扔着一些黑色的皮子、

肮脏的麻屑、通条和生了锈的小螺钉。

“请这儿坐。”年长的游击队员说道，那个年轻的便站在门边，担任临时警卫。雅努什对此很不满意。

“您要知道，”那个谈话的人补充说，“得跟他们讲清楚，今天或者明天就会有飞机来，在附近不远的公路上降落，他们就可以坐上走了。告诉他们，要飞到俄国去，飞到俄国母亲的怀抱[①]，明白吗？让他们不要以为准备把他们送到伦敦，送到英国国王的羽翼下。没那么回事。让他们连想都甭想。”

“他们是从哪儿来的？”雅努什问。

“从天上掉下的呗。”年长的那个回答。

那个蓄连鬓胡子的哨兵突然也开了腔。他的嗓音嘶哑，十分难听。

“希望您不要什么都打听。”

雅努什惊讶不迭地回头朝他看了一眼。

“您这是对我说的吗？”他问。

“不是对您，是对谁？”那士兵粗鲁地回答，“难道是对你娘说的？”

“安静点吧，兹贝舍克，”年长的那个说道，他显然感到不好意思，“你充什么能干？”

这时，有人把那两个少爷领了进来。他们的那副模样儿确实像是从皮卡迪利大街[②]来的。一个是身材颀长、淡黄头发、短鼻子，道格拉斯勋爵式的人物，简直是个小天使。第二个稍矮一点，也黑一点，一对黑眼睛，更富有男子气。他俩站在木工车床的另一边，朝雅努什友好地点了点头。

---

① 原文是俄文。

② 伦敦的繁华街道。

“午安!”[1] 他们俩同时说道，像两个有礼貌的小男孩。

雅努什好不容易忍住了笑。

在这个奇特的、残酷的环境里，在这些把脑袋拴在裤腰上的经过千锤百炼的粗鲁的游击队员中间，这两个彬彬有礼的英国人看起来确实令人可笑，同时也使人牵动柔肠。他们对自身的价值是那样深信不疑。

他们之中，一个的脖子上围着一条花花绿绿的苏格兰式围巾，另一个的弗列奇式上衣的口袋里露出一本灰色精制山羊皮装帧的小集子。是一本圣经还是诗集?

“一定是弥尔顿[2]的《失乐园》。”雅努什心想。他接着说道：

“上帝啊！先生们，你们是从哪儿来的？你们在这儿干什么？你们得利用一切机会赶快离开这儿。看来近几天内就会有这种机会。你们应该毫不客气地登上飞机，一走了之!”

“很好,”[3] 黑头发的那个说道，“可是我们要求，把身为作战军官的我们送到英国去。”

“好的，好的,”雅努什答应道，“我理解你们，但也该估计到可能性。眼下这儿跟英国没有联络……”

“可我们不愿到俄国去。”淡黄头发的那一个说道，带着一副可怜的样子看着雅努什。

“如果我们不能到英国去，我们宁可留在这儿。”矮一点的那个说。

“可眼下是战时,”雅努什开导他们说，“你们不能留在这里。”

“为什么?”

---

① 原文是英文。

② 弥尔顿（1608—1674），英国诗人和历史学家。

③ 原文是英文。

“因为这儿不安全。”

“为什么？”

雅努什无可奈何地两手一摊。

“为什么？为什么？难道你们对自己的处境一点儿也不明白吗？”

这时，门口的哨兵又忘记了自己的职责，走到了桌边，严厉地对雅努什说道：

“怎么这样婆婆妈妈地给他们讲个没完？教他们念祷告还是怎么的？您只要告诉他们，说他们要到俄国去，这样就万事大吉了。”

雅努什气愤地瞥了蓄连鬓胡子的青年一眼，也提高了嗓门。

“我该怎么跟他们说就怎么说，”他叫喊道，“你们要是信不过我，就不该把我找来。”

“他们要干什么？”淡黄头发的那个惶惑地问道。“这个士兵，”他指一指哨兵说，“对我们很不友好。”

“你算了吧，兹贝舍克，”把雅努什带到这儿来的那位年长的士兵又去平息哨兵的火气，“你一边儿去吧，别那么盛气凌人。”

“我就不相信这种人。”蓄连鬓胡子的兹贝舍克嘟哝着，又退到了门边。

雅努什转身对两个英国飞行员尽可能有礼貌地说：

“很遗憾，我不能跟先生们长谈了。我是受命通知二位，你们一有机会就得离开这里。我觉得，先生们应作出让步才好。你们没有选择的余地。而在这种情况下，执拗将是失策的。”

“这是什么意思？为什么是失策的？”

“就是说，不安全。”雅努什心一横告诉了他们。

“这就是说，他们会杀了我们？”黑头发的那个问。

“你疯了吗？”淡黄头发的那个愤懑地朝他说，“要知道，我们是皇家空军的军官，我们又是在盟军中间。我们在这儿不会有任何危

险的。”

“可是，一旦德国人包围这座森林，”雅努什烦躁地说，“一旦他们把这支游击部队一窝端了，又怎么样呢？我劝先生们听话。你们是在一个沦陷了的国家，你们就像是被俘了一样……”

“我们是在朋友们中间。”淡黄头发的理想主义者清晰地说。

“不错，可是……”雅努什摊开两手，“我的使命完成了。我对你们再没什么可说的。”他转身对领那两个英国人进来的士兵说，“谈完了。”

那个士兵使劲朝自己大腿上一拍。

“那就开路！”他对两个外国人说道，“我们走吧。”

两位“少爷”又把头一低，活像两个中国木偶。

“再见！”[①] 他俩同时说道，同时迈着平稳的步伐走出了“军械厂”。

雅努什向年长的游击队员简短汇报了自己跟英国人的谈话内容，这个游击队员似乎是所有人中最通情达理的一个。

游击队员听完了雅努什的汇报，立刻就出去了。

这时雅努什便朝一直在门口站岗的蓄连鬓胡子的家伙走了过去：

“我的任务完成了。我可以回家去吗？”

“您等一会儿。”那家伙闷声闷气地说了一句。使人吃惊的是，他把雅努什独自留在轭具和步枪旁边，许久没有回来。

“总是这样浪费时间。”梅申斯基叹了口气。

蓄连鬓胡子的兹贝舍克终于重新出现了，并用一种似乎有点伤心的语气说：

“喂，事情都办完了。谁也不再需要您了。”

---

① 原文是英文。

二

一个年纪不大，长得像头熊，对雅努什的任何问话都充耳不闻的游击队员把他送到了跟领他来的那个妇女分手的地方。从这里梅申斯基独自走了。

他在森林边上站住了脚，朝村庄的方向张望。卢齐纳村静悄悄的，在秋阳的照耀下似乎没有人烟。村庄后面又是蜿蜒伸展的一片森林，他必须通过这座森林才能回到科莫鲁夫。

雅努什竭力想弄明白自己为什么不感到害怕，虽然在这儿窥伺着他的肯定不止一个陷阱。

跟森林里的人们相遇，使雅努什失去了直接的威胁感。既然他在那里没掉一根毫毛，这儿又算得什么呢?

他正想迈开两腿上路，忽听到有个声音叫他，急忙朝四周张望。他感到自己需要的是独个儿沉思默想一会儿。可是那个妇女的声音却扰乱了他这种心境。

他回头一望，看到了那个送他到游击队营地去的妇女。

“亲爱的先生，”她说，“他们怎么那样不客气就把您打发走了？您走了这么远的路，一定饿了。请您跟我来，到我的茅舍去。”

雅努什发现，这一次（显然是由于那个女伴不在场）她对他说话时显得很有教养，不论是在发音还是在遣词用句上都没有那种粗俗的味道。

不知何故这给他留下了一种不愉快的印象。

“太太，您大概是上过学的吧?”他问。

“唉，上什么学……”年轻女人避而不答。

雅努什虽不甚乐意，但还是跟着她走了。

他们朝卢齐纳村的方向走去，茅舍上的炊烟直直地升向高空。

“天气多么好。”雅努什在路上说。

“您想怎么样？秋天呀。我们这儿秋天总是很美的。”

这些话淡得像杯白开水。

“丈夫不在家，到华沙去了，不过，我跟我的邻居（‘终于说了一句“人”话’，雅努什想）给您准备了一点儿吃的。我知道，那些游击队员什么也不会给您的。”

“他们还是给了我一点什么。”雅努什说，然而他想的完全是另一码事，不是面包。

后来他们便默默无言地朝前走去。村庄给人的印象是很整洁但很贫穷。

他们走进了村边第二家茅舍。一路上他们什么也没有碰到过，既没见到一个小孩，也没见到一头牲口。甚至也没听见一声狗叫。

他俩一道待在一个相当黑的房间里。灌木丛和高大的树木遮住了窗口的光线。这儿的茅舍旁边都有许多高大的树木，显然是昔日森林的残迹。

“我就来。”女主人说了一句便到屋子的另一头去了。

雅努什独个儿坐在房中。他自己虽然不肯承认，但游击队的营地毕竟给他留下了强烈的印象。

那两个英国人也给他留下了深刻的印象，特别是他们那种对自己处境的天真态度。他们无论如何都想到英国去，可是很显然，这是不可能的。

“就让他们自以为是往英国飞吧，”雅努什自言自语地说，“等他们一到萨拉托夫，生米也就煮成熟饭了。”

他又想，“莫非真的要把他们送到萨拉托夫去？”

他想象得出这两个“少爷”的表情，为他们感到惋惜。

因为在离开游击队营地的时候，他还见到过那两位“少爷”。

就在护送他的卫兵离开了他之后和遇见那个妇人之前，当他沿着茂密的榛树林的边缘一路走去，快要走到卢齐纳村所在的那块林间空地的时候，他突然看到那两个英国人就站在密林之中，那情景仿佛是在梦中一样。他们身后闪动着一个人的身影，这身影也许就是那个好心的游击队员，是他允许他们跟雅努什见最后一面的。

雅努什走进了丛林里。榛树的枝头还挂着密密麻麻的蔫了的棕黄色叶子。

小伙子们置身于丛林之中，掩映在透过树枝和秋叶射过来的若隐若现的光线里。斑驳的阳光照在他们脸上，就像照在画上一样。

他们嘟哝了一句“再见”[①]，几乎是无言地把两件东西递到了他的手中。年轻的那个递过来的是那本精制山羊皮装帧的小集子（“雪莱。”[②] 他说）。第二个给他的是一把冰冷而光滑的柯尔特式大手枪。

此刻，当雅努什坐在茅舍里等饭吃的时候，不禁自言自语地说道：

“我可是用死亡和生命武装起来了。”

应该承认，口袋里装着这把手枪似乎对他的情绪有点影响。

他感到疲乏，昏昏然像在梦中。

他打量了一下房间，房里只有几个小凳子和一张床。他坐在一张光滑、破旧、因经年磨损而变得发亮的桌子旁边。

在这样的桌子上要是出现一块黑面包和一壶酸牛奶当然是再自然不过的。然而那位向导（雅努什已经打听出她叫萨比娜）却端过来一只大白盘子，就像地主家摆在桌面上的那种盘子，盘子里放了一只香喷喷、围着一圈黄澄澄的土豆的烤鹅，还有熏猪肉，切成片的洋葱头

---

① 原文是英文。

② 雪莱（1792—1822），英国浪漫主义诗人。

和西红柿。

当然还有面包，但却是白面包，还有一瓶私酿的白酒。

雅努什直到此刻才感到有多么饿，就急急忙忙地吃了起来。

“您瞧，要不您该饿着肚子走了。幸好我跟佐菲亚想到了应该施点人道，让您吃饱。”

“饭菜真好。”雅努什说。

“好什么，我们没有别的东西，只好宰点可怜的家禽。不是宰鸭就是宰鹅，不是宰鹅就是宰只老母鸡。近来甚至连做面条汤的面粉都没有……”

“你们有鸡蛋吗？”

“身边既然有这么个营地，”萨比娜说，“那就藏不住多少鸡蛋。他们总是一清早就自己到鸡埘上去找……真是造孽啊……”

女主人什么也不吃，却陪着雅努什喝了一杯又一杯。

“他们在这儿很久了吗？”雅努什未加思索地问道。

萨比娜留神地瞟了他一眼。不过从她的目光里看不出有什么顾虑，倒是有某种凄凉的宽容。

“他们一直在这儿，”她说，“他们在这儿很久了，从去年冬天起就在这儿。”

“其实，这事与我毫不相干，”雅努什意识到自己失言，便又说道，“我不过是随便问问。我知道，在我们这个时代，最好是不提任何问题。”

萨比娜听了这话，怪模怪样地微微一笑。

“您这么有学问，”她开口说，“您是上过学的……”

雅努什有点儿不耐烦。

“您别装了吧，”他说，“我猜想，您也是上过学的。”

“没上过什么学。”萨比娜又微微一笑。

“她的笑容是这么诚恳，甚至是充满了母爱的，”雅努什思忖道。可他对萨比娜讲话却么粗声粗气，对比之下不由心里一阵难过。萨比娜显然不愿谈自己的事。这是完全可以理解的。

“您想说什么?”他问道，态度上已经温和得多了。

私酿白酒的酒力一下冲到了他的头上。他空着肚子喝了两大杯。他觉得自己跟这个女人有点什么共同的东西。他脑子里闪出了一个念头，也许他们两个想的是同一个问题。

“我不想说什么。我正想给您提个问题。”萨比娜说，“但既然您说了，在我们这个时代最好是什么也别问……”

“这要看是什么问题。”雅努什试着安抚她一下。

“正是这样呢，可我这问题相当复杂。”萨比娜说着，又把盘子朝雅努什身边推了推，“您吃吧，路还远着呢。我和佐菲亚只不过是嘴上说不远……我们担心，您会拒绝。”

“我当时真非常想拒绝。再说，他们这儿对我也太不客气了。他们是怀疑我吗?”

“您莫怪，他们对每一个人都得慎重……他们不得不藏得严严实实的。”

“不错，是这样。”雅努什将信将疑地说。

“我正想问问您，”萨比娜说，“您是怎么想的? 他们在这儿待得长吗?”

雅努什扑哧一笑。

“您以为，我是个万事通?”

“您不知道?”

“我亲爱的! 我待在家里，关在四堵墙内，我什么也不知道。即使我能住在华沙、伦敦，或者是莫斯科，我也照样没法回答您这个问题。”

萨比娜微微一惊。

“您一直待在科莫鲁夫?”过后她又添了一句,“您什么也不干?”

雅努什感到有点手足无措。

“我能干什么呢?我不知道,这种地下活动有多大的意义。”

萨比娜沉思着。

“可能,他们能办到的事很有限……可是却弄得男人都愿意去。我丈夫不在华沙,他是在别的地方……”

“我并不乐于打听这件事。”雅努什说。

“可您是什么人?”萨比娜问。

雅努什没有回答。

两人沉默了一会儿。

“您吃呀。”萨比娜说。

“我已经饱了。”

“我就去给您端点咖啡来。我有点咖啡。我们这里谁也不喝这玩意儿,我去给您煮。”

她又到走廊对过的那一边去了。

雅努什又朝房间各处扫了一眼。喝下的私酿白酒起作用了,此刻在茅舍里看到的东西跟先前不大相同。

墙上挂着图片,索哈切夫的风景画和一幅热位佐瓦沃拉[①]的照片。

“好个多情的茅舍。”他自言自语地说。

茅舍看来真是多情,因为它引起雅努什的浮想。女主人说的“您什么也不干?”这句话给他出了个难题。

他能够去干他刚刚拜访过的那些人所干的事。但他苦恼地想到,他对那些可怜人有的只是反感。承认这一点,他感到羞愧,他感到应

---

① 华沙省索哈切夫县的一个小居民区,肖邦的诞生地。

当纠正这种可恶的情绪。

但他毕竟无法摆脱内心深处的矛盾。他总觉得去干那种事有点儿不合适。这一点对他来说并不是什么秘密。他对任何性质的活动都有一种天生的反感——他现在承认了，当然，也不是生平第一次承认。武装行动，军营，作战准备，这一切都使他感到厌烦。他想起了安德热依，他深信，安德热依的性格很像他的性格。三九年，他俩在科莫鲁夫老槲树下的那次谈话有许多地方是半吞半吐的。但他明白，安德热依是被迫违反自己的天性，代他去参加斗争，挑起责任的重担的。

“他怎么就能办到的呢?”他扪心自问道。

他想起了人们常常谈到的安德热依近来的英勇行为（雅德维加从华沙回来的时候，把所有的情况都告诉了他）。他为他提心吊胆，因为他太喜欢这个小伙子了。他很清楚，安德热依不是轻而易举就能成长为这么一个斗士的，他精神上一定也非常痛苦。

“应该剥夺他代表我的全权，”他用经济学范畴的词汇思忖道，“我得把这些事亲自担当起来。”

他耳中又响起了萨比娜的一句问话，“可您是什么人?”

他想考虑考虑这个问题，但是他的思路紊乱了。他如何回答这个问题呢？他到底是个什么人？他置身于这个荒诞而残酷的世界上又有何意义？他的生存的意义何在呢？“谁会想到我？谁又会记得我呢?”

他脑海里出现了一个非常奇怪的想法：在那遥远的俄国的某个地方，他那位奇异的朋友沃洛佳也许会记得他吧？他进而考虑到，说实在的，此刻沃洛佳对波兰社会又是个什么态度呢？此刻，当苏联军队正在向波兰边境推移的时候，他脑子里又在想些什么？

“他一定会想起我们在敖德萨的谈话，想起我们的奇遇，想起我们彼此来得及说出的所有那些古怪的话。”

“他一定也会想起我们彼此没来得及或没有勇气说出的那些话。那

些没有说完的话却成了我们友谊的重负。”

“事情也真怪，”他自言自语地说，“恰恰是那些我们彼此没有勇气说出来的话使两个朋友疏远了。藏在我们心底的那些话，那些话中之话，那些话外之音一到嘴边却又都走了样，表达的全然不是应该表达的意思。”

沃洛佳不太喜欢波兰人，他对雅努什并不隐瞒这一点。他甚至不怎么瞧得起波兰人，虽然他说过，波兰人是好战士。每次谈话之后，雅努什总有个印象，觉得波兰对沃洛佳有吸引力，觉得他说的都不是他所想说的话，而是他认为应该说的话。沃洛佳对自己的出身也并不是无动于衷的，因为不管怎么说，他还没忘掉自己的波兰姓氏。

“阿丽亚德娜承认自己是波兰人。”雅努什自言自语地说。

在如此特殊的环境里轻声说出的“阿丽亚德娜”这个名字，使他意识到自己的境况是多么怪诞。不仅如此，也使他看出了自己整个生活的怪诞。多少年来他的生活一直与周围的现实是这样格格不入。他觉得他这一生碌碌无为，不配当个波兰人，简直是在大事件的夹缝里混日子，今天他给阿罗写了一封信，没写完就放在桌子上了。此刻，当他坐在这处于森林和游击队营地之间的贫寒的农舍里的时候，他想起了那一封引经据典涉及了整个波兰历史的长信。上帝啊！那封信真是矫揉造作，毫无意义。说句实话，丝毫不能反映他当前的心境。最糟糕不过的恰恰是他那种对人对事的格格不入的态度。面对蓄连鬓胡子的游击队员，却去思考什么“永恒”的问题，想为自己造就一个虚幻的世界，波兰现实却对这个世界发动了猛烈的冲击。他沉湎于个人的生活，极力赋予这种生活以某种本来没有的，也不可能有的意义！他个人的私生活对这个村庄，对这些游击队员，对这些淹没在日常生活的洪流中的人们究竟有何意义？他曾经认为自己跟阿丽亚德娜的相逢具有某种不可思议的意义，然而，此时此刻，当他在这空空如也的

农舍里说出这个古怪的名字之后，他便明白了，不论是他们的相逢还是他整个的生活都没有任何意义。

“再也不能这样下去了。”他又一次自言自语地说道。

他想到，给阿罗的那封信只不过是企图赋予自己空虚的生活以某种意义罢了。他集中了一切理性的和感情的力量去写那封信，无非是为了在身后能留下一点痕迹而已。在卢齐纳村，在这间茅舍里出生的人们，他们操劳一世，生生死死，世世代代都不曾留下什么痕迹。他们只是一层层小虫，在形成了一层层的白垩之后也就留在原地了结了一生。他很害怕把自己看成那种朝生暮死、转瞬即逝的小生物，看成历史的匆匆过客。但是，他感觉到自己的命运就是如此。

“起来同命运抗争吗？这不可能。”他又轻声说道，“然而这种抗争……”

这时，过道里传来了女主人的脚步声，萨比娜走了进来，脸上露出相当诡秘的神态。

她端过来一只小咖啡壶。给雅努什的玻璃杯里斟了咖啡。咖啡的颜色很淡，但是雅努什由于许久没有喝过，因此对这种货色也很满意。

“我以为，”萨比娜坐在客人对面说道，“您是个很有学问的人。”

“有学问的人？”雅努什问。

“嗯，这儿乡下人都是这么说的。一句话，照你们的说法就是博览群书的人。”

雅努什疑虑重重地朝这位妇女瞥了一眼。他越来越觉得她不像个农村妇女，越来越感到她是个隐匿在农村里的什么人物。他开始暗自警觉起来。

“博览什么？”

“其实，我们在这儿讨论博览什么是毫无意义的，”萨比娜说道，似乎一下扔掉了农村妇女的假面具，“问题不在于此。我想知道的是，

就您的水平，就您的文化修养，您是怎样评价我们的局势的。”

雅努什微微一笑。

“我觉得，您完全找错了门。您见过我住的地方，甚至连枪炮声也传不到那儿去，更何况重大的政治问题。我对政治不感兴趣。”

萨比娜耸了耸肩膀。

“不过是说说罢了，”萨比娜边说边给自己斟咖啡，“您总该有某种想法吧。”

雅努什向她伸出一只手去。

“我甚至都不愿对您谈起那种想法。那是很悲观的。”

“悲观的?”

雅努什以为萨比娜不懂这个词的含义，正打算对她解释，但萨比娜一摆手制止了他。

“我初中毕了业。”她说。

“您瞧，一开头您就该说明。我疑心，您高中也毕了业。其实，我对这并不感兴趣。您丈夫呢?”

“我丈夫是个地地道道的农民，这可一点儿也没有骗人。”

“啊!”雅努什表示自己明白。

“您倒说说，为什么是悲观的?”萨比娜又逼着问道，“哪一方会得胜现在不是很清楚吗?”

“正因为很清楚。而我正好又了解俄国人。”

萨比娜不耐烦起来。

“您对俄国人有什么了解？您一定是革命初期在那儿待过。您那时是个地主，您跟人民没有接触。您不了解俄国人。”

“您呢?”

“唉，我也是一无所知。”

“既然如此，怎么能解开一个带有这么些未知数的方程式呢？怎样

对待几个月后将成为胜利者而且将迫使整个欧洲服从自己的意志的一个神秘莫测的民族呢？”

萨比娜往咖啡里倒了点私酿白酒，喝了一口。

“我看出来了，您喜欢喝两杯。”

“一杯酒下肚能使我松快一点。”那妇女笑了笑说，“您或许也猜得到，我的处境非常困难。您是怎样经历革命的呢？”

雅努什沉吟了一下。

“刚才您不在房间的时候，我正好想了想那个时代。想起了当年我对它的同情和思虑。我的那些思虑既然把我引进了隐士式的生活，那自然是不聪明的。同时也使我没法清楚地回答您给我提出的问题。”

“回答哪个问题？因为我给您提过许多问题，而您总是躲躲闪闪，一个问题也不回答。”

雅努什诚挚地笑了。

“我不是有意回避。这些问题我就是对自己也没法回答。我尽量不去想那些事。”

“哪些事？”

“我们把您考我的问题一个一个地摆出来吧。”

“所有的问题您都记住了？”

“因为我觉得，您是按一定的顺序提出来的。”

“那就是说……？”

“当您在装成一个农村妇女的时候，您给我提出的最重要的一个问题是，‘您是什么人’？”

“现在我以新的身份再问一遍。”

“嗬，这就对了。要是我给您提出同样一个问题呢？”

“此刻我当然没法给您答复。但是，我可以毫不犹豫地对自己回答这个问题。我清楚，我是个什么人。”

“啊，您真是个有福的人！真的，我真要羡慕您了，要不是……”

“要不是什么？”

“要不是我不怎么相信您的保证。要一个波兰知识分子来确定他本身存在的意义不是那么轻而易举的。”

“我不属于知识分子……也不属于波兰知识分子的范畴……”

“您不认为自己是个波兰人？”

“大概不。早在战前我就对类似的定义感到厌恶。”

“那好。可您为什么想打听我是个什么人呢？”

“因为我想对行将到来的时代有所准备。”

“您想公开身份吗？”

萨比娜犹豫了一下。

“我的处境，就是说，我将来的处境有点不尴不尬。”

“妇女在任何处境中都能找到出路。”

萨比娜显然是想延宕作出答复的时间。

“您为什么不在咖啡里加点白酒？”

雅努什坦然答道：

“如果您想说的真是这码事，我宁可光喝白酒。”

“那就还剩下第二个问题。”她审慎地端详着雅努什说。

“哪个问题排第二？”

“您已经不记得了？可您还吹嘘自己临场的记性好。第二个问题很简单，‘您是怎样经历革命的？’这个问题只需要回忆回忆就能答出来，您的记性好，您一定能记得起来的。”

“我要说的话，您会记得牢吗？”

“您不用担心。不会记得很牢的。日后我不会对您提起这个的……”

“我一点儿也不担心。我良心上没有任何负担。也许只是我对我的朋友们的态度过于冷淡……或者应该说，是过于热烈……那时我恋爱

了。这才是最糟糕的。”

“这件事发生在春天?”萨比娜不无诡谲地问。

“您的问题越来越刻薄了。要是再来这么几句，我自己就能回答得出第一个问题了……不错，是春天。”

“那时，您只关心自己?”

“不，正相反，我只关心她。”

雅努什感到私酿白酒在起作用。他探过桌子说道：

“您听我说吧，我把什么都告诉您。我好久不曾谈起这件事了。”

他端起装白酒的玻璃杯，目不转睛地望着。

“其实那不是革命那年的春天。是一年以后的事。在一九一八年……”

萨比娜在小凳上调整了一下姿势，似乎是准备听一段有趣的故事。

“她是那么美吗?”她问。

雅努什沉吟了一会儿，一直盯着手里的玻璃杯，仿佛在那儿看到了阿丽亚德娜的影子。不是后来的那个微微发胖、面部轮廓变得模糊的阿丽亚德娜，不是那个时间虽未夺去她青春的外表，但已逐渐夺走了她的美貌的阿丽亚德娜。在他的记忆里，阿丽亚德娜从来就不是他在罗马见到的那个胖乎乎的、徐娘半老的妇人。对他来说，她永远是穿一身洁白的衣裙、丰姿绰约、光彩照人的年轻姑娘。

啊，红色的帆篷，

在绿色的远方……①

“真不能向您描述她的模样。我眼前看到的是她青春时代的幻影。

---

① 原文是俄文。

其实，几年前我又到敖德萨去过。在那儿我有过一次奇遇，见到了她的侄儿。他在舞台上演唱……他长得比她还要漂亮。但我一点儿也说不出他是个什么样儿。我觉得，阿丽亚德娜最大的特点是……”

“她叫阿丽亚德娜?”

“阿丽亚德娜·塔尔洛。我觉得，她的仪容的最大特点是有一种特殊的幽雅，甚至不是一般女性的美，而是只有俄国女子才有的那种魅力……她是波兰出身，后来在西方她想冒充波兰人，可她是个地地道道的俄国女子……”

“她是个艺术家?”

“我不清楚，不，恐怕不是。一个真正的艺术家无论做什么都很合度，像一双好手套紧紧贴在自己手上一样。可阿丽亚德娜身上一切都是不真实的。甚至不仅是不真实，而且是矫揉造作的，就像法国人所说的 Factice①。她整个的生活都是不真实的。”

“生活怎么可能是不真实的呢?”

“您瞧，这一点您就不明白了。您的生活是非常骇人的，是非常有趣，充满了热力的，可同时也是再真实不过的。可惜呀，您所经历的一切都是真实的。您对这一点不清楚，您不能理解。”雅努什想了想又说，“您理解不了，但是，您得费点劲去弄明白。说不定您也有过这样的经验，在您身上也有过——该怎么说呢？——这种情况，像您的工作，有时候，嘴里说的是一回事，而实际情况又是另一回事。或者换个说法，一个人如果感觉不到他自己在做什么，便失去了同这件事的内在联系。一个人只有感觉得到自己的所作所为是正当的，才是个和谐的人。她兄弟是个非常和谐的人。他干革命，他所做的，正是他觉得该做的，也正是他所理解的。他所感受到的真理和他的行为之间没

① 意为假的或矫揉造作的。

有矛盾。我谈到了这些问题，从您的生活经历来说，您一定会对它感兴趣的。”

“确实有趣。”

“人生最愉快的感受莫过于内心的和谐。可是阿丽亚德娜却体验不到内心的和谐。她干过些什么呢？起先，她朗诵诗，继而又搞起了美术，为巴黎的一些剧院画布景，她所做的一切都不是她觉得该做的。她犯了一个弥天的大错，那就是逃避过自己的命运。命运是永远也回避不了的。”

“您相信命运？相信上帝？”

“我不相信那些不着边际的大字眼。我们别去用那些词儿吧，太太。”

“哎，我不喜欢大字眼，也不相信大字眼。”

“啊，可我想的完全不同。我觉得，您是欣赏大字眼呢。”

“在此时此刻？”

“这个时刻转瞬即逝。”

“可它会影响到今后……”

“也许是如此。有时得摆脱转瞬即逝的时刻的控制。好啦，我们别用这种浮泛的比拟吧。一杯白酒下肚，说起话来就容易慷慨激昂。”

“不，没有必要慷慨激昂。”这位有知识的黑发女子说道。片刻之前她还是个黑不溜秋的村妇。

“这样一来，她身上的一切似乎就都是虚假的。即使她真正体验到的东西也是如此的。”

“她真正体验到的是什么呢？”

“唉，这恰是我所不明白的。我想，她或许是真正信教的吧。”

雅努什长长叹了口气。

“当时我要是知道，说不定现在我要心安得多了。”

萨比娜盯着他看了一眼。

“您现在感到不安？您为什么不安呢？”

“别这样，你们可别抓我的话把儿。”雅努什说，他说得仿佛有许多人在跟他交谈，也许他是眼花了，“我没有不安，只不过……”

“您良心上有愧吗？”

“没有。我向自己解释说，我没有任何理由感到不安。”

“莫非您也是错过了自己的机缘吗？”

“您以为我应该留在俄国？您要知道，在当时，面对所发生的一切，还不清楚后果会是怎么个样子哩！”

“有些人清楚。”

“是的，有些人清楚。沃洛佳就清楚。可我不清楚。我不过是个波兰知识分子，我觉得，我应该换个地方待待。不，我命中注定不能待在那里，不是吗？”

“这很难说。”

“那当然。嗯，也许我是错过了，不过，我不是在那里抛弃了她，相反，我是步她的后尘到这里来的。再说，我没有欺侮过她。倒是她由于到了西方，由于那位军官而欺侮了我……我真爱过她。”他一反自己在森林里的想法补充了这么一句。

萨比娜又斟了杯烧酒，并且靠近了桌边，仿佛想表明自己非常珍视这一席意外的知心话。

“其实，这不过是些感伤之词，人们用这种词儿不是由于习惯就是由于缺乏别的词儿……‘他使她受欺侮，她使他受欺侮……’‘我爱过她，她爱过我……’老实说，用这种词儿不是没有任何意义就是意义太多……世界上所有人的日子都是乱纷纷的。就拿您来说吧……”

萨比娜不安地动弹了一下。

“请别提我。您对我可说是一无所知。”

“我什么也不需要知道。我只看到自己面前有一张善良而可爱的面孔，”雅努什友好地望着她说，“这个人把我带到游击队驻地去过。果真是需要我去给那些英国人当翻译吗？我说的那些事他们不是照样弄不明白吗？”

“您真多心。”萨比娜平静地说，“您不该这样多疑。”

“也许是不该‘这样多疑’。不过，难道不是这样吗？”

“我再说一遍，可别……”萨比娜温和地说，“可别提我，我甚至要请求您，不要想我的事。”

“不要想？”

“您回家去后不要想。”

“啊，是这样！那当然。我要想的事情多着哩。”

萨比娜站起来给雅努什的盘子里夹了一块咸猪肉和洋葱。

“您吃吧，这肉肥，能压酒。”

“您大概是个艺术家吧？”雅努什问。

萨比娜把一个指头放在唇边：

“我们说好了不提我的事。”她说。

“并且连想都不想。”雅努什笑了起来，“说不定我真的不会想起您，如同不会去想隔夜的梦一样。眼下这不也是一场梦吗！”

“我曾经是个艺术家。”萨比娜说，她尽管表白过，但显然还是想谈谈自己的情况，“但是，再也没有指望了。”

“没有指望了？”

“您以为在经历过这样一场战争之后，人还能恢复精神上的平衡，还唱得起来吗？再也不能了……”

“啊，有人说，人是一种经得起折磨的牲畜……有时候绕一个大圈又会回头来重操旧业。”

“不，不能，先生。您也看到了，我这儿离游击队很近。我不只是

常到游击队去，我经历过许多的事。您曾见过被炸毁的铁路线吗？您曾见过塞满了赤手空拳的无辜者的尸体的山洞吗？您是否会想到，倘若战后我重返舞台，再唱莫扎特或舒伯特的歌曲的时候……”

“女歌手？”雅努什耳语似的问了一句。

“我的眼前不会马上出现这些尸体，这些鲜血，这些朝我伸过来的手吗？”

“不，不会的，”雅努什平静地说道，“请您别这样讲。我们本来就说定不讲那种慷慨激昂的话的。可您所说的，是十足的慷慨之词。这种事从来就没有出现过。一旦您登上舞台，您就会想到莫扎特或舒伯特，甚至会想到结尾的那个高音唱得好不好。唉，人总是人啦！就像圣·泰雷萨[①]说的‘没救的，没救的人’[②]。”

雅努什注意到，私酿的白酒在这妇人身上也起作用了，她有了几分醉意才用这种令人不快的夸张腔调讲话的。他暗自思忖着：“我对她谈到的有关阿丽亚德娜的事她显然没有理解，她身上也有一种矫揉造作的东西。她到底不是爱尔茹尼亚。”

“其实您也见过这类事的。”萨比娜说。

雅努什搔了搔脑袋。

“我到过西班牙。”他说。

“是吗？”萨比娜惊讶地问道。

“不，不，请您别吃惊。是以记者的身份去的。”

“啊哈！总是一个旁观者！”

“人类有时也需要有些旁观者的，不是吗？”

萨比娜默默不语。

---

① 泰雷萨（1515—1582），西班牙作家、宗教改革家，后封为圣徒。

② 原文为意大利文。

“话又说回来，我生活在波兰，战争已经进行了四个年头。我见过的也不少。”

然而萨比娜又回到了他引起她的好奇心的那个话题上去了。

“您为什么要到西班牙去？您作为一个记者，平平安安地待在马德里。闲来无事还可以去散散步，可别人却对您说这是前线。您参加过斗争吗？”

“只有一次，但总算参加过。”

“请您说说当时的情况吧。”

“噢，再简单不过了。他们来找我，对上了暗语。我把信交给了他们就……待下了。以记者的身份。后来他们把我偷偷带到了马德里……”

“您竟然有那么大的勇气，”萨比娜讥讽地说，“纯粹是一种知识分子的兴致，想试一试自己的感受。”

“就算是这样吧，在那样艰苦的时刻能做到这一点不也是好的吗？”

“嗯，西班牙当时的情况怎么样呢？”

“骇人听闻。”雅努什从桌边站起身来，在茅舍里踱起了方步，“您明白吗？可怕至极。人经历了那种场面之后似乎真的是活不下去了，可后来仍然活了下去。那不是战争……没有敌人可以开枪的时候，他们就朝自己人开枪。当时我觉得，人是以杀人来寻乐的。每个人……可我毕竟还是活下来了，您瞧！这样的日子！但好赖总得过呀。人总得服从调节人类日常生活的那些法则呀。”

“人有时不得不变得残酷无情。”萨比娜神情阴郁地说。

“我想说的还不是残酷。当然啰，轰炸后留下的是一片废墟，就像在索哈切夫附近出现的那种场面……那种小土丘……年轻人陈尸遍野。这些都是很可怕的。不，我想说的不是这些。我想说的是，杀人还要找个崇高的借口，说是为了个什么理想。不论是事前还是事后总要找

一个托词。杀人者总是要用什么崇高的宗旨来解释自己残酷的本性的。你（在酒力的作用下雅努什对萨比娜称起‘你’来了）在我们周围就能发现现成的例子。要知道他们的一切‘理想’都是从魔鬼的尾巴下面掏出来的。而且有时候甚至连那条尾巴也是为打掩护而接上去的。我想说的，不是他们的残酷无情，而是他们的厚颜无耻。彻头彻尾的精神崩溃……”

萨比娜两手一摊，似乎感到莫名其妙。

“您看问题有点儿古怪，您看人也有点儿颠倒，而且也有点儿诗化了。您偶尔也写写诗吧?”

雅努什骤然变得腼腆起来，匆忙吃起了油腻的咸猪肉，啃起了西红柿，似乎是想以此来表明自己根本就不是个诗人，而是世界上再平凡不过的一个普通人；他跟别人一样吃喝，也喜欢油腻的咸猪肉和红彤彤的西红柿。

“从前试着写过。”他说。

“不错，”萨比娜很有分量地说道，“如果我没有记错，我以前也听别人说过类似的话。我觉得有两件事应该分开，既然您写诗，您又何必到西班牙去呢?”

“哎，又是一个问题！我是到这里来受审的吗?”

“上帝，千万别这样说！我真是不太理解您。”

“简而言之，是不断地提问：‘您是什么人?’请您还是用开头那种农村妇女的腔调来提问题好吗?”

萨比娜笑了，又“乡里乡气地”重问了一遍：

“可您是什么人?”

“我不知道，我说不清。我不想当您的情报员，尤其是涉及我本人情况的时候。”

萨比娜眼望着前方沉吟起来。

“因为我在考虑，我心里在想，倘若您没有在俄国经历过革命，倘若您不曾到过西班牙，倘若您如今没有接触过德国人，您会是个什么样子……”

“我没有接触过德国人。”

“我说的不是这个意思，但是，我想象不出还有什么人比您的心肠更冷。您经历过那么多的事却一直蛰居乡间，囿于自我，与世隔绝。”

“不，一点儿也不！只不过是，我知道……我知道一切都是过眼云烟，转瞬即逝。当然有的东西不是过眼云烟，例如革命就不是，但是，一切都在急剧变化着。而人生却非常短暂，短得出奇，我竭力以不变应万变来度过这点短促的时间。难道这也是罪过？”

“面对这些震动了您的巨大变化，您这样做，说不定就是罪过。”

“您是个有学问的妇女，有学问。不过，我担心，您把理论看得重于实践。可惜您把这种过于易变的东西看得太重了。”

“某些原则是始终不渝的。”

“可另一些原则却像大海一样潮起潮落，变幻多端。真的，萨比娜太太，确实是如此，请您相信一个比您年长的，老于世故的人吧。”

“比我年长也许是不错，”萨比娜含笑（终于笑了!）说道，“然而，是老于世故吗？……”

对她的微笑雅努什没有用笑容来报答。相反，他带着一副严肃的神情盯着萨比娜那一双放在桌面上的手。

那双手又粗糙又不干净，一双十足的农妇的手，说明她每日的操劳。她那双手曾经是何等地娇嫩可爱，而今又变得多么地粗硬，盖满了老茧和冻疮的疤痕。这双手显示出来的不仅是农家的劳动。

“您瞧，”他说，“我自一段时间以来对您这个人的看法完全变了。此刻，我仿佛是在同一位战士谈话。您的手掌上难道没有留下……步枪磨出来的老茧?”

萨比娜仔细地瞧了瞧自己的双手，如同在审视什么陌生的东西。

“您不了解我们的生活。您不知道，参加游击队的都是些什么样的妇女。”

“可我十分清楚，那是各式各样的。我看得出，您扮演的也是这种角色。”

“我从来就不是什么‘角色’。”

“真的，我说就像在圣·保罗·文岑蒂[1]的舞会上一样。是不是?”

“不，不是。真的不是。我至多不过是搬过煮面疙瘩汤的大锅。”

萨比娜出其不意地卷起了白衬衫的袖子，前臂上露出了一排涂抹过的数目字。[2]

“哎呀!”雅努什叫喊了一声，又坐了下来，“上帝，您在干什么?”

“我是躲藏在这儿的。”萨比娜笑了笑说。

“不，不要这样，您为什么把它给我看呢? 您不应对任何人说起这件事。”

“我对您怀有某种企图，”萨比娜相当神秘地说，“反正我得告诉您。”

“我不太明白您的意思。”

“您应该想到，将来总会有这么一天，那时所有的废墟，所有的窑洞、堑壕不再硝烟弥漫……废墟上会长出青草，一切都会盖上绿茵。会有这么一天，不是吗?”

“当然会有。”

“因此我想知道，到那时人将充当什么角色。”

“又是‘角色’，这一次是从您嘴里说出来的。我们硬是要演一出

---

① 保罗·文岑蒂（1576—1660），法国神父，曾任法国皇家总施赈吏。

② 说明萨比娜是从集中营逃出来的犹太人。

戏吗?”

“可能是吧,”萨比娜说,“但是,每个角色,每一出戏都得有个潜台词。可我在您身上看不到这个潜台词。或者更确切点说,我看到了,您那句潜台词是一成不变的。”

雅努什又一次从座位上跳了起来。

“太妙了,”他提高了嗓门说道,“正是如此。是啊,总得有个人把自己那句潜台词从一个时代传到另一个时代去。既然人类的文化应该存在下去,那就得有个连贯性。我的责任就是,把我的,我自己的潜台词从这个时代传到那个时代去。您不由自主地说出了这一点,这样,您自己就已经回答了第一个问题:我是什么人?”

“我不知道,是不是不由自主地说出来的。”萨比娜慢条斯理地说着,目光落到了自己那双畸形的手上,“这一点我早就知道了。”

“知道什么?”

“知道您写诗……”

雅努什笑了起来。

他既带点儿讽刺又有些激动地说开了。

“乌云在消散,太阳放射出光芒。鲜花怒放,百鸟争鸣,卡姆斯卡大森林里所有的坟墓都长满了绿油油的青草。那时节,俄耳甫斯[①],也就是雅努什·梅申斯基来到雏菊丛生的草原上……他来了,唱着动人的歌曲,手里抱着一把金质的七弦琴,他的女伴萨比娜对他说……”

“对他说什么?”

“唉,我不能告诉您她说的是什么。我不愿使您不快。不过,她既不会喜欢七弦琴,也不会喜欢他唱的歌,她不会爱雏菊……”

“根本不对,”萨比娜突然高声说道,“根本不对。雏菊一定得

---

① 希腊神话中的著名歌手,他能以歌声使山林、岩石移动,使野兽驯服。

开花。”

“不错。但我写的诗将是关于战争的。”

萨比娜讥讽地微微一笑。

“写战争谈何容易，亲爱的，”她已经完全是用一种朋友的口吻说话了，“你可知道，吉洪诺夫[①]对于西班牙是怎么写的：

> 不论你怎样去描写这场磨难，
> 总嫌不够，总难称心如愿……

写任何一场战争都是如此。”

雅努什重复了一遍：

“总嫌不够，总难称心如愿。”

“不够，不够，不够。”萨比娜有些歇斯底里地说道。

“是的。要想写战争，就应该知道战争的界限。”雅努什说。

“什么？什么是战争的界限？”

“咳，战争就是战争嘛。不过，人素有各种本能，足以远远超越战争的界限……这就是我所想探究的。”

萨比娜凝神地注视着雅努什。

“请您别再喝了。”她说。

“您怎么啦？酒只能使我头脑清醒。离开游击队营地之后我倒变得活跃了。他们总是那样令人不快吗？”

“他们的生活是不愉快的。”萨比娜解释说。

“生活嘛。”雅努什沉吟着。

过了一会儿，他又意外地补充说：

---

① 吉洪诺夫（1896—1979），苏联作家、诗人。

“生活本来就是不愉快的。生活常常把一些意想不到的问题提到我们面前。”

“比方说呢？”

雅努什沉思了片刻。

“比方说，许久以前发生过一件事，当事者几乎早已把那件事忘到九霄云外去了。可是，蓦然间他又想了起来，觉得那事情完全不是他原来所想象的那种样子……”

“我不懂。”萨比娜说。

“您瞧，有一件事使我夜不能寐。我已经对您讲过，在离开阿丽亚德娜许多年以后，当我再次遇见她的时候，她已经完全是另一副模样儿了……她变丑了，变得歇斯底里，使人受不了。我们在罗马又重逢了……而且……”

“真有趣。”萨比娜有气无力地说道，但是雅努什没有注意到她语调的变化。

“有一次，在宾雀山，我们站在人行道的边沿上，”他坐在桌边，用两把刀子和一把餐叉比示他们当时的情景，“其实我早就看到了一辆小汽车正向这边驶来……小汽车驶过来了，就这样！那时她迈出了一步，”刀叉琅铛一声从雅努什手里掉到了桌上，但他丝毫没有注意到它，“当时我是能够制止她的，只要抓住她的手就行了。可我没有这样做。我是有意不这样做的！……”

雅努什坐在凳子上，眼睛没有朝萨比娜看。那妇人点了点头说：

“您就乐意幻想出这么一个故事来。”

雅努什抬起眼睛，朝她看了看。

“不错，这是幻想。但是，它使我夜不成眠。我能够制止她而没有去制止。我还曾因此而感到庆幸。我爱过我的妻子，也爱过她。她们两个都不在了，她们两个都曾为我所占有……”

“您睡觉的时候最好服一滴穿心排草酊。照这样下去，您会活不长的。”萨比娜说。

她站起身来，动手收拾桌子。雅努什低头坐着，陷入了沉思。

“我觉得，”过了好一会儿，等萨比娜从厨房回到房间的时候他又接着说，“什么七弦琴呀，什么雏菊呀都只是水中明月，镜里春花，得不到的。”

“即使这样，也是损失甚微，痛苦不大。”萨比娜用一种劝喻的口气说。

雅努什突然发起火来了。

“您怎么这样对待我！我该见怪了。我得走了。时间已经不早。”

“真的，已经晚了，”萨比娜说，“您马上就得走。在我们这场谈话里我实际上没有接触到问题的实质。”

“我们聊呀，聊呀，似乎不是在战时，”雅努什说，“不过，在这样一席谈话里，难道能够‘接触到问题的实质’吗？”

“哎呀，我说的根本就不是哲学上的实质，”萨比娜说，“当然啦，这不过是一场空谈罢了。我们之中谁也不会由于这次谈话而变得聪明一些。”

“嗯，我不知道是否如此，”雅努什回答说，“我可是受益不浅。”

“当真？该不是听了我说的话吧？”

“不，不是听了您说的话。而是从我自己的话里。我说出的某些想法就很值得我深思。顺便问一句，这白酒是什么酿的？是黑麦吗？”

“不，是糖酿的。合您的胃口？”

“合胃口倒谈不上，私酿的白酒怎么能合胃口呢？不过，它活跃了我的思想。它给了我——就像我刚才所说的——思考的能力。我认为，它解脱了我身上的许多东西。不过，您想谈个什么实质性的问题呢？”

萨比娜在桌旁坐了下来，仿佛准备重新进行一场严肃的谈话。

“我想跟您商量一件事。”她说。

“什么事?”

“一件非常重要的事。当然，对我而言是重要的，但对于整个事态的进程却毫无影响。我是想听听您的意见。”

“嗯，好吧，萨比娜太太。可是，为什么要做这么长的准备工作呢?”

“我们整个的谈话都是一种准备。我是想摸清……”

“我是个什么人，是吗?”

“是的。我是想看看您是否可以信赖。”

“您得出了什么结论呢?”

“我想是正面的结论。请您听我说，雅努什先生。”

她第一次称他“雅努什先生”，听起来颇为庄重。

“我这儿藏着一个人。”

雅努什的身子向后一仰。

“您跟我说这个干什么?他藏在这儿大概是安全的吧?”

“是的，但是他不愿意躲躲藏藏的。”

“什么?难道他不是每一步都面临着危险吗?”

“他不是犹太人。是个俄国军官。”

雅努什发出一声嘘声。

“您就把他藏起来了?”

“是的。他藏得很严实，谁也不知道，真是一个人也不知道，他本来是可以在自己的密室里待到战争结束的。但是他坚持不了。”

“他觉得寂寞无聊吗?”

“嗯，肯定是。他很年轻，是从索哈切夫附近的苏军战俘营里逃出来的。”

“怎么逃出来的?”

“这是他的秘密。我从来没有向他打听过。恐怕是在运送过程中逃跑的。”

“这得有运气。”

“有时能成功……有时不能。”萨比娜忧郁地望着雅努什。两人沉默了片刻。

萨比娜站起身来。

“我把他叫出来给您看看。”

“他在这里?”

“就在穿堂那边。”

萨比娜把通向穿堂的门开了一道缝，轻声喊道：

“科利亚，进来。”

进来一个个头不高，还很年轻的人。他身材瘦削，其貌不扬，穿一套撕得七零八落的军服，军上衣里面是件领口过大的波兰花衬衣。他给人一种病恹恹的印象。

他默默无声地向雅努什伸出了自己的手。他那瘦削的面庞闪现出一丝坦然、浑厚、真挚的微笑，使得整个房间里也灿然生辉。

“我的上帝!”雅努什转身对萨比娜说道，“这么一个插销般的人儿是怎么逃出来的呢?”

“我已经说过，我不知道。”

军官对萨比娜问道：

“他说什么？他说什么?”[1]

萨比娜给他翻译，但一时想不出“插销般的人儿”该怎么翻成俄语。科利亚笑了起来。

---

① 原文是俄文。

“您不喝一杯？”[1] 雅努什指了指桌上的酒瓶问他。

“怎么不，我当然喝。”[2] 小战士回答道。

雅努什很难想象，站在自己面前的是个军官。萨比娜往玻璃杯里倒了一点点酒。

“他不应该喝。”她又回身对雅努什说。

“许多事都是不该做的。”

小伙子在一张空椅子上坐了下来。

“见到您，我很高兴，”他用俄语说道，“尤其是因为您的俄语似乎说得很好。”

“我在日托米尔念完了中学。”雅努什解释说。

“我可从来没有到过那地方。”科利亚说，“我是西伯利亚人。”

“战争把人到处赶。”萨比娜说。

她说这句话时又恢复了“村妇的腔调”。难道她对科利亚也隐瞒着自己的身份吗？

年轻的军官坐在雅努什对面萨比娜原先坐过的那个位子上，兴奋而又杂乱无章地谈起了自己的西伯利亚故乡。看得出来，他由于跟这个陌生人萍水相逢而非常激动。从他的举止不难推想，他是很少见到人的。

雅努什没怎么认真去听他那冗长的故事，却十分留神地注视着讲故事的人。

他瘦小，但还算结实，一张拉长了的，不匀称的面孔上长了一对蔚蓝色的大眼睛，蓝得出奇。此刻，那对眼睛由于异常激动而闪闪发光，那光芒随着故事的发展和玻璃杯里白酒的消失而不断增强。

---

① 原文是俄文。

② 原文是俄文。

他的外表虽不那么引人注目，然而却蕴藏着某种异国情调的特殊的新鲜东西。他的目光明澈而又自信。他丝毫也不像一头被追赶得筋疲力尽的小兽。甚至没有人能推测得出他是个所谓的“逃犯”。

“这就是即将到来的那股新势力，”雅努什心里想道，“这是个胜利者。”

“您到过斯大林格勒吗?”雅努什岔开了他的故事问道。

“没有。”科利亚回答说，神情有点惊诧。

他看到雅努什对他讲的故事不感兴趣，就不再吭声了。

“说实在的，问题的实质就在于，”萨比娜插进来说道，“他不知道把自己怎么办好。”

“怎么办？让他待着!”

“他说，他待不下去。”

雅努什耸了耸肩膀。他不明白这到底是怎么回事。萨比娜为什么要让他见科利亚呢?

萨比娜在桌边的一张凳子上坐了下来。

“您瞧，”她用波兰语说道，“他想顺便问问您，他是否应该加入您去过的那支游击队。”

雅努什的眼睛瞪得老大。

“他想到游击队去?”

萨比娜不耐烦地说：

“这不是很清楚吗，他想参加一个组织。”

雅努什无可奈何地两手一摊。

“我能对他讲什么呢？让他去好了……”

萨比娜目不转睛地望着雅努什。

“您也这样认为?”

“当然。他们理应把他当作兄弟来接待。”

科利亚的目光从萨比娜身上转到了雅努什身上。显然，他明白他们谈的是什么。

雅努什突然感到自己不能替别人主意。他把这个想法告诉了萨比娜。萨比娜公然对他的态度表示恼火。

“我不放他走。”她说。

“您怎么想得出来?”雅努什反驳道，“当然是应让他走好。”

这句话科利亚完全理解了。他从自己的小椅子上跳了起来，猛然扑到雅努什的脖子上，紧紧地拥抱着他，跟孩子一样。

“我要的就是这句话。”当他终于把雅努什从自己的拥抱中松开的时候说。

三

雅德维加和海伦卡看到雅努什神情异样地离开了科莫鲁夫后，默默无言地回到了家里。

两人还在围墙的缺口处站了一会儿，看着他怎样绕着庄园转了个弧形，然后穿过马路，朝着森林的方向去了。两个人都猜到了是怎么回事，何况她们都见到了来找他的那两个妇女，但是她们两个人都没有把这事儿点破。

雅德维加操持自己的家务去了。海伦卡坐在楼下的房间里读着《吉姆爷》[①]。就这样一直到了吃午饭的时候。窗外是一排叶子已经枯黄的树木和一片湛蓝的晴空。然而，大自然中的这种静谧却使海伦卡惴惴不安。书里的字在她跟前跳跃，她不时发现自己对所读的内容根本就不懂。

---

① 波兰血统的英国作家约瑟夫·康拉德（1857—1924）的作品。

快到下午一点钟的时候她们两个坐下来吃午饭。使海伦卡暗自吃惊的是，雅德维加对她特别殷勤，劝她吃饭，把菜移到她的面前。可是，海伦卡今天不知为什么没有胃口。美味的菜食，由菲比赫先生栽培、雅德维加按法国烹调方法炒出来的蔬菜几乎原封不动地从桌上端了下去。雅德维加也吃得很少。她们一个字也没有提到雅努什和他奇怪的远行，然而看得出来，她们两人所想的都只是这件事。

午饭后，海伦卡到楼上自己的卧室去了。

她倒在长沙发上，手里一直拿着那本书，但并没有读。高大的苹果树的树枝一直伸到了窗口。黄灿灿的树叶似乎使房间里显得更加明亮，豁朗。可是海伦卡躺在那里却满面愁云，忧心忡忡。她不喜欢雅努什的这次远行，她并不是担心他的安全，她那颗心已经锻炼得很坚强了，她担心的是，他们会因此而“被发现”。雅努什的一点微小的疏忽都可能使敌人找到许多蛛丝马迹，而主要的是有可能把纳粹特务分子招引到她现在所待的这个小房间来。这样，不论是对于她，还是对于她的同志们都不会有好结果。

海伦卡冷冰冰的面孔由于紧张的思维活动而变得跟石头一样呆板。自从布罗内克牺牲后，任何事都不会引起她感情上的激动，她只有冷静的、理性的思考。然而此刻这种思考却得不出结果。

“唉，难哪!”她自言自语地说道。

她打开了炉门，为了以防万一就动手焚烧自己的某些文件。她正在烧的时候被雅德维加一头撞见了。

雅德维加从未到这儿来过，海伦卡甚至没有估计到她可能会来，连房门都没有闩上。

“你在烧什么?”女管家问道，她的声音显露出内心的惶恐不安。

“您不是看见了吗?”海伦卡用一种怀有敌意的口吻回答道，“我在烧。”

“你会给我们招灾引祸的。”雅德维加说。

说过之后，不等对方示意就在圈椅上坐了下来。蹲在炉门前面的海伦卡不高兴地朝她瞥了一眼。她从雅德维加的态度上估计到，这次她来待的时间不会短。她沉默了片刻。

“我正是由于这个原因才烧我的文件的。”过了一会儿她说道，轻蔑地噘起了嘴巴，“正是为了不给你们引祸招灾。”

雅德维加默默无语地注视着她的动作。

“有些文件你搁在一边，”她说，“你不想把所有的文件都烧掉。”

“因为有的文件我无权烧毁，”海伦卡嘟哝了一句，“我将把它带在自己身边。”

“你估计会来搜查吗?”

“不，不过，我不喜欢雅努什的这次远行。”

两人又无话可说了。

“你听我说，”女管家终于勉强地说道，“你那工作不能换个地方干吗? 不一定非在科莫鲁夫不行吧?”

海伦卡眼望着火苗微微一笑。火焰玫瑰色的反光把她那张严峻的面孔照得豁然开朗，而微笑又使她脸上那木刻似的线条变得柔和了起来。看到她那光彩夺目的仪容，雅德维加有点儿畏惧。

海伦卡没有回答她的问话。

“哎，你为什么不吭声呀?”雅德维加催促道。

“您害怕了吗?”姑娘终于反问了一句，“您胆怯了吗?”

“你很清楚，不是胆怯。你的事跟我毫无关系。我指的不是政治问题。”

“那又是什么?”海伦卡一边往火里扔文件，一边淡漠地问道。

“你自己清楚。”雅德维加阴郁地说。

海伦卡又向她瞍了一眼。姑娘的眼睛里闪烁着不怀好意的光芒。

“您知道，”她说，“我可没有料到会出现如此这般的问题。”

“雅努什还不老……而且鳏居。”

“您以为，我是想嫁给雅努什吗？那真是太滑稽了！要知道，他比我妈妈的年纪还大！您脑子里尽装些这类货色……”

“雅努什还很能讨人喜欢。”雅德维加深信不疑地嗫嚅道。

“能讨人喜欢？就因为您喜欢他！”海伦卡的语气里带有不可遏制的愤怒，“您可真想得出来！”

雅德维加沉默不语地坐了片刻。

“不错，我喜欢他，”她终于说道，“我一生都喜欢他。”

接着，她梦幻般地滔滔不绝地说了起来，全然不顾海伦卡爱听还是不爱听。

“还是我在巴黎第一次见到他的时候，我就那么喜欢他，以至我曾经大哭过一场……我自己也不明白，为什么要哭。那时，我借口说是因为题目太难，其实，题目是很容易的。那是一道算术题。可是为了到这里，到科莫鲁夫来，我真是碰上了一道非常复杂的难题。而今我放不下他，你明白吗，小鬼？我放不下……”

海伦卡又一次带着无言的轻蔑瞥了雅德维加一眼。

“我可怜您。”她叹了口气，从炉前站起身来，拍了拍被纸灰弄脏了的衣裙。“嗯，烧完了，”她说，“余下的我带在身上。”

海伦卡坐在长沙发上，离雅德维加相当远。从她的表情上看得出来，她是在等女管家快点出去。她那对眼睛显得更加睥睨了。她把那本书捏在手里转来转去，摆出一副又想看书的架势。

雅德维加陡然心一横，从自己的圈椅上站起身来坐到了长沙发上，跟姑娘紧挨在一起。海伦卡下意识地往旁边挪了挪。尽管她极力克制自己，脸上还是露出了一种烦躁的，甚至是不无敌意的表情。

“我亲爱的小宝贝儿！”雅德维加急促地说（她说得很费力，似乎

那些客气词儿和长句子对她完全是陌生的），“我亲爱的海伦卡小姐，您千万别把他从我身边夺走吧。请您相信我，我待在他身边对他更好。他在人世上没有一个贴心的人，他身边一个人也没有，一个也没有。他说他谁也不需要，那只不过是说说而已，世界上没有一个人是不需要任何人的……他需要，他需要，他非常需要……可您能给他什么呢？他当您的丈夫是不合适的。说句实话，他把那个佐霞折磨死了，那是个多么不幸的女人呀！真的是他折磨死的。对您他也会一样。”

海伦卡做了个不满的怪相，把一只手放在雅德维加的手上。

“亲爱的太太，”她说，“您何必说这一番话？我丝毫也没有想到要嫁给雅努什。我对他一无所求，您就放心吧。”

雅德维加粗鲁地推开了海伦卡的手，对她又重新称起“你”来。

“我知道，我早已知道，”她说，“你有过一个犹太小伙子。”

海伦卡哆嗦了一下，把脖子上一直围着的围巾围得更紧了；因为要节省煤，房间里很冷。雅德维加靠自己的粗野占了她的上风，像往常那样。

“你这个小鬼！”她说着，站了起来，完全忘记了片刻之前那种客气的语调，“你别畏缩，别装成个无罪的羔羊。谁也没有办法使你的布罗内克死而复活，而当个梅申斯基伯爵夫人的机会不可错过。对于戈翁贝克小姐来说，他可是个理想的对象。你爸爸不过是个烤蛋糕和点心的……我自己就在你爸爸那儿干过活。就是将来布尔什维克来了，这行当也是有用处的。糖果点心伯爵夫人。”

海伦卡把腰一挺，扔掉了围巾，她那架势就像是要腾出手来进行自卫，同时神态凛然地喘着粗气。

“住嘴！”她强压住无名的怒火说道，“请您出去。我不要听您那些蠢话。您明白吗？”

雅德维加站在房中央，绷得像弦一样直，她似乎变得高大了。她

那双眼睛炯炯发光。

“你这条毒蛇！”她叫喊道，“你这个乳臭未干的小东西！你要是不马上给我滚……”

“怎么样？”

“你要是不马上给我滚蛋，我知道怎么办！”

“您要干什么？”

“我已经注意到雅努什是怎样望着你发呆的。可你等不到那一天，丫头！”

这时，她俯身站在坐在长沙发上的姑娘面前，举起双拳，压低了嗓门喊道：

“你要是不给我从这儿搬走，我就去领盖世太保来抓你。我就去通知德国宪兵队。我做得出来的！从我的庄园里滚出去！”

“从我的？”海伦卡鄙夷地揶揄了一句。

“从我的……是我拼死拼活地在操持这份家业，它是我的血汗换来的，我丢了半条命……”

“您疯了吗？”海伦卡怒吼道，“您神经失常了吗？您要我干什么？”

这时楼梯上响起了一阵嗵嗵的脚步声。两个妇女一齐向门边奔去，不由与来人撞了个满怀。伊格纳茨的半大小子猛地推门而入。他这个“众神的使者”带来的总是可怕的消息。此刻他站在门边，嘴里冒出的还是那句话：

“德国人！”

雅德维加静悄悄地溜到了楼下。海伦卡跟在她身后也奔了下来，膀子上搭着一件秋大衣。

雅德维加扑到雅努什的书桌前，一把抓起了铺在桌上的纸张——雅努什没有写完的那封信。她把那些纸张揉成一团，递给了海伦卡。

“这是什么？”海伦卡问。

“快跑！”雅德维加对她说，“跳墙，往森林的方向跑……”

“您如愿了！”海伦卡咬牙切齿地说了一句。

但雅德维加没有注意她说的是什么。

“给雅努什报个信，”她急速地低声说道，“你要是碰上了他的话。我想法在椴树林荫道上等他……如果办得到的话。”

海伦卡朝通向果园的那个窗口奔去。

雅德维加还扯着她的衣袖说：

“你记住，海伦卡，不是我。你记住呀，这不是我……”

海伦卡迫不及待地挣脱了身子。

“不一定。”她边跑，边说道。

“不是我，你记住，不是我。祝你成功[①]。”她看到海伦卡打开了窗户，又补了这一句。

门廊里已经响起了沉重的脚步声和德国人大叫大嚷的声音。看到海伦卡跳出窗子，隐没在昏暗的果树林中之后，雅德维加在胸前划了个十字，便去见德国人了。

四

雅努什踏上归程的时候，天色已经入暮。

他沿着林中小径刚走了几十步，便透过发黄的树叶看到一轮圆月从地平线上冉冉升起，月色苍白而又朦胧，酷似复活节的圣饼。

从此处到科莫鲁夫大约八公里。对于不习惯长途步行的雅努什来说这段距离不算短。但是，初秋之夜的寒意和这类性质的出行所引起的越来越强烈的不安全感在驱赶着他前进。他走得相当快，心里盘算

① 原文是法文。

着过一个半小时左右就该到家了。

然而跟年轻的布尔什维克谈话的余音和酒后的兴奋又使他逐渐放慢了脚步，把潜在的危险也忘在了一边。他像散步那样悠闲自在地走着，全然不顾初秋时节阵阵袭人的寒气。过了一会儿他才明白，对于同科利亚谈话的回忆似乎只是一股潜流，而占第一位的则是踏在这忽而坚硬，忽而松软的林中沙土小径上所体验到的一种无名的快感。

这条小径不久便延伸到了森林边上，跟田野只隔着一排树木。这是一排高大的槲树，盘根错节，枝叶扶疏。从槲树的空距之间可以看到秋耕的田野迤逦伸展到远方。东升皓月的洁白光线和落日的惨淡余晖同时倾泻在那片广袤的田野上。

雅努什并不感怀一天之将逝，反而体验到了一种平生少有的充实和谐，这种精神上的充实使他喜不自胜。

漆黑的树木之间露出大片的空白处，仿佛有许多巨人跟他并排走在同一条路上。这个比拟是自然而然地在他心中出现的，于是他便竭力想象，过世了的人们之中有谁能这样伴随着他月夜漫游；他们之中每个人要对他讲些什么，而他自己又能对他们讲些什么。他想到，自己恐怕对约齐奥最有话可说了，因为约齐奥对他一生的经历不甚了了。倘若约齐奥，在自己逝世二十五年之后看到自己昔日的朋友又是在战争时期孑然一身在森林里行走，他一定会吃惊不浅；倘若他看到雅努什时不时把手伸进衣袋里摸摸英国飞行员赠送的冰冷的手枪，他一定又会大吃一惊。

槲树之间的一个空白处使他想起了埃德加尔，然而，对他恐怕是无话可说了；他有点儿担心这会伤害朋友的自尊。他简直不敢想象垂老的埃德加尔在战争的岁月里又如何步步碰上严酷的现实，到处面临着可怕的死亡。因为埃德加尔的死是美好的——对此雅努什片刻也没有怀疑过。他知道，他的朋友在逝世之前满怀着崇高的思想，这些思

想伴着他长眠，如同绸缎衣裳装在樟木箱子里，整整齐齐，漂漂亮亮。埃德加尔理应有个美好的终结。阿丽亚德娜的死又是怎样呢？他无须去探讨。对他说来，她的死也是美好的。难道不是吗？

他回想起爱尔日别塔曾经怎样唱着《森林之王》这支歌，带着怎样的悲剧性的神情来安抚病中的孩子。

我的孩子，这只不过是夜雾缭绕……①

假如埃德加尔想对他谈什么生与死的噩梦，他就会重复这句抚慰的歌词。生活中一切可怕的东西都只是一种幻觉，一缕袅袅的轻雾。

我的孩子，这只不过是夜雾缭绕……

当他看到两棵树木的黑影之间有一线白茫茫的空间越来越向他逼近的时候，他心中又默念起了这句歌词。那正是弥漫在田野上方的夜雾。林中小径在向它延伸过去。

一路上只有此时此刻他才感到有点儿不安，他的心似乎微微紧缩了一下。他能对那些死者讲些什么呢？

假如在这些一路伴送他的死者中间，出现了几个妇女，他简直要不知如何是好了。即使是在阿丽亚德娜面前，他恐怕也无话可说。此刻，她们怎能理解他呢！她们在生前对他就不理解。也许任何妇女都不能理解男人的不安吧。

于是，他径直朝那两棵槲树之间的、轮廓颇似一位身材矮小的妇人的一线白茫茫的空间走去。他径直朝那儿走去，仿佛他应在那儿遇

---

① 原文是德文。

见什么人，而且一定能够遇见似的。可他一走到那里，那条白带子的形状也就变了，只不过是一片普通的空白。在那片空白后面立刻便出现了田野，朦胧的夜色和翻耕过的土块上白色的亮光。他宁可走出森林，尽管意识到了这样做有多么危险。在这月明如昼，轻雾似淡淡的浮云的秋夜，一个人走在毫无遮掩的田野上，是会从老远就被人发现的。

他走出了林边。刚才的那排槲树此刻又像是人影。但那已经不是他生活中的伴侣，不是他那些已经过世的朋友——埃德加尔、约齐奥、瓦莱雷克和小索班斯基了。景也留人，树也留人，那些树木真像是森林之王，伸出双手来挽留他，想把他藏在自己的阴影里。简直就像要把他吞下去。

他终究明白了一件事：迄今的一切都不是真正的生活。只不过是一种苟安罢了。直到现在他才理解到，人活在世界上就应该有所附丽，活一天就该有一天的价值，就应该奋然前行。而今他必须从头来做那种他称之为"延续"的工作了。不，此时此刻他不是在做梦。他以前一直是在梦中，此刻才如梦初醒。

他要认真地想一想这件事，便不加思索地往地上一躺。泥土地寒气逼人，然而又似乎很可亲。他觉得自己身子下的这片土地，就像是大自然给他铺好的卧床。雅努什躺在一片茂密的幼桦林中。在月光的照耀下他看到了它们瑟缩在秋风中的稀疏、枯萎的树叶。相隔不远，在森林边上一棵棵槲树影影绰绰，不断变幻着形态。有时它们彼此倾斜到一起，宛如在议论着什么。那些树木的形态又在他的心中唤起了新的回忆。

许多年前，许多许多年前，他跟阿达希曾经从这儿走过。他把这个人完全忘了。阿达希·普热比亚-温茨基……他们一起在克拉科夫的闲逛，后来的谈话，埃德加尔的葬礼都一一浮上了心头。这个可笑的

卑微小人，对于雅努什来说毫无意义。他自杀了，不错，他是自杀了。他找了个什么荒唐的借口结束了自己的生命。

雅努什鄙薄地一笑：白痴！怎能擅自剥夺自己这个最宝贵的财富——生命呢！而今他明白了生命是什么，生命本身就是最高的价值。尽管落到他头上的是那样残酷的命运，尽管直到目前为止他一直如同生活在梦中，弥漫在他周围的是一圈密不透亮的浓雾，生命仍然不愧是最珍贵的东西。

所有这一切——战争、烽火、别人的死——都显得那么崔嵬、壮丽、令人陶醉。他仰望着明月的光辉照耀着的浮云，片片浮云宛如大海上点点白帆，他望着浮云飘动，胸中不由响起了雄壮的乐曲声。

带着这一切穿过漫天烽火，不顾一切地活下去，用自己身上的每一根神经去感受生命的搏动。这该是多么美好！

人本身是怎样的一种无价之宝呀！

雅努什一跃而起，心里还在想着阿达希。他还不满三十岁。然而现在已经变成了泥土，与青草、树叶共呼吸。

而他，雅努什已经年过半百了。可直到如今他才感到活着的意义。面对屡见不鲜的别人的死亡，他理解到了生的价值。

他大踏步向前走去。地上的寒气使他冷得打战。青草已经发僵了，似乎严寒已悄悄钻进了它的密丛之中。他走得真快，竟走出了一身汗。急促的步伐缓和了他异常紧张的神经，也使他身上的酒气消散了。

他开始更平静、更缜密地思考起来。

他渐渐领悟到，断言自己是生活在梦中这是一种自我欺骗。不，他的青春时代是现实的。彼时彼刻没有梦的地位，完全充满了痛苦的清醒状态。近来这几年他才笼罩在雾中，这是些精神上懒散的年代，是些意志消沉、愤世嫉俗的年代。他浪费了这许多年华，而今要开始一种新的生活了。

他想起了自己到游击队营地去的时候，在他身后的海伦卡目送他的眼神；自从他在布斯特雷茨基招待所的窗口见到海伦卡的那一刻起，对她就一直念念不忘。“难道她就是生活的象征？”雅努什思忖道。

那么，科利亚呢？难道他不是新生活的预兆吗？

雅努什感到忐忑不安。但是平稳的脚步声又在他心中唤起了另一种思绪。他思索起了自己没有对萨比娜说尽的话。他本想把一切都告诉她，本想对她谈谈沃洛佳和阿丽亚德娜，但是她对这些都不感兴趣。

他想起了自己同沃洛佳在仓屋里的相遇。说得确切一点，不是想起了，因为他一直铭记在心头。

现在他想明确一下，那次相逢的基本内容是什么？他们谈了些什么？他竟忘了！然而，他记得他们在敖德萨的那次谈话，就在他曾狂热地恋着阿丽亚德娜的那幢可怕的住宅里。那一次的相逢照说是很重要的，可是对他生活的影响竟是如此微不足道！“我怎么能忘了那次的交谈呢？后来的那种抑郁、停滞、浓雾弥漫的生活岁月又是怎么出现的呢？”这种生活如今已宣告结束。他要去帮助海伦卡，帮助小伙子们，他将跟他们在一起。可惜了利莱克！不，他不再逃避责任，躲进世外隐居的生活中去了。他将奋然前行，手里抱着……他是怎样对萨比娜说的呢？“手里抱着七弦琴……”哈，哈，哈！七弦琴！

现在他才开始生活，这就是说，为某种重要的、非常重要的东西而奋斗：为他雅努什本身的价值而奋斗。

他停下了脚步。他脑子里又想起了那本小册子。除了封面上作者的名字之外，那本小册子他竟从来不曾浏览过。沃洛佳那样重视的内容他竟然一无所知。

那本小册子现在在哪儿？在哪个抽屉里？他把它跟那些无用的战时行军笔记一起放在了什么地方，他甚至不记得放在哪里了。但一定是在某个地方，肯定在。前不久他似乎还在纸堆里见到过那本小册子。

现在得把它找出来了。

他加快了步伐，走得那么急，似乎他的生命都悬在列宁论托尔斯泰的那几篇文章上了。

“现在一切都要变了。”他思忖道。

“我有了目标！”他大声地自言自语道。

这就是说，那些生活目标明确的人所说的一切都不是欺人之谈？这就是说，人活着可以有信仰，而不是浮生若梦？

“快一点，快一点。”他心里一再重复道。

此刻他走在耕过的土地和长满了饲料玉米的荒地之间的田埂上。玉米地里阴冷而又潮湿，但高高的玉米禾秆却遮住了可能出现巡逻兵和德国汽车的大路。望月的银辉照耀下的玉米庄稼撒下一条长长的阴影，雅努什得以从这片阴影中悄悄地走过去。然而那屏障占有的空间并不大，不久雅努什便走到了一片开阔地带。如果雅努什小心谨慎一点的话，他就该三脚两步穿过公路，从森林那边回家，就该通过果园，从后面进去，而不经过前面的庭院。但雅努什那么急于要找到小册子，甚至连想都没有想到要预防不测。他沿着田埂很快走上了公路，又沿着排水沟一路走去，想以最快的速度走到通向科莫鲁夫庄园的那条林荫道上。

夜已深沉，忘情的思索占去了他许多时间。皎月临空，雅努什感到浑身疲乏。他在秋天新鲜、凉爽的空气里几乎待了一整天。好久以来他没有走过这么远的路程。

就在从大公路上分出一条林荫小道通向科莫鲁夫的地方，也就是在雅内克·维耶维乌尔斯基受伤倒下的那个地方，有个人抓住了他的肩膀，把他拉到了暗处。

那个人正是雅德维加。

“快跑！”她猛然说道，“家里有德国人！”

雅努什一下惊呆了。他完全不懂雅德维加说的是什么。

“好！幸好你走的是这条道。他们在森林里抓住了伊格纳茨，塞进汽车里去了。”

“什么？他们来了？什么时候来的？”

“天黑的时候。他们在等你，快跑！”

“这是出了什么误会。”雅努什说，“我得回家去。他们不会把我怎么样的。”

他从雅德维加的手中挣脱了出来。她气喘吁吁地在林荫道上追上了他。

“你疯了吗！他们会把你抓走的。伊格纳茨就在汽车里……”

“海伦卡在哪儿？”

“我不知道。她躲起来了。德国人来的时候她就溜了。我没有看见她。”

“什么？你不知道海伦卡在什么地方？”

“不知道……她跑到果园里去了。她是要在那边等你的。”

“德国人没有看见她吗？”

“我不知道。我在等你。他们也想抓我，可我没让抓。我跟他们嘻嘻哈哈说笑话敷衍过来了。他们有人会说法语。我给你带来了一条厚围巾和一点钱。再多我也没有。拿去吧……”

“我必须回家去。”

他又一次挣脱了雅德维加抓着他的手。顺着明暗交替的林荫道向前飞奔而去，追不上他的雅德维加时不时在树荫之间的空白处看到他的身影。她的心有如刀剜，喘得透不过气来。她只好站住了。她目送着他飞也似的跑着，自己却动不了一步。她反拧着双手，呆若木鸡地望着那个跑远了的人。

“他一生只有两次这么赶过，”后来她常对有兴趣听她讲的人这样说，

"一次是忙着娶那个佐霞，再有一次就是急急忙忙去见那些德国人。"

雅努什几乎是跑着进了大门。

大门前停着一辆黑色小汽车，车旁有人看守，但是德国人没有阻止雅努什。他大步跨过庭院的时候，也没有一个人阻止他。只从柴草棚和仓屋那边传来了几声低语。这一定是对他的警告。

他匆匆冲进了走廊，到了走廊左边楼下的房间里。

他看到德国人之前就发现了自己的书桌被翻得乱七八糟，今天早上刚开头的那封信不翼而飞，大量的纸张和纸片被扔在地板上堆成了一大堆。在这杂乱无章的一堆的最上面——他看得清清楚楚，同时又像在梦中——放着一本写有"列宁"二字的发黄的小册子。一九二〇年出版的一本小册子。

雅努什抬眼向上一看，只见书桌后边站着一个德国人，头戴钢盔，身穿军服。

德国人滑稽地行了个军礼。

"我们恭候多时了，"他非常平静地说道，"伯爵先生到森林去有何贵干？而且走得这么远？"

"这么说，是来抓我的，"雅努什想道，"不是来抓海伦卡的。"

"可您何以知道我走得很远？"他问。

"因为我们等得太久了。"站在书桌后边的纳粹特务不耐烦地说。

雅努什没有注意德国人讲的是什么。他想俯下身去拾起列宁的小册子，看一看大标题。确实是论托尔斯泰的那本小册子吗？但是封面上一点儿也看不出这本书的内容。他正想伸手去拿。

这时德国人吼道：

"举起手来！"[①]

---

① 原文是德文。

梅申斯基没有去理睬他的命令，不顾一切地俯身到纸堆上，抓起了小册子，把它举到了自己的近视眼前，翻开了书的扉页。

穿军服的德国人狂怒了。

“举起手来！举起手来！举起手来！”① 他歇斯底里地吼叫道。

雅努什恐惧地朝他望着，却又像望着一头不通人性的野兽，同时把两手向上举了起来。左手上还拿着那本小册子。

突然，他感到有一双强壮有力的手从后面抱住了他，开始从上到下搜他的身子。只听到一阵尖酸刻薄的窃笑，搜身的那个人的手从雅努什裤子后面的口袋里掏出一支闪闪发光的英国手枪来。

“我忘记了，”雅努什思忖道，“完全忘记了应该把它扔在路边什么地方。扔到草里或是树下……现在我完了。”

“啊，我们找到了一个很有趣的玩具。”② 搜身的那个纳粹特务说道，“我想，一定是从森林里弄来的……”③

站在雅努什背后的那个德国人在自己的同伴眼前把手枪扔到了书桌上。搜身的那个人的声音使雅努什想起了舍尔廷的嗓音。他眼前便出现了昔日那个俊美的海得尔堡青年的形象。他回头望了一眼。

“老实点，否则我就开枪了！”④ 站在雅努什对面的那个德国人喊道。很显然，他完全失去了自制力。大既在他搜查过的人中还从来没有遇见过这样胆大妄为的分子。

雅努什背后站着一个高个子，年纪很轻、非常英俊的纳粹特务分子。

“他跟舍尔廷没有任何共同之处，”雅努什揣度道，“只是口音一

---

① 原文是德文。
② 原文是德文。
③ 原文是德文。
④ 原文是德文。

样。这一位显然也是海得尔堡人。”

他用一种特别引人注目的殷勤语气回身向那人问道：

“您是海得尔堡人吧？”[①]

年轻人什么也没有回答，只是用手枪口顶着雅努什的腰部，把他向前推，推到在桌后等着他的那个纳粹特务面前。

“我受够了。”雅努什想道，“反正一切都完了。我并不想当个民族英雄……”

他又朝着站在自己面前的、头戴钢盔的德国人走了一步，把那本小册子从左手换到右手上，并且用它轻轻敲了敲那个号叫着的纳粹特务的鼻子。

“你安静点！”[②] 他说这句话时声音平静，但很洪亮。

这是他在这个世界上说的最后一句话。窄狭的小房间里传出了两声震耳欲聋的枪响。雅努什用胸脯靠着书桌，然后，顺着桌子下滑，像个木头人倒在乱纸堆上。他的血流到了那一堆笔记本、札记本和永远秘而不宣的知识分子气十足的诗稿上。他还来得及想到，他的一生竟是这样突然毫无意义地结束了。

“我已经什么也做不了啦。”他甚至想低声说出这句话来。

但是一片紫红色的雾迅速笼罩了他的意识，如同有一双死神的手扯破了防身的铠甲，然后对着他的心脏猛的一击——于是一切都完了。

“嗨，这位是找死的。”[③] 海得尔堡来的高个子，英俊的德国人说道。

---

① 原文是德文。

② 原文是德文。

③ 原文是德文。

第十五章　第一天

一

斯彼哈瓦有一段时间住在布拉茨卡街二十号雅努什过去住的小房间里。梅申斯基生前他就搬了进去，并且得到了对方的同意。因为雅努什在沦陷时期几乎从不到华沙来。如今雅努什牺牲了，卡齐米日却搬了出去，把那个小房间让给了自己的父亲，这件事使泰克拉小姐极为反感。

一九四三年晚秋时节，老斯彼哈瓦来到华沙时几乎是神志不清。他那一直住在巴拉努夫卡的一家人都被乌克兰人野蛮地杀害了。老头儿因为到小镇上去买东西，偶然耽搁得久了，回家时已经很晚，这才捡了一条命。可是房子被放了火，虽说没有烧起来。卡齐米日的母亲，松卡和她的两个孩子都被割断了喉管，躺在血泊之中，眼睛瞪得溜圆。萨比娜早在四〇年就跟着自己的土地丈量员到利沃夫去了，从此杳如黄鹤。老父亲来到华沙，在十一月的某个阴霾的日子里出现在斯彼哈瓦的面前。是谁给他的这个地址，他是怎么想起到那里去找儿子的，

他都说不清。老斯彼哈瓦朴实、憨厚的天性里隐蕴着某种本能，把他从洗劫一空的巴拉努夫卡引到了华沙，在华沙又把他引到了比林斯基家的府邸。

只能说这是一种本能，因为老人的神志完全糊涂了。首先是，他什么都不明白。他不明白是谁杀害了他一家人，不明白乌克兰民族主义分子和德国人之间结成了什么样的关系，不明白布尔什维克是什么人，不明白是什么部队正在向西挺进，他什么都不明白。他个人的悲剧遮住了面前的整个世界。他眼前出现的总是被杀害的一家人的尸体。他整天唠唠叨叨，但开口闭口说的总是那个场面。泰克拉小姐有时不得不一连几个钟头听他的絮叨，但听来听去总是那个车轱辘转的故事。

“幸好我的双亲没有活到这可怕的一天。”他总是这样庄严地结束他的故事。

奇怪的是，老斯彼哈瓦的头脑里一切都搞混了，他觉得，他的次子雅希的尸体也跟那些被杀害了的家人的尸体一起留在被烧坏的房子里了。其实，雅希在许多许多年前就已经过世，那还是他们住在索沃夫尤夫卡铁路边上的时候。使斯彼哈瓦最难受的莫过于父亲提起小雅希的死了。对于卡齐米日来说，小雅希的死是他青年时代所经历的一次最可怕的震动。父亲的唠叨使他最难忍受的不是母亲和妹妹的遇难，恰恰是他提到雅希的死。

再说，斯彼哈瓦也很少有时间去听父亲的哀怨。他整天不在家，经常不回来过夜。他住在紧靠奥拉卧室的一间小客厅里，但经常一连几个星期见不着他的面。老斯彼哈瓦揣度出儿子行踪不定，便往往在莫名其妙的钟点里从床上爬起来，摸到楼下卡齐米日住的小客厅，找他“聊聊”。卡齐米日感到最难为情的是，老人完全不明白他身在何处，完全不考虑住在这幢房子里人们之间的相互关系。他怎么也弄不明白奥拉不是玛莉亚·比林斯卡，而且一直怀疑儿子骗他，说他只不

过是不愿承认“这一点”罢了。

一天清晨——一九四四年八月一日阳光明媚的清晨——老斯彼哈瓦五点钟的时候就爬了起来，随便抓了件衣服披在身上，急急忙忙顺着嘎吱响的厨房楼梯扑通扑通地来到了儿子住的小客厅。使他惊诧不迭的是，见到卡齐米日已经穿着整齐，刮过了脸，准备进城去了。

“你怎么天一亮就起来了?”他问道，同时在门边的椅子上坐了下来，“你到哪里去?”

斯彼哈瓦不吭声。

“你怎么不说人话呀?”

老人完全不懂如今并不是什么话都可以说，最好是不要提任何问题。

他突然冒出了一句：

“听说，俄国人已经到了布拉格区。”

斯彼哈瓦愕然地望着父亲。他完全没有想到父亲知道布拉格是什么，尤其没有想到他竟会得到这样的消息。果然自昨天开始外面就一个劲儿地谣传说，俄国人在登布林已转入攻势，说他们的先头部队已经到达了布拉格区。他担心的是，父亲完全有可能还知道别的事。

“是什么人告诉您的?”

“啊，昨天那个……泰克拉。”

过后，他沉吟了一下，又问道：

“布拉格在哪里？很远吗?”

这一问倒使卡齐米日放心了。他宁愿父亲的脑子里装着一团雾，而不愿他能洞察正在发生的一切。卡齐米日想到，别看这些天来华沙谣言蜂起，昨天下午的决策还是没有传到布拉茨卡街二十号的“参谋部”来（海伦卡把泰克拉小姐、舒什凯维奇太太以及老斯彼哈瓦一伙人称之为“参谋部”）。

卡齐米日匆匆把父亲打发走了。他很忙，马上就得出去，但又不想当着父亲的面从秘处掏出手枪来。

“再见了，爸爸，”他说，“爸爸今天最好是待在家里。”

“为什么?”老头儿已经到了门边，又回身问道。

“他们可能会开枪。”卡齐米日说道。

“谁会开枪?”老头儿惊诧地问。

“谁？当然是德国人。”卡齐米日回答。

老头儿又扑通扑通地回到楼上去了。

斯彼哈瓦略微思索了一下父亲的不安。这种不安根本不可理解，而且完全不合乎老人的本性。在他看来，这老人倒很像一只暴风雨前的鸟儿。

再说他也没有时间来考虑这种纯属个人的问题。卡齐米日虽说只不过是一个区的副指挥，但却属于能参与机密的少数军官之一。从昨天起，这些军官的衣袋里就揣着这样一张纸片：

> 急令。各区指挥员亲启。七月三十一日十九时。命令——‘W’① 八月一日十七时……

他的心脏紧缩了一下——平生第一次感到有些恐惧。他觉得似乎有一大团沉甸甸的乌云向他压了过来。但他已经没有退路。他很清楚这类命令的不足之处，也明白，已经无法补救。只好一切听其自然。

他忙着再去参加一次碰头会。虽然时间还很早，他看到（也许只是感觉到）华沙街道上比平常这个时候要热闹得多。他经过元帅大街和萨斯基公园，拐到选侯街。这天早晨天高气爽，阳光灿烂，可卡齐

---

① 华沙起义的代号。

米日却无心欣赏。他想的是，一到下午这好天气就会失去自己的魅力。选侯街口有一幢他总爱在前面站一会儿的房子。安东尼·马尔切夫斯基[①]就曾住在那幢房子里。斯彼哈瓦对这位诗人和战士颇有好感，虽然他和卡齐米日之间并无任何关系。但这一次他又停住了脚步。房子不大，但十分和谐。“他们怎么会有这一手?”一个没意思的念头在斯彼哈瓦的心里闪了一下。然而，这纯粹是个表面的念头，是“装样子的”——是为了装样子给自己看的。因为在这个念头的背后隐藏着另一个念头，一个使人非常难受的念头，那就是恐惧。

冷街的住宅里今天来的人比昨天少多了。大势已定，不知道还有什么好谈的。斯彼哈瓦觉得自己好像是在火车站送别某一个远行的人(是比林斯卡?)，火车眼看就要开走了，要开始一场“实质性的”谈话又不值得，而随便说点什么又不愿意。他站在车厢前面，盯着离人的眼睛，相对无言。几个心神不定的人在一间平庸的房间里，坐在沙发椅上，有一搭没一搭地交谈着。他们在等待那些迟到的人——或者是干脆不来的人，彼此说几句无关痛痒的话。最后他们终于明白了没有什么人好等。总指挥谈的那些问题都取决于行动本身，可他说话的语气，倒像他自己对于事态的发展具有一种不容置疑的决定性的影响。其实，谈的不过是联络细节。斯彼哈瓦偶然打听到总参谋部已经搬到意志区的消息，不禁大吃一惊。

他的注意力早已被坐在对面桌边的一个生人吸引过去了。这个人昨天和前天都没来过。

这是一位军官（他的一举一动都显示出他是个职业军官)，个子不高，身体已经发胖，秃顶。他面色红润，而那双凸出的蓝色小眼睛倒使卡齐米日感到特别熟悉。

---

① 安东尼·马尔切夫斯基（1793—1826)，波兰浪漫主义诗人。

他出神地看着这个人，竟没有听到别人都在吵些什么。军官们互相指责对方轻举妄动、不够资格指挥作战。可是斯彼哈瓦不明白他们为什么那样激动。那个人显然也注意到了卡齐米日。

吵闹声中突然混进了一声汽笛的长鸣。有人朝窗外望了望，但不见有飞机来。在场的人彼此交换了个眼色，什么也没有说。工厂汽笛的长号对他们而言并不说明任何问题，也许对德国人来讲倒有什么意义的吧？

气氛紧张起来。争吵已经停止，过了一会儿谈话也猝然中断了。人们起身告别。告别时都显得漫不经心，没有人提到下午需要他们去完成的使命。斯彼哈瓦受命届时出现在希文托克日斯卡街和雅斯纳街拐角上储蓄银行大楼的前面。

像往常一样，人们一对一对地离开会场。凑巧斯彼哈瓦和那个秃顶军官一起出来。刚走到楼梯上他就认出了，此人是斯塔希·奇日。

“你是怎么回事?”他问道，这时他们已经走出了房子。

“唉，没什么，就像你看到的。”奇日微笑着平静地答道，“我们又在战时相逢了。”

“只是，已经过了四分之一世纪。”

“这是多么不平静的一个世纪呀。”

他们并肩走着。奇日有点不安。

“我们应该分开走。”他胆怯地对斯彼哈瓦说道。

卡齐米日笑了起来。

“你只要看看周围就知道，”他说，“谁也没有注意我们。”

两位军官溜溜达达地走着，许多比他们年轻得多的人从他们身边匆匆走过。这是成百上千的小伙子和姑娘向着各自的集合地点赶去。许多小伙子穿着高筒皮靴，风雨衣，背着背囊。几乎每个人手上都拎着个箱子、旅行袋或是大包。大衣的衣袋都是鼓鼓囊囊的。他们时不

时要遇上德国的巡逻队，可是德国兵却装出一副视而不见的样子。

到了蛙街，他们走进了一家小咖啡馆。咖啡馆叫“卢拉”，此刻几乎是空无一人，他们便找了个角落坐下了。他俩默默无言相视良久，仿佛是在重新探究对方昔日熟悉的面容。奇日的面部变得跟石头一样冷漠呆滞，紧抿的嘴角布满了皱纹。卡齐米日清楚记得，这个人年轻时有一张丰满的、玫瑰色的好看的小嘴，而今它却执拗地抿成窄窄的一条缝。斯彼哈瓦认为，这张嘴巴简直叫人讨厌。他为昔日那个朝气蓬勃、英俊潇洒的年轻人感到痛惜。此时此刻坐在他面前的却是一个毫无生气的陌生人。尽管他产生了这个印象，然而从昔日的斯塔希的变化中却得不出任何结论。回头他又自怨自艾地责备自己。真个的，作为一个外交官，他犯了一个不可饶恕的错误。

后来，斯彼哈瓦脱下手套，放在自己的杯子旁边，急不可待地说道：

“你瞧，我们轻率地失去了军事行动中最宝贵的东西：出其不意，攻其不备。”

斯塔希·奇日一声不吭，只是显出有些坐立不安。而斯彼哈瓦也没有期望能得到什么回答。

“唉，你说呀，”他命令似的对奇日说道，“你到底是怎么回事?”

“我吗?我到这儿来，如同一颗李子掉进了粪堆。在这之前，我一直是在森林里。”

“果然！我就是没看见过你嘛。”

“哎，不对，我在这儿已经转悠很久了，只是我们没有碰过面。”

“啊!”斯彼哈瓦又接着问道，“兄弟们呢?”

“牺牲了。两个牺牲在卡蒂尼，一个牺牲在奥斯维辛集中营。还有两个活着。一个在伦敦，另一个在这儿。”

“喏，你瞧。这二十多年来你都在干些什么?”

“一直在小军区混日子。在基埃尔策、格鲁琼次都待过。”

“你感到厌倦了吗?”

“我没那闲工夫。我曾经是有老婆孩子的人。”

“现在没有了?”

“现在没有。现在我像一只自由的小鸟儿。”

“嗨，这也是一种自由。”

“你呢?你的姓名传到我的耳朵里过……从上层传来的。”

“但愿你已经把它忘记了。”

“我知道。你是科特拉日少校。”

“正是。”

他们彼此审慎地对视了片刻。

“嗯，你对这一切怎么看?”卡齐米日问。

“我吗?我是个微不足道的小人物。”奇日装出一种虚假的谦恭说。

“令堂大人去世了?”斯彼哈瓦突然问道。

“去世了。”

“可家父还活着。”卡齐米日夸口似的说道。

“当真?”奇日淡淡地问了一声，他的态度越来越冷了。

“哎，你倒说说看，你对这一团糟的局面是怎么看的?”

奇日捉摸不定地耸了耸肩。

“一会儿说不起义，一会儿又说要起义。上午一个样，下午又另一个样，朝令夕改。甚至连命令也不能及时送到。”

奇日嘟哝了一句什么。

“为什么?”过后他问道，“他们不是有一整上午的时间吗?”

“得了吧!您想想看，”斯彼哈瓦反拧着双手说道，“就这么几个钟头!要知道，这一次理应是总动员。我们能设想进攻吗?而防守是没有出路的。一切都会砸锅。完蛋!”

“那边也都是些年轻人。”奇日含糊地指了指街那边。

“难道说，因为他们年轻，就应该让他们去送死？他们会被人像羊一样宰掉的。”

“充其量，他们开枪。”奇日越来越生硬地说道。

“你不是听见了今天和昨天都说的是些什么吗？如果武器不够，就把斧头、丁字镐、破铜烂铁都发下去。你听见了吗，奇日？”斯彼哈瓦又重复了一遍，声音里带着绝望，“斧头、丁字镐、破铜烂铁。准备了六年——可突然来个即兴！”

奇日没有喝咖啡。他的一双眼睛眯得越来越小。

“只好如此。苏联人逼近了布拉格区。我们必须在他们到达之前占领华沙。我们必须是华沙的主人。”

斯彼哈瓦笑了起来。

“总忘不了当主人……”他说道。

秃顶军官挺直了僵硬的身躯。他的脸变得像块石头。

“科特拉日少校，”他演戏似的低声说，“少校在散布惊慌情绪。说这种话得当心哩，否则……”

斯彼哈瓦一下清醒了过来。

“我是个十足的白痴。”他心里想道，“我总是这样粗心大意，蠢头蠢脑。要知道，我并不清楚他是什么人。我二十多年没见过他了。昔日那种稚气的行军中结下的愚蠢的友谊顶个屁……那一次简直是场游戏，而这一次才是生死搏斗哩。在这个世界上人是越来越坏。”

他毫不掩饰地、执拗地盯着奇日的眼睛。

他谈起了别的事。

“你瞧，”他一面审视着奇日一面说道，“我们这么多年没见面了。我还以为什么也没有变，还以为我们俩还跟二十年前一样。可这完全是一种错觉。我们都不是昔日故我。你知道，”他亲昵地补了一句，同

时隔着桌子向斯塔希探过身子，“旧梦不可重温。否则会尝到可怕的报应。请你相信我，它只会带来最令人伤情的失望。”

对方什么也不明白。他眨巴着眼睛，那对蓝色的小眼睛完全眯成了两道缝。

“科特拉日少校，”他说，“您不用跟我磨牙了。我知道，您在想些什么。”

斯彼哈瓦暗自想道，奇日的那双小眼睛，加上白睫毛，使他简直活像一头猪。与此同时，他又意识到，迄今他跟任何人都没有这样倾心交谈过。

“我真是把珍珠抛给了猪。”他思忖道。

他清醒了过来。

“你知道，斯塔希，”他慢悠悠地说道，“我劝你别跟我来这一套。这样的人是不会走运的。”

奇日哑口无言。

“科特拉日少校，”他说，“我去向指挥员报告。”

斯彼哈瓦站起身，拿起桌上的手套，说道：

“再见了！朋友。”

他“砰”的一声关上了咖啡馆的门，扬长而去。

二

早晨天气晴朗，阳光普照。城市上空是一片瓦蓝的天空——这是久晴之后要变天的预兆。安德热依一早就到什么地方去了，他只到母亲的卧室里去看了一眼。泰克拉小姐在“小餐厅”里（大餐厅租给别人了）准备早餐。甚至在几面都是大楼的背阴的小府邸里也充满了夏天的气息。

泰克拉小姐惊诧地发现，老斯彼哈瓦从正门的楼梯上溜了下来（从来没有见他到那去过），朝大门口走去。

“到哪里去？”泰克拉小姐问。

老头儿摆了摆手。

“我到布拉格去，”他说，“我去瞧瞧那些苏联坦克……”

“到布拉格？您莫不是疯了？”泰克拉喊道，“那儿到处是德国人。昨天我看到一整天都在往那里开部队……”

但是，老人没有听她的话，“砰”的一声关上了大门。

“总参谋部解体了。”泰克拉小姐听到身后传来海伦卡讥讽的声音。

安德热依又回来照了个面。

“泰克拉小姐，”他像往常一样急躁地说道，“快拿咖啡来，我忙着哩。”

泰克拉小姐近来老多了。尽管她的举止还跟从前一样庄重，但是手里的东西常常捏不住掉了下来。此刻，听到安德热依一叫，她手里的匙子又掉了下来，碰到茶碟上，撞出了个半圆形的小口子。

“这帮小家伙真是魔星！”

安德热依一点也不像个小家伙。他是个身材魁梧、肌肉发达、晒得黝黑锃亮的英俊男子。他肩宽膀圆，一件漂亮雅致的粗呢上衣贴在他身上就像穿在模特儿身上一样。

“请您转告妈妈，我在咖啡馆等她。”他一边向前厅奔去，一边喊道。

他“砰”的一声关上了门，一步几级地跳下台阶，在大门洞里消失了。泰克拉小姐每次朝大门口一望，总看到那辆把玛莉亚和阿罗送到不知何处去的小汽车还停在那里。阿罗唯一的消息是通过“某个人”转来的——这个人的姓名不便提及，甚至连想都不能想。泰克拉小姐的“藏书”中收有一本糕点制作法的旧书。书上褪了色的字迹记满了

她在波多莱的曾祖母、外曾祖母、七大姑八大姨的名字。那本书里就记载有“某某人发明制作圣餐面包的配料法”。泰克拉小姐早就习惯了这种隐名的方式。

奥拉穿一身浅色衣裙下楼来了。她神态自若，尽管这种镇定看起来有点做作。她朝泰克拉小姐淡淡一笑。

别夏多夫斯卡憎恨这副笑脸。她觉得戈翁贝克太太一副新贵的派头全汇集在这笑容中。她不得不痛心地承认，奥拉太太老来反而出脱得更俏丽了。她的举止越来越娴雅安详，似乎在这座曾经饱览过几代贵妇人的芳容的王府里一住，她也受到了潜移默化。她在仪表和尊贵的步态上都变得酷似安娜·比林斯卡公爵夫人。这个变化真叫泰克拉小姐气断了肝肠。尤其可恼的是，一段时间以来奥拉每天早上总要喝一杯草药。茶叶质量极差，又很难买。奥拉情愿以甘菊当茶，可是老管家却把这看作是一种过分的要求。如果是老公爵夫人或玛莉亚，她也就会毫不在意，可奥拉一提出来就使她暗地里十分恼火。

“泰恰小姐，”奥拉问道，“我的菊花泡好了吗？”

“泡了，”泰克拉小姐简短而粗鲁地答了一句，嘴里还嘟嘟哝哝地说，“泰恰小姐，泰恰小姐，从来谁也没有叫过我泰恰小姐……只有阿罗。”

她把一杯甘菊水放到了桌上。

“奥拉太太，您穿的是浅蓝色的衣裙！”

“怎么是浅蓝色？是灰底子浅色圆点的。”

自从雅努什死后，泰克拉小姐尽穿黑的或者是颜色很深的衣裳。凑巧要找这样的服装十分方便。楼上橱柜里塞满了各种旧衣服，泰克拉小姐经常把老公爵夫人的衣裙拿出去卖给德国的剧院——这是她的一大机密，只有胡贝尔特知道。充当中间人角色的是玛雷霞·塔塔尔斯卡，直到她在元帅大街的咖啡馆里被人弄死为止。现在人们都说，

是胡贝尔特枪杀她的。

奥拉穿浅颜色的衣裙，到理发馆烫发，在家里穿镶有精致花边的长睡衣，这一切都使泰克拉小姐彻夜难眠。

“她就睡在玛莉亚的那张床上，”泰克拉小姐对舒什凯维奇太太咬耳朵，后者跟斯塔希·迪加特[①]在博登湖[②]畔住了一年之后又回到布拉茨卡街上来了，“那个单身汉好在哪一点？他瘦得皮包骨，活像根柴火棍儿……”

“显然，他有什么别人不知道的长处。”[③] 舒什凯维奇太太带着已婚妇女常有的体谅的微笑回答说。

泰克拉对衣裙的意见刺痛了奥拉。

“我对您已经说过多少遍了，”奥拉说，“我是为孩子们着想才不穿丧服的。我是想让他们记住我安详的模样儿。我是在心底里服丧，泰克拉小姐。”她又补了一句。

“唉，如果真是在心底里服丧，简直就不会想到穿浅颜色的衣裳。”

奥拉把嘴一撇。

“泰克拉小姐，”她硬邦邦地说道，“我失去了一个孩子，但还有一双儿女。我必须为他们活着。您懂吗？我在他们面前就得装作不伤心，不害怕……”

“那是为什么？”

“因为，否则他们就会害怕。”

“哎，您的孩子们肯定不会害怕。您不了解自己的孩子。”

“没有一个母亲了解自己的孩子。再说，跟年轻人相处是件难事。

---

① 斯塔希·迪加特（1914—1978），波兰作家。

② 在瑞士、德国和奥地利交界处。

③ 原文是法文。

他们从来不肯承认任何感情。有时使人觉得，他们什么感情也没有……”

“啊，他们有感情，他们有，亲爱的太太，”泰克拉小姐说道，忽地在奥拉对面的桌边坐了下来，不知是一下子瘫了还是过于疲乏，“你为他们累死累活，”她用一种完全不同的，体恤的口气说道，“为雅努什，为阿罗……到头来有什么意思呢？”

“雅努什，是的，他这个人太不幸了。”奥拉叹了口气，此刻她把泰克拉小姐那些带刺的话都忘了。

“唉，他们都一样……”泰克拉小姐也叹了口气。不知她这句话指的是什么。

海伦卡已在桌旁坐了许久，这时她开口了。

“我完全不这样看，”她嘟哝道，“雅努什生前非常幸福。”

奥拉没有注意到女儿已经进来了，忽听到她那响亮而生硬的低音不禁浑身一哆嗦。

“为什么？”她诧异地问道。

“他的眼睛只盯着自己的肚脐眼，周围的事一概不见。”海伦卡答道，“对我们周围世界上的事一概不懂，这不是真正的幸福吗！”

“你懂得很多吗，海伦卡？”母亲问。

“起码比雅努什懂得多！”海伦卡的语气仍然是生硬的，“至少我懂得，该把这个世界往什么方向推动。为了将来炸弹不再落到我们头上……”

“那真是谢天谢地，海伦卡。”泰克拉小姐讥讽地说，“至少，如今我们知道，谁将赢得这场战争。海伦娜·戈翁贝克小姐……”

泰克拉小姐是用一种非常挖苦的口吻说出姑娘的姓氏的。

“如今大家都清楚，谁将赢得这场战争！”海伦卡耸了耸肩膀说。

“是这样。不过我们将面临一种怎样的局势呢？”奥拉怅惘地问道。

“不难设想，”海伦卡悻悻地说道，“脖子上套根绞索呗。”

“哎，不能这样讲。”母亲反驳道。

“可你们都认为是如此。”

“‘你们’，‘你们’，”奥拉反复念道，“‘你们’是什么意思？你又在干什么？你又是在哪里？”

海伦卡缄默不语。

泰克拉小姐乘机插进一句：

“安德热依说，他在咖啡馆。”

“哎呀，真的，”奥拉脱口说道，“我约好了在那儿跟罗伊斯卡姨妈见面。”

“罗伊斯卡太太在华沙？”泰克拉小姐惊诧地问。

“是的，”过后她又慌忙改了口说，“她该今天到达。是从札巴沃拉来的。三天前就到了日拉尔杜夫附近的札巴沃拉。她是乘载重汽车到那里的……带着奶牛和粮食。”

“她已经离开了普斯泰翁基？”海伦卡吃惊地问道，同时抬起眼睛望着母亲。

“哎，不错。”奥拉突然把嘴唇一瘪，“普斯泰翁基已经没有了。”她费力地说出了这句话。

“什么？”海伦卡问道，语气已经和缓多了。

“那里已经被布尔什维克占了。难道这你不明白吗？”奥拉太太说。

泰克拉小姐低头坐着，眼睛盯着面前的盘子。

“他们到处紧追着我们。”

“幸好不是紧追着我们，而是紧追着德国人。”海伦卡说道，声音里有一种扬扬得意的味道。

“罗伊斯卡太太没到我们这儿来……”别夏多夫斯卡小姐头也不抬地说。

奥拉装作没听见她的话，便走进衣帽间，只拿了一把小伞就上街去了。

布拉茨卡街沐浴在阳光里。阴影短而呈蓝色。奥拉对这条街已经习惯，这儿远没有恰茨基街那么安静。她喜欢这条街上的拥挤和繁华的商店。在赫米耶尔纳街拐角上有一家帕库尔斯基商店，尽管是在如此艰难困苦的时期，它的橱窗里仍然堆着一些水果蔬菜：金黄色的洋葱头看起来宛如乐园苹果——被太阳照得那样光华灿烂。奥拉边走边享受着阳光的温暖，眯缝起眼睛瞧着人行道上熙来攘往的人流。

“任何人也制服不了我们，”她想道，“一个富有生命力的民族……”

就在这暖烘烘的夏日似的阳光里，她想起了安托希。说实在的，她从来不曾间断过对于安特克的思念，她对泰克拉小姐说的在心底里服丧并不是一句空话。使奥拉悲痛的还有一个更大的缘由，那就是良心的谴责。她过于轻易地同意了安特克留在乡下。到她断然要求儿子回到华沙，为时已经太晚。再说，她当时确实是真诚地相信，他待在乡下要安全些。至于说，她也觉得这样对自己更方便些，那完全是另一回事。一个成年儿子待在布拉茨卡街的新家里，每天抬头不见低头见真有点儿碍手碍脚。她也真有点儿害怕跟一个成年的、性情暴躁的儿子进行开诚布公的谈话。从安德热依的眼睛里她只时不时注意到一种无言的责备。在谢德尔策附近公路上“抛弃”父亲的事，他如今只在同海伦卡的谈话中提到，那也只是在他想气妹妹的时候故意说的。

她从容不迫地拐进了赫米耶尔纳街。

狭窄的街道隐没在一片蔚蓝色的阴影里。街道两边的小铺里摆满了形形色色的旧货。人们为了生活，有什么卖什么。可是，谁去买它呢？谁又有钱去买呢？

啊，安特克！最可怕的是，谁也不知道他是怎样牺牲的。阿涅尔恰带来了他的皮夹子和手表。阿涅尔恰表现出来的悲伤远远超出了一

个远房亲戚应有的程度。纵然奥拉很难想象在她儿子们的生活中有什么女人的地位，但仍猜到了安特克和阿涅尔恰之间的关系。阿涅尔恰向她详细讲了在战争开始时安特克住在她们那里的情形，讲了好久。其实奥拉对她讲的那些事是清楚的，安特克当时还经常给她写信。只是后来才音梗信杳。他为什么要离开奶奶的茅舍呢？阿涅尔恰无法解释。至于说他们是怎样到塔尔戈夫斯基夫妇家里去的，阿涅尔恰只字未提。

在赫米耶尔纳街和新世界大街拐角处有一幢被破坏了的房子。然而福克萨尔街依然是绿树成荫，天空依旧是蓝湛湛的，看上去倒像是六月而不是八月。

奥拉走进一家挂着“韦德尔”招牌的小店，穿堂而入，来到一座小小的花园，这便是新世界大街上的“马尼拉”咖啡馆。几张小桌子上方撑着红白条子的大遮阳伞，人们坐在桌边品尝优质的咖啡。这样好的咖啡在占领时期是从哪儿弄到的？这一点德国人总是百思不得其解，但咖啡毕竟是弄到了，而且是很好的咖啡。安德热依早就在一个角落里等着母亲。遮阳伞的影子落在他黝黑的面庞上。他的两颊刚刚刮过，有些发青。奥拉好久没有在“城里”遇见过儿子，此刻朝他望了望，如同面对一个生人。他的俊美和成熟使她惊讶不迭。他是个成熟的男子汉了。

“他是什么时候长大的呢？”奥拉思忖着在桌边坐了下来。

“妈妈喝杯咖啡吗？”安德热依既简短又关切地问了一句。

奥拉朝他放在桌边的一只手上瞥了一眼。他另一只手上夹着一根香烟。他的一双手十指修长，漂亮得出奇。小拇指几乎跟无名指一样长，椭圆形的指甲凸凸的，剪得很短。手背上长满了黑色的汗毛——安德热依到底是个毛发很黑的男子。

“好吧，”她说，“我喝一杯咖啡，我不打算等罗伊斯卡姨妈了……

我原跟她约好在这儿见面的。”

安德热依把头略微一低，垂下手。两指间夹着快要熄灭的香烟。

“你舍不得普斯泰翁基吧?”母亲问道，马上又后悔不该提这个问题。安德热依把眼睛从地面上抬起来，朝母亲看了看，目光中蕴藏着惊讶以至恐惧的神情。

她想起了在普斯泰翁基房前屋后跑来跑去的小安德热耶克。她眼前出现了他那两条笨拙的小腿和他跟狗玩耍的情景，而后又看到了长大了的他。她脑海里又浮现出当年的一幕，那时，她坐在普斯泰翁基庄园的门廊里，而他，向园林深处走了，跟父亲一道，朝森林的方向去了。他们头也不回地走了，而她当时感到心中有股酸溜溜的东西像针一样扎了她一下：她想到，不论是在街上行走还是在林荫道上散步，安德热依从来没有那样向她紧挨过身子来，从来没有对她表示过那样的信赖；他尊敬她，但对她缺少爱，缺少温情。

此时此刻，当她坐在咖啡馆里，望着面前这个想跟母亲聊聊的(她猜到了这一点)、陌生的儿子，骤然发现自那时以来他们母子之间就隔着一道鸿沟。她感到，似乎整个逝去了的年华都凝聚在那根没抽完的香烟上（他是什么时候学会抽烟的呢），凝集在他那询问的、对她的失于检点深为不满的目光中。

奥拉垂下了眼睛，重又凝视着他那双手。

“我从来不曾注意到，他有这样美的一双手。童年时代他的手没这么好看……莫不是因为，我是直到现在才看到了这双手?”奥拉思忖着，又漫不经心地重复了一句：

“好的，给我要一小杯咖啡吧。”

“点心呢?”

“好的，来一小块乳酪饼吧。”

安德热依默默无言地坐着，等女招待送咖啡和点心来。

咖啡和点心倒是很快就送来了。

安德热依有点儿按军人的方式贪馋地喝起咖啡来，这使得奥拉的心都痛了。接着他又迅速抬起头，挺直了身子。杯里的咖啡已经少了一半。

“妈妈有什么话要对我说吗?”他装出一副漫不经心的样子突然问道。直到这时奥拉才发现他略有点不安。

“他是多么孩子气啊，”她想道，“不管怎么说，他还是个孩子。”

而后，她莞尔一笑。

“你一定很讨妇女们喜欢。”她出人意料地自言自语道。

安德热依的脸唰地一下红了。他那张黝黑的面孔一下变成了紫红色。他责备地看了母亲一眼。

“妈妈从来没有这样跟我讲过话。”他说。

奥拉一脸不悦的神色。

“我亲爱的，”她伤心地说，“我们交谈的机会是那么少。”

安德热依平静了下来。他垂下了眼帘，女性般的长睫毛盖住了眼睛。脸上的羞红消褪了。正在收拾邻座上的餐具的女招待赞赏地朝他飞了一眼。

“这是我的过错。是我跟妈妈很少谈心。我正想跟妈妈谈谈这件事。”

“你也有什么话要对我说吗?”

“当然，我约妈妈到咖啡馆来会面……又不是为了娱乐。妈妈是从不跟我上咖啡馆的。”

“这不合我的习惯。”

“啊，不错，不错，今天是个重要的日子，我要跟妈妈开诚布公地谈谈!”

“安德热依，别这么说。”奥拉说道，用自己的一只手按在儿子的

手上。她感到自己的手心正压在他那瘦削的、酷似一只海蟹的拳头上，这拳头仿佛又很柔嫩很脆弱似的。

“这是我儿子的拳头。”她心里想道。

“为什么我们的孩子对我们来说总是如此生疏呢?”她大声说了出来，“我们对他们永远是一无所知。”

安德热依大吃一惊。

“妈妈，”他快快活活地说，“现在似乎不是谈论哲学的时候。”

“这是你的手，”奥拉说道，没有松开儿子的手，“要知道这手上的鲜血啊。”

安德热依板起了面孔，把自己的手从母亲的手心下抽了出来，似乎是无意识地把手藏到了桌子下面。

“妈妈想跟我谈的是这件事?”他问。

“你呢?”母亲以问代答。

“我想谈的不是这件事。”安德热依像海伦卡那样噘起了嘴。

“你想谈什么?”

“现在我有点为难了，”安德热依慢声慢气地说，“妈妈一开口就这么激昂慷慨，我都给吓坏了。本来我想说的非常简单。要是从前，我永远也不敢说出来……”

安德热依中断了自己的话，把右手从桌子下面伸了出来，凝视着手指上的指甲。看得出来，他是在搜索枯肠，可奥拉不明白他到底要说什么，又不能帮他的忙。她只有点模糊的预感，也有点害怕安德热依想说出来的话。

儿子把目光从指甲上移开，突然直视着母亲。他那对大眼睛睁得那么大，那么明亮，使奥拉深受感动：安德热依在这一瞬间显得特别俊美。他盯着母亲看了好一会儿，亲切之中夹杂有一点儿讥讽，稍微有那么一点儿——在内心的深处——有那么一丁点儿讥讽的味道。但

他又是那么温情脉脉。

后来又垂下了眼帘，像罗伊斯卡太太那样稍微有点口吃地说道：

“今天，可以说了。”

“说什么?”奥拉不安地问。

“唉，没什么，妈妈。我只想对你说，我充分理解你。你是希望生活中能有那么一点儿幸福，不是吗?”

奥拉感到一阵头晕目眩，似乎整个世界都向她压了过来，压在她那颗小小的、冰冷的心上似的。

“孩子!”她几乎是央告般地叫道。

她不想让他谈那些事。但她知道，他是下了决心要把一切和盘托出的。他又朝她看了一眼，接着便用低沉的嗓音温柔地像对情人似的说道：

“你别担心，妈妈。我不会对你说一句不好听的话。因为你是我的母亲。而我是个成年男子。我什么都明白。你别害怕。”

奥拉把一只戴着手套的手举到了脸边。她想用手去遮住眼睛。

“妈妈，你镇静些，”安德热依的语气更亲切了，“别人都在看你呢。你不要难过。”可他自己却难过起来了，“我是故意约你到咖啡馆来，以便在众目睽睽之下谈谈的。”

“安德热依，”奥拉叫道，她已经平静了下来，“你想对我说什么?”

“大概就是这些，”安德热依叹了口气，“再也没有了。”

“这太少了。”奥拉忧伤地一笑。

“哎呀，妈妈，”安德热依反驳道，“这已经太多了。难道你不明白这一点吗？你大概猜得出来，我说出这些话有多么为难。”

“为难什么？……”

“就是说，我们一点儿也没有怨你。这对我是不容易的，因为你也知道，我曾经多么爱过父亲。”

“现在你也一样爱他。”

“我曾经爱过他。如今，既然他已经到了那个巴西，我又怎能爱他呢……”

说来也真怪，安德热依在谈到那个恐怕是母子之间所能触及的最困难的话题时，尚能保持表面的平静，镇定自若；可一想起父亲，一想到父亲遗弃了他们，他的声音就发抖了。奥拉吃惊地朝他望了望。

“你这样讲，”她说，“似乎是他的过错了。”

“说真的，”安德热依说，“你们两个都把我们遗弃了。但都不是你们的过错。这就是我想对妈妈讲的。”

“你为什么要提起这个问题。”

“因为，这是个……燃眉的问题。这是近几年来我所关心的唯一的一个问题……除了对敌斗争之外……为什么双亲会遗弃自己的孩子呢?”

“莫非你们对此都感到有切肤之痛吗？你？海伦卡?”

“安特克呢?”

“安特克怎么啦?”

“要知道，安特克之所以没有回华沙，就是因为不愿碰见那位我们每天都跟他见面的先生。”

“你发发善心吧，安德热依。”奥拉呻吟着说。

“好吧！说不定安特克在华沙会牺牲得更快呢？好赖他还活了那么几年，跟阿涅尔恰相爱过……谁又能预料会发生什么事呢?”

“你为什么对我谈起这些事?”奥拉问，她的声音里充满了绝望，“又为什么偏偏选在今天?”

“你猜猜看。”安德热依说道，同时聚精会神地注视着母亲。

他那对明亮的眼睛神色镇定自若，似乎是想表现出什么特别重要的含义。他那张生得特别秀丽的、窄长而有点儿凸出的嘴边掠过一丝

儿笑意。这笑意中既带点儿嘲讽，又带点儿哀伤。

奥拉向他伸出手去，可他没有把自己的手伸向母亲。此刻，他的笑容变得明晰了。这笑容里的哀伤也变得明晰起来。

“你猜猜看。”他又说了一遍。

奥拉收回了自己的那只手，把两只手按在胸口。

“这不可能……”她嗫嚅地说。

“轻一点，妈妈，你镇静些。”安德热依说道，他一直凝眸注视着母亲。

“什么时候?”奥拉又问。

“五点。”安德热依说，“我相信这一次不会撤销。像昨天那样。”

奥拉一动不动地望着儿子。

“妈妈，周围有人!”安德热依提醒说。

奥拉拿起小匙搅拌着早已凉了的咖啡……她从遮阳伞下抬眼仰望蓝天，似乎是期待那里能出现什么征兆。

“我这就得走了，”安德热依慢吞吞地说，“到我的战斗岗位上去……所以我才想跟你倾心谈谈。”

“你昨天就已经知道了?”

“哪里！昨天他们撤销了命令。你想想看，妈妈，我不得不在大白天率领我的小伙子们去冲锋。可我们从前一直是训练夜袭的。我不得不带领他们冲……结果会怎样呢？敌人会像赶鸭子似的向我们射击。”

“安德热依，不能这样。”奥拉低声说。

“怎么不能这样？只好如此了。敌人会把我们一扫而光，而你们将会得到那个不知是什么样子的波兰。我只想知道，她将是个什么样子……”

“安德热依，你不能这样走，”奥拉生硬地说，“你应该坚信……”

“坚信什么?”

“坚信，你们一定会胜利。”

“即使是我们胜利了，又会怎样呢？到那时又将怎样呢？”

奥拉好容易忍住眼泪，叹了口气，向后一仰。

“呶，好啦，”安德热依说，“我该走了。”

“就走？”她问。

“嗯，”他嘟哝了一声，瞥了一眼手表，“就走。”

“再见。”奥拉低声说。

安德热依低下头，吻了吻她的手。奥拉直挺挺地坐着，愕然地看着儿子的脑袋，宛如是在观看橱窗里展出的一件什么珍宝。她看到了儿子脑袋的轮廓，看到了那一头总是不柔顺的头发，他那石雕似的、清秀、俊美的脖子和那古铜色的皮肤。没有去吻安德热依，只是轻轻地抚摸着那头黑发。

安德热依站起身来，目不斜视地径自走了。但从他常常绊着咖啡馆的空椅子这一点上可以看出，他的心情十分不平静。他颀长、清瘦、背略有点驼。这也是奥拉第一次注意到的。

三

阿罗致泰克拉小姐的信：

亲爱的泰克拉小姐：

请您不要着急，我什么事也没有，大腿穿了个洞，子弹擦过骨头，不能行走，但是过两个礼拜我就可以跳舞了。信通过可靠而便当的途径很快就会送到您手里。

信写给您，但请您转交雅努什，因为实际上这封信是写给他的。我不知道，他发生了什么事，我没有收到他的片纸只言。有

个军官在卡西诺山[①]对我讲过有关雅努什的一些坏消息，可他是怎么知道的呢？我向团长打听过，而他却矢口否认。妈妈就在这附近，或者是在巴黎，或者已经到了巴勒莫，因为她打算到那里去。我不知她到那儿去干什么，因为罗莎姑母留在华沙，她既没有跟着外交官们，也没有跟着意大利使团离开那里。加弗尤斯卡本来是可以带她走的，好像是姑母自己不愿意。要是能知道她为什么不走倒很有趣。

亲爱的雅努什，我相信，你还活着，像你这样的人是不会死的，何况还说是被一个什么德国人杀死的。我对此实难以置信。我不相信这里人们的谣传，我现在给你写信就是证明。我直称你的名字，因为现在你不是舅舅，我也不是外甥，我们是两个人。倘若我不是完全摆脱了慷慨激昂的习惯，我就会说，我们是两个波兰人。请你不要理解得太死板，话是可以这样说的，但那恐怕是要在另一种情况下。

我在卡西诺山战役后就改掉了好慷慨激昂的习惯。不仅是不再激动，而且也把我早前对己、对人的一切想法都置诸脑后了。如果人们熬得过那种把他们跟别人面对面地摆在一起的局面，那么其余的一切都不必计较，都算不得什么了。有时我想大笑，每逢夜静更深我睡不着的时候（因为腿疼不足以使我失去思维能力，而足以使我睡不着觉），我便纵声大笑。我从前怎么会渴望当个画家。你一定记得，几年前我是怎样在你的帮助下为当个画家而奋斗的。我真想在卡西诺山下见到埃德加尔，我想象着，他可能会说些什么，他会有什么感觉。我在这儿甚至看到了你，这儿也有

① 在意大利境内。1944年波兰第二军参加了盟军5月对卡西诺山的攻击，占领了修道院，打开了通向罗马的道路。

你那样的人，但是他们都变了样，都失去了人的外貌——而且都跟别人一样地死去。

你可知道，这一切中最糟糕的是什么？就是突然感到，战场的整个情调，会战的整个噩梦都与我们的某些素质相符，那些烧焦了的和肢解了的尸体的令人毛骨悚然的景象，竟然和显克微支小说中所描写的一模一样。只不过是那个老暴虐狂在这里看到了美的一面，而我却看不到。因为战斗中并没有美。

你可知道，早在中学时代是什么总使我感到那样厌恶和鄙弃的吗？是什么总使我感到畏惧和恶心的吗？那就是由于某种共同的志趣而聚在一起的、散发着汗臭和粪臭的青年男子的气味。有时是个足球队，有时是在庆祝单身汉的命名日时拥在一张长沙发上的一群忘形的年轻人，有时则是喝得醉醺醺结伴逛妓院的一伙浪荡子。这样的一群人总使我感到畏惧。这样的一群运动员，或者即便是世上最聪明的小伙子，只要他们凑在一起，马上就会忘掉世间的一切。

亲爱的，你不要以为，我把在这个战役里跟我并肩战斗的英雄们都比作妓院里的那些色欲之徒。啊，我没有这样比，绝对没有。可是，那种汗臭和粪臭的味道，那种男人的狂笑声却毫无二致。尤其可怕的是，跟这一切混杂在一起的还有流出来的肚肠，烧焦了的尸体和那种最可怕的事：一个人片刻之前还好好的，在跟你说话，可一眨眼就死了。他跟你说过话，这就是说，他跟你一样有过感觉，跟你一样害怕过，跟你一样想过逃跑，也跟你一样向前走。

有一次，当我们越过一条峡谷的时候，我遇见了一个工兵，他理应是在前面走的。这个人我认识，便问道："卡罗莱克，你在这儿干什么？"他一声不吭，只是望着一个没有断气的射手，那人

就躺在我们面前的小道上，全身抽搐着，活像一条挂在鱼钩上的狗鱼。“卡罗莱克，”我说，“你冷静点！你在这儿干什么？”而他却对我说：“中尉先生，他们会在这儿把我打死的。”我又说：“你怎么啦！……勇敢点。跟我走。”我们刚向前走了几步，他就被炸得血肉横飞，而且就在我身边。

此刻我躺在医院里，心里只想着这件事。我有什么权力说“跟我走”呢？那些派我去的人又有什么权力派遣我呢？总而言之，这一切意义何在？在普通的人的范畴里，这一切意味着什么？

请你告诉我，虽说提这样的问题不符合我们的时代精神。人对人的权力能够扩展到什么程度？难道不是任何一种见解都会成为对别人最宝贵的财富，即别人的生命的侵吞吗？

不用说，在我们这个时代，人的生命是没有任何意义的。但是我的生命对我有意义，直到死都会有意义。难道我能够用别人生命的乳汁来哺育我的生命吗？要知道，卡罗莱克就是为了我不致牺牲而牺牲的。炮弹击中了他，而饶过了我。我能继续活下去而不承担卡罗莱克牺牲的责任吗？我今后的生活会是个什么样子呢？

你瞧，雅努什，不论你是活着还是死了，卡西诺山，总而言之，战争教会了我去蔑视我们那些企图保存生命的努力。我甚至怀疑，我们的生命不论是对于社会、对于人类还是对于民族都不会有丝毫意义。

我觉得，战争——它是吸烟的男人的职业——只不过是一种追求虚无的借口。口号都叫得很漂亮，可谁也不去认真对待。我曾对一位战友谈起过这个观点，他对我大发雷霆。他真的认为，一个垂死的士兵嘴里喊着祖国，就真意味着为了祖国。而在我看来，所有这一切，整个这场乱子，就是一场残酷的化装舞会，一场在死亡舞台上的演出，是一场杂耍，一种不可思议的装腔作势。

你不可想象，这种感觉使我怎么痛苦。因为我觉得，我自己也曾装腔作势表演过，为的是让别人看到我，让别人称赞我。其实，那颗炮弹应该落在我的身上，而让卡罗莱克来讲我的故事。可是完全搞颠倒了，因此我感到总有点儿不是味道。

泰克拉小姐，从这一段起是写给您的。我非常想家，我真想这会儿就跟你们在一起。我知道你们那儿发生了什么事，我也能猜到，将来会发生什么。但这一点也不碍事，我一定要回到您身边来，哪怕是爬着回来，哪怕是碰到了一片废墟。直到这会儿我才明白，一切都是活见鬼，但我必须跟你们在一起。我想念戈翁贝克兄弟，我过去对他们不公正。胡布胡贝是个多么好的小伙子，布罗内克也是。我最为他担心，为他害怕。我得了失眠症，我没有在心里数数催眠，而是回忆一张张华沙熟人的面孔。这是一种很好玩的游戏，但无助于医治失眠症。相反，还会把睡意赶跑。

再对雅努什说几句，你可知道，在这种情况下，是什么使我觉得那么困难吗？我觉得，我们这一代人不是为战争而造就的。从根本上说，难道有哪一代人是为战争而造就的吗？

你知道吗？我在这些不眠之夜一直想着埃德加尔。你可记得，他是怎样抱着那本《浮士德》不放的？简直像发了疯似的固执。我可不愿意别人读《浮士德》。浮士德式的人物都执着地想从痛苦里创造光荣。人类的光荣不在痛苦之中，肯定不在痛苦之中，不在这种会战和会战后的自我感觉的可怕的痛苦之中。光荣应该在获得幸福、和平以及明朗愉快的平静里。我们东边的邻居对它的幻想比较理智，他们也将赢得光荣——胜利的光荣和蒙耻的光荣，在痛苦之中。

“啊，何时休呀……精疲力竭的宝剑……”如此等等。难道说，痛苦，浮士德主义就跟人结下了不解之缘？难道说永远是一

个人必须为另一个人受苦？卡西诺山下的那些人是为谁受苦呢？集中营里的那些人每时每刻又是在为谁受苦呢？光荣属于他们。但是，难道人类没有这种光荣就不能生存吗？

雅努什，你回答呀，你回答呀！我根本不愿想，你睡着了，你不回答我——你一声不吭，你的心也不为之所动。我希望，你能把我过去的信同这封信作一番比较。你对我大概会满意吧，舅舅。

泰克拉小姐，你们大家都好好活着吧，因为我需要你们，像需要空气一样。

阿罗

一九四四年六月

于韦纳弗罗的医院

四

到了下午两点，吃午饭的时候，还没有一个人回到布拉茨卡街来。泰克拉小姐已经不再担心（近来这类情况经常出现），但是她烦躁透了。

“现在他们各自回来的时间都不同，一回来就要吃，”她自言自语地说着，同时毅然把锅搬回到厨房里，“如今算是什么习惯！要是在过去，安娜公爵夫人活着的时候，谁敢不来吃午饭！”

安娜公爵夫人的时代早已一去不返，然而对于泰克拉小姐来说，犹如就在昨天。她手里拿着长柄勺子，心里思索着。她想，最好是到什么地方去走走，等那些任性的食客们回来见不着她，他们就得自己动手去热那点简陋的吃食了。

“安德热依会这么做，”她低声说道，“可是别人呢？”

因为她想到了安娜公爵夫人，于是也想起了公爵夫人忠实的老仆斯坦尼斯瓦夫老头。

“好啦，”她边说边解下围裙，“我去看斯坦尼斯瓦夫去。”

老维耶维乌尔斯基在战争开头，在儿子死去之后就住在八月六日街的一家养老院里。这家养老院是某个大贵族资助建立的，因此经玛莉亚·比林斯卡的亲戚出面讲情，没费什么劲就把斯坦尼斯瓦夫塞进去了。

别夏多夫斯卡小姐走到街上的时候，某种不平凡的热闹景象使她大吃一惊。甚至谈不上是热闹，而是某些过路人面部流露出的令人捉摸不定的表情。在布拉茨卡街五号大门口，她发现有四个年轻人站在那里，像在等待着什么。其中之一就是胡贝尔特·胡贝，她是根据他那一头古里古怪的拜伦式的鬈发认出来的。

“十六岁的时候梳这么个头还算将就，可现在……”

其实，胡布胡贝这时不过是二十来岁，可是泰克拉小姐自从阿罗离开华沙以后，就本能地对所有的年轻人都抱有成见。

她仔细端详站着的几个人，他们都穿着高筒皮靴，长长的西装上衣。

“一群疯子。”她轻声说道。

跟站在大门口的几个年轻人相逢之后，她更留神地观察过往的行人，但见青年男子和年轻的姑娘成群结队往前走，显然是急于赶到某个指定的地点去。小伙子们都穿着军用皮靴，背着背囊，身着风雨衣和时髦的长上衣。在这样晴朗的天气里穿上风雨衣毫无道理。口袋还都是鼓鼓的，里面装着些什么圆咕隆咚的东西。泰克拉小姐在安德热依那儿见过这种东西：那是手榴弹。

看到这种场面，泰克拉小姐并没有感到不安。她对各种事物都已习以为常。最近这个星期里，沿着耶路撒冷林荫大道，从大桥的那一

边开过来一队队破烂的德国辎重车辆，而后又从相反的方向开过去一辆辆塞满全副武装的军官的装甲汽车和小汽车。华沙人成群结队地拥在人行道上看着这不寻常的流动。

在大门边跟几个年轻人的相遇，使别夏多夫斯卡想起了雅努什的外甥，心里又响起了他最近那封信里所说的话。

她就这样走过布拉茨卡街，然后又穿过莫科托夫斯卡大街，一直走到救世主广场，脑海里总翻腾着对阿罗的思念。从他的童年时代想到他的少年时期，又想到战前的那几年。

那时候，她对自己那个心肝宝贝儿并不满意。他那副假绅士派头，对打猎的嗜好，加上那个美术学院——凡此种种都不合泰克拉小姐的心意。她恼恨玛莉亚·比林斯卡，怪她没有要求自己的独生子过一种更为平稳的生活。她又想起了雅努什。他本来也是有可能更关心自己的外甥的。

她想起雅努什的时候，总像想到一个活人，一个老是待在科莫鲁夫，从不到华沙来的人。

“他哪有时间照看阿罗，”她叹了口气，“那个佐霞占了他多少时间……”

其实，她并没有去想在世时的佐霞。最后那句话只是她一长串想法的节略，这句话的意思是，佐霞死后（他完全没有必要娶她），在雅努什整个的生活里简直就没有一点为阿罗操心的余地。

泰克拉小姐把这些事考虑得那么深，再者，她又那么强烈地思念着小比林斯基，以致不知不觉地走了神，在路过养老院所在的那座宅院（养老院就办在这个院子的厢房里）的大门口时，竟没有进去。

她不得不又转身往回走。

养老院的人对她都很熟悉，所以尽管不是会客时间，还是马上放她进去。坐在值班室里是一个头戴白色包发帽的没精打采的女人，她

朝泰克拉小姐微微一笑，露出两片贫血的牙床。

“我们的斯坦尼斯瓦夫先生，”她说，“今天不大舒服。干脆就不想起床。”

泰克拉小姐吃了一惊。

“哎哟哟，他出了什么事?”她顺口问了一句，虽然并不指望得到答复。

斯坦尼斯瓦夫受到特殊的照顾，他住在一间单独的、小得像鸟笼子似的小房间里。

泰克拉小姐走近他身边的时候，他稍微扬起自己的扫帚眉不友好地瞥了她一眼。

她看出，他是病了。

“您的眉毛怎么长得这样长?”她打过招呼后问道，“什么缘故?”

“早就是这样，显然是天生的。”老仆嘟哝了一句。

泰克拉小姐猜到，斯坦尼斯瓦夫过去常常修剪眉毛。显然他那时认为，一个具有英国派头的仆人，眼睛上方是不应该竖起两把扫帚的。

“斯坦尼斯瓦夫现在看起来跟毕苏茨基一模一样。”泰克拉小姐又添了一句，同时在小凳子上坐了下来。

“呸!”斯坦尼斯瓦夫啐了一口，“您就不能把我比个什么好点的!”

“什么！斯坦尼斯瓦夫不喜欢毕苏茨基?”

泰克拉小姐没话找话地顺着这个题目扯了下去。

“要是没有毕苏茨基，我们兴许就不会这么倒霉……”

老仆的话音里包含的与其说是对于被歼灭的部队的惋惜，还不如说是对于悲惨死去的儿子的思念。泰克拉小姐又回忆起了雅内克·维耶维乌尔斯基牺牲时的情景，心中不由升起一股对雅努什的不满情绪，怪他不该插手“这样的事”。她又不由自主地抱怨斯坦尼斯瓦夫不该触动这个题目。她大概是更想报复他一下而不是改变话题，便问道：

“您觉得怎样，斯坦尼斯瓦夫先生？”

“我能觉得怎样？”老人在床上不安地动了动，“每一根骨头都痛。请您瞧瞧我这双爪子。”

他从灰色毛毯里伸出一双苍白的手，让泰克拉小姐看。果真那双手由于关节炎而完全变了形。

“还有那两条腿！痛得就像猫抓一样。在伯爵的沙龙里走够啦，跑累啦……”

斯坦尼斯瓦夫的眼睛里射出两道寒光。泰克拉小姐觉得这个老人很可怜：他既然说出这种话，一定是非常难受。要知道，他们两个的生活目的就在于为别人服务。她决定安慰安慰老人，让他高兴点。

“您过去是个好仆人，斯坦尼斯瓦夫先生。许多人家还非常羡慕我们有您呢。”

“羡慕，羡慕！”病中的老人气愤地吼叫道，“他们羡慕什么！当然啦！我是个好仆人，好奴才。我像一只两条腿的狗一样东奔西颠。再也没有别的。”

泰克拉小姐感到自己受到了侮辱。

“您还想做个什么人？”

斯坦尼斯瓦夫没有回答。他烦躁地动弹了一下，大概又是什么地方疼痛，因为他哼了一声。他从枕头底下掏出一个装烟叶的小盒子和烟纸，动手卷起烟来。

“您一生又留下了什么呢，泰克拉小姐？”他突然问道，从那两撇扫帚眉下向别夏多夫斯卡射来两道锐利的目光，“您又有什么？您常常为一件微不足道的东西，为每一杯葡萄酒跟我争吵……那些干净台布我简直是不得不从您手上夺过来。可是您又得到了什么？您还不是两手空空，一无所有……”

“他们如今也是一无所有。”泰克拉还想护着自己的东家。

“可他们有过!”维耶维乌尔斯基从牙缝里挤出了一句狠毒的话。

恶言秽语如同从穿了孔的皮囊中的水一样从他嘴里喷了出来。泰克拉小姐了解他，知道他是个肝火旺的人和疑心鬼。但是他这一次可不是表面的恼怒。一股无名怒火从他灵魂深处升起，炽烈的光照亮了他的眼睛。

泰克拉小姐长叹一声。

“您可记得在乌克兰的时候？您可记得那时的情景？他们都躺下睡觉了，屋里一片寂静，花园的上空挂着一轮磨盘似的明月，一切都是那么静悄悄的，四周鸦雀无声，心灵里也是一片寂然。您记得吗，斯坦尼斯瓦夫先生?”

“哼！我怎么不记得！两条腿都累痛了，还得擦洗银器，哪有时间望明月……”

“可您望过，您望过，”泰克拉小姐慈祥地笑了，她想起了那些温暖的夏夜，“倘若没有那些月夜，雅希奥又是从哪儿来的呢?”

斯坦尼斯瓦夫在床上坐了起来，满面怒容。

“雅内克根本就不是在那里生的。”他粗暴地说。“雅内克是在华沙生的。而且，他也注定要在华沙死。”他又补充说道。他那只捏着烟的手抖得很厉害。

泰克拉小姐竭力安慰他。

“各人自有定命，不会大家都一样的……”

“可现在终于大家都会一样的了。”斯坦尼斯瓦夫似乎有点无可奈何地说道，“大家都会一样完蛋，一样埋进坑里，盖上沙土。”

斯坦尼斯瓦夫的眼眶里热泪盈盈。泰克拉小姐从来没有见他哭过。

“大家的命注定都一样。”他几乎是无声地重复了一遍，又平躺在很低的枕头上。

泰克拉觉得他面色非常苍白，两颊凹陷，从鼻子到两边嘴角有几

道深深的皱纹。

她试图另开话题。

“神父有时到这儿来吗？”

斯坦尼斯瓦夫又烦躁地动弹了一下。他望着泰克拉，仿佛是想尽快把她打发走。

“我要神父干什么？我的雅内克到那个世界去也没有牧师……”

“我一想起这件事就伤心，”泰克拉小姐点了点头说，“他们之中有多少人都是这样死的。”

“他们死得不值。”

“不，不，不能说不值。”泰克拉小姐大声反驳道，“他们是为了我们大家而死的。”

“对我们又有何益？”

斯坦尼斯瓦夫闭上了眼睛。这场谈话已经使他受够了。

但是泰克拉小姐不服输。

“再说，我们也不知道，他们最后的时刻是怎样度过的。倘若他们那时会诚心诚意地追悔自己的罪过……”

斯坦尼斯瓦夫依然闭着眼睛躺着。他说得非常轻悄：

“他能有什么罪过？从年轻时代他就与众不同。他文文静静，虽说不怎么爱学习，但非常听话，他总是说，‘就来了，爸爸’，或者是，‘好的，爸爸’。只是后来他没有必要到那个西里西亚去。‘起义’，他说，‘起义呀’。他们脑子里装的只有起义……他粘在公社上了。”

“你还高兴过哩。”泰克拉小姐出乎意料地对他称起“你”来，“当时把他关进牢房的时候，你还高兴哩。”

“我满以为，他从牢房里蹦不出来。蹲上几年，出来时他就会聪明一点。他真傻呀，他总是往那种不该去的地方挤。嗯，他终于落到了这样一个下场。”

斯坦尼斯瓦夫沉默了一会儿。

“他死了，”老人说话的声音大了点，依然没有睁开眼睛，“我完全不能想象。”

泰克拉小姐点了点头说：

“连雅努什也被德国人打死了。”

斯坦尼斯瓦夫又抬起了眼皮，审视着别夏多夫斯卡。

“是的。”他说道，突然又补了一句，“利莱克也去了……他是雅内克忠诚的朋友。”

“虽说他是个共产党。”老小姐又长叹一声。

斯坦尼斯瓦夫一摆手。不知他这是什么用意，是挥手赶开泰克拉小姐那些惹人厌烦的话和她那更加惹人厌烦的想法呢？还是示意叫她走？

泰克拉小姐理解为后一种意思，于是从凳子上站起身来。

“好吧，”她轻声说，“我这就走。可您也该想想……”

她没有说完。不过，他们两个反正都明白，病中的斯坦尼斯瓦夫该想的是什么。

老仆向自己的老对头伸过一只手去，两人默默无言地握了握手。泰克拉小姐走到了门口又回头看了一眼。斯坦尼斯瓦夫闭目躺着，喘着粗气。胸口的毯子一起一落。

“他活不长了。”老管家婆心里思忖着，轻轻关上了身后的房门。

她纹丝不动地在走廊里伫立了好久。曾几何时她向斯坦尼斯瓦夫发出的所有午餐和晚餐用的干净盘子，新洗过的台布，闪光的银器，此刻正结队成行地从她眼前掠过，无穷无尽。她想起了那些圆柱形甜面包，圣诞前夜的大馅饼、冷盘和点心，舞会，洗礼，婚礼……玛莉亚·梅申斯卡和比林斯基公爵的婚礼，想起了她与斯坦尼斯瓦夫间的那些争吵，想起她如何探过餐厅的窗口胆怯而孤独地望着那些鲜花盛

开的栗树和香气扑鼻的椴树，望着那些逐渐变黄的树叶，望着窗外的积雪，望着空虚而井然有序的生活的花朵。

泰克拉小姐不是个哲学家。她要不就爱，要不就恨。然而在这里她突然长叹一声，合上了眼睛。

“我自己两手空空，”她喁喁地说，“我们一无所有。”

她用一种难以觉察的习惯动作在门前画了个十字，门那边，斯坦尼斯瓦夫孤独地躺在病床上。

她走到街上的时候，不寻常的景象又使她大吃一惊。一小群年轻小伙子走在对面的人行道上。她注意到，这群小伙子似乎是有组织的。他们故意走成乱纷纷的一群，但根据他们那种走路的方式却不难推测出他们是一起的。泰克拉小姐停住了脚，目送他们走去。他们朝着元帅大街的方向去了。又有三个男人加入了那群人的行列，他们是从一个门洞里出来的。其中的一个用一种急剧而庄严的动作像挥动一把大镰刀似的挥动着一根长杆，展开了一面红白两色旗。泰克拉小姐惊得目瞪口呆。

突然间元帅大街那边传来了枪声。一个上了年纪的人从那边跑了过来。

“您快跑吧，”他从泰克拉身边经过的时候朝她喊道，“您赶快离开这里！……”

“出了什么事?!”惊诧的泰克拉喊道。

“起义!”上了年纪的人匆忙喊了一声，那是一种饱含着惊诧和恐怖的喊声。他朝工业大学的方向跑去了。

泰克拉小姐没多加思考就匆匆跟着他跑了，虽说跟他完全不是同路——她是要回到布拉茨卡街去的。

工业大学周围平静得很。街上一个人都见不到，人们都站在各个大门洞里。泰克拉小姐走到人行道对过，朝着工兵纪念碑的方向跑去。

她脑子里空荡荡的，不明白为什么朝这个方向走。有人从医院的窗口朝她喊叫："太太，太太，太太您等一等!"但她一直向前飞奔而去。

"起义！起义!"她无意识地重复着。

她表面上没有思想，内心深处却翻腾着强烈的感情、回忆和恐惧。她首先想到的是"孩子们"。

"安德热依在哪里？他没回家吃午饭。安德热依在什么地方？他在打仗吗？在什么地方打?"

然后她又想起了海伦卡。

"海伦卡，海伦卡……"她脑子里反复念着，但是思绪中断了。恐惧和不安混成了一体。她必须赶快往前冲。

在独立大道的拐角上，一个妇女抓住了她的手。

"您往哪里跑？那边德国人从营房里向外射击。"

"从什么营房里?"泰克拉止住了脚步。

"我也不知道。但他们是在射击。我们得赶快躲起来呀!"

穿一套白亚麻布服装的妇女完全失去了理智。她嘴里一再说"我们得赶快躲起来呀"，却拉着泰克拉的手站在原地不动。突然她又拉着泰克拉跑过空荡荡的马路，紧贴着工兵纪念碑的基座，似乎是想要挤到石头里去。

泰克拉小姐跟着那个妇女跑，心里明白她简直是疯了。

"您想干什么？您想干什么?"泰克拉叫喊道。

从瓦韦尔大街的方向，沿着人行道紧贴着房子冲过来一支队伍。响起了一阵排枪。子弹在街道的柏油路面上打出了一个个冒烟的圆洞。两个妇女尖叫起来。

"太太，太太，我中弹了!"穿白亚麻布服装的妇女叫道，她稍微清醒了一点。她从纪念碑基座下面滚到了人行道上。泰克拉小姐向她

俯下身子，看到白亚麻布上泛出一片鲜血。血迹扩展得很快。泰克拉小姐看着殷红的血从白亚麻布下溢出，越渗越远，她也就越来越低地俯在那陌生妇女的身上，那人的脸色越来越惨白，眼皮闭得越来越紧：她很痛苦。

响起了零落的步枪声：德国人从街道的深处射击。队伍在林荫道上停住了，不知他们那里发生了什么事。他们是在分配手榴弹吗？

泰克拉小姐直起腰来，朝那支队伍的方向点了点头。

“小伙子们，”她喊道，“这儿有个受伤的妇女！”

但是她的喊声听起来很弱。又响起了一阵枪声。泰克拉小姐摇晃了一下，她把两手一扬，似乎是想举起来去抓住那工兵塑像，接着就仰面倒了下去，头撞在基座的边缘上。周围升起一团尘土，子弹雨点似的打在马路和人行道上。

五

在华沙保险公司大厦上飘扬着一面红白两色旗，而拿破仑广场上则躺着许多没有掩埋的尸体，那是两次强攻邮政总局时留下来的。傍晚时分下起雨来，天很快就黑了。医院街硝烟弥漫，两辆被炸毁的坦克烧得通红。空气中散发着滚烫的铁腥味儿。

安德热依把自己率领的小伙子们留在博杜恩街那幢房子的大门洞里和底层。“罗莎”饭馆就设在这所楼房里。这儿曾是安德热依固定的秘密接头地点。曾有许多德国飞行员在此进进出出，他在这儿进行过不少次有价值的观察。

安德热依跑上三楼，推开了没有上锁的门。前厅里阒无一人。在里面的房间里他见到爱尔日别塔在给一个裸露到腰部的起义战士包扎手上的伤口，她咧着嘴，皱着她那只翘鼻子，仿佛是她自己受了伤一

样。年轻人回头朝走进来的安德热依瞥了一眼。原来他是胡贝尔特。

“喂，”安德热依说，“手上挨着了枪子儿？”

胡贝尔特微微一笑，来了句像显克微支三部曲里的那种经典的回答：

“小事一桩。只擦破了点皮。”

“好一个只擦破了点皮，”爱尔日别塔叹了口气说，“血把我们的地板都染红了。”

“衬衫可完蛋了，”胡贝尔特说，“这才是糟透了哩。”

“海伦卡把它拿到浴室去了，兴许会洗得掉……”

“要是有水的话。”安德热依说。

“啊，已经停水了？”爱尔日别塔吓了一跳。

“即使现在还有，也长不了。不知道水厂的情况怎么样。”

“你有什么消息吗？”胡贝尔特问。

“什么消息也没有。联络全断了。”

“天大的笑话。”

“嗯，天大的。”安德热依附和说。

这时海伦卡端着一个装了几只瓶子和熟肉的托盘走了进来。她对爱尔日别塔说道：

“我是能拿多少就拿多少。你们的饭馆已经不太用得着了。罗莎不想给我。”

“唉，罗莎。”爱尔日别塔脸色阴沉了。过了一会儿她对胡贝尔特说，“哎，好了，我是尽我所能地做了。”

她在缠着胡贝尔特整个左下臂的绷带上轻轻拍了拍。

“很好。”胡贝尔特说着，从椅子上站了起来。他试着活动一下手，痛得呻吟起来。

“别那么逞英雄吧。”海伦卡朝他瞥了一眼。

她走到另一个小房间里。这个房间的窗户都朝着院子，窗前有张小长沙发，沙发前面有张小矮桌。海伦卡把托盘放到了小桌子上。

“你们吃点吧。我想，你们如今是难得吃到这样的晚饭的。”

没穿衬衫的胡贝尔特在小桌边坐了下来。他情绪不高，但还是给自己斟了一杯伏特加酒。海伦卡朝他望了好一会儿。他的脸不知是被尘土还是被硝烟弄黑了，眼睛下边有一道道阴影。跟那张烟熏火燎的面孔两相对照，他的身子显得白得出奇。他那头鬈发散乱了，燎焦了。

“你可以在亨利那儿找到一件衬衫。”海伦卡补充了一句。

“亨利是谁?”胡贝尔特问，一边笨拙地切着面包。

“这儿的招待。”熟悉饭馆人事的安德热依解释道。

安德热依也在小桌旁坐了下来。海伦卡推开遮光窗帘，朝窗外探望。

“你的小伙子们在干什么?”她向安德热依问道。

“他们在等待命令。他们还会有任务的。”

“在夜间?”

“大概是。”

“我们原定在夜里是不作战的。”胡贝尔特说。

“谁知道是怎么回事。开头规定我们只在夜里作战，后来又规定只在白天。”

“再后来就不管白天、夜里都作战。”海伦卡说。

她离开窗口，在桌旁坐下，给自己斟了一杯白兰地。安德热依笑了起来。

“瞧你们这个小饭馆供应得不坏嘛。是从哪儿弄到的白兰地?”

“罗莎……”海伦卡叹了口气说。

“罗莎？通过她那个德国人?”

“罗莎有个德国人?”胡贝尔特边吃边问道。

“她有过。可那个德国人突然走了。恐怕是她警告过他。”

“警告过他？在行动之前？哼，那就得枪毙！”

“你算了吧，别见了风就是雨。她自己也不知道自己在干什么哩。她是个白痴。”

“或许是……？”

“你倒是乐于枪毙妇女，嗯？你别太过火了吧。”

这时安德热依注意到，胡贝尔特拿餐叉的那只手轻微地哆嗦了一下。他竭力掩饰自己的这个发现。可是海伦卡却没有他那么温婉。

“你的爪子抖什么？”她用自己那低沉的嗓音挖苦道。

“看你的嗓门儿都变了。”胡贝尔特顶了一句。

“那恐怕是因为……我看到你赤裸着身子。”

“哼，又没全裸着。”胡贝尔特笑着说。

“很遗憾。”

他们说的那些话，听起来都有点儿做作，都有点儿生硬。像是在复述背会了的台词，像是在业余剧团的舞台上。

这时电灯灭了。

“开始了。”胡贝尔特说。

“早就开始了。”海伦卡像在梦中一样应声说道。

“她们在贮藏室里存有大批蜡烛。这些有先见之明的主妇！”安德热依站起身说，“我马上去给你们拿来。”

胡贝尔特和海伦卡默默地坐了片刻。彼此看不见。胡贝尔特感到，海伦卡歪过身来，抚摸着他的背。

“你的体形很好看。”她压低了嗓门儿说。

“还不是一样烂掉！”胡贝尔特的声音在黑暗里显得比平常低。

海伦卡缩回了自己的手。

“有多少这样的身体啊！”她喃喃地说。

安德热依端着两支插在双层烛台上的蜡烛进来了。他把烛台放在靠墙的书架上。蜡烛的微光把房间照亮。

“在烛光下我们的模样儿完全变了。”安德热依说着，在自己原来的地方坐下，动手去拿吃食。

“像不像胜利者?”胡贝尔特问。

谁也没有回答他。

他们都不吭声，房间里出现了死一般的沉静。因为他们刚经历过城里时强时弱的连续三个钟头的射击，所以这种沉静显得特别死寂，特别令人难耐。他们对枪声还没有习惯，战斗结束后耳朵里一直还嗡嗡作响。

“在哪儿把你打伤的?”安德热依问，“在广场上吗?”

“就在邮政局前面。”

“幸好，只伤着手。”海伦卡说。

“迁延不改命中所造，在劫难逃。”胡贝尔特叹息道。

爱尔日别塔来到门口，往里看了一眼。

“你们这儿有蜡烛？很好。”她说。

“你没让我的部下吃点什么?”安德热依问。

“他们在大门洞里煮茶。烧了个火堆。”

“很亮吗?”

“在大门洞里，看不见。他们还剩下一点儿从家里带来的干粮。”

“那就是野餐了。”海伦卡说。

“你到他们那儿去过?”安德热依问。

“去过。我可以给他们面包。我们贮备的也不多。”爱尔日别塔走进房来，“我给你们带来了这个。”说着，她把三块用彩纸包的蛋糕放在小桌上，“吃吧，这大概是最后的了。”

安德热依带点嫌弃的情绪朝点心瞟了一眼。

“我宁可喝伏特加。”他说着，给自己斟了一大杯。

爱尔日别塔又出去了。

“你怎么啦，安德热依?”胡贝尔特问。

“这还用问!”海伦卡耸了耸肩，她又走到窗前，朝院子里眺望，“你瞧，看得见火光。”她对安德热依说。

这一位又耸了耸肩膀。

“唉，让他们去吧，”他说，“让他们爱干什么就干什么吧。”

“你不担心空袭?”

“在夜里? 不。”

“在白天呢?”

“我们走着瞧吧。他们要是不来轰炸可就太蠢了。”

“你那时在哪儿?”胡贝尔特问。

“在这儿。我们在这儿阻击那些坦克。”

“你们总算是成功了。”胡贝尔特痛心地说。

“我第一次见到坦克作战。”安德热依悄声说，“真可怕。可是那些小家伙一点儿也不害怕。”

“牺牲大吗?”

“大。”

又是一片寂静。突然院子里传来一声枪响。在寂静里它如同一声爆炸。

“步枪的，”胡贝尔特说，“他们在浪费子弹。”

“这是战利品。”安德热依带点自豪地说。他又斟了一杯。

门外传来了一阵脚步声。一个小男孩披着湿淋淋的头发，穿着湿淋淋的短上衣冲进房来。他满脸惊慌的神色，但还没有忘记立正。

“中尉先生，”他朝安德热依喊道，“我报告……”他顿了一下，“我报告……”又顿了一下。

安德热依抬起身子，但还没有完全站稳。

“卡楚希，出了什么事？”他问。

“我报告，”小家伙鼓足了勇气说道，“打死了一个妇女。”

“什么妇女？”安德热依生气地问。

小家伙已经完全按照老百姓的方式继续往下说，差点没有哭鼻子。

“院子里的一个妇女。我不知道，她是什么人。日比克军士试了试缴获来的步枪。枪一响，妇女就给打死了……在一个角落里……”

“行啦，够了，”安德热依嘟哝了一句，“你回连队去吧。我马上就来。”

小家伙走了，一路把地板跺得咚咚响。安德热依又端起一满杯酒一口喝了下去。

“你有把握说，你的部队是一个连吗？”胡贝尔特说。

他不小心动了一下手，做了个鬼脸。手很痛。

“我没有把握。”安德热依说完这句话就出去了。

海沦卡望着胡贝尔特。

“疼吗？”她问。

“有点儿。”他回答。

“可你在发烧。”

“我？怎么会？”

“肯定发烧了。”她挨了挨他的额头。“是发烧。”她说，“不过，不太厉害。”

“你是个出色的卫生员，试热度不用体温表。”

胡贝尔特又吃了一块肉。

“你的胃口还不错。”

“你瞧，我总是这样。神经越紧张，吃得越多。打猎的时候，我要是两次落空，吃起来就跟狼一样。”

“今天你也是落空了吗?”

胡贝尔特不乐意地“嗯”了一声算是回答。过后他又活跃起来。“你可知道，朝人开枪并不像朝野兔开枪那样坦然，完全是另一种心情。”他说。

“我想象得出来。”海伦卡故意假装自信地说。

接着便陷入了沉思。

“你注意到了吗?”过了一会儿她又问道，“安德热依是不是有点古怪?”

“我注意到了。”胡贝尔特含糊地说。

“他的热情已经丢了一半。”

“烧光啦。”

“而且，他喝酒。他过去从来没喝过酒。”

“你还指望什么？你希望，在这样的日子里，人们的举止还跟平常一样吗?”

“今天早上他还完全是另一种样子。”

“这样的日子！等他从院子里回来，又该是个什么样子呢?”

一支蜡烛上结了烛花，火焰伸得特别长。烛光照到了两张装在普通玻璃镜框里的绘画上。画的是两个裸体妇女。胡贝尔特无意之间朝那两张画瞥了一眼。然后便留神地端详了起来。

“这是布罗内克的画吗?”

“是的。”海伦卡答道，眼睛直视前方。

“我非常喜欢他的画。”胡贝尔特坦白地说道，“我认为，他比阿罗有才气得多。”

“确实如此，”海伦卡没精打采地说着，犹如在梦里一般，“不过，一般地说，两个艺术家是难以作比较的。”

“那当然。不过，对我来说，布罗内克是个艺术家。”

“他有自己的怪癖。”

“不错。恰恰是这些怪癖使他成了个艺术家。他画的那些裸体妇女……除了这些他再没画过别的什么吗?”

“画过别的，但不多。”

“他的画都遗失了?”

“遗失了。或者就要遗失。”海伦卡说。

胡贝尔特干咳了一声。

这时安德热依来到了院子里，见到了他那挤在大门洞里的“连队”。小伙子们一个个神色惊慌，都带着一种好奇和畏惧的神情望着安德热依。年轻战士们眼里的那种张皇失措的神色刺痛了安德热依的心。日比克军士跟他的绰号“野猫”[①] 毫无共同之点。他是个骨瘦如柴的高个子青年，一对茫然的毫无表情的眼睛惊魂不定地东张西望。战士们完全是按照老百姓的方式挤成了一堆。

“出了什么事?”安德热依问。

日比克嗫嚅地说：

“中尉先生……我不过……”

“是个什么妇女?”

“她到这儿来，”曾向安德热依报告发生了事故的那个湿头发小伙子带着哭腔说，“打听中尉先生姓什么。可我没告诉她。她打听中尉先生的姓干什么呢?”

“她在哪里?”

日比克不情愿地指了指院子的角落说：

“在那儿。”

安德热依朝他指的地方走了过去。队伍里最年轻的战士卡楚希跟

① 波兰文中日比克意即野猫。

在他身后。

“我告诉中尉先生，她在哪儿。”

他伸手指了指麻袋，麻袋下面现出了一个尸体的轮廓。但是，安德热依推开了小伙子的手，亲自去揭下死者脸上的麻袋。他认出了卡霞。

他用力一拉麻袋，妇女的尸体齐腰露了出来。她瞪着两眼躺在那儿，身上那件朴素的苏格兰式方格花布衬衫浸透了鲜血。然而她那张呆板的、绷紧了的面孔却是安详的。

安德热依把腰弯得更低，伸手去摸了摸她的前额。还是温热的。从枪响到现在还不到一刻钟。他把手从额头移到眼睛上，给她合上了眼皮。然后他挺直了腰，眼望着死者纹丝不动地站了片刻。最后他朝身边的卡楚希点了点头，后者迅速用麻袋盖住了卡霞的脸。

安德热依觉得从院子里走到大门口耽搁了好长一段时间。他需要下决心对日比克究竟采取什么行动。事情不能这么不了了之。给他一枪，这当然是最简单的解决办法。是最简单的吗？

“这儿有什么地下室吗？”他问。

卡楚希消息灵通。

“有，”他急忙说，“有，不过是锁着的。”

“把它打开。”安德热依说，“找两个人把日比克押到地下室。看住他！”

他明白，他的命令是多么没有意义。但他再也想不出别的什么点子来，他不愿意在这个院子里结果日比克的性命。

“那个妇女是从哪里来的？”他又问了一遍，他同样明白，这句话也问得毫无意义。

“她是来送吃的。”

“送吃的？到底是怎么打死她的？”

小伙子们面面相觑，一言不发。

安德热依回头一想，这件事还是不要深究为妙，于是便转身走了。上楼梯的时候他丢开了“连队”蓄意打死卡霞的想法。眼下肯定不至于，但再过几天以后呢?

他走进房门的时候，海伦卡和胡贝尔特都无言地坐在那里。虽然快要烧完的蜡烛只有一点微弱的光线，但他还是发现胡贝尔特的额头上渗出了晶莹的细汗珠。他在妹妹身边坐了下来，把自己的两条长腿伸直。

“你在发烧，胡贝尔特。”他说道，“你们为什么这样沉默?”

胡贝尔特哆嗦了一下。

“我们刚提起布罗内克。”他说。

“也提到了阿罗。”海伦卡挖苦地补了一句。

从安德热依的手势和声音里都不难看出，伏特加酒对他起作用了。他带着挑衅的口吻对胡贝尔特说道：

“为这个阿罗，我不能原谅你。你看中了那个花花公子的什么?”

“他有时是很刚强的。”胡贝尔特回忆说。

“你对他那么着迷，天晓得，居然到了什么程度。”安德热依耸了耸肩膀，“一个再平庸不过的假绅士。还有他那些画……”

“你也并非总是这样说他的。”胡贝尔特不耐烦地说。

“当然，不是。我过去也是把阿罗看成朋友的。可是他那些拙劣的画！最糟糕的事莫过于朋友是个不成才的艺术家了，你简直不知该对他说什么好。”

“阿罗有才气。”

“你在胡想些什么?”安德热依突然朝他吼道，“才气！布罗内克才是有天才哩。他在犹太人隔离区里画得还要好。应该说是素描，因为那些画都没有着色。唉，可他牺牲了……他有天才，他画的那些画才

真正是画……哎，你瞧瞧这个妇女。”

他举起蜡烛，照亮了布罗内克的一张裸体画。画的是个瘦弱、苗条、有一对明亮的凤眼的姑娘。直到这时，在烛光下才看得清楚，原来它是一张海伦卡的裸体画像。安德热依干咳了一声，把烛台放回了原来的地方。海伦卡一动不动地坐着。

“他死了，”安德热依重复说，“你明白这个字的分量吗？”

胡贝尔特没有回答。海伦卡却插嘴说：

“当时允许烧光那些房子就是一种罪过。一片火海，可旁边就是游艺园。”

“海伦卡认为，”安德热依对胡贝尔特解释说，“我们应在那个时候采取行动，而不是等到现在。她认为说什么也不该让德国人就那么把隔离区毁了。”

胡贝尔特出神地望着海伦卡。

“那时我们是不能做主的。”他说。

“现在呢？”海伦卡耸了耸肩说。

“现在我们也不能做主。”

“什么事我们能做主？”

安德热依耸了耸肩膀。

“什么事也不能。”

胡贝尔特似乎是在回答安德热依前面提出的那个问题：

“死吗？怎么死不是反正都一样吗？”

安德热依沉吟了片刻。

“不错。反正都一样。只不过，那些人死去的时候总要带走一部分我们理应知道的东西。他们隐藏了自己的一部分生活，而同时也隐藏了我们的一部分生活。布罗内克带走了许多的画，许多裸体素描……”

他朝海伦卡瞟了一眼，她紧锁双眉坐在那里，眼睛死死地盯着

烛光。

"而后，我们什么也不知道。"他慢慢吞吞地说，"我的小伙子们在院子里打死的那个妇女是卡霞，普斯泰翁基的一个姑娘。她是怎样到这儿来的？为什么要来？是从哪里来的？我永远也无法知道了。战争期间我只见过她一面。她把一切都带走了……"

"卡霞？"海伦卡大吃一惊，"是什么鬼使神差把她引到这儿来的？"

"不知道。"安德热依说，"倘若我们之中有谁死了，"安德热依不知怎的忽然话多起来，"同样也会带走许多从来也没有说清的事情。我想，一个吃了枪子儿的人，脑子里一定是被那些事塞满了，而且就像过电影一样，以每秒三百公里的速度过一遍；整部电影都是那些没有说清的事情。我说的这个意思，不是那些我们理应对自己说清的事，而是那些甚至对自己也说不清的事。我觉得，人最倒霉的是，有些事自己对自己也无法说清。"

海伦卡注视着胡贝尔特。他闭目静坐，额头上的汗越来越多……她耸了耸肩膀。

在安德热依说话的间隙里（因为这些话他不是一口气说出来的，而是时断时续，甚至是一个字一个字地往外迸的）听得见淅沥的雨声和水管里哗哗的漏水声。这声响构成了一派乡村的宁静的气氛。海伦卡把目光从胡贝尔特身上移到了安德热依身上。她愕然地望着哥哥，她从未见过他这般模样。

"人倒霉的事多着啦。"她说。

"而最倒霉的是人总想探求真理。"安德热依出人意外地用一种咬文嚼字的腔调说。

海伦卡笑了起来。

"真理！什么是真理！你的卡霞把真理带走了，她正骑着真理这匹骏马驰骋在云海之中。你是多么天真啊，安德热依。我们大家都如同

在一个数学方程式里，不是由我们自己从自身求得答案。历史将会为我们作出公论。”

“你才天真哩，”安德热依悻悻地说，“我不是个数学符号，不能把我拨来拨去。我是个活人……”

海伦卡耸了耸肩。

“过一会儿就可能不再是了。”

“那不错。可我现在是个活人，我就会，我就会感到，我存在着，直到最后一刻。我存在着，这就是说，我是个人。我感觉到，我是存在着的。”

听到这里胡贝尔特睁开了眼睛。

“你真幸福，”他说，但他的声音已经变了，“因为我并没有感觉到我是个活人。我没有感觉到自己是存在着的。”

“世界的虚幻会导致什么呢?”海伦卡仿佛是在问她自己。

“会导致行为的虚幻。”安德热依总结说。

“恐怕你不能说，我的行为是不现实的吧?”

“是一种杂耍。是一场游戏，而不是现实。”

“此时此刻也是在逢场作戏，玩警察和小偷。”胡贝尔特说。

海伦卡惊恐地望着他。

胡贝尔特站起身来，在房间里踱着方步。

“嗯，你听我说，安德热依，我们何苦要吞吞吐吐，闪烁其词。”他说，“我们这完全是一种徒劳之举，不是吗?”

安德热依两眼紧盯着烛光。

又忽然自言自语说：

“但是，为此我们将被载入史册。怎样被载入史册?我们不知道。历史是什么?我们也不知道。我们只知道，我们的行动会在物质的现实中引起某些变化。一个人只有在自己身后留下物质的痕迹，才能进

入史册。我们身后将留下物质的痕迹—— 一座毁灭了的城市。这就是一切。”

胡贝尔特站住了，脸上掠过了一丝笑意。不知这笑容所表达的是什么意思。

“我所想象的历史是另一种样子。”他说。

“你爱怎么想象都行。自我们这些没有经过训练，赤手空拳的人投入战斗的那一刹那起，我就把一切都置之度外了。建立在骗局基础上的历史根本就不是历史，至多是可悲的历史。”

“可悲的历史。”海伦卡应声说了一句。

“我们会怎么样?”安德热依突然问道。

“民族会存在下去。”胡贝尔特低声说。

“不错。可我会怎么样呢?”安德热依激动地问，“我个人会怎么样呢？再过一天，再过一会儿，我会变成什么？一具死尸而已，别无其他。这有什么意义？这能有什么意义？我活着不是为了历史，不是为了民族。这些字眼对于我这浅薄的头脑来说太豪壮了。我是为了我，为了二十三岁的安德热依·戈翁贝克。我会怎么样呢？这对于世界能有多大的意义呢？零。不折不扣是个零。”

“你不要歇斯底里大发作了。”海伦卡不耐烦地说，“过一会儿你还得率领小伙子们作战。”

“你不要去仿效那个科尔迪安[①]了。”胡贝尔特用教训的口吻说。

“不。我是浮士德。我跟魔鬼立过契约。”

海伦卡心事重重地朝他瞥了一眼。

“恰恰是，你没有立过任何契约。你是孤独的。”

---

① 波兰诗人尤·斯沃瓦茨基（1809—1849）的诗剧《科尔迪安》中的主角，他担负行刺沙皇的使命，在行动前因软弱动摇而失败。

胡贝尔特走到门边站住了。

“你们等着，”他说，“说不定我还能从爱尔日别塔那儿弄出点什么来。”

说罢，他就往房子里面走去。

“你听我说，安德热依，这样是不行的。”海伦卡又开口说。

可是安德热依岔开了她的话。

“你知道吗，今天我跟妈妈谈过。”他非常实在地说。

海伦卡一下愣住了。

“跟妈妈？谈什么？”

“怎么，谈什么？”安德热依耸了耸肩膀。

“你可真找到了合适的时机！”

“正合适。妈妈应该知道，她的孩子们对那件事的态度。”

“我希望，你的话只代表你自己。”

“我没法代表安特克说话。”

“你告诉了她，安特克为什么不回家的？倘若他不待在那该死的普瓦韦，他或许就死不了。”

“你以为，他在华沙就不会死？”

他们沉默了。远处，不知在哪儿爆炸了一颗手榴弹，过了一会儿又爆炸了两颗，一颗接着一颗。安德热依竖起耳朵细听。

“你瞧，我们永远也不会知道，此刻是什么人死了。”

“这关你什么事？你今天有点古怪，什么事情都想知道。”

“不错。我正是什么都想知道。什么都想了解，什么都想掌握。可我什么也没有！”安德热依猛然攥紧了拳头。他一向那种泰然自若的风度消失得无影无踪了，“你想想看，我刚二十三岁。我就得抛弃一切，抛弃整个世界！海伦卡，你要明白，这是很可怕的。”

“你会活下来的。”海伦卡将信将疑地说。

“即使我能活下来。难道你以为，我能顺应这个世界，能顺应我们周围的这个世界吗？海伦卡，你要明白，我，即使能活下去，我是不能顺应这个世界的。我简直不能想象，在经历过今天这样的日子之后，我怎么能生活。你明白吗，这是个怎样的日子？”

“今天我看到了许多火热的心。”海伦卡像在彩排中接台词一样接茬儿说。

“这正是最糟糕的。是送死的热情。为了什么？有什么值得我们拿出命来换？”

“嘘！”海伦卡说，“别说了！要我给你上一堂普鲁塔克[①]的课吗？为祖国而牺牲是甜蜜而又崇高的[②]。”

“你念得不准，海伦卡。”

“是你理解得不对。这才糟呢。”

“我不是理解，我是感受。”

海伦卡倏然变了样子。她那刚毅、倔强的面容一下变得柔和了。安德热依畏葸地朝她看了一眼，担心海伦卡会哭起来。但是，她没有哭——她的面孔像春天的景色一样变幻着。安德热依忽然发现妹妹严峻的面部绽开了父亲那种善良而羞涩的微笑。他咬紧了嘴唇。

海伦卡一步一步朝他走过来，紧挨着他，把一只手按在他的肩头上，亲了亲他偏过来的脑袋，亲了亲他那蓬乱的头发。

“什么也不用去‘感受’了，我的安德热依。一切都由别人替我们感受过了。”

---

① 普鲁塔克（约46—120），古希腊传记作家、散文家。

② 原文是拉丁文。

六

这时光着上身的胡贝尔特找到了爱尔日别塔。她正坐在昏暗的餐厅里，缩着身子，茫然地凝视着屋角，活像一只雨中的麻雀。他几乎没有认出她来。

“你要什么，约齐奥?”当他出现在门边的时候，她问道。

胡贝尔特淡淡一笑。

“您为什么叫我约齐奥?”他问。

爱尔日别塔窘得满脸绯红。

“不，不，是我一时失言，叫错了。”她急忙说。

房间里暗淡、凄凉。蜡烛放出一缕摇曳不定的光，在墙上投下一道道令人不快的阴影。胡贝尔特目不转睛地盯着爱尔日别塔看了好半天。她不知道胡贝尔特在发烧，而且喝了好多酒，因此对胡贝尔特的凝视感到又惊诧又厌恶。她从角落里站起身来，没事找事地把蜡烛从一张小桌移到另一张小桌上。她的影子迅速掠过了带有三扇镜的梳妆台的镜面。镜子前摆着一些装有外国化妆品的粉红色小瓶子。

“罗莎夫人在家吗?”过了一会儿他问道。

“幸亏她不在。”爱尔日别塔急忙答道，“她要是留在城里又能干些什么呢?她是那么一个不中用的人。”

“她真有可能对那个德国人说过些什么吗?”

爱尔日别塔大惊失色，她猛一转身，脸朝胡贝尔特。

“没有，这怎么可能!您脑子里想的都是些什么?”

“我似乎记得，您亲口这样说过。”胡贝尔特说。

“哪儿的话!”

她拿起镜子前面的科隆香水瓶，洒了一点在手心里，闻了闻。

胡贝尔特朝她走了过去。

“借个光！”他说。

爱尔日别塔把小瓶子递过去，但他却伸出一个巴掌。她在巴掌心里洒了几滴香水。胡贝尔特擦了擦自己的脸、脖子和胸脯。爱尔日别塔竭力不去看他，便站在镜台前面摆弄那些小玩意儿。她蓦地一转身对胡贝尔特说：

“您有手枪吗？”

胡贝尔特微微一笑。直到靠近他身边爱尔日别塔才发现，小伙子的眼睛都烧得蒙眬了。他没有回答。

“您有手枪吗？”她又问了一遍。

“您不信任我，”他终于开了口，“我想，为了以防万一，我得把您那位罗莎给收拾了。”

爱尔日别塔两手按住太阳穴。她呻吟了一声。

“是您打死了玛丽霞·塔塔尔斯卡？”

胡贝尔特耸了耸肩。

“不是我，但她罪有应得。”

“您爱过她？”

胡贝尔特把脸转向了蜡烛。

“我们也常常杀死我们所爱的人。”他一字一句地说道。

他用那只没有受伤的手理了理自己的鬈发。墙上落下的泥灰、尘土还有血把他的头发粘在了一起，看起来就像一串串长荚。爱尔日别塔疑虑重重地望着他那头鬈发。

“那是怎么干的？”她问。

“什么？”

“嗯……”

“啊，那个！很简单。”

他把那只完好的手插进裤子后面的口袋里，掏出一件黑乎乎的东西。

“一，二，……”他说。

但爱尔日别塔注意到，胡贝尔特那只捏手枪的手抖得很厉害。她笑了笑。

“您的手要是抖得那么厉害，是很难击中目标的。”她说。

“您不用担心。在那一刹那间手是不会发抖的。”

他藏起了手枪。

“你们非杀不可吗？”爱尔日别塔又试着问了一句。

胡贝尔特没有回答。他忙着去拨弄蜡烛。他剪掉了烛芯上的烛花，把周围撅起的一圈硬脂压了下去，并用它来填塞火舌四周的那个小洞。他弄得十分仔细。

爱尔日别塔沉默了片刻，由于没有听到对方回答，她便换了个话题。

“我包扎得怎样？”她问，“还牢固吗？”

“很牢固。甚至比原来还牢固，因为我的爪子肿了。”

“什么‘收拾’呀，‘放倒’呀，‘脑壳’呀，‘爪子’呀，这类字眼从您的嘴里说出来很不相称。”爱尔日别塔说。

“当真？”胡贝尔特笑了笑，“您在说些什么？您该不是又想看到我那拜伦式的鬈发吧。您瞧，我这头鬈发‘粘’成了个什么样子。”

爱尔日别塔笑了起来。

“没有必要，胡贝先生，没有必要。你没法把自己弄成个二流子。”

胡贝尔特朝通向住宅深处的那扇门走去。

“那个亨利住在哪儿？”他问，“我得找他要件衬衣。我马上就要走了。”

“您想到哪里去？”爱尔日别塔心神不安地问。

“我必须马上到储蓄银行去。我不清楚在那儿会遇上什么。”

“那儿是司令部吗?”

“我不清楚在那儿会遇上什么。”胡贝尔特又重复强调了一遍。

“亨利的小房间在厨房后面。”爱尔日别塔说。

胡贝尔特走了出去。爱尔日别塔走到钢琴前面。钢琴摆在房间的一个角落里，就在镜子对面。她一只手扶在琴盖上，若有所思地哼着一只什么曲子。过了一会儿胡贝尔特转来了，手里托着一件衬衣。

“可惜，少了两颗扣子。”他说，“这样它就会在不该敞开的地方敞开。缺的是下面的两颗扣子。”

爱尔日别塔活跃起来。

“我给您缝上。”

她从胡贝尔特手上拿过衬衣。

“啊，这儿撕破了一点儿。我马上就给您缝好。”

她伸手去抽梳妆台的小屉子。

“我马上就回来。”胡贝尔特说着，便到安德热依和海伦卡那边去了。

安德热依站在房中央，正在勒皮带。他身材魁梧，体态挺拔，他的影子落在墙上和天花板上，倒像是某种装饰的图案。他戴好了四角帽，把帽子上的小皮带系在下巴上。

“你们要出去?”胡贝尔特问。

“我们马上就走。”安德热依匆匆说道。

“你稍等一会儿，我们一起走。”胡贝说，他把桌上的一杯没喝完的伏特加酒喝了下去。

“会伤身子的，”海伦卡埋怨说，“你胡闹什么?”

她也从小长沙发上站了起来。

“我该到广场上去了。那儿在等着我。”她说，“不过，我一直到早

上都有空。”

“可我们没有。”胡贝尔特把酒杯放到桌上，但是他动作不利索。他的手一直在哆嗦。酒杯从小桌上滚了下来，摔成了碎片。

“这是折灾的兆头。”安德热依说。

“多好的水晶玻璃。”海伦卡说。

“哎，你的衬衫在哪儿?”戈翁贝克问。

“就得，就得。”

胡贝尔特返身回到爱尔日别塔那儿去了。

他走到门边站住脚，朝房里看了看。

爱尔日别塔坐在长沙发上，正在缝扣子。为了照得亮一点，她把蜡烛摆在自己的正前方。她戴上了眼镜，小心翼翼地抽着一根在烛光下闪闪烁烁、如同秋日的蛛丝一般的白线。烛光反射过来，照在黑色的眼镜框上。胡贝尔特看到，这位大歌唱家的两鬓泛起了点点银光，她连头发也忘记梳理了。她戴着眼镜，佝偻着身子，专心致志地做活儿。胡贝尔特觉得她非常苍老。此刻，胡贝尔特是从侧面看她的。她的鼻子显得非常突出，向前伸，而嘴巴似乎有点瘪，向后缩。她那对蓝色的大眼睛，透过镜片显得更大，此刻正聚精会神而同时又有点紧张地注视着手里的针线。她那发胖了的下颌耷拉了下来，脖子上皱纹密布，青筋显露，因为烛光正照在它上面，所以看起来特别清晰。脖子上的皮肤还不失其洁白和……“细腻”①。胡贝尔特忽然想了起来：“父亲常用‘细腻’② 这个词儿。”

他想起了那天傍晚，他在音乐厅前坐在小汽车里等父亲的事。父亲不肯带他去参加希莱尔小姐的音乐会。是兹沃蒂先生劝父亲不要带

① 原文是法文。

② 原文是法文。

他参加音乐会的。可如今他既失去了父亲，兹沃蒂先生也不在世……布罗内克也牺牲了。他仔细端详着正全神贯注地往衬衣上缝扣子的爱尔日别塔面部紧张的表情，心里想道：

“当时她在舞台上可完全是另一副模样儿。”

他凝视着这个衰老的妇女的侧影，而她竟没有听到他进来的动静。她忙于穿针引线。胡贝尔特略略向前探过身子。这时他才注意到爱尔日别塔在低声哼着歌曲。

他轻手轻脚地走到她身旁。她听到了他的脚步声，但并没有抬头看他。此刻她正用指甲盖儿刮平钉好的扣子周围的衣料。

“您哼的是什么?”胡贝尔特问。

爱尔日别塔朝他缓缓扭过头去。她把一个指头放在唇边。

“安静，别吱声!”她忽然说道，“因为这是用德语唱的。”

“是什么?”光脊梁的小伙子同样低声地重问了一遍。

“《幽情》[①]。”爱尔日别塔回答。

她放下了手里的针线活儿，从长沙发上站了起来。胡贝尔特拿起衬衣，费劲地往身上穿，因为绑了绷带的那只手怎么也伸不进袖筒。他感到有些痛，不过，几个钟头以来他对疼痛已经“习惯了”。他刚把头从衬衫领口里伸出，便愕然发现了一个完全变了样儿的爱尔日别塔。她站在钢琴边，没戴眼镜，胡贝尔特觉得她似乎高了一点。后来他才知道，她是踮着脚尖站着的。她揭开了琴盖，悄悄地触了一下琴键，奏出了一组空洞的和音。但低音非常清晰。

胡贝尔特靠近了她。

他听到了与其说是唱出的，不如说是低声说出的歌词：

---

① 原文是德文。

……我常是半醒半醉，

巨大的欢乐在心头激荡……①

胡贝尔特突然连自己也意想不到地用手掐住了自己的咽喉。差一点没有撕破刚刚修补好的衬衣。

“上帝呀！”他想道，“巨大的欢乐……”

死到临头，她还用德语唱什么“欢乐”。然而他没有力量对爱尔日别塔说，“请您住嘴。”

他的热度上升了，一切在他看来都是虚幻的，就像画的一样。

安德热依走了进来。他挺着身子，平静，精力充沛。胡贝尔特觉得，甚至他的耳朵也竖得高高的。原来那是系在他下巴上的小皮带。

“胡贝尔特，”安德热依说，“你在干什么？我们要走了。”

爱尔日别塔朝他转过身去，嘴里哼的四度音程（“允许我”②）戛然而止，她手指仍放在琴键上，对安德热依说道：

“你母亲曾把这一段唱得那么美。”

安德热依走到钢琴边。

“我妈妈唱得很美吗？真的？”他问。

“她的嗓子非常好，”爱尔日别塔说，“她唱什么都很有感情。她唱什么都是那么深沉③。”

“深沉！”④ 胡贝讥诮地重复了一句。

“啊，我记得，”爱尔日别塔说（胡贝尔特一直觉得她像是画上的人儿一样），“我教过她这句歌词。”接着她又哼了出来：

---

① 原文是德文。

② 原文是德文。

③ 原文是德文。

④ 原文是德文。

巨大的欢乐在心头激荡……①

安德热依像狗一样歪着脑袋听得出了神，但爱尔日别塔却不往下唱了。

“我完全不了解我的妈妈。”安德热依以结束一章书时的那种语调说。

“哎，你们走不走呀?”海伦卡从里面喊道。

“就走。”安德热依回答，就在爱尔日别塔面前两脚后跟咔嚓一碰，行了个军礼。

“再见。”爱尔日别塔用带点戏剧性的动作把手伸向安德热依。“你的妈妈是个不寻常的女子。”她补充说。这句话听起来有点虚情假意。

“胡贝尔特，你穿件上衣吧，”海伦卡在衣帽间里说，“那件堂倌的白衬衣在夜里就跟星星一样闪闪发亮。”

“一会儿就得淋湿，亮不起来的。”胡贝尔特反驳道，“雨一直下个不停。”

他们出去了。

小伙子们在大门洞里排成两行。火堆已经熄灭。又黑又冷，看不清各人的面孔。安德热依把他们领了出来，排在屋前的人行道上。雨在淅淅沥沥地下着。细密的雨点洒落在人们身上，胡贝尔特的衬衣很快就淋湿了。

医院街上的坦克仍在雨中燃烧。烧得通红的钢板亮一下，暗一下，闪闪烁烁。这闪光稍微照亮了漆黑的街道。

“你把他们带到哪儿去?”胡贝尔特低声问。到哪里去他并不感兴趣，他只渴望向安德热依俯过身去，跟他的身体接触，渴望感觉到他

① 原文是德文。

的存在。这句问话实际上包含着“请原谅”“别了”种种深意。但安德热依仍然挺得笔直。

“到古尔斯基中学去。”他答道。

胡贝尔特出大门朝左走了。安德热依叫住了他。

“你往雅斯纳街拐的时候要留神。”他警告说。

海伦卡径直走了。

“再见。”她悄声说并挥手告别。

但是，谁也没有看到她打的这个手势。

安德热依独自留了下来。四周静悄悄的，漆黑一片。只是在华沙保险公司那边有人放了一枪。小伙子们两人一排站在雨中。安德热依回到了他们身边。他感到小伙子们都很不自在。

“哎，小伙子们，”他说，“前进，跟我来。”

当他们穿过霍尔滕夏街来到古尔斯基中学附近的时候，迎面而来的是突然一阵雨点似的排枪。敌人在那里守候他们多时了。

七

就在胡贝尔特、安德热依和海伦卡隐没在雨夜的黑暗中，朝着三个方向走散的时候，卡齐米日·斯彼哈瓦出现在博杜恩街的饭馆里。楼梯上的门是开着的。卡齐米日走过了几个没亮和有亮的房间，终于来到了爱尔日别塔的卧室。女歌唱家正坐在沙发床上，茫然地望着面前小桌子上的烛光。她仿佛完全失去了知觉。

“安德热依或是海伦卡没到这儿来过吗？”斯彼哈瓦问。

“来过，”爱尔日别塔像从梦中惊醒，“他们是刚从这儿走的。”

“到哪里去了？”

“不知道。”

这时，古尔斯基中学响起了枪声。

“啊，您听，”爱尔日别塔说，同时做了个含糊的手势，“他们准是到开枪的地方去了。安德热依穿了军装。”

“什么军装?”斯彼哈瓦硬邦邦地问了一句。

“军帽上有个鹰。”爱尔茄尼亚回答说。

“鹰!”斯彼哈瓦耸了耸肩膀。

“难道不是横竖一样吗?”爱尔茹尼亚说，“反正你们总要在自己的帽子上别个什么徽号，互相残杀，永远如此!”

“‘你们’指谁?”斯彼哈瓦气愤地问。

“你们，男人。”爱尔日别塔说。她懒洋洋地从沙发床上抬起身子，端着蜡烛，把它摆在一张巨大的三扇镜梳妆台前，对着镜子整理起身上的绿缎子长睡衣来。那模样儿倒有点像蝴蝶夫人。

“您到这里来有何贵干?”她终于问道，“这不是您该来的地方。”

“是奥拉派我来的。她为孩子们担心。她知道他们会到这儿来。”

“奥拉?”

在爱尔日别塔说出这个名字时的那种语调里，蕴藏着那么多的惊诧、轻蔑和恼恨，这使斯彼哈瓦听了浑身打了个冷战。

“她推测到，他们会到这儿来的。安德热依近来就常到这儿来。”

“他把我们的小饭馆当成了自己的秘密接头点。”

斯彼哈瓦留神地看了看爱尔日别塔。从她的声音和她那不寻常的词汇里都听得出有某种令人不安的东西。他疑心她是喝了酒。

“爱尔日别塔小姐，”他说，“您怎么啦?”

爱尔茄尼亚从镜子前面转过身来。她默默无言地指了指小桌子，刚才她就坐在这张小桌子旁边。桌上摆了一瓶伏特加酒。

“您喝酒了?”卡齐米日肯定了自己的猜测。

“我有什么办法?”女歌唱家笑了起来。

"爱尔日别塔小姐!"斯彼哈瓦愤懑地叫了一声。

爱尔日别塔转身直视着他。

"我有什么办法?我还有什么?您是从哪里来的?您应该是在某一个司令部里。别人都在纷纷丧命的时候,您倒藏得十分严实。"

"我该在哪里就在哪里。"斯彼哈瓦冷冷地说,"我到布拉茨卡街去了一趟,为的是打听孩子们的消息。"

"奥拉在布拉茨卡街?"

"我担心奥拉的孩子们。奥拉在布拉茨卡街,那里就她自己,泰克拉小姐没有回家。家里一个人也没有。"

"这儿也是一个人也没有。所有的人都走了,甚至亨利也走了。就我们两个老太婆待在这里。我预料,这是我们最后的一个平静的夜晚。对于许多人来说都是最后的一夜。你们都搞了些什么鬼名堂?"

"我?"斯彼哈瓦冷冰冰地问。

他自己也很奇怪自己为什么要待在这儿,要听这个昏头昏脑的女人对他说的这些话。

"您到我这儿来,我就不高兴。"爱尔日别塔忽然非常清醒地说,同时慢慢靠近了卡齐米日,"您一出现,我就不高兴。您像一只乌鸦。您两鬓的头发已经花白了,但您还是像一只乌鸦。记得当年,在我刚到敖德萨的时候,看到您在约齐奥身边,我心里就说,啊,糟糕!约齐奥当年非常英俊。我记得,我正在唱歌的时候,他走进了客厅,坐在旁边的一张椅子上。我也记得,我的歌声一下变得更有感情了。您明白吗?在唱那个高音阶的四度音程'允许我'[1] 的时候,我忽然感到顺畅得多,圆润得多,好像那声音是自己从嗓子眼儿里冒出来的,从灵魂深处冒出来的。您明白吗?不,您不明白。您从来没有唱过歌。

---

① 原文是德文。

他当时已出落得非常英俊，他当时能有多大？十五岁。大概是十五岁……后来奥拉又为您唱了那同一支歌，您听到了，您还哭过……”

斯彼哈瓦摇头表示否认。

“您没有哭，那您是想哭，反正一样。”爱尔日别塔继续说了下去，“可后来您把她抛弃了。她倒哭了。我们大家都哭。而现在安德热依，她的那么俊美，那么不同凡响的儿子，您今天见到过他吗？您见到过他是多么俊美吗？现在他们都在朝他射击。他站在夜的黑暗之中，他们在朝他射击。他们会打死他的。是谁要打死他？德国人吗？是您要打死他。因为您，也打死了约齐奥。您明白吗？您打死了约齐奥，您打死了他，打死了……您打死了我的约齐奥！……”

爱尔日别塔已经站到了卡齐米日的面前，她在说“您打死了约齐奥”这几个字的时候，举起了自己的小拳头擂着斯彼哈瓦的肩膀，她的动作是那样的绝望，那样的歇斯底里。她站在他面前，脸色赤红，披散着一头银发。斯彼哈瓦觉得她简直是精神错乱了。他抓住了她擂过来的拳头，紧紧地攥在自己瘦骨嶙峋的大手心里。

“您不要打我，”他没有一丝笑意地说道，“我完全不应该受到这样的惩罚。”

“你们全都应该受到惩罚。这一切太可怕了。”

“那是避免不了的。”斯彼哈瓦严肃地说。

“我们唯一的财富就是生命。”爱尔日别塔又退到了镜子跟前。

“自己的生命，还是别人的生命？”斯彼哈瓦又用哈姆雷特的口吻问道。

“您真可怕，”爱尔日别塔坐到沙发床上，“我有个印象，您从来就不是真实的您。”

这时，通向里面房间的门开了，一个穿浅色衣裳的高个子出现在门口。

"谁在这儿?"那人问道,"爱尔日别塔,你在这儿吗?这儿为什么这样暗?"

"是我,罗莎!"爱尔日别塔又走到镜子前面,动手抿平自己的头发。

"什么地方枪响得这么厉害?"罗莎问。

"我不知道,亲爱的,现在是起义。"

"什么人射击得这么凶?"

"我不知道。一定是我们的人和德国人。"

"这儿还有别人吗?"卡塞蒂伯爵夫人问道,同时拼命睁大自己几乎已经完全失明的眼睛。

"斯彼哈瓦先生来了。"爱尔日别塔勉强答道。

"斯彼哈瓦先生?是跟玛莉亚·比林斯卡一起到巴勒莫去的那个人吗?"

"就是那个人。"斯彼哈瓦用低沉的声音回答。

"啊,那您还记得巴勒莫吗?"

伯爵夫人像幽灵似的向前挪动着。她穿了一件浅色的闪光的长睡衣。

"您记得我在巴勒莫的那幢房子吗?"

"不太记得了。我在那儿的时间很短。"

"是的。那还是妈妈去世的时候。因为那些珠宝还发生过一些麻烦。您那时非常爱玛莉霞……"伯爵夫人说。

"哎呀,罗莎!"爱尔日别塔想阻止她。

烛光照在罗莎身上。虽说她已接近垂暮之年,虽说她那对金鱼眼已看不见东西,卡齐米日还是觉得她美。她的美就在于,她身上那种豪门气派使人莫辨妍媸,她是个不可思议的尤物。

"您为什么没有跟玛莉霞一道走?"伯爵夫人突然问道。

斯彼哈瓦没吱声。

“为什么？玛莉霞如今在巴勒莫。阿罗写信给了那个——她姓什么来着？——给了别夏德茨卡小姐。”

“别夏多夫斯卡。”爱尔日别塔纠正说。

“就是，写给了别夏德茨卡。阿罗的信不是从伦敦写来的，我弄不清楚他是从哪儿寄来的。先生为什么到了这里？”她忽然又向爱尔日别塔转过身来，要求她作出解释。

“先生是来找安德热依和海伦卡……”

“噢！”罗莎的口气表明，似乎她对这句普通的话连一个字也听不懂，“好吧，您是很爱玛莉霞吗？可惜，您没能跟她结婚……”

“你太冒失了，罗莎。”爱尔日别塔想去干涉她。

“不，不，何谓冒失？战时大家都必须开诚布公。”罗莎用自己滑稽可笑的外国调说道，“您爱过玛莉霞。这有什么不好？我现在就在恋爱。我一辈子都没有爱过，可如今却在爱。我爱得都要发疯了。”

爱尔日别塔恼火了。

“我亲爱的罗莎！”她说，同时打了个手势表明她烦透了，“你真是胡说八道。就跟发了疯一样。你最好回到自己的房里去，躺下。睡觉去吧[1]。”最后这几个字显然是从某部歌剧的咏叹调里学来的。

“伯爵夫人敢于表露自己的感情。”斯彼哈瓦说，而且出乎自己意料地在椅子上坐了下来。

爱尔日别塔更加烦躁不安。

“罗莎，你实在应该去休息了。我们明天将会碰到什么样的境遇还不知道哩。”

但伯爵夫人把这句话全当耳边风。她往沙发床上一坐，跟斯彼哈

---

① 原文是意大利文。

瓦面对面，还拉起了他的一只手。她的手汗津津、冷冰冰的。

“请您告诉我，”她说，“你们在打仗吗？你们是在打仗。这对德国人威胁很大吗？”

爱尔日别塔怒不可遏了。

“哎呀，罗莎，你在胡说些什么！”

斯彼哈瓦本能地往后缩了缩身子。

“既然双方是在这么一个窄地方交战，自然对两方面都是有危险的。”

“因为我在这儿有个朋友，德国人，他出身于一个巴伐利亚的世家，维特尔斯巴赫世家，这您是知道的。我为他担心。他是我丈夫的表兄弟[①]。”

“这跟我们有什么相干，罗莎？”爱尔日别塔说。

“可跟我有关系。我担心的是，你们朝德国人开枪。自然啰，德国人也朝你们开枪。你们觉得怎样？这是自然的反应。生活中的一切都是自然的反应。自然——这是最重要的。不可违抗自然。”她用一种似乎发现了什么伟大真理的口吻补充说，“而我们经常违抗自然。是自然把我推到这儿来的。我为什么要到这儿来？您可记得，在我们巴勒莫那儿有多么美吗？您可记得我们那条街，自由大街[②]有多美吗？Via della libertà[③]。libertà 翻译成我们的语言就是自由。您明白：为了自由[④]……”

“你真是胡说八道。”[⑤] 爱尔日别塔说。

---

① 原文是法文。

② 原文是意大利文。

③ 意大利文，意即自由大街。

④ 原文是意大利文。

⑤ 原文是法文。

“要知道，大家都在为这个自由发疯。在我们那儿，黑衫党[1]就唱过：‘为了自由’[2]。”

她刚想走开，但斯彼哈瓦把她留住了。

“请问，夫人，”他说道，同时朝她挪了一步，“您有没有从玛莉霞那方面得到什么消息？”

罗莎站定了，把卡齐米日从头到脚打量了一番。

“我跟比林斯卡夫人之间没有书信往来。”她说，“我认为，出于种种考虑，我不能跟她通信。”

爱尔日别塔再也忍耐不住了。

“哎呀，罗莎！”她说，“回到你屋里去吧，我请你现在就走。这样的事是不能讲的。”她又添了一句，几乎要哭了。

“好吧，你要是想我走，”罗莎说，“我这就走。这么说，你是不知道在哪儿放枪吗？”她临走时又补了一句。

“我知道。”爱尔日别塔恶狠狠地说，“在古尔斯基中学。”

“这是什么时代！”伯爵夫人边走边叹息道，“在中学里开枪射击！”

“卡齐米日先生，”爱尔日别塔转身对斯彼哈瓦说，“请您把我从这个女人身边解脱出来吧。”

斯彼哈瓦把腰一挺。

“是要我把她枪毙了吗？”

“啊，不。胡贝尔特曾想把她枪毙了。而我这个白痴，我没让。”

“您有点言过其实了。”斯彼哈瓦试着露出一点笑意。

霍尔滕夏街的那个方向枪声不断。

这时，在那些空荡荡的房间里突然传来一阵急促的脚步声。那人

---

① 前意大利法西斯组织。

② 原文是意大利文。

在黑暗中摸索着，终于找到了爱尔日别塔的房间，便用胳膊肘去推门。门猛地敞开了，小卡楚希差点儿没栽倒在门槛上。

“小姐，小姐！”他失魂落魄地喊叫道。

他的两只手沾满了殷红的稠液，就像是用手挤碎过一只装果子酱的瓶子。爱尔日别塔和斯彼哈瓦同时从座位上跳了起来。

“出了什么事？”

“你受伤了？”

“不，这不是我的血。子弹掀掉了我的军帽。您快去吧，您快去吧……”他对斯彼哈瓦说道。

“什么？到哪里去？”

“我把中尉先生送来了，但是他倒下了，躺着哩。就在这儿，在韦德尔商店附近。我没法使他动一动。您快去！”

斯彼哈瓦快步朝门口走去。

“好吧，你前面带路。不过，你得当心点，黑得很。”

“外面要亮一点，”卡楚希用比较正常的声调说道，“那些坦克还在燃烧。”

爱尔日别塔似乎清醒了过来。

“是安德热依吗？”她问。

“是的，大概是安德热依。”斯彼哈瓦已走到了门口。

“是的，安德热依中尉，就是刚才还在这儿的那位，”卡楚希的声音已经是从黑暗里传来的，“他刚才还走得好好的，这会儿却躺下了，我没法使他动一动。”

楼梯上，不知是什么人坐在暗处。他们有好些个，卡齐米日只好从他们中间跨过去。

“你们在这儿干什么？”他问。

“我们在等待。”传来一声回答。从这声音里听得出一种伤心和讥

讽的味道。

有两个人坐在一个角落里，就着一盏点了蜡烛的马灯在打牌，微弱的光线照射在他们歪着的脸上。他们把手里的纸币弄得簌簌地响，金币敲在楼梯的石级上发出清脆的响声。这是瓦雷茨基广场上的一些外汇投机商。

“你们在等什么?”斯彼哈瓦问。

“等待好一点的时光。”在另一个黑暗的角落里有一个声音回答道。

到了楼下，在大门边上，卡齐米日才觉出触到了一件毛茸茸的皮大衣。爱尔日别塔跟他并排走着。

卡齐米日偏过头去，低声对她说道：

“您回去吧，您去干什么?”

然而爱尔日别塔又像失去了理性。

“我没见到约齐奥是怎样倒下的，”她说，“我没见到，他是怎样倒下的。”

斯彼哈瓦在黑暗中咬紧了双唇。

“约齐奥是倒在一堆苜蓿上的。”他这句话多半是对自己说的，“我是在战斗结束后才见到他的。”

卡楚希一边在前面跑，一边用哽咽的声调机械地反复说着这么一句话：

“您快去吧，您快去吧。”

他们顾不得自身的安全，从医院街穿了过去。来到韦德尔商店跟前，卡楚希立刻趴到了地上。

“中尉先生，”他用尖细的童音，很清醒地叫道，“中尉先生!”

斯彼哈瓦弯下腰去。安德热依躺在人行道上，脸贴着地，没戴军帽，头发凌乱。即将烧完的坦克的微光一直照射到了这里。爱尔日别塔跪了下来。

“您这是干什么?”斯彼哈瓦迟疑地说。

他把两手伸到安德热依的身子下面，把他的脸翻了过来。爱尔日别塔向他俯下身去。安德热依死了。斯彼哈瓦直起了腰，咳嗽了一声。

卡楚希没弄明白。

“先生,”他又说了一遍,“是具尸体吗?他不行了吗?他不行了吗?”

斯彼哈瓦扶住他的肩膀。

“中尉先生死了。”他温和地说。

爱尔日别塔把身子俯得更低，紧挨着安德热依的脸。他那对蔚蓝色的大眼睛圆睁着。白眼珠里反映出那即将烧完的坦克的玫瑰色的光焰。

第十六章　尾声和续篇

一

下午六点。像每天这个时刻一样，里约笼罩在一片浓稠的蔚蓝色暮霭里。上灯之前，还看得见远方辽阔的大海，巨浪从海洋深处汹涌而来，拍打在石岸上。虽说刚下过一场雨，依然闷热难当。戈翁贝克先生坐在一幢小房子前面的小门廊里。这幢小房子依山建筑，居高临下耸立在科波卡斑纳层层递升的豪华建筑物之巅。戈翁贝克先生喘着粗气，从层层屋顶的后面不错眼珠地凝视着蓝色的寥廓江天。其实他并不明白他在眺望什么，甚至不知道自己是怎么一回事。然后，他定了定神，抬起手开了电灯。灯光使木料家具和门廊里铺的垫子从昏暗中显露了出来。小房子里一个人也没有。韦切尔小姐和科韦什科刚才进城去联系有关演出的事情去了。

出门之前他俩大吵了一架。科韦什科向哈莉娜解释说，她不应该邀请某一个波兰演员参加自己的演出，因为那人曾因同法西斯分子合作而名誉扫地，而且也刚到巴西不久。哈莉娜却一个劲儿地嘲笑海鲁

宾的这种顾忌。

“你疯了!”她说道，“他跟法西斯合作，我能把他怎么样?如果你留在国内，谁知道你会干些什么?”她站在衣帽间里，一边用低沉的嗓音问，一边往头上戴帽子和面纱，似乎异域的酷热对她毫无影响。

科韦什科不认输。

“将来我们回国，你在国内就不能演出了。”他暴跳如雷地喊道。

韦切尔小姐站在他面前，把他从头打量到脚。

“你为什么总要唠叨那些连你自己都不相信的事?”她从牙缝里挤出这几个字来，“你很清楚，我们不会回国去。我在那儿能干什么?”

“席夫曼给你写过信。”海鲁宾说，但他的口气远没有先前那样坚决了。

“我才不理他的信呢，我不会去给布尔什维克们演出的，”韦切尔小姐不容反驳地说，“我将在这儿演出!”

“你不会讲葡萄牙语，”科韦什科提醒说，“我们在这儿待了四年，你连一个字也没有学会。”

“可我能学会，”女演员执拗地说道，“再过一年，我就要用葡萄牙语演出《厄勒克特拉》。他们这儿还从来没有见过《厄勒克特拉》，你瞧着，他们会怎样热烈地叫好吧。”

“弗兰齐舍克先生，”海鲁宾转身对戈翁贝克说，“我们到咖啡馆去一下，哈莉娜的这次演出还得最后商量定。您在家里待着吗?”

戈翁贝克嘟哝了一句：

“我还能到哪里去?”

“晚饭吃什么?”哈莉娜向戈翁贝克先生问道，他在他们家里扮演的显然是军需官的角色。

“能有什么?”弗兰齐舍克先生漠然地答道，“有茶、风干肉、水果、干酪……”

“您是不是从您的面包房里带回了面包?”

“首先，面包房不是我的，我只不过是在那家面包房里做工罢了。”戈翁贝克用全然不同于他昔日那种温柔的声音吼叫道，“不过面包我还是带回来了。”

他脸上的表情忽然一变，露出了一丝笑意，他的声音又变得温和了。

“不仅是面包。今天我还按照我过去的配方烤了几个蛋糕。让他们瞧瞧……只不过他们这儿的面粉不怎么样……我总算弄到了一点黑麦面粉打底子……馅是咖啡的。我带了这么一个小蛋糕回来。这里的咖啡确实是第一流的。”

哈莉娜深为感动，她亲了亲弗兰齐舍克先生的两颊。

“您真是个大好人，”她说，“要是没有您我们可怎么办?我简直难以想象……”

她发现戈翁贝克先生手里捏着个白色信封。

“这是什么?信?弗兰齐舍克先生，您收到信了?谁来的?”

戈翁贝克先生有些昏头昏脑，心不在焉地望着手里的信，略带迟疑地回答说：

“妻子写的。”

“妻子写的?”哈莉娜吃了一惊，“这是战后收到的第一封信吗?是吗?”

“是第一封。”他犹豫了一下回答说。

“信里写了些什么?”女演员问这句话纯粹是出于礼貌。看得出来，她对这封信丝毫不感兴趣。

戈翁贝克腼腆了起来。

“我还没有看，”他说道，脸上泛起了红潮，“我不敢拆开。”

“您害怕?”哈莉娜天真地问道，接着又淡淡一笑，“您可真是个怪人！信里面可能有重要消息哩。”

“肯定是有的，尊敬的哈莉娜太太。”弗兰齐舍克说着，不停地来回变换站立的姿势。显然，他心情烦躁，希望能独自待一会儿。

“哎，我们走吧，”韦切尔小姐说着挽起了科韦什科的胳膊，“我惦记那演出的事最后怎么解决。”

他俩出去了。

戈翁贝克还探身凉台望了望，想证实一下，他们是不是真的走了，是不是不会来妨碍他读信。他看到了他们。

他俩手挽手往下走，朝着科波卡斑纳去了。他们组成了奇怪的一对，一群黑人孩子好奇地跟在他们身后奔跑，对他们指指点点。哈莉娜穿一件半长的薄料子黑色连衫裙，外加一件缀满了玻璃珠的黑色大披肩，那披肩一直搭到了裙子上，戴了一顶古色古香的黑帽子，还蒙上了一块密纹的面纱，面纱完全罩住了她那对大眼睛——帕拉斯·雅典娜[①]的眼睛。她看不清路，紧张地抓住科韦什科的胳膊，小心谨慎地往山下走，活像在舞台上那样。海鲁宾戴一顶硬帽子，披一件薄薄的“斗篷”，拄一根文明棍，衣服纽扣整整齐齐地一直扣到了脖子下面，戴着手套。这一身穿着打扮是那么滑稽，跟巴西的街道是那么不合拍，就连戈翁贝克先生看到也觉得好笑。在蓝色的暮霭里，在难当的酷热之中，他们走得很慢，简直像两个黑色的幽灵，最后终于在下边消失不见了。从那儿不断传来的汹涌澎湃的海涛的喧嚣盖过了城市的嘈杂声和小汽车的喇叭声。大海的喧哗在这山巅比在岸边听得更其真切。

“他们不是这片土地上的人。”戈翁贝克自言自语地嘟哝道，“可不是吗，他们不是这片土地上的人，”过了片刻他又补充了一句，似乎是在给自己作解释，“他们是那一片土地上的，是我那片土地上的。”

他蓦地想起了“韦切尔小姐”当年作为他的顾客的情景。她到店

---

① 希腊神话中的智慧女神。

里来买点心时，总是用她那低沉的嗓音说："我从来不吃这鬼玩意儿，可是那些演员简直就像孩子。"她也总是姿势优美地从他手上接过包装得漂漂亮亮、又用彩色细绳捆扎好的硬纸盒，说一声"谢谢"就向街上走去了。商店的橱窗外面是阳光灿烂，但并不炎热的夏日。他明天就要去普斯泰翁基，到安德热耶克那儿去……"到安德热耶克那儿去。"他又默念了一遍，一直没有勇气拆开妻子的来信。

他知道，他预料到了，那封信送来的是些什么消息，他只是不愿去亲眼证实自己的揣测，不愿去读白纸黑字写下来的那些话语而已。

普斯泰翁基！他将跟安德热耶克一道去散步，儿子挽着他的手，走在他旁边，微微侧着身子，为了赶上他，常常要迈大步。儿子会给他提出各种问题，那些问题他都难以回答。到后来，他就完全不会回答安德热耶克的问题了，安德热耶克变得比他聪明多了。周围是普斯泰翁基园林里的树木在浅吟低唱。然后，他们穿过森林向教堂走去。对过去这一切的怀念和不可复得的惆怅哽塞在他的喉头，使他几乎透不过气来。

他来到房子后边的一个小门廊里。这块地方既是他的办公室，也是他的休息室。他软绵绵地坐在一张藤椅上，几乎是大声地自言自语说：

"我为什么要待在这里？我在这里干什么？"

他终于强打精神，撕开了信封。把信从头至尾读了一遍，但是他连一个字也没有读懂。

他就这样在难耐的酷热中，坐在这个小门廊里，仰望着紫罗兰色的天空。

"不，"他自言自语地说，"这不是真的。"

于是，他又幻想着自己是坐在普斯泰翁基的门廊里，也是坐在一张藤椅上，安德热耶克就坐在他的脚边。天也是这样几乎全黑了，也

是这样笼罩在淡紫色的暮霭之中，只是那暮色更浓，而且不时吹来一阵阵清新、凉爽的夜风，只是在波兰才有的那种凉气袭人的夜风。还有安德热耶克，只是，他已经长大了一点。他说：

“爸爸，你得把那封信再看一遍。”

“何必呢?”弗兰齐舍克先生大声说，“反正我什么都知道。”

“再看看吧，爸爸，”安德热依说，“因为信里写的都是真的。”

“不，不是真的。”弗兰齐舍克先生固执地说，“我想再见到你……”

“唉，爸爸，要是能够啊……”

弗兰齐舍克先生哭了。无言的泪水犹如泉涌，填满了眼眶，遮住了眼睛，顺着既没有从前那么丰满也没有那么红润的面颊静静地流淌。淌了好久，好久。后来他伸手掏出一条手帕，擦干了脸和眼睛……逐渐清醒过来……

另一只手上仍旧捏着那张纸片。信很短。他用手帕擦了擦眼镜，又一次读起了纸上写的那一行行模糊的字句：

我亲爱的弗兰尼奥！

我把写信的地址填成华沙，但事实上信我是在米兰努韦克写的。今天我到华沙恰茨基街去过，那幢房子在整个沦陷时期一直住的是德国人，直到起义之后他们才把它烧掉了。我原希望，在那儿也许能找到点什么东西。我想的主要是照片，因为我甚至连我孩子们的一张照片也没有。到老来我也许会忘记他们是副什么模样儿。我觉得自己很健壮，我想我一定会活得很长，跟爱韦琳娜姨妈一样。你的地址我是从席夫曼那儿得到的，因为我知道你跟韦切尔小姐和海鲁宾住在一起。我简直不能想象！我设想，你已经知道我们所有的孩子都已不在世了。坏消息总是会不胫而走的。可是你为什么不对我吭一声呢？你为什么不向我解释一下你

在谢德尔策附近把我们抛弃的原因呢？你可知道，我们离开奶奶家十分钟之后安特克就到那里去了？后来他就再也没有回过华沙，他在那儿当了个地下学校的秘密教员，一九四二年牺牲了。甚至直到现在我还不知道他牺牲的具体情况。阿涅尔恰自一段时间以来就住在这里。你母亲刚死不久，是今年春天去世的。但是，关于安特克的死，阿涅尔恰一无所知，是一个朋友通知她的，把安特克的皮夹子和手表带给了她。我连安特克埋在何处也不知道。我们的那两个孩子都埋在波翁兹基墓地。是今年五月才移葬的。因为在这之前他们一直埋在布拉茨卡街二十号的院子里，埋在比林斯基家私邸的前面。沦陷期间我们一直住在那里。整个起义期间家里只有我一个人和希莱尔太太，她算是寿终正寝的。两个孩子的死只相隔一天。安德热依是八月一日，而海伦卡是八月二日。两个人的尸体在街上摆了好几天，后来还是斯彼哈瓦把他们送来的，我们把他们埋葬了。是我们一起埋的，还有希莱尔太太和爱尔日别塔。爱尔日别塔在一九三九年八月末出人意料地回到了波兰，就那么留下来了。在那些可怕的日子里她一直和我们在一起，如今她到伦敦去了。孩子们都变了样子，因为在太阳底下摆了好几天。斯彼哈瓦为了把他们背回来，累得不得了。他是在夜里干的，那时分德国人不怎么开枪。后来我就再没有见过他。他进了俘虏营，战后好像是到英国去了。埋葬了孩子们之后，过了几天我们都撤出了华沙，就是说，妇女们都走了，只有男人还留在那里。而那座府第也被德国人放火烧了。海伦卡在起义之前在雅努什那儿躲了一段时间，可是德国人在那儿探出了她的踪迹，她只好逃进卡姆皮诺斯卡大森林里去了。可惜她没能留在那儿。因为，她所在的那个部队被打散了，她迫不得已回到华沙，当了联络员。她骑自行车从布拉茨卡街上经过的时候，德国人从屋顶上向她射

击，她额上中一弹，别的地方没有受伤。那个德国人打得很准。雅努什当时在科莫鲁夫被枪杀了。现在是雅德维加在那儿主持家务，等着阿罗回来。舒什凯维奇先生把阿罗看成唯一的“继承人”。人们还在想些什么！

我现在跟阿涅尔恰住在米兰努韦克，实际上我是靠她供养，因为她在丝绸厂工作。科谢可娃也常到这里来帮我一把，因为他们在布拉格区的房子保住了，她丈夫仍在家具厂工作，现在家具是热门货。我做不了什么事，不过是打扫房间，叠被子，掸尘土。阿涅尔恰不很规矩。不过我们有了个收音机，我有时听听音乐。我的头发全都白了。

我在猜想，你准备干什么？你会回到我们这儿来吗？我这儿很需要你，这是真的，但即使你回来了，我们也只能是双双在这儿受苦。使我感到震惊的是，我觉得任何工作都毫无意义。安德热依直到最后都不肯原谅我们，说我们在路上把你给“丢了”。他总是质问我们把他父亲怎么了。安德热依和海伦卡常常为这件事争吵，可实际上我们是一点儿过错也没有的呀！其实我们也知道，你自一九四〇年以来就住在巴西。安德热依是那样的爱你。在这个月里他就要满二十五岁了。他兴许会娶媳妇的吧？真有趣！

海伦卡出落得非常、非常漂亮，好多的小伙子都爱上了她。听说，雅努什也……但这也许是谣言或是出自雅德维加的多心。

我在我们过去的住宅里什么也没有找到，纯粹是一片废墟。只是在前厅的壁橱里才找到了一把小瓷茶壶，还是我那过世的母亲的遗物。你还记得吗？就是那把蓝花的茶壶。但蓝色的花纹都已经烧坏了，变成了棕色。可小茶壶是完整的，里面甚至还留下了一点干了的茶叶。我们的住宅给我们留下的就只有这一点东西。在我们的住宅里，在我们的一生中所剩下的就只有一把烧坏了的

小茶壶。这岂不是太少吗？一切在我看来都是那么不公平！你还是回来吧，我们一道去上坟。说不定你能找到安特克的坟墓哩。可又何必呢？他们几个都活在我们心中，先是那么小不点儿，后来都长大了，再后来就完全成了大人；你已经不知道他们长成大人后的样子了。他们全都是非常好的孩子。

亲爱的丈夫，我向你问好，吻你，向你赔礼，谢谢你。

你的妻子　奥拉

一九四五年八月八日于华沙

弗兰齐舍克先生念完了信，重又仰望着科波卡斑纳屋顶上那片蓝色的空间。他灭了灯，没有关门就走了出去。他走过小花园，那儿一切都散发着一股沉闷、潮湿、抑郁的气息；白色的栀子花的香味是那样的浓烈，几乎使人透不过气来。他走出了花园，沿着从法韦拉区蜿蜒而下的一条被雨水淋湿的狭窄小街往下走，一直走到了大西洋路。

与这条灯火辉煌的豪华街道毗连的大海，从这儿看去是那样的幽暗和威严。令人特别清晰地感到的是，那些路灯、人行道和房屋显示出来的人类文明是多么渺小，而与它形成尖锐对照的大自然则显得何其伟大、壮观。弗兰齐舍克先生找到最近的几级台阶下到沙滩。一条宽阔的银色沙带把他和海浪隔开，大海在这儿显得要自然得多，也宁静得多。沙滩的混凝土堤岸下的一个沙坑里有一对年轻的恋人像阿伊达和拉达梅斯[①]在地下神殿里那样亲吻。

弗兰齐舍克先生脑子里空荡荡的，信步穿过沙滩，走到浪舌呈扇状地轻轻舔着堤岸的那个地方站住了。他向茫茫的远方眺望，看不见天海之间的分界线。远处高耸起一片船帆样的东西，硕大、厚重，径

---

① 歌剧《阿伊达》（威尔地作曲）中的主人公。

直向堤岸涌了过来。到了沙滩前沿船帆上现出了一道白边，海浪自右向左折为两段，哗啦一声落了下来，以最后一点余力打在戈翁贝克先生脚前的堤岸上。

汹涌而来的海潮带来了腐烂的水草气味，这是一种令人腻味的，略带点药房味的巴西气味，弗兰齐舍克先生自从跨上这个国土的那一刻起，就无法忍受这种气味。海水散发出一股热气——赤道的阳光把海洋晒得很热。

弗兰齐舍克先生弯下腰，把两手浸在水里。水热得跟澡盆里的一样。他忘记了浸在水中的一只手里还捏着奥拉的信；他一抬手，打湿了的信纸粘在他的手指上，像只蝴蝶。他机械地伸开手掌，但那封信没有掉下去。他又把手浸到水里，信在波浪上漂。

“我干什么呀?”弗兰齐舍克先生大声说。

信在水上漂浮，离开了弗兰齐舍克先生。一会儿隐没在暗处，一会儿又露了出来。

“让它沉掉吧，”他不知是说了这么一句还是闪过了这么个念头，“信里什么也没有。信里什么重要的事也没有，因为里面写的全是假的。”

但是，当那封信在水里隐没的时间稍长了一点的时候，弗兰齐舍克便赶着去抓。他的鞋子湿了。

信在新涌过来的浪尖上闪现了一下，又退走了。弗兰齐舍克先生又伸手去抓，但是那封信仿佛有了生命，从他的手上滑掉了。

“你看，”他听到身后有人操着地道的卡利奥斯[①]口音说，“那位老兄喝醉了，穿着衣服就下海。”

想必是那对情侣钻出了自己的安乐窝，站在他背后的沙滩上。又

---

① 指巴西北部和巴拉圭地区印第安人部族的语言。

一个浪头涌过来，摔得浪花四溅，哗哗的涛声淹没了他们的话声。信又跳开了，像有生命一样。

“不，不!”这时弗兰齐舍克先生大声绝望地叫喊着，猛地向前冲去，跳入了没膝的水中。他用双手在水上瞎摸了一阵，突然意识到，自己只不过是假装着追信，实际上并不想把信抓到手。

“不，不，不!”他的声音越来越弱，离堤岸也越来越远，但是这儿的海水在相当宽的一段距离里都是一样深。

“不，不!”他甚至抓到了信以后还在无意识地唠叨着。他一个劲儿地往前走，扑通扑通地涉水前进。后来水越来越深了。他把那张打湿了的信纸卷成了个小卷，又揉成了个小球，终于撕得粉碎。他想彻底毁掉奥拉的那封信，把它一笔勾销，让它根本就不存在。

后来，咸味的海浪把他两只手掌冲刷得干干净净，连一丁点儿湿纸的痕迹也没有了。他举起双手像个农民那样用手指按住前囟和两边的太阳穴，把头一会儿往右一会儿往左扳，嘴里反复叨念着：

“不，不，不……命呀，命呀，命呀……”

他就这样两手抱头扑倒在汹涌而来的海浪上，浪头托住了他，把他抛得很高，接着便把他拉进了海的深处。

岸上的一对情侣直到这时才惊叫起来：

“有个人，有个人，有个喝醉了的人投海啦!”

二

一九四七年春，阿罗回到了波兰。虽说他费了好多心思才迟迟作出决定，但他还是认为，这个决定是正确的。四月底他抵达格丁尼

亚[1]，五月初，在海滨过了五月节之后，就动身去了华沙。冬天久久不愿离去，晚来的寒冷的春天像难产的婴儿迟迟不肯降临人间。树上刚长出新叶，春寒给迟开的樱桃花镀上了一层枯萎的褐色。整天刮着料峭寒风。阿罗昏昏然，除了对耳畔嗡嗡响的波兰话有些诧异之外几乎毫无感觉，他一清早就抵达了首都——又是在临时车站。他一生——从他显然已经忘记了的第一次到华沙的时候起，总是在“临时车站”下车。华沙总站建成之前，一个大木棚当了许多年的车站。一走进这个巨大而龌龊的大厅，他的心就紧缩了。

“车站建了这许多年，仍然毫无结果，”他思忖道，“真见鬼，又是个临时车站。”

他从人群中挤了过去，觉得这些人就像东方什么国家的人那样带着异邦情调，他怀着一个英国人来到某个最荒凉的殖民地的那种情感走出了车站。一个搬运夫冲到他面前问道：

“先生……回来了？”

显然，此人有点拿不准该怎么称呼他。

“您一直在当搬运夫？”

“对我来说，没啥变化。”搬运夫说。每次都是他把阿罗的行李塞进“猎取到的”火车。“我也是刚回来。”他补充说。

“从远方回来的吗？”

“我在茅特豪森[2]待过。”搬运夫说。

这个名称对于阿罗并不说明什么问题。他只知道这是一个集中营的名字。他钻进一辆破旧肮脏的轻便马车，可实际上并不知道要到哪里去。他在华沙没有亲人。他眼前的城市是个满目疮痍、令人目不忍

---

① 波兰北部海港城市。

② 在奥地利东南部，1939—1945年这里办了一个希特勒集中营。

睹的瓦砾堆。他手上只有罗伊斯卡太太在米兰努韦克的地址。

“到米兰努韦克的小火车通了吗?”他向马车夫问道。

“电气火车？通了。为什么不通车？整个战争期间一直通车。”车夫答道。

“那么就请您把我送到小火车站吧，到诺沃格罗兹卡街的拐角上。”

到米兰努韦克的小火车正好没有来，再说，阿罗也不想这么一大早就到罗伊斯卡太太那儿去，他怕吵醒老人。于是他便信步来到车站旁边的一家咖啡馆，打算在这儿吃点东西。他打听有什么可以吃的早点。咖啡馆的女招待（他觉得那张面孔十分熟悉，但记不起在哪里见过）亲切地朝他笑了笑说：

“什么都有。”

“有鸡蛋吗？能来一块火腿吗？有茶吗?”阿罗点了这几样似乎是高不可攀的东西。虽说他在海滨已经待了好几天，但仍然不习惯这儿怎么要什么都能轻而易举地得到。在英国情况可就大不相同了。

“您回来才不久吧?”女招待见他制服上别了个写有“波兰”① 两字的袖章，便问道。

“今天刚回来。”阿罗笑着说。

“令堂呢?”那一位问。

阿罗吃惊地瞟了她一眼。是的，他没弄错，这是利拉，他的远房表亲。他在达维德格鲁德克打猎的时候跟她见过一面。他站起身，向她问好。

“你过得好吗?”② 他漫不经心地问。

---

① 原文是英文。

② 原文是法文。

“你不是看到了……”[①] 她回答说，“我很满意，我有工作。”[②]

他觉得利拉很漂亮。他好久没有见到过波兰姑娘了。

“利拉，给我拿早点来，”他脱口说道，“我饿得跟狼一样。”

“我认为，最好是让你再饿一饿。”利拉说着就拿早点去了。

“你在这儿有熟人吗？有亲戚吗？你回来干什么？”利拉给他送火腿来的时候问道。

“没有，什么人也没有。真正是什么人也没有。我准备到米兰努韦克，到罗伊斯卡‘姨妈’那儿去。”

利拉撇了撇嘴。

“你可知道，瓦莱雷克……”

“知道，知道。罗伊斯卡本人呢？”

“啊，当然，没事。你回华沙的时候到我那儿去看看。我住在莫科托夫。”她还说出了详细地址。

“你瞧，我已有了一个熟识的家庭了。”阿罗说。

“话是不错，不过如今没有时间来谈友谊。”利拉寓意深长地说道，又转身到厨房拿鸡蛋去了。

小餐馆的窗户敞开着。一个演唱《蝴蝶夫人》咏叹调的优美、高亢的声音飘了进来。这是对面小铺里放的一张唱片。跟小铺和小餐馆毗连的都是一些高大的、残缺不全的破房子。再远一点，从电气火车站那个方向传来了嗡嗡的弦乐声。这是残疾人乐队用班卓琴和吉他在演奏《里约上空的繁星》。这首甜蜜的探戈舞曲引起了他许多的回忆。

几个乡下妇女站在窗下，守着一篮篮鲜红的小红萝卜。她们一边往小红萝卜上洒水，一边叫卖，“小红萝卜，小红萝卜，像玫瑰花一样

---

① 原文是法文。

② 原文是法文。

鲜嫩的小红萝卜……”穿短裤露出两条光腿的小伙子们，打扮得花枝招展的女士们，在电气火车站工作的职员和工人们从街上匆匆走过。这儿很热闹，尘土飞扬，阳光灿烂，行人熙熙攘攘。阿罗忽然又惊诧地意识到，他什么也不明白，在这儿找不到自己的一席之地。他竭力想摆脱这种迷惘的心情。

“这儿不总是快活的。”告别的时候利拉对他说，再次邀请他到自己家里去。

比林斯基来到大街上。从元帅大街那边传来一阵“雄壮”的歌声。一队士兵唱着歌列队从马路中间走过。这支歌他听起来非常陌生。

“怎么?”他自言自语地说，“又是军队？一切又从头开始了?”①

电线杆上和栅栏上贴着一张张白色的大海报：巴尔巴拉·布德娜指挥的歌舞团……阿罗脸上绽开了笑容。

“又是一个熟悉的名字。”他喁喁地说。

他拎着自己的一只小箱子和一只军用袋走进了小火车的车厢。这个钟点很少有人朝米兰努韦克的方向去。电气小火车轰轰隆隆地穿过废墟和高耸的垃圾堆，刚出城便停住了。一望无际的颓垣断壁后面现出了碧绿的田野。整个这段时间里阿罗一直像在梦中，在他看来一切都像刚才见到的表妹的那张面孔：非常熟悉，同时又非常陌生，在他和这一切之间隔着这么多的年代和事变。

小电气火车过了米哈沃维查之后，车窗外已不再是市郊的景色而是一派农村的景色了。

到了新村，阿罗倏地看到长长的一片绿茸茸的牧场，宛如绿宝石一般，牧场上有一泓蔚蓝的溪水流向天际。一群褐色的马匹放牧在明光耀眼的草场上。在碧绿的背景下，旭日的光芒把这群马匹照得通红。

---

① 原文是法文。

“我得用朱砂才能把它们画下来。”比林斯基忽然这样想道。在草场边缘，就在轨道旁边站着一只硕大的公火鸡，它张开大尾巴，两个翅膀拖到了地面，高傲地炫耀着自己戴着珊瑚项链似的鼓鼓的脖子。那火鸡一会儿用这只脚着地，一会儿又换成那只脚着地。一只小小的，不起眼的灰色母鸡微仰着头，愣愣地站在它面前，似乎正为这只异种公鸡的华美而感到不胜惊讶。阿罗粲然一笑，他也正是为这景色而动情——这草场上的旭日，这褐色的马群，这流向天际的一泓清水——电气火车站旁边的一切都使他感动。列车又开动了，窗外的景色逐渐起了变化，前面所见的那种景物由模糊而消失，然而到处仍是一派绿莹莹。道旁的水沟里长着一片茂密的驴蹄草，开着黄灿灿的花。此时此刻阿罗身上也发生了某种变化：直到此刻，他才完全出乎意料地感到自己是在波兰。这种感觉深深地触动了他的心灵，他反复对自己说：“我回家了，回家了，我回家了……”

从来也没有人教过他，说这就是他的家。在这个“家里”也没有一个人在期待他的归来。他在这儿既没有亲属，也没有朋友。他连个投宿的地方都没有。母亲在图卢兹①买了个小庄园，便留在那异邦的土地上了。其余的亲属都已死绝，舅父的死他早已知道。布拉茨卡街的那幢府第虽说已经修复，但已被某个政府机关占用。真到此刻，直到他看到那片绿草如茵的牧场和在青草丛中放牧的马群之后，他才感到只有在这儿他方能生活。

到了米兰努韦克，他按照手头上的地址找去。他走到一幢简陋的木结构别墅的门前，一个年纪很轻的姑娘给他开了门。那姑娘只有十五六岁的样子，但发育得很好，长得十分标致。他向那姑娘作了自我介绍。

---

① 法国南部的城市。

“罗伊斯卡。”她说道，伸手向他表示欢迎。

阿罗心里揣度着，她算个什么罗伊斯卡？

这时小姑娘却说，奶奶不在家，她在工厂里干活儿，但工厂离这儿不远，只隔几幢房子，她去请奶奶回来，也许可以找到个人顶替她一下。

“这一定是瓦莱雷克的女儿，”阿罗思度着，“她跟奶奶一起过。”

姑娘把他领进一个不大的房间。房间里摆了两张铁床，一张粗糙的桌子，周围放了几把木头椅子。

“您不要奇怪，我们的日子过得这样清苦，我们的东西全都烧光了。”

阿罗坐了下来。

“我这就去，”小罗伊斯卡说，“我是不是要到奥拉表姑那儿去一趟，告诉她您回来了？她住得也不远。海伦卡也牺牲了。”她解释说。

“两个男孩子也牺牲了，我知道。”阿罗说。

“海伦卡和安德热依是在起义时牺牲的，安特克是在乡下，在森林里……”

阿罗一时吃不准这些名词，不得不在心里盘算“在乡下，在森林里”是什么意思。

“奥拉表姑跟阿涅尔恰一起住在这儿。”小家伙又补充说。

“好吧，就劳小姐也到奥拉表姑那儿去一趟吧。”

小姑娘飞也似的跑出门去了。阿罗把房间打量了一番。在一张旧五屉柜上摆了一束雏菊，花后边立着一张镶在白镜框里的小照片。照片上是个穿衬衫、戴俄国中学生制帽的少年。业余摄影师摄下的这张照片已经褪了色，阿罗无法辨认照片上模糊的面孔。倘若他有过类似自己的舅父那样的经历，或许就能知道，这原是在敖德萨希莱尔家里罗伊斯卡太太书桌上的那张照片。

“看来只有这张照片没有烧掉，”阿罗想道，同时把照片放回了原来的地方，“除此之外，再也找不到昔日的任何东西了。”

这时，他听到一阵急促的脚步声，罗伊斯卡太太走进房来。老太太已经年逾古稀，但动作灵便，体态端庄，只是比从前瘦了很多，背略有点驼。她那对美丽的、炯炯有神的眼睛，依然热情洋溢。她抱住了阿罗的脖子。

就在罗伊斯卡搂着他的时候，阿罗用眼角朝跟在她身后进来的另一个妇女瞟了一眼。他觉得，这个人他一点儿也不认识。尖削的脸盘，冷漠而又呆板，雪白的头发梳得平平整整，像金属一样闪闪发光。她宛如一尊蜡像。阿罗只是猜测到她就是奥拉。

“哎，你瞧，那个小久妮亚对我说，有个什么比林斯基来了。什么比林斯基？阿罗，干脆就是阿罗。”她转身对孙女说，“坐下吧，孩子。”

阿罗向戈翁贝克太太鞠躬问了好，然后坐了下来。奥拉的目光使他感到有点拘束不安：她目不转睛地盯着阿罗。他情不自禁地把目光转移到小姑娘身上。她站在祖母的椅子背后，半是娇羞，半展欢颜。直到此刻他才注意到，她竟是如此楚楚动人。黑油油的头发，黝黑的面庞，俨如一朵盛开的鲜花。她两个小巧的乳房，轮廓优美。

“您在工厂里做工？”他问罗伊斯卡太太。

“就在这里，两步路。在丝绸厂。我干的是绕线轴的活儿，非常简单。她还在学校里念书，”她指了指久妮亚说，“日子过得还算凑合。”

阿罗留神地看了看罗伊斯卡太太。他仿佛觉得，她脸上掠过了一丝阴影。

“您应付得了吗？”

但是罗伊斯卡太太没有回答，像没有听到他的问话一样。

“你回来了，很好。不过一开头你会很困难的。非常困难。”

“嗯，毕竟我是回到了家里……”

“这倒是。你回来了……可别的许多人……雅努什，我的瓦莱雷克……”

阿罗又情不自禁地朝久妮亚瞟了一眼。姑娘脸一红，朝窗口转过了身子。奥拉直挺挺地坐在椅子上，脸上毫无表情。两眼死死地盯住房前的一丛茉莉花，脸上连一根筋也没有颤动一下。

罗伊斯卡太太没有缄默。她喋喋不休地向阿罗提了许多问题。

“你怎么样？你母亲怎么样？图卢兹的那所小房子怎么样？我知道，”说到这里，她略微顿了一下，“她不会回来。你是什么时候回来的？你准备干什么？你是不是在巴黎学过建筑？就跟我的久妮亚一样，她一直幻想将来要学建筑……哎呀，哎呀，我忘了，你现在能有多大了？”

“快三十岁了，我的姨婆。”

“啊哟，你也这么大啦!”

“安特克比阿罗小两岁。”奥拉用一种寻常的语调十分平静地说道。然而这句话却使听者感到有一股寒气。大家都不吱声了。

“您应付得了吗?”阿罗一时找不到别的词儿，又这么问了一句。

“勉强对付。不过，现在不用对付很久了。只是，谁来照料久妮亚呢？要是约齐奥活着……”

“哪个约齐奥?”阿罗贸然问了一句。

“我的约齐奥。”罗伊斯卡太太说，用手指了指五屉柜上的那张照片。她这手势和她这语调令人感到，她心目中的约齐奥永远是个生气勃勃的年轻人，跟将近三十年前他牺牲的时候一样。

“要是我的约齐奥活着，”她又说了一遍，“他会干什么呢？真有意思。”

这时奥拉从窗口回过头来，似乎是想说点什么。但她什么也没有说。

“他思想很进步。”爱韦琳娜太太天真地说。她忽然想起，“你一定饿了吧，久妮亚，给阿罗泡茶。”

“正在烧水呢。”久妮亚说。阿罗心想，她的声音圆润，低沉，是从胸部发出来的。她到厨房去拿茶壶，罗伊斯卡太太打开了五屉柜的抽屉。

她手里拿着台布朝比林斯基和奥拉转过身来，但突然站住不动了。她的眼睛失去了光辉。

“这还是普斯泰翁基的东西。”她指着台布说，“不，”她又更正说，“还是莫林策的东西哩。你瞧，那么多的人都死了，可台布还在。它安然无恙。”

奥拉从椅子上站了起来。

“我去帮帮久妮亚。”说着，她走进了厨房。

“你可知道，”罗伊斯卡太太又快活地对比林斯基说道，“有人对我说，将来可以把我埋在普斯泰翁基，埋在园林和墓地的边界上，挨着约齐奥。约齐奥的陵墓里还有空位，但我不配跟他躺在一起。”

“为什么？”阿罗吃惊地问。

这时久妮亚拎着茶壶进来了。奥拉跟在她身后。

“你喜欢煎蛋吗，阿罗？”奥拉问，她轻轻地，似乎是偷偷地摸了一下年轻人的头发。

阿罗感到嗓子眼里哽得说不出话来。

“好的，就吃煎蛋吧。”他勉强地说了一句。

罗伊斯卡太太熟练地把台布罩到了小桌子上。

“一些人死了，另一些人还活着。活着的还得生活。这是最要紧的，阿罗。人得生活。”

她站在桌边，朝桌上的茶壶、小圆面包、久妮亚、奥拉太太和阿罗扫了一眼，她的眼睛里重又放射出青春的光彩。

“这块台布还是莫林策的，”她笑了笑又补充道，“我只不过是这么说说罢了。因为它跟莫林策的那块台布真是一模一样。莫林策的东西我一点儿也没有了。”

三

傍晚，奥拉离开罗伊斯卡太太家回到自己的住所的时候，阿涅尔恰已经关在自己的卧室里了。她借口要早起赶到工厂上班，晚上总是早早就把自己关在卧室里。她不跟戈翁贝克太太一起吃晚饭，似乎她每天晚上什么也不吃，因为尽管工作繁重，她已经在开始发胖了。

今天奥拉却不能不跟她讲几句话便躺下来睡觉，于是便向她的小卧室走去。她想跟她谈谈阿罗，她认识这个年轻人比自己的两个男孩还早。

她没有敲门就走进了房里。阿涅尔恰坐在床上，手里拿着一张什么硬板纸。她不高兴地朝奥拉太太瞥了一眼。

奥拉后悔到这儿来了，但又不愿无缘无故不说清为什么到这儿来就退出。

“对不起，阿涅娜，”她说，“我想跟你聊聊……不，不是想聊聊，我只是想问问你，你喜不喜欢阿罗。”

阿涅尔恰什么也没有回答，只是把手里的那张硬板纸藏到床边小桌子的抽屉里去了。

奥拉太太警觉起来。

“你那是什么?”她问。

阿涅尔恰耸了耸肩膀。

“您不是看见了吗?”她说，“照片。”

“什么照片?”奥拉太太惊诧地问。

阿涅尔恰默默无言地打开抽屉，拿出了一张小小的，发黄的硬板纸。纸上看到的是有点儿模糊，而且本来就照得不清楚的年轻人的面孔。一双富于表情的大眼睛在望着奥拉。

奥拉哆嗦了一下。刹那之间，在百分之一秒的时间里，她拿不准是谁的照片，是安特克还是安德热依？犹豫的时间确实很短，但足以搅乱奥拉的神智。她觉得太可怕了：她已经认不出自己的孩子了。

她默默无言地拿着照片。由于激动两眼发黑，好半天冷静不下来。她的心在狂跳。阿涅尔恰把这一切都看成是安东尼的照片引起的感情的波澜。

末了戈翁贝克太太默默地把照片还给了阿涅尔恰，又在小房里仅有的一张椅子上坐了下来。

"你瞧，阿涅娜，"过了一会儿她说道，这时她已完全镇定了下来，"你有多坏。你从来没有对我说过，你有安托希的照片。你也清楚，我的孩子们的照片我一张也没有……你为什么没有告诉我？"

奥拉说这番话的时候声调平淡、做作、丝毫不带感情，与此同时她心里却在想："上帝呀！上帝！上帝呀！我已经不知道我的孩子们是个什么模样儿了！我竟没有认出安特克，还以为是安德热依哩……"

突然她又感到仿佛有点儿失望，觉得这不过是安特克，一个曾经忤逆过她的儿子。可惜不是安德热依的照片。唉，倘若能见到安德热依的容颜和他那双手，就像当年在咖啡馆里跟他告别时那样……任凭叫她献出什么她都是心甘情愿的啊！

阿涅尔恰是一副皮笑肉不笑的表情。

"太太，"她说，"您跟自己的孩子们一起生活了那许多年，而我跟安特克在一起只待了几个月。您心里装着他们的形象，而我有时却想不起他的模样儿来。"

"这就是说，所有的人的记忆都不长久。"奥拉心里思索着，叹了

口气。她那注视着阿涅尔恰的目光温柔多了。

“而且，到底，”阿涅尔恰说，“我也能给自己留下一点儿纪念物。我是不愿意把这张照片给您看的。”

“这正是我怪罪你的原因。”奥拉站起身，朝门口走去，“因此，我才说，你是个坏丫头。”

阿涅尔恰骤然从床铺上跳了下来，挡住了奥拉的去路：

“我得叫您知道，我确实是个很坏的丫头！我从来没有对您说起过，那一场灾难全是由于我的缘故。”

“什么灾难是由你引起的？”

奥拉站住了，望着阿涅尔恰变了相的面孔。她从来没有见过阿涅尔恰那由于肌肉痉挛而扭歪了的面孔。从这张脸上她既看到了痛苦又看到了狂妄，看到了某种令人非常讨厌而又富有挑衅性的东西。

“您也好！”阿涅尔恰吼叫道，“安特克就是因为您才不愿回华沙的。就是因为您，他们才杀害了他，杀害了……”她突然一顿，又换了口气说，“也由于我。”

“怎么由于你？”奥拉不安地问，“你在说些什么，蠢货！”

“当时是我向德国人报告的。我想让德国人去，他们就去了。”

奥拉一把抓住了她的肩膀。

“你在胡说些什么！你为什么要那样干？你怎么敢讲这样的话……”

“谁叫他跟那个克莉斯蒂娜鬼混的！与其那样，莫如叫他进坟墓。”

奥拉发了疯似的摇着阿涅尔恰的肩膀。

“你说！”她语无伦次地反复喊道，“你说！”

“我还一直守着……”阿涅尔恰的面孔由于极度的紧张而变得像顽石一般。她那副样子完全像是疯了。

“你发疯了！”奥拉呵斥道，“你疯了！”

“我当时是疯了。我当时是疯了。您什么也不知道，我跟在安特克

的后面一路追到了塔尔戈夫斯基家里。我在那儿一直待到了德国人来的那一天。我一直守着……”

“你守着什么？白痴!”奥拉说着，把阿涅尔恰从自己身边推开，让出通道，她想赶快出去。

但阿涅尔恰不放她走。

她踮起脚尖，悄悄地朝奥拉走了过去，伸出一个指头在她鼻子跟前晃了晃，一字一顿地说道：

“我一直守着，守着德国人掩埋好受难者的尸体，我守着不让他们把他和那个女人，和克莉斯蒂娜埋在一起。他是单独埋的，德国人照我的要求办了。把他单独埋了。单独。”

“这么说，他埋在什么地方你是知道的?”

“我知道。”

“这样长的时间你一声不吭，什么也没对我说！你还把照片藏起来了！你，你……”

奥拉把阿涅尔恰往床那边一推。

“你躺下吧。你冷静冷静，蠢婆娘……你自己也不知道你在说些什么。你冷静一点。唉，躺下睡一觉吧。”

她使出了浑身的力气在阿涅尔恰背上狠狠地捶了一拳。

阿涅尔恰倒在床上，像在乡下出殡时那样号啕痛哭起来。

“竟有这样的丫头!”奥拉又怒气冲冲迪说了一声，回到自己的卧室去了。

她令人吃惊地迅速平静了下来。其实，她对所有那一切都已经漠不关心。一切都已结束，像一本合起来了的书。安特克不在了，德国人杀害了他，至于说是出于什么原因，反正还不都是一样。

“可恶的丫头，”她一边脱衣服一边嘟哝道，“照片不给我看。其实，我是可以翻拍下来的……”

她漠然地脱完了衣服，躺到了床上。想了一会儿阿罗。

“他在这儿能干什么呢?”

睡觉前她总要吃一片安眠药，很有效，她立刻就睡着了。这一次安眠药也是很快便起了作用。

奥拉不知不觉地睡着了。突然她觉得自己仿佛站在莫林策庄园的前面，站在带有希腊式圆柱的门廊前。莫林策的庄园也有圆柱，可是她看到的那些圆柱比原有的要高得多，威严得多，都是大理石雕刻的。

奥拉不由想道：

“我从未注意到，这些圆柱竟是如此雄伟。”

然后她又看到，在台阶上，在进门处的两边，在这些圆柱的基座下面，蜷缩着几个人。

“你们是什么人?”她略带踌躇地问道。

“我们在砍树。”传来一声回答。

这时，她果然看到了那些被砍伐了的槲树的树墩，遍布在森林里，宛如战场上抛下的盾牌。因为那些圆柱同时也是森林。她踏着台阶走了上去。

门和莫林策的一模一样。她在梦中想起，自己在童年时代怎样在这个门上荡秋千（实际上她从来不曾荡过秋千，再说那个门的形状和结构也是全然不能荡秋千的）。门后是一排阒无人迹的大厅。奥拉越往里面走，就越感到空虚和孤寂。

“完全是一片荒漠。”她思忖道，“不过，这也很自然，因为这儿是希腊。”

“当然是希腊。我一直住在希腊，甚至我的名字也是希腊式的：海伦娜。”

奥拉既是她自己，同时又是海伦娜，海伦，罗伊斯卡姨妈死去的

小女儿，奥拉生平只见过她一面，那还是在非常幼小的时候。

她就这样以双重身份走过了一个长走廊，然后又穿过一排列厅，最后走进了曼库夫卡的客厅。这个房间很是异样，像是个旅馆房间，但是奥拉-海伦娜知道，这就是曼库夫卡的客厅。

"我的上帝!"她心里想道，"这个房间变得多么厉害！莫非房间也和人一样会衰老!"

客厅里有个壁炉。壁炉前有块遮热板，像在曼库夫卡梅申斯基家里一样。但是这块遮热板同时又是希莱尔老太太。

遮热板伸出了两只手，扮了个鬼脸，对奥拉-海伦娜呵斥道：

"出去！滚开！你杀死了埃德加尔!"

奥拉转过身子。她看到了坐在一个高大的台座上的埃德加尔，跟真人一般大小，宛如一座纪念像。埃德加尔整个儿都是用洁白的大理石雕刻的，但却有生命，他对奥拉笑得那么迷人。

埃德加尔没有说话，但是奥拉却明白他那无言中的意思，"我是帕特洛克罗斯[①]，阿喀琉斯[②]的朋友。"

她又在埃德加尔所坐的那个台座下面看到了帕特洛克罗斯和阿喀琉斯。阿喀琉斯的右手搁在帕特洛克罗斯的左手上。他们俩都穿着盔甲（还是都穿着军装?）但都没戴头盔。两个年轻人，像在做体操那样，互相捉起迷藏来，彼此都想躲到对方的身后去，动作都很敏捷。一会儿阿喀琉斯在前边，一会儿帕特洛克罗斯在前边。他们的动作越来越快，以致他们的面孔融合在一起了，变成了一张共同的面孔。

"安特克，安德热依，你们别闹了!"奥拉嚷道。因为阿喀琉斯和帕特洛克罗斯又变成了安特克和安德热依。

---

① 希腊神话中的人物，阿喀琉斯的朋友，死于赫克托耳之手。

② 希腊神话里特洛伊战争中希腊最伟大的英雄。

这时，他们俩都来到了她的身边，一边一个牵着她的手，领着她登上高耸的楼梯。

“我忘记了你们的模样儿了。”奥拉说。

“这没关系，妈妈，”安特克说，他的声音是那样的温柔，那样的熟悉，“马上你就能都认出来了。”

“只是，我们要把你交给斯彼哈瓦。”安德热依补充道。

斯彼哈瓦果然站立在楼梯的顶端。他的轮廓也像曼库夫卡壁炉前遮热板的形状，只不过比遮热板要大得多，而且每时每刻都在长大。斯彼哈瓦时常把一只手往上举，他脑门儿上垂着一绺头发，嘴上两撇小胡子像两只小蝴蝶。

奥拉想把自己的手抽出来，但是小伙子们从两边把它握得很紧。她不由呻吟了一声。这时斯彼哈瓦——遮热板朝她看了一眼，就像当年在敖德萨那样说道：

“小姐为什么不能嫁弗兰齐舍克·戈翁贝克先生？”

“你们要知道，他是要判处我死刑的啊。”奥拉对儿子们说道。

“这没有什么了不得的。”他们回答说。

奥拉猛地一下从两个儿子的手上挣脱了出来。接着便顺着楼梯往下滚——既是她自己，同时又是自己那颗被砍掉了的脑袋。

“我顺着楼梯往下滚，就像法列里·马里诺[①]的头颅一样。”奥拉的脑袋思忖道，“可我是海伦娜呀！”

这时，她又仿佛坐在一条小船上，说得确切点，是跪在一条小船里，这条小船顺着河道慢慢漂去。河面宽宽的，宽宽的，十分平静。在船头上，就在奥拉面前，坐着她那身穿洁白的新婚礼服的女儿——

---

① 法列里·马里诺（1274—1355），中世纪威尼斯首领，秘密反对威尼斯权贵，事发后被砍头。

也是海伦娜。奥拉完全觉不出自己和女儿之间有什么区别。她爬呀，爬呀，爬到女儿的膝边，问道：

“你嫁给什么人?”

“嫁给约齐奥。”海伦卡说。

“哪一个约齐奥?”

“嫁给约齐奥·罗伊斯基。”

“对他来说，你太美了。”

奥拉把头靠在海伦卡的膝盖上，她感觉到跟孩子们接触时的一种说不出的甜蜜。她已经什么也看不见，只觉得，那小船在向前漂呀，漂……而她的面颊紧贴着海伦卡的娇嫩的膝盖。

“我的孩子们呀。”她说。

但是，船底却擦到了沙滩上，速度慢了。现在奥拉独自坐在一望无际、烧得寸草不留的荒漠里。她面前摆着一条小船，更确切点说，是一个破碎了的船架子，几块腐朽了的木板——犹如一具破烂不堪的棺材摆在浅黄褐色的沙地上。这种浅黄褐色是她梦中所见的唯一一种模糊的色调。

奥拉抱住自己的头，前后摇晃，嘴里反复叨念着：

“一个也没有了，一个也没有了，一个也没有了。”

她失声痛哭起来。在哭声中惊醒了。

四

阿罗从罗伊斯卡太太那儿打听到舒什凯维奇的地址，便从米兰努韦克到他那里去了。舒什凯维奇从苏哈街那些没有人居住的小房子中找了一栋独家小屋，就在楼上安了个家。他住得蛮不错，甚至还有两个房间，只不过没有家具。他张开双臂欢迎阿罗。

阿罗不太喜欢这位老人，但他仍然很高兴，因为他总算找到了一个人，能够对他讲述许许多多的事，同时还能给他出主意，帮他安排未来。到了这儿一切都似乎相当明朗了。科莫鲁夫保全了下来。沦陷时期，雅努什因需要钱建新暖房，把一份本来就不大的产业压缩得更小了。剩下总共二十公顷土地，所以既不曾被收归国有，也不曾被分掉。这块不大的土地非常适合用于栽培药用植物。据舒什凯维奇说，菲比赫先生已经种起了草药，而且工作进行得非常顺利。雅德维加也回到了自己这个老家，科莫鲁夫就单只缺少雅努什了，需要有个人来顶替他。

比林斯基暂时还想象不出将来是个什么样子，但也不想为此多费精神，只是用心去听舒什凯维奇那些平静而又特别实际的话。他听得多，说得少。他在前厅的一张小长沙发上过了一夜，第二天清早舒什凯维奇太太就唠叨说要把那两个空空如也的房间布置起来给他当住房。舒什凯维奇和他妻子听说比林斯基回来时身无分文，都惊诧不已。他们原以为阿罗会从自己的背包里掏出有圣经那么厚的一大沓美元。末了他们也只好对阿罗的清寒表示理解。也许他们还不怎么相信他的话吧？复员时期待在部队上，却搞不到一个大子儿——这不能不使他这个老经纪人感到莫名其妙。再说，自从结束战争到现在也已过了两年——说不定巴黎的生活和上建筑学院的开销已经把这个年轻人的钱财耗光了呢？

至于过去舒什凯维奇给阿达希·普热比亚-温茨基买的那把手枪，他们之间倒从未提起过。他俩不约而同地回避谈论武器的事，倘若偶尔在谈话中涉及这个问题，舒什凯维奇老头儿也总是赶忙拉扯起别的事，以至往往弄得驴唇不对马嘴。

舒什凯维奇给了比林斯基一大笔现款，说这是科莫鲁夫两年的收入。阿罗也毫不客气地接了过来，很快便在舒什凯维奇夫妇住宅上面

的阁楼上布置好了个住处。当时有些地方还能买到旧家具。

阿罗不无憾意地发现，在舒什凯维奇夫妇对待他的热忱和倾心相助的背后隐藏着某种担忧和不自在。他觉得，他们之间还不是真正的推心置腹。

舒什凯维奇不知该怎样称呼阿罗。称爵位显然是不行了，称“先生”又有点儿可笑。最后干脆叫他名字。

“你听我说，”见面后的头一天他就对阿罗说道，“你去给自己买身衣服吧。即便是在旧货摊上买一套也行。穿这么一身衣服，又戴着写了‘波兰’[1] 两字袖章在大街上来来去去是不行的。”

阿罗没弄明白他的意思。

“为什么?”他天真地问。

舒什凯维奇微微一笑，但这笑容里却隐藏着某种程度的焦躁。

“唉，你哪里知道，这儿并不是大家都用善意的目光来看待那些在安德尔斯[2]将军的部队里待过的人的。”

阿罗耸了耸肩膀。

“相反，”他说，“我倒觉得民众对我很热情。在大街上我到处遇见的都是亲切的笑脸。”

舒什凯维奇咳嗽了一声。

“民众，对你也许是欢迎的。可是还有另一种人，他们是站在民众之外，或者说是站在民众之上的。”

“这与我毫不相干。”阿罗嘟哝了一句。

“哼，不能这样讲！总而言之，你如果换了一套平常的服装，就不

---

① 原文是英文。

② 即弗瓦迪斯瓦夫·安德尔斯将军，自 1942 年起任波兰第二军统帅，参加过卡西诺山战役。

会那么引人注目了。”

“您以为，有人会监视我?”

舒什凯维奇举起双手愤慨地说：

“当然啦，我敢肯定。不过，你的良心是干净的，不是吗?”他又补充了一句。

“原来你是在为这件事不安!”阿罗心想，同时说道：

“良心……这个词儿用得太重了点。但我可以坦率地告诉您，我到这儿来不带任何使命。我只是想回来……”

舒什凯维奇太太插嘴说：

“我理解您!”①

阿罗认为，这句话所说明的正好是相反的意思；这个“法国女人”实际上并不理解他阿罗既然可以留在法国，又为什么要急不可待地回到这可怕的波兰来。但是她又补充了一句：

“我完全理解您。”②

这句法国话在这里显得完全不合时宜。比林斯基气恼地想到，他们之间有些事没有开诚布公说清楚，致使老舒什凯维奇不论开口讲什么话，都使人感到他的不自然和做作的闪烁其词。

哼，叫他们监视好啦。他在安德尔斯的部队里打过仗，他准备为此承担责任。但是，他永远对任何人也无法说明他在卡西诺山战役后所感受到的一切。这些感受他曾经在给泰克拉小姐的信中倾诉过，但是泰克拉小姐在起义的第一天就被打死了。泰克拉小姐的死他早已知道。但阿罗明白，这类事他不能对舒什凯维奇先生讲，更不能对舒什凯维奇太太讲，作为一个真正的、毫不掺假的法国女子的她，是根本

---

① 原文是法文。

② 原文是法文。

无法理解波兰人的这种剪不断理还乱的矛盾心情。

“有什么法子呢?”他说，“我必须为我干过的事承担责任。但是，请您相信我，舒什凯维奇先生，我不能有另一种抉择，我不能不回来。甚至都谈不上什么‘作出抉择’，我只不过是想回来，就直截了当地回来了。”

“你打算在这儿干什么?”

“暂时是想到各处看看。”

“当然，你可以放心，我决不会留在科莫鲁夫碍你的手脚。我马上就从那儿搬出来。我们已经有了这个栖身之所，这幢独家小屋从前就是我们的，我们完全有权利住在这里。再说我的妻子在华沙住的日子也不少，她也住习惯了。”

阿罗这才知道，舒什凯维奇夫妇自华沙起义时起就一直住在科莫鲁夫，只是由于他的回国才把他们从那儿赶了出来。然而他心里明白，搬出科莫鲁夫并不是舒什凯维奇对他感到有些别扭的原因。跟老人交谈了一阵子之后，他便理会到，舒什凯维奇实际上是有些怕他。真的是怕他。这倒并不是顾忌到阿罗会向他讨账。无论是阿罗，还是舒什凯维奇都非常清楚，如今不是算账的时候，那些账目已在血与火的海洋中永远沉没了。比林斯基笑眯眯地听舒什凯维奇谈话。终于他下定决心要探出一点真情。

“您为什么怕我?”阿罗突然岔断了老经纪人的高谈阔论，单刀直入地问道。

舒什凯维奇太太惊诧地瞥了阿罗一眼。

“您变得多么厉害!”①

比林斯基两眼望着自己的皮鞋尖。这双皮鞋粗笨极了，而且好久

---

① 原文是法文。

没有擦过。他暗自思忖，自己果然是变得厉害，此次他回到这儿竟然完全像换了一个人。这里所说的不是他抛弃了讲排场，抛弃了过去的那种寻欢作乐，抛弃了燕尾服，公使馆的宴会和打猎。所有那一切当然都已自行消失了。这里所说的是，阿罗的内心世界发生了变化，他成了另一个人。就像发生了一场地震，最底层的岩浆喷射了出来，又覆盖到地面上。

舒什凯维奇望着他，仔细地端详着他，张了张嘴似乎想说点什么，但话到嘴边又咽了下去。阿罗的问话悬空了。兴许正是由于阿罗的问话，舒什凯维奇才在房间里踱起方步来，他又朝比林斯基瞥了一眼，终于回答道：

“我觉得，你变得像雅努什了。”

阿罗微微一笑。

“这很糟糕吗？”

“在我们这个时代，这恐怕是很不好的。你个人来说很不好，这正是我想对你讲的……我不怕你，我是为你担心。”

“这是什么意思？”

“这意思就是，我害怕你在这儿会一筹莫展，而最重要的是：如今你根本就不会有任何作为。”

“您以为我想有什么作为吗？”

“每个人都想有自己的一席地位。”

“我就不会有一席地位？”

“大概是。”

“为什么？”

“你呀，我觉得你似乎不明白，如今一切都变了。你不明白，一个崭新的时代开始了，而你对这个时代的到来却缺乏最起码的精神准备。”

阿罗给激怒了。

“至于说到我的舅舅，他对于任何一个时代确实都缺乏精神准备。如果说两次大战之间的二十年应算作旧时代[①]的话，那么雅努什对它同样也是毫无精神准备的。”

“顺便说一句，”[②] 舒什凯维奇太太说，“那封信在你那儿吗？”[③]

“在，在，”老人把手一挥制止她说，“等他走的时候我就给他。”

“请您告诉我，这个崭新的时代是怎样开始的？”

舒什凯维奇笑了。

“新时代开始得很平常。”他说，“坦克开到了索哈切夫。而且也是从西边开来的。而科莫鲁夫则来了几个掉队的士兵。”

“发生了什么麻烦吗？”

“后来很快便证明是一场虚惊。家里什么也没有，可他们是来找吃食的。我们就拿稀饭给他们吃，不过没有放猪油和油渣。”

“雅德维加还怕他们把她杀了呢。”太太补充说。

“后来呢？”

“什么事也没有。他们吃过了，谢过了，就都走了。他们的要求很低。”

“奇怪。”阿罗说。

“可这是真正的解放，”舒什凯维奇严肃地说，“你在国外听到的多半是另一种说法。也许在别的地方不是这样。但是在我们这儿，除了把这称之为解放，不能有别的叫法。热情是普遍的。”

“我们松了一口气。”[④] 昔日的波特洛斯小姐插言说。

---

① 原文是法文。

② 原文是法文。

③ 原文是法文。

④ 原文是法文。

“最近几个月里笼罩着一片几乎是难以忍受的压抑气氛。只不过，希望总是有的。”

“没有人想把您从科莫鲁夫撵出来？”

“哪儿的话，我是从华沙逃去的难民。这样的人都受到尊重。华沙曾是座空城。我们是徒步到那里去的。”

“您是徒步去的？”

“嗯，我不是。但我们之中有人是徒步去的。比方说，雅德维加就曾徒步来回跑过。她就给奥拉太太从布拉茨卡街抢救出过一些什么小玩意儿，但是那儿像样的东西一点儿也没有了，虽说房子并没有完全被烧光。”

“我们的东西呢？”

“荡然无存。早在华沙撤兵的时候就已被抢劫一空了。”

“什么也没有了？连一张纸片也没有了？”

“没有了。”

“这儿倒是有一张留给您的纸。”老太婆说。

“什么纸？”

“啊呀！”舒什凯维奇想了起来，便用钥匙打开了一张旧书桌的小抽屉，“有一件给您的东西。”

“什么东西？”

“信。是一封很不寻常的信。这事说来话长，曲折着哩。正当德国人到雅努什那儿去的时候（就是在那一次，他们把雅努什杀害了），雅德维加看到书桌上有一封没写完的信。她一把抓了过来，塞给了海伦卡，海伦卡跳墙从花园跑到森林里去了。后来海伦卡又到了华沙，她就把那封信交给了我，要我好好保管起来。她做得很对，这样一来，信就保存下来了，可是海伦卡……”

“是一封什么信？”

“是雅努什被杀害的那一天写的。是写给你的。”

舒什凯维奇交给他一个没有封口的信封。亚历山大·比林斯基从信封里抽出四张写满了字的纸，而第五张纸只写了一半，手书便中断了。他一眼便看出那是雅努什那娟秀、工整、表面平静内藏激情的字体。他满怀激动的心情瞧了一眼抬头：“我亲爱的阿罗……”

阿罗自从回到国内的那一刻起，心境一直非常平静，他连想都不曾想到会有什么事能使他特别激动。但在此刻，他却感到嗓子眼里一阵哽塞，他站起身，拿了信就径自朝阁楼上自己的房间走去。房间里已经多少有了几件家具摆设了。

五

雅努什·梅申斯基致阿罗的信：

科莫鲁夫，一九四三年十月

我亲爱的阿罗！

没有任何客观的原因促使我今天提笔给你写信。没有，也不可能有。我不知道，你现在何方，不知你是否还活在人世，不知此信能否到你手中。说不定我会死去，这封信也将付之一炬。要知道，如今许多东西已经消失，有的也即将消失。我认为，不但如此——我几乎深信，写这封信将完全是多余之举，因为我觉得，我会活下去，总有一天我们还会谈起今天我在信里提到的这些事。是的，我们会有一天能促膝谈心。但是，如果我们还能在这个世界上相逢，那一定是在“这一切”都过去之后，许多今天司空见惯的事件将会成为某种遥远的往事，我们也将不知不觉像看待历史那样去看待它们。到那时，它们将变得更容易理解，不复使我

们激动不安。我们将把这些事件放在历史发展的总趋势中去考虑，对我们来说，它们将变得不那么现实，因为它们要服从于一个更高真理的最高原则。

你大概了解，或者揣测得到，我们这儿正在经历一场怎样的事变。《圣经》里所说的那种大灾大难已经落到了我们的头上。这儿所发生的一切简直不像是人之所为，而倒像是天灾。不论是我，还是我周围的人都看不出我们的敌人是人，只觉得他们是埃及大灾①或巴托罗缪之夜②的化身。要我在这些人身上找到一点儿人味真是难上加难，他们的所作所为，他们的行为所造成的恶果，以及他们的内心世界，对于我全然是不可思议的。他们总该有自己的内心世界吧。如果说我对从前的世界就一直不理解的话（我曾经跟你谈起过这件事，不过，跟埃德加尔谈得更多），那么我对如今这个世界就更谈不上理解了。这个世界干脆就是不可思议的。

尽管如此，可话又说回来，或许正是由于我不理解当今的现实，既不理解杀人者，也不理解被杀者，这样自一段时间以来在我身上产生过一种怡然自得的情绪，这已是不容争辩的事实，不得不引起我的重视。这种怡然自得之情就是陶醉，陶醉于这个世界。这显然是由于我感觉到自己随时都有可能失去这个世界。这个世界时时刻刻出现在我周围，然而又时时刻刻都有可能突然地、出人意料地消逝，就像在观众进场之前就拉开了大幕，露出的是一个空舞台。

我周围的世界，也就是科莫鲁夫、树木、花草、菲比赫、雅德维加和海伦卡，这些都时时刻刻出现在我面前，宛如出现在一

① 据《旧约》，上天给埃及人降的大灾是饥饿、黑暗、瘟疫和蝗灾。

② 1572年8月24日前夜，巴黎天主教徒对异教徒的大屠杀。

团光耀夺目的焰火里。我每每都是在一团炫目的焰火里独个地看到这些人和物，似乎是平生第一次见到，似乎是直到现在我才注意到他（它）们的存在。科莫鲁夫花园的那些司空见惯的椴树和苹果树仿佛都是重新长出来的。我每次都是在这团焰火的光芒里看到它们，我望着它们，仿佛它们是在片刻之前才刚刚出生的，还带着与它们出生的那个世界相连接的脐带。它们都不是来自现实世界，而是来自我的内心世界，我这个人在现今和过去那些离群索居的岁月里所赖以生存的一切都寓于这个世界之中。

说来也真怪，在一个人已沉沦渊薮，所见皆为罪恶和恐怖的时候，在世界已经离开了正常的轨道，任何事物，不论是死亡，还是斗争，抑或是胜利都不合乎逻辑的时候，我却感受到了生活的完美，这无疑就是一个溺水者在丧失意识之前的那种感觉。

请你想想看，我待在科莫鲁夫，这儿随时都有可能猝然闯进一批莫名其妙的野蛮人，一群没有面孔，类似机器，又聋又哑，没有感情的怪物。而在内心深处，我却感受到了一种再真实不过的生的欢乐。我感到欢快，是由于我在思考，我在感受，是由于窗外是秋天，阳光灿烂的波兰之秋，它总是那样的迷人；我感到欢快，是由于我能给你写这封信，给我在这个世界上的唯一的一个亲人，唯一的一个或多或少了解我的人写上几句话，即使你永远也看不到这封信也罢。对我来说，重要的是，我写了这封信；我感到欢快，更是由于迄今构成我那相当怪诞、非常空虚的生活的一切终于到了晶化的程度。

当我给你写这封信的时候，在我的心中占主导地位的情感是，我相信，所有这一切都行将结束。不是对我个人而言的主观地结束（比方说，倘若他们今天就把我杀害），而是客观地结束。我这样说，并不是自己在想入非非，也不是在捕风捉影，更不是象征

隐晦。我想得非常具体，非常实际：战争和希特勒的恐怖统治即将结束，德国人眼看就要被打败，一个和平的新世界就要到来。我深信，再也不会拖得很久了，往后每个人都将为自己而工作。再也不会有人杀人的事了，虽说目前我还处处看到他们是带着怎样的快意在杀人，难道说将来还会有人杀人吗？

这件事且不去说它吧。我亲爱的亚历山大，我不能想象，在经历了这许多惊心动魄的惨祸之后会开始一个崭新的时代，会出现一个光辉的新世界。人总是人嘛。当然，人是会变的，会日臻完善，但变的范围很有限。可有一件，一场大灾大难过去后，人们会喘口气，会把自身蕴藏的巨大能量解放出来。这也正是我想对你说的，我热切期望，你身上的那股（它正被压在战争这个世界浩劫的前所未有的重负之下）力量能得到解放，逐渐聚集起来，放出光和热。我曾自动摆脱这个重负，逃避了斗争。然而，你们年轻人，不得不听从命运的安排，挑起这副重担。你们之所以甘心负重，为的是它能造就你们的内心世界，那将是从此再不会去跟暴力厮杀而是为人的幸福而奋斗的人的内心世界。

我既没有力量也没有可能向你们看齐。虽然有时我也非常渴望能投身到这场冒失的、盲目的斗争旋涡中去。我从自己的一举一动里看到的总是自己的无能，看到自己不可能达到哪怕是最低级的完善境界。于是我便自我安慰说，你们会替我去做的。你们，你们年轻人，你们会活着走出这个地狱。活着不仅仅意味着有生命，而是精神上充满生气，就是说，有那么一丁点儿信念，这种信念能够成为新生活的起点。

我跟安德热依·戈翁贝克曾经有过一种默契。这个孩子（应该说，这个人，因为他已经长大成人了），理解我放弃职责的原因，他甘心去做我能做而不愿做的事。直言不讳地说吧：我跟安

德热依达成过一个默契，就像跟魔鬼订立契约那样，以我的灵魂作代价。我把我的灵魂交给了他，我自己便没有灵魂地活着，这就是说，我变得冷酷无情，缺乏信念，毫无能力去从事任何活动。这不是没有灵魂，这只是我的非常低下的灵魂，这是我无法跨越的一道门槛。也许正是由于我认定了要彻底放弃我的灵魂，我的内心才充满了欢乐，才把我在自己永恒的孤独中所体验到的一切都看成是十全十美的。我的体温表指示的是低度数，三十五度，正是这没有升起来的水银柱（它是能够升到四十度的），给人造成了一种美学上和道德上尽善尽美的印象。

我不能想象，倘若你活着，会不回到波兰来。任何一个有理智的人如今都知道会出现怎样的局面和谁将取得胜利。你还在襁褓之中的时候就已经失去过一次产业。我记得，比林斯基家的家仆是怎样把你包在毡斗篷里送来的。那个不寻常的场面使我终生难忘。你那时候真是小得叫人可怜，我当时就想，要像疼爱儿子一样来疼爱你。哎，你不要见笑，我没有像我想的那样疼爱过你。当时是纷繁的事务使我不得空闲，而后，主要的是，由于种种原因使我感到自己精疲力竭，心灵空虚，几乎是被压垮了。我简直没法生活，许多重要的事都顾不过来，甚至于你。你的母亲养育了你，我得承认，你那时候是个很难对付的孩子。我跟你母亲一起到西班牙去的时候，旅途上经常谈起你，那是我那次可怕的旅行中所面临的又一个可怕的问题。就是在那儿，我看到了人是多么喜欢杀人，甚至杀害自己的情人。

既然我在给你写信，这就是说，我确实认为，你变了。你不可能仍然是那个只会画那种悦目的小画的小比林斯基。你从未画过风景画，难道你能去画战争风景画吗？譬如说，有一座普通的森林，难道你肯让人知道，在这座森林里进行过一场集体大屠杀？

在我们这儿，在科莫鲁夫附近就有这么一座森林。或者，有一棵高大的槲树，难道你肯让人知道，在这棵槲树下躺着的是我那被杀害了的朋友雅内克·维耶维乌尔斯基？是的，他就是躺在那棵高大的槲树下的，他是你的祖母安娜公爵夫人的老仆的儿子雅内克·维耶维乌尔斯基，是我在这个大地上所遇到的一个最好的人。

我设想，你已经变了。因为你只有起了变化之后才能正确评价你将在这儿碰到的局面：被毁得片瓦无存的波兰的瓦砾场。波兰已被烧成了灰烬，被毁得片瓦无存，或者说，是被毁得片瓦无存，被烧成了灰烬。而且肯定还要遭到焚烧。这一切都是可怕的，沉痛的，一个人若要回到这样一个地方来，就得有过一番彻底的变化。我想，你是会热爱她的，就像我热爱她一样。你不会一下就热爱她，因为难以热爱这样一个大杂烩，这是一个由荒诞的历史，血腥的鲸吞豪夺，天才的诗匠，还有那些自命不凡、总是想高人一等的人物，那些寡廉鲜耻之徒、胸无大志又目光短浅之辈堆积而成的大杂烩——一堆与其说是卑鄙龌龊，不如干脆说是令人厌恶的东西堆积而成的大杂烩。特别是历史。但历史是我们可以改造的东西，我们甚至正在改造过去，说不定你能成功地改造未来，而且使过去也得到改造。我们是从来不缺少人才的，只不过，即使是最伟大的人物也往往有其卑鄙的一面。卑鄙之中有时还掺杂着愚蠢，其分量往往超过了一个具有创造性的人应有的那种限度。有时还不是愚蠢，而是盲目，而这就更糟糕了。

亲爱的阿罗，这一切你都能克服，因为你知道，波兰究竟是什么。从那些舞会和狩猎中你没有学到多少东西，但是我知道，你会像我一样去热爱波兰精神中最本质的东西。我从敖德萨初到这里来的时候，觉得一切都是那么狭隘和渺小。唯有你祖母在我看来不是那样。我觉得不渺小的还有一个年纪轻轻、其貌不扬的小

伙子，他走出布拉茨卡街那座府邸的楼梯间，投身到西里西亚的起义中去了。我知道，西里西亚的起义不过是虚晃一枪。但他不清楚这一点。也许正因为有他这样的人去参加，西里西亚起义才不是一种虚张声势，虽说那儿既有头脑简单的傻瓜，也有工于心计的机灵鬼。然而雅希·维耶维乌尔斯基却对起义深信不疑。于是我便忽然爱上了雅希。这件事使我的生活充满了意想不到的内容。

当时，我自然并不曾认识到这一点。我是现在才弄明白的，是在雅希躺在科莫鲁夫槲树下的沙土中，在我们等着结束战争，好把他从沙土里挖出来，来个“像样的”安葬的时候（莫非将来终有一天真能像样地举行这个可怕的仪式）。

你要知道，就是自雅希投身起义的那一刻起，我便开始有点儿明白，如果我觉得在波兰所见的一切都是那么狭隘和渺小的话，那么这种狭隘和渺小并不在于波兰而在于我自身。波兰的辽阔不同于敖德萨大草原的辽阔，然而这种辽阔是存在的。只是需要睁开眼睛。

我的一双眼睛长久以来都没有睁开过。直到如今，在战争时期我才把它们睁开了。那还是在不久之前，在索哈切夫，当我见到德国人枪杀了二十四个波兰人的时候（在布祖拉河岸上），我的眼睛才彻底睁开了。这倒不是因为被杀的是波兰人，而是因为前者和后者都是人。我在这封信的开头说过，我既不理解杀人者，也不理解被杀者，我心里所想的就是他们。

你要知道，能够把自己的所思所想统统倾泻到纸上，也许多少还是一件快事，但是文字往往既不能表达内心深处细微的想法，甚至也不能表达一个人想说而且在谈话中必能说出来的那些话。我丝毫也不怀疑，我还有向你倾诉衷肠的机会，有朝一日你我促膝谈心时，我要把一切都告诉你，也许是在花园的老槲树下，在可怜的雅内克的坟前，也许是在别的什么地方，只是千万不要在

布拉茨卡街，因为那个地方过去的气味太浓了，而我想跟你谈的是未来。到那时我对你讲的话比起写在这白纸上的黑字来（这白纸上还绘有王冠的图案！是愚蠢的雅德维加给我买来的），一定会更加生动，更有内容。我想使你相信这个未来。也就是说，使你不要惧怕这个未来。一个人，一个民族，如果没有过去，没有那种靠许多年以至许多个世纪的经验所赢得的东西，他就会惧怕未来。而我认为，波兰的经验是那么独特，那么丰富，以致任何一种毁灭行为都对它无可奈何。你很清楚，三个强国也曾经用三种不同的方式推行过同化波兰的政策，结果都是枉费心机。用霸道、野蛮、残忍而又愚蠢的方式推行的种族灭绝政策同样也会是竹篮打水一场空。我们私下说一句，任何一种毁灭行径都是愚蠢的。

我很惋惜，你没能跟我们一起待在这里。必须在此时此刻看着这个民族，方能深信，她是能经受得住一切磨难的。我并不想讲什么激昂慷慨的话，但是我的笔尖很自然地写出了伟大这个词来。只要到市场上去走走，听听妇女们都在讲些什么，只要去听听哲学家米尔布兰特（他到我这儿来过，是来找海伦卡的）的讲课，就会深信，野蛮人无论打下多少树叶，深埋在泥土里的树根依旧安然存在。

这一切我都清楚，这一切我都相信，虽说我似乎是游离于生活之外。我隐居在这里，佯装不是跟他们生活在一起。然而，不跟他们生活在一起是不可能的。人永远不能脱离社会而生存，现在更是如此。如今同外界的一切联系，不论是个人的还是集体的联系都已中断。我们孤立无援，但是这更显出了我们的英雄本色。我们面对种种罪行，别人的和自己的罪行，我们作出了惊天地而泣鬼神的英勇牺牲，可惜这些牺牲仅仅是我们自己这一方面的。

遗憾的是，你没有看到安德热依。他身上的那种质朴就像是

上天的恩赐，正因为如此，他才显得出奇地俊美。他心里没有愤怒，只有决断（别人都感到愤怒和痛苦，譬如说，海伦卡，她也是绝代美人）。但是安德热依不是孤独的，像安德热依那样的人有成千上万。

待战争一结束——已经为期不远了，任何一个长了眼睛的人都看得出是怎么一回事。你无论如何都要回来，不管你此刻所待的那个国度对你具有多么大的诱惑力，你都要回来。但愿这儿不是珀耳塞福涅[①]的冥府！你想想看，到那时我们得怎样来确立自己生存的权利，得拿出多少证据来说明我们这儿的每一个人都是有用之才。而另一个世界，则是个日趋没落的世界。你很清楚我在那个世界的阅历，我曾不止一次跟你谈起过，虽说你那时总是不以为然。我当时心里想的比对你谈的还要多得多。因此我这封信才有如圣约翰节时漫出堤岸的维斯瓦河水滔滔不绝，卷带着整棵的树木和零星的断枝滚滚而来。我们将要面临的已不是历史的而是历史哲学的最高任务。首先我们必须成为主宰自己命运的人。

你可曾考虑过我国十七世纪的历史？你可曾思量过那个充满了巴洛克艺术风格和惨败的世纪？我们很少了解这样一个事实，那就是，如果说波兰的大贵族，譬如，你的祖先在十七世纪的下半叶多少取得过某些成就的话（我的祖先没有，因为他们当时正在乌克兰那边厮杀），那仅仅是因为在十七世纪的上半叶我们打下了坚实的基础，并且仿效波莱斯瓦夫[②]、卡齐米日[③]、亚盖沃[④]、

① 希腊神话中地府冥王之妻，掌管死人的灵魂。

② 波莱斯瓦夫·赫罗布雷（967—1025），992年就位为波兰国王。

③ 卡齐米日·维尔基（1310—1370），1333年就位为波兰国王。

④ 伏瓦迪斯瓦夫·亚盖沃（1348—1434），1386年加冕为波兰国王。

齐格蒙特·斯塔雷[1]这些盛世君主，恢复了极其伟大的人道主义传统。我提到这些名字，并非想突出个人。我不相信帝王，帝王们都是匆匆的过客。你要听我的话并且记住，但愿这也能促使你回到祖国：帝王们都是匆匆的过客。我说的是集体，是时代，是想证明，每次在一切化为乌有之后都能够生存，能够重新创造。

啊，我走得离我这可怜的科莫鲁夫多么远！请原谅我这些慷慨激昂之词，这是我一生所憎恨的东西。

我一生像提防火一样提防着豪言壮语。可它却像梦一般地出现在我的笔端。我并不曾做过什么。倘若我在此刻就死去，我身后可是一无所有。但有一点我是可以聊以自慰的：我善于记录各种现象，善于确认各种事实，把它们铭刻在自己的记忆里，归纳整理得有条不紊。可这于别人又有何益呢？

你知道，此刻我脑子里塞了那么多观察到的和记录下来的现象，我的大脑已经饱和了。再加上一个事实，再加一点一滴的东西，就足以使我脑子里的一切结晶。结晶成什么？我不知道。在那么长的时间里，我一直是个消极的旁观者，而今要我丢开那漫长的噩梦谈何容易！我应该引咎自责的地方太多了，而今要我把自己的疑虑、顾忌忘怀又谈何容易！

但我觉得，我身上又出现了一种新的欲望：向生活挑战，向所有的人都无法逃避的可怕的生活挑战。挑战，并且……

信到此中断。

---

① 齐格蒙特·斯塔雷（1467—1548），1506 年就位为波兰国王。

六

直到秋天阿罗才最终搬到了科莫鲁夫。整个夏天舒什凯维奇夫妇都在“分期分批地”往华沙搬家。阿罗没有去阻止他们，也没有抱怨他们行动迟缓。他在华沙也有事可干，其中有几次把他传去讯问，这些讯问暂时尚未引起什么麻烦。也没有人阻止他接受科莫鲁夫的产业。他把一切经济事务，把跟菲比赫以及一直住在故宅里的“热尔梅娜”的谈话，统统往后延宕，都推迟到日后那些无聊的秋夜。眼下他经常到米兰努韦克去，跟罗伊斯卡太太和她的孙女儿一谈就是几个钟头。

在科莫鲁夫最后安置下来之后，阿罗马上决定给埋在科莫鲁夫的两个朋友移葬。雅德维加希望把雅内克葬在布鲁德诺，而雅努什则要葬在波翁兹基的祖茔里。这样两个朋友便被分开了。

移葬的那一天，同时也是阿罗初来乍到这个新环境的第一天，他把整个农庄巡视了一遍。农庄实在不大。他走到槲树旁边便停住了脚步。从小路上望去，梅申斯基和维耶维乌尔斯基都安睡在老槲树的那一边。在索哈切夫的医生和卫生员来到之前，他们就动手掘坟了。

两个坟墓的标志都很明显，所以挖掘的时候并没有遇到什么困难。这个工作是由伊格纳茨（他早已从德国回来了，而且自己已有一个农庄）来承担的。伊格纳茨在手心上啐了一口唾沫，用脚去蹬铁锹。给他帮忙的是“众神的使者”——他的儿子。在这一段时间里，儿子已经长成了一个亚麻色头发、体形匀称的小伙子，他比父亲高出整整一个脑袋。

索哈切夫来的几个官员对这不愉快的差事表现出了明显的厌烦。只有穿白罩衫、戴胶皮手套的女卫生员十分热心。她举起一双戴着胶皮手套的手，几乎是兴奋地对阿罗说：

“啊，把他们掘出来，这太好了！……”

比林斯基不明白这有什么好。本是他吩咐迁葬的，可现在又后悔了。虽说他一生见过那么多的尸体，但心情仍然是相当沉重。话又说回来，阿罗非常清楚，既然他要住到科莫鲁夫来，就不能在屋前留下两座坟茔。

槲树下，靠近长凳摆了两具一样大小的黄色棺材准备收殓遗骨。两个棺盖上都有个黑十字和一个圆形的帝国式样①的小花圈。先挖出来的是雅希。他埋得很浅，用一条毯子和一块油布卷着，油布保存完好，一点儿也没有腐烂。借助这块油布就把死者的残骸拖了出来，尸体完全腐烂了。它在沙里埋了八年，没有什么臭味。

人们迅速把遗体放在白布上，女卫生员熟练地用白麻布把它裹好。雅内克现在看起来是那么小，简直就如同维耶维乌尔斯基太太昔日到敖德萨去时旅途上携带的一个包袱。站在坟边的阿罗还是朝死者的头部飞快看了一眼，头上还残留着一点头皮；鼻头已经没有了，眼睛也只剩下两个空洞。

雅努什埋得要深得多，他躺在洁净的白沙里。他的遗体保存得很好，当然他在地里埋的时间比维耶维乌尔斯基也要短一些。雅努什是用一条方格毛毯卷起来的，在掘墓人伸手去拉的时候，毛毯被撕破了。

伊格纳茨和他儿子不得不把一块新布和菲比赫准备的一块油布垫在遗体下面，这才把雅努什的遗体拖到了墓穴边上，放到了地面。

女卫生员又打算把挖出来的遗体卷成一个整整齐齐的包袱，但是阿罗制止了她。他走近墓穴，仔细看了看舅父的遗骸。

揭开方格毛毯，脸和手都露了出来，两手放在胸前，握着一个小小的木十字架，下葬时给他穿的衣服也没有腐烂。只是面部、双手、小十字架和衣服全是一样的灰绿色，似乎一切都是由一种霉菌塑造出

---

① 18世纪末、19世纪初法国流行的一种仿古艺术风格。

来的。因此这具尸体给人的印象并不像个真实的东西，倒像是一件非常可怕的艺术品。

脸盘僵硬、干瘪，轮廓尖削，宛如中世纪某个木刻家的作品。两眼凹陷，眉毛已经脱落，整个面庞表现出的是一种深沉的悲痛和肃穆。雅努什的短鼻子变得更短了，似乎是皱起来在闻什么气味，那两片薄嘴唇也是灰绿的霉色，跟额头、面颊、双手和衣服一样。比林斯基觉得这具尸体是那么陌生，是那样跟泥土分不开，他不由感到万分惊诧，死亡竟是这样的彻底和不可挽回。这个躯体已经不复是躯体了。它只是一个影子和一团泥土。

比林斯基打了个手势，但有人轻轻碰了他一下。雅德维加站在他身旁，用一种贪婪的、充满痛苦的眼神凝视着雅努什的遗骸。阿罗扭过脸去，转身走了。他朝屋子的方向走了几步，又回过头来望了望槲树下的场面，只见伊格纳茨、伊格纳茨的儿子和雅德维加正在把一个长方形的洁白的包裹装进棺材。

当别人已经把第二口棺材的棺盖盖上，封好，正要往卡车上抬的时候，比林斯基忽然又想起了什么。

“什么花也没有吗?”阿罗看到菲比赫也在一群不知是来看热闹还是来向死难者致哀的雇农和姑娘们中间，便向他问道。

“暖房里有菊花。”

“我们去剪几枝来吧，得给他们一点儿鲜花。”

这时两具棺材都抬到卡车上去了。

阿罗、菲比赫先生和雅德维加一起向暖房走去。

阿罗来到科莫鲁夫还没有看过暖房。战争期间暖房扩大了许多。在整个沦陷时期里，雅努什每年都在原来的暖房近旁扩建一个新厅。比林斯基没见过这些新建筑物。从前他到科莫鲁夫来的时候，暖房比现在要小得多。说得更确切点，那时只有一间育苗房，后来也拆毁了。

如今建起了四排玻璃暖房，由一条共同的玻璃走廊联在一起，有热汽供暖管道。就在暖房旁边建了一座锅炉房。暖房里比外面暖和得多。锅炉房已经生火了。

从地里掘出的遗骸并没有散发出多少臭气。但是被掘开的坟墓周围却有一股讨厌的、难闻的气味。浸透了泥土潮气的裹尸布和衣服、埋在沙里干枯了的遗体、残存的一点腐烂了的内脏都留下了一股萦绕不去的、刺鼻的味道。槲树下透出死亡和凄凉的气息。直到在这暖房里，在这周围散发着菊花枝叶的樟脑味的清香的处所阿罗才感到那一切的难耐。他顺手摘下一片暗绿色的小叶，在指间揉碎了，仿佛是希望那股清香能永远留在自己的身上。接着，他又把手掌举到脸上，贪婪地吸吮着那清心怡神的芳香。这种清醇的香味他在许多年以前就曾领略过。这香味使他回忆起昔日的那些比较美好的时光。他明白，菊花的馨香对于他来说总是和科莫鲁夫联系在一起的。在从前那间老育苗房里，每到秋天也常有盛开的菊花。在他热衷于打猎的那个时代的一盆盆屡见不鲜的洁白的和黄色的小花，如今于他却成了祭奠亡灵的丧花。仅在片刻之前，当他看到遗体的时候，尽管那张灰绿面孔上的一些特征他是熟悉的，可怎么也无法使他想起活着的雅努什，但这片揉碎了的小叶的略微刺鼻的芳香，使阿罗的眼前又倏然出现了舅父和他那早逝的可怜妻子佐霞的几乎可以触摸的形象。不论是在回华沙的途中，还是在米兰努韦克，抑或是在从华沙到科莫鲁夫的路上，阿罗都不曾想起过佐霞。可是在此刻，他的脑海里却浮现出了一个有一双美丽的、惊魂不定的眼睛的娇小妇人的形象，那是多年前他在音乐会上所见到的形象。那时他看见她站在音乐厅楼梯朱红色的地毯上，扭过脸来向他问了句什么，他没有回答她。今天他已不记得她问的是什么了。但他记得，他当时一声没吭，只是脸红到了耳根。即使是在今天他也无法回答死者的任何问话。使他吃惊的是，此刻竟也有一股热

血冲到他的脸上，使他满面通红，眼眶里荡漾着晶莹的泪水。

“花还开得不多，”菲比赫先生说着递给阿罗一把整枝剪刀，“因为这些花我们是准备到亡灵节才用的。不过四号暖房里兴许还能找到一些开了的花。那儿都是雅努什先生非常喜欢的小花。”

阿罗朝四周望去。每一间暖房里都摆着一盆盆品种不同的祭奠亡灵的菊花。第一间暖房里摆的是滚圆的、像雪球一样的白花。他走进第二间暖房的时候，看到的是盛开着的背面为金黄色的绛紫色花朵。第三个暖房里开的又都是粉红色尖花瓣的花，而在最后一间暖房里则又是一些小花瓣的花，有黄的，淡紫色的，深棕色的。不过最多的还是白花。阿罗手里握着剪刀，但并不曾动手去剪花。他赞赏这个花的海洋，它波浪起伏，具有一种优雅的、清淡的情调，宛如一块褪了色的地毯。

在第四间暖房里，他闻到了另一种香味，一种非常浓烈的橙子的馨香。这馥郁的香气使他想起了非洲。他朝身边瞥了一眼，只见在一张小桌子上摆了四盆晚香玉，他明白，那香味是从这儿散发出来的。

“这些晚香玉呢?”阿罗问。

“都是前一批里剩下来的。今年的稍微晚了点。锅炉房缺燃料。您知道，我们种花有个顺序……菊花之前是晚香玉，菊花之后是仙客来。您看，已经育好苗了。”

菲比赫向他指了指摆在小桌下边的一些小花盆，桌子上堆放着菊花，小花盆里仙客来密密麻麻地长出了盖满白斑的淡绿色的新叶。

“雅努什先生盖了个非常美的暖房。”雅德维加站在阿罗身边，手里举着一大朵菊花满怀深情地说。

她和菲比赫先生同时朝花团锦簇的暖房扫了一眼，仿佛是在欣赏这淡雅清幽、波翻浪涌的花海。

“他给我们建立了一座漂亮的农庄，”菲比赫老人赞许地说，“如今要照料好，使这儿的一切都有条有理。”

大事记

1914 **年 7 月**，雅努什、奥拉来到敖德萨，结识爱尔日别塔、塔尔诺姐弟等人。奥拉与斯彼哈瓦相恋，雅努什爱上阿丽亚德娜。不久，一战爆发。

1917 **年秋**，比林斯基公爵被杀。老梅申斯基伯爵病逝。斯彼哈瓦与玛莉亚相恋。

1918 **年 1 月**，爱尔日别塔从彼得格勒回敖德萨，在火车上结识鲁宾斯泰因。不久，俄军占领敖德萨。沃洛佳、阿丽亚德娜、涅沃林加入布尔什维克革命。

1918 **年 1 月**，亨利·罗伊斯基被布尔什维克党枪决。

1918 **年 2 月**，阿丽亚德娜、涅沃林背叛布尔什维克，与爱尔日别塔、鲁宾斯泰因一起，乘船逃离敖德萨。

1918 **年 3 月**，《布列斯特和约》缔结，德奥联军占领基辅、敖德萨。

1918 **年 3 月底**，奥拉同面包店主戈翁贝克结婚。此后，约齐奥和雅努什在文尼察加入波兰第三军团。

1918 **年 5 月**，在卡涅夫与德军的战斗中，约齐奥中弹身亡。

1920 **年夏**，雅努什买下科莫鲁夫农庄，结识农庄前主人之女佐霞。埃德加尔结识管风琴师雅日纳一家。

1920 **年八九月之交**，雅努什遇到逃亡中的沃洛佳。

1920 **年 8 月**，奥拉生下安德热依。

1925 **年 8 月**，雅努什取得高等商业学校硕士学位。

1926 年 2 月，玛莉亚、雅努什去巴黎旅行。雅努什参加了阿丽亚德娜的宴会、遇到了哈尼亚、拜访了雅内克一家。之后，安娜公爵夫人逝世，玛莉亚在舒什凯维奇的帮助下夺得大部分遗产。

1926 年 5 月，毕苏茨基发动“五月政变”，推翻合法政府，推行军事独裁制度。

1930 年 6 月，雅努什与佐霞结婚。

1933 年秋，爱尔日别塔回到华沙，举行音乐会。雅内克被捕。

1936 年春，佐霞去世，七个月后，玛尔文卡夭折。

1936 年夏，雅努什去敖德萨散心，遇到苏联军官沃洛佳。

1936 年夏，时值西班牙内战，玛莉亚前往西班牙，与卡塞蒂伯爵夫人商量遗产。雅努什同行，遇到巴斯克人约瑟。

1937 年春，雅努什与埃德加尔在罗马见面。埃德加尔喉病初显，阿丽亚德娜车祸去世，或为自杀。

1937 年夏，米哈霞患病去世。

1938 年春，埃德加尔因喉结核在法国芒东去世。

1938 年夏，阿达希开枪自杀，阿罗的财产已被其挥霍一空。

1939 年 9 月，德国入侵波兰。玛莉亚与阿罗逃出华沙。斯彼哈瓦逃往莫林策。戈翁贝克与奥拉等走散后失踪。雅内克越狱，组织民兵抵抗，不久牺牲。

1942 年，安特克牺牲。

1942 年秋，安德热依刺杀瓦莱雷克。

1943 年 10 月，雅努什在科莫鲁夫农庄被德军杀害。

1944 年 8 月 1 日，华沙起义爆发。泰克拉死于流弹。安德热依牺牲。8 月 2 日海伦卡牺牲。

1945 年夏，戈翁贝克收到奥拉的信，投海自杀。

1947 年 5 月，阿罗回到科莫鲁夫，为雅努什、雅内克移葬。

代译后记

——雅·伊瓦什凯维奇及其代表作《名望与光荣》

易丽君

距华沙三十公里之处，绵亘密林中有一座私家花园。这儿远离通衢大道，僻静天然，车马之声不闻，人迹罕至。园子里树木参天，山花烂漫，园子深处有一幢二层的楼房，彩绘斑斓，雕刻精美，它便是波兰当代著名诗人、小说家、戏剧家、评论家和翻译家雅·伊瓦什凯维奇的故居。长篇小说《名望与光荣》就是在那小楼典雅的书斋里诞生的。

这部作品的问世给作家带来了极大的荣誉。1963年他因这部作品获波兰文化艺术部一等文学奖，1969年获约里奥居里金质奖章，1970年获波兰国家一等文学奖，1970年获列宁奖金。

《名望与光荣》不仅代表了伊瓦什凯维奇创作的顶峰，而且也是第二次世界大战后波兰小说创作中取得的最高成就。它已被许多国家列为世界名著翻译出版，我国外国文学出版社也于1986年将其收入20世纪外国文学丛书，出版了中译本。

一

伊瓦什凯维奇于1894年出生于乌克兰基辅附近的一个具有爱国传统的波兰小贵族家庭。1902年父亲病逝，家道衰落。1912年伊瓦什凯维奇中学毕业，考入基辅大学，攻读法律，后在表兄、波兰著名作曲家卡尔·席曼诺夫斯基的影响下，改修音乐。他自幼天资聪慧，勤奋好学，博览群书，在大学时代便发表过不少诗作，成了小有名气的诗人。可是，他为了生计不得不在中学时代便开始做家庭补习教师。不料这工作竟给他日后的发展带来了好处。他结识了在乌克兰的许多波兰贵族，寒暑假得以带着学生遍历乌克兰，不仅能同百姓接近，而且也饱览了乌克兰迷人的自然风光。这片土地的广袤和独具风格的色彩竟构成了他的传世力作《名望与光荣》的基调。

1918年10月，年轻的诗人满怀激情和对自己的创作能力的坚定信念，只身来到即将结束长达123年的奴役和瓜分状态、获得独立和统一的波兰共和国首都华沙。起初他仍然是靠当家庭教师维持生计。1919年他出版了第一部诗集，同时在华沙参加了波兰20世纪初著名的诗歌团体“斯卡曼德尔”社，成为“斯卡曼德尔”派突出的五诗人之一。1922年伊瓦什凯维奇与波兰富户李尔波普的独生女安娜结婚，招赘入室，自1928年起在安娜家的森林别墅定居，并把那座幽淥的私家花园定名为斯塔维斯克，在那里度过了五十余个春秋，直至1980年3月2日去世。

同安娜的结合改善了这位未来文豪的生活条件，使他得以游历波兰各地，为他的创作找到了取之不竭的源泉。除华沙郊区的寂静园林之外，李尔波普家在波兰疗养胜地扎科潘内的别墅，也为诗人提供了赏心悦目的休息场所。塔特拉山雄伟端庄的美对他具有无比的魅力，

他把在那儿感受到的欢乐和情趣都写进了《名望与光荣》，在群山峻岭中的漫步和沉思都在这部作品中折射成了对人生的探索。

1927到1936年间，伊瓦什凯维奇在波兰外交部供职，得到周游西欧诸国的机会。他的意大利、法国和西班牙之行日后都构成了《名望与光荣》的重要篇章，使其成为波兰文学中少有的超越国界、涉足世界的鸿篇巨著。

第二次世界大战期间，伊瓦什凯维奇是“斯卡曼德尔”派五诗人中唯一留在国内坚持反法西斯斗争的人。在法西斯的铁蹄践踏波兰大地的血雨腥风的日子里，他那幢隐藏在密林深处的花园楼房中，却开展着活跃的地下文化活动。对于许多爱国的波兰作家和音乐家来说，这儿是他们真正的庇护所，大灾大难中的挪亚方舟。他们不仅能在这儿求得宁静和温饱，而且还创作出了许多优秀的文学和音乐作品。

六年的反法西斯斗争也是伊瓦什凯维奇创作旺盛的时期，在这期间他写出了许多动人的中短篇小说和诗歌，并着手写作《名望与光荣》第一部。

战后，伊瓦什凯维奇积极投身社会活动，为振兴波兰文化立下了汗马功劳。大战刚结束，他便主编双周刊《文学生活》，接着又创办《文学新闻》，自1955年起主编大型文学月刊《创作》，直到逝世。1946年他当选波兰作家协会主席，1949年离任，自1959年起重又连续当选为作协主席，直到1980年他停止了呼吸。自1952年起他一直出任波兰议会议员；1953至1957年间他担任波兰保卫和平委员会主席。他还是多次国际肖邦音乐比赛的主持人。

伊瓦什凯维奇是个精力充沛的作家，他的勤劳和多产在波兰文坛上是罕见的。在他长达半个多世纪的创作活动中，可以说一切写作形式全部“涉猎”到了，他书斋的玻璃柜里整齐地摆放着他留传后世的各种体裁的著作和译作近八十卷，岂止千万言！

他的作品包罗万象，触及波兰社会的各个阶层、各个角落，探讨过人生的各种问题；在表现手法上变化多端，他博采众家，兼收并蓄，不仅尊重波兰文学中的一切优秀传统，而且十分关注现代文学、艺术、思想和哲学上的各种新风格、新流派，善于从中吸取有益的养分。他不仅在文学上具有博大精深的学问，而且对于音乐、绘画也有极高的造诣，这一切在他的不朽名篇《名望与光荣》中都得到了印证。波兰评论界把这部作品说成是他小说创作经验的总和不是没有道理的。

二

《名望与光荣》洋洋洒洒一百一十万言，出场人物不下百个。小说共分三部，第一部发表于 1956 年，第二部发表于 1958 年，第三部发表于 1962 年。据伊瓦什凯维奇本人回忆："这部小说的构思由来已久，在 1938 年我到意大利旅行的时候就产生了。第一部手稿最后完成的日期是 1949 年。仅这一部就花了十一年的光阴。"

波兰著名评论家亨·贝雷扎在评论这部著作的时候提出，它是一部以真实的历史事件为背景的、反映了波兰民族处于大转折关头的重要时期的当代史诗。

《名望与光荣》确实反映了波兰民族生死存亡的大转变。书中通过原先生活在乌克兰的几个波兰家庭（罗伊斯基一家、梅申斯基一家，希莱尔一家）的遭遇，反映出了波兰民族命运的变迁，同时也间接反映了整个欧洲局势的大变革。书中不仅着重描写了自第一次世界大战爆发到 1947 年间的事态进程，而且追溯这几个家族的宗谱，不下几个世纪。但是，作家的主旨并非抒发思古之幽情，也非追忆波兰进入乌克兰的"光辉时代"，而是紧紧抓住大动荡、大变革的三十三年来展示历史发展的轨道，更远的追忆不过作为背景的烘托而存在。三十三年

在人类历史的长河中只不过是短暂的一瞬，然而，它又是个多么不平凡的时代！这是个烽火连天、硝烟遍野的时代，是正义同邪恶进行殊死搏斗的时代，是不仅对波兰民族而且也对整个人类进行了一次大考验的时代。作家在总结这个时代的斗争时，做了个寓有哲理的评论：邪恶有时也可能赢得名望，但是光荣永远在正义一边。

书中写到了自1914到1947年间在波兰和世界历史上发生的许多重大事件：第一次世界大战、席卷全俄的革命风暴、资产阶级波兰共和国的建立、波兰地主资产阶级武装对十月革命的干涉、标志波兰走上独裁政体的五月政变、西班牙内战、德意法西斯的崛起、慕尼黑阴谋、第二次世界大战的爆发、波兰人民在国内和欧洲战场上进行的艰苦卓绝的反法西斯斗争、举世闻名的华沙起义、波兰人民共和国的诞生。反人民、反民主、反革命的邪恶势力确实曾喧嚣一时，然而人民的正义的力量却代表了历史前进的方向。作家引用波兰著名诗人诺尔维德的话说："你们以为喧嚷就等于历史的雷响，而名望的鼓声就像森林里的号角一样！"

《名望与光荣》与19世纪的史诗体小说有所不同，它不是正面描写历史上的重大事件，而是从侧面来表现、评价这些事件。作家没有着力渲染斗争的主战场，书中看不到气势磅礴、波澜壮阔的大战役和巨幅的群像，而是通过贯穿全书的大斗争的余波、大激战的回响来展示出一幅幅真实生动的时代画卷。通过乌克兰的各派势力的较量，我们看到了俄国革命的复杂性；通过一些青年知识分子对革命的态度由狂热转向彷徨，我们看到了革命的艰辛。在写第二次世界大战的爆发时，书中虽然不曾展示德国法西斯动用两千四百辆坦克和两千架飞机进攻波兰的场面，但是，读者从书中描写的惊心动魄的大溃败、大撤退，便不难想象战争的规模。写华沙起义没有描述决策者们的运筹帷幄，而是通过普通士兵为争夺每一寸土地而显示的爱国热情和流血牺牲，

来说明华沙人民为解放自己的首都付出了何等高昂的代价。书中没有什么轰轰烈烈的场景，它是通过人物命运的波折来反射出事态的进程，用普通人的眼睛所能看到的局部战斗，用普通人切身体验到的灾难和痛苦来再现整整一个时代。它虽没有史诗的庄严肃穆，却有更多的对于历史的反思，包含了比正面描绘某个大战役更为深刻的内容和更为强大的感染力。

伊瓦什凯维奇以敏锐的观察和细致深沉的笔触描绘了极为丰富的社会和政治变革，再现了当时复杂的生活风貌。他从战前牧歌式的田园生活写到战时的流离颠沛；从富丽堂皇的府邸写到黑暗阴森的监狱；从寂静空旷的敖德萨海滨写到光怪陆离的巴黎闹市：形成一幅全方位、多层次的构图。当时波兰社会上存在的一切阶级、阶层和等级：豪门、贵族、地主、资产阶级、小市民、工人、农民、知识分子、科学家、艺术家、将军、官僚、政客以至游民、娼妓都在作品中找到了自己的一席地位。贵族孤岛、地主庄园、农家小院、自成一统的域外领地、附庸风雅的文艺沙龙都在作品中得到了忠实的反映，展现出了一幅幅富有时代特征的、绚丽多彩的社会生活画卷。

伊瓦什凯维奇评传的作者安·格龙切夫斯基把这部作品说成是大舞台上演出的有声有色的人间悲剧。“有多少种社会结构、多少种类型的人物、多少种社交方式和社会习俗从这个舞台上一一消逝了；多少欢乐和烦恼、名望和光荣、追求和幻想化成了灰烬；有多少崇高的愿望、卑污的打算和罪恶的图谋交织在一起，又一起灰飞烟灭。作品中笼罩着一种悲剧气氛，似乎是对于一去不返的过往的哀歌。”

《名望与光荣》带有悲剧的色彩，然而并非是令人绝望的悲剧。与其说是对过往的哀歌，不如说是同过去告别。波兰在乌克兰的贵族大地产土崩瓦解，波兰势力退出乌克兰被作家看成是历史的必然。旧制度灭亡了，代之而起的是一种波兰民族历史上从未出现过的新制度，

资产阶级共和国迅速消亡了，人民共和国在血与火的洗礼中诞生。最后一章的标题《尾声和续篇》决不是随意加上的，特别是最后迁坟移葬的场面，从地下挖出的遗骸同盛开的鲜花形成鲜明的对照，同时也具有象征意义。遗骸象征过去的终结，鲜花象征美好的未来，象征用辛勤的劳动建设新的生活。这也是小说的乐观主义的主导思想，而不只是一个光明的结尾。

《名望与光荣》从某种意义上讲是一部借助于虚构的自传体小说。波兰小说家和评论家伏·马赫把伊瓦什凯维奇称为“客观虚构的大师”，他认为作家是用虚构某些人物和情节来掩饰小说的自传性质。小说中确实塞进了作家自身的许多经历，作家对小说中的许多人物都赋予了他自身的某些素质，其中包括他在过去相当长的一段时间保持的知识分子超阶级的空想和游离于社会之外的骄矜，包括他的人生观、哲学观，包括他的兴趣和爱好，也包括他在艺术上的追求、探索和苦闷。因此，亨·贝雷扎说：“《名望与光荣》中一些人物形象加起来就是伊瓦什凯维奇的自画像。”也可以说，作家正是通过这些人物的生活实践，重新评价自已所走过的道路，评价自己在过去数十年中形成的思想意识和积累起来的丰富而艰辛的生活和创作经验。其中不乏清算过去的自我反省、自我批判，这种批判是深刻的、真诚的，因而也是感人至深的。

三

伊瓦什凯维奇在刻画人物方面独具匠心，塑造出了许多个性鲜明、绘声绘形的艺术形象。

在进行人物分析的时候，我们可以从《名望与光荣（第三部）》扉页上所引用的警句中找到钥匙：“浮士德式的人物往往在痛苦中获得光

荣，而马克思和弗洛伊德的信徒则从各自不同的角度企图重建幸福。”在作者的笔下，来自不同社会阶层的各类人物虽然都受到历史的制约，有着时代的共性，但是他们对世界、时代和人生却各持不同的态度。马克思的信徒——书中的革命者——兼善天下，他们用积极的行动去认识和改造世界，使其变得公正，从而在斗争中获得幸福；弗洛伊德的信徒独善其身，涤荡变态心理、自卑感和恐惧感，从而赢得内心的平静和幸福。浮士德式的人物则是不断追求丰富的知识、美好的事物、崇高的理想，不断探索人生的真谛，提出“生与死的意义何在？幸福何在？”这样一些浮士德式的问题。在欧洲文学传统中，这种追求和探索往往都以悲剧告终，因而总是与痛苦、失望和悲观联系在一起。在伊瓦什凯维奇的笔下也不例外。

书中的主要人物雅努什·梅申斯基的形象具有双重性，他对人生痛苦的探索和对真、善、美的追求体现了一个浮士德式的人物走过的人生道路；他的生活波折、哲学观点和政治态度的转变又体现了作家所说的弗洛伊德的信徒自我完善的过程。

雅努什出生在贵族之家，自幼便受严父的管教，束缚了他的行动自由；大量的阅读、天生的多思、不断深化的孤独感和压抑感，造成了他思想上过于早熟。对于阿丽亚德娜的狂热的、理想化了的爱情也不可能给他带来内心的平静。

童年和青春时代的经历造成了他对于生活的畏惧，至少是使他不想积极参与任何一件事、解决任何一个问题，而是消极静观事态的发展。他对一切都缺乏热情，他当不了弄潮儿，只能做个旁观者。然而，他并不是个肤浅之辈，对事态进程漠不关心只不过是一种假象，或者说是表面现象。他不只是在观察世界，而且也在竭力寻找这个世界存在的意义，他不断给自己提出问题：什么是人生的真理？他深信，世上发生的一切都有自己的意义，从每一件事物中都应得出某种结论，

人生也应服从于这个规律，人活一世对自己和对别人总应该有某种道义的意义，总该有某种价值。

他相信人，却不善于跟人交往，他是孤独的。奥拉对他有一段绝妙的评论："您……难道没有感到他隐藏在淡漠的外表、茫然失神的眼睛、近视眼镜以及笨拙的动作后面的那种非凡的内心的激情？我很看重雅努什的一个特点：渴求真理，希望认识真理。他以后也许能够找到真理，有志者事竟成嘛！可惜的是……没有一个人爱雅努什……"雅努什对人的冷漠，他的寂寞和空虚，一部分也是由于谁也没有爱过他，谁也没有对他提出过什么要求，谁也没有对他有过什么企望。他一生失意，半世飘零；他身为伯爵却靠别人的接济过日子；他是个有才气的诗人，却没有发表过一篇作品；他感情深挚、忠贞不贰，但爱情和婚姻却充满了悲剧；他在生活中找不到自己的位置，却刻意追求人生的意义。

他同情十月革命，曾一度被裹挟到革命的洪流之中，但他背负着贵族的因袭重担，不可能接受社会主义思想，只好半途而废。他回到了刚获得独立的波兰，现实又没有向他提供任何足以填补空虚的价值，他迷惘、彷徨、痛苦地在杂乱纷繁的社会中挣扎。终于在民族的大灾大难面前，在生死存亡的决战中，在游击队员们的感召下，他的思想上产生了飞跃，他不能满足于无所作为的生活，他要奋起，要跟那些热忱、勇敢的爱国青年一道，积极投身反法西斯斗争。"现在一切都要变了。""我有了目标！"可就在这时，他倒在了法西斯的枪口下，就像浮士德最后在改造自然的事业中得到智慧的结论，却在这一瞬间死去一样。

埃德加尔·希莱尔是作家塑造的另一个浮士德式的人物。埃德加尔与雅努什有许多不同之处：雅努什愤世嫉俗，埃德加尔安分随时；雅努什疏懒，认为一切都不值得他花费力气，埃德加尔孜孜不倦地工

作，充满了创作激情；雅努什孤芳自赏，与人群隔离，埃德加尔平易近人，从不摆大音乐家的架子，乐于与人交往，甚至希望别人给他做宣传；雅努什对人不讲情面，言辞尖刻，埃德加尔温良敦厚，对人有更多的宽容和谅解，从不把自己的意见强加于人；他们的外表给人的印象都是淡漠，埃德加尔却有更多的内在的温暖。他们的共同点，也是两个朋友心灵的交会点，一是：两人的精神世界都有超越的意境、高邈的情怀；二是：两人都多思，都爱对世界和自身进行哲学的思辨，尽管得出的结论大不相同；三是：两人一样命苦，一样寂寞，一样忧郁，一样在茫茫人海漂浮，没着没落。

埃德加尔的手边总有一本歌德的《浮士德》，并且不断在其中找到新意，既找到了鼓舞他信赖生活，信赖自己的章节，也找到了动摇这种信仰的章节，找到与他自己的情绪一拍即合的悲观、失望和忧伤。《浮士德》中那种对人生和艺术的价值又怀疑又坚信的二重性最符合埃德加尔的心理状态。尽管他充分意识到了自己的音乐天才，但从不妄自尊大，名气越大越是感到名实不符，越是反躬自问：我的创作的意义何在？我的作品是否真有价值？是真正代表了音乐领域的进步还是体现了艺术的扭曲和概念的错误？他一生在因袭传统和勇于创新、在追求艺术的民族性和普遍意义之间摇摆不定。他运用了20世纪最时髦的创作技巧，又深感现代派艺术的晦涩和空虚。他不知自己的作品具有传世的生命力还是过眼烟云，他相信只有未来才能作出答复，可那捉摸不定的未来会作出怎样的评价？甚至，未来会不会把他的作品连同整个世界一齐摧毁？埃德加尔死于第二次世界大战的前夜，那时他的头顶上已笼罩着战争的阴云，他的这种担心不是没有理由的。

埃德加尔表现出了一个创作者的孤独和疑虑。他深刻感受到在创作过程中是何等的孤立无援，他记录下来的奇逸的乐思能为别人理解吗？他体会到的不是创作的喜悦，而是创作的痛苦，是抽象的理想和

具体的实践、无限丰富的想象力和有限贫乏的表达方式、高尚美好的艺术境界和荒唐的现实生活之间的尖锐对立。艺术是他的生命，也葬送了他的生命，直到生命的尽头他还在“认识、理解、表现”，为了追求艺术的真谛，他作出了巨大的努力，付出了一腔心血。如果说雅努什体现了作家探索人生真理的痛苦，那么埃德加尔便体现了作家探索艺术真理的艰辛。

卡齐米日·斯彼哈瓦是作家精心刻画的一个政界人物。他是贫苦农民的儿子，初出场时只不过是贵族罗伊斯基家的带有几分土气的年轻家庭教师。第一次世界大战和俄国革命对他日后的道路起了决定性的作用。前者为他的仕途敞开了大门，他投笔从戎，参加了波兰军团。后者使他的私生活复杂化了，在革命的风暴中他结识了落难的公爵夫人玛莉亚·比林斯卡，抛弃了热恋中的情人奥拉，成了玛莉亚的情夫。波兰独立后，身为陆军大尉的斯彼哈瓦进入外交部工作，从此平步青云，爬到了部长顾问的位置，跻身于上流社会。他外表显得踌躇满志，内心深处却有说不出的悲凉。出于出身低贱，他始终不能与玛莉亚结为夫妇，长年的尴尬的关系使他受尽了屈辱。第二次世界大战爆发后，玛莉亚弃他出走，他却本着农民对乡土的眷恋留在国内参加反法西斯斗争，成为华沙起义的决策者和领导者之一。

斯彼哈瓦不同于雅努什和埃德加尔的是他惊人的毅力和进取精神，以及他的讲求实际和对待事物的功利主义态度。他不爱也不懂得进行空泛的哲学思辨，而是事事处处清醒地分析形势，每走一步都要经过周密的权衡。他有权力欲望，但不颐指气使；他善于钻营，但不投机取巧；他在政治斗争中见风转舵，却又是出自真诚的信仰；他讨好上司不是靠逢迎拍马，而是靠精明干练和责任感。他既是通才又是懦夫，他能决定别人的生死，却不能解决自己的婚姻问题。他染上了许多官场恶习，却保留了那么一点儿农民的淳朴本性。他就是这么一个充满

矛盾的人物，作家对他既有批判，又有同情。

书中出现了各种类型的女性形象，都写得活灵活现、栩栩如生。雅努什苦恋的情人阿丽亚德娜一出场就生龙活虎，她是个好强、任性、喜怒无常的姑娘，一个狂热的幻想家。在弟弟的影响下，她曾积极投身革命，可一不如意便逃亡；到了巴黎刚崭露头角又突然放弃了成为她步入艺术界的手段的绘画，跑到意大利进了修道院；在当了多年的修女之后一转念又还了俗。她的这种大起大落，表面上看似乎不好理解，其实非常符合她性格上的逻辑，她表面上好走极端，敢作敢为，骨子里却非常脆弱，干任何事都有始无终，任何成功都不能淡化心灵深处的失落感。因此，当一切尝试、一切追求都宣告失败之后，自杀便成了她唯一的归宿。

奥拉的性格与阿丽亚德娜完全相反，这个寄人篱下的姑娘表面上软弱得像个面团，但是却有惊人的韧性。生活的折磨没有破坏她内心的平衡，她永远是那样温柔、甜蜜、乐天安命。她不仅是个贤妻良母，而且是个充满了智慧、善于理解人的朋友，成了埃德加尔和雅努什这样一些不安的灵魂的精神支柱，她的家对他们简直就是沙漠中的绿洲。玛莉亚·比林斯卡的内心也从未失去过平静和镇定，在任何情况下她都不失温文尔雅、雍容华贵的风度，她的这种平衡是出于倨傲和冷酷，她是那种艳如桃李、冷若冰霜的女性典型。

伊瓦什凯维奇不是个宿命论者，生活对于他决不是某种命中注定的一串事件的组合，也不是某种机遇的偶合。他笔下的人物经历的一切都有明确的因果关系，都是在特定的历史环境下发生的，都打上了阶级和时代的烙印。

《名望与光荣》是一部结构复杂的作品，作家为了展示丰富多彩的社会生活和人们的内心世界，采用了多种多样的艺术表现手法，从各个不同的角度来描写事态的发展和刻画人物的性格。所以说，这是一

部集波兰古典文学优秀现实主义传统和现代流派名家创作经验之大成的杰作。

伊瓦什凯维奇在波兰受到高度的评价和普遍的敬仰。1979 年波兰科学院文学研究所专门为他的创作举行科学讨论会，认为他是波兰现代文学的一面旗帜。他的作品培育了一代又一代波兰作家，以至战后三十五年被称为波兰文学史上的“伊瓦什凯维奇时代”。

浮士德式的人物往往在痛苦中获得光荣，而马克思和弗洛伊德的信徒则从各自不同的角度企求重建幸福。

约翰-雅克·梅尤

第三部

第二部

第六章　大音乐会

一

一九三三年秋，爱尔日别塔·希莱尔小姐（英国证件上写的是伊丽莎白·鲁宾斯泰因）来到华沙，举行了几场音乐会。这位世界闻名的杰出歌唱家最引人入胜的一次演出是星期五的交响音乐会。这次音乐会的节目包括莫纽什科的《费利斯》序曲、莫扎特[①]的《夜皇后》咏叹调、女歌唱家的哥哥埃德加尔·希莱尔的《山鲁佐德》——四首由小乐队伴奏的歌曲以及贝多芬的第五交响曲。节目通俗有趣，希莱尔小姐又闻名遐迩，因此听众非常踊跃。

爱尔茹尼亚小姐住在布里斯托尔饭店，举行音乐会的那天她不接见任何客人；她给自己定下了一条规矩，演出的那天不跟任何人说一句话。自然，这条规矩常常被打破。这天打乱规矩的首先是她对仆人交代了早饭要吃什么，然后又同埃德加尔一起练了一会儿他谱写的歌。

① 莫扎特（1756—1791），奥地利作曲家。

这是她第一次唱这组歌，心里颇有些紧张。这几首歌虽然不像她起初想的那么难，但她认为，唱这歌是“吃力不讨好”，也就是说，得不到广大观众的赞赏，不会像《哈尔卡》《玛农》和《黑桃皇后》中的咏叹调那样对观众具有持久的感染力。爱尔茹尼亚这次没有同丈夫一道来，却带来了好几个外国学生，她们想跟她一起到华沙来，听希莱尔这组歌的首次演唱，这组歌虽然还没有人演唱过，却已有了一定的名气。在她的学生中有哈尼亚·沃尔斯卡，即戴维斯夫人，她想当然地以为，只要这位大歌唱家给她上十堂课，她马上就可以唱得像爱尔茹尼亚那样好了。

埃德加尔有点生妹妹的气，因为她多年来一直骗哈尼亚，说她有当歌唱家的前途。爱尔茹尼亚却笑了起来。

“你知道，为了她给我的那些钱，我简直想对她说，她会成为阿德琳娜·帕蒂[①]……”

“我觉得这太残酷。”埃德加尔说。

他们开始排练。埃德加尔有点恼火。爱尔茹尼亚的演唱也没有使他的情绪好起来。第一首歌她唱得有些“添油加醋”，过分做作，爱拖长音，为此昨天同乐队一起排练时还和菲特尔贝格吵了一架。高音已经很高了，但爱尔茹尼亚为了增强表现力把它唱得更高。埃德加尔一言不发，但妹妹从他紧闭的嘴上可以猜到，她的演唱不大对他的胃口。他们没有提任何意见也没有作任何停顿把全部曲子演唱完毕。埃德加尔合上乐谱，平静地向自己的房间走去。

“你能唱好的！”他走出门时对妹妹说。其实他对此深为怀疑。

在他旅馆的房间里，阿尔图尔·马尔斯基已经恭候多时了。这是个犹太人，身材瘦小，嗓音尖细，说话的语气很武断。但在埃德加尔

---

① 阿德琳娜·帕蒂（1843—1919），意大利著名女歌唱家。

面前，他那神气没有了，显得谦卑、沉静。他几乎是将埃德加尔手里的《山鲁佐德》一把抢了过来。

“我是专程从罗兹来看这个的。”

埃德加尔把乐谱交给了他，然后在一张红沙发椅上坐下，说：

“你有返程票吗？”

“没有。再说音乐会后也没有火车，我必须找个地方过夜。”

“你就睡在这儿的长沙发上吧。”

“可以吗？”阿尔图尔问。

这句“可以吗”指的是另一回事。马尔斯基想用钢琴来试弹一下这组歌曲。其实这只是店主为埃德加尔准备的一架小练习琴。

“我给你弹弹看。”埃德加尔说。

他把乐谱在架子上放好，然后在钢琴旁边坐下，随便地微侧着身子。他在键盘上忽东忽西地弹着，同时用沙哑的假嗓哼着歌词。马尔斯基如果不看谱，根本听不出个所以然来。过了一会儿，他终于忍不住说道：

“您让我来吧，我弹得好些。”

埃德加尔放声大笑，不再弹了，双手还举着，身子在小凳上转了一圈。

“这太糟了，怎么教授不会弹琴呢？”阿尔图尔毫无办法似的叫道。

埃德加尔笑着说：

“那你弹，你弹！”

马尔斯基弹起了伴奏曲，但埃德加尔没有听。他的眼睛老是朝门那边看。马尔斯基停下了。

“您在等谁吗？”他不耐烦地问。

埃德加尔不好意思。

“不，不是……”他低声说，“你不喜欢这组歌吗？”

但马尔斯基寸步不让。

“您说吧，在等谁?”

埃德加尔难为情地微微一笑。

“你多奇怪，阿尔图尔，而且有点唐突……”

阿尔图尔淡然一笑。

“您在想雷肖吧?”他的声音低多了。

“你怎么知道?”埃德加尔问。

“从您脸上的表情看出来的。”阿尔图尔勉强露出一丝笑意，与其说是笑，莫如说是痛苦地抽动了一下脸上的肌肉，“我自己也在想他。他该走进房来，向我们伸出手，紧张得额上直冒出汗珠……您记得他的样子吗?”

埃德加尔耸了耸肩。

“我记得比你清楚。他的每一个姿势……除了你我之外，谁还记得他呢?”

“噢，还有海伦娜小姐。”马尔斯基说，恢复了常态。

埃德加尔把头转向窗口，马尔斯基继续弹《山鲁佐德》，但已经没有劲头了。

“这妙极了。”他说，过了一会儿他停下了，把一双小手放在键盘上。

“糟透了，”他忽然骂了一声，“我没有来得及赶到沃维奇。我们这里就是这德行，一份电报从沃维奇到罗兹竟用了六个钟头!”

“倒也没有什么了不起，”埃德加尔低声地说，仿佛要安慰马尔斯基，“我在他身旁来着……”

“真幸运!”马尔斯基说，带着犹太人特有的口音，这种口音往往在悲伤的时候才露出来。

他俩沉默了一会儿。

“他这会儿不在倒是件好事，”阿尔图尔愤愤地说，“这是欧洲音乐。他会问：这对波兰有什么意义？对沃维奇有什么意义？他爱这样提问题：您的音乐对沃维奇有什么意义？”

“也许，正好是件坏事，”埃德加尔说，从窗口转过身来，在屋里踱来踱去，“雷肖问得对，我的音乐对沃维奇有何意义？其实它根本没有任何意义……”

“那又怎么样？”马尔斯基生气地说，他的声音又尖得刺耳，“那又怎么样？您又不是为沃维奇创作……”

“说不定真应当为沃维奇创作吧？”埃德加尔伤心地沉吟道，“要是那样的话，我也许不会如此孤独……”

“您根本不明白，”马尔斯基耸了耸肩，“您并不孤独……我同您在一起，不是吗？”

埃德加尔微微一笑。

“是的，雷肖也曾……有许多人同您在一起。您的创作，据我看，不是为了沃维奇，而是为了欧洲。”

埃德加尔脸上的笑容消逝了。他不知道怎样对马尔斯基说，他的音乐对欧洲没有任何意义。

电话铃声打破了尴尬的局面。阿尔图尔接了电话。他至少有这么个好处，能把讨厌的人打发走。可是，这次埃德加尔不得不亲自接。有一个老熟人问，埃德加尔能不能帮她弄到一张里米家的招待会请帖。斯坦尼斯瓦夫·里米夫妇在每次音乐界的盛会之后，一般都要举行招待会。因为这是华沙上流社会的一种排场，故而人人趋之若鹜。埃德加尔反复解释，说他不能代别人请客，但没有用，那位女士再三恳求，他不得不答应在音乐会上给她回音。这样的电话来了好几次——他也给了同样的答复。可他是第一次听自己的这部作品，必须集中思想啊。幸好爱尔茹尼亚很泼辣地下了一道命令，什么人也不许到演员休息室来。因此，音乐会前，在这个空荡荡、凉飕飕的三角形房间里，只有四个人在紧张不安地坐着：菲特尔贝格、埃德加尔、爱尔茹尼亚和充当爱尔日别塔的秘书的戴维斯太太。

从门后传来了听众压低了的喧哗声和调乐器的声音。爱尔日别塔脸色苍白，一次又一次地照镜子。她穿一身象牙色的波纹绸衣裙，头上插着高高的白翎毛。埃德加尔对这些翎毛颇有微词，使他妹妹大为恼火。她不时照镜子，甚至试图把翎毛摘下来，然而，她梳的发式没有翎毛就不成个样子。这样一折腾，反而把头发搞乱了。

“你知道，音乐会上你就不要老想自己的发式了，我提到那翎毛不是为了这个。”

菲特尔贝格走出了房间，他在通向舞台的楼梯上还等了一会儿。戴维斯太太快步走向楼下的包厢，衣裙窸窣作响。音乐会就要开始了。

“老人们的位子好吗？”爱尔茹尼亚问哥哥，她一直站在镜子前面，“他们是住在卡齐那儿吗？”

“是的，住在卡齐那儿。他们的位子很好，只是稍微偏了一点。爸爸老多了……”

“你还要怎样？他现在还能工作，这就算万幸了。”

“我想，他干不了多久了。”

“他在波兰工作了十二年。凡事都有个到头的时候。”

“从你离开敖德萨起已经十五个年头了。”

“假如我有个儿子，也该十四岁了。”

爱尔茹尼亚从冰凉的房间另一头慢慢走过来，在哥哥身边坐下。大厅里响起了相当长的一阵掌声。接着奏起了美妙的序曲。

“你还记得，我们唱莫纽什科《吉卜赛人》中的二重唱的情景吗？”

“那是安托霞姑姑命名日的时候。”

“不，是妈妈命名日的时候。你忘了吗？钢琴上还放了一大束黄玫瑰。”

“你还出了一个大错……等等……就在第五小节中降半音那个地方，对不对?”

爱尔茄尼亚笑了。

“你还记得我们参加罗伊斯卡太太婚礼后回家的情景吗?”

“已经记不清了，那时我太小。”

“我记得，你穿着蓝黑相间的方格外套，外面还罩了一件披风。”

“那件外套我还记得。”

“汉卡小姐跟我们同乘一辆车，爸爸还老问妈妈，这是谁的侍女[①]?”

两人都开心地笑了。埃德加尔握住爱尔茄尼亚的手，一瞬间，他们的目光向前，微微朝下，仿佛看见了敖德萨，看见了罗伊斯卡太太的婚礼，看见了老是心神不定的爸爸，特别是，看见了那件蓝黑相间的方格外套。

埃德加尔猛地抬起头，直视着妹妹。他看到她那具有古典美的侧影，略微嫌大的鼻子，浅色的头发梳得高高的，上面插着洁白的大翎毛，宛如向一方倾斜的白帆。她还在沉思。

“你听我说，”他说，“你很幸福，你瞧，这么多人都来听你演唱，你很有名望……”

爱尔茄尼亚立刻就猜到了埃德加尔在想什么，她回答说：

“搞创作的人永远不会是孤独的。后人会和他在一起。我们死后谁还记得呢?”

“谁死后你都不怀念吗?”

爱尔茄尼亚似乎有点惶恐地望着埃德加尔。

---

① 原文是法文。

“不。”她的回答有些犹豫。

“甚至约齐奥也不吗？”埃德加尔问。

爱尔茹尼亚长长地“咝——”了一声，站起身，双手叉在胸前，把脸转向窗口。大厅里传来了序曲轻快的调子。

“你想过约齐奥吗？”过了一会儿她问，“是的，约齐奥是幸福的。他在我称之为光荣的那种东西中安息。”

埃德加尔微微一笑。

“光荣就像镭辐射那样，辐射完了，它本身也完了。”

爱尔茹尼亚转身对哥哥说：

“想想一个人的身躯变成了灰尘、泥土，变成了乌有，是什么滋味啊，这个你一点儿也不懂。罗伊斯卡太太曾对我说，移葬的时候什么也没有……只有一个装证件的皮夹子，都发臭了，臭气好几个月都不散，只好把它烧了。那里面还有我的照片，也发臭了……”

现在他俩都站着。爱尔茹尼亚双手靠在埃德加尔抬起的手上，直视着他的眼睛。

“你不知道，他的身躯有多美啊！”她悄声说。

埃德加尔微笑了，他转过身去，想坐下。

“我知道，”他满不在乎地用寻常的语气说，“我知道他的身躯是怎样的。在敖德萨，他同雅努什睡在一起的时候，我见过他赤条条的。我们在一起喝过酒。他很美，我亲自‘检验’过。”他带着一丝苦笑，甚至笑出了点儿声，在沙发椅上坐下了，抬眼望着妹妹。

爱尔茹尼亚低下了头。

“你以前知道吗？”她问，“当时，你就已经知道了吗？”

“知道。”埃德加尔的回答很简短。

“你为什么没有说呢？”

“我有什么好说的？我刚才说过，我对他进行过检验，看他的美是否配得上你……”

爱尔茹尼亚没好气地戴上了雪白的皮手套，迅速走到镜子前，大厅里响起了掌声。

“对鲁宾斯泰因你没有检验过。”她咆哮道。

“噢，这是你的事；我觉得，不管怎样，你那时做得是很明智的。”

爱尔茹尼亚突然转过身来，再次走到哥哥面前。但他没有站起来。为了避开他的目光，她微微低下了头，双手抱住他的背部，把头埋在他的肩膀上，同时小心翼翼地提防着不要弄乱了重梳过的头发，不要弄歪了翎毛。

“你听我说，你还不知道我那时已有了孩子，约齐奥的孩子……一个男孩，在君士坦丁堡生的，但很快就死了……要不，现在该有十四岁了……”

埃德加尔张嘴吸了口气，似乎透不过气来。他把妹妹轻轻推开，说：

“这个我以前不知道。”

爱尔茹尼亚伸直了腰，直挺挺地站着，昂着头，双目紧闭。埃德加尔望着她，心里不禁想道，她的眼睑多美啊，像奇花的花瓣一样。他重复了一句：

“这个以前我不知道。”

这时，双簧管手维耶维乌尔斯基冲进屋里，惊奇地望着兄妹俩。

“夫人，夫人！”他急急忙忙地说，“指挥在等着呢。序曲早就结束了。现在是您……”

“天呀！”爱尔日别塔喊道，在屋里转了个圈。得把皮披肩放下，把手套戴好，把乐谱找到。“我们没有听见掌声呀。”

“没有关系，没有关系，”埃德加尔说，但他自己也慌了，“你很快就能平静下来。”

维耶维乌尔斯基催促道：

“快点，快点。”

爱尔茹尼亚加快了步伐，但她正要走出房间的时候，忽然转身，用戴着雪白手套的手对哥哥送了一个飞吻，她的眼睛里充满了笑意，像演戏似的。

二

雅努什和佐霞每次去音乐厅时，总是把大衣脱在同一个衣帽间女工那里。她工作的地方是这漂亮的衣帽间左边开始的那几格。由于世纪末[①]建筑师的怪念头，这个衣帽间是按照马尔堡城堡[②]中饭厅的式样设计的。红大理石柱子同蹩脚的衣架以及木头的衣帽间隔墙很不协调。麻利而有礼貌的衣帽间女工在这里走来走去。雅努什为何总是把衣服存在左边第一个女工那里呢？这就要扯到维耶维乌尔斯基一家的家史了。安娜公爵夫人的家仆，斯坦尼斯瓦夫有个哥哥叫塔德乌什，两兄弟年轻时经常打架；中年时两人又爱上了同一个女人，彼此非常忌恨；老年时避不见面，也不相认。但是，他们的孩子却照常来往。塔德乌什是音乐厅老资格的工役，他在剧场休息的时候，把隐藏在一角的黑色大钢琴一下子就拖到了舞台中间，为此观众往往还报以掌声。塔德乌什有两个儿子，长子在菲利浦斯那里工作，同一个年轻貌美的姑娘结了婚，这媳妇经公公推荐当了存衣女工，在衣帽间左边第一隔间里工作。次子叫布罗内克，是乐队第一双簧管手。他技艺精熟，几年之后就在古典音乐爱好者中享有一定声誉。雅努什同在“雷管”厂工作

① 原文是法文。

② 指波兰北部城市马尔堡，建于1274年的古城堡。

的雅希·维耶维乌尔斯基保持着联系。通过雅希，雅努什跟他的堂兄弟也有交往；这就是为什么他总要同多霞·维耶维乌尔斯卡讲上几句话的原因。多霞一见他就打招呼。

“您好，伯爵先生！”雅努什皱了皱眉，但多霞太太说这话的意思是：“我们的伯爵先生，”或是，“我堂兄称之为布尔乔亚的伯爵先生。”不管怎样，反正这个尊称在这里听起来叫人愉快。

这天，他同佐霞从科莫鲁夫来参加爱尔日别塔的音乐会，在多霞面前站住了。

“您身体好吗？”雅努什问。

“令爱好吗？”佐霞也顺便问了一句。

多霞朝梅申斯基太太瞟了一眼，两手一拍，说道：

“亲爱的夫人，”她的语气十分友好，“您的脸色很不好，出了什么事？”

“生过一点儿小病。”佐霞怯生生地说。

站在妻子身后的雅努什对多霞太太使了个眼色，把一个指头放在唇边。

多霞太太把佐霞的皮大衣挂在衣架上，转身来取雅努什的大衣，说：

“嗯，这大概是因为光线照到夫人脸上的缘故（她从来不叫佐霞‘伯爵夫人’），因为这里的灯光就是这个颜色，所以我觉得您的脸色那么惨白。其实完全不是这样，不是的，不是的……”

矮墩墩的多霞抱着雅努什的黑大衣到衣架那边去了。佐霞淡然一笑。

“她可怜我。”她对雅努什说。

多霞太太转身回来：

“这是号码。”

佐霞把瘦削的手伸到雅努什的胳膊下，踏着陡峭的楼梯上楼。雅努什到音乐厅用的是长期票，坐比林斯基家固定的位置，因为比林斯基家在建造这个音乐厅的时候出过大力。位子是在右边第三或第四排；不是很好，因为琴盖遮住了演奏者的手，甚至歌唱家和小提琴演奏家也看不到，因为都被指挥挡住了。

佐霞慢步上楼，她真的很虚弱。几个星期前，怀孕三个月的胎儿流产了。这不仅使她身体衰弱，而且精神上也很痛苦。

“雅努什，”她老这样说，“我给你带来了不幸。暖房里的桃树死了，我们的儿子也没有生出来……”

雅努什虽说很有耐性，但这话使人烦恼。平时他一头扎进花房，把佐霞冷落在一边。今天好不容易才把她劝来参加音乐会。

“又是我一个人去吗？到哪里妻子都不在身边，这成个什么样子。这次音乐会我一定得参加，埃德加尔是我最好的朋友。即使不是这样，我也想去听听他的最新作品……”

“我们又得在布拉茨卡街过夜，这太可怕了！”

佐霞像怕火一样地怕玛莉亚·比林斯卡，但奇怪的是，她更怕泰克拉·别夏多夫斯卡小姐。这也许是有道理的，因为比林斯卡对于弟弟跟谁结婚都无所谓，而泰克拉小姐一直幻想自己的雅努什能找到一位超凡出世的夫人，佐霞在她看来是再糟不过的选择了。

“当然啦，”她对舒什凯维奇太太说，“比林斯卡很高兴她兄弟同一个随随便便的人结婚，这样，斯彼哈瓦就不那么刺眼了。”

但舒什凯维奇太太不同意。

“噢，女士，”① 她说，“结婚完全是另一码事……”②

---

① 原文是法文。

② 原文是法文。

这话显然是有暗示自己已经结婚而泰克拉小姐却坚持当老处女的意思。

泰克拉小姐在布拉茨卡街管得很宽，对公爵夫人寸步不让，一味娇宠阿罗。雅努什结婚之后（天晓得娶了个什么人），泰克拉小姐更把自己的全部感情都倾注在阿罗身上，把他惯得不像样子，就连比林斯卡本人对此也无可奈何。

譬如今天她就不同意让阿罗去参加音乐会。

“干吗让小孩子去看那种不正经的女人！”她固执地坚持说。

这次，做母亲的还是下决心带阿罗到音乐厅去了。雅努什和佐霞走进音乐厅的时候，正好在门口遇上他们。阿罗现在十五岁，瘦高个子。雅努什看见他的时候不禁想道：“我的儿子是否会是这个样子？”

“你怎么样，佐霞？”比林斯卡说，向弟媳伸出了手，“你身体好吗？”

“谢谢，很好。”佐霞强作欢笑。

阿罗向舅母伸出了手，脸红了。他额前一绺柔顺的浅黄色的头发显得更淡了。母亲责备地瞅了他一眼。在这蓝色的、寒气逼人的目光下，阿罗闭上了眼睛，同时转过了身子。佐霞很可怜他，便主动找了个话题。

“多霞·维耶维乌尔斯卡说，是因为光线的原因，但我想，我的脸色真的是难看。”她说。

“多霞·维耶维乌尔斯卡？她是谁[①]？”比林斯卡问，又把她那冷峭的目光转向佐霞。

“哎，你不了解，维耶维乌尔斯基家的旁支。”雅努什微笑着说，“这在哥特年鉴里可没有。”

---

① 原文是法文。

“你不致指摘我是势利小人吧。”比林斯卡说。

佐霞发现阿罗正以钦佩的目光看着母亲。玛莉亚几个礼拜前刚从巴黎回来，今天她穿一件藏青色天鹅绒的长连衣裙，脖子上挂着安娜公爵夫人的珍珠项链，仪态雍容华贵。她的头发染成了淡黄色，前不久露出来的几根银丝看不见了。佐霞鼓起勇气说：

“而你，玛莉霞，真是漂亮极了。”

比林斯卡像往常一样，用一道冷漠的目光把佐霞拒之于千里之外。不过她也觉得自己过分冷淡，为了补救一下，便稍稍动动嘴唇作出一丝微笑。

“妈妈总是那么漂亮。”阿罗第一次开了口。

佐霞想开个玩笑。

“我呢？”她对外甥问道。

但她马上后悔了。阿罗脸涨得通红，眼眶里含着泪。幸好铃声响了，应该入场就座。

不一会儿，雅努什和佐霞就坐在硬邦邦、吱吱响、蒙了红漆布的椅子上了。他们正好面对贝壳形乐池墙上丑陋不堪的壁画。乐师们在慢慢走向乐池。

“我糟糕透了，”佐霞说，她的肩膀紧靠着雅努什的肩膀，“我不会跟你家里的人说话。我总是说不该说的话。”

“你放心，”雅努什回答说，“我跟玛莉霞讲话时也一样。我一说什么，就觉得说了不该说的话。这已成习惯了。我在她面前总觉得拘束，也许是因为父亲更疼她。”

“你能肯定吗？”

“肯定什么？”

“你父亲更疼她。”

“我记得他死的时候的情景。”

这时，乐师们陆续走进了乐池，雅努什一边向熟人（如胡贝先生，他总是跟一个犹太老人一起参加音乐会）频频点头，一边讲开了父亲生病和去世的情况，讲起父亲在去世前非要见到比林斯卡不可。

“正是那个时候她跟两个哥萨克骑马来了，卡齐奥·斯彼哈瓦住在我们家里，他当时在波兰军事组织①里服务……”

佐霞低下头，斜眼瞟着雅努什。

“你倒是选了一个奇怪的时刻来讲这些事。”她说。

雅努什住了嘴。他明白佐霞的意思。她还从来没有对丈夫讲起过兹戈热尔斯基先生之死，他也没有问过她。他俩总是回避提起这件事。兹戈热尔斯基先生是因为用科莫鲁夫换来了一堆废纸悔恨而死的。

“有一个哥萨克把一袋宝石还给了玛莉霞。”雅努什继续说道，“姐姐用这些宝石替我买下了科莫鲁夫。这就是我要说的。”他画蛇添足地补了这么一句。

佐霞眨眨眼，望着第一提琴手，他正站在乐谱架前演奏一段非常复杂的过门。

“你可惜这些宝石吗?”

“我觉得夫妇之间不该有钱财纠葛。”雅努什又补充了一句。

“我也是这样想的。”佐霞悄声说。

乐队调强的声音像是深长的叹息，在大厅圆顶萦回，小提琴和双簧管像两个角力士在搏斗，突然，万籁俱寂，像是被刀切断了一般。菲特尔贝格身穿白色礼服走上舞台，站到指挥席上转向观众，咧嘴笑着，露出了雪白的牙齿。

大厅里响起了暴风雨般的掌声。

---

① 指1914年9月1日至1923年4月6日的波兰军事组织。

三

雷涅维奇教授住在波尔纳街，在工业大学对面。他选择这个地点是为了在工业大学学建筑的儿子上学方便。这个年轻人学习成绩很好，父母感到非常高兴。老教授则不得不走很远的路到华沙大学去授课，他教的是生物学，听课的学生不多。在爱尔茹尼亚举行音乐会那天早上，教授就心神不定，一反常态草草上完了当天仅有的两节课。由于当时发生了为犹太学生设专座的问题，他在课堂上用平静的语调跟听课的学生聊了一会儿，念了几段讲义，总算把午饭前的这段时间打发过去了。儿子没有回来吃饭，不知是建筑系里有事，还是和同学们到哪里玩去了。雷涅维奇太太是个安详的、风韵犹存的中年妇女，说不清儿子做什么去了，因而受到丈夫几句刻薄的指摘。教授一言不发地喝完了鸡汤，吃了一块涂了芥末的酱肉；正要上甜煮苹果的时候，他叫妻子随便拿一张什么晨报来。雷涅维奇太太注意到，他只看了看倒数第二版（那里有一栏“今晚娱乐节目”），然后就放下了报纸。她明白了，他是想肯定一下今晚音乐厅里的音乐会几点开始；她也知道，他们每次都是八点去参加音乐会，现在他如此关心报纸是因为心情紧张的缘故。她轻轻叹了一口气，说：

“吃甜煮苹果吧，菲力克斯。”

“里面大概放了桂皮吧。”

“放桂皮做什么？我又不是不知道，你不喜欢桂皮。我记得你的脾气。”她有所指地补充了一句。但教授没有注意，吃完了甜煮苹果。午饭后，教授夫人从厨房端来了茶。耶日终于回来了，满面春风，兴致勃勃地讲起他的一个同学如何很荒唐地考砸了锅。教授夫人笑了，但她发现丈夫正在从窗口看天上的云彩，根本没有听儿子说话。外面是普通的十月天气，云层很低，但风不大。

教授夫人当然明白，雷涅维奇的思想回到了另一个秋天，虽说那不是在秋天发生的事。

“等等，等等，”她想，“那是什么时候？”接着她大声问道：

“你是什么时候从俄国回来的，菲力克斯？”

雷涅维奇如梦初醒似地望着她。

“你忘了吗？”他悲伤地说，“一九一八年。”

“我不是问年份，年份我记得，”雷涅维奇太太摆了摆手，“我问的是月份，是十月吧？”

“是十月。”

“妈妈不记得吗？”耶日从装甜煮苹果的盘子上抬起头说，“我记得，跟昨天的事一样清楚。我正在玩电火车，爸爸突然进来了……我那时不认识他。”

教授感激地看了儿子一眼。

“对，我也是这样想的，”教授夫人忽然沉思地说，“这十月天气正使我回想起你回来时的情景。多么奇怪……”

“有什么奇怪？”耶日点燃了一支烟，急忙问，“我认为这是世界上最普通的事；他回到了我们身边，不然他到哪里去呢？”

“他是可能不回来的呀。”教授夫人莞尔一笑。

“雅德维霞[①]！”雷涅维奇轻声恳求道。

“你不知道当时的情形吗？”教授夫人的声音里含有某种痛苦。

“除非爸爸在俄国爱上了什么人。”耶日笑了起来。对他来说，“老人”谈恋爱不仅可笑，而且不可能。

雅德维加太太不安地瞟了儿子一眼。见他满不在乎地抽着烟，这

---

① 雅德维加的爱称。

才耸了耸肩膀。

“这也毫不足怪。”

教授不耐烦了。

“你们这样议论我，就像我不在这里似的。”他愤愤地说，“你们把我当成了个幼稚的老头逗着玩。”

耶日停止抽烟，用冷冷的目光看着他，似乎想把他看透。

“对不起。”他干巴巴地说，在玻璃烟灰缸里掐灭了烟。

教授站起来，一言不发地走进自己的书房。

“你总是惹父亲生气。”教授夫人说，顺手把糖放进了食品柜里。

“妈妈，”耶日反驳说，“我什么也没有说呀！真的，你们要我待在家里，什么地方也不许去，但你们却在家里制造一种令人不能忍受的气氛。你们考虑考虑这个问题吧。”

雷涅维奇太太“砰”的一声关上了食品柜的门，说：

“你知道，考虑不周并不是我们的罪过。”

她说罢就到厨房去了。

耶日望着窗外。

天气的确很不好，强劲的风从莫科托夫广场那边吹过来，不仅把上空袅娜多姿的白云像兽群一样驱走，而且把地上，把灰色路面上的树叶和槭树籽扬了起来，卷着向前盘旋而去，同时还发出阵阵悲鸣。耶日走到玻璃窗前，掀开了白色的窗帘，朝树叶和种子望了好一会儿。

“他妈的，”他说，“这狗天气。这鬼日子！……”

教授坐在办公桌前，但没有工作。他的脸也朝着窗户，望着树叶和白云。他的思绪又回到了刚才雅德维加提起的、从俄国归来的情形，回想他是怎样努力习惯日常生活：工作、一日三餐、睡眠、教育耶日。那时的日子是何等的艰难，但总算过去了。现在境况很好，甚至非常好：大学的讲坛、科研事业。这个时期里生物学发生了巨大的变化，只要浏览一下外国出版物，就会有在闻所未闻的未来世界旅行的感觉。地球要回到冰川时代的理论在国外已得到承认。可是耶日！他跟父母之间总是隔着一道冷漠的鸿沟。教授竭力回顾自己对父亲（索班斯基家族财产的小管家）的态度：是不是我也不理解他？是不是他也使我受不了？可能是。

雷涅维奇自己也不知道，怎么在书桌旁一坐就是好几个钟头，既不工作，也不写字看书。风把云吹散了，天也黑了下来。窗外一片漆黑，屋子里静悄悄的。饭厅里不知疲倦的时钟缓慢而深沉地响了七下，把他惊醒了。他想起应该起身出发：从波尔纳街到音乐厅不太远，可以步行去，以便消磨时间。他蹑手蹑脚地走到门厅，穿上秋大衣，仔细地用围巾包好脖子，拿了礼帽和雨伞（说不定会下雨哩）。正要出门时，厨房的门开了；灯光里闪出雅德维加庄重的身影。

“菲力克斯，”她说，“你去哪儿？”

教授没有吭声。

“听我说，”妻子平静地说，“你何苦来？干吗又去揭那昔日感情的疮疤。别去了，算了。”

教授避开妻子的目光，手按在门把上。

“我办不到。”他说。

“哦，那随你吧。”妻子耸了耸肩，“但我以为……”

她没有把话说完。厨房的门“砰”的一声关上了，门厅里又是一片漆黑。教授在门边伫立了片刻，然后又蹑手蹑脚地转回来，摘下围巾，脱掉大衣，一一挂在衣架上，仍然蹑手蹑脚地回到自己的书房里。他往书桌旁一坐，也不去开灯。街上路灯亮了。他从抽屉里拿出一张照片，想借着微弱的光线看一看那照片上已变得模糊的倩影。但是太暗了，什么也看不清。

四

埃德加尔悄悄穿过休息室的门厅，向乐池边上低矮的楼下厢座走去。当他走进厢座的时候，大厅里从楼上到楼下响起了一阵雷鸣般的掌声，这告诉他，爱尔茹尼亚已走在菲特尔贝格前面登上了舞台。喧闹声持续了很久。埃德加尔坐着，不去看妹妹，也不去看指挥，只听逐渐疏落的掌声，听爱尔茹尼亚习惯性的干咳、菲乔[①]敲指挥棒的声音和四重奏开始的几个和音。从爱尔日别塔嗓子里唱出第一个音符起，从很快就转为极为高亢的第一个音阶起，埃德加尔就感到“一定会唱得很好”。爱尔茹尼亚唱得很轻快，仿佛是在嬉戏和逗趣。这种唱法也许对于《夜皇后》的咏叹调并不怎么合适，这首歌应该唱得做作一些，像一个机械的音乐匣子[②]。但听众都已沉浸在她这美妙的歌喉之中了。

“没有，时间没有损害她的嗓子。”埃德加尔想，“相反，它变得更成熟了。也许还能再唱一年，两年……高音部分太尖了一些，近于喊叫——不过这没有关系。”

当《山鲁佐德》的前奏部分开始时，埃德加尔的整个身子深深地埋进了沙发椅里，似乎是要集中精神抓住最初的几节：低音提琴拨弹出奇异的低音节奏，长笛吹出回旋的乐句，双簧管以五度音程复奏。这个乐句具有令人神往的魅力，跟抑扬顿挫的伴奏形成绝妙的对照——可在埃德加尔听来，却是死亡的旋律，他自己也不知是什么缘故。山鲁佐德滔滔不绝地讲着离奇的故事，心里却一直想着死亡。如果故事引不起苏丹的兴趣，她随时可能死在断头台上。在这段长笛乐

---

① 菲特尔贝格的昵称。

② 原文是法文。

句中，蕴藏着一种死亡的魅力——当然对这谁也不会知道，任何一个听众都不会明白，但他自己知道，这是死亡轻声的、甜蜜的、多情的呼唤。立刻，他的妹妹爱尔茹尼亚替他对长笛和双簧管作了回答：

哦，别喊我，迪那查达，
因为太阳已经在向我呼唤……

在这个乐句之后，响起了几段由小提琴奏出的活泼的过门，然后爱尔茄尼亚接着唱：

苍白的太阳在城市上空升起，
它仿佛没有听见我的声音……

那种喧嚷的延长音到哪里去了？那种矫揉造作的戏剧性花腔到哪里去了？爱尔茹尼亚非常朴实地唱出这些乐句，仿佛是在同长笛、双簧管以及小提琴随便交谈、商量：

今天向亲爱的人儿讲什么？
掏出什么心里话来缠住他的心？

埃德加尔知道，这纯粹是一句修辞性的问话，任何回答都是枉费心机，心灵即将死去，长笛和双簧管声中蕴藏的美好生命也要随之结束，那颗从来没有爱过的心即将死去，对于爱情万能的希望也将随之消逝。小提琴叹息般地奏出了高音。银笛响处，小提琴的独奏停止了，爱尔茄尼亚高亢的升 C 调弱音也像叹息那样戛然而止。大厅里没有掌声。

第二支歌开始时，埃德加尔心想，他的作品的研究者大概永远不会发现大提琴的演奏是第一支歌中长笛奏出的“死亡的主题”的引申和加强。有许多作曲家在自己的乐谱里往往埋伏着只有自己才了解的隐喻、引语和戏谑，听众是永远不会知道这些的，专家也只能略知一二。然而正是这种“加强”使得这首歌的情调、大提琴的低诉、爱尔茹尼亚的柔声絮语（她像是在向第一排听众诉说她在君士坦丁堡刚生下便死去了的儿子）同第一首歌的情调直接联系起来，成为它的延续：

……只要把你的脸庞埋在
这棵丁香浓烈的香味中
那么，生活、青春和岁月
马上就会变成甜蜜的梦……

当埃德加尔低着头，合上眼帘，听着弦乐器奏出一个接着一个唏嘘叹息的和音的时候，眼前不由清晰地浮现出往昔生活的一幕。那时他还是个十四岁的少年，敖德萨中学因闹时疫而停课，母亲送他到莫林策度假。正值五月上旬，莫林策庄园和花坛周围，长满了茂密的丁香树丛。他和厨娘的女儿小玛什卡一起玩耍，当时他甚至没有想到，这种游戏里往往孕育着爱情的萌芽。玛什卡头戴丁香花环——她自己说的“满身都是丁香花”——来到门前，埃德加尔装作闻花香啃了一下玛什卡的耳朵。爱尔茹尼亚歪着头，用几乎听不见的微弱的三度音唱道：

……你知道，你知道，
多么甜蜜啊，丁香花丛中的梦……

这时他仿佛真的闻到了春天丁香的气息，闻到了他啃玛什卡时闻到的她身上的那股馨香。接着他又想起玛什卡的眼睛跟海伦娜的一模一样。他全身沐浴在那春日的阳光里，那时雨后初晴，湿漉漉、亮闪闪的心状树叶，吸收着阳光的温暖，散发出阵阵清香。因为莫林策没有派马车来接，他便从斯克维拉叫了一辆出租马车——当他踏上门廊前的小径的时候，柔软的泥地上留下了他深深的脚印……

不知不觉之中第三首歌已经开始了。虽然这支歌名叫《深夜闻笛》，却没有长笛演奏。歌一开始，所有弦乐器就发出深沉的叹息，直到唱出下列字句时才突然迸发出高音：

> 长笛声多么悠然，但你不在我身边，
> 黑夜啊，黑夜，你真是如墨如磬……

埃德加尔慢慢从过去的回忆中摆脱出来，他知道，这些回忆像是看不见的音乐源泉深深地隐藏在这组歌里。纤细的音乐结构中蕴藏着玛什卡，蕴藏着她那还是孩提之躯的香味，蕴藏着闪光的丁香树叶，以及他踩在湿泥地上的脚印，甚至还有他对当时穿的那双发亮的黄皮鞋的回忆。

第三首歌他听来觉得陌生。爱尔茹尼亚唱出了他很久没有听见的强音。她的歌声像浩瀚的洪水，当乐队骤然停奏，音乐厅里只剩下歌声，宛如一根笔直的白色圆柱。

第四首歌开始了。像入了迷似的听众没有用掌声打断这组歌。这时乐队奏出了激烈的乐段（正如《山鲁佐德》的主题歌一样），发出一种纷繁的音响——但是他妹妹的歌声压过了这些音响，平稳、安详而圆润地唱道：

月亮爬上了漆黑的夜空，

乌云却想把它赶走……

爱尔日别塔在乐队暴风雨般的音响中安详地唱出了自己的高滑音，简直到了出神入化的境界。埃德加尔这时把身子靠在椅背上，望着妹妹，望着她在第一提琴手忽起忽落的弓弦后的侧影。乍看上去，她像一个完全陌生的人。翎毛使得她的头显得太长了，何况爱尔茹尼亚自从在敖德萨的那次最欢乐的会见时唱《幽情》以来，也改变了许多。过了一会儿，他才想起，正是在那个时候，他第一次发现她这昂起头的优美姿势，一如米哈霞姨妈说的Le port de La tete[①]——现在他又一次看到她昂起头，一再唱出他的歌中频繁出现的降A调，声音一直送到剧院的行廊。

“哎，天呀，”他暗自说道，“她从哪儿得来这么好的嗓音，从哪儿得来这么多的真情实感[②]从而使我的歌为之增色？她从哪儿得来这些丰富我的作品的东西？难道她也同样总是预感到死亡将至吗？在青年时代我总以为自己会夭折，后来才知道，夭折是常事。我就是怀着这种念头写下了这组歌的。她懂得这一点吗？肯定不懂。她没有预感，没有这种折磨人的可怕的预感。她只是无意识地表现了这一点——她像端菜似的把菜端给桌旁就座的人，而自己连碰都不碰一下。她是真正的山鲁佐德。”

他仔细端详着她。她紧抿双唇。因为此刻乐队正在演奏——几乎是整个乐队在齐奏——乐声渐渐升高，向上冲出一连串不自然的和音，像是要盖住钟情的明月。突然，爱尔茹尼亚的降E调-降A调的优美动

---

① 法文，意即“昂起头”。

② 原文是德文。

听的转调又迸发出来，接着又下降数度音。这个四度音的跳跃包含着炎热的尘土飞扬的敖德萨、塔尔洛警长叮当作响的马车和拍打岩石的海浪。自那时以后，任何一处的海浪都不会像中喷泉那样拍打岩石，碎裂为发辫状的泡沫飞溅，化成音乐，化成阳光。“我想知道，”埃德加尔一面听音乐，一面想，“她此刻是否在想敖德萨？”

爱尔日别塔再一次闭上了嘴，乐队以低沉隐约的隆隆声奏过了所有的音域，蓦地响起了嘹亮的大调和音，女歌唱家也唱出了最后一个纯净、透明的降A调。在一片寂静之后，爆发出一阵掌声，最后又传来了叫喊声：“作者，作者!”埃德加尔走上舞台的时候，在梯级上正碰到妹妹，她额上的头发略有点散乱，头上的翎毛也歪了，眼睛里饱含着泪水。她突然俯身抓住哥哥的肩膀说：

“我一生中再也不能唱得像今天这样好了。”

五

胡贝先生总是同兹沃蒂先生一起听交响音乐会。在音乐爱好上他们趣味相投；说实在的，在这方面兹沃蒂对胡贝具有极大的影响。兹沃蒂憎恨一切现代音乐，尤其是希莱尔的音乐；当爱尔茹尼亚提着白连衣裙，晃着头上的白翎毛走下舞台的时候，胡贝先生虽然缺乏音乐修养，但也直觉地感到《山鲁佐德》实在伟大不凡，他满脸堆笑地对自己的伙伴说：

“嗯，我想，您今天总算爱上了希莱尔的音乐了吧？”他一边说，一边使劲地鼓掌。

但是兹沃蒂先生（他今天是带着年轻漂亮的妻子一起来的）的表情却不以为然，他肥胖的手掌一次也没有鼓，只是频频摇头。

“但您恐怕不得不承认，”胡贝说，“她唱得很好。”

“唱得不错。”兹沃蒂漠然地回答。

“唱得好极了。”兹沃蒂太太说，但她印象最深的是爱尔茹尼亚的装束和头上的白翎毛。

听众纷纷站了起来。奥拉带着两个儿子坐在胡贝前几排的地方。安特克和安德热依今天是第一次来音乐厅。老胡贝坐在后面看到两个小家伙从音乐会一开始就两耳发烧，笔直地坐在母亲两旁的座椅上。现在他们坐不住了，从座位上站起来，相互推推搡搡。母亲严厉地盯了他们一眼。

“安德热依不懂规矩。”安特克对妈妈抱怨说。

“你们安静点。”奥拉说。然后她转身问胡贝道：

“为什么您没有把胡贝尔特带来呢?”

“胡贝尔特今晚到一个同学那里去了。”胡贝回答说。

两个男孩知道，这不是事实，他们会意地彼此望了一眼。他们知道，就是这个可恶的兹沃蒂讨厌胡贝尔特，不让胡贝先生带儿子来听音乐会。至少胡贝尔特自己是这么说的……可是奥拉太太却对胡贝的话信以为真：

“啊，太可惜了，他一定会喜欢埃德加尔舅舅的这组歌的。”

奥拉称埃德加尔舅舅，因为她的孩子们是这么叫的——要说这也没有任何理由。她觉得，像安特克或安德热依这么大的男孩子应当把希莱尔叫作“埃德加尔舅舅”。胡贝听到戈翁贝克太太的这句话皱了皱眉。

“真的吗?您是这样想的?我觉得，这组歌谁也不会喜欢，何况小孩子。他们怎么能懂呢?”

“我的孩子们懂，对不对，安德热依?”她向她的小儿子问道。安德热依不知妈妈在说什么，姑且先应了一声：

“嗯!”

胡贝耸了耸肩。

“您培养他们从小就喜爱现代音乐。”他不无讥讽地说，“希莱尔兄妹是您的亲戚吗？”

“不是，不过因为我们从小相识，所以孩子们叫埃德加尔先生‘舅舅’。您大概也承认她唱得很好吧？”

这时，跟胡贝寸步不离的兹沃蒂先生插话了：

“对，莫扎特的歌她唱得真好。”

奥拉诧异地望着兹沃蒂，胡贝神色很尴尬。

“您还不认识我的伙伴，”他介绍说，“这是塞韦伦·兹沃蒂先生。”

兹沃蒂先生伸出了手。

“我很熟悉戈翁贝克先生，”他说，“他是个好样的生意人。”

“他为人和蔼可亲。”胡贝补充说，“他今天来了吗？”

“没有，”奥拉笑道，“交响乐他不喜欢，歌他在家里听腻了。”

安德热依不满地瞅了母亲一眼，他那发烧的双耳更加红了。

“太可惜了，”胡贝说，“这是个大损失。您是想让孩子们从小就养成对音乐的兴趣吧，是不是？”

“就像您培养孩子们打猎的兴趣一样。”奥拉笑道。

她在此刻显得很好看，胡贝的目光告诉了她这个信息。

“您常唱歌吗？”

“不，不，”她急忙否认，“只在别人听不见的时候我才唱。”

“妈妈唱歌的时候我常偷听。”安特克出其不意地用他那半男低音说道。

“唔，您瞧，您还是有自己的听众。”胡贝笑了，“我的孩子也告诉过我，他听过您唱歌。”

“噢，胡贝尔特几乎是我们家的人。”

孩子们把奥拉拽到了休息厅，在小卖部那儿喝了果汁苏打水。小卖部柜台后面站着一个漂亮的金发姑娘，看看她就像听音乐那样是一种享受。胡贝现在同兹沃蒂夫妇单独在一起，他们跟他一直是形影不离。

“比利时公使在那儿?”胡贝突然侧身对自己的伙伴说，“是不是找找他?”

“一点儿用处也没有，”兹沃蒂低声回答说，“他会帮我们想办法吗?决不会。您以为，‘国立工厂’会听政府的?不，政府要按它的意思办。它是大资本啊。”

这时比利时公使彬彬有礼地对胡贝点了点头，胡贝憋不住走到他身边。公使向他伸出了手。

“我可以去拜访公使先生吗?”

“那当然，任何时候都可以。甚至可以说，我在期待您的来访。”他微笑着补充说，“我预料您要来的。”说完这句意味深长的话以后，他便像一个真正的外交家那样，马上回到不沾边的话题，“那位歌唱家唱得很好，不是吗?”

胡贝注意到外国人都避免讲波兰人的姓名，即使像“希莱尔”这种姓也罢。公使先生刚才说的是“那位歌唱家”。

“好极了。”胡贝表示赞同，然后又回到了兹沃蒂先生身边。

“唔，怎么样?”塞韦伦先生问。

“没有什么。他要我到他那里去一趟。”

“他起不了什么作用。”

“也许是这样。但跑一趟也没有什么坏处。”

“最好跟律师谈谈。”

“律师总是把人搞得倾家荡产。找他们得不到什么便宜。律师之间是约好了的，收入均分。不，最好还是靠自己动脑子。譬如说，如果让胡贝尔特购进所有的股票，他也得承担责任吗?”

兹沃蒂先生留神地注视了胡贝好一会儿，耸了耸肩，然后把目光转向舞台右边壁画上的那个在骷髅头旁沉思的智者。

“大概不需要，这得查查章程。”

“这就是说，不用负责，兹沃蒂先生？不用负责吗？”

“好像是不用。”

“骑手和猎人”商号为建工厂而进行的巨额投资把全部贷款都花光了。就在这节骨眼上，比利时“国立工厂”要求立即偿清一切债务。因为无论是“骑手和猎人”商号还是“雷管”工厂都是合伙公司，胡贝作为公司的一个股东，曾以自己的全部财产对国外的巨额债务作保。局势简直是危如累卵。比利时派来了一个专门官员处理这件事；兹沃蒂先生跟他在欧洲旅馆商谈了好几个晚上，每次都是带着令人沮丧的信息回来。

“他们缠住您了，”他对胡贝说，“因为您有很可观的一笔财产……”

“对，很可观，不过我从来没有干过什么见不得人的事。兹沃蒂先生，您是否是说，我的财产太显眼？”

“可能。太显眼。”

这件事把胡贝先生折磨得很苦。即使在音乐厅里，他脑子里也甩不开这个问题。

“那么，胡贝尔特可以不用负责？”他又问了一遍。

“他用负什么责？他还是个孩子嘛！”兹沃蒂先生叹了一口气。

这时奥拉从休息厅挤回到演出厅。她看到老希莱尔夫妇坐在一角包厢的暗处。高大而丰满的希莱尔太太一点儿也没有变，而希莱尔先生则瘦多了，背也驼了，头发也白了，眼睛还像以前一样漫不经心，同时又显出有点惊恐和不耐烦的神情。奥拉走近他们身旁的时候，发现他疑惑地，甚至不高兴地（她不愿这样猜度）看了自己一眼。

“好久没有见到你们了。”奥拉说，“你们总是躲在那个糖厂里，你们从来不到华沙来吗?”

“他有时来，”希莱尔太太代表两个人回答，“不过，总是有事时才来，办完事就回去。糖厂工作很忙，他也上岁数了……”

“感谢上帝，你们这次总算是来了。”

“哪里，还不是为了听爱尔茹尼亚的音乐会！这是非来不可的。您知道，现在糖厂正是大忙的季节。可是爱尔茹尼亚的音乐会……”

“她唱得多么好呀!”奥拉说，“不是吗?”

“嗯，奥拉太太，我们老人有什么好说的呢，”希莱尔太太又说，“我们听得入迷了，真好[①]!”她用了一个乌克兰字眼儿。

这时老希莱尔向奥拉偷偷地投过极为不满的一瞥。奥拉朝他转过身来：

“您不同意希莱尔太太的意见吗?”她直截了当地问。

希莱尔在椅子上不耐烦地扭动了一下身子。

“我承认，太太，”他说，似乎是在极力克制自己，“我不理解自己的孩子。”

奥拉觉得很尴尬。希莱尔太太想冲淡一下丈夫的话所造成的印象。

“他讲的总不是他心里想的，”她微笑着说，“我深信埃德加尔的歌打动了他。”

“在某种程度上是打动了我。”老希莱尔仿佛现在才回到尘世，“但我同时又感到很难为情。据我看，艺术表现太露骨了。老实说，当我看见自己的女儿服饰华丽、浓妆艳抹、头插翎毛在舞台上对听众讲述我儿子的思想时，便觉得很难为情。怎么办？这对我来说太过分了。[②]”

“应当承认他说得有理。”希莱尔太太说，不好意思地望着奥拉，

---

① 原文是乌克兰文。

② 原文是法文。

“我也有类似的感觉。”

奥拉迟疑地说：

“可他们给了我们多少美的享受呀！”

“对，是这样，”希莱尔太太叹了口气，“但是，对我们来说，他们首先是我们的孩子。”

老希莱尔深深地吸了一口气，接着重重地哼了一声。

“那有什么办法？孩子跟父母总不相同。”

六

“听我说，我不想听贝多芬的交响乐了。”佐霞对雅努什说，“我们还是到演员休息室去吧……去看看希莱尔兄妹。”

雅努什注意地望了妻子一眼。她深陷的眼睛里仿佛闪烁着不安的光。

“难道她知道哈尼亚·戴维斯在那里吗？”他想。他马上又镇定了下来。佐霞挽住了他的胳膊。

“这组歌使我心绪不佳。”她用几乎听不见的声音说。

雅努什不喜欢佐霞这种低语。她一发出这种低语就意味着她处在他不易捉摸的精神状态。在这种情况下，佐霞往往变成了一个陌生的人，一个突然地不可理解的人。雅努什心里不愿承认，佐霞的这种低语……一种特殊色彩的低语，好像有某种强烈感情堵塞在喉头，总是使他感到恐惧。

“随你，”他说，“我也不大想听这个交响乐……”

他们顺着座椅之间宽敞的过道向后台挤去。人很多，举步都很困难。忽然有人在雅努什肩上拍了一下。他连忙回过头去。他背后站着一个身量不高的男子，雅努什一下竟没认出是谁来。但只是短短的一瞬，一幕幕往事，霎时纷至沓来，一片辽阔的远景也逐渐展现出来。

“亨利！”他又惊又喜地叫道。

果然是安托涅夫斯基。从巴黎回来以后，雅努什就没有见过他，只知道这个画家抛弃了自己的本行，出人意料地开始了政治生涯，特别是最近几年。

“你知道，我多么想见到你。”安托涅夫斯基在握手的时候说，“我临行前对妻子说过，很想见到雅努什。唔，你过得怎么样？”

雅努什微微一笑，像年轻时那样，歪着头，皱着眉，执拗地望着安托涅夫斯基。

“我这里没有什么新鲜事，你过得怎样？一定很有意思。”

“不那么有意思，”安托涅夫斯基说，“你还记得……基辅吧……我总离不开政治。”

“什么样的政治？”雅努什执拗地问。

看来亨利认为这些事最好不要讲得太明确，他请雅努什给他介绍一下自己的妻子。

“真的，”雅努什大笑起来，“你还不认识我的妻子！”接着，他一本正经地作了介绍：“安托涅夫斯基省长”，“我的内人”。

佐霞似乎既有点畏葸又有点犹豫地向丈夫的朋友伸出了手。

“尊夫人好吗？”雅努什继续摆出一副颇有教养、礼貌周全的架势。这句问话里几乎没有什么感情。

“谢谢你，她很好。”安托涅夫斯基答道。

至此似乎再也无话可说了。对于两个曾有过许多共同的经历、又是久别重逢的朋友来说，这寥寥数语实在是太少。

亨利为了把谈话维持下去，又回到了刚才雅努什引起的话题。

“我以前搞的政治和现在搞的政治之间没有什么大区别。”他说。

“你是在致力于波兰和乌克兰之间的和解吧？”雅努什带着揶揄的

微笑说。

亨利哼了一声。

“不是我，”他说，“是大家。”

雅努什想起了安娜公爵夫人，有时她表示怀疑的时候，便用简短的几个字。

“你相信这个吗?”① 他问。

亨利听懂了，但不知雅努什的用意何在。

“这是个很有意义的工作，”他喊道，“你想想看，而且你本人就是在乌克兰出生、长大的。你怎么能这样说呢?”

雅努什笑了。他凝视着安托涅夫斯基。表面上他一点儿也没有变，还是那样的画家气派的长发，凌乱地披在额角上，还是那样一双明亮的金鱼眼睛。但他的脸已经发胖，带有一种达官显贵的威仪。过去他望着自己的朋友时从来没有这样想过，现在他觉得如果亨利穿上贵族的长袍真是再漂亮不过了。

“只是你不能统一这项政策，”雅努什执拗地歪着头说，“你们北边有一个邻居，南边又有另一个邻居，你们的观点又不一致，而且在原则问题上有分歧。”

“看来你很了解情况，”安托涅夫斯基说，一边把手指掰得咔嚓响。他的眼睛没有看雅努什，而是望着窗外。“说实话，你在干什么工作?”

“我?”梅申斯基觉得奇怪，“种地。”

“在哪里?”

“在这里，华沙附近，科莫鲁夫。”

“一个什么样的田庄?”

“一个很小的田庄。土地改革对我没有威胁。花，温室蔬菜……”

① 原文是法文。

“唉！”安托涅夫斯基叹了口气，“大概离我的莫什切尼查不远吧？”

“你认为自己能胜任这项工作吗？”雅努什问，大有要缠住老朋友不放的样子。佐霞抬眼看了看丈夫，觉得他有些反常。雅努什跟画家结下友谊的时候，她还不认识雅努什哩。“你没有白白生在莫什切尼查的磨坊里。你是一个农民……一个推磨的人。”

“我要是知道就好了……”安托涅夫斯基在雅努什的逼视下不知所措，“所有的事情都是个问号……”

“所有的？”雅努什依旧缠住不放。

安托涅夫斯基不耐烦了。

“你要考我政治还是怎么的？”他喊道，“这儿不是谈这种问题的地方，明天你到旅馆来吧。要不，你到我们卢茨克[①]来吧，怎么样？你可以看看当地的情形。我们可以聊聊，谈谈问题。你们这些华沙人……”

“刚才你还说过我是在乌克兰出生和成长的。”

“但是你已变成华沙人了。”安托涅夫斯基笑着说，露出了一排洁白的大门牙，“我们是来欣赏我们的希莱尔和他美貌的妹妹的杰作的，不是吗？”

“那当然，”雅努什突然让步了，“我也不知是什么原因使我激动了起来，其实，我对这些事的兴趣真是微乎其微。”

“怎么样？你如今再也不想随便坐上一列火车朝南走了吗？”在一阵尴尬的沉默之后，他问。

安托涅夫斯基疑惑地望着他。显然，他记起自己似曾听过这句话，但想不起来是在什么时候。

“我们是在巴黎说过这句话吧？”他问。

---

① 卢茨克，乌克兰沃伦省省城，自 1569 年起属波兰，1793 年后曾被沙俄占领，1919—1939 年间划归波兰。

“哪里是在巴黎!”雅努什微笑着说，“比这要早好多好多年。当时我们还没有想到巴黎，那时我们觉得巴黎是不可企及的……”

“是在塔特拉山上的时候吧?”安托涅夫斯基问。

“不错，是在山上的时候。”

“哦，我记起来了，”亨利说，“我记起来了。但后来我们并没有干成我们在山上所想的那些事。根本没有。后来我们所干的完全是另一码事。”

雅努什点了点头。

“而你现在所干的就更加是另一码事了。”他说着，捏了捏安托涅夫斯基的肩膀。

“我可以明确告诉你，完全是另一码事。”

雅努什想走了。

“阿丽亚德娜怎样了?”安托涅夫斯基问，“你什么都不知道吗?”

“什么都不知道，”雅努什冷冷地答了一句，转身对妻子说道，“走吧，佐霞，我们到演员休息室去。”

他像对一个“疏远的熟人”那样向安托涅夫斯基伸出了手。

七

罗伊斯卡太太从自己坐的那个包厢下楼的时候，在楼梯上遇上了斯彼哈瓦。他随便地靠墙站着在抽烟。最近他又黄又瘦，据说是肺有毛病，部里的工作也太忙。罗伊斯卡太太对这次重逢很高兴，她多年没有见到自己孩子昔日的教师了。

“您好，卡齐奥先生。”她说。

由于是晚上，而且好久没有人叫他“卡齐奥先生”了——于是他微笑着吻了罗伊斯卡太太的手。这样开始交谈使他感到轻松和愉快。

他想起，自从敖德萨那次难以忘怀的谈话以后，便没有同她进行过长时间的谈话了。那次爱韦琳娜太太在谈话结束时许诺把奥拉派来“安慰”他。卡齐米日知道，罗伊斯卡太太对自己的姨侄女的事不会忘记，因此，他对自己这位昔日的雇主的和善口吻感到高兴。看来，她也在想那件事，也在回忆过去的时光。

“自从中喷泉的那次谈话以后，我们好像还没有作过长谈吧。”她说。斯彼哈瓦听她这口气以为她要作一次长谈了。然而，罗伊斯卡太太说完这句话之后就沉默不语。站在卡齐米日面前的她忽然把目光转向一边，仿佛在窗外看见的不是灰蓝色的十月之夜，而是边远某地的风光。她没有说话，卡齐米日记起，十九年前他们最后的一次谈话是关于约齐奥的，他明白了，罗伊斯卡太太是在想念儿子。他不知该用什么样的话题才能避免引起更多的回忆。

“爱尔茹尼亚在那时已经唱得很好了。”爱韦琳娜太太终于开了口，同时把目光从窗户移向斯彼哈瓦。从她说话的神态看，似乎她讲的话含有另一种特殊的、更深刻的内容。然而斯彼哈瓦已经抓住了这个话题，他把玛莉亚说过的话重复了一遍：

“是呀，今天她虽然失去了过去那种青春的活力，但是具有更强烈的表现能力……”

“可不是吗！可不是吗！”罗伊斯卡太太活跃了起来，“这组歌也妙极了。埃德加尔是个非常伟大的音乐家……”

斯彼哈瓦又照搬了他从玛莉亚和戴维斯太太那里听来的几句话。他对音乐一窍不通，但不知为什么硬要装懂。罗伊斯卡太太频频点头，斯彼哈瓦以为谈话到这里可以结束了。他想说几句空洞的客套话敷衍一下算了，深谈下去，就不免要触及那些不愉快和难以启齿的事情。可总得说点什么呀，于是他问道：

“他现在在做什么……令郎?”

话刚一出口，他就发现自己把她儿子的名字忘了，因此才问得这么古里古怪。幸好罗伊斯卡太太帮了他的忙。

“瓦莱雷克?”她不经心地问，“他同自己新娶的妻子住在谢德尔策。他们已经有了一个女儿，一个很可爱的孩子……”

“我还不知道他又结了婚，”斯彼哈瓦是没话找话，其实他很清楚瓦莱雷克离婚的事，但他生怕谈话中断，生怕爱韦琳娜太太把目光移向窗口。这时，奥拉带着两个儿子从楼梯上经过，斯彼哈瓦俯身对罗伊斯卡太太很感兴趣地问：“有多久了?”

“噢，已经有几年了。”罗伊斯卡太太不在意地说，“瓦莱雷克只是按东正教的方式离了婚，我正要找您谈谈这件事。”

斯彼哈瓦挺直了身子，他脸上那种专注的表情倏忽不见。奥拉带着两个儿子走进楼上通向大厅的门里去了。

“她到底是找我有事。”斯彼哈瓦得意地想。他喜欢把自己想得如何了不起，如何为别人所需要。如果别人以为他神通广大，他总是感到飘飘然。他猜不出罗伊斯卡找他有什么事，也不想帮她摆脱窘境。他下意识地想道：“这个老太婆。”同时望了望她的头发。

头发虽然已经白了，但在白发下面，仍然是那个洁白的轮廓分明的额角——他对这额角记得很清楚，在莫林策就给他留下了深刻的印象。还有那双永远是亮闪闪的、大而灵活的眼睛，仿佛是由于刚才的激动或兴奋而热泪盈眶。斯彼哈瓦心想：

“真见鬼，她到底有多大岁数?在莫林策的时候她一定还很年轻，但那时我以为她已经很老了。”他于是想起，他之所以对那所老房子、那个家庭以及对奥拉的爱念念不忘，整个魔力全在于这所房子里有这个充满魅力的女性照料，她那时是如此年轻，今天想起来都有点可怕。

罗伊斯卡太太极力控制自己的情绪，过了一会儿说了一句什么话，但斯彼哈瓦没有听见，他那时也说了一句：

"您总是这么美。"

罗伊斯卡太太停了嘴，凝视着卡齐米日。

他的脸还很丰满，带着南方人的黝黑，胡子刮得很干净，他昂起头的姿势显得很自信，从冷冰冰的灰色大眼睛里射出的目光很锐利，一点儿也不像敖德萨的那个质朴的大学生。罗伊斯卡太太无意中瞟了一眼他的脚，但没有看到以前那双"加里西亚式"的粗笨的大皮靴。斯彼哈瓦在华沙最好的皮鞋店定做的方头黑漆皮鞋跟他过去的大皮靴相比，就像从前真诚的目光较之今天老盯着她的冰冷的目光那样，有着天渊之别。

"我想请求您帮个忙，也不知是否合适。"她终于说话了，在说"请求"这个字时，有点儿结巴。"也许我直接去找玛莉亚好一些?"爱韦琳娜太太琢磨着，又朝斯彼哈瓦的皮鞋瞥了一眼。

"什么事，太太?"斯彼哈瓦问，"如果话长，是不是以后到部里找我……"

"对，那自然，"罗伊斯卡太太微微一笑，斯彼哈瓦觉得，这微笑上面像是罩上了一层悲哀，一层年龄的面纱，一层忧伤的薄雾。"但是在部里很难找到您呀。您简直使我胆怯……"

斯彼哈瓦耸了耸肩膀。

"她说的是真话还是挖苦?"他揣摩道。一向是罗伊斯卡太太使他胆怯的。打从莫林策时代起，只要是在她的视力范围之内，他总是觉得手脚发僵，不知所措。

"真见鬼，"他暗自想道，"难道我曾经爱的是她? 而不是奥拉?"

"事情很简单，我想让瓦莱雷克办天主教的离婚手续。您明白吗? 我认为，东正教的离婚手续是不够的。"

"当然，我明白。"斯彼哈瓦说，他的脸上忽然泛起了一层红晕。

罗伊斯卡太太看到他脸上的红晕，不禁张皇失措。对斯彼哈瓦或玛莉亚谈婚姻方面的问题是再唐突不过的了。但是既然开了头就得讲下去。爱韦琳娜太太又望着斯彼哈瓦背后的窗口，结结巴巴地说：

“玛莉亚跟罗马的梅什托维奇神父很熟。那位神父是已故的安娜公爵夫人的至交。玛莉亚是否能给他写一封信，表示支持离婚?”

斯彼哈瓦脸上的红晕消失了。他像是坐在办公室里那样打起了官腔：

“这件事已经提到罗马去了吗?”

“已经三年了。”

“您是否愿意让我们的大使把这件事在宗教法庭上提出来?”

“不，当然不。我已经给斯克申斯基写过信，他是我们在基辅时的老朋友。梅什托维奇神父在这件事上能起很大的作用，他只要一听到玛莉霞的名字，便会……”

斯彼哈瓦的脸又红了。

“这次我可不懂他为什么脸红。”罗伊斯卡心想，但她还是对刚才的话作了修正。

“安娜公爵夫人的名字能解决整个问题。瓦莱雷克和他那个妻子都不为这事操心……”

“好的，我这就去告诉玛莉亚夫人……”

在交情深的人面前，斯彼哈瓦把比林斯卡称作“玛莉亚夫人”。

“她一定会写的。”

“其实我自己也会去对她讲，”罗伊斯卡太太说，陡然感到一种强烈的自信。她又占了斯彼哈瓦的上风。“我是想通过您起点作用，因为，您的话兴许会有更大的……分量。”

他们站在楼梯上，周围已经没有人了。穿樱红色上衣的检票员哗啦啦地拉拢了两扇活动门上的帷幔。音乐会的下半部分就要开始了。

“我们该进去了。”斯彼哈瓦对罗伊斯卡太太说。

罗伊斯卡的脸色突然严肃起来，把手放在他的肩上。楼梯上几乎只有他们两个人了。

“这对我非常重要，”她说，“我很为瓦莱雷克担心。”

但是她很快驱走了严肃的表情，睁得大大的眼睛霎时充满了笑意，一面爬着大理石楼梯，一面补充说：

“您不要把我看扁了，您应该理解母亲的心。”

“我历来就了解您。”斯彼哈瓦讷讷地说，跟在她后面上了楼。

罗伊斯卡太太转过身来。

“您那么喜欢约齐奥，”她低声说，眼睛又睁得大大的，“没有人像您那样了解他。”

但这时大厅里响起了掌声，他们必须赶快入座。他们在大厅门口分手了。

八

埃德加尔没有回到包厢去听音乐会的下半部分。他和爱尔日别塔、哈尼亚·戴维斯以及马尔斯基坐在冷森森的三角形房间里，等着交响曲结束。马尔斯基一边讲话，一边摆动他那双小脚，快步在房间里走来走去。

“不知为什么，我一直在想着可怜的雷肖！”他尖声尖气地喊道，“假如他在这里，他会怎样望着您！他总是怪模怪样地望着女人……就像小孩望商店的橱窗那样……仿佛女人更像或者更不像人似的……”

爱尔日别塔对埃德加尔说：

“说真的，雷肖是什么时候死的？我不记得了……”

“你知道，我也记不清了……”

“您请坐吧！”戴维斯太太对马尔斯基说。

可马尔斯基还是在室内走来走去。

“这种事情之后是平静不下来的，”他喊道，“也不应该平静下来。而应该彻底地激动一番。”

埃德加尔懒洋洋地坐在安乐椅里，爱尔日别塔半卧在旁边的一张沙发上。他没有听马尔斯基讲话，也没有看任何人，只是默默无言地望着窗外。他拉着爱尔茹尼亚戴着白手套的手，像是两个孩子。爱尔茹尼亚半卧着，头枕在一个靠垫上，但她的眼睛在追随马尔斯基，面带微笑。她觉得阿尔图尔讲话很逗。她用另一只空着的手轻轻地扇着风，虽然房间里很冷。可是她的两颊通红，头发和翎毛歪到一边，在她手扇的风里轻轻飘动。

“这太露骨了，”阿尔图尔一边叫着，一边在室内快步走来走去，“这太不像话了，太不成体统了，这简直是出洋相。这不是艺术……”

哈尼亚·戴维斯扮了个鬼脸。

“这超出了允许的限度，对不对？而雷肖却希望出现为沃维奇创作的艺术！可怜的雷肖！”

“这是为沃维奇的，也是为全世界的。”哈尼亚说，“而且是在允许的限度之内的。”

“真是令人震动，令人震动。”马尔斯基全身都在颤抖。

“特别是因为是您唱的。”哈尼亚对爱尔日别塔说，她说话的语调似乎是在为自己缺乏唱歌才能辩解。

“不错，不错，是这样，是这样，”马尔斯基像姑娘似的拍着巴掌，发狂地喊道，“特别是因为是您演唱的。天哪，这个女人唱得多好啊！对不对，戴维斯太太？她唱得多么好！”

“对。”哈尼亚说，正准备点上一支香烟。

这时门开了，戴维斯太太没有点着烟。她转身看见进来的人（这是雅努什和佐霞），一下子愣住了。她仰望着雅努什，手里捏着燃烧的火柴，半张着嘴，骤然之间变成了另一副样子。在这一瞬间，从浓施的脂粉下面，在装腔作势的神态中，在完全是美国式的刻板的微笑里，显露出一张斯拉夫式的、单纯的，甚至可以说是诚挚的面孔——敖德萨看门人的女儿，哈尼亚·沃尔斯卡的面孔。爱尔茹尼亚惊异地望着她：过去那种掉头的姿势、那种怯生生的微笑、眼里那种期待的神情，一下子把她带回到了去君士坦丁堡以前的日子，她的心不禁狂跳起来。她对埃德加尔说话时竟说错了：她不是说雅努什和佐霞来了，而是说约齐奥和佐霞来了。

这一切都是在燃烧一根火柴的时间里发生的。火柴烧完了，火烧了哈尼亚的手指，她"哟!"了一声，扔掉了乌黑的火柴头。马尔斯基沉不住气了。

"您怎么啦!"他站在房间中央，两只手插在衣袋里，说道，"您连香烟都不会点?"

戴维斯太太什么也没有回答。她那"面具"一下子又回来了；像是有人在她脸上蒙了一块画好了的手帕。她划着了第二根火柴。这时，雅努什向爱尔茹尼亚和埃德加尔问了好。他想让佐霞也加入他们的谈话，可佐霞不知为什么忽然慌张起来，煞费心机地斟酌每一个字，含糊地说了几句称赞的话。

"雅努什，"埃德加尔问，"你坦率地说，你喜欢我的歌吗?"

雅努什在一张空椅子上坐了下来，望着自己攥着的双手，沉思了片刻之后说：

"老实讲，这几首歌一点儿也没有打动我。"

"唉，你真是，雅努什!"佐霞不满地说，同时在爱尔茹尼亚旁边的沙发上坐下了。

"这话是什么意思?"埃德加尔平静而冷淡地问。

马尔斯基一下惊呆了。他站在房间中央，双手从衣袋里伸了出来，挥动着，想说什么又发不出声来，就如同一个人要打喷嚏又打不出来一样。

“我这就给你说明白。”雅努什慢吞吞地说起来，同时抬眼扫了一下周围的人。看到大家的表情，他才明白，自己讲了不该讲的话。他住了嘴，尴尬地沉默了一会儿。

“我觉得，我引起了大家的不满，”过了一会儿，他接着说道，“但这没有关系。我尽量把话说清楚，我绝对不是指责埃德加尔……”

“我不在乎。”埃德加尔以讽刺的口吻插嘴说。

“决不是。我是想说这样一个问题……”

他又思索了片刻，眼望自己攥着的双手。

“一个作曲家在创作的时候是不是真诚，”他终于接下去说，“这对我并不是无关紧要的。你知道，”他换了一种声调说，“埃德加尔，我曾看过你的一张照片，在一本美国杂志里，”说到这里，他情不自禁地朝戴维斯太太瞟了一眼，“在照片上，你开心地笑着，手里拿着一枝雏菊，宛如一张文艺复兴时期的画。那个姿势，那枝花，真叫我恶心！那么虚伪，那么做作，那么虚幻！你这组新歌里，难道没有那枝雏菊之类的东西吗？”

他又一次扫了周围的人一眼，又一次看到大家脸上尴尬的表情。

“难道跟你们不能坦率地谈谈吗？”

马尔斯基终于恢复了说话的能力。

“何苦呢？坦率有什么用处？”他站在雅努什面前，煞有介事地喊道，“有谁需要您的坦率？只有已故的雷肖老是坦率二字不离口……”

“你为什么老提雷肖？”埃德加尔低声问。

“那么，我就不能说话了？”雅努什生气地说。

“也许您该说，”阿尔图尔神气十足地喊道，“但是谁也不要听。这样说埃德加尔是不行的！不行的！”

“这是哪家的禁令？‘不行’是什么意思？为什么？”梅申斯基问。

埃德加尔只是微微一笑，抽着香烟，望着自己的鞋尖。爱尔茹尼亚凸出的眼睛疑惑不解地一会儿望着雅努什，一会儿望着哥哥。

“我一点儿也不明白，”她反复地说，“这是怎么回事？他想叫你干什么，埃德加尔？”然后她直截了当地问雅努什，“你不喜欢这些歌吗？要知道，这些歌都很美呀。”

“很美，确实很美。”雅努什说，“只是我对美的理解不同。”

“你还是那样古怪！”戴维斯太太意外地插嘴说。佐霞诧异地望着她。

这时，海鲁宾·科韦什科闯了进来。看得出，他迟到了，没有赶上音乐会，此刻是从外面直接进来的，他一下子还弄不清楚，用他的诗谱成的歌是演唱过了，还是没有演唱。他同大家打过招呼之后就等着，也许谁的话能帮助他解决这个问题，但是谁也没有开口，最后他只好冒一冒险：

“好极了，好极了，爱尔日别塔女士。”他喊道，吻了吻女歌唱家的手。

大家都笑了，因为每人都清楚海鲁宾在说谎。但他是说什么都可以的。埃德加尔讥讽地瞅着他。

“这些歌您不配。”马尔斯基向海鲁宾伸出手时说，然后挥了挥手，仿佛是要把诗人从自己的意识中驱走似的。

雅努什满脸愠色。他在想，为什么大家容忍海鲁宾明目张胆地撒谎，这使他很不高兴。佐霞看到丈夫不愉快，天真地对他嫣然一笑，但雅努什似乎没有注意到佐霞的笑，而是继续听海鲁宾虚假的奉承话。

这时他才喜欢上这些歌了。

九

沃维奇琴师雅日纳的大房间里，这时又潮又暗。海伦娜在丁零当啷地摆弄橱里的碗碟。老人戴着耳机坐在一张破旧的软椅上。那时音乐会都直接转播实况。老雅日纳有一个小矿石收音机和两副耳机。

“马上就要播放埃德加尔先生的歌了，”他对海伦娜说。她正蹲着在食橱下层的碟子下面铺上一层新纸。

海伦娜装作没有听见，没有回答父亲的话。她站起身来，伸了一个懒腰。她的背疼得厉害，今天一天她都在踩缝纫机，给法官太太赶做明天就要穿的连衣裙。

“听我说，海伦娜。”雅日纳温和地说。

“没什么，”她咕噜着，“一会儿就过去了。”

她拖着双腿到厨房去了。

虽然雷肖已经去世多年，钢琴上还放着他翻开了的音乐笔记本。雅日纳没敢动它，因为埃德加尔答应来看一看。可是，自从“小家伙”去世以后，埃德加尔根本没有到沃维奇来过，雅日纳还给他写过一封信，但没有回音。

现在他戴着耳机，看起来像一只穿了衣服的小狗。白胡子从耳机乱纷纷的导线中翘了出来。远方传来了报幕员的声音，是在宣读歌的名称和歌词作者的姓名。老雅日纳对这一切都很陌生，像是在听园艺学目录一样。不久，他终于听到了音乐。首先是《夜皇后》咏叹调。

老雅日纳虽然没有受过教育，但他有音乐天赋，因此听得出爱尔茹尼亚的嗓音和声乐流派的不凡。虽然劣等收音机使传来的声音有些失真，但他还是能够听得出莫扎特音乐的优美和演唱的准确。可惜的是，在这以后演唱的歌曲使他大失所望。

他从孙子那里听到过许多关于埃德加尔的事。

当雷肖在沃维奇学校毕业之后，到了华沙，同埃德加尔很接近。虽然他是个沉默寡言的人，但放假回家的时候常常对祖父讲起自己的老师。雷肖在音乐学院有很多教授，但埃德加尔是他的“老师”（这是从“老师”这个词自古以来的神圣意义上讲的）。雷肖记得埃德加尔对他说的一切，虽然并不全懂，但全能倒背如流。可是，祖父根据他的讲述得出一个印象：这位音乐家跟那个在他家喝过虾米汤的人极不相同，那人以后又来过几次，带海伦娜到阿卡狄亚散步。

现在，当他听着这四首歌的时候，既没有看到坐满听众的大厅，也没有看到爱尔日别塔的白翎毛，眼前只有这个阴暗、潮湿、低矮、家具不多的房间以及在亮堂堂的雕花柱子的褐色食橱旁弯腰干活的海伦娜——他心中既不能唤起前一种，也不能唤起后一种印象。他耳中听到的，似乎只是一团混乱的音响，以及爱尔日别塔吐出的清晰的字句，但是，这些字句讲的都是他不熟悉或不感兴趣的事物，即使有他熟悉的（如长笛），那也是混在一堆稀奇古怪的组合之中。

当最后一个纯净、高亢的降A调唱出之后，听众情绪达到顶点，响起了掌声（在耳机里听起来是一片凌乱、愚蠢、不可思议的喧嚣）。老雅日纳整理好了线路，摘下了黑色贝壳状的耳机，同时环顾了一下房间，似乎是想看看，沃维奇是否真的没有发生什么变化。然后他闭上了眼睛，歪在软椅上。他睁开眼睛时，海伦娜正站在他面前。

“呃，怎么样?”她双手叉腰，问。

雅日纳移开了目光。

“没什么……”他说，“我不知道。”

“我们的埃德加尔先生怎么样?”

她问话的时候，声音里充满了悲伤，这句问话里似乎蕴藏的完全是另一个内容。她没有等父亲回答，又走到食橱那边去了。雅日纳痛心地朝她那边望着。

“如果雷肖还在的话。”他低声说。

“哼，那又怎么样?”海伦娜问。看来她对父亲的话很注意，离得这么远的低语她都能听到。

“如果雷肖还在，”琴师声音大了一点，“他会给我讲解的。”

“难道爸爸不懂吗?”

“我不懂。”老人无可奈何地说。

海伦娜向厨房走去，但走到半路停住了。

“什么叫懂?”她好像是在自言自语，“所有的音乐都是一样的，吵吵嚷嚷一阵就完了……没什么可说的。”

“你不懂音乐。”雅日纳叹了口气。

“我何必要懂?那是给老爷们开心的东西。埃德加尔先生无事可做，就写了这么一些玩意儿，大家不得不听……听这玩意儿干什么?谈它干什么?为了让他捞一笔钱吗?他的钱可真的不多。”

“你怎么知道?”父亲问。

“我知道，因为我知道……”海伦娜生气了，“那个女的也一样，一会儿到什么伦敦，一会儿到什么美国，也不过是个普普通通的婊子……”

“海伦娜，别瞎说。”雅日纳无力地反驳说。

“怎么?你以为我不知道?埃德加尔先生对我说过，她嫁给了一个犹太富翁，为了钱。”

“你不懂这些事，又喜欢乱说。”琴师终于生气了。

“当然，我不懂，那些老爷、太太跟我有什么相干!”此刻她站在房间中央，挥动着手中的抹布，头像要碰到天花板似的，“这一套不是为我写的，我告诉你，爸爸，他们那套音乐全不是为我们的。雷肖死了倒好，若不然，他搞这玩意儿也不合适……”

“你的嘴太毒了，海伦娜。”雅日纳说。

“他们迟早会把他折磨死的。爸爸还记得他常说的话吗？怎么，你不记得了？他说，‘这对沃维奇有什么用？我希望，这音乐是为沃维奇的’。”海伦娜笑着说，“不过，他想错了，为沃维奇的音乐压根儿就不存在。”

老琴师抄手坐着。

“你自己每星期天都听音乐嘛。我们还唱莫纽什科的《弥撒歌》……”

“那些老太婆嚷嚷‘我们赞美上帝，我们赞美上帝’，这也算音乐吗？”

她朝门那边走了几步，又停下了。转身又向父亲威胁地伸出一个指头，声音里带着隐蔽的激情，又说了一遍：

“为沃维奇的音乐压根儿就不存在。”

她这句话的意思显然是，“对沃维奇来说幸福是不存在的”。

雅日纳低头坐了一会儿，然后用双手捂住脸。雷肖不在了，他葬在墙下，现在只剩下骨头了，不知驼背的骸骨是什么样子？

一切他都记得如昨天刚过去的那样清楚。汗津津的雷肖躺在放床的壁龛里，看起来如同从棺材里抬出的死尸一样。埃德加尔乘小汽车来了，有点吃力地迅速走进那个房间，正遇到站在桌旁的海伦娜。“您来看望死人，”她说，“而活着的人让他们死去。”埃德加尔径自走进壁龛，在床沿上坐下了。雷肖神智清楚，对他微微一笑，但一句话也没有说……埃德加尔抓住了他的一只手……

老雅日纳站起来，走到钢琴旁边。钢琴上方挂着一张镶在金色窄像框里的照片，那是雷肖身穿礼服第一次参加圣餐礼的照片。孙子再晚的照片已经没有了。这张照片很糟，孩子的轮廓已经模糊，脸上的表情也由于照片发紫而看不清楚，只能看到一对大眼睛，以及手腕子上的白色花结。

“你什么也没有留下，什么也没有，”老琴师喃喃地吐着含混不清的字句，“你兴许会给我讲解的……我一点儿也不懂啊……”

他那哆哆嗦嗦的手在翻动那一直放在钢琴上的一堆雷肖的乐谱纸。从纸片中掉出一张埃德加尔·希莱尔的照片。这是从外国的一份什么周刊上剪下来的。埃德加尔坐的姿势很做作，手里还拿着一支香烟，留着一撮修剪过的小胡子，这给他那张俊美的面孔平添了一种纨绔气派。雅日纳手里拿着这张照片，像喝醉了似的反复说：

“埃德加尔先生，我起誓，我不明白。”

海伦娜进来了，她看见父亲手里拿着一样东西，便从他身后探头一望。

“噢，噢，你这是从哪里搞来的？这堆纸我翻了好几遍也没有看见……”

她从父亲手里夺过相片，举到灯下去看。她脸上的表情奇特，既有嘲弄，也有温柔。

“你瞧他，多神气，”她说，“照得很像。”

“你翻过那堆纸吗？”琴师不安地问。

“是呀，我从那里拿过纸。”她满不在乎地说，眼睛没有离开灯下的照片。

“我不是对你说过不能动吗？”

海伦娜耸耸肩。

“哎！”她说着，同时把埃德加尔的相片放到胸前的小口袋里，“这些纸不能总摆在钢琴上呀。苍蝇在上面拉屎弄脏了……”

雅日纳抓起那堆乐谱纸，在手里掂了一下分量。他觉得比以前轻多了。

“你把这些纸搞到哪里去了？”他粗暴地追问道。

“噢，爸爸又来了，”海伦娜生气地说，“那个罗兹的犹太人阿尔特克不是来过吗？是他拿走了……”

“马尔斯基来过之后，剩下的比这也还要多些。”

“总不能老是摆在这里呀。”

“海伦娜！”

“谁要它？”

雅日纳缓缓走近女儿。他的身子直挺挺地兀立着，那副模样儿既可笑又可怕。海伦娜想笑，但忽然想起什么事来。

“哎哟！”她喊着，急步奔向厨房。

老人把捏在手里的那堆乐谱纸放在钢琴上，迅速地走到食橱边。他打开橱门，但橱里光线很暗，什么也看不见，于是他把手伸进橱里去摸杯盏下铺的纸，他那极为敏感的手指摸出纸上有三线谱。他轻轻地呻吟了一声，便急速而焦躁地去抽餐具下的纸。几个杯子哗啦掉在地上，老人也没有理会，继续去抽那些纸。

海伦娜从厨房跑了出来。

“爸爸，”她喊道，“你喝醉了还是怎么的？可别把碗碟都打碎了。”

老人双手把找到的纸高高举起，两眼闪烁着凶狠的光。

“你这个坏蛋！”他咬牙切齿地骂道，“你一直恨他。你一直妒忌他……如今他死了，你还……用白杨木橛子……镇住他……”

海伦娜按捺不住了。

“是的，是用白杨木橛子镇他！”她尖声叫道，“这死鬼叫我烦透了！整天都是雷肖，雷肖！我简直活不下去了！老是这个样子！难道我没有自己的生活吗？难道我就不是人吗？难道我不想活下去吗？”

她倒在唯一的一张沙发椅上，毫不掩饰地、撕肝裂胆地号啕大哭起来。

雅日纳见她这一哭慌了神，他连忙把纸放在食橱上，快步走到沙发椅旁边，抚摸着女儿的头。

“海卢希[①]，你怎么啦?”他呆呆地反复说，“别哭了，好孩子，你难道不是我的女儿吗？不是我最后的一个亲人吗?”

“很明显，我不是你的女儿，”海伦娜边哭边喊，“因为你一点儿也不疼我。我一生……我一生……”

悲痛的哽咽使她说不出话来。

“我要去寻死。”她突然迸出一句话来。

老人抱住她的头。

“女儿，”他低语着，“女儿，我能给你想什么办法呢？我自己……我自己……”

他说不下去了，把头靠在海伦娜泪水纵横的脸颊上，自己也哭了起来。

十

多霞·维耶维乌尔斯卡是有音乐天赋的，而且她在音乐厅里的衣帽间工作了这么多年，音乐也听得够多了，因此，她虽然远在楼下，但仍然能听出音乐会的进行情况。当悲伤的小调结束之后，响起了《第五交响曲》末尾雄壮的大调时，她浑身一震，甩掉了前半个钟头里的瞌睡或沉思，接着准备迎接一场搏斗。她用眼睛扫视了一下一排排密密麻麻地挂在衣架上的夹大衣和皮大衣，看了一眼各式各样的男帽、女帽，检查了一下，是否一切都放得妥当，同时盘算了一下从哪一件开始拿。这时，她在许多站在宽敞的门厅里等着接人的人中，认出几个熟人。在她称之为自己的“王国”的衣帽间对面，有一个人在踱来

① 海伦娜的爱称。

踱去。从那肥胖的身影判断，他就是弗兰齐舍克·戈翁贝克先生。他对她友善地温婉一笑。

“日安，哎，应该说，晚上好，经理先生，”多霞说，“我看见了，我看见太太带着两位公子来了。他们都这么大了!”

戈翁贝克问：

“您知道音乐会是不是快结束了?”

“马上就要结束，大号已经响了。”多霞大声说。

“我妻子的大衣是放在您这里吗?”

“不，经理太太的大衣总是放在里面韦罗尼卡太太那里的。那里您可别去，人太挤。”

在铜号吹奏的凯旋曲中，上面开始有人活动。穿红制服的检票员出现在楼梯口上，在门厅里取暖的司机也纷纷出去了。有几个听众已经从楼梯上下来，匆匆穿好衣服，走出了音乐厅。显然，音乐会就要结束了。

忽然，门厅的两扇玻璃活门打开了，一个高个子年轻姑娘冲了进来，几乎撞在戈翁贝克先生身上。她连忙躲开，虽然表情忧郁，但仍然对他微微一笑，鞠了个躬。

“我差点儿撞到经理先生身上了，”她说，“对不起。我有急事找姨妈。”她走到衣帽间的栏杆旁。多霞有些生气。

“雅佳，”她说，“你怎么到处乱跑！想聊天不会早一点儿来吗？音乐会就要结束了。”

雅佳，或者说“热尔梅娜”走进了衣帽间，用一种奇异的目光望着多霞。多霞心慌了。

“出了什么事？你傻了还是怎么的?”她焦急地问。

“热尔梅娜”若无其事地回答：

“今天下午姨父被捕了。现在他们正在我们家里搜查。”

“我的天呀!”多霞脸色发白，悄声说，“出了什么事?”

“我怎么知道? 来了一个人，告诉我出了事。门房不让我上楼，她说，宪兵来了，正在搜查。”

“什么宪兵? 现在没有宪兵了。”

“我不懂这个。反正，他们来了……”

“天呀……”多霞绞着双手问，“杨卡现在可怎么办?”

“就是嘛……”“热尔梅娜”低声说，“现在怎么办?”

她们的谈话引起了戈翁贝克的兴趣，他走进衣帽间。

“出了什么事?”他问，“你们两个的脸色都变了。”

“没什么，没什么。”维耶维乌尔斯卡连忙说，暗中对雅佳使了个眼色，叫她什么也别说。

这时，楼上爆发了一阵暴风雨般的掌声。接着，听众潮水似的沿着大理石的楼梯涌下来。像有人追赶他们似的往前冲，每个男人手里都高举着一个铜牌号码，门厅里顿时充溢着洪水般的人群，而上面的掌声依然很热烈。衣帽间附近人很多，你推我挤。

多霞在收到第一批号码牌时，双手颤抖，老是拿错。人们不耐烦了。

“快点，亲爱的太太，快点!”人们在喊。

“就来了，就来了。”维耶维乌尔斯卡说着把大衣给错了人。

“这儿，这儿，太太!”人们发急了。

“热尔梅娜”离衣帽间的栏杆只有一步，任凭周围的人们推推搡搡。一个高个子男人悻悻地对她说：

“小姐干吗站在这里? 这里这么挤。”

“既然站在这里，分明是有必要站在这里。”她回答说，“就这样!”

那个男子诧异地望着她。

戈翁贝克家的两个男孩相当晚才从楼梯上飞奔下来，但如同狂风一样地迅猛。奥拉对丈夫说：

“你照看着孩子，我去拿大衣。”

安德热依抓住父亲的手，一时没有说话。很多要说的话全都涌到了嘴边，反倒说不出来了。安特克抢先开了口。

“爱尔茹尼亚小姐唱得像天使一样好。”他说，“胡贝先生也来了。”

“但是没有把胡贝尔特带来。”安德热依终于迸出一句话来，“他还说，胡贝尔特到同学家里去了。根本不是那么回事。胡贝先生为什么说谎?”

“因为他怕兹沃蒂。”安特克咕噜了一句。

“孩子们，别说傻话了。”戈翁贝克微笑着说。

“这不是什么傻话，爸爸。”安德热依拉着他的手说。他现在已经完全恢复了自制力，便抢着说话，不让安特克插嘴，“这是真的，十二万分真的。还有，那个卖苏打水的小姐头发梳得跟米哈霞姨妈的一样。”

米哈霞姨妈不让孩子们叫她外婆。

“只是，她的头发是浅色的。”安特克一本正经地说，接着又像往常那样涨红了脸。

奥拉抱着大衣走过来。

“节目怎么样?”弗兰齐舍克先生问。

“好极了。”奥拉说，她的眼睛里突然闪现出泪花。她抱着孩子们的大衣，不知所措地站在那里。弗兰齐舍克先生装作没有看见她激动的神情。

“呃，让我来帮你一把。”他说，既不看她，也不看孩子们。

奥拉总觉得每次带孩子们上剧院，丈夫都不高兴。这回，她第一次把孩子们带到音乐厅来，弗兰齐舍克先生更加不高兴了。他公然认定，把孩子们引进他不熟悉的领域，是有意使他们父子感情疏远。音乐对他来说，是一种高不可攀的东西，而妻子却这样喜欢，他感到十分恼火。奥拉心知这一层，想给丈夫一点安慰。

“真可惜，你没有跟我们一起来，我们在这里碰到了很多熟人。胡贝还问起你……”

“兹沃蒂也问起过，”安特克嘲弄地插嘴说，“他说他认识爸爸。”

“当然，他认识我，”戈翁贝克说，“我也认识他，把他剥了皮我也认识他。”

雅努什和佐霞在演员休息室跟朋友们告了别，无言地下了楼梯，走到衣帽间。比林斯卡从后面追上了他们。

“你们不到里米家去吗?”她问。

“不去，佐霞累了。”雅努什说。

“那么你们睡觉前到我那里喝茶吧。”

佐霞知道，这“喝茶”意味着真的光是喝茶，她凄然地望了雅努什一眼。

“那当然，”他说，“我们去。”然后他靠近佐霞低声说，“泰克拉小姐一定会给我们弄点东西吃的。”

在楼下他们遇到了舒什凯维奇夫妇。舒什凯维奇太太一把抓住了雅努什的胳膊。她晚婚之后变得非常浪漫，到处都嗅到爱情的气味。

“鲁宾斯泰因太太多么迷人啊，”① 她说，“在敖德萨时你爱过她，对不对?”②

这时舒什凯维奇干咳了一声，用手捂着雪白的小胡子。佐霞很讨厌他，他使她想起卖科莫鲁夫的情景。

“哦，这对我来说可真是个意外的新闻。”她笑着对雅努什说。他

---

① 原文是法文。

② 原文是法文。

只是耸了耸肩。

这时，阿达希·温茨基吵吵嚷嚷地跑了过来，他依次吻了舒什凯维卓娃“舅妈”和“伯爵夫人”佐霞的手。他有一个令人讨厌的习惯，喜欢在大庭广众之间呼喊人家的爵号。

“我想在最近几天里跟伯爵先生谈谈。”他对雅努什喊道。

雅努什经历了演员休息室里的那场谈话之后，对阿达希可能向他提出的事一点也不感兴趣。准是建议他去做一桩可疑的买卖，尽管他多次回绝，阿达希却总是不厌其烦地跟他蘑菇。

“这是关于我内兄戈尔德曼的事。”温茨基补充说。

舒什凯维奇不满地皱了皱眉。

“这是谈生意的地方吗？我的阿达希！”他提醒温茨基说。

“那有什么办法，伯爵先生难得碰上啊。”普热比亚-温茨基又大声嚷道。

多霞太太暂时没有把大衣交给他们，她手里握着号码牌站着，迟疑地望着雅努什，不知道该不该把雅内克被捕的事情告诉他。“热尔梅娜”上前一步，碰了碰雅努什的胳膊。佐霞不安地望着丈夫。

“伯爵先生知道吗？”多霞低声说，“雅内克被捕了。”

雅努什没有明白。

“怎么，为什么？”他惊异地问。

佐霞从丈夫背后瞅了“热尔梅娜”一眼：她高高个子，窈窕身材，浓眉紧皱，眼皮微合。虽说看不见她的眼睛，但整个神态里流露出一种好斗的气质。

“你怎么这样问呀，雅努什！”佐霞低声说，接着转身问多霞，“我们能帮什么忙吗？”

“也许公爵夫人……”多霞用几乎听不见的声音说，她觉得，托人情的事应该保密，“斯坦尼斯瓦夫一定会去说的。”

“可怜的老人。”雅努什叹了一口气。

虽然大部分听众已经离开了门厅，奥拉和丈夫（他牵着安德热依的手）也早已出去了，但衣帽间附近还站了不少人。他们对多霞太太跟雅努什和佐霞说个没完没了感到不耐烦了。

“维耶维乌尔斯卡太太，”站在一旁的胡贝不客气地说，“有话以后再谈吧。”

多霞匆匆朝白头发的工厂主扫了一眼。她以真正松鼠[①]般敏捷的动作拿来了梅申斯基夫妇的皮大衣。雅佳碰了一下胡贝。兹沃蒂夫妇站在他们后面。

“经理先生，”雅佳以她声音中特有的嘲弄的调子说，“他们把我姨父抓走了。”

兹沃蒂听到这句话猛地朝她转过身子。

“你在这里讲这个干什么？”他悻悻地说道。

“我到哪儿去讲？”“热尔梅娜”毫不示弱地回答，“到警察局去讲？”

“出了什么事？”有点耳背的胡贝先生大声问，同时从多霞手里接过自己漂亮的海豹皮领大衣，“谁被抓走了？”

“维耶维乌尔斯基。”兹沃蒂又难过、又气愤地说。

“哪一个维耶维乌尔斯基？”胡贝又大声问。他的手找不到袖口。

“就是雅内克，要在‘雷管’工厂代替德国技师的那个。”

胡贝总算穿上了大衣。

“怎么搞的，把我的工人抓走了？为什么？”胡贝诧异地问，想不到他那里会出这种事情，“这是我们最好的一个工人啊。”

“但他是共产党。”兹沃蒂凑近胡贝的耳朵低声说，“他肯定参加了共产党。”

---

① 在波兰语中，维耶维乌尔斯基是“松鼠”一词演变来的。

胡贝更是大吃一惊。

“共产党？不可能。他过得不错嘛。工资也不算低。”

“热尔梅娜”大笑起来。多霞手里拿着兹沃蒂太太的大衣，愣住了，她用严厉而气愤的目光把雅佳从头到脚打量了一番。

“你走吧，”她说，“这儿没有你的事。”

雅佳忍住了笑，用脚跟来了个向后转，向门口走去，没有对多霞和其他人说一句话。在活动门旁边撞了一下梅申斯基夫妇，跟他们擦肩而过的时候，不无得意地回头对雅努什说：

“伯爵先生早在巴黎时就对姨父预言过。”

佐霞听见这声音，跟雅努什偎得更紧了。

“多可怕的一个姑娘！”她哆哆嗦嗦地说。

十一

胡贝先生同兹沃蒂一道走下了正门前的台阶。他的小汽车已经等在那里。除了彼得坐在方向盘后之外，这辆大型黑色小轿车完全是空的。但胡贝根本没有打算请兹沃蒂夫妇上车。他在汽车门前跟他们告了别。

“再见，明天见。记着给比利时公使打个电话。”

兹沃蒂的回答似乎是胡贝在请他上汽车：

“谢谢，谢谢。我和阿涅尔卡总是步行回家。路不远。睡觉前走走对身体有好处……”

他们道了再见，走了。这时，从轿车后面跳出一个十二岁的男孩子，就他的年龄说，他长得很高大，身材也很匀称。他穿了一件扎科潘内山民穿的皮袄，腰里系着一根皮带。

“胡贝尔特！你怎么来了？”胡贝喊道。他已经坐进了汽车里。

“我来接爸爸！但我想躲开他们，”他鄙夷地向离去的兹沃蒂夫妇那边点了一下头，钻进汽车，坐在彼得旁边，“我遇见安特克和安德热依，他们说，音乐会棒极了。”

“费莉恰小姐怎么把你放出来了？”老胡贝埋怨说。

“我根本没有问她。可为什么不能放我出来呢？在家里闷得慌。功课都做完了，戈翁贝克兄弟都听音乐会去了……我给他们打过电话。”

“你老守在电话机旁，整天打电话。”

“我哪里是整天打电话，分明只给戈翁贝克兄弟打过一次。”胡贝尔特不服气地说。

“是这样。”彼得嘟哝了一句。

“希莱尔女士唱得怎么样？”胡贝尔特问。

“好极了。”

“她穿什么衣服？”胡贝尔特颇感兴趣地问。

“女人的服饰与你有什么相干？”斯坦尼斯瓦夫先生生气地说。

“我喜欢女人穿戴得漂漂亮亮的。”胡贝尔特简短地回答说。

彼得微微一笑。

胡贝尔特想起了那件褐色的毛披肩。

“塔塔尔斯卡小姐没有去听音乐会吗？”

胡贝先生一怔。

“你怎么认识塔塔尔斯卡小姐？”他问。

“爸爸自己去年指给我看过，”胡贝尔特慢声慢气地说，“现在你就忘了。她很漂亮。”他一本正经地补充了一句。

彼得憋不住了。

“胡贝尔特先生已经对姑娘们感兴趣了。”他转过头来对胡贝说。

老胡贝怒从心头起。

“彼得，你别东张西望，否则又得从谁身上碾过去了。”

“又得，又得，”彼得嘟哝道，“怎么又得，难道我们碾死过谁吗？”

“在纳达申不是碾死过一只鹅吗？”胡贝尔特反驳说。

“是碾死了一只鹅，而不是一个人。”彼得说。

兹沃蒂夫妇绕过音乐厅大楼，沿着显克微支街向元帅大街走去。他们住在显纳街，在店业商会那边，路很远，但他们不论是偶尔上剧院，还是每星期五上音乐厅，都是步行回家。他们刚转过街角，就看到音乐厅后门聚集了一小群等候演员的人。

“他们真有劲头，站在这样大的风里。”兹沃蒂太太说，“为了什么？”

“他们自然是想看看我们的艺术家。”兹沃蒂先生微笑着说。

“她会戴着那翎毛出来吗？”兹沃蒂太太兴致勃勃地问。

“不然她把那翎毛怎么办？”

他们在人群旁边站了片刻，因为挤不过去。

“他们演出之后到哪里去？”阿涅娜问丈夫。

“胡贝说，他们要去里米家赴宴。”

“哪个里米？”

“斯坦尼斯瓦夫·里米。老里米的儿子。住在玫瑰大街。”

“哦，他们很有钱吧？”

“很有钱。比我们有钱。这是无疑的。但他们宴会搞得也太多了点，这恐怕长不了。”

这时，一个站在门前的人朝他们打量了一下，看到兹沃蒂便鞠了一躬。现在已经不那么拥挤，兹沃蒂夫妇可以从人群中穿过去了。

“向你鞠躬的那个人是谁？”阿涅娜太太问。

“雷涅维奇教授，”他回答说，“他常在我们店里买子弹，可能常去打猎，但是在哪里，我不知道。”

“他是什么教授？”

“生物学教授。在华沙大学授课。”

“教授这样的人也站在门口等着！”

“是呀。”兹沃蒂对妻子的话表示同意。

雷涅维奇在这里站了许久，跟他站在一起的还有音乐学院的男女学生，以及在音乐厅楼上左边第二排常常可以见到的几个音乐迷。教授有些不自在，同时又感到自己好像是回到了学生时代，那时，他们常常往莫德热耶夫斯卡[①]身上撒鲜花，给帕德雷夫斯基的马车卸套。何况这里谁也不认识他，他很放心，谁也猜不出他真正的身份。

兹沃蒂夫妇的出现使他感到懊丧。幸好他们不一会儿就走了。站在门口的人群有些不耐烦了。

“为什么这么久还不出来？”一个沙哑的男低音在教授身旁嘟囔道。雷涅维奇朝他一看，愣住了。站在他旁边的是裹着一件薄薄的夹大衣的戈尔巴尔。演员认出了他。

“教授先生也在这里？”

戈尔巴尔这句话很平常，但雷涅维奇根据难以捉摸的迹象猜到，戈尔巴尔喝醉了。

“嗯，我从这里经过。”他迟疑地支吾着说。

“我是特意来的，”戈尔巴尔的声音里带着一股犟劲，“我是特意来的！我站在风里等着，我要看看她那目不斜视地走路的样子……王后……”

“您去听了音乐会吗？”教授问。

“我去了。她头上戴着翎毛……王后……”

“难道王后必定要目不斜视吗？”教授愤愤地说。

“教授说笑话，我……”

---

① 莫德热耶夫斯卡（1840—1909），波兰著名女演员。

不知戈尔巴尔接下去要说什么，这时人群骚动起来了，停在马路上的小汽车司机们开动了发动机。大门里面模糊地显露出一小群人——正是大家所恭候的。

马尔斯基首先奔了出来，他边走边对裹着宽大的皮领大衣的菲特尔贝格讲着什么，在他身边忽左忽右地跳来跳去。讲话的声音很大。

“是吧，我用不着对您解释，这些歌就是妙极了。希莱尔本来就是个天才。”

门里面，在哈尼亚·戴维斯华丽的大衣和动作迟缓的埃德加尔之间，现出了爱尔日别塔矮小的身影。她披着一件长长的银鼠皮披肩，用一条白绸围巾挡住嘴巴，那条围巾几乎把她那由于插了翎毛而显得过长的头部整个儿包住了。她一眼就认出了教授，高兴地对他招了招手。为了保护嗓子，她没有开口，还用一只戴白手套的手捂着嘴。雷涅维奇挤到她身旁，吻着她的另一只手。

“即使这样也好……”他说。

爱尔茹尼亚点了点头，在路灯照耀下，她的眼里闪烁着愉快的光。但她一句话也没有说，她不能说话。她站住了一会儿，望着沉默不语的教授。显然，她是在期待他的恭维。但是教授没有参加音乐会，没有听见她唱歌，因此没有说什么。他感到身后有人拉自己的大衣，便退了出来，那群艺术家也向小汽车走去了，接着是汽车门响的声音。聚集的人群鼓起了掌，但手掌冻僵了，地方又很空旷，掌声显得稀稀落落。

戈尔巴尔拉住了教授的袖口。

“走吧，教授，”他说，“她反正不会对您说什么的。”

这时，兹沃蒂夫妇沿着显纳街朝自己的住宅慢慢走去。街上很暗，离元帅大街越远行人就越稀少。有好一会儿他们都没有说话。阿涅娜太太在想着胡贝。很久以来，她丈夫的同伙所属的那个世界就激起了她的好奇心。她不知道，他坐着那辆漂亮的黑色轿车到哪里去了，也不知道，他在林荫大道的那幢灯火辉煌，但没有妻子、没人料理家务的住宅里做些什么。她觉得他很美。当然，对她来说，最重要的是他们自己的生意，但她对胡贝的生意很不放心。她觉得，这位年迈的、白发苍苍的老先生办事过于轻率。

“塞韦伦，”她对丈夫说，“我们的布罗内克老往小胡贝那里跑，是不是不大好？”

“噢，这个布罗内克，”兹沃蒂先生说，“管他也没有用。”

“别这样说，”阿涅娜太太叹了口气，“布罗内克是个好孩子。只是他老想着画画。”

兹沃蒂先生发了火：

“已经十三岁了，还成天价老是想画画。”

“他肯定还没有躺下，”兹沃蒂太太说，“一定在等我们，在画画。为什么你不带他去听音乐会？你看到戈翁贝克兄弟去了吧？”

“可胡贝尔特没有去。”

“倒也是。”

他们又默默地走了一段路。

“他这样下去有什么用？”兹沃蒂太太对着前面的空间说，“整天画呀，画呀，光是纸要花多少钱！”

“这个坏习惯将来会改掉的。”兹沃蒂先生不满地哼了一声。

兹沃蒂太太还是满腹狐疑。胡贝的轿车使她不得平静。他们在沉默中走了一阵子。但阿涅娜太太终于忍不住了。

“听我说，塞韦伦，”她对丈夫说，“那些比利时人是怎么回事？他们真的会把胡贝的一切都夺走吗？他们有什么理由夺走？”

“你懂什么！”兹沃蒂不耐烦地说。他不喜欢妻子跟他谈生意上的事，虽然他也承认，她在这方面并不“那么”蠢。

“他们能夺走，就是这样。这是法律。”

“既然有这样的法律，他们就可以接收他的财产，那你为什么说，他们不能接收胡贝尔特的财产？既然他们可以夺走他的，也就可以夺走他儿子的，任何条文在这里都起不了作用。”

兹沃蒂先生知道，阿涅娜有做买卖的头脑，即使如此，她的这一番话也使他震惊。他望了妻子一眼，困惑莫解地咬紧了嘴唇，什么话也没有说。

阿涅娜追问：

“可你为什么说，他们没有权利要求胡贝尔特的财产？”

“我什么也没说过，”兹沃蒂终于挤出了一句话，“这是他自己说的。既然他那么傻，经营商业二十五年还不懂股份公司的章程，那就让他自己吃后悔药去吧。”

“你不能挽救这份生意吗？”走到家门口的时候，阿涅娜问。

“我干吗去挽救？这又不是我的生意。等它变成了我的，我就去挽救。”

他们按了住宅的门铃，睡眼惺忪、头发散乱的布罗内克给他们开了门，并向他们打听音乐会和戈翁贝克兄弟的情况，问了很久。

十二

戈尔巴尔硬拽着雷涅维奇教授到显纳街一家叫“小小酒家”的小酒店去了，这里离元帅大街不远。在污浊的空气和烟雾之中，一张张小桌旁坐的都是这一带普通居民中的一些小人物。给他们端上的伏特加酒是温乎乎的，冷盘里的青鱼硬得嚼不动，上面撒了几片蔫了的洋葱。但戈尔巴尔不在乎这些。他像个醉汉那样滔滔不绝地讲个不停。他通常是个沉默寡言的人，这会儿却变得极为饶舌。这倒是给教授解了围，他现在不想讲话；酒过三巡都没有勾起他的谈兴。他现在的感觉，就像在有些课上所感到的那样：厌倦和一种控制不住的、想逃去的强烈愿望。他现在动不了，只好求救于沉默。

戈尔巴尔一直在谈爱尔茹尼亚，疯了似的抓住这个题目不放，全然不顾自己的话给教授造成的痛苦。他每个字（都是他所特有的粗话），都刺得教授心疼。

“先生，这女人唱得，真他妈的，”戈尔巴尔说道，两只小眼睛瞪着教授，“您知道，唱得这么好需要什么？需要天才，这当然，嗓子，这也不用说，但首先是努力！她要付出多大的努力才能练就这手绝招！您可知道，莫德热耶夫斯卡是如何努力的吧？知道她老年时是怎样学习《拉奥达米亚》的吧？她累得倒在安乐椅上，像海豹一样拼命喊叫，然后又接着学。努力是每个艺术家，每个真正的艺术家的基础……”

“您认识希莱尔小姐很久了吗？”教授有些不耐烦地问。

“战争期间，在敖德萨时到她家去过。我就是在那里认识教授先生的，不是吗？”

“我还以为我们是在华沙认识的哩。哦，对了，我记起来了，您冬天到过我们那里……那时……不错……”

教授停住了，眼望着远方，仿佛是看到了以往的年代。他的眼睛发亮，伏特加到底起了作用。

“是的，”他喃喃地说，“好久以前了。”

他环顾了一下“小小酒家”，逐个打量在座的顾客，他们都因为喝多了酒而显得麻木。一个古里古怪的画家带着个红发的模特儿，几个工人，还有几个形迹可疑的人坐在铺着脏桌布的桌子旁边。教授看到这伙人，不禁感到惊骇。

“我们找错了地方，”他说，“这是个又脏又乱的下流处所。”

戈尔巴尔轻蔑地瞟了他一眼，用这讥嘲的目光把他冷落在一旁，然后习惯地用巴掌拍了一下桌子，开始了长篇大论。他像所有酗酒的人那样，喝不了多少就完全醉了。

“教授，你说什么?”他喊道，“你说得对！我们找错了地方，而且是为了一个女人，我们上当了。她对于我算什么？您知道吗？对我有什么意义？一个女人？这是不值一提的东西！一团薄雾，一撮鸿毛，过眼云烟，呸！……但她会唱，唱得像夜莺一样，阿德琳娜·帕蒂和凯普拉[①]都远不如她……有两个重要人物为了她，挤在人群中站在大街上……一个教授，一个艺术家……可她经过这里，什么也没有说，阿门，嘘……她不能讲话，为我们弄坏了嗓子多可惜……嗓子是她的，而我们……这是多么大的区别！她和我们，王后与随从……”

教授想反驳，但戈尔巴尔喋喋不休地讲着，使他开不了口。最后，他终于对自己的同伴吼了起来：

“您胡说什么！怎么能这样比？当然，刚在音乐会上演唱过之后不能在外面说话。她应该爱护自己的嗓子。这是一笔财富啊!”

但戈尔巴尔像一只发情的大雷鸟那样叫喊，教授的话他根本听不见。

“公主和猪倌，您知道，就像安徒生的童话里讲的那样……她甚至连一个眼风也不肯赏给我们……真他妈的狗东西……”

“住嘴，先生!”教授企图制止他。

但戈尔巴尔不肯住嘴。

“不，您想想看……这里发生了这种事……您知道还会发生什么事……这个世界要完蛋了，文化要完蛋了。您明白吗？文化要完蛋了……而她，咿咿呀呀地唱呀，唱呀，唱完了就不理人，这多不像话呀，教授先生?”

---

① 凯普拉（1902—1966），波兰著名的歌剧演员，自 1939 年起定居美国。

教授觉得浑身发僵。他拉住了戈尔巴尔的袖子问：

“您怎么知道世界要完蛋了？”

“不知道……不知道……”戈尔巴尔说，“我什么也不知道，我可爱的学者，但我感觉到了这一点。您懂吗？这是一种直觉！”

“可您知道吗，我们随时有回到冰川时期的危险？”

“怎么……冰川时期？”戈尔巴尔呆呆地问。

“冰川时期。地球每隔几万年，就要一步一步地覆盖上一层厚冰，这是有规律的！而且像钟表一样准！您知道吗？我进行过精确的计算……两百年来，地球早该重新变成一座冰山了。”

“两百年来？”戈尔巴尔显出吃惊的样子，这可能是假装的，也可能是地壳上盖满一层厚冰的景象给了他那被伏特加灌得昏昏然的脑袋一个雷鸣般的刺激。他的两眼瞪得溜圆。

“对！它迟到了……冰川时期迟到了……”

“那又怎么样？”

“您明白吗？您不明白？这就是说，现在每时每刻，真正是每时每刻，冰川都可能重新出现。”

“真像神话。”戈尔巴尔低声说。

“冬天开始。寒冷、雪、霜，这还正常。接着越来越冷。三月还是严寒，四月更冷。慢慢地——譬如说六七月，冰山从上到下，从北向南推移，我们就要冻死，戈尔巴尔先生……我们就要冻死……”

在戈尔巴尔滔滔不绝的口才影响之下，雷涅维奇醉醺醺的头脑里，这个科学理论变成了日历上的一幅小图画。过了一会儿，教授明白了自己在讲蠢话。

“当然，实际情况并非如此，”他说，“比这要严重得多。”

戈尔巴尔哈哈大笑起来。

“什么？”他喊道，“还要严重得多？笑死人了，亲爱的教授，怎么可能还要严重得多呢？要把我们都冻死。而我们在这儿——哈哈哈！嘻嘻嘻！”

“您胡说八道！”教授怒气冲天地说。

“那您呢，教授先生？那个女人把您完全搞糊涂了——喝得烂醉，还讲什么冰川时期……”戈尔巴尔笑得喘不过气来。

雷涅维奇教授想发个大脾气。

但是，他突然感到一阵恶心，不知是因为一下子喝多了酒，还是因为“小小酒家”太闷热，或是因为这一天情绪太激动的缘故。他猛地从桌边站起来，招待连忙指给他盥洗室的门。他一冲进去便大吐起来，吐出了伏特加、青鱼，甚至今天的午饭，最后打了一个很响的嗝。

“真见鬼，”他直起身子说，“那甜煮苹果还是放了桂皮！”

十三

音乐厅跟比林斯卡在布拉茨卡街的住宅相距不远。雅努什和佐霞手挽手地走过了雅斯纳街和协和街，一直走到府邸，半句话都没有说。维耶维乌尔斯基被捕的消息给雅努什很大的震动，佐霞清楚地觉察到了这一点，想把他的思想引开，但不知道该说些什么好。她耳畔还响着爱尔日别塔的歌声和乐队的像泛滥的河水那样的滔滔声。但自从雅努什在演员休息室里发了那通议论之后，她就再也不想提这件事了。她感到难过的是，他不能分享她心中的欢乐。

他们按了布拉茨卡街府邸的门铃，泰克拉小姐给他们开了门，并告诉他们，公爵夫人和阿罗已经回来了，在楼上小客厅里等他们。佐霞对着大穿衣镜摘下头上戴的针织绒线帽，深沉地叹了一口气。雅努什站在她后面，望着暗淡无光的旧镜子，拍了拍妻子的肩膀。

“沉住气，”[①] 他说，“茶不会喝太久的。”

佐霞朝他在镜子里的影子笑了笑。

“你瞧瞧我们，”雅努什又说道，“我们不是漂亮的一对吗？”

那面镜子由于年深日久，变得朦朦胧胧，他们在镜子里的影像也显得模糊不清。他们瘦削而羸顿的身躯活像漂在绿水中的两棵水草。佐霞的脸抽搐了一下。

“我们看起来活像两个溺死鬼。”她说着，把脸转向前厅，“哎，走吧。”她的脸上有了点欢颜，拉着雅努什的手跑上了楼。雅努什喘着粗气。

“佐霞，”他笑着说，“算了吧，亏你想得出来！”

“沉住气，亲爱的，沉住气。”[②] 佐霞回了他一句，从容不迫地走进了客厅。

玛莉亚从白色钢琴旁的一张大沙发椅上站起身来，有些诧异地望着进来的人。阿罗靠着钢琴，用喜悦的目光迎着舅父母，他的脸又涨红了。

“你们可来了，”比林斯卡用低沉的嗓音说，“阿罗已经等不得了，他得去睡觉。”

佐霞感激地望了阿罗一眼，但不知该对他说什么好。阿罗好像也想说话，但说不出来，只是大声咳了一下。梅申斯基夫妇在沙发椅上坐了下来。公爵夫人按铃叫仆人。

斯坦尼斯瓦夫端茶进来时，雅努什和佐霞心照不宣地彼此对看了一眼。从斯坦尼斯瓦夫的表情看，儿子被捕的事他已经知道了。但他的神态既不痛苦，也不悲伤。显然，只有愤怒。斯坦尼斯瓦夫的表情

---

① 原文是法文。

② 原文是法文。

大大出乎佐霞的意料，她不禁暗自笑了笑。

比林斯卡斟上了热茶，一边往桌上摆了几碟干点心和烤黑面包片（这是这家的名盘！），一边跟弟弟和弟媳讲些客套话。她问：

“你们觉得希莱尔小姐怎么样？头发上高高地插根白翎毛，这是愚蠢的癖好，不是吗？她看起来像个野女人，像那巴黎的黑女人……她叫什么来着？好像是叫约瑟芬·贝克[①]……”

佐霞坦率地笑了。

“我是个没有见过世面的外省人，”她说，“我觉得爱尔日别塔的打扮太迷人了……”

“你总爱卖弄你那教区小学的教育水平。”雅努什说，不耐烦地用匙子搅着茶。

佐霞的脸一直红到耳根。

“你瞧，我在这里向谁去卖弄……”她喃喃地说。

这时她情不自禁地瞥了阿罗一眼。他如坐针毡，脸也跟她的一样红。他那对蔚蓝色的大眼睛在绯红的脸颊衬映之下，宛如青瓷一般。她心里一阵难过。

“雅努什今天情绪不佳，”她朝自己的大姑子说道，“他对《山鲁佐德》发了一大通议论。”

“你不喜欢希莱尔的这组歌吗？”比林斯卡问。

雅努什责怪地瞅了佐霞一眼。

“是不是要我重说一遍？”他问，“我已经解释过了，埃德加尔的歌我很喜欢，我指的是另外一些问题……”

比林斯卡摆了摆手。

“我不爱听你关于艺术的高论。”她说。

---

① 贝克（1906—1975），美国黑人舞蹈家、歌唱家。

雅努什气冲冲地呷了一口茶。大家沉默了一会儿。忽然，阿罗用有点嘶哑的，抑或是压制着感情的声音问：

“舅舅，科莫鲁夫暖房里现在有什么花?”

“晚香玉。”梅申斯基简短地回答说。

“你想象不出，暖房里有多么香。”佐霞对阿罗说道，“你一进去，香味就使你透不过气来。据说热带的花才这么香。”她又对公爵夫人说，“玛莉霞，你让阿罗什么时候到我们那里去吧，让他看看暖房里的花，还可以去打打猎。今年我们那里山鹑很多。”

“我不高兴阿罗打枪。”比林斯卡以不容反驳的语气说。

雅努什凝视着姐姐。

“我担心他这一辈子打枪的机会少不了。”他没好气地说。

“你这预言多么可怕!”玛莉亚笑了起来。为了消除雅努什的话所引起的不快，她接着问，“你还想喝点茶吗?”

“谢谢，”雅努什说，“我们要去睡了。佐霞身体还不大好，而且明天一早就要回科莫鲁夫去。呃，阿莱克，什么时候去打山鹑?”

阿罗默不作声地望着母亲。

“打山鹑也好，不打山鹑也好，反正来吧。”舅舅热情地说，亲了亲阿罗的头。

雅努什夫妇回到三楼雅努什以前住的那房间，这时泰克拉小姐来了。

他们一见面自然就谈起了雅希被捕的事。斯坦尼斯瓦夫是下午才知道这个消息的。使大家惊奇的是，他一点儿也不伤心，只是怒气冲冲。他说：我总是对他讲，造反一定会落得这个下场。泰克拉小姐讲到这里时补充说：

“我想都没有想过，斯坦尼斯瓦夫是这么一个有头脑的人。我以前老是以为，他恨我们所有的人，现在才知道，他很忠诚。”

泰克拉小姐高兴的是，至少从表面上看，还有一个人也像她那样对比林斯基一家无限忠诚。她把自己的一生都置于这个“光辉世家”的荫庇里，她打心眼里希望，这个家族的生活真正是“光辉灿烂”的，也就是说闪烁着耀眼的光彩。对她来说，雅努什的婚姻以及他那与世隔绝的普通而平凡的生活，是这光辉世家的一个污点。她把佐霞看作是使雅努什离开这个“世界”的原因，并把自己的满腔怨气一股脑儿都泄在佐霞的头上。但这次她没有跟年轻夫妇长谈，因为斯坦尼斯瓦夫不久后就进来请她发放明天用的桌布和餐巾。于是她就起身跟他出去了。她穿一双软底毛边短靴，走路脚步很轻。

雅努什和佐霞两人留在房里。佐霞动手脱衣服。雅努什坐在安乐椅上抽烟。他想起自己以前还是单身时就住在这间房里，那时，他在高等商业学校求学，同时做着去巴黎的梦。在一瞬间，他想起了阿丽亚德娜，想起了她那按照巴黎时髦剪成男式的头发。这时佐霞从柜子里拿出一件“华沙式的”粉红色睡衣披在身上，她坐在床上，也沉思起来。

“你想想看，”她忽然说，“这里的生活安逸得很，音乐会、茶、油画、洁净的餐巾，而那边却有人要蹲监狱。水里扔进了一块石头，青蛙乱叫，芦苇簌簌响……”

雅努什笨拙地吐着烟圈，他前不久才从自己的园丁那里学会了抽烟。他沉默了片刻才满不在乎地说：

“从来就是这样!”

“不对，”佐霞激动地说，“不是从来，只有斗争的时候才是这样。”

“斗争从来就没停!”雅努什睡意蒙眬地咕噜道。

“斗争！为什么而斗争?”佐霞继续热烈地说，“而你总是我行我素。‘斗争’！‘斗争’！你嘴里吐着烟圈，可实际上已经在椅子上睡着了。你干吗学抽烟?”她挑剔地添了一句。

“我亲爱的，”雅努什说，“即使我抬高嗓门大喊大叫，挥拳舞掌，又能改变什么呢？既改变不了我的命运，也改变不了雅希奥的命运。”

“你的高谈阔论当然什么也改变不了。”

“这倒是，”雅努什说，“我本来就话少，不仅现在是如此。我说与不说都一样，不仅改变不了我们的命运，而且任何事物都不会因此而发生变化。”

“问题在于：应不应该变一变。”

“这还用问吗？应该改变。但事情并不取决于我说什么，而取决于我做什么。”

“你什么也不做。”佐霞低声说。

“什么也不。”雅努什说。

他又吐了几个烟圈，目不转睛地看着它散去。佐霞把睡衣裹得更紧了。他们沉默了好一阵子。

“这儿有点冷。”佐霞说，“我不想去洗了。”

然后她用力地反扭着双手。

“我真不喜欢在这儿过夜，”她一本正经地说，“这里总是使人非常难受。连想点什么都令人烦恼。”

“在科莫鲁夫想点什么就那么愉快吗？”

“那个雅内克老是出现在我眼前，”佐霞不理会雅努什的问话，接着说，“还有在衣帽间遇到的那个姑娘嘲弄的神色。她为什么眯着眼睛看我们？那个‘热尔梅娜’真讨厌。”

“你瞧，她眯着眼睛看我们，我一点儿也不觉得奇怪。我猜想，她根本不明白我们为什么会在那里。”

“可她大概明白，什么是音乐会吧？”

“什么是音乐会，她当然明白。但恰恰在抚育她的姨父被捕的那一天举行音乐会，她肯定就不明白了。这个连我们也可能不明白。”

佐霞动弹了一下，但不是从床上起来，而是躺到了被子上面，并掀起了被子的一角盖住自己的脚。她沉默了片刻。

“照这样说，爱尔日别塔·希莱尔小姐的演唱，埃德加尔的歌，那音乐……那悦耳的音乐，不，不单是悦耳，而且是激动人心、令人心醉神驰的音乐，还有我们没有听见的贝多芬……那一切美好的东西，难道仅仅因为雅内克·维耶维乌尔斯基进了监狱而失去了意义吗？”

雅努什微微一笑，欠身从椅子上凑过来，把手放在佐霞垂下的胳膊上。

“不，一切都有意义，但却有另一种意义。”

“什么意思？”佐霞警觉地问。

“不是我们听音乐会时赋予它的那种意义，也不是埃德加尔写这些歌的时候和以后含泪听这些歌的时候所赋予它的意义。我看见他在包厢里……他们一直以为拯救人类要靠艺术。这就是我在音乐会后想要讲的，但谁也没有理解我，连你也没有理解我。”

“因为你没有开导过我。你从来没有对我谈过自己的想法。”

雅努什恢复了原来的姿势，静静地坐着，眼望着香烟上袅袅的轻烟。

“我先前没有这样想过。是在音乐会上，我的脑子里才产生了这些想法，然后……因此我从来没有对你谈过。再者我根本不愿讲这些事情，因为我觉得这些事情太庄严，太重大了，特别是我待在乡下，干的不过是积肥、养花的营生。你瞧，我同你相反，我喜欢在布拉茨卡街过夜。因为这儿使我想起单身的时代，想起我在这儿经历的一切。其实我在这儿的经历确实不多。实际上在曼库夫卡一切滋味都尝过了。那时我青春年少，又很孤独，身边只有一个脾气古怪的父亲，他在自动钢琴上奏的音乐真的没有任何意义。”

“你总是在一切生活细节里，在我们周围所有的事物中寻求玄而又玄的意义。”

“你不了解我，佐霞，”雅努什不无痛苦地说，“你把我说成是喜欢玄学。”

佐霞跳下床来，坐在镜子前动手卸妆。当她解开发髻，梳成辫子之后，她的脸显得更加消瘦，眼睛更加深陷了。这病态使她气恼，她想起前不久的流产，感到伤心。

“我怎么能了解你?”她说，同时用梳子扯着辫子，“我怎么能？我永远不能了解你，你老是坐在那里闷声不语，即使你开了金口，每次说的都不是一码事。我们每次谈话的时候，我总觉得你是另一个样子，更糟的是，并没有什么新鲜！你的变化都是围绕着同一个圆圈进行的，你是被一根无形的但很牢实的绳索拴在这个圆圈上了。”

雅努什凝眸注视着她，点着了另一支烟。

“你把房间搞得烟雾腾腾。”佐霞说。

“等会儿我们透透风。”雅努什说。

“你总是那样含而不露。”

“你也一样。”雅努什坐到另一张椅子上，以便能更清楚地看到佐霞。他喜欢看她梳头，她动作灵巧，虽然有些神经质。

“我心里什么也没有，”她微笑了，“一个空泥瓶子。”

“插美丽的野花的瓶子。”

“你不爱野花，你爱晚香玉。”佐霞从梳妆小凳上转过身来对雅努什说，后来又朝他爽朗而单纯地一笑。

“你还是了解我的，”雅努什执拗地说，“你刚才关于那个圆圈的说法清楚地证明了这一点。你对我的了解比你自己想象的也许要深一些。”

“这些都不过是猜想。至于音乐会，”她无可奈何地把两手一摊说，“你真的不能对我讲讲，它究竟有什么意义吗?”

雅努什一笑。

“你真犟，”他说，“等雅内克从监狱出来的时候，你去问他吧。”

“他知道吗?”佐霞诧异地问。

“肯定知道!”雅努什站起来，脱下了上衣，“他肯定知道!”接着他又加上一句：

“我也想在这一辈子里肯定地知道点什么!”

他吻了吻妻子的前额。

十四

老希莱尔夫妇很少到华沙来，而每次来必是住在一门远房表亲卡佳·布若佐夫斯卡太太家里。卡佳太太住在协和街，位置适中，离音乐厅也不远。卡佳太太有三个儿子。两个大的，一个是画家，一个是作家，这时都在英国，小儿子是个音乐家，喜欢爬山，现在还在扎科潘内。因此，希莱尔夫妇的到来没有给她添任何麻烦。

这对老夫老妻认真地听完了贝多芬的交响曲，等衣帽间最挤的时刻过去之后，才穿好衣服，出了音乐厅，向布若佐夫斯卡太太的住宅缓步走去。大家都把他们忘了，他们就单独待在一边，甚至提都不提这件事。他们对孤独已经习以为常。

他们默默地走着。走到半路，帕乌琳娜太太才有点儿辛酸地说：

“现在人们多么缺乏教养。里米夫妇应该请我们参加晚宴的……”

老希莱尔习惯地抖了抖身子，哼了一声：

“你总是那么幼稚，帕乌琳娜，对这种人能抱什么期望呢?……”

“我并没有期望什么了不起的东西。但这点期望完全是可以理解的。不管怎么说，我们总算是埃德加尔和爱尔日别塔的父母呀……”

希莱尔又抖了抖身子。

“他们跟这种人结交，只能使我们伤心。这是些什么人呀？做种子生意的……”

“不是指这个，不是指这个，”帕乌琳娜太太反复地说，“这完全是另一码事。”

卡佳太太住在靠庭院的二层楼上。他们按了门铃。女主人亲自出来开门。这是位瘦高个子、干干净净的老太太，一头白发梳得很整齐。蔚蓝色的眼睛显得很温柔。她的头有点儿神经质地晃动，但还不致引起别人不愉快的感觉。她看见表亲回来了很高兴。

“快脱衣服，休息一会儿，再给我讲讲。到客厅来吧，我给你们泡茶去。”

老希莱尔帮助妻子脱下沉重的皮大衣。她穿这件大衣与其说是为了防寒，不如说是为了壮观瞻。他们走进了小客厅。这是个小房间，摆了几件家具，唯一引人注目的装饰品是一架黑色的大钢琴和乐谱架。老人们坐下了。希莱尔坐的是一张蒙了乳白色料子的软座凳子，帕乌琳娜坐的是一张大安乐椅。她马上点燃了一支香烟，习惯地望着难看的吊灯，对着灯吞云吐雾，仿佛在给灯焚香似的。

“说实在的，我们能对卡佳讲些什么呢?”希莱尔太太沉默了片刻问道。

“什么也没有。”希莱尔说，伸了伸右臂。

“我觉得，”帕乌琳娜太太接着说，“连我们自己都不知道，我们有什么感受。这多丢脸。你跟小奥拉讲得对。”

老希莱尔从架上取下乐谱，带上黑角质框的眼镜，仔细地看了起来。

他透过镜片望了望妻子。

“奥拉已经不小了。她在敖德萨时是个小姑娘。如今已是老太婆了。你没有发现，大家老得多么快。”

帕乌琳娜太太微微一笑。

“你老了，这我早已发现。你成了个叫人受不了的唠叨老头。你虽不像以前那样心神不定，可是也看不到你过去那种幽默感和乐观精神。今天，我们的孩子走上舞台的时候，我才发现，他们也老了。老多了。”

“孩子?”希莱尔先生顺口问道，眼睛没有离开乐谱，嘴里还一句一句地轻声哼着曲调，“你怎么想得出来?他们早已不是孩子了……”

“对于我们来说，他们永远是孩子。”

“这不过是一种感觉而已。夏末秋初的季节，灌木丛里有时会发现被抛弃的空鸟巢……没有鸟住的鸟巢。鸟儿都飞走了。”

他放下乐谱，直视着妻子。

“就是呀，”希莱尔太太马上明白了他指的是什么，“但对于父母来说，孩子永远是孩子。最令人不解的是，看到自己的孩子老了。他们是我们的孩子呀!可现在他们却都在衰老。我们记得他们穿小兜兜时的模样儿，穿第一套学生服时的模样儿。可现在，你知道吗，我看到爱尔茹尼亚已经有白头发了，远处虽然看不见，但梳头的时候……”

“你说什么?”老希莱尔还是吃了一惊，“白头发?你长白头发没有这么早呀。”

“比她早。”

“真的吗?我们的爱尔日别特卡有多大了?你等一等，等一等……她是哪一年生的?”

“你想想看，”帕乌琳娜太太眼望着灯，慢悠悠地说，“你想想看，再过一个月她就满四十五岁了……因为我们没有孙儿孙女，所以我们失去了时间感。米哈霞已经有好几个外孙了。你看到了奥拉的儿子，他们已经是大小伙子了。长得多快。”

“长得多快，”老希莱尔突然平静地重复了一句，“都变得多厉害。

你知道，我小时候就不喜欢看到那些被鸟儿抛弃了的空巢。”

帕乌琳娜太太这回生气了。

“你老说那些鸟窝干什么？唉，飞走了，就飞走吧。你想想他们已经飞走多久了。你也该习以为常了。”

“怎么？难道我没有习惯吗？”

卡佳太太端着茶和夹肉面包进来了。

“你们一定饿了。”她一面说，一面把盘子放在小桌子上，“你们激动得午饭也没有吃。”

“我们在埃德加尔那里吃过午饭。在布里斯托尔旅馆。”帕乌琳娜太太说。

“你们听了音乐会有什么感想？”卡佳太太问，同时坐到一张椅子上，似乎是等着听长篇报道。

希莱尔夫妇迟疑地相互看了一眼。

“当然，我们很喜欢，”过了一会儿，帕乌琳娜太太急忙说，仿佛是想抹去刚才的迟疑造成的印象，“爱尔茹尼亚很好看，唱得也好极了。埃德加尔的歌也非常感人。”

“真可惜，我的鲁齐奥没有来听。今年他就要从音乐学院毕业了，不过，看来他爱登山甚于爱音乐。”

帕乌琳娜太太微微一笑。她知道，卡佳的幼子除了山和音乐之外，还另有所爱。

“我得承认，埃德加尔写的一切东西，”希莱尔安详而严肃地说，“对我来说，都是相当陌生的。充满了异国情调和一些奇异的音响。当然，我知道，有时父母不易了解自己的孩子，但是……”

卡佳有些不忿。

“你说什么呀，卢德维克，”她说，“我很了解自己的孩子。你们知道，我每个孩子都有自己的艺术专业。”

帕乌琳娜太太淡然一笑。

“卡佳，这是不是你的一种错觉?”

“什么错觉?”

“嗯，就是说，你觉得你了解自己的孩子。要知道，孩子总归是孩子。人们总想让他们永远是孩子。但他们在长大、成熟，甚至衰老……”

“甚至衰老。”希莱尔重复了一句。

“这一切都不是在我们的影响下发生的。从生命中的某个时刻起，我们就成了‘老人’，我们就失去了一切影响力——甚至还成了他们的累赘……”

“成了累赘？看你说的，帕乌琳娜，”卡佳太太诚挚而安详地说，“他们永远需要我们。”

“难说呀，”希莱尔先生道，“我从来没有像今天这样强烈地感到，我们的孩子不需要我们。幸好，我有自己的生活，自己的糖厂，自己的工作……不是这样吗？埃德加尔写自己的《山鲁佐德》不需要我，爱尔日别塔演唱这组歌时也不需要我。”

“再喝杯茶吗?”卡佳太太问。

“噢，卡佳，我很乐意再喝一杯。”帕乌琳娜说，“要不我自己去端吧?”

“那怎么行？你们是我的客人嘛。你们来这里我很高兴。”女主人拿起茶杯到厨房去了。

“你最好不要对外人谈这些事。”帕乌琳娜太太说，又点燃了一支烟，“在音乐厅里，你对奥拉也不该那样讲。”

“你说得对，帕乌琳娜，”希莱尔平静地说，“可我是这样痛心。”

“唉，反正……”帕乌琳娜欲言又止。

希莱尔又拿起了那本乐谱，仔细地看着。他的眼睛显得特别大，在凸面镜片下闪闪发光，他一面用鼻子哼着，一面翻着长方形的乐谱本。

“你在看什么?”妻子问道，但并不感兴趣。

“这是贝多芬的四重奏，四手联弹的。”

“四手联弹的？跟我们那份是一样的吗?”

“好像是一样的，是同一个版本。”

“给我看看。”

希莱尔把本子递给了她。

“哦，”帕乌琳娜太太说，“你可记得我们当年合奏的情形吗?”

“当然记得。”希莱尔说这句话时声音有点变了。

“你瞧，这是F大调四重奏，这是……C大调。你记得那个常步调曲吗?”

老人哼出了常步调曲的第一个乐句，作为回答。

帕乌琳娜太太打开琴盖，提起乐谱架，然后把乐谱放到架子上，用一个指头弹出她丈夫刚才哼的那个乐句。

“唉，这使我想起了多少往事。”她说着从钢琴旁走开了。

“是吗?”他说，声音更柔和了。

“那时我正怀着埃德加尔。”

“可不是。说不定是因此而使他有了音乐天赋呢。”

“恐怕不是。这个常步调曲是很哀婉的……”

“今天晚上正合适。”老人又用干巴巴的嘲讽口吻说。

“我们来弹它一曲吧，卢德维克。”帕乌琳娜说。

“随你。”丈夫同意了。

他们在钢琴旁坐下。像从前一样，帕乌琳娜太太弹低音部，他弹高音部，他们弹起了近乎小快板曲的常步调曲①。

那个乐句响起了，它广阔而自由，逐渐微弱，几次反复出现。接着是和音较少的副题。在这淳朴、顽强、奔放的乐声里，听起来有一种悲怆、哀怨的调子以及一种令人黯然神伤的深沉孤独。模仿深山空谷各种声音的婉转多变的乐句牵动了弹奏人的心。希莱尔老先生为了强化曲调或是更深刻地表达他的内心的情感，竟不知不觉地用假嗓哼了起来。这时他想起了埃德加尔。这对老人甚至没有发现，卡佳太太端着茶走了进来，把茶盘放在椅子上，自己坐在门边，聚精会神地听他们弹奏。

常步调曲在平静而婉转低回地展开，只是在第一段结尾时出现一节充满沉思和超脱情绪的华彩乐段，帕乌琳娜满怀激情地弹着，而卢德维克先生睁大了凸面镜片下发亮的眼睛，低声地吟唱。最后华彩乐段一唱三叹地结束了——这是纯净的音乐，同时又是对生活的拥抱，对生……和死的默然接受。

“啊，你们弹得多好呀。”卡佳热情地喊道，朝钢琴那边走去。

“真是好。”老希莱尔嘲讽地说。

希莱尔夫妇在钢琴旁坐了一会儿没有站起来。显然他们的心情很激动。后来，帕乌琳娜太太总算动了动，伸手去拿香烟。

“贝多芬使我们净化了。”她腼腆地，几乎是带着年轻人那样的微笑对卡佳说。

---

① 原文是意大利文。

第七章　教堂上的飞廉[①]

一

雅努什在佐霞去世几个月和玛尔文卡夭折几个星期之后，来到了克拉科夫。这是在今后几年里一直缠住他不放的一种病态的第一次发作。第二次世界大战的炮火才消除了他这心病。这病态的表现就是他渴望到所有“曾经到过的地方”去；想重游那些哪怕是只给过他片刻的慰藉、只给过他臆想的幸福的故地。起初是科莫鲁夫附近，他曾和佐霞散步的地方，他跟佐霞新婚宴尔之时一起到过的索哈切夫附近的一些地方，一起参观过的花圃、菜园——他常在自己的同行或菲比赫先生的园子里找到过一些适合于科莫鲁夫的温室栽培的鲜花和蔬菜新品种。

还在早春的时候，他就开始了那每次长达数小时之久的散步，顺着园子后面的树林一直走到卡姆皮诺斯卡大森林，走到布罗霍夫，那

① 飞廉是菊科植物。

是他们学肖邦父母的样子举行婚礼的地方。他走到森林最边远的一个自然保护区，那里僻静天然，人迹罕至，甚至没有一个人为之花费过笔墨，但那儿风景非常优美，他在那里感到心境宁谧。

起初他并不曾想到长途漫步会给他带来愉快或帮他解脱痛苦。他只是想使身体疲劳，回家后便能倒在床上熟睡。他想把自己健壮、结实的肌体弄得困惫不堪，一觉睡去连梦都不做一个。不然一做梦，佐霞就会出现在眼前，或像一个幽灵，或像生前的样子，有时还敲卧室的门，甚至还把门推开一点儿，从门缝向里张望。最糟糕的正是这种从门缝往里的张望，因为门里看不到佐霞。睡着了的雅努什知道，她在这儿，在门外，她在找孩子（对他既没有怜悯的目光，也没有爱的表示）。她向科莫鲁夫窄小的卧室里张望，只是为了看看孩子在不在这里。睡梦中的雅努什想把孩子的卧室指给她看，就是那间正对果园、紧靠着门廊的婴儿室，玛尔文卡在心脏停止跳动之前一直睡在那里；他想告诉她，孩子在那儿，可他动弹不了，而佐霞就在门外等着他把孩子交给她。有一次他高声喊叫说，“没有，没有，没有，是你自己把她带走了！”他的喊声在深夜里显得非常可怕，他自己也能猜想到那是多么令人心惊胆寒。这时他听见隔壁，也就是玛尔文卡的那个房间里有人对他敲墙，像在监狱里那样轻轻地敲墙。这是雅德维加，玛尔文卡死后，她还睡在这间房里。一直过了许久才搬到厨房后面的那个房间去。

雅德维加到科莫鲁夫来是很自然的事。佐霞在怀孕的最后几个月里便想起要找多霞·维耶维乌尔斯卡太太，请她给介绍一个保姆，因为她感到自己越来越虚弱，不能指望亲自哺育即将出世的孩子。多霞太太提到了“热尔梅娜”也就是雅德维加。多霞和佐霞都知道，雅德维加由于脾气古怪和少见的好动性格，很难在一个地方待久。但两人都认为，如果她“对孩子产生了感情”，也许能干得非常出色。

佐霞对雅德维加怀有非常奇特而复杂的感情。自从那天在音乐厅看到雅佳那么放肆以后，她简直怕她——想到这一点她就不敢叫她来科莫鲁夫，把孩子交给她照管。但另一方面，雅德维加对她又很有吸引力，她知道，这姑娘对雅努什感情深厚，因为他照顾过她的姨父，并尽了一切努力想使他的刑判得轻些（但没有成功）。她知道，跟雅德维加很难相处，但她也知道，要另找一个像雅德维加那样在一切事情上都可以放心的人是办不到的。

雅努什永远忘不了雅德维加到科莫鲁夫来的那一天。他常梦见这个时刻。那天，正下着雨，一辆黄色小马车驶进了门廊前面的那个小院，雅努什很不喜欢那个小院，而且一直习惯不了。梦中的那辆小马车径自向房子驶来，却没能驶到廊前，而实际上是到了廊前的。看到这辆小马车，雅努什没有像料想中那样感到担心，而是感到放心。科莫鲁夫总算有了一个刚强果敢的人了。

佐霞在产前几个星期，身体极为虚弱，一直躺在床上。她本来要到华沙的医院去分娩，但产期突然提前了，幸好及时从索哈切夫接来了产婆。那间小小的婴儿室很快布置成了一个产房，雅德维加把它打扫得一尘不染。一切都进行得迅速而顺利。雅努什待在卧室里，虽说没有睡觉，却像在梦里似的听到了新生婴儿的哭声，一个新生命降临到了人间，并且在他的生活中占据了重要的位置。

佐霞是产后第十天去世的，而且是死得莫名其妙。她产后十分衰弱，一直躺在床上。她体力恢复得很缓慢，然而是在逐渐恢复，可是突然无缘无故地发生大出血，而且吐血。血像是从伤口那样大量地涌了出来，马上派人去请医生。三刻钟后小汽车把医生接来了，但佐霞已经失去了知觉。雅努什俯身对她喊："佐霞，佐霞!"但她再也没有睁开眼睛。她散乱在枕头上的黑发有一股难闻的汗臭。

他梦见的佐霞，从来不像产后那样苍白，那样病恹恹地躺在床上，也不像怀抱婴儿的小玛尔文卡的妈妈。他梦见的佐霞总是那样健康，在科莫鲁夫的房间里和庄园里走来走去，穿的不是结婚时的那件浅色衬衫，就是他第一次到科莫鲁夫的时候她穿的那件红花衬衫。每当夜静更深，便听见她站在门后，悄悄把门推开一道缝，从门缝向里张望，望着他，望着房间，望着这里的一切。他虽然看不见她，但他知道，她穿的是什么衣服。那件极为普通的红花衬衫有了某种特殊的、象征性的意义。而且佐霞每次夜里到他这里来时穿戴的东西都有某种隐秘的、极为深刻的含义。这种含义在梦里是清楚的，但一醒来便说不明白，他内心深处无法对佐霞向他提出的问题作出明确的回答。

由于母爱的本能她也许知道小丫头活不了。也许她不知道？否则她何苦那么坚持要用她早已故去的母亲的名字，玛尔文卡，来给孩子取名呢？如果她知道孩子活不长，她会给这个小家伙取这样鲜亮而动听的名字吗？孩子一生下来，大夫就说她有无法医治的先天性心脏病，最多能活半年。但玛尔文卡足足活了七个月。雅努什和雅德维加俯身向着她的小床时，她已经会咿咿呀呀地对他们说话了。这梦境太可怕了。雅努什后来才回想起，佐霞死去的当天，梦境就开始出现。那天清晨，他昏昏沉沉地睡着了，忽然觉得自己乘了一辆轿式马车，甚至是敞篷马车去跟阿丽亚德娜举行婚礼。马车由四匹白马拉着，阿丽亚德娜身穿洁白的礼服，还戴着披纱。她双手抱着的不是花束，而是一个瘦弱的小孩，小孩的动作活像只小猴，一对黄色的小眼睛骨碌碌地望着他。阿丽亚德娜挽着他的手，紧紧偎依在他身上。马匹忽然腾空跃起，把马车和他们俩以及那只小猴子抛向空中。“拉住我，拉住我，我要摔下去了！”阿丽亚德娜喊道，但马车在空中翻了个个儿，那小孩或小猴子伸开四肢在他们眼前掉了下去。雅努什带着这种恐怖的感觉惊醒过来，这虽说不是一个最可怕的噩梦，但这个梦却使他终生难忘。

夜晚实际上是在梦幻和失眠的交替中度过的。他似乎一直没有睡着，但又感觉不到周围现实世界的存在。他发现（但这是过了一段时间之后），自己有时无意识地发出呻吟，某种若断若续的叹息，某种不用张嘴的咳嗽。他甚至还喜欢这种令人恐惧的声音，在吃饭的时候，在园子里散步的时候，在同菲比赫或比林斯卡谈话的时候，都能随意发出这种声音。比林斯卡现在变得越来越虔诚了，她认为经常来看望弟弟是她作为一个基督徒的责任。其实这对雅努什来说真是一种折磨。每当他从客厅的窗口看到比林斯卡的小汽车出现在堆满麦秸的院子门口时便感到心惊肉跳。相反，阿罗却不会使他恼火，虽说阿罗现正处在一生中最令人难以忍受的年龄；他反复强调说，他不是个势利小人，他跟“普通人”交朋友，同几乎都是由理发师和饭店招待组成的平民打猎组织的猎手们一起去打猎。对于佐霞的死，阿罗很悲痛，但他不善于表达自己的感情。他来后便一头扎进雅努什的房里不出来。尽管如此，雅努什还是觉得他比玛莉亚要真诚得多，坦率得多。阿罗现在正寻求雅努什的庇护，因为玛莉亚和斯彼哈瓦一定要他再去英国，但他不愿意去。

“那么你就在英国待一年吧，”雅努什对外甥说，“这对你有什么坏处？然后再去上你那倒霉的学院。”

“可我现在就想上美术学院。”阿罗说。

阿罗每次到科莫鲁夫来都要把这番话重复一遍。他现在来得很勤。再说，到明年秋天他还有的是时间……

埃德加尔只来过一封信。他的美国之行没有任何收获，现在待在华沙，但又不敢来看雅努什。其实，雅努什非常孤独，连一个可以说话的人也没有。伤心最怕黄昏后，每到寂静、安宁的傍晚，秋风瑟瑟，炉火熊熊，一派乡居落寞的景象，他只有在似梦非梦、半睡半醒的状态中苦度时光。

这时，他那昏涨的头脑里冒出了一个念头，不能说是什么念头，而是一种不可抑制的“重新再来一遍”的愿望。海德尔堡森林的轮廓，那些壮观的“栗树林”，那个被霍斯特称之为诗人[①]的诗句像梦一样浮现了出来。于是雅努什便想再去试一试自己的力量，重新去体验一遍那些错综复杂的事物，莫非内卡河谷那如画美景，还有那隐现在紫红色地平线深处的曼海姆市又会激起他对一个普通姑娘的无边爱恋？莫非他会再次抛弃那一切，断然回到克拉科夫？

他汲汲于重演那出“无意中演出过的”喜剧，不惜一切代价去寻找那个曾经从索哈切夫穿越泥潭来找他的姑娘；他要重演一遍那出“给自己看的大戏”，不顾一切，奔命似的赶回到一座古老的波兰城市。

去看一看昔日走过的那条路，这个愿望是从梦中产生的。玛尔文卡还活着的时候，他就已经知道，自己一定会重游克拉科夫。每次给玛尔文卡洗澡时都可以看到，她那颗小小的心脏在胸腔里不均匀地跳动。一天中午，她的小心脏骤然停止跳动了，这场灾祸是完全没有料想到的。这天早上，玛尔文卡还笑得欢呢，不，不是放声大笑，而是侧着脸向爸爸微笑，她还把两只小脚向上翘，双手抓着脚指头玩。她一点儿也不瘦弱，医生甚至说她太胖了。早晨还在笑，下午就完了。当时房间里射进了一缕秋日的阳光。

正是那个时候雅努什决定到克拉科夫去一趟。他不愿回答自己为什么要去。他想去看看坐落在萨尔瓦托尔区和戈文比亚街的两幢房子。然后再到那个饭店去，甚至到瓦格纳教授夫人家里去看看那挂着棕色天鹅绒门帘的门厅，去问问她……不，最好还是去找玛尔塔姑妈，当时她是一位很有修养，风韵犹存的太太，脖子上围着一条紫红色的天鹅绒围巾，最好去问问她：

“太太，我爱过佐霞吗？”

---

① 原文是德文。

二

然而这次克拉科夫之行的路线与昔日大不相同。当时他们回来是经过钦斯托霍瓦，在索哈切夫西站下车，不到华沙。而现在是经过拉多姆，铁路是单轨，新铺的，给人一种尚未使用过的印象。车站都是孤零零的，穿过田野和森林的单线轨道都像是临时铺设凑合事儿的一样。火车经过巴尔托杰依站时，雅努什似乎想起，他在戈翁贝克家里多次听见过这个地名。潮湿的田野，阴郁的森林，一切都沉浸在惨淡秋色，霏霏淫雨之中，这景色同昔日的六月风光真有天渊之别。而且天黑得很快，西边，从乌云后面露出一线绛色的天空。车厢里电灯亮了，一切都变得如此陌生，雅努什觉得还不如归去。

没有一个城市像克拉科夫在秋冬之际变化这么大。至少雅努什下车后穿过街心花园，经斯瓦夫科夫斯卡街向格兰德旅馆走去时，心里是这样想的。公园里到处是泥泞，微弱的灯光照耀的光秃秃的树枝怎能使人联想到夏天一片碧绿的灌木丛和枝繁叶茂的大树？这里还散发出一股克拉科夫低地的潮气，空气里弥漫着朦胧的水雾。弗洛里安城门也显得低矮而暗淡，城门下驶过一辆小得可笑的蓝色电车，看起来酷似儿童玩具。

格兰德旅馆客满，这给雅努什又增添了一重烦恼。门房向他发誓赌咒，显然是真的客满。他只好住进萨克森旅馆。虽然这两家旅馆相隔很近，而且在同一条街上，但舒适程度相差很远。水管里没有水，大理石洗脸间的老式大搪瓷盆裂了缝，雅努什只好摇摇头。“我父母当年住的玫瑰旅馆也很不错。”他自言自语地说。他到克拉科夫之后心情一直很激动，他不愿承认，这座城市由于草木凋零、天气阴冷而显得沉闷乏味，不愿承认他害怕**这里**的寂寞孤单。

他匆匆躺下睡了，一直熟睡到夜里三点。斯瓦夫科夫斯卡街上有个醉汉，边走边唱，只听见他放开嗓子唱起了“打仗真是其乐无涯”，这歌声把雅努什吵醒了，但他一下弄不明白自己是置身何处。而且，他觉得歌声不像是真的，这里不可能唱这首歌。它是属于另一个环境，另一种梦里的。果然，他重新睡着之后便梦见了约齐奥·罗伊斯基站在床边，向他伸出一只手，说：“没有什么，巴希卡，没有什么，巴希卡。”① 雅努什像祷告或念咒一样跟着他念这几个字，念着念着他又醒了过来，但没有全醒。他躺在床上一动不动，自己觉得像是钉子钉在木板上一般。在睡梦中他又反复叨唠着，“像钉子钉在木板上一般”。

天终于亮了，他起了床，但依然睡意蒙眬，拿不定自己到这里来是否做得对。他穿好衣服，刮了脸，坐在圈椅上，望着这个放了一张双人床的大房间，望着从雾蒙蒙的窗口射进来的十一月的阳光。他这样坐了很久，然后才到格兰德旅馆的咖啡厅去吃早餐。他挑了一个靠窗的地方坐下了，注视着过往行人。殷勤的招待把红茶、小圆面包和黄油放在光滑的大理石桌子上。招待还把一份用竹夹子夹着的《克拉科夫信使画报》放在桌上，但雅努什碰都没有去碰一下。

不用说，街上的行人中有他的熟人。先是卢德维希·莫尔斯汀夫妇，披着粗毛料斗篷，很明显，他们是刚从乡下来的。莫尔斯汀太太看到街对面橱窗里摆的皮鞋，便跑过去看。丈夫耸了耸肩，双手反剪在背后，继续往前走了。他身体干瘦，背有点驼。雅努什本想对他说点什么，但又不知该怎么说。况且莫尔斯汀也没有看到他，径自走了。接着过来的是高大、瘦长的弗兰齐舍克·波托茨基，他穿一件长得拖地的大披风。雅努什见了忍俊不禁。克拉科夫总是这么个老样子。

太阳终于透过云雾羞羞答答地露出了一点笑脸。已经是上午十点

---

① 这是显克微支小说《洪流》结尾部分里的一句话。

了。雅努什想，这地方听不到玛丽亚教堂的号声，心里不由感到一阵轻快，此刻他真不愿听那号声。

“该到萨尔瓦托尔区去了!”于是他站起身来，付了账，向市场广场走去。这次他没有兴趣步行到萨尔瓦托尔去，便决定去乘电车。

因为电车的始发站在玛丽亚教堂前面，雅努什便到教堂里转了一圈。他一走进门，立刻就被那庄严肃穆的船形穹窿吸引住了，被那种特殊的，深黄色的，不，应该说是古铜色的——世上唯独这个教堂才有的温暖而悠闲的色调吸引住了。斯特沃什①圣坛正巧也开着。圣坛的两侧在教堂黄色的光线里显得水汪汪、金碧辉煌，而中间部分则处于炫目的烛光和昏暗的电灯光照耀之下。虽然教堂里挤满了妇女，她们呵出的气形成了一层云雾，雅努什还是从人群中挤了过去，直到圣坛下面，看到了“升天圣母”像。他感到她那摇摇欲坠的纤弱身躯简直就像托在自己的手上，倒在自己的怀抱之中，就如他前不久搂抱过的一个娇小妇人的僵硬身躯一样。圣母那双软弱无力地下垂着的手像是两条倒挂的小溪流。只有这双手是非人间的，而其余的一切，尤其是压在大个子使徒身上的整个重量，那正在冷僵的躯体的重量，却是清晰可感的。灵魂已经离开了这个躯体……什么？是什么离开了这个躯体？既然一个人突然变成了一堆僵死的腐肉，又有什么能离开这个躯体呢？

挤在人群中的雅努什在这座体现一个年轻女子之死的圣坛面前再也待不下去了。松树干色的墙上，天使多得简直使他难以置信，他无法平静地去看这些天使，也无心去欣赏那高处会合在巨型十字架之上的哥特式的线条。“为什么这教堂里充塞了这么多的苦难?”雅努什想，

① 斯特沃什（约1445—1533），波兰著名雕塑家、铜版画家，玛丽亚教堂的圣坛是他的代表作之一。

但他很快就自己作出了答复，“是我的内心深处充塞了苦难，而不是这教堂。”

他不得不到外边去透透气，教堂外面是一派凄凉的秋色。密茨凯维奇塑像站在教堂对面，却怪模怪样地转身向后看，仿佛要避开什么人似的。塑像旁边停着几辆出租马车。雅努什决心坐马车到萨尔瓦托尔区去。但后来他又很懊悔，因为他不仅冻得够呛，花了不少车钱，而且在这深秋之晨，坐着在泥泞中跋涉的马车，再看克拉科夫，便显得格外凄凉。维斯瓦河就从玛尔塔姑妈的小屋后流过。维斯瓦河现在是黄色的，河水上涨，波涛汹涌，混浊难看，跟他记忆中的五年前的那条清澈的河大不相同。

直到按了门铃，他才想到对玛尔塔姑妈他无话可说，而且根本不明白自己为何要到这里来。一个高个子、表情严肃的女仆给他开了门，把他请进了客厅，于是他再一次看到了那架钢琴，那些镶了镜框挂在墙上的风景照片，那些点缀在照片之间的梅花草。从窗外的维斯瓦河上反射过来一缕黄色的光照在洁白的墙壁上。雅努什等了很久。

玛尔塔姑妈终于来了。她还和以前一样，高高的身材，漂亮的脸庞，脖子上围着一条紫红色的天鹅绒围巾，只是如今对她无话可说。也只有在这种景况下，他才发现姑妈相当聪明，没有对他的来访表示惊讶，同时也相当善良，没有提出任何使他发窘的问题。这次拜访似乎是世界上再自然不过的事。他们谈论天气，谈起克拉科夫令人烦闷的秋天，谈到从冈蒂纳街到城里有多远。

雅努什坐在一张小长沙发上，头微微低着，似乎在看沙发蒙布上的花纹。他用平静的声调泛泛地应酬玛尔塔姑妈的话。这样大概谈了半个钟头，姑妈抖了抖身上的衣服，抿了抿头上亚麻色的鬈发，坐到了他那张小长沙发上，把自己的一只手放在他的手心里。雅努什浑身一哆嗦，惶惑地望着她，几乎有些恼怒，好像她做了一件最不得体的事。

“你或许想要佐霞的照片吧?”姑妈问。

“不，谢谢您!”雅努什说，仿佛是刚从噩梦中惊醒过来。

他立即就想走了。

“你不再坐一会儿吗?”玛尔塔姑妈问，她又坐到了旁边的一张软椅上。

雅努什摇摇头。

“不，”他说，“我得走了。反正什么地方也找不到她的踪影。”

这一下轮到姑妈吃惊了。她咬紧了嘴唇。雅努什明白自己讲了一句很不得体的话，便想作点补救。

“请您原谅。”他突然说了这么一句。

两人都站了起来。雅努什吻了吻姑妈的手，同时竭力不去看她。因想避开玛尔塔姑妈的目光，他竟举止失措，两次绊着了软椅。他走到门前，抓住门框，像是要靠它支撑自己的身子似的。姑妈神色惶遽地望着他。他知道，她有点怀疑他是否喝醉了。

“我还有句话要问姑妈。”雅努什有点鲁莽地说。自然，他没有说出他在路上想的那个问题。他们面对面地站了片刻，一句话也没有说。姑妈神经质地抚摸着自己紫红色的围巾。看得出来，她害怕听到雅努什的问话。雅努什咽下一口唾沫，闷声闷气地说：

“我想到瓦格纳夫妇那里去一下，姑妈觉得行吗?”

玛尔塔姑妈轻松地舒了一口气。

“当然可以。瓦格纳太太是个好人。”

瓦格纳太太果然很好，但不很聪明。她对雅努什的来访十分惊诧，并向他提了一长串不必要的问题。雅努什泰然自若地一一作了答复。只是他觉得教授夫妇的住宅跟他头一次看见的完全不同，既不暗，也不脏。过了一会儿他才明白，原来是门厅的那块褐色天鹅绒的帘子撤掉了，门厅里很空，又刷得很白，靠墙摆着一排满是外国书籍的窄书架。他这才想起，他只到过这住宅的门厅而没有到里面的房间来过，因此，他才觉得教授这间槲木书橱直触天花板的书房既陌生又漂亮。教授夫人询问了有关佐霞之死的各项细节。奇怪的是，他对任何一个亲人都不会讲的话却对这个素昧平生的女人轻松地讲了出来，而且还使他感到愉快。他终于能够痛痛快快地讲一讲了——他甚至还讲到了孩子的死，虽然教授夫人根本没有问他。正是在这次谈话中他才明白，此刻除了这些细节之外，他对任何东西都不感兴趣，他的全部思想都围着这样一些细节转：当时佐霞是个什么样子，把她放进棺材的时候有多重，她处在半昏迷的状态时是怎样把手上的戒指脱下来交给了他。

“噢，这就是那些戒指，”他掏出戒指给教授夫人看，因为他一直放在背心的小口袋里，“一只有五颗钻石，另一只有五颗红宝石，五颗小钻石……”

教授夫人莫名其妙地望着他。他猜到，她准以为自己想把戒指卖给她呢。

他对她笑了笑说：

“您瞧，我变得多么古怪。”

他起身告辞，出去了。正是午后一点钟。阳光从云雾中钻了出来。他朝瓦维尔宫望了一眼，宫殿的塔楼染上了一层紫红的颜色，在云雾缭绕之中显得遥远、陌生而不自然，像是民间游艺会上的剪纸似的。

“啊，一切都办完了，”他大声地自言自语，“下一步做什么呢？”

不错，他已拜访了两家，但一无所获。那种不仅在自己的周围而且也在自己的内心所感到的可怕的空虚一刻也没有得到充实。他完全像个老人，踏着泥泞的道路，步履蹒跚地朝着老市场的方向缓缓走去。在 AB 线上肯定能遇上熟人。

“在克拉科夫只要在 AB 线上站五分钟，就能遇到这个城市的居民中自己想遇到的和不想遇到的一切人。”雅努什站在菲舍尔商店旁边，看了看市场大楼，又望了望市政厅的尖塔和玛丽亚教堂的塔楼。“歌德曾在这幢房子里住过。”他叹了口气，“但那是在很早以前，在幼年时代，离写《浮士德》第二部的时间还很遥远。”

“不该到克拉科夫来，”雅努什心想，“应该到华沙去找埃德加尔，他兴许能帮助我。”

他当然知道，埃德加尔帮不了他的忙，能帮助他的只有时间。但必须消磨这段时间，熬过这段时间，坚持活下去。但要活下去还必须自己回答几个问题，几个最简单的问题。不是：世界是什么？人是什么？这类根本性的问题，而是：我爱过佐霞吗？我为什么要从海德尔堡逃走？我那时为什么到克拉科夫来？现在我为什么又到这里来？这类简单的问题。

然而他在这里遇到的却不是克拉科夫人。这个时分通常在 AB 线上转悠、伫立、观望的人群中，突然出现了一个华沙的熟人，一个典型的华沙人：阿达希·普热比亚-温茨基。

“喂，伯爵先生为什么像根路灯柱子一样站在这街角上？”阿达希紧紧抱住他的两臂，几乎要投入他的怀抱，“巧遇呀，对不对？伯爵先生！”（“伯爵先生”这四个字他是放开嗓子喊出来的，为的是让每个行人都听得见，正是这一点显出了他的华沙人的本性。因为伯爵这称呼对克拉科夫算得了什么？）“我有好长时间没有见到您了，伯爵先生到哪儿去？”

雅努什只是暧昧地笑笑，敷衍了他一下。

“我正要去吃午饭，又没有个伴。我来这里是为我舅舅办事，也是为公爵夫人——令姊办事。遇到您太好了。我们一道去吃午饭，好吗？”

雅努什当即同意了。这甚至正合了他的心意。现在他孤零零一个人到他曾同佐霞一起去过的饭店吃饭，有什么意思呢？还不如跟这个蠢货一起去的好，他会喝伏特加，会呵斥招待，会拍着他的肩膀，对着整个大厅大声喊叫“伯爵先生”。眼下他最需要的也许是：抑制痛苦，抹掉回忆，在这克拉科夫，在同一个克拉科夫，喝他个一醉方休。雅努什心里甚至为这想法感到乐滋滋的，他们向饭店走去的时候，他挽起了阿达希的胳膊。温茨基受宠若惊，尽量把步子放慢，以便让更多的人看到。他们走到绵羊饭店时，阿达希问：

“您来过这里吗?”

雅努什微笑着摇摇头，他看到阿达希溜圆的猫眼里流露出不相信的神情。

“这家伙骗我，但随他去吧。”雅努什觉得这个青年小伙子在这么想。

阿达希·温茨基对克拉科夫比雅努什要熟悉得多，他把雅努什带到格罗茨卡街上的一家小而雅致的饭店里，就在那圣安德热依教堂的后面。经过教堂的时候，雅努什想停下来看看，讲讲以前在这里包围过教堂的鞑靼人的故事，但亚当没有听见他说什么。

“走吧，伯爵先生，我们走吧。”他催促说，显然，他急于要到那个酒馆去。

他们一坐到红漆布的小长沙发上，阿达希就像到了家里一样，马上扮演起了东道主的角色，虽然雅努什片刻也没有怀疑，到头来还得由自己掏腰包。阿达希先要了半公升酒，一条青鱼。雅努什是随便吃点什么都行。他们喝开了酒。

饭店里只有一个瘦得皮包骨的女店主——个面颊绯红、眼睛发亮的痨病鬼和一个五短身材、面目可憎、过分善于讨好、雅努什一见面就不喜欢的男招待。随着他不胜酒力，思路紊乱，就越发讨厌那人了。

雅努什很少开口，让普热比亚-温茨基尽情地讲。而温茨基两杯酒下肚之后，就给他描绘开了辉煌的前程。当然不是他雅努什的前程，而是他外甥的前程。一年或一年半以后，阿罗就将成年，就可以把祖母给他留下的全部遗产接过来。这笔遗产现在暂时由玛莉亚公爵夫人管理。

“您根本想象不到，伯爵先生，”阿达希边说边把新鲜的黄油涂在面包上，再放上青鱼，“您完全不知道，令姊虽然在那位意大利伯爵夫人陪嫁的事情上遇到了麻烦，但她算盘是打得很精的。我舅舅常为此感到头痛……”

“这或许正是个优点吧？”雅努什问，伏特加今天好像对他不起作用，“特别是对待别人的钱，更该是如此。”

“您听我说，可她不会利用时机。”阿达希毫不客气地说。

阿达希才喝了这么一点儿酒就放肆起来了，雅努什有些不安。

“她像我舅舅教她的那样，手中尽留些证券。当然也不全是证券，因为这玩意儿归根结底是靠不住的，但她保留的主要是证券，是在国外的投资。据说，她的斯彼哈瓦先生帮她在外国银行存了很多钱……”

这时雅努什微微皱了皱眉。阿达希还没有醉到糊涂的地步，赶紧改变了话题。

“怎么样，您是否愿意建一个养赛马的马厩？”

雅努什把身子往红沙发靠背上一仰，几乎笑出声来。

“阿达希先生，”他说，“这种时候还养赛马？我们哪能搞这……”

“那我们总可以参加赛马吧？”

“可以，但要有懂行的人。”

招待端来了一满碗醋渍黄蘑菇。

“这是伤肝的。”雅努什说。

“您的肝不好吗？”阿达希问。

“不大好。”

“肝，没有事。哎，再来一杯吧。”温茨基说着，又端起了自己的酒杯。

“慢点，慢点。”雅努什想让他克制克制。

可他自己也感到酒力上了头；表面上没有什么，但动作有些笨拙。餐叉拿不稳，餐巾掉到了地板上，招待捡了起来，说：

“在这儿，伯爵先生。”

雅努什耸了耸肩：

“他也知道我是伯爵。”

阿达希眨了眨眼睛。

“您别激动，”他说，“他们对谁都称伯爵。管我也叫伯爵……”

雅努什感到不好意思。他还没有完全醉。

“您在科莫鲁夫建个马厩吧，”酒过三巡之后阿达希热情地喊道，“这是一桩好买卖。”

雅努什不为所动。

“伯爵先生，您掌握多少现金？”

“我一点儿现金也没有。”雅努什挡了回去。

“呃，呃，呃，雅努什先生，我太敬重您了，”阿达希说，“我不相信您会没有现金。”

“亚当先生，这是哪儿的话？”

“喂，再来一杯，”阿达希说着又举起了酒杯。他没有等招待动手就自己斟了一杯酒。

雅努什也不拒绝。每次都一饮而尽。他的酒量比阿达希要大。

“我们给伯爵先生建一个棒马厩，”温茨基自夸地说，“修一条好跑道。再请两个骑手，就行了。有多带劲！如果马赢了，有多少钱！好家伙！”

“好家伙！”这一声喊得很响，招待以为是在喊他。他连忙跑到厨房的窗口，端来了两份深褐色的猪排，上面撒了一层炸焦了的葱。他把盘子放在这两个就餐者的面前，自己站到一边，像一条狗似的望着他们吃。

雅努什觉得眼睛有点模糊。心里却充满了对阿达希由衷的感激，幸亏他把自己带到这家酒馆，免得一个人坐在旅馆里思索为何要到克拉科夫来。他想表示一下自己的谢意。

“我太感激您了，”他反复地说，“太感激您了！你知道，我到克拉科夫来……我不知道为什么要来……我来了……先生……哎，干吗我们以‘您’相称？让我们对饮一杯订交，今后彼此以‘你’相称吧……”

阿达希已喝得昏头昏脑，以致什么都引不起他的注意。要是在清醒的时候，想到自己对雅努什·梅申斯基能直呼其名，一定会飘飘然，乐不可支。可此刻他却无动于衷。

“喝一杯订交酒？”他说，“好吧，让我们喝吧。堂倌！”他人声喊道——虽然善于讨好的招待就站在旁边，“再来一升！”

“怎么？”雅努什吃惊地问，“那些已经消灭了吗？”

“消灭了，”阿达希醉醺醺地说，手握瓶颈，把它交给了招待，“消灭了。伯爵们就是这么喝酒的！您明白吗？”

他把酒瓶递了过去，就想用拳头擂桌子，但雅努什抓住了他的手。

于是他们喝开了订交酒。阿达希移过来坐到雅努什的小长沙发上，一开口唾沫直往他脸上飞溅。雅努什不停地用餐巾擦脸。但他眼前一切都在团团乱转。坐在他身旁的阿达希又唠叨起生意经来了。

“你们总是使我吃惊，”他颠来倒去地说，“你们总是使我吃惊。这么多钱……都浪费了。把钱放在保险柜里，存在银行里……可钱是需要周转的，周转，周转！”他用手在雅努什鼻子前面比画，“周转！懂吗，雅努什？”

雅努什完全醉了。真是借酒浇愁愁更愁，他从来没有感到这样孤独，悲观绝望到了极点。“到了极点，到了极点。”他反复对阿达希说，但阿达希全然没有理会。

“糖水菠萝。”他含糊不清地对招待说。

随后是黑咖啡，并且又要了很多伏特加。

“你不了解我，”雅努什解释说，“你不了解我。你不了解我是多么孤独。”

阿达希寸步不让。

“你应当在科莫鲁夫建一个马厩，建一个养赛马的马厩。科莫鲁夫特别合适。”

雅努什怒不可遏。

他猛地把盛糖水菠萝的碟子往旁边一推，打翻了酒杯，厌恶得浑身发抖。

“我死了老婆，你还给我讲什么养赛马的马厩……”

他真醉了，用两手捂住脸，端坐不动。头脑里的一切，周围的一切，都在迅速地旋转，并且在旋转中逐渐变得模糊不清。最可怕、最难堪的是，他无力制止这种旋转。他觉得自己的头脑中好像有一台牛奶分离机，要把他的脑髓搅成黄油。

雅努什最后一句话使阿达希慌了神，也似乎清醒一点了。他叫招待来算了账。外面，天早已黑了。

“我们应当换个地方。”雅努什把手从脸上移开时，温茨基一本正经地说，还亲热地拍了拍雅努什的大腿，雅努什觉得这举动简直再恶心不过了。

他们一同出去了。街上又黑又冷。他们手挽着手，沿着格罗茨卡街向市场走去。他们又从圣安德热依教堂旁边经过。

“你不要再对我讲这教堂了，”阿达希说，“克拉科夫这个偏僻的鬼地方。”

雅努什真的觉得克拉科夫很可怕，天黑，路灯昏暗，秋天的潮气叫人喘不过气来。他们摇摇晃晃地走着。雅努什没有去听他那无穷无尽的唠叨。末了他还是听进了阿达希一句含混不清的话：

“我告诉你，雅努什，那里有个漂亮姑娘！那是个很像样的地方！我告诉你！”

“哪里？”雅努什问。

“走吧。”亚当喊道，他们加快了步伐。

他们走到市场大楼后边的出租汽车站，钻进了一辆破旧但很宽敞的小汽车。

阿达希说：

“这辆汽车像一张床，我们可以把那姑娘请到这儿来。”

“呃，”司机说，“出租汽车可不是放荡的地方。”

阿达希大笑起来。一路上他都在笑。他们终于到了沃尔斯卡街一幢漂亮公寓楼房后面的夜总会。

对于夜总会来说，时间当然还嫌太早。黄色灯光照耀下的大厅里空荡荡的。大厅深处，在光线昏暗的角落里的一张小桌旁，坐着几个舞女。厅内寒气逼人，跟外面一样潮湿。那几个可怜虫都披着毛衣，手里还在织毛活。她们看见第一批客人到了，也没有理会，长长的骨针继续在她们手里闪动。她们一共有四五个人，又丑又瘦，直挺挺地坐在桌旁，活像凶恶的命运女神，搓着不幸的生命之线。

雅努什和阿达希在靠舞池的一张桌子旁坐下了。那张桌子最多能坐三个人。雅努什发现自己清醒了一点，舞厅不像饭店那样飘浮不定；但他一看阿达希，便痛心地认定，这个年轻酒鬼的脑袋瓜比刚才还要糊涂。但见他红着脸，流着汗，瞪大了眼睛坐在自己面前。

雅努什的清醒也是一种假象。在外面寒冷的空气里他觉得好一些，但一坐到桌旁，一切又在脑袋里打转，桌子飘得越来越远，而且不停地旋转。

“黑咖啡。”雅努什对在他们身后已站了好久的招待说。

当他用稍微清醒了一点的目光向周围打量的时候，发现桌上已放了一壶黑咖啡，还有一杯倒好的咖啡正冒着热气。此外，桌上还有一瓶法国白兰地。阿达希旁边坐着一个年轻、瘦弱、病恹恹的丑陋女子，穿了一件袒胸露背的绿色连衣裙，上面还闪耀着许多光点。那些光点在雅努什看来像是一群飞舞的萤火虫。阿达希拉着那姑娘的手。

雅努什忽然想起应显得有教养些。

“你给我向这位小姐介绍一下吧。”他对亚当说。

“你们刚握过手。”普热比亚嘟哝了一句。

“我不记得了。”

姑娘笑了起来，好奇地望着雅努什。他看见她那双眼睛又大又黑，很富于表情，觉得她还挺讨人喜欢。

亚当已经把白兰地倒进了一只大肚酒杯，但他的手发抖，酒倒得太多。

“你疯啦，”那姑娘说，“再把这一大杯酒喝下去，你可就全垮了。”

雅努什用酒润了润嘴唇。白兰地的气味浓烈馥郁，使人觉得头晕目眩。他连吸了几口气，脑子才清醒了一些。

乐队奏起了音乐，雅努什发现，舞厅里已有不少人。然而他坐着坐着，不觉打了一会儿瞌睡。沙发椅软软的，很舒适。雅努什看见阿达希请了那个姑娘去跳舞。当留下他一个人的时候，他觉得遍体轻松。他调整了一下在沙发椅上坐的姿势，朝大厅里望了望。厅里人还没有坐满，有几对舞伴在舞池内跳舞。身穿蓝色短燕尾服的乐师们演奏得十分轻快，因为这才刚刚开始。

一个穿浅灰色衣服的人打破了雅努什的孤独，他没有打招呼就坐到雅努什的桌子旁边。雅努什诧异地望着他，但没有讲话。

这个人还年轻，一头金发，对雅努什微微一笑。

“对不起，”对方终于开了口，“我看到您是这么孤单。”

雅努什又觉得两眼发花，无可奈何地笑了笑。

“人总是孤独的。”他说。

“哦，对，对，对！”那个陌生人高兴地说，雅努什发现，他也喝醉了。

但那个人马上镇静下来了，严肃地望着雅努什。

“孤独对于您是很不好的。”他说。

雅努什耸了耸肩膀。

“很可惜，孤独是无法可治的。”

“您不应该借酒浇愁。”

雅努什突然像醉汉那样发起火来。

“为什么？”他暴躁地问。

“因为，这跟您的心理状态很不相宜。您跟那家伙混在一起也不相宜。”他用下巴指了指亚当刚坐过的那个空位子。

“您怎么知道？”雅努什无所谓地问。

“我知道，因为我猜到了。只要看您一眼，一切都能知道。”

“一下子一切都……”

“对。当然不是一切。但您此刻的心境是可以猜到的。您听我说，”他忽然显得很诚恳，把手放在雅努什的手掌上，“我给您一个忠告。您现在就回旅馆去吧，躺下睡觉，这样最好。”

雅努什坐在椅子上往后一仰，又合上了眼皮。现在他确实是需要寂静和安宁。为什么要到这儿来呢？

“对不对？”陌生人说，“您最好待在旅馆里。”

雅努什睁开眼睛，看清了面前这个喝醉了的人的脸庞，那张脸很平凡，但闪烁着一双聪慧的眼睛。

“对，”他表示同意，“只是我一到旅馆又要陷入可怕的孤独。”

“是的，但比这要好，伏特加对您不适宜。我自己也醉了，因此才对您这样说。”

“谢谢您。”雅努什说。

“我们走吧，”那个金发人说，“我送您到衣帽间去。”

他们一同走了出去。那个金发人大脑要清醒一些，他从雅努什手上接过号码牌，替他找来了大衣。雅努什刚穿好，亚当站到了他的面前。

“不要这样，雅努什。你总是叫人扫兴，”他责备梅申斯基的那种口气，听起来似乎他俩至少在一起度过了两个狂欢节，“你为什么要走呢？不能这样。卡罗琳卡会怎么说呢？”

“这跟我毫不相干。”雅努什微笑着说，他作出回旅馆的决定后，感觉好极了。他有了自信……

那个金发人把大衣披在亚当身上，平和地对他说：

“您该回家了。”

这句话讲得很有权威，亚当让步了。他猜想这个陌生人有什么特殊的威力。

“好，我同你一起走。”普热比亚-温茨基屈服了。

“您送他回旅馆吗？”

“当然，我送他去，只是，雅努什，我们还没有付钱呢！”

雅努什眉头一皱。

“我已经没有钱了。”他说。

那个正直的金发人摆了摆手。

“我来付钱，你们放心好了。”他转身对阿达希说，“你们直接回旅馆吧。梅申斯基先生住在哪里？”

“萨克森旅馆。”

“远倒不远。不过最好去找一辆出租小汽车。”

他们走到街上时，亚当就埋怨了起来。

“哎，天呀，本来今夜可以玩个痛快。你怎么出来了?”

“我不知道。”雅努什坦率地回答。

“那个照顾你的人是谁?”

“不知道。”雅努什又一次这样回答。

“怎么，你不知道?”醉醺醺的亚当奇怪地问，“那是你的一个朋友吧。”

“我第一次见到他。”雅努什说。

“看起来却像一个最亲近的朋友。”

“醉汉之间就是这样。”雅努什微微一笑。

他们到了旅馆门前，进去了。

“这位先生今天在我这儿过夜。”雅努什对门房说，“亚当，把身份证拿出来。”

亚当诧异地望着雅努什。

“我说好了在姑母那里过夜。”

“你住在这儿更好一些。”

门房看到两个人都喝得酩酊大醉，有点不放心，便把他们一直送到房间。房里并排放着两张床，都铺好了被子。他们脱了衣服，躺下了。亚当熄了灯。

雅努什摸到亚当的床上，双手抱住他的胸部。亚当吓了一跳。

“你疯了?”他说。

“不，没有。我不会把你怎么样。”雅努什轻轻地说，“我只想感觉到有一个人在自己身旁。”

他把手放在亚当毛茸茸的胸脯上，不由想起，当年也曾这样躺在约齐奥的身旁，接触过他那洁净、健美的身躯。亚当身上汗毛很多，汗津津的，很丑陋，他觉得恶心。但他手指下感到阿达希的心在跳动，于是醉意蒙眬地睡着了，也忘却了那种撕心裂肺的孤独。

三

雅努什明白，他在克拉科夫无事可干，尤其是当他第二天一觉醒来，发现自己躺在一个空荡荡的、陌生的旅馆房间里，而且头痛得厉害的时候，他的这种感觉就更加强烈。他决定立即回科莫鲁夫。阿达希一早就溜了，没有留下任何信息。雅努什走到圣约翰街角上的旅行社买了下午的火车票。

天气仍然很坏，秋色萧然；克拉科夫大雾弥漫，使人感到窒闷，不过浓雾后面仿佛有一轮太阳想往外钻，黄白色的雾团聚集着，像一个大圆顶笼罩在教堂的尖塔上方。

玛丽亚教堂对面，在 AB 线上，有一家不大的花店。在克拉科夫，好花都在市场上卖花女的花篮里，花店（这里的人都叫花房）里没有什么好花。特别在秋天这个季节，橱窗里更没有什么好看的花。只是在玻璃橱窗的中央有一束为某人婚礼准备的鲜花。鲜花很少，因此，店主人便把这束下午要用的花暂时拿来点缀这空空如也的展览橱窗。这是一束普普通通的白玫瑰，裹了一条薄纱，扎着白色的蝴蝶结，为了显得好看些，还衬了两支送殡用的直挺挺的水仙。这束鲜花躺在那里，像一个裹在洁白襁褓中的婴儿，天真烂漫，同时也显示着这个省会城市的贫乏。

雅努什看到这束花不由哼了一声，但同时又被它吸引，在橱窗前站住了。他记得，自己是怎样同佐霞一起沿着那条田间小路走，路两边的麦穗扫着了佐霞的脸，扫着了他的肩膀，那时他觉得，走在他前面的妻子手里抱着的不是新婚的白花，而是一个小孩。今天谁在这里结婚？在哪一个教堂？当然，是在玛丽亚教堂……在这样一束鲜花里，包含着人对生活的多么深刻的信念，任何力量都打不破的信念。

一上火车他马上决定到餐车上去喝一杯红葡萄酒；他以为这样他的感觉会好一些，头痛会减轻，绝望和消沉情绪会消散，头晕脑涨也会消失，这不是昨天的白兰地酒引起的，而是昨天拜访玛尔塔姑妈和教授夫人引起的。到头来，他不得不承认，对某些事毕竟是毫无办法，只能听其自然。像病人在床上辗转反侧，想找一种比较舒服的姿势那样，他想到外界的事件中寻找慰藉——当然这慰藉是得不到的。一个人不仅在死亡之时是孤独的；死亡是如此有力量，在死亡的无比威力面前，甚至会把孤独忘却。然而一个人在痛苦中则更感孤独。任何东西也帮不了忙，不论是玛尔塔姑妈送的照片，还是阿达希·普热比亚-温茨基的伏特加都无济于事。除了挣扎着活下去，别无他途。

克拉科夫郊外的景色迅速从窗外掠过，坡地和洼地上有的覆盖着一层越冬黑麦的幼苗，有的则露出一道道犁沟。太阳在下山前从云层中露了一会儿脸，在这单调的景色上撒下惨淡的、迟到的光。得挣扎着活下去啊。

“您好，”他听到一个声音，“这儿可以坐吗？”

一个客人在他的餐桌旁坐下了，他就是昨天在舞厅里照顾雅努什的那个翘鼻子的金发男子。

“请原谅，”他坐下后说，“我总是打搅您，老是缠着您。我叫马尔特文斯基，马尔特文斯基医生……”

雅努什记得在什么地方听过这个姓氏，但他真的什么也想不起来。然而他还是笑了笑。

“相反，”他说，“今天我倒很想有个人聊聊……”

“同昨天相反？”

“噢，昨天我也很想，只是不能。”雅努什微笑着说。

“回去时顺利吗？”医生问。

“非常顺利。您喝点什么吗？”

“谢谢。这种时候喝杯葡萄酒非常好。”

医生的表情突然严肃起来。

“我觉得，您再也不能那样干了。那对您不合适。”

“哦，大夫，”雅努什耸了耸肩，“请您别提那件事了。你们做医生的不知道，什么对人好，什么对人不好。”

“一般医生当然不知道。他们总是用老一套来劝说病人。而我，您知道，是个精神病医生。”

雅努什皱了皱眉。

“弗洛伊德[①]派？”

“对，也可以说是弗洛伊德派，不过有很多，非常多的不同点。从逻辑上说，我必须是懂心理学的，因此，我告诉您，您不要去做那种事情。我看您的那个同伴，体格健壮如牛，神经坚韧得像麻绳。而您呢……您不该去。”

“如果要我坦率地讲，”雅努什说，“我知道，对心理分析家要坦率，像忏悔时那样……”

“要更坦率，比忏悔时更坦率。不要装腔作势。”

“对，因此，如果要我坦率地讲，讲什么呢？我面前只有一条路：隐居。”

“我觉得，这样最好。隐居，或者叫孤独，与世隔绝。这个世界，从任何意义上说，好像从来没有引起过您的兴趣。”

“引起过的。我是说世界的外貌引起过。”

---

① 弗洛伊德（1856—1939），奥地利心理学家，精神病医生。精神分析学派创始人。

“旅行？旅行也是一种隔绝，与自己的环境隔绝，也是一种疏远、孤独。”

“爱情喜欢流浪。”[①] 雅努什出乎意外地冒出了一句，这是奥拉唱的舒伯特那首歌中的一句话。

“可这完全是另一码事。”马尔特文斯基微笑着说，微笑时他脸上容光焕发，使雅努什心里感到愉快。

“把自己封闭在孤独之中，”医生接着说，“此后您肯定很快便会对一切都感厌烦，那时，您反而[②]会在生活中找到应有的位置。”

“大夫，我承认，”雅努什说，“四十年来我一直在寻找所谓生活中的位置，但总找不着。我在各个方面都是个浅尝辄止的人。”

马尔特文斯基耸了耸肩。

“这也是一种生活态度，”他说，“但我觉得，您是一块真正的好材料，应该有所作为，不会永远是个浅尝者的。”

“然而……”雅努什望着窗外沉思地说。

克拉科夫-基埃尔策[③]的风景从窗外掠过。这里的景色跟科莫鲁夫附近迥然不同。雅努什觉得，这里的景色十分陌生。

“您是否认为，我走上歧途是由于那次创伤……大夫，像巴莱士[④]说的那样，离开了自己的故土[⑤]。假如我留在乌克兰，假如我加入了革命的洪流，恐怕现在就不会对一切都感到格格不入吧？我会同某种东西结合在一起。”

医生注视着雅努什。这可不是餐车上该谈的话。

---

① 原文是德文。

② 原文是意大利文。

③ 波兰省名。

④ 巴莱士（1862—1923），法国小说家、政论家。

⑤ 原文是法文。

"您觉得奇怪吗，大夫?"雅努什问，"我昨天喝醉了酒，今天还在饶舌。而您，大夫，也使我话多起来了。这您知道，并且是故意这样做的。"

马尔特文斯基莞尔一笑。

"不能说是故意，"他说，"那是自然而然发生的。在夜总会我坐到您旁边的时候，我什么也不知道呀!"

"您准知道点什么。准知道。不然你不会坐到我那里去的。"

"我只知道一点，"精神病医生一本正经地说，"您的同伴对您是不适宜的。"

"其实是我把他拉到夜总会的。"雅努什说。

"是的，我明白。可您为什么要到克拉科夫来呢?"

"我自己也不知道。我想看看那些能勾起我回顾往事的地方，这个念头支配着我。"

"所有的地方?"马尔特文斯基意味深长地问。

雅努什惨然地笑了笑，一时没有作答。

"这里的景色对我是多么陌生呀。"他感叹地说。

"那您就去寻找另一种景色吧。"

"不，"雅努什毅然说，"我寻求的不是另一种景色。"

"任何时候任何人都没有两次涉过同一条河。"[①] 医生说。

"对。因此我不寻求所有能勾起我的回忆的地方。我只寻求两种景色。但是它们的变化太大了，至少克拉科夫是如此。"

他们沉默了一会儿。雅努什吃力地望着盛红葡萄酒的酒杯，他紧蹙双眉，似乎是想讲什么重要的话。

"我爱过两个女人。"他突然说，举目望着医生。

---

① 这是古希腊哲学家赫拉克利特（公元前 540—前 480）的名言。

马尔特文斯基对他的表白似乎吃了一惊，虽然这表白是他自己引出来的。

“但我不能肯定，我是否真的爱过。”雅努什补充说。然后他又无可奈何地笑了笑，把双手摊开放在桌布上。

“尽管我想实地检验一下，但是什么结果也没有。”

“大凡尝试重现过去的生活一般都不会成功。但我想给您出个主意：到您度过童年和青年时代的地方去。您看看，会得到什么印象。”

“我正有这个打算。”雅努什严肃地说，“暂且先看看克拉科夫。”

“对。但是您的方式错了。酒从来不会使人清醒，而只能使人糊涂。酒，太原始了，哦，还有你那位同伴。”

“不然我太孤独了。”雅努什低声说。

“这对您来说不是第一次吧?”

“对，不过正是昨天那会儿我实在忍受不了。”

“阿达希·普热比业-温炎基那种人是不能帮您消除孤独感的。他那种人即便是喝醉了酒的时候也在做某种交易。”

正巧这时阿达希走进了餐车，同他一起的是个年轻美丽的妇人。他犹豫了片刻，不知是装作没有看见梅申斯基好呢还是跟他打个招呼才好。但退避已来不及了，他只得硬着头皮走上前去，对昨天的伙伴说：

“喂，雅努什，非常对不起，今天一早就离开你了。”他的声音全车厢都听得见，而且特别强调“你”字，“我甚至没有约你一道回去。”

“即使你不愿叫醒我，也该给我留下几个字呀。”雅努什漠然地说。

“可不是，唉!”阿达希埋怨自己说，“但是，你知道，我曾告诉姑母在她那儿过夜。这是我的表妹，”他压低了嗓门，朝那个坐在餐车深处的女人瞟了一眼，“我担心，我那可怜的姑母不放心，天刚亮我就起来了，飞跑到巴托雷街，真对不起你。不过我们现在还是一道回去……”

“可不，也真巧。”雅努什说。

“对不起，请原谅。”阿达希说，满不在乎地弯了弯腰。他身上散发着伏特加和高级香水的气味，凯旋般地回到自己女伴旁边。

“大夫，”雅努什记起来了，“您昨天替我们付钱了吧？”

“这不值一提。”马尔特文斯基说，他用雪白的手掌把雅努什的手按在桌布上，“可您要注意，您那位先生已经走上邪路了。您得跟令姊打个招呼。”

“家姊听不进我的意见，”雅努什讥嘲地笑了笑，“特别是涉及财产管理问题。”

“您想走了吗？”

“是，也许到华沙之前还能打个盹儿。我的座位很好，靠着窗口。”

“如果您需要什么，”医生说，“尽管吩咐我。”

雅努什笑了笑，笑得又是另一个样子，带着点怀疑。

“您知道，我一时不会去找医生。”

“您对医生失去信任了吗？”

“不是失去了信任，而是从来就没有信任过。至于孩子，他们倒是说对了。她刚生下来，他们就说她心脏有毛病，还说些什么……”

“我只是个精神病医生，”马尔特文斯基说，好像带点嘲弄的味道，“灵魂的医生。”他说这句话的时候，嘲弄的意味就很明显了。

雅努什生了气。

“我不喜欢一个人以嘲弄的态度对待自己的职业。”

“我没有嘲弄呀。”

马尔特文斯基又把自己温暖的手放在雅努什的手上。他直视着雅努什的眼睛说：

“您去吧，去寻找您逐步失去了人生最宝贵的东西——青春的地方吧。去看看那些地方吧，然而青春您是找不到的，而且您到那时也回答不了您向自己提出的任何一个问题。记住在任何时候都不可站到深渊的边上。”

雅努什抽回了手，喊来了招待，付了钱。他同医生告别的时候，简单地说了声：

“谢谢。”

他回到自己的车厢，靠着椅背睡着了或是在打瞌睡。他感到阿达希两次站在包房的门口，但他故意装睡，以免再听见那讨厌的声音。晚上他回到华沙，住在布拉茨卡街。他同泰克拉小姐谈起了阿达希，但她只是耸了耸肩：

“关于他我什么也说不出来。他是宠儿的宠儿。”

四

一九三六年夏天，斯彼哈瓦费了九牛二虎之力搞到了签证之后，雅努什到了敖德萨。但未能像他希望的那样途经基辅或罗马尼亚，然后渡海去，而是不得不经过莫斯科。他晚上到达莫斯科，不过是从一个车站到另一个车站罢了，第二天整天都是在南行途中，沿途是他所熟悉的沃伦和乌克兰的风光。他见到了记忆中那无限宽广、开阔，没有一片森林、没有一棵树木挡住视线的地平线，不禁百感交集。一望无际的农田一直伸向看不见的远方。收获还没有开始，但麦穗已经发白、变黄了。太阳从万里无云的天空沉下去了，好像是沉没在金黄色的麦浪里。日落之后气温并没有下降，而是乌克兰之夜那种富有特色的热而不闷的天气。火车开得很慢，停下的次数很多。如果经过一个村庄，那肯定是个真正的村庄，庞大的村庄，房子分布在沟壑或湛蓝的大池塘旁边。天黑之前火车驶入了草原。这里也经过耕种，然而与乌克兰的田野不同。这里地势像桌面一样平坦，但缺乏魅力，看不到山丘和美丽如画的村边园地。不过一块块长形凹地却另有一番风味。

晚上雅努什没有睡觉。他回想起二十二年前从曼库夫卡外出旅行。因为走的几乎是同一条路，车站的名称，附近的地形，连同火车的节奏都一如往昔，这使他想起了先前以为是完全忘却了的细节。现在他记得（虽然一个星期之前他还说不出来），他是坐什么马车上车站的，那辆车是什么样子，是谁驾的。他记得马车夫穿的衣服是灰色的，确切地说是灰蓝色的，衣领是高高的（硬的，不可能不是硬的!），领带是绿色的。他一闭上眼睛，有时（特别是打瞌睡的时候）他觉得还是过去那次旅行，他不久就要结识阿丽亚德娜，跟埃德加尔交朋友。沃洛佳呢？他肯定还在这一带。

清晨他在车站下车之后，“国际旅行社”的代表、小个子黑头发的法尼亚·纳乌莫夫娜马上接待了他。她用毫无商量余地的口吻说，他将由她照顾。果然，她把他像行李一样带到了旅馆。在同各种管理机构（它们多得出奇，每层都有）交涉了许久之后，把他安置下来，方才离去。这家旅馆原来叫“大陆”，现在叫“莫斯科”。当他终于一个人待在一间又高又大、窗户像拱廊一样的房里的时候，他才感到疲乏，便躺下睡觉了。他脱掉衣服，爬到床上，睡得很熟，醒来时竟一下搞不清自己是在哪里。宽大的床，高耸的天花板，使他觉得这是噩梦中的幻影。过了很久他才清醒过来。

电话铃声使他彻底清醒了。法尼亚·纳乌莫夫娜用标准的法语（雅努什假装已忘掉了俄语）问他下午有何打算。雅努什说他没有任何打算，并请这位导游七点左右到他这里来，以便一起去找个地方吃晚饭。

“今天很热，”法尼亚说，“我们到露天咖啡馆去吧。”

“随您的便，”雅努什同意说，“我们可以到露天咖啡馆去，在哪儿呢?”

“不远，就在列宁格勒新旅馆。”

“好极了。”

雅努什连忙表示同意，他什么也不知道，到哪里都是一样。他起身穿好衣服，走到街上。从他一早到达这个城市起，他就有一种感觉，现在这种感觉更加强烈了。他觉得自己是在一个完全陌生的、根本不认识的城市里。虽然他离开敖德萨以后并没有长高，但他觉得，这个城市比他记忆中的要小得多，房屋也要矮得多。而且这里的居民在他看来也像是遥远的异国人。他们既不像亚洲人，也不像欧洲人。大家都穿着同样的布鞋，同样的褪了色的藏青色裤子和式样古怪的衬衫。此外，他觉得奇怪的是，每人手里都拿着一个提包。

“真见鬼，他们都拿着提包干什么?”

人们并不忧郁，相反，充满着南方人的朝气。妇女们（出名的“敖德萨女人”）婀娜多姿。只是这一切加起来给他一种陌生、困惑的感觉。此外，他的一个突出的印象是，这座城市如此缺乏色彩。货物的包装、纸张、姑娘们的裙子、鞋子以至糖果——全都是一种褪了色的颜色。这一点他感到最生疏。因此，他迅速把目光转到十字街头，那里，在装了轮子的木案台上堆满了草莓和浆果。水果的鲜艳色彩使他感到快慰。

他尤其感到莫名其妙的是，街上的行人这么多。匆匆来去的人们使他想起了普希金[①]的诗：

他们有多少，奔向何方?

① 普希金（1799—1837），俄国诗人。

为何唱得这么悲伤？[①]

人行道上满是奔忙的行人，他们都走得很快，彼此擦肩而过，连眼睛也不抬一下，急急忙忙地奔向他自己也不甚明确的目标。

他看了看人们的脸，每人脸上都现出匆忙和紧张的神色。面部肌肉都习惯地紧绷着，没有轻松的表情，双唇紧闭，眼睛竭力回避别人的目光；这种深藏不露的神色在上了年纪的人们身上尤其明显。年轻人总是年轻人，他们的脸上展现出了笑容。小伙子们爱瞧着妇女。但是雅努什不能肯定他们是什么人：是码头工人，是青年职员还是大学生？所有的人都是那样小巧，都像耗子似的敏捷，而且又都是那样陌生，完全陌生。然而，曾几何时，他在这座城市里就像在自己的家里一样自在。他匆匆回到旅馆，等候法尼亚·纳乌莫夫娜。他在心里盘算，应怎么对她说：他为什么到敖德萨来。但法尼亚·纳乌莫夫娜没有对他提这个问题，似乎她对此不感兴趣或者是已经了解得十分清楚了。她只问他想看什么。

"当然想看大海，"雅努什说，"明天一早我们到别墅区的海滨浴场去。"

法尼亚·纳乌莫夫娜连最一般的问题也没有向雅努什提过。她没有问他是否到过敖德萨。

由于雅努什提出到"别墅区"[②]去，她向雅努什建议，明天去"喷泉"。

"这里有三个喷泉。"她解释道，突然又停下不说了，并望了雅努什一眼，很明显，她什么都知道。

---

① 原文是俄文。

② 原文是俄文。

但是她并非什么都知道。当天晚上他们去吃晚饭的时候，雅努什马上就证实了这一点。

他们坐在一幢高房子的凉台上。坐在邻近小桌子旁的人们的身份也像街上的行人那样分辨不清。但是可以看出，他们是外地来的，从莫斯科，从列宁格勒，从各个首府来的。他们带着某种不满的神情扫视着这个凉台。

然而雅努什对这个地方却很满意。餐具和招待的身影中都显露着过去那个时代的痕迹。这些桌子本身就使他回想起自己从前去基辅或日托米尔必经的一个枢纽站——卡扎廷车站的中央餐厅。在这个一面是高耸的玻璃墙和遮阳布帘的凉台上，有一股卡扎廷的气味：乌克兰奶油红菜汤和白菜馅煎饺子的气味。他想掰开那煎得黄喷喷的松软的饺子，闻闻里面的拌了米饭和蘑菇末的白菜馅。他要了一盘饺子汤，满心希望饺子和汤的味道也会同卡扎廷的一模一样。虽说栽在木插里的棕榈树同过去的毫无二致，浆得发硬的餐巾也和过去车站上的一样，连招待员也跟昔日的侍者一样亲切而殷勤（当年雅努什和父亲就坐在中间那张圆桌旁边），然而饺子的味道却和过去迥然不同了。面粉质量很差，而且没有煎熟。虽然凉台上还有老饭店的那种刺激食欲的气味，但饺子却没有过去那股芳香了。法尼亚·纳乌莫夫娜要了一种克里米亚的葡萄酒，用细长的瓶子装着，冰镇过的，雅努什觉得很好喝。他一时兴致勃勃，跟自己的导游开起玩笑来了，说她带着外国人逛敖德萨，过着资产阶级的生活方式。

“您忘了，我有家，有我自己的私事。”

她说得那么诚恳，雅努什有点不好意思了。

他又喝了一杯醇美的葡萄酒。

这时他发现有人在聚精会神地盯着看他。在紧靠玻璃墙的地方坐着一个军人，他旁边有两个孩子，其实已经不是孩子，而是两个少年。

姑娘大约十五岁，男孩大约十二岁。两人的头发都是深褐色的，都具有南方人的美，而且此刻都美得很是引人注目；但只要对这两人看上一眼就会明白，他们的美是昙花一现的，是不能持久的。他们的父亲，那个军人，从前大概也很漂亮。至今他的脸上还有一对南方人的水汪汪的大眼睛，高加索人那种善于表情的羚羊般的眼睛，那种某些俄罗斯舞女才有的眼睛。但这双眼睛却嵌在一张胖得不像样子的脸上，昔日清秀的鼻子变成了一团软乎乎的肉，瓜子形脸上的肌肉松弛了，下颏和耳朵下面出现了难看的皱纹。

雅努什起初对这个军人紧盯着自己的执着的目光并没有注意。他不懂苏联的肩章，不知道坐在对面的那个军人属于什么军阶。雅努什的注意力全都被两个孩子吸引过去了。那小姑娘撒娇地要求给她倒点葡萄酒，而父亲看来没有同意；过后她发觉父亲没有注意他们，眼睛老是望着空处，便同弟弟玩了起来。这个小弟弟的仪表实在令人惊叹，身材不高但匀称，眼睛又大又黑，配上那副神情专注、清雅高贵的面庞，显露出难以描绘的魅力。这孩子眼里的熠熠光辉使雅努什忆起了从前有过的、一时又难以说清的印象。那男孩在表演着什么，演给他父亲、姐姐和招待员看，对周围其他人的反应满不在乎，他就像在自己的家里一样随便。他那戏剧性地眄视流盼的动作，使雅努什清晰地回忆起敖德萨的一个夜晚，不禁脱口念出了早已忘却了的诗句：

啊，红色的帆篷
在绿色的远方，
黑色的玻璃珠
在灰暗的披肩上！①

① 原文是俄文。

法尼亚·纳乌莫夫娜笑了起来。

“您说，您不会俄语，可您还会念勃洛克的诗。”

雅努什一下给窘住了。

“我忘了。这是勃洛克的诗吗？”

“当然是。您在哪儿记住了这首诗？”

雅努什没有回答，只是更注意地瞧着坐在对面的军人。他发现，那人目不转睛地望着他，用一种缓慢而不易觉察的动作，伸出食指，放在自己的嘴唇边上。这个不让吭声的信号是再清楚不过的了。

雅努什面色发白，挪开了目光。现在他才认出，那是沃洛佳。他开始不自然地笑着同法尼亚·纳乌莫夫娜攀谈。

“您大概了解我的经历吧？”他说，向她探过身子，“您知道，我是在日托米尔上的中学。只是此后我没有讲过俄语，把它全忘了。如果您愿意讲俄语，我们可以试试看……只是我可能词不达意……”

“哦，不，不，不，”[①] 法尼亚意外地笑起来，“如果法语对您更方便，我们就讲法语吧。”[②]

“随您便。”[③] 雅努什说。

招待殷勤地弯下身子，又斟了一杯酒。

雅努什把酒杯端到嘴边，他发现自己的手在发抖。他不敢往桌子那边望，但用眼角看到了那里发生了什么事情。

法尼亚·纳乌莫夫娜笑了起来。

“您瞧，”她说，“那个小男孩多么迷人，但是给娇惯坏了……”她又用俄语补充了一句，“惯坏了的小家伙。”

---

① 原文是法文。

② 原文是法文。

③ 原文是法文。

雅努什往那边瞟了一眼。那男孩跪在椅子上，手肘撑着桌子，用这种姿势吃着冰激凌。父亲在对他发脾气，严厉地训斥他，向他指出，大家都在看着他，但小家伙毫不理会。

雅努什赶忙把目光从桌子那边移开。他看到沃洛佳一面对儿子训话，一面瞧了他几眼。他对沃洛佳那个不让吭声的手势感到吃惊，这是否意味着过往的一切对他和沃洛佳来说都已经一去不复返了？

“他们好像是歌唱演员。”他的导游说。

“怎么？歌唱演员？”

“那两个小孩据说会唱歌，招待员曾对我说过。”法尼亚·纳乌莫夫娜说。虽然她颇有经验，但还是没有发觉两张桌子之间的眉来眼去。她喊来了招待员，要了两份冰激凌。雅努什吓了一跳。他担心这样一来时间就会拖得太久了。

“是不是不要？”

“为什么？这里的冰激凌是有名的。”法尼亚诚心诚意地说。

他们吃完了冰激凌，喝完了咖啡。雅努什一直感觉到那个胖军人的目光停在自己身上。为了不向那边张望，他慌乱地从桌旁站起来，有意喋喋不休地同法尼亚闲扯。他在这位年轻女人的眼里看到了惊恐的神色，她不明白雅努什为什么一下变得这么活跃，话这么多。他们顺利地从凉台上走了下来，雅努什没有回头，而且也没有这个必要。当他回到旅馆燥热的房间，刚一合上眼皮，马上就看到了那个不停地望着他的肥胖军人以及桌旁淘气的漂亮孩子。他不愿承认，那男孩的每一个姿势，每一个动作——特别是他跪在椅子上扶着桌子贪婪地吃着冰激凌的时候，使他想起了阿丽亚德娜。

他到敖德萨来是为了寻找与她有关的一些痕迹，想再看一看去她那里时走过的那条街道，看一看他们初次相识时的那所房子。但他没有找到那所房子，也没有找到那条街道。一切都变得面目全非，一切都是完全陌生的。但是那个跪在椅子上的小孩，那个长着一张成人面孔、头发剪得跟阿丽亚德娜在巴黎时一模一样的清秀的男孩，简直就是活生生的小阿丽亚德娜。他对此毫无准备，他佩服自己竟然还能够在桌旁同法尼亚谈话、喝酒、吃冰激凌，对沃洛佳不让他说话的手势甚至连眼睫毛也没有眨一眨。

他同时又对自己感到气恼。他已经变得这么“有修养”了，可以使激荡自己心灵的感情深藏不露。他的心像擂鼓一样地狂跳，忽然觉得自己仿佛变得年轻了，成了另一个人，获得了新的生命，但是这种感情他一点儿也没有表露出来。

怎么办？现在他一切都有了，可以回华沙了。阿丽亚德娜的侄儿很像她，这替他解决了一切问题。不论何时何地，他心目中只有阿丽亚德娜。可是从前那个阿丽亚德娜，那个穿着卖弄风情的衣裙、戴着玻璃珠子的阿丽亚德娜，那个最初的阿丽亚德娜，那个朗诵勃洛克的诗的阿丽亚德娜——那个已经不存在，早已消逝了的阿丽亚德娜，是怎么也不会重新出现了。

他睡着了，梦见了佐霞。他知道，她已经死去。但是她还活着，坐在科莫鲁夫的长沙发上同他闲谈。她的头向后微仰，像她生前大笑时和高兴时那样。她欢笑着，突然止住了笑，拉着雅努什的手，直视着他的眼睛说：“我死了很好，这样你就可以爱你的阿丽亚德娜了！”接着，她把脸凑近他的脸，眼睛凑近他的眼睛，她那对盯着他的眼睛睁得越来越大，脸庞也越来越大。她的脸越来越近，同时也越来越模糊了。他大叫一声惊醒过来。

他睡不着，但也不完全清醒。他记不清楚了，但是他想回忆起佐霞是否知道阿丽亚德娜。他是否向她讲起过阿丽亚德娜？大概讲过了，一定讲过了。如果他没有对她讲过阿丽亚德娜，那就是无耻地欺骗了她。他一定告诉过她，在他的一生中有过这么一个女人。他对阿丽亚德娜讲过佐霞吗？他清楚，自己现在是处在半醒半睡的状态，他此刻所想的不过是梦罢了。渐渐地他的这些想法变成了撒落在售货摊上的鲜红的草莓，他的全部爱情都成了这样一堆水果。佐霞俯身向着草莓，他对她说："我一向对你讲，佐霞，我爱你们!"他说的是多数，因为佐霞很多，有几个，十几个。而佐霞摇摇头说："完全不对，我死了，死得好，因为现在我至少知道，你没有爱过我!""不，我爱过你!"雅努什喊道，又半醒过来了。遇见沃洛佳和他的孩子们之后，他在这敖德萨的旅馆里度过的是个多么痛苦的夜啊！

但是第二天他像休息得很好似的起了床，十一点左右，法尼亚·纳乌莫夫娜来了，手里拿着一封信。

"这是您的信。"

"信?"雅努什不胜诧异。

"是一张请帖。"

雅努什惊奇地注意到，有人请他今晚去参加为敖德萨教育工作者会议举行的音乐会。他很纳闷。参加音乐会的演员的姓名不说明任何问题。他望着法尼亚。

"您不去吗?"

"您的意见怎样?"

"叫我怎么说呢？我觉得，看看我们这个普通而平凡的音乐会也许会引起您的兴趣。我劝您去。"

"您真聪明，法尼亚小姐。"雅努什意外地高兴了起来。

"现在我们到海滨去吧。"女导游对他说。

像上次那样，他们坐电车去了。在中喷泉下了车。

当他们经过旁边的小路走到海滩上的时候，雅努什才发现这里正是希莱尔家的别墅。这幢房子如今已完全丧失了它昔日的外部镶饰，仿佛因此而统统下沉了。围墙没有了，不知是命令拆除的还是砖头被人偷走了。花园没有了，约齐奥在里面藏过身，奥拉和斯彼哈瓦在里面谈过情（雅努什只是听人讲过这些逸事）的茂密的洋槐树丛没有了。从别墅到“私人”海滩的通路也没有了。这所黄色的房子孤零零地屹立着，从下面的海滩望去，给人一种非常破旧的印象。它如同一只衰老的蘑菇倒在地上。屋顶倾斜，肯定要漏雨。窗户上没有窗帘，楼上楼下的所有房间里都摆上了铁床。这儿大概成了孩子们的夏令营或是儿童疾病防治所。许多穿着褪了色的连衣裙的小女孩在房子周围走动，还有一些孩子昆虫似的伏在阳台和窗台上，其中有的在光着身子晒太阳。

雅努什蹲在海滩上（他和导游都没有脱衣服），望着那波涛起伏、蓝色和绿色交相辉映的迷人的海面，望着那幢变小了的、荒废了的房子，宛如失去了的童年的房子——从来没有像此刻这样强烈地感受到他是属于人类集体的，在这个集体里面，他个人的特点就成了微不足道的东西。人类集体就像海浪一样，尽管他只是这海浪中的一分子、一滴水，但他却竭力想去理解这海浪腾起又摔成泡沫的意义。这当然是徒劳。也明白了，他费力的思索就像海水中的一滴水想竭力理解海浪的意义、力量和归宿一样。

雅努什从来没有像现在这样强烈地感到，他不能代所有的人去思索，不能替所有的人去理解。因为，海浪——向海岸冲击，并且摔成泡沫——都没有任何意义。对此不能作任何解释。他绝望地坐在沙滩上，忧伤地望着法尼亚。法尼亚手里拿着伞，却没有用来遮阳，闭着那双又大又黑的“甜蜜的”眼睛，美滋滋地让太阳晒她的脸。

“您很像中国人。”她微微张开眼睛笑着对他说。

“这怎么讲?”雅努什笑了起来。

他望着法尼亚·纳乌莫夫娜，心里想，这双亚洲人和亚洲附近的居民特有的水灵而温柔的黑眼睛有着多么丰富的表情啊。法尼亚的眼睛跟昨天那个吃冰激凌的小男孩的眼睛完全不一样。

“今天天气真好。”他说，为的是打破这难堪的沉默。再沉默下去，法尼亚·纳乌莫夫娜一切都会猜到的。

“您去听音乐会吗？”导游问。

“我还不知道。”他回答。

他忽然对自己、对马尔特文斯基大夫大为恼火。马尔特文斯基对他说过：“您试试，去看看吧！”他要看什么呢？渴望回到早已逝去了的事情和感情中去，这完全是开玩笑，一个四十岁的男人是不该做这样荒唐的游戏的。“这并不需要经验，”他对自己说，“只要懂得一个道理：一个人永远不会两次涉过同一条河。”渴望回到过去完全是徒劳的。假如我们想象可以回到过去，并且把这写在纸上——那我们肯定会失望，因为这种写在纸面上的回归只不过是选择了过去某些生活片断，某些话语，某些色彩，某些感觉而已。那个时光早已一去不复返了。能够使它停步的只有一样东西：照片。他想起，他在科莫鲁夫有一张褪了色的照片，那是在这个现在已经不复存在的花园里照的，有罗伊斯卡太太、约齐奥、埃德加尔·希莱尔，还有爱尔日别塔的发带是由埃德加尔拿着的，一端还缠着他的手指。这张照片也是当时现实中的一个小小的片断，像是从时间长河里取出的一滴水放在试管里一直保存到如今。水滴已经干了，只留下它的痕迹……

何苦要到敖德萨来呢？他本来可以从科莫鲁夫书桌的抽屉里把照片拿出来看看，就像有时看佐霞的照片和玛尔文卡的一张已经完全模糊了的小照片那样。生活中从来不能有旧的东西，生活中只能有新的东西。

在晚上音乐会上，他对这一点就理解得更清楚了。在演出第三个节目的时候他才明白请帖是谁给他的。音乐会是在一个民众大礼堂举行的，这个礼堂兴建在车站附近一些被毁的房子的废墟上。到那里要乘很长时间的车。法尼亚·纳乌莫夫娜似乎因为不得不去参加这个音乐会而感到烦恼。起初是一个很好的女钢琴家在演奏。使雅努什感到难过的是，听众对这种音乐很不欣赏，他们静静地坐着，像一堵冰冷的墙。在演奏每一个节拍，每一个较难的乐句时，都可以觉察出观众席上的抵触情绪。当女钢琴家结束了最后密接和应的响亮的乐段时(爱尔日别塔多么喜欢“密接和应”这个词啊，雅努什此刻仿佛听见她在反复念这个词儿)，听众礼节性地鼓着掌。响亮而短促的掌声从包厢传到下面大厅，到前几排就消失了。很明显，听众在期待着什么。他们不是在等待第二个节目。第二个节目是木偶戏，一个技艺精湛的木偶戏演员用手指操纵两个小木偶演出了一出出悲喜剧。观众中除了当地教育工作者会议的参加者外，还有很多年轻人；好几个学校的学生也来了，这个大礼堂容纳他们绰绰有余。孩子们自然为木偶的表演而欢笑，为木偶戏演员娴熟而利索的动作叫好。但掌声之后，雅努什很明显地感到他们还在期待别的东西。

原来，观众等待的是第三个节目。雅努什昨天在饭店里看见的那姐弟俩登上了舞台，两个都穿着白凸纹布做的衣服。雅努什发现，男孩比女孩矮不了多少。观众们简直发了狂，看来这两位小歌唱家在青少年观众中很有点名气，人们在喊：“安努什卡，科利亚!”而且在点唱节目。这时，一个身穿黑色连衣裙的伴奏，怯生生地从这两个穿白衣服的孩子身后轻轻地走过来。雅努什的目光扫了一下节目单，上面写着：歌剧《拉克美》[①] 中的二重唱，演唱者：安娜和尼古拉·阿丽亚季内。他一下愣住了。他一直没有发现这个化名，这个名字对于他本应是很说明问题的。

孩子们开始演唱了。奇怪的是，安娜唱的是女次高音，而科利亚

---

① 三幕歌剧，法国作曲家德利伯（1836—1891）作曲。

唱的却是拉克美的歌词。声音纯净、高亢，像水晶一样透明，好得无可比拟。这个尽人皆知的六度二重唱被两个孩子唱得出神入化了，整个礼堂的人都屏息静听。雅努什也被迷住了。他只看见法尼亚·纳乌莫夫娜匆匆瞥了他一眼，眼神里蕴藏着某种不安的成分，因为，即使在俄国听众当中，雅努什被这音乐打动的程度也太突出了。二重唱起伏不定（因为这是船夫体乐曲），时高时低，雅努什觉得它的美太清晰、太晶莹透彻了。他是那样地心醉神驰，以致没有注意到二重唱已经结束，孩子们以儿童特有的魅力笨拙地鞠过躬后跑进了后台。可是观众们并没有就此罢休。孩子们不得不在鼎沸的闹声中再次出台，再次谢幕，最后是跟伴奏一起出现在舞台上。他们加唱了勃拉姆斯的《摇篮曲》。那支民歌体的《摇篮曲》。

雅努什全神贯注地听着。孩子们以难以置信的艺术本能和毫不做作的音乐纯真演唱着那支简单的、要求小声哼唱的催眠曲，这是在成人艺术家中永远听不到的。大概只有爱尔日别塔一人能够这样唱，那时，很久以前，也正是在这敖德萨，她跟约齐奥告别时为他唱过……科利亚的嗓子里很顺当地唱出了纯净的高调，他的童音像敲打钢片琴那样清脆。他发声的精确和乐感，使人觉得这是自然而然地流出来的——真是令人心醉。人们心荡神迷，要求再来一个。

这次他们唱的是柴可夫斯基[①]为歌德的诗谱写的二重唱《流浪者的夜歌》[②]。这首天才的诗是以分节诗的形式翻译成俄文的，没有传出德国诗歌的神韵。音乐里吉卜赛情歌的成分也太浓烈了。但孩子们唱得多么好啊！

雅努什着迷地无言地望着科利亚。他不能在每支歌唱完后都鼓掌。

---

① 柴可夫斯基（1840—1893），俄国著名作曲家。

② 原文是德文。

他眼前站着的这个小男孩的这副嗓子说不定哪天就会失去，他看到他的椭圆形的脸蛋儿，水灵灵的眼睛，非常像阿丽亚德娜朗诵勃洛克的诗时的眼睛。只是阿丽亚德娜是朗诵，是做作，而科利亚的歌唱则渗透着音乐的精神：

路上已没有灰雾弥漫，
绿叶也不再打战，
稍等片刻吧，
你也会得到小憩和悠闲……①

“稍等片刻吧，你也会得到小憩和悠闲……”② 雅努什霍然憬悟了。这正是生活给他带来的新的、令人神往的东西。往事如烟，一去不返，但是，就像今天他在海滨看到的那样，每个海浪在沙滩上徒然消逝之后，马上又会涌起另一个新的海浪，它又会带来许多新的贝壳，带来每一滴海水中凝结的新的奇迹——而且它同样也会接着消逝。这正是每日都在变化更新的生活的魅力。他到这里来寻求对过往的回忆——但一无所获。陌生的城市，陌生的房子，陌生的、一个也不相识的人们。然而他却听到了这首歌，这个像冰溜一样晶莹澄澈，令人陶醉的声音，也像冰溜一样脆弱，一样易融的声音。这声音告诉他：

稍等片刻吧，
你也会得到小憩和悠闲……

---

① 原文是俄文。
② 原文是德文。

等！现在只有等待巨大的安慰。而每天都会带来生活的新的水滴。

他突然向法尼亚·纳乌莫夫娜望了一眼。

她蜷缩着，弯着腰，精神集中地坐在他旁边，但是忘掉了他的存在。她甚至没有看唱歌的孩子们。她完全沉浸在自己的思绪里，她哭了。

“您怎么啦?”雅努什问她。

五

埃德加尔·希莱尔在这个阴雨连绵、气候恶劣的秋天（完全没有出现他所喜爱的“好天气”），晚上常去看望奥拉。戈翁贝克一家八点吃晚饭，饭后男孩们马上回到自己的房间。海伦卡单独吃饭，八点时就已上床睡觉了。这套严格的生活制度是米哈霞姨妈定下的。到九点钟时就只有奥拉一个人。有时她也同丈夫和科谢可娃太太一起坐在客厅里，秋雨斜洒在玻璃窗上，风在吼叫，路灯被吹得来回摇晃。房间里安静而温暖。奥拉对埃德加尔每次来访都感到愉快，她放下书，对他讲孩子们的趣事，偶尔很难得地也唱唱歌。埃德加尔对音乐有点儿厌烦了。最近他不得不在音乐学校授课赚钱。作为创作（希莱尔不公正地说自己是“略识门径”），音乐对他具有吸引力，但是作为赚钱的手段，音乐对他就成了可怕的东西。给一年级讲授和音（包括大七和弦），他丝毫不感兴趣，因为那是一群没有经过挑选的学生，没有一个人对音乐理论问题表现出热情。埃德加尔觉得非常孤独和疲乏。他在瓦雷茨卡街的那个房间很冷，在这样的秋夜简直坐不下去。虽说房间里有钢琴，有乐谱纸，但埃德加尔过于疲倦，每晚回到自己冰冷的住所时再也无力创作了。他把纸铺在桌上，把铅笔削好。然后一连几个钟头在这小小的房间里踱来踱去，不敢向那张白纸望一眼。那张白纸总是使他恐惧，如果他不能勉力在上面写出几个乐段的话。他现在越来越难于集中精神坐到桌旁，用铅笔在五线谱上迅速写出音符。“多粗糙啊!”每当他记下自己的乐思的时候总是这样说。现在他连讲这句话的机会也越来越少了。在整个九月份，以前这是他最多产的一个月，他只写了三首短小的一页纸的前奏曲。他把这几首曲子寄给了在伦敦的爱尔茹尼亚，但没有得到她的回音。

他曾把这几首前奏曲弹给奥拉听，而且深深地打动了她：两首比较活泼，中间那首慢悠悠的，像是在沉思，奥拉说它庄严凝重。

“这几首作品很奇怪，”她嗫嚅地说，“似乎在预示着什么。”

埃德加尔笑了。

“我从来不搞什么预言之类的东西。”他说道，“这几首曲子是在诉说着什么。”

奥拉沉吟着。

“它们在诉说什么?”她问。

埃德加尔耸了耸肩膀。

“你想打听……可大家都在讲，大家都知道……‘整个华沙’都知道……难道你不知道发生了什么事吗?”

奥拉把手掌放在埃德加尔的手上。

“我历来对谣言不感兴趣。而且我也难以想象，人们口头传闻的事件，即使是最富有戏剧性的也罢，能够由这些前奏曲之类的东西来表达。”

“但是你知道，”埃德加尔说，“她到我这里来时，两首前奏曲已经写好了。我甚至还把那首你称之为‘庄严凝重’的前奏曲弹给她听了。她说，这使她想起了雷肖的即兴曲。你过去听过雷肖在管风琴上弹的即兴曲吗?”

奥拉摇了摇头，表示不曾听过。

"你瞧，你甚至无法判断。是的，这第二首前奏曲无疑是诉说雷肖之死给我带来的失望。"

"'失望'？这个字眼用得确切吗？"

"再确切不过了。我当然不能把这称之为不幸，因为雷肖并不是我的亲人……"

"然而你是他最亲近的人。"

"是这样，因此他在死前要见我，一定要见我。但对我来说这是失望。因为我想过，雷肖可能创作出许多东西。他的生命对我们的艺术将有很大的意义……然而他死了，什么也没有留下。他从来没有写下他的任何一首即兴曲。他的钢琴曲没有多大价值。那些曲子总是使阿尔图尔生气……"

"你把他的一首即兴曲写到这支前奏曲里了吗？"

"噢，没有，那样就太简单了。而且我也办不到。他的即兴曲的形式总是很精巧的，而这首前奏曲，像我所有的作品一样，只是一串声音，一条小河，一条小溪……"

"它很美……"

"对，它仅仅是美。它本身没有任何伟大之处。我不过是想通过它来表现我的失望。就是说，我甚至没有想到要表现……只是我写的时候老想着雷肖，想着他死了很可惜，没留下任何东西，想着他在沃维奇的墓一定无人照应。我就这样写着。就在这个时候海伦娜来了……"

"你爱玛莉霞吗？"

"玛莉霞？比林斯卡？谁知道？我是这样告诉海伦娜的……"

"我知道。"

"你怎么知道？"

"你以前告诉过我。"

"真有意思。我不记得以前我们谈过这件事。"

“我们谈过各种各样的事。还是在敖德萨的时候。在你认识海伦娜以后，我们也谈过不少。”

“她就在邻近的一个大门洞里服毒了。”

“我知道。”

“这太可怕了。一切都这样庸俗得出奇。当你希望生活中的一切即使不能是很美……但也要过得去的时候……突然之间一切都糟得一塌糊涂。”

“那又怎样？不是留下了这些前奏曲吗？”

“你瞧，我觉得这样评价事物不怎么合适。把人间这么多的苦痛凝结到一张乐谱纸上，没有多大意义……”

“可是，对人间的苦痛又能赋予别的什么意义呢？”

“妇女们……”

奥拉说到这里猝然打住了，没有把自己的想法讲下去。埃德加尔没有追问她，他也不希望奥拉把这句话讲完。他陷入了沉思。也许他又忘掉了这次谈话，等待另一个机会再来谈谈海伦娜、雷肖，谈她庸俗的自杀，谈人们怎样把瑰宝跟管风琴师的驼背孙子一起塞进了棺材。

有一次雅努什同埃德加尔一起来了。

看到他，奥拉有点儿慌神。

如今她跟雅努什很难交谈。说实在的，她从来就找不到他们彼此都感兴趣的话题，甚至连最普通的应酬话都难以启齿。雅努什总是使她感到胆怯，而且甚于埃德加尔使她胆怯的程度，在埃德加尔个性的力量面前，她的一切“智慧”和“诙谐”都黯然失色。但是埃德加尔的无比善良，使她胆怯的心情很快就能消失。

雅努什的不幸使他和一切人都隔着一堵无法逾越的墙，至少奥拉觉得是如此。她一时想不出来自己该对他说些什么。

“我给你把雅努什带来了，”埃德加尔说，“我想把我的前奏曲弹给他听听。”

奥拉想，可怜的埃德加尔特别强调这几首前奏曲的不凡意义，为的是遮掩它们的渺小。她忘记了，她自己曾经也把这些前奏曲看成是埃德加尔创作发展中的重要作品。过了好一会儿她才想起了这一点。“我得注意检点自己，我变得喜欢挖苦人了。埃德加尔实在是找不到人来听他的前奏曲哩。”

雅努什迟疑地笑了笑。

“你知道，”他对奥拉说，“我现在对新的音乐作品不大感兴趣。我宁愿听老的。”

“你总是看不起我的作品，”埃德加尔责备地说，“我永远忘不了你在我最后的那次音乐会后讲的话。”

“是爱尔日别塔演唱《山鲁佐德》的那次吗？”

尽管如此，埃德加尔还是把三首前奏曲弹了一遍。接着又弹了一遍。

中间那首很优美，像在沉思。奥拉又说了一遍：“庄严凝重。”

“这样一些前奏曲的存在真是那么重要吗？”雅努什问。

埃德加尔耸耸肩。

“当然，世间一切最美好的事物都可以不存在。但是它们有某种意义，至少对于我有很大的意义。这些前奏曲使我今天的存在具有意义……”

“它们不过是引起你的幻觉罢了。”雅努什说。

“你变得多可怕啊，”奥拉颤抖地说，“你不信创作的内在需要。”

“对，我只相信存在的内在需要。假如我们没有这种需要，我们大家早就上吊了……”

埃德加尔把前奏曲的开头又弹了一遍，那是个提高了的三度音，然后又降了下来的悲伤的乐句。

雅努什沉思着。

“这很美。”他说。

“仅仅是这一个乐句吗?”埃德加尔问，“那四段曲子呢?”

这时电话铃响了，奥拉走到前厅，然后满面笑容地回来了。

“你们知道谁来的电话吗?”她问，“海鲁宾，他问我是否知道怎样可以找到雅努什。我告诉他，雅努什现在正好在我这里，他马上就来。”

雅努什皱起了眉头。

“怎么?你不愿跟科韦什科见面?”奥拉问，“真抱歉……”

“很久以前，我不当心同这个人讲了几句真心话。以后我一碰到他就脸红。”

“你是怎么搞的?”奥拉问，“同海鲁宾讲真心话!”

“那时我还很年轻，”雅努什叹了一口气说，“那是刚从俄国回来的时候……当时我很幼稚。”

埃德加尔从钢琴旁转过身来。

“现在你已经不幼稚了吗?”他含笑问道。

“总之不像过去那样头脑简单了，”雅努什说，“虽然现在我像是生活在梦中。”

埃德加尔又弹了一个和音，并且弹出了前奏曲第一段的几个音符。

“像是生活在梦中，这一定很愉快。”

“我不知道我的生活算不算得上愉快，”雅努什沉吟道，眼睛没有看埃德加尔，“至少我不觉得愉快。”

“我们像是生活在鱼缸里。”奥拉说。

“金鱼，”埃德加尔有点冲动地说，他的手指在键盘上跑了一遍，“德彪西……”

“狗鱼喜欢吃金鱼。”奥拉说。

“你瞎说些什么?”埃德加尔悻悻地说，“金鱼生活在鱼缸里，狗鱼生活在河里，塘里，大江大湖里。狗鱼怎么能吃到金鱼呢?它们不可能相遇……”

“如果鱼缸打碎了呢?”奥拉问。

“如果鱼缸打碎了，金鱼还来不及到狗鱼寻食的水里就先死了。不，你的比喻不恰当。”他补充了一句。

“可能不恰当，但我们的确有点像金鱼。”奥拉边说边向前厅走去，因为前面有人按门铃。

任何一个人也不会有海鲁宾·科韦什科在这十五年里的变化大。他从一个不修边幅的瘦削的年轻人变成了一个衣着讲究、大腹便便的绅士。他穿了一套多罗青斯基服装店特制的挺括的西装，里面是绸衬衫，脖子上系着一条鲜艳的领带。但是他好动和爱挖苦的脾气没有变，只是才智有点衰退，现在他更像一个律师而不那么像一个作家了。他开了个律师事务所，参与过好几次重大政治案件的审判。他还曾为共产党人（而且是相当重要的共产党人）作过辩护律师。但是布勒斯特审判①他没有参与。不知是没有人请他，还是因为他不屑于卷进这桩他称之为“肮脏”的事件中去。

他一把抱住了雅努什。听到他那些亲热话，人们还以为是两个朋友久别重逢。他甚至还不得体地提到雅努什的“不幸”，奥拉惊慌失措地望着海鲁宾。

“您还写诗吗?”雅努什问。

这次轮到海鲁宾对这个问题感到不满了。看得出来，人们是想派给他一个他所不愿扮演的角色。

“诗?写得越来越少了。现在我给文学期刊写些批评文章。”

---

① 指1932年毕苏茨基在布勒斯特市制造的一起陷害中左反对派的政治事件。

“前不久我还读到过，”奥拉说，“您对待作品的态度很优雅，很富有诗意……”

“说实在的，”埃德加尔说，“批评也就是诗。”

“一切都是诗，”雅努什耸了耸肩，“其实这种说法一点儿意思也没有。什么叫作诗?”

“哎哟，你们谈话总是从诗的定义开始，以诗的定义结束。这么些年你们都没有变。”

“因为我们还是处在《山鲁佐德》的时代，”埃德加尔说，“且不论是我的《山鲁佐德》，还是里姆斯基·科萨科夫[①]的……”

“哦，这区别可大了。后者的《山鲁佐德》出现在我们年轻时代。”

“那就算上《幽情》吧。”埃德加尔把手放在键盘上，沉思起来。

他们沉默了片刻。然后又谈起了日常琐事。

“回忆有什么用?”律师兼诗人说，“不过是重温旧梦罢了！更重要的是今天!”

海鲁宾·科韦什科非要雅努什这几天之内到他那里去一趟不可。雅努什从科莫鲁夫到华沙来只准备待几天，还有很多事情要办。因此他建议第二天见面。

科韦什科现在有个很神气的律师事务所，在卡普钦斯卡街。虽然他还没有结婚，但是，在华沙一幢漂亮楼房的三层有一套几间房的住宅。雅努什到他那里去的路上想起了自己以前去过的市场旁边的小街，那所破旧的房子里有一列直通的房间，其中一个房间里摆着一架老掉了牙的风琴。现在的这个住所可不像那幢老式的房子了，但也还不是现代化的，无论是这幢公寓楼本身，还是摆满了俱乐部的沙发椅和挂

① 里姆斯基·科萨科夫（1844—1908），俄国作曲家。著名作品中有交响组曲《山鲁佐德》（一译《舍海尔萨特》）。

满了天鹅绒窗帘的房间，离现代化都相当遥远。雅努什走进这个神气的律师事务所的时候，带几分讥嘲地微微一笑。

“真奇怪，”他心想，“我总是要嘲笑这可怜的科韦什科。”他忽然拍了一下额头，“他是狄更斯[①]小说里的人物啊，不错，海鲁宾·科韦什科是狄更斯小说里的人物。见鬼，他干吗非要我今天到他这里来不可呢？他对我有什么企图？现在还有谁有求于我吗？”

雅努什坐在一张深红色的沙发椅上，毫不在意地注意到，另一张沙发椅上已经坐了一个富有犹太人特征的、浅黄色头发的胖绅士。胖绅士吃力地从沙发椅上站起身来。

“对不起，”他说，“海鲁宾的椅子就是这样，坐下去就很难站起来。他真是个天生的享乐派。”

雅努什笑了，因为这个不相识的绅士说“享乐派”这个词时，发音颇似安娜公爵夫人，“y”和“r”这两个音很难吐出来。这位胖绅士的声调里带着很浓的贵族气派和藐视一切的味道。雅努什虽然不爱盯着别人，这次也禁不住把目光转向了那个深陷在对面大沙发椅里的家伙，并开始端详起他来。

“多么奇特的人。”他想。

这位新结识的人的脸似乎有点儿肿，线条不匀称，带点儿悻悻然或者是倨傲的神情。脸的右半边跟左半边完全不一样。左半边富有情感而阴郁，右半边则充满了毅力和决断。浅黄色的头发凌乱地搭在额角上，似乎从来没有梳过，嘴角唇边还残留着白色的唾沫，这是他讲话时溢出来的。雅努什没有听清那人姓什么，也许科韦什科根本没有提过。

“听说您要去西班牙？”那胖子唐突地问。

---

① 狄更斯（1812—1870），英国小说家。

雅努什十分诧异地望着他。

“我？”他问，“我想都没有想过。”

他转身看了看科韦什科，见他端坐在办公桌旁，似乎在强调这次谈话的正式性质。雅努什补充说：

“最近我到世界各地漫游，因此，西班牙之行的谣传就出来了。我倒想知道，我会站在哪一边？”

“当然是站在佛朗哥一边啰。听说您在那里有亲戚。”

“海鲁宾先生，”雅努什不安地说，“这是什么意思？”

海鲁宾迟疑地笑了笑，手里玩弄一把裁纸刀。那个胖绅士不满地在沙发椅里动了一下。

“我马上就对您说明。我们得到一个消息，”他停了一下，并不急于说明“我们”指的是谁，“您将陪同令姊，比林斯卡夫人去西班牙，她要去那里看望自己的大姑子和别的亲戚。因为卡塞蒂伯爵夫人的地产在布尔果斯[①]附近，因此你们必然会站在佛朗哥将军一边。难道这还不清楚吗？”他很认真，脸上没有笑容。

“这件事我一点儿也不知道。”雅努什觉得很窘。

“大概令姊还没来得及告诉您。”对方把烟灰弹在蓝色的烟灰碟里，浅蓝色的烟灰碟是这昏暗的房间里唯一的亮点，“也许她想使您面临既成事实？因为她担心您会不同意去。总之，有一天您会拿到护照和车票的。”

雅努什完全弄不清楚这陌生的绅士是跟他开玩笑呢还是说正经的。他望了望海鲁宾，但海鲁宾避开了他的目光。

“你没有弄错吧，耶日？”他对自己的客人说，“你讲得没头没脑。看来你把雅努什先生吓坏了。”

---

① 西班牙北部城市名。

“我的天呀！你这话说的！”雅努什笑了起来，这一笑立即使他恢复了镇定，“我一点儿也不觉得害怕。相反，我倒是很想到马德里去。”

“嗯，眼下您离马德里还远得很哩。”科韦什科称之为“耶日”的那个人平静地说。

“即使去布尔果斯也是值得的。”梅申斯基说。

“您到过西班牙吗？”那个陌生人问。

“没有，我从未去过。”雅努什答。

“这没关系。我们对您有个请求，我们有封信要带去……”

“什么？给谁的信？”

“收信人的姓氏暂时保密。”

“那叫我怎么找到他呢？”

“无须您去找，只要您到了布尔果斯，他会去找您的。”

“啊，多么美妙的一次旅行。”科韦什科悠闲地叹了口气说。

“目前还不能说美妙。”雅努什说，眼望着烟卷里冒出来的烟，“我姐姐现在要到那里去……看望亲戚……我感到大惑不解。”

耶日微微一笑。

“也许我们的消息不大准确。我真不愿再一次使您为难。您现在是否可以告诉我，假如您去西班牙，能不能带封信去？”

“是给革命党的信吗？”雅努什问，“内容是什么？”

“这对您还不是一样吗？”耶日以问作答，“当然，您想知道信的内容，但很遗憾，我不能告诉您。因为我自己也不知道。再说，您不会出什么事的，您是同令姊一道去……如果我没有弄错的话，卡塞蒂伯爵是佛朗哥将军的副官。”

“他以为历史的归宿就是复辟王朝，并以此自慰。”海鲁宾像个势利小人那样得意扬扬地说。

雅努什又看了看谈话的对手。那人靠在沙发椅上带着嘲弄的神情直视雅努什。雅努什觉得很不自在。

“我觉得，我在这场戏里扮演的是个奇特的角色。”他不高兴地说。

“您的意思呢？您愿意这封信是给佛朗哥将军的，还是给革命党的？”

“我以为，正是佛朗哥将军自认为是革命党，因而起来反对合法政权，不是吗？”雅努什气愤地说。

“我看您消息很灵通嘛。”耶日说。

“我也看得出来，您把我当作一个十足的傻瓜。”雅努什从沙发椅上站了起来，并在房间里踱起了方步。

“哎，亲爱的先生，”科韦什科不安地说，“您不要为此发火嘛。你既然不愿带信，就不……”

雅努什平静地望着他。

“请您设身处地替我想想吧。大家都像猫逗耗子似的要弄我。我姐姐派我去西班牙……”

“这可能是个误会。”

“这不可能是误会。你们脸上的表情告诉我，你们比我要消息灵通得多，也许你们知道的还不止这一件事？其实，这对我无所谓。”

“我希望您不要对我们有意见。”耶日又说。

“这谈得上什么意见呢？我只能怨自己的命，我注定要做一辈子的旁观者。不过旁观者也是需要的……即使在我们这个时代。当然，我可以带信去……”

“请您把信交给那个自称是耶日派来的人，不管他是讲西班牙语，法语还是其他语言……他用任何一种语言说‘耶日’这个名字的时候都像我现在这样发音。您就把信交给他。”

“还有别的什么吗？”

“再没有了。”

“什么时候把信交给我？”

“您出发的那天。”

雅努什匆匆告别走了，回到了布拉茨卡街。斯坦尼斯瓦夫在前厅对他说，公爵夫人在客厅里等着，有重要事情找他。

“你知道，”他一走进小客厅，玛莉亚·比林斯卡劈头就说，“我有件事要求你。”

雅努什平静地在小沙发上坐了下来，望着自己的皮鞋尖。

“你能否陪我去一趟西班牙？”

“到西班牙去？”雅努什假装吃惊地问，“什么事？”

“我有些财产方面的问题要同卡塞蒂伯爵夫人相商。她眼下在西班牙。他们的庄园就在布尔果斯附近。”

“他们住在自己的庄园里吗？”

“不，他们是住在布尔果斯管理庄园。我们必须到布尔果斯去……”

雅努什大笑起来。

“我们必须去和我们想去……这是两回事。外交部给了你什么使命吗？”他毫不客气地问了一句。

玛莉霞也大笑起来。

“我可扮演不了玛塔·哈丽[①]的角色。不，我关心的是一些遗产方面的事情。再过两年阿罗就成年了。我希望他能毫无阻碍地接收属于自己的遗产，并且完好无损……”

---

① 第一次世界大战期间德国著名的女间谍。

六[①]

他们乘坐一辆由一个技术似乎不很熟练的司机驾驶的小汽车经过比亚里茨和圣让德吕兹。雅努什感觉极好，他越来越觉得这次远行很有趣。诚然，他丝毫没有感到这件事的严重性，而是把它当作一次即兴的娱乐。

他们从圣让德吕兹向比利牛斯山进发，并接近了英勇的骑士罗兰[②]曾经吹过号角的山口。所有的证件都毫无差错。波兰驻法大使在巴黎胆战心惊地把这些通行证交给公爵夫人的时候，眼睛里充满了恐惧的神色。

“哎呀，公爵夫人，”他说，“您非要在这个时候到那里去不可吗？事情真有那么重要吗？”

“财产问题总是最重要的，大使先生。”比林斯卡轻蔑地笑道。

雅努什像影子一样跟在姐姐身后。对于他，大使没有表示任何担心。

美丽如画的狭长山口像一把尖刀插在山峦之间，每隔数百米都有法国宪兵站岗。显然他们预先知道有汽车通过，没有拦阻这两个旅行者。他们直到边界才遇到麻烦。

法国官员知道，对这两位旅客要作特殊情况处理，他们熟练地记下了客人的姓名、年龄等项目。没有检查行李。但是西班牙人却通过翻译对他们进行了长时间的盘问，翻译不断地耸肩膀（他是半个法国

---

① 作者原注：本章的某些构思取材于克萨维里·普鲁申斯基（1907—1950，波兰作家）的《红色西班牙》一书。

② 法国中世纪著名史诗《罗兰之歌》的主人公。

人，半个西班牙人，年轻漂亮），但不得不把那些无知的问题向姐弟二人翻译过来，而那个负责审查的宪兵大概认为自己不仅问得聪明，而且令人防不胜防。

“请您原谅他，”翻译忍不住说，“请您谅解，离这儿不远就是那些凶恶的巴斯克人，他担心你们是到巴斯克人那儿去。”

雅努什安慰他说：

“您不必顾虑。我们完全理解……我们很清楚此刻边境上的状况……”

“他说什么？他说什么？”宪兵着急地问。张皇失措的翻译随口瞎编了几句。

最后他们总算从这种混乱中脱了身。

“你已经不记得俄国的宪兵了，”玛莉霞说，“战前你没有出过国境。他们真像这些西班牙人……”

雅努什看了看路。他们迅速离开了群山，向谷地驶去。谷地很平坦，褐红色，很单调。道路像箭一样笔直地从谷地上通过。烧过荒的田野还没有翻耕，广阔的土地一直伸向天边。

“这里的风景，也使我想起了俄国。”他说。

玛莉霞没有吭声。

褐红色的土地似乎在逐渐隆起，它的颜色和外形都令人想起威尼斯的船帆。古老的卡斯提利亚高原首先是以它的色彩引人注目。有些地方现出了暗紫铜色的小谷地。

“在波多莱这种谷地叫‘小山沟’。”比林斯卡说。

在那些“小山沟”里，高耸、挺拔、绿油油的杨树伸延得很远很远，闪闪发光的树叶在风中飘动，只是间或有几片叶子上出现了黄斑。

他们在一个谷地里见到了一个小农庄。几幢土黄色的矮房子排成一个正方形。农庄旁边的打谷场上铺满了金黄色的小麦。橇车拖着一个圆滚在小麦上面来回滚动。拉橇车的是一条毛色发亮的小黑公牛，在这辆奇怪的车上，坐着一个身穿黑色连衣裙、系着黑头巾的胖墩墩的妇女。

雅努什惊讶地望着这原始的脱粒景象。

“这玩意儿在我们乌克兰早就被遗忘了。”比林斯卡微笑着说。

他们抄小路越过了潘普洛纳①，到了一座叫阿尔萨苏阿的小镇。他们停歇下来，想吃点东西，因为离布尔果斯还远。

这辆法国小汽车的到来惊动了其实是个村庄的小镇。小孩和年轻人毫无顾忌地把汽车团团围住，老人则从远处张望，目光中充满疑虑。司机催促马上动身，但玛莉霞说她饿得要死。一幢两层的房子，似乎全是黏土搭的，像燕子窝一样，墙上却挂着一块口气很大的大字招牌：珍珠饭店。他们走了进去，准备吃点东西。就像在西班牙通常遇到的情形那样，他们得到的是一长串菜单。玛莉霞对雅努什和吓呆了的司机说，过去“整个欧洲”都是这种长菜单。菜确实上得很快，但是刚给客人端上，随即就把几乎没有动过的菜盘收走了。端上桌的菜有：牛脑，填满了绿色佐料的蚌肉，很肥的猪肉——这样来回忙了一个来钟头，天已经黑下来了。到上咖啡的时候，司机出去了一趟，很快又转回来了，一脸沮丧的神色：四个轮胎都被扎穿了，汽车陷下去的那副样子既可笑又可怜。雅努什亲自去检查了一遍，继续前进是不可能了。

玛莉霞怒气冲天，好像这桩倒霉事不是因为她“饿得要死”而引起的。司机说，修补轮胎需要在白天工作，至少三个小时才能办到。因此，必须在阿尔萨苏阿过夜。司机为了看守汽车而在车子里胆战心惊地躺下了：汽车不是无缘无故被人弄坏的。再说珍珠饭店只有楼上

---

① 西班牙北部城市名。

一个空房间，虽然很大，但可笑的是，它的地板是朝窗口那边向下倾斜的，当你在地板上走动，就会觉得要掉到广场上去。小镇笼罩着一层秋天的暮色。两张床放在房间的两头，相互离得很远。玛莉霞叫人拿来了一副旧式屏风把她的床围起来，算是她的卧室。服侍他们的是一个老女仆和一个怯生生的小男孩。姐弟俩早早就躺下了，窗外一片漆黑，远处传来了吉他和曼陀铃的声音，弹的不是感伤的南方歌曲，而是速度快、节奏感强、情调欢快的西班牙民间舞蹈音乐一类的进行曲。这又使雅努什想起了敖德萨。

他们熄灯时刚刚十点。比林斯卡已经在床上躺了一会儿。床也像房间的地板那样是斜的，被子从脚那头往下滑。雅努什望着窗外。他的眼睛习惯了黑暗之后，窗口就变成了深蓝色，天上也出现了硕大的星星。

“我们同睡一个房间的时候离现在有多久了？”他问姐姐。

“我不记得，我们什么时候同睡过一个房间？”

“怎么，你忘了？”雅努什说，“我们得猩红热的时候。”

“不错，是得猩红热的时候。”

“那时我们有多大了？我八岁……”

“我十四岁。”比林斯卡说。

雅努什有意咳了一声。他们之间的年龄差距似乎一年比一年小了。

“吉他弹得真不错，”玛莉霞换了一个话题，“他们为什么这样高兴？”

“因为佛朗哥占了上风。”雅努什用讥讽的口吻说。

“哦，不错。”

“不是这样。不过远处传来的音乐确实很好听。”

“这要看对谁来说了。”

“生过猩红热后我们躺在一间房里，这样泰克拉小姐照料起来就方便多了。父亲的琴声从远处传来，像现在的吉他声这样。他当时弹的是什么?”

“我记不起来了。”

“哦，那时的事情我记得很清楚。父亲总要来给我们道晚安，他在你床前弯下身子，吻你的额角，而对我只是从远处挥挥手，说声，‘晚安’①。”

“我不记得了。”

“可我记得。永远不会忘记。每当父亲吻你额角的时候，我的心中就升起了怨恨，这我永远不会忘记。”

“你那时一定很恨我。”

“不，那不是恨你，而是感到委屈，怨恨自己只能过这种而不能过另一种生活。跟现在的情况一样。”

“现在，你怨恨生活吗?”

“我是一生坎坷。”

“这是生活本身的原因呢，还是你自己造成的?”

雅努什笑了起来。

“你真聪明。”他说。

“你总是嘲笑我。你把我当成一个傻瓜。”比林斯卡气冲冲地说。

“哦，不。在小的时候，”雅努什望着深蓝色的窗口回忆着说，“我还爱过你。但是你们把这种感情完全破坏了。”

“破坏了？谁?”

“首先是爸爸。爸爸以他对你的狂热的爱把一切都破坏了。你结婚的时候，我十四五岁，那时我恨你。”

“现在你不恨我了吗?”

---

① 原文是法文。

“不，现在我甚至还喜欢你。这么多的回忆把我们联系在一起。可是我总是在想，我们是多么不同啊。我觉得奇怪，姐姐和弟弟会这么不同。”

“我像父亲，你像母亲。”比林斯卡轻声说，仿佛是在沉吟。

“妈妈你还记得清楚吗?”雅努什问。

“模模糊糊地记得。”玛莉霞思索了片刻之后说，在这段时间里，她大概是在脑海里回忆已故母亲的轮廓，“你出生时，我已经是个大女孩了，但被家庭教师、老师们包围，很少见到妈妈。我在育儿室吃饭。”她有点儿辛酸地补充说，“我记得，妈妈很漂亮，个子高高的，身材窈窕，脸盘儿跟你的一样。眉角微微上扬，鼻子短而笔直。但嘴巴似乎不大像你。我还记得她躺在棺材里的样子……”

“她的头发也像我一样，是深色的。”雅努什说。

“是的。可你为什么现在要问起妈妈呢?”

“现在问总比根本不问好。我们从来没有谈起过妈妈。”

玛莉霞苦笑了一声。

“我们从来没有谈过什么，”她说，“大概你认为我太蠢，不能理解你。”

“太蠢?”

“我觉得，佐霞也不比我聪明，但是，你跟她倒谈得拢。”

“很可惜，”雅努什叹了一口气，“谈得也不多。”

玛莉霞在床上动了一下，似乎是用手支着头。这时可以听到远处曼陀铃和吉他的合奏声。

“你究竟是为什么要娶佐霞?”玛莉霞平静地问，“把真情告诉我。”

“噢，我也不知道。”雅努什不假思索地马上回答说。这句话也不需要任何思索。

他们沉默了一会儿。欢乐的进行曲停止了，接着响起了吉他的梆梆声，这是歌声的前奏。

“唉，但愿他们不要唱吧。”比林斯卡表示了一个虔诚的愿望。

“你知道，司机告诉我，潘普洛纳被巴斯克人包围了。”

“没什么，明天我们就到布尔果斯了。他们不会到这里来抓我们的。”

“你还是很勇敢的。”雅努什叹了一口气。

“你忘了我二十年前的经历了。”

“我们到这里来的时候，一路总算避开了他们。”过了一会儿，比林斯卡才说，因为她见雅努什准备睡了。雅努什望着深蓝色的窗口，听着越来越近的吉他声。忽然他平静而悄声地说了起来，到后来他越讲越兴奋了。

“我们俩从来没有真正地交谈过。我们相互之间总是客客气气的。你从来没有，无论是我们小的时候，还是后来，你都没有像一个姐姐对弟弟那样说过话。像爱尔茹尼亚对待埃德加尔那样。你从来没有对我讲过你对我的看法。你对我一定是有看法的。你甚至从来没有对我讲过你对我的农庄有什么想法，要知道，科莫鲁夫是你替我买下的啊。也许你是为了能心安理得地去支配剩下的那笔钱，才替我买下了科莫鲁夫……连同佐霞。我像波瓦涅茨基[①]买下玛丽尼亚那样买下了她……你也从来没有说过一句话。是啊，我是我们这个阶级的末代子孙，是我们这个家族最末的一支，一个无后的、多余而无用的子孙……我想起了雅内克·维耶维乌尔斯基和整个‘无产阶级的诗’……你看着我浪费生命、自暴自弃、酗酒、饱食终日无所用心地在科莫鲁夫虚度年华……你从来没有讲过一句话。我自出世就没有母亲，而你是我的长

① 波瓦涅茨基和玛丽尼亚都是波兰著名作家显克微支的长篇小说《波瓦涅茨基一家》中的人物。

姊，比我大得多——你很清楚，虽然你假装不记得了，你很清楚，你比我大多少。你本来是可以代替母亲的。你知道，父亲厌恶我。我又没有母亲，可你对这一切完全无动于衷。你像对待街上的行人那样对我熟视无睹。你瞧不起我的老婆……因为她不是什么引人注目的人物[①]。而现在，在这西班牙的村庄里，在这深沉的黑夜里，你竟然敢问我：为什么同佐霞结婚？道义上你没有任何权利向我问起佐霞……”他停了一会儿，接着说，“我从来没有向你问起过卡齐米日。”

他大声又激动地一口气讲完了这段话。屏风那边传来了一种声音，像有人用指甲刮墙壁的声音。这是不是玛莉亚表示不耐烦的一种方式？

“你睡着了吗？”

“没有。”她的答话简短而清晰，这声音说明她很清醒。过了一会儿她补充说：

“世界上对于家庭关系有各种各样的理解。据我看，任何一个有教养[②]的人都没有权利强行闯入另一个人的心灵。我总是竭力使自己做事有分寸。我任何时候都不向任何人提不必要的问题。我真的不知道，我怎么会突然提出这个问题来。我向你提了一个完全不必要的问题。”

雅努什苦笑了一下。

“你永远是这个样子，”他说，“一个有教养[③]的‘比林斯卡公爵夫人’。我有时疑心你的心已经变成了一本社交札记[④]，在那里，你写下了接见的日期、生日或命名日的日子。当然，还有剪息票的日子，这是不会忘记的。然而，你那里也有一点儿变化：最好的证据是你向我问起了佐霞。你想知道，我是不是爱过她。现在我告诉你，我爱过她，

---

① 原文是法文。
② 原文是法文。
③ 原文是法文。
④ 原文是法文。

爱过她，爱过她。是的，我爱过佐霞，虽然你们都认为这是难以置信的。”

“你没有必要这么激动嘛。”玛莉霞平静地说。显然她已完全恢复了镇定。

这时吉他在窗外响了起来，突然间，又响起了悲怨的歌声，这是一个嗓子特别甜润的男低音放声唱出来的。声音加强了，提得很高，接着又以令人头晕目眩的高难度的装饰音降了下来。歌手离得很近，听起来就像在房间里唱一样。后来歌声戛然而止，像开始时一样突然。脚步声逐渐远去了，吉他在漆黑的远方发出了清脆的声响。

“奇怪的一夜。”雅努什说。

姐弟俩沉默了一会儿。

“我一点儿也不激动，”他又开口说道，“只是你的矜持使我不耐烦。你待我从来就是这样，一辈子都是这样。你认为我‘俗气’。”

“你是在做梦吧，雅努什。”玛莉霞说，声音相当犹豫。

“我是在做梦。你总是恨我。可能是因为，我是个男人……”

“好一个男人。”

“嗬，你在刺人……”

“而你……爱过我……”玛莉霞说。

“我们不谈这个吧。”

“而你……关心过我的生活吗？你对我的了解有我对你的了解的百分之一吗？你曾试图帮助过我摆脱困境吗？你曾关心过我经历的一切吗？……这么些年来，从那可怕的夜晚起[①]……你什么时候曾向我伸出过兄弟的手吗？啊，你不要以为我期待过你这样做。我知道这是不可

---

① 原文是法文。

能的[①]……我了解你，我对你的了解比你对我深得多。从我结婚的时候起，你对我的生活就一点儿也不了解。比林斯基……你对比林斯基一无所知……”

雅努什冷冷地说，仿佛暗地里在笑：

“任何人对比林斯基都一无所知。”

“任何人对比林斯基都一无所知……对我也是。”玛莉霞接着说道，“更糟的是，任何人对比林斯基夫人都一无所知。”

“这是你自己有意造成的。”

“是的，我掩饰我的生活。你曾稍稍想过那是一种怎样的生活吗？你知道我必须承受多少痛苦吗？”

“这是因为你给自己画了许多框框。”

“什么？”

“你老早就该嫁给斯彼哈瓦。”

“你说得倒容易。安娜公爵夫人在世的时候，我不能够。而后……唉！那老太婆害得我好苦！她知道，我害怕让卡塞蒂伯爵夫人管理财产。”

“我不明白这些苦恼。”

“是呀，你一辈子至少应该对我讲一次，说你不明白这些苦恼。”

“现在我不是在对你讲吗？”

“太晚了一点。”玛莉霞尖刻地说。

“你难道会听我的话吗？”

“不，当然不。但我至少可以知道，有人在想着我，有人在关心我……有人替我考虑我应该怎样做，除了我自己之外，还有人在考虑我的生活。但你从来没有想过我的生活。这就是我要说的，这就是我

---

① 原文是法文。

要责备你的。除此之外再没有旁的什么了。”

“我对你的意见也完全一样。你也没有考虑过我的生活。”

“我为你买下了科莫鲁夫，这说明，我为你考虑过你以后怎样生活下去。我知道，如果没有一个温室你是不知怎样过日子的。”

“对这话应该怎样理解?”

“随你便。可是，你不会以德报德。我的日子过得艰难，很不体面。我一直在回避阿罗的目光。然而我还能为你着想……”

“一句话，你比我好。”雅努什不耐烦地说道。他下了床，穿着睡衣，走到窗前，碰了一下斜地板上的家具。

“小心点，你会从窗口掉下去的。”玛莉霞说，“这地板真糟糕。”

“即使我掉下去了，天也不会塌下来。”雅努什冷冷地说。

“很可惜，任何人的死都不会使天塌下来。”

“很可惜。”

窗户上装有铁栏杆。雅努什头靠着栏杆，眼望着小镇上的小广场。外面是一片漆黑。当他在黑暗和寂静中侧耳细听的时候，听到一种遥远的、隐隐约约的声音，像是一连串的轰隆声。

“我们在这里闲聊，”他说，“那边却在打炮。你听见了吗?”

他们沉默了片刻。

“声音很远，”雅努什说，“听见了吗?”

“这是大炮吗?”玛莉霞惊奇地问。

“大概是大炮。不可能是别的。”

“从哪里传来的?”

“可能是从潘普洛纳附近。”

“在打仗吗?”

“在打仗。”

“为了什么?”

“你去问他们好了。或者去问卡塞蒂伯爵，据说他是佛朗哥将军的副官。”

“是军需官。”玛莉霞纠正他。

“这没有多大区别。”

雅努什回到床边。他小心翼翼地在吱吱作响的木板床上躺下了。

“你记得我们到贝尔沙达去参加本教堂节日庆典的情形吗？因为道路泥泞不堪，爸爸吩咐用六匹马拉车，四匹并排拉，前面再加上两匹。我们乘的是敞篷车，溅得我们满脸是泥。后来，我说你像个火鸡蛋，而你却哭开了。”

“哎，我不是因为你开了那个愚蠢的玩笑才哭的。”

“我知道。我知道你为什么哭。你爱上了赶车的德梅泰尔克。他是那么英俊，那么年轻，穿着哥萨克制服，还扎了一根红腰带，显得多么漂亮。”

“你怎么知道？”

“我猜到了。这很容易猜到。确切地说，我是在你哭的时候猜到的。那时我非常可怜你。”

“真的吗？”

“那是我唯一的一次可怜你。真正可怜你。以后你只是使我气愤。我从来没有希冀过你会把我叫作好弟弟。”

“这倒是真的。”

外面又响起了脚步声。有人烦躁地拍打吉他和吉他琴盒，听起来像枪声一样。

雅努什叹了口气。

“我们这一夜都不得安宁，”他说，“吉他和大炮。”

玛莉霞伸了个懒腰。

“我们是在西班牙啊。”她说道，习惯地从牙缝里吐出音来。

七

在布尔果斯城寨上方的山丘上有一块地方长着高高的飞廉。就像波多莱和基辅省交界处的情形一样。从那里几乎看不见城寨的屋顶，但教堂却看得非常清楚。因此，可以把它称为“教堂上方的山丘”。雅努什到这里几天之后发现了这块地方，早上常到这里来读书。朗德雷斯旅馆使人烦闷得很。不少佛朗哥的军官住在这里，餐厅里尽是穿军装的人，人们用怀疑的目光瞅着他们。比林斯卡的大姑子也住在这儿。比林斯卡跟她谈了好几个下午。早上她不出自己的房门。雅努什像往常一样起得很早，拿了一本书就到自己喜爱的山丘去了。布尔果斯这座城市不大，所以路不很远。沿着莱因-加尔沃街走到教堂，然后绕过这幢像一朵开放的花似的建筑物，再踏着城寨墙边的小径一直走到杂草丛生的山丘。

雅努什在巴黎买了一本当今非常流行的奥克莱尔的哲学著作《论人类的悲哀》[①]。这是一本由普龙公司出版的很厚的书，携带不很方便。然而他现在每天都带着这本书到那个山丘上，勤奋地阅读着。因为他实在是没有别的事情好干。法国作家这本书的内容同它悲观的书名完全不符。这本书的哲理很浅显，认为人的悲哀、烦恼完全是自找的。奥克莱尔援引了许多名人的传记，提供了有关他们生活的成千个细节，他们吃什么，喝什么，（同谁！）怎么睡觉，企图以此来证明，他们曾是多么幸福。这一切都是用优美的格调、生动的比喻、准确的文字表达出来的。它同现实生活离得那么远，雅努什读着读着便入了迷。正是由于这些特点才使这个法国人的著作名声大噪。《论人类的悲哀》一

---

① 原文是法文。

书的内容同周围的世界形成如此鲜明的对比，雅努什当然不会对那些美妙的言辞信以为真。尤其是在布尔果斯，这里的旅馆里到处是军人。目空一切的司令部军官和佛朗哥将军的那些锦衣玉带的随从，不仅使雅努什极为厌恶，而且使他感到苦闷。他自己也不知道自己是怎么回事，为什么要到这里来。因而他宁愿逃避现实，独自隐遁到那个山丘上去，读读这本写得很美的关于伟人的神话。

“我倒更喜欢读读《一千零一夜》。”雅努什心想，同时在太阳烤晒下的山丘上坐了下来，翻开了那本装订得很差劲的厚书。

当他把目光从这本腻味的著作上抬起的时候，看到了面前隆起的高耸的山丘——耸立在城市上方的老卡斯提利亚[①]玄褐色的高地，看到了建在这个高地豁口上的教堂的尖塔。在这两个庞然大物面前，下方的城市以及城寨都显得非常渺小。

从他坐的地方望去，教堂的尖塔像是拔地而起的野百合花。庞大的本区教堂的中央圆顶周围有许多小尖塔，烘托得酷似一朵开放的花。教堂的建筑真是令人叹为观止，比雅努什在这本时髦的书里看到的东西要现实得多。这幢十六世纪的令人赞叹的哥特式建筑物，像硕大的飞廉丛那样同整个风景融为一体。就在这飞廉丛旁边，雅努什坐在一块长着稀稀落落的野草的硬地上。

“多么大的耐心啊！在漫长的几百年中都能按照同一种风格来建筑，为什么现在我们就办不到？”

登上高耸在城寨上方的山丘的第一天，他没有埋头读书，而是欣赏眼前的风景，这时他发现有个年轻人循着他刚才经过的小径走了过来。这是一个瘦高身材、头发乌黑的小伙子，戴着一顶当地时兴的宽大无檐帽。这人看到飞廉丛下的好地方被人占了，有点慌张和迟疑。

---

① 老卡斯提利亚指西班牙北部古老的高原。

他停下步子，朝雅努什望了片刻，大概看到他读的是一本法文书，便决定从雅努什身旁过去，在离他很远的一个小坡后边坐下来，小坡正好挡住了这个外国人的视线。他经过雅努什身旁时向他投过来的目光中，流露出对雅努什的厌恶。雅努什此刻正巧读到一个比较有趣的段落：奥克莱尔写了一些他迄今闻所未闻的有关达·芬奇①“幸福”生活的细节。他完全沉浸在书本里，没有注意周围发生的事情。只听见那少年像个用功的学生在认真做作业时偶然发出的干咳和吸气声。这声音有点打搅他，于是他又从书本上抬起了目光。

远处，像是用精美的玉石雕成的金灿灿的教堂尖塔，还有那数不清的小尖塔上方的棕色地平线，在他看来有一股诱人的魅力，既富有乡土味，又带点神秘感。在这里，西班牙使他想起了波多莱，想起了他到玛莉亚·比林斯卡那里去时沿途的景色。在阿尔萨苏阿的那次谈话并没有使他同今日的玛莉霞亲近起来；她仍然是那样生疏；但是她周围却有了一种对于最遥远的往事的怀念气氛。跟姐姐的一席长谈使他回忆起童年，而眼前这个高原又使他产生了最遥远的联想。他并不是无缘无故地想起在贝尔沙达举行的本堂节日庆典的。

雅努什看了看表：该去吃早饭了。他很不乐意回到朗德雷斯旅馆的那个交际场中。那些盛气凌人的绅士们的谈话使他厌烦，再说他们的话他也听不大懂：因为说的主要是西班牙语。这种语言他只勉强能听懂一点儿，但报纸已经能看懂了。

他一站起身来，就能看到那个年轻人。他坐在远处低洼的地方，一边费劲地扳着手指算数，一边用铅笔在一个大方格笔记本上写着什么，同时嘴里还念念有词。他把帽子脱下了，露出剪得很短的头发。他用铅笔写写涂涂，活像一个解百分数算术题的小学生。

---

① 达·芬奇（1452—1519），意大利文艺复兴时期的总代表，杰出的画家。

雅努什微微一笑，朝前走了几步，俯身对着那个小伙子。

“您在这里做什么？”① 他冒失地用法语问道。

那少年用极流利的法语回答了他的问话。

“天呀……您怎么悄悄来到了我身边！我每天都到这里来工作，一直是坐在您今天占去了的那个位子。”

“明天我把那个位子让给您，我另找地方。”雅努什说。

“您明天还来吗？”那小伙子问。

“可能来。如果天气好的话。”

“天气现在是不成问题的。整个十月份都是好天气。”

“那我就来。我有什么事好干？”

“您是外国人吗？”那一个问。

“是的。”

“那很美吧？”小伙子用手朝教堂顶上耸立的金灿灿的花朵画了个大圈子问。

“那更美。”雅努什指了指紫色的田野答道。

“老卡斯提利亚。”小伙子的口音有点儿古怪。

雅努什好奇地瞥了他一眼。

“您不是西班牙人吗？”他问。

“巴斯克人。”那小伙子的回答简短，面色阴郁。

“您是巴斯克人？”雅努什不胜诧异。

“您听说过这个民族吗？”那孩子以讥讽的口吻问。

“您听说过波兰吗？”雅努什反问了一句。

“您是波兰人吗？”小伙子不相信地拉着长音问。

“巴斯克人在南美发了大财。”雅努什没话找话说。

---

① 原文是法文。

“但是在国内……在家里，则不能说他们处境顺利……”小伙子喃喃地说，拉了拉帽子，似乎想把自己的头掩藏好。

“是的，我听说过。”雅努什严肃地说，在这个年轻的巴斯克人身旁坐下了。他们待了好一会儿都没有开口。

“您在这儿做什么?”雅努什问，同时伸手夺过了对方手里的书。书的封面是用灰色大理石纹纸装帧的。

小伙子一把从雅努什手里抢回了书。雅努什也后悔自己不该如此鲁莽。

“对不起，”他说着，从地上站了起来，“时间不早了，我得回城里去。”他补充说，“再见。”

小伙子回了一声再见，他的声调像个淘气的小孩做了错事而感到懊悔。同时他还向雅努什投过了一瞥恳求原谅的目光。雅努什装作没有看见，下山去了。到了旅馆他便忘记了这次会见。他还因为阿尔卡扎尔[①]的“英雄”们的缘故而同比林斯卡争吵了一场，玛莉霞是特别钦慕这些人物的。

第二天，雅努什带着书走到山丘上的时候，那个年轻的巴斯克人已经坐在飞廉丛下面了。他一见到雅努什脸便涨得通红，更卖劲儿地在本子上涂写，还不时看看那本大理石纹纸封面的小书。雅努什从他身旁经过时，他抬起了头，胆怯地说了一声：

“早安!”[②]

雅努什以微笑作答。

他在下面一点的地方坐下了。在打开那本证明悲哀是毫无意义的

---

① 西班牙城市中的城堡或宫殿的名称。此处指的是托勒多城的城堡，它是1930—1939年西班牙内战期间佛朗哥分子的抵抗中心。

② 原文是法文。

乐观主义的书之前，像是履行一种仪式那样，看了看眼前的风光。在阿尔兰松这条小河的对岸，可以看见一个花园，这花园今天显得特别明亮，在它的上方有一些瘦小的绿杨树，像朝圣者一样站在单调的割过草的山丘上。

那小伙子突然出现在雅努什的身旁，坐下后向雅努什伸出了手。

"我叫约瑟·阿蒙扎拉因，"他说，"是个诗人。最近几年我住在巴黎。"

他的态度的变化使雅努什感到高兴。

"噢，太好了，您已经不生我的气了，"他说，"我的确太鲁莽了。我不知道那是秘密。"

"这不是什么秘密，"小伙子说，同时把书递给了他，"这是《安提戈涅》[①]。"

雅努什感到困惑不解。

"您拿这干什么？"

"把它翻译成巴斯克文。"约瑟说，"已经译完一大半了。我希望，我的兄弟们，"他在用这个庄重的字眼时迟疑了一下，"将来有一天能读到本国语文的《安提戈涅》。"

"还没有过巴斯克文的译本吗？"

"没有。巴斯克文学是很贫乏的。我们很穷。"

"不是所有的人。"

"不，那些发了财的人已经忘了巴斯克语了。他们成了西班牙人或法国人。"

---

① 古希腊剧作家索福克勒斯（前496—前406）的一部悲剧。安提戈涅是希腊神话中底比斯王俄狄浦斯的女儿，因违抗新王克瑞翁的禁令，埋葬阵亡的哥哥，被拘禁在墓穴里。

“哦，是的。”

“我们是一个贫穷的民族，”约瑟叹了口气，“而现在还……”

“现在怎样?”雅努什不假思索地问了一句，其实他知道少年指的是什么。巴斯克人在打仗。

约瑟轻蔑地看了雅努什一眼，那眼神里蕴含着一个历史悠久的古老民族对于暴发户的优越感。

“早在索福克勒斯构思《安提戈涅》的时候，甚至在安提戈涅的神话刚刚产生的时候，我们就已经是个古老的民族了，”约瑟说，“也许我们曾拥有过光辉灿烂的文化。我说‘也许’这是因为我们的文学遗产早已荡然无存了。”

这一次雅努什很随便就从小伙子手里拿过了那本灰色封面的书，是希腊文的《安提戈涅》。书里夹有一些编了号码的小卡片，卡片上是用难懂的巴斯克语抄写的这部悲剧中合唱队的歌词和回舞歌，字迹小而清晰。约瑟·阿蒙扎拉因在本子上打草稿，使劲儿地涂改着。

“您念念吧。”雅努什说。

那小伙子欣然同意了。他脱下帽子放在书上，开口诵读了起来。他先念希腊文原著。雅努什不懂希腊语，但他不在乎这一点，就像听懂了似的倾听着这个年轻人的朗诵。再说，克瑞翁首次上场的台词他几乎能够背下来：

……从一大群居民中，
我选择了你们，因为你们
一直坚守着拉伊俄斯[①]的信仰……

① 希腊神话中忒拜的国王，后为亲生儿子所杀。

然后约瑟读译文。他把音调很硬的巴斯克语读得很响，诗节仿佛是用南国坚硬的木料刻出来的。

雅努什一直在端详着这个小伙子。他的短发引起了雅努什的注意。他的发式跟布尔果斯街上遇到的年轻人不一样。阿尔萨苏阿的年轻人头发也不是这样梳的。帽子在他短短的头发上压出了一道深印。雅努什猜到，约瑟正在军队里服役。他是在部队里理的发，因此发式这么难看。但他为什么穿便服呢?

阿蒙扎拉因念了很久。后来他醒悟到雅努什是出于礼貌才听他念的，于是便在一节诗的中间停了下来。他羞涩地微微一笑，对自己唯一的听众说：

"对不起，使您厌烦了。我忘了您一点儿也不懂。"

雅努什想安慰他。

"但是多好听啊，这是一种多么奇异的语言……"

"古老的语言，"约瑟微笑着说，"像河底的小石子那样磨得溜光。"

"你们的诗人多吗?"

"越来越少了。"约瑟说，皱了皱眉。

"怎么回事?"

"最近牺牲了六个。"

"怎么'牺牲'的?"

"有人把他们枪杀了……"

"是谁?"

"各种各样的人。一次是这边，一次是另一边。自己人也杀了一个。"

"怎么？你们相互残杀吗?"

"这有什么奇怪呢？难道您不知道，现在西班牙是在打内战吗?"

"你们反对佛朗哥吧?"

"您认为呢？我们不反对任何人。我们只是'争取'，我们在争取巴斯克人独立，而所有的西班牙人都担心这一点。无论是保皇党还是共和党，无论是法西斯党人还是社会党人……他们所有的人都把我们看作眼中钉。”

雅努什当然知道，这个国家在打仗。而且他也听见过潘普洛纳附近的炮声，每天在朗德雷斯旅馆餐厅的桌旁看到穿军服的人。但是他至今还没有听见过这样重的字眼：杀害、枪决、谋杀。阿里斯迪慕诺神父被枪决了，潘莱桂神父被杀害了，诗人莱莫诺被杀害了，短篇小说家奥南迪奥被杀害了，长篇小说家阿特里被枪决了。这个单调的名单使雅努什震惊。这里十五位作家中就被枪毙了六个，假若按比例计算，我们那里将要枪毙多少个诗人和作家呢？卓越的翻译家马尔凯基神父被枪杀了。倘若我们那里把博依[①]枪毙了会引起怎样的反响呢？而在这里，这个年轻诗人几乎是无所谓地说出了这些受害者的名字，他的脸冷冰冰的，看不出仇恨。

“人类的文明到哪儿去了？”雅努什想，而后他向这个年轻人提出了这个问题。然而年轻人只是微微一笑。如果他不是那样年轻，这微笑就意味着玩世不恭。

“您住在这里吗？”雅努什问。

“我住在姐姐那里，”对方勉强回答说，“我姐姐住在布尔果斯。我到她家里住几个星期。”

约瑟显得有些慌张，雅努什想使他放心。

“您别紧张，我不是特务。”

“您为什么到这里来呢？”《安提戈涅》的译者诚恳地问。

“我……也是跟姐姐一道来的。我姐姐到这里来探望亲戚。”

---

① 塔德乌什·博依-热林斯基（1874—1941），波兰著名翻译家、政论家、诗人。1941年被德国法西斯分子杀害。

“她这个探亲的时间选得可真怪。”

不用这个年轻的巴斯克人说，雅努什也知道，现在不是到西班牙旅行或探亲的时候。因此他又回到《安提戈涅》的诗句中来：

我必须到墓穴中，那里安放着
石头的卧榻——永存不灭的庇护所，
那里可以找到我所有的亲人……

“我打搅你吗？”雅努什问。

“不，一点儿也不。我很高兴同您谈话，我有很多事情要告诉您。但我确实没有时间。我想尽快译完这本书。我到姐姐这里来只准备住两个星期……”

“您想在两个星期之内译完《安提戈涅》吗？”

“我事先已经做好了一切准备工作。现在我不用查字典。您瞧，只有本子和书。”

“但您为什么要这么匆忙呢？”雅努什心不在焉地问。

约瑟的脸又涨得通红。

“我必须马上回到……到那里去……”

雅努什没有考虑“那里”意味着什么。他突然感到，他也必须马上回去，回到家里，虽然，他不可能见到什么人。没有一个人在等待他的归去。雅德维加①？他苦笑了一下。

“您瞧，”他对这个年轻的巴斯克人说，“我们各自都有自己的目的和命运。匆匆忙忙去迁就自己的命运值得吗？”

巴斯克人惊异地望着他。

---

① 即雅佳。

“看来您完全不理解我。”他说着，叹了一口气。

“我们好像是，”雅努什耸了耸肩，“处在相反的两极。我们怎么能相互理解呢?”

“为什么不能?我们都是人啊！难道我们能够容忍通过这种途径来解决人类的问题吗?这太可怕了。这一场噩梦理应惊醒我们的良心，这一点最要紧。您难道没有感觉到吗?”

“最糟糕的是孤独。”雅努什像是答非所问地说，但巴斯克人断然反驳了他。

“最糟糕的是荒谬的社会，”他说，“它是建立在非正义的等级制度上的。人们本应该去翻译《安提戈涅》，可是却不得不去杀人。这才是最糟糕的事。您认为，安提戈涅能杀死克瑞翁吗?”

“厄勒克特拉杀死了克吕泰涅斯特拉。”①

“不，不是她亲手杀的，她是叫自己的兄弟去杀的。俄瑞斯忒斯杀死了母亲，从此以后他就没有片刻平静，复仇女神不断地折磨他。”

雅努什没有理解这个年轻人话里深切的痛苦。

他望着他，像是在研究这个年轻的巴斯克人话里的含义。但约瑟把目光移开了。

“请您不要把我想成了一个坏人。”他悄声说道。

雅努什的心紧缩了一下。

“恐怕是您把我想成了一个坏人吧。”他说。

“我得走了，”雅努什接着说，“我不愿妨碍您紧张的工作。”

阿蒙扎拉因瞅了雅努什一眼。

---

① 希腊神话中迈锡尼王阿加门农被其妻克吕泰涅斯特拉杀害。他的女儿厄勒克特拉派兄弟杀死了母亲。这里讲的是古希腊悲剧作家埃斯库罗斯（约前525—前456）写的悲剧《俄瑞斯忒斯》三联剧。

“您知道，”他慢声慢气地说，“自从跟您见面以后，我的工作进行得很顺利。我想告诉您我每天工作的成果。”

“怎么样？您可以完成吗？”

“在这之前？大概不行了。”约瑟叹了一口气，“不管怎么说，时间是太短了……”

“这样一来我更得走了。”雅努什说完这句话后，便向旅馆走去了。

八

雅努什·梅申斯基给埃德加尔·希莱尔的信：

亲爱的埃德加尔！

我在此地一筹莫展（在别的地方也是如此），我觉得，只有跟你接触才能使我的心情平静下来。但这显然只是一种错觉，因为，不论我住在科莫鲁夫还是在华沙的时候，要想去找你聊聊，也就是我现在所说的跟你接触，那是轻而易举的事，但我没有那样做，甚至连朝你住的那个方向瞥一眼都不愿意。你在瓦雷茨卡街的那间斗室，我一看就非常难过，仿佛看到一只大鸟被关在一个过于窄小的笼子里。我简直不能想象，在这样狭小的天地里竟能产生你那样伟大的音乐构思。这自然是很可笑的想法。但是你也清楚，自从佐霞死后，我一直像在梦中，因此，对我所讲的、所写的一切不必过于看重。前不久，我坐在这里一个教堂上方的山丘上，那里生长着茂密的丛丛飞廉，跟曼库夫卡风车周围生长的一模一样。我坐在那里忽然想到可以跟你聊聊（虽然我知道，这里离你非常遥远），本来你我之间就相距很远，除了字句之外，没有别的方法能到达你那里（可我的字句有什么意义呢?），你读到我的信时，一定会觉得莫名其妙。而我，不仅在你读这封信的时候，不能对你作出任何解释，即使是将来同你谈起这封信的时候，也无法向你解释清楚，因为到那时我自己也不会明白我今天的心情。你可以想象有这么一个孩子在一堵既没有窗，也没有门的高耸入云的墙下爬来爬去，这就是我此刻的感觉。我完全无力给自己解答任何最简单的问题，可这些问题却缠住了我，比在任何时候和任何地方都更固执……你也知道，我总是被敌人，也就是说总是被永恒和渺小的阴影所纠缠和包围，对此我完全束手无策。呵，我的埃德加尔，我觉得，最难以言传的痛苦（这个你当然不明白）就是不能用具体的词句，不能借助于名词、形容词、动词等词汇讲出、说出、抛出萦绕在心里、头脑里、手里的一切。你觉得这一切都无所谓，因为你有黑色的乐谱符号（像杜威姆①在什么地方说过的“发疯的鱼子”），它们俯首帖耳，唯你之命是听，是你给你的演奏者的一系列的命令。你完全能对他们发号施令——也许这就是人类幸福的秘密所在？我从来就没有感受过命令别人的乐趣。我不愿有人侍候我，在童年和青年时代我都从未有过追随者。雅德维加总是责怪我不会发号施令。你认为怎样？

你瞧，我就是在那堵大墙下面爬来爬去的孩子。昨天我梦见了这个景象，今天一早起来，我就再也忘不了它——因此我把它告诉你，也许你会了解我的绝望心情以及我对……的恐惧。对什么的恐惧？对责任的恐惧。什么责任？对于自己的责任。

我在读一本奇蠢无比的法国书，书名是《论人类的悲哀》②。我很起劲地读着它，因为我以为，它会涉及我此刻关心的问题，

---

① 尤利安·杜威姆（1894—1953），波兰20世纪最杰出的诗人之一。

② 原文是法文。

也许是我一直最关心的问题，这就是，每件事物，每个生命都不能摆脱的悲哀。一切一切，包括最欢乐的事情，都是过眼云烟，这就是悲哀的根源。可是这位法国作者（叫什么亨利·奥克莱尔）却列举了世界上最普通的例子，譬如拉斐尔[①]和达·芬奇，证明人类生活，特别是艺术家的生活本质是幸福。他认为悲哀是第二位的东西，是可以克服的……你瞧，这一套完全是傻话。我从来不像此刻在这里这样清楚地感到，悲哀就是生活的本质，就是生活中最重要的组成部分。从前我以为，艺术对克服这种精神状态是有帮助的，对此我有过自己的一套理论。而且你也清楚，持这种看法的也不是我一个。世界上有很多人看到“艺术的拯救作用”，或许你也是这些人中的一个。我还记得，在敖德萨时你是怎样给我读《浮士德》的，你曾给我解释过其中最重要的论点。但我这里要说的不是《浮士德》。你瞧，这里有一所教堂。你可以想象一下这幢你从未见过的大厦是何等的宏伟、壮丽，它是按照哥特风格一直建造了四百年才完成的杰作。你也不难理解，倘若这座哥特式教堂是在十六世纪，即在伊萨伯拉和斐迪南王朝[②]之后便草草收场，它又会是个什么样子。一大堆黄色的尖塔像无数只手伸向蔚蓝的天空，在老卡斯提利亚玄褐色原野的衬托下（同大教堂相比，周围的房子太小，简直看不见），这座教堂虽然显得非凡、雄奇，但掩盖着的却是残酷。它既不可能是救星，也不可能给人以真正的慰藉。我一直想着，在四百年中那些以艰巨、繁重的劳动修建教堂的人们的无比痛苦。为了什么？这大概是世界上最可悲

① 拉斐尔（1483—1520），意大利文艺复兴盛期画家、建筑师。

② 斐迪南二世（1452—1516），卡斯提尔和亚拉冈的国王。1469 年与伊萨伯拉结婚，后伊萨伯拉即卡斯提尔王位，斐迪南登亚拉冈王位，两国正式合并，称西班牙。

的景象了。我坐在这里，读着一本“安慰人”的书，看到从玄褐色土地上拔地而起的、有如象牙雕刻般的这座庞然大物，在它的阴影里没有欢乐可言。

你根本想象不到，我在这里的感觉是多么荒诞，我好像掉进了一个满是毒蛇的洞里。你很清楚，我是非常同情那些为自由、为自由思想、为人们称之为幸福的那种东西而奋斗的人的。可他们并不知道，无论他们做什么，总有一种目的落空的悲伤可怕地、不可抗拒地到处窥伺着他们。我甚至不愿把这点告诉他们，但是眼睁睁地看着他们战斗、牺牲，都是为了这落空的目的，又是多么可怕啊！虽然人们分成了两个营垒，佛朗哥是一方，他们是另一方，但所争取的同样是落空的目的。只不过，佛朗哥追求的目的是应否定的，而他们追求的目的则应肯定。你能分辨出二者的区别吗？

你瞧，我真想回到你那间斗室，坐在钢琴旁的那张小沙发上，一边听你弹奏《山鲁佐德》中的长笛调子，一边把这一切都向你解释清楚。那样对我来说，可能比写这封信要容易得多。写完此信之后，我该做的便只有跑到教堂上方的那个山丘上去，对准自己的喉咙放一枪了。我现在若想偷支手枪是轻而易举的事，在朗德雷斯旅馆里，手枪到处都是，随随便便地挂在门厅里的衣架上。不过，你不用担心，我是不会这样做的。我从来没有起过这样的念头，也不知道是何缘故。

一句话，我从来没有像现在这样怀念华沙，怀念科莫鲁夫，怀念小阿罗和别夏多夫斯卡小姐。我没有想到自己竟是这样眷恋家庭和多愁善感。虽然，我姐姐在这里对我是个安慰，但我不准备对你多谈她的事，因为我知道，你不喜欢听别人说她的坏话。但是，假如你听到我们在那个有着像探戈舞曲般的名称：阿尔萨苏阿的小城市中的小旅馆里的谈话，那会是一种什么心情啊！

我把这一切告诉了这里的一个朋友。你想想看，我在这里已经有朋友了。我在教堂上边的那个山丘上读那本法文书的时候，来了一个年轻人，他在一个普通的、学生用的练习本上起劲地写着。后来才知道，他写的不是一般的东西，他是在把《安提戈涅》译成自己同胞的语言，巴斯克语。他是个巴斯克的年轻诗人，名叫约瑟·A。他跟我谈得很投机，后来我才逐渐弄清楚了，他原来是个著名的巴斯克政治活动家和诗人。他们都是诗人兼活动家，像我们的布罗涅夫斯基①那样。他告诉我，他在姐姐家里小住，有一天他还把我带到他姐姐家里去过。她是个和蔼可亲的女人，但她不大愿意讲她丈夫此刻在干什么。我想，他不是被打死了，就是在打长枪党②人，这是毫无疑义的。那个可爱的女人名叫艾丽萨，多漂亮的名字！也许你会想，我总是碰上不平凡的名字！然而佐霞是再平常不过的女人名字了，不是吗？

我的新朋友原来是此地最大的一个“地下组织”的成员。他在这里担负着某项任务。因为他们，巴斯克人，正在用最普通的方式准备攻打布尔果斯。约瑟甚至对我说过，我们最好尽快离开这里。但是玛丽霞此刻根本听不进去。你是否认为，她真有什么重要的事情？然而我以为，这纯粹是娘儿们的算计，也可能是斯彼哈瓦派她到西班牙来的，为的是在华沙可以摆脱她。我觉得，他们之间发生了龃龉。

啊，我的天呀，我的新朋友们是多么令人神往啊。我以前认为，像他们这种人在世界上是没有的。诚然，我也没有想到世界

① 弗瓦迪斯瓦夫·布罗涅夫斯基（1897—1960），波兰现代革命诗人。

② 长枪党是西班牙的法西斯党派组织，成立于1933年。

上还有这种血腥的事件，成批地枪决人、监狱、集中营（你知道这是什么东西吗？我是在这里才知道的），简而言之，全是反人性的东西。我原以为这种东西随着俄国革命“羽毛丰满”之后早已寿终正寝了。有时我觉得非常可怕，对于整个人类的不安攫住了我：如果人类还保有这类本能，而且是这么经久不衰的本能，那我们可就要倒霉了！

你瞧，我的新朋友们，约瑟和艾丽萨正是这样的人！我们的先辈在六三年①一定也是这个样子。他们跟奥若什科娃和格罗特格尔②笔下的人物完全一样。此外，她像这里所有的妇女一样，总是穿着黑衣裳。她那穿黑衣裙的窈窕身材，具有极为突出的波兰特征。不知怎的，那《安提戈涅》，那艾丽萨，都使我想起了波兰，想起了过去那些事件和传说，幸好，那些东西已经成为永远不会重现的历史了。

你要知道，他是以多么大的热情在翻译《安提戈涅》。一个星期之后他就要回到巴斯克前线，他隐蔽在这里，躲在人迹罕至的角落里，大概是为了跟自己的助手或同党接头。他必须回到自己的巴斯克同胞那里去，那些人正在准备向我们这边，向布尔果斯进攻。可此刻，他却在利用每一点空闲时间来翻译这部古希腊的悲剧。用这发音很硬的语言译出来的悲剧，听起来有点奇特，但这种语言比原著的语言还要古老。

当我用波兰文向他朗诵《安提戈涅》时，他非常惊奇，他甚至不知道有波兰语。他得知有这种语言之后，还以为它大概和爱

---

① 指 1863 年在波兰爆发的反抗沙俄统治的一月起义。

② 阿尔图尔·格罗特格尔（1837—1867），波兰浪漫主义画家。他有一组反映 1863 年起义的画，很有名。

斯基摩人的语言一样，不可能表达索福克勒斯这部伟大悲剧中特有的感情……

每当我望着这一类人物，看到他们外在的和内在的美，看到他们无穷无尽的热情和无比的纯洁时，只有一种感觉控制了我，那就是悲哀。也许不是唯一的感觉，因为我内心深处还感到有些羡慕，不仅是有些，而是非常羡慕他们这种纯洁和表里一致，这也正是我极为缺乏的。你瞧，亲爱的，我是一个什么样的人——一方面，我在一堵无门无窗的墙下感到悲哀，可以说是一种盲目的悲哀；另一方面，我对那些过着另一种生活、善于创造另一种生活、为争取另一种生活而斗争的人们感到羡慕。

我特别强调“斗争”这个字眼。我也想去斗争。我记得，有一次跟佐霞谈起过这个问题。她准备为另一种生活而斗争；她所享有的，对于她完全不够（你是否认为她爱过我?），但是她未能去斗争，也不仅仅是因为我的缘故。她被种种因素缠住了，被对我的感情（这种感情似乎使她麻木和胆怯了），被这桩婚姻引起的全部问题（她对这桩婚姻感到不自在）缠住了。你还记得，她是多么畏惧玛莉霞吗?

斗争——这正是在此地能够学到、能够理解的一个字眼。但是我知道，只要一越过比利牛斯山，我惯有的逃避生活[①]的倾向又会抓住我。我不记得，我有过什么别的精神状态，我恐怕永远不会产生对于自己的信念，永远不会相信自己能够创造新生活。我根本就不相信自己能创造什么。

我见过很多无能的人，但是我从来没有见过对自己的无能看得如此清楚的人。

---

① 原文是拉丁文。

也许错就错在这里。一个认识到了自己的无能的人，也许就不再是无能的了吧？也许这正好说明我有了新的发现吧。因为我最缺乏的是：新的发现，新的前景。佐霞曾准备为新的生活而斗争，但是她知道，我跟不上她。

告诉我，只要你过去考虑过，就开诚布公地告诉我：你是不是认为，我断送了佐霞的生命？我自己的没有断送，这个我清楚。我的生活不可能是另一种样子。它在一开始便注定了永远是如此，不管我作何种努力也不会变样。因为我从来没有作过什么努力……因此，我是原地不动。

这就是说，我这个时候是在布尔果斯，在佛朗哥的大本营里，和我的姐姐、姐姐的大姑子及其丈夫在一起。我们每天讨论战报，预料十一月初能拿下马德里，同时我们也赞叹阿尔卡扎尔的保卫战。在这里我常见到意大利的法西斯分子和希特勒的特派员，当可怕的红党[①]遭到挫折的时候，我们大家在一起欢庆。但是，如果我那教堂上方山丘上的年轻朋友不仅在执行作战计划时顺利，也不仅能把《安提戈涅》译成巴斯克文，而且在整个生活中都能够得到成功的话，我愿付出自己的一切。同时我希望其他人，包括你在敖德萨时爱过的我的姐姐不能称心如意！

热烈地、再三地拥抱你！

雅努什·梅申斯基

一九三六年十月于布尔果斯

此信永远到不了收信人的手上。

---

① 指西班牙人民阵线。

九

一天，雅努什登上了教堂上方的那个山丘，没有遇到阿蒙扎拉因。这次他拿的是另一本书——为了换换口味，他在读《感情教育》——这本没有裁开的书是在卡塞蒂伯爵的房间里找到的。雅努什在山丘上大约坐了两个钟头，《安提戈涅》的年轻译者还没有来。第二天仍然没有人来。雅努什不能平静地读下去了，他不停地向发红的飞廉丛那边张望，那是约瑟通常坐的地方。

第三天，他的朋友仍然没有来，他着慌了。这天天气很好，温暖如春。褐黄色的原野仿佛在呼吸着弥漫了小麦气味的空气。教堂就在雅努什的脚下，像是由金色的浪花构成的，显得出奇地轻巧。

这是一个寂静无风的下午。雅努什坐了好一阵子之后，耳朵敏锐地听到逼近的脚步声。

"呵，他来了！"一个念头在梅申斯基脑中闪过，为了不让这个年轻的巴斯克人想到他是在不安中等待，他随便地翻开了福楼拜[①]的那本厚书。

这时，脚步声在一定的距离之外停下了。雅努什装作看书，过了好一阵子才向那边望了一眼。他发现，站在一旁没有走过来的人，不是约瑟，而是他的姐姐。她穿了一身黑衣裳，一条黑丝披巾蒙到头上，看上去宛如一座雕像。这时，他又想起了格罗特格尔，看到了同样的姿态。艾丽萨举起一个手指，放在唇边，发出了一个不要作声的明显信号。雅努什哆嗦了一下，赶忙把目光移开，假装在读书。

那妇女站立的地方一点声息也没有，他感到不安，又朝那儿瞟了

① 福楼拜（1821—1880），法国作家。

一眼，艾丽萨的手指仍然一动不动地放在唇边。黑丝披巾滑到了她的眼睛上。她转过身子，慢慢走下山去。雅努什觉得应该跟她下去。他艰难地停了一会儿，“啪”的一声合上了书，也动身走了。艾丽萨快步走过了城寨的墙。雅努什每天晚上都梦见这堵光滑的墙。

穿黑衣裙的女人走过城寨之后，朝教堂的大门走去。过了一会儿，雅努什也跟着走了进去。教堂里暗淡的光吞没了他，虽说这里不像别的哥特式教堂那样黑洞洞的。一排排向后退的圆柱，又细，又高，又密，像是从拱顶上垂下的一串串钟乳石。雅努什看见，着黑衣裙的女子穿过了教堂宽大的本堂。在他眼里她显得很瘦小。他一直跟在她身后。她走进了侧面圣欧拉里亚小礼拜堂，坐在一张长椅上。在哥特式的窗前，可以看到巴洛克式的镀金圣像。雅努什走进去时，艾丽萨在长椅上给他让出了一个位子。

雅努什在她身旁坐了下来。教堂里任何人都看不见他们。

“约瑟怎么了?”雅努什问。

“他不在了。”

“他在哪里?”

“他不在了。被抓走了。”

“被谁抓走了？宪兵吗?”

“我们的人把他抓走了。”

“为什么?”

“不知道。大概是对他有什么怀疑。”

“怀疑他什么?”

“不知道。”

“您有关于他的消息吗?”

“他被杀了。”

雅努什说不出话来。艾丽萨用双手捂住脸。

"他被杀了。"[1] 这几个字在整个教堂里回荡，虽然艾丽萨是用压低了的声音说的。

他们沉默了片刻。

"在哪里?" 雅努什问。

"在米拉弗洛尔修道院附近的山谷里。"

"遗体在哪里?"

"弟兄们把他埋在修道院墓地里了。事后才通知我。"

"肯定是他吗?"

"是的。他们把他的东西交给了我。"

"什么东西?" 雅努什问，他已预感到是什么东西了。

艾丽萨轻声地回答着，哽咽难言。

"《安提戈涅》。"

"《安提戈涅》? 译本?"

"《安提戈涅》的译本……还有原本。"

"您不能亲自埋葬您的弟弟……" 他说。

"虽然他是被弟兄们杀死的。"

"到底是因为什么?"

"不知道。您是否（我想问问您，所以特地到这里来），您是否同任何人都没有讲过约瑟?"

"没有，没有对任何人讲过。"

"您什么信都没有写吗?"

"我能写什么? 给谁写? 没有写。"

"我们的人只处死叛徒，但约瑟不是叛徒。"

"小约瑟。" 雅努什悄声地自语道。

---

① 原文是西班牙文。

“我得走了，”艾丽萨说，从椅子上站起来，“您多等一会儿再走，不要马上就走出教堂。不要让任何人看见我们在一起。”

她匆匆离开了小礼拜堂，一瞬间，雅努什觉得她好像融化在大教堂昏暗的光线里了。阳光像撒散的金粉透进了这哥特式的建筑物。雅努什像一个疲乏了的游客绕着教堂走了一圈。他把那本厚厚的《感情教育》夹在腋下，像是夹着一本红色的旅游指南。

“感情领域里的导游。”他想。

他在“金楼梯”前面站住了。这是一个奇形怪状的酷似玩具的楼梯，上升和拐弯的方式都别出心裁，与众不同。楼梯上面通向某处的门用砖堵死了——一扇不通向任何地方的门。在这奇怪的、对任何人没有任何用处、只能一饱眼福的楼前面，雅努什思索了片刻。

“感情领域里的导游不能把你带到任何地方。”雅努什想道。

他用一只手拿着福楼拜的书，掂了掂它的分量，“花了这么多的笔墨，”他想，“可是没有任何意义。小约瑟还没有译完《安提戈涅》，就像阿里斯迪慕诺神父、小说家奥南迪奥、翻译家马尔凯基一样被杀害了。任何一种感情教育在这里都不起作用，教育完全不灵了。”雅努什对于俄国革命以及它所遭受的牺牲还记忆犹新。然而他也记得，沃洛佳在那个楼上对涅沃林和瓦莱雷克说过，这是最后的一批牺牲者，他们之后就再也不会流血了。

……天使们在天上挨了打，
却还含着泪相视而笑，
说是此后永远不会有人流泪了。

然而现在又是鲜血横流。“弟兄们把他杀了。”悲痛的姐姐，身穿黑色衣裙的艾丽萨说："他被杀了。"[1] 像有时在廉价的演出中出现的那样，从舞台的四面八方响起了重复着同一个词句的戏剧性的低语，此刻从这高得出奇的教堂的四面八方，从每个角落，每根圆柱，从拱顶上的每一朵石刻的花那里，都有一个不可磨灭的声音反复传入雅努什的耳中："他被杀了。"[2]

这声音听起来像是判决：不仅是对阿蒙扎拉因的判决，也是对雅努什的判决。他知道，他对艾丽萨说，他没有写信告诉任何人他跟约瑟见面的事，这是说谎。他朦胧地回想起了写给埃德加尔的信的内容。那封信是在一个深夜，在旅馆空荡荡的房间里写的。他的敞开的窗户对面街上是一个女打字员的窗户，也是敞开着的。她夜以继日地在打字，不断朝他这边看，他原以为她爱上了住在这个房间里的某一位客人。由于悲哀、怀念故里和对生活的恐惧，他处在半清醒的状态。他在信里主要是倾吐这种情绪。很可能信里提到过这个年轻的巴斯克人，大概是因为他在翻译《安提戈涅》。然而这并不是约瑟的主要工作啊。

"就这样出卖了一个人，"雅努什站在"金楼梯"前面想着，"就这样把一个人送上了断头台：无意之间，出自美好的感情，在自我欣赏和自爱自怜的时刻。事情简单而平常。一个人总要站在一方，而对面是另一方。两方中有一方开枪。这就是一切。"

他很快惊醒了过来。冰冷的大教堂里寒气袭人，他感到孤独。肉体上的寒冷压倒了其他一切思绪。

"事情已经发生了，"他反复地想，"我没有任何办法。"

他走出了教堂。

"是的，犹大还追求过某种目的。还有某种理由。他是为了三十个

① 原文是西班牙文。
② 原文是西班牙文。

银币——而这里什么理由也没有，一个大子儿不要。就这样……”

“真妙呀，雅努什先生!”他说着向旅馆走去。

他们几个人在玛莉霞的房间里喝茶。穿白制服的黑孩子（“很多旅馆里都是这样。”雅努什想）端来了茶杯、茶壶，挨个儿给大家斟茶。先给那笨鹅，然后给玛莉霞，最后给雅努什斟。

“你想想看，雅努什，”卡塞蒂伯爵夫人说，“我们的部队已经占领了半个马德里。”

玛莉霞微微一笑。

“你总爱夸大，罗莎，”她说，把茶杯举到唇边，“谁也没有说占领了半个马德里，而是说，他们正在向市内挺进。他们现在还在郊区。”

雅努什什么也没有说。

“我收到了电报[①]。”比林斯卡又说，她没有说明电报是谁发来的，也就是说，是斯彼哈瓦发来的。

“怎么样?”雅努什问。

“我们可以回家了，”玛莉霞微笑着说。她这笑意味深长。雅努什装作没有看见。他俯下身去对着装面包的篮子。

“我们什么时候回去?”他问姐姐。

“明后天都行。”比林斯卡说。

“哎，不，玛莉霞，”卡塞蒂伯爵夫人像作祷告似的合拢双手，“我同你们一起过得很好。”

比林斯卡耸了耸肩。

“你瞧瞧雅努什的这副样子，”她说，“他在这里就像鱼离开了水。他没有波兰的空气就活不了。”

雅努什被激怒了。

---

① 原文是法文。

“你别笑。我的确需要波兰的空气。在这里连呼吸都困难。”

卡塞蒂伯爵夫人抓住了他的手。

“等一等，等一等吧，等到我们胜利的时候。那时生活才真正开始。”

比林斯卡会意地望了雅努什一眼。甚至她都知道，大姑子的话是多么不切实际。

“再说，在波兰生活也不是那么富有诗意。”她说。

雅努什悲戚地一笑。

“是的。如果我在这里像是鱼离开了水，那么，在那里……在那里……”

“在我们国家你是什么感觉?”玛莉霞带着冷嘲的语气问。她仿佛不是在问弟弟，而是在问一个很生疏的人。

“像是鱼缸里的金鱼。”雅努什说。

卡塞蒂伯爵夫人发出了银铃般的笑声。

“哎，这怎么能比。你——金鱼。”

“像在这里一样，憋得慌。”雅努什说，“不同的是，这里随意杀人。”

“你以为在我们那里就不会杀人?”玛莉霞说。这一回她表情严肃。

小侍者走进来说，有一个人要见梅申斯基伯爵，在走廊里等着。

雅努什走出房间。走廊上很暗，灯还没有亮。一个年轻人从他房门口的一张小沙发上站起身来。雅努什的心一阵狂跳，他深信，这一定是约瑟·阿蒙扎拉因。他用颤抖的手推开门，把生人让进了房里。

电灯光照亮了来客的脸。他非常年轻，有点像那一位，但表情完全不同。他的嘴唇抿得很紧，显得刚毅有力。

雅努什诧异而失望地看着他。

“我能为您做点什么?”他问。

年轻人朝雅努什迈进一步。那张紧闭的嘴巴缓慢地说道：

“我是从……从……”[①] 他停了一会儿，注视着雅努什，“从……耶日那里来的。”[②] 他费劲地说出了“耶日”这个名字。

① 原文是法文。

② 原文是法文。

第八章　熟了的葡萄

一

一九三七年的春天寒气凛冽，甚至在罗马它也是姗姗来迟，还不时向北方张望，似乎连春天也理解到了德意联盟的含义。埃德加尔未曾料到在这座永恒之城竟会碰上如此的拥挤和寒冷。早在童年时代，埃德加尔就常跟爸爸、妈妈以及扎着粉红色丝绸花结的爱尔日别特卡来到罗马。依仗旧时结识的熟人关系，他们在豪华的俄罗斯大旅社享有某种特殊待遇。这一次也不例外。经过好长时间的絮聒交涉（这种交涉简直使他腻烦透了），终于在旅馆二层楼弄到了一间斗室。这本是一间供仆役住宿的狭小的房子，没有盥洗室（显然，仆役们是不需要洗漱的），不过窗口却是朝着花园的高台，这座花园是俄罗斯大旅社一个最引人入胜的地方。高台向上伸展一直接上宾雀公园，整个高台长满了葡萄和紫藤。紫藤尚未开花（在五月份的罗马！），一串串花蕾挂在光秃无叶的藤上，看上去就像是哪个调皮的孩子用绳子穿着的一串串吊得长长的死耗子。

近几个月来，埃德加尔在华沙弄得精疲力竭。对他来说完全是力不从心的音乐学院教学工作，把他的身体彻底毁了，为了苦撑下去，他不得不靠白兰地维持自己日益衰竭的精力，他身边总带着一个扁平的水晶玻璃酒瓶。他已经许久不曾去找过医生了，他的心一直本能地向往着南方。几部新作品遭到失败之后，近来他不曾创作出任何东西；在某种程度上这是由于心灰意冷，但在更大的程度上却是由于身体孱弱和乏力的缘故，可是这后一种原因他却有意对自己隐瞒。由于上述因素，他手头的钱有限，那只不过是当音乐教授的一点微薄的薪金。父亲在自己的糖厂里赚的钱比他要多得多，可是他竟然连想都不曾想过自己享有盛名的儿子会需要双亲的资助。倒是爱尔茹尼亚更了解哥哥的处境，虽说是远在他乡，可她还是通过意大利银行汇给哥哥一笔美元，促成了埃德加尔的罗马之行。

然而，埃德加尔在罗马遇到的并不是期望中的风和日丽，而是寒气袭人和把人的衣服淋得透湿的阵阵暴雨，这时他又是何等地失望啊！在经历了新来乍到一座大城市所唤起的转瞬即逝的兴奋之后，埃德加尔的情绪很快便一落千丈。有时早上他简直没有力气从床上爬起来。他的这间斗室只有一扇窗户，窗外的小花园显得黯然无色，惨淡凄凉。僵直的常绿灌木兀立在沙砾上，俨如一群垂头丧气的小兽，它们头顶上的天空也是灰蒙蒙的，铅一般地沉，跟他在华沙见到的天空一模一样。不过，他还是挣扎着起了床，虽说由于费劲而出了一身冷汗。他感到喉痛，在火车上就开始痛起来了。埃德加尔用碘的制剂漱了一阵之后，便朝着宾雀公园走去。他不得不从西班牙式的台阶勉强地攀登上去，不过还没有感到过分疲劳。宾雀公园整体结构的建筑美，使他不胜惊讶。台阶、方尖碑、教堂，虽说不是坐落在一条轴线上，却给人以最完美、和谐的印象。

宾雀公园几乎是空无一人，寒冷吓跑了游客，就连出售纪念品和照片的商贩也寥寥无几。只有在公园深处，快到博尔盖塞[①]别墅的地方才有几扇白色的屏风，围成了一个正方形的圈子，屏风周围挤了一大群小孩。屏风后面的圈内坐着一个人，正在屏风上方摆弄着一些玩偶：一个漂亮的大鼻子普利奇涅拉，还有意大利假面喜剧中的一些别的人物。

埃德加尔的脸上绽开了一缕深情的笑意。一些同样漂亮的玩偶浮现在他的眼前。在敖德萨各家的庭院里常演这种“屏风后面的洋娃娃戏”——他们家里的人就是这么叫的。他在那里常看到一些有着红扑扑的面孔和大鼻子的玩偶。一个宪兵由于多次受到穿花衣服的彼得鲁什卡的捉弄，终于用棍子把他打死了，这件事，使埃德加尔在童年一直感到伤心。彼得鲁什卡悲惨地号叫着，而后便软弱无力地瘫倒了下去。小埃德加尔也大哭起来，说什么也不能使他消气。意大利的玩偶模样不同，也没有宪兵打死普利奇涅拉。埃德加尔伫立许久，眼盯着玩偶表演。一辆辆小轿车迅速驶过桥来，从临时搭在这个著名公园里的小剧场旁边经过，朝着博尔盖塞别墅飞驰而去。可是埃德加尔全然没有注意到这些小汽车，他的目光一直停留在卡斯佩尔莱或是普利奇涅拉抑或是彼得鲁什卡身上，同时，心中在怀念着敖德萨。

“我怎么这样喜欢回忆。”他自言自语道，同时离开了小剧场，漫步走向公园深处。

埃德加尔已经是人过中年，回忆开始以意想不到的力量不断向他袭来。人在青春时代不懂得回忆，即使有时似乎是在回忆，其实只不过是在脑海里唤起某些能够再现的事实。可是，生命到了一定的阶段，我们就会发现任何事物都不会再现了，未来的一切都会是另一种样子，而且仿佛都先去了光彩。那时，我们就只有靠回忆，例如，回忆起爱尔茹尼

---

① 博尔盖塞是17世纪意大利罗马望族，18世纪得公爵的封号。

亚的粉红色丝绸花结。我们知道，逝去了的一切永远不再回来了。

公园的草坪上，从青草之中长出一些鲜红的和粉红的百合花。它们不顾寒冷和风雨的侵袭，绽开了自己厚实的、像是涂上了一层色粉的花萼，宛如一条条龙张着大嘴，发出咝咝的叫声，那些雄蕊就像龙嘴里的牙。这些奇妙的花朵，随意散布在松柏之间，在幽暗的背景下闪烁着光华，酷似中国画家们用高度的想象力孕育出来的非凡的画面。埃德加尔并没有止步，只是将信将疑地朝百合花瞟了一眼。“何足为奇，”他想道，“意大利人就是有这样不同凡响的绘画！”他决心挑选几名画家，系统地欣赏一下他们的作品。离俄罗斯大旅社不远就是人民广场上的圣马利亚教堂，在它侧面的小礼拜堂里挂着卡拉瓦乔①的两张最出色的画。这位尚不很闻名而且评价不高的专画戏剧性场面的画家，对事物的处理却善于打破常规，因而赢得了埃德加尔的好感。这种好感是不是基于某种精神上的共鸣呢？不，应该说是基于对比。他画中那种深暗的背景，那些用强烈的、然而又是无法解释的光线烘托的令人意想不到的形象，使人感到卡拉瓦乔在当时似乎就知道我们今天的聚光灯。他的画，与其说是使埃德加尔想起了自己的音乐，还不如说是使他想起了贝多芬的音乐。一个硕大而明亮的马屁股占有了那幅题为《圣徒保罗的自新》的画面的整个空间，成了那幅画的主要内容，它“占满了画框”，它是如此的动人心弦，又是如此的令人难以理解，就像贝多芬四重奏的某些片断一样。卡拉瓦乔以自己的深奥难懂的艺术表现手法吸引了埃德加尔，使他完全不能理解，这样的构思是通过什么途径出现在画家的脑海中的，画家是从何处获得这样的构思灵感的呢？埃德加尔十分理解一些最离奇的想法是怎样在歌德的脑海中产生的。他凭借自己富有创造性的想象力理解到、感受到歌德是如何想

① 卡拉瓦乔（1573—1610），意大利巴洛克派画家。

到要创作出例如浮士德同半人半马对话的场面的。那些话是不寻常的，但都是明白清晰的。可是他完全不能理解，为什么卡拉瓦乔画的不是圣徒保罗，而是一匹大马，为什么他醉心于马的臀部，一如醉心于妇人的身躯？

他虽多次到过罗马，但停留的时间都很短暂。因此，他对这座伟大城市的了解并不详细。倒是导游手册提醒了他，在“法国人的”① 圣路德教堂里还能找到卡拉瓦乔的其他作品。导游手册上提到描绘圣徒马特维的生活的那些水彩壁画时没有打上星号，这就是说，别人并没有把这些壁画视为什么特殊的佳作。可是，当埃德加尔置身于这座小教堂中，当教堂司事拧开了电灯，当所有的壁画在灯光下突然浮现出来的时候，他感到简直透不过气来。

如同在《圣徒保罗的自新》一画中，画家的意趣完全集中在一匹大马的赤裸上一样，在《圣徒马特维的殉难》一画中，画家的意趣完全集中在一个砍掉圣徒脑袋的士兵的出人意料地一丝不挂的赤裸上了。一个身材魁梧、相貌堂堂、赤身露体的壮年男子压倒了周围的一切。他又是被某种不可思议的聚光灯照得通明透亮，他越出了画面，越出了小教堂封闭的空间，迫使每一个朝他看的人目瞪口呆，他那种厚颜无耻的刽子手的姿势实在令人感到触目惊心。

埃德加尔被画家所展示的这种狂暴的力量深深慑服了，然而，不管怎么说，它又充满了美的魅力。

“我就不能做到这一点，”他自言自语道，“在我的作品中，一切总是过于寂静。我天生就该是沃维奇的一个风琴师……”他从来还不曾感到过罗马竟是这样的美。在孔多蒂街上走着的时候，他的眼睛并没有去看那如同伸开的手掌托着方尖碑和教堂的台阶，而是在张望街道

---

① 原文是法文。

两旁的商店。珠宝，领带，衬衫，布置精致的古驰商店，“皮耶蒙特公爵府专供”，精瓷器皿，水晶制品——这一切都吸引了他的视线。他从一个橱窗走到另一个橱窗，他陶醉了，他心中的生活欲望，渴求占有和享受的欲望被唤醒了。新的生命在他身上苏醒了，而且突然从内心深处听到了那些被遗忘了的诗句，它们跟簇新的、刚刚形成的音乐连成一体，构成了一些断断续续的、不连贯的和声。

他暗自笑了起来。

“音乐不是从卡拉瓦乔的裸体士兵，而是从古驰商店的蓝宝石色的领带中诞生的。”

他在一家小小的商店面前停住了脚步，被一群用绿色马约里卡陶瓷烧制的毛驴吸引住了。那些毛驴有的很小，有的大一点，像在沿着橱窗奔跑。毛驴旁边摆了一些不大的烟灰缸，有粉红色的，也有黄色的，上面都刻有警句。多数是法国的格言或读语。有些警句虽然平淡无奇，但他读起来觉得倒也好玩，他读着其中的一组：

> 如果是死人——那将永远不能复生，
> 如果是笨伯——那将永远都愚蠢。[①]

在罗马逗留期间，他还经常重复“如果是死人——那将永远不能复生”[②] 那句话。

不过在埃德加尔看来，最美妙的还是沿着帝国大街的新发现的并得到部分复原的古市场。使他惊讶不迭的是，这儿原来那些东倒西歪，粘在一起壅叠得像蜂房似的房子，已经拆得一间不剩了。他沿着人行

---

① 原文是法文。
② 原文是法文。

道缓步而行，路旁一长串最华丽的小轿车，不断地按着喇叭轰鸣而过，一直朝那耸立着康士坦丁柱廊形大厅的地方驰去。那座大厅的前方有许多神奇的凯旋门，它们那宏伟庄重的气势，使人头晕目眩。

在那些体现罗马人昔日的光辉，以及反映帝王和教皇的威严、豪华的纪念碑当中，他最乐于逗留的地方只有一个。他不爱站在斗兽场内那从古人的血泊里生长出来的青草丛中，不爱站在建筑形式如此完美的泰塔斯凯旋门前，也不爱站在一个帝王哲学家的妻子——善良的福斯蒂娜皇后神殿的正面，唯独喜欢站在康士坦丁凯旋门前。

它那木然而无生气的形式常常引起埃德加尔的深思。这座凯旋门是低矮的，可它偏偏就跟那些富丽堂皇、气势不凡的凯旋门并立在一起；它本可以模仿那些凯旋门的式样，但却宁愿像蘑菇一样笨拙地冒出地面。他感到奇怪，这座凯旋门上的雕刻也不知是从何处胡乱搬来的，彼此既不协调又不成比例；他惊诧地发现那些刻在大理石上的题词也是由一只笨拙的手凿出来的。这只手不善于仿刻字母，而可供模仿的字母在无能的雕刻家的目光所及之处比比皆是。

“是体现文化的没落吗?”埃德加尔自问道，“为什么那个在康士坦丁凯旋门上凿题词的人竟凿得如此拙劣？难道是他不会？也许他想，就该凿成这个样子吧……”

这件事引起了埃德加尔的沉思：“也许他想，就该凿成这个样子吧。也许，我也想，就该这么作曲？就该在原始的音素上展开，上帝保佑，不用去模仿贝多芬，不要连贯性，不用把声音合理地串联起来……也许我也想，就该如此，可这就是文化的没落……是创作的末日呀……”

“也许我们整个的艺术就像是康士坦丁凯旋门?”

傍晚，当他回到旅馆躺下休息的时候，白天所见到的一切都在他脑子里混成了一团。帝王们的塑像同蓝宝石色的领带，西班牙式的台阶同康士坦丁凯旋门上歪歪斜斜的题词，统统都混到了一起。而那个杀害了圣马特维的赤身裸体的士兵，就像在梦中一样，既是赤裸的，同时又仿佛穿上了墨索里尼近卫军的黑衫。

午后在埃德加尔头脑里出现的那种杂乱无章的幻觉，说明了他的病情。虽然身边没有体温表，可他知道自己在发烧。

然而他每天早上起床时都燃起强烈的好奇心，像在青春时期一样。好久以来，在任何一次旅游中他都不曾体验过这种奇遇式的感受。最近的几次旅行都是为了演出。几年前，他同爱尔茹尼亚一道到过这里，那时她还在奥古斯特奥演唱过，这地方如今又恢复了大帝的陵寝的尊称。其实那次演唱不过是一次社交活动罢了。爱尔茹尼亚有一种能吸引形形色色人物的天赋，那些疯狂的崇拜者，忠实的女门徒跟着她周游列国。不论走到哪里，各国首都总有一群时髦人物围绕着她。最近一次到此地访问的时候，维克多·埃马纽埃尔[①]的私生子，一个颇为浪漫的跛子爱上了她。那不是埃德加尔的奇遇，那是爱尔日别特卡的奇遇。

如今他从国内收到的唯一的信件，是阿尔图尔·马尔斯基从罗兹寄来的。他读着这些信，有时带着勉强的微笑，有时怀着烦躁的心情。

“罗马，罗马!”阿尔图尔在自己的书简中叫喊道，就像他耸动着肩膀在房间里来回走动，又像是一只受宰割的耗子发出的一声声尖叫，“到罗马去？真是莫名其妙！须知今日的罗马要不就只是昔日光辉的废墟，要不就是当今毫无理性的制度的地狱。罗马有什么能吸引您？那儿甚至连音乐也没有……”

埃德加尔在心里答复他说：在这里，即使乐团所有的琴弓真的一

---

① 指维克多·埃马纽埃尔三世（1869—1947），意大利王国国王，1922年让权给墨索里尼。

齐都拉动起来……他们也不会懂得的。但是，他不想答复阿尔图尔，他明白，自己说这种话也没有多大的意义。

“您还不如到罗兹来跟我们住在一起，”小阿尔图尔在信中接着写道，“尤其是在这种寒冷的淫雨霏霏的春天。您会看到这座小城市是个什么模样——到处是阴沟的小城市！您明白吗，到处是排水沟！当您观看古罗马的渡槽，当您像歌德或克拉辛斯基[①]伴着女士们在罗马的康帕尼亚游玩的时候……请您想想这一点，埃德加尔先生，您是否考虑过，我们波兰人搞不起这种为了美的享乐的旅行？请您想想这一点，当您抬眼望着罗马上方蔚蓝的晴空时，我们这儿是大雨倾盆……”

“这里也是春雨纷纷啊。”埃德加尔说道。

“另一方面，我非常羡慕您，呵，我是多么羡慕您呀。旅行一定是件妙不可言的事。我从未旅行过，也永远不会去旅行的。我听着孩子们在怎样胡乱地弹奏着音阶和采尔尼的练习曲。可西斯廷教堂呢？那一定是无比辉煌，甚至令人丧胆……它也许会摄走我的魂魄。我生来是不配看到西斯廷教堂的……”

埃德加尔笑了起来，又重复了一遍：

“我生来是不配看到西斯廷教堂的……”

不过他清晨散步最爱去的地方还是阿文廷山丘。

不错，到那里去时，他总要碰到一些障碍。不知怎的，他总闹不清罗马的地形和方位，每逢他朝那个方向走去的时候，不是走到了圣普拉克塞达教堂，就是在科斯梅丁的圣马利亚教堂上方的那些偏僻小巷里迷了路。可当他终于找到那条阿文廷路的时候，他便会自言自语地说：“仁慈的上帝，这原是一条不难找到的路呀！”

沿着阿文廷山丘漫步，使他想起了昔日的罗马，歌德和密茨凯维

① 克拉辛斯基（1812—1859），波兰19世纪著名的浪漫主义诗人。

奇的罗马。这儿隐匿着某种浪漫主义的东西，仿佛还在散发出某种早已消逝了的浪漫主义的馨香。他在一张长凳上坐了下来，心中思忖道，“那是个多么惊人的时代，过了这样长的时间，我们仍能感受到它的气息，《先人祭》和《浮士德》的气息……不过，《浮士德》是浪漫主义吗？人的那种为自己的魅力所迷惑的天性，往往会超越他的生命而存在，这一点恐怕永远是如此吧。罗马的废墟并非废墟，而是一个新的世界，一个体现人类存在的面目朦胧的世界。这里说的存在，不是抽象的存在，而是人的日常生活，日常的痛苦。”

“就我而论，我的喉痛，又没有灵验的药物来医治，这才是可怕的事，而不是某些国家的崩溃。”

庇护着一些稀有乔木和灌木的马尔他方丈院的奇形怪状的围墙并没有打动他的心。不错，他透过钥匙眼朝里面张望过，一直望到了对过，看到了柏树林荫道尽头圣彼得教堂黄色的圆屋顶，它如同一个奇异的水果。但他最喜欢圣萨比娜教堂，它整个内部都镶上了像冰一样冷的大理石。教堂里寒气逼人，却是如此洁净，如此对称，数学把它提到了如此高深莫测的程度，就像巴赫的音乐。管风琴的键盘就在下面这个地方，他想去触摸一下那些洁白的琴键。他似乎觉得，传入他耳中的不是音响，而是那些镶砌教堂的洁白的大理石板都活动了起来，组成了新的冰一样的建筑结构，组成了一些新的萨比娜教堂，它们越来越匀称端庄，越来越雄伟高大。这个教堂常常是空荡荡的，他在那里一坐就是几个钟头。

他也喜欢与这座教堂毗连的花园，当时还有一道墙把它与街道隔开。花园里有几张低矮的石凳，不太高的柑橘树上缀满了绿油油和黄灿灿的果实，站在高台上放眼望去，台伯河和它的对岸，圣彼得教堂以及美丽如画的雅尼库尔山冈的景色都一览无余。

他常到这个花园里去坐坐，虽说在冰凉的花岗石上久坐之后，他咳得更厉害了，而且午后又有许多色彩和音符在他脑中掺和着，构成了一团使人激动得涕泪交流的薄雾。一天清晨，风和日丽，碧空如洗，高大的意大利松柏树一动不动地耸立着。埃德加尔坐在石凳上。这个罗马使他痛苦，说得更确切点，是寂寞和无法使自己有个明晰的思路苦恼着他。每逢在这迷茫之中应该出现一点新的创作思想的时刻，他感受到的总是惘然若失。

他一支接着一支地抽着香烟，眺望着高台后面蔚蓝的空间。从这儿看不到台伯河对岸。在这美丽、晴朗的清晨，有几个人在园中散步，几个手里拿着书本的大学生，还有几对情人。其中有一对就坐在与他只隔几条石凳之远的地方。那个戴着怪里怪气的黑绸头巾的女子低垂着头，她身上仿佛有什么东西吸引了埃德加尔的注意力。坐在这个女子身边的男人，背朝着埃德加尔。他似乎正在对那女子十分激动地解释着什么，虽说他的外表尽量装作十分平静的样子。

那男人像是向那姑娘提了个什么问题，她摇头否认。那男的又背转过身子把脸朝着希莱尔，就在这一瞬间，埃德加尔认了出来，他就是雅努什。

埃德加尔用寻常的手势向他招了招手，就像是几个小时之前刚见过他一样。雅努什也以同样的方式回答他，可并没有中断跟身边女子的谈话。那女子仍然低着头听他讲，那怪模怪样（就罗马这样的城市而言）的黑绸头巾，遮住了她面部的轮廓。

过了一会儿，雅努什起身朝希莱尔走了过来。埃德加尔扔掉了手中的香烟，从石凳上站起身来迎接他。雅努什冷冷淡淡地跟他见了面。显然，他心里还在想着别的事情。

埃德加尔有许久没有见过雅努什了。他知道，雅努什在接二连三的不幸事件的打击下变得有点古怪，产生了一种重游故地，借以追忆青少年时代旧事的狂热病；也有人谈起过他在西班牙的桩桩怪事。

与雅努什分别前的最后一次交谈，是在奥拉家里，谈的是他的敖德萨之行。埃德加尔没敢向他打听在西班牙的经历。雅努什在奥拉家里待的时间要比在姐姐家里待的时间长得多。朋友精神状态的变化使埃德加尔大吃一惊。他首先注意到的是雅努什眼睛的变化。那对眼睛，昔日闪耀着智慧的光芒，而今却蒙上了一层雾一般的疲乏和困惑。雅努什身上那种乐观和勇于探索的气质，是埃德加尔一向所珍视的，而今这一切却仿佛都不可理解地突然消失了。

“你在这儿干什么？”他满不在意地问了希莱尔一句。好像他们是在萨斯基①公园里碰见了一样。

“我也可以向你提出同样的问题，”埃德加尔回答道，同时抓住了雅努什的一只手臂，“但不管怎么说，这对我是莫大的愉快……”

“只要我告诉你坐在那条石凳上的女子是谁，你就明白了。”

“她是谁？”

“是阿丽亚德娜。”

“我的上帝！”埃德加尔低声说了一句，“她是从哪里落到这儿来的？”

“她一直在罗马……住在巴西利教派修女院。”

“我能同她见见面吗？”

“那当然。不过，你可别向她提任何问题。”

“你把我当成什么人了？”埃德加尔说道，又朝雅努什看了一眼。说得确切一点，是“盯着雅努什的眼睛看了一阵子”。仿佛这眼睛是来自另一个世界。雅努什的眼睛神情呆滞，那是被法院或医生宣判了死刑的人的眼睛。

听了他的那句话，雅努什淡淡一笑。就在这淡淡的、羞怯的一笑

---

① 华沙的一个公园。

之中，他的面孔变得年轻起来，使人想起了莫林策时代的雅努什。

就在这儿，在阿文廷山冈上，埃德加尔突然想起了敖德萨，想起了昔日读过的书，想起了昔日朗诵的诗。

“不知她是否还记得勃洛克的诗?”他有点不着边际地嘟哝了一句。

“你去问问她吧。”

埃德加尔朝着阿丽亚德娜三脚两步地走了过去，当他突然出现在她的石凳前面的时候，她吓了一大跳。她从黑绸头巾下面抬起眼睛望着他，在她那双眼睛里仿佛浮现出对昔日的一长串的回忆。

阿丽亚德娜的外表变化很大，她发胖了，尤其是她的面庞，变得圆乎乎的，面部的线条，曾经是那样的清秀，如今胖得失掉了往常的轮廓，就像是一团发面。未施脂粉的蜡黄的皮肤上显出了褐色的斑点，这是一种肝病斑痕；起了皱的额头是被几根垂直的线条勾画出来的。只有那对水汪汪、光闪闪、非常清澈的眼睛还像昔日一样望着埃德加尔。

“阿丽亚德娜。”他向她伸过手去，只说出了这个字。

在这一声称呼里蕴藏着多少友情和温暖!

“喏，你瞧，埃德加尔，喏，你瞧!”当他挨着她在平整的石凳上坐下的时候，她反复说的也只有这一句话。雅努什站在他们面前，像在期待着什么。

埃德加尔从她说的这一句话和别的一些什么话的音调里，忽然发现了早已逝去的童年和青春。其实，他并不曾听见她说些什么，也不明白她说的是些什么，只听到了她那低沉嘶哑的声音和那种语调，在那一去不复返的幸福的日子里，他周围所有的人都是用这样的语调讲话的。雅努什忍不住了。

“埃德加尔，”他说，“别闭上眼睛呀！阿丽亚德娜在向你打听爱尔日别塔哩。”

埃德加尔撑开了眼睑。周围是阿文廷花园，柑橘树，一尘不染的洋槐。圣萨比娜教堂响起了肃穆而低沉的钟声，它像是从别的什么地方传来的。

“原谅我，阿丽亚德娜，”他忧伤地说道，“真对不起。我只听见了你的声音。跟雅努什和你的相会，使我非常激动。我在这儿真可谓是孤身一人，形影相吊。”

“您的声音怎么变得这么厉害?”阿丽亚德娜转而用法语问道，“您是不是感冒了?”

“啊，没有，”埃德加尔满不在乎地回答说，“我嗓子痛。旅途把我折腾得太疲乏了。”

“您住在哪儿?”阿丽亚德娜继续问道，整理了一下自己的黑头巾。

“俄罗斯大旅社。”

“多么讲究，”[①] 塔尔洛小姐微微一笑，“可是，一定会很昂贵吧?”

“不，不算贵。给我的是‘汽车司机的’房间，甚至还相当便宜。旅社的地点倒很适中。”

“地点好极了。”阿丽亚德娜赞同地说。

“你们发疯了吗?”一直站在他们面前的雅努什生气了，“阔别二十年的朋友，见了面却谈旅馆的价钱!”

“你愿意我们一见面就谈来世的生活吗?”阿丽亚德娜顶了他一句。埃德加尔觉察到她的语调里有一种激动，或者简直是恼怒的情绪。看得出来，雅努什的话使她不满。

埃德加尔把一只手放在那女子的手心里。

“阿丽亚德娜，”他说，“你别生我们的气呀。这对我来说简直是一种不可想象的意外!”

---

① 原文是法文。

阿丽亚德娜又抬起眼睛望着他。只有从这对眼睛上他才认出了昔日的阿丽亚德娜。

“你说些什么？我会生气？我也是太激动了。埃德加尔，在这儿……”她似乎是在自言自语，同时又像原先那样低下了头，望着脚下的沙砾。

埃德加尔有点不知所措。他朝雅努什望了一眼，对方站在那里，显出一副迟疑的神态，两个手掌拧合在一起，用一个手指敲着另一个手指。

“我想跟你谈谈。”阿丽亚德娜又用俄语说。有意思的是，她说俄语时，对埃德加尔总是称“你”，而讲法语时则对他称“您”。

“刚才就在这儿，你瞧，我正对雅努什说，上帝一定会显示某种征兆，说明要发生一件什么事。而且，就在那会儿我们瞧见了你。”埃德加尔笑了笑。

“会不会是你先发现了我，因此才期望出现什么上帝的征兆？”

“你简直是亵渎。”阿丽亚德娜说，同时捏紧了拳头。

“哦，你看我有什么征兆？”埃德加尔忧郁地微笑着。

“征兆不征兆，反正一样……不过，你倒是说说，一个人能够像我这样浪费生命吗？要知道我们的生命只有一次。只有一次……要是这一生一无所成呢？”

埃德加尔又笑了笑。

“你怎么俄国味这么浓，”他说，“简直好玩极了。一见面就提出这样严肃的问题来。我可以向你保证，雅努什的脑子里从来想都没有想过他是否浪费了生命。人活着，也就足矣。是吧，雅努什？”

他抬起头，朝他的老友望了望，暗自微微一惊。雅努什清癯的面孔痉挛地抽搐了几下，仿佛有一盏照亮他面部的灯蓦然熄灭了。

“前不久我在信中还向你谈起过浪费了的生命，”他说，“不过，不是说我自己。”

沉寂了片刻。

“海伦娜自杀了。”过了一会儿埃德加尔开口说，这句话与其说是对雅努什讲的，还不如说是对自己讲的。而且他也清楚，关于海伦娜的事，阿丽亚德娜一无所知。“我只好一走了之。”

“你爱过?”阿丽亚德娜突兀地问。

“没有，从来没有。也正因为如此才更糟糕。”

“你马上就得走吗?”雅努什向阿丽亚德娜问道。

“是的，已经敲过十二点了。院长嬷嬷只允许我在外面待到十二点半。”

“你是在修道院吗?”埃德加尔问。

“我只是个见习修女。我还没有发过愿。不过，我既然住在修道院，就应遵守修道院的规矩。我出门总要事先请示院长嬷嬷……”

“那就再见吧。”雅努什心不在焉地说。阿丽亚德娜和埃德加尔两人都莫名其妙地望着他。

“他的表现真叫人纳闷。”埃德加尔想。

但是，阿丽亚德娜当真站起来跟他们告别，快步如飞地走了。她的修道院在阿文廷，就在马尔他方丈院的后面。直到她站起身来，埃德加尔才发现她胖得多么厉害。她穿了一件白衬衫，一条茨冈女人常穿的那种有许多奇异的皱褶的长裙子，只不过颜色是黑的，头上包了一条四周有许多长穗子的颇具东正教特色的黑绸头巾。

雅努什和埃德加尔几乎一句话也没说就开始下山，往城里走去。

“这儿马上就会来出租小汽车，”音乐家说，“你跟我去吧，到旅馆吃顿早饭。”

“对我来说反正什么都一样。”

他们来到那极其考究的旅馆的餐厅，当两个朋友在一张洁白的桌子旁边面对面地坐定之后，埃德加尔微笑着说：

“哎，你可别为这种排场生气呀。有什么法子呢，我就喜欢如此，至死也改不了。如今我还真不怎么摆得起这份阔气，这是爱尔日别特卡……是她给我机会到罗马来的。”

雅努什看都没看埃德加尔一眼，只是耸了耸肩膀。他的眼睛注视着旁边的地方。

“对我来说反正什么都一样。”他重复了那句老话。

埃德加尔把膝上的一块浆得很硬的白餐巾展开，那餐巾在他哆嗦的手指间沙沙作响，只有从这种不安的动作里，才能感觉出他的烦躁。

终于，他冒险作了个试探：

“雅努什，你别故弄玄虚了。既然你来到罗马，来找阿丽亚德娜，显然对你来说就不是‘反正什么都一样’。”

“我原不知道她就在此地。”

“可你找过她。”

“我找过？不错。我现在正在寻找我在任何地方失去的一切。我自己也不清楚到哪里去找……我周游世界。我靠比林斯卡剩下的一点钱到处漫游。”

提起姐姐的姓氏他顿了一下，朝埃德加尔看了一眼。

音乐家泰然自若地承受住了他的目光。

“我们都是靠姐妹供养……”他微笑着说，“真是咄咄怪事。”

“喏，其实我在寻找的是我没有丢失的东西。”雅努什说道，他的声音突然变了调，“因为，我所失去的一切再也找不回来了。”他又轻声地补了一句。

埃德加尔微微一惊，他没有去看自己的朋友，却在菜单上点菜。

“你吃牡蛎吗？”

“我讨厌牡蛎。”雅努什说。

“啰，毕竟有这么一次对你不是‘反正什么都一样’吧!”埃德加尔笑了起来。

他们感到自在多了。

“她的那个涅沃林呢?”埃德加尔问。

“好像成了酒鬼，靠老婆混日子，常常有人把他从排水沟里抬出来。这算什么玩意儿……”

“这本是意料中的事。”

“你看到了吗，阿丽亚德娜变得多么厉害?”

“她为什么不讲波兰语?”埃德加尔问，他不愿停留在雅努什的问话上。

“上帝才晓得为什么。她不是住在波兰修道院里的吗?住在巴西利教派修女院。”

“是的。可她并没有发愿。这是值得注意的。”

雅努什把上身探过盘子，朝着埃德加尔又言过其实地说开了：

“你想想看，埃德加尔，我曾那样崇拜过她。”

这时招待走了过来，打断了他们的谈话。

“你知道吗，雅努什，”埃德加尔说，“我在意大利的饭馆全凭菜名的发音来点菜。你听听，是怎样发音的：aragosta in bella vista 或者 faraona gelata con piselli。”①

他点的正是这些菜。雅努什默不作声。

“这已是二十几年前的事了。我那时还非常、非常年轻，可当时人们已经知道我这个作曲家了……变化多大呀。”

他们各自谈的都是自己。他们终于明白过来了。

“你姐姐在干什么?”希莱尔问。

① 意思是：“佳色龙虾”和“火鸡豌豆冻”。

“跟往常一样。”雅努什微笑道，“从西班牙回来之后，我觉得她特别关心政治。甚至真像那么回事儿。她还搞过几次‘政治’早餐会，可后来就一阵风过去了。”

他叹了口气。

“他们之间的关系似乎坏多了。”他接着说道。

“怎么回事?”

“喏，斯彼哈瓦跟玛莉亚……看起来好像不太协调。”

“你说什么?”埃德加尔漫不经心地问，一边涂着沙拉子油，“我感到奇怪的是，他们为什么不结婚?”

“很简单。玛莉亚一结婚，对阿罗财产的监护权就会转到卡塞蒂伯爵夫人的手上了。”

“啊，是这样!”作曲家淡淡一笑，“可我却没想到这一点。”

“你压根儿就什么也没想过。”雅努什含糊地说了一句。

“的确。我一向是，恐怕至今仍然是个不通时务的人。”

在等招待来换盘子的时候，他接着说道：

“因为我从未对你讲过。我从未跟你谈起过这些事。”

“谈它干什么?”雅努什生硬地问。

“你是对的。干什么?只是，我也不知为什么总想告诉你一个微不足道的插曲。你知道，就像人有时突然想弹一曲肖邦的玛祖尔卡或是舒曼的《为什么》一样。有时是那么想要谈点什么，尤其是谈谈过去的事情。”

“是敖德萨那时候的?”

“是敖德萨那时候的。还是你们都住在我们家里的那个时候。有你，有约齐奥，还有教授，当时你是那样深深地爱着阿丽亚德娜，使我们大家的心都要碎了。”

“看得出来吗?”

“喏，当然啦。有一次玛莉亚同斯彼哈瓦一起来了。你知道，不是跟奥拉谈话的那一次，而是另外的一次。奥拉一瞥见他们走了进来，就猛地一下从椅子上站了起来，到厨房去了。而你姐姐则眯缝着眼睛，直挺挺地走了过来，仿佛在说：‘这就是那小东西吗?’她的神情是多么凶狠，多么残忍。而玛莉亚那时又是何等的美呀，她是那样的冷酷，目空一切，简直高不可攀……”

“嘿，她可从来不美。”

“对我来说，那可比美强多了。我深爱着她，就像你迷恋着阿丽亚德娜一样。”

“那是错觉。”

“当然是错觉。其实，我从来谁也没有爱过。”

“你爱过音乐。”

“一个负心的情人。她对我没有以爱相酬。”

“你想要怎样，她们都是一样的货色。”

此刻招待把一个带座轮的小桌子推到他们身边。桌上的水晶器皿里装着形形色色的生菜：绿的、白的、红的、切成一片一片的芹菜和紫红色的甜菜。招待问他们还要什么。

“这是配那火鸡的吗?”

“拿法老①配生菜，”埃德加尔笑了起来，“克奥帕特拉②配生菜。这太可笑了。”

他一边向招待点了他想要的生菜，一边轻声笑了。雅努什忆起了昔日那个开朗、平易近人的埃德加尔。

“就在那时候，”他又回到对敖德萨时代的回忆，说道，“我走进我

① 在意大利语中“火鸡”与古埃及“法老”同音。

② 克奥帕特拉是古埃及的一位著名女皇。

们的房间，就是我和约齐奥的房间，正碰上他俩在接吻。”

“谁?”

“玛莉亚和斯彼哈瓦。”

“你知道，这对我来说简直不可想象，”埃德加尔饶有兴味地说，一边在切着那只珍珠鸡（也就是法老鸡），“他俩看起来完全不相般配。怎么会发生这样的事呢？而且是这么闪电式的。”

“难道你以为还是奥拉跟卡齐米日般配吗?”雅努什问。

“还是奥拉更般配一点。顺便说一句，今天早上我接到了奥拉的一封信，还不曾看过哩。”

“奥拉常给你写信?”

“时不时写一封。”埃德加尔说，接着又坦然地笑了笑，“不，每逢我在国外，她总是给我写信的。我想，她是想要我为她谱写几首歌曲。”

“那你为什么不照办?”

“唉，这不那么简单。”

“你可以给她谱写点什么容易的东西。类似《幽情》那样的。”

埃德加尔又笑了起来，不过，这一次他的笑是带有几分讥诮的。

“类似《幽情》那样容易的东西。”他重复了一句，“可要做到这一点我得成为勃拉姆斯。”

“难道你不是勃拉姆斯吗?”

“不是。我是埃德加尔·希莱尔。我不能创作简单的小曲。我不能创作简单的歌曲。其实，我已经根本不能作曲了……”

“那么你告诉我，不过你得说真话，”雅努什忽然激动起来，“莫非就再也不能恢复那种质朴单纯，再也不能回到昔日的朴实了？但愿一切都不要这样吓人地复杂、糟糕、紊乱不堪才好。你自己也看到了，一切都越来越错综复杂了，而那些希望使问题简单化的人——那些以简单粗暴的方式对待这一切的人，喏，在这里的和在德国的那些人——他们把事情搞得越发混乱了。”

“我担心，他们会把一切都搞得乱七八糟的。”埃德加尔的脸上又浮现出别有含意的微笑。

“而你谈起来却能如此无动于衷？”

“遗憾的是，历史的车轮是不能倒转的。”

“生活也一样。我毕竟不能回到阿丽亚德娜身边了。这完全是不可能的事。”

“可你为什么要对她讲某些事？你为什么要去扰乱她的平静？她愿意待在那个修道院里，就让她待下去好啦……”

“可是，她在那里也得不到安宁。要是你知道，她是怎么回事。”

“我以为，阿丽亚德娜无论何时何地都不会有安宁的。”

“她在照料小孩。她在巴黎也照料过！……可是问题不在于此。她苦恼极了。”

“那就让她去吧。对于她的痛苦你是完全无能为力的。自从我们跟阿丽亚德娜相识，二十三年来你从未对她有过丝毫帮助……差不多四分之一世纪过去。她如今已是个老妇人了。”

“上帝呀！埃德加尔，你在说些什么！一个老妇人！”

“雅努什，你自己说吧：一个老妇人！”

“一个老妇人就该在孤寂中受苦吗？”

“你毕竟不会娶她了吧？”埃德加尔审视着雅努什。

“只要她愿意……”雅努什忽然露出窘态，“因为我也很痛苦。”

“这一点你没有必要对我讲。但是我认为，没有什么良方妙药能医治痛苦。”

“在佐霞还活着的那个时候，我就痛苦。”

“这我清楚。”

“而你却什么也没有对我说过。”

“你知道，当时，就在音乐厅，爱尔日别特卡唱《山鲁佐德》的时候，我记得，你们怎样走进化妆室来，而我们又怎样到里米夫妇家去参加了招待会。”

“那时怎么啦?”

“不知怎的，你们的气色很难看。当时，我心里就想：可怜的佐霞。”

“啊!”

“你别生气呀，我是这么想的……”

“海伦娜那时不在你身边。”

“海伦娜听了那些歌曲……从收音机里。其实她当时也没有听。她不想听。”

“这一切搞得多么糟。不过，我并不孤独。”雅努什说，“我甚至可能同她结婚。但是她不愿意。”

“啊，我知道。在华沙有人谈起过，是奥拉还是玛莉亚。她是雅内克·维耶维乌尔斯基的外甥女吗?”

“是他老婆的外甥女。”

“知道，知道。是那个从巴黎来的姑娘。她爱你吗?”

“我没有问过她。”

“那么雅内克·维耶维乌尔斯基现在的情况怎样?”

“啊，在蹲监狱！判了八年。被关在弗龙基。”

“不错，还是你在西班牙的时候就有人对我说起过。不过我对这件事并不感兴趣。”

“你对朋友们的事不感兴趣?”

“不感兴趣。在这种意义上……”

“只有阿罗一个人劝我结这门亲。”

“阿罗，是个爱造反的人。”

“要造反，他还太软弱了。他不可能造反，再说，他们对他的教育是多么可怕！尤其是玛莉霞和那位老全权代表。他们把他那样培养，好像他就是齐格蒙特·克拉辛斯基一样。”

“嗯，他是大宗财产的继承人。”

“你自己也明白，如今财产算得了什么。在我们这个动荡的时代[①]……”

“回过头再说说阿丽亚德娜吧。你对她有什么要求……”

“倘若要我说句实在话，那应是她对我有什么要求……”

突然有一个法语讲得很糟的法国人打断了他们的谈话。原来他是《晚邮报》的记者，他打听到埃德加尔到了罗马，就想采访这位知名作曲家。记者无意之间露出了马脚，原来这次采访是波兰大使馆委托他进行的。而且他对“著名作曲家”的创作以及波兰音乐界的情况全然无知，甚至没有听说过埃德加尔的妹妹，闻名于东西两半球的“伊丽莎白·希莱尔”的名字，虽说她前不久还在罗马和米兰的斯卡拉歌剧院演唱过。雅努什带着厌恶和惊讶的心情注意到记者的唐突造访竟使埃德加尔变得愉快起来。他用香烟和甜食小点招待客人，他对那年轻人的礼貌要比那一位对他周到得多。记者向他提了几个很平庸的问题，把回答写在记事簿上。当埃德加尔开始比较详细地谈起波兰音乐教育的特色时，对方很快就打断了他的话。雅努什惊诧地扬起了眉毛。刹那间那惹人讨厌的小伙子便飘然不见了，就像他的出现一样突然。

埃德加尔的神情有点沮丧。

“你知道，医生要我饭后躺一躺。”他说。

“你感到不舒服吗？”

---

① 原文是法文。

“是的。我每天午后都发烧。再说，我也喜欢睡午觉。”

“那你现在就回到房间里去吧。”雅努什忽然用自己低沉的嗓音非常亲切地说道，“晚上我来看你。”

埃德加尔的住房实在小得很，不过房间里有一张小长沙发放在床脚边。司机也是人，他能够不洗脸，但他或许需要一个小长沙发睡觉，何必让他弄脏了床哩。埃德加尔躺在小长沙发上，头朝花园的高台，从那儿飘来清新的南国泥土的芳香。他拆开了奥拉的信。

亲爱的埃德加尔先生：

您现正在观赏罗马的名胜，即使您没有去观赏，那您也是在呼吸着这个城市的气息。您怎会关心一个身居北国的远交的熟人（不是吗，“远交的熟人”这个字眼用得多贴切，就跟“远房亲戚”一样——海鲁宾总是这么说的），在这寒冷阴雨的春天正在干些什么。您知道，在这种时候华沙是个什么样子。我的生活又怎能引起您的兴趣？我的头发正日渐花白，而弗兰尼奥的则早已完全白了。只有我的孩子们不是这样，他们是如此惊人地年轻，如此出奇地可爱。安特克在他们之中也许是最漂亮的了，但他冷漠无情，安德热依有时简直就像意大利画家画的那种美男子。至少我是这样想的。您现在正看着那些画，您或许能告诉我，我是否想错了……

埃德加尔想起了那个砍掉圣徒马特维脑袋的赤身裸体的士兵，但是信中下面几行字使他不能再作这样的比较。

安德热依长得跟瓦莱雷克一样美，也真像他，不同的是，他的神态凝集着许多思想，他的内心生活都从他的面部表情反映了出来。准备中学毕业考试已把他搞得焦头烂额，接着还要去上那个工业大学，又是考试。此外，在他身上蕴藏着某种活力，那是我从安托希身上所看不到的。安特克在医学院念书……

我甚至都感到奇怪，

他跳过了几行，继续念道。实际上他此刻所想的是跟雅努什和阿丽亚德娜的重逢，而不是奥拉的孩子们。

我这个人一点儿也不像家母娘家的人，可我的儿子们竟然同瓦莱雷克如此相像。安德热依笑起来的样子跟他一模一样，牙齿也跟他的一样。您许久没有见过他们了。您最后一次到我们家，来得那么晚，您又是那样抑郁颓丧，我们谈的是那件不幸的事。当时我没敢把孩子们唤出来，虽然他们就在隔壁的房间里。我感到欣慰的是，在那样沉痛的时刻，您来到了我们家，同时使我非常痛心的是，您在世上当真没有一个亲人。难道您不是有双亲、妹妹、许多非常忠实的朋友和学生吗？到后来我才想通了，这根本不是一码事。一个人可能有个品德完美的丈夫，非常迷人的孩子，自己也已上了年纪，可她有时也会感到寂寞难耐。请您别生气，我跟您谈这种事，只不过是因为您身在远方，而且一定十分惆怅。今天我在报上看了世界各国首都的气温。罗马零上十二度，这实际上还相当冷。因此，您那儿或许也只有愁闷和阴雨……

我还想跟您谈谈海伦卡。她跟男孩子们完全不同，她完全是用另一种面团捏的。不过这些我得留到下次再谈。如今我没有太多的时间写信。

音符像春燕般在罗马的空中飞舞。或许您能抓住几个，从中创作出一点什么来？若然，那我一定非常高兴。

我又遇上了玛莉霞·比林斯卡。你不觉得好玩吗？

奥拉

埃德加尔把拿着信的那只手放在身后，那时他看到窗外花园的景色似乎有点畸形，像从一面镜子里照出来的。窗外飘着斜斜的雨丝，在白蒙蒙的雨雾中天空显得格外地蓝。高处耸立着深蓝色的柏树。埃德加尔长叹一声。

就在此刻电话铃响了。

话筒里传来一个生人的声音，说的是法语。

“是埃德加尔·希莱尔先生吗？”

“是我。”

“我是帕姆帕尼尼教授的秘书。教授明天在自己的诊室里等候您，明天上午十点……”

“什么教授？”

“帕姆帕尼尼教授，著名的耳鼻喉科医生。请您明天……”

“可我并没有预约……”

“是您的熟人预约的。塔尔洛伯爵夫人……”

“谁？”

“塔尔洛伯爵夫人请教授给您看看。您来吗？”

“我来。”

他带着一种烦躁中又夹杂着点宽慰的心情放下了话筒。他明白，在这几天内他非去找医生不可，只是他下不了这个决心。

“去就去。”他耸了耸肩膀。

电话铃又响了。是雅努什打来的。

“你瞧，阿丽亚德娜已经离开了修道院，”他说，“住到奥斯天门附近的一家小旅馆里去了。”

“唉呀呀！她为什么住得这么远?”

“她在那儿有个相识的俄国女人。可我们该对她怎么办呢?”

“什么怎么办？我才不爱管这些闲事哩。”

“她口袋里一个铜子儿也没有呀。”

“我也没有。我跟你说过，爱尔日别特卡给我汇过钱。但是不多。勉强够我在这儿用。”

“还够吃‘珍珠鸡’。”

“你别装傻，雅努什，你也别装成个苦行僧。”

“喏，好啦，好啦。可我也是一文不名。家里也是一个大子儿也没有。”

“你是不是给阿罗拍个电报？他在此地的西西里银行应该有点存款。”

“恐怕没有。不过我可以试试看。”

“你晚上来吧，七点左右来。我们商量商量。”

“好吧，现在我到阿丽亚德娜那儿去。”

“嗯，去吧，去吧，你是自找的麻烦。”

“别这么说，埃德加尔。”

埃德加尔长叹一声放下了话筒。到处都找他的麻烦。

从此便开始了一连串的劳碌奔波，但像他、雅努什和阿丽亚德娜这样三个情绪不同的人物，要一道在罗马城里漫游，就不得不找到一种共同的语言。他们很难办到这一点，而且都感到十分痛苦。每逢他们离开了回忆，便一切努力都化为乌有了。他们参观了陈列馆——多少有点系统性；观赏过教堂和绘画。在阿丽亚德娜和雅努什所处的那种精神空虚的状态下，这一切都显得过于平庸，显得过于富有旅游的性质了。

埃德加尔也去找过那位医生，医生相当仔细地看过了他的喉咙，并从他喉部取下了一小点组织去化验。这是个高个子、黝黑、戴一副大眼镜的十分自信的人。他相当愉快地询问了埃德加尔的童年、双亲的情况以及他的音乐工作。他对病人的膝盖和膝盖的轻微的反应迟钝十分注意，仿佛他不是个耳鼻喉科医生而是个矫形外科医师。他跟希莱尔告别时表现出一种毫不拘谨的、意大利式的殷勤。他给他开了漱口药、药粉，并嘱咐他回到华沙后要马上去找一个好的内科大夫瞧瞧。

“您可别忘了，”告别时他说，“您必须马上去找内科医生。”

埃德加尔答应了，可是他现在要去会见雅努什，要同他商量，从哪儿去给阿丽亚德娜搞点钱来。除了原先他们商量过的那个主意之外，他们想不出别的窍门。雅努什给阿罗发了电报。两天无答复。后来雅努什终于收到了姐姐的电报。

比林斯卡的电报：

阿罗尚未成年，他无权动用自己的存款。我给你汇去我名下的一万兹罗提。外汇委员会的许可证十天后办妥。

玛莉亚·比林斯卡

雅努什着急了。他住的地方离俄罗斯大旅社不远，就在人民广场左边的洛卡诺旅馆—— 一个简陋的瑞士小旅馆里。那儿离台伯河不远。他和希莱尔两人沿着堤岸林荫道散步，朝着圣彼得大教堂的方向眺望。教堂的圆屋顶遮隐在法国梧桐蝴蝶花形的叶子后面。

“十天以后！这是何等地严酷。”雅努什抱怨说，“我们到处遇到重重困难，这一切将如何了结？将来可怎么办？”

“我们得从这一方面去找……”

“什么叫这一方面？”

“喏，就是这一方面。从那儿可能会寄钱来。”

“你在法国有什么人?”

“什么人也没有。法国人会借钱给谁?”

“马雷·舒阿尔?”

“他纵然会拍摄原子的照片，可点石成金他还没有学会。”

“剩下只有她了。”

“谁?”

“哈尼亚。”

“啊!”雅努什轻松地舒了口气，“我竟没想到这一层。你当真以为可以吗?”

“要是有这种燃眉之急……”

“你有她的地址?”

“哈尼亚·戴维斯的? 兴许有。而且她是这样有名，此地的美国大使馆一定有人能告诉我们她的地址。”

他们回到雅努什的旅馆。啊，简直是个讽刺！雅努什住的房间竟然比埃德加尔的那间大得多。整个下午他们都在忙于为拍给芝加哥哈尼亚·戴维斯的电报措辞。还是雅努什找到了她的地址，那是写在一本总带在身边的旧日历上的。

> 我们急需一大笔钱，并非为了自用。能否给我们寄到罗马来?地址……
>
> 埃德加尔·希莱尔
>
> 雅努什·梅申斯基

寄出这份电报时，埃德加尔甚至变得活跃了。

“你我简直就像两个鸨儿，”他说，“起初并不拿钱，而是过了一段时间以后要求‘借款’。”

雅努什略带惊讶地瞥了埃德加尔一眼。

“我从你身上看到越来越多的新玩意儿。”

“这一切对你来说难道是新鲜事?”

雅努什什么也没说，只叹了口气。

“可怜的哈尼亚。”

傍晚，他们跟阿丽亚德娜见了面。她的穿着很朴素，一套深色的服装，不过头上已经没戴头巾，精心搽上的脂粉掩饰了额上的肝病黄斑。显然她还去过理发店，她那头黑发又梳成了另一种式样：烫成了陈列在民族博物馆里的福斯蒂娜皇后半身像的发式。经这一番打扮，她看起来更动人，一下子年轻了好几岁。

他们怀着愉快的心情乘车往山上走，一直到了加里巴尔迪[①]塑像处，然后就去找一家便宜的小饭馆吃晚饭。“愉快的心情”意味着：他们之中每个人都尽力表现得愉快，同时又装作没有察觉出别人的做作。

小酒馆有一个相当大的花园，连接桌子的一些拱环上挂着五颜六色的灯笼。灯笼里射出的玫瑰色和橘黄色的光线，把阿丽亚德娜的脸照得更年轻了。她拿出小镜子，满意地整理了一下头发。

“我似乎年轻了一点。”她用她所特有的那种低沉而略带嘶哑的嗓音说道。但是她的两个同伴显然在想别的事，并未用任何勉强的恭维来接她的话茬儿。

她有点儿难为情地扫了他们一眼，又显得不太高兴了。

但是埃德加尔很快便使大家振作了起来。他实在是可怜阿丽亚德娜。他立刻点了上等葡萄酒，讲起了爱尔日别特卡生活中的种种趣闻，后来又谈到奥拉的信，谈到她的孩子们。阿丽亚德娜很感兴趣。“那就是说，奥拉已经有了这么大的孩子?”她还逐个儿问起他们的名字。嘴

---

① 加里巴尔迪（1807—1882），意大利民主主义者。1848—1849 年解放斗争的领导人。

里反复念着：安特克、安德热依、海伦卡，还反复打听他们的年龄。不论是埃德加尔还是雅努什都很少见到奥拉的孩子。他们能告诉她的实在不多。

但是埃德加尔终归达到了自己的目的。温暖、美丽的罗马之夜彻底软化了他们心灵上的积郁，他们忘记了自己的烦恼，而且，埃德加尔显然也忘记了他们没有钱，因为他又要了一瓶什么酒。最后，他们无缘无故变得异常高兴起来，或者毫无理由，或者借一点小事便哈哈大笑。只有特别敏锐的耳朵（埃德加尔的耳朵就特别敏锐）才能从阿丽亚德娜的笑声里分辨出一丝儿歇斯底里的余音。

埃德加尔从送香烟的茶役那里找不到适合自己胃口的烟，便起身到柜台上去了。

希莱尔一走，阿丽亚德娜立刻便止住了笑。

“你知道，我给帕姆帕尼尼打过电话。”她说。

“给谁?”雅努什问，他历来搞不清别人的姓氏。

“给帕姆帕尼尼教授，埃德加尔昨天去找过的那位医生。”

“嗯，他说了些什么?”

“结核。”

“什么?”梅申斯基吓了一跳。

“喉结核，而且相当严重。我听他的嗓音立刻就猜出来了。”阿丽亚德娜冷酷地说道，似乎对自己所下的这个断语很满意。

“这太可怕了。”雅努什说。

“生活本身就是可怕的。”阿丽亚德娜淡漠地说。

“哎呀，上帝，你那一套原则又来了。”雅努什气愤地提高了嗓门说，“你真正是……”

“怎样?”

“残酷。”

但是埃德加尔回来了，讲起了他用蹩脚的意大利语跟漂亮的售货员之间进行的一场好玩的对话。气氛又变得非常愉快了。

晚饭后，他们决定从亚尼库尔山丘步行回去。他们手牵手，走得相当快，一边还躲着从面前驰过的小汽车。他们继续不断地打哈哈，表现得像一群孩子。

在一条马路的拐弯处，他们止住了脚步，举目眺望在蓝得透明的晴空下，沐浴在金黄的光线里的城市。他们止住了自己毫无意义的笑声。突然他们都变得忧郁了。他们默默站了一会儿。

“我真想朗诵诗。”雅努什说，“可是我什么都想不起来。”

但是，阿丽亚德娜“像昔日那样”晃了晃脑袋，她的鬈发披散到额前，她悄悄地、像唱歌一样地朗诵起来了。

对于我这颗多愁善感的心
你的每句话都很多情。
你别为我写诗，
要为我这颗多愁善感的心……①

雅努什哆嗦了一下。“不，这真叫人受不了。”他想，“镇静，镇静，千万可别把它放在心上。”

他们走到人民广场的时候，还在拐角的一家小咖啡馆里喝了咖啡。雅努什要从这儿用出租汽车把阿丽亚德娜送到城市的那一头去。在咖啡馆里（确切点说，是在门旁边的墙上，因为他们是坐在靠外面正对广场的地方），他们发现了一张预报明天在阿尔詹蒂娜剧院举办交响音

① 原文是俄文。

乐会的海报。音乐会上有阿瑟·鲁宾斯泰因[①]的演出，由帕韦乌·克莱茨基指挥。阿丽亚德娜记得巴黎时代的鲁宾斯泰因，因此双手一拍。

“我们一定得去听这次音乐会。”她毫不犹豫地说。

“可是，亲爱的，”雅努什说，“音乐会是早就出了海报的，票早已卖完了。”

“这没关系，我们一定得去。”阿丽亚德娜说。

“其实这也容易，”埃德加尔说，“明天早上我直接给鲁宾斯泰因或克莱茨基打电话。他们理应知道我的，这样不就行了。”

就这样，第二天在音乐会刚要开始的时候，他们来到了阿尔詹蒂娜剧院。已经相当晚了，因此都急于去找包厢。在过道里，埃德加尔还来得及对雅努什耳语了一句：

“休息的时候咱俩聊聊。我有重要消息。”

音乐会是清一色的俄国音乐。开始是阿伦斯基[②]根据柴可夫斯基作品创作的《变奏曲》，然后是拉赫玛尼诺夫[③]的第二钢琴协奏曲。第二部分是斯克里亚宾[④]的《极乐之诗》。

“音乐会的节目是为我们安排的。”雅努什说。

阿丽亚德娜畏怯地望了望埃德加尔。

“您恐怕不喜欢斯克里亚宾的《极乐之诗》吧?”

“我好久没听过了。”埃德加尔微微一笑，“也许我会改变对它的看法。”

“阿伦斯基的那些《变奏曲》呢?”雅努什问。

“这是我心爱的曲子。”阿丽亚德娜说，并开口哼了起来。

---

① 阿瑟·鲁宾斯泰因（1887—1982），波兰著名钢琴家，定居美国，一译阿·鲁宾斯坦。

② 阿伦斯基（1861—1906），俄国作曲家。

③ 拉赫玛尼诺夫（1873—1943），俄国作曲家。

④ 斯克里亚宾（1872—1915），俄国作曲家、钢琴家。

圣子耶稣有个花园

各色玫瑰争妍斗艳。[①]

这时克莱茨基出来了，大厅里响起了有礼貌的掌声，音乐会开始了。乐队是杰出的。埃德加尔把头歪在一边，听得很认真。

阿丽亚德娜抓住了雅努什的一只手。乐队停止演奏的时候，她说了句什么。由于掌声嘈杂，雅努什没有听清。他把耳朵朝她那边一歪。阿丽亚德娜重复了柴可夫斯基所作，题献给 K. R 的歌曲中的最后一节：

你们已经忘记，留给我的

只有荆棘——耶稣说。

他们用这些荆棘

给他编了个荆冠，

是鲜血而不是玫瑰的花瓣

把他的额头装点……[②]

“你们已经忘记，留给我的只有荆棘……”她用法语重复了一遍，“给耶稣留下的是荆棘……你明白吗？而我们在采摘玫瑰花……”

“多美的玫瑰花！”雅努什说，但是阿丽亚德娜没有听见。

雅努什阖上眼皮，一瞬间，只是短暂的一瞬间，在他的眼前出现了佐霞的面庞。就像她刚死时他见到的那个模样。这真可怕。他极力忍住不要喊出声来，而且迅速睁开了眼睛。大厅里响起了热烈的掌声。鲁宾斯泰因出场了。

---

① 原文是俄文。

② 原文是俄文。

他很丑陋，罕见的丑陋，却具有一种神奇的魅力。他既是如此亲近，而同时又像云彩中的宙斯[①]。他真是与众不同。

埃德加尔俯身对雅努什说：

“他倒是像肖邦。”

“哪点像?”雅努什问。

“不知道，恐怕就是他身上那种情调。”

坚定有力的协奏曲的谐音立刻响彻了大厅。鲁宾斯泰因敏捷的手指在钢琴上弹出了他所特有的那种圆润、强劲，像铜球敲出来的声音。这位艺术家非凡的节奏感，把拉赫玛尼诺夫钢琴协奏曲第一部分平庸的茨冈浪漫诗的精髓表现出来了。节奏和旋律补救了这一部分中装腔作势、故意逗乐的毛病。

然后开始了协奏曲的第二部分。这一部分巧妙地插进了巴赫、贝多芬以及肖邦的和弦。最后便是那神妙、甜蜜，结尾还带着回旋的沉思的乐曲。鲁宾斯泰因像天神一样地演奏着。阿丽亚德娜哭了。

“多么高超的艺术。”演奏结束后，雅努什说道。

阿丽亚德娜留在包厢，两个男人到外面去抽烟。他们都明白在吸烟室里有要事商谈，而且得赶快说完，因为休息的时间很短。可是，他们过了好长一段时间还说不出一句话来。

“他竟能把那些拙劣的玩意儿变得如此的玄妙!”埃德加尔叹息道，脑子里一定在想着自己。

“噢，可你有什么事要对我讲?”雅努什问。

埃德加尔从背心的口袋里抽出一张橘黄色的纸。

“哈尼亚的电报。”

“给我看看。”雅努什关切地说。

---

① 宙斯，希腊神话中的主神。

“电汇一千美元到罗马意大利银行，问候你们，哈尼亚。”

“她签的是哈尼亚。”雅努什微笑着说。

“正如作家纳乌科夫斯卡所说的，哈尼亚是个甜蜜的名字。”埃德加尔说，“可以后怎么办呢?”

“一千美元是很大的一笔款子。哈尼亚兼备波兰人和美国人的慷慨。这太好了。”

“可是再大的一笔款子最后也得花完。一千美元不够阿丽亚德娜用多久。以后怎么办?”

“归根结底，你将如何安置她呢? 你又不会把她带回华沙去。”

“你疯了! 她到那里又怎么办?”

“说实在的，她是怎么到这儿来的?”

“她在此地已待了十年，住在巴西利教派修女院里。”

“她为什么不待在巴黎?”

“显然是此地的修道院长不怎么相信在巴黎能把她留在修道院里。”

“是否留得住她对修道院长来说就那么重要?”

“依我看，她们是真正想要拯救一切人的灵魂……”

“可她为什么没有当修女?”

“不知道。”

“这么多年都是见习……”

“见习的见习修女。”雅努什一笑。

“你简直是厚脸皮。”

“我知道。这是句愚蠢的俏皮话。可我实在是一筹莫展。她是由于我而抛弃了修道院的。”

“你对她说过什么话?”

“什么也没说。真的，什么也没说。”

“你对她说过你爱她?”

“你胡想些什么！简而言之，我的出现唤醒了她求生的愿望。瞧，她如今已置一切于不顾了。”

“因此，现在你打算送她到巴黎去？”

“那儿谁也不需要她。”

“不论怎么说，她总能凑合着过。”

“你可以想一想，对于一个还俗的女子……还有比巴黎更可怕的城市吗？”

“那怎么办好！”

“要不是这该死的希特勒主义！要是在几年前，柏林对她当是再合适不过了。现在有啥好说的。”

“那怎么办？”

“我们把哈尼亚汇来的一千美元给她，让她自己想怎么办就怎么办。”

“可我们怎样对她说呢？这美元是从哪儿来的？”

“随便想个托词跟她解释一番就是。但愿她能快点离开才好。”

埃德加尔在烟灰缸里把香烟灭了。他故意挪开了视线，似乎不愿看雅努什，可他终于又忍耐不住，两眼盯着自己的朋友说道：

“雅努什，你想想……”

但他没有把话说完。铃响了，他们回到了大厅里。

他们立刻进入了斯克里亚宾的《极乐之诗》的奇异的、笼罩着一层温馨迷雾的怪石嶙峋的世界。回荡在冰冷的圆柱和灯光之间的旋律像一根根长藤缠住了他们的心。合奏的乐调像藤上的绿叶，它们伴着人们的呼吸、伴着小号低微的喘息在空中飘摇。那透明的、绿得像海水一样的波浪一次又一次地涌起，又变成离奇的音响的浪花洒落下来，终于又一次升到了一种难以名状的群声叫喊的顶峰，在这叫喊声中，各种乐器的音响突然一齐消失了。

交响诗的演奏刚一结束，埃德加尔就朝他的朋友们转过脸去。

“真是演奏得太好了。”

可是话到嘴边又咽了回去。阿丽亚德娜直愣愣地坐着，她的眼睛里流露出一种惊愕，同时又是一种重返大地的欣慰的神情。

“一个升到两万米高空以后再降落到陆地的飞行员一定就是这般模样。”埃德加尔想道。

“艺术应有自己的界限，”阿丽亚德娜说，仍旧坐在座位上没有动，“否则就不再成其为艺术了。”

周围的人们都鼓起了掌，穿上了大衣，走出了大厅。阿丽亚德娜和雅努什像两根柱子一样站着不动。当他们终于朝出口走去的时候，埃德加尔悄悄问雅努什：

“咱们什么时候把这笔钱的事告诉她？”

“你等一等。我明天告诉她。”

在阿尔詹蒂娜剧院前面，他们停留在广场中央发掘出的三个小教堂旁边，这三个小教堂都屹立在一个深坑里。教堂旁边长了许多树，成群的野猫在这儿穿梭往返。这些动物从地坑里钻出钻进，你推我撞，彼此发出凶狠的嚎叫。阿丽亚德娜久久地望着它们。

“动物真有福气。”她说，“它们不知道《极乐之诗》是什么意思。”

雅努什讥讽地一笑。

“你总是那么感慨万端，阿丽亚德娜。”他说，“我已经不习惯于这一套了。”

他们约好第二天在博尔盖塞别墅会合，参观博物馆。他们毫无兴味地观看了那些陈列品。那些裸体女人，不论是达那厄[①]还是帕奥琳

---

① 达那厄，希腊神话中阿耳戈斯国王之女。

娜·博尔盖塞[1]都未给他们留下什么印象。他们筋疲力尽，神情沮丧地走出宫殿，在公园里转悠。这种情绪显然是受了阿丽亚德娜的影响。他们表面上装得若无其事，沿着从博尔盖塞别墅通向宾雀山的大路走去。但是埃德加尔已经忍耐不住他们之间的那种紧张气氛了。雅努什不安地朝他望望，仿佛自己不知道医生对埃德加尔做出的诊断，而是相反，他雅努什的生命倒全在埃德加尔的掌握之中似的。

埃德加尔眼望前方。太阳照射在飞速向他们迎面驶来的汽车玻璃上，强烈的反光刺得他把眼睛微微眯缝了起来。从这个小小的动作里可以看出他的疲乏和一丝儿烦躁。

“你们知道，”他说，“过两三天我就要回华沙去。音乐学院来信了……”他杜撰了这个虚假的消息为自己辩解。

“你在那儿将干些什么呢?”

“一如既往，教课。”

“到了华沙你必须立刻去找医生，”阿丽亚德娜说道，同时向他投以不安的一瞥，“你得马上去，马上……”

埃德加尔拉着她的一只手。

“你不要为我担心，”他悄悄说道，“我反正也知道我是怎么回事。”

阿丽亚德娜猛地把手从他手上抽了出来，转身跑到草坪上去了。

“阿丽亚德娜，你往哪儿跑，”雅努什喊道，“不准踩草坪!”

“不准踩草坪。”阿丽亚德娜滑稽地模仿着他的口气说，同时双脚在原地不停地踩，“你们都是听话的孩子，都是没有毕业的中学生！我可受够了你们装模作样的那一套！你们这些伯爵！狗崽子！该死的波兰人!”

雅努什被激怒了。

---

① 帕奥琳娜·博尔盖塞是博尔盖塞家族中有名的女性。

“住嘴!”他叫道，并想去抓住她的手，“过来!”

“我不听你那一套!”阿丽亚德娜喊道。

她穿过草坪飞快地往下跑，小谷地里长了许多小灌木丛，它们栽在这里显然是为了方便夜间的幽会。埃德加尔和雅努什也踏着草坪迅速朝她走去，看到她正坐在灌木丛后的湿草地上孩子似的号啕大哭。两人朝她俯下身子。灌木丛和谷地把他们遮挡住了，使公园小径上的游客和严厉的维持秩序的人无法看见他们。其实他们三人这时已全都处于这样的精神状态，以致对什么也都不在乎了。

阿丽亚德娜哭得很伤心，她用小手帕把脸蒙住了。新画的眉毛和睫毛被泪水弄湿，油彩抹了一脸。她的模样变得难看了。但是雅努什可怜她，就在她身边坐了下来，抚摸着她的肩膀。

“静一静，阿丽亚德娜，别哭呀……”

“好哇，别哭。你说得倒容易，别哭。可我只要看看自己的一生，我能不哭吗?”整个这段时间她讲的都是俄语，“我的一切都搞得这样糟，我能不哭！而且再也，再也不能补救了。如今我是个什么玩意儿?一个‘逃跑的修女’。不错，不错，就像格里什卡·奥特列皮耶夫[①]……‘逃跑的修女’。既无前途，又无退路。你也一样，雅努什，你就像那个‘冒名者’。即使我嫁给你，又有什么好处？我是不会跟着你到你那个波兰去的，你不要劝我……虽说，你也并没有劝我，在我年轻、美貌的时候，你爱过我……我跟你们一起听斯克里亚宾的《极乐之诗》又能得到什么？这是另一个世界。我跟你们一起到过了另一个世界……《极乐之诗》，这是上帝存在的明证。在我那个修道院里，任何一个普通的修女都信仰上帝。而我呢？我呢?”

---

① 普希金的历史悲剧《鲍里斯·戈东诺夫》中的僧人，自称是沙皇伊凡四世的儿子，在波兰军队支持下攻入莫斯科，后被杀。

“我的上帝！”雅努什说，“你是有专长的呀。”

“什么专长？”

“你只要一到巴黎……”

“你疯了吗？十二年啦！离开巴黎十二年了。那儿已经没有一个画商，没有一个淫秽画坊的经理会记得阿丽亚德娜·塔尔洛是何许人了……《圣安东尼的受诱惑》是一文不值的玩意儿，谁会记得它呢？只有我的修道院长嬷嬷还记得，而且隔几个月她就要问一次：我的孩子，是你画过那些污秽下流的东西吗？”

“她还记得？”

“记得。她是世界上唯一记得的一个。因为她记得罪，因为她记得恶。可我呢？《极乐之诗》，斯克里亚宾，鲁宾斯泰因，拉赫玛尼诺夫……这不是生活……”

她又放声大哭起来，但是突然停住了，目不转睛地凝视着埃德加尔。埃德加尔大吃一惊，这眼神里蕴藏着某种十分危险的东西。他也俯下身来。

“阿丽亚德娜，别哭。”他说。

阿丽亚德娜把腰一挺，怨气冲天地说：

“我不哭。可这不是生活。”

雅努什窘得不知说什么好。

“亲爱的！（这时他想起了雅内克·维耶维乌尔斯基，不觉微微一笑）亲爱的！什么才是生活？”

“什么都是，唯独我们此刻的所作所为不是生活。”

埃德加尔经历了一番难以想象的痛苦。他受不了这样的场面。“跟俄国小说里写的一模一样。”他想。

他又俯下身子，重复道：

“静一静，静一静，别人都在看我们哩，别表演了。”

但实际上谁也没有看他们。花园在欢笑，露珠晶莹，鲜红的百合花争妍斗艳，头顶上是一片像亚麻地一样湛蓝的天空。只有向山上驰去的小汽车的呼啸声。

“还有这空虚，空虚，你明白吗？我一生有什么意义？什么意义也没有。沃洛佳的一生就有意义。他有理想，有孩子……瓦里亚的一生也是什么意义都没有，他酗酒，有个可怕的老婆……沃洛佳的一生就有意义。而我呢？我怎么办啦？可爱的雅努什！我怎么办啦！”

“真的，她可怎么办呢？”埃德加尔想道，同时伸直了腰，望着周围的笠松和软木质的橡树。

“其实你也该明白呀，这是完了，一切都完了。这一定是因为我背叛了列宁……”

“难道说，所有背叛过列宁的人，都得来一次这样歇斯底里的表演？”雅努什说，“如果是如此，那该是世界的末日了。”

“唉，上帝！你们都在对我说些什么！你们两个谁也不会安慰人。”阿丽亚德娜说着，一边用手帕擦眼泪。

埃德加尔的目光从花园的美景转向这个眼泪汪汪的妇人。她坐在意大利花园的灌木丛下，俨如一个坐在教堂墙脚的可怜的乞妇。她满面通红，眼睛哭肿了，失去了它特有的光辉。阿丽亚德娜变成了一个老迈的、旧式俄国妇女，满脑子里装的都是怨天尤人和自叹薄命的想法。他觉得她是如此的陌生，像是从另一个世界来的。他感到，任何力量也无法使他抑制住自己心中这种糟糕的感觉。

雅努什则相反，他显得十分动情。他对着阿丽亚德娜的耳朵讲了许多温柔的话。不错，他一边这么做，一边还不时朝埃德加尔投去不安的一瞥。既像是害羞，又像是感到自己对他不够诚实。

阿丽亚德娜终于用手帕擦干了泪水，并从手提包里拿出一面小镜子。

“啊，感谢上帝，”埃德加尔想，“暴风雨过去了。”

他一转身，磕磕绊绊地踩着草坪往山上走去。

“吃早饭去吧，我们该晚了。”

“我也真饿了，”阿丽亚德娜站在埃德加尔身边说，“我今天早点还没吃哩。”

“好极了。我们一定能找到点什么好吃的东西。”

他们朝着高台的方向走了几步。

“啊，你们瞧！”阿丽亚德娜喊道，“‘彼得鲁什卡’！”

果真在街对面的那个老地方用屏风围了个四方形的圈子，大鼻子普利奇涅拉正挥动着一根粗棍子逗得周围的几个孩子哈哈大笑。

三个人同时站住了。

“简直就像在敖德萨。”阿丽亚德娜用另一种愉快的少女般的嗓音说道。

“当真！”雅努什说。埃德加尔又补了一句：

“真像是在敖德萨，那儿也常有带着玩偶的意大利人来来往往。”

他们站在人行道紧边上，全神贯注地望着正朝一个挥舞军刀的宪兵叫喊着什么的木偶，那个宪兵就在普利奇涅拉身边。他们三人的嘴角都浮现出一丝微笑，一种童稚的、遥远的微笑。周围再也不是繁华的街道和美丽的花园了。

突然——不知是对那一去不返的童年的幻景看得入了迷，还是出于什么别的意图（他们永远再也弄不清楚了），阿丽亚德娜向前跨出了一步，正好倒在一辆急驰而来的白色大轿车下面。

二

不知是怎么的，安德热依乘了一班很晚的火车离开华沙，等他好不容易到了普斯泰翁基已经是半夜时分。马车静悄悄地驶到门廊前面，只有昏昏欲睡的弗朗济谢克打着呵欠走到安德热依身边，提起了他的小箱子，说道：

“米哈霞姨妈身体不适，太太已经安寝了。”

屋子里寂静无声。安德热依迅速吃了为他准备好的晚饭，又走到门廊。普斯泰翁基的门廊实际上是个亭子。它不是向前凸出，而是向后凹进，就像房子两翼之间的一个连厅。亭子两边长满了野葡萄，中间有一片开阔地，能看到园林里高大的树木。但此刻不论门廊里还是外面都是一片漆黑的夜。大概是要下雨了，天上也看不见星星。可是并不感到闷热。夜，清新而又馨香。最后的一批干草堆放在园林外面，也许已经运进了干草房。田地里一行行割下的庄稼，高大椴树上怒放的鲜花，还有那土地，干旱的，渴求水分的土地，一切一切都散发着夏日的芳香。

安德热依坐在门廊前的台阶上，竭力想从笼罩着这座古老房子的黑暗里看出点什么名堂，但他什么也看不见，只间或听到沙沙响的风声，那风儿仿佛在向世界预告雨之将至，一阵阵吹来，摇动着树梢。然后又是一片无边的沉寂。安德热依深深吸了一口气，把那股香味和清凉湿润的气流吸进了胸腔，他感觉到那股芬芳馥郁的气流一直渗入肺腑。他觉得自己非常幸福。

他做了他想做的事。安特克每年都到山区爬山，背着煮米的小锅到处漫游，跟那些穿长裤子的披头散发的姑娘们调情；海伦卡准备跟妈妈一道到海滨去。高山大海对他都有吸引力，可他却决定在普斯泰翁基度过自己第一个“自由的”夏天。他在这儿总感到最赏心悦目；他眷念这个家，眷念外婆和罗伊斯卡姨婆。除此之外，他在这儿可以独自去散步，有一间“塔楼”上的小房间，而且，也该有点时间想想自己的将来。想到这一点，他嘲讽地笑了笑，然而毕竟……

生活在前面等待着他，整个的生活眼看已经逼近了。它正从此刻笼罩着他的漆黑的夜里向他走来，而他竟丝毫没有觉察到这一点。它是这样庞大、漆黑、无形而喧闹，就像这时而吹打在槭树和椴树树冠上的风。这生活，现在是什么样子？将来又是什么样子？它能延续多少年？为什么日月如梭人会老？

谁也不曾想象自己怎样长大成人，怎样跨过生命的鼎盛时期，又怎样在日趋衰老。安德热依也不能想象，这一切将是个什么样子。但是他对此很感兴趣，他想弄个明白。

“我会弄明白的，以后……”他低声自言自语道。

他不想去睡觉，因为他知道，从明天起他就要过着普通的乡村生活。他明白，明天他再也不会去想这些事。而此刻，自己面前是这漆黑、温暖的夜，这个夜晚就是为了让他好好想一想这个庞大、漆黑的海洋的，他像任何一个赤手空拳、毫无准备的年轻人一样，在这个大洋上漂浮。

他眼前只有这孤寂的夜晚的几个钟头可用来进行埃德加尔舅舅所说的“浮士德式”的思考。安德热依有时听到母亲同埃德加尔舅舅的闲谈，希莱尔所说的一切，都给他留下了深刻的印象。但是他很少让自己去进行那种“浮士德式”的思索。别看外表像个孩子，安德热依已是个有条不紊的年轻人了。中学毕业考试前必须啃熟的填满了各种无用知识的功课，占了他许多时间，田径运动也花了他一点工夫。他此时此刻所感受到的这种思想上的空隙，是许久以来所不曾有过的，因此享受到馨香的空气和严肃的思想，真叫他心旷神怡。他是如此地为之陶醉，就像饮干了一盏玉液琼浆，或是同女性的第一次亲吻，在这一吻之中，除了行为本身之外，使他感到无限愉快的是，他已经可以这样做，可以这样想，他已经是相当成熟了。

老狗瓦特克从黑暗中突然出现，悄悄把头搁在他的膝盖上。他跟这条狗待在一起也很好。他想到，当他每年回到普斯泰翁基时，将会变得越来越聪明，越来越老练，越来越完美，越来越高尚，但是他的心中将永远装着这样的爱的情感，永不会改变。

“今后，除了普斯泰翁基我哪儿也不去。”他对瓦特克说，一边用手抚摸它那颗白天被太阳晒得暖烘烘的脑袋。

在这漆黑的夜晚，他感到自己锻炼得很好的轻盈的躯体同这阴影和风，同周围的一切融成了一体，跟那瞬息间的喧哗和那延伸到遥远的森林、田野直到那翻卷着乌云的高空的无边寂静融成了一体。他感到自己同寂静、温暖、芳香会合到一处了。

同时他也感觉到，这躯体需要充实，就像那“浮士德式”的问题需要得到回答一样。尽管他是如此平静地坐在门廊前的台阶上（坐在夜的台阶上——他想），抚摸着无言的老狗的头，他却向着这喧闹园林的无边黑暗提出了一连串倔强的、重大的问题。他在召唤着什么，然而这夜、这风、这园林、这馨香都没能回答他。

可他知道，它们能够回答，只是不想回答罢了。他知道，在这无意识的喧哗中，有许多东西能把他弄得头晕目眩。

“明天就是寻常的日子了，”他想，“但是今天这一夜直到明晨是属于我的，谁也夺不走。我一定要通宵不眠，听听这风声喧啸，听听这树枝发出的噼啪的响声。我一定要通宵不眠，看看究竟有什么东西在我身上增长，漫出。是鲜血？是爱情？有谁在听我的动静？是大自然？是上帝？”

弗朗济谢克走过来，碰了一下他的肩膀。

“少爷，咱们睡觉去吧！”他说。

但是安德热依把弗朗济谢克撵走了，并说，他自己会关门，会插上那古老的大门闩。他这样独自坐到曙色从天边明晰地露出园林树木的轮廓，直到第一批沉重、温润的雨点飘落下来。

“这一夜谁也夺不走啦。这是生活的起点。”他站起身时说。

他关了大门插好门闩，穿过小客厅走到自己塔楼上的小房间，房里有一张简单的木床。他还把一盘浇了奶油的草莓吃了，显然那是米哈霞外婆叫人送来给他睡前吃的。他脱得一丝不挂，盖了一条薄毯。

“这是怎样的一夜啊!”他想着，很快就进入了梦乡。

第二天他醒得相当晚，但一切都正常。外面在下着雨。餐厅里只摆了他的一副餐具，瓦莱雷克的女儿小久妮亚，一个五岁左右的小姑娘跟她的女教师，个子不高但表情严肃的万达小姐坐在长桌的另一头。女教师十分冷淡地回答安德热依的点头问候，而那小家伙却一直用自己那双阴沉的黑眼睛固执地盯着他。安德热依问两位老太太是不是起来了，万达小姐解释说，罗伊斯卡太太早已在自己的庄园里转悠，而米哈霞太太近来不能起床。

似乎是对这番话的驳斥，米哈霞姨妈穿着睡衣走了进来，样子十分虚弱。安德热依发现她在离开华沙以后的这段时间里变化很大。特别是她那不正常的、泥土一样焦黄的肤色更引起了他的注意。

他在外婆的手上吻了一下。

“姨婆不舒服吗?”他有礼貌地问了一句；森奇科夫斯卡太太不准外孙们称自己做“姥姥”，因此所有的外孙都叫她“姨婆”。

米哈霞姨妈一摆手。

“家里怎么样?大家都好吗?”她一边问，一边坐到安德热依身边。

安德热依说，家里的人都准备各走各的路。但马上便住了口。

“父亲呢?”米哈琳娜太太问。

“父亲很忙。兴许会到这儿来住几天。”

“要能来就好。我真想见见他。”姨妈意味深长地说。

“谢谢姨婆的草莓。一定是姨婆让人给我放在房里的。”

“是我叫的。这是最后一批草莓了。它是晚熟的品种黑人莓，像糖一样甜。不过再也没有了。”

“多可惜。”

“木莓就要下来了。是吧，万达小姐？爱韦琳娜对我说过。”

万达小姐含糊地嘟哝了一句。安德热依想了一下为什么久妮亚的女教师对他这么不怀好意？但很快又想到别的事情上去了。

“姨婆不到外边走走吗？”他问。

“不。我如今是整天躺着。不过现在好些了。”

罗伊斯卡太太走了进来。她头戴一顶亚麻布的宽边帽子，身穿带黑花的浅色衣裙，手上是一双黑色露手指的半截手套，一串钥匙叮当作响。在安德热依眼里，她就是晴朗夏日的化身。

“我淋了点雨。”安德热依吻她的手的时候她说道，“我亲爱的，”她对小伙子说，“粮仓里正在量燕麦。虽说科兹沃夫斯基在那儿，我还是希望你能在那边待到中午。你只要把整个重量登记下来就行了，没有别的事。因为谢德尔策的犹太人明天就要来提货了。”

米哈霞姨妈摇了摇头。

“他们不会怕他的！”她嘟哝道。

罗伊斯卡太太有点恼火了。

“我的米哈霞，你怎么下楼来了？你昨天还那般难受，而今天却又忽然出房来了……你的脸色跟墙壁一样……”

“我想看看安德热耶克。”

“安德热依是个孝顺外孙，他一定会到你房里去问安的。就是为了那些草莓也会去谢你的呀！为了那点草莓，你昨天絮叨了一整天。”

米哈霞太太站了起来。

“我的爱韦琳娜，”她平静地说道，“我认不出你了，‘絮叨’，这是什么话[①]!”

安德热依三脚两步跑到外面去了。雨下得很小，只不过是毛毛雨罢了，晶莹透亮的水珠飘落在他的头发上。粮仓里又昏暗又潮湿。

科兹沃夫斯基先生是个五短身材、大腹便便的黑发男子，一对凸眼睛，不断地挺直身子，瞪大眼睛。当他看到安德热依，立刻便欢呼起来。

“啊，欢迎！欢迎!”他叫喊着向他伸出手去。

安德热依被弄得十分腼腆。他可没有爱韦琳娜姨婆身上那种常常使他感到震惊的“照管财务”的本领。每逢他不得不去磅秤什么、计算什么、登记什么的时候，他总感到这就是明白表示对工作人员的不信任，公开怀疑他们偷窃，在这种情况下，他总感到很不自在。可是科兹沃夫斯基却出来给他解围。

“伯爵夫人，”他总是这样称呼罗伊斯卡太太，“从一大早起就登记了我们来得及称出来的五十六麻袋，这儿是纸和铅笔。每一麻袋装五十公斤。这很好算。最好是每装一袋画一道杠，然后每十道杠用一条线连起来，这样我们就可以按每五百公斤来计算。”

“这燕麦多吗?”安德热依问。他竭力使自己提出的问题显得实事求是。

“您瞧，这么多。总共有十二吨。不过明天只需要五十公担。”

安德热依环顾了一下宽敞的粮仓。装燕麦的粮囤是在靠里边的地方。那儿堆放着许多金黄、纯净的麦粒，像个硕大的金字塔。每当把簸箕往里面一插的时候，它就会发出一种不同于黑麦的、听起来令人愉快的沙沙声。有五个姑娘在燕麦囤边工作。一个用簸箕往放好的麻袋里装，而其他几个就抬起装满了的麻袋，靠墙放在已经摆了许多麻

---

① 原文是法文。

袋的地方。在搬运过程中，她们还要把麻袋放在十进制磅秤上过秤，同时敏捷地把松松耷拉着的袋口用力扎紧。麦粒从那些金字塔上倾泻下来，沙沙地响着淹没了姑娘们的脚。

科兹沃夫斯基先生站在磅秤旁边，用发僵的手指拨动磅秤的指针，如果超重，便用一个小簸箕把燕麦从麻袋里铲到一个放在身边的木桶里，如果重量不够，他便往麻袋里加上一点。他穿着高统皮靴，两腿很雅致地叉开站着，摆出一副庄重的架势，他要不就是大声数数，要不就是跟姑娘们和安德热依扯东拉西地闲谈。他是个有名的饶舌鬼。

安德热依站在过了秤的麻袋旁边，每送过来一只麻袋，他便在记事簿上画一道杠。

此刻雨下得大了，外面一片哗哗的雨声。

“六十，六十一。”科兹沃夫斯基数道。

“加油干呀，姑娘们!”他停住了数数喊道，“少爷没啥好记了。他在这儿跟你们一起要感到无聊了。”

“请您别这么说，弗洛里安先生!”安德热依相当轻巧，但颇费力气地说，同时感到自己的脸一直红到了头发根上。

“安德热依先生跟你们在一起感到无聊。他在粮仓里感到无聊。可要是在园林里，在栗树下恐怕就不会感到无聊了吧。当然啦!”

科兹沃夫斯基哈哈大笑起来，笑得又响又放荡。

“怎么，难道不是吗？嗯，你们快点干吧！快点干吧！今天下雨，不能到栗树下去，有什么办法呢？你们下一次再邀请少爷去吧，他一定会去的。”

“啊，少爷理应邀请我们才是，而不是我们邀请少爷。”那个站在大簸箕旁边的姑娘愉快地答道。

“您算了吧！弗洛里安先生!”安德热耶克悄悄恳求道。

“这儿已经有人警告我们啦，嘀嘀!”科兹沃夫斯基继续笑道，“六十五，六十六，嗯，六十七在哪儿？你们快点儿干呀，到中午我们必须称出一百麻袋来。您知道吗，安德热依先生，万达小姐已经提醒过姑娘们，说从华沙要来一位漂亮少爷，有这么一对黑眼睛。她警告过，不许我们的姑娘们对他送秋波！……啊嗬！万达小姐对我们的姑娘们这样不放心，因为她希望所有的姑娘都当老姑娘，跟她一样。嗨，安德热依先生，您写呀，六十八，六十九……”

“她是不是姑娘谁搞得清。”大簸箕旁边那位话最多的又叫喊了起来。只有从她毫无必要地抬高嗓门这一点可以看出。她是在极力克制自己的羞怯。

“雅霞，你别在那儿尖声怪叫了，”科兹沃夫斯基先生说，“用你那斑鸠的劲儿装燕麦吧。喏，快点呀！快点呀！”

但是，引起安德热依注意的并非多话的雅霞。抬麻袋的那几个稍小一点的女孩子中，有一个特别漂亮。她个子不高，十分端庄匀称，肤色微黑，面颊上堆着两朵娇嫩的红晕，一丝愉快、智慧、多情的微笑；特别是那双会笑的眼睛。每当她搬来一只麻袋放在别的麻袋旁边，她总要对安德热依投去温柔的一瞥。这时安德热依的目光便立刻避开了她。

“嗨，不羞，”他暗自说道，“一个乡下雇农，简直恶心。就像威森霍夫某些小说里写的。少年和村姑，真恶心！”

别的姑娘们都叫她卡霞。跟她一起抬麻袋的伙伴对她吼道：

“哎，快放下，走哇！你傻看什么？没有见过少爷吗？其实他每年都来的。”

“她是新来的。”雅霞从粮仓深处叫道，“她还从没见过华沙来的少爷哩。”

“得了吧！”卡霞像猫一样愤愤地嘶叫了一声，便跑去搬新的麻袋了。

“是不是华沙来的倒没啥关系，”科兹沃夫斯基先生说，一边调整着磅秤指针的位置，又用张开的手指做成个蝴蝶的样子，“跟少爷来往可得留神，他是不会把你们娶回家的。”

“为什么不会？”雅霞叫喊道，“如今这是时髦！从华沙来一个扫烟囱的，而从烟囱里冒出来的是一个——新娘！”

五个姑娘一齐大笑起来，虽说这句谚语并没啥意义。可它对这些姑娘来说倒像是有所指的。

突然，粮仓门前传来一阵脚步声，一个全身湿透、穿亚麻布衬衫的小伙子闯了进来。

“爸爸，谢德尔策的人来了！”他刚到门口就喊道，然后又在靠门边的一个姑娘身上捏了一把，好像这是一种不可缺少的礼节。

“别胡来！罗梅克，不要脸的家伙！”科兹沃夫斯基先生喊道，可是看得出来，他欣赏儿子的举动。

罗梅克跟安德热依打了个招呼。

“我来称，爸爸，”他说，“您去吧。他们只不过是来问问价钱，马上就走。”

科兹沃夫斯基先生一走，整个工作马上就停顿下来了。雅霞拉下头上的头巾，又扎成另一种式样，卡霞像中了魔，公然目不转睛地盯着安德热依看。其他的几位都站在粮囤旁。

“你们知道吗，姑娘们！瓦莱雷克先生在谢德尔策组织了这样一个党派，唉呀呀！尽搜罗一些小伙子，让他们保护自己。他上街总是只带这样两个穿军装的人，高筒皮靴，浅色裤子，短上衣要不是灰色的，就是深蓝色的。雅希奥·比涅夫斯基已经跟他们混到一起去了……所有的小伙子都是一模一样，像一堵墙。”

“这是警察吗？”雅霞问。

“比警察还要糟得多了。”罗梅克说，“嗨！那都是些多强壮的小伙子!”

“纯粹是些希特勒分子。”卡霞说。

“这可怎么好哩，罗梅克先生，”心神不安的雅霞问道，“我们将跟希特勒分子站在一边，还是反对希特勒分子?”

“要打仗吗?”卡霞惊恐地问，不由自主地看着安德热依。

就在此刻，科兹沃夫斯基先生回来了。

“我看得出来，你们刚才过磅的燕麦并不多。”他挖苦说，“有多少，安德热依先生?”

“七十三!”安德热依大声答道，他为自己终于也有点用处感到宽慰。

“咳，继续干吧，加点劲儿，姑娘们！加点劲儿呀!”他说着自己也动手干了起来。

罗梅克走到安德热依身边。

“你的小提琴拉得怎么样了?”

“啊，在练，在练。每周一次到谢德尔策去找老师教。”

“你现在还练吗?”

“练的。只是没人给我伴奏。”

“今天晚上到府邸来。我们来奏一曲。”

“好的，我一定来。”

安德热依没有注意到已经摇了午饭铃。他缓步朝家里走去；雨一直在滴滴答答地下，园林的小径湿淋淋的。房子前面的玫瑰花颜色更加鲜艳了。潮湿的叶子散发出浓郁的香味。

安德热依直到现在才打开自己的小箱子，把带来的几本书放好，把衣服整齐地放在衣柜里。

“至少安特克不会到这儿来翻我的东西了。”他说。

过了一会儿他就去吃午饭。米哈霞姨妈没有下楼来就餐。罗伊斯卡太太面色不悦，因为需要称出六十公担燕麦而不是五十公担，麻袋又不够。安德热依对这一切都不甚了了。他只留心注视严肃的万达小姐（她是罗玛娜小姐的朋友，罗玛娜小姐教过他们兄弟，现在还在照管海伦卡），心里在猜测，为什么万达小姐要在外面跟姑娘们议论他，这是什么意思？

罗伊斯卡太太叫他饭后给外婆送一杯浓咖啡到楼上去。

“米哈霞姨婆能喝咖啡吗？”他关切地问。

“当然能。甚至需要喝。她的心脏有时很弱。”

安德热依看到外婆穿着睡衣躺在长沙发上。

“哎，我的安德热耶克，”她说，“你真好。我由于下楼去看你，一下就弄糟了。”

“啊，您瞧，姨婆。”安德热依一边说，一边把咖啡杯子放在她手边，又给她放上了糖，“爱韦琳娜姨婆说过，您是不必起来的。”

米哈霞太太相当有精神地喝着咖啡。

“唉，我的安德热耶克，我是多么难受呀。”

这一连串的“唉，安德热耶克!”“唉，安德热耶克!”使小伙子有点烦躁。

“姨婆到底是什么病?”他在床边坐下时说道。他这问题提得相当唐突，可是由于根本没有一个人关心过米哈霞姨妈的健康情况，因此她还是非常感激的。安德热依的问话使她为之动容。

“我自己也不清楚，安德热耶克。我就是这么虚弱，还气短。稍微动一动就觉得胸口压着一团什么东西。”

“医生怎么说的?”

“你知道，还是在华沙的时候我就去看过医生。瞒着你妈妈。何必叫她为我操心呢？那可怜的，她不顺心的事已经不少了。”

“噢，医生怎么说的呢?”

“他摇了摇头，开了点滴剂。治心脏的。可我不仅是心脏不好。哪儿都有病，简单说，就是衰老。”米哈琳娜太太的语音里饱含着泪。

“哎，姨婆，别老这样。”安德热依笨拙地试图去安慰她。

“你父亲对我这么好。真的，这么好，亲生的儿子也不可能比他更好的了……”

“医生到这儿来过吗？”

“你知道，爱韦琳娜一定在为我担心。隔天就派马到佩特雷博雷去请医生。他总是听听我的心脏，而且总是说：安静，森奇科夫斯卡太太，安静。我这儿是安静得很的。对于奥拉，我很放心。你父亲是个非常好的人……”

安德热依微微一笑，把一绺垂到眼睛上的鬈发掠了上去。

“我明白，姨婆为什么老要这么说？”

米哈霞太太把嘴唇稍微撇了撇。

“不错，你明白。”她说。

“可你已经是个大小伙子了，”立刻她又补了一句，“并非所有的人都珍惜你父亲的美德。”

安德热依耸了耸肩膀。

“我还得为这自寻烦恼！”他叹了口气。

可是米哈霞姨妈并没认输。显然，她今天有什么重要话要对安德热依说。

“甚至最亲近的人也不知道你父亲全部的价值。”她又换了一句话说道。

坐在外婆身边一张小圈椅上的安德热依不安地动了一下。

“姨婆想说的到底是什么？”

米哈霞姨妈做了个苦相。

“因为你妈妈不看重你父亲。”

“姨婆在说些什么？妈妈不是爸爸的妻子吗？他们结婚都二十年了。”

“不错。可你妈妈从来没有爱过你父亲。”

“这是姨婆的感觉。”安德热依笑了起来，“姨婆怎么知道的？”

“唉，我的孩子！你妈妈曾经跟斯彼哈瓦订了婚。”

“跟斯彼哈瓦？跟那个外交部的人？姨婆在说些什么？这太好玩儿了。”

“不是那么好玩儿哩。”

“太好玩儿了，我还可能有另外一个爸爸！”

谈话就此结束。安德热依在外婆的额上亲了一下，便回到了自己的房间。他整理了一下课本，瞧瞧这本，又看看那本。窗外雨还没有停，安德热依时不时抬头仰望从槭树和白杨树梢上飘过的低垂的乌云。一切都依然如故。后来他开始复习数学。他喜欢数学，然而却准备报考工业大学。考建筑系得有一番竞争，这场竞争是艰难的。他把图纸钉在绘图板上。他怕的是素描即席考试，这方面他完全是自学的，并且还不清楚该怎样去着手工作。

罗马瓦神父来吃午后茶点。他老了许多，可还是跟一向那样喜欢谈论最近主持的婚礼、订婚仪式和洗礼。前不久来了这么一对，要求订婚，风琴师接待了他们，也登记了他们的姓氏，但神父了解他们，知道他们是表兄妹。举行婚礼可就不那么容易了。因为他对村里所有的人都像对自己的孩子一样了解。他记得所有人的名和姓。

“嗯，你怎么样？”他把脸转向安德热依问道，“做弥撒时你不来当助祭吗？”

“我已经太大啦。”安德热依无拘无束地笑着说。他喜欢罗马瓦神父。

“怎么太大？比你大得多的还来当助祭哩，不过，你还记得应答祈祷文吗?”

“记是记得。不过我可从来没有学会过摇铃。”

“怎么?你不是摇得很不错吗?”

“不是我,是安特克。我可从来没会过。”安德热依笑道。

“喏,那你一定学得会……”

“对不起,神父,请问神父,斯泰凡的近况怎样?”安德热依突然问道。

“他在谢德尔策。在瓦莱雷克先生那儿。”神父当即答道,过后他又考虑了一下。他朝罗伊斯卡太太迅速瞟了一眼,她正忙于修理自己的台布圈。

“圈直了,”她说,“得送到铁匠房去,用钳子把它弯过来。”

“阿卢尼奥的情况又怎么样呢?”安德热依又问。

神父装作没有听见他的问话。

“阿卢尼奥跟他姐姐住在村子里,”罗伊斯卡太太回答说,“你可以去看看他。”

神父惊诧地看了罗伊斯卡太太一眼。

然后他的目光转向桌子的那一头,小久妮亚和万达小姐坐在那儿。神父问:

“这就是瓦莱雷克的小女儿吗?多像他父亲……”

久妮亚一点儿也不像她父亲。安德热依听说过,罗马瓦神父每次来都要问一遍她是不是瓦莱雷克的女儿,以此来强调他没有给这个孩子举行过洗礼。瓦莱雷克是在谢德尔策找了一个东正教的牧师给女儿举行洗礼的。他和克莉玛只举行过东正教的婚礼。

午后茶点很快便结束了。安德热依走到门廊的时候,看到园林通道尽头一线碧绿的天空,感到惊诧不迭。雨停了,云幕也迅速从天空消散了。乌云和晴空之间出现了一条平直的线条。很快天空便一半灰白，一半碧绿。园林里只听到绿树丛中一片沙沙的滴水声。

安德热依打算到院子里去，但就在此刻，他感到久妮亚的小手放在自己的手心上。

“走!”她说，“你去看看我的孩子们。”

前厅的一个角落里，用小木板隔成一个小小的围墙。围墙里面，竖着一根插在小花盆里的松树枝，小花盆周围摆满了洋娃娃。它们坐成一圈，手举得高高的。

“因为他们现在有了圣诞节松树啦。”久妮亚对安德热依解释说。

安德热依指着旁边的一个洋娃娃问：

“这个洋娃娃叫什么?”

久妮亚腼腆起来，她不知道该怎么说。

“哎，怎么啦，你不知道你的洋娃娃叫什么名字?”

久妮亚轻声说了句什么。他把耳朵靠近她的嘴巴。

“这不是洋娃娃，是人。”久妮亚说道，“这是我的小女儿。”

“那么你的小女儿叫什么呀?”

“亨恰。”久妮亚低声说。

那些洋娃娃叫亨恰、斯塔霞、伊莫盖娜和博布。博布是个小黑男孩。

安德热依在洋娃娃旁边坐了下来，把它们的小手整理了一下。现在洋娃娃手牵手圈坐在圣诞树周围。

“它们在唱圣诞歌。”安德热依说。

久妮亚非常高兴。

“它们在唱圣诞歌。”她重复着说，同时用自己纤细得像蛛丝一样的嗓音唱起了一个什么节日歌谣。

安德热依想走开。

“别走！别走!”久妮亚恳求道。

“我该走啦，我得到院子里去。”

安德热依走了。在从屋里到院子里的路上他思索着，跟小久妮亚说话为什么要用这样粗的嗓门。“显然，我是想叫人把我看作一个真正的大人。可是不久前我还在玩海伦卡的洋娃娃哩，而且科谢可娃姑姑还给我送来了那么多中国洋娃娃和黑人洋娃娃。现在我却害怕别人看见我玩久妮亚的洋娃娃了。”

他笑了起来。

“你想当个真正的大人，亲爱的安德热依。”他自言自语道，可至终他也没有理解这句话的真谛。

经过院子时，他见到一群姑娘从牛栏里走出来。卡霞似乎不在她们当中，但他不能肯定，又不愿盯着她们看。他极力忍住不去看，一直梗着脖子走进了科兹沃夫斯基家的走廊。老远就听见罗梅克在练琴。

他自己也不知道为何撞到这儿来了。他不是跟罗梅克相约，叫他晚上到自己那儿去玩玩乐器的吗！可他却不知不觉走到了院子里。他在科兹沃夫斯基的门廊里站住了，又朝身后望了一眼。园林明净如洗，一片葱绿，像在闪耀着光辉。树梢上方是一片湿润的、浅绿色缎子一般的晴空，近处是一片飘忽不定的淡紫色的浮云。一切都是湿润的、凉浸浸的和光闪闪的。看来天气晴稳了。

他走进科兹沃夫斯基家。除了罗梅克没有别人。后者正站在一个宽大、低矮、塞满了家具的房间中央拉琴。

罗梅克见了他丝毫也不感到奇怪。他拉完了一段曲子说道：

“啊，安德热依！你来得好极了。我为了和你配琴，正在练习哩。”

“嗯，你拉吧。”安德热依说。

“不，不拉了，太难听了。”

“倒也是真的。”安德热依承认说，同时对整个房间扫了一眼。

他喜欢这个房间。这儿到处塞满了古老而简朴的橡木家具，床上堆了许多枕头，墙上挂满了猎物。这儿飘散着一股新洗的衣被、薰衣草和马约兰的温馨的香味。

“瞧，我给你准备了什么!”罗梅克说着走到橡木酒柜旁边，拿出一个大肚的烧酒瓶。酒是浅绿色的，里面还漂着一些长长的青草。

“我们来干一杯吧!”主人倡议说。

“饶了我吧，罗梅克！我从来不喝烧酒……”安德热依谢绝道。

他羞于说“我从未喝过烧酒”。但是罗梅克已把酒倒进了两只磨砂玻璃的酒杯，只是斟得并不太满，又把黑面包一片片切好。

这就算是有下酒的菜了。

安德热依犹豫不决地举起了酒杯。罗梅克说：“干!”这就是说，必须一口喝完。

烧酒有股浓烈的香草气味。安德热依感到一股灼人的辣味堵在嘴里、喉头，直冲到鼻子里，呛得他咳嗽起来。

“快闻闻面包。”罗梅克说。

安德热依闻了闻面包，闻到了一股美妙的黑麦味。他吃起了面包，啃了一口粘满面粉的喷香的面包皮。喉头的灼痛很快便消失了。

“走，我们出去散散步，”罗梅克说，把酒瓶藏进柜里，“我们不能多喝了，妈妈会发现的。”

“我再也不能喝了。”安德热依说，“这味道叫人难受。”

“你这就走吗?”罗梅克问。

“我们到村子里去找阿卢尼奥吧。”安德热依倡议说。

“找阿卢尼奥？找他做什么?”罗梅克颇有点惊奇。

“不错。我想去看看他。好久没见到他了。”

“如今没有什么人去拜访阿卢尼奥的，”罗梅克带着一种滑稽的傲气说，“不过既然你想去，那就去吧。”

他们穿过院子，然后又穿过园林的一角朝村子走去。沿途是一排排相当整齐、有的是砖砌的小屋。小屋前都盛开着鲜红的豆花，向日葵也开花了。

阿卢尼奥跟姐姐住在村子的尽头。从园林的方向看是在右边。

阿卢尼奥坐在敞开的窗前。他是个身材魁梧的年轻人，一头稠密、松软、像油墨一样漆黑的头发梳向脑后。他正在读着一本什么书，小伙子们一出现在他窗前，他便急忙把书合了起来。安德热依似乎看到那是一本俄文书。

“阿卢尼奥，你变得多厉害，”安德热依说，“你以前比我的个子可小得多。”

“并且，我已经不叫阿卢尼奥，而叫阿历克塞了。”昔日的伙伴微笑着说。他有一口洁白的牙齿，非常低沉的嗓音。他向小伙子们伸出了手。

“为什么你从未到我这儿来过?”阿历克塞问安德热依，“你是经常到普斯泰翁基来的呀。”

安德热依不知如何答复才好。

“谁到你这儿来啦?”阿卢尼奥的姐姐从房子的那一头朝房间走来时问道。她手里的衣架上挂着一件起白点的红色夏季连衫裙。

“是安德热依和罗梅克。”

“哪个安德热依?”姐姐问。

“安德热依·戈翁贝克。”

女裁缝朝安德热依看了一眼。

她比兄弟略长几岁，有二十出头，已经是个成熟、憔悴的妇人了，不过样子还不难看。她的头发跟阿历克塞的一样黑，此外还有一双蔚蓝色的眼睛。她患了心脏病。

“先生们进来吧。”她说道。

小伙子们走进房来。安德热依后悔不该到这儿来。他担心在这儿没有什么好说的。可罗梅克却话多。

“多漂亮的连衫裙呀！给谁做的?”他问。

“给卡霞……”盖尼亚姑娘微笑着回答。

“给卡霞?”罗梅克又问，“给哪一位卡霞?是你的卡霞吗，阿卢尼奥?”

阿卢尼奥脸红了，生气地嘟哝了一句：

“我没有什么卡霞。”

安德热依感到很不自在。房间里有一个装满了书的大书柜。

“你的书真不少，阿卢尼奥。”安德热依说，“你在念大学吗?”

阿卢尼奥的脸上又现出了笑意。

“不，我在自学。”他说，“坐吧，安德热依。”

盖尼亚姑娘想请他们喝茶。

“非常感谢。”安德热依说，“我正好刚吃过午茶点。罗马瓦神父来吃午茶点了。”他这句话是对阿历克塞说的。

对方什么也没有说。

“我向罗马瓦神父打听过你，可他装作没听见。”安德热依又补了一句。

“这倒是在我意料之中。”阿历克塞嘟哝道。

“唉，阿卢尼奥，阿卢尼奥！”盖尼亚姑娘说。

“毕竟还是叫你阿卢尼奥呀！”罗梅克喊道。

“他原打算进神学院，当牧师。罗马瓦神父苦口婆心劝了他好久！好久！”盖尼亚接着说，“他都差一点儿去了。”

“只是，没有去成。”阿历克塞用一种特别的低音说道。

“没去成，可不是没去成，”盖尼亚姑娘失望地说，一边在床上叠着红色的连衫裙，“可惜呀，多么可惜！”

“我一点儿也不惋惜。”阿历克塞说。

“可不是，”罗梅克喊道，“他会成为一个怎样的牧师呢？他只会追着姑娘们不放，直追得尘土飞扬。”他笑道。

他们又闲谈了一会儿，然后站起身，走了。

“你可知道……”他们走到离姐弟二人住的小屋相当远的地方时罗梅克说，“你知道吗？他是共产党。所以罗马瓦神父才那么生他的气。神父不认他了。因为他原本是神父的学生呢。”

一吃过晚饭，罗梅克就来了。跟安德热依一道演奏了一小会儿。奥拉有意让孩子们受点音乐教育。安特克毫无进步，很快就放弃了音乐课，把母亲和弟弟的劝告都当成了耳边风。可是安德热依却学会了弹钢琴。当然，他没有进行过循序渐进的练习，而且也没有那么大的耐性，但是一些不太难的曲子他弹得很不错，他常跟自己的教师，讨人喜欢的米克拉舍夫斯基一道四手弹奏，并且还能给罗梅克拉的一些简单的短曲伴奏。罗伊斯卡太太和米哈霞姨妈特别喜欢弗朗西斯·托梅[①]题为《质朴的自白》的这首感伤主义的作品。这动人、悦耳、易记、类似门德尔松的无字歌的简朴曲调，对于安德热依来说，倒似乎成了夏天和暑假的象征。每年夏天它都响彻这座木结构的庄园府邸的小客厅。随后就是整整有一天都有人哼唱《质朴的自白》，使那葱绿的园林、充满了繁忙景象的庄院，以及这幢带有两个塔楼的木结构房子到处都回荡着它的旋律。

他们的演奏结束后，罗伊斯卡太太走到安德热依身边，告诉他说，米哈霞姨妈的病情恶化了。午后心脏病发作，此刻正在沉睡。派到佩特雷博雷去请医生的马车已经出发了。

“米哈霞姨婆得的到底是什么病？”安德热依问。被这些坏消息吓了一跳的罗梅克用一块浅紫色的绸子包好了小提琴，把它放进了琴匣，

---

① 弗朗西斯·托梅（1850—1909），法国作曲家。

便回家去了。

“是什么严重的病吗？”

“医生怀疑是癌。”罗伊斯卡太太说，眼睛没有看安德热依。

“啊，上帝！”安德热依长叹一声，“得告诉妈妈。”

“妈妈知道这个情况，”罗伊斯卡太太说，“不过，兴许还能拖很久。”

“不用把妈妈找来吗？”

“让她待在海滨吧。这是几个星期，也许是个把月的事情。只是她的心力突然衰竭了。”

“唉，亲爱的姨婆！”安德热依说，他突然感到害怕起来。

“没什么，没什么，亲爱的，”罗伊斯卡太太说，“我们大家都得经历这一场。”

“可是米哈霞姨婆比您年轻……”

“是的，不过她总是病病恹恹的。我们还嘲笑过她的病，现在看起来，她有道理。”

安德热依回到了自己的房里，脱光了衣服，洗过了。时间还不太晚，园林上方是清澈、碧绿、润湿的天空。虽说如此，他依然是睡意蒙眬。他赤身露体坐在窗边，吸着黄昏时分潮湿空气带来的清香，欣赏着最后一批尚未归巢的鸟儿的鸣啭。窗外渐渐寂静下来，只在那远方有一只余兴未尽的杜鹃还在婉转歌唱。它那悠长圆润的声音在森林里久久回荡，甚至天色完全黑了，它还没有停止歌唱。

“它在那儿召唤谁呢？”安德热依自言自语道。

后来他倒在床上，一觉睡到了大天明。

安德热依在普斯泰翁基度过的夏日的第一天就这样过去了。以后的那些日子都彼此雷同，而且过得出奇地快。罗梅克和安德热依常常乘马车到森林后面离家约五公里远的小池塘去游泳。这就算是全部的旅游了。

小池塘又浅又窄，乘车到那儿去需经过难走的沙路，驾驭那匹老驽马又极为费事。这一切要占去半天的时间，只不过是为了在那混浊的黄水里泡一会儿而已。甚至连游泳的地方也没有。尽管如此，安德热依跟罗梅克还开展过游泳比赛哩。游泳后两人躺下晒太阳。罗梅克是个浅黄肤色的男子，不容易晒黑。安德热依没晒几天就黑得像炭一样。他把自己的手放在罗梅克的手臂上，为他们之间的差别竟是如此之大而惊叹不已。罗梅克的皮肤像姑娘的一样细嫩，接触他的躯体使安德热依感到十分惬意。不过这一点他并没有表现出来。

晚上他总是睡得很熟。今年到普斯泰翁基的第一夜，他久久地坐在门廊前思考着生活的那种情景，再也不曾出现过。那些想法，那些严肃的思想再也没有浮现在他的脑际了。充其量只不过有时有一阵对工业大学入学考试的恐惧向他袭来而已。其实他对此也并不十分害怕。即使今年落榜，好好准备明年再考问题也不大，好在他刚满十七岁。他掰着手指头合计起来，如果今年能考上，那很好，工业大学五年，到一九四二年就毕业了。要是明年才能考上，那就是一九四三年毕业。到那时就是二十三岁了。

“哦，到那时我该多么老了呀！”他想。

要不是米哈霞外婆的病，这个暑假真是过得一切都称心如意。外婆的自我感觉越来越差，并且完全起不了床。她受了许多的苦，但给她制造麻烦的却是心跳过速，而不是那可怕的器官病变。安德热依每天午饭后给外婆送一杯咖啡到楼上去，这已经成了一种惯例。米哈霞太太对于他来探望总是非常高兴，但她说话却越来越少，也越来越困难了。

安德热依丝毫也没有把照顾病中的外婆看成是自己的包袱。每当他看到她坐在床上，靠着垫得高高的洁白的枕头，看到她那苍白、瘦削，像一尊雕像似的面庞时，总感到她身上有某种静谧、某种类似胜利的东西。她在这个家庭里向来是默默无闻的，而今却是一切都围绕着她和她的疾病转。

安德热依无法摆脱这样一个印象，那就是，这种境遇给米哈霞姨婆带来了极大的欣慰。因此，他并没有把她的病情看得那么严重，虽说每天晚上罗伊斯卡太太都喋喋不休地提醒他注意。

外婆有时极力想对安德热依说点什么，但每次说的都是些无关紧要的埋怨话，不是说枕头不舒服，就是说脚掌酸痛得难受。安德热依有时去亲外婆的额头，那额头有时冰凉，有时发烫，可总是潮乎乎的。安德热依常有一种隐约的感觉——也许不能说是厌恶，只能说是对这个正在逐渐死亡的躯体感到疏远。他感到自己有责任不对外婆表现出这种情绪，并且把自己对外婆的关照能够持之以恒视为一种美德。

七月末，酷暑来临。右边塔楼上米哈霞姨妈的小房间热得像个蒸笼。四周的窗子全开了，窗帘都放了下来。病人的床移到了房中央，但依然热得很。

安德热依最狂的夏季“发疯”时期来到了。他每天黎明即起，赤着双脚跑到园林和森林里，为的是让自己的皮肤直接接触到这个时辰特别丰盈的露珠，一旦日出东山，它们立刻就会消失。园林和森林里莺啼燕啭，百鸟欢歌。杜鹃和黄鹂的叫声此起彼伏。它们的飞舞跟它们的歌声一样美妙多变，那黄鹂的歌声忽紧忽慢、忽高忽低，如同一阵阵悠扬的笛声。

安德热依有时一直走到林边，那正是收割庄稼忙得热火朝天的时候。可是他却没有像往年那样下田去劳动。他担心有人会怀疑他去捆庄稼或递禾捆并非为了帮助那些正在进行艰苦劳动的人。他为自己的懒惰和畏首畏尾感到羞愧。尽管如此，他依然没有去。

在这段时间里，他倒使罗梅克甚至阿卢尼奥行动了起来。阿历克塞正准备报考一个什么专修班，总是埋头啃书本。安德热依一天早晨天刚亮的时候来找他，把他拉到森林里去了，盖尼亚姑娘对此还十分不满意。

有时安德热依（在这种情况下总是独自一个人）沿着一条熟悉的小径，一条在他看来已是可以忆起如此遥远的童年的小径，悄悄朝佩特雷博雷教堂的方向走，他溜进教堂，钻进一个被许多巨大神幡所遮住、谁也看不见的潮湿角落，在那儿偷听弥撒。他躲藏起来，是为了不让罗马瓦神父发现他。他如今既不信上帝，也不信那些宗教仪式，可是，说也奇怪，却保留了做祷告的习惯。他为病魔缠身的可怜的外婆祈祷，同时，也为父亲祈祷，米哈霞姨婆对他谈过父亲那么多伤心的事。现在他也常想起母亲。父亲出现在他生活中是天经地义的事；简而言之，他有个父亲，没有父亲他自己的生活就不可想象，就像自己的童年不可想象一样。他总是怀着信赖和爱的感情在父亲身边进入梦乡的。可母亲就不同，她似乎是从外面进来的一个人。她颀长、端庄，仿佛是另一个世界的人。他不喜欢她为别人“梳妆打扮”，她有客人时，他总不高兴。她理应为他和安托希而活着——仅仅是为了他们。当他跟母亲一道出门，比方说，到音乐厅去听音乐会，他总因她而感到自豪，因她而感到高兴。可是在家里，他总是难以跟她接近，他有点怕她。另一方面，他同安特克谈起她来又能一谈就几个钟头。不过，他脑子里可从未考虑过双亲之间的关系到底如何。他们是自己的双亲，也就结了。米哈霞外婆触动了他迄今从未有过的想法，她说，“你母亲从未爱过你父亲”。这怎么可能呢？他在教堂这个黑暗的角落里想道：“作为他的妻子，又不爱他，这怎么可能呢？”

“这意味着，妈妈是不幸的吗？”他暗自问道，同时也为母亲祈祷起来。然后，他走出教堂，心里似乎觉得，经过这半小时世界完全变了。炎暑已降临在枝头，露水已经干了，光脚板踩在干树枝和橡树子上，疼得难忍。夏天的日子就这样像一根彩带似的抖搂开了。傍晚之前，他一直被阳光、绿茵和炎暑所包围。同罗梅克去游泳（有时也同阿历克塞一起），更使人感到暑气逼人。罗梅克只穿一条短裤，安德热依从未脱掉衬衣，可晒得像个印度人。

只有午后的时刻是愁闷的。他给米哈霞姨婆送咖啡去的时候，她不是跟以前那样把杯子接在手上，而是叫他把杯子放在自己身边。有时她把咖啡喝了，而有时，当他晚上进去的时候（他现在每晚都到外婆的房里去道晚安），没有喝完的咖啡仍放在床头柜上。房间里闷热得很，又充满了药味和花香，花是罗伊斯卡太太每天送到这儿来的。在这些气味之中，开始出现了一种轻微的难闻的气味，每当安德热依俯下身子去吻外婆的额头时，感到这股气味特别重。

罗伊斯卡太太说过，米哈霞姨妈长了可怕的褥疮，安德热依不懂是什么意思，但闻到这股气味后，他明白了，外婆在生前就已开始腐烂。这使他吓了一大跳。他并不特别关注自己的躯体——但他喜爱自己那身锻炼得很好、整洁而富有弹性的肌肉。并且他还愉快地感受到自己的躯体是那样清爽、那样特别，跟别人的、比方说跟白肤色的罗梅克的躯体是那样的不同。说人的躯体会在生前就开始腐烂，像外婆的躯体那样，他认为是件骇人听闻的事情。他极力丢开这种念头，而当他去吻外婆的前额时，他极力忍住不呼吸。

炎热没有减退。同炎热一起飞来了成群的苍蝇。楼下的窗户虽有纱窗，但仍不能完全拦住它们。在安德热依的小房间里，苍蝇找不到什么吃食，也就不那么成群结队地飞来光顾。可是在米哈霞姨婆的房间里却到处乱飞。那些黑乎乎、令人恶心的昆虫爬到病人的眼睛上，爬进耳朵里，病人没有力气去驱赶它们。当那些苍蝇飞进病人的鼻孔里，使之发痒的时候，病人也只能发出一声痛苦的呻吟。

一个炎热的下午，太阳在窗帘周围投上了一个金黄的、炽热的光圈，当安德热依端着咖啡走进外婆房间时，发现病人床边坐着一个年轻姑娘，正用一枝带叶子的大榛树枝赶苍蝇。他急忙说了句“您好”，并迅速把咖啡放在床边。

外婆睁开了眼睛，看了看安德热依，淡淡一笑。

“你瞧，我有个多么好的护士小姐！”她用相当有劲的声音说道，“至少苍蝇不至于把我生吃了。”

安德热依无意中看了那姑娘一眼。首先见到的是带白圆点的红色连衫裙，然后才瞧见她的脸，那张脸在他看来跟在磅燕麦时见到的完全不同。这就是卡霞。

“你好！”他又说了一遍，向卡霞伸出一只手去。她把树枝从右手换到左手，无可奈何地微微一笑，终于跟他握了手。

“我没料到会在这儿遇上你。”安德热依又说道，暗自惊讶自己竟有如此的勇气。说实话，他感到嗓子里堵得慌，吐出来的声音也略微变了点儿调，像他每逢情绪激动的时候那样，声音过于低沉。

卡霞什么也没有回答，米哈霞外婆又闭上了眼睛，艰难地呼吸着。

这天晚上没有让他到外婆房里去。罗马瓦神父在那儿。第二天吃早饭时，万达小姐两眼哭得通红，还不让久妮亚大声说话。米哈霞姨妈的病越来越重了。安德热依思索着，万达小姐到普斯泰翁基不过几个月，在这之前，她是在谢德尔策瓦莱雷克家里的，她为什么对米哈霞姨婆的健康这样关切？想必是礼节上需要如此吧。

罗伊斯卡太太忧心忡忡地从庄院进来吃早饭。这一天热得特别厉害。罗伊斯卡太太说，她已给奥拉和弗兰齐舍克发了电报。双亲一定会在明晨赶到，父亲也许今天晚上就会乘小汽车赶来。真是热得难受。早饭后，安德热依躺在园林里一棵树下，手里拿着一本书，可并不曾读。蜜蜂在椴树的最后一点花丛上嗡嗡叫，苍蝇像突然飞来的一片乌云，在头顶上呜咽抽泣，时不时还有牛虻在脚上螫。

“一定要下暴雨。”安德热依想。

他看到卡霞从房子里出来，一定是罗伊斯卡太太派她到院子里去干什么事。她手上还拿着榛树枝。她慢条斯理地走着，似乎一点儿也不着急。她迈步的姿态仿佛是踩在泥泞上，可实际上地面却是又干又热。她穿的还是盖尼亚姑娘给她做的那件连衫裙。

“她一定是在跟阿历克塞吊膀子。”安德热依懒洋洋地想道，并不十分在意。他嘴里嚼着一根香喷喷的草。

他一直望着卡霞怎样慢悠悠地向通院子的篱笆门走去。他完全是无意识地看看，只觉得头顶上的蜜蜂和苍蝇闹得更欢了。

“一定要下暴雨。”他又说了一遍。

这天午饭后，他正拿起咖啡杯子往楼上送的时候，爱韦琳娜太太伤心地说：

“今天你可不必送咖啡了。”

安德热依朝姨婆看了一眼，说道：

“我试试看吧。”

他走进楼上房间的时候，靠着垫得高高的枕头的米哈霞姨妈已经不省人事。在他眼里，她倒像某一个法老的木乃伊。她似乎已经成了某种没有生命的东西，但仍然在有力地喘息着。他把无用的咖啡杯摆在窗台上，自己却向卡霞走了过去，而卡霞，当他正走过去的时候，仍在下意识地摇着树枝。他夺去了她的树枝，说：

“你等等，现在我来。”

他坐在卡霞的位子上，在外婆的面颊上方摇着树枝。老妇人面部的线条皱了起来，整个的脑袋就像马来亚或埃及的木乃伊的脑袋一样变小了。安德热依目不转睛地看着外婆的嘴巴，它张得像一条抛在沙土上的鱼的嘴那样圆，响而深沉地吸进又吐出空气。

卡霞在他身边站了一会儿，脸上带着乡下人“怜悯的”表情望着垂死的老人。过后她叹了口气，出去了。安德热依独自坐在外婆身边。苍蝇越来越猖狂，爬满了米哈霞姨妈的枕头。安德热依不断使劲地摇着树枝。

他就这样坐了几个钟头。卡霞回来了，站在床脚头，然后又出去了。罗伊斯卡太太进来过几次，整理了一下枕头。万达小姐也来看过一眼。

“人是多么难死啊。”爱韦琳娜太太说，同时俯下身子在安德热依的头发上亲了一下。

安德热依自己也不知自己在想些什么。他就这么呆呆地坐着，完全被暑热弄得麻木了，而那酷热的气温还每个钟头都在升高。他模模糊糊记起自己在童年生病的时候，米哈霞姨婆就坐在他的床边，就像他现在坐在她的床边一样。

“人就是这样死呀!”他意识到自己这种发呆状况时想道，“这多么可怕。”

这个活着的，然而已经在腐烂的躯体的气味，随着气温的升高而不断变浓。他终于发现房间里暗了下来。他没有听见万达小姐是怎样进来的，只见她正在点燃床头柜上的蜡烛。窗外响起了雷声。雷打在很远的地方，可在近处却回应了一声轰响。一道闪电划过长空。

万达小姐跪在门和床中间的地方。卡霞又走了进来，带来了一大束百合花。硕大洁白的花朵散发出来的甜津津、浓烈得使人难受的香气立刻充满了整个房间。可它却压不住使安德热依感到恐怖的那种腐臭的气味。

卡霞也在万达小姐身边跪了下来，而爱韦琳娜太太则已经跪在门边。敞开的门外还跪着几个人。

米哈霞姨妈沉重的呼吸渐渐变得轻微了。突然她的左手动了一下，像在向安德热依招手。她整个身体在枕头上挪一挪，滑向了左边。

雷鸣电闪，风雨交加。安德热依站起身来，走到窗前，动手关窗子。罗伊斯卡太太走到他身边，低声对他说：

“背风那面的窗子不要关。”

安德热依点了点头表示明白。他把溅雨的两个窗子关上了。他从窗口回过身来，奇怪的寂静使他吃了一惊。他和罗伊斯卡太太快步走到床边，米哈霞姨婆停止了呼吸。

罗伊斯卡太太朝大家做了个手势，立刻响起了大声的安魂祷告。万达小姐站起身来，拿起蜡烛，引人注目地把它熄灭了。

安德热依站了起来，眼望着死者。她那紧皱的面部线条此刻已舒展开来，额头也显得年轻一些。与此同时，那种可怕的尸体陌生感使他大为惊愕：这已经是某种没有生命的东西了。他整个生命的每一根神经都感受到了从死者那儿传来的沉寂。

罗伊斯卡太太向大家点点头，把人们送到门外，只她自己和万达小姐留了下来。安德热依站在原地未动。他望着爱韦琳娜太太怎样调整死者的头，使它平躺在枕头上，又给死者阖上了眼皮。罗伊斯卡太太转身对万达小姐说：

“请您从五斗橱里拿条毛巾出来，得把下巴兜住。”

万达小姐递过去一条薄毛巾。罗伊斯卡太太搬起了死者的头，用毛巾托住下巴。

“来帮我一把，安德热依。”她说。

安德热依托住死者的头部。他的手指感到了后脑骨的僵硬和鬈发的松软，头发跟米哈霞姨婆生前的一模一样。头发没有死亡。爱韦琳娜太太用劲拉毛巾，把它在死者的头顶上打了一个很紧的结子。安德热依一松手，死者的头就垂落到枕头上，像一个大洋娃娃的脑袋。

爱韦琳娜太太在床边站了一会儿，用一双干涸无泪的眼睛望着妹妹。只有万达小姐脸上淌着泪水，她向罗伊斯卡太太问道：

“请您吩咐，给死者穿什么衣服？”

罗伊斯卡太太回过身来，发现安德热依用一种恐惧的眼神凝视着死者的脸。

“安德热耶克，你去啦，过一会儿再进来。得尽快给死者设个祭坛，祭坛必须垫得高高的。”

此刻，就在近处响了一个炸雷，窗玻璃都被震动了。罗伊斯卡太太惨淡地一笑：

“她一生都是那样谦逊，可死时却像贝多芬，在暴风雨之中。”

安德热依碰了一下爱韦琳娜姨婆的肩膀：

“姨婆，”他问，“为什么要用毛巾兜起来？”

“怎么，为什么？因为人一死下巴就会掉下来，就会张着嘴巴僵化。总是要兜起来的……”

“死人的下巴会掉下来？”安德热依重复道，“为什么？”

“往往会这样的。你不晓得吗？”接着她又急切地说道，“你去吧，下楼去，安德热耶克！”

安德热依精神恍惚地走出房门。楼梯上仍同暴风雨前一样闷热，但在楼下的小客厅里已能呼吸到一股湿润的空气。雨哗哗地下着，落水管叮叮咚咚地响着，喷出水来，房间里十分凉爽，几大束洁白的百合花散发出阵阵幽香，这香味跟在楼上闻到的完全不同。这些百合花是准备给米哈霞姨妈布置灵台用的。安德热依坐在靠窗的一个小茶几旁边，脸埋在胳膊里哭了。他哭，并非因为米哈霞姨婆去世，而是因为人死得这么可怕。

“而且每个人，每个人……”他热泪纵横地自言自语道。

他感到有一只手轻轻抚摸着自己的头发，便抬起头来，发现了忧伤的、然而似乎从内心发出了微笑的卡霞就站在他身后。他在椅子上一转身，拦腰抱住了她，把自己的脸埋在她的胸口，放声大哭起来。

她抚摸着他那黑色的鬈发，一句话也没说。

恰好在这个时候，小客厅外传来了一阵脚步声，一阵虽然细碎，但很急促的脚步声。

安德热依一跃而起，正看到父亲走了进来，水淋淋的头发散乱地搭在额前。

“出了什么事？出了什么事呀？上帝！”他叫喊着，可没忘了朝那羞答答的卡霞投去一道戒备的目光。

“米哈霞姨婆去世了。”安德热依说，他眼中的泪水蓦地一下干了。

“在哪儿？”老戈翁贝克问。

安德热依默默地朝楼上一指。父亲快步走上楼梯，顺路把湿外衣搭在楼梯的扶手上。安德热依跟在父亲背后跑去。卡霞在通园林的出口处消失了。

第二天快到中午时奥拉来了。可是外婆那时已经“上了祭坛”。她躺在高高的灵台上，周围是银白色的烛台和一束束的百合花，就像是什么虚幻的、陌生的景物，成了某种让人顶礼膜拜的对象。她那模样儿看起来就像从来不曾在人世间生活过，不曾生儿育女，不曾羡慕过爱韦琳娜的社会地位，不曾在言谈话语之中插进一些使她新交的女友们感到莫名其妙的法语词汇一般。奥拉瞪大了眼睛望着母亲归天的形象，她不明白安德热依跟自己见面时为什么说出“太可怕了！”这样一句话。

这天晚上，因准备丧事而弄得疲惫不堪的爱韦琳娜太太回到了客厅后面自己宽大而略嫌空荡的房间里，这是她的卧室。

奥拉跟在她身后。

“姨妈，”奥拉说，“弗兰尼奥对我说，他碰上安德热耶克扑在一个什么女孩子的怀里哭。那姑娘是什么人？”

爱韦琳娜太太就像从月球上掉下来的一样，朝奥拉瞥了一眼。

“什么姑娘？我亲爱的奥拉！这有什么大惊小怪的！安德热耶克对外婆的去世非常悲痛。”

“安德热耶克在这儿跟什么人调情吗？”奥拉又问了一句，同时在梳妆台边坐了下来，爱韦琳娜太太正站在梳妆台前梳头。

“我没有发现过，奥拉。恐怕没有。可你自己也明白，这种事迟早总会发生的。”

“对我来说，这太可怕了，”奥拉说，“这念头本身就使我感到厌恶。”

“啊，奥拉！你有这样的儿子，理应白天黑夜感谢上帝！”罗伊斯卡太太叹息道。

“正因为如此，姨妈，我不愿失去他们。”

“以这种方式失去他们总比别的方式强得多吧。”罗伊斯卡太太说。

奥拉一下子窘住了。

“对不起。”她说。

“我的孩子，普天下的母亲都是一样的心。安德热依确实不同凡响。这是个非常好的小伙子。你要是见过他怎样跟久妮亚玩耍就好了。”

“久妮亚是那么可爱。”

“不错，是可爱。可这也是我心里的一块石头。老是住在这儿不是办法，她住在这儿并非好事。”

“姨妈跟克莉玛之间发生了什么不愉快的事吗？”

“跟克莉玛倒没有，而是跟瓦莱雷克。她对瓦莱雷克的控制是不牢固的。如今他是为所欲为……”

“我真不知道，如今没有了妈妈我该怎么办。”奥拉叹了口气，改变了话题。

“开头是难，而后……你慢慢就会习以为常了。”罗伊斯卡太太像往常一样略带口吃地说。

“是的，我也只是有这种感觉。可我怎么也不能使自己相信，躺在棺材里的竟是妈妈。过去她闹那些齿龈脓肿有时显得那么可笑。”

“你瞧，她可一直是病病歪歪的。”

“有时，每当我一想起安德热依，或者突然想起别的什么事，我立刻便想到：这件事该告诉妈妈。”

“是的，这种念头有时一生也丢不开。每当我想起任何一件事时，我总是想，我该对约齐奥怎么说呢……”

“这就是说，我不必为安德热依担心吗?”奥拉走出房门时又问了一遍。

“我会关照他的。这是个很好的小伙子。”

“谢谢你。如今我只有姨妈了。”她一边说着一边吻了吻爱韦琳娜太太的手。

“跟从前一样，亲爱的。”罗伊斯卡亲了亲她的头，“我有时真羡慕你的两个儿子……”

“啊，姨妈，快别这么说，这会折他们的寿。”惊慌失措的奥拉在门旁边站住了。她又回过身来说：

“姨妈歇着吧，我去守灵。”

于是她便上楼去了。

棺材垫得很高，棺材上方点着的蜡烛发出嗞嗞的响声。若有所思、垂头丧气的弗兰尼奥坐在棺材前的一张椅子上，奥拉一见到这个肥胖、苍白、默默无言地望着自己的人，看到他的嘴唇摆出一副似乎要客气地说出“您好，夫人!”的样子，差一点儿没有笑了起来。然而他却是哀伤的，两眼哭得通红，而且眼泪汪汪；这个悲痛中的胖子显得十分可笑。

“忠厚老实的弗兰尼奥，”她想道，“他爱妈妈。”

她从墙边搬了一把椅子，推过来放在丈夫身边，和他并排坐下，也跟他一样凝视着棺材漆黑的轮廓，凝视着黑绸衣裙的皱折和高高放在米哈霞太太胸口的金属十字架，这个十字架是靠死者交叉在一起的蜡样的手指扶住的。奥拉就这样坐了几个钟头。

“弗兰尼奥，”她探身对丈夫说，“你去躺一会儿吧。明天出殡，你会很累的。”

“我过一会儿就去。”戈翁贝克低声说，同时无限悲伤地长叹了一声。

奥拉这一次又是勉强才忍住笑。

“上帝，这个弗兰齐舍克是多么忠厚，”她想，“我真是连给他解鞋带都不配。妈妈逝世，他比我要哀痛得多。他也更爱孩子们，孩子们也更爱他。安德热耶克……孩子们对我有一种下意识的遗憾，怪我没有用与他相称的感情去爱他。可是，难道我真的不爱他吗？难道我真的没爱过他，我的孩子们的父亲，一个这么好、只不过智力稍微欠缺一点的人？……啊，上帝，我在我母亲的遗体前都在胡思乱想些什么呀！”

尽管她极力不去想，可还是一直在想着弗兰尼奥，想他们婚后最初那些年头的往事，当时，她为他的善良所感动，答应了他的哀求，成了他名副其实的妻子。安特克出世了，那样一个妙不可言的小小的安特克！而后便是安德热耶克。生安德热耶克时弗兰尼奥要比生安特克时激动得多。奥拉的思想并没有停留在家庭上。她想起了埃德加尔，他从罗马回来后，她还没见过他，他好像是病了。雅努什压根儿就没从国外回来。海鲁宾到扎科潘内去了，事先甚至没有到奥拉家来看一看……她就这样兜着圈儿从一个熟人想到另一个熟人，她的思绪到卡齐米日那儿就停住了。又像以前那样，不论是在海滩上孤寂的时刻，还是在半夜醒来的时候，这个问题总是缠绕着她，她也总是找不到答案。她也曾想过，什么时候要问问卡齐米日，但是，她知道，他也回答不出来，因为凡是这种事情都是找不到答案的。虽然他们来往的社交界不相同，毕竟她有时还能碰见他。甚至还跟他谈过话，也就是说，扯过几句毫无意义的闲话。但她知道，她不能向他提出这个重要的问题：为什么？不是因为提这样的问题不成体统，有失分寸，而是因为这个问题不可能得到解答。

就在此刻，弗兰尼奥从椅子上站了起来，俯身向她说道：

“我去了。你打算坐一通宵吗？”

“不，”奥拉回答，她仿佛是从梦中醒来似的，“我坐了一夜的火车，一点力气都没有了。”

“你去躺躺吧。明天出殡，会很累的。”

“是的，你到我们的房间去吧，我就来。”奥拉还希望独自平静地想一想。

“安德热依在哪儿？睡了吗？”

“睡了。他也非常疲劳。昨天晚上是他在妈妈身边守夜。”

“那好吧，晚安，亲爱的。”

“晚安。”

弗兰尼奥步履维艰地向门口走去。

奥拉还听到，他怎样缓步走下楼梯。突然，她站起身来，向着棺材走去。她一直走到最高处，贴近看着死者的脸，她使劲地凝视着那张脸，似乎是想从那些没有生命的线条里看出点什么来。母亲的面孔直到被死亡修饰过之后才显得有了力量。端正漂亮的鼻子，高傲地、仿佛是感到自己的优越而微笑着的紧闭的嘴唇。

奥拉凝视着这些僵硬的线条，捏紧了拳头。

她的嘴唇撇歪了，做了个与其说是怨怼，还不如说是痛心的怪相。

“是你劝我的，”她激动地低声说，“是你劝我结这门亲的。我从未对你说过，从未告诉过你。我的不幸你是有过错的。你把我的生活搞成了什么样子？你这个坏妈妈……你把我的生活搞成了什么样子?”

她扑通一声跪倒在棺材旁边，震动得烛台摇晃起来，蜡烛滴下了几滴烛泪。

“啊，我这个疯婆子!”她低声叫喊道，“我都在说些什么？啊！我这个蠢货，啊，我这个坏蛋!”同时她痛哭起来，这是她到来后第一次号啕大哭。

卡霞走进房里，把跪着的奥拉扶了起来。

“请夫人去休息，让我在老太太身边坐到天亮。”她说。

来了不少人给米哈霞姨妈送殡，一切都是按照老规矩进行的。因为车辆不够，戈翁贝克先生和安德热依就没有座位。

“我和安德热依步行去。”戈翁贝克先生说，并且不等马车动身，就拉着儿子，穿过森林走了。

暴风雨过后，天气骤变，变得轻风习习，十分凉爽，这天气对于收割很有利。连呼吸也显得松快多了。

安德热依发现，父亲走得比平常慢，拖拉着两腿而且气喘吁吁。

“你累吗?”他问。

“是的。我好久以来就没有休息过，在华沙我的日子真难挨。一回到家里又是孤零零的一个人。”

“暑假就要结束了，我们一家很快就可以团聚。”

“有时你们大家都在，可我还是觉得，我是孤零零的。你们再也帮不了我什么忙，我的孩子。”

安德热依诧异地看了父亲一眼。

“我们帮不了忙？这话是什么意思?”他问。

“是呀，就是这么回事。就像我已经帮不了我母亲的忙一样。我已经不跟她生活在一起，你们也莫过如此罢了。”

“你是说，我们对你的工作不感兴趣？”

“正是这样。”

“是的，事情往往是这样。有什么法子呢？”

安德热依对自己说出的话，尤其是对自己说话的语气感到惊讶。昔日的那种温情已经不见了，仿佛是父亲惹恼了他。安德热依思索着，因为过去还从未出现过这样的情况。

“我们就这样把我们的米哈霞‘姨婆’埋了。”过一会儿，戈翁贝克又说道。

他们在一片林中旷地上站住了。一阵大风吹弯了树梢，虽然还是盛夏，可是已经有点秋意了。

“真可怕，”安德热依说，“简直是野蛮到了极点。把死者装进一个匣子，往地里一埋，让她去腐烂！”

“从来都是这样的。”

“这正好说明，我们还是一群怎样的野蛮人。后人将会按另一种方式死去，他们必定会按另一种方式死去的。”

“怎样死法？”

“我怎么知道！随风飘散，飘到什么地方……可这样死法，真是太可怕了。”

“是的，世界安排得并不十分理想。”弗兰齐舍克先生富于哲理地嘟哝了一句，他似乎并不十分明白安德热依的意思。

他们又朝前走了几步。

“这场暴风雨过后，就像是已经到了秋天。可现在刚刚八月初。”

“再过一个月你就该回华沙了。”

“对这次考试我真怕得要命。考建筑系的竞争是这么大。”

“你还会考不上吗？”弗兰齐舍克先生柔情地望着自己这“聪明的”儿子。

“爸爸对我有信心吗?”

“有。”

“不错，要是只考数学那倒没什么。可是还有素描。素描我掌握得不怎么好。我画得跟比林斯基一样。但是对于一个建筑学家来说，应该跟一般画家不同。”

“风这么大，真像是秋天了。”

“爸爸还在这里待几天吗?”

“今天下午我就回华沙去。”

“爸爸把妈妈也带走吗?”

“把妈妈也带走。海伦卡一个人留下了……住在一位太太家里。妈妈必须回到奥尔乌夫去。”

“你们一起走吗?”

“那当然。”

“因为妈妈……”安德热依犹豫了一下。“你爱妈妈吗?”他突然问道，“你是不是很爱她? ……”

弗兰齐舍克先生暗自一惊，又停住了脚步。

“瞧你的，安德热耶克! 这算什么问题? 我当然爱她。你为什么问起这件事?”

“因为我觉得妈妈有时很伤心。”

“伤心?”

“叫我怎么说哩? 是有点伤心……”

安德热依手拿一根枝条去抽打道旁的灌木叶子。

“别动那些叶子，你抽它干什么?”戈翁贝克先生说。

“唉，爸爸，有时我什么都不明白。”

弗兰齐舍克先生微微一笑。

“你应该感到自慰，我跟你一样。”

他停住了脚步，在儿子头上亲了一下。

“而那个卡霞是怎么回事?”他问。

安德热依的脸红得像煮过的大虾。

“啊，没有，真的一点事也没有，爸爸。”

“这儿有这么多的女孩子在眼前转来转去。”戈翁贝克先生忧心忡忡地说。

“跟你的点心铺里完全一样。”安德热依恢复了自信，甚至感到，似乎占了父亲的上风。

“唉，那完全是另一回事。”弗兰齐舍克先生略带不安地说。

“那儿也有这么一位，长得非常漂亮。就是那个说法国话的。”

“你也注意到了?”弗兰齐舍克先生说，“也许是。不过她已经不在了。”

“不错，好像是。”

“你从哪儿知道的?”

“安特克对我说的。她是安特克的意中人。”

“哎呀，我的上帝！老得为你们操心。”

父子两人快到了家门口。

“安德热依，你不要以为，”戈翁贝克先生忽然严肃地说道，“你不要以为，安德热依，妈妈是因为我而伤心。我在这件事上一点儿过错也没有。完全没有。”

“爸爸，亲爱的，”安德热依突然动了感情，“我明白。”

同时在父亲的手上吻了一下。

送殡后的午餐很排场，跟平日的大不相同。邀请了几位邻居，罗马瓦神父也来了。罗伊斯卡太太显然是要奖赏卡霞照顾过病人，吩咐她在桌旁帮忙。总管是老仆弗朗济谢克，但卡霞代他分送土豆、生菜、配水果汤的甜点心。每次当那姑娘端着盘子朝安德热依俯下身子的时候，他总是按捺不住，脸涨得通红。他有一种不愉快的感觉，好像是卡霞向侍女借的那套黑衣裙散发出了一股令人不快的汗味和某种调味汁的气味。再说卡霞也很难为情，而且一开头就红了脸。奥拉朝安德热依那边瞥了几眼。

桌上一直在谈论着死者。罗马瓦神父赞扬她的德行和她的虔诚。大家谈起米哈霞姨妈时的那种语调使安德热依感到震惊。前不久大家说起她时还略带讥讽、讪笑，嘲弄她的齿龈脓肿和用草药治病。如今大家却像谈论一位罗马的贵妇那样谈着她。只有弗兰齐舍克先生呆呆地坐在那里，一声不吭，眼睛盯着明亮的窗户，只偶尔擦一擦自己被食物弄得油腻了的小嘴唇。

午饭后，双亲立刻动身走了。奥拉特别亲切地拥抱了安德热依，并在他的额上亲了一下。安德热依十分惭愧。他对母亲是多么不公道呀。

“我不久就回华沙来。”他说。

确实，暑假已经到了尾声。白天越来越短，但漫长而温暖的夜晚却使人特别舒服。罗梅克总是在这样的傍晚到来，同安德热依合奏一曲《质朴的自白》或是别的什么感伤的短曲。罗伊斯卡太太的几个出色的女园丁（到这一年已经为数不多，而且自从瓦莱雷克跟克莉玛结婚之后，她们已不再参与府上的任何社交活动），这时来到紫罗兰和旱金莲飘香的府邸前面，手牵手低声诉说着姑娘家各种各样的心事和隐秘。卡霞在长工院干活，安德热依完全见不到她了。

一天傍晚，已经相当晚了，晚饭早已吃过。罗梅克拉他到佩特雷博雷“舞场”去。佩特雷博雷是个比普斯泰翁基大得多的村庄，那儿，在村公所前面布置了一个舞场。场地倒相当宽敞，不过乐队很不齐全，典型农村式的，只有一个手风琴，一把小提琴和一面鼓，单调的鼓点给演奏的音乐增添了原始的特征。

“简直就是中非。”罗梅克操着见多识广的旅游家的腔调说。

“你这种说话的口气，似乎你就是从中非来的。”安德热依笑道。

在一个大探照灯的照耀下，一对对舞伴在木板地上懒洋洋地旋转。一般说，游戏进行得很平静。正如老人们说的，是在“客客气气地玩”。

安德热依和罗梅克站在一边，看着他们。

“你瞧!”罗梅克说，“卡霞在跟阿卢尼奥跳舞哩。”

他果然在人群中发现了身材高大的阿卢尼奥。卡霞比他矮得多，几乎淹没在舞对中了。他只偶尔能望见她那漆黑的梳得又平又光的脑袋。

“我们找不到舞伴，”罗梅克说，“所有的姑娘都有自己固定的舞伴。”

安德热依既不了解这些姑娘，也不了解她们的舞伴。罗梅克是本地人，对他们的了解要多得多。

音乐停了一会儿。一对对跳舞的人离开了木板拼搭的圆形舞场，躲到灯光后面的阴影中去了。

“我还不知道，佩特雷博雷已经有了电。”安德热依说。

“两年前就有了。你在教堂没有发现?”

“当真的，你瞧我多马虎!”

卡霞出人意料地从阴影里冒了出来。她顺着强烈的光线走了过来，然而，直到她走到近处，安德热依才发现她。

她又是另一番风姿。第一次他是在干活时见到她，当时，她看起来是那般温顺，她那小巧的身躯并不引人注目。第二次是在外婆的弥留之际见到她，那一次她扮演的是一个动人的女看护的角色，她当时跟米哈霞姨婆一样，罩上了一圈庄严的死的光轮。此刻，她却是潇洒自如地向他走了过来，迈着一种完全是“上流社会”的步态——安德热依想道。他感觉到了她对自己的优势，感觉到她比自己更为镇定大方。也就是在这时，他才发现自己比她高这么多，以至她不得不仰起头来看他，并且就在这一仰视之中，露出了她那洁白、丰满的脖子。她穿了一件雪白的衬衫和一条隐没在阴影里的深色裙子。

“您好！”她说道，她的嗓音在这儿也是另一种样子，显得更加圆润，更为深沉。刚跳过舞，她还在喘着粗气，她说话的那种低沉的语调比平常更为轻快、自如。

安德热依还从未感到过一个人说话的声音竟具有这般的魅力。

“她说话的声音多好听。”他想。

“您好！”他回答道。

“我想请少爷来跟我跳个舞。”卡霞说。

这时，罗梅克掺和了进来。

“那么阿历克塞呢？”他问。

“老是跟一个小伙子跳舞不好看。”卡霞说道，又微微一笑，“现在我要跟安德热依先生跳个舞。”

“跟我呢？”罗梅克问。

“以后再跟你跳。”她笑道，“跟你我已经跳够了。”

安德热依注意到，她说话带点儿悦耳的林区口音，又不落入过分的边区语调，可它跟华沙话却不大相同，特别是通过女人的嘴说出来的时候。

鼓点敲起来了，音乐的旋律加快了，开始了一种快步舞。安德热依觉得是卡霞在带他跳，这使他不大高兴。当乐队停止演奏的时候，他叫道：

“再来一个！再来一个！来一个库亚维亚克[①]！”

---

① 库亚维亚克是一种波兰民间舞蹈。

果然，乐师们严肃、缓慢而庄重地奏起了库亚维亚克舞曲。并不是所有的人都爱好这个舞蹈。木板地上的人稀少了，只有几对在那儿跳。安德热依酷爱库亚维亚克舞，特别是它那端庄凝重、舞步翩跹的部分，他只惋惜自己没有胡子（他唯独在这种情况下才惋惜），要不他就可以捋一捋自己的小胡子。卡霞不大会跳库亚维亚克舞，她不大明白是怎么回事，一开始她迈步稍微急了点，错了节拍。安德热依高兴起来，这一下他可以带她跳了。

“注意，卡霞！”他喊道，“别着急！好！现在跳起来！”

他带着卡霞转得头晕目眩，而后又停止了转圈，翩然曼舞。卡霞很快就领悟了，跟他配合得很好。乐队奏完了库亚维亚克舞曲，他俩就离开了木板地。阿卢尼奥来到了他们身边。

“你跳得真好！”他对安德热依说。

“库亚维亚克是最好的舞了。”气喘吁吁的安德热依答道。

卡霞没说什么，也没松开安德热依的手。乐队奏起了时髦的探戈舞曲。

“跳吗？”阿卢尼奥问。

卡霞摇了摇头。

“我累了。你等一会儿吧。”

阿历克塞脸色一沉。安德热依发现了，松开了卡霞的手。

“罗梅克在哪儿？”他问。

卡霞淡淡一笑。

“他一定在跟他的阿努霞跳舞。”她一边摇着小手帕一边说道。这是个闷热的夜晚。

安德热依跟卡霞跳了几个舞，又跟别的姑娘们跳了一会儿，便不等罗梅克径自回家去了。他很熟悉这条小径，自童年起他就常在这条小径上散步，只在此刻他才想起，夜间走这条路还是平生第一遭。他不认得这条小径了，两旁的树木似乎显得更高，灌木丛似乎更密。过了一会儿，他听到身后有脚步声。他回头一望，在黑暗中看见了阿卢尼奥高大的身影。

“你独个儿找得到路吗?”阿历克塞友好地问，“夜里可别走转了方向。”他又补充道。

“你知道，我真是第一次摸黑走这条路哩。”安德热依坦然答道。

“我送你一程。”

阿卢尼奥声音里并无威胁之意，但是安德热依感到不愉快。

他们默默无言地走了一段路。

突然阿卢尼奥站定了，抓住了安德热依的一只手。

“你喜欢卡霞吗?”他问。

安德热耶克刹那间变得彬彬有礼起来，而且唤醒了脑海中的全部机智。

“一个十分可爱的女孩子。”他客客气气地回答。

阿卢尼奥又无言地站了片刻。

“我不打算挥动拳头，”他说，“你可别把我想得太坏。可她是我的人。我们准备结婚……你不要去扰乱她的平静吧。”

黑地里看不清安德热依怎样耸了耸肩膀，只不过这个动作把阿历克塞的手从肩上抖了下来。

“要是我对你不了解，”他说，“我会以为你是故意向我挑衅。请你相信我，我既不会打卡霞的主意，也不会去纠缠卡霞。我跟她没见过几面……对我来说，横竖都一样……此外，阿卢尼奥，你可别制造什么神话。”他突然高傲地说道，“你不要去想象那种少爷和村姑的老掉了牙的故事。那个时代已经一去不复返了……”

“并非完全如此。”黑暗中传来了阿历克塞严肃、低沉的嗓音。

“至少对我来说是如此。至少我会认为是……该怎么说呢？显克微支的小说里是怎么说的呢？我会把它看成是一种耻辱。”

阿历克塞干笑一声。

“你可以装得冷若冰霜，”阿历克塞说，似乎有点责怪安德热依居然漠视卡霞迷人的姿色，“到时候……”

“我没有多少时间，过一个星期我就走了。”安德热依说，越来越郑重其事地赋予这场谈话以“成年男子之间”释疑的色彩。

“我如今所想的唯一的事就是考试……你想象不到，我是多么害怕……”

阿卢尼奥放慢了步子。

“喏，那好吧，”他说，“你不要见怪，说我竟提到了这个问题。我也可以按另一种方式处理，但是我非常喜欢你……从很早以前就……”

“是从罗马瓦神父那儿?”

“啊哈！喏，向你致敬！再见啦！我还要回去跳舞!”

阿卢尼奥站住了。

“祝你玩得愉快!”安德热依忽然用一种老爷式的语调说道，并以一种类似倨傲的姿态向那小伙子伸出了自己的手。过后他想起这件事时，自己也感到惊讶。

他穿过花园，在黑暗里继续往前走。大树在他的头顶上发出嗖嗖的响声，虽然下边并没有风。他想起了初来的那天晚上，以及自己坐在门廊前面的那番沉思。从那时起所有的日子都彼此雷同，都是一样引人入胜，以一连串的最寻常的事件来吸引着他。但他感到，那个第一夜似乎给以后所有的日子打下了自己的印记，因此这个暑假不同于以前的那些。

他就这么想着，想着，不觉已到了家门口。他听到黑暗里有人在高声谈话，便停住了脚步。

罗伊斯卡太太和瓦莱雷克摸黑坐在门廊里用一种激动的声调在谈

着什么。他们没有听见他踩在园林小径的砾石上的脚步声，也没有看见他。屋子里有灯光。门廊淹没在黑暗里，由于门廊边长满了野葡萄，这就使它似乎成为园林的一部分。

安德热依纹丝不动地站立着。他不知怎么办才好。他的那颗心在胸口扑通扑通地跳。自从若干年前的那场既幼稚又愚蠢的争吵以后，他就不能平静地去看瓦莱雷克一眼，不能平静地去听他说话的声音。每次见到他，心里便翻腾起一股无名的憎恨。他不记得，自己这些年来是否跟瓦莱雷克交换过片言只语。但是每次只要一见到他，甚至只要一想起他来，便不自觉地捏紧了拳头。安德热依简直不能想象，那个每天早上坐在他旁边吃早饭的迷人的孩子，竟是瓦莱雷克的女儿。幸好瓦莱雷克几乎不到普斯泰翁基来，有时来了，也是很晚的时候来，跟这次一样。他从谢德尔策来时，总是骑着他如今饲养的许多高头骏马中的一匹。

安德热依站了一会儿，听他们谈话。

“你打的什么主意?”罗伊斯卡太太生硬地问道，“我没有钱给你。我所有的一切将来都传给你女儿。我不要认你这个儿子……”

“妈妈似乎忘记了，我是妈妈的独子。”

“遗憾得很。”

“妈妈爱米哈霞姨妈的那些小狗，爱奥拉的那些崽子们胜于爱我。”

“那你就错了。”

“不管怎么说，妈妈为他们做的事比为我做的多。这儿怎么也摆脱不了他们。可是，妈妈为什么不愿给我钱?”

“因为我清楚，你拿钱去派不了什么好用场。”

“我又不会去喝酒花掉。”

“你要是只去喝酒花掉那还好点儿呢。”

瓦莱雷克在黑暗中笑了起来。此刻虽然看不见他，他的笑容仍然具有一种不可抗拒的魅力。那笑容里还保存着瓦莱雷克昔日韶华时代的全部的美，这种美如今已完全湮没在他那胖得失掉了正常轮廓的面部线条中了。笑声过后，爱韦琳娜太太的声音似乎变得柔和了。

“你养活克莉玛和久妮亚总足够吧。”

“幸好克莉玛现在所需无几。她不修边幅到了极点，我有时都为她害臊。妈妈能不能给她施加点影响，让罗伊斯卡少奶奶别穿着破衣烂衫满谢德尔策跑好不好。”

“你是不是爱她?”罗伊斯卡太太骤然用一种天真的语气问道。

瓦莱雷克又一次笑了。但这一次听起来已不那么悦耳。安德热依觉得额头上出了汗。他干咳了一声，没等瓦莱雷克作出反应就走进了门廊。罗伊斯卡太太微微吃了一惊。

“谁在那儿?”她问。

“是我，安德热依。”

“哎呀，上帝，我以为你早就睡了。”爱韦琳娜太太略带不安地说。

“小伙子这么晚到哪儿浪荡去了?”瓦莱雷克问，漫不经心地向安德热依伸出手去。

安德热依避而不答。

“你吃过晚饭了吗?”罗伊斯卡太太不安地问。

“那还用问，姨婆，我是吃过晚饭后才到外面随便走走的。”从那小伙子迟疑的语调里听得出来，他说的不全是真话。瓦莱雷克可高兴了。

“散步去了？就你自己?”他嘿嘿地窃笑着问，这笑声听来使人非常讨厌，它含有某种疯狂的成分。

“即便不是他自己又怎样?”罗伊斯卡太太说，“安德热依已经是个大人了，他高中毕了业……”

“知道，知道。”瓦莱雷克急忙带着讥讽的语气说。

“我同罗梅克和阿卢尼奥到佩特雷博雷去了。”安德热依勇敢地说道，“他们还在那儿。”

“瞧呀！瞧呀！”瓦莱雷克叫了起来，“地主老爷跟人民打成一片……这叫同农民亲善……”

“我不是地主。”安德热依打断了他的话。

“谁知道呢？也许家母会把普斯泰翁基连同全部资产都遗赠给你呢……债台高筑的产业，我亲爱的，债台高筑，没有什么值得歆羡的。”

“你怎么能对小伙子说这种话！”被深深刺痛了的罗伊斯卡太太喊道。

安德热依不慌不忙地说：

“别担心，姨婆，我对瓦莱雷克舅舅的玩笑话早已习惯了。”

说过之后，便朝门里走去。

这一回他可久久不能入睡。半夜过后，他听到了马蹄声和骏马奔驰的声音。瓦莱雷克走了。不过他并未去想瓦莱雷克，而是想着卡霞、想着阿卢尼奥、想着罗梅克。一句话，他想的是，再过一星期他就要回华沙了，而在华沙，除了父亲和罗玛娜小姐之外一个人也没有。失去了米哈霞外婆将会是多么寂寞。他想起了外婆就躺在这儿不远，在他和卡霞跳舞的圆形舞场附近。想到她被装在一个木匣子里，一定是面目全非了。而他失去了外婆在华沙的日子一定不好过。直到此刻他才领悟到外婆的死的意义。他走到窗前，望着窗外黑沉沉的夜，似乎还能听到奔驰的马蹄的回声。他很少从这个窗口向外眺望，甚至不知窗外景色如何。此刻正像那第一夜一样，只是不时听到一阵风声。又是要下雨了吗？风一阵阵拂在他赤裸的身上，使他感到一阵阵哆嗦。他从摇曳不定的阴影里看到一些高大的树干。他探出半个身子，细心地听着，从跳舞的地方会不会传来“非洲”鼓点的声音。但只有寂静。

这风并没有带来雨。暑假末尾天气变得糟糕极了。风不大，但又冷又干燥。

“天气变得这么坏，是为了使你对自己的离去不感到惋惜。”爱韦琳娜姨妈吃早饭时这么说道。

“天气再坏，我也会对这儿恋恋不舍。”安德热依回答。但与此同时，自从他弄清了他的普斯泰翁基之行竟同某种物质、金钱利益有牵连，竟有人怀疑，他是在窥伺这个普斯泰翁基，不是把这儿当成自己“度假”和“自省”之地，而是看成某种准备攫取的目标，他便感到自己在对待爱韦琳娜姨婆的态度上，已经失去了往日的那种坦荡心怀，而且住在这迷人的地方就再也感受不到往日的那种欢乐了。

“这个卑鄙的瓦莱雷克，他总要给我使坏。”他自言自语道。

日子在晴晴雨雨之中一天天地逝去。胡贝尔特到罗托奇尼亚去了，准备从那儿到普斯泰翁基来“小住”数日。他寄来了一张满是惊叹号的明信片，信上说，他跟父亲到法国去过，他父亲似乎有什么病。那漂亮的辞藻后面隐藏着在维希①度过的三周无聊透顶的日子，以及不足以弥补这种无聊的在巴黎度过的三天。但是安德热耶克并不知道这一点，甚至有点羡慕胡贝尔特。不过也只有一点点羡慕。普斯泰翁基今年给了他这么多的情趣。

最后一周是在日常事务中度过的。他站在风里照料打禾，风扬起了尘土和成捆的麦秸，弄得他眼睛也睁不开。卡霞近日没来上工。每天傍晚他总要喝一杯凉牛奶，享受一下涂了黄油的黑面包的香味。这种黑面包的香味，从童年最幼小的时代起就跟普斯泰翁基这个家连在一起了。只不过今年这座房子、园林，一切的一切似乎都跟往年不同，似乎都轻轻涂上了一层新的香味——肉体的香味。

---

① 法国中部疗养地，以维希矿泉著称。

尽管寒风瑟瑟，他和罗梅克两人仍到森林后面的那个池塘去游泳。这个活动有它的魅力，即使只是穿过园林的树木和森林，去到那辽阔坦荡的田野也是令人心旷神怡的。湛蓝湛蓝的八月晴空飘过朵朵白云，瞬息万变，绰约多姿。他俩一字排在池塘边上，懒洋洋的驽马站着一动不动，一个劲儿有节奏地摇晃脑袋，去驱赶那些一点儿也不畏寒风的苍蝇和牛虻。

他们脱掉了裤衩游泳。罗梅克游到了池塘中央，他那颗浅色的脑袋在睡莲的阔叶之间钻来钻去，活像一朵黄色的大水仙花。安德热依同样游得很好，有一次，他决心要绕池塘游一圈。池塘水浅，在里面难以游出速度。不过水里跟冷飕飕的岸上相比，倒是暖和得很。

“就像烧热了似的。”罗梅克叫道。

安德热依虽不觉得它像烧热了的，但也感到在水里比在岸上舒服多了。在岸上，一阵阵凉风抽打着他黝黑的皮肤，使它起了一层发青的鸡皮疙瘩。

罗梅克是个游泳健将。他像一条狗鱼用那灵活敏捷的身子在水中上下浮沉，几个快动作就追上了安德热依。他正想去抓住他的脚，安德热依笑着挣脱了。罗梅克倏地一下抱住了他，安德热依一边自卫，同时也紧紧抱住了对方。他们滚成一团，水花四溅，他们想就这样在水面上支持住。安德热依往水里一钻，摆脱了罗梅克。两人都上了岸。

安德热依突然感到有点拘束，也不敢去看罗梅克，便匆匆穿上了童子军的短裤。罗梅克叉着腿站在岸上，让强烈的凉风吹拂着他健美的身躯。

“穿上衣服吧，你会受凉的。”安德热依提醒他说。

罗梅克突然转向安德热依，走到他近旁问道：

“喏，安德热依，你尝过娘儿们的味道吗?”

安德热依耸了耸肩膀。

“我什么也不知道。”

“在你们华沙这还不是举手之劳。而且你也能使她们称心如意。”

安德热依脸涨得通红，仔细地把卷起的衬衫袖子翻了下来。他极力装得要与罗梅克触及的话题相称。

“在你看来是如此。这事儿也不那么简单。”

“在这儿，你以为就那么简单？”罗梅克没穿衣服，全身哆嗦，他用两只手小心地遮住羞处，“这儿姑娘虽然遍地都是，可是各自都有意中人。”

安德热依明白罗梅克心里指的是谁，但没吭声。

“此外，这儿每个人都知道彼此的底细。什么也保不住密。时不时就有个什么人被人抓住。”

安德热依终于穿好了衬衫。

“难道会有什么人来抓你吗？你别充好汉，罗梅克。”他平静地说。

“是的，这种事在乡下真是谈何容易。立刻就会闹得满城风雨。我爸爸不断发出警告，要我别那么想娶媳妇。爸爸还常用马鞭威胁我……这是什么日子！”

安德热依忽然沉思起来。这个问题还是破天荒第一遭进入他的脑海。

“说实在的，你在这儿都在干些什么？”

“我？我跟着父亲实习……”罗梅克对答如流地说。

“你是游手好闲。”

罗梅克火了。

“你甭摆出一副大学者的面孔。父亲老了，冬天就不想干活。你想象不到，他给我加了多么重的负担。夏天我才轻松一点，喏，我就练琴。冬天我每星期去一次谢德尔策找教授。明年我就要到华沙去上音乐学院了。华沙我有位姑婆，她是我父亲的姑妈，我有住的地方。”

“今天到我那儿去拉琴吧。”安德热依说，背转向了罗梅克。

罗梅克也开始动手穿衣服。他们把钻进了灌木丛的驽马牵了出来。安德热依赶车，罗梅克坐在他身后，两手抱住他，让他不致摔下来。休息了许久的驽马相当迅速地朝马厩的方向奔去。

“那个卡霞你是有可能弄到手的。”过了一会儿罗梅克说，同时把安德热依抱得更紧。

“别再跟我谈娘儿们的事了。”安德热依回答，在一阵大风的冲击下，他低下了头，风直吹到他的脸上。

“你别装得那么圣洁。”罗梅克笑道。

“我一点儿也不圣洁，”安德热依回答，“可我不能对阿卢尼奥做出这种下流事。”

“他知道吗？女人总是很会安排的。”

“别把我抱得那么紧，我都喘不过气来了。”安德热依说着，用他那只闲着的胳膊推开了罗梅克。

他感到脖子上，后脑上受到了一点轻微的触动，应该说，是轻轻的一吻，要不是罗梅克笑得那么古怪，他几乎不曾注意到。

“滚开吧！”他说。

“好的，”罗梅克喊着，一面把一条腿移到车外。“这儿离我家近点。”他补了一句，便跳下了车，在园林边上站了一会儿。“今天我要来拉琴的。”他叫喊道，接着便消失在密林之中。

安德热依把车赶到院子里，把马和车送到马厩，便匆匆朝家里走去。正是吃午饭的时候。但他还是回到了自己的房间，梳了梳湿淋淋的头发，洒上了花露水。然后又用花露水使劲地擦脖子和后脑勺儿。

晚上来了客人，有罗马瓦神父，还有几个别的人。小伙子们为客人演奏了《质朴的自白》，格里格[①]的《春》和其他几首类似的曲子。

第二天下雨。吹了几天的风终于把雨给吹来了。雨点又紧又密，连绵不断。窗前屋顶排水管的响声和从一片椴树叶掉到另一片椴树叶上的水滴的有节奏的声音把安德热依从梦中吵醒了。他怅然地想起，这是他在乡下的最后一天了。

他一跃而起，迅速穿好衣裳，可到衣服穿好之后才想到在这淫雨霏霏的日子无事可做。今天他没有任何具体的计划，而在这样的雨天中又难以到园林或院子里去散步。他决定复习画法几何学，把课本中那些把握不大的地方再翻一翻。习题他已经差不多做完了。

他下楼去吃早饭。跟平常一样，长桌一头摆着他的餐具，万达小姐坐在另一头正白费口舌地劝小久妮亚吃一片抹了黄油的小面包。

他似乎觉得，当他在桌旁坐下的时候，万达小姐不友好地朝他瞟了一眼。他感到有点儿不自在。

“她对我有什么意见?”他想道。弗朗济谢克给他斟咖啡的时候，他又一次捕捉到万达小姐阴沉的目光。

“一定是因为我见到了她同久妮亚之间的冲突，而她又往往不能取胜，才使她这么生气的。”

他非常喜欢这个小家伙，她也非常信赖他。他们俩有时一玩就是几个钟头。他决定运用一下自己的权威。

“别调皮，久妮亚，”他说，“马上把那个小面包吃了。”

可他不走运，久妮亚压根儿就不听他的，还朝他伸了伸舌头。安德热依恼怒了。

“哎，这怎么行！你这样不听话，我一早就看见了。”

久妮亚在椅子上扭来扭去。

---

① 格里格（1843—1907)，挪威作曲家。

“坏哥哥！”她说，“丑哥哥！”

这时，万达小姐神色大变，她满面绯红，朝小家伙大声呵斥道：

“你怎敢这样说！”

又在她手上拍了一巴掌。

久妮亚哭了起来，安德热依也不知所措。他可怜那小鬼，又对万达小姐的举动感到惊诧。

“对不起，小姐，”他说，“小姐为什么对她生这么大的气？”

“因为她竟敢这样说您。她是满嘴胡说。”

“不是胡说！不是胡说！万达小姐，”安德热依笑着说，“我的确是非常难看的。”

久妮亚假装成藏在万达小姐的怀里哭，却用一只眼睛偷偷瞅着安德热依。

万达小姐的脸更红了，成了绛红色。一绺头发落到她的眼睛上，她用手撂了上去。

“看您说的！”她悄悄地、急促地、不容置辩地说道，“您非常美，安德热依先生！”

就在此刻，罗伊斯卡太太走了进来。她又是从院子里进来的，戴着手套，穿着雨衣，全身湿透，而且显得心灰意冷。雨搅乱了地里的运输工作，科兹沃夫斯基怒气冲冲，好像还用马鞭抽过罗梅克。但为了什么？谁都说不清楚。一定是他干了什么好事！原定今天要完成的全部工作都完蛋了（罗伊斯卡太太显然是模仿科兹沃夫斯基的口气说出“完蛋了”这个词儿的），而且全然不知该怎么办。

“姨婆，我们来玩一会儿皮克牌①吧！”安德热依说。由于爱韦琳娜太太走进来，打断了那场微妙的谈话，安德热依高兴极了。

---

① 两人对玩的一种纸牌戏。

爱韦琳娜太太盯了他一眼，似乎他是从天上掉下来的一样。

“打牌？在平常日子里？”

最后一天就这样在无所事事中过去了。安德热依从一个角落踱到另一个角落，试了试新收音机，翻看了几本旧的《世界》年鉴，在年鉴里，他发现了爱韦琳娜骑马的照片，那是她身穿骑马长服，参加业余赛马的照片。在晚得多的一份年鉴里，他看到了父亲的照片，他站在自己的糕点铺前面，年纪轻轻，也不那么胖。那是占了一整面篇幅的《弗兰西斯》商号的广告。

“我的出身也真怪。”他有生以来第一次这么思忖道，眼望着窗外平直的雨丝不断线地下着，流水和雨点在窗玻璃上形成了变幻莫测的花纹。安德热依倏然想起，今年他把约齐奥舅舅的坟墓忘得一干二净了，一次也没有到那儿去看过。他想马上就去弥补这个疏忽，于是穿了雨衣，拿了修剪花木的剪刀，剪下几枝已经在房子前面开放的大朵的九月玫瑰。湿淋淋的花有一种暖房的湿润的香味。湿透了的花瓣摸起来就像人的皮肤。他把鼻子埋在花束中间，吸着它那被雨水冲淡了的芳香。

他脑海里突然闪过一个念头：把这样国色天香的花朵献给死者，岂不可惜，这样的美理应是让活人来欣赏的。但他很快就撇开了这种思绪，来到了那个小小的神庙。他把花摆在红色大理石板上，跪着读了一遍石碑上简单的碑文。这碑文他已经读过上千遍了。他吃惊地发现，坟墓似乎无人照管。没有任何的花，亭子中央的泥灰也有些剥落了。

他对这个地方也失去了昔日的虔诚。在这儿，雨也是一样单调地在亭子顶上飒飒地敲打着。

“安息吧，约齐奥！”安德热依想道，他并没加上“表舅”两个字，就像怀念某个平辈的人。

然后，他快步走到淫雨之中，只回头看了一眼放在石板上的鲜红的玫瑰花。

他躺在床上的时候，又一次听到了同样单调的飒飒的风雨声，听到了水滴像泪珠从一片椴树叶落到另一片椴树叶上的同样的节奏。他想起了约齐奥。

安德热依念着这个名字睡着了。蒙胧间他听见了悄悄的开门声。

他吓了一跳，不知进来的是什么人。

卡霞在他床边坐下，手放在他的胸口上。他抓住了她的手。

“你怎么来了？”他问。

“我来找你。你明天就走了。”

“你是怎么来的？”

“走来的。这儿所有的通路我都熟悉。”

“没有人看见你吗？”

“我想来跟你告别。”

“当真没有一个人看见你？”

“因为我不知道，要是你走了该怎么办。”她突然放大了嗓门说。

安德热依抱住了她，把她拉到床上，自己往墙边挪动了一点。他没有吻她，一下就贴到了她的身上。这其实并不难，她穿得是这样单薄。

当他把她紧紧抱住的时候，他才意识到整个夏天他所触摸过的一切——湿润的玫瑰花瓣、放在手心里一拍又弹射了出去的椴树叶子、罗梅克晒黑了的肩膀、老驽马的鼻子、赶车用的皮缰绳——似乎都是这一触的预兆和前奏，只有这一触才是世上最美妙无双的。

他紧紧地贴着卡霞赤裸的身体，此刻他什么也没有想，可是过后，当他无力地躺在她身边，用他那只闲着的右手轻轻地抚摸着她的时候，这个肉体的完美无瑕，它那每一个细微部分的恰到好处和绝伦的美妙才使他感到惊诧。笼罩着他的不是幸福，不是欢乐，也不是失望——在第一次接触到异性的肉体时往往会出现的那种失望——而是无边的惊讶。在他看来，刚发生过的行为就纯粹的人的屈辱和纯粹的人的享乐而言是无与伦比、意味深长和至善至美的。

“哎呀，卡霞，”他说，“我们多么糊涂！”

直到此时他才去吻她的嘴巴。

他不记得，卡霞是什么时候走的。他只觉得自己通宵未眠，躺在她身边又惊又恐；只觉得自己躺在她身边幸福极了。房间里出现了微蒙的曙光，但卡霞已不在他身边。甚至她的肉体压过的地方也是凉浸浸的。只在床边放着一条她遗忘了的洁白的窄绸带。这唯一的证据表明，所发生的一切并不是梦。

窗口已经变成蓝灰色，从窗外吹进了一股潮气，可依然是寂静无声。雨停了，云也消散了。他深情地望着这个窗口，第一次见到了那些高大、葱绿的夏天的树木。

弗朗济谢克来敲门。

“该起来了！半个钟头后马就牵来啦！”

由于潮湿和凉意，安德热依打了一个寒战，他急忙穿上衣服。

“这个暑假跟早前那些暑假真是有天渊之别。”他一边往脚上穿新“洋袜”，一边喃喃自语。

三

在此之前，雅努什到巴黎不是在春天便是在夏天，有时是在冬天，可是秋天却从来没有来过。因此，当他十月份来到这里的时候，对塞纳河上吹来的一阵阵温暖而带点发霉味道的和风，以及桥上升起的那蔚蓝色调的团团雾霭颇感惊奇。站在圣米歇尔桥上（不知何故他把这座桥叫作“我们的桥”），顺着流水的方向放眼望去，在远方看到的不是特罗卡德罗高耸的塔楼，而是不大的、似乎矮得不成比例的夏约宫，它那白色的墙壁在蓝雾缭绕之中宛如旧战场上的一堆白骨。

他不肯相信，他个人心灵里的旧战场并不是这座城市，这个国家乃至整个欧洲的旧战场。他到处寻找崩溃的痕迹——在社交界，在商业中，在文学里——找来找去，终于发现巴黎还是依然如故。

还是那样蓝色的远景，还是那些广场，还是那些灰白的和发黑的像涂了一层油烟的圆柱。从夏约宫平台上他每回看到的总是那些令人嫌恶的塔楼。忽然，他觉得圣絮尔皮瑟的两座塔楼被修平了，它们现在是很和谐地一般高，再也没有那种令人难耐的参差不齐了。过了片刻他才弄明白，那座矮一点的塔楼周围搭了建筑架，原来是在进行维修，这又使他对巴黎这座城市的创始人的勇气和果断产生了由衷的钦佩。并排矗立的先贤祠的圆屋顶和那座伪哥特式的圣克洛蒂尔达的塔楼，前者永远是那样地完美，而后者却又显得那样呆板。不过，整个建筑结构还总是以其素有的规模和宏伟气势而引人入胜。

他也曾站在国会大厦前，看到完全对称的协和广场，广场两边各有一座大厦，它们是如此相像，以致其中的一座不得不插上国旗以示区别。广场的深处，两座大厦的后面，是同样完全对称的玛德莱娜教堂色彩凝重的正面。在远方，凌驾于这一切之上的，是那奇妙地不对称的微微向后缩的圣心教堂的圆屋顶。这些圆屋顶又从来不是一成不变的，从来不是雷同的，它们一会儿带有粉红的色调，一会儿呈现白色，此刻正闪耀着十月的蔚蓝色的光彩。

爱丽舍田园大街被糟蹋得不成样子，并由于在此地举行小汽车展览而不通行。富丽堂皇的街道布置上土里土气的彩灯，设置了许多拱门，拱门上装着电灯泡，若不是街道本身是那么豪华壮丽，看起来可真是寒碜。隆波恩街上的栗树枝有的已经光秃，栗子已变成褐色而且干裂了，就连华丽的喷泉也不能冲淡这幅凄凉景象。法国梧桐的叶子黄得金灿灿，正在纷纷飘落，它们在坠地之前还在空中盘旋飞舞，就像在寻常的森林里一样。但是雅努什避开了这个地方，他不喜欢那些画有新型小汽车商标的大吹大擂的广告，不喜欢挂在豪华影院大门上方的巨幅电影海报，不喜欢这种土里土气的集市的拥挤，以及这种跟小汽车展览会总是分不开的令人不快的庸俗无味的喧哗。他讥讽地望着那些蓝色的和奶油色的车辆，想起了自己那辆气喘吁吁的“密涅瓦”牌小汽车，他从科莫鲁夫到华沙时总是坐那辆车。就连舒什凯维奇先生也曾对他说过：“伯爵大人，您该买一辆好点的车了!”舒什凯维奇先生还为雅努什如此不顾及家族的荣誉而生气。

他从那儿逃到了塞纳河畔。

一种总想重游旧地的强烈愿望驱使他毫无意义地走遍了欧洲。前不久他重游了海德尔堡，可又从那儿仓皇逃走了。美丽如画的城市，笼罩着一种疯狂的气氛，仪表堂堂的大学生见面时互致希特勒式的敬礼。宫廷旅馆不愿接待他这位外宾，他只得住到金公鸡旅馆去，在宁静的哲人之路上散步的尽是些穿褐色衬衫的蛮横无理的家伙。尽管他进行过多方的努力，可是既打听不到霍斯特，也打听不到舍尔廷的住址。最后他才明白，他们是不愿，或者是不能跟他见面。诚然，有一个熟识的教授接见了他，但看得出来，他的拜访使对方感到十分狼狈。

在巴黎有一点是不错的，这个城市总是那样令人惬意。在这儿，任何人都不会注意到他，他也不会成为任何人的累赘。

他一心想要找到革丹斯基的“驳船”停靠过的地方。当时展览会的占地包括同亚历山大桥毗连的那些街道，以及几乎整个的滨河广场。如今已难以想象出那儿是个什么样子了，也难以想象出那些展览厅、散步场，那些游艺园会在什么地方。涅沃林当年唱歌的那家咖啡馆在哪里?

他不是提醒自己："别瞎想，别瞎想！"相反，他却对自己说，"她到过哪儿？我在哪儿思念过她？什么时候我的头脑里出现了佐霞的身影？"他就这样一直在河岸上转着圈子。

一天傍晚，比平日更加暖和。塞纳河畔开办了一家餐馆或是舞厅，从那儿传来了扩音器放大了的留声机的声音。那也许是小汽车展览会期间开的一家临时客店。天气非常暖和。高大的法国梧桐树挺立在塞纳河畔，把自己干枯的树叶轻轻地扔进水中。远处，在那从这儿顺数第三座桥的地方，水上消防队正在进行演习，红色的驳船把大股的水流送得老高，又像瀑布似的倾泻下来。留声机播放着歌剧的咏叹调，这就是说，那不是舞厅。塞纳河水颜色深蓝，闪着带紫色的光，看来似乎很稠，仿佛是某种浓稠的流体。黄色的路灯在淡紫色的波浪上闪闪烁烁。月亮升起来了。

于是雅努什似乎觉得，他找到了那艘驳船停靠过的一段塞纳河。然而他不可能真的找到那个地方，如同他不可能找到自己的青春一样。他这是一种错觉。

他沿着台阶往下走去，一直走到石砌的岸边。人们在这儿采沙，安装水管，那家小店也就在这里。大概是为了方便垂钓者，岸边放了一排长凳。雅努什在其中的一张长凳上坐了下来，平静地望着发黑的河水。两个手执钓竿的小男孩在岸边拉扯不休，他们未必是在争夺钓到的那点鱼吧！从那个播送威尔地[①]乐曲的小餐馆里走出一对年轻人。一位肥胖的老先生手执钓竿，从他坐的长凳旁边走过。

雅努什甚至没有注意到有位仪态庄重的老先生在长凳的另一端坐了下来，直到对方坐定之后，他才看见。那位老先生戴了副大黑眼镜，尽管雅努什多年没有见过他，却立刻认出了他。

---

① 威尔地（1813—1901），意大利作曲家。

他就是马雷·舒阿尔。

前不久他从报上看到这位法国学者丧偶的消息，她是由于进行放射性元素试验染病而死的。雅努什觉得马雷·舒阿尔变得厉害；在昏暗中虽看不清他的面孔，但他整个体型却像变伛偻了，抑或是收缩了。不过无须怀疑，这个人就是他。他那富有特征的模样儿从虚无中闪现出来，来到雅努什身边，就像他们刚刚在海德尔堡分手似的。

“海德尔堡的恶魔。”① 雅努什微笑了。

他笑了，但那笑容立刻消失，融化在沉思之中。而他们——两个鳏夫，素昧平生，邂逅相逢，坐在同一条长凳的两端——心中想的可能是同样的事。

在他们面前平静的水面上，像是从帷幕后面驶来一条小小的黑色拖船，它拖了一条装满了货物，盖着苫布的宽大驳船。十月的黄昏，落日余晖在焦油涂黑的船舷上，在黄灿灿的苫布上，在船头上画的绛红色的装饰线条上投下了一层淡淡的反光。小拖船的汽笛发出一声尖叫，放出一团羽毛般的白雾，它的烟囱马上平躺下来，仿佛是向正在靠近的大桥致敬。雅努什不由一颤。这种尖锐刺耳的汽笛声总要在他心中引起一阵遥远的联想和战栗。他这一哆嗦，使教授转过身来，留神地看了他一眼。

“晚上好！”雅努什说，他既没有往学者那边挪动身子，也没有伸出手去，“晚上好，教授！可是教授您没有认出我来。我是梅申斯基，哈尼亚·戴维斯的朋友，最后一次跟教授见面是在海德尔堡。”

马雷·舒阿尔也不曾离开座位。他似乎是在全神贯注地望着消失在桥下的黑色驳船，并没有朝雅努什再看一眼。他对这次相逢态度漠然。

---

① 原文是法文。

“晚上好，先生，戴维斯太太前不久还对我谈起过您。”他小声说道，“她现正在巴黎，住在里茨旅馆。您去看看她吧，她一向总是十分不幸。”

“一向。”雅努什淡然一笑。

“她总爱扮成一个迷恋的情人，且又轻易失身于人。”[①] 马雷·舒阿尔说道，声音里带有笑意，并立刻朝雅努什转过身子：

“听说先生丧偶，可是真的?”

“是真的，两年前。”

“可我的妻子是两个月前去世的。”

“似乎是为自己的科学研究献身的。”

“还不能完全肯定，但一切迹象表明，是这么回事。”

“这太可悲了，对于人类来说如此重要的科学研究，竟会招致这样的后果。”雅努什无限感慨地说。

“啊，不可逆料，完全是不可逆料。”马雷·舒阿尔突然大声叫道，完全恢复了旧态，而且从自己的位子上站了起来，靠近雅努什坐下了。“我请您永远不要非难科学。因为我们还一无所知，我们正处在一座高山的山麓，而您突然非难科学招致死亡，好像科学犯了杀人罪，这是毫无意义的。”

“可是，教授先生，您却如此激烈地进行辩解。过于激烈了。我认为，我是第一次说这种话，我甚至对自己都没有勇气承认，我认为这种情况太反常了。你们在那儿学习、研究、分裂、合成，你们发现放射性元素，更有甚者，你们还搞了人工辐射——有什么结果?你们找不到长生不死的良药。每一个人，每一个普通人，就像您和我，都是要死的，只不过我比您年轻一点。我们都是要死的。对我来说，最可

---

① 原文是法文。

怕的是面对死亡无能为力。医生从房里走出来，说一声，‘您的夫人死了’。什么？死了！难道不该做点什么，想点办法，打点什么针或者切掉点什么？可一下：死了，完了。孩子也是一样。她活不了，因为她的血液循环毛病，心脏有毛病，她活不成。怎么活不成？科学是干什么的？难道就不能改善一下血液循环吗？这么一点区区小事！而在元素周期表上有人发现缺少的元素只不过是基于……基于什么，教授？”

“科学甚至连伤风也治不了。可您一下就想到……死亡。”

“那么科学的好处何在？科学的意义又何在？人必须活下去。妻子必须活下去，因为丈夫……爱她。孩子必须活下去，因为人需要有孩子。您有孩子吗，教授？”

“没有。”

第二条驳船是纯灰色，它由一条细腰的小黑艇拖拉着慢慢驶了过来。小黑艇的汽笛声很低，雅努什听了没有战栗。因为它没有使他想起童年时代的旅行，没有勾起对很久以前，还是曼库夫卡时代的记忆。但是在驳船漂浮到他面前的整个一段时间里，他一直默默不语，只是挺直了腰板坐在那里，像是在检阅似的。岸边的小餐馆里传出了《阿伊达》中进行曲的音响。

“这个威尔地真走运。”马雷·舒阿尔慢悠悠地说。

“我明白，”雅努什接着说，情绪越来越激昂，“我明白，教授，您是回避答复。”

这一场谈话是如此不同凡响，以致雅努什完全失去了现实感。不论是塞纳河上淡紫色的反光，还是如同布景一般的过路船只，都像是梦幻中的。这种虚幻的环境使雅努什说话无所顾忌。他如在梦中，从一切羁绊里解脱了出来。突然，一种对自己不幸生活所感受到的悲痛涌上心头。

然而，拖船发出了一声尖啸。

“啊，我记得我们在海德尔堡的谈话，”马雷·舒阿尔似乎对雅努什让步了，忽然急促地说道，“您对科学的非难毕竟是不公道的。请您容我来判断，科学在什么地方，在哪一点上是应受到非难？您是跟黑格尔和所有那些德国人一样在探讨哲学问题，他们都叫什么来着……阿尔弗雷德·韦伯尔[①]？不是吗？这需要进行严密一点儿的思考。”

“可您自己现在的想法也不一样了，教授先生。我怀疑，您突然想念起……甚至不是黑格尔，而是柏拉图[②]来了，想起那位驾驭三匹马的不朽的御者来了。”

“并非如此。”学者争辩道。

“可您自己说过，我们不知道我们的研究对象的全部范畴。我们不知道科学的整个范畴和它全部的能力，须知这种能力是以细菌繁殖的速度与日俱增的。因此，我们简直就——请您不要否认——像那些不能把召唤出来的魔鬼再装进桶里去的巫师的弟子一样了。”

“这个比拟过于原始，也过于平庸。”马雷·舒阿尔比较平静地说。他们这场坐在长凳两端的对话（他们正是坐在长凳两端，虽说彼此靠得很近），看起来就像是双重的独白。他们俩各自在独白，仿佛各自都感到自己从那漫长、沉痛的禁锢中解脱了出来一样。

“是的，我承认。可我就这么看。”雅努什长叹一声。

“您必须更客观一点。”

“我办不到。”

“您还年轻。”

“一些老掉了牙的盲目行动在威胁着我们的青春。”

“您想说的是什么意思？”

---

① 韦伯尔（1868—1958），德国社会学家，海德尔堡大学教授。

② 柏拉图（前 427—前 347），古希腊客观唯心主义哲学家。

“我想说的是，我们的生命尚未结束。我们终于不得不对某些问题作出回答。”

“只是在世界末日到来之前。”

“或者是在我们自己的末日到来之前。我以为，一个男子汉的死，总是对某一个浮士德式的重大问题的回答。妇人的死，就不是什么回答。而孩子的死就是毫无意义的了。”

“请您去看看戴维斯太太吧。或许您能使她不致越轨。她已经是接近末日了……”

“为什么?”

“为什么？正是像您刚才所说的那样，因为，妇人的死不是对任何问题的任何回答。”

“不错，但是，请您对我说句实话，教授，您一生中回答过自己提出的哪怕是一个问题吗?”

“自然，没有。”过了一会儿，马雷·舒阿尔继续说，“自然，我不曾回答过任何一个问题。可是，您甚至连想都想象不出，我给自己提的都是些怎样的问题。您对当今科学的现状有所了解吗?”他换了个调子说。

“我怎能了解，我又不是科学家。”

“喏，因此您不可能了解，目前科学已走到了什么地步。您也不可能了解，我提出来的是些什么样的问题。嗯，我该走啦。”

“别走，别走，教授，请您别这样突然离去。”

马雷·舒阿尔想走，然而却坐着纹丝不动，他看来是麻木了。小餐馆里又传出了另一种乐曲。店主人显然是个威尔地歌剧的崇拜者。小餐馆的门一定没有关，因为那歌声十分清晰。这是《茶花女》第二幕的二重唱。晶莹无瑕的女高音在“我牺牲”[1] 这个词上唱出了一个圆润的花腔。而优美、纯正的男中音在安慰不幸的薇奥列塔，带着某种得意的心情劝告她。“哭吧，哭吧。”[2] 男中音一会儿用窃窃私语，一会儿用伤感的“半”低音唱着。“哭吧，哭吧。”[3] “哭吧，哭吧，女人，”他说，“为自己的命运痛哭吧，你哭得越伤心，我越是高兴。”

马雷·舒阿尔浑身一震。

“您听见了吗?”他说，“这是《茶花女》，我们叫《茶花夫人》。十九世纪的精华。那男中音劝那女人抛弃他的儿子阿尔弗雷德，她就离开了阿尔弗雷德。为什么?因为阿尔弗雷德的妹妹不能称心如意地嫁给子爵。子爵不肯娶那位妹子，是由于她的哥哥跟一个娼妇，跟那个薇奥列塔同居。这很复杂，但又不像您眼里那样的复杂。两个相亲相爱的年轻人分手了，因为那位小姐一心要嫁给子爵，显然是为了金钱。这就是十九世纪的问题。”

“我们的问题略有不同。”

“可您甚至不了解，怎样不同……”

“您今天指摘我对世界一窍不通。”

“因为任何人也不知道。您明白吗?任何人。我们还是唯一多少知道点什么的，可这也……”

“怎样?”雅努什傻乎乎地问。

“您瞧，世上每样东西都有某种意义。《茶花女》在当时也有意义。我们是个平静的社会，我们有既定的发展方向。我们走在一条进步的大道上。社会进步，经济进步，我们发财致富，我们变得成熟起

① 原文是意大利文。

② 原文是意大利文。

③ 原文是意大利文。

来……阿尔弗雷德的妹妹必须嫁给自己的子爵……他们面前摆着一条明亮而笔直的路。一点儿也不复杂。那时也会有些战争，但那是拿破仑三世在意大利的那种战争。崇高的理想一定会胜利。是的，难道会有比统一意大利的理想更为崇高的理想吗？这些理想是多么美好，多么高尚，多么纯一。可又是何等的平静，像在巴黎的展览会上一样。诚然，同普鲁士人那场战争略显不同，有那么一点儿令人不安……还有那个公社……嗯，嗯……可是以后便没有任何战争了。”

“怎么没有任何战争？”雅努什惊奇地问。

“我说的是唱《茶花女》的那个时代。‘哭吧，哭吧！’[①]”他愤怒地模仿那位男中音的唱腔。此刻小餐馆的门想必是关上了，因为歌唱的声音轻了。

“可是战争终于爆发了！”雅努什叫喊道。

“这没有任何意义，或者说，只有相对的意义。不过，自从你们那一位[②]从华沙来后……”

“谁？”雅努什问。

马雷·舒阿尔站在坐着不动的雅努什面前，伸出了一只手，而用另一只手摘掉了眼镜。雅努什在昏暗中发现，学者的眼睛似乎受了伤。他没敢询问是怎么回事。

“您愿意再跟我聊聊吗？”教授问，“因为现在我确实没有时间。”

“非常愿意。”梅申斯基恳切地说。

“嗯，这样我们可以后天四点见。”教授说，同时随手把离圣米歇尔林荫道不远的一家小咖啡馆的地址给了他。

雅努什得知哈尼亚住在里茨旅馆之后，一天下午就到她那里去了。

---

① 原文是意大利文。

② 指居里夫人（1867—1934），著名物理学家、化学家，原籍波兰。

女主人家豪华的前厅塞满了鲜艳的地毯和镀金家具，一切看起来就跟那种蹩脚影片中的情景一模一样。镀金家具和水晶器皿闪闪发光。在同样闪闪发光的柜台后面坐着一位出色的门房。

“您好，伯爵先生，”[①] 他向雅努什招呼道，虽然对方是第一次踏进这座神殿。

“戴维斯太太没有改变姓氏吧？”[②] 雅努什客气地问。

“到目前为止没有改变……”[③] 雅克先生客气地回答，“房间也没有变。她住在二层。”[④]

雅努什请他通报，说梅申斯基先生在楼下。雅克先生马上接通了电话。

“太太，梅申斯基伯爵在楼下……不，太太，是伯爵……不要更正我说的，不是梅舍茨基侯爵，是梅申斯基伯爵……”[⑤]

雅努什悄悄提示了一下自己的名字，雅克先生正确无误地重复了一遍。

“不错，太太，雅努什先生……啊，我高兴极了。”[⑥]

“太太说，她很高兴，她在房间里等您。”[⑦] 他回头对雅努什说。

雅努什慢慢吞吞地走上二楼。楼梯上铺的厚地毯使他生气，到处都是这种奶油的、粉红的颜色。楼梯拐角上摆了些粉红色的沙发椅和带有大灯罩的大落地灯，灯罩四周挂了许多泪珠一样的珠串。

他在那扇巨大的白漆闪光的门上敲了几下，门上有个金色的门号。

---

① 原文是法文。
② 原文是法文。
③ 原文是法文。
④ 原文是法文。
⑤ 原文是法文。
⑥ 原文是法文。
⑦ 原文是法文。

“进来！”[①] 一个声音从门里边传出。

他开了门，几乎一下扑到了哈尼亚身上。

她一下投入了他的怀中，并且用各种语言毫无伦次地絮叨起来。她的钻石胸饰扯住了他的衣裳，她怎么也无法把胸饰的针尖从他的西装翻领上摘下来，她那粉红缎子“家常便服”宽大的、耷拉着的袖子拂到了他的脸上，使他看不见她。

“这可憎的房间，”她倒退两步说道，“这里一切都是粉红色的，因此，我也只好穿上粉红色的衣裳！我穿粉红色不相称，我简直受不了这种颜色。”

里茨旅馆的成套房间实在可憎。客厅又高又大，白漆家具都罩上了粉红色的家具套，上面还织了许多白色的鸟。雅努什看了看那些大沙发，那些挂满了流苏的灯罩和那些厚实的“华丽的”窗帘。他不敢朝哈尼亚瞧一眼。

“你为什么不住在吕贝克街自己的房子里？”他问。这是他进来后说的第一句话。

“住在吕贝克街？在那么大一所住宅里……我独自一人在那儿怎么过？”

“不是有西贝尔斯泰因小姐吗？”

“你倒想起她来了！西贝尔斯泰因小姐已经是老早以前的事了。从那时以来我至少换过十五个女秘书和十个女伴奏了。”

“现在呢？”

“现在我一个也没有。我穷了。”

“当真？”

“确实如此。你想象不到，近几年我损失了多少。还不算危机造成

---

① 原文是英文。

的损失。不过危机之后曾有所好转。现在股票又大跌了。”

“你说什么？我以为它一直在看涨哩……”

“只有军火股票看涨。”

“你没有军火股票？你没买吗？”

“我有过几份克罗伊佐特·施奈德的股票。可是当我听说他在战争期间向作战双方出售大炮时……我就脱手了。”

“你的表达方式真奇特，”雅努什在粉红色的沙发椅上坐了下来，但眼睛一直望着粉红色的丝绒窗帘，“在谈到股份公司时，你说‘他’……”

“因为，我总是想象有那么一个老克罗伊佐特。你瞧，他就像一只乔装的老猫，戴副眼镜，穿一双千里靴，坐在这么一个庞大的保险柜里，手上掌握着所有的股票……并且亲自抛售。这样就比较好想象这些可怕的事了。而且，我想象那些大炮就在银行里，他们看得见……一想到他们背靠背地做这些大炮买卖，就觉得太可怕了。”

雅努什抬起眼睛朝哈尼亚一望。一副十足的衰败相。从鼻子到嘴角出现了两道可憎的皱纹，尤其是脖子上那松耷耷、皱巴巴的皮肤。

“她能有多大年纪？”他想道，“她无论如何还不是个老妇人。”他脑子里迅速计算着……“在敖德萨时她得有二十来岁，因此，现在她是四十左右。索蕾尔①八十岁时看起来比她现在要年轻得多。”

“波兰女子总是老得这么快。”他想道。

就在前不久，在音乐厅举行的最后一次音乐会上他还见过哈尼亚。爱尔日别特卡那时在音乐会上演唱过。这只不过是几年前的事罢了，戴维斯太太当时还非常漂亮。

“你现在还演唱吗？”雅努什漫不经心地问了一句。

---

① 索蕾尔（1875—1966），法国著名女演员。

哈尼亚站在宽敞豪华的客厅中央，离雅努什有一段距离。

“啊，不，”他想道，“她还是很美。”

哈尼亚已不再是个小巧玲珑、弱不禁风的女子，而是个光灿夺目、雍容华贵的妇人了。粉红色的缎子为她平添了许多姿色，说粉红颜色跟她不相称，显然不是实话。里茨旅馆当然可以随心所欲地为自己的家具套选配颜色（虽然选配这种粉红颜色也是为渐近老境的妇女在晚上的灯光下显得漂亮一点着想的）。哈尼亚如果不觉得桃红缎子穿起来好看，她是不会穿的。雅努什朝哈尼亚这么一瞧，当即就明白了，原来衰老不在于脸上有皱纹和脖子上的肌肉松弛。衰老隐匿在她的眼睛里。她那双富于表情的明澈的大眼睛变得小了，也许，只不过是看起来如此，因为它们变得黯淡无光，而且充满了不安的神情。这不是生理的衰老，而是内在的、整个生命的衰老。

“你现在还演唱吗?”他又问了一句。

“我现在想都不想。”哈尼亚一摆手，“你想喝点什么?”她已经按铃叫仆人了。雅努什根据她这个手势判断，她的确再也不想演唱这件事了。

“那个可恶的爱尔日别塔·希莱尔。”哈尼亚边说边把一张小桌子推到雅努什跟前。她这忙着推桌子的姿势，她在房间里转来转去的模样儿，一下就暴露了哈尼亚从来就不是个贵妇人，她的一举一动倒像个在看门仆人的小屋里，或者说，更像个在低矮的、烟熏火燎的农舍里忙碌的人，叫人纳闷的是，她竟然没有用围裙去擦一擦推过来的小桌子。她甚至连围裙也没有。

“那个可恶的爱尔日别特卡，”她又说道，“她骗了我这么些年，带着我跑遍了整个欧洲和美洲，来来回回，就是为了让我亲眼看到她的胜利，让我不断地给那些音乐课出钱，五十美元一个钟头……有一个钟头吗?……有时候，她跟我一起还没有唱到一刻钟。她很清楚，这样搞，完全混不出什么结果，但是有我这个人出现在她的侍从中，对她来说是很惬意的。出席宴会时，她要我穿上那样的衣裙，完全是为了衬托出她更加动人……她这一招可真叫卑鄙！”

“她现在在干什么？我好久没有听到她的消息了。”

“跟她那个龌龊的鲁宾斯泰因一起待在伦敦。这也是乐趣！归根结底世上一切都有个尽头——她的嗓子也会完结。你明白吗，会完结，会完结的……”哈尼亚扬扬得意地说着，一直在房间里打转转，“虽然有人说，她接到了明年在大都会歌剧院演出的聘书。但话又说回来，如今在那儿演唱的都是些落魄的歌星。”

一个身穿白色上衣，长相俊美的小伙子来到客厅，两眼意味深长地盯住“夫人”不放。

“你想喝点什么？”哈尼亚问。

“我愿意喝点茶。”

“不要点什么强烈一点儿的？威士忌？葡萄酒？”

“不，不，茶。”

“那好吧。但给我拿威士忌来。”她转身对小伙子说。

漂亮的小崽儿生硬地一鞠躬，出去了。

“嘿，你该怎么说呢？”哈尼亚说道，“那家伙是怎么盯着我的？你看见了吗？他喜欢我。”

雅努什凄楚地一笑。

“那么在最近几天内他就该交家具费了，因为他要结婚，不是吗？”

“哎呀，你真可恶！”哈尼亚说，“你总想要用自己那种玩世不恭把一切都毁掉。”

“这不是玩世不恭，哈尼亚，这是生活知识。”

“而且，再糟不过的是，你碰对了。他甚至已经对我说过，他要娶我。”

雅努什大笑起来。

“哎呀，哈尼亚！哈尼亚！”他说道。

一个大银盘端来了装在一个小茶壶里的茶水和用餐巾纸包的两块小小的烤面包。漂亮的小伙子先把威士忌酒斟到酒杯里，然后倒进装了半杯冰的大玻璃杯里。

“这儿对什么都吝啬。”哈尼亚叹息道，“在美国，只要我肯给钱，东西是要多少有多少。可这儿……”她一摆手。

漂亮哥儿肆无忌惮地走了出去。

“你待在这儿究竟要干什么？”雅努什问。

“唉，我能待在哪儿呢？纽约已经使我厌烦极了。”

“还有你丈夫？”

“我离婚了。”

“妙极了！”雅努什高兴起来。

“噢，我就待在这儿，又怎么样？”哈尼亚突然发火了，“我不得不待在这儿，因为我正在跟我的合伙人打官司。一切都是为了钱。因为他把我骗得太苦了。”

“他是谁？”

“嗯，迪马尔克，我的合伙人。你知道，我们合伙在这儿开了个小香水厂。他主持生产，货运到纽约——一部分通过走私，要不关税就能使我倾家荡产——由我经手出售。”

“看在老天爷面上！哈尼亚，”雅努什说道，眼望着她一双秀美的手。手上戴着华贵的灰色珍珠戒指。

“你已经不戴绿宝石了？”他问，同时拉起了她的一只手。

“我把它卖了！你想想看，我卖啦！”

“为什么？”

“唉，你知道，我玩腻了。而且，打官司也要钱。你想想看，这个迪富尔……”

“哪个迪富尔？”

“喏，迪马尔克，我永远也搞不清这些法国名字。”

雅努什发现，哈尼亚不仅没有改掉她在敖德萨形成的那种边区调（根据她那种语调很难辨出她是华沙出生的人），而且现在她的波兰话讲得更糟，完全是俄国口音。

“看在老天爷面上！你说话为什么带着俄国口音？”他问。

“哎呀，上帝！”她说，“你尽是用些糊涂问话打岔！我对你讲的是这么重要的事，而你却问什么口音。想必是因为那些公爵夫人、伯爵夫人老缠着我不放，撵也撵不走。”

“并且从你这儿榨钱。”

“我是想方设法摆脱她们，但并非常常摆脱得了。而她们又是那么不幸，我的上帝，多么不幸呀！”

雅努什耸了耸肩膀。

“因此，你想想看，这个迪富尔，还是迪马尔克，还是什么别的玩意儿，他用我的钱生产香水，一部分运给我，一部分偷偷在这儿卖掉或者运到维也纳，要不就运到法兰克福。而这一切恰好被我的朋友莎霍夫斯卡娅捉住了……”

雅努什简直认不得昔日的哈尼亚了。她喝了几口威士忌，两颊涌上了红晕，她谈起那个法国人的勾当是那样的激愤，似乎世界的命运全操在他手里。

雅努什止住了她的倾诉。

“我亲爱的，难道你真的需要这个小小的工厂？”他问。

哈尼亚刚说完半句话，忽然张大了嘴巴站立起来。她歪着脑袋，思考着。

“嗯，要是没有那个小工厂，我该怎么办呢？”她问道，“那些香水如今就是我的命。你瞧，那个卑鄙的迪罗斯，你想想看，他想在我身上捞钱，他进行某种小规模的幕后交易，挖我这儿，瞧，从我这儿挖，”哈尼亚指着自己的心，“从我心底挖去了多少钱呀!”

雅努什又把自己的手掌压在哈尼亚的手上。

“你考虑考虑，”他说，“你怎么能竞争得过那些大香料公司呢？还不永远只能是小规模的交易，小小的诈骗？那个迪罗斯，还是迪富尔，还是迪居尔又能做些什么呢？要知道这值不了几文钱，而在世界市场上只有那些在时髦杂志上登了整页广告的大公司才能称王称霸。”

“哼，我们也登过很出色的广告。你猜我想起了什么？得给送茶的这个小家伙拍张照片，拍张穿衬衣、戴帽子的照片。你以为他戴什么帽子更合适：是加拿大草帽还是巴拿马草帽?”

“谁现在还戴巴拿马草帽，哈尼亚?”

“哎呀，可不是！不过卡利克斯特在敖德萨时，大热天里穿着便服还总是戴一顶巴拿马草帽，编得很细的草帽……细极了……”

哈尼亚突然止住了自己喋喋不休的废话，默默地朝旁边什么地方看了一眼。莫不是在那儿看到了卡利克斯特在敖德萨戴的巴拿马草帽?

“你记得吗，那时时兴一种鞋尖向上翘的高靿儿皮鞋。看起来像狗一样。那种鞋还有个好玩的名称哩……”

雅努什微微一笑。

“那是很早以前的事了，我那时还完全是个小孩子。”

“你那时是个漂亮孩子吗?”

“啊，不。从照片上看是个丑八怪。把我打扮得难看极了。”

哈尼亚又沉吟了片刻。

“嗯，我们就用他的照片来作我们香水的广告。他不会要太多钱，而广告会妙不可言……他是这么美……”

她发现，雅努什并未听她说些什么，于是又沉吟起来。

“你要茶吗?”她用一种更真挚更温柔的嗓音问。

“来一点。”

她一面斟茶，一面坐得靠他更近些。茶杯斟满后，她突然放下茶壶，抓住他的一只手。

“原谅我，雅努什，”她温柔地说，“你的妻子死了，可我却跟你谈我的香水。”

雅努什惴惴不安。

“千万可别，千万可别提起……”他想，但愿她不要提起那些可怕的事来。但愿她千万可别动了感情，因为他受不了。

“亲爱的，”他低头望着她说，“我们不要谈那些事。我宁可谈谈香水。”

哈尼亚难为情地笑了。

“对不起。”她非常富于人情味地说。

过了一会儿，她又用另一种语调，毫无热情地谈了起来。她详详细细、虽然已是平平淡淡地向雅努什讲述了那个迪马尔克所采取的一切诈骗伎俩，谈到法国的法庭里是一群怎样的猪猡，谈到她为了对付那个卑鄙的合伙人以及那些律师，耗费了多少精力、健康和钱财。

雅努什装出一副洗耳恭听的样子，但是他显然无法隐藏脸上那种倦怠的表情。哈尼亚忧郁而茫然不知所措地望着他，终于不吭声了。她退后一步，皱了皱眉头。她的眼神使雅努什回想起几年前她给他演唱《托斯卡》中的咏叹调之后对他扫过的那种审视的目光。他此刻缺少的只是西贝尔斯泰因小姐那嘲讽的眼神。

哈尼亚变得关切起来。

“你高兴晚上到哪儿去玩玩吗？去吃顿晚饭，喝杯香槟？嗯，不去吗？其实我应该到珀吉·居冈伊安家去吃午饭，不过我可以推说犯了偏头疼，不能去……我们到蒙马特去吧……”

雅努什凄然一笑。

“不，谢谢。我如今乐不起来。”

哈尼亚犯愁了。

“你乐不起来，我的上帝!”她焦虑地说，她那埋在心灵深处的感情突然迸发了出来。“嗯，不错……”她补了一句，“如今……”

她斜眼看了看雅努什，提心吊胆，生怕什么地方得罪了他。

雅努什又经受住了这一次考验。

“既然如此，你到巴黎来干什么?”戴维斯太太忽然用一种低沉的语调，带着浓重的边区口音问。

雅努什无可奈何地两手一摊。

“不知道，”他说，“虽说此刻似乎已经知道了。为了来看看你。我非常想看看你。”

哈尼亚的两只眼睛瞪得老大。

“瞧你！你来了，这很好，虽说你原该预先通知我。不过这没关系，生活中常有这样的事，一个人就这么在世上徘徊呀，徘徊，孤孤单单，茕茕孑立，形影相吊。然后就无缘无故……一命呜呼。”

雅努什把头靠在沙发上，闭上了眼睛。

“的确，”他重复道，“无缘无故，一命呜呼。”

“而且他永远也不知道，什么时候就会死掉。也许就在某一天的中饭和晚饭之间。”

“在中饭和晚饭之间。”雅努什重复道。

然后他睁开了眼睛，从沙发靠背上抬起头来，虽然显得有些费劲，但却是清清楚楚地说道：

“阿丽亚德娜死了。在罗马。”

哈尼亚点了点头。

“我知道，我从报上看到了。这真可怕。”

“我非常感谢你汇去的钱，你是立刻就汇去了的。”

“啊，钱……”

“不错。你姿态很高。可是钱已经到得太晚了。”

“这是什么意思？”

“用作了殡葬费。”

“葬在罗马？”

“葬在新教的墓地。你知道那个地方吗？”

“罗马最漂亮的墓地。我还希望能躺在那儿哩。”

“可惜你没那福分。你是天主教徒。”

“正因为如此。”

“你有埃德加尔的消息吗？”

“没有。”

“他病得厉害。喉结核。罗马的一个教授确诊的。”

“肯定吗？这种事有可能弄错。”

“我不知道。他是这样对阿丽亚德娜说的。”

“说句实话，埃德加尔目前在干什么？”哈尼亚问，仿佛直到此刻她才想起这个人的存在似的。

“埃德加尔？他是音乐学院的教授。他把和声学的知识灌进形形色色的蠢货的脑子里。密茨凯维奇在科夫诺同样也感化过形形色色的‘日姆齐脑袋’。”

“他对自己扮演的这个角色一定感到非常难受。他是这样一个温文尔雅的人。”

雅努什淡淡一笑。

“是非常难受。不过我倒想说，他是这样一位伟大的音乐家。”

“我也许能帮他点忙吧？他是怎么到罗马的……”

“他积攒了几个钱，就去了……”

"现在很少演奏他的作品。"

"因为他如今作的曲子也很少。你倒是有可能使他的作品风靡一时。你挑起这副担子吧。"

"值得吗?"

"你是想说，真正的艺术总能找到出路，是吧?我也不清楚……阿丽亚德娜说过……"

说到这里，他停住了，没有把话说完。

"唉，阿丽亚德娜的事，真是太可怕了。她为什么到罗马去?"

"这涉及那里的修道院的事。"

"是当场就……?"

"她没有受苦。当场就断气了。"

"佐霞呢?她死得痛苦吗?"

"非常痛苦。没有医生在场。"

"孩子呢?"

"几个月之后就死了。心脏不正常。"

哈尼亚从座位上一跃而起，开始在房子里踱来踱去。

"你瞧!"她倏地站在雅努什面前，"当时你就不该离开海德尔堡。我对你说过，留下吧。"

"而我说过，你是想装着美国的美元当个波兰的伯爵夫人。"

哈尼亚一摆手。

"唉，那些美元，已经能见到底了。可我该怎么办呢?"

"你不能再嫁人吗?"

"能够，可是已经嫁不了百万富翁了。"

"哼，要是没有别的办法的话……"

"你当时为什么没有留下来?我是想挽救你的呀!"

"在命运面前是救不了人的。这是个很平庸的道理。你也明白。这在于各人本身，一切都是我自己招来的。我完全没有必要娶佐霞。”

“你没有爱过她吗?”

“我爱过。不过似乎是另一种爱。”

“啊，你瞧。如果是另一种爱，那就是说，不爱。”

“我得走了。想必你也要打扮打扮到居冈伊安家去了。”

“叫他们见鬼去吧，叫那些居冈伊安们统统都见鬼去吧!”

她站在他面前，满脸通红，忐忑不安，显得很老。尽管如此，依然是美貌动人……“唉，她当年是何等的美呀!”雅努什想。

突然，哈尼亚双膝跪倒在沙发椅前，两手捂住脸，头靠在靠枕上，抽搐着，虽然是悄悄地，她伤心地哭了。雅努什一动不动地坐了好一会儿，歪着脑袋看着这个哭哭啼啼的妇女，像是看个什么有趣的玩意儿。他等着，直到第一阵发作过去之后，才拉起她的一只手。

“喏，别这样，”他说，“没什么。你知道，俄国人常说：一切都会平安无事地过去的[①]。这样一来你可就要带着一双红肿的眼睛到居冈伊安他们那儿去了。”

哈尼亚又一摆手。

“喏，那个小堂倌呢？你瞧，他可要不再那样直愣愣地‘盯着你不放’了。”

哈尼亚从袖子里抽出手帕，擦干了脸上的泪水。

“他不是直眉瞪眼地盯着我，只不过是盯着我的珍珠罢了。”

“喏，正是如此。不值得哭，汉娜·沃尔斯卡小姐。”

“可不是，不值得哭。何苦呢？一个老太婆，看门的仆人的女儿，一个华沙的婊子还兴哭天抹泪？伯爵老爷要笑话的！……”

“你这个傻瓜，”雅努什说，“别装模作样了。你自己明白，你是波

① 原文是俄文。

兰的贵妇人。”

他把她从地毯上抱了起来，又在她湿乎乎的脸蛋上亲了亲。然后，向她告别。

“再见，汉娜。明天我就回华沙去。”

哈尼亚又哽咽了一声。

“你总是这样，来去匆匆，过后你又后悔。”

“我任何时候对任何事情都不后悔。”雅努什冷冷地说，“再见！”①

他走了，也没有回头看一眼。

不用说，他第二天并没有走。因为他曾与舒阿尔相约在圣米歇尔林荫道附近的小咖啡馆里见面。除此之外，出于要去重游“旧地”的狂热，他决定要去看看他过去住过的一家小旅馆和阿丽亚德娜在奥特伊的住宅（可怕！），还要到雅内克·维耶维乌尔斯基住过的“森波尔”一带去看看。

他如今住在王子先生街的一家小旅馆里，因此不难找到马雷·舒阿尔对他讲过的那个咖啡馆。那咖啡馆就坐落在通向圣米歇尔林荫道的两条街的十字路口，它像路灯一样整个儿用玻璃围了起来。咖啡馆里面坐满了男女大学生，拥挤不堪，热闹非凡。有的站在柜台旁边吃点心，有的躲在一个角落里喝很好的茶。英国人和中国人都到这里来喝茶。偶尔有个大学生闯进来，为在附近某个阁楼里举行的即兴招待会买面包，又一阵风似的奔了出去，一手摇着长形面包，一手拎着装柑橘和香蕉的透明口袋。

雅努什有点奇怪，马雷·舒阿尔怎么选中了这样热闹的一个地方会面，但是他没有时间考虑，因为他一走进咖啡馆便看见了蜷缩在红沙发里的“戴黑眼镜的教授”。天色还很亮，透过从街上射进来的光

① 原文是法文。

线，雅努什一眼便看到这位大学者面色异常苍白，而且没有一点迹象能显示出他的伟大。出现在他面前的是一个身材矮小、形容憔悴的可怜老人。他虽然显得心不在焉，但仍相当亲切地跟雅努什打了个招呼。他身边的桌子上摆了几本书和一些纸。

“坦率地说，”他们要茶的时候教授对雅努什说，“对我们这次见面我感到非常高兴。在巴黎能说得上几句话的人真是微乎其微。”

雅努什笑了起来。

“在我看，这简直是滑稽的奇论。”

“我敢说确是如此。”教授争辩道，“请您想一想，这儿人们是多么忙碌。谁还有兴趣在咖啡馆里听一个老教授的谈话呢？不错，在课堂上他们是不得不听的，而且听得很用心，那是在大学的讲堂里。不过，我得告诉您，在咖啡馆里我想说的话跟在大学讲堂里说的不大一样。”

“怎么，有两本账吗？”雅努什问。

他也有点兴奋，甚至可以说是情绪很好。不管怎么说，他在这个咖啡馆里的感受跟昨天在里茨旅馆粉红色的贝壳里的感受大不相同。马雷·舒阿尔盯着他看了好一阵，像是重新记起了他来，然后点点头，似乎说：“你等着吧，等着吧，你会在这儿跟我聊个痛快的。”

“您气色很好。”① 他说这话的神态像是有点儿失望或是有点儿遗憾，昨天在塞纳河上遇到的这个家伙，看上去竟然不像个淹死鬼。

雅努什对这一评语感到奇怪，这简直是有点文不对题。不用说，在健康方面，他的自我感觉是再好也没有了。

“请您不要过于死板地去理解我们昨天没谈完的那件事，”舒阿尔说，“不要过于死板地去理解……喏，即使不是她，比埃尔自己也能发现，即使她那时是跟你们一起待在华沙。这无论如何都是不可避免的，

---

① 原文是法文。

科学已经走到了门边，只需轻轻一触，门便会自动打开。”

雅努什低着头，用小匙子搅和茶里的糖。他不太明白学者说的是什么意思。除此之外，他心里也承认，他还没有从昨天跟哈尼亚见面的印象中解脱出来，种种激烈的想法一直萦绕在他心头，清早到卢浮宫去散步，也未能使他那颗心平静下来。因此，他完全不能领会马雷·舒阿尔说的话。这跟在海德尔堡时的情况一模一样；当时教授谈的是最一般的问题，而他心里却想的是女人。科学跟他有什么相干！雅努什勉强笑了笑。

“您以为，我会把真实的想法暴露给那些年轻人吗？”马雷继续他的独白，“喏，您瞧瞧，在大学讲堂里和在这个咖啡馆里的都是同样的一群年轻人。所以我才这么乐意到这儿来。您明白吗？一样的年轻人。文质彬彬，毕恭毕敬，喝着茶。当然还有另一种年轻人……可是那种人既不会来听我讲课，也不会到这个咖啡馆来。他们去参加‘火十字’[①] 组织的会议……那儿可没有这么愉快。”

“你对他们为什么不能开诚相见？”雅努什又天真地问了一句。

马雷·舒阿尔耸了耸肩。

“昨天我们谈到过科学。您也明白，像我这样的一个人，知道的东西显然是太多了。”

“太多了？对于科学？”

“科学的界限是很难确定的。关在书房里的科学，为科学而科学，今天是不存在的。”

“是啊，科学必须是为了人……”雅努什说。

马雷·舒阿尔吃吃地笑了，抓住了雅努什的一只手。

“为了人……”他说，“为了人。你可知道，十年前，在海德尔堡，

---

① 20世纪30年代在法国活动的一个法西斯组织。

他们对我提出的是些什么要求？在那奇妙的，风景如画的海德尔堡，在栗树林中，你可知道？……”

马雷·舒阿尔对他以你相称，雅努什一点儿也不感到意外。教授是把他看作自己的学生的。其实，就某种意义上说，雅努什也把自己看作是这位大学问家的追随者。

“我当时就猜到了。”雅努什说，“我们嘲笑过霍斯特，说他想从您这儿套出全部的秘密。”

“嘲笑过霍斯特？他们恰好是利用霍斯特来干这件事的。只不过，我没有任何秘密可以告诉他们。我，就是今天也不知道任何秘密，我甚至无法对希特勒泄露任何方案，也不会出卖任何计划——因为我一无所知，因为我一无所有。我能泄露的机密只有一个。但他们对此恐怕也不会理解。就像那个基督徒打牌时输掉了教会的最大机密：没有炼狱一样，我同样也有可能泄露科学的最大机密——这个机密我在索邦大学的讲堂是不能讲的，而在这个愉快的咖啡馆里我却可以把它说出来。因为在这儿，任何人也不会信以为真。就是您也不会相信！”

“什么机密？”雅努什问。他本想以嘲讽的语气提出这个问题，可是他惊讶地发现，自己提出这个问题时声音发抖。

“什么机密？”他又问了一遍，因为马雷正像女巫望着咖啡渣那样望着自己的茶杯沉默不语。

“非常简单，”教授终于说道，“再简单不过了。然而是不容置辩的。这个机密就是：人类走上了危险的道路。”

“我不懂。”雅努什说，虽然马雷的话使他感到惊愕和震动，“走上了危险的道路？什么时候？”

“啊呀！”马雷·舒阿尔突然一声尖叫，引得邻座的人都向他转过身来，“啊呀！要是我知道就好了！什么时候？也许是产生了自己的莱昂纳多的文艺复兴时代犯下的过错？也许晚一点——十八世纪，理性主义时代？也许就是现在？不过自从卢瑟福使原子分裂的那一刻起就已经开始了，这一点是确凿无疑的。我要是个相信上帝的基督教徒，我就会说，人闯入了创物的秘密。而这是不可能不受到惩罚的。”

“您对这件事怎么理解？”雅努什鼓起勇气问了一句。他只是为了说点什么才说出这几个字的。此刻他对从马雷嘴里听到的一切，都深感恐惧，同时又自怨自艾，怪自己的思想一直在绕着别的事情打转。

“我把它称为科学的悲观主义。一个多么不聪明的定义。这决不是悲观主义。也不是我思想中有某种想割断生活、反对科学研究的因素。决不是。这只是一种信念，一种顽强的信念，认为人类智慧所作出的一切努力——其中也有我的一份努力——都朝着一个糟糕的方向发展。”

“糟糕的方向是什么意思？”

“嗯，简而言之，就是朝着对人有害的方向。”

“是从道义上讲吗？”

“哪里话，是从物质意义上讲的，是从再唯物不过的物质意义上讲的。它朝着有损于人在大地上生活的方向发展。”

“有损于人的生活？”

“人类智慧的全部努力都在引向自戕。”

“啊，教授！”

“我马上就给您解释。”马雷·舒阿尔说，平静地喝完了杯子里的茶。

雅努什叹了口气。

“您明白，此刻这还只是我的个人印象，但绝对不能说，这种印象与客观现实不符。我感觉到了这一点，而且深知，此刻我们正在进入几个世纪前选定的那个方向带来的结果的时期。大概是在文艺复兴和人文主义者的时代，大概是在莱昂纳多的时代……莱昂纳多是人类历史上最大的转折。”他似乎只是顺便带过这么一句，“这就是说，是一整部辉煌的和不怎么辉煌的欧洲思想发展史形成了这个方向。我指的是这样一种阔步的渐进……文艺复兴时代的、十八世纪的成就，引起了十九世纪的发明创造，接踵而来的便是二十世纪的一系列进一步发展的后果。”

“您在这儿谈的是科学史，”雅努什岔断了他的话，“好像它是孤立的似的。但科学的进步同经济、殖民主义、资本主义的发展，同政治问题……同革命……都是紧紧联系在一起的。”

马雷·舒阿尔真的是从自己的座位上跳将起来，像一只好斗的公鸡准备去攻击对方。

“您对我说这些干什么？这是每个孩子都知道的事！但最重要的是经验，经验……每天的现实生活。连你也不得不承认，最近以来，二十年，三十年，以至四十年来我们所积累起来的经验已是……但是，现在我们正临近新的事件，将是对那些非常肮脏的东西的公开揭露……要知道，在海德尔堡他们不是无缘无故想从我这儿随便打听点什么的。你晓得，他们想了解什么？”

“我猜到了，但不能完全肯定。”

“不仅是德国人。我们的人也一样。他们是想知道，如何用一次打击……一下，两下……就把城市、民族、文明摧毁……”

“要是把一切都摧毁了，他们又将怎样生活？”

“这正是问题之所在。但是科学已有所知……它对于这个题目已略知一二……”

“毒气？”

“毒气？不错，毒气自然也算。我认为，希特勒在即将到来的战争中必然会使用毒气。”

“您相信会打仗？”

“人啦！你是生活在哪里？难道波兰所有的人都是跟你一样幼稚？”

雅努什愤愤然。

“您把这称为幼稚……”

“又能称为什么呢？战争是不可避免的。”

“为什么？”

“你没见到，我们怎样把他武装了起来？”

“谁？”

“噢，希特勒……正是我们把他武装起来的，我们都有过错，我，您，赖伐尔①，达拉第②，还有……他们都叫什么来着？我们那些滑稽角色……张伯伦③……罗斯福④……我们大家都是由于自己的姑息武装了他。”

“他有力量？”雅努什问。

“他有信仰，而且无所顾忌。这就足够了。他一定会使用毒气。但是，毒气跟别的东西比较起来，简直可算是一首田园诗了。我对你说，一切都与你们那位从华沙来的同胞不无关系。你听说过有关铀矿物的事吧……你可记得，他们在自己那个板棚里从整车厢、整车厢的铀矿物里提炼铀……他们这样做是为了什么？他们自己也不知道自己在做些什么。其实这倒没有任何直接的联系。可是铀……”

马雷·舒阿尔考虑了一下，又看了看已经喝空了的茶杯，仿佛是在那儿观察某种复杂的精密仪器。

“你瞧，全部的秘密可能就在于铀中。”

“为什么？”

---

① 赖伐尔（1883—1945），1934—1936年任法国外交部部长。

② 达拉第（1884—1970），1933、1934、1938—1940年任法国总理。

③ 张伯伦（1869—1940），1937—1940年任英国首相。

④ 罗斯福（1882—1945），1933—1945年任美国总统。

“我们已经知道，它就在铀里。”他叹了口气，“只是我们还不知道怎么做。这就是他们那时想知道的事。不，他们那时还不知道是铀。这是十年前的事……但是现在他们已经知道了。因此现在就要开始竞赛……”

“什么竞赛?”雅努什有点恼怒，觉得自己在这场谈话中只不过是局限于用一些傻里傻气的问话来打断法国学者的独白罢了。老实说，他并不相信舒阿尔提到的这些问题的现实性。他对这些问题的态度冷漠。雅努什非常简明地表达了自己的见解：要他去搬走落在田地里的冰雹，他还怕手指疼哩。当然，他认为人类很值得同情，又认为人类是注定要受苦受难的。难道因此就注定要毁灭吗?他在冷淡地说出“什么竞赛?”这几个字时，突然给自己提出了这个问题。他又感到浑身一阵战栗。马雷的话更加深入到他的心灵：我们大家都是由于自己的姑息武装了希特勒。他没等对方回答，又补充了一句，似乎是为了安慰自己。

“其实战争是不会爆发的。上一次战争多可怕。我亲眼见过……”

“我跟你说，那简直是一首田园诗。”这个矮小的人儿又一次从座位上跳将起来，他猛地一下摘掉了眼镜，雅努什便看到一对镶在红眼框里的眼珠，那样子就像被什么东西咬过，就像某种小虫子啃光了眉毛又在眼皮上咬出了成千上万的白颜色的小洞。

“你可记得，在海德尔堡我对你们说过的话吗?对你和哈尼亚，也许还有霍斯特……顺便说一句，你到哈尼亚那儿去过没有?”

“去过了。”

“怎么样?”

“这一次她撕破的只是身上的长袍。”

“你真刻薄。何必如此！这是个非常可怜的人。你应该再到她那儿去一趟。”

雅努什心里承认法国人说得有道理。

“我不能。”他说。

马雷戴上了眼镜，调整了一下坐的姿势，瞧着雅努什，似乎是第一次看到他一样。

“喏，怎么样？”他说，“我们竟自私到了这种地步？”

雅努什耸耸肩膀。

“不错。我是个自私鬼。但是，您可知道，教授，一个人是什么样子，就再也变不了啦。”

“嗯，不，为什么呢？元素还能发生变化，人难道就变不了啦？当然，是能变的。”

“可我觉得不能。我是无论如何也不打算改变自己的本性的。”

“你的本性就是自私？”

“似乎是。”

“你把你的自私本性当成了偶像来崇拜？就像巴莱士的《自我崇拜》[①]？”

“不，我没有搞什么偶像崇拜。但是，我再也不到戴维斯太太那儿去了。”

“嗯，好吧，好吧，可你还记得在海德尔堡我对你们讲过的事吗？”

“您谈到过那么多的事！”

“不错。但我对你们讲过一件重要的事。我对你们重复过比埃尔·居里的话。诚然，不很准确。我告诉过你们，他说过：某些科学成就一旦落入坏人手里……就可能被用来损害人类……”

“这就是那条危险的道路？”

“我再告诉你一点。学者在提出自己的论断时应该谨慎。居里当时

---

① 巴莱士所著三部曲《自我崇拜》宣扬个人主义和神秘主义。

是谨慎的。他只是说‘有损于’人类。我同样也是谨慎的。我是最小心谨慎地提出我的看法的。不仅是在索邦大学的讲堂里，在这儿也是一样。在跟你的谈话中，我年轻的朋友……”

“年轻的。”雅努什嘲讽地重复了一句。

“但是我不能不说：它们可能被用来毁灭人类……”

“人类迟早总是要完结的。”

“不错！但是现在我们知道如何完结！早先人们谈论什么太阳冷却，大海干涸，以及诸如此类的梦呓，或者说是假说，”马雷·舒阿尔纠正了自己的话，“而现在我们知道如何完结了：就像圣经里说的，就像启示录里说的。在一场遍及各地的大火之中，在一切分解为原子的过程中，在原子散射的过程中。你懂吗？你懂吗？原子散射。”

“或多或少懂一点儿。”

“你可明白，分裂原子是犯了什么罪吗？科学必然要犯这个罪。科学已走到了这一步。就像《罪与罚》[①] 中的那个大学生不得不杀死那个老太婆一样，科学不得不犯这个罪。自从那位天真的哲学家[②]提出原子这个名称，认为它不可分割，科学便朝着这个方向发展。可是，我们把它分裂了……从这一刻起，就知道世界将怎样毁灭。”

“这样也许还强一点儿。”雅努什说。

“强什么？毕竟还不清楚世界何时会毁灭。不清楚在什么时候哪一个狂人将扔出……”

“什么？”雅努什带着一种突然的恐怖问。

“炸弹。原子弹。人类正在朝着这个方向努力，在美国、德国和挪

---

① 俄国作家陀思妥耶夫斯基（1821—1881）所著长篇小说。

② 指德谟克利特（约前460—前370），他认为原子和虚空是万物的本原，无数的原子永远在无限的虚空中的各个方向运动着，相互冲击，形成旋涡，产生无数的世界，原子不可分割。

威的实验室里，人们正在为此而工作。他们想从我这儿打听的就是这个，就是炸弹，原子弹。而且会有一个狂人把它扔出来的……”

“那又怎样？到那时会怎样？”

“难道说世界，也就是说地球存在了数百万年就是为了落得这样的结局？你得原谅我，我太激动了，不再能保持精确的思考，没有权衡自己说出的话的分量。难道人类就是为此而在地球上存在了数百万年？难道人类想达到的唯一的目的就是毁灭自己？就是再愚蠢不过的自杀？”

“自杀有时是唯一的解脱。”

“哎呀，你还说这种感伤的胡话。整个人类头上悬着一把达摩克利斯剑[①]。”

“教授，您说的这一切，使我感到奇怪极了。”雅努什完全恢复平静之后说道，“人类终归是要灭亡的。您一定会死去，还有我和在我们周围这么吵闹不休的所有的大学生也都会变成骷髅。如果说都会变成灰烬，变成一缕烟，岂不是完全一样吗？”

“可是要大家同时完蛋！”

“即使如此也罢。死是不可避免的。”

“您没想想，”马雷·舒阿尔吼叫道。他似乎是用这个“您”字把雅努什从自己身边，也是从自己的秘密倾诉中推了开去。“将要消逝的不仅仅是人，人类的全部财富也都将消失。所有的大教堂，绘画，书籍……”

“喏，还有导致这一切的科学本身。”雅努什微笑着说。

“您知道，我们的一位学者是怎么说的？科学所提供的那些新的手

---

① 达摩克利斯，希腊神话中叙拉古暴君狄奥尼修斯的宠信。狄奥尼修斯请他赴宴，让他坐在自己的宝座上，并用一根马鬃将一把利剑悬其头上，使他知道帝王的忧患。

段，既能扩大社会对它们所期待的成就，也能招致社会完全不期待于它的危险！您瞧，危险，虽然社会完全不期待它，但是，某种势力，他们在期待着……期待着……我对你说，他们在期待着……一个惊人的意外！”

“换言之，科学正在从一种辅助的、从属的力量变成一种领导的、统治的力量。灾难又从何而来呢？柏拉图曾幻想过，让学者来治理国家。”

“什么样的学者？”

“高尚的学者。”

“唉，我的上帝，”马雷·舒阿尔又尖声地叫了起来，“要知道，从道义上讲，科学是中立的。它可能走向任何一方。人们常说，学者是收买不动的，他们唯一关心的是科学的利益。不对，他们可能走向任何一方，他们最终有可能只留下一片空虚[①]……”

“人类的活动，人类的工作，人类的创造，凡此一切终归要留下自己的痕迹。”

“什么也不会留下。”马雷·舒阿尔说，他一伸手碰倒了空茶杯，幸好它掉到了沙发上。

雅努什把茶杯放到桌子上。

“您瞧，并没有碎。”他微笑着说。

但是马雷并不理会这句暗示。

“人类的活动！”他讥讽地唠叨道，“人类的活动！任何的活动都是徒然的。”

“可是这样的一种意识，这太可怕了。”雅努什争辩说，“要是这样的一种意识深入到群众之中……”

---

① 原文是法文。

“那又怎样？他们会停止互相屠杀？会不再去准备自己的武器？会不去想权力，权力，权力？……”

“如果这样的一种意识深入到青年人之中，那恐怕任何努力都是白费劲。他们会抛掉武器……”

“你以为，不会找到那么一个扔炸弹的狂人？即使是为了看看它的后果也可能会有这样的人。现在已经不能指望人类的有理性的活动了。世界已经疯了，因为已经有了发疯的可能性……”

“您吓坏我了。”雅努什用一种相当冷淡的口气说。谈话已开始使他感到厌烦。叫他不能忍受的是，老人说话的声音是那么大；邻座几张桌子上所有的人都在倾听他的话，而整个咖啡馆的人也都在朝他们这个方向张望。更何况他在这儿恐怕还是大家都很熟悉的人物。

“人类的活动！”马雷仍然是那样轻慢地唠叨着，“我认为，不要去相信什么人类的活动，倒是打着活动的幌子在一段时间里有可能成为对人类这种痼疾的姑息疗法……”

“你认为希特勒是打着活动的幌子吗？”

“不，不。只有他一个人的活动是认真的。他还在想，他是存在于这个世界上的。”

“难道我们就已经不存在了吗？”雅努什突然好奇地问。

“你想怎样？要知道，我们正在做的一切都已经仅仅是些‘好像’，‘似乎’。不论是战争还是和平，是诗歌还是交响乐，都已似乎不过是活动的幌子[①]罢了。都只是战争、和平、诗和交响乐的影子——在世界这块大银幕上反复出现的影子。只是镜子里的舞蹈，因为它已经没有任何意义了。”

“您为什么要去想这些呢？”

---

① 原文是拉丁文。

“不用说，这是最好的办法。可你却奢谈什么人类的活动、创造会在宇宙的物质中留下一道沟痕。多少世纪以来，人在寻求忘却，或者寻求解决自己个人的死亡问题时，就是这样做的。并且这种个人的死亡总是有点想留下点痕迹的味道，哪怕是在墓地上留下一个用坚硬的、最坚硬的石头砌起来的孤冢也好——为的就是要留下一点痕迹。死亡！人死之后总要在哪儿留下点什么东西，以证明并非一切都会毁灭①。你明白我的话吗？现在的区别是：一切的一切都会毁灭②。在此时此刻，在希特勒正在准备这场战争的时候，即使什么事都还没有发生……只要一想到，一切都可能会毁于一旦，一想到人类反正是什么也不会留下，这就会毁掉拯救人类的愿望……”

马雷·舒阿尔老头忽然得意地笑了，还调皮地瞅了雅努什一眼。然后把声音压低到小孩说悄悄话的程度，像保姆摇着手里的小宝贝入睡那样，把这么一节诗反复念了好几遍。雅努什一直默默不语。

旧世界还在哭得泪涔涔
它曾是那样温存，那样迷人！
　　自从啊
　　自从一场战争
有多少东西，只好卖给
　　古玩商人。
如今一切呀
　　都超出了常情。
我觉得，和平

① 原文是拉丁文。
② 原文是拉丁文。

跟战争一样触目惊心——

啊！民主暴政的时代！

那将是多么美好的时辰！

到那时，一些人

不得不去爱另一些人，

而且任何人

也不必去爱任何人……[①]

“这是阿波利奈尔[②]的诗。”他念完这篇单调乏味的咒语之后，带着意味深长的微笑说道。梅申斯基听着这首诗时心里一阵阵发紧。

“我希望这一样东西能保留在……群星之间。但这是不可能的。”他凄楚地微笑着，似乎是自我表白。

而后他把手掌压在雅努什的手上。

“您希望能保全点什么？”

雅努什低头坐在那里，孩子气地皱着眉头，眼睛盯在一个地方，手里机械地转动着一张什么纸片。

“音乐。”他说。

“啊！这是有可能保全下来的！音乐——这是数字的游戏。一定的数字比例的游戏，这种比例是能够保全下来的……”

“难道数字是客观存在的吗？难道它不是我们不完备的思维的表现形式？”

“你胡说些什么！”马雷·舒阿尔耸了耸肩膀，“数字？数字肯定会超越我们，超越我们这个世界而存在的……我可以用名誉向你担保。”

---

① 原诗是法文。

② 阿波利奈尔（1880—1918），法国现代主义诗人。

他突然站起身来，跟雅努什告别。

雅努什默默无言地跟他分手。他们没有约定再次见面。雅努什也没有说明他何时动身，到何地去。两人犹犹豫豫地说了声：

“再见。”①

雅努什走出玻璃墙的咖啡馆，在人行道上站了一会儿。下雨了，从街角上的炉子里飘来了烤栗子的香味。在林荫道的烟雾笼罩的远方，闪烁着霓虹灯的灯光。周围生活在沸腾。他看到了咖啡馆对面苏伊士旅馆的招牌。

“那时还没有霓虹灯。”他想道。

他沿着林荫道向下方走去，上了地铁的火车，走了很远一段路，到了奥特伊，过了莫扎特街就下了车。他毫不费劲就找到了那幢高大的、如今已不算“现代化”的、失去了昔日的“摩登”的房子。这是阿丽亚德娜当年住过的地方。

他在这所房子前面，淋着雨，约莫站了半个来钟头。然后回到王子先生街，什么也没有吃，便早早地躺下睡了。

他梦见了布尔果斯和西班牙隆隆的炮声。

---

① 原文是法文。

第九章　D小调四重奏

一

一九三八年二月，埃德加尔·希莱尔到了芒东[①]一家包伙旅馆。这家旅馆不大，此时还是空空如也。旅馆的入口处有个小小的花园，干旱的沙砾上冒出碧绿的月桂树丛，沙地上还长着两棵不大的橘子树，挂满了没有成熟的绿宝石色的果实。旅馆后面的花园延伸到山上，花园里的花尚未开放。埃德加尔走进自己的房间，这才发现窗外长着一丛硕大的含羞草，满满盖上了一层黄色的绒毛；花香从敞开的窗口飘进房来。二层的这个房间有一个小凉台，从窗口可以望到远方的大海，这一天它显得异样地蓝。

将近正午时分，房间豁亮，在法国人眼里它甚至算得上是个大房间，黄色壁纸上印着白色的小圆点和月桂果，花色重复，单调得令人厌倦。埃德加尔扔下了拎在手里死沉的毛毯，与其说是怀着某种程度

① 法国南部海港城市，疗养地。

的不安，还不如说是怀着某种程度的不信任朝床上瞥了一眼。这张宽大的“法国”床肆无忌惮地，挑衅似的躺在房间的正中。埃德加尔自己也不明白为什么对这件家具感兴趣，它那样子半似鸳鸯榻半似灵台。他一时疏忽，随手把礼帽放到了床上，等到脱下大衣，艰难地把它挂到衣架上之后，心里才猛地一惊，赶快从床上抓起礼帽。他对这样一个意大利迷信信得出奇，认为礼帽放在床上会招来不幸。由于抓帽子的动作太猛，背上冒出一股冷汗。埃德加尔感到累极了。从巴黎到芒东，一夜火车几乎把他最后的一点力气消耗殆尽。他在离窗不远的一张小沙发上坐了下来，而后又略略挺直了身子半躺着。耳边还响着列车的噪音，这噪音还掺杂着另一种声音，血液搏动的声音。他一合上眼皮，沿着罗纳河移动的普罗旺斯景色便又重新映入眼帘。他觉得惬意极了。没有感觉到任何疼痛，只有这轻微的响声，似乎要把他带往什么地方，让他在一叶扁舟上摇荡，这响声既有点儿似海浪的轻唱，又有点儿似肖邦音乐会上提琴的颤音。为了不去看那没完没了单调重复的白点子和月桂果，他不想睁开眼睛。片刻之间他倾听着这种旅途的沙沙声，庆幸自己可以不去想那件事。

但当他睁眼一望，透过敞开的窗口，看到一片蔚蓝的大海，便又由衷地感到了自己的寂寞。嗓子并不痛，可当他咳嗽一声，或是咽下一口涎水的时候，总感觉得出喉头那块可怕的硬结。其实，他每时每刻都感觉得出自己的喉头：那里贴着一块什么东西——一种早先从未有过的东西。

在巴黎车站上还有几个人给他送行，而到了芒东，一个接他的人也没有。他掏出记有医生住址的小纸片，读着：“自四点至六点。”时间还很充裕。他一按铃，进来一个十七八岁的小伙子，胖胖的，黑眼睛。他请那小招待把早饭送到楼上来。房间拐角里假壁炉上的时钟正指一点半。阳光灿烂，虽说并不热。含羞草散发出阵阵香气，他并不习惯这股香味。空气中感觉得出南欧春天里的那股令人不快的、清冽的“内在的”凉意，它是那样地僵冷。

“这日子将多难挨呀。”埃德加尔想道，一边在化妆用品箱里摸着什么。他打开一个有银盖子的玻璃瓶，在掌心上倒了点科隆香水，擦了擦鼻子，然后又擦了擦耳朵。浓烈的香气盖过了含羞草的气味。但不久科隆香水就蒸发完了，只剩下含羞草的香味。一种苦涩的、哀伤的香味。

早饭送来了，十分简单，色香味全无，一个小小的长颈瓶装了一点点酒，一条白不呲咧的鱼，一块灰蒙蒙的肉，外加一点全然无味的豌豆。他试着吃点什么，但只在菜盘里扒过来翻过去，时不时送点什么到嘴里，他整个儿都陷入了沉思。他透过窗口直愣愣地眺望那片大海，心中想起了敖德萨。他吞咽十分困难。感到嗓子眼发僵，喉头的硬结阻碍他进食。鱼倒是马马虎虎咽下去了，但是肉他吞不下，含一块在嘴里，嚼来嚼去，还是不得不吐出来。豌豆卡在喉咙里上下不得，他以为这一下可真要一命呜呼了。他放下餐叉，躺在长沙发上。全身冒出了密密的汗珠。他下决心请医生来。一拉铃，进来的仍是那个小伙子。他请他给医生打个电话，并向他解释说，自己讲话困难。其实小招待即使不明白埃德加尔对他说的是什么意思，自己也能猜出一二，他过一会儿便重复一句：

“对不起，先生！您怎么啦？先生！”[①]

他把埃德加尔弄得有点儿不耐烦了。小伙子给医生打通了电话，跟他谈了好一阵子，终于出去了。虽说他在这里使埃德加尔感到厌倦，可那小伙子一走，他又觉得寂寞难耐，比以往任何时候都更难耐。

埃德加尔年轻时候读过托尔斯泰的《伊凡·伊里奇之死》——他

---

① 原文是法文。

早已知道，人总是独自死去，在孤苦伶仃，形影相吊之中面对着死亡。然而，知道是一回事，感受到它又是另一回事。而且此刻埃德加尔也如同每个人一样——尽管他已知道，已感受到了这一切——仍然不能想象死亡。他不能想，不能毫不回避地真正地去想，他之所以到这儿来，就是为了等死。他清楚巴黎的医生把他打发到芒东来的意图，因为医生总是千方百计把无法医治的病人远远赶到自己的活动范围之外。他清楚，喉结核是不治之症。过去在疗养院里他就见过许多这样的"病友"，深知这种疾病在别人身上的全部症状，但是，他在别人身上看惯的东西，落到自己身上便成为特殊的、不可理解的了。他的理智难以接受这种可怖的、托尔斯泰式的孤寂。

早饭后，他还是决定出去走走，到附近的商业区去买点信纸。整整一盒信纸他都忘在巴黎的旅馆里了。他当前自我感觉的特点之一便是，难以，特别难以做出什么决定。以致他自己也奇怪，怎么这样轻易就决定出去买信纸。他寻思，他真的是要写写信——为了不致丧失他同人们的这点唯一的联系。但实际上，并不知道他要给什么人写信。他对自己的这种矛盾状态都有点感到恼怒了。雅努什离他此刻所感受的和思考的一切又是多么遥远啊！

从包伙旅馆到纸店的这么几步路把他累坏了。不是由于走这几步路，而是由于街上的人流；不是体力上的疲乏，而是看到那些好动的法国南方人，特别是那些从他身边匆匆走过，超到他前面去的姑娘们使他感到一种精神上的疲乏。她们的一举一动，她们大腿的形态都刺痛了他的心。他试图想象一下，这个世界没有了他会是个什么样子。在人行道上嬉戏的孩子们会长大成人，那些妇女会渐渐衰老，死去。有趣的是，那个身穿深蓝色棉布衬衫的男孩子将来一定会幸福吗？"不过，即使我还能活上一百年，我也不会知道这一点的。"他感到了慰藉，"从根本上说，又何必去多愁善感地考虑什么幸福呢？"

他回到旅馆后，医生马上就来了；埃德加尔又不得不费了好大的气力向医生解释他是怎么一回事。医生认识他，也了解他的病情，因此对埃德加尔来到这家旅馆并不感到十分惊诧。医生只是点点头。埃德加尔低声诉说的话，他几乎一句也没有听，他甚至表示，希莱尔说话比一年前好多了。这一下又惹恼了埃德加尔：其实我很清楚，我常常感到比去年差得多，医生又何苦要对我说这样的废话！

医生开过了一些药片、药粉和强身针之后便起身走了，打针是医院的一位医士的事。此外，医生还建议埃德加尔设法去借一个收音机。他甚至还告诉了一家出租收音机的商店的地址。

“您如今还创作吗?”

埃德加尔脑子里闪过了一些写着歌曲草稿的纸张，那是他经常带在身边的东西，然而他只摆了摆手。

二

第二天，送饭的那个小伙子给他弄来了一个收音机。尽管服用安眠药片，埃德加尔夜里还是睡不着，早上起不了床，只是艰难地刮了一下胡子。小伙子名叫约瑟夫，他对作曲家的遭遇表现出了深切的关怀，由于他的奔走，弄来了一个大红木匣子。把它安置在埃德加尔床头的右边，左边放了个小床头柜。正午时分——跟埃德加尔到达“含羞草”包伙旅馆相距二十四小时左右，有人送来了爱尔日别塔的电报。电报是从纽约玛丽王后号轮船上拍来的，爱尔日别塔要乘这条船到索斯安普敦去。此刻等待着她的是在伦敦的演出和英国广播公司的音乐会。埃德加尔对这个消息甚至也完全无动于衷，这消息对他就如同什么遥远的东西，如同过往时代的回音。

大海的景色不断使他想起敖德萨，他不由自主地思念着那一段日子。他很晚才能入睡，睡得很熟，醒得也很艰难，他似乎是麻木了，衰萎了。片刻之后，他的眼前又浮现出童年的画面。埃德加尔并非龙钟老汉，可是他却把自己的年龄领会成了衰老的重负。在他看来，凡是逝去了的一切都是明日黄花，成了悠远的过去了。敖德萨使他首次忆起了音乐。他徒劳地翻阅着广播节目单，想在什么地方找到哪怕是播出《诺玛》[①] 片断的消息，那是他同爱尔日别特卡一起去观看的第一部歌剧。双亲都是瓦格纳[②]的信徒和俄国音乐的崇拜者，他们对这部歌剧的纯粹意大利风味大为光火，可是它却使他们姐弟二人十分赞赏。他们回家后便演开了《诺玛》中的一场戏，爱尔茄尼亚正是在模仿意大利女歌唱家用中音哼唱《圣洁的女神》咏叹调时，第一次显示出了自己的音乐才华。

埃德加尔此刻忆起了自己的第一次音乐感受，并在其中找到了自我。这感受在当时如此深刻地打动了他，此后再也没有什么能打动他了。中学时代打消了他对音乐的兴趣，自己写了许多曲子，却越来越不喜欢听音乐，越来越体验不到那种新鲜的感受了，音乐存在于他之外的什么地方，一个个音符（他对这些音符都理解得极好），一接触到他的表皮便都弹了回去，像电子雨似的弹了回去，一点儿也不曾触动他的冷漠。他自己的创作给他装上了一块抵挡别人的创作的盾牌——即使是他过去最热爱的最美好的音乐，也只能使他保持一种无所谓的冷淡态度。

他受不了收音机。他受不了收音机里传出的那种畸形的、陌生的、有时变了调的音响（埃德加尔的听觉特别灵敏），那些丝毫不能激动人

---

① 意大利作曲家白利尼（1801—1835）的四幕歌剧。

② 瓦格纳（1813—1883），德国作曲家。

心的音响。为了听完一次维伐尔地[①]的音乐会，埃德加尔眼前总要假想出一幅静物画，如同毕加索[②]的画一样：小提琴反响板凹曲的切面，握紧弓子的右手，左手飞舞的纤细手指，灵巧得有如抚弄魔幻的诗琴的小天神的手指，小提琴师的脑袋歪到了肩上，在新修过的脸颊和红木乐器之间垫着一块绣花绸手帕。但那些不断被唿哨声和形形色色的喝彩声打断的音响，从收音机里传出来就成了一种刺激神经的噪声。然而由于终日无所事事，埃德加尔便逐渐习惯了收音机里的音乐。他躺在长沙发上，听着。

此时正遇上天冷，多风。一边是大海在喧啸，另一边是不知从什么地方，从那莫测的远处，从那包含着毕达哥拉斯[③]全部数目字的空间传来的音响，这一切把他完全淹没了。

他有时把音乐想象成一幅白色的大银幕，在上面放映着一串串的数目字的电影，大排大排的数目字忽起忽落，透过黑色符号的密网显出一个个几何图形，又反反复复构成了整个的和声。他一闭上眼睛便看到了那起落跳跃的数目字。要是谁能把这种数学游戏拍成电影——作为一种别出心裁的音乐活动的相应形式——要是音乐作品的情节能够以这种办法转移到银幕上，兴许音乐的超时间性就能够理解了。也许古代人就是以这种方式来理解天籁的吧！

但是，埃德加尔马上就把秘密自我道破，原来这些想法都是为了摆脱人对死亡的恐怖，是为了给自己建造一个虚幻的世界，在这个世界上他得以苟延残喘。于是，他便迅速抛开了这种幻想，并且开始在寂寞之中同散布在地球上的所有的地方告别。在他看来，这些地方都

---

① 维伐尔地（约1675—1741），意大利作曲家、小提琴家。

② 毕加索（1881—1973），西班牙画家，旅居法国，法国现代画派主要代表。

③ 毕达哥拉斯（约前580—前500），古希腊数学家、哲学家。

含有某些永恒的美的因素。他回忆着那些房子和那些跟他多少有些关系的房间陈设。他首先回忆起了敖德萨的房子。他觉得，他刚一想起这幢房子，马上就感觉到了这幢房子里惯有的气味，听到了通向他卧室的走廊上地板的嘎吱声——可是他一睁开眼睛，看到的便只是天色阴沉了，太阳暗淡了，大海由蔚蓝变成了铁青色。时间在不知不觉之中消逝了。而后，他又产生了另一番回忆，眼前出现了另一种画面：托斯卡纳的风光，整个儿波浪起伏，一片灰蒙蒙。当时他坐在切洛莱教堂旁边的小山坡上，附近长着两棵柏树，柏树后面，如同镶在一个画框里一样展现出一片无穷无尽的、非常凄凉的景色。两只额上戴着红色绒球、两角叉开的白色犍牛正沿着柏树中间的小路缓步而来。他终生都忘不了这一瞬间的情景。此刻，当他意识到自己从此将永远、永远再也看不到这个景色，将永远失去它，人间再也没有什么力量能在这春天的灰蒙蒙的色调里使那景色再一次出现在他的眼前时，他感到，他已经在一步步走向死亡了。他也知道，美之不朽只不过是一种幻觉。"那么又何苦有我和我的音乐……"他自言自语地嘟哝道。

他说出这句话时，感到嗓子疼痛。身体提醒了他，于是他便开始细心倾听体内的动静。这个骨瘦如柴的躯体静静地贴在长沙发上，几乎完全没有给他带来任何痛楚。但他感觉到，在这个躯体里面正在发生某种变化。他感觉得出，肺上出了点毛病，像是在发酵。他并不咳嗽，但他清楚，那里发生了什么事，有什么东西正在里面嗡嗡叫，像是一个蜂房，勤劳的蜜蜂正在里面营筑死亡之蜡壁。他想起了（此刻比他生命中的任何时刻都燃烧得更为炽烈），他初次感到喉咙里出现了这种轻微的蜇痛的那一刹那。一种干硬的感觉、像针蜇一样的轻微的疼痛，突然闪现出一种确断，不是揣测，不是预感，而是确断——这就是向他索命的第一个征兆。

爱尔日别塔当时正好在唱歌，而他却破例没有给她伴奏，只是坐在另一间房子里听她唱。妹妹唱的是“献出一首小夜曲的人……”①。一位优秀的钢琴家在钢琴上弹出了仿曼陀铃的声音，而他已经明白自己命运的最后关头到了，如今自己面临的就是数着一长串的钟点、天数，甚至星期过日子。那时他还不得不佯装什么都不知道，装作不怕死，装作既不留恋那些柏树，也不留恋那些犍牛，也不留恋托斯卡纳那些蔚蓝色的小山丘。他将不得不照常吃饭、说话、走路、作曲……不，不再作曲了。何苦呢？

本来，他又何苦要作曲呢？他确实是想作什么就作点什么，想怎么作就怎么作——他既没有去赶时髦，也没有向要求他创作出纯属另一种玩意儿的社会让步。然而，直到今天，当他坐在芒东的一张黄色长沙发上的时候，他才明白，他所创作的只是一些微不足道的片断，只是项链上撒落的一些珊瑚珠，这项链其实从来就没有存在过，在他的想象中也从来不曾见到过。他所创作的一切，在他看来，是如此空洞、渺小、无足轻重。难道说个人能创作出什么举足轻重的东西来吗？雅努什会怎么说呢？奇怪，怎么在他追忆这些风景、音响的时候，竟没有出现过人的面孔——在他相当短促的一生中毕竟有那么多的人曾跟他擦肩而过。

如今他只想起了相信人总能创造点什么的雅努什。想到这里，埃德加尔淡淡一笑。雅努什！亲爱的！是的，这是他唯一想见见的人。他，还有爱尔日别塔！

不错，还有爱尔日别特卡的面庞。不是现在这个为了保持身材苗条而禁食的日渐衰老的女歌唱家的面庞，不是伦敦一位银行家的妻室的面庞，而是那个当时在夜里回到敖德萨，当时还唱了《幽情》的爱尔日别特卡的面庞。

---

① 原文是法文。

收音机不仅播送音乐，他还听到了演说的声音。从那个遥远、陌生、素不相识的世界，死亡过程已经把他与之隔离开了的世界传来了莫名其妙的音响。其中他只弄明白了一点，这些音响都是跟他的数字游戏作对的，都没有意识到，也没有注意到他的生命以及他生命的整个内容。他一向与世隔离，如今已彻底不理解它了，他也不愿去理解。

“我已跟十九世纪一起消亡啦。”他带着微笑这么对自己说道。

三

此后便是晴朗的，春光明媚的日子。诚然，在背阴的地方还是凉飕飕的，可在太阳底下已经可以散散步了。将近正午的时候，埃德加尔勉强从床上爬了起来，在医生派来的护士给他进行吸入疗法和午饭之间，他常出去漫步一会儿。有一次，天气格外晴朗，从山上流下穿过市中心直泻大海的千里光河，呈现着淡淡的紫色，河上飘散着一股柔和的杏仁味，这使他想起了敖德萨的复活节和用大长甜面包装饰的桌子。于是埃德加尔午后也走了出去。他觉得稍许有点力气，便一直挣扎着走到了岸边，那儿，在铁栏杆后面躺着几块火红色的石头，紧接着就是静止的，仿佛不是真实的大海。

他在这么兀立沉思的时候，一些年轻的和年老的妇女从他身边走过。他没有朝她们看一眼，却感觉到了她们的存在，听到了她们光脚的杂沓的脚步声。当时正初次兴起不穿袜子的风气。他还从来没有像听到身后的脚步声时那样深深地感到，生活离他是多么遥远。那些妇人成长着，生活着，在他身后穿梭往返，都不是为了他。她们的爱情世界永远也不会成为他的世界。对他来说，她们早已成为逝去了的日子的幽灵。她们走了，藏进了岸上的棕榈林荫之中，坐在千里光花坛旁边，漫不经心地瞧着他，几乎是视而不见。他心想，他对于她们来说，已经没有任何魅力了。

一个十分矮小、瘦弱的姑娘，牵着一个身着新装，头戴灰色呢帽的矮个子青年的衣袖走到了埃德加尔面前。她转过脸去跟那青年说话，但是他知道，她的脖子和脸蛋儿都很好看，她肤色黝黑，身段苗条，正是人在青春时代常有的那副模样儿。年轻人走过的时候，朝埃德加尔鞠了个躬，他这才认出，那是旅馆的堂倌约瑟夫。

傍晚，约瑟夫到房里送饭的时候，未经询问便向埃德加尔谈起这个姑娘来了。原来，事情还相当复杂，因为除了埃德加尔在散步时见到的这个小姑娘之外，约瑟夫还有一个“女人”住在尼姆。埃德加尔开头并无兴趣听这个故事，过了一会儿，他才发现约瑟夫在这个故事里倾注了那么多的心血和感情，埃德加尔以致不知不觉之中关心起这个小伙子的恋爱波折来了。这个小家伙谈起自己的恋爱来竟是那样激动和充满感情。不久，埃德加尔便学会了区别热纳维埃夫和吕塞，后来又出现了一个热尔梅娜。他发现，约瑟夫的爱情波折越来越把他拖进了那种早先一直从他身旁流逝的平淡无奇、不留痕迹的生活里。那种对他而言表面上已不复存在的事物，却在别人的年轻生命中苏生、滋长，宛如几天前割过的草根上又长出一批新草。在这个年轻仆役炯炯发光的眼睛里，活跃着一些朝气勃勃、充满活力的年轻妇女的形象。他确信，在他身上正在死亡的生命会在别处苏生，而且会变得更加茁壮，更加丰富多彩。他想不起，在自己的青春时代，什么时候同时有过三个情人。虽然，约瑟夫还仅仅只有十七岁，可他谈起自己的女人时，简直是神采飞扬，容光焕发。

吕塞住在尼姆。他对这座城市一无所知，可是当那小堂倌走后留下他独受失眠和沉思之苦的时候，他的想象中便出现了一些静悄悄的、陌生的小街巷。空荡荡的人行道上，有些零落的脚步声，肉桂和紫罗兰阵阵飘香，那地方似乎是整片整片地种着这种植物。吕塞在一个女制帽商那儿干活——跟那种外省小说里写的一模一样。那儿有个肉商的小伙计[①]打算娶吕塞，那人比约瑟夫大得多，而且有个好工作，可是吕塞不肯嫁他。那儿——在那神秘莫测的尼姆，那个埃德加尔永远也去不了的地方，却有着某神潜藏的沸腾的生活，它不会觉察到埃德加尔的消逝，而他也不会给它留下任何痕迹。一天夜里，他心中想着这个尼姆，顺手拿起了乐谱纸，起草了一首歌曲，它半似小夜曲，半似摇篮曲，自己还给它填了一些不连贯的词。这篇乐稿他没有完成，当他想起紫罗兰和胖胖的约瑟夫的情感的时候，觉得那纤细的音符谱成的微弱的曲调过于凄凉了。

“对这类事，我将永远是一无所知，”他思忖道，“而且，我本来就从未了解过。”

现在他是一根接一根地抽烟。照理他一天只能抽五至十根，但他满不在乎。不值得！将近傍晚的时候，他感到喉头痛得更厉害，已经完全不能说话了。约瑟夫如今是一有空闲就来找他。他的事大大地复杂化了。热尔梅娜打听出有个热纳维埃夫，便威胁说，只要碰上她跟约瑟夫在一起，就要在大街上，在众目睽睽之下揍他一顿。约瑟夫很害怕这些威胁，因为他可能由此而丢了饭碗。深夜，埃德加尔已经睡了，还听到楼下厨房里碗碟乒乓响和仆役们嘁嘁喳喳的声音。其实旅馆的仆役没有几个，一天到晚累得汗流浃背。约瑟夫急急忙忙，因为夜里十一点左右他得赶到热纳维埃夫或热尔梅娜那里，清晨六点回到旅馆，打扫前厅和楼梯。

埃德加尔无意识地——只不过是为了随便想点什么罢了——想起了自己历次的恋爱，使他感到惊诧不迭的是，他在这种事里倾注的激情竟是如此之少。为什么呢？他想起了敖德萨的戈尔谢夫夫人，一位

① 原文是法文。

雍容华贵、美丽、善良的贵妇人。她虽说蠢得出奇，却能一连几个钟头听他的音乐。而后是玛莉亚·比林斯卡。

谁也没有想到他病得这样重，谁也没有给他写封信来，而他又没有力气写。他曾几次提笔，想跟这个，跟那个告别，但说句实在话，连他自己也不清楚应该跟谁告别——实际上，所有的人对他来说都无关痛痒。他思索着，这种冷漠是疾病引起的呢？还是他性格里固有的呢？

这类遐想没日没夜地延续下去，像是热病的幻象。他的眼前轮番出现过去的画面：敖德萨的革命，沃维奇的房子，普斯泰翁基的房子，瓦雷茨卡街上的小斗室，或者是同什么都毫不相干的景物：贝尔希特加登的景色，潘普洛纳马路上两个骑毛驴的西班牙女人，巴黎旅馆的小花园，他在那儿最后一次同阿罗谈过心。然后又是一些具体的想法，出奇地清晰，出奇地阴郁。要是他现在能够再从头生活一遍，那一切该会有多么不同，多么年轻呀。他还记得在敖德萨他同斯彼哈瓦谈论音乐的那一天。斯彼哈瓦当时硬说，他不是在创作，只是在杜撰！所有的东西——都是从头脑里来的？恐怕不是。要知道，他是个传统派作曲家，而且只有他自己才清楚，他在多大的程度上曾得益于俄国作曲家，阿伦斯基和柴可夫斯基。后来——便是那个醉心于民族音乐的时期，转向莫纽什科的音乐的时期——也许有点儿不自然？但毕竟是向往过呀！不，不，那不是杜撰出来的音乐。

他回忆着往日听过的音乐，它如今已使他感到厌腻，那是某种已被掌握，已被消化，已被战胜的东西。他想起，他曾带着当时还是个小男孩的阿罗去看鲁日茨基①的舞剧《特瓦尔多夫斯基先生》的情景。那独具一格的朴实无华的音乐——似信手拈来——使他感到喜欢，小

---

① 鲁日茨基（1884—1953），波兰作曲家。

阿罗也赞叹不已。演出末了，舞台上出现了这样一幅东方画面——离奇的爱情王国，它充满了阳光、明快的色调和歌声。德拉比克[1]的布景触动了他沉睡的本性。骤然间，在这剧院里，他竟如此强烈，如此真挚地向往起那个东方的国度来，他真想跟特瓦尔多夫斯基一样，不惜任何代价到那个国度去走一遭，虽然他深知并不存在这样一个国度。在这一场戏里翩翩起舞的许多芭蕾舞演员中的一个，轻纱素裹，更显出她那端庄俊秀的身段，埃德加尔觉得她真是婀娜多姿，美若天仙。也就在那时，他想自己真可能爱上她，炽烈地、入迷地爱上她，一直爱到死。在整整一刻钟的时间里，他觉得，他真能同这个芭蕾舞演员一道，在那个东方的国度里过上一天，而且对这一天的追念将够他终生回味。乐队的一对歌手唱着甜蜜平庸的歌曲，他可能爱上的那位芭蕾舞演员在刀丛中跳跃，而一个裸露着上身的漂亮男舞蹈演员在一张宽敞的床上把芭蕾舞女主角搂在怀里。这一场戏的色情味使阿罗发窘，他的脸一直红到了耳根，他用一种心慌意乱的目光朝埃德加尔扫了一眼，这平庸的画面却在埃德加尔眼前突然展开了一幅幅最深远的爱的前景。但大幕一落，魔力消逝了，闪现出的是另一幅水平不高的芭蕾舞的画面，而埃德加尔也不再相信自己可能会爱上那个芭蕾舞演员抑或是其他的任何一个女人了。

他在夜里也常抽烟。几天来春雨绵绵，天气潮湿，质量不高的法国火柴受了潮，隐隐地燃着一点微火。“要是这根能不灭而燃烧到完，我就能活。”他想。火柴发出一点微弱的蓝光，它不是越烧越旺，而是越来越弱，终于熄灭了，残留下只是烧焦了的火柴头。埃德加尔在黑暗中微微一笑。

---

① 德拉比克（1881—1933），波兰著名的舞台布景画家。

四

阿罗致埃德加尔的信。

我亲爱的!

我早就想提笔给你写信，但总有事打扰我，现在我成了个大忙人啦。我总算制服了妈妈的执拗，她答应我上美术学院了。当然暂时只能作个旁听生，因为是学年中间插进来的。一方面，我感到欣喜若狂，而另一方面，你也能猜到，是莫大的失望。你很清楚，我一直是怎样日思夜想进美术学院的，虽说我觉得，自己多少会画几笔，我的那些图画还曾蒙你表扬过，它们多少能表现点什么，多少有点内容。可如今要从画模特儿开始，要听取同学们的意见，接受教授的修改。教授本人是个优秀的、大胆的画家，可他对我却要求古典的精确性。这一下可把我搞得精疲力竭，还得咬紧牙关。我一点儿也不想把自己的苦处表现出来，一放学回家，我就为自己画画。可到现在我才看到，我过去画的一切都十分浅薄，只求广泛涉猎，不求甚解，我真不知道，往后该怎么办。我正在深入地考虑这件事，不过你很清楚，这种考虑完全是徒劳的。妈妈如今心境不佳，每天清早上教堂，我只有在吃晚饭时才能见到她。卡齐奥·斯彼哈瓦曾接到要他去哥本哈根出任外交官的建议，但他拒绝了，因此，妈妈似乎心绪烦乱。她总爱说，是她断送了卡齐奥的生活和前程，可她也只是说说而已，得不出任何结论。聊以自慰的是，我参加了卡尔博夫斯基的拳击训练班，你不相信，跟沙袋子或卡尔博夫斯基本人这么格斗一阵，对我是多么有益。他还非常年轻，特别是他脱掉了衣服的时候，白头发对他来说简直就是装饰品。每天回家时，我浑身筋骨痛，可睡得像死人一样。早饭吃四个煮到半熟的鸡蛋和一大堆火腿。罗伊斯卡太太从普斯泰翁基给泰克拉小姐送来半只好极了的熏鹅，泰克拉小姐自然谁也不会给，全都留给我了。吃早饭的时候，她总是坐在我身旁，总是用泪汪汪的、充满柔情的眼睛望着我怎样横扫桌上的食物。四月初，我要到波莱谢去猎大雷鸟，可现在我又想到亨雷克去猎山鹬。与其说是想打猎，还不如说是想到乡下走走。你知道，我多么喜爱初春的日子，特别是在波莱谢，那遮天盖地的鸟群和树上的新叶。前不久，我画过一群翱翔在天空的野鸭。我竭力画了一大片天空，但似乎不成功。妈妈说，野鸭画得很美，简直就在招人举起鸟枪朝它们瞄准。我也画了一些素描，共有二十幅画稿——画过摆出斗拳姿势的卡尔博夫斯基，更好的模特儿难找，在我们学院当模特儿的都是些佝偻的假大力士，他们在画里一定非常难看。对这种模特儿一点儿也不能加以修饰——毫无意义。我画卡尔博夫斯基时，每张画里都有点什么，有点什么重要的、捉摸不定的东西，从曼坦那①或盖伊斯②那儿能看到的那种东西。当然，你可别认为我把自己比作曼坦那，我只是想说，我力求达到的是什么，当然，要是有可能达到的话。最使我畏惧的就是艺术家的无能和表现不出那种他最希望表现的东西。我所缺的是技巧，因此我就想尽量画呀，画呀！亨利跟小波托茨卡订了婚，婚礼将于六月在他们乡下举行，我想，他们会请我的。但不知我是否会去，因为妈妈认为，我没有必要买件新燕尾服。而我那件旧的缝线都绽开了，像是一件运动短外套。听说华沙要盖一

① 曼坦那（1431—1506），意大利文艺复兴时期巴杜亚派画家。

② 盖伊斯（1802—1892），法国油画家。

座室内网球场，我不知道，他们将从哪儿去弄这笔经费，我感兴趣的是，不知它会不会跟斯德哥尔摩那座古斯塔夫国王打球的网球场一样华丽。顺便说一句，亨利的表兄跟尤金尼亚·格雷茨卡公爵小姐结婚了。那是一个非常可爱，也似乎很美貌的人儿，只是有点儿跛，她跟那位表兄一样，血管里流的也是犹太人的血。这在妈妈那个圈子里是件轰动一时的大事。他们也在为我物色一个不寻常的老婆，可我不想要，暂时我只想画画，画素描。我想，从波莱谢我一定能带回许多素描，我真想给你寄点什么漂亮的东西去。前不久，音乐厅演奏了你的交响乐，但是我没有去，因为我不得不跟妈妈一起到意大利使馆去赴午宴。真的，那儿是十分愉快，我碰到了奥拉·戈翁贝克太太跟她丈夫一起！你瞧，意大利人选择社交人物是非常别致的呢。斯彼哈瓦也去了，午宴后他还跟戈翁贝克太太寒暄过……生活中一切都可能再现[①]……

你怎么样？还写点什么吗？我想，里维埃拉温和的天气对你一定有益。妈妈知道了我在给你写信，要我向你转达她衷心的祝愿，并问候你的健康。妈妈打算四月份出国，不过尚不知要到哪里去，是去佛罗伦萨，还是去里维埃拉。我想，你们会在什么地方相逢的。我由于学院里的功课，也由于准备去狩猎的缘故必须待在波兰。兴许秋天我要去的罗尔猎鹿。

衷心地拥抱你，请来信。

你的忠实的[②]

阿罗·比林斯基

一九三八年三月十二日于华沙

---

① 原文是法文。

② 原文是英文。

另者，星期天我到过科莫鲁夫雅努什舅舅那里。我担心，他彻底变成了个怪人，我对他已是爱莫能助了。除了自己的庄园，他对一切都毫无兴趣。他似乎非常痛苦。他答应马上就给你写信。他说话咬文嚼字。我听不懂。

埃德加尔微笑着把信放到了壁炉上。收音机里正好在播送一支什么伤感的乐曲，作曲家心想，阿罗准会乐意跟学院的某一位女同学跳一场探戈舞，他没有什么别的忧虑，只不过想弄一件没有绽线的燕尾服罢了。还有一点：埃德加尔很少在华沙长住过，但华沙某些社交圈子的气氛从这封信里如此强烈地飘散出来，以致埃德加尔立刻便感到自己仿佛已置身于玛莉亚·比林斯卡在布拉茨卡街的沙龙和客厅之中，感到自己就在昔日郊区的那座府邸里，那儿保持着整套贵族府第的礼仪和制度——只是靠一幢公寓楼房来作掩护，从这幢公寓的收入就是比林斯卡公爵夫人和阿罗生活的主要经济来源。他回想起这样一件事又微微一笑：他一向把阿罗似乎当成了自己的儿子看待。虽说他跟比林斯卡结识的时候，阿罗早已出世了，他不能抑制那种总是把自己往这个小男孩方面拉的感情。他记得，他曾带着他去听音乐会、上剧院，阿罗对一切的反应都很聪慧，但是他对周围的事物，对演员或舞蹈演员总带有某种轻蔑，把他们都看成了穷光蛋。每当埃德加尔跟熟悉的艺术家们打招呼时，他总感到有点儿害羞。而且，有时一些女舞蹈演员亲一亲他的脸颊或额头时，他总是紧皱着眉。小汉卡，——就是那个在《特瓦尔多夫斯基先生》中跳东方舞的女舞蹈演员，曾在片刻之间使埃德加尔醉心钦慕过；而后又曾长期成为他的赘疣，使他腻烦——总要亲阿罗的脸蛋儿，她用自己洁白的手捧起阿罗的面颊时总爱说："亲亲小脸蛋儿。"埃德加尔对此产生过嫉妒心理，不是为汉卡，而是为了阿罗。他是希望能像爱儿子那样爱他的呀！此刻，他搁下信时微微一笑。“我的儿子可能是这样的吗？为什么不能呢？对生活持严肃态度的本领也会蜕变，我的父亲是工程师，我是作曲家，而我的儿子有可能，就像阿罗，是个轻佻的、没头没脑的浪荡儿。他有绘画才能，这一点不可否认，可是他受的教育！玛莉亚·比林斯卡过去是，现在仍然是不可救药的！”

他微笑了。眼前又浮现出一长串的景物，他常见到阿罗和雅努什的内室。“我担心，他彻底变成了个怪人。”雅努什是埃德加尔如今想见到的唯一的一个人。是唯一的吗？

五

埃德加尔致雅努什的信。

亲爱的雅努什！

我给你写信。我接到了阿罗的一封信，他说，他在科莫鲁夫见到了你，并说，你对他讲过要给我写信。然而我却未收到你的片纸只言，自从我来到芒东，你就不曾给我来过信，就是说，将近一个月了。我等不来你的信息，终于下决心给你写这封信，而且要谈的是一件相当重要的事。说实在的，我是想向国内的某一个人，某一个亲近的人报个信，我的情况很不好，体力日渐衰竭，对此我感觉得十分明显。现在我已经起不了床或者是只能穿着睡衣挣扎着在沙发上坐坐，在一种半睡半醒的状态中打发日子。饭店的饮食几乎一点儿也不能下咽，因为我的食道越来越不管用了。我想，这是两个礼拜到一个月之内的问题，虽然，关于这件事医生什么也没对我说过。我所有的一切自然都将归于爱尔日别特卡，版权、衣物、书籍等，这些东西都寥寥无几。我非常希望，阿罗·比林斯基，你的外甥能得到我的一点儿小纪念品：一副领扣，领带上的佩针，存在华沙储蓄银行保险柜里的一枚绿宝石戒指。特此奉告。我对你不想隐瞒，我带到那个世界去的是对于这个地球的相当痛苦的回忆，要不是有像你姐姐这样的人，根本就不值得一活。阿罗或许能是我的儿子，我爱像想念儿子那样想念他。我的儿子有可能就是这个样儿的：轻浮，绅士派十足，有文化，但没多大价值。假若他是我的儿子，我一准会爱他这么一个人的，爱还不够，我简直要崇拜他了。

三月二十一日

这封信我前天没有写完，昨天我已不能坐下来写了，我是这样的虚弱，加之我的意志力也大衰了。要下决心做任何一件事，对我都是一种莫大的困难，都要克服成千上万的阻力。为了提笔写这封信，我得跟自己变戏法，耍花招，哄着自己。你知道，不是身体上的疾病，而正是这一点把我折磨得够呛。当然，创作已经完全谈不上了。我身边带着一些歌词，但是我既不能体验对我说来是如此陌生的感情，也不能强制自己写出即使是几小节的曲子。其实我倒真想再写一首歌，写点什么足以表现跟这个世界告别和颂赞它的东西，这个世界不管怎么说毕竟是美好的。哪怕只写几小节，但得是很有分量的东西。有什么办法呢？我肯定写不出来了。我无法表达那种非语言所能表达的思绪，它此刻充满了我整个的心灵，而它既不愿也不能像泪水一样流掉。你知道吧，斯彼哈瓦曾对我说过，说我所有的音乐都是“杜撰出来的”，而今我站在似乎已是彼岸的远处来看我的作品，我便开始怀疑，斯彼哈瓦尽管头脑简单，还是言之有理的，或者说，他是偶然一次言之有理。我的音乐的最大缺陷正在于它是“杜撰出来的”，它不是直接从土壤里生长出来的，再说，我甚至也不知道，它能够从哪一种土壤里生长出来。是从敖德萨近郊的大草原呢？还是从奥德贝格富有浪漫情调的景色里？抑或是从普罗旺斯的葡萄园里？恐怕不会是从我所不熟悉的波兰土壤里生长出来的吧？我常读《浮士德》，我想象得出，我那可怜的爸爸要是知道我跟歌德难舍难分，他该会多么恼怒，爸爸是那么不喜欢在他自己身上或是在我身上发现任何一点儿德国人的气质的。我却正是在此刻突然意识到，我身上德国人的气质何其多，这尤其表现在我相信艺术的脱离实际的价值上。说真的，这是多么陈腐，多么因循守旧呀，可又有什么办法呢？我相信它，而人总该有点什么信仰，不是吗？

阿罗信里说，音乐厅又演奏了我的交响乐，不过他们（玛莉霞）都未能去听，因为他们要到意大利使馆去赴午宴。“我的交响乐”意味着什么呢？恐怕只是“弦乐器协奏曲”吧。不可能是别的东西，但菲特尔贝格只字未提他们要演出这个的事。

我又重新坐下来写这封信。几天过去了，我搁下了笔，一直不能再拿起来——虽然并没有什么妨碍我。我甚至把出门散步也免了，虽说春光越来越明媚。这儿的一个滑稽可笑的年轻仆人约瑟夫每天对我讲他的恋情。虽说他有过许多恋人，但我觉得他心目中只有一个意中人，颇似《费加罗的婚礼》中的克鲁比诺。在我这绝望的处境下（因为它是绝望的），约瑟夫的故事给我带来了莫大的慰藉。首先我感到在我之外的什么地方存在着爱，它比我历来所体验过的一切感情都要强烈得多，动人得多。再者，使我觉得尽管我就要死了，但一切依然如故，从而使我有了勇气去迈出这最后一步，这是需要我在自己的能力范围之内以全部人的尊严去办的一件事。

如今一切都逐渐变成相对的了，我的雅努什！你能相信吗，不久前，我曾眼含热泪听着古诺[①]的《女妖五朔节》中的舞曲，因为我想起了同爸爸一道在敖德萨去看歌剧的那个时代。其实我一生都很讨厌古诺。对待爱情的态度也是如此。大概我毕生称之为爱的东西跟约瑟夫理解的不一样……也许只是我觉得如此……为什么我没有认真爱过你姐姐？倘若我所感受过的一切都果真是如此，也许我此刻就不会感到这样寂寞了。难道我们全部的感情不是一种“若有若无”的感情吗？你怎么看呢？……

几个钟头又过去了，我脑海里又浮现出许多新的想法。有时候，我产生了这样一种印象，仿佛一切都在流呀……流……任何东西都不愿停留片刻，而且，说句实在话，我也不愿挽留这些时刻中的任何一刹那，它们都是一样的空虚，我不愿向任何一刻召唤：“你多美呀，请停留一下！”[②] 我还想说点有关玛莉霞的事……但我已经忘了想说什么。准不是什么坏话。关于我自己我只能说坏话。甚至不是坏话，而是怪话。我一下觉得，多少年来我一直对自己渲染这爱情，使自己相信，我对她的爱大大超过了我真正爱她的程度。须知总应给生活赋予某种意义。那就让我们相信，我一生中有过一次炽热的爱吧……

关于阿罗，我再说几句。我最后一次待在华沙的时候（你不在，那时你在西班牙），我跟他之间建立了很深的情谊，比从前我带着幼小的他上歌剧院的那个时候深多了。他如今已是个名副其实的男子汉了，风度翩翩，虽说他美得似乎有点儿平庸。我正期待着爱尔日别特卡在一两周内到这儿来。她丈夫来信说，她从纽

---

① 古诺（1818—1893），法国作曲家。

② 原文是德文。歌德的《浮士德》中的诗句，译文据郭沫若译本。

约到伦敦后，简直抽不出空来，哪怕捎上三言两语。遗憾的是，我疑心她如今已不得不为保住自己的荣誉而奋斗——靠经常地接见和举办招待会；许多比她年轻，比她优秀的女歌手登上了舞台(难道可能真有超过昔日的爱尔茹尼亚的女歌手吗？你还记得吧！)而她又不愿退出舞台。她一直在演唱，在科文特加登演唱《吉尔达》和《茶花女》时似乎又大获成功。她也在阿伯特纪念堂演唱过，不过大厅没有坐满。

啊，雅努什，你要赶快给我回信，也许我就要收不到了。想想也真滑稽：不再存在！这是怎么回事？它能是什么？又能说明什么呢？就像约齐奥·罗伊斯基从前说过的……

再见，握你的手

埃德加尔

一九三八年三月十九日于芒东

雅努什致埃德加尔的信。

亲爱的埃德加尔！

接到你的信真叫我喜出望外，而且我得承认，想想你待在南方，有点太阳和与我们这儿不一般的气候，真有点儿羡慕，我们这儿是狂风、阴冷、化冻，这鬼天气真叫我厌恶得跟碰到了鬼一样。请原谅我满口的鬼，可你知道，有时我真受不了我们这儿的气候和我们的这些人。难啦，这日子真难过啦，我亲爱的，特别是当你迫不得已放弃你所喜爱的东西，而去从事某种简直是非人的职业的时候。然而，有什么好说的呢，必须待在我们的先人不慎定居下来的这块土地上，而且得凑合着活下去。我在异邦有过那么多惊心动魄的经历，而现在待在家里了。我这个远方游子归来后在这儿马马虎虎操持家业，可有时鬼把我……唉我又骂开了，请原谅，我亲爱的。我以为，你对自己的健康状况过于夸大了，我们这些经常见到你心情开朗的人，对你信里的那些话不太以为然，我觉得，一切全都要怪你那失去控制的神经，你的沮丧和你所写到的全部郁闷都是从这儿来的。在罗马的时候，你也老是哼哼唧唧的，可后来你感觉很好。尽管如此，接到你最近一封信后，我还是给爱尔日别特卡去了信，叫她及早赶到芒东去，虽说我深知伦敦的合同要求她长住英国，而一旦她中断了季节性音乐会，就不得不支付大笔的违约金，鲁宾斯泰因先生对此准得皱眉撇嘴。回头来谈谈你的音乐，我想，你不是无缘无故在写到《D小调四重奏》时猝然中断了一个句子的。我以为，即便你后来什么别的作品也不曾发表过，但对欧洲，而首先是对波兰来说，你仍然不愧为一个第一流的作曲家。这已是老生常谈，可我还要说，你的创作与莫纽什科的传统有渊源关系，你的质朴是如此接近莫纽什科的质朴，一如普朗克[1]的质朴接近于古诺的质朴一样，他是极力想使自己像古诺的。但我觉得这些都是次要的，甚至完全是无关紧要的。说你因袭莫纽什科可能完全是一种曲解，也许根本就没有渊源关系，但是，之所以有《D小调四重奏》，那完全是从我们民族精神的深处产生出来的，这一点不论你说是受阿伦斯基还是受米约[2]的影响都是解释不通的。不错，阿伦斯基是写过一部《D小调钢琴三重奏》，我和哈尼亚·埃文思在巴黎曾听过这部作品，其中有一段非凡的如画的《田园诗》是我所深爱的，但它与你的作

① 普朗克（1899—1963），法国作曲家。

② 米约（1892—1974），法国作曲家。

品绝不能相提并论。你知道，你可以随心所欲去写，去谈你的世界主义，去谈你的音乐的欧洲性，但是，毫无疑义，你的《D小调四重奏》同我们波兰，同我们的乡村是如此紧密地结合在一起。我记得你自己也说过，四重奏的第二乐章，那《徐缓的如歌的行板》[①] 的乐章是在盛夏的一个正午，你坐在涅波鲁夫的阿卡狄亚公园时产生的，你瞧，我知道阿卡狄亚，我回波兰后马上就到那里去过，我还记得这个公园的特点，有点儿不寻常，但和我们结合得很紧，对我们来说很亲切，很有乡土味。我在那儿体验过好一阵子，关于这件事也许我以后要对你讲，但是，既然你在这个公园里想出了，我是说，既然你想到了要写出，创作出那《徐缓的如歌的行板》[②] 的乐章，这就足以说明它同波兰的景物、同我们周围的一切、同我们在这儿生活的环境融为一体了。我们现在正在度过气候恶劣的春天，但是这寒冷和大风似乎是同这新绿的，刚刚破土而出的越冬庄稼，同含苞待放的鲜花连在一起的。你一定是处在鲜花环抱之中……至于我自己，我有什么好说的呢？小庄园勉强维持，我不得不把管家打发走了，不过，这不是我要说的。我想对你说的是，我心里的这块天地的情况，我对自己回答了多少问题，解决了多少问题，说明了多少事情。就这一点而言，我觉得，自己完全变成了在一九一七年的一个秋天的傍晚去敲你们在敖德萨的住宅大门的那个人了。使我感到惊诧的只是，漫长的二十年过去了，人不但没有变，而且那些总是折磨着他的问题，那些一直没有解决，也解决不了的问题也都没有变。当时由于阿丽亚德娜和沃洛佳的启发，我相信过俄国革命，并同他们合作过。

---

① 原文是意大利文。
② 原文是意大利文。

可是，阿丽亚德娜背叛了革命，而我和沃洛佳之间也越来越缺乏理解，我们就分道扬镳了。我明白，沃洛佳如今对我所有的问题，对我的精神状态会作出怎样的反应，须知即使是在当时，我在他心目中也始终不过是个“忏悔的贵族”① 罢了。而且由于我对真理的探求使我远离了他，我在他的眼里也就成了一个法西斯分子了。甚至在我那次西班牙之行以后也是如此。你对这些事一定不感兴趣，它们跟你此时此刻所思所感的一切相距十万八千里。也许，这些事离我也是非常遥远的。自从阿丽亚德娜死后，这个世界上一切美好的东西都与我无缘。你不难想象，庄园、养猪、种西红柿跟读勃洛克的诗是不怎么和谐的，这诗对我来说依旧是最重要，最实在的东西，跟二十四年前阿丽亚德娜朗诵它时毫无二致。我亲爱的，你会活下去的，我希望你能活下去，而我却已经死了，我一直生活在死人中间。我那位姐姐，也未必能算作这个世界上的活人，上流社会趋炎附势的刻板生活使她头脑僵化，她简直是在残酷地折磨这个可怜虫阿罗。阿罗前不久到我这儿来过。他是个浪荡儿，假绅士，这一点我很清楚。但是，我爱他，因为除了我那即将到来的衰老，这是我在这个世界上仅有的一点寄托。我完了，就像我那整个的阶层一样！我们一到这儿来，就已由于被剥夺了植根的土壤而成为梁上君子了。也许，我们还能够植根于新的时代。阿罗的事我会永远记住，并且照你的愿望去做，如果一旦需要这样做的话。说不定他还会造就成一个人物哩，他对自己的美术学院确实很入迷。卡齐奥·斯彼哈瓦在他那个外交部里看上去可真像一具木乃伊，他在部里似乎是贝克手下的第一号人物，并得到了部长的充分信任。他们在一起度过了许多不眠之夜；

① 原文是俄文。

是什么驱散了贝克眼里的睡意，你是不难猜到的。不瞒你说，我比这儿所有的人都更感到惴惴不安，可你知道，我是个疑心病患者。斯彼哈瓦对我姐姐一秉忠心，对此，我已不感到诧异，他俩是一对木乃伊，都在“偏见”中僵化了，难以从他们身上那层脂粉和毛料衣服下嗅到有生命的人味。我有心使他们彻底震动一下，对着他们的耳朵大喝一声，可我又觉得自会有人出来为我代劳。我只好满足于这个虔诚的愿望了。因为说句实话，我们永远也不会知道，什么时候会从森林里引出狼，从地狱里招来魔鬼。因此，你现在看到了我这寻常的、疲惫的日子是怎么过的，我把诗从这种日子里赶跑了。我年轻时代所寄托的和希望寄托的一切，都已崩溃，不值一提了，我可怜的阿丽亚德娜教给我的东西，比世上所有的书，也包括在这庄园里摆在我寂寞的床头的那本书所教给我的东西要多得多。摆脱生活，意味着要战胜它，也可能还要重新占有它。我想，我们还会见面的，我刚刚超过四十岁！

亲爱的，我亲爱的！这些天来华沙正在演奏你的《D小调四重奏》，你信里说，你有收音机，你就听听转播吧，可一定得听华沙的转播，因为你的四重奏只有在我们这儿由我们来演奏方有特殊的意义。这是你乡土的声音。

你的

雅努什·梅申斯基

一九三八年三月二十五日于科莫鲁夫

六

这封信跟阿罗的信不一样，它既没有引起埃德加尔的讥讽，也没有给他带来平静。再说他也深知，雅努什所写的一切都有自己的目的；

自从这封信写成到他重新读这封信，随着时间的推移，它的意义与日俱增。而他每天都要重读一遍，跟念经一样。他一天到晚无所事事，但是因为他很疲乏，于是就一段一段地读，早上读一段，中午读一段，晚上读一段。他竭力想猜透雅努什字里行间的意思，尤其是想猜出他说玛莉霞和卡齐米日僵化的这句话用意何在。他不由自主地认为这句话有别的什么意思……有时，在他比较清醒的时候，他领悟到信里没有任何隐藏的内容，雅努什所写的只是他想说的话，无须再到这封信的字里行间去找什么。这封信只表明雅努什对埃德加尔的想法——从那一方面来说，这种想法已有很大距离，有一条界线随时都可能把他俩分开，而此刻已经把他们分开了。雅努什整个儿还陷在事务之中，陷在他认为是脱离了生活的工作和思考里，只有埃德加尔明白，他的工作和思考跟生活连接得有多么紧密。对雅努什来说，无论如何还在关心每日的天气对于他的农庄的影响，有对西班牙的回忆，有一日三餐，有对阿丽亚德娜的具体的、现实的追念——与此同时，对埃德加尔来说，这一切都汇成了毫无意义的一团乱麻，而且还跟他隔着一堵墙。在那堵透明然而又是冰冷的墙外是法国南部沿海游憩胜地，天已放晴，阳光明媚，鲜花怒放；墙外，约瑟夫没完没了地谈论自己的女人（“他谈的不是爱——搞对象[1]完全是另一码事。”埃德加尔想）；医生每天隔着一堵墙来问一句：“您感觉得怎样?”[2] 并且建议换一种针剂，或是服另一种药粉，说完就走了。虽然，埃德加尔常常抱着一线依稀的希望，总想医生会对他说，发现他有某种好转，但医生不曾说过这句话，便带着那张法国人的面孔，带着客客气气的、而实际上是冷漠无情的微笑从玻璃墙后走了；墙外是正常的生活，可是只有通过

---

① 原文是法文。

② 原文是法文。

收音机的细流，才给这裱糊着画满野果的黄纸的可怕的小房间注入一点儿现实生活的气息。埃德加尔把透过沉默和死亡的玻璃魔墙传来的事件和声音看成唯一真实的东西。

四月中旬的一天，他听到了《D小调四重奏》，但不是华沙的演出，而是从克拉科夫向波兰各地播出的。一位过去的熟人，波兰电台音乐部主任用一张明信片预先通知了埃德加尔，尽管一切对他都已无所谓，但这天早上他还是有点激动，体温比他平时认为正常的38℃又升高了。埃德加尔至少有十年没有听过四重奏，那晚在哈尼亚·埃文思家听四重奏时，他疲惫不堪，难以集中注意力。法国的乐师们尽管演奏得很卖力气，一心想表达出这部四重奏的内涵，但是他们却未能把三部合奏的谐谑曲（它与玛祖尔卡舞曲的结构相仿）中的第三小段这个重点突出出来，同样在其余乐章中，也未能把作为这部作品精髓的最重要的内容突出出来。埃德加尔是在华沙，在沃维奇，在风琴师雅日纳的家里，在海伦娜的陪伴下写出这部四重奏的；行板的主题是某个八月的正午，在阿卡狄亚公园从他脑海里浮现出来的。他坐在公园边的一张长凳上，从那儿放眼望去，是新收割过的田野。禾垛尚立在田间，可是勤劳的主人已吩咐把禾垛之间的空地翻耕了一遍。秋天的翻耕过的土地和夏天的禾垛浑然一体，构成了这幅朴素的景色的全部魅力。有一个姑娘从田间路过——天气不热，虽然阳光普照，天空湛蓝，给人一种轻微的凉意——那姑娘穿一条褪了色的沃维奇裙子，一边走，一边唱着歌儿。她唱的跟他脑子里想的完全不是一码事，但那淳朴、单调的歌声在他耳中唤起了某种联想，既不同于他听到的，也不同于他打算要写进行板里的那种东西。当时，那节行板甚至是那么平庸，使他惊奇极了，他简直要说，那节行板一写出来他就觉得毫无价值，跟他的音乐的其余部分明显不同，但与此同时他也知道，这是他最受欢迎的作品之一。

收音机里传出四重奏的第一个和音时，埃德加尔的心脏跳得更有生气，更有力量了，他在沙发上调整了一下姿势，觉得喉头有点儿柔软的感觉，这使他那颗悬着的心一下松弛了许多。四重奏从远方传来，听起来似乎十分陌生，直到他逐渐习惯之后才慢慢悟到，这是他自己的音乐。首先，演奏家们采用了太快的速度——至少埃德加尔是觉得太快了——使作品总的轮廓模糊了。但随着演奏的进展，他们激发出了热情，琴弦也变得温柔了，埃德加尔几乎认不出自己的作品来，心想，他们演奏得太好了。他垂下了自己疲乏的脑袋，不由得浮想联翩；他不再去留心谛听个别乐器的变换，那都是他早已熟知的；他没有去想那些和音、摹声和那些旋律线对位法，他的脑海里只浮现出一幅幅的风景画。他蓦地看到了阿卡狄亚公园后面碧绿的草场，在那茂密的绿草中间有一个小小的水“眼”，一个深不见底的小池塘，池塘的岸边长着莽莽红柳，它像一股紫红色的溪流高高地向上伸展。一行行亭亭玉立的鲜花迎风摇曳，宛如小提琴和中提琴奏出的轻快优美的乐句，而大提琴发出的音响则有如那墨绿色的清澈池水的低吟。第二小提琴呢？第二小提琴拉得出神入化，轻盈盈地触着琴弦，一忽儿在这里，一忽儿又在那边，如同蓝宝石色的蜻蜓在那墨绿的水面上翩翩起舞。

接着便响起了中间夹有玛祖尔卡曲调的谐谑曲，曾经有人挖苦说，他在这个玛祖尔卡里特别突出了自己同莫纽什科传统的联系，可他连想都不曾想过。这儿哪来的莫纽什科？也许在曲调上略微使人想起莫纽什科的《纺织女》，但在和声上的差别有多大！莫纽什科的和声是简朴的；而埃德加尔创作的曲子则主要是建立在复杂、精练的和声上的，它是那样轻易地摆脱了一个世纪的规范，走出了一条独立不羁的危险道路。他倾听着那些和音，似乎一切都混成了一团纠缠不清的金黄色的乱麻，简直无法分出层次。而谐谑曲在此则分割成了一丝丝的纤维，分成了一些互不相干的元素，分成了许多似乎不能联成一体的小碎片。

他觉得这些小碎片似乎是镶嵌在一起的，又似乎在纷纷散开，有如万花筒里的碎玻璃片，组不成任何一幅完整的图案。尽管如此，这旋律仍然使他悠然神往，荡气回肠，把他带到了许多年前的世界；他想起了沃维奇风琴师的家，低矮的大房间里摆了一架“克拉尔和萨依德尔”牌的棕黄色长钢琴，那里面白色和红色的小木槌常常一起滑稽地跳了出来。雷肖，亲爱的雷肖，每天清晨，他全身沐浴在晨曦里，在那架钢琴上弹奏着杜赛克的小奏鸣曲。埃德加尔曾对雅日纳说，“杜赛克是个捷克人”，可那老头儿怎么也不肯相信。有一首小奏鸣曲中的塔兰台拉舞的旋律间或从埃德加尔的作品中可以听到，然而那个房间的气味，那股潮气、樟脑味和古老乐器的气味是那么清晰地萦绕在他的记忆里，常使埃德加尔感到胸中一阵阵紧缩。

喏，那个行板终于到来了。其实，手稿上题的是：《徐缓的如歌的行板》[①]，可大家都把它简称为“行板”。“埃德加尔四重奏里的‘行板’！”玛莉亚·比林斯卡说到这几个字时带一种特殊的口吻，仿佛这部作品里有什么东西令她神往；与此同时她那口吻仿佛又有点儿邪里邪气[②]。就是埃德加尔本人也已习惯了这个术语，他自己也把这一乐章叫作“我的行板”。这个“行板”在波兰经常演奏，孤零零地，从四重奏的其他乐章中抽了出来。阿罗曾说，他听过旋律作曲家乐队在一家咖啡馆里演奏这一乐章，即使确有其事，又有什么奇怪的呢？在日内瓦，埃德加尔本人就在白朗峰堤岸街的咖啡馆里听到过人们怎样在格里格的《春》和辛丁[③]的《春之声》之间演奏了他的《徐缓的如歌的行板》。那是个什么“沙龙”乐队演奏的。

---

① 原文是意大利文。

② 原文是法文。

③ 辛丁（1856—1941），挪威作曲家。

可如今埃德加尔怕听到这些音响。但它们又以那种完美、细腻的室内乐的形式传到了他的耳朵里，所有琴弓各自选中一个音调，它缺乏日内瓦的乐队用巴松管和黑管来演奏这个“行板”时的那种鲜明性。他怕听到这只小曲，尤其是在接到雅努什预报了“你的乡土的声音”的那封信之后，在他准备欣赏自己的音乐，脑子里清晰地浮现出阿卡狄亚公园外边翻耕了一半的田野的幻景之后，他更怕听到它了。他心想，这只小曲将背上爱国感，或者是他在创作时丝毫也不曾体验过的别的什么情感的包袱。抑扬顿挫的音调传入他的耳中，杜比斯卡[①]极其淳朴的小提琴声透过所有的乐器来得那么流畅自如，以致埃德加尔都没来得及细想，“徐缓的”核心部分就到来了。埃德加尔觉得它是这样的朴实，这样的熟悉，仿佛不是从外部，而是从自身，从心灵的深处听到了它，就像整个作品尚未创作出来时就已听到了四重奏的这个乐章一样，仿佛他坐在阿卡狄亚公园和沃维奇的田野之间那排修剪得整整齐齐的洋槐树下的时候，这只曲子就已萦绕在他心头。直到传来第二乐章那甜蜜的、虽然是高亢的颤音和震音时，埃德加尔心中才为之一动。第二主题升起来了，起伏不定，奏出三个高亢的乐调之后，又低低地落下，像那墨绿的池水上的睡莲，轻柔地晃动着，那被一根没入水里的钓竿——琴弓轻轻拨动的睡莲啊！

埃德加尔理解到这一切之前，感到了那从高处落下的旋律单调地徐徐摇摆，回旋反复，似乎把他同什么联系在一起了。哦，同什么？同谁？他不知道。那旋律牵动了他的心，进入了内心的深处，又从那里发出他好久以来不曾听过的音响。此刻《如歌的行板》的旋律又回来了，然而却是一连串的震音和颤音，顺着渐渐变为骷髅蛾颤抖的翅膀的琴弦往下滑，越来越低，终于完全消逝了。这时埃德加尔想起了

---

① 杜比斯卡（1899—1989），波兰著名小提琴家，华沙音乐学院教授。

雅努什信里的一段话，也许这是大伙儿给他的一封信里的话？谁还会用他本人的声音来问候他呢？这是否意味着，一个创作者——艺术家果真不会是孤寂的？在他周围，在“太空”各处都有着那些永远追随他、爱他、信赖他的亲人的声音？“不，这不可能。”他想道，同时闭上了眼睛。而他的旋律——就是阿卡狄亚的那种旋律，却使他想起了别人，这些人也许就是流落在世界各地的跟他一样寂寞的人。

“我跟你们在一起，在一起。”他反复说道，仿佛他已把自己献给他们所有的人，并且感到，他们也把他当成了自己的财富，随着旋律的减弱、变慢而至渐渐消逝，他们也越来越深地沉醉在痛苦的爱的怀抱里了。

就在“歌”的主题作为一个小小的片断最后一次出现，以便永远消失的那一瞬间，埃德加尔听出了一点：这不是新颖的旋律。不是他在阿卡狄亚公园听到穿过新耕田野的姑娘的歌声之后，进入他脑海的那种旋律。这旋律的骨架，曲折、向上跃进四度却是来自爱尔茹尼亚回到敖德萨那天晚上唱的那支歌；来自勃拉姆斯的《幽情》的第一段，来自那早已遗忘了的、幸福的、虽说是隐匿的爱的旋律。

七

他对病体的自我感觉越来越差，说话越来越艰难了。

他正处在对世界、对世上发生的一切几乎都漠不关心的汪洋大海里，有的只是这样一种漠然的心境，仿佛有一片洁白而温暖的水笼罩着他。不过，他还有阅读能力。收音机只能给他带来痛苦。他为音乐感到遗憾，它似乎什么也未能表现。可是，《浮士德》的最后一场——整个构思中最富于音乐性的一场——他听起来是那样的铿锵，宛如听到他所能想象出的最富有音乐性、最纯正的四重奏或五重奏。他读的

《浮士德》永远是那本在敖德萨海滩上放在身边的，斯彼哈瓦不耐烦地翻阅过的小书。所不同的是，如今埃德加尔读它的后半部要比读前半部的次数多。他觉得后半部有许多东西——不知他过去是没有读过，还是没有注意到——直到现在他才心领神会。

最后一场的结构，绘声绘色的戏剧场面（“也许它如今已成了电影场面了？”埃德加尔想），语言和思想的音乐，构成了精美如花边的组合字，构成了分隔我们和永恒的最后一道帷幕，这一切在他看来简直就是非人间的奇观。“《浮士德》就该是这样的，”埃德加尔暗自思忖道，“歌德在头脑里构思的，他想创作的这个场面就该是这样的。”创作实践的这种尽善尽美简直使他震惊。他自己的作品距离这种表现水平是多么遥远啊！

请让我用心地把他指导，
新生的白昼在他还未明瞭。
来吧！请你向更高的境地奋飞，
他知道你在，他会向着你追随。[①]

他在这几行诗里找到了浮士德跟玛甘泪平庸的浪漫史的谜底。当然，绝对不是它那玄而又玄的解决方式，因为埃德加尔对此并不感兴趣，而是它那在无限远处的投影。也许，不是指那种外在的、客观的无限远处，而是指某种内在的透视，这种透视驱散了缭绕在他通常称之为爱，而实际上并不是爱的那种东西周围的平庸的气氛。当时他莫非想起了海伦娜？没有。他没有专门去想她，甚至听四重奏和读《浮士德》也不曾在他心中唤起她的具体形象，可是他又仿佛觉得她就在

① 原文是德文。《浮士德》译文据郭沫若译本，后引皆同。

自己身边，虽然自己并没有意识到是在想她。这股酸劲儿实在太平庸了，对她的思念怎能使天国的、由浮云和意大利的壁画织造出来的歌德的长诗的最后一幕更富有光彩！他在这一幕里找到了自己一生“自强不息”[①] 的明证。

灵界尊贵之一人，
已获救自恶魔手，
凡是自强不息者，
到头我辈均能救。

获救，这是个古老而含义不清的词儿。获救，从什么东西里获救？从生活里吗？可他觉得，在这“最后的空虚不吉的瞬间”[②]，生活变成了某种最珍贵的东西，根本没有必要从生活里获救，获救就只能是剥夺生活。一切即将逝去的东西，正如靡非斯特[③]嘴里说的那样，已经不存在了。

永恒的创造是毫无意义！

既然一切都在消逝，永恒的创造对我们又有何意义！

时钟已经停止——
　　停止了！如这夜半无声。

---

① 原文是德文。
② 原文是德文。
③ 靡非斯特是《浮士德》中的恶魔。

是啊，他已经无声了，他自己也很清楚他是永远地无声了。可他觉得自己生来就像林克乌斯[①]，是生活的卫士，而不是死亡的卫士，他想站在“最高的塔楼上”去唱自己的歌。

为观照而产生，
为守望而受命，
我向塔楼委身，
世界使我欣幸。
我在遥望远方，
我在凝视近旁，
上看月和天星，
下观林木麋羊。
万象在我四周，
美饰庄严悠久，
我心爱此庄严，
我心爱我身手。
福哉我呼我眼，
凡汝之所曾见，
毕竟无物不美，
不问天上人间。

这首歌他能倒背如流，他用无声的嘴唇反复地唱着它，当他唱到最后一行，在内心深处强调“毕竟”[②] 这个字眼的时候，他体验到了一

① 林克乌斯是《浮士德》中的守塔人。
② 原文是德文。

种特殊的喜悦。“毕竟无物不美!”[①] 凡是美好的东西，都是曾经有过，但已消逝了的东西。

然而，即使是在这最后的瞬间，他也不曾放弃对“创造”[②] 的理解。他觉得，歌德长诗中的一切都证实了他过去希望感受到的东西，他觉得，他所创作的一切——哪怕是他的《D小调四重奏》，哪怕是这个四重奏的一个乐章，哪怕只有这个《如歌的行板》[③] 也好，必定会战胜死亡，留在世上，即使他那时已不在人间。当他想到，将来会有人在某个时候听到这只沃维奇的小曲——实际上是和他青春时代的幸福连在一起的勃拉姆斯的歌曲时，他心里充满了欢乐和恬静。他使出了极大的、几乎是最后的一把力气写了信，请他们给他灌上唱片，并请他们把那《如歌的行板》[④] 寄到这儿来。他揣度，当他听着这个唱片的时候，他将能够说，“你真美呀，请停留一下”[⑤]，并且就在这一刹那他能够找到永恒……像浮士德一样。

然而，当埃德加尔翻来覆去仔细阅读《浮士德》第二部的结尾时，忽然大吃一惊地发现，他生平期待的浮士德对那一瞬间呼唤的那句话：“你真美呀，请停留一下”，过去竟然被他忽略了，要不就是没有注意到，要不（更可能是）他那时不愿去考虑死灵们出现的那场戏。现在他可彻底理解了，而他一旦理解了，这一夜便再也不能合眼。双目失明的浮士德号召死灵们去做他想用以造福于人类的事。从此他的事业（靠死灵们的双手去完成的）便千年万载永远不会从大地上消失。这是他一生中的最高调子最崇高的一瞬间。然而，浮士德是个瞎子，他看

---

① 原文是德文。

② 原文是德文。

③ 原文是意大利文。

④ 原文是意大利文。

⑤ 原文是德文。

不见，死灵们挖的不是他想用以造福于人类的壕沟，而是在为浮士德挖一个小而又浅的坟墓，死灵们一边还在唱着莎士比亚的掘墓人之歌。

据我所得的消息，我所传闻，
没有提起壕沟，只在掘坟坑。

靡非斯特说得那么轻，为的是不让浮士德听见，浮士德也没有听见，他正在进行关于造福人类的最后的独白，挽留最后的一点时间："你真美呀，请停留一下！"说完他便倒下死了。但是，埃德加尔脑海里忽然产生了一个可怕的想法。靡非斯特几乎是大声地说着自己的"悄悄[①]话"，瞎眼的浮士德兴许也听见了，却假装没有听见。兴许他也知道，死灵们是在给他挖掘坟墓，却要奢谈自己事业的永恒，奢谈什么历史的光辉。这一夜埃德加尔一直在揣摩这件事，这个想法把他苦苦折磨："啊，上帝，我们还以为死灵们会使我们的事业流芳百世，而他们却只是在挖掘坟墓。"

此时此刻，独白的那些话里包含的感情多么令人惊心动魄啊！

这无疑是智慧的最后的断案；
　要每天每日去开拓生活和自由，
然后才能够作自由与生活的享受。

这一番话，伴随着造福于人类的艰巨劳动的声音，听起来像青铜一样铿锵，但伴随着挖掘坟墓的锄头的响声，听起来就令人胆寒。

他刚要昏昏入睡的时候，耳畔响起了死灵们徒劳无益地敲打十字

---

① 原文是德文。

镐的叮当声。他们在建造一座变了调的糟糕的音乐大厦。靡非斯特率领的可怕的乌合之众用十字镐敲打铁梁，堆砌成了一幢房子。“要每天每日去开拓生活和自由。”死灵们没完没了地嘟哝着，他们又跳又蹦地挖掘着坟墓，挖掘着一条灰色的沟，那儿将要掩埋许许多多的浮士德，包括名叫埃德加尔的浮士德。歌德的抑扬顿挫的诗句在这些坟墓之上升起，有如脚手架和长梯，有如希莱尔幻想过的一行行数学算式似的乐谱。从《浮士德》第二部的字里行间显露出了一个刻有题词的建筑物的骨架：“劳动使人获得自由。”①“这是什么意思?”埃德加尔大叫一声，惊醒了。

他的作品与历史的关系又如何呢？浮士德临死时理解到了什么？浮士德听到了靡非斯特的话，却自我欺骗，佯装不知。莫非埃德加尔也在佯装？装作感受到了“太空”的一切都在自己身边，装作自己并不孤单，并非永远形影相吊。这是佯装。任何事物都不会是永恒的。他的作品中的任何一部也不会在数百年后复活。死灵们并非在为造福人类而挖壕沟，他们只是在挖一个小小的、狭窄的、孤寂的、在村野中的——坟墓。

八

第二天爱尔日别特卡从伦敦来了。他有一年半的时间没有见过她。她看到他变得这样面目全非，简直无法控制自己的感情。埃德加尔却微笑着，指了指喉咙：他已经完全失声了，过了一会儿，他才给她写了几句表示愉快欢迎的话。

不过她很快便镇定下来，并且絮叨不休。看来，她在财政上已经

① 原文是德文，奥斯维辛死亡集中营大门上的题词。

有了保障，像克莱奥·德·梅罗德或卡瓦里埃[①]那样给自己准备了进款的来源。她暂时在伦敦开了一个法国香水店，显然，她对自己那位银行家鲁宾斯泰因并没有十足的把握。埃德加尔用微笑来掩饰自己见面时的不安，此刻他惊愕地瞧着爱尔茹尼亚，提心吊胆地听着她谈话。他记得，在敖德萨时，她是多么兴致勃勃地谈论着维也纳的歌剧院和歌星耶里查，如今又对他津津有味地谈起了纽约和伦敦的种种流言。但是，从爱尔日别特卡的那些话里，昔日的魅力一丝儿也找不到了。爱尔茹尼亚变了。她看上去并不老，但她的衰老却表现在：虽然外表依然如故，昔日的风韵已不复存在。体操和按摩尚勉强保住了她的体形，然而擦了一层胭脂的面孔却变得无法辨认。昔日挂在她嘴角唇边的那种无拘无束的自然的微笑，如今却显得矫揉造作，令人不由自主地想起她不得不向成千上万的观众献媚讨好的那种笑容。只有她那双眼睛，那双微微外凸的、清澈的、虽不十分富于表情却是异常纯洁晶莹的眼睛还一如往昔。

埃德加尔最后一次在华沙见到她，相对而言时间并不算久，但此时此刻，他整个心里装的都是从前的爱尔日别特卡，敖德萨的那个爱尔日别特卡，一眼便看出了自那时以来她身上发生的变化有多么大。爱尔日别塔虽然关心自己的容貌和体态，却食不厌精，这样一来，埃德加尔的房间——虽说爱尔茹尼亚自己的房间就在旅馆的另一头——便堆满了橘子、香蕉和美国的西红柿汁罐头，而且约瑟夫在早餐和中餐时都送来摆得满满的托盘。著名的女歌唱家周围不久就热闹起来了。诚然，为了不烦扰埃德加尔，没有外人进入他的房间，但不时有人把爱尔日别塔叫走。她回来的时候，仿佛有些腼腆，然而她谈起那些各

① 克莱奥·德·梅罗德是法国女歌唱家；卡瓦里埃是意大利女歌唱家。她们两人都经商开店。

有所求的来访者时，手势上和眉宇间都流露出一种自豪感。蒙特卡罗的歌剧院经理希望她能在《托斯卡》或《泰伊思》[①] 里演唱一次，但是在科文特加登订立的合同不允许她到那里去演出；有人邀请她参加一次募捐音乐会，但她借口哥哥生病而拒绝了。前来拜访她的还有形形色色的"女友"，散布在整个海滨的侯爵夫人和伯爵夫人们，有住在尼斯的，也有住在那不勒斯的，还有住在摩纳哥的和茹昂-莱-潘市的。她们都带着仪表堂堂的司机、小狗和仆役来了，塞满了整座旅馆，这样一来，搞得约瑟夫也失去了许多魅力，他不再向"埃德加尔先生"倾诉衷肠了，但显得更加奴颜婢膝，有时又变得非常倨傲不恭。凡此种种都使埃德加尔苦恼，但是他已起不了床，甚至也没有力气来伤这份心。只有在爱尔日别特卡把他独自扔下，而去招待那些客人和来访者的时候，他才感到闷闷不乐。

他思念着她，希望她回到房间时不是刚刚出去时的那种样子，而是他记忆里的早先的那副模样儿，是约齐奥·罗伊斯基爱上了她和她在自己家里教奥拉唱歌时的那种样子。倘若约齐奥·罗伊斯基还活着，会是怎样的一种情况呢？四月正好是他牺牲二十周年的日子。如果他还活着，也该是一位年近四十的稳重的壮年男子了，他很可能是伊丽莎白·希莱尔的许多丈夫中的一个，也许他早已跟她分手，待在自己的普斯泰翁基经营家业，如今爱韦琳娜太太在那儿的园林里为他建了一个陵墓。可他却永远是那个可爱的、羞答答的小伙子，穿一件深色的，当时人们称之为"弗列奇式"的上衣；永远是那个爱上了爱尔日别塔的年轻人。埃德加尔感到遗憾的是，自己当时没有死在敖德萨的一个什么地方，要是那样，他就能作为一个年轻而多才的作曲家离开

① 《泰伊思》又译《黛丝》，三幕歌剧，据法朗士（1844—1924）的小说改编。马斯内作曲。

人世，而且他带走的别人所寄予他的期望，比如今剩下的要多得多。

他又一次想起了前不久听过的《D小调四重奏》。所有的人在这部作品里看到的东西都总是比作者本人看到的多一些。有道理吗？难道可以把一个艺术家没打算说的话硬栽到他头上？可是一个创作者毕竟从来就不知道他创作出的是什么。因此，也许四重奏里果真含有（雅努什用词多么使人动情）"乡土的声音"？也许乡土的声音这个概念在现实生活中也有点什么相对应的东西？也许雅努什那句话果真能表现点什么意思？

为什么爱尔日别塔没有证实这一点呢？他写在纸上问她："你好久没有听过我的《D小调四重奏》了吧？"她只回答了一句："好久了！"他俩之间关于四重奏的谈话就此结束。

过了一段时间，他对爱尔日别塔离开他的房间逐渐习以为常，他知道，她就在附近什么地方，而且任何时候都可能走进房来，从头讲自己的故事。当她不在这间黄色的房子里的时候，埃德加尔觉得她更亲近，更可爱，因为他把她想象成昔日的爱尔茹尼亚。对他来说，她不再是一位从伦敦来的徐娘半老的银行家太太了，他忘记了涉及她的种种流言，甚至忘记了她今天说话的嗓音，她的嗓子随着年岁的增长而变得稍许低沉了；他只记得她开口唱每一支歌时都要向他投去一瞥的那双蓝眼睛的魅力以及她那高亢、纯净的音调，每逢她唱起那《美丽的女磨坊主》或是《工匠歌手》中的六重唱时用的都是这样的音调。在她走进他的房间之前，他听到走廊上响起她的脚步声的时候，便在脑子里想象，进来的将会是早先的爱尔日别特卡，她穿着那套银灰色的维也纳服装，一条长裙和一件长长的紧身上衣，或是戴着一顶硕大的插了翎毛的黑帽子。她走进房来的时候，他便把眼睛闭上一会儿，为了在眼前能保留住那个形象，而不要看到这个雍容华贵、身体发福、从高耸的胸前垂下一串大珍珠的崭新的妹妹。

又过了一段时间，他才习惯了新爱尔茹尼亚的外表，而且恰恰是这个新的外表对他来说才是可爱的。妹妹的到来使他充满了幸福和安宁，虽然他已不能表达这种心情。他不能说话，如果用笔写下一些表示欢乐和幸福的话语，他又觉得与此时此地的环境太不相称。只有从他那盯着在房里忙来忙去的爱尔日别塔的眼神里，才射出了一点儿他那至高无上的幸福之光，爱尔日别塔发现他的眼睛闪烁着光辉，她把自己的发现告诉了他。他微微一笑，并在他们用来交流思想的记事本上写下了这样一句话：

"因为我在看着你呀!"

他确实理解到，幸福就在于能够看到自己所爱的人；要使自己感到幸福，就必须看着一个人。在这几天以来笼罩着他的巨大的、最后的宁静之中，他理解了一件最重要的事：他的生命并非在无爱中度过。他理解到，很早很早之前，自他能记事的时候起，他就爱爱尔日别塔，并且为她做了自己力所能及的一切。他理解到这一点之后，也想告诉她，这么多年来是什么力量把他们兄妹连在一起的。他在记事本上又写了一句：

"我只爱过你!"

可是爱尔日别塔看过之后，只是漫不经心地一笑，说道：

"果真是如此吗?"

健康的人不理解一个临终的人是不会开玩笑，也不会信口胡言的。爱尔日别塔不理解"我只爱过你"这句话里的每一个字下面都蕴藏着某种伟大而重要的东西。晚上，她安置埃德加尔睡觉同时整理他身旁的小桌子时，从记事本上撕下了那张纸，扔进了纸篓。她把面上是一张白纸的记事本放在她这天带来的一束银莲花旁边，记事本上摆了一支黄色的铅笔，似乎是鼓励哥哥再写点什么。她又不明白，为什么埃德加尔那么痛苦地朝记事本瞥了一眼，又那么遗憾地望着她本人。她以为，他是想用这样的眼神告诉她，他很难受，而且怕她离开自己。可他只想说，我过去只是为你活着，而你却全然不觉，你以后也不会明白。我过去也不清楚，可现在明白：我过去只是为你活着，除了你我没有爱过任何人。

爱尔日别塔带着某种程度的勉强在埃德加尔的额上亲了一下，对他道了晚安。额头冰凉，沁满了细小的汗珠。爱尔日别塔没有告诉过哥哥，说自己每天晚上安置他睡下之后还进城了。她的罗尔斯-罗伊斯牌小汽车从伦敦来了，善于保养、一表人才的司机也来了。她或者是到蒙特卡罗去看芭蕾舞，或者是上游艺场，或者是带着一位华贵的“女友”去吃晚餐。埃德加尔猜到了这一点，因为他通宵不眠，有时也听见一辆大型小轿车怎样轻轻擦着砂地开来。

然而这一晚他丝毫也没有感到不安。他知道，她夜里回来后会来看他，她会身着银灰色锦缎衣裙和白兔皮大衣走进他的房来。他知道，他会假装睡着了。

她走进房来之前，他一直细听着窗外悄悄的小轿车的声音，从沉甸甸的窗帘的缝隙里他看到了洁白而令人不快的光辉——那是一轮皓月。他想到自己再也不能穿上外装，永远再也不能穿上普通人的衣服，痛苦极了。他美滋滋地回忆起触到高级衬衫凉浸浸的料子和抚摸着黑色晚礼服柔软的呢子的味道。他想起自己穿衣打扮时的种种动作，直至此刻他才悟出，其中竟有这么多可亲可爱的、正在消逝的生活。

“在沃姆扎①时就是穿的这套衣裳。”不知为什么他要对自己讲这句话。两年前，他带着一位女提琴家和阿尔图尔在沃姆扎开了一次音乐会，那儿以小城镇欢迎艺术家们素有的规格接待了他，领着他去散步，观赏风景。他于是又想起自己再也不能到沃姆扎去了。这想法使他又

① 波兰东部的一个县城，属比亚沃斯托克省，与华沙省毗邻。

有点激动。

可后来，他的心脏跳动越来越弱，越来越缓慢了。他从一些大事想到一些日常琐事，又从一些日常琐事想到一些极其平庸的小事，然后便揣度起自己心脏跳动的情况来：它跳得有节奏吗？接着又开始注意起自己背上流的汗：它是否比昨天这个时候流得多呢？末了他的思路又转到了别的方面：一片薄荷片能否消解自己感受到的饥饿？他还能把一片薄荷片含在自己肿胀的、痛得钻心的、发僵的嘴里吮吮吗？

冷汗一滴滴顺着身子流淌。在接受注射之后，他坠入了一种假寐的麻木状态之中，随之而来的是那些汗珠仿佛都变成了音符，并且流淌着汇成了从前的某一个曲调，也许是勃拉姆斯的曲调，也许是更早一些的一支歌的曲调，在遥远的童年，"满身都是丁香花的"帕拉斯卡就站在别人家的红色门廊前面唱过这支歌。

那个曲调在他耳中嗡嗡地响，而后又交织成了某种摸得着的、银灰色的、仿佛就是由爱尔日别塔银灰色的衣裙拆出来的一缕缕轻纱。它们同乐曲、色彩及他的精神状态混成了一层洁白闪光的雾，他置身于这层雾中觉得很是惬意。但它持续的时间很短。

他很快就醒了，并且看到那银灰色正是照进房里的月光。他听见了驶到旅馆门前的小汽车轮子的沙沙声，猜到这是爱尔日别特卡从游艺场回来了。过了片刻，传来了轻微的脚步声，听到了门外的窃窃私语，爱尔日别特卡不是独自回来的。房门悄悄地打开了。他闭上眼睛，尽量使自己不要动，尽管此刻他正好感到发僵的嗓子里一阵刺心的痉挛。

"睡着了。"① 他听到了爱尔日别塔的低语。

房门关上了。脚步声远去了。埃德加尔艰难地撑开眼皮，眼皮像

---

① 原文是法文。

石头一般沉重。

他一生中再也没有什么了。没有爱，没有音乐，甚至也没有对于幸福的幻想——傻瓜！他已经是万念俱消了。但他还是个活人，还像每个人一样有感觉，还期望看到美。他费了老大的力气抬起一点身子，把头枕在胳膊肘上，朝房里各处扫了一眼。皓月的银辉依然从窗帘的缝隙里射了进来，依次照亮了床头柜上的件件物品。台灯的银座，带铅笔的白纸本，它此刻似乎是绿色的，末了是那圆圆的小花瓶，花瓶里插的那束银莲花慢慢从暗影里显露出来，蒙上了一层银色的雾。月光移上银莲花的时候，埃德加尔的眼睛瞪得更大了。这花的形态真美，一圈纤细的粉状雄蕊围绕着斑驳的花心，在月光的映照下，他觉得简直是美得出奇。他赞叹了好一会儿，突然心中涌起一股对上帝抑或是命运的由衷的谢忱，感激在临死之前还能给他以片刻的享受，一束普通的花——死亡之花——竟以如此惊人的魅力照亮了他整个的灵魂。他蓦然感到像有一把长长的利刃深深地，深深地直刺到他那颗早已破碎了的心底。

第十章　美丽的夏天

一

埃德加尔的遗体在芒东小教堂的地下室里存放了将近一年的时间，一直存放到次年的五月。人们害怕在充满暴风雨的时候迁移灵柩，举办葬礼。大家都在等待慕尼黑时期和萨奥耳耶时期[①]过去，后来商定于一九三九年五月六日在华沙举行葬礼，那正好是贝克在议会发表演说的第二天，那篇演说归根结底是宣布要打仗，虽然谁也不愿相信这一点。

这一天，整个华沙的社交界云集圣十字教堂。比林斯卡后来对阿罗说，那是“老”华沙最后的一次盛会。但这只不过是她的感觉罢了。参加这次出殡仪式的有许多是音乐学院的学生，华沙的“社会精华”都淹没在大教堂拥挤的人群之中。乐队奏的全是与气氛不合的乐曲。马尔斯基站在灵台附近，在堆积如山的鲜花后面几乎显不出人来，他

① 指 1938 年波兰利用希特勒支解捷克的机会，武装占领萨奥耳耶的事件。

满脸怒气，不断地耸着肩膀。

“这怎么行！”他几乎是大声地自言自语道，“他们应该，应该奏《如歌的行板》。”

他身后站着一位全身黑装的矮小妇人，那是革丹斯卡老太太。维克多也在前不久去世了。

“他曾经是这样的一个音乐家！”阿尔图尔朝她转过身去的时候，她大声地说出了这样一句话。但阿尔图尔只是摆了摆手，示意她要肃静。

就在埃德加尔躺在芒东小教堂的那一年里，老希莱尔也跟着去世了，因此参加葬礼的家属就只有母亲和爱尔日别特卡。

此外还有他的表姐，卡霞太太，她正悲伤地摇晃着脑袋。

三个身穿重丧服的妇女坐在灵台前的一排椅子上。本来那儿还多摆了几张椅子，但是谁也不敢置身于家属的行列。只有近几天来被家务弄得精疲力竭（安特克刚参了军）的奥拉，在紧边上的一张椅子上坐了下来。她似乎是在重新体验埃德加尔的死，整个弥撒时间都直挺挺地坐在那里，任凭自己的泪水沿着面颊往下流。她的一双爱子，高高的个儿，英俊挺拔，黝黑得有如茨冈人，他们就站在附近，有时彼此碰一碰胳膊肘，悄悄提醒对方注意那些知名人士。

玛莉亚·比林斯卡坐在左边第一排长凳的边上。她也穿了黑色的丧服，只是帽子上插了一束紫罗兰。右边第一排的长凳是为政府的代表准备的，宗教和社会教育部的一个什么人物坐在那里，而在弥撒已经开始之后，卡齐米日·斯彼哈瓦走到这张长凳旁边，他身穿黑大衣，手里拿着礼帽。比林斯卡正好坐在跟斯彼哈瓦的座位对称的一端，她留神地看了他一眼。斯彼哈瓦朝她微微躬了躬身子，而她也体谅地向他轻轻点了点头。所有的人都注意到了他们的表现。

阿罗站在母亲的长凳旁边，略靠后，因此他也看到了她那塑像般的侧面和那蒙着面纱、插着紫罗兰的帽子。做弥撒时，母亲从小手提包里拿出一本厚厚的、用象牙和紫罗兰色的天鹅绒装帧的祈祷书——这与她帽子上的紫罗兰花束正好相配——接着就把头歪向了左边，开始念起了祷文。阿罗有点悻悻然，但仍满怀柔情地观察着母亲的一举一动。他看到，母亲近来变得苍老了。他感觉到了她朝斯彼哈瓦那边冷冷地一点头，仿佛是在他面前揭开了生活的新的篇章。“莫非一切都结束了吗？”他心想。

阿罗差不多在一年前就已经成年。母亲已把祖母留下的遗产全部交他管理。阿罗甚至想都不曾想过，这笔遗产竟是如此之大。在安娜公爵夫人死后的这些年里，母亲从未动用过这笔遗产，她偿清了债务和卡塞蒂伯爵夫人的妆奁，靠她那一手谨慎巧妙的管理才干，甚至还为儿子增加了收入。阿罗对此感到大出意料。

“倘若由卡塞蒂伯爵夫人去管理，那就会是另一种结果了。”舒什凯维奇说。

“我姑妈怎么会有可能去管理它呢？”

“因为安娜公爵夫人在遗书里声明过，一旦玛莉亚公爵夫人再醮，卡塞蒂伯爵夫人就会成为您的监护人。”舒什凯维奇郑重其事地解释说，提到所有人的名字时都冠上了封号。

“这么说，妈妈过去是不能嫁人了？”

“她能嫁，但是她不想嫁人。”

“可是，我成年已经一年了。”阿罗说。

舒什凯维奇什么也没有回答，只是鼓起腮帮子，吹动了一下白胡子。

这场对话是在几天前进行的。此刻，阿罗全神贯注地望着正在祷告的母亲的面孔。“这就是说，早在一年前她就能嫁斯彼哈瓦了，可她没有嫁。”他思忖道，“这件事已经结束了，然而是怎样结束的呢？”

他想问问舒什凯维奇先生，但又没有勇气。他看到对方此刻就在自己面前，站在离希莱尔太太和爱尔日别特卡不远的地方。舒什凯维奇正忙于观察自己的外甥亚当·普热比亚-温茨基，后者在这儿当司仪，仪式开始之前，他一边忙着安置那些送花圈的代表团和音乐学院戴徽章的青年学生，一边还在为至今尚未见到杠夫而生气。可是那些有经验的杠夫，熟悉出殡的全套礼仪，他们都躲在教堂的角落里，等待着自己的时辰。阿罗注意到了甥舅两人的一举一动，欣赏了他们好一会儿。

“我什么时候一定要把他俩画下来。”他对自己说道。

胡贝尔特·胡贝站在阿罗右前方，离他只有半步。他俩如今是形影不离。胡贝尔特穿了一件华沙少见的摩登的春大衣，一头拜伦勋爵式的天然鬈发，那模样儿真是雅致极了。比林斯基为他这位朋友感到自豪，赞赏他不凡的仪表，他的果敢，他的独立自主精神和他所有的男性美德，这些都是阿罗自愧弗如的。这友谊的建立已有一年左右了。还是在阿罗给埃德加尔写信的那个时候。当时他在自己那封信里提到的狩猎，就是他这个时期狩猎史上永志不忘的一件大事。这次狩猎阿罗是在老胡贝先生陪同下去的，是他邀请阿罗到自己管理的波莱谢狩猎协会辖区去的。老胡贝亲自向阿罗传授了猎大雷鸟的奥秘，教给他听大雷鸟“求雌鸣叫”的整套本领：大雷鸟何时啁啾，何时闷住，何时发出嘎嘎的叫声；何时听得见鸟鸣，何时沉寂。有一次他领阿罗去打埋伏，结果是他自己没有听到鸟鸣，并把鸟惊飞了！老胡贝赶在年轻猎人的前面回到猎人小屋开枪自杀了，留下个便条，上面写着：“因为我已经是个毫无用处的……”阿罗在这个事件之后受了多么大的震动且不待言，他还不得不亲自去把老人的死讯通知他儿子。对胡贝尔特来说，这个打击不啻是晴天霹雳。惊飞了大雷鸟也许是最后一滴苦汁，也许只是个借口。如今在“雷管”工厂里只剩下孤零零的一个胜利者，那就是兹沃蒂先生。

阿罗用目光在人群中搜寻他。兹沃蒂先生尽管不承认希莱尔的音乐，但他认为不能不去送殡，因为“整个华沙”都去了。他站在教堂中央，既不偏左，也不偏右，为的是让每个人都能注意到他。紧挨他站着一个身量不高，黑色鬈发的男子，很讨人喜欢。阿罗时不时在各种艺术展览会上碰到他。他也就是布罗内克·兹沃蒂。

“这一切多么奇怪地纠缠到一处了。”阿罗想到，他一直留心观察，胡贝尔特是否看到了兹沃蒂先生，看他们彼此是否打招呼。他知道兹沃蒂先生借口比利时“国立工厂”的压力想从胡贝尔特手里抽走他父亲留下的全部现款。他没有看到，胡贝尔特跟兹沃蒂先生是否互相打过招呼，但他注意到布罗内克一时离开了父亲，到胡贝尔特那里去了。他跟小胡贝见面时使劲摇了摇他的手，并在他耳边说了几句话。胡贝尔特忧郁地淡淡一笑，他在这一瞬间是这样迷人，阿罗叹了口气。

“那可怜的塔塔尔斯卡。”

布罗内克没有回到父亲身边，就这么跟胡贝尔特站在一起，一直站到祈祷结束，他那一头卷曲的绵羊毛似的硬发同胡贝尔特的鬈发形成了鲜明的对照。

“我的上帝!”阿罗想道，“他不也是美术学院的!”

他记起了，在公共大教室里常见到布罗内克。不过他是跟另一个教授学习的。大家都说，他聪颖过人，而且对自己要求严格。

阿罗的心不在焉是那样惹人注目，以致比林斯卡先是看了他好一阵子，然后又在长凳上探过身去，递给他一本翻开了的祈祷书，并用戴着黑手套的指头指了指祷文。祈祷书是法文的。阿罗瞥了一眼：

“为朋友的灵魂祈祷。”

他念过几行洒了香水的祷告文字，就不耐烦地把书还给了母亲。此刻他眼望着棺材，漆黑的棺材盖上摆了很大的一束深红色的玫瑰花。

他觉得花的香味一直飘进了他的鼻子。

“我能把埃德加尔称为朋友吗?”阿罗想。接着又记起了自己写给他的最后一封信。在这封信里写的都是些什么?满纸的胡说八道，无非是要让人把自己看成是个蠢货。尤其是说他没能去听埃德加尔的交响音乐会是因为不得不到意大利使馆去赴午宴的那句话。话倒是句实话，不过阿罗清楚，那天演奏的并不是埃德加尔的交响乐，他之所以这样写，无非是想让埃德加尔把自己看成个非常“吊儿郎当的人”。虽说只过了一年零几个月的时间，阿罗却感到，要是在今天，他就不会写这样一封信了。他感到有点难过;他清楚，埃德加尔后期非常寂寞，临终时还带走了对于他阿罗，对于他的头脑和心性的如此糟糕的印象。他又朝棺材看了一眼。“要是他此刻见到我，他就会知道，我实际上并不是那种人。”他同时又觉得，即使埃德加尔能在此时此刻看到他，对埃德加尔来说反正也都是一样。

他把视线移到了母亲身上。她仍在念那本祈祷书，只不过她现在撩起了面纱，戴上了眼镜。就是在《绘图》周刊上登过广告的那种普通的黑边眼镜。她戴着那副厚厚的眼镜，虔诚地念着那本法文书，仿佛还轻微地点了点头。是出自虔诚，还是为了看得清楚一点?他倏然觉得母亲老得真厉害。“妈妈有多大岁数了?”他想，他从未考虑过这个问题。“所以说我是个蠢货，”他想。“我没有必要装腔作势，因为我就是个畜生。妈妈是老了，疲惫了。这么多年来，处在这样不明不白的境地。”他知道，希莱尔曾爱过母亲。虽说他尊重古老的习俗，可在别夏多夫斯卡小姐把这件事告诉他时，他完全不能理解为什么老公爵夫人安娜认为宁可让她嫁给斯彼哈瓦，也不能嫁给希莱尔。须知希莱尔是个大作曲家呀!而且，如果他娶了妈妈，就不必去赚钱糊口，也许一切都会好得多。他也许就不会那么多年来在音乐学校里跟学生们一待就是十个钟头，也许就不用住在瓦雷茨卡街那间窗户朝院子、什么也看不见的斗室里，也许他就无须躲避，不用一会儿逃到瑞士，一会儿逃到罗马，一会儿又逃到芒东。他真可怜埃德加尔。

“这都没什么要紧，”他自言自语地说，“他毕竟是个伟人。将来孩子们在学校里会学习他的作品。”

雅努什在远远的一排长凳上找了个位子，他在自己左右没有见到一个熟人，也得不到一丝儿慰藉。他记起了马雷·舒阿尔讲过，埃德加尔的那些作品会保存下来的，但是它们像一堆抽象的数字，像许多数字的组合中可能产生的那种关系——这对他来说并不是令人安慰的天使。相反，他倒是宁可把那些作品想象成召唤最后审判的号角，因为号角也会像别的一切东西一样，碎成粉末。

> 到那愤怒的日子，到那报应的时辰，
> 世界将变成一堆齑粉。①

可是，这不过是他头脑里的一种怪念头罢了。他无从感受到这一切，更不能理解它。“只要我活着，”他想，“我就不得不抓住生活的形式，用我能理解的概念来思考，别的我一概不能做到。”他知道，雅德维加就站在自己身后几步远的地方。她不愿跟他一起坐在长凳上。但她在身边。如今他后悔莫及，他没有把一切都告诉埃德加尔。在罗马的时候，他竟放过了那么好的机会。而今他知道，在这个世界上已没有一个人是他能够向之倾诉一点真情的。同时他又觉得，如果他告诉了埃德加尔，说不定他自己就会更容易理解自己的生活。他是这样庆幸自己把佐霞埋在了索哈切夫，把玛尔文卡埋在了她母亲身边。这巨大的、官场气派十足的教堂不能引起他任何的回忆，甚至这精湛的音

---

① 原文是拉丁文。

乐也一点儿都不像他在日常生活中听到的那种乡村的教堂音乐。乐队奏出的是一片喧闹之声，矫揉造作，有失真诚，而且与此时此刻的气氛完全不相符合。“我跟这一切已经隔得远了。”他想道。

他旁边，离他很近的地方站着一位身材矮小的老人，正在伤心地哭泣着。他一任泪水流淌，没有呜咽，没有号啕，只是把头朝左、右两边摇晃，似乎是想否定自己的一生，似乎是在反驳高踞于祭坛之上、用一个威严的手指指着他这凄惨的人儿的上帝。“不，不，”他似乎在说，“不，上帝呀，对这残酷的人世我不赞同。天使呀！听便你们爱说什么，听便你们爱唱什么，可我就是不，就是不赞同。”大颗大颗晶莹的泪珠不断线地从他眼中涌出，随着他头部的摆动落向左右两边。那老汉终于从衣袋里掏出一块大手帕（一块洁净的手帕）像是擦眼泪，却用它蒙住了自己的脸，就这么站了片刻，弥撒也已接近尾声。

雅努什想起，在埃德加尔那里似乎见过这位老人。他是沃维奇某个地方的风琴师，他的驼背孙儿颇有音乐才赋（雅努什也知道），是埃德加尔当时在关怀他。那小家伙死的时候，埃德加尔还不顾一切地赶去了。哦，这位风琴师还有一个女儿……埃德加尔有一次在罗马提起过她。雅努什记得这次罗马之行中埃德加尔说过的每一个字；却不记得阿丽亚德娜说的话（阿丽亚德娜最后说了些什么?），也不记得自己说了些什么，只记住了埃德加尔说的话。后来他们几乎没有见过面：雅努什又去了巴黎，然后就在科莫鲁夫闭门不出。而与此同时，医生们却建议埃德加尔去了“南方”。也许在当时实际上已是无药可治了?然而，这样一个人的生命哪怕是延长一个星期……两个星期……也会有很大的意义，也许他那时还有些什么音乐构思？不会有的，因为埃德加尔已经有好多年没有创作了。在《山鲁佐德》问世之后他只写过一些序曲，而后……而后他写过些什么？雅努什甚至记不得还有几首小作品，其中有一首还是很重要的……可他已经记不起是哪一首了。

他记得《山鲁佐德》。奥拉一定能帮他回忆起来的。葬礼后得去问问她。

奥拉一直是直挺挺地、木然不动地坐在那里。这并不是说，她没有看到周围发生的事。她感到，站在附近的男孩子们在这样肃穆的场合里表现得不够得体，阵阵低语声从那一边传进了她的耳朵，但她没有回头去望一眼。她眼前也在发生某种很不得体的事。阿达希·普热比亚-温茨基站在右边紧靠棺材的地方，他来来回回地摆弄着放在那儿的花圈，把花圈上的挽联展开，以便露出上面的题词，要不就是郑重其事地收下那些晚到的花圈和仍在源源而来的花束。老舒什凯维奇站得离奥拉更近一点，他正在白费心机地打着手势，想把外甥的注意力吸引过来。奥拉明白，阿达希是在佯装没有看到舒什凯维奇的暗号，这一切她看着实在滑稽。她不再哭了，也不再听音乐。

她终于发现，舒什凯维奇不管三七二十一闯进了用黑烛台围住的离棺材最近的地区，甚至还被哪副挽联抑或是从花圈上垂下来的铁丝给绊了一下。他抓住了阿达希的一只手，终于达到了自己的目的：引起了阿达希的注意。

这还不够。看来舒什凯维奇还担心阿达希又会溜掉，他小心翼翼、不露形迹地牵着阿达希的一只手把他从大烛台圈的地方拉了出来，让他站在自己身边，正好就在奥拉前面。他没有松开外甥的衣袖，歪过头去对着他的耳朵，用一种戏剧性的耳语说道：

“你出了什么事呀？为什么哪儿也找不到你？”

阿达希不高兴地回答：

“舅舅也真会找地方！我忙着哩，这不就结了。”

“你在忙些什么？”

阿达希默默地指了指灵台。

“可并非每天都有葬礼呀！我可有好长一段时间没见到你了。”

年轻的温茨基耸了耸肩膀。

“你好像要结婚了。听人说……”

“总不至于在棺材旁边结吧。”阿达希说。

此刻一个慌慌张张的小男孩送来了一个比他自身高一倍的花圈，站在一边不知如何是好。阿达希·普热比亚-温茨基一步跳了过去，从男孩手上接过花圈，威严地朝他点点头，示意叫他帮忙摆好。摆好之后，他摘下别针，把卷成筒的淡紫色的挽联舒展开，抚摸着波纹绸。上面用金字写着：“悼念伟大的师长。弗瓦迪斯瓦夫·热伦斯基[①]音乐学校。”

阿达希把这挽词读了一遍又一遍，像是在读什么最珍贵的古代文献；他再也不回到留在奥拉身边的舒什凯维奇那儿去了。此刻乐队奏出了奇妙的乐曲，奥拉不再去关心眼前发生的事了。

四重奏演出小组（“有意思，不知是否有杜比斯卡……”她想）开始奏起了大家盼望的那个《徐缓的如歌的行板》。这同时也意味着弥撒结束以及紧接着的葬仪中介乎弥撒和安灵祈祷之间的沉闷的静默。杠夫们觉察出时间到了，纷纷从自己藏身的角落里走了出来，在此之前阿达希·普热比亚-温茨基想把他们从那儿招出来而未能如愿。当那温柔、美妙、甜蜜无比的抒情乐章从乐队传出的时候，杠夫们挤过密集的人群，慢慢集中到棺材四周，他们像一群黑色的乌鸦，只等不露形迹的领班发出一个暗号，就会抓起摆好的花圈，抓起棺材上的金属环。

随着如此质朴、如此激情荡漾的旋律在人们头顶上升起，随着一群头戴船形帽的黑衣人用自己的身影遮住了棺材四周的点点烛光，艺术家那不可捉摸，不可思议，已经是属于另一个范畴的形象出现了。他超越了一切，超越了人们的头顶，高高耸立在鲜花和灵台之上。埃

---

① 热伦斯基（1837—1921），波兰作曲家。

德加尔·希莱尔没有躺在棺木之中，他已插上了音乐的翅膀，这音乐将超越一切人的生命而永存下去。他扶摇直上，飞向光明，这光明是透过蔚蓝色的彩绘玻璃从窗口射进教堂里来的。

所有的人都感觉到死者来到了教堂，只有斯彼哈瓦一人例外。他不懂音乐，不知乐队演奏的是什么。再说他也不曾去听这音乐，它只不过在表面上刺激了一下他的感官；他也不曾去考虑玛莉亚冷淡的招呼，虽说他已有两天没见到她了。祈祷仪式他迟到了，因为他在部里同贝克进行了一次谈话。贝克急切地向他打听人们对自己的演说有何反应。反应不多，也不太具体。斯彼哈瓦并不怀疑贝克认为战争不可避免的见解。他从部长的眼睛里就看得出来。他眼里蕴藏着的那种神情跟病入膏肓或面临被捕威胁的人眼里显露出的神情毫无二致。斯彼哈瓦有心鼓励他几句，让他相信事情自会顺利解决，便信口谈起英国的保证来，这一下可捅了马蜂窝。部长大发脾气，对他讲了几句非常严厉的话。

“您如果相信英国的保证，您就不能在外交部当高级官员。”

斯彼哈瓦一声不吭，他脑子里不停地想着这件事，老实说，他已不太清楚自己置身何处了。温柔的音乐和教堂里出现的庄严肃穆的寂静逐渐影响到他。骤然间，斯彼哈瓦的眼前浮现出黑海蔚蓝色的海浪，酷暑，敖德萨希莱尔家别墅旁带有红色小更衣室的海滩，一本德文诗集的蓝色封面，那本诗集放在一条破旧的花条被单上，就在埃德加尔的手边。末了又浮现出微微偏向一边的埃德加尔的侧面像和他抬起的一只拿着香烟的手，还有那场证明他们彼此毫不了解的谈话。斯彼哈瓦定了定神，摆出一副恬淡的面孔，向四周扫了一眼。就在他右边，紧靠他站着两个高个儿，一样装束的黑发青年，稍远一点，在一排空椅的紧边上坐着奥拉。

斯彼哈瓦仔细瞧了瞧她那笔直、硬朗的形态，看到了她眼里淌出的泪水。

“当年她把那首《幽情》唱得多么好。”他想了一会儿。而后，他的思绪又回到英国的保证上去了。

奥拉听着《徐缓的如歌的行板》，心里想的不是埃德加尔，而是自己的两个儿子。她记得，在给埃德加尔的最后一封信里（他在芒东时她没有给他写信，过后又悔之莫及）对他描写过他们。可他对她的儿子们怎么会感兴趣呢？她像对一个朋友那样给他写信——而今她再也没有一个可以写信的人了。不论是谈自己的儿子还是谈一般的事。

奥拉思索着，是何原因使她这样为自己的两个儿子操心。安特克应征入伍，后天就要走了。然而，仗是打不起来的呀。美丽的夏天就要到了，他们将到普斯泰翁基去。为什么弗兰内克不想叫他们到海滨去呢？而他们，那两个儿子又会怎样呢？要知道，他们并没有什么危险，用不着为他们惴惴不安呀。他们不会像可怜的埃德加尔那样染上痨病。他们都体格健壮，身材魁梧，皮肤黝黑，可也相当缺乏教养，对此米哈霞姨婆还颇感不安过（奥拉想起母亲时用的是孩子们的称呼，叫她“米哈霞姨婆”）。她不用看就感到儿子们在自己身边，她已猜到，他们在午饭桌上将会谈起埃德加尔“舅舅”的葬礼。安特克是那样调皮，他准会讥笑玛莉亚·比林斯卡虔诚的表情和帽子上的紫罗兰。而安德热依只会满意地暗笑一下，只有他才会这么笑的。男孩子们都憎恨玛莉亚·比林斯卡。是何原因呢？

此外，他们在这儿还看到了胡布胡贝对他们的背叛，他把自己整个的友谊和爱都移到玛莉亚的儿子那方面去了。小伙子们都愤愤不平，因为他似乎对什么人说过，安特克和安德热依对他来说都太孩子气了。安特克意味深长地说过，“自然啦，对他来说我们都是孩子”，并且怪模怪样地朝安德热依看了一眼。奥拉一点儿也不明白他们是怎么回事，不过总是有点什么吧……她不理解他们之间为什么会出现不和以及彼此争夺朋友。“为什么他不能既跟阿罗也跟你们交朋友呢?”她问道，“为什么我这样为他们担心着急呢?”

音乐静了下来，安灵祈祷开始了。奥拉此刻才觉察到，当身着法衣的牧师走过来的时候，罗伊斯卡太太悄悄来到希莱尔太太身边，扶她站了起来。牧师迅速做完了安灵祷告，一个年迈的风琴师用可怕的嗓音同他应答。然后，牧师转身朝向送殡的人们，说道：“为仙逝的埃德加尔·米哈乌的灵魂祈祷，请念《我们的天父》和《长眠》。”大家这才听说，埃德加尔还有一个名字叫米哈乌。就连爱尔日别特卡以前也不知道。

黑乌鸦般的杠夫一齐拥向了灵台，异常熟练地撤去了需要移开的东西，搬走了大烛台，一路吹灭了烛光，拿起了花圈，分派好了抬花圈的人，呼哧呼哧地揭下了钉在棺材上的写有死者姓氏的白铁牌子，取走了立在棺材前头的十字架。阿达希·普热比亚-温茨基从棺材上取下了那一大束深红色的玫瑰花。就在这时，演了一场小戏。爱尔茹尼亚看到阿达希手里拿着那束玫瑰花，朝他点了点头，他没弄明白对方的意思，便双手抱着这束花向她走了过来。爱尔日别特卡试图折下一朵花来，但怎么也折不断，手也扎破了，花枝还是折不断。阿达希想帮她一把，就往侧边的衣袋里去掏小折刀，一根小绳随着折刀一起被拉了出来，小绳绊到刀子中间去了，又从衣袋里拖出一把相当大的左轮手枪，手枪“咚”的一声掉到地毯上，正好落在温茨基的脚边。年轻人的脸红得像只熟透了的虾子，急忙弯下身去捡手枪，一手举着花，一手迅速把武器塞进了裤子的后袋里。爱尔日别特卡还在扯那朵花，这束花现在是拿在阿达希的一只手上，经她这一扯，花束又掉到了地上。阿达希又把花束拾了起来，用小折刀把那朵折过的花削了下来，交给了爱尔日别特卡。爱尔日别特卡撩起罩脸的面纱，穿着一身丧服走到了最前面，手里捧着这朵红花。因为她揭起了面纱，人们就可看出她脸色惨白，未施脂粉。总之，她变得苍老了。

她径直朝斯彼哈瓦走去，后者是因为没有时间不能到墓地去，就在这儿跟她见面，并代表外交部向她表示哀悼。爱尔日别特卡从红玫瑰上抬起眼睛看了他一眼，没有认出他来。刹那间斯彼哈瓦觉得她是佯装不认识自己，也只好自我介绍一下了。

“我是斯彼哈瓦。”他说。

“您是知道他的，”爱尔日别特卡小声说，“他是个怎样的人呀！”

斯彼哈瓦说了一套传统的吊唁话。

这时里外三层的棺材抬起来了，看得出来，它非常沉重，穿黑衣的杠夫们抬着它在人群头顶上起伏摇晃，有几个埃德加尔的同学和华沙音乐界的同人“为走走形式”也来帮杠夫们抬一下。牧师低声唱完了《天使们引你上天堂》[①] 之后，便踏着红地毯快步走到前面，站在正门旁边等候，银十字架在他的头顶上闪闪发光。希莱尔太太破了常规由罗伊斯卡太太扶着，跟在棺材后面。另一边紧挨着她走的是舒什凯维奇先生。他摆出一副庄严的姿态，用自己那双小脚不合节拍地一路踏着碎步。爱尔日别特卡跟在他们身后，独自一人，又矮又小，全身披着丧纱，走在红色的地毯上，手捧着红色的玫瑰花，头扬得高高的，仿佛是在倾听那只有她一人能听得见的音乐。大家都清楚，她是在表演《众神的黄昏》[②] 中的最后一幕，跟在抬着齐格弗里特的担架后面走。为了不致破坏她的效果，谁也没有去挽起她的胳膊。

离她不远的奥拉怀着惊诧的心情注视着这个像在剧院里捧着红玫瑰一路走去的老妇人。她一下想起了爱尔日别塔教自己唱《幽情》时变换四度音程的那种甜蜜的嗓音。“她曾经是个多么令人惊叹的女子

---

① 原文是拉丁文。

② 查理·瓦格纳的四联剧中的一部，齐格弗里特是剧中主角。

啊!”奥拉想道。

斯彼哈瓦想的是同一件事，他也忆起了那首歌，那首歌的旋律他已不大记得了，但是它在他心灵深处同酷暑，同热火朝天的运动……同战争联系在一起。他正想着昔日在敖德萨的一架钢琴旁边发生过的那一幕，猛然间遇上了奥拉的目光。他们彼此默默地点了点头。

就像在棺材前边一样，在爱尔日别特卡的身后也浮动着成堆成片的紫红色的玫瑰花、丁香花和鸢尾花。这是百花盛开的季节……鲜花遮盖了一切。人群也在向前移动。这时革丹斯卡太太又走到了马尔斯基的身边。

“维克多曾经是那么热爱他。”老太太对马尔斯基说。

马尔斯基忍不住了。

“太太，您可明白?!”他几乎是喊了起来，虽说是尽量想压低声音，他就这么对着革丹斯卡太太的面纱站住，刹那间把整个的人流都阻住了。“您明白吗?这是我们一百年来最伟大的艺术家!天才!可您却说得轻巧，维克多曾那么热爱他!”

革丹斯卡太太两手一摊。

“阿尔图尔先生，您快别这么叫喊。”她说道，“是不是天才且不论，可他不是我的儿子。”

“您太不知轻重了。”马尔斯基说完便想离开革丹斯卡太太，而且暂时办到了。

然而，当人们到了波翁兹基墓地并把埃德加尔的棺材放进墓穴的时候，马尔斯基尖声尖气地哭了起来，他正想在自己周围找个依靠，就感到有两只瘦弱的臂膀和细小的手抱住了自己。他于是扑倒在革丹斯卡慈母的怀中，号啕大哭，哭了个痛快。葬礼结束后他们俩还搭伴回到了罗兹。

二

安特克参军的时候，火车站上送行的气氛显得十分愉快。小伙子们请求双亲留在家里。安特克在家里跟母亲告别，在糕点铺跟父亲告别。倒是胡布胡贝格外施恩带着阿罗，并在两位女演员巴霞·布德娜和玛雷霞·塔塔尔斯卡的陪同下光临革但斯克火车站送行来了。巴霞如今是个大名人，经常在酒吧间唱歌。当她身穿一套深蓝色的西服，没戴帽子来到车站的时候，大家都朝着她看，全华沙的人都认识她。玛雷霞的境况就差得多，她间或在《猫与问候》剧院里演出，这家剧院尽管在文艺上有自己的雄心壮志，近来却有些衰败。韦切尔小姐老了，变得尖酸刻薄，戈尔巴尔彻底变成了个酒鬼，任何时候也搞不清他是否会来参加演出，使得苦闷的B角演员每天晚上总得带着“是否得化装?”的问题在后台等候。

阿罗现在老是围着剧院转，他赢得了马利克的欢心，在工作室里给他当助手，在美术学院里也跟他学画。前不久，马利克在美术学院主持戏剧舞台布景教研室的工作。跟这帮小青年交往使得衰老的女演员们也变年轻了。阿罗有那倒霉的封号和那些大贵族的关系，而胡贝尔特则有的是钱。

火车站上十分拥挤，气氛总的说是愉快的。许多年轻人都在这一天启程，他们都是跟安特克一样应征入伍的。当时还没有进行总动员，只是个别征召各方面的行家入伍。安特克虽是学医的，但又是无线电报务员，且在通信部门工作过，因此征他到奥斯特罗维亚马佐维耶茨卡[①]的某个地方去，也许是去沃姆扎，因这地方就在东普鲁士的国境线

---

① 波兰中部的一个县，属华沙省，靠近沃姆扎。

上……所有的人都朝这个方向去，而他们的免费车票到底要把他们送到何地，这是秘密，安特克也表情严肃，“不去说起它”。

两位女演员的到来使戈翁贝克兄弟有点不好意思。安特克的打扮像是到塔特拉山去旅行，而安德热依穿一条短裤，露出两条晒得黝黑的、汗毛很密的长腿，看起来有十六岁的样子。他跟巴霞和玛雷霞见面问好的时候，脸羞得通红。胡贝尔特因自己那头鬈发，给人的印象仿佛是刚从化装舞会上跑出来的。但是他，尤其是十分自信的巴霞，很快就给这次聚会增添了一种游戏的色彩，使之成了闹着玩儿的事，成了某种春日联欢会。巴霞嘻嘻哈哈，唱着歌儿，挨着他们的三等车厢里的一个乘客也吹起了口琴。这时，巴霞一把抓住安特克，跟他跳起舞来，她带着他跳，似乎自己是男舞伴。安特克面红耳赤，可那模样儿美极了，使得玛雷霞忍不住说了一句：

“要是把我们的战士打死了，那该多么可惜呀！”她这句话是对着巴霞喊的。

巴霞停住了自己那不分场合的舞蹈，拉着安特克的手从上至下，仔仔细细把他那张黝黑、俊美的面孔打量了一番。

“可是他们不会打死他的，”她说，“因为仗打不起来。”

她突然严肃起来。从自己的西服上摘下一朵硕大的白色石竹花，把它献给了安东尼①。

“什么，你们没有更多的花可以献给战士们吗？”胡贝尔特问。

“没有。我们上哪儿去弄呀？”

“既然这样，我派彼得进城买花去。”

彼得就站在旁边，面带微笑地望着自己的胡贝尔特。

“彼得，来得及在十分钟内进城又赶回来吗？”

---

① 安特克的大号。

“喏，怎么不能?”司机回答。

“快请吧。到最近的花房去买一束花来。什么花都行，玫瑰、石竹……不过得快，因为火车过二十分钟就要开走了。”

彼得飞奔而去，像个顽童一样挤出了人群。

巴霞松开了安特克。

吹口琴的那个家伙从车厢窗口探出身来。

“喂，小姑娘为什么不跳舞呀?我的口琴吹得这么好!”他问。

“别人会生气哩!”巴霞犹豫起来。

“战争是严肃的事情。”玛雷霞补充说。

“哟!”吹口琴的人说道，“我们是什么人?难道我们是那种可以随随便便对付的人?”接着他又吹起了生气勃勃的克拉科维亚克舞曲。

安特克和安德热依迟疑地交换了个眼色。

“你呢?胡贝尔特，你不参军吗?”

“还轮不到我。怎么没有人来拉我们的亚历山大①兄的手呀!”胡贝尔特回答说，“这是什么奇迹?我真不明白……”

“我有假条。”阿罗郑重地说，他拍了拍胸口，拍了拍皮夹，似乎马上就要拿出证明给大家看。

“自然又是通过……”巴霞脱口而出，但她及时咬住了舌头，没有说出那个不合时宜的姓氏。

安德热依利用一时的空当挤到安特克身边。

“安特克，记住写信来。”他用自己那种常常表明激动的最低嗓音说道。

安东尼突然抓住他的一只手，把他带到一边。

---

① 阿罗的大号。

“你听我说，英德雷克[1],”他总是叫弟弟英德雷克，“你代表我再跟父亲告别一次吧。你知道，在店里……那么多人……我甚至都没亲他老人家一下……”

“吻手?”安德热依问。

“哎，什么吻手……我压根儿就没亲他老人家。你代我去向他告别一下吧。你告诉他，我很难过。”

“可我怎么对他说呢?”

“什么怎么说？就这么说……”

“你最好是亲自写信对他说。”

“我怎么给他写信呀？这种话是写得出来的吗?”

“对爹娘也不能?”

“我知道，你永远是那个娇宝贝儿。”

“你算了吧，安特克，别说蠢话了。”

这时，彼得抱着一大捆粉红色的石竹花回来了。

“上帝呀，这么快!”玛雷霞说。

“就这儿，在穆拉诺瓦街就有这么一家花店。”彼得说，“我把所有的石竹花都拿来了。”

巴霞抓过花来，把它们分送给远行的人们。从他们身边那节车厢的所有窗口伸出了无数只手来。

“太太！您可不是参军的呀!”巴霞对一个也伸出手来要花的胖老婆子叫喊道。

“有什么关系呢？给她一朵吧!”胡贝尔特说道，“要是战争打起来，天知道谁是战士，谁不是战士……”

老太婆笑了，她有一张又宽又肥的面孔。

---

① 安德热依的昵称。

“我会是个好战士的，走着瞧吧！”她喊道。

巴霞给了她三朵石竹花。

“小姑娘！小姑娘！我呢？”吹口琴的那位喊道，“给我一朵花呀！”

“我已给了您三朵石竹花！”巴霞气愤地说道，又朝这个家伙瞟了一眼。他长得非常美，又非常粗野。

“伙伴们都抢走了，每个人都想从您手上得到一朵花留作纪念。”

“请上车！”列车员叫道。

安特克跳上了踏板。

巴霞摇着剩下的花向他致意。胡贝尔特突然感情激动起来，紧紧握住了他的手。玛雷霞大声叫道：

“祝你凯旋！”

阿罗的高大身躯把安东尼和其余的人全遮住了，他把一只手伸到站在月台上的人们的头顶上，使劲地摇着。看得出来，安特克的目光是在寻找安德热依，但没有找见他。弟弟站在紧靠边的地方，站在所有人的身后。火车慢慢开动了，每个窗口都有人在向外招手。一些人的手上拿着粉红色的石竹花。直到火车已经走了好远一段路，安德热依才看到哥哥。他感到嗓子眼里一阵发紧，便匆忙走了，既没有同任何人告别，也没有等到列车消失在大桥后面。他一出车站便跳上了一辆已经开动的有轨电车，回家去了。

阿罗和胡贝尔特回头去找他，可他已经不在车站上。

“安德热依先生溜了。”彼得说。

“奇怪的小家伙。”玛雷霞·塔塔尔斯卡说。她非常喜爱安德热依那副体态挺拔、稚气十足的模样儿。

两个年轻人把女士们送回剧院。那儿正在进行霍夫曼斯塔尔[①]的

---

① 霍夫曼斯塔尔（1874—1929），奥地利颓废派诗人、戏剧家。

《厄勒克特拉》总彩排。后来，他们便回到上西里西亚街胡贝尔特的住所去了。

胡贝尔特过着一种古怪得出奇的生活。阿罗自从不得不到那里去向他报告那个可怕的消息时起，一直住在他家里没有离开过。胡贝尔特自那时起，变得非常执拗，他暗自下了决心：我决不屈服！他咬紧牙关，从早到晚不是忙于事务就是忙于作乐。阿罗从未见过这种情况。莫说是阿罗，就连那位不止一次见过年轻人飞黄腾达，并按老年人的习惯持怀疑态度的老舒什凯维奇，也简直闹不明白，他这一切是怎样搞成的。

胡贝尔特通过法院办理了提前获得合法权利的手续，因为他既无近亲，也无远亲，不能指靠任何人的监护。在十八岁的年龄，他就成了整个财产、“雷管”工厂的股份和合股公司股份的全权所有者，这就使他负有重大的责任。自父亲死后他就开始同兹沃蒂先生进行斗争。所幸的是，早在童年时代他跟彼得之间的关系就很好，由于彼得的帮助，他知道工厂里都在议论些什么，知道工人们对兹沃蒂的态度，知道塞韦伦先生在塔尔古维克的管理情形，他也懂得观察风向，迎合时尚。他毫不畏惧兹沃蒂的威胁和那个可怕的字眼“比利时人”。一取得合法权利他就到比利时去同“国立工厂”缔结了协定，虽说在谈判时他理所当然地吃了点亏。参加了公司和工厂的管理会议的一年之后，竟使得别人一提起胡贝尔特，兹沃蒂先生就抓自己的脑袋。兹沃蒂私下对他老婆说：

“哎哟，我跟这狗崽子打交道能有什么好处！我跟他一起能好得了吗！”然而他又不能公开对抗胡贝尔特的旨在整顿企业的财政状况的政策。

布罗内克明白父亲不喜欢别人在他面前谈起小胡贝，午饭时（他从来不在家里吃晚饭）他就不住嘴地谈这个题目，没完没了地谈论阿罗·比林斯基跟胡贝尔特之间的友谊。

“哎呀，你怎么老在谈这些伯爵老爷!”兹沃蒂太太对儿子说道，“伯爵老爷们可以画画!”她又意味深长地补了一句，“他们有的是钱!”

布罗内克满脸笑容地望着母亲。

“犹太人就不能画画!”他说道，并在兹沃蒂太太的手上吻了一下。“妈妈，你为什么不戴假发?”他问，“要是妈妈戴上假发，我该更爱妈妈了……”

“住嘴，吃你的饭!”兹沃蒂先生对他说。

布罗内克实际上非常爱母亲，只是有时喜欢逗逗她。而她这个可怜的女人每逢不得不对邻居或熟人谈起她的儿子要立志成个画家时，总是真个地气得眼泪汪汪。布罗内克画过几幅非常好的母亲头像素描。他是满怀深情来画的。但兹沃蒂太太对这些素描总是伤心地摇头。

“像，像。不过照片更像。”她说，“你搞这些玩意儿将来能有什么出息?”

胡贝尔特一直在监视着兹沃蒂，提防他在背后捣鬼。但是，在这方面他显然经验不足。兹沃蒂如今亲自到国外去了，胡贝尔特担心他此行不善。当两个朋友待在胡贝尔特这座空虚的大房子里，家里唯一的女人，彼得的老婆给他们送来午饭的时候，他们所谈的正是这个题目。

“我觉得，”阿罗说，“你对兹沃蒂完全是束手无策。首先，你考虑问题是绅士派的[①]，你永远预见不到他会耍些什么鬼花招。”

“可你知道，他是掌握在我手心里的人。”

“这话怎讲?”

“他向西班牙出售过武器。”

---

① 原文是英文。

阿罗笑了起来。

“这件事对政府并非秘密。甚至家母对这件事也能发表点意见。连雅努什舅舅也略知一二。”

“噢，不管怎么说，他怕我。”

“我劝你，趁时间还来得及，让公司和工厂的股份都赶快出手。”

“就算我肯出手，可谁会买呢?”

“还有谁？兹沃蒂呀！他做梦也想买。”

“你瞧，这不合适。”

“我跟你说，可以由我从你这方面买下公司和‘雷管’工厂的两个股份，然后，我再转卖给兹沃蒂。”

“可他会只给几个小钱就买走的。”

“对你会如此，对我不至于。我们现在就问问阿达希。我能不能搞到……喏，你大致估计值多少?”

“哎呀，非常多!”

“两百万?”

“不，没那么多。少多了。”

“一百二十万?”

“大概就这么个数……这得去问问舒什凯维奇。阿罗，你真是个急性子。”

“什么？急性子？不，我诚心诚意想帮你一把，主要是想使你摆脱这些财政事务。往后你就会拥有罗托奇尼亚。你就能偿清庄园的债务，就可以在那儿经营了。罗托奇尼亚似乎是一处很漂亮的庄园。”

“今年夏天你到那儿去看看吧。”

“舒什凯维奇把我的全部财产都买成了有价证券。喏，行不行呀?我去打电话。”

阿罗走到电话机旁。彼得太太生气了。

“公爵大人，饭要凉了。”

但是，比林斯基已经拨动了电话号码。

“喂！是你吗？阿达希！什么？是你？你在吃午饭？我也在吃午饭。你听我说，我想打听一下，这会儿卖掉我们那些有价证券能收回多少钱……什么？跌价了，是你说的？……不错，清楚，跌了一半……不过总是能卖掉的。难道不是吗？你为什么这样心慌意乱？……没睡好觉吗？因为我马上需要很大一笔现款。为什么？我想买工厂。你别笑，是真话。那些有价证券毫无用处。好，你去打听一下吧。明天……好的，好的……你去打听一下，能不能卖到……噢，大致一百多万……当然是很大一笔款子。可你想想，华沙最大一家工厂百分之五十的股份，这还少吗？什么工厂，这不关你的事。明天你到交易所去打听一下，明天还要去告诉你舅舅一声。你舅舅会从椅子上栽倒下来……当然啦，他会栽倒下来的……嗯，这恐怕不是最可怕的事吧……祝你健康，是的，祝你健康。再见。明天我给你打电话，时间跟现在一样……两点左右……”

阿罗以一个优美的姿势放下了听筒，重新坐到饭桌旁边。胡贝尔特笑着说道：

“哎呀，我太喜欢你了，阿罗，你什么时候变成了这么一个刚毅、果敢的人？谁能想得到……”

阿罗忧郁地淡淡一笑。

“你不相信我的毅力吗？可我觉得，我是有毅力的。也许不只是毅力，而是韧性。我有耐心……而这已经是很多了。”

“可能的。这要比我遇事都想拼命的脾气好得多。可这对我有什么用处？”胡贝尔特忽然踌躇起来。

“我正想对你说这句话哩。我们做这一切的目的何在？”

“我自己也不知道。目的在于向家父证明，我不是他眼里的那种稀松货。只是，遗憾得很，我丝毫没有把握，家父是不是能看得见我……不知他是否看得见我不是个软骨头……”

“你过去很爱父亲吗?”

“你很清楚。我在这个世界上没有别的人。他是我唯一的亲人。事情往往就这么阴错阳差，就这么凑巧。这对我来说，正是最糟糕的事。他怎么能走上那一步?难道他就没有想到，会留下我孤单单一个人?那张条子：‘因为我已经是个毫无用处的……’那张条子上没有一句话，没有一个字提到我。那张字条当时是放在哪儿的?”

“我已经对你讲过多少遍了！放在长凳上，就在他身边……”

“因为我总是在想，也许他没有写完?也许他还想补充点什么?写上……胡贝尔特……”

阿罗盯着友人看了一阵子。

“别想啦!”他说，“事情都过去了。”

“因为很显然，这一切都是胡扯，一个人会因为惊飞了大雷鸟，会因为听不出鸟叫而自杀！……他猎不了大雷鸟，可以去猎野猪嘛……这不是再清楚不过的吗！我觉得，他惊飞的那只大雷鸟，只不过是恨海中的一粟，只不过是他那满杯苦酒漫出来的涓滴罢了。家父心里总叫人觉着有什么苦恼，悭吝，有点什么使他同整个的生活格格不入的东西……他对一切都耿耿于怀……玛雷霞·塔塔尔斯卡说过……”

“你向玛雷霞询问过父亲的事?”

“怎么不能?她至少对我没有隐瞒他们之间的关系。啊，我早就知道了这件事。彼得告诉过我。彼得非常关心我的成长，应该承认……那又怎样呢?……既然……”

“玛雷霞又怎么样?”

“我非常惋惜家父没有同玛雷霞结婚。要不我至少有个可爱的后母，我也就能为她而工作……”

"兴许你还会跟后母私通哩。"

胡贝尔特留神地看了阿罗一眼。

"这也并不是什么可怕的事。"他说。

两人默默无言地吃了一会儿饭。

"玛雷霞对我说过，"胡贝尔特继续说道，"她说，家父近来非常忧愁，老是说：我活够了。"

阿罗用自己的一只手按住胡贝尔特搁在桌上的一只手，凝神贯注地望着他。

"胡贝尔特，"他说，"你已经对我讲过多少遍了，为什么现在又想起来了？要知道，这件事过去已经一年了。从那时以来发生了许多变化。"

胡贝尔特陷入沉思。此刻恐怕谁也认不出他就是那个快活、自信的胡贝尔特了。

"因为我一直在想，一个人要剥夺自己的生命该有多么可怕。那他一定是非常非常想死……"

"这都是埃德加尔的葬礼引起的。真见鬼，你何必要去参加那个葬礼呢！"

"是呀，我也扪心自问过，我为什么要去？我是为了安特克和安德热依。老实说，是为了奥拉·戈翁贝克太太而去的。她是唯一一个我有可能会爱上的女子。"

"一点不错。你没完没了地回忆那件事。别的你什么也不知道。"

"什么也不知道。"胡贝尔特承认说。

过了一会儿，阿罗又说：

"人们会出于各种各样的动机给自己一枪。我倒想知道……"

这时电话铃响了。阿罗端着喝完了咖啡的空杯子独自留在餐厅。他透过窗口眼望着国会花园里五月的树木，心中一直在想着埃德加尔。

埃德加尔已经不在世上了，可阿罗却是如此难以接受这个事实，要承认自己曾经在死者面前故弄玄虚，内心真感到有一种说不出的沉痛。也许他阿罗并没有故弄玄虚？也许实际上他就是那么一个可悲的纨袴子弟？也许他当时果真觉得新礼服和到意大利使馆去赴午宴比……更好玩哩……

胡贝尔特回来了。

“什么事？”

“巴霞的电话。她看过《厄勒克特拉》的彩排。她极力怂恿我们去看。她说韦切尔小姐演得好极了。”

“是哪一个《厄勒克特拉》？”阿罗问。

“霍夫曼斯塔尔的。德国的厄勒克特拉。得去看看，明天你有空吗？”

“当然有空。明天可以去。”

“可巴霞会去吗？”

“不，巴霞去看今天的开幕式。”

“噢，是这样！布景是马利克画的？”

“你不是还亲手帮他画过吗？”

“不，那不是《厄勒克特拉》的布景，那是《师傅和徒工》的布景。”

“这两个戏正好是在同一天晚上演出。”

“真是奇怪的结合。”

“也许可以说，这是给韦切尔小姐组织的捧场戏。她一生中常演《厄勒克特拉》——现在还想演。只是如今已不兴搞捧场戏，因此就准备把明天演出的收入悄悄送给她。而戈尔巴尔明天将演出《师傅和徒工》。”

“这些你都是从哪儿知道的？”

“你自己就应该知道。你真是个怪人。亏你还在剧院工作。”

"工作，工作……这未免太过誉了。我只是围着马利克瞎转悠。"

"是不是围着马利克转，这倒难说，不过围着玛雷霞·塔塔尔斯卡转却是真的。"

"她呀，这个扫帚星，多漂亮！"阿罗若有所思地说道。

"没那么漂亮。"胡贝尔特讽刺地微笑着说。

"胡贝尔特，你对我太不仗义了！"阿罗叫喊着回答对方的讥笑。

"决不是我。"胡贝尔特大笑不止，"大不了玛雷霞会对你不仗义。"

"你这个坏蛋！"阿罗叫道，一拳把胡贝尔特揍倒在沙发上。

"啊呀，算了，饶了我吧！"胡贝尔特笑道，"刚吃过饭这么闹不卫生。"

"我饶得了你！"阿罗说，"反正你也清楚，我爱她！"

"这种恋爱！"胡贝尔特轻蔑地把嘴一撇。

阿罗把他翻倒在沙发上，一阵雨点般的拳头擂去。

这时，电话铃又响了。

"这些电话简直吵得人头昏！"胡贝尔特说着从沙发上站了起来。

他抓起电话，说了声"喂！"但立刻把话筒放到一边。

"舒什凯维奇先生问，你是不是在我这儿。"

阿罗走到穿堂，从朋友手里接过听筒，刚说完"不错，是我"，听筒就掉到了小桌子上，带着恐怖的神色望着胡贝尔特。

"我的上帝！"他悄声说道，"阿达希·普热比亚-温茨基开枪自杀了。"

三

这天晚上既不是演的什么捧场戏，也不是为韦切尔小姐举行的什么周年庆祝活动，剧场是个令人感到很不舒适的地方。所有的椅子都嘎吱响，只有观众全神贯注、木然不动的时候才有片刻的寂静。一旦观众的注意力稍微分散，整个剧场就像没有上油的门那样发出嘎嘎吱吱的响声。但在《厄勒克特拉》开演之前，在灯光已经熄灭，大幕就要拉开的那一瞬间，观众席上很安静。小伙子们坐在一起：阿罗，胡贝尔特和布罗内克·兹沃蒂。片刻之前，他们还在屏息静听阿罗讲阿达希自杀的消息。普热比亚-温茨基接到阿罗的电话后马上就开枪自杀了。这显然是比林斯基的钱的问题引起的，亚当受舒什凯维奇先生的委托，可以完全自由地支配这笔巨款。虽说阿罗尚未检查过，但他深信，自己已经是一无所有了。

"家母长年苦心经营，就是为了让这个无赖……"

舒什凯维奇先生面色苍白、奄奄一息地来到布拉茨卡街，他平生第一遭不知该对玛莉亚公爵夫人和阿罗说什么好。阿罗十分怜恤这个日薄西山的老头儿，而他一再重复的总是那句车轱辘转的话：

"我对他说过，叫他到我那儿去一下，我对他说过……"

公爵夫人暴跳如雷，生硬，固执。把个可怜的舒什凯维奇骂得狗血喷头。儿子实在看不过去，便出来阻止：

"哎呀，妈妈，别说啦!"

"要你来说什么'哎呀，妈妈'! 你没有受过苦，你没有尝过受苦是什么滋味。如今我可真不知怎么办了。"

舒什凯维奇老头掏出几张纸片和铅笔，一起放在桌上，打算计算一下什么，但他心慌意乱集中不起思想，手里拿起什么掉什么，先是铅笔，后来纸也掉了。阿罗按住了他的手。

"亲爱的伊格纳齐先生，请你放宽心。一切都会解决的。"

"我倾其所有，倾其所有，都拿出来，上帝在上，我都拿出来。"老头儿边说，边用他那对丧家犬似的眼睛打量公爵夫人。

"您疯了吗？您又不是不清楚我儿子财产的分量。"玛莉亚说。她也从手提包里掏出纸来，戴上黑边眼镜，也计算起来。

这一切阿罗都对朋友们讲了。

“真可怕，简直太可怕了。”他说。

“后来是怎么了结的呢?”布罗内克问。

就在这时灯光熄灭，锣响了。

大家不再出声。阿罗期待着马利克的布景可能产生的效果。布罗内克把这位画家称作“旧沙发”，对他没有寄予多大的希望。对于胡贝尔特来说，剧场的灯光一灭，第一遍锣敲过的这一刹那间是整个演出中最愉快的时刻，而在第一遍锣声和第二遍锣声之间沉寂的片刻，是充满期望的片刻，不过这些期望往往是要落空的。因为我们会忽然在舞台上见到那些平素非常熟悉的人，他们却装成另一种人，装成跟坐在剧场的观众们没有任何关系的人。他知道，玛雷霞·塔塔尔斯卡在第一场戏里就要出场，他能想象出她躺在自家床上的模样儿，却完全不能设想她扮演阿尔戈斯的公主，阿伽门农和克吕泰涅斯特拉的女儿的样子，那是一个半原始、半开化的人物形象。胡贝尔特一想起就要在这舞台上看到装扮成希腊少女的老韦切尔和用一件丑陋的“长袍”（或称作别的什么的衣裳）裹住自己妖娆的胸部的玛雷霞，禁不住悄悄地笑了起来。

舞台上有了一点微弱的光亮，但是依然很暗，“女仆们”的对话开始了，到处演出希腊悲剧时总是以这种方式开场。女仆们聚集在水井旁，用非常特别的华沙口音述说可怜的厄勒克特拉如何受苦，克吕泰涅斯特拉对她如何不好，还说，“会来的，俄瑞斯忒斯会回到我们这儿来的”。

厄勒克特拉——韦切尔突然从暗处出现。整个剧场活跃起来，所有的椅子一齐发出了嘎吱嘎吱的声音。又是一阵沉寂。说实在的，谁也不明白是怎么回事，但是随着这个丝毫也未掩饰自己的衰老的老妇人的出现，所有观众的心都紧缩了一下，但见她的头发前面一绺刘海搭在额上，后面的披散着，垂到了腰部。于是，人们明白了舞台上发生的是什么事。她那双大脚步履维艰，由于高度近视，加之舞台上灯光太暗，也由于她不是行走在维斯瓦河畔一家小剧院的木板台上，而是行走在阿尔戈斯宫殿的石台阶上，她实际上看不见自己前面的任何东西。她径直向前台走去，用左手朝下做了个细微而迅速的动作，这个动作一下就把那些无名演员变成了真正的希腊女仆，而且使她们无声无息地消失了。恰好在这时，胡贝尔特惊讶不迭地发现，井边留下的唯一的一个美丽、纯洁、用惊诧的眼神注视着主角的姑娘竟是玛雷霞·塔塔尔斯卡。

经过一段长时间的冷场之后，厄勒克特拉用她低沉的、平常的嗓音说出了第一句话，她的语调是如此平常，仿佛是在问妹妹几点钟了一样。听到这第一声召唤，剧场里又响起了一阵轻微的嘎吱声。胡贝尔特朝自己的两个朋友和坐在同一排的别的观众扫了一眼，所有人的身子都向前倾，仿佛是想回答厄勒克特拉的问话：八点刚过，演出已经开始。

克律索忒弥斯也开口说话了。胡贝尔特简直不敢相信自己的耳朵。平素玛雷霞相当粗野，时常无缘无故大吵大闹。他曾说过：“你这种平板的嗓音和你这华沙腔，怎能当个演员！”然而在这里，她的话却像珍珠一般地滚落出来。胡贝尔特看到，克律索忒弥斯怎样入迷地盯着厄勒克特拉不眨眼。看到她如何带着坚定的信念回答厄勒克特拉的问话，坚信站在自己面前的不是那个人们称之为“韦切尔小姐”的年过半百（还包括几个闰年—— 一如海鲁宾·科韦什科所说）的女演员，而是真正的，一心想报杀父之仇的阿伽门农的不幸长女。

在哈莉娜·韦切尔小姐张口说话的时候，在她一个接着一个地提出问题的时候，观众忘记了她的年龄和她的外表。她那双乌黑的大眼睛从散乱的头发下面射出光辉，两只大手从粗布衣的破袖子里露出，举向上苍。所有的人都在贪婪地吞咽着她的那些话语，同时也在吞咽着那个突然变得美貌非凡，飘飘若仙的克律索忒弥斯的那些话语。

当对话进行到某一时刻，厄勒克特拉把妹妹抱在膝上，用悲哀圣母的姿势抱着她，向她讲述阿伽门农浑身血肉模糊，讲述被杀害了的父亲的惨状的时候，胡贝尔特摸到了坐在他身边的布罗内克的手，紧紧地握住了它。

可是克律索忒弥斯不想杀害母亲。接着，克吕泰涅斯特拉出场了，她浑身皇家服饰，珠光宝气，环珮叮当，从手上到腰间直到脚上戴满了金镯金链，熠熠耀眼，窸窣有声。厄勒克特拉虽然衣衫褴褛，可相形之下，又像是一位真正的公主。胡贝尔特和阿罗手拉手地坐在剧场，完全被舞台上的悲剧情节吸引住了。他们凝神贯注，悠然神往，而厄勒克特拉一直在台上诉说，反抗，诅咒——她是那样的灿烂辉煌。他们倾身朝着舞台，贪婪地盯着那个非凡的人物，她是个奇人，在做着某种不可思议的事，她在他们面前的舞台上挑起的事件，完全超出了他们的想象，他们真是一点儿也不能理解。

但是，他们心灵里的这种从未体验过的战栗并不是演员本身引起的。自古以来关于俄瑞斯忒斯的神话，他们在小学就听过，学过，在这儿只是再度显示出了它那不可抗拒的，亘古不变的诱人的魔力。舞台上灯光一亮，那古老而又永远富有生命力的世界便展现在他们面前，像一幅带有巨大的纵深远景的庄严布景。人类的本性难移，数千年来一直袭用同样的方式去表达自己的爱和恨，既不知那爱会把他引向何处，也不知那恨会把他推向何方。人类渴望正义而不善于行使正义——这才是真正震动了小伙子们的原因，他们在片刻之前，思考的还是一些日常琐事？

时间的概念消失了。只是偶尔有一阵寒噤传过剧场，那些椅子便发出一阵嘎吱声。观众们屏息静听。突然传来消息说，俄瑞斯忒斯死了。胡贝尔特猛地一哆嗦，就像听到阿达希自杀的消息时一样。

“这不可能。”他小声自言自语地说了一句。

现在是韦切尔小姐从石头下面挖掘宝剑。在舞台的右前方，她像条母狗，像头野兽一样伏在地上，用自己的爪子在地里刨呀，刨呀，刨开了石头，为的是要挖出那把带血的复仇之剑……她用左手把掉下来盖住了眼睛的头发撩了上去，平常那种把酒杯端到唇边的普通手势，在这儿仿佛有了另一种意义，表达的是另一种思想，它成了一种戏剧的动作。

随后俄瑞斯忒斯出现了。阿罗不清楚这是兹贝舍克还是米耶泰克饰演的，反正是俄瑞斯忒斯就是了。其实阿罗并不曾去看他，只看到韦切尔小姐跟他见面时眼中射出的灿烂的光辉和那令人惊诧的无比纯洁的少女的微笑。报仇的时刻一到，她便以那种同样一尘不染的纯洁的心把从祭坛下刨出来的宝剑交给了兄弟，吩咐他去杀死仇人。她变得像一只急不可待的野兽，等候着执行判决的鲜血。

接着幕后传来一声惊心动魄的惨叫，观众席上有几处响起了轻微的掌声。厄勒克特拉倒在地上，又慢慢抬起身来，越升越高，嘴角荡漾着天使般的微笑，她越升越高，像要展翅飞去。骤然之间，她又绕着祭坛跳起舞来了。她跨出了三步，这三步，胡贝尔特简直可以发誓，说他听见了伴随的音乐声；这三步是那样的节奏优美、舞姿轻盈、激情澎湃。胜利的微笑照亮了她的面部。正义战胜了邪恶！厄勒克特拉如被割断的麦穗，忽然栽倒。戏终场了。

片刻寂静无声。接着响起了热烈的掌声。但小伙子们都没有鼓掌。他们如同被钉在椅子上了，静静地坐着，一句话也没有说。

希罗内克看了看表。

“演了一小时零一刻钟。我完全没有注意到时间过得这样快。”

“你到后台去吗?”胡贝尔特问阿罗。

“干什么?”

“找玛雷霞呀!”

“不去，我不去了。你知道，我不想再看《师傅和徒工》这出戏了。我真不知道他们怎么想得出把这两个节目安排在一起演的!”

“那是戈尔巴尔主演的节目。”

“很好。不过，我下次再看吧。走吧，我们出去。”

“到哪儿?”

“布罗内克，你走吗?”

“我们去吃点什么。此刻到处都很空。”阿罗说，“然后我们走得远远地去散步。”

“好吧。在这样动人心弦的演出之后是需要平静平静的。”

“实在是太激动人心了。”他们走在街上的时候，布罗内克说。

夜很暖和，月明如镜。空中宛如悬挂着一幅蓝色的轻纱。他们沿着维斯瓦河畔漫步，然后又沿着塔姆卡街往上走。他们头顶上皓月当空，寒星点点——既平淡得出奇，又美得像画里的一样。

“我要是马利克，就会画出另一种天空的背景。”阿罗说。

“画出满天星斗?”布罗内克问。

“你瞧，兴许会画出满天星斗哩。”比林斯基微笑道。

西蒙饭店这时几乎是空无一人。浅绿色的大厅里，餐桌上浆过的白台布闪闪发亮。

小伙子们在紧靠里边的一张长桌旁边坐了下来，三人并排坐在一起，静候着。

“你们可别见笑，”布罗内克忽然用他那柔和悦耳的低音（他说话时总像是极力忍住笑）说道，“你们可别见笑，我可是破天荒第一遭到这家饭店。我压根儿就从未上过饭店，因此我不懂饭店的规矩。而且，最主要的是，我一文不名，你们得代我付款。”

“哎，那有什么，”胡贝尔特喊道，他说话时声音总是太响，他一边说，一边摇着自己拜伦式的鬈发，“阿罗会为我们付款的。这是最后一位比林斯基的最后的晚餐。”

阿罗憨厚地一笑。

“你们吃吧，还不至于付不起。”

“喝点什么？”胡贝尔特问。

“不喝，只吃。最多喝点啤酒。”

侍者正好向他们走来。

“我不吃肉。”布罗内克郑重其事地说。

“你可真不走运！你吃点什么？蔬菜？”

“有芦笋。”侍者说。

“那就来点芦笋，好吗？”阿罗问，他看到布罗内克腼腆得要命。

“好的。”兹沃蒂同意了。

侍者朝厨房的方向快步走去。走前没有忘记在桌上放一小瓶冰镇伏特加酒。

“你喝吗？”阿罗问布罗内克。

“有什么法子，跟你们在一起，人只好上吊。”布罗内克边说边笑。阿罗给每个人斟了满满一杯。

“别……你倒是说句实话，”胡贝尔特开口说道，“你以后怎么过日子？靠什么过日子？”

“我哪知道？妈妈今天正在那儿跟舒什凯维奇先生一起想点子。我相信今天整个晚上他们都在谈这个问题。”

“你认为，他把所有的有价证券都拿走了？”

“我想是的。”

“这就是说，你一个现钱都没有了？”

“但愿家父能碰上这种事!”布罗内克长叹一声，他那表情使两个朋友都笑了。

“啰，归根到底，这还不是奶奶给我留下的全部财产。”阿罗说，“还有别的许多东西呢，还有布拉茨卡街的那座房子……”

“那也是你的?”布罗内克问。

“难道还有谁吗? 有一座房子，在华沙和波德科瓦莱希纳还有地皮，这些都可以马上变成现钱，因为大家都抢着买……我‘接收’的时候，舒什凯维奇先生给我数了好半天哩。”

“你说起自己的财产时好像很不在乎，”胡贝尔特带着某种不满的口气说，“我所有的财产都盘点得一清二楚。”

布罗内克耸了耸肩膀。

“最好是一无所有。”

胡贝尔特愤愤地说：

“这可不是令尊大人的座右铭。”

“很可惜。”布罗内克又淡淡一笑，眼望着胡贝尔特，似乎自己有什么过错。

胡贝尔特觉得很不自在。侍者把菜盘放在他们面前。十分丰盛。布罗内克见到那些菜，脸唰地红了。

胡贝尔特举起酒杯：

“祝你走运，布罗内克!”

布罗内克感激地朝胡贝尔特看了一眼。

“谢谢。”他说。

阿罗也望着他们，同时喝干了自己的一杯酒。

“对了，布罗内克。胡贝尔特是个好小伙子。”

“只不过似乎有点喜新厌旧。安德热依·戈翁贝克向我诉过苦……”

“唉，那是个孩子，你自己说说看，”胡贝尔特突然动了感情，“我怎能跟他们来往。那是些傻小子……”

“你说的不对。”阿罗说道。

“好吧，就算不是傻小子。可我不知道该怎么称呼他们，这些妈妈的宝贝蛋。”

“应该说是爸爸的宝贝蛋。”布罗内克说。

“难道说安德热依爱他父亲，就该是……”阿罗反驳了一句。

胡贝尔特不高兴了。

“对不起，我也爱我父亲。”

阿罗又折回到先前的话题。

“喏，你瞧，他拿走了所有的有价证券，卖了，花天酒地地耗光了。可这并不是我的全部财产，没有这些有价证券，我也能活。就是一个大子儿没有，我照样能活，而他却想绝了，自杀了。这真可怕。”

“他是在哪儿自杀的?”

“在自己的住所，他在希尼亚德茨基街还有那么一间房子。接到我的电话之后立刻就自杀了。”

“可他哪来的手枪呢?”

“等等，等等，”阿罗说，“你记得吗？胡贝尔特，有一次你往布拉茨卡街打电话，而我告诉你说，叫你马上就到我那儿去，那是什么时候的事？上星期四，对吗?”

“好像是星期四。”

“你想想看，阿达希当时就在我那儿，还把自己的手枪拿给我看了哩。嘿，第一流的巴拉贝伦枪。可他当时玩这手枪的样子多么奇怪……我仿佛觉出了点什么。我简直怕他。”阿罗说着，滑稽地把两手一摊，“鬼晓得这种人脑子里会想些什么。他的眼神很古怪，那目光很不合我的口味。当时我很不喜欢他。胡贝尔特一来电话，我立刻就对他说：你快来吧。”

“那他又怎样呢？”

“他起身告别，走了。”

“你以为，他是想开枪打死你？”

“不错，我是这么想的。”

“可那是为了什么呢？”

“不管怎么样，他总有办法装装样子蒙混过去。说是由于生气，说是我由于激动……丧失了……说是……唉，我怎能知道他会说些什么？”

“这都是你想入非非。”

这时，马利克走进饭店来了。他从老远就看到了小伙子们，因为大厅里没有旁的人。他走到他们桌子跟前。

“你们做得对，看完《厄勒克特拉》就走了。我在剧院见到过你们，我也受不了。为什么要搞这种大杂烩？把《厄勒克特拉》和《师傅和徒工》凑在一起？”

“为了观众嘛。”

“哎，我觉得，观众满意的恰恰是《厄勒克特拉》。你们看到了吗？你们看到了吗？多么了不起的女演员……啊，何必要我来对你们说这些呢！你们一定没有谈到别的事吧。”

小伙子们彼此相视而笑。

“这是空前的，极不寻常的。”马利克往桌边一坐，慷慨激昂地议论起来，“简直无法形容，因为它已超越了戏剧的界限。”

小伙子们各自盯着自己的盘子。布罗内克摆出一副相当不幸的样子，他面前堆了一大堆热气腾腾，半黄半绿（菜单上写的是意大利式[①]）的芦笋。马利克口若悬河，他们却感到很局促。

“您的布景很成功。”阿罗说。他切着自己的一份肉排[②]，油溅到了胡贝尔特的身上。

“你这是干什么！”胡贝尔特叫了起来，“我的衣服！”

“就该是这样，”阿罗笑道，“这是地道的肉排[③]。”

“我不懂这一套，”胡贝尔特说，“可我这件衣服是刚穿上身的。你甚至都没有注意到。”

“啊，真的，好看极了。”阿罗漫不经心地承认道。

“我可是整个时间都在盯着看啦，”布罗内克难为情地说，“我不知道，今天你为何这么漂亮。”

米耶泰克走到桌旁。在他后面，小伙子们惊讶不迭地发现了瓦莱雷克·罗伊斯基那张圆脸。看到米耶泰克卸装后的白净的面孔，他们才想到俄瑞斯忒斯是他演的。瓦莱雷克一步跨到他前面，跟大家打招呼。

“请你告诉我，”他马上向马利克发动了猛烈的攻势，“上演这出戏的用意何在？你们为什么要上演这出戏？你知道霍夫曼斯塔尔是谁吗？不知道胡戈·冯·霍夫曼斯塔尔是什么人？他是维也纳一个犹太教牧师的儿子！”

“然而，你可知道埃斯库罗斯又是谁呢？”马利克反问道。

“愚蠢的玩笑！可我想搞清楚的是，”瓦莱雷克站在桌前继续说道，“这个剧目是什么人挑上的？这阵风是从哪儿吹来的？是戈尔巴尔？是韦切尔小姐？还是你，我最可爱的美术大师！”看得出来，瓦莱雷克是

---

① 原文是法文。

② 原文是法文。

③ 原文是法文。

喝醉了。“正义！正义！世界上的正义是形形色色的。”

瓦莱雷克想坐到他们的桌上来，他做了一个邀请满脸窘态的米耶泰克（他也有点儿醉了）入座的手势。马利克感到很不安。

“不坐这儿，”他说，“让我们坐到另一张桌上去吧。今天这场经历使我不能自持……”

“不错，她美极了。”米耶泰克毫无表情地说了一句。

“谁？玛雷霞？”瓦莱雷克傻乎乎地问了一句。

“可是这些年轻人谈的却是肉排和华沙呢。今天的这些年轻人是多么麻木不仁呀。”马利克补了一句，便朝小伙子们点了点头，起身跟米耶泰克到另外一张桌子上去了。

小伙子们尽量忍住笑。但他们马上付了饭钱，走的时候还示威性地向马利克鞠了一躬。瓦莱雷克没有理睬他们。

他们既没有预先约定，也没有商量，一句话也没说，便沿着卡罗瓦街往下走。这是华沙最怪的一条街道。当时这儿建成的这条螺旋坡道还很少有人驾车在上面走，因为它的转弯处还只适用于马车，小汽车开起来很不方便。这条螺旋坡道上的拱廊令人想到了某种布景。

阿罗、胡贝尔特和布罗内克沿着拱廊一步一步朝下走，这儿既黑暗又暖和，晒热了的石板，晒热了的混凝土，都向空中散发着热气。路灯稀稀落落，连月亮也似乎照不进来，也许是因为月亮暂时钻到云层里去了。总之，这儿是那么幽暗，那么神秘。

“应该在这儿，在螺旋坡道上来演出《厄勒克特拉》。”布罗内克又一次打破了沉寂，说了这么一句话。

然后，他们沿着卡罗瓦街一直走到维斯瓦河畔。他们的脚步在石板地上踏得咚咚响，因为尽管时间还不算太晚，但这儿已是罕有人迹了。他们一直走到水边，在高高的石岸上坐了下来。前面，在两艘当作码头用的旧驳船之间是一片开阔的水域。但是高挂的航标灯已经熄灭，一些古老的二桅帆船都靠着河岸沉睡去了，像牲口有时在栏里睡着了一样。河水轻轻拍打着河岸，也拍打着码头的木板墙。一些锚链和缆绳都拉到了这个地方，但这儿的一片小河湾却十分空阔，幽暗、漆黑，漫到岸边的河水像是某种浓稠的液体。水位很高。直到接近对面布拉格①河岸的地方才露出了一片被月色照亮的银光闪闪的水面。在这儿的岸边是一片漆黑。

小伙子们紧挨着坐在一起，因为此刻已颇有凉意。他们久久地沉默不语。

跟往常一样，阿罗又用自己审慎安详的语调说了起来。胡贝尔特总爱嘲笑他用鼻子说话。

“这个马利克是个白痴，”他说，“你们一直在想些什么？”

“想《厄勒克特拉》。”胡贝尔特毫不犹豫地说。

“我也是。”布罗内克叹了口气。

“而我，不单是在想《厄勒克特拉》。”阿罗继续说道，“我主要是在考虑这出戏的主题。想着正义……说得更确切一点，是在想那高不可攀的正义。老实说，要真正做到公正是不可能的……”

“你胡说些什么？”胡贝尔特悻悻地说。

“不是吗？那好吧，厄勒克特拉说服了俄瑞斯忒斯，他杀死了母亲……以后呢？可见，这也并不是公正的。”

“以后的事由埃斯库罗斯去解决。”

“我知道，用那些小黑石子表决。但黑石子是解决不了问题的。事实总是事实：他杀死了生母，报了父仇。我的父亲也是被人杀死的。面对这样的事实，我该怎么办呢？去找布尔什维克报仇吗？这没有丝毫意义，因为，到底是谁杀死了我的父亲，这是难以彻底弄清的，至

① 指维斯瓦河左岸的布拉格区。

于说，是什么人下令去杀他，那就更加难以弄清了……”

“我想的是另一回事。”胡贝尔特字斟句酌一板一眼地说，一点也不像他平素的作风。布罗内克吃惊地朝他瞟了一眼。这时眼睛对黑暗已经习惯，在月光的照映下，胡贝尔特显得有些神秘，好像是哪位杰出的画家画出来的一样。

“康士坦丁·盖伊斯。”布罗内克轻声说出了自己热爱的画家的名字。“将来有一天我要把你画下来。”他大声说。

胡贝尔特恼怒了。

“多谢你。你的那些模特儿总是要脱得一丝不挂的。”

“我可以让你穿着衣服画。”布罗内克许诺说。

“你别打岔！”胡贝尔特接着说，“我想的是另一回事，完全是另一回事。有这么一个关于厄勒克特拉和俄瑞斯忒斯的神话，这神话讲到特洛伊战争的恶果，讲到责任，讲到落在这两个人肩上的沉重的责任……一个人不得不去杀死别人，这是很可怕的事。嗯，比如说，假若我打听出我父亲是玛雷霞·塔塔尔斯卡杀死的……”

这时，阿罗倒抽了一口凉气，似惊诧，又似恐惧。他拉着胡贝尔特的一只手。

“你怎么知道不是玛雷霞·塔塔尔斯卡？”

胡贝尔特把自己的手抽了出来。

“你不要把我弄成哈姆雷特。你办不到！可我想的完全是另一回事。跟这次演出似乎毫无联系。”

“我想的跟这次演出也毫无联系。”阿罗说，“你知道，现在的情况倒像是那位韦切尔小姐抓住了我的脑袋——就像抓住一只酒瓶——使劲地摇晃，把我的五脏六腑都翻了个个儿，许多事情也就都表面化了。”

“你们让我说话不？”胡贝尔特终于耐不住性子。

一个警察顺着河岸走了过来。

“你们坐在这儿干什么，先生们?”声音里并无威胁之意。

小伙子们一扭身，在远方万家灯火的华沙的背景上，他们看清了警察的身影。

“我们就这么坐坐，聊聊天，警察先生。您别担心。都是大学生。我们都是好人。”胡贝尔特喊着回答。因为他说最后一句话时已转身对着河水，他的声音从水面上滚了过去，又从码头的木船帮上反射过来，“我们都是好人”，这声音像是在一只空桶里发出的嗡嗡的回响。

警察迈着从容不迫、富有弹性的步伐朝前走了。

“啰，啰，”他在离开的时候又哼了一声，“你们可别跟我耍滑头。”

从对话里，从水面上的嗡嗡声中，从警察那有弹性的脚步声里，令人感觉出一种深沉的宁静。布罗内克伸了个懒腰，躺在河岸上。

“我们都是好人。”他又说了一遍，他们沉默了片刻。

月亮已从云层中钻了出来，因为水面渐渐亮了。亮的地方不是在靠岸的这一片水面，这儿的水依然是那么暗，那么稠，而是在远一点的地方。布拉格岸边那片银白色的河水仿佛已经融合在维斯瓦河里，用自己的光辉慢慢地照亮了维斯瓦的水波。一条小小的隐隐约约看不到划桨人的小木船，轻轻地掠过河心。只听见船桨击水的轻微的响声，宛如昆虫翅膀拍水的声音。

“一般说来，我们是人吗?”布罗内克又问了一句，但谁也没有回答。

“瞧，”过了一会儿兹沃蒂又开腔了，他的话并不是专门对某一个人说的，“有时，我看到这些东西，这驳船，这小木舟和远方的桥，都不是他们固有的那种样子，而是我想画下来的那种样子。要画下来，这就意味着要把这些东西敞开，就像敞开一扇小门，一扇小后门，以便看看里面藏着的是些什么。虽说里面藏着的东西是永远也看不见的，但它们却在‘邀请’——诚如普鲁斯特①所说——邀请你去把它们敞开。我把这称为绘画艺术。我就是想在绘画中表现表现我自己，显示出自己的本色，也只有到了那时，我才会感到自己是个人……”

“而我认为，我兴许能像厄勒克特拉那样，在我能完成的事业中显示出自己的本色。比如说，挖掘那把宝剑。”胡贝尔特说道，“你可明白，挖剑的那个场面为什么使我那样激动——她做这个动作的时候，可真像个职业的挖土工——因为我觉得，随着她那么挖掘，随着她把那把宝剑挖出来，她就变成了一个人。由一个魔鬼，由一头野兽，我还要说，由一个老太婆变成了一个人。而别人看到了这一切也会相信，她只有二十岁，她变成了一个人。她出世了，我似乎觉得，我们都是她诞生的见证人。就在那时，她显出了自己的本色。我也希望能以这种方式显示出自己的本色。”

听到这里，阿罗干咳了一声。

“嗯？”他问了一句，又是带着浓重的鼻音，胡贝尔特把这称为“贵族派头”，“你们是非要表现出自己的本色不可，否则就活不下去吗？……”

“无聊。”胡贝尔特说。

“你们爱怎么表现就怎么表现吧，不过你们也得让我插句嘴，你们老是岔断我的话。你们现在可真像孔雀开屏：一个比一个美，一个赛一个地聪明。这会儿胡贝尔特又说什么‘无聊’！这一切是多么美呀，真是唯美主义者的最高享受……”

“让我们享受享受吧，这种日子不会长久的。”

“你看看水，你看那水面，”布罗内克茫然地，仿佛是自言自语地说，然而他却仰面躺着，眼望寥廓的天空，眺望在月光下显得苍白的

---

① 普鲁斯特（1871—1922），法国小说家。

繁星。

“为什么不会长久？”

“你瞧，我一开头就想说清楚：人生一代接一代如浪潮般涌来，每一代都想去做出一番事业，正如这位小画家所说的，都以为有个小门等着他去打开，但接着就是落潮，逐渐变成市侩，消失在泥沙里。再也不会做出什么事业来，只不过是去执行指示，或者履行职责罢了。又如那大海里的波涛，浪峰起落，汹涌澎湃，而岸边却是平坦、宁静的，因为这是沙滩。厄勒克特拉没有去沙滩，却跳到了浪尖之上，并且像肥皂泡一样破裂了。这才是美之所在。她没有活下去，我也不愿看到她当上阿耳戈斯的女王，带着一串开阿特雷德族[①]的储藏室的钥匙在宫殿里走来走去，这储藏室里如今只有些烤饼，可从前装的并不是这种东西。唉，我似乎也不想再活下去了……”胡贝尔特沉入了幻想之中，听到他这番独白，他们发现在西蒙饭店喝下的那些烧酒在他身上起作用了。

“哎呀，你这个可怜的家伙，”布罗内克用自己最低沉的嗓音瓮声瓮气地说道，他那两片嘴唇总是摆出一副极力忍住笑的样子，“你既不是工业家，也不是猎手……”

“我是猎手。”阿罗插嘴说。

“嗯，是个运动员……”

“好一个运动员，连游泳都不会。”胡贝尔特说。

“只不过是一位诗人。而我甚至还不知道你会这一套长篇大论。”

胡贝尔特也仰面躺着，眼望太空。

“夜多么短呀。”阿罗若有所思地说，“东方已经发白了。”

---

① 阿特柔斯的后代称阿特雷德人。厄勒克特拉也是阿特柔斯的后代。阿特柔斯是宙斯的儿子坦塔罗斯的后代。

“需要暖和一下，这会儿真凉。”胡贝尔特叫道。

突然，在两个朋友还没有反应过来的时候，胡贝尔特三下两下脱掉了自己“漂亮的”衣服，把内衣也剥光了。布罗内克吃惊地望着他，胡贝尔特的躯体就像剥了壳的意大利核桃，健壮、结实，就他的年岁而言显得有点过于成熟。胡贝尔特后退几步，又跑了几步，哗啦一声跳进了水里。

“我的上帝！”布罗内克想了起来，“他不是不会游泳吗？”

“他不会游泳？”阿罗若无其事地说，“他是我所认识的人中最好的游泳运动员。他骗你啦。”

河岸下，冰凉的水里传来了打响鼻的声音。两个码头之间的河湾里移动着一片闪光的浪花。

“真的天亮了。”布罗内克说，“该睡觉去了。我妈妈会怎么说呢！”

“我今天可不能睡觉了。”阿罗说，“我跟舒什凯维奇约好了在银行见面，然后还得去给那个白痴送葬。”

“怎么能自杀呢？一个人好端端地怎能想到自绝于生活呢？”布罗内克深沉而又令人信服地说，他一直仰面躺着，眺望着天上的星星。

四

住在布拉茨卡街那幢府第里的主人渐渐形成了一种习惯，第一道早餐在小餐室里吃。这个小餐室不在二楼，而是在楼下，就在前厅的旁边。小房间很暗，窗子是朝着庭院的角落里开的，因此，玛莉亚·比林斯卡按照“乡下”[①] 的样子把它布置了起来。桌上铺了一块红蓝格子的巴斯克棉纱大台布，所有的家具都是用浅色的木料制作的。但这

---

① 原文是法文。

番布置也帮不了多大的忙，昔日当作备餐间的这间小房子，看上去总像个厢房。泰克拉小姐见了总要耸耸肩膀。

“给仆人们用都不合适，哪谈得上给主子们用。”

但她对比林斯卡不得不让步。

“如今就我们这么点儿人，”玛莉亚说，“那么大个餐厅给我们三个人用，太阴森了[①]。”

确实，家里只有比林斯卡、阿罗和别夏多夫斯卡小姐。

这天九点半左右，舒什凯维奇太太和泰克拉小姐在这个小餐室里相逢了。比林斯卡还未下楼，阿罗跟舒什凯维奇到银行去了。

面对面坐在铺了红蓝格子台布的桌子旁边喝咖啡的两个女人，彼此并不十分合拍。自从波特洛斯小姐以如此高龄出嫁以后，她们之间的关系就变得更坏。泰克拉小姐一提起这件事总是唠叨抱怨：

“都老太婆了，还搞这种风流艳事……”

现在共同的忧虑和老年妇人所特有的（也许是一般人所共有的）快慰，把她们引到一张桌子旁边来了。所谓快慰，指的是生活不总是那样苦闷、无聊、呆板地重复着，指的是生活里发生了一点什么事。仿佛为了能称得上“发生点什么事”，就得有一个年轻人自杀，就得损失掉安娜公爵夫人的大部分财产。因此这一次泰克拉小姐和舒什凯维奇太太是怀着相互的关怀和彼此的好感坐在一起低声交换情况的。

“我丈夫，”在泰克拉小姐面前，确切点说在所有人面前，舒什凯维奇太太总是特别强调这个称呼，“我丈夫早就预感到了这场倒霉的事。亚当简直不愿意跟他说话。”

“他要是预感到了，就理应预先通知公爵夫人一声。”泰克拉小姐说。

---

① 原文是法文。

“怎么能怀疑到外甥呢？亚当就像我丈夫亲生的儿子。”

“您认为，在那儿的保险柜里还能剩下点什么吗？”

舒什凯维奇太太苦笑了一下。

“要是能剩下点什么，他就不会自杀了，是不是？”

泰克拉小姐叹了口气。

“这种异教徒的习惯！”她在鼻子底下嘟哝了一句，“还有那个老胡贝。”

“我觉得，”过去的波特洛斯小姐接着说，“正是胡贝的自杀使他产生了这种念头。因为这种事，就像人们常说的，跟瘟疫一样[①]，一个传一个，一直这么传下去。”

舒什凯维奇太太笑了笑。

“这一点儿也不可笑。”泰克拉小姐对她厉声说道。

但她立刻又缓和了下来，呷了一大口咖啡，再三邀请舒什凯维奇太太尝尝“她的”牛角小面包。

桌上摆的食品真可谓琳琅满目。小篮子里堆满了各种各样的面包、面包干。既不缺蜂蜜也不缺高级的李子果酱。这些食品都是泰克拉小姐亲自从贮藏室里拿出来交给老仆斯坦尼斯瓦夫的。

比林斯卡身着浅色的晨衣下楼来了。在仲春的太阳光下，所有纤细的皱纹都历历可见，这大大地改变了她面部的模样儿。

她朝坐在桌子对面的两个女人投去不安的一瞥，担心她俩又吵嘴了。但她们脸上温和的微笑终于使她放下心来。她在桌子旁坐下，用软弱无力的声音要了一杯咖啡。虽说比林斯卡对发生的事件感到真诚的不安，可是她的一举一动都给人以一种不真诚的印象。

“您对这个问题怎么看？”她转身问舒什凯维奇太太。

---

① 原文是法文。

“这是早在意料之中的事。”那法国女人回答说，“既然有像我丈夫这样轻率的人……”

“轻率，这不是一个用来形容瓦茨瓦夫先生的合适的词儿。”比林斯卡一边说，一边往咖啡里放糖。

直到此刻她才发现自己的餐具下压着一张电报。她眉头一皱，却泰然自若地把它拆开了。

“是卡齐米日先生拍来的。”她对泰克拉小姐说。

“是他家里有什么难事吗？”老姑娘问道，声音里显出一种漠不关心甚至是轻蔑的情绪。

“唉，这真是个不走运的家庭。一点儿也不会经营。”

这时传来了脚步声，阿罗和舒什凯维奇走了进来。阿罗经历了一个不眠之夜后脸色十分难看。他母亲还以为这是由于失去了财产的缘故。

两位先生没打招呼就站到了桌边，阿罗从衣服的侧兜里掏出一枚带有一颗硕大的绿宝石的发乌的金戒指，扔到了桌上。

“这就是所有的一切。”[①]

“这是什么？”泰克拉小姐问。

“戒指，是埃德加尔·希莱尔留给我的。”

泰克拉小姐拿起戒指，从各个角度仔细打量，仿佛它就是最重要的东西。华美的深绿色宝石上用阿拉伯字母刻了一句可兰经。

“全部都拿走了？”公爵夫人问。

“很遗憾，全部。”

舒什凯维奇说出这几个字时语气相当冷淡，接着他也在桌边坐下了。但是从他脸上看得出来，这件事使他多么不安。与此同时，阿罗

① 原文是法文。

的平静却引起了母亲的注意。在他坐到桌边要咖啡的时候，她凝神地看了儿子一眼。别夏多夫斯卡小姐立刻给他斟了咖啡，加了厚厚的一层奶油。

“你好像满不在乎。”比林斯卡非常冷峭地说。

“我有什么办法?”阿罗突然粗暴地顶起嘴来。

舒什凯维奇认为自己有责任出面调停一下。

“公爵夫人对这件事感到非常痛心。一年前公爵夫人把那么整齐的一份财产交给了我们……”

“我们!”比林斯卡生硬地岔断了他的话，“无论怎么说，既不是交给您，也不是交给您的外甥。”

这一次轮到阿罗吃惊地看了母亲一眼。他从未见她这么激动过。但他仍然津津有味地呷着自己的咖啡。

“如今可怎么办呢?”比林斯卡问舒什凯维奇，“我近来损失也不轻。”

阿罗专心地听着。

舒什凯维奇把两只肥胖的短手放在桌上。

“夫人，”他说，“不是可以变卖一部分不动产吗，比如说维斯瓦河上维尔加的地皮……”

阿罗一个接一个地往牛角小面包上涂黄油。度过了一个不眠之夜后，他胃口很好。

“昨天夜里你到哪里去了?”母亲厉声问道。

“剧院。”

阿罗看到，泰克拉小姐用一种充满惊诧和不乐的眼神朝比林斯卡瞟了几眼。比林斯卡再也按捺不住满腔怒气。

“跟什么人去的?”她问。

“跟朋友。”阿罗回答，同时又拿起一个牛角小面包抹黄油，这一次只是为了示威。

舒什凯维奇叹了口气。

“剧院把亚当毁了。”他说道，又反拧着自己的双手。

阿罗非常诧异。

“我没听说过亚当迷上剧院。”他说。

“常去，常去的。”舒什凯维奇太太立即接着说。

“他之所以走上这条路，是酒馆和妓女。”阿罗说。

“什么话！”[①] 比林斯卡发火了。

“这种事花不掉一百万，十万也花不掉，”泰克拉小姐边说边收拾桌子，“最糟糕的是，他养起了比赛用的马。养赛马这才是花钱的玩意儿！这样的人我见过岂止一个！”

阿罗大笑起来。

“想要胡乱花钱，干什么不能花！”

“可不是几百万！”

“甚至几百万。泰克拉小姐没有看到，我们的女士们喜欢钻石，有时甚至喜欢别墅？这花钱少吗？”

“正是哩，正是哩。”比林斯卡说，同时意味深长地望了望儿子，“你那伙朋友很不合我的心意。”

“太遗憾了。”

“小胡贝昨天是跟公爵在一起的吗？”舒什凯维奇问。

阿罗气愤地扯了一下巴斯克棉纱台布，把面包屑抖落到地上。

“这跟您有什么关系呢，舒什凯维奇先生？”他问。

“阿罗！”母亲对他提出了警告。

“没关系，当然没关系。”舒什凯维奇说，“我只不过想问问，公爵

---

① 原文是法文。

在最后一次电话里对阿达希说过些什么话。”

阿罗骤然僵住了，以一种奇怪的眼神盯着舒什凯维奇。这眼神里蕴藏着惊异和恐惧。

“依我看，这个小胡贝对你的影响很坏。”比林斯卡又说了一句。

“您不清楚我在电话里说的什么吗？”阿罗问。

“清楚。”舒什凯维奇非常严肃地说，像一条怪蛇睨视着年轻的比林斯基。

“那您为什么还要问我呢？”

“我想知道，公爵为什么需要这样庞大的一笔现款。”

“阿罗，这是什么意思？”比林斯卡问。阿罗觉察出了问话里的那种虚假的语气。母亲清楚整个事情的来龙去脉，现在却跟舒什凯维奇合伙来围攻他。

“那只是半开玩笑。我想从胡贝手里买下他在‘雷管’工厂和公司的股份。”

“从胡贝尔特那里？”

阿罗终于弄清了这场把戏的目的。舒什凯维奇竭力想至少把盗窃有价证券的部分责任推卸到阿罗身上，并且还使母亲来顺应他的这种心意。

“总而言之，我已成年，我有权……”阿罗说话的语气已不是那么理直气壮了。

“多么轻率！”舒什凯维奇太太低声说。

“阿罗，开保险柜的钥匙不是在你手上吗？”比林斯卡又叫喊道。

“不错，是在我手上。我已有一年半的时间没有到那儿去看过了。我一辈子只到那儿去过一次，而且是同舒什凯维奇先生一起去的。那是个讨人厌的地方。”

“这么说，只有阿达希常去？”

“妈妈可以去检查的。所有去开保险柜的人都得登记日期和姓名。”

“听说，近来‘雷管’的处境不很妙，是吗？”舒什凯维奇问。

“这是一整套策略。”阿罗说。

“策略？谁的？”舒什凯维奇断然问道，他一下变成了个探长。

“部分是兹沃蒂的。”

“兹沃蒂的？请原谅，昨天跟公爵一起上剧院的第三者是谁？”舒什凯维奇追问道。

“这是什么意思？”阿罗叫道，并从椅子上一跃而起，“您很清楚，妈妈也知道，昨天我是跟胡贝尔特和布罗内克·兹沃蒂一道上剧院的……”

“总是如此。”[①] 波特洛斯小姐悄声说。

“并非总是如此，完全不是总是如此，[②] 因为布罗内克我很少见到……”

“多好的一个合伙公司！”比林斯卡说。

“一个有限合伙公司哩。”舒什凯维奇从牙缝里挤出了这句话。

阿罗一拳擂在桌子上。

“请不要开这类玩笑，”他吼叫道，脸涨得通红，“我……我……我……”由于过分激动，由于通宵未眠，由于狂怒，由于感到不公平，他突然口吃起来，不知说什么好。

“坐下。”公爵夫人平静地命令他。

阿罗顺从地坐下了。

并不是舒什凯维奇的把戏激怒了他，他气的是母亲这样容易就落入了舒什凯维奇的圈套。她竟如此不信任自己的儿子，怀疑他会做出

---

① 原文是法文。

② 原文是法文。

最蠢的事来。

“如果你们怀疑是我胡乱花掉了这笔财产，”他说这话时抬起沉重的眼皮看了看母亲，“那么亚当为何要对准自己的脑袋开枪？”

“因为他也许是不愿……对着别的什么人开枪。”舒什凯维奇非常吃力地说道，两眼盯着自己一双在台布上乱搓的手。

“什么意思？”阿罗在座位上向后一仰，椅子发出一阵嘎嘎的响声。

“你怎么，啦，我亲爱的……”[①] 舒什凯维奇太太这句话虽然说得很轻，但非常清楚。

“钱是个可怕的东西。”舒什凯维奇又说道。

阿罗默不作声。

过了一会儿，他才低声说：

“妈妈，我一点儿也不明白……我不知道应该怎样对待这个问题。”

这时泰克拉小姐猛地站了起来。用目光朝在场的所有的人一扫，用一个指头敲着桌面：

“够了！”她说话的这种声调，坐在这间房里的人都从来没有听见过。那是她有时在厨房里对仆人们说话的声调。

所有的人都诧异地望着她。

“够了！”别夏多夫斯卡又说了一遍，“我不允许有人这样怀疑小主人。这一切都是您凭空瞎想出来的。您可以袒护自己的外甥，您可以照您的心意行事，瓦茨瓦夫先生，说不定您本人也染指过这件事……”

舒什凯维奇用手按住自己的太阳穴。

“可能是插手了，也可能没有。您说得对，钱是个可怕的东西，但是，我想您还不至于昏聩到这般地步，还不至于走到您外甥的那种地步。我不允许把阿罗牵扯进来。我不准！您明白吗？我不准！”

---

① 原文是法文。

“可您怎么能不准呢?”舒什凯维奇太太轻蔑地说。

“我不能让他受你们欺侮!”泰克拉小姐喊叫道，声音里饱含着泪水，“我能够在你们面前保护他，你们这些刽子手!”

“泰克拉小姐，我简直认不得您了。”玛莉亚·比林斯卡说，她戴上了眼镜，仿佛是想更好地看看这个从早到晚一直在她眼跟前转的人。

“把您说过的话收回去!”舒什凯维奇咬牙切齿地说。

“可我知道，我有证人，知道是您把手枪给了阿达希的。”泰克拉小姐的话像一块石头扔到了对方身上。

“耶稣，马利亚!”舒什凯维奇太太叫了起来，她由于突然受到如此致命的打击而变得垂头丧气。

“我不明白，您是出于什么动机要给他枪的，”泰克拉小姐已经是用一种平静的语调继续说了，“是为了叫他自杀，还是叫他打死阿罗?您是杀人犯，舒什凯维奇先生。”她补充了一句，重新坐了下来。

“这话可太重了，亲爱的小姐。”恢复了常态的瓦茨瓦夫说。

玛莉亚莫名其妙地呆坐一旁。片刻之间房子里寂静无声。终于还是这位老先生用自己完全平静的、实事求是的声调打破了这种僵局:

“公爵夫人现在就需要现款维持家里的开销吗?”

比林斯卡耸了耸肩膀，她也恢复了日常谈话的那种语气:

“我不需要。或者阿罗需要?”

“我暂时也不需要。”阿罗的声音有点发抖，“我用得着钱的时候，总是在剪息票的日子……”

“公爵夫人同意我去卖掉波德科瓦莱希纳的地皮吗?”

“我宁愿卖掉维斯瓦河上的维尔加。我不相信这种买卖。”

“不错，不错。”舒什凯维奇平静地说，“在亚克托鲁夫的地皮是不是也卖掉?”

“正是。我也想到了那块地皮。”阿罗说。

舒什凯维奇看了看表。

“很抱歉，时间到了。”

“几点出殡?”比林斯卡问。

“弥撒十一点半开始。”他说这话的神气俨然已经是在教堂里了。

“时间到了。”

大家都起身告别，走了。阿罗想换套衣服，回到了楼上。在自己的房门口他碰到了泰克拉小姐，便默默无言地搂住了她。

“您是从哪里打听到的?”他问。

“啊，我当时立刻就猜到了。”泰克拉小姐说，“这个罪犯。”

“哎，我可不会这样说他。您是从哪儿知道的?”

“你不会告诉任何人吗?”

“当然不会。”

“胡贝尔特告诉我的。老家伙两个月前在他们店里买了那只手枪。胡贝尔特叫人验过了牌号，一点儿也不错。胡贝尔特才是你真正的朋友。”她又加上了这一句。

“您看到了吧!”阿罗扬扬得意地说，然后便进房换衣服去了。

五

七月马尔斯基到了科莫鲁夫。他在不断寻找“消夏住所”的时候无意间想到去看看雅努什。雅努什对他的造访并不感到特别高兴，但又有什么法子呢? 只好给他回了封电报：“请来吧。”雅德维加对他的来访倒显得宽宏大量。

当雅努什小心翼翼通知她说，有一位先生要从罗兹到科莫鲁夫来休息几个星期的时候，雅德维加说：“好哇，您至少有个可以说话的人了。”

其实，与其说雅努什有了个谈话的对象，还不如说可怜的马尔斯基找到了一个可以倾诉心曲的人。最近几个月来，马尔斯基一直是在十分困难的条件下混日子。没有一件工作使他感到称心如意，他辗转换了好几个地方，到头来罗兹所有的音乐学校都讨厌他那坐不热板凳的神经质的性子，不愿跟他打交道。他的住处也变换频繁，最后终于搬到了革丹斯卡太太的私邸。自然，他在那儿也是待不长的。

"单是那儿的仆役就叫人受不了。请您想想看，当您看到那么一个穿着镶有金银边饰的制服的仆人每天给您开门，并且带着轻蔑的神态议论自家的主人的时候，您心里是什么滋味？他们提到革丹斯卡太太时，总是说：那个老疯婆子……"

雅努什反驳了一句：

"哎，恐怕不是当着她的面这么叫的吧？"

马尔斯基尖声尖气地说：

"背后说人，那才更坏哩。"

雅努什劝解说：

"我觉得，不止一个人在背后把革丹斯卡太太叫作'那个老疯婆子'。"

"当然啦！"马尔斯基高兴了起来，"首先我就是。"

"您瞧！"雅努什微微一笑。

"您自己说说看，她不是个疯婆子吗？那么多的钱，您简直不能想象她有多少钱……可您猜她到哪里去消夏？她在什么地方选了个别墅？"

"在哪里？"雅努什问，他不是好奇，只觉得滑稽。

"在科卢姆纳。您明白吗？罗兹郊区的科卢姆纳。啰，就是那么一个犹太人的避暑地。沙地上长着十几棵松树和一些木头的'别墅'。革丹斯卡太太就是不能到别的什么地方去消夏，偏偏要到科卢姆纳！"

“您说得有点言过其实了。”雅努什说，“我听说科卢姆纳的森林很美。”

“啊，美！也许是美……可是那种避暑地方简直使人感到可怕。而且她还一定要我跟她一起去。她说，‘那是个非常有益于健康的地方’。她在那儿租了一整幢庞大的别墅，带着她的厨娘和狗乘小汽车去了。我奇怪的是，她在那里要小汽车干什么？在科卢姆纳那种地方……”

“您近来的住址怎么经常变来变去？每一封信的地址都不一样。”

马尔斯基的脸唰地一下白了，他带着一种恐惧的神色望着雅努什。一头棕黄色的头发显得更黄了。

“我不知道是怎么一回事。”他诡秘地说，同时向雅努什身边靠了过去，“只是我在哪儿都待不长。”

说完后，他又走到房间的一个角落里，站在那儿，想了想，又在房间里沿着一条对角线走来走去，说话的声音已经恢复正常，不过有时还有点尖声尖气。

“倒数第二次的一间房子是在傍晚租的，我事先不清楚，窗子是冲着飞机场的。罗兹的飞机场！我们要飞机场有什么用？特别是在罗兹！一大早就有飞机起飞。您可知道，飞机起飞时是个什么情景？唉，真可怕，简直太可怕了……这样一个地方我怎么能够住呢？幸好，那位革丹斯卡老太太把我接到她府上去了……到了武尔昌斯卡街。‘我给您一间客房[①],’她说。可那是什么‘客房’[②]！只是楼顶上的一间司机室……窄得很，又没有盥洗间……”

“可至少很安静，是吧？”雅努什问。

“静极了……”马尔斯基突然站在雅努什面前，脸上浮现出一种天

① 原文是法文。

② 原文是法文。

使般的微笑，“静极了！您简直想象不出那种寂静。只有那个穿制服的仆人……他每天把早饭给我送到床前，而且，您瞧！他还想找我聊聊天哩。他给我讲罗兹的种种谣言……唉，真是没意思极了……可他还是一个劲儿地说。他就那么随随便便往门边一站，埋怨我烟抽得太多。而我的房子并不是由他打扫……像他这样一个魁梧、健壮的男子汉，要在早先，他也许会成为一个……怎么说呢，给武士背戟的跟班还是戟手？”

“背戟的跟班是一码事，戟手又是另一码事。”

“哥萨克，哥萨克！”马尔斯基突然像阿基米德[①]欢呼“可找到啦！”一样，“哥萨克！他也许会成为一个哥萨克。在乌克兰您府上还有哥萨克吗？”

“没有，没有。”雅努什这样回答是为了避开这个问题。与此同时，他却想起了给玛莉亚送包袱的那个哥萨克。“他叫什么来着？”要不是那个哥萨克，他们此刻也就不会在科莫鲁夫了。

“我希望，您在这儿能有个相对安静的环境。”

“不错，是相对的。我睡眠很差，”马尔斯基忽然几乎是绝望地说道。而后，他又诡秘地补充了一句，“我害怕……”

雅努什坐在安乐椅上朝后一仰。

“怕什么？”

“啊，害怕……”阿尔图尔尖声说，“最好还是不要去说它。不过，这儿大清早肯定有鸡叫，是吗？”

“公鸡都关在鸡埘里，而您的房间是朝花园的。您想去看看吗？”

他们穿过过道朝那个直冲花园的小房间走去。雅努什对科莫鲁夫的房子没有进行扩建，但对现有的这些房子他布置得很漂亮，也很舒

---

① 阿基米德（前287—前212），古希腊学者。

适。其实，这种安排是十八九年来自然形成的。佐霞称之为“花园小屋”的那个小房间，曾经作过婴儿室，玛尔文卡在那儿度过了自己一生几个月的光阴。把别的什么人引到这间屋里，雅努什感到特别痛心，但他知道也只好如此，就像他经常说的，这是“生对死的轻易的胜利”。他宁可把像马尔斯基这样一个对他来说无所谓的人安置在这间屋子里。整个房间都经雅德维加重新布置过了，没有任何地方像昔日的婴儿室。以前从未到这儿来看过的雅努什，就像走进了一个旅馆的房间。

“这附近没有飞机场吗？”

雅努什耸了耸肩。

“可马路不远吧？”

“不错，马路很近，就在栗树林荫道那边。其实您刚才就是从那条马路坐车来的……”

“那么卡姆皮诺斯卡大森林哩？”马尔斯基不安地问道，眼望窗外枝叶繁茂的苹果树，两手伸向窗外。

“森林也不远。”雅努什已经不耐烦了。

“请您千万别生气，”马尔斯基的嗓音里隐藏着一股悲哀，“我是这样的心神不宁。”

“仗打不起来的。”雅努什用一种浑浊的嗓音说道。

“打不起来？真打不起来？”马尔斯基高兴地问。

“您就在这儿安顿住下吧，”雅努什对他说，“午饭前您可以到园子里去散散步。”

小花园还保持着雅努什第一次到这里来时的那种样子。一些苹果树冻死了，又栽了一些新的，因此，甚至园子里树木的高矮看起来也没有变。雅努什朝自己如此熟悉的福禄考、向日葵，朝一直通向森林的林荫道瞥了一眼，心想，马尔斯基是以一个新来者的目光看待这一切的。

“有趣，这儿会给他一个什么样的印象呢?”

他来到走廊。菲比赫先生派来的伊格纳茨正在走廊里等着他。

雅努什把伊格纳茨打发走了之后，就来到起居室，站在房子中间，茫然不知所措。每逢来了个什么外人，科莫鲁夫便特别突出地令人感到到处都是死人的影子。即便是阿罗来的时候也是如此。整个的生活似乎都变得毫无意义，而一切企图使它变得能够忍受的努力又都是徒劳的。简直就像一块腐蚀了的丝绸，手指一碰就成了碎片。

然后他又走到第二个房间，走进自己的卧室，这间房子曾经是佐霞的卧室，他就站在窗前，眼望着花园。一切都如同昔日，那棵老槲树即使这些年来长高了不少，但由于它硕大无朋，因此长了多少也不怎么看得出来。马尔斯基到花园去了。他沿着小林荫道优哉游哉地往下走，一直走到小池塘边，他那步态俨如在一座壮丽的大公园里散步。

“他那模样儿就像在科卢姆纳散步一样。”雅努什微微一笑。

天阴了，在灰蒙蒙的天穹的背景下，花园里树木的轮廓显得更加优美，马尔斯基棕黄色的脑袋似乎把散射在周围的光线都凝聚到一起了。

正是由于有一个外人进入了这幢孤寂的房子，正是由于马尔斯基稀奇古怪的身影出现在他那熟悉的、天天看到的树丛之中，才使雅努什感到自己的生存是如此的痛苦和不可理解。

“这一切的意义何在?”

“但是，一个人活着也总该为别人做点什么才是，”他又微微一笑，“哪怕就是为这个马尔斯基，他是埃德加尔的学生。”

“啊，对了，”他忽然想了起来，“我得把那封信的事告诉他。”

于是他也来到了小花园。马尔斯基坐在一株槲树下的小长凳上，他那副神气，就像一只待在可怜的榛树林里的异邦的金丝雀。这毕竟使雅努什觉得有点好玩。

“您觉得这避暑山庄可合心意?”

“美极了，好极了，这儿，怎么说哩……有那么一种古色古香的波兰味。”

“古色古香的波兰味”几个字是带引号的，他说出时带着一种嘲讽的语气，但他毕竟是这么说出口了。

雅努什挨着他在长凳上坐了下来。天空的深灰色渐渐消退，呈现出一片绿色，就像老槲树前面生长的一排幼嫩的桦树和小榛树的新绿。树叶都纹丝不动，但是随时随地都可能颤动起来。

“您知道，”雅努什说，“雅日纳老头在葬礼上对我说过，他那儿有埃德加尔的什么信件……一定是写给雷肖的。最好去看看是什么信。”

马尔斯基一下活跃了起来：

“当然要去。现在马上就能走吗?”

“那地方很远，阿尔图尔先生。需要一大早动身……”

“远?有多远?”

“将近四十公里。”

“您有小汽车吗?”

“有，不过没有司机。”

“我来开，”马尔斯基有把握地说，“我曾经开过小汽车。”

“这我可不能同意，”雅努什笑着说，“您会把我俩都送去见上帝的。”

马尔斯基生气了。

“我为什么就非得去见上帝不可?”

最后还是决定由菲比赫先生给他们开车。菲比赫很不乐意抛下自己的园子出去，因为正好碰上收木莓的大忙时候。

“收木莓就那么忙吗?”雅努什惊讶地问。

"木莓容易干掉或散落。"园艺家回答。

雅日纳老头依然住在那间宽敞、低矮的房间里，房角上依旧放着那架黄色的钢琴。不过，他如今大概是靠别人来供养，因为他的眼睛已看不清，耳朵也不灵了。一个年轻少壮的姑娘达努霞在照顾他的生活。她是那样强壮有力，应该叫她雅金卡[①]才合适。她一双脚咚咚地跑来跑去。

跟这个老人谈话颇为费事，他闹不明白来客的意图，不过倒是认出了他们俩。他一会儿摸摸马尔斯基的肩膀，一会儿又摸摸他的膝盖：

"您跟我的雷肖同过学。"

他又悄声哽咽起来。

"一个人也没有，亲爱的先生，一个人也没有了，"他指着空荡荡的房间对雅努什说，"就我自己，先生，就我孤单一人。这个达努霞不知是看门人还是园丁的女儿……您可知道，她是从哪儿来的？是从阿卡狄亚公园来的……埃德加尔先生认识她。她原是那么可爱的一个孩子……"

达努霞站在远远的一个地方。

"达努霞，"老人叫道，"达努霞！你到先生们这儿来一下。你还记得埃德加尔先生吗？他给你从画报上剪过好多纸人……"

达努霞耸了耸肩膀。她觉得，老风琴师所说的一切，都是从他那软化了的大脑里杜撰出来的。

"我怎么什么都不记得？"她说。

"你拿点什么招待招待先生们吧！"风琴师继续说道。

"我有什么能拿出来招待的呢？只有茶……"

"那就拿点茶来吧，我的孩子。"

---

① 亨利·显克微支的长篇小说《十字军》里的一个女主人公。

结果是，这老头儿关于信的事一点儿也不记得了。他再三说明，没有任何信件，说埃德加尔从来没有给雷肖写过信，同时也不记得自己跟任何人谈起过信的事。

“怎么，难道不是您在埃德加尔的葬礼上亲口对我说的?”雅努什问。

“啊，在葬礼上，有这么回事，”老人表示同意了，但马上又伤心起来，“不错，我在葬礼上对您说过，可那不是什么信呀，只是一张明信片。”

“就算是明信片吧，”马尔斯基说，“您愿意拿出来给我们看看吗?”

“还有一些乐谱，不错，是有过一些乐谱……就在那架钢琴上，雷肖的乐谱，也有埃德加尔先生的……雷肖叫它什么来着? ……哦，乐稿……是有过一些乐稿。可是海伦娜把它全都烧了。是在她死之前烧的。她烧了，请您相信我。她全都给撕了，烧了。她就是这么一个人。她生前从不准我听收音机……”

“可是，那张明信片呢?”雅努什问。

但是老人没有听他说话。他现在想起的是海伦娜。

“您可知道，”他说，“她那时多么痛苦。整整十天……她什么都不能吃。内脏全都烧坏了，他们用葡萄酒和牛奶给她——请原谅我说句粗话——灌肠子，唉，先生，她受了多少苦呀。我日夜守在她身边。她可是已经赎了自己所有的罪过了……”

“您刚才说起过那张明信片。”雅努什提醒老人。

达努霞送来两杯浑浊的茶水。

“达努霞，那张明信片在哪儿? 那张蓝颜色的，你记得吗? 是埃德加尔先生寄来的那一张!”

“爷爷怎么老是口不离那位埃德加尔先生!”达努霞嘟哝了一句，一边把茶杯放在桌子上。

“她过去是那么一个温顺的孩子。”雅日纳对雅努什说。

“你去找找那张明信片吧，前不久我还给你看过的。那张蓝颜色，闪闪发亮的明信片。”

“贴在我房里的墙上了。难道不能贴吗?”

“你去拿来，孩子，去拿来……”

“我跟您一起去。”马尔斯基从座位上跳将起来。

达努霞穿过走廊，进到一间狭窄的小屋子里。那儿有一张铺得很整齐的床和一张小桌，再没有别的东西。明信片就别在床上方的一块花条的沃维奇壁毯上。达努霞闷闷不乐地把它摘了下来，噘着嘴，一句话也不说，就塞给了站在门边的马尔斯基。马尔斯基凯旋般地举着它走进了大房间。

“有了！有了!”他手里摇着那张明信片尖着嗓子叫道。

雅努什从他手上夺过来。

这是一张比普通规格稍大一点的明信片。在阳光灿烂的浅蓝色天空的背景下画了一座巴黎的凯旋门。旁边画的是一个用两棵四片叶子的三叶草编成的马蹄形花环。明信片上满是斑斑驳驳的苍蝇屎，但是它那蓝颜色一点也没有褪，仍然是那样纯洁，鲜艳夺目，衬托出凯旋门优美的轮廓。另一面是埃德加尔亲手写的地址，左边有这样几个字：“埃德加尔·希莱尔从巴黎致以衷心的问候。”这就是一切。

雅努什淡淡一笑，把那张弄脏了的明信片递给了马尔斯基。那一位又把它翻来覆去地看了好半天。

“一点价值也没有。”雅努什说。

“怎么没有价值？那签名呢?”

“埃德加尔的签名有的是。”雅努什说，“甚至裁缝铺的账单上也有。”

“您再也没有什么了吗?”马尔斯基失望地向雅日纳问道。

“没有。从来没有什么信件。埃德加尔先生有时到这里来，那是很早、很早以前的事了，但是，信他可没写过。也许海伦娜那儿有过点什么。”

雅努什不愿去触动这个微妙的问题，便缄默不语。

“她烧过一些什么纸……”老人突然停住了，一筹莫展地朝梅申斯基望着。

雅努什再一次拿起那张明信片。是什么奇迹使埃德加尔这样一个细心人（他总是用即使不太讲究但无论如何也过得去的信纸写信，而且尽量不寄明信片）要去买一张如此难看的明信片，而且把它寄到沃维奇来呢？是他手边没有别的明信片，还是有人把它作为一种缺乏审美力的标本送给他的？莫非是他经过爱丽舍田园大街时碰上了一个不幸的老头，哀求他从他那里买几张明信片的？希莱尔没有写上日期，邮戳上的日期已经模糊不清了。明信片的正面没有褪色，但是反面已经发黄，显然是在阳光下放了很长的时间。这样一张小纸片从一个死者手里转到了另一个死者手里。任何人也无法查明埃德加尔何时寄出这张明信片，雷肖是何时收到它的。也许埃德加尔那时已知自己得了不治之症，方想寄语另一个病入膏肓的兄弟。一个人的生命转瞬间就已化为乌有。“是这样的一个人的生命啊！”雅努什心里补充说道。

马尔斯基不理解雅努什的心境。

“嗯，怎么样？”他突然说得那么响，使雅努什打了个寒噤，“我们只好带着这么一点儿可怜的收获回去啰。是吗，雅努什先生？”

雅努什不高兴地向他瞥了一眼。

“我以为，甚至会空手而归。”他平静地说道。

“这么说，您不要这张明信片啰？”

“要它何用？”

“什么何用？这是埃德加尔的明信片呀！”

“这张明信片不能填补他生平的任何空白，甚至连个日期也没有。”

“我们有一个已知[1]的日期。”阿尔图尔用学者的口吻说。

“拿去吧，先生们，拿去吧，”雅日纳老头说，他坐在圈椅上转动着身子，“我们要它有什么用?”

达努霞站在门口，神情阴郁地听着别人对“她的”明信片争论不休。

雅努什朝她看了一眼，微微一笑，就走过去把明信片交给了她。

“请您拿去吧，达努霞小姐，请您重新别到床头上去吧。这是一个很伟大的人寄来的明信片，他曾经很喜欢您，那时您还只有三岁。”

达努霞满脸通红，垂下了眼睛，她几乎是从雅努什手上一把夺走了那张明信片的。她脸上的表情就像是大家都在捉弄她似的。她脚后跟一转便消失得无影无踪。直至这场拜访结束，她再也没有露过面，当然拜访的时间也不算长。

“我对您有意见，雅努什先生，”马尔斯基在汽车里对他说道，“您丢掉了一件珍贵的纪念品。”

“我并没有丢掉它，”雅努什回答，“我把它留在了那个理所当然应该保留它的地方。”

“唉，永远也弄不清哪里是真正理所当然的地方。”马尔斯基忽然伤心起来，变得像一只闷闷不乐的小猴子，用两只隔得很近的眼睛注视着沿途的树木。

雅努什转过脸对司机说：

“菲比赫先生，别开得这么快。”

他心里想，马尔斯基来得正好，分担了他的寂寞。

可是，跟他一起在这狭小的住宅里待的时间一长又觉得实在难受。

---

① 原文是拉丁文。

马尔斯基常常通宵失眠，雅努什听见他是怎样在床上辗转反侧睡不安宁。他夜里听收音机直到深夜（这是雅努什无法忍受的），吃早饭时又总是起不来。不过雅德维加从来不埋怨他。

“至少有个人聊聊天。听他说点什么。”

这就是说，雅努什从来不听她说的话。

过了一段时间，雅努什决定——他想起这个主意时不禁暗自好笑——“把马尔斯基扔到一个比较开阔的背景上去”。他向客人建议一道到扎科潘内，去登山。马尔斯基欣然同意了。

“我从来没有去过扎科潘内。”他不无伤感地说。

“山您也没有见过吗？”

“没见过。”

“那我们就去吧。”

这一次来到山区，与雅努什过去的旅游大不一样。这并非因为上次到这里来是跟亨利·安托涅夫斯基（此人如今在一个边远地区当省长）一起，而这一次则是同阿尔图尔·马尔斯基一道来的；也不是由于马尔斯基崇拜埃德加尔，从而使他感到更为亲近。简而言之，雅努什感到愉快的是能证实人间还能存在这样一种依恋，世上还有如此炽热的感情。特别是在我们这样一个人和人之间的关系淡如水的国家里。

在扎科潘内和整个山区一切都非同昔比，与一九二〇年那次难忘的旅游已经相隔许久了。人是另一些人，对群山的态度也迥然不同，首先是雅努什自己也非同昔日，对一切的反应都大不一般了。当他看到克鲁普夫基山脊上拥挤的人群，当他排队购买登卡斯普罗韦峰的空中电车票时，他总是无法抑制心中的悲怆。不错，如今已有个小小的车厢把旅游者送上卡斯普罗韦峰，然后再从那里出发前进。可是他们又能“前进”到哪里呢？既然马尔斯基那双小脚上穿的是漂亮的黄色小皮鞋，不等他们从利廖夫山口走到招待所，那双皮鞋就该散架了。

如今利廖夫山口在雅努什眼里也完全是另一副景色，因为他们是“从山上”进入这个山口的；而当年他是经历了一番疲惫不堪而同时又是那样引人入胜的长途跋涉从下面到这里来的。那时，有个强烈的愿望在前面招引着他们，一心想看到那曾经是最美的景致——静峰山谷幽深的孤寂。

“简直是不可思议，这样的仙境!”当他们来到卡斯普罗韦峰上招待所门前的时候，马尔斯基旁若无人地大声叫嚷道。雅努什对马尔斯基已经完全习惯了，以致听到他的赞叹非但不觉得讨厌反而受到了感动。

一切都使马尔斯基赏心悦目，一切都使他称奇不迭，甚至人下山时身子需向后仰，他的黄色小皮鞋在斜坡上滑得站不住脚，碎石会在他的脚下滚动这类事都使他感到惊奇诧异。他没完没了地打听各个山峰的名称，而对扎德尼·科希切莱茨尤其感兴趣。他无论如何也弄不明白这个山峰在何处，弄不明白那波兰十二池又是在什么地方。

“我只看到两个，”他反复唠叨说，“其余那十个呢?”

不过，马尔斯基也有不吭声的时候，不知是累了，还是宏伟壮丽的群山把他慑服了，总之，他是在默默无声中走到了拐向黑池的小径的转弯处的。他俩顺着这条小径走去。这条路，名曰小径，其实宽阔如城市的人行道，只是这条小径的终点有几级很高的台阶，要爬上去得费点劲儿。时值八月初，是旅游的黄金季节，虽说天色似乎显出了一点暴风雨的前兆。当他们攀登上黑池旁边的一块大崖石的时候，太阳又高悬在湛蓝的晴空，晒得很厉害。展现在他们眼前的池塘，像一幅地毯，平静、蔚蓝，只有塔特拉山上的湖泊才有这种蓝宝石的色调。尾随他们朝着这个方向而来的成群旅客尚未到达，这儿笼罩着一片无边的宁静。黑池的奇景，这个盆地美妙的结构，使阿尔图尔心潮激荡。大凡结构优美的东西，他多半是能理解的。

“啊，蝴蝶，蝴蝶!”他叫了起来。

一只红蝴蝶（看起来像是红的，其实不过是一只普通的荨麻蛱蝶）飞到了池塘上方，它是继续朝前飞，还是就此回头，看来似乎有点迟疑不决。只见它犹犹豫豫地在两位游客面前拍打着翅膀。雅努什默默不语，然而，一切都摆在他面前——像那起伏的群山。生活也像那群山一样的深奥莫测，一样的无法控制。

他俩朝前走了一会儿，经过一道小桥，走到了那条小径拐向格拉纳特峰的地方。然后又转身往回走。他们经过卡尔沃维奇[①]遇难的地方时，去看了看那块纪念石，马尔斯基立刻警觉起来。

“为什么要在这儿凿一个卐字?”他问。

“因为这是此地山民的标志。自古以来就有的……”

“不好，要是德国人看到了呢……”

“什么德国人?”雅努什粗暴地问了一句。

但是马尔斯基不吭声，一直走到招待所他一句话也没说过。雅努什不想走近华沙招待所的石头房子。他宁愿按照老习惯到布斯特雷茨基招待所去喝一杯牛奶。但是布斯特雷茨基茅舍前面已经没有空位子，他只好领着马尔斯基走进屋里，在屋角上的一个窗口找了个不招人注目的地方坐下。雅努什从窗口看得见从卡斯普罗韦峰上下来的游人。

天越来越阴了，甚至听到了几声雷鸣。山羊峰上仍然是一片湛蓝的天空，但是从下方已经涌起了一团团灰白色的云。他们喝着酸牛奶，马尔斯基拿出从包伙小旅馆带到路上打尖的干酪、小面包和火腿。

“旅行中总得想到这些东西。”他以一种教导的口吻说，一边请雅努什吃，后者自然是不曾想到过“这些东西”的。

此时，一个熟悉的人影映入了雅努什的眼帘。从卡斯普罗韦峰上

---

① 米耶奇斯瓦夫·卡尔沃维奇（1876—1909），波兰作曲家，在塔特拉山上死于雪崩。

下来的游客的人流里，突然出现了一个他所熟悉的人。一点儿也不错，他就是安德热依·戈翁贝克。他身后跟着一个不相识的黝黑的小伙子和一个姑娘。三个年轻人在茅舍前面的桌旁也找不到空座位，便坐在石头上。安德热依在石头上铺了顶帐篷还是睡袋一类的东西，又让那姑娘坐在上面。他们就坐在这个窗子外面，但因为窗子是关着的，所以听不见他们说些什么。姑娘解开背包，拿出食物，两个小伙子展开了一张仔细贴在布上的兹沃林斯基的旧地图，研究他们要走的路线。雅努什根据他们用手指指到的地方，明白了他们是要经过兹沃米斯克山谷到克日日内去。他羡慕他们将看到塔特拉山上这个壮观的景致，同时又忧郁地朝马尔斯基的皮鞋瞟了一眼。这双鞋子已经是百孔千疮，后跟也磨平了，成了毫无用处的废物。看来只好转回扎科潘内去了。

但是，他们要离开布斯特雷茨基的茅舍还得等雨过去，那雨突然像标枪似的飘打在崖石和矮松树上。雅努什的目光一直没有离开过这三个年轻人。过了一会儿，他才想起，这姑娘就是海伦卡。他在心里默算了一下，海伦卡可能刚满十三岁。然而她已经发育得很好，看起来就像一朵含苞待放的鲜花。虽说雅努什肯定前不久还在恰茨基街的住所里见过她，可是乍一眼却没能认出她来。

海伦卡与戈翁贝克的两个男孩不同，那两个是黝黑的肤色，黑头发，属于瓦莱雷克的那种类型，只是仪表上要优雅高贵得多，海伦卡肤色白皙，浅黄头发，像她母亲，像约齐奥。她一身半男半女的打扮，穿着一条长裤，头发编成两条辫子，用一根蓝色的丝带束住。她使雅努什忆起了自己在童年和青春时代赞叹过的一切。她的动作使他记起了罗伊斯卡太太，她笑起来跟奥拉一模一样，而首先是，她太像约齐奥了，就像是他的妹妹。

“我怎能认不出她来呢?”雅努什想道，表面上却装作在听马尔斯基讲施特劳斯的《厄勒克特拉》，“根据这些特点哪怕是走到天涯海角我也能认出她来。”

她笑的时候，他看着那个酒窝（只有一个酒窝，在左边脸上），看着她头上亚麻色的头发，它虽无光泽，却很柔软；当她正不乐意地对自己的同伴说什么的时候，他看到了她噘着的嘴巴。这张面孔的不同凡响的美，使他惊叹，那双明亮的眼睛略微有点斜视，眼角微向上翘，每逢她嫣然一笑，眼睛周围便出现了那种非常好看的细褶（因为还不可能是皱纹）。海伦卡情绪很好，有时也不满地做个鬼脸，雨刚下起来的时候，她大叫大嚷。隔着窗玻璃听见她喊：“安德热依！布罗内克!”忽然，他们一行三人都站到了窗边的屋檐下。雅努什退到角落里，怕他们认出了自己，后来又想，即使他们认出了他，也会装作没看见——在旅游中碰到这么一个讨厌的“舅舅”，真不是什么愉快的事。

海伦卡的面部现在是略微高出他所临近的那个窗口，他可以仔细观察到这张敏感的小脸蛋儿上的极其生动的感情变化和表情。她的一切言谈举止显然都还带有一种孩子气的天真，但是在她的那些动作里，在她对待小伙子们的那种优越感里却已经充分地显露出了一种女性的特征。

突然，她把妨碍她系背包的哥哥一推，他从这推人的手势里，从她眼里的某种闪光中，不仅看到了整个的约齐奥，看到了自己的行军生活和约齐奥躺在上面咽下最后一口气的那堆绿色的苜蓿，也看到了自己整个的青春时代。

他就是这样入迷地望着这个青春年少的姑娘。

“一个非凡的景象。”他轻声嘟哝了一句，“她是从哪里来的呢?”

马尔斯基没有注意到他说什么，还在一个劲儿地向雅努什详细讲述自己对施特劳斯交响乐的看法和自己不喜欢《蔷薇骑士》的原因。

“雨停了,”过了一会儿他说，“我们可以走了。走吧!”

“走吧!”雅努什说，同时从座位上站了起来。

他们走出茅舍的时候，外面又湿又凉。天空掠过一片白云，山石在太阳下闪闪发光，阵雨过去了。

雅努什抬起头，望了望洁白的云彩。

我头顶上飞过一片湛蓝的大海……

他想起了这一句旧诗。

当他们沿着一条羊肠小道向上走，返回扎科潘内的时候，他看到那三个年轻、幸福的小家伙怎样从一块石头跳到另一块石头上，怎样顺着红色的标记朝那悬崖峭壁的方向，朝克日日内山口的方向大步走去。

“死了这条心吧，”雅努什自言自语地说，“你永远也不能跟他们在一起了。”

六

牢房里他们一共有十六个人。前不久送走了七人。雅内克注意到，送走的是清一色的刑事犯。剩下的就只有他们九个同志了。雅内克同其中的两个年轻人相处得最好。一个是二十来岁的小伙子（至少看起来是如此），名叫利莱克。他那张黝黑的脸膛儿上嵌了一双灰色的大眼睛，如今在监狱里眼睛周围出现了一圈青灰色的阴影，他用那双眼睛望着维耶维乌尔斯基，就像看着圣像一样。另一个年龄稍大一点，叫阿历克塞，高个子，性格文静，他那笑容显示出的聪明睿智，就像一个各方面都很成熟的人。阿历克塞喜欢提出一些原则性的问题，但只是悄悄地，生怕让那个又高、又瘦、又凶狠的大个子听见。此人似乎完全被监狱“改造”过来了。他对维耶维乌尔斯基所说的一切都冷嘲热讽。他叫维特·诺瓦克。他把一切都归咎于像他所说的，维耶维乌尔斯基一类“圣洁的傻子”。他认为解散共产党[①]的责任也要由维耶维乌尔斯基一类的人承担；近几天来，关于里宾特洛甫-莫洛托夫协定[②]的消息通过某种途径也传进了牢房，并引起了维特的大笑和维耶维乌尔斯基真正的不安。

维特·诺瓦克断言，“圣洁的傻子”这类人说的话跟牧师说的一样，不同的是，牧师许诺在来世有个天堂，而维耶维乌尔斯基却许诺在今世就有个天堂。

“这不是我许诺的，亲爱的，”雅内克微笑着说道，“这是列宁和斯大林说的。”

“还有红衣主教卡科夫斯基[③]。”诺瓦克挖苦道。

雅内克老老实实地让步了。他和阿历克塞、利莱克三人坐在屋角的一张铺板上，悄悄在谈论着什么。就是他们三人之间的交谈也进行得越来越稀少，因为他们自从被关在一个牢房以来已经谈得够多的了。而今甚至雅内克的好情绪也消失得无影无踪。从前，他总爱高高兴兴地讲点什么，有时说个没完没了，可现在，他闷闷不乐地坐着，一动不动地望着前方。

维特·诺瓦克又挖苦说：

“你在那儿看到了什么，雅内克?”

维耶维乌尔斯基没有搭理他。他又加了一句：

“你是不是看到了永恒的幸福，一切私有制都将被废除！嗯？一切私有制都将被连根拔掉……谁也不会有什么财产，只有幸福将笼罩全

---

① 指波兰共产党于1938年被第三国际的领导解散。

② 指1939年8月23日在莫斯科签订的苏德互不侵犯条约。

③ 卡科夫斯基（1862—1938），华沙大主教，1919年起任红衣主教。

世界!”

“别挖苦，维特。”阿历克塞对他说道，他摆出一副似乎要维护维耶维乌尔斯基的架势。

“好，好，”诺瓦克挑衅地答道，“你不用护着领袖。领袖自己会自卫。”

他把维耶维乌尔斯基称作“领袖”。

但是这天晚上，刑事犯被送走之后，维特坐立不安。他坐在自己的铺板上，倾耳细听。

一个在牢里待久了的犯人，往往能学会根据最细微的征兆猜测到监狱里发生的种种事态。他根据钥匙插进锁孔的声音和打开牢门的方式就能猜到是否出了什么不寻常的事。每逢要处决一些什么人，每逢要送来一些新判刑的或从别的监狱转来的什么人，他都能毫不费力地推测出来。这一次，既没有处决什么人，也没有新送来什么人。可大量小汽车都集中到了监狱前面。没有人动门闩，没有人开大门，小汽车也没有开进院子里，都停在外面。然后，有一些小汽车开走了。傍晚的时候，各个走廊里便有了一些动静，有的地方在开门，关门，但是一切都是悄悄进行的，像在梦里一样。

“看起来，他们似乎要溜了。”维耶维乌尔斯基大声说道。

“安静，同志们，睡吧，”囚房值日的喊道，因为已经夜深了。

“今天晚上不能睡。”利莱克似乎是自言自语地低声说。

“利莱克，你听见了吗?”维耶维乌尔斯基低声说，“他们要溜了。”

“这是什么意思?”阿历克塞问。

“我哪晓得!”

“安静，安静!”同志们发出了嘘嘘声。

维耶维乌尔斯基头靠在被子上，但没有睡觉。临近清晨的时候，监狱大楼前面的小汽车突然开动了。

先是一个发动机吼叫起来，接着第二个，然后其他许多发动机都逐个咆哮起来。听得出，所有的小汽车都开走了。

“同志们，他们跑了，”维耶维乌尔斯基一跃而起，“他们跑了，他们溜了！他们溜了！”

所有的人都从铺板上跳将起来。

“哎呀，你这个蠢货，”维特·诺瓦克叫道，“你疯了吗？他妈的！不让人睡觉……”

“你还睡觉！在这种时候！”

利莱克把门擂得咚咚响。

别的牢房里也传出了喧闹声、叫喊声和擂门声。很快就清楚了，走廊里没有看守。牢房里的吵嚷声越来越大，连维特·诺瓦克也不再抗议，还跟着别人一道叫嚷起来。

“开门！开门！”

阿历克塞站在一个囚犯的背上爬到窗口，但是无法打开紧锁的窗子。他只看到监狱上方一片湛蓝的秋夜的晴空。天已破晓了。

突然，走廊里传来了一阵急促的脚步声，下面什么地方传来了叫喊声，又响起了一阵奇怪的锉磨声；有个什么人把牢房一个接着一个地打开了。所有的囚犯都挤在门边，门一开，他们一齐冲到走廊里，几乎把开门的人撞倒。

只有维耶维乌尔斯基站在这个人身边。这是个灰白胡子的严肃老人。

“出了什么事？”雅内克问。

“他们逃跑了。只留下了我们。”

“什么！逃跑了？”

“嗯，他们逃跑了，溜之大吉啦！”

“为什么？”

“你还问哩！德国人就要到了。”

“德国人……”

雅希不得不把身子靠在走廊的墙壁上。困惑莫解地望着这位老人。

“怎么德国人就要来了？难道我们就不自卫？”

“自卫……可是，他们似乎已经把我们打得落花流水了。”

利莱克又穿过走廊奔回来，一边高声叫着：

“维耶维乌尔斯基！维耶维乌尔斯基在哪里？维耶维乌尔斯基！”

“我在这儿，你吵嚷什么？”

就在此刻，电灯灭了。一片漆黑。利莱克在黑暗中摸到了维耶维乌尔斯基，抱住了他的肩膀，似乎怕失去了他。

“你知道吗，同志，”他说，“所有的钥匙都在进门的地方，在过道的桌子上，还有一张条子：‘留下的，全都是共产党。’”

“把我们交给德国人处死！”

但雅内克没听见他们说些什么。他只是一再重复一句话：

“溃败……溃败……溃败啊……”

监狱大楼里又黑，又臭，又闷热。犯人们走到监狱前面的时候，一股清晨的寒气，一股清新的、令人神爽的微风向他们迎面扑来。雅内克脑子一晕，几乎跌倒。利莱克扶住了他。

“您怎么啦，杨同志？”他庄重地问道。

离监狱不远是一条通往波兹南的公路。公路上车马如流。那些拥挤的人群、小汽车和马匹历历在目。囚犯们都朝着这条公路奔去。他们也拼命地奔跑着——如今只剩下雅内克、利莱克和阿历克塞他们三个人了。他们遇上了一个朝着同一个方向奔跑的老百姓。

“公民，出了什么事？”阿历克塞挡住他问道。

“你们是从哪里来的？”那一位不信任地问。

“我们是政治犯……”

“莫不是特务?”那一位又问。

“开什么玩笑!”雅内克非常严厉地说道，“请您告诉我们，出了什么事?我们一点儿也不知道，我们是从监狱出来的。”

“他们像赶狗一样地追赶我们。”

“马路上是怎么回事?”

“人们在逃难……”

“到哪里去?”

“那谁知道，一个劲儿地朝前跑，即使是跑到波兹南也好。”

“德国人在哪里?”阿历克塞又问。

“到处都是，先生，到处都是!”

这个人身穿浅色西服上衣，没戴帽子，看得出来，他是吓破胆了。

“怎么个到处都是?”

“就是到处都是嘛。他们已经逼到了华沙城下。华沙还在防守。”

“快，利莱克，”雅内克以一种突然增长的力量吼叫道，“我们快跑!”

他自己便朝前面飞也似的奔去，似乎华沙就在眼前。

不知不觉他们也到了公路上。

公路上马车、自行车长流不息，偶尔有一辆小汽车从人群中擦过，喇叭高声吼叫着。一轮正往下沉的明月把这一切都照得一清二楚。当时正是望月。

阿历克塞转身朝西方看了看，那边的天空依然是一片漆黑。在这漆黑的背景下，一道道奇怪的光闪闪烁烁，迅速地掠过天穹，仿佛整个的天空都在痉挛、抽搐。

“你看!”他指着天空叫利莱克看。

“那是什么?”利莱克问。

“在打炮，这是炮弹的光。”

一声遥远的单调的轰响，盖过公路上马车的嘎吱声和流水般的哗哗的脚步声，传到了人们的耳际。

“战争！”利莱克说，他深深吸了一口气，像是要哭出声来，“战争！”

“你看，军用卡车！空的！跳上去！”雅内克一边招呼他的同志们，一边朝那辆慢慢擦过人群的卡车猛扑过去，“跳上去！公民们！到波兹南去，把我们带到波兹南去！”他叫喊着，同时抓住了卡车的车帮。

“上来吧，先生，我们到华沙去。”几个朝气勃勃的声音同时回答他，那声音里听不出有丝毫惊惧。

在月光中他看到卡车里有几个若无其事的镇定的人。

“铁路工人！”他想道。

他向利莱克和阿历克塞伸出手去，帮他们爬上卡车，然后转身对卡车里的人说：

“谢谢你们……同志们……”

卡车穿过壅塞的行人，朝着波兹南的方向开得更快了。

“先生们到华沙去吗？”一个声音问，“因为我们要绕过波兹南。”

“到华沙去。”利莱克急忙答道。

“到华沙去，”雅内克若有所思地重复了一句，“到首都去。”

七

卡齐米日·斯彼哈瓦拨过了打到部里的电话号码后，从敞开的窗口向外张望。窗外是漆黑、温暖的夜。从远处传来一阵沙沙声，一种遥远的响声，像是一大群昆虫成群结队飞向远方。这沙沙声就像五月金龟子撞在玻璃上发出的嗡嗡声，只是比那种声音要强许多倍。

话筒里响起了一个昏昏欲睡的声音。

“喂!”

“我的小汽车准备好了吗?”

“是谁在说话?”

“卡齐米日·斯彼哈瓦。”

“参事先生，您的小汽车部长夫人调去了。”

“部长夫人?”卡齐米日惊诧地问。

“是的。好像派了什么用场。”

“部里还有别的小汽车吗?”

“任何小汽车都没有了。”

“各个司里还有什么人吗?”

“没有任何人。就我自己。”

“您是谁?”

“门房。斯坦尼斯瓦夫·布瓦什奇克。”

斯彼哈瓦放下了话筒。没有小汽车!

“狗娘养的!”他骂了一声，重又走进卧室，开了灯。铺得整整齐齐的床上摆着一只皮质很好的小箱子，箱子里那些玻璃瓶罐的银盖子闪闪发亮。

斯彼哈瓦站在房中央，陷入了沉思。

“都跑了，大家都跑了。”

他按了按铃。

仆人立刻就来了。厨房里的人显然都没有睡。他站在门边忧郁而恭敬地望着斯彼哈瓦。

卡齐米日说:

“请沃伊切赫帮我把箱子收拾好。就像去进行一次‘短期出差’那样。”

“短期的?”沃伊切赫凄凉地问道。

“再短不过的。很可能我得亲自拎着它。”

“小汽车呢?”

“没有小汽车。”

“没有小汽车。”沃伊切赫重复了一遍，脸色一下变得阴沉了，显然他把希望寄托在这小汽车上。

“难道说，沃伊切赫也想走?”斯彼哈瓦问。

“大家都跑了，我独个儿留在华沙干什么?”

“说得也是，”卡齐米日思索了一会儿，“只是部里已经没有任何小汽车了。”

“参事先生自己的小汽车呢?”

“我借给公爵夫人了……”

“哦……”沃伊切赫惴惴不安地慢声说道，“唉，现在可怎么好呢?”

“等等看吧，等等看吧，”斯彼哈瓦神经质地说道，看了看表。夜里三点二十分。“完全不用忙。”他说。

“啊，我倒觉得，应尽量快点，”沃伊切赫意味深长地说。

“他们在厨房里知道的事比我要多得多。”斯彼哈瓦想。他打开了收音机。没有声音。

“啊，我还是到公爵夫人那里去一趟，她也许还没有走。”斯彼哈瓦说。

他走到街上的时候，维斯瓦河那边的天空现出了粉红色。河水上飘来一股寒气，而在西边一轮残月还在倾泻着银辉。在那些横街上笼罩着一片寂静。昆虫的嗡嗡声是从一些主要街道上传出来的。到比林斯卡的府邸，他无须横穿耶路撒冷大道。院子里的厢房前面停着他的黑色小汽车，堆满了许多箱子。泰克拉小姐站在楼梯上照顾装车，从她那双眼睛里看得出她刚哭过。黎明时分玫瑰色的光线和明亮的前厅里射来的强烈的灯光交相辉映着她那张疲惫不堪的脸。

主楼梯的楼梯间里传出了一个昏昏沉沉的声音：

“灯火管制，灯火管制！……”

“什么人在那儿？”泰克拉小姐没好气地问道。

“防空指挥部的值日官。”那声音从黑暗里答道，“把灯关掉，灯火管制！”

“天已经亮了，一会儿就是大白天了！”别夏多夫斯卡小姐不耐烦地说。

“公爵夫人在房里吗？”斯彼哈瓦问。

“在客厅里。正在包装袖珍画。”泰克拉小姐回答。

卡齐米日走进屋里。整座房子都亮着灯。一切都照得亮堂，如同白昼[1]，就像那举行盛宴的日子。阿罗坐在前厅的一张椅子上，穿好了大衣，戴着帽子，手里拎着一个化妆箱。他昏昏沉沉地直视着前方，嘴里叼着支香烟。他们彼此没有打招呼。

“妈妈在哪里？”斯彼哈瓦问了一句。

阿罗默默无言地用香烟指了一下客厅的门，斯彼哈瓦走了进去。

客厅里乱成一团。玛莉亚一动不动地站在麦草、刨花和堆得乱七八糟的家具中间。她苗条、颀长，斯彼哈瓦突然觉得她变成了昔日的那个玛莉亚。在那值得纪念的一天，他第一次看见她的时候，她也是站在一个翻得乱七八糟的房间中央，并向他伸出了两只手。这一次她没有伸出手来。

“玛莉亚，该走了。”斯彼哈瓦开门见山地说，“天快亮了。白天飞机轰炸……”

公爵夫人茫然地瞥了他一眼。她那双蓝色的大眼睛里凝结着悲痛

---

① 原文是意大利文。

和惊慌。她惧怕的不是德国的飞机，而是即将来临的这一刻。

“走吧。”斯彼哈瓦又说了一遍。

玛莉亚抓起一件帆布雨衣，满怀疑惧地又朝斯彼哈瓦瞟了一眼，然后看了看挂在墙上和放在长沙发上的许多肖像画和袖珍画。她根本就没有把这些画包装起来。

“你瞧，你瞧……”她说。

她终于把斯彼哈瓦期待了良久的那两只手一齐伸了出来。他朝她奔了过去，亲吻着这一双手——跟二十年前的那一次一模一样。也跟那一次一样，他觉得自己的生活中又开始了另一个新的时代，觉得正在发生一件大事……

“你瞧，你瞧，又是流浪。”公爵夫人说。

这时，阿罗进来了。

“妈妈，一切都准备就绪了，”他不耐烦地说，“我们走吧。”

“你拿着那些袖珍画。”公爵夫人说。

阿罗把墙上的一整排袖珍画一把抓了下来，就像从灌木丛上抓下一把醋栗果一样，随便塞进了自己的衣袋。

“再见！”公爵夫人对斯彼哈瓦说，同时举起两只手把一块浓烟颜色的丝面纱罩在小巧的草帽上，“再见！”

这就是一切。她已经坐进了小汽车，身边坐的是昏昏欲睡、两眼凝视着空间的阿罗和那条棕色的穆哈，唯有这条狗因乐于出去旅游而愉快地吠了几声。直到泰克拉小姐把最后的几只小箱子和毛毯放在她的脚边的时候，比林斯卡才朝斯彼哈瓦转过身来说道：

“卡齐，”同时把一只戴着棕色手套的手伸到放下的汽车窗玻璃外面，“你是不是跟我们一起走好？”

“已经没有地方了。”阿罗用一种阴沉的声音说。

“不，不。”斯彼哈瓦摇摇头，并且觉得自己已热泪盈眶。他不明白，为什么这般激动，是为她的离去感到难过，还是为她自私得如此残酷感到痛心？

“哎哟，卡齐！”公爵夫人说，“你不要哭呀！”[①]

这时，司机发动了马达，斯彼哈瓦漂亮的别克小汽车轻轻地驶到了门廊前，在院子里转了个圈子，便消失在依然是昏暗的门洞里了。卡齐米日望了望四层楼公寓楼房上方深远的天空。天空是碧绿的，一边呈现出玫瑰色。

“但愿他们不要遇到什么灾祸才好。”站在他身边的泰克拉低声说。“现在我得去把所有的东西都锁起来。”她自言自语似的说道。

斯彼哈瓦走了。他站在离耶路撒冷大道只有几十步远的地方放眼望去。马路中央是人群、马匹、大车、轿式马车、小汽车的滚滚洪流，伴随着这股洪流的是一种单调的嘈杂声。步行的人们挂在大车的车辕上，马车的踏板上，有的坐在小汽车后部。伤兵们头上缠着血淋淋的绷带挤在一些乱糟糟的炮车上，这些炮车也不知是怎样陷进了这个杂乱不堪的旋涡里来的。它们像一头头巨大的食蚁兽，翘起了长嘴向前移动着。小汽车里坐着一些面色苍白、睡眼惺忪的人；大车上装着狗、鸟笼、灯、棕榈树，构成了一幅幅混乱的静物画。

维斯瓦河后面直射过来的舞台灯光似的灰红色的光线把这一切都照亮了。时不时有个逃难的人抬起头来，向后朝着仍然是昏沉沉的西边的高空投去不安的一瞥。

在布拉茨卡街和耶路撒冷大道拐角的地方，稠密的人流分成了两股，然后又重新会合到一处，绕出一个空白的小岛。小岛上躺着一匹死马，它躺的姿势颇为奇特，头扭向身后，四脚朝天。马蹄上那些结实的马掌铁在玫瑰色的曙光中闪闪发亮。

---

① 原文是法文。

斯彼哈瓦伫立在人行道边上，茫然地望着你推我挤的人群，川流不息的牛和马，望着人们机械的动作，他们弓着身子，单调地一直向前走去，向前，向前。他不知道自己该怎么办。

此时一辆深蓝色的小轿车在他身边突然停下，踏板几乎擦到了人行道的边上。玻璃窗后现出了罗伊斯卡太太那张安详的面孔。

“请您跟我一起走吧，”她放下玻璃说道，“快点，快点，这儿不能停车。”

卡齐米日忘记了沃伊切赫的“短期的”和“长期的”行李准备，毫不迟疑地打开了小卧车的门，坐到了爱韦琳娜太太身边，跟她一起走了。还是那种粉红色的迷人的光线，如今射在罗伊斯卡太太的脸上，照亮了她那一头银发，照得卡齐米日睁不开眼睛。小汽车艰难地夺路而行。在高架桥上路稍微畅通一点，但是在布拉格又陷入了那种挤得水泄不通的人流之中，小汽车只得以最低的速度向前移动。他们彼此一句话也没说。

过了一会儿，罗伊斯卡太太俯身对司机说：

“卢德维克，走奥特沃茨卡公路吧，那儿也许好走一点。”

果然，奥特沃茨卡公路要宽松得多，深蓝色的小卧车也开得快了起来。从卢贝尔斯卡公路的方向传来了第一阵爆炸声，天变得越来越亮。阳光灿烂的一天开始了。

一小时后，他们就到了普斯泰翁基。罗伊斯卡太太去料理她的家务。斯彼哈瓦甚至没有走进屋子，下车后便直接到园林里散步去了。

园林里的参天古树耸立在清晨蔚蓝色的天穹下，显得那么挺拔、刚劲。巨大的枫树用碧绿的树冠遮盖着结满了黑色和珊瑚色浆果的低矮的稠李和酸果树丛。参天的树干之间笼罩着一片宁静。花坛里的秋花散发出一种晚熟的不带蜜味的香气。他觉得，他所经历的一切真像是一场梦。

只是时不时传来一阵低沉的、不祥的隆隆声，听起来十分遥远，也许是在某个地方，炮弹落到了某个人或某件东西上面。这儿可是万籁俱寂，碧绿的树叶在微微摇曳。

他漫步在浓荫蔽日、五色斑斓的园林里，伴随着他的那股香气，既不是蜜香，也不是花香。过了好一阵子他才想起，那是他记忆中的遥远的过去的一种香味：童年时代的香味，那是泥土的芳香。

显然，园林外面的什么地方有人在耕地，罗伊斯卡太太周围的人跟她一样都在泰然自若地干活，一缕清新的、湿润的泥土的馨香从枫树和桉树雄伟的树干之间飘来。

斯彼哈瓦停住了脚步，把那香味深深地吸了几口。他记起了家里的茅屋，爷爷，父亲……他过去总是想从心灵深处赶走这些回忆。这一次只是一笑置之。

他走到房前，那儿最后一批紫红色的翠菊已经受了锈病的侵袭，在硕大的花坛里东倒西歪，像一群顽皮的孩子。

此刻罗伊斯卡太太从那座两边有两个塔楼的古怪的木头房子里走了出来。她手里抱着一大束秋花，那显然是有人刚给她送来的。她安详地朝卡齐米日微微一笑。

“我给约齐奥上坟去。”她说，“一起去吧。”

斯彼哈瓦无言地跟着她去了。通往西比尔小神殿的那条小路相当窄，他只好跟在爱韦琳娜太太身后。他不由自主地赞叹起她那矫健而镇定的步态来。罗伊斯卡竟来得及脱下旅途的服装，换了一身浅色的夏季衣裙。

“真见鬼，她今年多大岁数了?”斯彼哈瓦心里思量道，而且以一种相当复杂的方式计算起来：自从敖德萨那次谈话之后过了……我的上帝，已经过了二十五年。整整四分之一个世纪！在这段时间里发生了多么大的变化，而她却依然如故……

显然，罗伊斯卡太太想的是同一件事。她按动了铁铸的向日葵花心，走进了亭子，把一大束紫红色和黄色的鲜花放在红大理石的墓碑上，然后便在靠亭子的一张半圆形凳子上坐下，说道："您可记得我们在敖德萨的谈话?"

在敖德萨时他们不知进行过多少次谈话，但是斯彼哈瓦立刻就明白，她指的是一九一四年七月的那一次。因为他也想起了这一次谈话。

"记得。"他答道，同时在墓碑的另一边坐下，"我也正想起它来。"

"生活中常有这样的怪事。"她略带点口讷地说，"有时，许多重大的事情都被忘到九霄云外……而那次谈话并不重要……丝毫也不重要……"她沉思起来。

"我们那时谈的是约齐奥的前程。"斯彼哈瓦说。

"当时真是自寻烦恼。"母亲长叹一声。

"我们确实为他担心得太早了。然而，我们又怎能预见到呢？我们处在当时那个世界上，对它可能发生的一切毫无准备……"

"人总是处在毫无戒备之中。难道说我们对当前所发生的一切有所准备吗?"

斯彼哈瓦没有回答，他们侧耳倾听。从十分遥远的地方又传来了几声沉闷的爆炸声。

"真可怕。"罗伊斯卡太太说。

她朝墓碑俯下身去，整理了一下摆在上面的鲜花，让它不要遮住凿在大理石上的日期：1898—1918。

"有时我想，"她又转身对斯彼哈瓦说，"约齐奥在当时，在二十五年前就已经历过这一切，这也许还好一点……短促的一生，死在光荣的战场上。不管怎么说，那个时刻对于我们要比现在光彩得多……"

斯彼哈瓦不喜欢这种思辨：如果不是这样该有多好……然而又不可能是另一种样子。今天同样也不可能是另一种样子。他只好辛酸地承认：

“之所以有今天，正是我们过去奋斗的结果。”

罗伊斯卡太太严肃地朝他看了一眼。那种安详的表情从她的脸上倏然消逝。她那双眼睛里闪露出恐惧、责备和慌乱的神色。

“连您也……”她嗫嚅地说。嘴唇在发抖。

但这只是短暂的一瞬。她迅速控制住了自己的感情，又把眼睛转向了墓碑。这时，斯彼哈瓦看到了她那美丽的侧影，她那短短的翘鼻子和她那一头松软的银发。骤然他心里又产生了那种辛辣的滋味，跟当时在敖德萨一模一样。他恨这个妇人，由于她的美色、她的门第以及她那令人不能忍受的贵族气派。

“约齐奥如果活着，他同样会为今天的这一切而卖力干的。”他这么说是为了刺罗伊斯卡一下。

但她并没有觉察出话里的恶意，眼睛一直盯着大理石墓碑上的题词，甚至温和地笑了笑。

“我正说哩，”她说，“他已经领略过失败和光荣的滋味，这也许更好一点……”

这一番话更加刺痛了斯彼哈瓦。

“说句实话，”他表面上装得很平静，并没有看爱韦琳娜太太一眼，“那算什么光荣……我们在这儿继续的事业，他在那儿已经开始了。”

“这话怎么理解?”

“当然，那一切看起来很漂亮，”斯彼哈瓦接着说，他的声音已不那么平静了，“我亲身参加过，因此我清楚。是的，看起来真漂亮：枪骑兵，手旗，长缨枪，凡此种种……顺便说一句，有个住在美国的博莱斯瓦夫斯基把那一切描写得十分生动……您或许读过?”

“没有，没有。”罗伊斯卡不耐烦地摇摇头，等着卡齐米日想说的最重要的下文。

“其实，那是发了疯。在格涅瓦城下，在奇弗罗夫城下，在卡涅夫城下，人们像苍蝇般地死去。为了什么？”

“怎么是为了什么？为了波兰。”

斯彼哈瓦苦涩地一笑。

“为了波兰。然而，是为了什么人的波兰？我们的地主老爷们想要乌克兰。波多莱和乌克兰大地产所提供的收入是波兰内地任何一个地方所不曾提供也不能提供的。舍弃我们的殖民地是件痛苦的事……别人漂洋过海去寻找殖民地，而这里就在手边，肥美丰饶的理想福地。”

罗伊斯卡太太浑身一阵哆嗦。

“照这样说，约齐奥是为此而牺牲的？”

“您忘记了莫林策吗？”

“唉，卡齐米日先生！”罗伊斯卡太太朴实地喊了一声，用双手捂住脸，“这不是真的……”

“您爱过莫林策吗？”

“我爱过的。”

“也爱过莫林策的人？”

罗伊斯卡太太没有回答。

“您瞧，就是这么回事。”

“这么说，约齐奥是白白牺牲了。”

“为了我们得到的这样的一个波兰。为了我们建设的这样的一个波兰。”

“这不是事实，不是事实！凡是我们的鲜血流淌过的地方，都有另一个波兰，真正的波兰……”罗伊斯卡太太从座位上站起身来，“他所想的不是你们的资本，他所想的不是你们的地产……”

“应该说：我们的地产。”斯彼哈瓦纠正她的说法。

“不错，我们的地产……他想的是让生活变得美好起来，他想的是重新……”

“结果又怎样呢?”

“我不知道。”罗伊斯卡太太又坐了下来，安详的表情早已从她的面庞上消失了。

“我认为，他当时什么也不清楚。他只想去打打仗……就是所谓的挥几下马刀。我见到过他……”

“是个什么样儿?”爱韦琳娜太太低声问。

“非常之美。他使我想起了某一张画，只是记不得是哪一张。他戴的军帽有一条小皮带牢牢地系在下巴上。刚刚冒出一点胡子。面颊上时不时泛起两朵红云，闪烁一下又消失了……”

罗伊斯卡太太闭上双目，伸直了腰板，贪婪地捕捉斯彼哈瓦的每一个字。泪水从紧闭的眼皮下淌了下来。

“卡齐米日先生，我们不该指摘他。请您别那么说他吧。请您看在母亲的面上，看在波兰的面上，不要损伤他吧!”

“我们为了维护某种神话而保全他，那历史会对他作出怎样的结论呢?”

“历史是神话的汇编。不是这种神话，就是那种神话。”

斯彼哈瓦烦躁地动弹了一下。

“您原是希望他成这样的人的。我们的那次谈话……”

“那时我不过是个愚蠢的毛孩子。后来我才逐渐明白了许多东西。那是在离开敖德萨之后。”

“人总是在不断学习，”罗伊斯卡太太说，睁开了满含热泪的眼睛。“而我今天明白了许多东西。是在我们的旅途中，当我们从华沙逃跑的时候。”

斯彼哈瓦弓着背。

“从华沙逃跑，”罗伊斯卡太太又清晰而果断地强调了一遍，“您明白吗？卡齐奥先生，您可明白这句话的含义？从华沙逃跑……”

“逃到哪里？”卡齐米日问道，他的声音平静得多了。

“哪里？到我们命里注定的最终点。您得逃到国外去……”

“玛莉亚已经到那儿去了。”卡齐米日嘟哝了一句。他的声音是那么轻，甚至连他自己都不能肯定罗伊斯卡太太是否听得见。

此刻他侧过了身子，眼望着墓碑上的题词。要是他能看到罗伊斯卡太太注视着他的那种目光，他就会毫不怀疑她不仅听见了他的话，而且对他卡齐米日产生了某种深刻的蔑视。

两人沉默了片刻。然后罗伊斯卡太太跪下了，并给卡齐米日使了个眼色，叫他跪在她身旁。她低声祈祷着，后来声音就越来越响，好像一开始并非出自本愿。她越说声音就越高，越有力量。斯彼哈瓦暗吃一惊，朝罗伊斯卡太太看了一眼，跟在敖德萨时一样，他从罗伊斯卡太太身上看到了某种不寻常的，令人感到震惊的东西。他突然从这个审慎沉着、含而不露的妇人身上看到了她昔日的那种激情澎湃的格调，那是她青春时代所固有的特征。似水流年，可她毕竟还保留了一点青春的影子。

“原谅我们吧，约齐奥，”爱韦琳娜太太说道，“我们对不起你那圣洁的、抛撒在无名之地的被人遗忘了的骸骨……我们要请求你的宽恕，不仅是因为我们对你的怀疑……不仅是因为我们把一些可耻的、毫无根据的、低贱的意图和宗旨强加在你的身上……而且是因为我们否认了你为祖国而牺牲的荣誉……你是认为值得为之献出生命，值得一死才献出你的一切的……你死得光荣，明白吗，我的儿子！你死得光荣，你是为自己的信念、自己的信仰、自己的青春而献身的……我们相信，甚至在今天这样的时刻，在这个到处是屈辱、恐怖、充满了杀机的时刻，我们仍然相信，你并没有白白地献出自己的生命……”

爱韦琳娜太太的声音猝然而止，她朝墓碑俯下身去，把头靠在鲜花上。斯彼哈瓦用一条腿跪着，惘然若失，一筹莫展，事实上是被吓得不知所措。说不定，他也有点受到感动。罗伊斯卡太太一番出人意料的话融化了他灵魂深处的那块寒冰。他的心猛烈地跳动起来了。

八

安特克·戈翁贝克所在的小股部队留守沃姆扎，而原来集结在这座城市的一个师的其他人都去攻打马祖尔去了。安特克在一种难耐的无所事事之中度过了九月的头三天，早晚到几个营房转一转，白天大部分时间都在躲炸弹。他竭力保全自己的士兵，把他们统统赶进了防空洞。他自己在防空洞里却待不住，相反，还拿着望远镜爬到马厩的屋顶上，观察对城市、营房和附近村庄的空袭。他手上的一副战地望远镜还是上车站的时候从胡贝尔特那儿拿来的。现在正好用它来观察令人烦恼的空袭。他觉得，作为一个保卫祖国的战士，只能做到这一点点似乎是太不够了，但是，他又有什么办法呢？如今他们已经毫无自卫能力，可是他又无法阻止士兵们时不时举枪射击，他们仿佛是在打飞机，可实际上是朝天乱放枪。

第三天傍晚，北方传来了爆炸声。沃姆扎的小股部队完全失去了联络和情报，对发生的事一无所知。电台广播很快就变得混乱而无规律。傍晚时分，射击的声音更近了，但并不是炮声，大炮好像没有挪动地方，而是步枪的齐射和单射的声音。晚上有几辆摩托闯了进来，营房院子里乱成了一团。

“都出来，都出来！”士兵们在黑暗里彼此呼叫。发电厂已经停摆了，因此用不着担心灯火管制。

安特克没有什么军事经验，更谈不上有什么战斗经验。他们排成四列纵队，背上电话线轴迅速离开了城市，向南，朝着华沙的方向走去。公路上响起了小股部队有节奏的脚步声，既不准说话，也不准抽烟。安特克机械地迈着脚步，慢慢就摇晃了起来，处于一种半睡半醒的状态。一出城，他们立刻就进入了森林。

森林，就像所有的森林在夜里给人的印象一样，高高耸立在他们前面，如同一堵黑色的墙，不过有时在远处某个地方现出一条被月光照亮的浅蓝色的道路。他慢慢就能在黑暗中分辨出伙伴们的面孔了。夜使他们每一张面孔都现出一种聚精会神而且没有一点睡意的表情。安东尼觉得，他跟大家一起爬上了一座高山，仿佛他们在黑夜里进入了扎弗拉特。奇怪的是，脚下为什么没有碎石下滑的响动。

每隔一个钟头就让他们停下休息十分钟。安东尼便把电线轴放在地上，揉一揉疼痛的肩膀。背上小河淌水似的流着的汗水变冷了，他感到了一阵阵的透心凉。然后，前排传来了一声很轻的吆喝，什么东西咯吱响了一下，连队又继续前进了。

走到第三个小时的中间，有人在他腰上戳了一下。

"你睡着了吗？戈翁贝克！他们在叫你……出列！"

他跟其他五个士兵一起到了公路边上。一个中尉把他们引进森林深处，叫其中的三个士兵带一台报话机停在一个地方，又领着其他的人继续在林中穿行。月光在树木的缝隙里撒下银白色的斑点。跟中尉走的那几个人拉着电话线从一棵树枝搭到另一棵树枝上。

中尉临走的时候对他们说：

"你们在这儿等着，该怎么办会告诉你们的。"

他告诉了他们呼号之后，便扬长而去。他们仍然待在黑暗里。他们之间立刻进行了分工，决定由谁来看守报话机。安特克不太明白是怎么回事。他睡着了。

他一觉醒来天已大亮。两个只穿一件单衬衣的士兵正坐在他身边啃黑面包。森林里一片静寂。

“喂，戈翁贝克，”他们之中的一个，白白的维莱克说，“你那背包里有点什么吗?”

“我能有什么?”安东尼回答，一边揉着眼睛，“还不是跟你们一样：面包。”

“瞧瞧他，这么个华沙的小狗，没带一点儿吃的东西。”

“我们还以为，”维莱克补充了一句，“你背包里有菠萝哩!”

“祖国光让我们啃干面包。”那第二个黑黑的小战士说，他大概是个铁路工人。

“有面包吃就谢天谢地了，就怕要啃土。”维莱克说。

“你等着吧，等着吧!”黑黑的那一位嚷道，“我们再在这儿蹲久点，就只好啃土了。德国鬼子眼看就……”

“你们说什么？什么?”安特克好不容易才清醒过来，从牙缝里挤出了这么一句话。

“这一边森林外面夜里有狗叫，”维莱克说，“去吧，戈翁贝克，去看看那儿有什么没有？说不定会搞到点牛奶或是别的什么哩!”

“嗨，真的，跑去看看吧，戈翁贝克，朝这个方向走。”

戈翁贝克有点“跑”不动，他的脚都磨破了，不过他还是朝伙伴们指的方向走去。天色尚早，夜里极凉，可已经预示了一个大热天。高大的蕨类植物叶子上挂满了露珠，茂密的越橘丛和黑浆果丛上也是露水在闪光。这些浆果的硬挺的叶子，有的地方已经变红，像玻璃一样锃亮。他在密林中穿行的时候，产生了一种奇怪的印象，一种从噩梦中醒来的印象。他越往前走，越觉得这地方的景色，这些树木和灌木丛都似曾相识，后来终于明白，他是走到一个熟悉的地方来了。他加快了步伐，忘记了磨破的脚痛。稀疏的树林之中露出了一片旷地，说得确切一点，是一片田野，此时他大步飞奔起来。他跑到林边，一动不动地站住了，深深吸了一口气。他看到了一幅熟悉的，在这个时刻非常宁静的画面。田野从森林开始向下方成扇形伸展开来，地里爬满了马铃薯褐色的蔓儿，下边的一条白色的带子，正是他所熟悉的公路。公路后面有一排农家建筑物和一座农舍。农舍显得很低矮，但很大也很整洁。一个高挑身材，像根绷紧了的弦一样笔直的姑娘正好从农舍里出来。

"阿涅尔恰！阿涅尔恰！"安特克叫喊起来，虽然他也明白，那女子不会听见他的喊声。他对自己的声音感到惊讶，那声音里既含有欢乐也含有恐惧。片刻之前他还以为，他认出那些熟悉的东西是由于自己刚刚从梦中醒来；此时他又觉得自己仿佛又回到了梦中，回到了那令人愉快的，自己童年时代的梦中。他害怕自己的喊叫声会吓跑这场美梦，又会给他留下恐惧、脚痛、疲劳和难以置信的荒谬的战争。

"阿涅尔恰！阿涅尔恰！"他又悄悄地喊了两声；他一再重复着这个名字，他并不想呼唤她，只不过是为了肯定自己眼前的这个景象罢了。

奶奶的农舍没有消失，它是实实在在的东西，然而战争也是实实在在的：从东边和北边某个遥远的地方不断传来一阵阵大炮的轰响。

安特克踩着马铃薯地从山冈上奔了下来，磕磕绊绊，跌倒了又爬起来，活像一只兔子。嘴里还反复念着奶奶的养女的名字。这时，阿涅尔恰走到院门外边，穿过两棵长在篱边的樱桃树的阴影，站立在马路上，手搭凉棚往左边看看，又往右边瞧瞧。显然她没有朝马铃薯地里张望，直到听到这个跌跌撞撞向她奔来的士兵的杂乱的脚步声，她才转过身来。她一哆嗦，吓了一跳，急忙躲到篱笆后面，仿佛那儿就能给她以保护似的。

安特克奔到篱边，一把抓住了她，同时还在喘着粗气。

"阿涅尔恰！你认不出我吗？"

"安特克！"过了一会儿她才叫道，"神圣的上帝呀！你是从哪儿来的?"

"我跟伙伴们一起待在森林里!"

"耶稣马利亚! 爹娘刚走……"

"什么爹娘?"

"嗨, 你的爹娘呀! 带着海伦卡, 走了大概有十分钟、一刻钟的光景……乘小汽车走的。他们半夜的时候离开华沙, 打算在天亮之前赶到普斯泰翁基。可你父亲犯了病, 伯母(她把戈翁贝克老太太称作伯母)不准他们走, 但他们忙乱了一阵子还是走了。唉, 你要是早十分钟……"

"他们为什么要走?"

"你还不知道? 所有的人都从华沙逃走了……"

"怎么所有的人?"

"唉, 也许……"

"华沙不进行防御?"

"我哪知道? 大马路上人挤得水泄不通……奥拉太太说……这儿倒很平静, 因为这是条小路……"

"他们到普斯泰翁基去干什么?"

"我哪知道? 不清楚……人们到处奔跑, 反正总得有个地方去。奥斯特鲁夫的一个犹太人在公路上被打死了……他是到我们这儿来的。"

"奶奶睡了吗?" 他为了使自己不至停留在这不可思议的梦境, 才随便问了一句。"爹娘走了," 他又重复一遍, "爹娘走了。"

这件事使他惴惴不安, 虽说本来没有什么大了不起的。

"父亲犯了病?" 他一边往农舍里走, 一边向阿涅尔恰问道。

"嗯。所以他们才忙乱了一阵。奥拉太太给他打了针, 注射器老半天煮不开。他们走得太晚了, 他们马上就要走到那条大公路上了, 到那时你瞧着吧, 看飞机怎么轰炸……"

“谁开车?”

“你父亲。”

“是那辆新的小汽车?”

“嗯，那辆新轿车……”

“我的上帝!”安特克的心脏又紧缩了一下。

“海伦卡呢?”他问。

“海伦卡像个小孩。她高高兴兴，嘻嘻哈哈的……”

“她还笑?”

“她笑总比哭强。奥拉太太哭了。”

安特克朝阿涅尔恰看了一眼。

她笔挺地站在他面前，两个乳房如同少女的一般，她的模样儿跟她的年龄极不相称。安特克心想：“她不已经是年过三十的人了吗?”而后他又对自己生起气来，“我这脑袋瓜子都在想些什么……在这种时刻!”

于是他对阿涅尔恰说道：

“给我点儿牛奶或是别的什么吧。我还有两个同伴待在森林里。”

“牛奶，有。”阿涅尔恰说，“你爹娘还留下了一点儿罐头……”

奶奶还躺在床上。对周围发生的事，她闹不太明白。只晓得弗兰齐舍克夫妇带着小家伙（他们把她培养成了个伯爵小姐!）来了又走了，这会儿她的黝黑的、一表人才的长孙又来了。

“你是从哪儿冒出来的?”她问道，一边从层层叠叠的鸭绒褥子、毯子和被子里伸出一只手来。

“我吗，奶奶!”安特克提高了嗓门，尽管戈翁贝克老太太并不聋，“我就在这附近，真是凑巧得很。”

“你见到了你的爹娘了吗?”她呻吟了一声问道。

“没有，我没有见到。”

老人听到这个回答无动于衷。

“这里出了什么事？出了什么事？”她叹息说，“我已经是什么也弄不明白了。是德国人打我们？”

“我不太清楚，奶奶，我是在森林里。大概是德国人打来了。”

“人们纷纷逃出了华沙……弗兰内克说的。”

接着她又自言自语地唠叨了起来，样子似乎很生气。

“到普斯泰翁基，到普斯泰翁基……为什么我这儿就不能待？待在农民的茅舍里最安全，可他们不……”

阿涅尔恰走了进来。

“这儿有两瓶牛奶。你用什么拿呢？”

“你给个什么小篮子吧。”

“军人拎个小篮子！”

“不关你的事！”紧接着他又痛心地补了一句，“我已经不像是个军人了……”

他拎着一只装了两瓶牛奶和一个闪闪发亮的罐头的小篮子，穿过马铃薯地，一直朝山上走去。他一边走，一边绊在褐色的马铃薯蔓子上，猛地一回身。阿涅尔恰站在农舍前的公路上。

“谁会来给你刨这些马铃薯？”他讥讽地问了一句。

“肯定是你啰！”她朝他叫道，“你恐怕没有什么事情可干了吧？”

“暂时恐怕是没有……”

伙伴们急不可耐地等着他回去。

“你到哪里去了？我们还以为你溜了哩。”

“我奶奶住在这儿。”安特克边说边把牛奶瓶子放在伙伴们面前。

“别瞎扯了！”

“真的！”

“也许你在每个村子里都有个‘奶奶’吧？”

“我以名誉担保。嫡亲奶奶，我父亲的生母。”

“如此说来，就是戈翁贝克老太太啰。”卢德维克说，他打开了牛奶瓶盖。

“来，来，我给你看个东西。”维莱克喊道。他一跃而起，扔下开了一半的肉罐头。“我让你瞧瞧……”

他拉着安特克顺着搭在树枝上的电话线走去。在十几米远的地方，一点儿也不差，就在十几米远的地方搭在树上的电话线终止了。被剪断的线头随随便便地搭在一个松树枝上，附近放了一个空线轴。

“你守着这条电线吧，伙计，”维莱克说，他的声音由于恼怒和苦笑而发抖了，“你就站在这儿，等着吧。呼号你还记得吗？你就对着自己那个小孔呼叫吧，也许，会有人回答你！”

“我不明白，”安特克说，“这是什么意思？”

“这意思就是，中尉先生把我们给甩啦！我们可以在这儿一直站到见阎王。德国鬼子一来，碰到我们都在战斗岗位上……”

“他妈的！”安特克骂了一句。

“我们可以到你奶奶家去了，我们已经打完仗啦。”黑黑的卢德维克说。

但他们还是坐在原地喝完了牛奶，吃完了肉和变硬了的面包。大炮的轰隆声近了，三个人都听得一清二楚，但是谁也没有提醒自己的伙伴注意，大家都装得若无其事。在森林深处的上方时不时传来轰炸机沉闷的吼叫声，炮弹落到了通向谢德尔策的公路上。一连串不断线的沉闷的爆炸，然后一切又寂静无声。

他们来到了戈翁贝克老太太的农舍。阿涅尔恰漫不经心地和他们打了个招呼。四个人中有的坐在小长凳上，有的坐在墙根的土台上。南边一切响声都停止了。飞机飞走了。

“嗯，现在怎么办？”安特克问。

天开始黑了，太阳已经西下。

“你父亲说，”阿涅尔恰对安特克说道，“如今一切都完蛋了。”

维莱克禁不住发作起来。

“怎么完蛋了？为什么完蛋了？一个星期的时间就能把一个民族杀绝了？”

就在这时，他们听到了发动机的隆隆声，在他们头顶上出现了一架德国战斗机，飞得相当高。西下的太阳照射在螺旋桨上，使机身闪耀着银光。

“瞧，它飞得多自在，谁也没有找它的麻烦。”

“我来给它点麻烦。”黑黑的卢德维克说。

他从肩上取下步枪，瞄准飞机朝天放了一枪。他还想放一枪，但是维莱克不让他放。

“老实点吧，你这家伙！你要把德国鬼子招到这儿来吗？”

“你以为他们离这儿很近吗？”

“他们就在这一带，在我们旁边。”西里西亚人阴沉地说。

飞机，像一只大甲虫，不紧不慢地向前飞着，朝那传来单调的时高时低的轰炸机的声音的方向飞去了。

“是不是把奶奶藏到地窖里去？”阿涅尔恰问。

“干什么？”安特克笑了起来，“在这儿她能有什么事？”

“要是这儿有什么事的话，在地窖里也是一样。”

刚说到奶奶，奶奶就站在门边了。

“阿涅尔恰，”她用一种坚毅的声调说道，“我的天呀！你这个丫头！这半天你还没去挤牛奶！”

阿涅尔恰双手抱着脑袋。

“世界都在垮台，”安东尼说道，他并没有从长凳上站起身来，“可奶奶还要别人别忘了母牛！”

“垮不垮，我不清楚。可怎能不给母牛挤奶？”

阿涅尔恰已经提起挤奶桶朝牛栏跑去了。

“啊，她说不定还没有喂过牛。”戈翁贝克老太太埋怨说。

“要是没有喂过，牛早叫起来了。”

“可怜的牲口。”奶奶叹息道，接着便朝三个坐着的军人打量了一番，并相当严峻地问道，“你们在这儿搞什么名堂？”

“我们被当官的甩了，我们也不知道该怎么办好。”卢德维克回答。

奶奶跨近了一步。

“那你们就这么坐着？可我以为，既然是战争，那就得像个打仗的样子……”

“有时是这样，而有时，奶奶，就不同啰。战争一点儿也不像别人说的那样！只不过是，有人在杀人罢了！”

“往那些公路上扔炸弹，就像扔在蚂蚁窝里一样。”黑脸盘的卢特克胆战心惊地说。

“附近什么地方有城市吗？奶奶。”西里西亚人问。

“哪里有城市！这附近没有城市。要不只有到谢德尔策去。这儿连一条河都没有。在巴尔托杰依还有条皮利查河……”

“我们要‘河’管什么用呀，奶奶？”安东尼笑了起来，“我们恐怕不能到河里去洗澡吧，因为德国鬼子不让呀。”

“哎，你们起来吧，戈翁贝克，卢德维克我们走吧。”维莱克说道。他站起身来，并把鞋后跟踢得咔嚓咔嚓地响，想活动活动坐麻了的双腿。

“到哪儿去？”卢德维克不乐意地问道。

“奶奶没有收音机吗？”安特克问。

“什么？收音机？哪儿来的？”

“爸爸没有给奶奶买一台？”

“你爸爸？他不得不费心的事情是那么多……”

“可现在他跑了……”

“他在华沙能做什么？等着让别人来把他枪毙？”

“可在路上呢？嗯……”

这时阿涅尔恰挤完牛奶回来了。

“你不要走，安特克，”她说，“天一黑我们就到邻居家里去。就两公里路。他有收音机。”

“你们也留下吧。”安特克说。

“不，不，我们得走。”维莱克说，“什么地方总该有支部队在。”

“但愿是我们的！”卢德维克冷笑了一声。但是这种辛辣的见解丝毫也没有冲淡他的热情。卢德维克跟他以往一样威武矫健，他的举动就像在哪个婚礼上跳舞似的。虽然他愁眉苦脸，却有些招人喜爱的地方。他突然抱住了安特克，亲了亲他。

“这就算是亲了你的那位大姐。”他说。

阿涅尔恰笑了起来。

“请吧，也可以亲我呀。我可不害羞。”

但是，卢德维克没有去亲她。

他们在院门前上路了。就像在电影院前面分手一样。维莱克和卢德维克沿着公路朝谢德尔策的方向走了。

“走四公里后就是大公路！”阿涅尔恰跟在他们后面叫道。

“谢谢！”他们喊道，并转过身来招了招手。

安特克和阿涅尔恰站在大门前面，一直站到两个战士的身影在公路拐弯的地方消失。森林上方的天空已经黑了。

“我们进屋去吧。”阿涅尔恰说。

“给我点什么吃的吧，我都快饿死了。”安特克叹了口气。

“我给你煎鸡蛋和土豆，走吧，”她说，“炉子早就生起来了。”

“可惜你没有招待我的伙伴。”

“他们把罐头拿走了。”阿涅尔恰说，他们一同走进了屋子。

他们骤然感到“轻松”愉快起来。仿佛心里一块石头落了地，再也无须思考什么了。听不见德国飞机的轰鸣，战争似乎转到别的什么地方去了。“也许并没有真的打起来？”他俩不约而同地都这么想，“也许没有战争？也许德国人已撤走了？也许他们已滚到狗头国里去了？”

“有伏特加吗，阿涅尔恰？”安特克问。

“你怎么啦，小崽子，喝起伏特加来了？”那位“大姐”回答说。

“你倒是有没有哇？”

“有，但不给你……”

他们喝着酒。

“你瞧，明天我要到谢德尔策去，要是能给我找到一套便服才好哩。”安特克说，“有男便服吗？”

“等奶奶睡着了，我到箱子里翻翻看。总该有点什么。”

“还是爷爷留下来的？”

“没那么富！不过弗瓦德克逃走的时候，衣服都没有带去。”

“哪个弗瓦德克？”

“什么哪个？你父亲的兄弟呀！”

“我父亲没有兄弟。”

“从来没有人对你说起过？弗兰内克的兄弟，弗瓦德克……”

“我第一次听说……”

“有过的呀，不过他跑了。先蹲过监狱，后来就溜之大吉了。他逃到俄国去了。”

“你说什么？”

“他走后，留下许多……”

突然农舍前面响起了发动机的声音。阿涅尔恰迅速朝外一望。

“耶稣马利亚！德国人！”她轻轻惊叫一声，“快跑，安特克！”

“怎么，就?”安特克问。

“哎呀，”阿涅尔恰叫道，“快到农舍后边，躲到柴草屋去。我过一会儿就来。”

安特克跳窗跑到屋后，顺着墙根躲到柴草屋里去了。戈翁贝克老太太的杂用房是长方形，中间是个肮脏的小院，小院正中堆了一大堆粪。安特克奔进柴草屋，躲在屋角的一堆干草里。柴草屋里有一股浓烈的气味，好不闷人。他还没来得及弄清是怎么回事，十几分钟后，门开了，阿涅尔恰悄悄走了进来。

“出来！”她低声叫道。

她扒开了一点儿干草，露出了石砌的储藏室的门，阿涅尔恰小心翼翼地把门打开。

“坐在这儿，我没来你别动。”

“他们呢?”

“他们在喝牛奶。”

她关上了他身后的小门，他还听到她又铺上了干草，这儿又黑又闷。他触到一件什么工具，但他不敢动，生怕弄翻了什么东西。

过了一段时间，他听见摩托从屋前开走了，似乎又转回到来的那条路上，朝着与谢德尔策相反的方向开去了。

“嘿，他们走了。”他想。

但是阿涅尔恰老半天没有来。大概已经是半夜了。

他突然听到大门轻轻启开了。后来他又听见阿涅尔恰扒开了干草，打开了储藏室的小门。

“安托希，你在这儿吗?”她的嗓门相当高。

“怎么样?”

“他们走了，打转走了。他们还问这儿有没有军人。”

"是德国人吗？果真是德国人吗？"

"你为什么这样大惊小怪？"

"德国人？在这儿？"

"他们说，大部队在后面。"

"他们说的什么话？"

"有一个会说波兰语。"

阿涅尔恰在黑暗里碰了他一下。

"我给你拿来了弗瓦德克留下的衣服和内衣，快换吧。"

"在这儿换？"

"最好是在这儿。奶奶不会知道。"

"奶奶没睡？"

"哪里睡得着！她真胆小，给那些德国人吓死了。"

"你不怕？"

"我也怕。啰，换吧。"

安特克脱下了军上衣。

"皮鞋呢？"他问。

"就穿它吧，你这是短筒的……"

"好吧。"

"你已经脱下了吗？"

"还没有。"

"哎，快点！"

安特克感到，阿涅尔恰在扯他身上的衬衫，然后就把他紧紧抱住了，她已经不再想衣服了。

"给我衬衫，"安特克喘着粗气说，"衬衫在哪儿？"

"你再等一会儿。"阿涅尔恰说。

安特克感觉到她怎样抱住了他的脑袋，怎样用嘴巴来寻找他的嘴唇。

九

斯彼哈瓦碰了一下爱韦琳娜太太的肩膀。

“太太，太太。”他说。

罗伊斯卡太太抬起了头，但并没有朝斯彼哈瓦转过脸去。

“太太，如今这样是不行的，”斯彼哈瓦突然用一种庄重而真挚的声音说道，“正是如今这个时候不能，如今正需要坚强地挺住。”

“我明白。”爱韦琳娜太太说，但仍然跪着不动。

这时她心里暗想，“这个卡齐米日的声音是多么不一般呀。它完全不是几分钟前的那个样子。看来他现在是一点儿也没有装腔作势了。”

“姨婆，姨婆！”他们身后传来了一个寻常的男性的声音。

两人一齐站了起来。一个高个子，体态挺拔的年轻人站在小祭坛的小门旁边。

“你们在约齐奥表舅这儿干什么？”

“安德热依！”罗伊斯卡太太叫道，“你是从哪儿来的？”

他们走到了园林里。几乎还是夏季的晴朗的白天使他们顿时清醒了过来。

安德热依·戈翁贝克亲着罗伊斯卡太太的两只手。小伙子不同凡响的美使斯彼哈瓦暗吃一惊。他穿了一套类似军服的衣裳，上衣里面露出绸衬衫领，护住了他那晒得黝黑的脖子。浓密的黑发垂到了他的额头，他用手往上一抿，动作显得十分烦躁不安。风尘仆仆的脸上现出疲惫的皱纹，鞋上盖满了尘土。

“安德热依，你是从哪儿来的？”

“我从华沙走来的，”小伙子回答，嗓音嘶哑，“步行来的。也不全是步行，有时也搭一段车，从一个城镇到另一个城镇。”

“来吧，你一定饿了。”罗伊斯卡太太无心询问详情细节，“我们进屋里去吧。”

他们朝着住宅的方向走去。罗伊斯卡太太走在最前面，迈着坚毅而神经质的步子。安德热依跟着她，最后是斯彼哈瓦。斯彼哈瓦从后面看到，安德热依累得几乎站不住。他看了看安德热依“运动鞋”的后跟，发现他那双很不结实的雅致的鞋子两边都划破了，真正是磨得头穿底落。

他们默默无言地走进了门廊。

“到餐厅去吧，”罗伊斯卡太太说，“我去叫人给你准备吃的。要喝一点儿凉牛奶吗?”

“他的喉咙已经嘶哑得那么厉害，”斯彼哈瓦说，“最好是给点什么热的。”

安德热依一句话不说就瘫倒在圆桌边的一张椅子上了。罗伊斯卡太太出去了一下又回来，坐在安德热依身边，默默地望着他。

“你家里的人呢?”过了好一会儿她才问。

“不知道，”安德热依艰难地吐出了这几个字，“我已经走了四天啦……”说这句话时他的嘴痛苦地撇歪了一下，像个要哭的小娃娃，呼吸也十分困难。

斯彼哈瓦靠墙边坐了下来，望着小伙子那张风尘仆仆的面孔。侍女送来了热牛奶和面包，安德热依喝了一口牛奶，掰下一片面包。但他实在忍不住了，忽然头一低趴在桌子上，把脸藏在曲起的手臂里，伤心地轻声哭了起来。这已不是一个孩子的啼哭了。

罗伊斯卡太太坐着没动，只是抚摸着小伙子的脑袋，同时朝斯彼哈瓦瞥了一眼。对方赶紧避开了她的视线。过一会儿，安德热依没有抬头，用另一只手从衣袋里掏出一条脏手帕，用它擦了擦嘴和眼睛。他慢慢平静下来了。

“吃吧，吃吧。”罗伊斯卡说，把他的手从脑袋下面抽了出来。

侍女又送来一大盘圆圆的熟透了的西红柿。安德热依抬起头来，满脸泪痕和一道道尘土的迹印，他贪婪地望着西红柿。

“吃吧，吃吧。”罗伊斯卡太太又说了一遍，听得出来，她的嗓子由于激动而紧缩了。

安德热依拿起一个西红柿，像吃苹果一样吃了起来，汁水从嘴角淌了出来，他又用那条脏手帕擦了一下。他吃着西红柿的时候，凄怆地望着爱韦琳娜太太。

“真可怕呀，姨婆，”他说，“哪儿也不愿意接受我。”

“你想要干什么?”罗伊斯卡太太问。

“我想到部队去。他们让我四处奔走，到处碰壁。我就像个傻子似的在外面流浪。这是怎么回事？姨婆?”

“我们的部队被打垮了。”

“怎么打垮了？这不可能……”安德热依说，他的嘴唇又哆嗦起来。

“德国人把我们打垮了。”爱韦琳娜太太说，她又望了望斯彼哈瓦，似乎要他来证明她说的这些话的真实性，似乎是希望他来向小伙子说明局势。因为斯彼哈瓦一声不吭，她又补充说：“长工院里都说……他们那里很了解情况，长工院里都说，德国人今晚就会占领我们邻近的城镇。罗梅克肯定他们明天一早就会到达这里……”

“这不可想象。”安德热依说道，伸手去拿第二个西红柿。斯彼哈瓦一直没有吭声，目光也一直没有离开小伙子。他注意观察他的每一个手势，倾听着他嘴里吐出的每一个字，他像在仔细端详一张照片，以便把它铭刻在自己的脑海里，永志不忘。自从安德热依出现在约齐奥陵墓的小祭坛旁，自从他弄清了这个年轻人是谁的那一刹那起，这样一个想法一直萦绕在他心头：“这是奥拉的儿子，他本来有可能成为我的儿子的。”

他那颗一心专注于政治、专注于玛莉亚的爱情和不体面的处境的脑袋很少想起过奥拉，很少想到过对奥拉的负心。他甚至设想奥拉跟她丈夫和孩子们生活在一起是很幸福的。他有时在音乐会上，在街上见到过她，他们毕竟是生活在同一个城市里啊。他们曾经在某个大使馆的午宴上谈过话，但那只不过是些毫无意义的客套。他可从来没有想到过奥拉的两个儿子，从来也没有想象过，他们曾有可能成为他的儿子，他根本就不曾想象过，自己可能会有孩子，他从来就不曾想要过孩子。

然而，此时此刻，当他看到这个美貌惊人的小伙子，听到他因为德国人打垮了波兰军队而伤心痛哭的时候，他的心灵里产生了一种巨大的、出乎意料地突然的对于真正幸福的渴求。他是多么希望安德热依能是他的儿子，多么希望自己能够对这年轻人不是以一位年近老境的“伯伯”，一个陌生的政治家的口吻，而是以父亲的口吻说上几句话啊！

“我也真是挑了个合适的时候，”他又寻思道，“整个世界都在崩溃，你却在渴望幸福！你是没有睡足觉吧，卡齐米日，”他自言自语道，“你头脑有点发昏哩。你要冷静下来，考虑考虑形势：德国人今夜就会到达这里，也就是说，你得再往前逃命……可逃到哪里呢？”

侍女把罗伊斯卡太太叫走了，园林里到处都是大车、马匹和难民。时不时有人来向她提出什么请求。

餐厅里就留下斯彼哈瓦和安德热依两个人了。

“有意思，他知道点什么有关我的事吗？”他思忖道，从椅子上站了起来，在餐厅里来回踱着方步。从窗口可以看到驶进园林的大车。运来了一批伤兵。前线（如果可以称之为前线的话）在迅速逼近了。

“你曾想到过要去作战？”斯彼哈瓦突然问道，同时在离安德热依不远的地方站住了，他是想从近处看看他那浓密而又蓬乱的蓝黑色的头发。

“嗯，怎么不想?”小伙子鼓着嘴巴答道。

“那只能是一种徒劳。”斯彼哈瓦结束道。

“请您告诉我……这是为什么？您是不是能理解呢?”

“我也许尚未理解。但有一点是清楚的，我们过去是靠两条泥做的腿来支撑的。”

“我们，这指的是谁?”

“波兰国家，你明白吗？我们毫无准备。”

“那他们为什么要撒谎?”

斯彼哈瓦没有回答，他迈着沉重的脚步走过整个房间，又坐到原来那张椅子上去了。

“怎么能这样？既然如此，他们为什么要募捐买枪？为什么不把真实情况告诉我们？为什么让我们赤手空拳面对敌人？为什么……为什么……为什么……为什么……”

斯彼哈瓦已经没有去听安德热依的问话和抱怨了。他羞愧得无地自容，又愤怒地捏紧了拳头。这愤怒是冲着他自己来的。他的心脏一直在激烈地跳动着。末了他听到安德热依一句话，这句话他说得又快，又带点歇斯底里的味道：

“……本来应该按另一种方式生活……”

按另一种方式生活？他怎能够按另一种方式生活呢？一切都预先决定了他的生活方式：他的家庭、军团、外交部、玛莉亚……他不能按另一种方式生活，他只能如此，环境决定了他的命运。他不能成为这个俊美的、火热的男孩子的父亲，虽然他如今已是追悔莫及。难道说，能够换一种方式生活吗？难道说，一个如今已满四十五岁的人还能够重新开始生活吗？如今一切都离他远走高飞了，只是把他抛弃在这个地方……外交部、玛莉亚……他要去追赶玛莉亚吗？是的，他必须去。这是他的义务。卡齐米日浑身一抖。

罗伊斯卡太太回到了餐厅。

“噢！你已经吃完了。”她对安德热依说道，顺手抚摸了一下他的头发，“马上就该吃中饭了。”

过后她又转身对斯彼哈瓦说：

“卡齐米日先生，我以为您最好是今天夜里就走。我给您小汽车，您可以到利沃夫或边境线上再打发司机回来，随您的意。汽油我还有点。我想，我已不再需要小汽车了。而你，安德热依，你留在我这儿吗？”

“是的，姨婆。我的双亲恐怕会到这儿来的。我很想见见父亲……他一定在为我着急，安特克在部队上……说不定他也会找到这儿来……我留在这儿，姨婆。”

“随你的意好了。”罗伊斯卡太太说。

斯彼哈瓦俯身朝着安德热依，凝神地端详着他。

“新生活在等待着你。”他突然说道。

安德热依迷惑不解地看了他一眼。

这时，罗伊斯卡太太朝窗外一望，惊叫起来：

“你们瞧，奥拉来了……”

斯彼哈瓦和安德热依同时跳将起来。果然，一辆装满干草的普通大车驶到了门廊前面，奥拉正从车上往下爬。头上戴着白头巾的海伦卡已经不耐烦地在大车旁边蹦跳了。

安德热依喊了一声：

“我的上帝！”

他一个箭步冲到了门廊。

“爸爸在哪儿？”他没有跟母亲和妹妹打招呼就叫嚷道。

奥拉在大车边上愣住了。

“怎么？你父亲不在这儿?”

罗伊斯卡太太很快也来到了房子前面。

“姨妈，”奥拉叫道，这时安德热依把她抱下了大车，“姨妈！这儿没有弗兰内克吗?”

“没有。”

“这太可怕了。”奥拉说着便瘫倒在门廊里的一只木圈椅上。安德热依站在她上方，吓得面无人色。

“你们把爸爸怎么啦?”他叫喊道，“你们把爸爸怎么啦?”

海伦卡站在母亲身边，默默不语。

罗伊斯卡太太眉毛扬得老高。

“这是什么意思，海伦卡?”

“妈妈，你们把爸爸怎么啦?”

“你倒应该问问，他把我们怎么啦？我们坐那辆新的别克小汽车出来……”

“怎么样？怎么样?”安德热依像小孩子一般扯着母亲的衣袖。

“我们到奶奶那儿去了，我们以为，她也许会跟我们一起走。在奶奶家里，父亲的心脏病发作。我给他打了一针。但这一来就耽搁了一点时间。要等针煮开……”

“那又怎么样呢？心脏正常了吗？谁开的车?”

“你父亲开的车。但是，我们离开那儿的时候已经是早上了。”

“天已经大亮了。”海伦卡叹息一声。

“多么轻率呀!”爱韦琳娜太太用一种责备的口吻像从什么遥远的地方说了一句。

“后来怎么样了？怎么样?”安德热依固执地问。

“怎么样？怎么样?”海伦卡火了，“开始轰炸了呗!”

她的肩膀明显地抽搐了一下，“真太可怕了，”她又补了一句。

“我们都逃到了田野里，”奥拉说，“已经快到谢德尔策了。可是我们从马铃薯地里回来的时候，小汽车已经不见了。”

“怎么不见了?”罗伊斯卡太太大吃一惊。

“唉，就是不见了嘛!”

“在那地方落过炸弹吗?”安德热依问。

奥拉否认地摇了摇头。

“没有。炸弹落在远得多的地方。”海伦卡解释说。

“那又出了什么事?”罗伊斯卡问。

“小汽车开走啦!”小姑娘说着大哭起来。

“得了吧，你!”安德热依对她吼叫道，“就差这个了!”

“你怎么这样凶!”母亲对他说道。

罗伊斯卡太太把海伦卡搂在怀里。

“我从远处，从那块马铃薯地里似乎还看到小汽车开动了，”奥拉说，“但我认为那不可能。弗兰尼奥离小汽车要比我们近得多。他逃到了一条沟里，却叫我们往马铃薯地里跑……德国人对公路轰炸持续的时间很长……”

海伦卡在爱韦琳娜太太怀里又抽搐了一下。

“唉，所以我们以为他到这里来了。我们就是要到普斯泰翁基来的，你明白吗?”奥拉向儿子伸出一只手去，但是安德热依没有理睬她。

“他也许留在谢德尔策了!”罗伊斯卡太太说。

“整个人流都通过谢德尔策，”奥拉说，“但是，到普斯泰翁基的路是畅通的。我们就在铁匠那儿租了一辆大车，啰，你知道，就在靠近十字架的那个地方。我们就这样来了……”

“你们该在原地等父亲，”安德热依愤怒地嚷道，“哪怕一直等到夜里。”

“可是小汽车开走了呀!”海伦卡说，她从罗伊斯卡太太怀里转过身来，一双泪眼望着哥哥，“我看见了。”

“你看见了?”

“我看见了。爸爸上了车，开走了。”

“就他自己?”

“不，同几位先生。我喊过，但是我隔得太远了……”

“这太离奇了。”罗伊斯卡太太说到“离奇”二字时显得有点讷讷，“进屋去吧，你们一点东西都没有了吗?”

“什么都没有了。”奥拉轻声说。

“这事出得真奇!”罗伊斯卡太太强打精神说，“这也是没有法子。你们进屋里去吧。去洗洗脸，就要吃中饭了。”

罗伊斯卡太太对弗兰齐舍克·戈翁贝克的失踪困惑不解，她没有考虑到当前所面临的一幕。奥拉靠在安德热依的肩膀上走进穿堂，在衣架旁边站住，摘下头上的亚麻布帽子和面纱。安德热依帮母亲脱掉大衣。这时，奥拉返身走到从门廊进来的罗伊斯卡太太面前，满脸泪痕的海伦卡偎依在姨婆身上。罗伊斯卡太太开口说道:

“海伦卡长大了。多大的个子……”

她蓦地发现奥拉半张着嘴巴愣在一边。瘦高条的斯彼哈瓦站在穿堂的角落里。在昏暗的过道上，他看起来比原来的样子年轻得多，乍一看简直是个年轻人。他向奥拉深深鞠了一躬。奥拉木然不动。过了好一会儿，她才向卡齐米日伸出一只手去。对方吻了一下她的手指尖，但一句话也没有说。安德热依站在母亲身后，好奇地观望着这一幕。这个场面，表面上看来算不得什么，但他却觉得太不寻常，太超越正常的界限了。不过，如今一切都越过了正常的界限。

半小时后，一家人在吃午饭时又聚集到餐厅，大家差不多都冷静了下来，照例彼此进行了一些社交性的寒暄。只有安德热依没有参与谈话，他一直望着窗口，默默无言。每当园林外面的公路上驶过一辆小汽车，他就站起来，走到窗边。在午饭过程中，他这样一连做了两次。午饭很正常地进行着。奥拉问起了瓦莱雷克。最近一段时间，他跟克莉玛和小久妮亚住在谢德尔策，但是战争开始后，母亲对他的情况一无所知。

午饭后大家都到客厅去喝咖啡。罗伊斯卡太太再三强调，家里的生活秩序一点儿也不能改变。她就是这样理解卡齐米日在墓地上说的“正是如今这个时候不能……”这句话的含义的。

他们打开了收音机，但华沙方面没有一点儿声音。安德热依便在所有的波段上寻找电台。电流很弱，很难听得见什么。只有一种嗡嗡的噪声。

过了好半天，终于传来了一个讲白俄罗斯语的妇女的尖嗓音。女播音员大概是从明斯克向别的广播站或报刊编辑部播送最后新闻。因为新闻是给报刊用的，因此播音员还报出了一些外国难字的拼法，用人名来报出字母的名称，而且还详细地报了标点符号。“逗号”这个字特别使安德热依感到奇怪，播音员似乎是带着一种愉悦的心情念成了“逗号儿”。女播音员的声调坚毅，富有活力。

“波兰共和国政府，”那个陌生的妇女报告道，“今天离开了本国领土——逗号儿——经过扎列锡基[①]地方（Z——Zoja 的 Z，A——Aleksander 的 A，L——Ludmita 的 L），到达罗马尼亚……”

“……波兰武装力量总司令雷茨-西米格威元帅（好长的名字）同样离开了自己的部队，跟着莫希齐茨基总统的政府到了罗马尼亚王国……”

---

① 扎列锡基原临近波兰罗马尼亚边境。第二次世界大战前属波兰，现在乌克兰境内。

播音员不停地唧唧地叫着。她用一种特别招人喜欢的甜润的嗓音说道：

“这样一来——逗号儿——可以说——逗号儿——波兰国家不再存在了……”

播音员说的是白俄罗斯语，安德热依不太懂。他只看到母亲的脸唰地一下白了。他抓起母亲的一只手。

“妈妈，妈妈，她说的是什么？她说的是什么？”

奥拉翻译道：

“她说，波兰国家不再存在了。”

“这不是真的！”安德热依把手从母亲手心里抽了出来，愤怒地朝斯彼哈瓦的方向一指，“这不是真的！”

“她是这样说的。”

“可这不是真的！”安德热依已经是连哭带喊地说道。他走到斯彼哈瓦面前，把两只手捏成拳头，高高地举了起来。

“这是您……”他用很高的嗓音叫喊道，“这是你们……”

他一个箭步冲到穿堂，从敞开着的门口可以看到他把脸埋在挂在衣架上的大衣里，又大哭起来。

奥拉和斯彼哈瓦面对面坐在两只深圈椅里。客厅里没有别的人。

“他一向是这么善感吗？”斯彼哈瓦低声问。

“不，不，正相反。他是个很坚强的人。这是由于经历了这么些伤心事……他是非常热爱他的父亲的。”

“是这……样？！”斯彼哈瓦略显诧异地说。

“罕有的热爱。这对他来说是个可怕的打击。”

“可也是，”卡齐米日又问道，“弗兰齐舍克先生可能是出了什么事呢？”

“最糟糕的是，”奥拉解释说，“安德热依不去考虑父亲的行为，反而归咎于我，好像是我抛弃了丈夫似的……”

“他对您是有股怨气。”

“可他一点道理也没有。我能有什么办法?”

“是呀……”斯彼哈瓦说，似乎心里想的是别的什么事，“您能有什么办法呢?”

奥拉朝斯彼哈瓦瞅了一眼。刹那间，他们四目相遇。斯彼哈瓦迅速把视线从奥拉脸上移开，转而望着走进房来的罗伊斯卡太太。

“很抱歉，”爱韦琳娜太太说，“水老是烧不开。”同时把装咖啡壶的托盘放在桌上。

当她看到安德热依站在前庭深处时，便不安地问了一句：“安德热依为什么哭了?”

奥拉没说话，过了一会儿斯彼哈瓦才说：

“政府，莫希齐茨基总统，雷茨-西米格威元帅已经离开了波兰国境。”

十

战争爆发后的头几天，成群结队的难民沿着索哈切夫公路逃命，大车、大炮、残缺不全的小汽车和步行的人流挤得水泄不通，有些人拐进了一条大概只有二百米长的栗树林荫道，出现在科莫鲁夫。雅努什不愿见任何人，战争使他的精神受到如此强烈的震动，以致使他不愿跟任何人说话。这样就只好由“热尔梅娜”出面来招呼那些碰巧来到科莫鲁夫的难民。她在院子的大门旁边摆了一只装了牛奶的大木桶，供人们随便饮用。在跟宅院的厨房毗连的面包房里，不停地烤着面包，这些面包很快就几乎全部都装进了难民们的旅行袋。

但几天之后，来到庄园的难民人数明显地减少，可以说，再也没人来了。雅德维加叫人拆掉了烤面包的设备，把木桶送回牛奶房去了。雅努什不明白是怎么回事，便问伊格纳茨。

“他们忙于赶路，先生。”马夫回答。

“忙什么?”

“他们急于赶到华沙。德国人跟在他们屁股后面追呀。他们没有时间左顾右盼……”

夜里难于入睡。索哈切夫那边一直隆隆响，说得确切一点，不是隆隆响，而是一连串不停顿的轰鸣。卡姆皮诺斯卡大森林上空，一会儿明光耀眼，一会儿又变成玫瑰色，在那玫瑰色的夜空中闪烁着一颗颗火星，那时隐时现的光芒，宛如一道北极光。而近处，整夜传来的都是公路上的那种清晰的、无休止的辚辚之声和昆虫鸣叫似的嗡嗡声。

这天早上（已经是九月六号了），伊格纳茨说，科莫鲁夫东面出现了德国人。他们通过别的公路涌向华沙，已经把华沙包围了。有一次，一切战争行动都暂时中止。但是从西部还源源不断地涌来人群、辎重、卡车和溃败的部队。显然，人群在绕过通向雅努什的庄园的栗树林荫道的时候遇上了德国部队。响起了一阵杂乱的枪声。

公路上乱成了一团。逃难的人们朝相反的方向挤去，有的拐到了旁边。栗树林荫道上又挤满了人。有的躺倒在树下，有的藏在树后。公路上响起了密集的枪声。这是一场传统的遭遇战。

雅努什忐忑不安地从一个房间走到另一个房间。在“婴儿室”里他发现了一本马尔斯基遗忘在这儿的书。一部很厚的有关巴赫的专著。他随手揭开一页，碰上了一个打了着重号的乐句。他觉得乐谱上的黑点与公路上的枪声的节奏正好相符。

雅德维加从厨房进来，神情不宁。

“这是一场真正的战斗吗?”雅努什问。

“在公路上……”女管家只说了这几个字又跑开了。

突然传来了大炮的声音，近得就像是从窗下传来的。

屋子里所有的玻璃窗震得哗啦响。甚至有一块玻璃，大概是楼上小房间里的，被震得掉到了地板上，听得见玻璃跌碎的清脆声音。

雅德维加又出现在房里。

“哎呀，德国人在烧公路旁边的房子。”

雅努什走到门廊。栗树林荫道上空升起了一片浓烟和火光。

伊格纳茨又站在离房子不远的地方。

“但愿不要烧到我们的房子才好。”他说。

菲比赫先生走了进来。

“那儿是些老百姓在射击……不是部队。”他说。

“公路上空无一人，像在草原上一样。”伊格纳茨补充说。

“仿佛是我们的人在进攻。”雅德维加说。

情况不明使雅努什感到烦躁。他不明白自己周围发生了什么事。除了从远方逃难来的晕头转向的难民之外，没有别的人到科莫鲁夫来。

这样一直拖到了夜里。

射击声愈来愈稀，终于停止了。

雅努什几乎已经入睡，他通常是半夜过后能睡着几个钟头。但是公路上逐渐沉寂的战斗使他担心，驱走了他的睡意。同时，森林后面的轰隆声却明显地加剧了。夜空被一弯残月照亮，天气暖和，像战争初期所有的夜晚一样。他披上晨衣，又走到院子里，看到宽敞的庭院里闪现出几个人影正向大门走去。雅努什也朝那儿走了过去。

大门旁边站着几个人。人们默默无言地透过倒悬的浓密的栗树叶子向公路眺望。这是伊格纳茨、菲比赫先生和其他的几个人。

“出了什么事?”雅努什问。

“公路上没有动静。大概是德国人占了上风。”菲比赫先生说，有个马夫很响地咳了一声。

“当真?”雅努什犹疑地问了一句。

就像是对这句话的回答，在附近的公路上又响起了几声杂乱的枪声。在这明亮的秋夜的寂静里枪声显得特别清晰，特别猛烈。枪声越来越频繁。又打起来了。聚集在大门边的人们两次听到飞来的枪弹发出的那种凄厉的、裂帛似的响声。

“子弹飞来了。”菲比赫先生说，“我们最好是进屋去。”

没有人听从他的劝告。公路上的枪声一会儿平息，一会儿又响了起来，如同钢琴奏出的离拍的乐曲。突然又响起一阵有节奏的排枪。

“喔唷，又打起来了。”伊格纳茨说。

雅努什什么也不明白。

“出了什么事?”他又问了一句。

“有人想在公路上狙击德国人。”一个马夫说。

“那儿是我们的人。”伊格纳茨叹了口气说。

“伯爵!”那人又说，“伯爵家里没有武器吗?”

“我? 武器?”雅努什惊奇地问，“没有，我没有武器。”

“可惜，要不我们可以去帮把手。”

“你能有多大的用处!”菲比赫先生说道，好像是在生气。

“不管用处大不大，但我总可以放倒几个德国鬼子。”

雅努什耸了耸肩膀。

“该进屋去了。”他说道，一面朝房子走去。他感到浑身凉透了。

没有一个人跟他走。

“你听我说，伊格纳茨，”一个长工说，“这儿黑得什么也看不见，我们去瞧瞧吧，看那边发生了什么事。”

“你们不要去!”菲比赫先生威严地说。

“爸爸，爸爸，我也去!”伊格纳茨的小儿子哀求道。

“住口，你这小崽子!”父亲向他怒吼道，“这里没有你的事。你给我滚!”

小费莱克利用大门边的昏暗，稍微向旁边挪动了一点，但是没有离开。公路上响着稀疏但很有节奏的对射声。

伊格纳茨和另一个马夫，斯坦尼斯瓦夫走出了大门，贴近林荫道上的第一棵栗树。那里是一片漆黑，但是公路却被明净的天空撒下的清光照得很亮。而且太阳不久就该升起来了。森林后面显出了一片绿色。

第三棵树下的几个马夫注意到有几个人影横穿公路朝科莫鲁夫这边跑来。

斯坦尼斯瓦夫在伊格纳茨的腰上碰了一下。

“你瞧，”他低声说，“似乎穿的是散腿长裤，都是老百姓，不是吗?”

“那儿一整天大概都是老百姓在射击。”伊格纳茨悄声说。

“要是我手上有条枪多好，至少可以走近点去看看。”

“说不定公路上还能弄到一条枪呢!”

“你这蠢货！那儿亮得如同白昼，他们会射穿你的屁股，叫你完蛋!”

他们又跳过了几棵树。现在他们正处在从科莫鲁夫到公路的林荫道中间。枪声平息了，只听见有人在徒劳地摆弄发动机的声音。

“他们的汽车给打坏了。”斯坦夫满怀喜悦地说道。

但是，当伊格纳茨跑到了下一棵栗树的时候，黑暗中碰着了一个紧紧贴在树干上的人。

“他妈的!”他几乎是大声地骂了一句，“谁?”

“别吵!”栗树上的影子悄悄说，“别出声！德国人就在附近。”

“你是谁?”

“我们这儿有几个人。我们爬到了他们的机枪掩体跟前。”

“你是从公路上逃下来的？”

“逃下来的又怎样？德国人发现了我们就穷追，我们又没有弹药……先生，您帮我一把吧……”

“什么事？”

“那儿，就在公路边上，躺着一个人……”

“什么人？”

“他受伤了……我们的指挥员……”

“什么指挥员？军官？”

“是他把我们编成队伍的。”答话人忘了周围有敌人，说话声音越来越高。伊格纳茨根据他说话的语气和音色判断他是个年轻人，“他对我们说，兄弟们，怎么能这样？我们能一枪不放就让德国人进来？军官？都跑了。他是个老百姓，一个同志……”

“这位同志在哪儿？”他们身边有人轻轻问了一句。她是个妇女，头上随便地搭了块头巾。

“雅德维加？”伊格纳茨问，“你是从哪儿冒出来的？”

“怎么？就你能来？那个老百姓在哪儿？……”

“他躺在公路边上。我们把他拖到沟里去了……”

“德国人呢？”

“他们一直朝公路射击。不过他们害怕，公路边上不会来。他们那儿有个机枪掩体。我们轰了他们几炮，但有啥用……”

他们由一棵树往另一棵树移动。雅德维加、斯坦尼斯瓦夫、伊格纳茨和那个陌生人。这时雅努什正穿着晨衣往床上躺。

“我恐怕睡不着了。”他想。

他觉得自己的脑袋刚挨上枕头就有人把他唤醒了。他睡了一两个钟头，因为此时窗上已现出了黎明前的一片蓝色。

“你要干什么？”他问站在他头边拉他晨衣袖子的雅德维加，“你要干什么?”

“起来！我们把姨父运来了。”她用一种不寻常的声调答道。

雅努什以为自己还在梦中。

“你起来！我们把姨父运来了，他受了伤，伤势很重。”

“什么姨父?”雅努什一跃而起，“你发了昏吗！……”

“你才发了昏……走吧……”

她把他拉到走廊外边的第一个房间里。饭桌上摆了三只高矮不同的烛台，都点着蜡烛。桌后的长沙发上躺着一个人，面色惨白，淡黄色的头发像一堆乱稻草盖在他的额上。他只穿了一件怪模怪样的短上衣，敞着领口。雅努什隔着桌子俯身一看，明白了：躺着的人是雅内克·维耶维乌尔斯基。

他伸直腰，惊诧不迭地望着在场的人。长沙发边站着一个黝黑的小伙子，二十来岁，像个孩子似的哭着。他纹丝不动，泪水成串地从眼里涌流出来，像从一个机器人眼里流出来的一样。在房间里的还有伊格纳茨、另一个不相识的人和菲比赫太太。

菲比赫太太拿掉了一个烛台，她取走时大声说道：

“这儿不应点三根蜡烛!”

雅内克听到这声音就睁开了眼睛。梅申斯基朝他俯下身去。

雅内克久久地，同时也是清醒地望着他。他仿佛在思考着什么，终于那么可爱、那么恬淡地笑了笑，那是刚出生几周的婴儿的微笑，就像玛尔文卡的微笑一样。他的嘴唇动了动。

“亲爱的，”他说，“我是在你这儿?”

维耶维乌尔斯基从来没有叫过雅努什的名字。

“这是怎么搞的？你是从哪儿来的?”主人以问代答。

“他们把我打伤了，真糟糕……利莱克，你说吧，我不能……”

正哭着的小伙子很响地缩了缩鼻子，似乎想把泪水缩回去。

“我们一道从监狱出来，”他突然下定决心说道，“雅内克同志跟我们一道。一直到了这儿……在这儿我们才组织起来……可是，德国人已经跑到了我们前面……从华沙……”

维耶维乌尔斯基用胳膊撑着微微抬起身来，失神地望着雅努什，接着又用一种紧张的疑问的眼神盯住他的眼睛。

“这怎么可能?”他突然用一种洪亮的、异常有力的声音说道，“德国人是从华沙来的？不，这怎么可能呢？……亲爱的……”

站在他旁边的利莱克的一只大手按住他的肩膀。

“同志，”他说，“你不能动。伤口要裂开的。”

维耶维乌尔斯基瘫软下去了。

“唉……”他又虚弱地喃喃自语着。

“他什么地方受了伤?”

“右肺。两颗子弹。”

“在出血吗?”

“不知怎么堵住了。”

维耶维乌尔斯基又撑开了眼皮。瞳孔已经扩大，眼睛像玻璃珠一样无表情，几乎变成了黑色。

“你瞧，”他开始急促而不太清楚地说了起来，常常吃掉音节，他不是专门对雅努什说，倒像是对空气说话一样，“你瞧，兄弟，不能这样。逃跑不是我们的事。谁想跑，就让他跑吧……这样是不行的……所有的人都跑了……都跑了……雅努什，你明白吗？你甚至都不知道……”

他说到一半就突然停住了。仿佛一切都被刀子割断了一样——包括这个人的话语和呼吸。他的目光更加呆滞，不动了。生和死之间没有任何逐渐过渡的过程。

“雅内克!”梅申斯基喊着，“雅内克!”他抓住了他的手。

他看了他一眼，然后抬起头来，遇上了黝黑的利莱克的目光，那目光仍带着疑问和希望盯着他看。

雅努什的颚骨由于清晨的寒冷而哆嗦了。房间里寂静得可以听见维耶维乌尔斯基的鲜血从长沙发上滴在地板上的响声。

菲比赫用胳膊肘碰了碰木然不动的雅德维加。

“姨父死了。”她低声说。

“上帝，照亮他的灵魂吧!”伊格纳茨庄重地说，在胸前画了个大十字。

天已大亮了。从窗口射进的一缕缕粉红色的光线在死者的眼睑上闪烁。雅努什俯下身去，用两手的大拇指阖上了死者的眼皮。他平生第一次做这种事，他感到惊奇的是眼皮竟这么容易就合拢了。他仿佛是在一把很滑润的锁里转动着两把钥匙。

此时，从院子里传来一阵喧闹声和响动。有人匆匆从走廊跑过来——突然，伊格纳茨的小儿子撞了进来。

“德国人来了。”他说。

雅努什的目光离开了死者的面孔，朝在场的人看了看。

“到花园去，然后从那儿到森林去。”他向黝黑的利莱克说。

不论是他，还是维耶维乌尔斯基的另一个同志都来不及有片刻的考虑，他们立刻跳过后门廊逃走了。雅德维加站在花园那边的窗口，目送着他们，过了一会儿她朝屋里打了个手势。

“没事了。”她用自己低沉的声音说。

这时门开了，几个德国士兵走进房来。走在他们前面的是个高个子军官，披一件带有伪装的斗篷。菲比赫站在他们身后。

“伯爵，”[①] 军官走到门口就喊道，“你家有波兰军人吗？”[②]

雅努什惊奇地向他转过身来。德国人的声音是那么响。

“有一个，不过是死的。”[③] 梅申斯基回答。

军官朝死者瞥了一眼，一挥手。

“啊，废物。”[④] 他说，并迅速走到第二个房间，打开了窗子。那正是雅德维加刚才站过的地方。

十一

夜里，罗伊斯卡太太当真把斯彼哈瓦打发走了。他的去路先是朝东，然后向南。

天亮之前斯彼哈瓦的车子已开到了正在燃烧中的谢德尔策附近。接连不断的大车、马车，还有轿式马车都停在挤得水泄不通的入城处的小广场上。广场周围房屋的窗口还在静静地喷着火舌，火苗一律向上，宛如举起的双手，宛如硕大的郁金香花瓣。火苗还像耗子般顺着屋顶，在盖瓦和发黑的油毡之间奔跑。被火光照得通红的烟柱一升起来马上便在黑暗的空间消失了。

本来可以绕过谢德尔策，但谁也没有这样做。大家都想从烈焰中冲过去。斯彼哈瓦考虑着如何尽快赶到利沃夫，希望能追上外交部里的人。他吩咐司机绕过城市。当他们来到一片田野的时候，发现天已亮了。

显然，他是打了一会儿瞌睡的，因为当他再次向四周张望时，已

---

① 原文是德文。

② 原文是德文。

③ 原文是德文。

④ 原文是德文。

经相当亮了。公路右边迤逦展开一片碧绿的玉米地，公路在这个地方环绕着一座伸延到峡谷的小山坡转了一个弧形，玉米地也到这儿为止，像一堵垂直的墙。卡齐米日吩咐司机停车。

他走到公路上，天色晴朗，还没有完全升起来的太阳，被那个山坡遮住了。在相反的方向，西边的天空由于夜色未尽和谢德尔策的浓烟而显得有点昏暗。公路上空无一人，只有小山坡上的几辆烧焦了的汽车和轰炸留下的弹坑才说明从这儿逃走的难民也不曾躲过德国飞行员锐利的眼睛。空中寂静无声。

“为什么没有百灵鸟?”他想道，“不错，现在已经是秋天了。”

天气冷丝丝的，他又向前走了几步，在一块跟玉米地毗连的开犁过的地边上站住了。在这儿他已经无须用鼻子去吸那湿润的、秋天的泥土的芳香。这股香味从浅红色的土块和犁过的散土里向他扑鼻而来。

“还有人在翻地。”卡齐米日自言自语道。

这时他才发现那个耕地的人。

那人正从山坡上往下走，径直朝他走来。拉犁的是两匹强壮的马，犁地时扬起的稀薄的尘土，就像一片长长的粉红色的羽饰，星期日的灿烂的阳光就透过它射了进来。走在两匹马后边的耕夫在吆喝牲口，但是看不清他本人的面目。

卡齐米日又走了几步，这时他才从马的身后看到一个秃头、没戴帽子的弯腰驼背的老人。他觉得，那人是在等他。这时，从远方传来了飞机的轰隆声。

耕者走到了公路边上，大声吆喝着，调过马头，站定了。这是个满脸皱纹的老农民，当他朝卡齐米日一笑的时候，细密的皱纹网住了他那双浅灰色的小眼睛。翘鼻子经这一笑翘得更高了。看来那农民想说点什么，但犹豫不定，只站着搔了搔头皮。

司机也下了车，站在卡齐米日身边。

斯彼哈瓦突然跨过浅沟，走到农民身边。灿烂的朝阳给老农的脸染上了一层绯红色，也照耀在那对推推搡搡的枣红马的闪烁着汗珠的浑圆的臀部上。

“您好，老爷爷!”卡齐米日说。

“您好，”农民没大把握地回答，“您这是，要从我们这儿逃走?”

斯彼哈瓦迟疑了一下。

“德国人从天上放火……”农民相当冷漠地继续说道，“谢德尔策怎么样?烧光了吗?”

“不，没有。”斯彼哈瓦出乎意料地说，“我只想耕一会儿地。”

“啊!”老人笑了起来，“您会耕地吗?”

“我年轻的时候耕过地。”斯彼哈瓦说，“我爷爷是耕地的，我父亲也耕地。为什么我就不会呢?”

他转身向站在公路和碧绿的灌木丛的背景下发呆的司机相当果断地说道：

“您回去吧，回去吧，告诉罗伊斯卡太太说我留在这儿了。”

司机犹豫不决。卡齐米日跳过浅沟，走到他身边亲切地说：

“您走吧，您就这么说……我说的完全是认真的话。我留在这儿。我给您一封信。”

他从记事本上撕下一张纸，画了几个字。

司机不情愿地慢慢走了。斯彼哈瓦转身走向农民，恳求地说：

“请您让我试试。”

农民一声不吭，不信任地从犁边走开，斯彼哈瓦把双手放在犁的扶手上，朝马吆喝了一声。

开头他不会犁。但他突然记起了扶犁的方法，慢慢在那结得很紧的、细密、肥沃、长满了草的黏性土层上犁出了一片土块。

“走哇，走哇!”他向马吆喝道，两匹马似乎觉察到他是个生手，便不情不愿、懒懒散散、慢慢吞吞地迈开了步子。

犁沟平整地向山坡上伸展开去。过了一会儿，卡齐米日已经到了倾斜的地块的顶端，又从那儿返身回来。两匹马站住了，喘着粗气。斯彼哈瓦擦掉额上的汗珠，向周围瞭望。

下面的公路蜿蜒伸展，成一条弧线消失在玉米地那堵绿墙后面，然后又再度出现，显得灰白、狭窄而富有弹性。公路上方，蓝天上挂着一朵大白云。

罗伊斯卡太太蓝宝石色的小卧车沿着公路离去，从对面又有两辆小汽车和一辆卡车飞驰而来。卡齐米日无动于衷地望着这一切。在翻耕的地块后面有一片种上了黑麦的土地，黑麦已经长出了细小而稀疏、表面看来有点发红的麦苗，这麦苗在阳光下闪闪发亮。每一片幼芽上还有一颗露珠在晃动。

那老农站在原地未动。他一直站在斯彼哈瓦从他手里接过犁的那个地方，远远朝着斯彼哈瓦憨笑，只看到他那两排在太阳下闪着白光的牙齿。

刹那间卡齐米日想起了自己过去的生活。

“我何苦要向上爬呢。”他自言自语地说，可是又暗自好笑。他甚至不曾在内心唤起玛莉亚的形象，他怕触动这个问题，因为他还没有把握，想起她时会不会又要动感情。

他弯下身去，卷起自己的长裤子，裤腿下部已经弄脏，黑色的料子上沾满了一团团棕褐色的泥土。他赶着那两匹马艰难地往前走，往小山坡下面犁出一道沟来。

不久，泥土遮蔽了他前面的公路、农民、玉米地，甚至天上的云彩。今天的第一批炸弹在远处什么地方沉闷地爆炸了。